将军有喜

终结篇

上

沙子 著

中国出版集团 现代出版社

图书在版编目（CIP）数据

将军有喜. 2 / 沙子著. —北京：现代出版社，
2016.12
ISBN 978-7-5143-4303-8

Ⅰ. ①将… Ⅱ. ①沙… Ⅲ. ①言情小说—中国—当代
Ⅳ. ①I247.5

中国版本图书馆CIP数据核字（2016）第257558号

著　　者　沙　子
责任编辑　杨学庆
出版发行　现代出版社
通讯地址　北京市安定门外安华里504号
邮政编码　100011
电　　话　010-64267325　64245264（传真）
网　　址　www.1980xd.com
电子邮箱　xiandai@cnpitc.com.cn
印　　刷　三河市金泰源印务有限公司
开　　本　710mm×1000mm　1/16
印　　张　37.5
版次印次　2017年5月第1版　2017年5月第1次印刷
标准书号　ISBN 978-7-5143-4303-8
定　　价　65.80元（全二册）

目录

第一章 运筹帷幄

01　可怜的姑娘

烟花三月，京城毓秀河边繁花似锦，火红的烈马沿着河边的杨柳道奔驰而来，马上一袭劲装的女子永远都是京城最耀眼的风景。

凌霜将豫州的事情处理妥当后回到了凌府，先去了松鹤堂凌老夫人那里，凌家庄子上送来新鲜的桑葚，凌老夫人忙命丫头端给了凌霜品尝。

“祖母，咱家庄子上有没有种田种得好的人？”凌霜咬了一颗桑葚问道。

凌老夫人笑道：“你这孩子，平白的怎么想起了种田来？”

“豫州庄子上我想的差几个咱们凌家的人比较放心！”凌霜觉得是时候壮大凌家宗族的力量了。

凌老夫人顿时明白了孙女的心意，豫州虽然是孙女的封地可是毕竟不是凌家的地盘儿，还是凌家自己人用起来称手一些。

“柳青，你一会儿让钱管家将庄子上平日里干活儿干得好的人列个名号出来，以后让他们跟着大小姐便是！”

凌霜嗤的一笑：“祖母，霜儿只是要几个人便够，祖母身边的人都被我带走，到时候祖母的庄子上可是没有能伺候的人了！”

“我这把老骨头哪里用得着那么多人伺候着，你是个办大事的人，自然跟着你能帮衬一些是一些。”

方玉看着祖孙俩有一搭没一搭的说话唇角微翘，这样平平淡淡的生活何尝不是一种幸福？他刚别过脸便看到了凌霜身边的嫣红候在屏风外面，一旁还站着一个极其妩媚的……男人？

他眉头一蹙，突然想起什么来，原来那个叱咤江湖这么多年的杀手一线红居然本尊长得这个样子？若不是他身着一袭靛蓝色布袍，头发用锦带扎在了脑后，他还真以为是不是天香院的头牌不小心跑错地方了？

凌霜看到月珑和嫣红在外面候着，月珑以后负责凌府的安全防卫，他是杀手自然晓得如何提防刺客，有他护着凌府自己倒也省心了不少。

可是毕竟凌府突然多了这么一个男人，需要同祖母交代一声才是。

“祖母，孙女儿今儿带了一个人给祖母瞧瞧！此人武功不弱，孙女儿决定让他以后负责凌府的护卫事宜。”

“哦？能入得了我孙女儿眼的定是不同寻常之辈，带过来给祖母瞧瞧！”

月珑压着心头的不耐缓缓跟在嫣红身后走了进去，想他堂堂杀手的头儿居然给凌家做了看大门的，郁闷得能呕出血来。

月珑刚迈进轩阁，凌家人顿时惊呆了去，简直是倾国倾城。

“快过来！可怜见儿的！”凌老夫人忙将月珑唤到跟前，白了凌霜一眼道，“这么个娇滴滴的姑娘，你也忍心让她做那些打打杀杀的事情？罢了，留在你松林堂做个贴身丫鬟也是好的。”

方玉一口茶喷了出来，一边的姹紫忙递了帕子过去，嫣红却是忍着笑看着月珑此时精彩万端的表情。

凌霜忙道：“祖母，他……”

“你这孩子，凌家这么大一处院子，哪里找不到护院的，偏生叫这么个娇滴滴的女孩子来做。孩子，告诉我，今年几岁了？不知道许了人家没有？”

月珑悲愤地闭上了眸子，死老太婆！长眼睛了吗？老子是个男人！

凌老夫人看着月珑微颤的身子缓缓道：“罢了，还是个哑巴！”

凌霜彻底绷不住了，还是强忍了回去，老夫人这么理解也算了！总不能当众揭穿了让祖母难堪吧？

“祖母，月珑身手好着呢，刚刚跟了我，家里头也没什么人，以后就住在凌府了吧？”

“那是自然，柳青。”凌老夫人有了顾啸云的前车之鉴，但凡来凌家的人给她的感觉都是混不下去落魄至极，当下也不便再问月珑，生怕惹得她伤心。

月珑看着柳青放在他手中的两个小银锞子，顿时哭笑不得还是躬身冲凌老夫人行礼，随即退了出去。

刚退出轩阁月珑便抬起手将两个小银锞子狠狠拍进了穿廊边的木柱子里，一边赶过来的嫣红将小银锞子用匕首抠了出来递到了月珑的面前。

“月珑，你本身就长成了这个样子，老夫人认错人也是难免的。”

“滚！”月珑气得想要吐血。

嫣红微微一笑道：“你穿着男装，领口处又封得那么严实，身形虽然挺拔但是也不五大三粗，你让别人怎么辨认？还有你看看这两个小银锞子，扪心自问，你以前赚的金银那么多可曾有一丝半毫是别人真心给你的？”

月珑一愣，刚才那个老太太虽然讨厌可在她身上流露出来的那分真切的温情和关怀，他好似已经很久没有体会过了。

嫣红将小银锞子重新放回到了月珑的手里道：“你慢慢就会体会到的，凌家人从来将我们这样的人当作亲人对待，而不是一个仅供驱使的奴才。能进凌家的门，你烧高香吧！”

月珑看着嫣红说罢转身离去的矫健背影，一向寒凉的琥珀色眸子第一次出现了裂痕。不管怎么样，嫣红这丫头对他露出的些微关心他倒是能体会得到的。

关心？温暖？月珑垂首看着两个小银锞子，唇角晕染出一抹苦笑，那是他的奢侈品。

他心头掠过一阵烦闷，刚要挥起手将手中的小银锞子扔出去，却又顿在了半空缓缓收了回来，藏在了袖筒中。

嫣红那丫头说得对，也许凌家是个不错的消遣之处，待上三年又有何妨？

02 一坨坨

从祖母的松鹤堂出来，方玉紧紧抓着凌霜的手，凝神细看下眉头蹙了起来道：“怎的看起来瘦了？”

他的桃花眸晕染了几分痛楚，这丫头一路上遭遇暗杀，智斗地头蛇，设计擒获宇文家的管家，一桩桩像是刀尖上的独舞。他看在眼里，疼在心里，却只能躲在暗处悄悄扶持。

“哪有？”凌霜不禁好笑，两天而已这也太夸张了些。

“霜儿，累的话就歇着，为夫……”方玉一把将她抱进怀中。

“咳咳咳……大小姐安好！姑爷安好！”钱管家手中攥着帖子讪讪地站在紧紧相拥的两人跟前尴尬地笑着。

凌霜忙将方玉推开，方玉淡然地看了一眼钱管家，钱管家只觉得身子一颤忙躬身道：“大小姐，宇文家的帖子。”

“霜儿？”方玉扫了一眼宇文家特制的镶嵌银边的帖子，“什么事儿？”

凌霜淡淡笑道：“果然宇文胤这只狐狸坐不住了，邀请我去宇文家琼林苑打猎，呵呵呵……”

方玉不动声色将帖子接过来拿在手中扫了一眼还给了凌霜道：“霜儿，你的意思是……”

凌霜想了一下道：“钱管家，回了宇文家的人，就说我最近忙，没那个闲工夫去什么琼林苑打猎！”

钱管家忙领命转身急匆匆去打发宇文家的人。

凌霜凤眸中掠过一道精光，果然大管家宇文易很金贵。宇文长公子将父亲送给他的得力助手给弄丢了，这倒如何是好？

加上太子殿下此番一定开始审讯宋晗和何富贵，若是将宇文易一并交过去，说不定宇文家这一次要吃个大亏了。

可是凌霜却是另有打算，若是真的将宇文易交给官府，查出宇文家与宋晗勾结残害乡里。这件事情定会被宇文擎宇迅速摆平，承平帝如今还不能将宇文家怎么样。

自己费了这么大劲儿，不惜以自己的性命为诱饵钓了这么多条大鱼，不好好发一笔横财怎么行？

她轻抚着下巴微微一笑，宇文易这个老管家的卖相不错，不知道宇文胤肯花多少银子？

不过好东西越是存放的长久，越是值钱得很。她如今倒是不着急了，看看谁能更沉得住气吧？

“大小姐，”嫣红疾步走了过来脸上带着几分喜色道，“咱们走的这几天还真的有人解开了小姐留下来的那三个难题。”

“哦？”凌霜顿时来了精神，以后凌家的三千亲卫军她得需要几个过硬的统领才行，原以为会费一番工夫，没想到还真的有人能解开她设置下来的难题。

“人在哪儿？”

“陆陆续续都被带到了后山的演武场了！”

“过去看看！”凌霜一颗芳心激动地呼呼直跳，当今世界最缺什么？是人才啊！！

方玉笑道：“为夫回去看看书，你也别累着。”

他不想太过掺和到凌霜的军务中，凌霜也很感激方玉的这份尊重，冲他点了点头带着两个丫头向后山行去。

凌家的后山经过凌霜这么一改造倒是显出几分威严气派来，如果能忽略演武场门口的那一……坨坨。

嫣红的脚步也停了下来，这都是干什么呢，一个个怎么躺在那儿了？

“大小姐，我去教他们立规矩！”嫣红不禁怒从心头起，凌家军素来讲究，从来没见过这么懒散的。

凌霜一把拽住了嫣红，表情却是饶有兴趣，凤眸缓缓扫了过去。

演武场门口的月珑靛蓝色布袍已经被撕裂出一条口子，正半死不活地依在铅木柱子边。他唇角含着冷笑看着脚下被他打趴下的一个相貌普通的年轻人。

那年轻人穿着麻布衣裳一看便是底层劳动人民的装束，此番唇角挂着血迹，虽然被打的很惨可还是不屈地盯视着月珑，眼底竟然有股子野狼般的狠辣。

“这个人是谁？”凌霜轻声问道。

嫣红拿着小七留下来的这些过关人选的画像回禀道：“此人叫陆建，祖上是屠户，父亲不久前病死了，家里头有一个老娘，还有两个弟弟，没娶亲。”

凌霜不禁点了点头，小七的底子查得挺细致的，这一点儿让她甚是满意。

凌霜看向了另一侧盘腿坐在地上闭目养神的乞丐一样的男子，不禁眸底微露喜色。

“冷玉卿，你还是来了！”

“大小姐见过此人？这个人倒是厉害，轻功不亚于顾楼主，大小姐命人搭起来的铜墙，此人居然连着走了十几个来回。”

“小七查清楚他的底细了吗？”

“回禀大小姐，这也是小七唯一查不出任何家底的人，要不要将此人赶出去？”

“不，留下来。”凌霜唇角微抿，越是这样有挑战性的人，她越是被激起了浓厚的兴趣。

她刚将视线移开便被一个身着粉衣的女子狠狠吓了一跳，忙转过身道：“这不是那个京城中人人传扬的才女林子妍吗？”

嫣红也是吓了一跳，京城中除了李家的女儿才华横溢之外便是林家的姑娘了。尤其是这位林家嫡长女林子妍，五岁能吟诗，十岁能作文，如今还没有行及笄礼便因为卓越的才华而被很多世家子弟派了媒婆相求。

“这丫头怎么进来的？”

嫣红忙回禀道：“这丫头将大小姐留下来的一筐子木梳全部卖给了和尚！”

“什么？她卖出去了？怎么卖的？”凌霜倒是吃了一惊。

“她将一筐子木梳交给和尚说，这些木梳都是普陀寺高僧开过光的木梳，庙里的和尚转而卖给了香客，倒是供不应求得很。”

这小丫头不爱红装爱武装，聪明又有个性，她很喜欢。

03　蝎尾刺踢

林子妍倒是落落大方没有丝毫世家女子的娇气，冲凌霜福了福。

“怎么想起来我这儿混日子？”凌霜凤眸中夹着几分审视。

“小女子喜欢过不一样的日子。”林子妍眉眼凝练沉静。

“小丫头，我很看好你。”凌霜拍了拍她的肩头也不多话，转而看向了冷玉卿。

“冷玉卿，既然你决定跟着我，就将你那要死不活的架势给我扔了。我不管你以前经历过什么，如今又在蹉跎些什么，进了凌家便要遵循凌家的规矩。来人！请冷公子下去换一身周正的衣裳！”

冷玉卿唇角微翘倒也不闹，乖乖随着一边的家丁离开。

凌霜最后看向了月珑和陆建冷冷一笑：“二位倒是有缘得很！一见面便开

打，我提醒你们，一旦进了我凌家军你们便是生死与共的兄弟！”

陆建看起来极其老实忙垂首躬身而立，对于凌霜这样的征西大将军表现出了一个平头百姓最常见的态度，便是恭顺。

月珑斜斜看着凌霜，丝毫不以为意。凌霜晓得他的心思，作为头号江湖杀手却在凌霜一个女子手中翻了船，心里头的那点儿不服气岂能压制下去。

凌霜唇角一翘冷冷看着月珑道：“月珑，你心头定然对我不服气得很，是也不是？”

月珑冷哼了一声。

“来！比一比拳脚如何？”凌霜将腰间的朝之宝剑摘了下来丢进了嫣红的手中，随即将身上的软甲卸下来，只剩下里面金红色的劲装，穿着云纹底金靴，更衬托出整个人的英气勃发。

月珑唇角轻抿，这一次可是这个女人找死，他早就想给凌霜一点儿教训了，让他吃了那么大一个哑巴亏。

“主子可想好了？”

“请！”凌霜负手而立看着他。

月珑此时却莫名的心虚起来，随即也将腰间、袖间藏好的暗器玄铁镖全部稀里哗啦倒了出来。

嫣红不禁暗自咂舌，这得要多少人的命！

月珑将腰间的锦带紧了紧突然一记重拳向凌霜袭击过来，凌霜侧身避过，暗道果然是杀手出身，怎一个奸猾了得？

月珑不想凌霜居然避过了他的这一击，凌霜随即扭动腰部抵挡住月珑巨大的力量，同时挥拳攻击月珑的手臂、头脸部位。

月珑心头一虚，凌霜这个女人果然有几分道行，随即反肘，挥拳砸向了凌霜的面门。这一拳头几乎用尽了全身的力量，动作之迅猛，角度之诡异令人根本避不开。

“好功夫！”凌霜赞了一声，却是猛地转身避过，使出一招蝎尾刺踢，这可是当年凌霜做特工训练的时候最拿手的一记招数。

此时她将全身的力量都集中在一踢之上，修长的腿向后高高扬起，几乎与另一条踢成了直线，攻击力更是诡异得令人咂舌。

月珑被狠狠踢中了腹部，直飞出三丈地之远，差点儿背过气去。他好半天才从地上爬了起来，再看向缓缓走过来蹲在他面前的女子，整个人笼罩在晚霞的金红色光辉中，本来很暖的光，却是渗透出丝丝缕缕的寒意。

“月珑，服不服？”凌霜淡淡问道。

“主子……自然是厉害的。”他这一次是真的低头，刚才凌霜那一脚若是踢在他的心口，此时这个世界上怕是早已经没有月珑这个人了。

他突然明白了之前在豫州的时候，凌霜为什么给自己创造那么多次杀她的机会，原来从那个时候她就想要将自己收归她的门下，这分心机和狠辣他甘拜下风。

一边的陆建早已经看傻了，凌霜轻轻拍了拍他的肩膀笑道：“来日方长，这套拳法以后我们慢慢练习，今儿时候不早了，明早在这里候着。”

“是！将军！”陆建躬身行礼，很庆幸刚才没有惹恼这个女人，不然的话也会被踢得不成人样儿了。

凌霜吩咐嫣红道：“选进来的这几个人暂时住进后山的别院里，吃什么，怎么吃，我亲自安排！”

嫣红没想到主子居然这么上心，忙应了一声看了一眼一边好半天才摇摇晃晃站起来的月珑，匆匆下去安排去了。

凌霜回到了松林堂刚沐浴过后不想姹紫急匆匆走了进来，神情中带着几分整肃。

“大小姐，宇文家亲卫军的都指挥使余庆求见！”

凌霜唇角微翘，宇文胤还真的等不及了，帖子不行亲自派心腹上门来了，看来那个宇文易挺值钱的嘛！

“大小姐，要不要见？”

“再等等！这一次我们可要发财了！”凌霜唇角勾起了一抹玩味的笑容，“姹紫送信给小舞他们，将宇文易看牢一点儿，那人颇有骨气别自裁就行！”

“是！”

“顺便你出去告诉余庆，就说我已经睡下了，今儿不方便见客！”

姹紫应了一声忙走了出去，凌霜将湿漉漉的头发擦了一个半干，却不想方玉径直推开门走了进来。

“霜儿打算怎么处理这件事情？”

凌霜知道他是担心自己，淡然笑道：“好不容易让宇文家放一次血，怎么也得放够了才行。宇文胤这厮我倒要看看还能坚持多久，太子殿下已经将这件事情接了下来，想必宇文胤也知晓了，心头一定慌了，越是如此我越是要沉得住气。”

方玉脸上掠过一抹不易察觉的苦笑，宇文家这一次又栽了，只是她这样不遗余力地打击宇文家族，自己的父亲定然很是气恼，到时候万一对霜儿不利该如何是好。

可是即便如此，他这一次绝对不能再帮着宇文家了，不然这个丫头真的会和他拼命的。他现在只想尽自己最大的努力将她保护好，不受伤。

“霜儿，你若是去见宇文胤的话，切不可去他的老巢琼林苑，我倒是有个地方可以推荐给你。”

“哪里？”

“毓秀河边的桃花亭，临江的山坡上，视野很宽即便是宇文胤想要使坏也能有个防备。届时我会将那里布置好，宇文胤那厮也奈何不了你。”

“好地方，听你的！”凌霜自然是欣然答应，她虽然很生气方玉有什么事情都瞒着她，但是她绝对相信这个世界上有他在的地方自己绝对安全。

04 沉不住气

第二天一早，凌霜梳洗完毕同后院的方玉一起赶到松鹤堂那边给祖母请安，刚陪着凌老夫人吃过饭，外面的钱管家心急火燎地赶了过来。

因为凌霜交代关于宇文胤的事情决不能让凌老夫人知道，他忙又躬身立在暖阁的外面。

凌霜不露痕迹地起身走出了松鹤堂，凌冰随后也跟了出去。兄妹两人刚一走出了松鹤堂，钱管家忙禀告道：“二爷，大小姐，宇文胤来了！而且闯进了凌府，前院的家丁们都拦不住他！”

凌霜一愣，这还了得，她想得到宇文胤会很着急但是没想到这厮居然硬闯凌家，难不成还想鱼死网破不成。

凌冰脸色一寒，新仇旧恨一股脑儿全上来了，提起袍角便向前厅走去。

“二哥！”凌霜没有把宇文易的事情同凌冰说，此番宇文胤来得太过突然她怕自己的二哥应付不了。

凌冰回眸一看顿住了脚步，这定是自己妹妹又搞出来的事情，心头不免担忧。

“你这一次怎么惹了宇文家？”

凌霜嗫嚅道：“我原本想告诉二哥来着，只是事情仓促没来得及，毕竟这件事情小妹耍了一点儿小手段，端不上台面怕二哥和祖母听了会生气。”

凌冰一听倒是悬着的心放了下来，他也不反对对宇文家使坏，而且从最近几桩事情来看小妹做的倒是出色得很。

毕竟当年父亲死得那样惨烈，十万凌家军全部葬身回风谷，他可是亲眼所见。加上后来大哥的惨剧，他对宇文家的人已经恨到了骨髓里。

“霜儿，二哥支持你，但是注意自己的安全，走，二哥和你一起去！”

“二哥，你若是信得过我，这件事情我自己解决可以吗？”凌霜与宇文胤之间的争斗不想让二哥跟着受牵连。

凌冰暗自叹了口气，他哪里不懂凌霜的心意，自己如今只是个商人如何同一个战功赫赫的武将抗争。若是强行掺和进来少不得还要给她拖后腿，到时候反倒害了妹妹。

“霜儿，小心行事。”

“二哥放心，方玉会帮衬着的。”

一听有姑爷从旁扶持，凌冰顿时放心了不少，凌霜不禁暗自苦笑方玉什么时候在凌家人的心目中占据了这么重要的地位？

她当下带着姹紫和嫣红去了前院，刚一走进前厅便看到宇文胤负手而立的背影，今天他穿了一件墨色锦袍，袍角处用银线绣着大团的富贵牡丹，倒是显出一团贵气来。

此时宇文胤正专心地看着前厅墙壁上挂着的一幅奔马图，上面的画儿是凌霜所画，凌霜之前学过几天版画，这幅图倒是显得与众不同起来。一边的旁白题着一行小字却是方玉的大手笔，落款自然是二人的名字。

她本来同方玉一起画着玩儿的，哪里想到凌老夫人见了赞不绝口。人老了都像小孩子一样喜欢显摆自己儿孙的那点儿才气，命人装裱了之后挂在了正厅会客处。

“呵！宇文长公子好雅兴！”凌霜缓缓走了进来。

宇文胤转身脸上的表情阴晴不定，看向了凌霜。只见凌霜今天穿了一件好似特别改过的银色裙衫，腰间，手臂处收得恰到好处，将她娇美的身姿衬托了出来。

墨色长发用一根银色缎带绑在脑后，戴着一枚造型简单的飞凤水晶发箍，整个人看起来清爽淡雅自然带着几分绝色倾城。

宇文胤的眸光闪了闪随即归于平淡，冷冷一笑：“没想到凌将军在书画造诣上倒是令人钦佩得很！”

“雕虫小技不足挂齿！来人！给长公子看茶！”凌霜请宇文胤坐在了一边的客位上，自己随即大大咧咧坐在主位上。

凌家上下对宇文家的人恨得都是牙痒痒，即便上茶的小厮也没个好脸色，将茶重重磕在了宇文胤的面前。

凌霜唇角微翘端着茶杯冲脸色微变的宇文胤缓缓笑道：“粗茶，入不了宇文长公子的眼，宇文长公子等了这么久，权当是解渴吧！”

宇文胤端起茶杯浅浅抿了一口，却听凌霜缓缓道：“长公子真是好气魄，不怕我在茶里面下毒吗？”

宇文胤瞬间脸色变了变，却淡然地端着茶杯放在桌子上，墨眸中划过一抹恨意。

凌霜咧嘴一笑：“不要紧张，开玩笑的！”

宇文胤暗恨，骨节分明的手掌握紧又松开，冷冷道：“谈正事儿吧？”

凌霜打了个哈欠看着窗外的阳光笑道：“今儿天气不错哈！”

“凌霜你玩儿够了没有？”宇文胤俊美的脸又是沉了几分。

凌霜弹了弹衣角道：“长公子今儿在府里头吃的什么菜？是不是辣椒吃多了？”

“开个价！”宇文胤不想和她废话。

“谈钱多俗气，”凌霜吃吃笑道，“宇文长公子，听闻你们安国侯府到处是山茶花，六公主还挺上心的！”

“够了！”宇文胤猛地站了起来，冷冷盯视着端坐在椅子上的凌霜，墨眸中已然是波涛汹涌。

他也没想到，自己已经将克妻的话儿放了出去，六公主最近也是食欲不振，可是那个女人实在是讨厌得很，居然派人送了他许多山茶花。

那还是三年前自己回京一趟，遇到了京城中最负盛名的诗会，宇文胤提笔看着眼前的山茶花随后写了下来应付那些文人墨客的。却不想被大燕朝的女子们传出了他极喜欢山茶花的名头，一时间整座京城的闺秀们都掀起了种植山茶花的热潮。

宇文胤实在是烦透了这山茶花，不想凌霜这死女人居然拿这个打趣他，令人忍无可忍。

凌霜淡然一笑：“宇文长公子你不是要说正事儿吗？山茶花不是正事儿？哦，原来六公主在宇文将军眼底居然是个不正经的。”

宇文胤心头一抖，这丫头又在设陷阱害他，简直是防不胜防。他定定地看着她，明明那般明艳的一个女子，为何独独对他这般冷酷无情？

05　砍价

凌霜看着宇文胤几乎处于爆发的边缘，不禁心头痛快至极，她也明白猫和老鼠的游戏，不能太将那根绳子绷得紧了，否则绷断了便没得玩儿了。

“宇文长公子息怒，可别忘了你今儿是来干什么的？”凌霜的神情终于严肃了几分。

宇文胤缓缓坐了回去，定了定心神，被凌霜气的眼睛有点儿花。这女人实在是太可恨了。原来在她去豫州之前就未雨绸缪给他设了套，他还真以为凌霜要去豫州查看财产。

其实凌霜的暗卫早就将豫州的情形通报了回来，这丫头兜了这么大一个圈子就是为了今天这个套，宇文胤不得不佩服这女人的心机之深，手腕狠辣了。

“五万两银子！”宇文胤咬肌绷得紧紧的好半天才平复了心情道。

“呵！”凌霜嗤的一笑，“宇文长公子看来也对你们宇文家的救命恩人不咋地嘛！我听闻四爷给长公子买了两个怡春院没有开苞的雏儿，也花了四万两银子呢！一个救了你爹性命为宇文家立下汗马功劳的老管家还不如怡春院的女子值钱呢！这若是让老管家听了，指不定心寒到什么程度！若是让宇文家的家将们听了，啧啧啧……”

“你一个女人说话能不能有点儿修养？什么开苞不开苞？”宇文胤不禁大怒，脸颊也红了几分。

凌霜倒是一愣，这个货疯了吗？她现在是说宇文易的老管家值几个钱，他却是指责她说话不注意分寸。

“宇文胤你有病吧？”

“凌霜！你才有病！你还像个女人吗？”

“我是女人啊！如假包换！”凌霜一顿，呸呸，自己居然也被他牵着鼻子走了，随即定下了心神，看向了宇文胤那张有点儿小红的冷脸。

奇怪了，不像是耍花招啊！倒真的是被她气着了，关键他脸红个什么劲儿？

“废话少说！五万两免谈！”凌霜凤眸中的冷意瞬间渗透了出来。

宇文胤不禁齿冷：“凌霜你眼里除了钱还有什么？”

“宇文长公子这好像不是你该问的吧？”凌霜没想到这小子居然也学了她的阴招将话题往一边儿拐，可是他的算盘似乎打错了，如今的主动权可是在她凌霜的手里握着呢。

“宇文胤，既然你来了，说明宇文易在你们宇文家眼里头还是有些情分的，退一万步来讲。即便你们可以牺牲一个毫无用处的小人物，但是我有的是法子撬开宇文易的嘴巴，将这几年他替你办过的那些事情一样样掏出来，你觉得如何呢？”

宇文胤没想到凌霜这么狠毒，居然想出这种制服他的招数。不错，他确实让宇文易替他办了不少见不得光的事情，若是被这个女人察觉了这些，宇文家可就惹上大麻烦了。

他神色却是极其镇定扫了一眼凌霜缓缓道：“我如何能知道你有没有对我的老管家用刑？有没有得到你所想的那些秘辛呢？”

“哈哈哈……”凌霜笑得豪爽之极，“宇文胤没想到你真的让宇文易替你做了不少的事情，我之前还以为就是一个普通管家而已，既如此那这价钱可就要提高一倍了，你说是不是宇文长公子？”

宇文胤一愣，恨不得将自己的舌头咬下去，原来这个死女人在套他的话。如此一来自己更不能让宇文易在她手中待太长的时间了，否则那就真的危险了。

此番看着她眉眼笑开了花，宇文胤恨不得将她掐死。

“宇文长公子诚心给个价儿吧！你还别小瞧了我去，我若是能让一个人开口，他自然逃不出我的掌心，我想你现在该是知道……呵呵！我的实力了吧？”

宇文胤凝神看着对面那个恢复了冷漠淡然的女子，心头却是第一次有一种无力感，不禁暗自心惊，他居然对凌霜会产生一种无力感来？不行，下一回若是凌霜栽到他的手里，闭着眼睛也要将她杀了！

凌霜看着宇文胤那张精致的脸晕满杀意不禁冷笑，这个人的心性还真是强大得很啊！被她气到这种地步还不吐血？

好得很！宇文胤！下一局咱们接着玩儿！

“二十万两！”宇文胤脱口而出。

凌霜一愣，宇文家还真他娘阔气！她原本只想敲诈十万两的，没想到宇文胤真的给她气蒙了，加了这么多筹码。

她吸了口气，娇美的脸上露出一抹似是而非的漠然神情。

“凌霜！”宇文胤咬牙切齿，恨不得现在就上去咬死她！要知道二十万两可是豫州那个破地方七年的总赋税啊！

“凌霜，二十五万两！这可是相当于豫州十年的赋税收入，你要是还不满足，大不了我们两个拼个鱼死网破，我倒是想看看你们凌家如今还能不能……”

“成交！”凌霜嗤的一笑，大喜过望，她还啥都没说啊！这厮就给她加上价码儿去了，她能不嗨皮吗？

宇文胤一口气憋在了嗓子口儿，直瞪瞪看着面前这个妖女。是的，就是妖女！早知道会碰到这个妖女，他还不如再在边疆待上个十年八年的，也省心多了。

06 失态

凌霜缓缓站了起来冲宇文胤嘿嘿笑道："长公子果然好气魄，我其实只想要十万来着，长公子看得起我，给了我二十五万，嘿嘿，谢谢哈！要不今儿瑞福楼包厢，我请你？！"

宇文胤别过脸冷冷盯视着凌霜恨不得用目光将她刺穿了去，刚要接话，却不想凌霜慢条斯理道："我倒是也想请你吃饭来着，可是又怕皇上觉得你对我这天降凰女死灰复燃，这样的话倒是不美了……"

"凌霜，"宇文胤气极反笑，"我还真没看出来你这个女人居然是这么混蛋！白白披了一件好皮囊！"

"宇文长公子过奖了，比起宇文长公子这副好皮囊下的人面兽心来说，我还真是小巫见大巫了。"

宇文胤猛地身子一颤，心头的话却是再也压不住了脱口而出："我在你心目中便是人面兽心的东西？我几次三番放你生路，你他娘难道感觉不出来？我……"

凌霜看着宇文胤的情绪突然变得不受控制起来，墨眸中居然流露出了一抹哀伤。她可真的是吓了一跳，见过宇文胤的凶残，见过他的不择手段，可是这种受伤的表情她还从来没见过。

宇文胤到底还是有几分理智的，没有将心头的那个秘密当着自己不想说的人说出来，他两只拳头紧紧攥着，好不容易才松开了些。

凌霜倒是真的不敢刺激了，万一这个宇文胤被自己气疯了后，那二十五万两白银可就泡汤了去。

"宇文长公子，生活还是美好的，那个我们下午在毓秀河边的桃花亭见面，一手交银子，一手交人哈！"

"你说什么便是什么吧！"宇文胤脸色还是难看得要命，起身便要走。

"宇文长公子请留步！"

宇文胤心头居然淡淡地升腾起一抹期望来，这丫头莫不是觉得她刚才太过分了些，要向自己道个歉？

"凌将军还有什么要说的？"

凌霜讪讪笑道："我不要银票，要现银子，因为我不放心你们宇文家开的钱庄！嘿嘿！"

宇文胤的身子彻底僵硬了几分，深呼吸，转过身，墨眸中已经是杀意蒸腾。

"宇文长公子，我还有一句话！"

"讲！"宇文胤咬着牙。

"我觉得还是要谢谢你们。"

宇文胤一听心头顿了顿转过身子看着眼前这个令他恨到了骨子里却又怎么也忘不掉的女子缓缓道："不用谢！"

"应该谢的！"凌霜笑道，"谢谢你们一路上派来的刺客！那个杀手月珑已经成了凌家军的一员，确实是个人才！"

宇文胤什么都不想说了，转过身迈开大步便要走出去。

"宇文长公子……"

"你他娘有完没完？什么便宜都你占了，你还要怎么样？不若现在就祭出你的朝之，咱们拼上几个来回，不死不休，解了他娘该死的宇文家和凌家不死不休的局，怎样？来啊！"

宇文胤狂吼了出来，凌冰带领着凌家护卫一直都在外面候着，此番没想到宇文胤居然敢这么嚣张，纷纷冲了进来剑锋齐刷刷指向了宇文胤。

凌霜目瞪口呆地看着他的崩溃和咆哮，不好意思地笑了笑道："宇文长公子你真误会了，今儿我说话倒是太直接了些，你别往心里去啊！"

宇文胤一口血呛在了嗓子眼儿，原来这一次喊住他是真的为了给他说几句软话。

苍天哪！既生凌霜何生他宇文胤？！！

他此番脸颊腾的一下爆红，像是熟透了的虾，推开同样目瞪口呆的凌家护卫逃也似的离开了凌府。

凌冰不可思议地看着自己的妹妹，究竟得多大的本事才能将万年沉稳的宇文家长公子气到失了分寸？

"霜儿，你……"

凌霜耸了耸肩头莫名其妙道："我也不知道啊！二哥！宇文胤最近是不是到了更年期？"

凌冰一愣："小妹在说什么？什么叫更年期？今年是闰月年，还有更年吗？"

"二哥，那个，我回松林堂再找方玉商议一下！走了，二哥！"凌霜咳嗽了一声忙不迭出了前厅，还是抑制不住心头的喜悦。

这一次大获全胜，宇文易这肉票绑得太值了！

春日暖阳，毓秀河边早已经花红柳绿，宇文胤带着宇文家的几个兄弟沿着河边的玉山拾阶而上，径直走进了桃花亭。

凌霜此番早已经负手立在了桃花亭中，看到宇文家兄弟几个的庞大阵势不禁淡然一笑。

宇文胤等人扫了一眼凌霜身后的新跟班月珑不禁暗自诧异，天底下居然有这么美得令人不能移开眼睛的人。

宇文御神色复杂地看了一眼月珑，这个该死的混账东西！非但没有杀了凌霜，反而将自己也搭进去了。

凌霜冲宇文胤抱拳行礼道："宇文将军还挺准时的！"

宇文胤实在不想与她废话，沉着脸问道："宇文易呢？"

凌霜指着面前的玉石案几缓缓笑道："来，坐下说！月珑上茶！"

该死的！月珑心头分外懊恼还是不得不走上前将案几上的茶杯斟满了，宇文效的一双眼睛却是移不开，这么美的人居然是个男人实在是令人不爽得很。

月珑斟过茶后缓缓退到了一边，躬身立在凌霜的身后。

"宇文长公子，请！"凌霜大大咧咧坐了下来，端起茶杯自顾自轻抿了一口。

宇文胤缓缓坐了下来，案几上的茶杯倒是动也没动。月珑这个杀手他是晓得的，没想到居然做了凌霜的跟班。

"凌霜！我要的人在哪儿？"

凌霜凤眸中晕染了一抹笑意，看在宇文胤的眼底却是带着几分令人心寒的战栗，这女人实在是太坏了，他如今不得不谨慎小心一些。

"宇文胤，我要的银子在哪儿？"

宇文胤指向了河面的一条乌篷船，凌霜淡然一笑，今儿自己倒是不怕宇文胤使诈。河岸四周可都是方玉的人，随即也指向了河面的一条乌篷船。

"我怎么能知道我要的人在不在船上？"宇文胤狭长的眸子微微一凛。

07　我得意的笑

凌霜嗤的一笑道：“宇文长公子实在是多虑了，我要一个糟老头子做什么？而且是又臭又硬的那种。”

宇文胤脸色微微变了几分缓缓道：“那好！你我各派一人上船验明，然后将船迎头划向对面。”

凌霜唇角微翘道：“月珑，你去！”

月珑咬了咬牙转身去了江边，宇文胤心头不禁哀叹凌霜这厮着实奸猾连一点儿空子都不给他留。

扶风族人熟悉水性，若是宇文家的人想要捣鬼也是不可能的。而且宇文胤看向了四周开满了桃花的桃林，风声阵阵，里面不知道藏了多少凌霜的暗影。

以前他觉得凌家就像一只被打碎了的鸡蛋再没有翻盘的可能性，可是如今他却不这么认为了。其实这个凌霜真的是拥有一双慧眼的，但凡能被她看上眼的都是精英中的翘楚。

宇文胤冲身后的宇文御递了一个眼色，宇文御哪里不明白大哥今儿算是栽了，连最后翻盘的机会都没有。

他暗道宇文家的布置哪里及得上凌霜这般精明，随即缓缓站了出来道：“大哥，我去看看吧！”

江面上波涛不兴，两条乌篷船缓缓驶向了对面，交接的过程甚是平淡。毓秀河边的游人如织哪里想得到刚刚这里是多么凶险异常？

不一会儿，宇文御把宇文易送进了马车先回了安国侯府，月珑也将一部分银子包在了布包中放在了凌霜的面前。

月珑知道凌霜是个精细人，凡事都要查看得分分明明。凌霜拿起了一锭银子，张开小嘴狠狠咬了一口，冲宇文胤嘿嘿笑道：“成色不错！”

宇文胤的眼角抽了抽，站起身来冷冷看着她：“凌将军吃进去的东西，小心闹肚子。”

凌霜伸了个懒腰懒懒散散笑道：“我凌霜一向消化不错，不劳烦宇文长公子操心了吧？”

宇文胤看着她一颦一笑自然带着几分别样风情，即便是那副贪财的样子虽然心头恨得牙痒痒，却也不讨厌。比起寻常女子明明爱财却装作清高的样子来不知道要强上几倍，可是如今凌霜已经渐渐坐大，他不能不好好筹谋了。

凌霜冲他拱手随即带着月珑还有姹紫、嫣红走下了亭子。

“我得意地笑！我得意地笑！把酒当歌趁今朝……我得意地笑……”凌霜的歌声自然是与这个时代的曲子大不相同，此时清清爽爽的声音顺着山道缓缓传进了宇文胤的耳朵里，他脸色又是狠狠一白。

宇文川和宇文效是不敢再说什么，好半天才听宇文胤沉沉问道：“派出月珑刺杀凌霜的主意究竟是谁出的？”

“大哥……”宇文川心头一惊，不过也能想得到，凌霜都将事情闹大了去，他们兄弟几个也瞒不住了。

自己当初伙同两个弟弟派出了宇文家最精锐的杀手，并且联合江湖中一等一的杀手月珑去击杀凌霜。如今再也瞒不下去了，与其三个人一起受罚还不如自己一个人顶下来得好。

“大哥！是我！”宇文川躬身道。

“不，不，大哥，是我干的！”宇文效忙站出来。

宇文胤冷冷一哼：“就凭你那个心眼儿，怎么能请得动月珑那样的人？”

宇文效脸色一红忙急切道：“大哥，真的是我，我那天……”

“大哥，和二哥三哥没关系，这件事情都是我谋划的，”宇文御缓缓走进了亭子，垂首立在了宇文胤的跟前。

宇文御缓缓跪了下来道：“大哥！小弟知道这一次没有经过大哥的同意擅自做主，而且还损失了宇文家的那么多死士。可是小弟绝对不后悔，大哥，大哥看看如今凌霜已经将宇文家逼到了什么地步？将大哥逼到了什么地步？大哥这般骄傲的人今天从凌府回来的时候脸色都是白的。大哥！我……”

“起来吧！让旁人看了像什么样子？但是我不管今后你们有什么打算都要让我知道，这一次你们三人包括我亲自去父亲那里领三十军棍赎罪！”

宇文御心头一顿忙道：“大哥！这些都是我们的错，我自会在父亲面前领军棍赎罪！”

“我也有责任，”宇文胤叹了口气，看着不远处灰蒙蒙的江面道，“是我太低估了她！那个女人的心机远在我们之上的，以后一定要小心为妙。你起来吧！”

宇文御刚要说什么看到大哥也不想继续说下去，忙又将已经到了嘴巴里的话咽了下去。

宇文兄弟四人骑着马回到了宇文家的主宅靖国公府，宇文擎宇看着站在面前的四个儿子居然瞒着他闯下了这么大的祸患，不禁勃然大怒。

他猛地抬起手臂，这一记耳光停在了垂手而立的宇文胤脸颊边却是怎么也甩不下去。

08　高车奇毒

“告诉你们多少次了，不要轻举妄动，不要轻举妄动，一个个有没有长脑子？！”

“对不起，父亲，这一次我不该让老管家出面，不然也不会给凌霜那女人钻了空子。”宇文胤知道这一次自己太自以为是了，才让宇文家族吃了这么大的亏，不禁心头越发的懊悔异常。

“凌霜那女人，身份不同，如今正是皇上身边的红人，还有方玉这一层关系牵扯。你们万事不好好谋定而后动，这般轻率地认为自己就能将那个人女人摆平了去，看看你们现在的样子！哪一样摆平了？”

宇文胤垂首躬身忍受着宇文擎宇劈头盖脸的狠骂，这是他该受着的。父亲说得对，自己确实是太自以为是了，居然将凌霜小瞧了去。谁知道正是自己的自以为是才铸就了如今宇文家族节节被动的局面。

宇文擎宁骂了一通倒是骂累了缓缓道．“罢了，今儿你们　人三丨军棍我暂且给你们记着，以后若是再犯决不轻饶。最近都给我乖乖地在家待着去！”

宇文胤等人忙应了一声退出了父亲的书房。

宇文家四兄弟刚刚一走，宇文擎宇便派人将被凌霜放出来的宇文易请到了书房。

“奴才给主子请安！”宇文易颤颤巍巍给宇文擎宇跪了下来。

宇文擎宇忙将他扶住缓缓道：“你受了这么大的委屈，我没有及时将你救出来也实在是心中有愧，来坐吧！”

宇文易感激涕零忙坐在了一边的椅子上："给主子添麻烦了！"

宇文擎宇微微一笑道："你能平安回来便是宇文家的福气啊！只是在凌霜那个妖女那里有没有受什么大刑？不要伤了身体才好！"

宇文易忙感激地道："托主子的福，那妖女显然惧怕老爷的威名倒是不敢对奴才用刑的。"

宇文擎宇微微点头道："那就好，我知道你素来喜欢喝银针茶，这一杯是下来的新茶，你且尝尝也压压惊。若是对你的口味，我一会儿命人给你送过去一些。"

"多谢老爷，"宇文易浑浊的老眼早已经眼泪模糊，战战兢兢接过了宇文擎宇递过来的茶，许是一路上也渴了，一杯喝了一个底朝天。

他缓缓放下杯子刚要说什么突然整个人顿时僵住了，不可思议地看着面前的宇文擎宇，倒了下去。

宇文擎宇脸上掠过一抹冷酷至极的神色，一个身着黑衣蒙着脸的异域男子缓缓走了出来，一双眸子居然是湛蓝色的，令人心寒不已。

"这种曼陀罗花毒还真的挺管用的，因此而中毒身亡即便是任何人都查不出死因，而且……"那个男人的声音听起来悦耳动人。

"而且什么？"宇文擎宇冷冷看着倒在地上的那具尸身，宛若在看一个和他无关的物品一样。

黑衣男子躬身将宇文易的衣裳猛地撕开，露出了里面的肌肤，虽然那肌肤看起来苍老又丑陋，可是上面的痕迹却是令人忍不住面红耳赤。

绝对像是一场酣畅淋漓的欢爱之后的爱痕，几乎到了以假乱真的地步了。

宇文擎宇冷冷一笑："什么时候将这个给六公主送去？你要知道我一个外臣送这种毒药进宫是不合适的。"

"宇文大人放心，这件事情包在我的身上！只是宇文大人看着自己的救命恩人这样惨死不伤心吗？"

宇文擎宇冷冷扫了他一眼："你的话有些多了！"

"宇文大人说的极是！"黑衣人瞬间换了一个人似的，顺从地缓缓退了下去，临走的时候却道，"高车国永远欢迎宇文大人，这是我的王传给宇文大人的一句话。"

"你们的王太年轻了，有些事情是急不来的！"宇文擎宇淡淡一笑，眼底的杀意却是浓了几分。

黑衣人恭顺垂首而立，湛蓝色眸底却是带着几分旁人无法查探的讥诮之色。

宇文御等人跟到了宇文胤的书房，看到大哥脸色依然不太好看，也不敢多说什么。

“长公子！”虎贲统领余庆急匆匆提着一只紫檀木盒子走了进来，刚一进门便看到宇文家几个兄弟都在，一一见过礼。

“回禀长公子！胡离已经到了南疆，首战大捷！赤州之围顿解！”

宇文胤俊眉微挑，暗道果然是那个女人的得力助手，居然这么厉害。还没站稳脚跟就首战告捷，可是若是让胡家在南疆站稳了脚跟，宇文家的损失就大了去了。

“孙冕那边怎么样？”

余庆忙将紫檀木盒子恭恭敬敬地放在了桌子上道：“孙监军已经同南疆王段佑天联系上了，这是南疆王特地派人千里之遥送给长公子还有几位公子爷的礼物。都是百年难遇的罕见南珠，说是……说是送给几位少爷的心上人，女人都喜欢这样的珠宝。”

余庆结结巴巴将南疆王的意思传达给了几位宇文家的公子爷，这个南疆王也真是的，最没个正经的，居然送珠宝给宇文家的少爷们，还不如送一把南疆的银月弯刀。

宇文胤眼底的嘲讽深了几分，南疆王虽然是下头的老百姓喊出来的名号，朝廷那里根本算不上数的。

不过这个段佑天可不是一盏省油的灯，出生于前朝南国王族段家，后被大燕朝所灭国，段家满门被灭，唯独逃出了一个落魄并且归顺了大燕朝的王爷。

09　南珠

后来那王爷死了以后，段家也从此销声匿迹，却没曾想这个小子会在短短的时间内崛起于草莽之间。

不光控制了南疆江河湖海水上通道做了总瓢把子，还将触角伸到南疆各处矿场，瞬间富可敌国。更是将南疆众多吐司首领收买为他所用，此人心性残忍，思维缜密，最是无毒不丈夫的一个人。

只不过这个人倒是同宇文家互相利用，颇多联系。

此番皇上准备削弱宇文家的兵权，宇文胤私下里同这个段佑天联系在南疆挑事儿，这才惹出了这么多的麻烦。

“余庆，让孙冕将赤州的城防图送给段佑天，就说这是我还他的礼。”

几个人具是大吃一惊，这应该是通敌卖国了吧？

宇文胤冷冷笑道：“乱世才能出枭雄！大燕朝有值得我们保下去的必要性吗？”

余庆忙应了一声躬身退了出去，宇文胤随意地打开了紫檀木盒子，十二颗浑圆的南珠被上等的红丝绒包裹着一粒粒地排在盒子里。

宇文胤拈了一颗定睛看去，果然是上好的珠宝，只一颗便是灼灼其华令人不忍移目。他突然暗道若是哪个女人用这样的珠子做钗头，戴在如云的鬓发间该是何等的美艳无双，实在是增色不少。

“你们将这些珠子分了吧！”宇文易唇角不禁苦笑，将这价值连城的珠子随意扔进了盒子里。

宇文御只是吃的一笑轻轻捡了一颗道：“虽然没有心上人但是这珠子倒是有些喜庆，我拿着做玉佩去！”

宇文效摆了摆手：“我不要那劳什子！”

宇文川笑着捏了三枚出来也不多话，剩下的推回到了宇文胤手边：“大哥替我们孝敬母亲吧！”

宇文胤只得作罢，闲话了一会儿，几个兄弟走了出去。

宇文胤扫了一眼盒子里的熠熠生辉的珠子，顿了顿，却轻轻从盒子里捏出了一颗，小心翼翼包裹起来。

他随即站了起来，走出了书房。随跟着的亲兵护卫忙躬身而立道：“主子要出去吗？属下这便去备马！”

“不用了！”宇文胤淡淡道，“不要同任何人说我出去了，明白吗？”

“是！长公子！”

宇文胤换了一身普通的银色绣梅纹的锦袍，头上的玉冠也取了下来，而是将头发用一根缎带绑在了脑后。即便是最寻常的锦衫穿在他身上，也难掩那一抹别样的风雅气质。

即便如此，那风雅之中仍带着几重令人看不透的冷意，高高在上，众生勿近的高傲。

他今儿心绪不宁，没想到女人真的是这个世界最令人讨厌的生物。他之前因为太过出色而被大燕朝的女子追逐，不过心头似乎是带着几分厌恶的。

如今好不容易有了一个令他心动不已的，却没想到居然是不死不休的局，这让他心里头更是被压着一块儿千斤的巨石，沉甸甸的难受得很。

若凌霜是寻常人家的女人，他早就派人上门提亲了。即便是她已经嫁做人妇，他甚至都愿意接纳，如是那夫家不放，他宇文胤自是有着千般万般的阴险手段将凌霜抢到手。

可是这一切都是他宇文长公子在自己内心里幻化出来的胜景罢了！他宇文胤可以娶这个世界上任何一个女子，唯独她是最不可能嫁给他的人。

他沿着街头缓缓走着，丝毫不在意四周那些女子们投射过来的热烈视线，还有男子们的敬畏。

他心头只盘旋着一个人的脸孔，亦嗔亦笑，亦怒亦骂，就像刻在他灵魂深处的印记。他试图用最锋利的匕首将这段不该有的印记从根子上挖出来，却没想到，更是加深了他的记忆。

宇文胤暗道不知道自己的父亲当年与凌国公之间究竟发生了什么？他那个时候已经是学武归来的十五岁少年，只知道回风谷一战，凌家十万大军惨遭屠戮全军覆没。

战功无数将大燕朝女子迷得死去活来的凌家嫡长子居然连一个全尸都没有剩下。

宇文胤一边思索一边闲逛，明天便是簪花节。大燕朝的簪花节倒是有讲究的，大多在春闱的前一天举行。

届时平日待在深宅大院的少女们会打扮得花枝招展，在毓秀河畔载歌载舞，还会将自己头上簪着的鲜花取下来送给自己中意的年轻男子。

若是年轻男子也同样喜欢，便主动邀请自己心仪的姑娘一起唱歌跳舞，接受周围人的祝福。

宇文胤此番看去，街上到处是卖鲜花还有珍珠的，大燕朝的女子喜欢在簪花节的时候戴着镶嵌珍珠的簪子，意味着爱情的圆圆满满，弥足珍贵。

“方公子，买一枚珠子吧？回去送娘子最好了！”

“是啊方公子！这可是上好的南珠！”

“方公子，看看我的！看看我的！我这里的珠子个儿大，亮堂！”

一群卖珠子的商贩顿时聒噪了起来，宇文胤猛地停住了脚步，下意识站在了一处拐角，却是看到身着一袭云纹海青色锦袍的方玉，正垂首左右看着小贩们送上来的珠子。

他似乎心情不错，京城中人人都知道方玉宠妻如命，看到他在珠宝市场上闲逛，便晓得这是给凌将军买簪花节上戴的珠子来了。

不过方玉何许人也，那些寻常小贩的珠子哪里入得了他的眼睛，他刚要迈步向一边的珠宝铺子里走来，却不想一个小贩拦住了他。

“方公子买了我的珠子吧！凌将军戴着方公子买给她的珠子一定会更加娇俏美艳！小的祝方公子与凌将军伉俪情深，只羡鸳鸯不羡仙！”

方玉顿时脸上绽出了笑容，掏出一锭银子塞进那人的手中，接过了珠子笑道：“算你小子嘴巴甜！”

其他人一看俱是纷纷效仿，一时间在天愿为比翼鸟，在地愿为连理枝，也冒了出来，沸沸扬扬甚是热闹。

10 借花献珠

方玉自然是图个好彩头，不停地将腰间的银子掏了出去。

“骚包！”宇文胤压低了声音骂了出来，脸色却是难看得要命。

他实在是不想听这些乱七八糟的奉承，但却神使鬼差地走进了方玉前进路线上的一家京城最大的珠宝铺子。

他刚一进门便是将里面的伙计狠狠吓了一跳，前些日子宇文长公子与凌将军的绯闻可是闹得沸沸扬扬，如今没想到也来珠宝铺子里挑选上好的南珠，难不成有了心爱的姑娘？

“小的给长公子请安！您看上了什么，小的给您包好送到府上去！”

宇文胤狭长眸子中的凛冽视线却是通过门口扫向了不远处的方玉，眼底掠过一抹寒凉，随即冷冷盯视着面前的小伙计。

“叫你们老板来！”

那小伙计巴不得呢！这样的大主顾他可不敢伺候，一个不小心便是掉脑袋的事情。

听闻消息的老板几乎是滚了出来的，胖胖的身子在宇文胤面前刚刚站定，便被宇文胤眸底的寒色所震慑。

“长公子福安！铺子里刚来了一匹珠宝，长公子请上座，一边喝茶一边赏玩。喜欢的在下给长公子抱着亲自送到府上去！”

宇文胤薄唇微启缓缓道：“用不着你来我这儿献殷勤，我只让你办妥一件事情！”

他拿出了藏在手中的巨大南珠，那老板顿时愣在了那里。他也是个识货的，这可是百年难得一见的上好南珠，光看那成色便已经是世所罕见了。

“这……长公子有何吩咐？”老板也不知道今儿宇文长公子怎么想到来他的铺子里消遣来了。

宇文胤冷冷道：“一会儿若是方玉来了，你一口咬定这珠子已经卖给了我，若是敢让他看出半分端倪来，我让你还有你的家人，还有你这间铺子明天就从京城中永远消失，知道了吗？”

老板狠狠打了一个哆嗦，刚要说什么，却不想方玉已经轻摇着折扇气定神闲地走了进来。

他暗自叫苦，原来是这两位惹不起的爷借着他的地儿斗法呢。可是宇文胤长公子那可是京城中连皇家都不愿轻易得罪的人，自己一个屁民哪敢不听话啊！

幸亏他也是闯荡过江湖的，演戏的功底倒是有几分，在方玉走进来的瞬间，便渗出了商人惯有的神情巴巴地赶到门口。

“方公子请进！您今儿得空？”

方玉淡淡一笑刚要搭话却看到了背对他负手而立的宇文胤，不禁神色一顿，刷的一声将折扇收好走了过来。

“宇文长公子好雅兴，也来挑珠子呢？不知道哪家的倒霉姑娘进了宇文长公子的眼睛？”

宇文胤唇角微凉，冷漠的神情确实没有丝毫的变化，自顾把玩着手中的南珠。

果然方玉的视线被成功的吸引了过去，转脸冲心头忐忑不安几乎要下跪的老板勾唇一笑道：“照着这厮手中的珠子给我来一枚！”

“不！”方玉突然改口道，“他手中这样的珠子我全部要了！”

老板额头渗出一抹汗珠来，方玉也不是个好惹的主啊！不过之前宇文胤已经放出了狠话，他倒是不敢再做什么变动，忙满脸难色道：“方公子，您看这实在是不好意思得很，这个上好的南珠几天前就被人买走了，今儿倒是只剩下了一颗，但是……但是宇文长公子刚刚付了银子！”

方玉一听脸色拉了下来。

“长公子，”方玉缓缓转身看着宇文胤道，“不知道哪位姑娘入了长公子的眼？”

宇文胤心头终于畅快了许多，冷冷道：“这个不劳烦方公子打听了，因为和你实在是没什么关系。”

他说罢一甩袖子将珠子收进了掌心，看也不看方玉一眼抬腿便走了出去。

“长公子请留步！”方玉今儿看上了这枚珠子，这枚珠子实在与霜儿太配了，他也晓得宇文胤近来根本没有往来的女子，若是有也是自家的那个不省心的小东西。

宇文胤也不是真的要走，停住了脚步，冷漠傲骄的神情拿捏得刚刚好。

“方公子有何贵干？”

方玉忙追了上去压低了声音道：“宇文胤，咱俩好歹也算是有点儿关系，不若将珠子让给我吧！”

宇文胤不禁齿冷，这厮还好意思说与宇文家有点儿关系，胳膊肘往外拐的混蛋！这一次若不是他从中作梗，自己的人在豫州也不会被凌霜收拾得那么惨？最起码老管家宇文易也不会被凌霜绑了肉票，敲诈了二十五万两银子，实在是可恨！

“不卖！”宇文胤扭头就走。

“宇文胤。”方玉紧紧跟随着宇文胤，像一块儿讨厌的狗皮膏药。

“方玉，我从来没见过你这么厚颜无耻的人！”宇文胤还真的是佩服方玉黏人的本事。

“非也！”方玉摇着折扇笑道，“我晓得的，我家娘子黑了你一些银子你气不顺，这样吧，这珠子你开个价儿吧！”

宇文胤终于露出一抹浅浅的笑意缓缓道，“这么名贵的珠子当然是价值万金了！”

“宇文长公子缺钱花了？”方玉眉眼挑了挑。

“十万两！”宇文胤想起了被凌霜敲诈的场景，不禁声音中带着几分咬牙切齿。

方玉哪里不明白他的心思，在霜儿那边吃了大亏，这是转而要从自己这边拿走点儿利息。

“好说！”方玉从怀中摸出一厚沓银票，数出了十张塞进了宇文胤的手中，将剩下的装进了怀中。

“汇丰钱庄，莫说是大燕朝通行，即便是其他国家也有分号，随便兑换！”

宇文胤的眼角狠狠抽了抽，这一下子轮到他瞠目结舌了，这个混蛋居然带着上百万两的银票在街上闲逛？

方玉乘着宇文胤怔忪的当儿，抬手将他的手腕狠狠一击，宇文胤反手一挡刚要反击，却发现自己的手已经松开了去。

浑圆的南珠咕噜噜滚进了方玉的掌心，他小心翼翼擎着南珠对着阳光照了照，微微眯起了眼睛笑道：“宇文长公子看上的东西果然是好东西，一会儿给霜儿镶嵌在簪子上，定能配得上她的风华绝代！”

他美滋滋地拿着南珠转身便走，感觉与宇文胤多待一分钟都会让他折寿似的。

宇文胤藏在袖间的手掌微微握成了拳头，随即却是垂首看着阳光下自己孤零零的影子，不禁万分悲凉。

他这是在生什么气？原本就打算借着方玉的手将这珠子送给那个女人的，因为不管他怎么恨她，但是确实只有她才能衬得上这南珠的灼灼其华。

凌府松林堂，凌霜刚从凌家后山的演武场回来，却不想方玉立在了镂花屏风旁边笑眯眯地看着她。

“有事？”凌霜风眸中掠过一抹诧异，后天这个家伙就要去参加春闱了，怎么看起来反倒是越发的闲散了起来。

“霜儿，明天可是簪花节，不想出去瞧瞧？”

“忙啊！后天你参加春闱，我还要去豫州一趟。”凌霜是真的忙，顾啸云已经将那些从河边往高处汲水的高转筒车做好了，第一批现如今怕是能用了。

她虽然讹了宇文胤二十五万两银子，可是算算三千亲卫军的吃喝拉撒，衣食住行，还有武器装备，以及训练费用，似乎并不怎么宽裕。

况且将士们能在前线安心打仗，后方大本营的亲人们能够妥善安置，前方的人才能豁出命来跟着她凌霜建功立业。

所以豫州这个地界儿必须要好好筹谋一番，什么簪花节之类的娱乐活动她都没有任何心思的。

第二章 风雨相携

01　吃燕窝

方玉脸色垮了垮，看着凌霜却是心疼得很，随即缓缓走了过来，将她一头还有些半湿的头发轻柔地绾了起来。

他的动作轻柔至极，不多时将她及腰的长发盘成了一个灵巧的螺髻，不知道将一样什么东西插进了她的发髻里。

“看看怎么样？”方玉笑着将一边的铜镜拿了过来放在了凌霜的面前。

凌霜一看顿时呆了呆，乌黑的螺髻边赫然出现了一支打制精巧至极的水晶钗子，整支钗子居然雕刻成了栩栩如生的凤凰形状，连眼睛都是传神至极，凤凰嘴边衔着一颗南珠，通体散发着璀璨夺目的光芒。

“方玉，这个实在是太漂亮了。”凌霜只一眼便喜欢上了这支造型简单却又精致无双的簪子。

“是啊！实在是太美了！”方玉垂首痴痴地看着眼前明艳至极的女子，这颗南珠果然与她相配，那十万两银子倒是花得不冤枉。

“霜儿，给自己一点儿歇息的时间，不要将自己逼得太狠了。”方玉弯腰将她抱了起来走到了床榻边。

凌霜脸颊微红，这厮的魅力她实在是扛不住，只得任由他将她箍进怀中，抬眸看着窗户外渐渐升上来的月牙。

“凌家的振兴也不是一朝一夕就能做好的。”方玉宽厚的手掌轻轻按着凌霜的鬓角，恰到好处的力道，似水的温柔，都是凌霜无法阻挡的毒。

“你若是累坏了，遭殃的还不是凌家？况且你还真的以为自己是铁打的身子吗？对了，那些我给你拿来的雪参最近有没有好好吃？”

凌霜一顿，最近实在太忙了，把这事儿倒是忘记了，讪讪笑道：“哪有那么娇贵？况且那个味儿我也吃不惯，都给烈火吃了！”

方玉脸色顿时拉了下来：“燕窝呢？”

“燕窝那个……那个……”

“小混蛋，你给我等着！”方玉勃然大怒，最近这个小混蛋忙成了陀螺，居然将自己弄来的补品全然不当一回事，顿时一阵恼火。

他大步走了出去，大约半炷香的时候却是提着一个食盒匆匆走了进来。

“方玉？”凌霜不知道这家伙是不是有魔怔了，难不成刚才给她煮东西了？

方玉打开食盒的盖子，取出了一盏已经煮好的血燕，随即拿出一只小碗，将碗里金黄色的蜂蜜汁儿倒在了血燕上。顿时一股子浓烈的香气扑鼻而来，凌霜下意识地吞咽了一口口水。

别说吃了，看着便是令人觉得食欲大振。

方玉狠狠白了她一眼，亲自端到了她的面前，凌霜忙要接过，方玉的手却是向后一缩。

“明天不许再去校场练兵！”

纳尼？凌霜凤眸猛地挑了起来，忙点头道：“不练，不练！”

“那好，明天不准再写那些乱七八糟的东西！”

“不写，不写！”凌霜馋得直流口水，看起来好好吃的样子。

“明天不准再画那些无聊的图纸！”

“不画，不画，方玉别废话了给我吃口，看起来不错哎！”

“明天陪我一起去簪花节！”

“不去，不去。”

“嗯？”

“额……不！不！去！去！”凌霜没面子的差点儿闪了舌头，这厮实在可恨总能将她的命脉掐的死死的。

方玉唇角微翘，却是将碗递了过去：“吃吧！”

凌霜迫不及待地挖了一勺，送进嘴巴里，不禁竖起大拇指道：“方玉，你这手艺良心说，实在是不错得很！”

方玉宠溺地看着眼前被自己放在掌心中细心呵护的女子，大口大口吃着他做的血燕，心头最最柔软的部分被狠狠刺痛着。

这丫头要求的不多，一碗血燕便能让她高兴到这种程度。只是这个世界对她实在是太过苛刻，给她的永远是血雨腥风，他想到此处不禁满心的怜惜。

“慢点儿吃！”方玉抬手擦去了她唇角的蜜汁，却是放在自己的嘴巴里舔了一口。

凌霜瞬间身子僵了僵，忙挖了一勺送到方玉唇边，随即又慌乱移开：“我让嫣红再弄一只勺子过来！”

方玉一口含住凌霜递过来的勺子，刮了一下她的鼻头，笑道：“我何曾嫌弃过你，你这个傻丫头。”

这下子轮到凌霜风中凌乱了，忙垂首吃光了血燕，打了一个嗝。

“睡吧！明天早上！我喊你！”方玉起身离开，依然按部就班将她床柱边的纱帐放了下来。

第二天一早，方玉便到了凌霜的暖阁中，亲自替凌霜挑选衣裳。这丫头虽然前些日子在他的教导下穿衣打扮方面日益精进了，可还是大大咧咧的一副样子。

方玉替她挑了一件玫瑰紫千瓣菊纹上裳，又选了一件月白色百褶如意月裙，凌霜整个穿起来居然于明艳处带着几分天然的雅致。

乌云般的发髻衬托着洁白的颈项，露出象牙般的柔美弧度。方玉亲手替她画了远山黛，点了口脂，更是增添了几分亮色。

最耀人眼的竟然是发髻上别的那支凤钗，好似天然与凌霜浑然相成，有一种令人惊叹的美感。

“姑爷替大小姐选的这一身装扮今儿定能艳压群芳，想必会拔得头筹！”姹紫觉得不管自己大小姐穿什么都能显出一股子灵气儿来，这一番装扮更是绝佳的。

凌霜一愣：“什么头筹？不就是个变相的相亲会嘛？我和相公随便逛逛而已，整那些长短做什么？”

嫣红嗤的一笑：“大小姐自然是名花有主的人！”

姹紫笑着抿唇不语，姑爷与大小姐是绝配。

凌霜打扮完毕去了松鹤堂给老夫人请安，老夫人细细交代了一番。

二嫂张氏挺着大肚子将一朵玉兰花别在了凌霜的发髻边笑道：“往年你都在边疆的，如今好不容易回来安顿了下来，簪花节上的这些讲究倒是不能含糊的。”

02 找碴儿

凌冰负手立在一边，宠溺地看着自家妹子，若是说这簪花节上的佳人无数倒也没有几个能胜得过自家妹子的风采。

自家妹子如今已经嫁做人妇，也不必去争那个彩头，只是看看热闹便罢了。

“祖母，二哥，我们去去便回来了！”方玉笑着牵着凌霜的手出了凌府，上了凌家的马车，直奔毓秀河畔而去。

马车还没有到毓秀河岸边，便已经被一群群穿着鲜艳的少男少女堵住了去路，凌霜不得不同方玉下了马车。

河岸边的高台上早已经载歌载舞起来，河边十里桃林中也穿梭着形形色色的人群，桃树上拴着祈福用的彩带。

桃林中间的空地上搭着彩棚，彩棚中世家大族的青年男女们聚在一起谈诗论赋好不热闹。

凌霜拽住了方玉的袖子：“方玉，我还真来不了那玩意儿，咱们去河边看歌舞罢了！”

“好，听你的！”方玉了然，身边的这个家伙打仗厉害吟诗作对却是不在行，随即牵着她的手准备离开。

“是方大哥吗？”云瑞珠的声音绵绵软软的袭来，凌霜好一阵头大，真是天涯到处有敌人，不管东西南北中。

方玉攥紧了凌霜的手压低了声音道：“我们走！”

凌霜点了点头刚要走，却不想六公主的声音也随着袭来：“凌将军好雅兴，今儿出来逛吗？”

六公主发话自然是走不脱的，凌霜暗自懊悔怎么好死不活非要带着方玉来桃林中寻不自在。

方玉也是无法，清冷的眉眼渐渐染上一层霜色，随即归于平淡，牵着凌霜的手转过了身子。

果然看到亭中坐着六公主和云瑞珠甚至还有……宇文胤？！！宇文家的其他几个公子哥儿也在。

凌霜暗道凑齐活了！

宇文胤今天穿着一身惯常的玄金色锦袍，头顶金冠，俊美的脸上却是平淡无波。即便如此还是吸引了身边无数女子的视线，不过都不敢显示出来，六公主可不是吃素的。

他看到了凌霜今儿的打扮倒是清雅中透着几分少女般的娇憨不禁一愣，视线更是移到了凌霜发髻上的水晶簪子。

他不禁暗恨还是方玉会讨女人的欢心，这样的水晶簪子只有他才能想得出来，同那颗珠子契合的那么紧密，宛若是天生为凌霜量体打造的。

亭子里的人看到这样装扮的凌霜倒也是第一次，一边坐着的阿雅眼底更是掠过一抹不易察觉的复杂神色，随即转为平淡。

宇文家的几个兄弟却是看到了凌霜发簪上的南珠后不禁狠狠吓了一跳，转而视线齐刷刷看向了自家不长进的大哥。

除了浓浓的惊诧更是觉得不可思议，大哥用了什么法子将南珠弄到了凌霜的脑袋上的？

“公主殿下福安！”凌霜同方玉给六公主躬身行礼。

“罢了！今儿是簪花节，那些虚礼便算了吧！”六公主淡淡笑道，心底却是掀起轩然大波，凌霜头发上居然也有宇文家的南珠。

昨儿宇文家的当家主母靖国公夫人将两只紫檀木盒子装的南珠分别献给了皇后和贵妃娘娘。

贵妃娘娘自然欢喜得很，又赏了自己的宝贝女儿六公主。六公主知道这是宇文家的东西，心头自然是喜悦的。命人镶嵌金钗上，今儿倒是被凌霜狠狠比了下去。

不用说那只巧夺天工的水晶钗，钗头上的南珠更像是一个笑话。原来她堂堂六公主居然是戴着别人挑剩下的东西。很明显凌霜头上的南珠比自己的这颗要更大一些！

他们都没有想到，那天宇文家兄弟几个挑选南珠的时候自然是将大颗的留给长兄，宇文胤又从里面挑了最好的给凌霜，自然是出类拔萃了。

云瑞珠看着凌霜的风姿瞬间将亭子里的女子们比了下去不禁暗恨，她今儿定要让这个自命不凡的女人出丑才算解了心头之恨。

“凌将军，今儿这簪花节大家吟诗作对凑个喜庆儿，不知道凌姑娘给我们带来什么样的好诗文？”

凌霜一阵头痛，这女人脑子被驴踹了吗？怎么处处和她过不去！爹可忍，娘不能忍！

方玉眉头一蹙，沉了声音冷冷笑道：“云姑娘这话儿在下倒是不明白了，吟诗作对本是有感而发，因情而发。簪花节素来都是闺中女子寻觅有情郎，心心相印，应和而成诗。云姑娘明明知道我家娘子才高八斗，这不是让她技压群芳，招惹桃花吗？要知道她可是我娘子，这样吟诵情诗让我很有压力的，怕是不合适吧？”

云瑞珠脸色瞬间白了白，凌霜唇角微冷暗道其实方玉说的实在在理。说白了簪花节既是春季求神娱乐大众的节日，又是变相的相亲会罢了。

只不过世家女子都矜持些，谁也没将这话儿往明面儿上挑，偏生这个云瑞珠像是吃了炸药一样，光顾着喷她倒是让自己陷入了尴尬。

不管怎么样，云瑞珠逼迫凌霜这样的有夫之妇作诗吟对，招惹桃花倒是不合适的。

“方大哥……你何苦这般……”云瑞珠眼底晕染出泪意，方玉越是如此护着凌霜她越是心头恨得要命。

方玉心头不禁升腾起一抹厌恶，之前在云家住的时候，这个云瑞珠挺聪明伶俐的一个人，怎么如今进了京城后越来越不长进了？

一直默不作声的宇文胤看到并肩而立的凌霜和方玉，心头不舒服得很。

“凌将军！”宇文胤缓缓站了起来，身后的宇文家几个公子爷齐齐暗自哀嚎，大哥！你当初是怎么向爹保证的，如今绝不轻易惹是生非！怎么一看到这个女人都忘了呢？

宇文胤从亭台中缓缓走了出来，狭长的眸子里晕着一抹令人捉摸不透的光，凝神看着凌霜。

凌霜哧地一笑缓缓道："不知道长公子有何见教？"

宇文胤淡淡笑道："听到坊间流传一句话，说凌将军的诗词做得不错，今儿凌将军大可不必落了俗套。难不成大燕朝这簪花节非要做什么情诗才算数吗？"

"吟诗作对有什么好，长公子既然有这闲情逸致不如咱们载歌载舞多热闹。"凌霜将心底的冷意压了下来。

她晓得宇文胤是高傲的人。若是激得他与自己比试跳舞唱歌，丢人的可是他而不是自己。

宇文胤脸色一沉，他堂堂长公子难不成要像街头卖艺的浪子一样供人消遣了去？

六公主此时哪里看不出宇文胤的窘迫来，微微一笑道："凌姑娘此言差矣，载歌载舞倒也罢了，毕竟失了体面。来人，看看今儿河边的诗词会到底是哪家的女子得了头彩？"

凌霜暗自冷笑，一个个都是等着看她的笑话，也是在那里装清高。

03 骷髅之舞

她刚要说什么却不想林子妍走了过来，冲六公主等人见过礼后冲凌霜笑道："凌姑娘，年年的簪花节都是吟诗作对，也太烦闷了些，不如今儿我给凌姑娘伴舞，凌姑娘抚琴一曲何如？"

凌霜也没想到林子妍会替她出头解围，这丫头倒是挺会巴结未来的老板。

凌霜唇角微翘，林子妍给了她一个台阶下，总比她灰溜溜带着方玉躲开的好。既然你们这些清高的女子不屑于这些粗俗的歌舞热闹，她凌霜今儿还真的扛上了。

方玉负手立在身后看着凌霜表情的变化，暗道六公主这一次可是自找的，好好的一个簪花节非要踩别人一脚。而且还是踩在了凌霜的脑袋上。

"好！既然林姑娘提出来了，我凌霜不能不给林姑娘个面子！只是姑娘手中有没有称手的乐器借我一用？"

林子妍转身命人抱过了一大堆奇形怪状的乐器放在了亭子外面的长案上笑

道：“都是凌姑娘喜欢的，凌姑娘请选！”

凌霜走了过去一看不禁哭笑不得，林子妍莫非真的是自己超级粉丝儿？但凡是她凌家乐器铺子里卖出来的新鲜玩意儿，这丫头都买了回去。

古筝，吉他，口琴，长短笛子，甚至还有小提琴？

凌霜挑了一把小提琴笑道：“好！今儿是大家的好日子，凌霜罪过不该扰了大家的雅兴，来！来！来！一起热闹一下！”

凌霜猛地飞身跃起却是站立在了不远处临时搭起来的高台上，小提琴此时流淌出欢快至极的曲调，正是凌霜之前比较喜欢的一首曲子《骷髅之舞》。

下面的人群先是呆了一呆，这是什么曲子啊？关键是凌霜还和着节拍挑起了诡异的舞步，这简直是大燕朝从来没有过的现象。

欢快的节奏感染了每一个人，不管什么样的时代下，都不缺乏一颗颗年轻跃动的心脏。

林子妍微微一笑突然也上了高台随着凌霜的节奏翩翩起舞，这一下子可是热闹了，连林子妍这样的闺中典范都如此放得开，那些世家女子倒也不矜持，也跟着欢快地起舞。

少年们自然是不甘落后，一时间整片桃林宛若沸腾了一般。所有的人都被点燃了去，不知道是谁起哄凑热闹将方玉也弄上了高台。

“凌将军！凌将军！与方公子共舞一曲吧！”

本来大燕朝的簪花节素来有男女共舞的习俗，只不过今儿这舞跳得有些离谱了。

方玉唇角含春，还没来得及反应过来便被凌霜一把拉进了欢快的人群中。他本来武功不弱，身子轻灵，而且人又长得俊美无双，自然带着几分风流恣意。

此番看着面前凌霜这个令他心心念念的女子宛若一只古怪精灵的彩蝶，旋转，飞扬，绽放出了人生最美好的华彩。

他将她的手紧紧攥住，随着她的步伐起伏，旋转，欢腾。周围爆发出一阵又一阵的欢呼声，这样的两个人谁能说他们不是天作之合，极其登对的一对儿呢？

宇文胤负手而立冷冷看着台上的那对璧人，心头被割开了一道道难以愈合的伤疤，流着血，让他冷到了灵魂深处。

一边的宇文御担心地看着自家大哥，这种事情他们兄弟几个也没办法。若是寻常人家的女子被大哥看上了，即便是抢他也要抢到宇文家去，可是为什么偏偏是凌霜。

他看了一眼自己四周狂热的人群，不得不佩服凌霜的道行，经过这件事情她怕是在京城中老百姓的心目中更是多了几分亲切之感，还真会玩弄人心啊！

宇文效虽然心头一万个不愿意承认，可是那曲子太欢快了，他狠狠踹一脚身边已经蠢蠢欲动抖胳膊抖腿的护卫骂道：“再蹦跶，爷废了你！”

瞬间宇文家的护卫一个个俱是安静了下来，眼巴巴地看着场中载歌载舞的人们，小眼神哀怨到了极致。为什么宇文家好死不活的要与凌家结仇？

不然的话，像凌霜这么好玩儿的女人被自家长公子抢回家去，做了当家主母！他们每天一定过得快乐极了，如今却是只能忍着看着别人的欢笑实在不爽得很。

“大哥！我们是不是该回去了，出来也有些时候了！”宇文御压低了声音缓缓道。

宇文胤似乎入了定一般，好半天才吁出口气道：“好！回去吧！”

他虽然如今心头烦乱可是还不得不同六公主告辞，六公主此时也是脸色尴尬到了极处。

本来这簪花节是瑞王殿下派出六公主执掌却没想到变成这样的局面，人人喊着凌霜的名字，眼底可曾有她这个公主半分？

堂堂的皇室居然被一个粗鄙不堪的武将生生比了下去，她心头憋闷至极却还不能显得太过小气了。

此时看向了宇文胤眼底几乎压也压不住的伤，六公主更是狠狠吓了一跳，难不成宇文胤喜欢凌霜居然到了这种地步？宇文胤素来沉稳有度，从来给人一种冷面邪肆的霸气，如今却是带着几分颓丧。

“长公子身子不舒服吗？”六公主终究还是没忍住，话语里居然带着几分酸涩。

宇文胤俊挺的眉头更是蹙了起来冷冷淡淡道：“多谢公主殿下关心！在下只是有公务缠身不能长久待在这里罢了！”

六公主心头一震，果然被凌霜那个狐狸精迷了眼睛，与她多待一段儿时间就这么难吗?

“长公子若是不喜欢这样的热闹不若随我一起去清园里品品茶可好?上好的山茶花茶……”

“多谢公主殿下，在下实在是有要紧军务要回去处理，失陪了！”宇文胤如今听到山茶花便身子微颤实在是受不了这个，带着几分失礼，粗暴地打断了六公主的话。

六公主心头的火腾的一下子窜了起来，随即缓缓平复了下去，脸上却丝毫不动声色缓缓道:“既如此，当以军国事务为要，本宫就不留将军了。”

04 春闱开始

簪花节第二天一大早，天边才刚刚露出鱼肚白，凌霜便开始张罗起了方玉要用的笔墨纸砚，进贡院里面需要自己生火做饭，米面点心也要准备好。

贡院那地方四面跑风漏气也是冷得很，凌霜又加了一件貂皮披风放在马车里。凌冰将自己的贴身小厮木延派给了方玉，好生伺候着，凌老夫人也是早早起来将方玉叫了过去千叮咛万嘱咐。

方玉不禁心头升腾起一股暖意，凌家人给了他几乎所有的关心和温暖。即便是即将临盆的二嫂也送了一副亲自做的狐裘护手给他笑道:“若是冻得慌了，暖暖手。”

“多谢二嫂！”

“方玉，心态放平和些，二哥等你的好消息！”凌冰笑着拍了拍方玉的肩膀。

“多谢二哥，方玉一定不负众望！”

“文家大少爷来了！”钱管家也是兴奋得很，他们素来是武将之家从来没有送自家子弟参加过春闱的，今儿凌家一大家子人都有点儿小激动。

“小妹，姑爷，还没出发吧?幸好今儿朱雀街还不是很堵得慌，给我赶到了！”文毓笑得爽朗。

凌霜忙拉着方玉给大哥文毓行礼，凌家人看到文家亲自派长子上门来，自然是觉得欣慰的。

文毓笑着命小厮们捧着一个个的盒子过来道：“方玉，这是大哥送你的端砚，这个湖州雪毫是二哥送的，三哥的玉雕笔山，四哥送了雪纸。父亲有一句话要我亲自带给你，文章但求练达，不需奇巧，第一场的文章自是要以踏实为准！”

“多谢父亲，大哥，还有几位哥哥，方玉春闱过后定当亲自登门拜访！”

“好！”文毓微微一笑，又嘱咐了几句随同凌家人一起将方玉和凌霜送出了府邸。

不多时凌家的马车停在了贡院的外面，四周的人纷纷看向下了马车的凌霜和方玉。

如今这一对儿夫妇可是京城中有名的红人，自是受了太多的关注。

凌霜边替方玉整理着他的包裹边嘱咐道：“方玉，每天吃饭要规律，我给你拿了一些去年秋天晒的萝卜干儿，你多吃一些。晚上要休息好不要太熬着，反而发挥不好，写不出好文章来。还有……”

“傻丫头！什么时候变得这么啰唆？”方玉理了理凌霜鬓边的发丝。

“哎呀！发冠怎么乱了？”凌霜踮着脚尖给他整理。

方玉微微躬身，宠溺地看着她将一缕缕的发丝重新整理顺畅，初阳璀璨的光芒映照在她初雪般的容颜上，带着几分空灵的美。

这一幕实在是羡煞了旁人，四周的人都是看呆了去！此时温情款款将夫君照顾得如此周到的小女人难道真的是那个杀人不眨眼的征西大将军吗？

这一幕恰巧也落在了刚好经过贡院的宇文家几个兄弟的眼中，贡院与宇文家的琼林苑恰好都处在北边的山林地带，取得便是一个幽静。

宇文家的几个兄弟此番看着凌霜脸上的温柔不禁吓呆了去，这还是那个飞扬跋扈让他们无所适从的凌霜吗？

“真是恶心得很！到哪儿都这么腻腻歪歪的！活活恶心死个人！”宇文效呸的一声吐了一口唾沫，满脸的不屑。

宇文御和宇文川却是有些担心地看向了自家大哥，果然宇文胤脸上已经是风起云涌，不禁暗自懊悔。

今天他们兄弟几个是不是吃错药了才会撺掇着大哥去琼林苑晨猎帮大哥散

心，簪花节上大哥看到凌霜与方玉翩翩起舞之后，回家后一直没有笑脸，整个安国侯府都是压抑到了极处。

宇文御等三个兄弟合起来想出了拉大哥去琼林苑打猎的法子，几只鹿打下来后，宇文胤的脸上终于露出点儿笑意。

可是如今看着大哥几乎黑成了一片的脸孔，宇文御不禁哀叹，大哥到底是造的什么孽啊？！谁不能喜欢偏偏喜欢上了凌霜？

他打马走了过来道："大哥，该回家了！一会儿还要去东大营查看军马！"

"嗯！"宇文胤薄唇紧抿，狭长的眸子里一片寒凉，突然转过身缓缓道，"帮我查一下当年回风谷的事情！"

"大哥？"宇文御大吃一惊，宇文家和凌家之前虽然互相竞争但还没有撕破脸，两家偶尔还有些交情的。

自从回风谷一仗后，凌家彻底同宇文家结下了生死仇怨，这件事儿一直是宇文家避讳的话题。如今大哥突然让他去查这件事情，这无疑触动了父亲的底线，宇文御心头有点儿犯憷。

宇文胤缓缓道："有些事情还是查清楚的好！"

宇文御不禁暗自叹了口气，这到底成了大哥的一块儿心病，罢了！正好借此机会向大哥说明凌家同宇文家绝对是血仇，打消了大哥那点儿不该有的心思也好。

"大哥，我最近便将这些查出来告诉大哥！"宇文御忙道。

宇文家几个儿子的分工却是很明确的，宇文御负责财产的积累和各种情报的搜集。宇文川负责官场的迎来送往，最是圆滑第一人。宇文效……这个是宇文家的一朵奇葩，兄弟们只想这个宇文家的老三能平平安安娶妻生子便罢！

只有宇文胤是被当作了未来宇文家的掌舵人培养，他永远都是高屋建瓴，运筹帷幄的王者！只是这位霸气的年轻的兵王却遇到了人生中最困惑他的事情，不知道这算不算对他之前残忍行事的报应？

05 演武场

凌霜带着嫣红和姹紫再一次去了豫州，此番顾啸云已经将她画的那些图纸全部变成了一架架高转筒车，整个庄子里倒是分外热闹。

她又命人将高坡边的旱地弄出垄沟，形成了一块儿块儿梯田，整个豫州凌霜的庄子上已经是一片欣欣向荣的景象。

"大小姐这简直是太神奇了。"即便是稳重的姹紫也禁不住惊呼了出来，没想到大小姐简单的素手一点，便会产生这样令人震撼的效果。

"主子！"小七恭恭敬敬行礼道，"庄子上的壮丁几乎全部回来了，一家出了一个人，属下都组织了起来在东面的场地开辟了一个演武场，如今已经训练了两天了，还请大小姐过目。"

凌霜点了点头骑着马去了东面的开阔地，远远便看到了木桩高台还有一排排简易的木头房子。房子正对着的便是一处可容纳几千人的演武场，凌霜暗自点了点头，小七的办事能力倒是越来越强了。

她骑着马走进了演武场，黑压压的人群瞬间安静了下来，每个人都好奇地看着这个对他们来说意味非凡的女子。

只见她一袭银色劲装，坐下的马儿宛若一朵烧红了的云，整个人英姿飒爽，自然带着几分别样的霸气逼人。

凌霜下了马一步步走上了高台看着下面一张张憨厚的脸孔，别样的青涩，就像一块块儿还没有雕琢的璞玉。

凌霜心头的血液也点燃了起来，这些年轻的生命将在今后的漫长岁月中与她一起燃烧。

"兄弟们！"凌霜的声音清脆中带着几分沉稳，令人莫名的踏实，"我想问你们一个问题，当你们老的时候会做些什么？"

下面站着的人一片茫然不知所措，凌霜这个问题问的实在是奇怪得很。

凌霜面色沉静继续问道："当你们有一天死去的时候，会希望你的后人们怎么评说你们？"

一片寂静，这些人过惯了面朝黄土背朝天的日子，从来没有想过这些问题。

凌霜突然抬高声调道："是被人点着你的老朽的身子说，看！这是个奴才！

做了一辈子的奴才，穷困潦倒，生无所依，什么都不是，死了之后也是低微至极的尘埃！一卷破席，一抔黄土，一座孤零零的坟茔！这是你们想要的吗？”

小七眼底瞬间闪过一丝光芒，如果没有遇到这个女人，曾经的他和小舞也一定会是这样的结局，但是遇到她后一切都不一样了。

“你们告诉我！是不是你们想要的？！”

“不是！”年轻的生命终于被激起了斗志，想要抛弃那抹已经渗透到了骨髓里的自卑。

凌霜满意地点了点头，抬手指向了演武场四周的重重山岭大声道：“既如此，以后跟着我！我会带着你们冲出这座大山，经历各种痛苦，凄惨，血腥，杀戮，但是有一点儿我可以向你们保证！你失去了一切，获得的将是天底下最难能可贵的荣耀，在你们老去的时候你们不会因为自己蹉跎岁月而懊悔，不会因为自己平庸终老而无奈，即便是马革裹尸战死疆场，人们都会冲你们举起大拇指说，看！他是凌家军的子弟！他是个真正的男儿！你们愿意跟着我走吗？”

“愿意！”震天撼地的呐喊声久久回荡在演武场上，几乎划破了天边火红的夕阳，谁也没想到这样一支完全由农奴组成的三千子弟有一天会成为大燕朝乃至整个东方大陆赫赫有名所向披靡的神武之军，倒是也没有愧对今天的这个誓言。

“好！兄弟们！我凌霜保证不管今后发生什么，我对你们不抛弃不放弃，你们生我生，你们若是全军覆灭，我凌霜自领朝之宝剑与你们共赴黄泉！”

“将军！”所有的人都惊呆了，不自觉缓缓半跪在了地上，直瞪瞪看着那个天神一样的女子。他们从来不曾听过发这种毒誓的将军，每个人心头的震撼无以复加，一个个眼底都晕满了泪意。

凌霜轻轻一笑，微微扬起来的俏脸在晚霞的映照下自然带着几分别样的光芒。

“不过你们放心，我凌霜很惜命的，所以跟着我，你们不会死！”

姹紫和嫣红唇角沾了泪意，笑着抹了一把，是啊！跟着大小姐怎么会死？她不把别人整死已经够给别人面子了。

“你们先在这里按照我的法子操练，一切听秦统领的安排！一个月后我带你们进京！但是记着一点，我凌家军从来不要废物，这一个月内我会命秦统领安排三轮考核，能过关的继续留下来，过不了关的领赏银五十两回家种地！能不能留得下来就看你们自己的努力了！”

凌霜说罢便走下了高台冲小七喊道：“秦小七，我也丑话说在前头，凌府中如今已经进来五个厉害人物，你这统领以后能不能当得下去，也要看你的本事了！”

小七唇角微抿露出一抹自信的笑容道：“将军放心，我秦小七也不是吃素的，倒是想要同新进凌家的几位兄弟会上一会！”

凌霜暗自点了个赞，自己亲自培养起来的人果然霸气得很！

她正在与小七说话，突然一阵急促的马蹄声传来，马背上的正是一身玄色劲装的月珑，妖冶的脸上已然是一片煞气。

“大小姐在哪里？快！”

凌霜心头一顿道：“月珑，发生了什么事？”

06 惊变

月珑焦急地喊道：“二爷出事儿了！”

“二哥怎么了？”凌霜越听心头越是焦灼异常。

“二爷昨儿在瑞祥绸缎庄点货回来时迟了便留在了铺子里休息，不想阿雅公主出现在了瑞祥绸缎庄二爷的房间里，而且还……死了！今早发现阿雅公主赤裸着身子，全身上下的那些痕迹实在是惨不忍睹！”

“什么？！”凌霜惊出一身冷汗，阿雅公主是瑞王殿下的未婚妻，不日就要大婚了，没想到居然会出现这种情形，这简直是满门抄斩的死罪啊！！

“二哥呢？”凌霜凤眸已然一片血红。

月珑喘了口气道：“被押进了死牢，若不是文家老爷还有太子殿下在皇上面前拼死相劝，如今怕是早被拉出去斩了。”

“凌家其他人呢？”凌霜看到月珑的神情不对，若不是凌家发生了更大的事情，他的表情也不会这般急促。

“这……二少奶奶听了二少爷的消息后受了惊吓，动了胎气！”

动了胎气？凌霜心头一紧，这他娘的到底是谁想出了这么毒的计策，分明是要将凌家一锅端啊！

“回府！”凌霜飞身跃上了烈火，瞬间冲进了夜色中，必须要连夜赶回去！

凌霜连夜狂奔赶到了京城的时候城门也刚刚打开，打早上朝的官员们看到凌霜疯了般的冲到东司马门俱是大吃一惊。

她飞身下马，也顾不得什么忙冲守着宫门的护卫道：“兄弟们帮帮忙，我想求见皇上，让我进去！”

“凌将军！”魏公公缓缓走了出来道，“皇上口谕，今儿不便召见凌将军，请凌将军回去吧！”

“魏公公！”凌霜大吃一惊，皇上这是铁了心要杀自己的二哥了吗？她知道二哥绝不会做出那样的事情来，而且阿雅与二哥素不相识，怎么会出现在二哥的卧房里。这分明是一场环环相扣的算计，出人意料，用心毒辣。

“魏公公劳烦通报一下，我今儿一定要见皇上一面！”凌霜忙要冲进东司马门，却被一条胳膊狠狠拽住了。

凌霜转身一看是文家大爷文毓正关切地看着她，一把将她拉到一边：“小妹，你疯了吗？”

“大哥！”凌霜只觉得心底发酸，文毓松开了她的手臂压低了声音道，“小妹，今儿你若是冲进去，凌家可就真的完了。即便是文家和太子拼了老命也不可能将你和凌冰一起弄出来的！留得青山在不怕没柴烧，今儿你若是糊涂了，冲撞进去，你可知道冲撞宫门那是死罪！”

凌霜缓缓闭了闭眼睛冷静了下来：“多谢大哥！”

文毓放心了些压低了声音道：“当务之急先让自己冷静下看看下一步该怎么做？昨儿太子殿下几乎因为这件事情和皇上翻了脸，至今被关在宗人府禁足呢！你再这么一闹，更是坐实了你和太子结党的事情，到时候被瑞王乘机参上一本，这便是朋党之争的大祸啊！要是姑爷在就好了，依着他的聪明才智，定能化险为夷。”

凌霜突然意识到那些人动手恰好是因为方玉如今在贡院里不能出来的机会，不禁心头更是恨得牙痒痒。

文毓继续道：“你二哥虽然被打入了死牢毕竟皇上念着你的情分儿，再者生怕与太子生分了，倒是没有判处斩立决，我们还有机会。”

“多谢大哥！”凌霜感激地看着文毓，这一次若不是文家人拼了身家性命替凌家出头，自己怕是来不及了。

“你先回去看看你二嫂，情况不容乐观，朝中我和父亲还有三弟查看着情形，若是有什么新消息会去凌府告诉你！”

凌霜看着文毓的表情顿时暗道不好，二嫂是不是出了什么事情？

“大哥，你上朝我先回去！还有我二哥在狱中不知道安全与否？”

文毓忙道：“小妹放心，刑部是太子的天下，文家的人也很多，大哥答应你用命护着凌二爷！”

她什么也不必说了，狠狠点了点头，转身便急匆匆的离去却不想一晚上赶路早已经筋疲力尽，一个踉跄差点儿摔倒在地，却被一条结实的手臂稳稳扶住。

“谢……”凌霜的另外半个谢字噎了回去，居然是宇文胤，狭长的眸子凝视着她，说不分明的神情流转。

凌霜推开他的手臂踉跄着几步走了过去，跃上了马背飞奔而去！

宇文胤看着停在半空中的手臂，缓缓缩了回去，这丫头这一次可是吃了不少的苦头了。可是回想起她刚才那张惨白的脸，心头却是没有仇人倒霉后的快感。

他猛地转身看向了身后的宇文御。

“大哥，不是我们做的，我们哪里有这么大能耐能将阿雅公主弄死了去，丢到凌冰那倒霉鬼的屋子里！”宇文御忙澄清，自从上一次大哥发了脾气，他们几个倒也不敢轻易将凌霜怎么样了。

宇文川垂首不语，宇文效却是满脸的开心道：“凌霜那女人终于有人能制得住她了！哈哈哈哈……”

“闭嘴！”宇文胤烦躁地怒喝，宇文效忙闭了嘴向后缩了缩脖子，看着大哥清冷的脸孔。

宇文胤迈步向宫门处走了进去，宇文效忙将宇文御拉到一边压低声音道：“四弟，凌霜那死女人让咱们吃了那么多亏，这一次终于倒霉了，怎么感觉大哥好像很不开心似的！”

宇文御唇角抽了抽道：“心疼了呗！”

07　生死攸关

“啊？！”宇文效低呼了出来。

“啊什么啊？还不快跟上大哥，难不成等着挨大哥的鞭子吗？”宇文川将两个弟弟一手一个拉着拖走。

凌霜骑着烈火刚停在了凌府门口，便看到了文家的马车也停在外面，金氏急匆匆钻出了马车带着两个稳婆刚要迈上台阶却看到了凌霜。

“小妹，”金氏惊喜异常，忙疾步抢了过来一把抓住了凌霜的手臂将她拉住，“你可是回来了，二少奶奶怕是不行了，受惊难产，孩子还没足月呢！我这都找了第三拨稳婆了！”

“多谢四嫂。”凌霜心头真的是慌了，忙跟着金氏去了松鹤堂，却看到文家大嫂赵氏扶着已经老泪纵横的凌老夫人候在了闲梦居暖阁的外面。花白的头发散乱着，眼睛已经哭肿了去。

凌家本来人丁不旺，一家子人盼望着这个小婴儿已经盼望了好久，却不想转眼间便是一尸两命的凶险。

“祖母，怎样？”凌霜也没生过孩子啊！这事儿实在是难缠得很，如今凌家大难临头似乎能活一个算一个！

凌老夫人像是抓住一根救命稻草紧紧抓着凌霜手臂号啕大哭起来，像个委屈的孩子。

凌霜凤眸一酸强忍着泪意，这个家如今没了主心骨，她不得不咬着牙扛起来。其实谁都不知道她如今比谁都害怕，今天的事情实在是太突然了，她也不知道该如何是好？

“大嫂，麻烦你扶着我祖母回松鹤堂歇着！”

文家大嫂赵氏忙点了点头同文家几个媳妇扶着快要哭晕过去的老夫人回了松鹤堂。

“凌霜，这又是怎么了？”叶南之前出去采药被凌家的人半道追了回来，连夜随同顾啸云赶了过来，刚一进门便听到凌家出事儿了。

看到叶南后，凌霜埋藏在心底的那抹慌乱终于压制了下去，一把拉着她进了二嫂张氏的卧房。顾啸云自然是不能进的，脸色却是难看得要命，如今那些人乘着少主在贡院中的机会这般欺负少主心爱的女人。

想到此处，他不禁打了个哆嗦。少主若是出来了后，指不定要掀起多大的波浪来。算了，与其等少主回来让他彻查此事，他还是早早地派人将这一次的幕后真凶查出来再说。

此时闲梦居的暖隔里满是血腥，叶南支着两只满是鲜血的手将一群已经脸色惨白手忙脚乱的稳婆轰了出去，神情严肃地看着凌霜道："保大还是保小？"

"你他娘不要问我！"凌霜抱着头蹲在了地上，带着哭腔道，"我怎么知道？！"

叶南眼底也含着泪，二嫂张氏辛辛苦苦扶持着凌家十几年没有半分怨言。将一家老小的生活起居照顾得分外周到，即便是她这样一个孤儿，张氏也将她当作了亲妹妹看待。她实在不忍心看着她就这样活活惨死，可是那孩子是凌家未来的希望，她也不能看着死。

"霜儿！霜儿……"张氏已经用尽了最后一丝力气。

凌霜忙跃了起来冲到张氏的身边将她冰凉的手紧紧握着："二嫂，再加把劲儿，孩子一定会没事的，你也不会有事的！"

"霜儿，"张氏惨白的唇角微微颤抖着，死死抓着凌霜的手道，"让我的孩子活下来，求你……求你……我信我的相公……他绝不是那种人……救他……"她头一歪晕了过去。

"快！快！给她含着参片，吊气！"叶南也慌了，张氏撑不下去的，她已经晓得可还是拼了命的救人。

"怎么办？孩子还没有转过来，不足月而且还是横着的，这样根本生不出来啊！"一边金氏的一个娘家嬷嬷惊慌失措道，她以前也做过稳婆被金氏抓了来。

金氏脸色也好看不到哪里去，她也没生养过没想到这么凶险？

凌霜看着二嫂的肚子突然咬了咬牙一把揪住叶南道："剖宫产会不会？麻沸散全身麻醉，羊肠线缝合创口，肚子上开刀将孩子取出来，然后将创口缝合，做好消炎工作，伤口不能感染，我问你人能不能活？你敢不敢做？我不保大保小，我要两个都活！叶南你给我句话，能不能做，敢不敢做？"

叶南顿时吓傻了，这他娘听起来相当刺激啊！！

她随即也豁出去了，都到这般地步大不了一尸两命，她叶南以后再也不涉足医行！

“能！但是我要找能保命吊气的紫参！有了这个二嫂还能撑一段儿时间，否则老子不做！”叶南吼了回来。

“紫参我去找！”凌霜猛地抹了一把眼泪，她要拼一次，走出暖阁一把抓住顾啸云道：“紫参你有没有？”

顾啸云不禁苦笑叹了口气，南儿真会出难题，随即看着凌霜道：“不瞒你说，紫参是几百年才能结一次果实的灵药，天下只有三株。两株当然在高车国内，因为紫参就是出产在高车国的济北之。不过高车国距离大燕朝也有大约几千里地，根本没时间赶个来回。”

“还有一株呢？”凌霜的凤眸都急红了。

08 再偷

顾啸云缓缓道：“在宇文家一个秘密之所里，说白了大燕朝连皇家也没有的东西，宇文家却有！”

“宇文家还有这样的地方？”凌霜觉得这简直太不可思议了，原本她还想着自己要不要去求求太子，虽然太子被禁足可是太子府里的东西也是大燕朝极好的，没想到这样珍贵的药材整个大燕朝只有宇文家有。

她眉头狠狠蹙了起来，这个宇文家的实力她其实根本没有触到底，实在是深不可测。不过顾啸云经营风雨楼这么多年，想必他的消息绝对不会出错。

“这个秘密之所在哪儿？”

顾啸云一愣随即缓缓道：“宇文家的园林琼林苑背靠凤华山，山上有一处宇文家的禁地，既是宗族祭祀之所，也是藏了很多宇文家秘密宝藏所在地。只是琼林苑由宇文家最精锐的护卫军虎贲控制，而且那个地方据说是诡异得很。不光机关重重，还设置了很多的暗影杀手，一般人根本不可能进去。”

凌霜随即转身咬着牙道：“嫣红，将月珑还有后山上的冷玉卿他们几个叫过来。”

“是。”嫣红忙赶了出去。

顾啸云一愣："凌霜，我奉劝你不要硬闯宇文家的地宫，那里可是个有去无回的地方！"

凌霜凤眸一挑冷冷道："谁说要硬闯，老子偷还不行吗？"

凌霜几乎将凌家所有身手好的人都带到了琼林苑，有那些人作掩护她也顺利的突破到峰顶宇文家祭祀用的家庙前。却不想又窜出来十几个手持弯刀身份更加诡异的黑衣人来，举刀便刺向凌霜这样一个不速之客。

凌霜拔出朝之将自己周身的要害护住，可是没想到这些人的武功一个个都几乎到了变态的程度。她咬牙拼尽全力才杀掉两个，其余的更是不要命地刺了过来。那些弯刀都带着倒刺，若是被砍上一刀，少说也要去掉半条命。

该死！凌霜闷哼了一声，左臂还是被划开一条口子，忙垂首咬破领口，服下藏在那里叶南给她的避毒丸。

刺伤了凌霜的黑衣人显然一震，没想到这一次闯进宇文家重地的刺客居然这么厉害，见血封喉的剧毒都不能毒死她。

凌霜凤眸一凛，抬手便是一刀结果那人的性命。可是四周围过来的人越来越多，却不想那些人身后不断传来一阵阵压抑的闷哼声。

凌霜定睛看去，只见方玉留下来的血影门的人纷纷蔓延而来，瞬间将局势扭转了去。

她不敢稍有喘息，事情已经到了这一步，只能速战速决，一脚踹开了宇文家庙的庙门，按照顾啸云提供的密道地图打开里面的机关顺台阶而下。

越往下走，凌霜的心头越是震撼不已，所过之处居然是一条用大理石砌成的几丈高的通道。每隔几米便设置了一道道装着机关的石门，都被凌霜轻易打开了去。

即便是没有顾啸云给她的宇文家密道的图纸，凭借着当年她在错综复杂的地宫中与那些国际大盗周旋的本事打开这些倒也不是难事。

凌霜顺着通道一直走到了最里端，却发现台阶逐渐变得宽大起来，开始向上延伸，抬眸看去倒像是展开的巨大扇面。

那些台阶居然都是用成块儿的墨玉镶嵌而成，在凌霜手中火把的映照下显出了几分令人瞠目结舌的宏大磅礴来。

凌霜暗道好一个宇文家，这样的财富不知道积累了多少年？凌家与宇文家相比简直是不堪一击，心底越发不是滋味。

走上台阶后径直到了一处巨大的石门前，凌霜将自己之前准备的小型爆破炸药控制好了量，谁知一次爆炸之后那门居然纹丝不动。

她又用了别样的工具使出浑身解数依然打不开这最后一道门，不禁心头有些着急，将火把更是凑近了些看去。门上是大团的宇文家的火焰状图腾，黑色墨玉配上赤红色红宝石拼凑而成的火焰图腾，令整个场景竟然多了几分诡异。

凌霜射出铁锁将自己吊到了门的最顶端，希望从上面能找到缝隙进入，哪里想到门的边角几乎延伸到了四周的岩壁里，简直是无缝结合啊！

她不得不下来，趴到了门的最底端，看看能不能找到缝隙，只要找到一条小缝隙她就能想办法进去。

“凌将军是来偷东西吗？”一道清冷的声音缓缓袭来。

凌霜差点儿整个人趴在了地上，一个跃起转过身来却看到了门口四周的青铜灯罩不知道什么时候已经燃了起来，散发出鲛油的味道。

光影之中缓缓走来一个身姿挺拔高大的身影，正是身着玄金色锦袍的宇文胤，脸上的表情在忽明忽暗的光影中显得不甚分明。

凌霜暗道不好，自己这一次算是栽了个大跟头，凌家居然又出了叛徒！

从二嫂张氏难产到凌霜决定来宇文家偷取紫参救命，这期间只有凌家的内里人知道。即便是凌霜带着月珑他们来琼林苑，也没有告诉月珑他们所要去的地方究竟是哪里，除非有人之前已经得知了她此番的目的是为了紫参，从而推断出今夜必有行动！

那么究竟是谁呢？难不成是叶南、顾啸云或是月珑他们？若不是有人提前通风报信，宇文胤绝不可能这般守株待兔等着她。

宇文胤站定在了显然有些惊慌失措的凌霜面前，看着被凌霜祸害的狼藉一片的石门，狭长的眸子里掠过一抹沁人心骨的寒凉之色。

“撬门撬的还开心吗？”

凌霜忙从慌乱中收回了心神，将手中的工具扔到了地上笑道：“长公子说笑了，一切都是误会。”

她再怎么着急也只能压下心头的绝望，这样的地宫中，宇文胤有一百个机会要了她的命，让她灰飞烟灭，可是她知道自己若是死了，整个凌家也就完了。

二嫂今夜会死，没出生的小侄子也会死，即便是关在狱中的二哥也会遭人陷害。老祖母那边如何能承受得了这样的结局。

“误会？”宇文胤唇角扯出一抹寒凉，“你带着人大闹我的琼林苑，闯进我宇文家的禁地，居然说这是一个误会？”

凌霜的手掌按在腰间的朝之宝剑上，今天看来不得不拼个你死我活了，但是她明白自己根本打不过他，即便如此也要拼尽全力才能打他个措手不及，然后逃出去再想办法。

“我只是想要借用你家的紫参救人一命而已，没曾想会遇到长公子你，实在是有缘得很嘿嘿……”

“你明明知道我宇文家绝对不会借给凌家人任何救命的东西，所以你选择了偷？”宇文胤满脸的嘲讽。

“不要说的那样难听嘛！救人命的东西怎么能说偷呢？”凌霜话音刚落陡然朝之宝剑的光华勃然而出直接刺向了宇文胤的面门。

宇文胤似乎早有防备侧身避过，手中不知道何时已经拔出来的赤练剑瞬间将凌霜兜头罩了下来，一股子浓烈的血腥味道袭来，他出剑的手顿了顿，目瞪口呆地看着凌霜居然不管不顾地冲出了他的剑雨夺路而逃。

“想跑？”宇文胤不得不佩服这个女人的心性敏捷，此番她确实不适合与自己单打独斗，居然宁可受伤也不愿意与他缠斗下去，只顾着用尽一切力气逃跑。

凌霜的背部火辣辣的疼，刚才宇文胤那一击却是威力巨大，估计受伤不浅，但还是忍着痛抬手将飞索射向了岩壁顶端，整个身子灵巧的吊着向前飞身而走。

09　做我的宝藏

宇文胤瞬间跃了起来，将自己的轻功发挥到了极致，眼见着那个狡猾的家伙要退出了地下通道，抬手一扬，一簇暗器射了过去。

凌霜一惊，手臂却是被暗器击中，这一下伤得不轻，整个人掉了下去，该死的。宇文胤居然也学会制造自己的袖箭了。

上一回自己用袖箭在宇文家的家宴上让孙冕吃了一个大亏，不想宇文胤居然有心记在心里，光看了几眼便能将袖箭仿造得如此逼真，实在是太出人意料。

她只觉得整个人头晕目眩，宇文胤居然在袖箭上淬了毒，幸亏有叶南的避毒丸，可还是身子软了下来，直直栽倒在地上，撞在坚硬的岩石上，登时一口血憋在了喉咙间，差点儿晕了过去。

她狼狈地趴在了地上，看着那双云泥底镶金边的靴子缓缓移到了她眼前，随即一阵头晕目眩，整个人被宇文胤提了起来。

凌霜喘了口气，咳出一口黑血来，冷冷笑着看向了宇文胤那双深若寒潭的眸子道："宇文胤，我还真的挺佩服你的，既然凌霜技不如人便甘拜下风。来个痛快的吧！"

宇文胤看着凌霜已经惨白的脸，凤眸中却满是不甘还有一点点的绝望，不禁心头狠狠沉了沉。今天若是杀了她，实在是太好的机会了，只要她一死，大燕朝再无人能是他的对手，即便是方玉……

他狭长的眸子微微眯了起来，不知道凌霜死了后，方玉会不会也跟着废了？他喜欢这个女人已经喜欢到了骨子里，她若是死了……

宇文胤突然胸口狠狠痛了一下，只要想到眼前这个女人变成了一具没有生命气息的冷冰冰的尸体。他居然没有任何的喜悦，而是一波接着一波的心痛，这让他更加烦乱不安，不禁心头苦笑。

若是她死了，恐怕疯了的不止是方玉一个人吧？为什么？为什么会是这样？！！

"我不会让你死的。"宇文胤几乎带着咬牙切齿，更多的是恨着自己。

凌霜一阵诧异，已经到这般田地，她实在想不出宇文胤还有什么理由不杀了她？这简直是天赐难得的好机会！她都悲哀地替宇文胤纠结不堪了，这人到底是想干什么？

宇文胤却是将她的穴道点了，拖到了那扇门前冷冷笑道："不让你亲眼看看你想要的东西，你岂不是死得冤枉？"

他一条手臂将她箍进怀中，另一条手臂却是伸向了门上面的那些火焰纹路，稍稍一拧，里面居然弹出了一个手掌般大小的血槽。

宇文胤将中指狠狠咬破，鲜血滴在了血槽中，石门瞬间震动了一下，缓缓向左右两边分开。

凌霜张大了嘴巴，生物识别技术！这个混蛋的时代居然已经有了令人不可思议的生物识别技术？！！

宇文胤唇角一翘凑到凌霜的耳边冷冷道：“怎样？是不是失算了？我告诉你只有宇文家的历代家主才能打开这道门，我是下一任的家主，你来偷东西之前怎么连这么重要的消息都没有搞清楚就来了？我该是说你的勇气可嘉还是愚蠢不堪？”

凌霜的凤眸缓缓闭了上来，脸色更是白了几分，看在宇文胤的眼底却是多了几分令他几乎要发狂的怜惜。

“宇文胤你如果只是为了炫耀什么，拜托你别费力气了，有意义吗？”

宇文胤一愣，却是将她的下巴紧紧攫住扭向了另一边道：“不看看我收藏的好东西？”

凌霜下巴处传来一阵锐痛不得不睁开了眼睛，石门后面居然是一个偌大的天然溶洞，每一处都被水晶石隔开了一个隔断，里面堆放着一堆堆的罕见珠宝，各种名贵宝剑，还有数不清的名贵药材，奇珍异兽的皮囊和兽骨。

是的，实在是数量之庞大只能用一堆堆来形容，以前也想象过宇文家很有钱，只是没想到会到了这种变态的程度，即便是承平帝的国库恐怕也没有这么丰盈充沛吧？

只是她不明白宇文胤在她面前炫耀这些想要干什么？越是这般炫耀她越是不可能离开这里了。

“凌霜看到了吗？你觉得你还有机会与我斗？”宇文胤的声音中带着几分微微的沙哑，说不出的魅惑。

凌霜心头一跳冷冷道：“宇文胤你到底想要干什么？痛痛快快一刀杀了我，何必这么啰唆？”

宇文胤狭长的眸子里掠过一抹哀伤，突然冷冷一笑：“杀了你，我要是能杀了你，早就杀了，何必等到现在？”

凌霜猛地转过脸看着宇文胤脸上一晃而过的哀伤表情，身子不禁狠狠抖了抖，心底居然划过一抹惊惧。

宇文胤看着她道：“我宇文胤看上的东西，要么毁掉，要么就收起来。如今你也见识了我宇文家的秘密，你说我还会放你离开吗？”

凌霜的心头急促地跳跃了起来忙道："宇文胤你脑子正常一点儿好不好？"

"遇到你后就不正常了。"宇文胤叹了口气，突然将她的下巴抬了起来，凝视着她完全慌了的凤眸，这丫头第一次看起来像一只怯生生的兔子。

"该死的！我居然会喜欢上你这个混蛋！既然杀不得，那便留在这里做我的收藏品吧！"宇文胤声音低沉了几分。

"宇文胤你痛痛快快杀了老子！！"

"太迟了！"宇文胤猛地将她打横抱了起来扔在了一边的水晶榻上，整个人将她死死压在了身下，狠狠吻上那张令他魂牵梦绕了无数次的唇。

辗转，碾压，带着几分他宇文胤在战场上的凶狠邪肆，贪婪的浸润在只属于凌霜的那股子独特的杜若香气中。

"呜……"宇文胤被惊恐至极的凌霜咬了一口，唇角吃痛忙抬起头，眼底的疯狂却是更加浓烈了几分，抬手便将凌霜早已经破烂不堪的外衫撕碎了去。

"宇文胤你杀了我！！杀了我！！你这样将我羞辱而死，我化成了厉鬼也决不轻饶你！"凌霜悲鸣道，凤眸中满是屈辱绝望的泪水。

她是真的被宇文胤逼到了绝境，不禁连声音都带着几分沙哑嘶鸣，只觉得宇文胤若是还存着几分仁慈，就应该一剑刺死了她也好过这样的羞辱。

10 放她离开

宇文胤停下了手中的动作，定定凝视着她已然赤红的凤眸，心头一股子没来由的烦闷陡然袭来。为什么要这样？为什么他对她会存着几分心疼和怜悯？心底缓缓撕裂般的疼，不想失去她更不想被她厌弃。

他知道但凡今夜自己稍稍放手，便是宇文家族千古的罪人，可是他却是见不得她受半分苦楚，这本不应该是他关心的。

纠结就像毒液侵蚀着他的灵魂，他狭长的眸子狠狠闭了闭，猛地将凌霜从水晶榻上提了起来狠狠甩到了门边。

凌霜只觉得头晕目眩，浑身的伤口更是疼痛难忍一口血差点儿呕出来。她继而却目瞪口呆地看着宇文胤大步走到了高台边将一个锦盒扔进她的怀中，整个人背着她立着身子却微微发抖，仿佛极力克制着什么。

“滚！下回再要闯进这里来，我定不饶你！！”宇文胤的声音中带着几分绝望，甚至是比凌霜更深厚的绝望。

凌霜几乎不相信自己的耳朵，宇文胤这是要放她走吗？她猛地打开锦盒居然是自己想要找的紫参！

“宇文胤，今日之事算我欠了你一命，日后待你被我抓住，我还你便是！！”凌霜忙起身跃出了石门。

宇文胤一拳砸在了水晶壁上，鲜血四溅，这个死女人竟然还想着有朝一日生擒自己，她到底有没有心？！！

凌霜刚冲出了宇文家的禁地，方玉血影门的人已经将宇文家外围的那些护卫几乎打倒了大半，不过凌霜带来的人也讨不到好去，损失惨重得很。

她此番紫参得手也无心恋战带着月珑等人回到凌府，叶南已经等得心急如焚，看到凌霜满身是血不禁大吃一惊。

“凌霜，没事吧？”

“先别管我，我二嫂如何？”

“一切都准备好了，就差紫参续命！”叶南也不啰嗦看到凌霜还有些力气说话便知道她暂无大碍，忙接过她怀中的紫参走进了里间。

凌霜知道自己帮不上什么忙，这个夜晚几乎耗尽了她所有的力气，不过最令她不可思议的便是宇文胤今晚的举动。

她猛地端起茶杯走到了房檐下漱口，嘴巴里骂骂咧咧却又不知道该说些什么好，只觉得心头一阵阵憋屈。

啪的一声！凌霜懊恼地将茶杯摔碎在了墙壁上，她的凤眸中满是浓浓的杀意，究竟是谁下了这么一条毒计让凌家差点儿万劫不复，是宇文胤吗？

她突然下意识地摇了摇头，不知道为何自从宇文胤对她做出了那个非同常人的举动，她潜意识地认为这一次一定不是宇文胤干的！

阿雅公主素来与凌家人没有交集，除了与自己有些渊源之外，不可能与二哥会缠在一起？阿雅公主若是死了，会对谁最有利呢？

她猛地凤眸一挑。瞬间迸发出一抹冷光，难不成是瑞王龙辰轩？她纤白的手指紧紧扣着青砖边角的缝隙，整个身子抖了抖，她本不想掺和到皇子夺嫡的破事儿里头。若真的是瑞王别怪她不客气了！

此时屋子里突然传来一声撕心裂肺的婴儿的啼哭声，凌霜觉得自己又活了。

婴儿的啼哭声越来越嘹亮，伴随着里面急匆匆的脚步声每一步都踏在了凌霜的心头。终于帘子掀了起来，金氏满脸喜色地抱着一个裹在锦缎中的婴儿走了出来。

“霜儿，叶南姑娘实在是活菩萨在世啊！这样都能母子平安！实在是……”她说不出话来，眼角满是泪将襁褓中的婴儿凑到了凌霜跟前道：“快看看，是个眉清目秀的小子呢！瘦是瘦了点儿，赶明儿我亲自去找几个奶水好的奶娘来，不出一个月保准白白胖胖的。”

凌霜小心翼翼将凌家未来的希望抱在怀中，心头升腾起别样的情绪，这个孩子实在来得太不容易了。

她看着他还没有睁开的眼眸，居然是细长的眼形，一定有着一双同凌家人一样的漂亮凤眸，小嘴一点点委屈的嘟着，整张小脸皱成了包子样，可是不影响他的好样貌。长大后定是个祸害万千红颜的小帅哥！

凌霜苍白到了极致的脸终于绽放出了一抹发自内心的笑意，忙又将孩子交给金氏道：“四嫂，旁的人我信不过，你要好好替我照顾这个孩子。”

金氏心疼地看着凌霜疲惫至极的眉眼道：“霜儿，好好休息，这孩子四嫂定会护他周全。你也不要太过着急了，一切等姑爷回来定夺。”

凌霜点了点头从来没有像如今这样般渴望方玉的出现，这一次她是真的没辙了，只希望他能帮自己一把。这个世界上只有他能想出法子解开如今的困局了。

“叶南！”凌霜看到叶南拖着疲惫的身子走出了暖阁忙迎了上去，“我二嫂怎样了？”

叶南喘了口气累倒在了外面的贵妃榻上：“还好，还好，那颗紫参还真的是神药啊！果然有起死回生的功效，不过……”

她站起来奇怪地看着凌霜道：“你这丫头怎么能想到这么个生孩子的法子？简直是太匪夷所思？”

凌霜凤眸中的慌乱一晃而过，现代社会几乎一半以上的女人都这么生孩子，剖宫产实在是太寻常了。

“情急之下也是偶尔想了这么个法子，死马当作活马医吧！”凌霜讪笑着避过叶南的视线，她知道叶南的医术高明但凡她说二嫂没问题那就是一定能活命了，悬着的心终于放了下来。

“主子！”月珑候在轩阁外面，似乎有什么急切的事情，只是不方便进内宅禀报。

凌霜忙走了出去，却看到月珑神色前所未有的慌张忙问道：“出了什么事情？”

“嫣红和姹紫没有从琼林苑回来，被宇文家的人抓住了！这是宇文家送来的信！”

“什么？”凌霜心头狠狠揪扯了起来，她之前命这两个丫头垫后设置机关掩护凌家人撤退，没想到凌家人撤回来了，她们两个身手最好却被宇文胤抓了起来。

第三章 柔情蜜爱

01　赎回来

月珑恨恨道："宇文家这一次要大小姐亲自拿着银子去赎人回来！"

凌霜接过了月珑手中的镶着金边的雪纸，展开一看正是宇文胤那混蛋的字迹，她猛地合上信，凤眸微闭暗道真是该死。

宇文胤虽然说放过自己可是不见得会放过她身边的人，看来与这个混蛋不得不纠缠下去了。

"将凌家铺子上所有能挪得出来的银票都带上！银子能解决的事情就不是大事情！！我亲自去一趟宇文胤的安国侯府！"凌霜凤眸猛地睁开，眼底掠过一抹寒凉。

月珑眼底掠过一抹诧异，为了两个丫头凌霜能做到此种地步实在是仁至义尽了。

"大小姐，请在松林堂等一下属下！属下去去就来！"他转身疾步离开，不消半炷香的时间便提着一大只布袋走了进来。

凌霜不知道他这是要做什么，眉眼间掠过一抹狐疑，只见月珑抬手将布袋放在了案几上反手一倒，瞬间金光四射。

凌霜不禁暗自吃了一惊，堆了满满一桌子的金叶子。

月珑娇美的脸上掠过一抹可疑的红晕，随即消散不见道："嫣红那丫头死了可惜，姹紫姐姐待人温和，我不能见死不救。大小姐拿着这些去宇文家吧！宇文胤既然提出赎人，多不过是为了报上一次咱们敲诈他的仇。嫣红和姹紫对大小姐忠心耿耿，绝不会背叛大小姐，他拿了也没用，顶多是在宇文家的地牢里添两具尸体罢了！”

凌霜只觉得胸口热辣辣的堵得慌，没想到自己赎回自己的丫头还需要一个杀手帮忙，凌家不知道什么时候能真正强大起来。

“谢了！这是你拿命赚来的钱，我自己会想办法！”凌霜将金叶子收好推回到了月珑的手中。

月珑不动声色地将袋子重新塞进了凌霜的手中道：“大小姐拿什么想办法？是用豫州庄子上养兵的那二十多万两银子吗？如果是那样，凌家以后如何在大燕朝立足？俗话说得好留得青山在不怕没柴烧，那三千护卫军养好了，大小姐何愁讨不回这些债来？而且……”

他垂首缓缓道：“而且，这些金叶子权当我给嫣红姑娘下的聘礼吧！”

凌霜一愣，瞬间了然了许多，这两个家伙从什么时候开始的？她居然一点儿也不知道！

“好吧！谢了月珑！”凌霜别的废话也不想多说，提着金叶子还有那些银票出了凌府，只身骑着烈火直奔西山安国侯府而去。

凌霜对坐落在西山半山腰的安国侯府倒是熟悉得很了，虽然每一次都不是光明正大地来这里，今儿还是头一遭从正门进来。

她从烈火的背上跃了下来，抬眸看向那扇高大威严的铜门，镶嵌着纵横交错的金黄色镀金铜钉，厚重，傲气，不近人情的冷漠，同它的主人一样令人生厌。

凌霜不知道为何如今倒是有点儿犯憷，昨夜宇文胤的表现是疯狂不近情理的，她若不是为了姹紫和嫣红，打死也不愿意到这里来。

门口守着的护卫看到凌霜后，忙进去禀告长公子，不多时大门缓缓打开，宛若一头嶙峋的怪兽张开了嘴巴等待吞噬进来的一切人和物。

凌霜随意地提着手中装满金叶子的布袋，昨儿那身衣裳已经破烂不堪，今早匆忙换了一件银色裙衫，却让她的脸色看起来更加苍白了几分，她是真的累极了的。

从知道二哥出事连夜从豫州赶回来，到为了抢救二嫂和小侄子的命忙碌了一天一夜，到今早好不容易喘口气，又被宇文胤那个变态弄到了这里来，她已经几乎三天两夜没有合眼了。

但是人输不能输在气势上，凌霜咬了咬唇仰起头走了进去。

宇文家的人也没有好脸色给凌霜留着，领路的小厮一脸的冷若冰霜，好似凌霜欠了他钱似的。

凌霜此番却毫不在意，宇文胤之前来凌家赎老管家回去的时候，凌家人也冷漠对待过，也算是一报还一报了。

小厮径直将凌霜带进了安国侯府的前厅，凌霜缓缓走了进去，定睛一看不禁倒抽一口气，果然是财大气粗。

整个大厅比凌家的前厅规模大多了，四周四根鎏金的两人合抱粗细的楠木柱子就让人惊诧莫名，这种东西不管多大价钱都买不回来的啊！

她抬眸看去正对着的一幅大字“人如浑金璞玉，志在流水高山”。

凌霜不禁唇角扯了扯冷冷笑道：“看起来人面兽心的东西，这字儿倒是写得不错！”

“多谢凌姑娘夸赞！”宇文胤清冷的声音从背后缓缓袭来，凌霜猛地转身，看着那双狭长的墨眸，心头抽了抽，下意识地向后退了几步。

宇文胤看着她就像防瘟疫一样防备着自己，不禁心头苦笑，昨夜自己的举动似乎真的将这个丫头吓到了，不过她的味道真的不错，那个吻让他又是一夜未眠。

“宇文胤，别玩儿什么花招了，我的两个婢女对你也没什么用，开个价吧！”凌霜冷冷看着他，心头却是像打鼓一样，这个混蛋原来真的是一代枭雄的料。这么快就将她逼迫到了这种地步，实在是不甘心得很。

今儿的主场可是换成了宇文胤，他冲四周伺候的小厮们摆了摆手，瞬间整个大厅里只剩下了宇文胤和凌霜两个人。

“坐吧！”宇文胤掀起了袍角缓缓坐在了主位上，点着客位上的紫檀木椅子道。

凌霜忍了忍，缓缓坐了下来，大大咧咧将手中提着的袋子甩在了桌子上，平复了一下心头的慌乱。姹紫和嫣红若是落在别的人手中她倒也能想法子摆平了，可是落在这个混蛋手中不死也得脱层皮，她不敢冒险啊！

宇文胤眸底划过一抹不露痕迹的微波，看向了凌霜那张白的有些吓人的脸心头一顿，语气中却是带着几分漫不经心道：“来人，上茶！凌姑娘脸色难看得很，身体里头的毒素还没有解除吗？那个叶南的手段也不过如此吧！”

凌霜藏在袖间的手猛地攥成了拳头，昨夜这个混蛋的袖箭上淬了毒，害得她催动内力好不容易清除出体外，至今身子还虚弱至极。这是明知故问吗？

02 陪我

她不答话，只是拿着茶杯轻抿了一口，宇文胤还不至于下作到给她下毒的地步，连着折腾也是口渴了。

茶杯是上好的青玉，茶汤刚一入口居然带着几分沁人心脾的清爽，茶香瞬间浸入到了五脏六腑，实在是好喝得很。

凌霜心头暗道好茶，想必价值千金吧！宇文胤倒也舍得拿这么好的茶叶招待她这样一个敌人！

“多谢长公子挂念，小女子还没有被毒死，活得好好的。”凌霜将茶杯轻轻放了下来，凤眸一挑看向了宇文胤，却发现此人的眼神中多了许多别样的东西，她心头一愣，不禁暗道这混蛋的眼神是不是不好？怎么看人这么个调调？

宇文胤看着凌霜呆萌的样子不禁想，这家伙别的事情那么精明，偏偏在这男女私情上怎么如此愚笨不堪。

他昨夜都做到了那种程度，在这女人看来倒像是他有什么见不得人的阴谋诡计似的，让他一阵气闷。

“宇文胤，你一个大男人做事缘何这么不痛快，多少银子可以解决问题？不就是因为上一回我绑架了你的管家，你心存报复吗？既如此扭扭捏捏做什么？”凌霜齿冷一笑。

宇文胤缓缓站了起来却是踱步到了凌霜的跟前，凌霜不得不仰起头看着他，似乎觉得这样不甚妥当矮他几分，也缓缓站了起来瞪视着神情不明的宇文胤。

宇文胤不禁被她孩子气的动作逗乐了去，他也不知道为什么喜欢看着她抓狂的模样，不知道自己的趣味何时变得这么卑劣。

“凌霜，真想见到你的婢女的话，今儿一切都要听我的！”

凌霜知道宇文胤不是银两就能打发得了的人，唇角微冷拔出了腰间的匕首递到宇文胤的面前道："我知道你气不顺，来！我让你捅两刀解恨，然后咱们说个价儿！"

看着一脸正气凌然的凌霜，宇文胤彻底蒙了，他如今倒是想让凌霜将他弄死算了！省得被她这么死去活来的折磨，没日没夜的相思之苦这丫头压根就没有尝到过吧？

"你倒是爱护奴才们的好主子！"宇文胤几乎咬牙切齿道，"捅你两刀岂不是便宜了你？"

凌霜凤眸一冷："怎么的？宇文长公子想要光天化日之下杀人不成？我告诉你，我若是今儿死了，你也好不到哪里去！方玉绝不会放过你，你就等着下地狱吧！！"

宇文胤墨眸中登时一片寒凉，一把将她的手腕抓住一卡，凌霜不禁吃痛下意识的匕首落在了地上。

"凌霜你好得很，你还真以为方玉是……"他嫉妒盛怒之下终于找回了一点儿理智，方玉的身份现在还不能说，要说也不能从他的嘴巴里说出来，否则会给自己的父亲带来泼天的灾祸。

他猛地放下了凌霜的手腕冷冷笑道："不想你的两个婢女被我砍掉四肢做成人彘腌成人干儿就乖乖听我的话。"

凌霜心头一愣，这家伙似乎话里有话不禁逼上前去问道："方玉怎么了？"

宇文胤唇角一翘："凌将军真是好笑，你夫君怎么了关我何事？"

凌霜心中纵然有千般疑惑，但是却被这句话堵了回去，是啊，自己夫君的事情问他倒是还真的没道理，可是为什么心头的慌乱越来越浓烈了呢？不过如今姹紫和嫣红命悬一线，她倒是不适合刨根问底。

"你究竟想怎样？"凌霜冷冷看着宇文胤。

宇文胤缓缓笑道："陪我逛街！"

"你脑子有病吗？"凌霜登时想要拔出朝之宝剑杀了他，这不是玩儿人吗？

宇文胤脸色一沉压低声音道："凌霜你不要忘记了，你的那两个忠心耿耿的婢女可是命悬一线！"

"好！"凌霜顿时蔫了，这个该死的混蛋居然想出这么变态的折磨她的法子，"不过不去人多的地方！"

她想起上一次因为一个破兜肚自己差点儿被凌老夫人打死了去，今儿若是再被撞到自己和宇文胤这个变态在大街上逛街，凌家人指不定要气疯了去。

不过最关键的是方玉会怎么想？她顿时放缓了声调带着几分哀求道：“宇文胤你还是捅我两刀吧！逛街什么的最没品位了！”

宇文胤心头冷笑哪里猜不出凌霜是忌惮方玉的感受，心头又是一股子酸醋升腾，冷冷笑道：“凌将军好似你没有选择的余地吧？”

当凌霜真的顶着一张死人脸别扭地跟在宇文胤身后走上大街的时候，整个京城的人惊掉了下巴，这又是唱的哪一出？

“宇文胤你还真不怕死啊！”凌霜咬着牙道，“忘记了上一次皇上给你的教训了吗？你难不成还记着我这个天降凰女，想要做皇帝不成？”

宇文胤刻意停下来等着凌霜故意磨磨蹭蹭的脚步微微一笑道：“你我是同僚，办完青龙军的军务顺道结伴回个家，有什么不妥吗？”

凌霜被狠狠一噎，该死的！

宇文胤心情却是极端的舒畅，好久以来在梦境中带着这丫头逛街过闲散的生活已经成了他的一个可遇不可求的美梦，如今倒是带着几分美梦成真的快意，尽管只是短短的一瞬间，但是他却卑微的知足了。

“等一等。”宇文胤看到了一家新开的糕点铺子，大步走了进去，不一会儿买了两块儿千层糕出来，递了一块儿给凌霜。

“早上没吃饭吧？”

凌霜一愣这货脑袋被驴踹了吗？可是她真的连轴转也是饿了，当下便没好气抢过宇文胤手里的千层糕垂首吃了起来。

宇文胤看着她的狼吞虎咽不禁唇角微翘，自己也斯文地一口口小心翼翼咬着千层糕，眉头却是一蹙，这也太甜了吧？

凌霜一块儿糕吞下腹中，才觉得脚下轻浮的步子坚实了起来冷冷道：“还需多长时间你才能满意了？”

宇文胤看着她厌恶不耐烦的表情，顿时觉得吃进嘴巴里的点心索然无味，随手扔到了地上一条流浪狗的旁边，冷笑道：“逛到本公子满意了再说！”

你妹！凌霜一口血憋在了嗓子眼儿！

03 对牛弹琴

不远处的茶楼二楼窗口处，宇文家的三个兄弟一个个被眼前的画风惊得面如死灰。

宇文效瘪了瘪嘴委屈道：“大哥这是怎么了？我跟着他这么多年也没有给我买过点心吃！”

“闭嘴！！”宇文川眉眼一冷，“再怎么离谱也是我们的大哥！”

宇文御小口抿着茶暗自苦笑，大哥啊大哥！这一次当真是离谱过头了，可是总不能将大哥昨夜在宇文家的禁忌之地将敌人放走的消息告诉父亲吧？那样的话大哥一定会被父亲用鞭子抽死的！

噗！宇文川这一次也绷不住了，一口茶喷了出来，点着窗户外面不远处的两个人。

宇文御定睛一看不禁狠狠打了个哆嗦，大哥想要干什么？

此番凌霜的惊讶不亚于宇文家的那三只，眼睁睁看着宇文胤买了街边小摊上的一支翠玉簪子，很自然的随手插进了凌霜的发髻里。

好半天凌霜才反应过来，忙要取下，却被宇文胤压低了声音警告道：“你若是敢取下来，我便命人将你的那两个丫头砍了！”

别的人这般威胁凌霜也许不信，但是宇文胤这个疯子什么事情都能做得出来，凌霜脸色一垮道：“大哥，不，大爷，你是我亲大爷！咱别玩儿了成吗？你开个价儿！多少银子能将我的两个婢女还给我？”

宇文胤一愣，随即笑的云淡风轻抚着下巴道：“毓秀河上泛舟怎么样？”

凌霜呕出一口血，咬着牙点了点头道：“宇文胤！总有一天我会亲手弄死你！”

宇文胤淡然笑道：“不要忘记了昨夜你还欠着我一命说是要还我？况且我觉得这样的机会你绝对不会拥有！”

凌霜凤眸微微闭了闭狠狠睁开道：“宇文胤，这一次算我栽了，咱们走着瞧！”

宇文胤笑道：“好！不过先陪我泛舟畅饮一杯如何？听闻你抚琴抚得不错，今儿我想听听，若是能再献一支舞，本公子一开心，说不定你那两个婢女会少要点儿银子也未为可知？”

“滚吧！我跟着便是！”凌霜压下了一口心头血，拖着沉重的步子跟了过去。

凌霜坐进了毓秀河上最大的一条花船上，却发现整个河面居然没有一条其他的船，仔细看去才发现宇文胤变态到将整条毓秀河都包下来了。沿岸到处是凶神恶煞的虎贲护卫军，那些花船哪儿敢在河面上做生意啊！

她撇了撇唇，扭过头看这窗外的景色，本来大好的春光被宇文胤这样一搅闹居然带着几分深秋的凄凉了。

划船的换成了虎贲军统领余庆实在是奢侈浪费到了极处，宇文胤看着凌霜笑道：“我这人脸嫩，最不喜欢的便是被人诬陷，上一次你说我在花船上逼迫与你，这样子虚乌有的事情竟然被你说得跟真的似的，今儿不如变成真的罢了！”

凌霜心头一跳，随即定了定心神，这混蛋绝不会在部下的面前做出什么丧心病狂的事情来，他那么好面子的人，她还是能猜到几分的。

凌霜冷哼了一声，转身拿起了玉石案几上的青玉盅凑到鼻端闻了闻：“呵！长公子果然会享受，这可是百年陈酿的梨花春。”

“凌姑娘挺识货！”宇文胤端起酒杯不禁心头一动，这丫头喝酒的癖好倒是与自己是一样的。

凌霜轻抿了一口，果然好酒，入口绵滑香甜，也不知道多少银子才能买这么一坛。

宇文胤将怀前罕见的古琴推到了凌霜的面前，凌霜定睛看去不禁一愣，居然是江湖中失传已久的那张焦尾古琴，竟在宇文胤的手中。

“凌姑娘请！”宇文胤眼底划过一抹深意，其实今天将这么多人赶离毓秀河是存着几分私心的，他只想将凌霜的琴音纳为自己一人所有。

凌霜不禁暗自冷笑，还真将自己当作了花船上陪酒的姑娘了，突然拔出腰间的佩剑瞬间将手指划破。

“你！”宇文胤一阵慌乱忙站起来拿着素帕刚要替凌霜裹上，却被凌霜大大咧咧的抬手一挡。

“对不住了长公子，手疼，今儿抚不了琴了！”凌霜凤眸挑了起来笑看着他。

宇文胤心头一痛，脸上却更是冷峻几分，随即缓缓坐了下来，端起酒杯喝下一大口将眸底的痛意缓缓压了下去。

“不能抚琴就给我跳一支舞吧，上一回在簪花节上你与方玉不是跳得很好吗？”他不得不承认那一个绚烂的凌霜已经狠狠刺中了他的心，他只想看着她在他面前的独舞。

凌霜收回宝剑突然仰躺在了软榻上跷着二郎腿道：“对不住了，昨儿受伤了，只能跳挺尸舞！”

她边说边擎着酒壶惬意地灌下一口，随即又捏着一边果盘里的果子扔进了嘴巴里，哪里还有几分形象存在。

宇文胤端坐在那里，看着凌霜近乎无赖的动作，眼底居然是涌出一抹宠溺来，大概之前所有的女人在他面前都想将最好的一面展示出来，反而显得扭捏不堪。

即便如此，宇文胤可还是喜欢这样的率真可爱，不做作的粗鲁倒是对他的胃口。有时候他也不知道为什么，自己究竟喜欢上了凌霜的哪一点儿？只是喜欢就是喜欢上了，没有丝毫的法子。

他其实已经无奈地承认自己在与凌霜的爱情争斗中，他输得是倾家荡产毫无尊严可言。

“罢了，既然你不愿意我也不勉强你，那么我给你抚一曲罢了！”

凌霜差点儿一口酒呛死了去，忙抬眸看去却看到宇文胤抱着古琴坐在了船头，玄金色锦袍迎风鼓荡开来，墨黑的长发随风而动。他骨节分明的手将古琴放在了修长的腿上，抬指一挑，一道清亮的曲音勃然而出倒是真有几分世外高人的儒雅气质。

只不过凌霜现如今实在是困到了极处，在这样清丽的曲音中竟然有一种想要睡去的感觉，她忙掐了大腿一把，千万不能在贼船上睡着啊！！

04 阳春白雪

宇文胤弹得是一曲著名的阳春白雪，随着曲音的流转心头却是前所未有的安宁，若是没有宇文家和凌家的那些家族血仇，没有与凌霜之间的阴谋算计，他如今还真的想要将这一切都抛弃了，带着凌霜流浪江湖。

他抚琴，她跳舞，江中泛舟，转瞬便是一生该多好。

一曲终了，宇文胤唇角挂着笑缓缓道：“凌姑娘以为如何？”

“……”

宇文胤心头不禁得意，一定是听得入了迷，自己琴技在大燕朝可是数一数二的，他缓缓转过身脸上的笑容微微发苦。

凌霜哪里是听入迷了，居然睡着了？他宇文胤轻易不给别人抚琴，若是换作别的女子此时定然是泪流满面无法自已，可是这个小混蛋居然是睡着了！！

船尾摇着橹的余庆真的替自家长公子悲哀，忙远远躲开了去。

宇文胤懊恼地将琴扔到了一边，疾步走到凌霜面前却又缓缓蹲了下来，凝视着她口水横流的俏脸，满腔的怒意倒是化作了怜惜。

这丫头兴许是真的累到了极处，否则断然不敢在他的面前睡成了这个样子！

宇文胤看着她初雪般精致的脸不禁叹了口气，抬手缓缓将她唇角的口水擦了去。

“方玉！”凌霜猛的惊醒将宇文胤的手狠命抓住，随即看清楚了眼前的人并不是那个她如今思念深切的方玉，忙厌恶地将宇文胤的手甩开。

“你做什么？！”

宇文胤缩回了手，狭长眸底却是杀意顿起，心头暗恨她到底还是喜欢那个人喜欢到了极致。他今天所做的一切都像是跳梁的小丑，真想一掌拍死这个没心的女人。

凌霜发现宇文胤的神情不对劲儿，忙按在了朝之宝剑上冷冷盯视着对面的宇文胤，宇文胤到底还是有几分不舍，冷冷站了起来道：“二十五万两！”

凌霜心头松了口气忙站起来接话道：“好说！”

“一个人二十五万两！”宇文胤的声音中已然是一片清霜。

“宇文胤你怎么不去抢？”凌霜大惊失色，这也太过分了些，姹紫和嫣红两个人难不成要五十万两银子？那可是大燕朝京都地区一年的收入了！

“抢？”宇文胤冷冷笑道，上下打量了一下凌霜道，“若是能抢，本公子早就抢过来了！”

凌霜忙向后退了一步，咬着唇想了想，只得将手边的袋子一股脑儿倒在了案几上，金光闪闪的金叶子刺瞎了人的眼睛。

宇文胤眉头一蹙，这丫头哪儿来的这么多钱？凌家的家底他可是算过的，才会这般为难她。

凌霜冷冷笑道："长公子，够了吧！一会儿我便去府上领人！"

宇文胤转身闭了闭眸子，却是觉得心头发凉，深入骨子里的冷，宛若冬季的荒原。

凌霜知道姹紫和嫣红的钢骨，宇文胤即便是杀了她们两个，也不会套出半句话来的，他要两具尸首没用还不如换了这一袋子金叶子来的实惠些。

果然傍晚时分，宇文家那边终于将姹紫和嫣红放了出来，凌霜命月珑驾着马车候在西山脚下。宇文家的人刚将姹紫和嫣红送到山脚下，月珑抓着缰绳的手狠狠抖了一下，两个女孩子身上几乎没有一处好皮，显然受了极其残酷的刑罚。

凌霜凤眸热辣辣的痛，一把扶住了姹紫，嫣红却被月珑亲自打横抱了起来放进了马车里，嫣红登时苍白的脸颊红透了。

姹紫抓紧凌霜的手臂急促道："大小姐，凌家出了内奸！"

"我晓得，你和嫣红好好养伤一切交给我来处理，先回去，此地不宜久留！"凌霜将姹紫扶进了马车里，这一次回去定要好好清理门户才行。

凌霜带着两个丫头回了松林堂，她简直太累了必须强迫自己去睡一觉，一切等明天再说，明天方玉就回来了。

凌霜也没有想到再一次醒来居然是在第二天的傍晚，这一次到底该是有多累才让自己睡得像是死了过去一样。

她睁开蒙眬的睡眼，眼前的景象还是有点儿模糊，但是独属于方玉那股子盛年男子的香味却是清晰地传进了心扉。

凌霜一个激灵睁大了凤眸，对上了方玉那双温润的桃花眸子，只那一瞬间便觉得心安了几分，他终于回来了。

短短的三天却像是过了三十年一样的漫长，早已经知晓了凌家的事情，心头的冰冷和盛怒却依然没有在凌霜的面前显露出来。

他的人已经开始查这件事情了，想来不久便会有一个结果，哪些不要命的混账玩意儿居然敢在他参加春闱的时候对凌霜下手，若是给他查到了是谁干的，这一次那些混蛋不死也得脱层皮！

"方玉……"凌霜忙坐了起来，头有点儿眩晕，一把紧紧抓住了方玉的衣袖，“二哥他……”

“我晓得，”方玉微微一笑将她从床榻上扶了起来，端过了一碗莲子羹道，“叶南已经给你看过了，你体内的毒素还没有褪干净，吃一些清淡的东西先养养身子。”

“二哥如今被关进了死牢里。”凌霜现如今好不容易将方玉盼了回来，可不想现在谈论什么莲子羹的问题。

“别着急，凌霜你信我吗？”方玉心疼地看着眼前已经憔悴不堪的女子，眸底的怜惜却是再也压抑不住。

凌霜几乎是下意识地点了点头，她从来不怀疑方玉的办事能力。

方玉眼底的肃杀缓和了几分，将她扶着靠在自己的怀中道：“你若是信我先把这一碗粥吃了，然后给我安安静静的休养，剩下的一切都交给我来办。最早三天最迟七天我还你一个活生生的二哥可好？”

凌霜的凤眸闭了闭点了点头接过粥大口吃了起来，如今她是没招儿了，但是她信得过方玉，信得过这个从来没有让她失望过的人。

“二嫂和孩子都安好，你如今什么也不要想，只负责将自己的身子养好了，吃完粥继续睡，睡不着我给你带了话本子你看看权当个消遣。最近就待在凌府哪里也不要去，一切我扛着便罢！”

凌霜心头涌起一股子暖意缓缓点了点头，方玉亲自看着凌霜将那一碗粥吃下肚子这才放心了些，这丫头今天的脸色实在是太令人看着揪心了。

他扶着凌霜躺下时外面已经到了掌灯时分了，他随即缓缓起身将纱帐重新放了下来，出了暖阁到了隔壁的书房。

顾啸云脸色凝重的矗立在书房的角落，一边却还跪着两个戴着面具的黑衣人，如今事情搞成了一团糟，他们俩非但没有保护好少夫人，还差点儿全部折损在了宇文家的地盘儿上，这一次不知道少主会怎么惩罚他们？

“顾啸云，查清楚了吗？”

顾啸云忙将一包物事一样样摆在了少主的面前，方玉缓缓扫过一只小巧的白玉瓶子，打开了垂首轻轻一嗅眉头蹙了起来声若寒冰：“高车国的魅毒？”

他紧扣着白玉瓶的手指微微一颤，桃花眸中已然是杀意浓烈。

05 谁也没你重要

凌府松林堂外，林子妍同冷玉卿急匆匆赶到了凌霜所在的西侧书房，轻轻叩了叩门。姹紫忙将二人迎了进去，一袭银色裙衫的凌霜负手矗立在窗边看着迎面而来的两个人。

“大小姐！”林子妍规矩做得很足，冷玉卿则是微微躬了躬身子，依然是一副超然脱俗的模样。

凌霜看着林子妍的脸色便晓得事情定是有了转机问道：“怎样？”

冷玉卿扫了林子妍一眼，林子妍定了定心神道：“云瑞珠身边的丫头梅蕊被我们掉了包，那丫头已经招了。因为二爷同大小姐有几分相像，云瑞珠便撺掇阿雅公主去了二爷的铺子里，接着便生出了后面的事端来。这事儿和宫里头那位六公主有些关联！”

凌霜眉眼间多了几分肃杀，果然之前自己想的没错，这一次动凌家的人定是背后的大人物，只是没想到会是六公主。不知道自己到底是哪里得罪了那个金枝玉叶？以至于六公主居然对凌家下了这么大的杀手！

“云瑞珠……”凌霜缓缓转过身，“云家的事情还是交给姑爷处置吧！将梅蕊送到姑爷那里！”

冷玉卿同林子妍缓缓退了出去，一边的姹紫看着凌霜眉头深锁也是心头一动，这一次倒是麻烦得很，居然连皇家的人也牵扯进来。想必二爷要从死牢里出来倒是难上加难的事情，也不知道该如何是好了。

方玉不多时便收到了凌霜命人送过来的梅蕊，他晓得这丫头的心思。这一次这丫头铁了心要同云家斗狠只看自己的态度。不过与这万千人中，谁也没有他的霜儿重要。

凌霜将梅蕊交给方玉后便歇下了，这一觉睡得分外香甜，第二天她起身打开了窗户。昨夜下了雨，雨后泥土的清新气息瞬间袭来，令人神清气爽得很。

“大小姐醒了？”姹紫端着凌霜要换的衣物走了进来，看着她的气色好了太多，不禁心头放松了几分。

“这些事情派小丫头做就行了，你身上的伤还没好，好好回去给我养伤去！”凌霜嗔怪地看着姹紫，随即想起什么来。

“姑爷呢？今儿可是放榜的日子！不知道考得如何？”凌霜托着下巴呆了呆，随即命人替她梳洗打扮起来。

“回大小姐的话，姑爷刚刚出去，刚才云家来人了。”姹紫压低了声音道。

凌霜整理着衣角的手微微一顿，凤眸中掠过一抹冷光随即却是唇角微翘道：“姑爷会处理好的，一会儿我亲自去贡院那边看看，今儿放榜，只希望姑爷能考进前三十名，取中庶吉士也行。”

姹紫笑道：“姑爷那一段儿时间着实用功，想来定能高中的，大小姐不必担心。”

“嗯！今儿命人在小厨房后面备一桌酒菜，祖母那边和二嫂那边暂且不要打扰，就摆在松林堂。”凌霜说话间眉眼间还是有些痛楚，二哥也不知道怎么样了，自己几次三番试图进去看看。可毕竟是死牢，而且龙辰逸还被禁足中，自己断然不能再硬闯了。

姹紫脸上的笑意收敛了几分，凌家如今是多事之秋，即便是姑爷高中也难以冲破这分伤感。

贡院外面的云墙边此时早已经围堵了满满的人，凌霜好不容易才带着姹紫挤了进去。

“姹紫，先从第五十名看看！”

姹紫忙伸长了脖子看了过去，却发现五十名之前的几个位置根本没有姑爷的名字。

凌霜此时也看向了第四十名的位置也没有，越往前看越觉得心头有点儿惶惶的。方玉那阵子真的是下了工夫学习的，千万不要落榜啊！方玉难得认真做一件事情，她真的不希望方玉下的辛苦得不到半点儿回报。

可是沿着墙根扫过去依然没有方玉的名字，她忙捂着自己的眼睛几乎不敢看下去了，难不成真的落榜了吗？

“恭喜小妹！！”文家长公子文毓挤过了众人笑着站在了凌霜的面前，文毓素来沉稳这一次却也是难掩脸上的喜色。

“大哥？”凌霜正自愁闷不堪哪里来的喜啊？

文毓笑道：“小妹，这一次可是天大的喜事啊！你家姑爷如今高中头名状元，一会儿少不得要参加圣上举办的鹿鸣宴，姑爷去了哪儿？怎么不见与你一起来？”

“大哥……你……你说什么？”凌霜有点儿愣怔。

文毓温雅笑道：“小妹莫不是高兴坏了的？这样天大的喜事倒是要好好庆祝一下的，不过……”他想起了如今凌家二爷还被关在死牢中，这样大张旗鼓的庆祝倒也不合适一些，随即忙将话语里的喜色压制了下去。

凌霜哪里不知道大哥的顾及挤出一抹笑容道：“兵来将挡水来土掩，总有办法的，只是方玉能高中状元这事儿容小妹再看看去！我怎么总觉得这事儿这么虚幻呢？”

文毓侧身让开了道，凌霜还没有挤到前面便被平日里与方玉交好的士子们围了起来道贺，凌霜定睛看去果真方玉的名字挂在了第一位的位置上，浑身一个激灵，说不出的酸甜苦辣。

“大小姐！大小姐！！”姹紫此时挤进了人群中一把将凌霜扶着向外面赶了过去。

“出什么事了？”凌霜知道姹紫一向沉稳不至于慌成这个样子。

“姑爷……”姹紫吸了口气，显然是刚得到了消息，都不知道怎么说了。

“姑爷怎么了？”凌霜心头一沉，一把拽过了一边前来传消息的林子妍问道。

林子妍即便是再怎么胆大妄为此时想起姑爷做的事情还是心有余悸忙道：“姑爷将东司马门前的乾坤鼓砸了！”

“什么？！！”凌霜猛地脸色煞白，说起这乾坤鼓还是大燕朝刚刚立国的时候，先帝爷亲自命人设在宫城的东司马门外。

乾坤意味着重振朝纲，乾元天下之意，这面鼓的设立是为了规范皇家子弟的行为。若是皇家子弟言行有亏，侵害了平民的利益，那些平民们就能敲响乾坤鼓讨个公道。

姑且不说皇家子弟权势滔天哪里能是平头老百姓随意告状的对象，即便是有人告了谁敢受理，不要命了吗？

于是这乾坤鼓渐渐成了东司马门前的一个摆设，倒是带着几分前朝古迹的风华，人们早已经忘记了乾坤鼓本来的含义。

只是没想到蹦出这么一个愣头青居然将乾坤鼓砸响了，而且还是刚刚春闱过后的头名状元方玉！

06 掌家玉印

凌霜只觉得惊出了一身冷汗，此时文毓也已经得了消息忙走了过来道：“小妹，骑着我的马去，见着姑爷一定要好好劝劝，这乾坤鼓非同小可不能随意戏弄啊！”

文毓也是脸色不好看，凌家二爷还在死牢里关着，若是凌家的姑爷再栽进去，凌家人不要活了！这一次乾坤鼓的事情，连文家和太子爷都保不下来的！况且……他暗道东宫的那位太子爷对凌霜的心思可是明摆着的。

这一次怕是太子殿下也会临了一脚将方玉踹进鬼门关里去，凌霜当下也不敢停留飞身上马，握着缰绳的手满满都是汗了。

这事儿已经传遍了去，头名状元敲了乾坤鼓，那些读书人本来就讲的是个清名，一听这事儿越发觉得方玉铁骨铮铮，是读书人的表率，更是一窝蜂地向东司马门口聚集而去。

当凌霜停在了宫城东司马门口的时候，已然被一片身穿太学院特制黑色礼服的学子们堵得死死的。

乾坤鼓落在了宫门口的三尺高台上，此时凌霜慌忙跃下马背抬眸看去却发现方玉一身素色银袍，头戴文冠，脸上一副正气凛然的清流风华。

他突然展开了一道素笺，上面具是触目惊心的血红色指纹就像初冬第一场雪后的红梅花开，冷得惊心动魄。

方玉也看到了马背上的凌霜，冲她不露痕迹地点了点头。

凌霜顿时心安了几分，看来今儿这一出倒是方玉自己想出来的，只是这也胆子太大了吧？

“各位做个见证！我方玉今天冒着杀头的危险敲响这面乾坤鼓，为的便是乾坤二字！朗朗乾坤，圣上皇恩浩荡，断然不允许伤害大燕朝百年根基的肮脏事存在！今儿我方玉就是要代表这乾坤二字状告当今六公主！！”

顿时惊呼声，抽气声，比比皆是，凌霜差点儿踉跄着倒下去被林子妍忙扶住了。

方玉顿了顿，朗声道：“方玉状告六公主第一条罪，明州侵吞小农良田千顷，六百户人家流离失所，沦为流民！方玉状告六公主第二条罪，私自开采明州矿藏，三月初九明州矿难死伤二百三十五人！方玉状告六公主第三条罪，六公主为了自己的一张娇美容颜，派人残害良家子怀有身孕的妇人，取出胎盘做药，害死良家子妇人达十八人，另致残六十七人！！朗朗乾坤，天理昭昭，我大燕朝岂容这等恶行长存？今日拼着我方玉一命，换生民一条生路，方玉何其幸哉！！”

下面的士子们早已经听得怒发冲冠，文人都有一种冲动的清气撑着，讲究的便是这种为民请命的风骨，不多时一位青衣老人缓缓站了出来，正是大燕朝最负盛名的五经博士太学院的南山老人。

他缓缓走到了乾坤鼓下冲方玉重重躬身一拜朗声道：“大燕朝能有方公子这样为民请命的状元郎，我大燕朝何其幸哉！请受老夫一拜！”

瞬间一大片黑压压的太学院的学生冲方玉躬身拜了下来，凌霜悬着的一颗心终于落了下来，方玉这次是兵行险招的做法。

不过承平帝再怎么震怒也不会不顾及南山老人和三千太学院学生的呼声，除非他真的想给大燕朝的老百姓树立一个昏君的表率。那些文人们的嘴最是不好得罪的！

“皇上有旨！召新科状元方玉觐见！！”魏公公果然不多时从东司马门口走了出来宣旨，凌霜此时到底还是担心了几分。六公主可是承平帝最疼爱的公主，又牵扯进了瑞王还有宫里头的周贵妃，这一次方玉可谓是凶多吉少。

她刚要起身走过去却被身后的林子妍拉住压低了声音道：“大小姐急糊涂了吗？刚才魏公公宣召是用的新科头名状元的称呼。”

凌霜心头一顿，缓缓停下了脚步随即压低声音道：“姹紫，妍儿，我们打道回府！姑爷少不得要有些动静，我们那边也要行动起来。”

林子妍点了点头突然压低声音道：“大小姐放心，我爹在做京官之前做过几年明州的知府，那些六公主犯下的事儿，每一样都是真的，想必姑爷已经搜集到了证据才会这样说。”

凌霜猛地醒悟过来，看着林子妍明艳的脸，这家伙居然私下里将自己的爹卖给了方玉，不然方玉哪能这么快就将六公主的罪证搜集起来。

“替我谢谢你父亲，改日我请他喝酒！”凌霜是真的感激不尽，这一次说不定就能将二哥救出来。

宫里头的那位六公主是个聪明人，知道什么叫适可而止，也知道什么叫礼尚往来。

入夜时分方玉带着淡淡的酒香回到了松林堂，一直焦灼等待的凌霜忙迎了上去。一把抓着方玉的胳膊来回查看他的身子，看有没有什么不对劲儿的地方。

“怎样？宫里头有没有为难你？”凌霜知道这次方玉是在拿自己的命玩儿，那乾坤鼓可不是随便敲着玩儿的。况且六公主是皇上最宠爱的公主，他这样做几乎连三成胜算也没有。

“霜儿，”方玉心头一暖将她紧紧箍在怀中笑道，“这个世界上想轻而易举杀了你夫君还没那么容易，倒是你脸色这么差怎的不去歇着？”

“方玉，麻烦下回提前告诉我一声，这种事情会要人命的！”凌霜心头有点儿郁郁。

“小傻瓜，我一个人担着几分惊吓就好了，何必让你跟着我一起担着？”方玉宠溺地揉了揉凌霜的头发。

“方玉……”凌霜刚要说什么却被方玉抬起手点着唇笑道，“凌霜，以后有我在地方，便是你的太平天下。担惊受怕的事情我来做，平淡安然的时光你只要好好享受便是。懂了吗？我可是你的夫君啊！这么一片小小的天我都替你撑不起来，那我还不如死了算了。”

“你……你……这个吓死人的混蛋！”凌霜凤眸中的眼泪瞬间落了下来，这些日子的辛苦、委屈还有要命的煎熬再也压不住，猛地将头埋进方玉的怀中哭了起来。

方玉心头一阵阵疼，将她打横抱起，今儿这丫头得抱着睡了。

她的坚强也只有在他这里会土崩瓦解。

07 撑着一片天

云家府邸中此时却是笼罩在一片愁云惨淡之中。

正厅外伺候的下人们脚步也放轻了几分，云家掌家云老爷子近来心情极差。方玉那个混账小子居然亲自设局坑了云家各路上的生意。

谁也没想到这小子手伸得如此之长，居然连云家这样的大家族都有些招架不住。江南适逢战乱，云家的生意不好做，如今方玉明的暗的招数更是层出不穷，他这把骨头倒是被折腾得够呛。

怪只怪自己那个心高气傲的宝贝孙女儿，居然愚蠢到动了凌霜那个女人。

“瑞祥呢？”云老爷子越想越心烦，揉着酸痛的眉心，今儿一天也没有见到长孙了。

“大少爷今儿早上便出去了，西郊的那些铺子一直都是大少爷经手……”一边的管家话还没有说完便看到云瑞祥身边的一个亲随急匆匆奔了进来，手中拿着一封素笺。

“老爷子！不好了！大少爷出事了！”

云老爷子眉心一跳，一边的管家脸色一沉却是将惊慌失措的长随扶住，抢过了他手中的素笺呈给了云老爷子。

“这般冒冒失失成何体统？滚出去！”云老爷子冷冷扫了一眼那送信的长随，那长随早已经瘫坐在了地上，哪里滚得动。

“老爷子，大少爷被……被宫里头的人抓走了！”

“你说什么？”云老爷子登时噌的一下子站了起来，随即打开素笺定睛一看猛地一阵天旋地转。

素笺是六公主所写，自己的孙子居然在瑞王府喝醉了酒冲撞了宫里头的十一公主，此番被六公主押在了偏院。

云老爷子的手微颤，这是要将自己的长孙活活逼死啊！瑞祥是个什么样的人，他这个做祖父的自然清楚，定是六公主为了撇开方玉的报复设局让云家做替死鬼。

他忙又细细查看素笺，果然六公主最后隐隐约约提到了孙女儿瑞珠，一切自然是不言而喻。

云家后院的轩阁中，云瑞珠已经被祖父的禁足弄的忐忑不安。

此番又一个小丫头因为云瑞珠气不顺被她划伤了脸跪在地上磕头求饶，正闹得不可开交的时候，云老爷子却是缓缓走了进来。

“大小姐！老爷子来了！！”贴身丫鬟思琦忙走了进来禀报。

“还不快滚进屏风后面去！”云瑞珠压低了声音命那倒霉的小丫鬟藏起来，若是被爷爷看到了，难免又是一顿数落。

她随即一脚将地上被自己摔坏了的玉如意踢进了屏风后面，忙迎了出去。

“祖父！！”云瑞珠还未说话便已经是泪流满面跪在了云老爷子的面前，“祖父，瑞珠知错了，瑞珠不懂事惹祖父心烦，瑞珠求祖父不要再关着瑞珠了！”

云老爷子看着泪流满面的云瑞珠心头掠过一抹刺痛还有无尽的悔意，自己对这个孩子到底还是太溺爱了些。如今反而毁了她！早知如此当初便不应该听这孩子的撺掇来京找方玉那厮。若是还留在了江南云家，虽然瑞珠不会嫁给什么高门望族，但是最起码江南富商之家可以挑着选，倒也落个平安富足。

只是如今……说什么也迟了！

“起来吧！”云老爷子叹了口气将她亲自扶了起来。

云瑞珠心中一喜，祖父还是最疼她的，即便是闯下这样的大祸祖父还是原谅了她。

“多谢祖父，祖父不生瑞珠的气了吗？”云瑞珠笑意盈盈问道。

“瑞珠，”云老爷子拉着云瑞珠坐了下来，眼底的伤痛却是压制了下去，“你父亲临死的时候，曾经握着我的手说，此生最放心不下的便是你了。你素来性子欢脱，却也是最能闯祸的那个，只可惜你父母早亡我这个做祖父的确实没尽到责任……”

“祖父？”云瑞珠突然觉得祖父今天的表情不太与往常一样不禁心头一怔，“祖父待我甚好，切不可如此说平白折杀了孙女儿！”

云老爷子忙收起了心头的酸涩缓缓道：“祖父给你打了一套头面你看看喜不喜欢？”

云瑞珠素来虚荣哪里有不高兴的道理，爷爷见多识广，认识的能工巧匠自然也是独一无二的，倒是生出几分雀跃心思来。

云老爷子命人端着一只金盘过来，亲自揭开了上面罩着的素锦，露出一套全部是罕见红宝石打造的首饰，不管是簪子还是步摇做工精致到了极点，竟然使得满屋生辉。

云瑞珠狠狠吸了一口气，这一套头面简直是价值连城，甚至是有价无市。

“多谢祖父！”云瑞珠自然是爱不释手，忙拿起了一支簪子端详。

“今儿晚上宫中有宴会，春闱刚过，今年取中的青年才俊较之往年更是不胜枚举。皇上心头欢喜自然请皇后出面在正阳宫设宴，也没有多少皇家规矩只是请寻常的世家子弟也参加凑个热闹。祖父这便带着你去，你哥哥已经先行一步了。”

“是吗？”云瑞珠眼底的光芒一闪而过，这样的场合岂不是还有方玉？随即心头一暗，方玉那厮着实可恨，今晚自己定要打扮得漂漂亮亮艳压群芳让方玉悔青了肠子去！

云老爷子心头掠过一抹愤恨，随即却是悲哀到了极处。这个傻丫头终究还是牵挂着那个混账，不过方玉这一次将云家逼到了这种程度，他云家也不是吃素的。只要挺过了如今的困局，有朝一日定要让方玉拿命来还。

“瑞珠，走吧！随祖父进宫！”云老爷子几乎用尽了全身的力气才将这句话吐出来。

云瑞珠总觉得今天的祖父表情有些怪异，可是祖父向来一言九鼎自己许是想多了去。

一边的丫鬟忙将一件绣着茉莉花纹的披风给云瑞珠披上，云老爷子扫了一眼云瑞珠手中捏着的镶嵌着红宝石的簪子笑道：“将这簪子戴上吧，我的孙女儿是这大燕朝最拔尖儿的，自然不能被别人比下去了。”

云瑞珠嫣然一笑，忙将手中的簪子戴在了发髻上，当着云老爷子的面儿也不敢再耽搁什么，随着云老爷子出了云府。

门口早已经停着两辆华丽的马车，云瑞珠忙道：“祖父，只我们祖孙两个人，一辆马车也够了的。”

云老爷子眸底划过一抹伤痛微微一笑道：“瑞珠，爷爷一会儿要同你哥哥一起回来，三个人乘一辆马车有些挤，你也刚行过了及笄礼，少不得要有一辆自己专属的马车参加应酬。”

云瑞珠当下没有说什么亲自扶着云老爷子上了最前面的一辆马车，自己随即在丫鬟的扶持下上了第二辆马车。

谁知道她刚钻进去却不想马车里面突然钻出来两个黑衣人，凶神恶煞之极，衣服上绣着瑞王府的标志。

“祖父！救我！！救我！！”云瑞珠喊得声嘶力竭，划破了夜空随即很快销声匿迹。

云老爷子仰靠在马车的车壁上，紧绷的脸微微颤抖，云瑞珠的声音成了他余生的噩梦。两行泪渗出了他浑浊苍老的眼眸，瞬间迸发出了前所未有的恶毒之火。瑞王，方玉，凌霜合起来逼死了他的孙女儿，这笔账他会慢慢算。

08 哑药

瑞王府整个笼罩在了夜色中，后面偏僻的院落里传来一阵阵碰触竹叶后的沙沙作响，云瑞珠被两个黑衣人扛着送进了院落里的正房。

她这一路上终于想明白了，原来真正将自己出卖的居然是自己最亲近最信任的爷爷，当她被狠狠推在冰冷的青石地面上的时候，绝望就像江南钱塘江上的潮水，一波接着一波涌来，令她发自灵魂的战栗。

“云小姐！别来无恙？”六公主高贵优雅的声音刺了过来。

云瑞珠猛地抬眸看向了端坐在椅子上的六公主，从来没有过的孤独和绝望瞬间袭来。

设计害凌家的人是她，毒杀了阿雅公主替瑞王殿下扫清障碍的也是她，如今将自己弄到这里来的还是她。

这究竟是个怎样可怕的女人？！！

“殿下，殿下你不要杀我，我什么都听你的。”云瑞珠大声哭喊了出来，她素来心狠手辣自然也晓得六公主即将要对她所做的事情。

“阿雅这件事情本来呢不必要走到今天这样的地步。”六公主缓缓起身走了过来，绣着牡丹花纹的裙褶拖曳出一道华丽的影子，在云瑞珠面前堪堪站定。

“只是方玉那厮不肯善罢甘休，呵，我也是奇了怪了，你怎么会对那样一个心狠手辣的男人存着这么多的痴念？而今不是我不帮你，是你心心念念喜欢的男人一手将你推进万丈深渊。”

“不，不，不是……”云瑞珠猛地抓住六公主华丽的裙角，“你骗我，方玉不是那样的人！他一定会答应瑞王殿下的建议将这件事情不了了之的，他不会那样逼迫云家的！不会的！！”

“不会？”六公主不禁冷笑出声，“你还真是傻的可以，明早你就要被送到刑部大牢了，你对方玉因爱生恨，对凌霜心存报复，毒杀阿雅公主，栽赃陷害凌家这些事儿，一桩桩可都是清楚的。”

云瑞珠顿时慌了神色：“不是我，是你，是你让我这么干的！！是你杀了阿雅公主，将她的尸身送到了凌家的，是你！你这个恶毒的女人，都是你干的！！”

“这样可不好，”六公主猛地抽出了被云瑞珠紧紧拽住的裙角，“云大小姐，你有时候还真的挺烦人，话也挺多，对此本宫还真的不放心得很。”

“来人！”六公主娇美的容颜瞬间迸发出一抹冷厉。

一个黑衣人端了一只青瓷碗走到了云瑞珠的身边。

“不要，这是什么？”云瑞珠浑身不停地颤抖，却还是被那人掰开了嘴巴灌了下去。

“啊！！”云瑞珠一声惨呼，浓黑的药汁儿和着云瑞珠嘴巴里呕出来的血水顺着她做工精致的衣衫流了下来。

云瑞珠此时拼命地抠着自己的嘴巴却是丝毫说不出话来，眼睛瞪得大大的盯视着俯身看着她的六公主。

“这是一种特制的哑药，刑部大牢那种地方什么样的审讯手段都有，不过你绝不会说出半个字来。”

一个人将不停挣扎的云瑞珠按在地上，粗暴地抓着她的手指头在一张供状之上按下了一个触目惊心的指印。

云瑞珠惊怒交加终于晕了过去，耳边却传来了六公主冷到骨髓的话语。

“云瑞珠，你被处斩了之后不要恨我，要恨也要恨那个夺走你一切的凌霜……”

云瑞珠伏法，方玉也不能撕破了脸彻底逼急了瑞王府。好在凌冰如今也平安归来，他看着自己的亲人有着宛若再世为人般的恍惚。他将凌霜紧紧拥着，凤眸中的泪却是烧光了去，干涩疼痛。

“霜儿，二哥对不住你，二哥无能……”

凌霜心头一痛忙笑道：“二哥说哪里话，都是一家人，走，二哥快随我去看看二嫂和刚出生的荣儿去。大胖小子呢！”

凌冰凤眸中的沉郁终于消散了几分，被凌霜扶着走进了凌府。方玉同文毓抱拳笑道：“多谢大哥周旋！”

文毓笑道：“所幸皆大欢喜，凌家这道坎儿算是过去了，”他随即压低了几分声音道，“瑞王殿下将云家的大小姐云瑞珠推了出去顶罪，这事儿你知道吗？”

方玉心头一动点了点头道：“今早已经晓得了，瑞王殿下好算计，不过这事也到此为止了，若是闹将下去对凌家也不好。凌家如今伤了元气，不能再出什么事儿了。”

文毓略有所思叹了口气却是看着方玉道：“方玉，霜儿是我的义妹，我对你也是按亲亲儿的妹夫看待的。”

方玉其实早就猜到了文毓的心思，只是不好点破只得认认真真地等着下话儿。

文毓顿了顿道：“如今你得罪了瑞王，虽然说之前瑞王对你有知遇之恩，但是瑞王素来明面上颇有胸襟实际上最是小肚鸡肠之人。不若我与太子殿下跟前做个引荐，改日咱们在太子府上聚一聚怎样？”

方玉暗自苦笑，文家果然是太子党的人而且对太子实在忠心得很。更令他难过的是凌霜如今也似乎成了太子党的一员了，这文毓怕是想替太子将自己拉拢过去。

只是有些事情，往往与实际情形差得太远了，自己的这个大舅子哪里想到太子此番恨不得将自己大卸八块才好。

“大哥，方玉只想做个清流书生，此番权贵之间的争夺实在不是方玉所愿意的。方玉只想同霜儿将这日子安安稳稳的过下去。”

文毓一怔叹了口气道：“方玉别生气，是大哥我唐突了。”

他知道方玉的才华而且隐隐猜出来方玉背后一定还有更大的势力隐藏着，只是方玉不愿意介入朝堂之争，自己倒也不能再说什么了。

好在方玉是霜儿的夫君，做不成盟友还不至于成了敌人，倒是令人欣慰几分。

“大哥，一会儿我派人将文家的家眷也一并接过来，凌家好久没热闹了，咱们痛饮几杯！”

文毓脸上的尴尬一扫而光大笑道：“好！为兄与你今日不醉不归！”

凌霜陪着二哥先去了松鹤堂给老祖母请安，相见后又是一番喜极而泣。随即凌冰回了自己的闲梦居看过妻子后抱着得来不易的小小软软的儿子凌荣，更是百感交集。

凌霜同方玉亲自主持凌家家宴，也没有请京城其他的人家，只请了胡刚徵老爷子，还有文家一家子人。连带着凌冰回来之喜，凌荣出生之喜还有方玉高中之喜一并庆贺了。

香雪亭里也另外起了一桌，文家长孙文承德，凌家长孙凌云带着一帮熊孩子闹得不亦乐乎。凌霜今儿心情甚是高兴，与文家几个媳妇儿一起陪着在香雪亭里喝酒，酣畅之处还亲自舞了一通剑法。

即便是姹紫和嫣红也发了额外的月例银子下去，顺道叫了冷玉卿等人在后面的练武场摆了一桌，凌家从来没有这么热闹过，倒是一扫之前的颓丧之气。

凌霜舞罢了剑刚笑着将朝之宝剑派人好好收起来，不想姹紫急匆匆赶了过来禀告道："大小姐，前院来人了，请大小姐过去一趟！"

文家大嫂赵氏同金氏交流了一下眼神，这个节点儿上谁会来凑这热闹呢？文夫人微微笑道："霜儿，既然前院来了客人，你先去张罗着，这里有我和你大嫂呢！"

凌霜忙行礼话别沿着青石小径边走边问："谁来了？"

"方丞相和方夫人！"姹紫也有些一丝丝的不安，方家那些噩梦一样的日子她们都是陪着大小姐一起过来的。

09　宅斗重新启动

"老夫人也去了前院了吗？"凌霜不禁问道，毕竟长辈们的事情她这样的身份还是老夫人出面的比较好。

姹紫忙回道："老夫人刚刚去了前院。"

"罢了！先去看看去！"凌霜顿了脚步，咬了咬唇，该来的还是会来。方家是她的一个噩梦，若不是方玉她是打死也不想回去的，但是如今为了方玉也只能违心做自己不想做的事情了。

凌霜刚一走进前厅便看到了坐在客位首位上的方修文夫妇，方修文没有穿官服只是一袭名贵低调的云纹锦袍，扣着墨玉镶嵌的玉带。之前方修文号称玉面宰相此时却是显得越发颓丧了几分，印堂正中竟然含着几分隐隐的黑气。

凌霜吓了一跳，又是一段儿时间没见，怎么看起来像是病入膏肓的样子。她疾步走到了一边垂手而立的方玉身边站定了去。

凌老夫人脸色不好看可毕竟是丞相亲自登门，加上方玉说一千道一万是方修文的儿子，倒是也轮不到凌家人阻拦人家爹娘见儿子吧！

凌老夫人坐在了主位上陪着，凌冰此番却是陪在客位上，扫了一眼打扮华贵的方夫人那张冷漠的脸不禁替妹妹捏了把汗。

“方玉！你当真还是有骨气不回家了吗？”方修文声音带着几分沙哑，可还是憋不住转过头冷冷看着自己倔强的儿子。

方夫人缓缓开口道：“玉儿，凌家再怎么住得舒服也是外姓之家，你与你爹赌气但是也不能太过生分了去。”

尼玛！凌霜恨不得上去抓花了方夫人那张伪善的脸。这个挑拨离间的老妖婆，那个时候到底是谁狠心将自己的儿子赶出家门，到底又是谁一桩桩要置她和方玉于死地？这倒是编排起了凌家来，还以为凌家人非要霸着人家儿子不放似的。

正位上的凌老夫人倒是脸上过不去了，当初方家将方玉和霜儿赶出去的这笔账一定要好好算算才是。

“方相，”凌老夫人的视线缓缓掠过了方夫人，就当她不存在一样，声音威严带着几分凛然道，“当初方家将我家霜儿赶出来的时候，借口是她生辰不祥得很。今儿方相是来接我家孙女儿还是您儿子回去呢？”

方玉之前还撑得挺稳，一听凌老夫人的话，不禁猛然间抬眸看去，祖母怎么这样说莫不是不愿意霜儿随自己回去？

凌霜也是吓了一跳，之前还一直辗转反侧想要找个合适的机会同祖母全都交代了，自己同方玉的夫妻是假扮的，是演戏来着做不得真。

后来方玉请求自己再随着他回一趟方家，将之前没了结的事情了结了，今儿祖母的问话倒是将她狠狠吓了一跳。

方修文一顿，知道当初将凌霜赶出家门是自己做错了的。可是谁能想到，方玉这个一向不成器的东西居然在京城搞出这么多事情来，而且还高中了头名状元，甚至得了南山老人的赏识。

方家素来注重清流名声，最是百年书香门第之家。只是大儿子方恒实在是太不争气了，族里的老人们最近几乎吵翻了天。他知道方玉这小子其实是在逼自己表态，若是他这一次不能放低身价将他迎回家去，自己这方家长房的位置很明显保不住了。

不光如此即便是方家的百年家世也会如过眼烟云般消散，如今京城中宇文家是头一份儿的，李家出了那么多皇后贵妃也是无人能撼动的。陈家那是皇亲国戚自然也厉害些，可是最近凌家新近崛起的速度太快了，京城中传言自己的儿子方玉倒是起了绝大多数的作用。

如今的方家已经不是之前的方家，在京城中的大家族若是没有优秀子弟撑着，未来的情景实在是令人堪忧得很。

尽管他心头对方玉存着几分不舒服，依然有着几分无法对外人说明的戒备之心，可是却架不住三叔公那些人逼迫。当务之急是先将方玉弄回家族里救救急也是好的，否则长房的权柄很快会落在了其他人的手中。

到那个时候自己这个宰相也实在做的窝囊死了，连家族都保不住，还做什么宰相？

他听得出来凌老夫人言语之间的苛责，忍下了心头的不快缓缓道："我一直将霜儿视同己出，之前全都是听了邪道的蛊惑才会让霜儿受委屈。这一次霜儿回去可以暂且从旁帮着她母亲掌家。总之我们年岁都大了些，这些家族中的事务到底还是需要年轻人来执掌的。"

方夫人藏在袖间的手紧紧一攥，来之前方相便已经将凌霜可能管家的事情同她提前敲打了出来，只是临到头还是不甘心得很。

凌霜暗道这么大气必有古怪，不禁看向了祖母。

凌老夫人也是微微一怔，这都将掌家的大权给了自己的孙女儿，也算是让出了一大步。这样的话这一次回到方府按理说应该不会再受气了吧？可是为什么总觉得哪里不对劲儿？只是方修文已经让步到了这种程度，凌家的人倒是真不好再阻拦什么？总不能逼着自己孙女儿和方玉离了吧？

凌老夫人不禁暗自苦笑，方玉和霜儿那孩子感情一看便好得如胶似漆，硬生生分开实在是残忍得很。自己一把老骨头了，何故要做这样被人戳脊梁骨的毁人姻缘的事情？

她看向了方玉叹了口气道："玉儿，这事儿你自己看着办，给你父亲个交代吧？"

方玉心头顿时松了口气，凌老夫人这兜兜转转的吓死个人了。听着老夫人的意思，不管自己怎么做，凌家和霜儿倒是愿意支持他的。

他顿了顿扫了一眼端坐着的方夫人，将眼底藤蔓纠缠的杀意一点点藏了起来，几步走到了方相面前却是掀起了袍角规规矩矩跪了下来。

方修文心头一缓，不管之前发生过什么，这孩子毕竟在方家养了那么多年，方玉的跪礼是他方修文该受着的。

“父亲，孩儿如今只求父亲一件事。”方玉抬眸看着方修文，眼底的恳切晕染了出来。

方修文一顿，暗道这小子素来不是一盏省油的灯，不知道他又会出什么难题刁难自己。

“说吧！”

“父亲，孩儿恳求父亲抬孩儿生母淳姨娘为方家平妻，享宗祠香火供奉！孩儿如今高中状元，不耻认为也算光宗耀祖，只求父亲能开恩让孩儿的生母也能沾些荣光！”方玉匍匐在地拜了下去。

“不可！那贱……那淳姨娘已经死去多时，抬不抬平妻又有什么意义？”方夫人猛地站了起来声音尖锐至极，连带着脸上都有些扭曲。

“方夫人！”凌霜终于忍不住了，向前迈出一步，“这话儿可不能像方夫人这么说吧？”

“凌霜，我好歹是你母亲，有你这么同长辈说话的吗？”

凌霜冷冷嗤笑道：“母亲？”她掏了掏耳朵道，“我怎么不记得我家相公还有这么恶毒的母亲？况且当初方家将我们赶出来后，便已经是恩断义绝了，母亲是个什么玩意儿？”

“凌老夫人！这便是你们凌家的家风吗？”方夫人被凌霜气得脸色发白，若不是这个混账女人从中作梗，自己早就将方玉收拾了。如今方玉竟然要将那个贱婢提出来还要替她谋求与自己一样的地位，她决不能忍！一想那个贱婢的那张狐媚子脸，想起过往的那些是是非非，她就恨极了的。

凌冰没想到方夫人到了这般田地还敢在凌家耀武扬威，刚要站起来说什么，却被凌老夫人示意又坐了下来。

凌老夫人斜倚着锦缎垫着的椅子凤眸微微眯了起来，唇角绽放出一抹冷笑道：“方夫人对不住了，我凌家是武将出身，素来是路见不平拔刀相助！最是公正疾恶如仇得很，这门风还真改不了的。”

“你！”方夫人硬生生被凌老夫人噎了回去。

凌霜暗自在心里给凌老夫人点了个赞，她就是要将方家和凌家的关系弄僵了去，这样就不用回方家去了。

10 京城十公子

冥冥之中，凌霜对这一次回方家甚至还有一些她也说不清楚的不好预感，总之是那种发自骨子里的排斥。

“坐下！成什么样子？”方修文眉头狠狠蹙了起来，再也忍不住当着凌家人的面儿低声冲方夫人呵斥了出来。

方夫人神情一僵，唇角泛起一抹苦涩的笑容，却是带着几分不甘心的怨毒。

方修文将视线移向了跪在地上的方玉，好不容易压制住了喉咙间阵阵的血腥味道，今春因为长子方恒的荒唐事情。他一怒之下生了一场风寒，如今得了咯血之症到底还是没好利索。

胸腔里的痛楚让他难以忍受，好不容易才平息了几分闭了闭浑浊苍老的眼眸道：“起来吧，玉儿，这一次你回方家，我会带你去祠堂认祖归宗，包括你的母亲。”

方夫人身子哆嗦了一下，眼底的恨缓缓压制了下去。

方玉没想到方修文这么痛快地答应了他的要求，桃花眸中划过了一抹异样的神情，并没有想象到的欣喜只是觉得有些累了。

凌老夫人一看事情到了这个样子也不能再说些什么，自己的孙女儿不想去方家的事情她是晓得的。只是女大不中留，既然已经嫁为人妇，总有要归家的一天。总不能老在娘家养着，纵然万分的不舍也是没有办法。

“霜儿，今儿你随着你公婆回去自然要孝顺老人，帮衬着相公些。”

凌霜心头一痛，祖母好不容易今儿能开心一些，没想到方家的人来得也太不是时候。再看看立在一边的方玉，心头的不情愿又淡了几分。好歹这一次方玉回方家是要做一个了断的，时间也不会太长，估计自己很快就能回凌家了。

“祖母养好身子要紧，孙女儿得空儿会回来看您的！”凌霜冲着凌老夫人拜了下去。

方玉也随在了凌霜身边拜了下来道："方玉得祖母照顾这么些日子，祖母保重身体。我会带着霜儿常回来看望您老人家的。"

"罢了，起来吧，得空儿多回来看看我这老婆子便罢！快回去吧！"凌老夫人说罢眼角却是红了几分。

方修文脸色微显尴尬，方玉与凌老夫人的感情倒是比对他这个正牌儿爹还要深厚一些。

当下凌霜和方玉又同二哥、二嫂话别，随即还去了后厅同文家人也作别，这才随着方修文出了凌府。

此番方玉被方相亲自迎回方家，而且成了方家的嫡子，连带着自己的生母也是入了宗祠，一时间这个惊天的消息瞬间传遍了京城。

方玉，那个曾经的京城第一纨绔，那个被人看不起的野孩子，那个被家族排斥驱逐无所依的年轻人，终于像是暗夜中一朵陡然绽放的莲，折射出了前所未有的华彩。

方玉的身份更是前所未有的尊贵起来，仗义执言的新科状元郎，宰相家的嫡子，百年书香门第方家未来的年轻家主，俊美无双绝世风华的姿态让方玉瞬间在京城中崭露头角。

"京城十大公子？"凌霜歪靠在了方府东苑暖阁边的窗户下，看着嫣红从外面带回来的画册不禁笑出了声。

凌霜这一次除了将姹紫和嫣红带进了方家，还将林子妍也带了进来。那丫头阴毒啊！所以内宅争斗，林子妍最拿手了。

果然没几天，林子妍借口将方夫人塞给凌霜东苑的丫鬟婆子们一个个制得服服帖帖，凌霜觉得这丫头太能了。

嫣红嘴巴快，点着画册上的人像笑道："可不是吗，也不知道谁无聊将咱家姑爷的画像也画了上去还给排到了第三名去，倒是被宇文胤那厮比下去了。"

凌霜揉了揉眉心，自己相公被人传来传去的看光光她实在是不爽得很。要是给她查出来是谁画的，她一定剥了那人的皮才解恨。

"真是什么时候都不缺乏无聊之人啊！"

"哪里是无聊？分明是为了找噱头赚银子罢了，"姹紫嗔怪地看了一眼嫣红道，“你这丫头总是弄一些乱七八糟的东西回来，污了大小姐的眼睛。”

嫣红忙吐了吐舌头，缩到了一边笑道：“月珑看着有意思给了我……”

她说漏了嘴，忙垂首不说话了，脸上泛起了诡异的红晕。该死的月珑，之前她同月珑说大小姐自从回了方家便不开心得很。月珑那厮买了这画册说是给大小姐看了，大小姐定然开心得很，可是谁能想到连姑爷也在上面。

凌霜倒是来了兴致笑道：“来来来，看美男不花钱，”她随后翻了下去，“哈！胡离这小子也榜上有名，哎呀还有嫣红家的月珑，为毛没有龙辰逸那个骚包？”

林子妍身子一颤，普天之下敢骂太子是骚包的也只有自家大小姐了。

“许是皇子们尊贵得很，那些民间艺人也不敢唐突了，这一出子可是掉脑袋的事情。”姹紫笑道。

凌霜开始往前翻：“方玉这个不争气的居然被宇文胤那厮比下去了，实在是给老子丢人，赶明儿给他化个烟熏妆定能超过宇文胤那厮。”

凌霜耿耿于怀往前翻了一页，却对上了宇文胤画像上那双冰冷狭长的墨眸，不禁抖了抖：“这个不要看了，瘆得慌！就像见着鬼一样！我倒是奇了怪了，普天之下还有比得过我家姑爷和宇文胤那厮的人？”

她翻到了第一页，手指却是停顿在了一个年轻公子画像的上方，有些怔忪了几分。

“天啊！这是个神仙吧？要么就是专门出来勾人心魄的妖怪！”嫣红禁不住倒抽了一口气，死死盯着画册上的人。

第四章 种因得果

01　南疆王

画像中的年轻男子一袭绣着金色木槿花纹的华贵紫衣，迎风而立。腰间的玉佩是一块儿罕见的骷髅形状的紫玉，顺直如墨的长发用一条紫色缎带绑在脑后。长了一张几乎能倾尽天下芳华的脸，细长的眼眸微微上扬，眼角上挑，却似一柄闪着寒光的薄刃，锋利却诱人。薄薄的唇角微翘，透着一股难以抑制的兴奋，像是野狼见了血一样，那份残忍邪肆宛若能穿透纸背直逼人的心底，令人丝丝发寒。

但是最令人惊诧的是，画师用简单线条勾勒出来的这个诡异华丽的男子，却在他细长的眸子里点了两点深紫色的颜料，瞬间整个人都像是溢出来的流晨星光，华丽的令人睁不开眼睛。

“这……这只是……个什么妖怪？”凌霜不禁眉头蹙了起来。

嫣红和姹紫也是茫然得很，一边的林子妍探着身子扫了一眼道：“回大小姐，此人就是在民间被秘密流传的南疆王段佑天！”

林子妍索性将话说分明了，微微笑道：“大小姐有所不知，此人祖上是南疆的段家，后来先帝平叛了南疆之地，便将段家的人迁移到了京城居住。段家被赐封了一个闲散王爷，后来段家坐吃山空逐渐衰落了去，只是谁也没想到这个段佑天倒也是个人物。短短时间就重振门庭，经营各种买卖商铺，背后的神秘势力也很多，如今倒也在南疆站稳了脚跟。”

凌霜同姹紫和嫣红在乌桓边地征战了十年之久，哪里清楚京城中新近崛起的这样华丽丽的人物，不知道也是情有可原的。

凌霜拿着画册的手紧紧一攥吐出口气道：“此人不好惹！”

她心头却是有些隐隐担忧，胡离此番已经去了南疆那么久，除了之前传回来的捷报，此时再无声息，这不正常啊！该死的古代，通信交通都不方便，也不知道胡离在南疆那边怎么样了？

“姹紫，查查这个南疆王在南疆那边到底是什么来头，兴许对南疆的战事有帮助！”

姹紫瞬间收起了脸上的笑意，领命出去了。一边的嫣红暗道大小姐果然不同常人，看个美男图还能看出危机感来？不过也不敢造次，乖乖地立在一边等候差遣。

凌霜将画像放在了桌子上，心头的那抹不安却是越来越强烈了些。

安国侯府，宇文胤刚刚下朝便回到了书房里，他的书房设在后面园子里的竹林中，分外清净。最近凌霜忙着组建自己的凤御军，倒是不来青龙军捣乱了，隐隐之中宇文胤居然有点儿不适应。

他下意识摸了摸下巴，细长的眼眸微微眯了起来。方玉如今在京城中风头正劲，实在是令他不爽得很。怎么也没想到方家人会真的将方玉接回去，方修文那个蠢货，明明知道方玉不是……

“大哥！”宇文御疾步走进了书房，打断了宇文胤的思绪。

“怎么了？”

“段大哥来了！”宇文御笑道，似乎对那个段佑天很是喜欢。宇文御在南疆的时间比较长，这期间自然是与段佑天来往比较密切，故而比一般人要熟悉一些。

宇文胤一听倒也不敢怠慢，一想起那双华彩夺目的眼睛，他就觉得那就是一只狼。

“走，看看去！命人在花厅中设宴，将窖子里最好的陈酿拿出来！”

“是，大哥！”宇文御好久没有看到大哥这么开心了，那个段佑天也不知道用了什么法术将一贯骄傲的大哥也折服了去。说出来没人信，这个南疆王可是大哥私下里交往甚是密切的好兄弟。

宇文胤刚赶到了花厅处，一身紫衣的段佑天正立在廊下远远看着他，紫光流转的眸子里带着几分令人捉摸不透的淡然微笑。

"长公子，近来可好？"段佑天冲宇文胤拱手笑道。

宇文胤轻轻在段佑天肩头砸了一拳道："不在南疆好好待着，来京城做什么？"

段佑天的紫眸微微一闪，笑得像狐缓缓道："这不是从南疆来给你报喜了吗？"

宇文胤心头苦笑，最近他被凌霜折磨到快要疯了去，还真不知道自己何喜之有？

段佑天人精一样的人物，扫了一眼宇文胤眸底一瞬而过的灰败，却是忽略而过拉着宇文胤自来熟般的坐在了玉石桌子边笑道："赤州已经被攻下来了！"

宇文胤猛地抬眸看向了段佑天，段佑天扫了一眼左右道："你这里说话还安全吧？"

宇文胤眼底现出一抹残肆道："你放心，我的秘密还没有人能活着说出去，死了也不会露出半分。"

段佑天拍了拍宇文胤的肩膀道："果然是长公子手段厉害，这事儿朝廷的加急战报还没有送到京城，赤州被攻陷的消息等到了京城也在一个月之后了。"

"那个胡离死了没有？"宇文胤不知道为何自己会突然问起这个来，胡离跟随了凌霜十年之久，若是死了，还不知道凌霜那个女人要发什么疯呢？

段佑天少有的露出一抹敬佩之色来，压低声音道："那个胡离倒是个硬汉，赤州被攻陷后，转而在赤州旁边的玉木镇那处要塞坚守，与他一同守在那里的还有文渊。我以前怎么没看出文家的那个玉面书生还有这分魄力和勇气！不过等到一个月后，赤州的消息传到京城后，怕是南疆的那些头领们已经完全占领了南疆，与江南富庶之地也是一步之遥了。"

段佑天紫眸流露出了说不尽的野心勃勃，南疆终有一天还是他们段家的，任何人都夺不走。

服侍的丫鬟们将酒菜一样样摆在了花厅中，宇文胤命人在花厅外面守着，替段佑天满了一杯道："既如此，你如今敏感的身份倒是不能在京城中露面的。"

"这不找上了长公子你，你放心，南疆这一次若是完全打赢了，我再送你两座银矿，四座铜矿，到那个时候，宇文家自立为王也不成问题。何苦处处受人摆布？"

02 降头师

宇文胤捏着杯子苦笑，突然问道："段兄，这个世界有没有你很想要的东西，却又得不到？"

段佑天从今天见到宇文胤开始就觉得这家伙儿不对劲儿，以往的宇文长公子那是全天下都不放在眼里的人物，这一次似乎受了什么打击？

他哈哈哈大笑道："这天下只有你我兄弟二人不想要的，哪里有我们得不到的东西？长公子你最近出了什么事儿，脸色似乎比以往难看了些。"

宇文胤脸色一僵叹了口气道："这天下还真有一些你求不得的东西，只是段兄你幸运没有遇到过罢了！"

段佑天一愣，看到宇文胤没有要说下去的意思倒也作罢不再问了。

"长公子，我今儿一来是为了借你的风水宝地讨个清净，二来倒是想同你说说如今京城中皇子们夺嫡这事儿……"

宇文胤转眸看向了段佑天意味深长地笑道："三皇子羽翼丰满，太子爷盛宠正隆，你倒是会选时机，马上要有一场好戏看了。"

段佑天若有所思道："将棋局压在谁的身上会赢呢？"

宇文胤动了动唇突然眼底的恨意一晃而过道："谁都不会赢，我觉得你这一次算是白跑了。不管他们任何一个上位，都不会让你的南疆独大。我知道你的意思，你是想同三皇子做一笔交易吧？你扶他登上皇位，他登基后认可你的南疆王，可是你错了。风水轮流转，大燕朝马上要变天了，你根本就不知道谁会是下一个幸运儿？"

段佑天脸色一凛压低了声音道："宇文家的实力我是知道的，两位皇子也愿意拉拢你们，可是到如今你父亲也没有摆明要跟着谁？莫非……你父亲保的另有其人？宫里头还有哪个皇子能得到你们宇文家的青睐？这倒是奇了怪了！"

宇文胤虽然与段佑天投缘但还不至于傻到将自己家族最大的秘密说出来，微笑道："等等看戏也不错，不过你既然来了，不妨帮我办件事儿。"

"你这家伙，素来吃不得亏，怕我白吃白住你的吗？"

"段兄所言差矣，段兄能来是给我宇文胤面子的，只是这件事情我只能依靠你来办。"宇文胤这一次是真的求人，语气中倒也客气几分。

段佑天倒真的是来了兴致，宇文胤还从来没有这么求过人。

“长公子有什么但说无妨！”

宇文胤突然压低了声音道：“段兄，你在南疆待的时间也长了，你说南疆有没有会移魂的降头师借我一用？”

段佑天眉眼一蹙：“你这是恨上谁了？这么歹毒？”

“从你嘴巴里说出歹毒这两个字来，我怎么觉得如此有趣？”宇文胤唇角微翘冷冷笑道，“我要最好的降头师。”

“给谁移魂？谁还能值得我们长公子亲自动手？”

宇文易脸色淡了下去道：“不是移魂，是我想搞清楚，一个人中了毒之后醒过来怎么就像换了个人似的？”

他眼底掠过了凌霜那张令他有些心动的脸，他已经将凌霜过去的十年时光查了个清清楚楚。过去的凌霜与现如今的凌霜从性子上看根本就是两个人，他总感觉凌霜身上有秘密。什么样的情形会使得一个人连性子也变了这么多？他倒是要好好查查的。

他不信方恒的退婚能让凌霜这样的女人一夜之间变化那么大，他决不会相信。

凌霜如今虽然是做了方家的掌家少夫人，但是这些内宅中的琐碎事情她根本不理会，全权交给了林子妍处理。

凤御军的人马已经抽调到了京城，凌霜每天都会抽出半天的时间去之前赤卫军所在的南大营驻地查看操练。承平帝果然还是不信任凌霜的，她虽然是凤御军的主将，可是副将却是太子殿下的亲信莫寒担任。

不过凌霜如今主要的精力都放在了自己精心培养的豫州凌家亲卫军上，私人武装才是凌霜以后立足的所在。既然是太子殿下的人插手凤御军，她倒是也乐见其成就当还龙辰逸个人情，自己在凤御军上的操练也是上心了几分的。

这样的日子倒是让凌霜忙碌了起来，她也没想到自己虽然做了方家的内宅妇人，承平帝还是让她掌控军权。可见承平帝对宇文家得有多大的顾虑啊！

如今方玉回了方家，方家少夫人又是凤御军的将军，这样文武结合的家庭也是夺人眼球得很。

方府东苑，凌霜刚刚握着笔在素笺上画下了那些专门给豫州亲卫军用的特殊装备图，不想狠狠打了个喷嚏。

“大小姐，莫不是着了凉？”姹紫忙将披风取了过来，将窗户关上来。

“无妨，我一会儿去一趟茂祥当铺，你和嫣红跟着，其他人留在东苑等我！”凌霜揉了揉鼻子，豫州的那批人训练的程度倒是比她想象的还要顺利一些。毕竟让古代的人接受现代化的那一套特种兵的训练强度也实在是强人所难，但是她等不及了要拥有一支自己真正的私人武装。

豫州的亲卫军每一个阶段的训练都是她亲手制订计划，如今已经到了第二阶段，后面的训练计划要制订好才是。

她收起素笺交到了姹紫手中道：“交给顾啸云的风雨楼去将这些东西尽快做出来，银子的事情他不用考虑，该给他的一分也不少。不过那个抠门的家伙，好得这么熟悉了也不打个折！”

姹紫抿唇一笑，忙替凌霜整理好了衣襟笑道：“大小姐到时候去叶姑娘那里旁敲侧击的说说去！”

凌霜笑道：“跟着我时间久了，连你这样老实人也奸猾起来，我还真有这个意思去南儿那里告一状的！”

她说罢出了暖阁刚走到东苑的垂花门却不想迎面撞上一个满身酒气的锦衣男子，若不是凌霜动作快避开了一些，指不定就撞上去了。

“凌霜？”那人披散着头发，头上的玉冠也歪了去，脸色蜡黄一看便是酒色过度后的消之态。

03　醒醒酒

“方恒？”凌霜想到过在方玉一桩接着一桩的打压下，方恒定然日子难过得很，只是没想到却是颓丧到了极点的模样。

她看着眼前那张曾经熟悉的脸早已经失去了以往方家长公子的意气风发，不禁心头升腾起一抹别样的滋味来。但是那个曾经深爱他的凌霜早已经离去，如今的凌霜对此人剩下的只是一点点的同情还有厌恶。

“掌了家，难不成连一声大哥也不喊了吗？”方恒踉踉跄跄稳住了身形。

还没等凌霜开口却不想一袭粉衫的方霏急急忙忙冲了进来将方恒扶住道："大哥，你没事吧？这里是二哥的住处，我扶你去西苑可好？"

"小妹，你扶着你大哥醒醒酒，若有什么需要的去公中记账取了来先用着，还有什么别的事情可以找我的婢女妍儿！"

"是，二嫂！"方霏似乎很怕凌霜，忙扶着方恒有些佝偻的身躯要转身离去却不想被方恒狠狠推到了一边。

"凌霜你现在一定很得意对不对？"方恒踉跄着转身走了过来。

凌霜凤眸一挑，如今的方恒战斗指数根本与她和方玉不是一个级别的，她对他只剩下一种同情而已，这样的人都不值得她亲自出手。

"我不得意，只是怜悯！"凌霜声音清冷。

方恒瞬间呆立在了那里，脸上扭曲却是很快被一种更深的悲哀所取代，突然抬眸看向了凌霜一字一顿道："凌霜，我此生做的最后悔的一件事情就是将等了我十年的女子抛弃却被你的妹妹凌婉所迷惑。"

"方霏！带人扶你大哥回去吧！"凌霜不耐烦地打断了方恒的唠唠叨叨，早干什么去了？这种男人真是可恨又可怜，早知如此何必当初放任凌婉那个贱人毒死了凌霜？

"凌霜，我后悔了，我每天每夜都活在噩梦般的回忆中，我……"

"闭嘴！这个世界上从来没有卖后悔药的！你现在说这些不觉得可笑吗？"凌霜今儿事情多实在不想纠缠，绕过了方恒便要走出垂花门却不想被方恒一把抓住了手腕。

"霜儿，我们回到从前好不好？我是真的喜欢你！我们重新开始好不好？你等了我十年，不会对我没有一丝感情的对不对？你还喜欢我对吗？"

凌霜瞬间僵硬了身子，忍不住一把将唠唠叨叨的方恒扛在了肩头。

"大小姐！！"即便是姹紫也是狠狠吓了一跳，方恒虽然如今是消沉落魄但还是方夫人的亲生儿子，大小姐这是要做什么？

"老子给你醒醒酒！！"凌霜将他扛着走了几步直接扔进了东苑外面的莲花池。

"大哥！！"方霏突然疯了般的冲了过来。

凌霜眉头一蹙，她的这个小姑子方霏一直都是温文尔雅的，这般撕心裂肺的喊叫倒是少见，一瞬间心头掠过一抹不该有的想法，随即狠狠压了下去。不可能啊！方恒可是她亲哥哥！！

“大哥，大哥！！”方霏跪在莲花池边哭得声嘶力竭宛若方恒真的死了一般。

“别嚎了！淹不死的！”凌霜将她向后拽开，命下人们跳进莲花池将淹得脸色发白的方恒捞了上来送到了西苑。

方霏忙哭着跟了过去，凌霜的视线随着那抹浅粉色的身影消散在了莲花池对面的月洞门后，不禁摸了摸下巴。

“很奇怪是吧？”方玉缓步走了过来。

凌霜猛地转身白了方玉一眼：“以后能不能不要这么悄无声息的走来走去？会吓死人呢！”

方玉宠溺地看着她笑道：“我家霜儿何曾怕过谁？我那个糊涂大哥是该受点儿教训，敢对我的霜儿说那些乱七八糟的话，实在是该死！”

凌霜听出了他话语里的浓浓杀意，不禁打了个摆子，摆了摆手道：“方玉，我有事出去一趟，晚点儿回来！”

“要不要我陪你去？”

“别了，瘆的慌！”凌霜忙闪身离开，最近这家伙也不知道在忙些什么。每天神神秘秘的，方修文病了，方夫人也不知道是真病还是假病躲着不出来。整个方府安静的宛若只有凌霜和方玉两个活人。

不过越是这样，凌霜越是觉得这其中实在是太不对劲儿了，平静的方府不知道又会出现什么样的惊涛骇浪？

凌霜离开后，方玉死死盯着西苑的月洞门吩咐身边的一个心腹道：“查查杜姨娘和二小姐！”

“是！”小厮是个长相机灵的少年，脸虽然长得清秀眼底的狠辣却是不属于任何一个成年人，转身忙匆匆离去。

方玉狭长的桃花眸眯了起来，很快，他就能亲手结束方家的一切，让那些曾经侮辱伤害过他娘亲的人一个个都去下地狱！

一个月之后，农历初六，是个吉祥的日子。

方玉尽管之前被方修文夫妇亲自接回了方府，可是正式认祖归宗承袭方家嫡子之位却还是需要一个隆重的仪式。

凌霜陪着一袭玄色镶嵌银色方家青鸟图腾礼服的方玉缓缓走进了方家祭祀重地明堂。

明堂的正厅，气氛整肃，族中几位德高望重的老人早已经坐在了明堂正中的椅子上。方修文此番也拖着病恹恹的身子坐在了家主的正位上，坐在一边的方夫人视线扫过了方玉和凌霜之后，眼底的恨意更加浓烈了几分。

德高望重的三叔公微眯着眼坐在了上首位，几个头发花白的族内老人坐在了三叔公的下手位。甚至二房，三房主事的当家人也坐在了一边陪着，脸色都是明暗不定得很。

方家这个二小子厉害啊！从之前的无名小卒转眼间便是这般荣耀也是罕见得很。

凌霜看到脸色青白的方恒歪靠在了最下手的椅子上，看向方玉的眼眸中带着几分怨毒。

凌霜不禁冷笑，自作孽不可活。

方修文此番看向了方玉和凌霜却是带着几分疲惫至极的病容道：“既然都来了，便开始吧！”

他缓缓起身带着方玉还有方家各房各院的当家的，乌泱泱一群人去了明堂后面的宗祠上香。

凌霜同方夫人等掌家的妇人跪在了祠堂的门外，仪式冗长而烦琐，凌霜却没有丝毫的不耐烦。看着祠堂里面那个身形俊挺的男人，心头满是自豪。

那是她凌霜顶天立地的男人！是她的幸运也是她的荣耀。

仪式进行完毕后，已经两炷香的时间过去了，一行人回到了正厅喝茶休息。

三叔公冲方修文道：“既然这礼也行过了，淳姨娘……哦……这个侧夫人的牌位摆在了祠堂中，你看让大家伙儿这便散了吧？”

方玉突然站出来一步看着三叔公笑道：“三叔公，您德高望重，又刚正不阿，最是方家的顶梁柱。晚辈有一件事情想趁着长辈们都在说道说道！”

04 陈年毒事

方玉这话一出即便是站在他旁边的凌霜也是微微一愣，不知道方玉想说什么事儿？按理说在这种场合下一般小事儿，方玉是不会浪费这么多人的时间的。

果然三叔公和方修文俱是神色一愣，方修文眉头一蹙，一边的三叔公只得道："玉儿想说什么？"

方玉恭恭敬敬地行礼过后却是从怀中拿出了那只毒死自己娘亲的红玉镯子，方夫人一见脸色瞬间惨白。

方修文猛地咳嗽了起来，陡然看到旧物怎能不睹物思人？三叔公等人却不知道方玉拿着一只女人戴的陈旧的红玉镯子所为哪般，俱是有些诧异。

"方玉，你这是在做什么？"三叔公到底觉得还是小孩子胡闹一些，这样大的家族聚会，他平白无故拿出一只镯子算怎么回事儿？

"玉儿，今儿天色向晚，有什么事不能明天再说吗？长辈们都累了的。"方夫人看着方玉拿出了镯子倒是慌了几分。

方玉冷冷一笑道："陈瑶你也有怕的时候吗？"

方夫人登时狠狠吃了一惊，即便是方修文也是脸上挂不住了，不禁动怒道："混账东西！还不跪下！哪有你这样直呼母亲名号的不孝子？！！"

"父亲，"方玉脸上却是越发的淡然了几分，抬手点着方夫人已经面无人色的脸冷冷笑道，"这个女人根本不配做我的母亲！我的母亲只有一个，那便是十五年前被这个毒妇活活害死的梅娘！"

方修文顿时眼前一黑，忙将心头涌上来的血咽了回去，颤颤巍巍站了起来点着方玉道："你说什么？你再说一遍！"

方玉看着方修文眼底的绝望，心头除了万般痛楚便只有对娘亲的不值。娘亲直到死的时候还紧握着他瘦弱的小手一遍遍苦苦相求要他长大后对自己父亲方修文好一点儿！呵呵呵！到头来她死了之后，这个自称是他父亲的男人却将他当作一块儿抹布随意丢弃，任由陈瑶那个贱人残害他！任由方恒这个杂种欺凌他！但是方玉心头即便是一千遍一万遍的恨，可是娘亲的话却是不能违背半分的。

"老爷！老爷！！"方夫人彻底慌了，忙站起来扶着方修文冲三叔公道，"三叔公，今儿老爷不舒服，不如今天的事情到此为止？"

“这……”

“三叔公，侄孙有要紧事情今天不能不讲清楚，还请三叔公再忍耐些，事后侄孙定当亲自上门赔罪！”

方玉说罢随即掀起袍角便冲方修文跪了下来道：“孩儿不孝，今天虽然父亲身体抱恙，但是事情紧急，不得不请父亲坐下来听听！”

他说罢重重磕了一个头，方夫人心头越发的惶急不禁怒斥道：“方玉你难不成真要做一个逼死你父亲的不孝子吗？你看不到你父亲如今的身子骨经不起折腾，你这是何故？方家的家业你已经谋划到手还要怎样？”

凌霜不禁心头冷笑，贱人居然反咬一口，随即向四周看去，果然看到本家宗族的人对方玉这般咄咄逼人的做法露出一丝丝不满之意。

但是如今这是方家摊牌的时候，她一个凌家人倒是不好说什么了。只是没想到方玉会选在这样一个时机摊牌。

凌霜又小心翼翼看向了方玉，只见他缓缓从地上站了起来，唇角挂着意味不明的笑容，显然是一副胸有成竹的模样，倒是放下心来。方玉这一次定是有备而来的！

“你……你说！你娘亲是这么回事？”方修文一把推开了方夫人，踉跄着重新坐回到了椅子里。

今儿方玉提起了那个他心中从来不敢碰触的女子，即便是方夫人阻拦他也要听听的。

方夫人不情愿地坐了下来，眼底的怨毒却是越发分明了。梅清，又是梅清！那个女人才是方修文此生放不下的人，她不禁唇角微冷，自己为了方家辛苦了这么多年，只要遇到关于梅清的事情。几十年的辛苦也抵不过一个死去多时的游魂野鬼！

她冲身边的赵妈妈使了一个眼色，赵妈妈缓缓退到了不引人注意的角落，闪身离开了。今儿的事情看着二少爷是要闹大了，怎么着也要请陈国公府那边想个办法了！

方玉冷冷看着那个形容枯槁高高在上的父亲，缓缓道：“父亲，这只红玉镯子是父亲赠送给娘亲的，娘亲感念着父亲的好自然是随身带着，谁知道这镯子被陈瑶做了手脚！”

“方玉，你不要血口喷人！！”方夫人听到方玉一次次直呼自己的名字，不禁怒斥道。

“你闭嘴！！”方修文吼了方夫人一声，一口气提不上来又咳嗽了起来，忙用帕子捂着唇。一边站在方修文身后的杜姨娘眼尖看到那方帕子上面的斑斑血迹不禁打了一个哆嗦。

“来人！端一盏清水来！”方玉不理会方夫人的怒骂，方夫人这样插话无非就是要拖延时间搬救兵，可是今天天王老子也救不了她。

一个长穗早用一只漆木盘子端着一只水晶盏走了过来，他将手中的红玉镯子扔进了水晶盏中，不一会儿居然有丝丝缕缕暗红色的东西渗了出来。

“抱一只巴儿狗来！”方玉一声令下，下面的仆从倒是也听话，居然将之前凌婉养的那只狗抱了过来。那只狗自从凌婉死了以后，倒是养在西苑下人们的住处。

05　罪证

方玉命人将水晶盏中的水强行给那巴儿狗灌了下去，不出半炷香的时间那狗居然僵死了去，只是没有寻常中毒了的那种口吐白沫的症状，宛若安然睡着了似的。

方修文脸色巨变，整个人向后倒了下去，眼睛瞪得大大的，嘴巴微颤念念叨叨的只是一句话。

“怎么会这样？怎么会这样？”

“老爷！二少爷这是陷害妾身啊！！”方夫人一看方修文神情不对，忙捂着唇期期艾艾地哭了出来。

“陷害？”方玉冷冷一笑冲方修文道，“父亲当年买下这红玉镯子可是从柔然一个叫依氏的部族那里买的？这红玉也不是寻常红玉，而是只有这个部族出产的罕见的红玉。若是正常这种宝玉戴在身上却是对人的身子有好处，可是父亲买下来的这只红玉镯子却是被人掉了包的。”

“谁？是谁？！！”方修文低吼了出来，眼睛充血，整个身子抖得不成样子。

他心中的那个女子从来没有喜欢过他，他宠她，爱她，甚至折磨她，只盼着那个女人能看他一眼，哪怕是恨也是可以的。可是他再恨也不会想到要杀了那个叫梅清的女子。

若是要杀她，他当初何苦冒着被承平帝猜忌送命的风险在杀机四伏的山谷救下她？若是要想杀她！他何苦在她生方玉难产的时候，亲自在她身边守护了三天三夜，将她从鬼门关上拉回来！她是他喜欢到骨子里的人，他恨她，恨她不给自己任何的机会，但是恨之入骨却也没有杀她的心思。

直到梅清死了以后，他彻底绝望了，看着方玉这个孩子便想到了自己这一场凄惨孤独的单恋。他只想将这个长得有些像梅清的孩子赶得远远的，只是如今这个孩子已经强大到他也无法忽视的地步。

方玉看着方修文几乎扭曲的脸却没有报复的快感，心头倒是泛起一阵酸楚来，但是娘亲不能死得这么不明不白。

他看着方修文一字一顿道："那个人就是陈国公的庶长子陈安，陈瑶的大哥，不对……"

方玉看向了脸色剧变的方夫人嗤的一笑道："应该是母亲您心心念念的旧情人才对，是也不是？"

"你满口胡言！！"方夫人眼底的赤红已经化作了锋利的剑，恨不得将方玉刺死了去，但是身子却是抖得不成样子。

方玉冷冷笑道："我满口胡言？来人！！"

不多时方玉的心腹将一个人带进了明堂，留着胡子正是当年卖红玉镯子给方修文的胡商。

方夫人身子颤了颤，十五年了，方玉居然还能将这个人找到。

只见那个胡人微微抬起了脸，居然用烧红的铁豌豆将自己的脸毁了容，看起来狰狞恐怖。三叔公见多识广也是吓得不轻，宛若见了鬼。

他刚一开口，声音带着几分断断续续的喑哑，看着方夫人嘶嘶笑道："方夫人，你还认得我吗？当年你让陈安给我灌下哑药，不晓得我还能被方公子救下来吧！"

"不！不！我不认识你！！"方夫人这一次是真的怕了，眼前的人明明被陈安杀人灭口了的，怎么又活生生地出现在她的面前？

她只觉得脊背一阵阵发凉，想要逃走却被方修文命人死死按在了椅子上。

“方修文你什么意思？”方夫人终于恼羞成怒。

方修文咳嗽了一会儿，冷冷笑道：“听完以后再逃也不迟！”

方玉心头松快了几分，缓缓道：“陈安用有毒的镯子同此人做了交易，随即杀人灭口，可惜灭口这事儿做得不彻底。”

方修文的手掌紧紧扣着椅子的边沿，当年他扶植承平帝逼宫夺位也算一代枭雄，没想到被一个内宅妇人算计到了此种地步。

方玉缓缓笑道：“父亲不想听听母亲与陈安的风流韵事吗？陈安根本就不是陈国公的亲生儿子！当年陈安的父亲在战场上救了陈国公一命，陈国公不得不按照兄弟留下来的托付将陈安的母亲抬了姨娘，陈安是遗腹子。我们的母亲陈瑶自然对她的大哥芳心暗许得很，嫁入方家便已经是珠胎暗结了，只是这女人刁钻得很，新婚夜不知道用了什么法子瞒过了父亲！”

方修文登时脸色白了白，依稀记得当年自己因为梅清跟了那个人而黯然神伤，自己所娶的不是自己喜欢的人。那夜他确实是喝多了，但是早上却是醒在了喜床上，其余的都不记得了。此番想起来越发疑窦丛生！

“方玉，放你娘的狗屁！！我杀了你！！”方恒越听越不是味儿，猛地拖着病体冲了过来。

他吸食五石散早已经掏空了身子，方玉轻轻一掌便将他扫落叶一样推到了地上。

“恒儿！！”方夫人心头一紧。

方玉一脚踏在了方恒的身上，冷冷道：“带当年替方夫人接生的稳婆来！大少爷方恒当年可不是足月出生的是也不是？还有，当年给陈安传信的事儿是不是杜姨娘也有份儿？”

杜姨娘此时已经吓得面无人色，她知道今儿事情兜不住了，忙跪行到了方修文身边道：“老爷，不干妾身的事情，妾身之前在陈家的时候就伺候过夫人，妾身不敢得罪夫人啊！！”

凌霜此时不禁唏嘘不已，一时间有些同情方修文来，自己居然替情敌养大了一个儿子。这个儿子还差点儿娶了凌家的嫡长女，也就是自己，只觉得一阵阵鸡皮疙瘩都起来了。

这他娘都是些什么龌龊事情啊！！脏死了的！

方修文猛地咳嗽了出来，一口黑血顿时喷了出来。

“来人！滴血认亲！！”方修文的声音都变了调子。

林子妍又端了一只水晶盏捧了过去，三叔公亲自将装着清水的碗端了过来，方家从来没有出现过这种骇人听闻的事情。他本来守旧顽固，方家的血脉可不能乱了套，否则对不起方家的祖宗！

“不，我不……父亲！我是你的儿子啊！！你不能这样！！”方恒拼命向后退，却被方玉提了起来，一刀划破了他的手指。

三叔公沉着脸将水晶盏递了过去，方夫人疯了般试图冲过来却被下人们紧紧抓住。

06 滴血认亲

方夫人再也没有了以往的镇定从容，突然跪在了方修文的面前苦求道：“老爷，给孩子几分面子吧！不要将事情做绝了！！老爷，是妾身杀了梅清，老爷要恨就恨妾身不要害恒儿啊！老爷自小疼着他宠着他，他是老爷的儿子！老爷这样滴血认亲，让恒儿以后如何立足见人啊？”

“滚！！”方修文一脚将方夫人踢开，这个女人杀了梅清，便已经在他的心目中是必死无疑的了。

“老爷！”方夫人突然冷了脸色道，“你不看在我的面子上，难不成连我父亲的面子你也不放在眼里吗？我长姐如今是宫里头的皇后娘娘，你真的要将事情做绝吗？”

方修文不禁冷笑道：“陈瑶，事到如今你还用陈家压我？呵呵呵……陈家……皇后娘娘……咳咳咳……”

他一口气差点儿没有喘上来忙抚平了自己的心绪，接过了一边仆从递过来的银质匕首割破了手指血滴进了水晶盏里。

四周无数双眼眸紧紧盯视着水晶盏的变化，三叔公的手也不禁微微抖了起来，两颗血珠子似乎嬉戏了一番，却是分得清清楚楚。

“不！！父亲！这不是真的！！方玉要害我！！父亲！父亲！！”方恒惊恐万状，却被方家的仆从死死按在了地上。

方夫人微闭了眼眸，如今她只想保下自己的孩子，也不知道长姐那边为何还不来人？

“陈瑶！”方修文缓缓蹲在了方夫人的身边，声音嘶哑，“陈瑶，你用陈家压了我二十多年，从今往后再也不会有这样的机会了！”

“母亲！！不！！”方恒瞬间挣脱了压着他的人，四周的人也都吓呆了去才不小心给他跑了。

方恒连滚带爬奔到了方夫人身边，却已经是迟了的。方修文亲手将匕首刺进了方夫人的心脏眼见着不能活了。

“母亲！母亲！！”方恒抱着渐渐冰冷的方夫人痛哭流涕。

方夫人想要抬手拭去儿子脸上的泪水，却是没有丝毫的力气惨笑道：“恒儿，一定记得去你外公家……记得……记得去你外公家，活下去……活下去……”

方玉此时眼底晕满了泪，十五年了，娘亲！你在天之灵看到了吗？十五年了！孩儿终于给你报了仇！

一双娇嫩的手此时紧紧握着方玉微颤的拳头，他转过身撞上了凌霜关切的凤眸微微一笑，眼泪却是瞬间滑落了下来。

凌霜从来没见过这样的方玉，她知道他走到今天这一步有多难，只觉得心疼得厉害，越发紧握着他的手不松开。

方修文看着号啕大哭的方恒，眼底的厌恶和恨意跃然而出冷冷下令道：“来人，将这个小畜生给我杖毙了去！”

一瞬间连三叔公也有些不忍，虽然不是方修文亲生的，但是好歹在方家长大。但是看着方修文的癫狂，所有的人都不敢忤逆了家主的意思。

几个家丁刚要将方恒从方夫人的尸身上拖起来却不想外面传来一阵急促的脚步声。

“太子殿下驾到！！太子殿下驾到！！”

凌霜心头一顿猛地想起来定是陈国公那边派来的救兵，只是碍着太子与自己的交情，她倒是夹在方家和陈家之间不太好做人。

如今方修文一刀斩了陈国公的爱女，方家与陈国公家的梁子算是结下了。方修文此举显然是动了怒，是要彻底与陈家决裂的。

不过陈家在陈瑶这事儿上确实做的不地道，自家的女儿自己清楚，明明与兄长陈安发生不了不伦之恋，还结了珠胎。依着陈国公当年力挺承平帝，并能做到国公爷的位置上，自然是个聪明人。这样的丑事怕是他早有耳闻了。

可是为了陈府的面子还将女儿送到了方家，这不是活活坑死人吗？若是陈瑶能有容人之量没有害死方玉的娘亲，想来这件事情一定会被各路当事人带进棺材里去。

只是可惜了的，陈瑶在自己娘家里做大小姐做惯了，到了方家依然飞扬跋扈，活该这样的下场。

凌霜小心翼翼躲在了方玉的身后，方家和陈家的事情乱成了一锅粥，如今加上了太子搅和，实在是没有自己说话的份儿了。

即便是凌霜躲在了方玉的身后，太子龙辰逸已然淡淡将视线扫了过来，在凌霜身上凝了凝，随即看向了方修文。

方修文眼底的冷漠岂是龙辰逸看不懂的，心头到底不痛快，自己又少了方家这样一条助他登基的臂膀。之前来的路上，已经断断续续听到了密报。

方夫人虽然是自己的姨母可实在是荒唐得很，而且几次对凌霜下手，若不是外公来宫里头恳求，加上母后念着方夫人的这档子姐妹之情，他才不愿意救方恒这个窝囊废！

“臣等拜见太子殿下！”方修文虽然心头对陈家一万个不满意，可是如今储君亲自出面，君臣之道还是要守着些。而且自己还顶着一个太子少师的名号，不能不拜。

方玉冷着唇角带着凌霜随同满院子的方家人给龙辰逸跪了下来，凌霜唇角抽了抽，这只骚包赶得真是时候。

“方大人免礼！都起来吧！”龙辰逸将绣着金纹的袍角一掀堪堪坐在了正位上，扫了一眼方夫人已经凉透了的尸身，眉头微微一蹙道：“方大人这是为何？”

方修文强压住了涌上喉头的腥甜，他的身子骨本来就不行了，此番得知了自己心爱的人原来是被毒死的，更是觉得天都塌了下来。不得不强打起精神与龙辰逸周旋道："家门不幸出了此等恶妇，如此还能留个全尸实在是她的造化了！"

龙辰逸沉吟不语，今儿这事儿若是再追究方修文杀妻一事实在是自讨没趣，而且会给母后一家更是涂抹个不成样子。当务之急还是先将方恒弄回去交了差为好！

"方大人，本宫有些话要同方大人讲，还请方大人将这里的场子清一清，人多眼杂，实在不是个说话的好地方。"

方修文唇角微冷，陈家的意思他焉能不懂，不就是还要顾及面子吗？如今他对陈家已经是恨之入骨了，非要扯破脸来将陈家当年做的龌龊事儿说道说道。

07 节外生枝

"殿下，这里都是些方家的内里人，如今方家出了这等丑事，遮掩也没有什么意义了。"

"哼！"龙辰逸眉眼一冷，居然连皇家的脸面也不给了，倒是铁了心要同他和他背后的陈家决裂。

"方大人，是想闹到底吗？"龙辰逸身上的威严瞬间晕染了出来。

只是他实在是低估了方修文的道行，方修文当年力排众议将不被人们看好的七皇子也就是如今的承平帝一步步扶上了那个位置，自然是有几把刷子的。

"太子恕罪，今儿这事儿是方家的家事儿，恕臣不能好好招待殿下。"方修文今儿是铁了心要杀掉方恒这个孽种解恨。

龙辰逸没想到自己这样的身份都不能让方修文退让一步，反而要将他赶出方家，方修文这强硬的逐客令一下倒是让他觉得没面子至极。

他陡然转眸看向了方玉，冷冷笑道："方二爷说句话吧！令尊显然还在气头上不懂得轻重，方二爷乃是新科状元郎于这人伦纲常甚是懂得几分。还是劝劝令尊罢了！方夫人虽然行事欠妥到底是陈家的人，你们方家再怎么得理也不能不饶人啊！你说呢？方二爷？"

凌霜不禁暗道，龙辰逸这家伙看来自己之前低估了他。这话语中夹枪带棒的倒也是存着几分机锋的，如今方恒不是方家的种，方玉应该是未来方家名正言顺的嫡子。

所谓的不看僧面看佛面，即便是方修文已经老了可以放手一拼。可是作为新科状元的方玉前头刚得罪了瑞王和六公主，如今要是再得罪了太子爷，以后的前途堪忧啊！方玉前途堪忧了，方家也跟着要倒大霉了。

一边的三叔公倒是有些着急，之前眼睁睁看着方修文一刀杀了方夫人，就已经心惊胆战。如今方修文还要杀了方恒，加上太子爷出面，这事儿还是和解的好。

他忙冲方玉使了一个眼色，这事儿虽然是二十多年前陈家做的不地道，可是如今人家的女儿已经被杀了。这若是真的闹僵了，如今依着方家的实力还能同太子党和陈国公府闹一场吗？

凌霜紧张地看着方玉，自己夹在中间实在是难受。不过尽管她欠着太子爷许多的人情，但是若陈家真对方玉不利，她凌家自然会选择站在方玉这一边的。

一时间明堂的院子里倒是紧张到了极点，方玉叹了口气道："方玉是个读书人，懂得礼义廉耻，是非清白。况且百善孝为先，孩儿听父亲的！"

方玉缓缓抬眸看向了方修文，二十年前的恩恩怨怨他已经掺和的够多了，如今只看方修文如何了。

龙辰逸倒是预料到方玉不是个好对付的混蛋，果然骨头够硬。他不禁冷笑道："好一个百善孝为先，本宫倒是要看看你方家还能不能先撑得住门面？"

凌霜暗道不好，这事儿明显谈崩了，也不知道今天若是方修文真的杀了方恒之后。陈国公会怎样对付方家还有方玉，不禁越发担心了起来。

龙辰逸锐利的眼眸扫向了凌霜，更是满肚子的不高兴。这丫头果然在意方玉得很，他心情顿时不爽起来。

其实今儿陈皇后派自己的儿子来方家调停实在是算错了，依着龙辰逸的心思巴不得方家和陈家闹僵了去。到时候他可以借助陈家的力量光明正大地将方玉宰了！故而这话儿还没有说几句，场面已经是僵硬到了极致。

"护国大将军到！"

一阵脚步声再一次打破了方家的安宁，凌霜凤眸眯了起来，猛地转过头看向了明堂的入口处。

只见一身玄金色锦袍的宇文胤顶着万年冰块儿脸缓缓走了进来，身后还跟着宇文家的几个兄弟。

不光是凌霜，即便是方玉也是颇感意外，方修文更是不消说带着几分怒意。

方家再不济也不至于让一个外人闯进方家重地明堂，这简直是奇耻大辱，当他方家是什么？这些不相干的人一个个如入无人之境般！

龙辰逸倒是也有些意外，不禁看向了宇文胤，眼底的诧异被一股子冷漠所取代，随即嗤的一笑："这倒是奇怪了，本宫没想到方家的明堂可以允许外人出入的。"

凌霜正自诧异间，不想嫣红急心火燎走了进来，凑了上来悄悄道："大小姐，方家外面都是宇文胤的人，我们人手不够，要不要叫月珑将凌家的人调过来？"

凌霜扶额不禁一阵头痛，若是将凌家人也调过来这事儿就不是方家和陈家那么简单了。

"你告诉月珑将人手都给我准备好，不到万不得已不要将凌家卷进来，我且看看姑爷是个什么意思。"

"是，大小姐！"嫣红闪身离开了。

三叔公此时的白胡子都被宇文胤这一招惊掉了几根，点着宇文胤抖着声音道："宇文长公子请自重！这里是方家，不是你宇文家撒野的地方！"

凌霜不禁替三叔公捏了一把汗，老爷爷你知不知道你面对的宇文胤简直是变态中的战斗机，根本不按常理出牌，不要一不小心给气死了去。

宇文胤弹了弹衣袖微微一笑，风情万种，惹得方玉心头不停地泛起杀意。

他礼数倒是恭敬，先冲龙辰逸拜了拜道："臣听闻太子爷深陷方家困局，臣掌管五城兵马司，若是太子爷在京城中出了什么岔子，臣难辞其咎。所以前来太子爷跟前听候差遣！"

龙辰逸唇角抽了抽道："呵！不敢当啊！护国大将军这般兴师动众，真的是保护本宫还是别有用心？"

宇文胤猛地跪了下来道："臣对皇上和太子的忠心日月可鉴！"

日月可鉴……个屁！凌霜不禁暗自唾了一口，不就是找着机会显摆一下自己的武力值，却找了护驾这样一个令人无法辩驳的借口。

只是这混蛋来凑热闹做什么？凌霜眉头狠狠蹙了起来，不怕宇文胤光明正大的使坏，怕就怕不知道这厮到底要啥时候使坏，今儿这事儿可是和宇文家半毛钱关系也没有啊！捣什么乱？！

08 魂分离

“宇文长公子，方家不欢迎你！”方修文声音中带着几分微颤，心头却是无限酸楚，难不成方家真的衰落到了别的世家大族可以公然在方家耀武扬威的地步吗？

宇文胤翩翩起身，玄金色袍角迎着风上下翻飞，宛若一只暗夜里等待嗜血的蝙蝠，带着几分寒凉阴沉。

他转身看向了凌霜，凌霜心思一动，被宇文胤的视线一扫居然起了一身鸡皮疙瘩。她很没出息地发现自己如今对宇文胤有一种天然的恐惧感！

宇文胤转身看向了神情呆滞的方恒很颓丧地跪坐在方夫人的尸体边，眼底掠过一抹厌恶，也不知道凌霜之前看上这个小子什么了？

他缓缓转身冲方修文笑道：“方大人，这人也杀了一个，再杀下去倒是没什么意思了。”

他这话一出口，四周的人顿时吓了一跳，宇文胤这是公然要帮太子的忙了，这下子方家的人倒是沉不住气了。

方玉俊朗的眉角微微一挑看向了宇文胤那张平淡无波的脸，心头却是泛起了层层的疑虑。虽然宇文家与自己有着千丝万缕的联系，但是这个宇文胤绝对不是那种甘愿屈居人下的料，不知道这厮如今打的什么主意？

太子龙辰逸也被宇文胤这出乎意料的言行惊的呆了一呆，随即心思一转，既然宇文胤将台阶送到了自己的脚下，不妨踏上一下。

“护国大将军尽职尽责，本宫今儿领你这份情！”龙辰逸说罢看向了方修文道，“方大人，方夫人虽然有错在身但毕竟你私自屠戮发妻也难逃责任，今儿本宫念着方家以往的一份情谊，不妨向方大人讨个方便，你看如何？”

方修文铁青的脸色渐渐僵硬了几分，缓缓道：“太子殿下既如此一说，臣倒是愿意洗耳恭听。”

龙辰逸心头松了口气，这老家伙到底是忌惮宇文家的武力，心头却是高兴不起来。想自己一个储君的威严竟然比不上一个武将来的有力度。随即扫了一眼宇文胤，眼底却是藏着极深的一分杀机了。

“方恒毕竟与国公爷有着几分血脉，还请方大人看在本宫的份儿上，让他回陈家几天吧！方夫人尸身也希望方大人能好好安葬，不要让国公爷太过伤心才是！”

方修文紧紧攥着拳头，骨节已经攥得发白，随即缓缓点了点头道：“一切听太子殿下的便是了！”

方玉眼底掠过一抹寒凉，淬利的桃花眸子盯视着云淡风轻的宇文胤，这件事情他一定要查清楚。方恒与宇文胤之间那是八竿子打不着的关系，为什么宇文胤会帮着方恒？这实在是匪夷所思得很！

龙辰逸命人将地上有些呆呆的方恒扶了起来，让他跟着自己出了明堂，经过凌霜身边的时候却是顿住了脚步款款笑道：“凌将军受惊了，改天本宫设宴给你压压惊好不好？”

凌霜眼皮一跳忙躬身道：“太子爷客气了！”

所有从明堂里走出来的方家人俱是觉得从地狱中走了一遭似的，浑身的冷汗都将衣衫黏在了脊背上。

方玉虽然今天大仇得报但是却无丝毫的喜悦，方夫人的尸身被下人拖进了后院的柴房里，至于怎么安葬还需要一番斟酌。

他看到凌霜脸色也不是很好歉疚道：“霜儿先回东苑休息一会儿，等事情办妥当了我去找你。”

凌霜不知道他为何说的这般郑重其事，似乎有什么事情要同她说分明似的。如今方夫人已死，方家可算是得罪了陈国公那边，少不得要有些交割。

她随即点了点头道：“我在东苑等你！你也注意着身子，不要太操劳了。”

方玉握了握她的手随即命人好好服侍少夫人，这些下人们哪一个敢不听令？今天出了这一桩子事儿，明摆着方家以后便是二少爷当家做主了，谁敢得罪未来的家主？一个个小心翼翼护送着凌霜回了东苑，自然是比寻常更是多了几分恭敬之态。

凌霜倒是有些别扭，将这些不相干的人统统遣出了东苑，她如今也乏了，好不容易得了一会儿清净，随即沐浴过后换了一身干净衣裳歪在迎枕上小憩。

不多时被一阵窃窃私语吵醒了，抬眸一看外面已经是掌灯时分，自己居然睡得天昏地暗连什么时候日暮都不知道。

“嫣红。”凌霜揉了揉眉心坐了起来，听外面的声音像是嫣红的语气。

嫣红忙走了进来，脸上却带着几分怪异之色。身后还跟着姹紫和林子妍两个小丫头，凌霜不禁一愣。

“发生了什么事儿？”

嫣红拿着一块儿玉佩走了进来道：“大小姐！宇文胤那厮派人送来的。”

凌霜抬起凤眸扫了一眼嫣红手中的玉佩猛地站了起来，一把夺了过来。玉佩上刻着文渊的号“静闲居士”四个字，这块玉佩凌霜以前看着很好还同文渊开玩笑讨要。文渊却是极其喜爱的，断然拒绝。这块玉佩其实是故去的宇文敏赠他的，固然文渊一定会戴在身上，寸步不离。可是这玉佩怎么到了宇文胤的手中？而且还是沾满了斑斑的血迹？文渊此番应该是在南疆才对啊！莫非南疆出事儿了？

“备马！”凌霜猛地站起身来。

“大小姐，宇文胤步步相逼，这事儿蹊跷得很！大小姐三思后行！”在一边研墨的林子妍忙道。

“大小姐，出了什么事儿？夜深了大小姐要出去的话还需要通知一声月珑他们，莫非这玉佩有什么问题？”

凌霜凤眸沉了下来道：“五弟和胡离出事儿了！”

“啊？！！”嫣红顿时瞪大了眸子，林子妍一听胡离两个字就知道今儿是拦不住凌霜冒险了，忙同嫣红使了一个眼色，看来还需要将凌家那些人叫上为好。

“你们不必担心我，宇文胤既然这般相逼，倒是要看看他究竟几个意思？”凌霜握紧了手中的朝之，大步迈出了东暖阁的门。

凌霜骑着烈火出了方府，姹紫和林子妍早已经跟随在她的身后，转过西山脚下的时候，嫣红带着月珑等人也跟了过来。

凌霜扫了一眼身后的尾巴不禁苦笑，这些人跟着她也是够心惊胆战的，也好，这些人跟着自己闯进安国侯府倒也不怕宇文胤会使出什么害人法子来。

“凌将军请留步！”凌霜等人刚走到半山腰，便被早已经等候在那里的宇文御拦了下来。

凌霜勒住缰绳冷冷笑道：“你大哥不是要见我一面吗？怎的临时后悔了吗？”

宇文御笑得人畜无害，眼神淡淡扫了一眼凌霜身后跟着的姹紫等人笑道：“家兄只请凌将军一个人进去议事，至于其余的兄弟姐妹不若留下来。这半山腰处有一处凉亭，在下备了酒菜请各位畅饮如何？”

09　人质

凌霜凤眸微微眯了起来，突然调转马头转身便要走。

“凌将军就这点儿胆量吗？”宇文胤缓缓从宇文御身后走了出来嗤的一笑，旁边却是站着一位身着紫衣的贵公子，正是凌霜在画册上看到过的那个南疆王段佑天。

凌霜扫了一眼段佑天那双夜色中波光流转的紫眸不禁微微一愣，南疆王？看起来和宇文胤很有些交情的样子，心头却是更加着急了几分。

眼前诡异的一幕在凌霜的心头微微转圜了一圈猛地将她吓了一跳，为什么之前承平帝准备对宇文家动手的时候，偏偏南疆发生了叛乱？如今五弟文渊随身携带着的玉佩却是沾满了血迹？胡离除了最一开始传来了捷报之外，如今音信全无，这一系列的前因后果稍稍串起来便是令人心惊胆战的真相。

那就是宇文胤一手操纵了南疆战事，这个混蛋的手伸得实在是太长了些。

凌霜身体僵了僵随即冷冷笑道：“宇文长公子说对了，我还真胆子不怎么大！”

宇文胤没想到这一次凌霜谨慎到了此种地步，正自犹豫之间要不要继续将这事儿进行下去，突然看到本来调转马头已经走出一箭地的凌霜陡然凌空施展了巧妙的朝之剑法，将自己的四弟宇文御不费吹灰之力刺落在了马下。

这一变故突起，即便是宇文胤也没有想到故作胆小的凌霜会将自己四弟这么轻松的抓到了手中，朝之宝剑顿时架在了宇文御的脖颈上。

这女人好俊的功夫！段佑天也没有防备住凌霜会来这一手，本来陷入了自己和宇文胤布置的包围圈中却还能借此机会反败为胜实在是难得。

姹紫等人也意识到西山半山腰上宇文胤布置下来的重重包围，不想自己大小姐居然三招之内便将宇文御擒在手中，时局顿时扭转了过来。

她看了一眼宇文家的四爷，想起上一次在宇文家的地牢中那些不堪回首的折磨不禁心头升腾起一抹畅快来。

嫣红更是将这情绪表露了出来，唇角不禁挂了几分冷冷的笑，冲脸色涨红了的宇文御道：“四爷，这一回请四爷也尝尝我们凌家地牢里的招待好不好？月珑你觉得如何？”

月珑暗自扶额，果然女人记仇一些。虽然自己与宇文御之前打过交道也算是半个熟人了，只是如今宁可得罪熟人也不能得罪爱人啊！

他缓缓笑道：“嫣红说的对，一会儿我亲自伺候四爷，老虎凳，辣椒水，蘸水的钢鞭撒上盐滋味一定不错得很！”

凌霜唇角含着一抹微笑，手头一用力，宇文御的颈项不浅不深割开一条口子，鲜血瞬间落了下来。

宇文御倒也硬气只是冷笑，微微闭上了眼睛不理会凌霜的邪肆，他今儿也算是大意了。凌霜被自家大哥整惨了的，以为她还真的怕了大哥，没想到居然将自己给贴进去了。

不过这个女人的武功最近也提升得太快了吧？同大哥倒是有的一拼！自己在她手下就像被耍了一样，居然没有丝毫反抗的余地！

“宇文胤！四爷我先请回凌家主宅好好招待，你也不要闲着，好好想想怎么和我解释文渊和胡离的事情，老子等着你！！”凌霜凤眸中的冷冽一晃而过，补了一句道，“不过我这人脾性不怎么好，耐性也差劲儿，你最好是快着点儿！”

凌霜手中有了宇文家四爷做人质，四周埋伏下来的宇文家的暗影自然是不敢轻举妄动，眼巴巴地看着宇文胤。

宇文胤狭长的眸子闭了闭，这女人不好活捉！他随即抬起了手让身后的人散了去，冷冷道：“凌霜，你最好想清楚怎么招待我的四弟，否则……”

“罢了！我不和你白费口舌，我在凌家主宅等着你！”凌霜知道什么叫夜长梦多，一边的姹紫哪里不清楚凌霜的意思，她忙用绳子按照凌霜之前教她打水手结的方式上前一步将宇文御捆得一个死紧。

宇文御憋了一肚子气但是却无计可施，硬生生被凌霜像是甩货物一样拽到了马背上带走。

凌霜也没想今天的变数居然是这么大，心头掠过一抹窃喜，刚要打马带着凌家的人放开了手脚狂奔下山，突然毫无征兆的头痛欲裂瞬间袭来。

耳边隐隐约约多了一阵阵奇怪的声音，听起来像是巫师的吟唱，那声音迅速钻进了她的脑子里，甚至搅动着她的魂魄，感觉像是要将她的魂魄生生撕裂了一般。

“啊！！”凌霜抱着头痛苦地低吼了出来，那种疼痛是她难以忍受的，即便是上一世经历了那么残酷的训练，也无法扛得住一阵紧似一阵的痛楚，那是灵魂被生生撕裂的痛楚。

“大小姐！！大小姐！！”周围传来姹紫和嫣红惊慌失措的哭喊声，凌霜想要说些什么眼前却是一黑什么都不知道了。

方府景苑的内堂里弥漫着浓烈的药味，方修文今天已经是强弩之末，耗尽了最后的力气。十二扇紫檀木屏风后面进进出出都是从太医院里请来的太医，承平帝亲自命人过来诊治，哪一个敢不尽心？

方玉守在外堂等消息，不多时徐太医缓缓走了出来。

“徐太医？我父亲怎样？”方玉虽然恨着里间躺着的那个人，可是毕竟心底还是有几分复杂。

徐太医脸色不太好看小心翼翼道：“方公子，我已经尽力了，能不能熬得过今夜还是个问题。方公子还是尽早准备后事的为好！”

方玉垂首点了点头道：“有劳徐太医了！来人！送客！”他吩咐李管家赏了银两下去。

“少爷。”方修文身边的小厮因为今天方恒的身份被揭穿，连着对方玉之前二少爷的称呼也变了几分。

10 探魂

“何事？”方玉捏了捏眉心，今儿却是有些疲惫了。

“老爷请少爷进去说话！”

方玉一愣，随即看到方修文身边伺候的人都被撵了出来，知道定是方修文有话要单独对自己说。

他顿了顿脚步还是走了进去，爱也好，恨也罢，走到如今这一步他也不知道该如何面对方修文这个父亲了。

方玉缓缓走进了暖阁，绕过了紫檀木屏风，迎面的药味更是浓重了几分，带着令人不舒服的颓废死亡气息。

“父亲。”方玉在方修文的榻边站定了脚步，看向了那个曾经在大燕朝叱咤风云如今却是风烛残年的老人。

只是让他意外的是，方修文似乎一夜之间老了许多，连一贯精明的眼神也带着几分浑浊了。

方修文抬起了枯木般的手臂指着榻边的一方锦凳喘了口气道：“老夫……实在是愧疚至极，劳驾殿下喊了老夫二十一年的父亲，咳咳咳……”

方修文一阵咳嗽终于缓了过来，眼神却透过方玉的脸不知道飘向了何处，他唇角微微露出了一抹惨淡的笑容。

“那些年月真的过得很快，转眼间……便都老了。”方修文唇角的笑容越发浓了几分，却是看得人毛骨悚然。

“那个时候我正是鲜衣怒马的少年，根本不懂得什么叫愁滋味？我与你的两个舅父很早便认识了，尤其是你的二舅父宇文浩正。宇文家从来都是重武的人家，偏生出了你二舅父那样的一个喜好吟诗作对的年轻人。”

方玉微微垂首听着，那段关于娘亲的过去旧日时光，他也是陌生的，倒是想听听，因为娘亲从来没有对他提及过。

方修文缓缓道：“有一次他带我去了宇文家的梅园，那个时候宇文家的实力远远没有今天大，还是京城中不入流的人家。那个时候论武首先数得上的人家是凌家！”

方玉心神一动，刚要问出口的话还是咽了回去。

方修文依然沉浸在自己的回忆中，突然脸上绽放出了前所未有的柔和道：“你二舅父将我带到梅园后正好有事暂且离开一会儿，我一个人在梅园里闲逛，不曾想遇到了你娘亲。我从来没有见过那样美丽纯洁的女孩子，那天她梳着一个螺髻，调皮的半歪着头，亮晶晶的眼眸笑看着我。让我从心底生出莫大的怜惜之情，我觉得遇了这样一个女子即便是失去了性命也要护着她才好。”

方玉握紧的拳头松了又紧，紧了又松，强忍着心底的阵阵酸楚。他的记忆中，娘亲绝对是一个善良得让人心疼的美人。

方修文又咳嗽了起来，好不容易才平息了，脸色却是带着几分回光返照的诡异红晕。

“我不得不承认我喜欢上了她，她就那样歪着头闲适地靠在一株白梅边问我，你是谁？我诚惶诚恐回道我是方家的方修文。她脸颊的酒窝晕染了出来，说她叫宇文梅清。那年我十六岁，她十三岁还没有及笄。”

方玉狠狠吸了口气，将眼底的泪意压了下去。

方修文眉宇间已经带着几分阴霾之色继续道：“宇文家从来都是惯于生养男孩子，也是奇怪得很。宇文家的女孩子要么生不出来，要么生出来也养不活。阖家上下自然是将唯一的女孩子梅清当宝贝一样。我晓得你两个舅父还有你的外公外婆对你娘亲看得严，所以变着法子送东西，与你二舅父带她出去玩儿，讨她的欢心。直到又一个梅花盛开的时候……”

方修文似乎想到最令他痛苦不堪的事情，连身子都带着几分颤抖。

“我没曾想……没曾想我护在手心小心呵护，我藏在心头爱的那般卑微的女孩子会遇到当朝的太子。梅清她根本不适合在后宫中生活的，那个傻姑娘……她根本不明白自己惹上了什么人？那个时候我们在毓秀河上的船中小酌，不小心被太子的大船擦了一下，男扮女装的梅清……那个……那个傻丫头非要让太子赔罪道歉……她根本不知道自己惹上了一个天底下最混账的东西！！”

方玉不禁苦笑，方修文一句句辱骂自己的父亲，他倒是看淡了些。那些过去的是是非非，岂是他能评判得了的？

方修文身子抖得像是风中的落叶随即归于了平淡，陷入了最深沉的绝望中。

“那个傻姑娘还真的让太子爷亲自赔罪道了歉，但是她也不顾一切地爱上了那个人！”

方修文的声音低沉到了压抑：“我一心守护马上要开花结果的姑娘爱上了别的男人，我心头的怨气如何说得出去？那个时候七皇子最有野心，拉拢了陈家准备夺嫡。宇文家的力量根本不被人们看好，但是因为梅清便得了太子爷的赏识。我也因着这一点儿被太子爷扶植成了太子党。”

方修文此时唇角突然露出一抹怨毒道：“他从来没有想过我会背叛，我早已经投靠了七皇子，初春过年的时候七皇子在我的计策下成功夺嫡，我命人将太子府烧成了火海，太子府的大火整整烧了三天三夜，全府几百口人没有一个……活口……呵呵呵哈哈哈哈……都死光了……你说是不是报应不爽？”

方修文笑得宛若夜色中的秃鹫，方玉眉头狠狠蹙了起来，眼底的厌恶却是再也遮不住了去。

方玉冷冷咬着牙道：“我替我父亲谢谢你的那把火，让我父亲忍受剥皮削肉脱胎换骨之痛！”

“呵呵呵……你的那个大舅父宇文擎宇为了保全宇文家，居然也投靠了承平帝，还亲自下令追杀你的娘亲！我只是没想到做哥哥的居然可以狠心到此种地步！”

方修文眼底的冷意丝丝缕缕渗透了出来。

第五章 兄友弟恭

01 孽缘

方玉不禁打了个哆嗦，这件事情自己当时还小，娘亲从来没有提起过。方修文唇角冷冷笑道："太子府出了事儿，你娘亲虽然与太子将亲事定了下来，可是还没有进门。但是她却已经怀了三个月的身孕。这件事情被承平帝设在太子爷身边的内奸获悉。承平帝知道什么叫斩草除根的道理，只是没想到你大舅父自告奋勇做了斩草除根的那把刀。"

方玉心头不禁暗恨，可是宇文擎宇毕竟是自己娘亲曾经尊敬仰仗的大哥，他不能对他动手。当时那样的危急形势下，宇文擎宇牺牲一个妹妹保全整个宇文家族的做法倒也无可厚非。

方修文叹了口气道："太子爷身边虽然有内奸但是也有死士拼了性命护着你这点太子府的骨血逃出了京城。只是没曾想，你大舅父是真的下了狠心要除掉你娘亲表忠心。呵呵呵……那个时候你二舅父急疯了去，找到我跪在了我的面前，求我看在曾经那么喜欢你娘亲的份儿上救你们母子一命！"

方玉眼底掠过一抹复杂之色，这个人是杀了他父族数百口人的刽子手却又是救了自己娘亲的救命恩人，一时间看着方修文倒显得五味杂陈。

方修文压住了喉咙间的血腥缓缓道："其实根本不用你二舅父来求我，我怎么能忍心看着梅清死在乱刀之下？所幸我还到得及时，将她救了下来。你二舅父不知道从哪里找了一个孕妇的尸身毁掉了容貌在承平帝那里应付了过去。"

他咳嗽了一声继续道："我将你娘亲偷偷藏了起来，她生你的时候难产，我一个人守了她三天三夜。你生下来后，眉眼间俨然有几分那个人的模样，我那个时候真想一把掐死了你！可是我做不到……因为如果你死了，梅清断然不会活下去的。我将你认做了自己的孩子，带着梅清回到了方家，改名换姓做了我的淳姨娘！只可惜被陈瑶那个贱人……”

方修文缓缓闭上眸子，眼角落下泪来声音嘶哑道：“我爱她至深，她却始终心头只有你父亲一个。你知不知道我此生有多爱她便有多恨她！我想尽法子折磨她，我只想在她心目中留个影子，但是她吝啬到连恨都不愿意给我半分。她死了以后，我整个人都空了。我看着你的模样，越发憎恶，才将你送到了云州，眼不见心不烦。但是我不能杀你，我明明知道你同你那个混账父亲一样绝对不是个好对付的人，但是在你羽翼没有丰满的时候我下不去手杀你！我怕有一天我到了地下，无法面对梅清。”

“多谢你的不杀之恩！”方玉只觉得眼底热辣辣的疼，想要哭出来却没有丝毫的眼泪能流出来，自从娘亲死了以后，他被那样非人的折磨过后，再也哭不出来了。

方修文缓缓从怀中掏出一方玉印交到了方玉的手中道：“若是没有二十多年前那场血腥的朱雀门之变，你如今怕是已经做了储君，也用不着颠沛流离尝尽人间疾苦。我别无所求，只求你能看在方家收留你二十年的份儿上，看在你娘亲当年嘱托你的份儿上，饶过方家的族人吧！当年都是我一个人造下的孽，如今我已经遭了报应。”

方玉看着手中象征方家最高权力的家主玉印，只觉得心头一阵苦涩。方家该死的人都死光了，他再杀下去倒也没有意思了。

方修文看到方玉眸子里缓缓沉静下来的杀意，心头松了口气道：“殿下，方家虽然不如从前但是瘦死的骆驼比马大，若是有了方家的人脉和助力，加上宇文家的武力，加上前朝太子隐藏下来的那些实力，殿下助你父亲夺回皇位便有……七分数了！”

“呵！”方玉唇角微翘冷冷笑道，“你倒是替我父亲考虑的周详。”

“不，”方修文撑着最后的几分力气道，“不是为了你父亲，而是梅清的儿子必然是真龙天子，你是她的骄傲！我做完这件事情，就可以面对她了！”

方玉心头一阵气恼，也说不出缘由只觉得气闷得慌，俯身一把揪住了方修文的领子：“喜欢我娘亲为什么不对她好一些？到如今说这些假惺惺的有什么用？方修文，我告诉你，人死后很快便是要投胎的，你与我娘亲一朝错过，便是生生世世的错过，你根本见不着她！”

方修文发出一阵凄惨的笑声突然神情坚毅道：“我愿做一只孤魂野鬼等着她每一世的轮回……”

他说罢脖颈一歪，整个人已经咽了气，唇角却是挂着笑容，更是令人觉得触目惊心。

方玉的手缓缓松开了方修文的衣襟，突然发作了起来，一脚将内堂的紫檀木屏风踹了个稀巴烂，他心头堵得慌只想将一切都砸烂了去。

“疯子！都是些疯子！！都他娘是些疯子！！”方玉一掌击碎了方修文平生喜欢的青玉笔山，楠木橱柜被他凿开了窟窿。

“少爷！少爷！快来人啊！！”方修文身边的心腹小厮拥了进来将疯了般的方玉扶住，另一些人一看榻上已经咽了气的方修文更是大惊失色，忙跑出去奔丧。

“老爷故去了！！老爷故去了！！”声音回荡在偌大又空旷的方府久久不能散去。

方玉终于砸累了，骂累了，只觉得人生实在是了无趣味，突然想起了凌霜那双调皮的凤眸，那是他最后的救命稻草。

他跌跌撞撞走出了内堂将一应需要交代的事情交代了下去，方修文死了，自己是方家的新任家主自然要将方修文的丧事处理好。

他将一切忙完后走回到了东苑，只看到了外院守门的小丫鬟，姹紫和嫣红也不知道去了哪里？

“少夫人呢？”

“少爷，”守门的丫鬟踟躕道，“奴婢之前看到少夫人带着姹紫姐姐她们出去了。”

方玉狠狠吃了一惊，一股子不祥的预感瞬间袭来：“出去了？走了多长时间？”

“回禀少爷，走了大约两炷香的时间了！”

“小混蛋！又闯祸去了吗？”方玉猛地转身冲进了夜色中。

02 异世而来

西山安国侯府后院的藏书阁内，自从上一次凌霜在这里与宇文胤大战一场之后，宇文胤倒是将这里当成了他经常歇息的地方。

每一次在竹林中练武之后，都要来这里小坐一会儿，看着那张铺着素锦的软榻，宇文胤唇角总是会不自禁挤出一丝笑意来。

上一次那丫头在这里栽了跟头，连兜肚都被他剥了下来，想到此处宇文胤唇角的笑容越发深邃了几分。却又与这深邃中带了几分苦涩，很长时间凌霜没有来捣乱倒是让他不适应的很。

此时的藏书阁中早已经挂满了奇形怪状的符咒，随着窗户传进来的风散发阴戾刺耳的声音。

段佑天带着一个蒙的黑布根本看不清楚脸的低矮男人随着宇文胤走进了藏书阁，宇文胤将怀中已经晕厥的凌霜轻轻放在了榻上。看着她瞬间失去血色的脸，宇文胤猛地转身盯视着刚才做法的降头师。

“她若是出了什么岔子，我会让你后悔活在这个世上知道吗？”

降头师身子微微颤动了一下，恢复了镇定躬下身子，声音沙哑道：“长公子放心，只是探魂而已，休息几日便恢复了！”

一边的段佑天不禁暗自好笑，刚才若不是自己带来的降头师出手，凌霜此时早已经带着宇文御离开了他们设下的陷阱了。

如今凌霜带来的那些人群龙无首，虽然武功一个个倒也不弱，可是宇文家的暗影还有段佑天从南疆带来的人也不是吃素的，一时半会儿那些讨厌的家伙倒也不能冲进来救他们的主子。

“长公子，凌霜的那些人一个个不是善茬儿，还是尽快开始吧！”段佑天缓缓笑道。

宇文胤脸上还是掠过一抹担忧看向了凌霜顿了顿道：“段兄，这件事情我想一个人面对！”

段佑天知道这是人家男女之间的那些事情，自己倒是也不好意思掺和随即笑道：“我去看看你四弟，这小子倒是被凌霜身边那个看起来很沉稳的婢女伤得不轻。”

宇文胤点了点头，段佑天抱拳退出了藏书阁。

降头师在凌霜头顶处点了三盏罕见的蛟油灯，随即抬手将一个特制的金环扣在了凌霜的额头上。又拿出一只蛊碗，用银针将凌霜额头刺破，一股血瞬间渗了出来。

“你做什么？！！”宇文胤心头一跳刚要冲过去，却不得不顿住了脚步，自己这是怎么了？刚才降头师已经将这些步骤一样样都告诉他了，可自己还是担心得要命。

他随即冲停住动作的降头师摆了摆手示意他继续，可是自己却是整个人都显得坐卧不安，不停在藏书阁顶楼的暖阁中烦躁地走来走去。

一阵低沉的吟唱缓缓升腾而起，带着几分舒缓随即这声音变得越来越高亢，榻上的凌霜眉头狠狠蹙了起来，虽然闭着凤眸可是却显得焦躁不安。

宇文胤倒是吓住了忙顿住了脚步，疾步抢到了软榻边将凌霜因为痛苦而紧紧攥着的拳头握住，心头不知为何说不出来的难受。

“是生魂……”降头师沙哑的声音袭来，让宇文胤狠狠打了个哆嗦。

“你说什么？”宇文胤看着凌霜额头间居然渐渐聚拢起了的一抹青气，忙问道。

“长公子，这是借尸还魂，魂魄不是原主人的。”

“是真的吗？”宇文胤又惊又喜，惊的是世界上真的有这种离奇的事情，喜的是凌霜根本就不是那个凌霜，如此一来什么家族仇恨是不是有开解的机会？

降头师突然抬手将蛊碗中凌霜流出来的血猛地点燃了，燃烧起一簇诡异的蓝色火苗。

他的声音越发的低沉就像梦中人的呓语缓缓问道：“你是谁？”

凌霜的身子抖得越发的厉害，似乎和什么搏斗着，挣扎着，想要摆脱降头师对她的控制。

降头师将蛊碗中的血烧得更旺了些，继续沉着声音问道：“你是谁？”

凌霜的脸色越来越难看，宇文胤清晰地感受到了握在他掌中的那只手已经渐渐冰凉，他自己的额头因为紧张竟然也渗出汗珠来。

一时间藏书阁中除了越烧越旺的蓝色火苗之外，一切都像是静止了一般。

“你是谁？”

“啊！！”凌霜嘶喊了出来，宇文胤心头一跳刚要命降头师停止这折磨人心的法术，不想下一刻凌霜带着呓语般的声音从薄唇中缓缓吐了出来。

“我是林霜，编号3728。”

宇文胤眉头猛地拧了起来，什么意思？

降头师也是微微一怔缓缓问道：“你从哪里来？”

“中……中国……”

宇文胤彻底蒙了去，为何这丫头说的话他一句也听不懂？

降头师似乎也遇到从未见过的情况，难不成这魂魄还另有蹊跷？

“你来这里做什么？”

“我……寻找……饮血玉……”

宇文胤狭长的眸子狠狠眯了起来，这个他倒是猜到了的，刚要探手去抓凌霜脖颈上戴着的那块儿饮血玉。却不想凌霜突然喊了出来，拳头挣脱了宇文胤的束缚不停地挥舞着，嘴巴里却是念叨着他从来没有听过的莫名其妙的话。

“混蛋！快开枪！！开枪啊！！”凌霜的手臂狠狠一挥差点儿将宇文胤的脸颊扫到。

“快！快！！地宫要塌了！！你们先出去！！我掩护！”

“队长！小心！！队长！！不要死，不要死……”凌霜眼角的泪瞬间渗了出来，情绪却是越来越低落。

“方玉！方玉！我不想离开！方玉！！”凌霜突然一把紧紧抓住宇文胤的手臂，一遍遍哀求，“我不想离开这里，方玉，我不想离开这里，方玉，方玉……”

宇文胤呆呆地看着凌霜渐渐惨白的脸颊，耳边却是一声声撕心裂肺的哀求，只是喊的却是别人的名字，与自己无关。

“我要将方玉这个名字从她的记忆中永远抹掉。”宇文胤一字一顿几乎是咬了出来。

“是，长公子。”降头师缓缓将手中的蛊碗举了起来，里面的血渐渐烧成了黑色粉末，他将黑色粉末刮了下来。却是从一边的陶瓶中倒出一只通体晶莹雪白的蛊虫来，那蛊虫将蛊碗中的粉末吞咽了个干净。

03 决斗

不多时那蛊虫便像是着了火般变得通红异常，随即蠕动的躯体渐渐僵硬不动。

“这个是什么？”宇文胤冷冷问道。

降头师忙道：“回禀长公子，将这蛊虫磨碎了给这位姑娘服下去，她会忘记之前所有的前尘旧事，只记得长公子一个人。”

宇文胤狭长的眸子微微闭了起来，总觉得这样似乎有些不妥，可是却不甘心凌霜眼底只有那个方玉，一时间竟然踌躇着不知道该如何继续下去？

此时藏书阁顶楼的窗户突然被人一脚踹开，宇文胤还没有从纠结的思绪中反应过来，却看到身着纯白锦袍的方玉陡然从窗户中跃了进来。随之藏书阁楼下已经一片喊杀声，凌霜的人居然这么快突破了宇文家暗影和南疆幻术的围困，与藏书阁外面宇文家的人斗到了一处。

方玉一眼看到了榻上脸色惨白昏迷不醒的凌霜，淬利的桃花眸中俨然是惊天的怒意，抬手将她额头上那些乱七八糟的东西统统抹了下去。随即反身一掌击碎了降头师的天灵盖，那降头师也算是南疆有些道行的人，没想到遇到了方玉这样动作快如魅影的人，几乎没有丝毫反抗的机会便已经一命呜呼了。

方玉弯腰一把将凌霜打横抱了起来，仔细查看了一番倒也没有发现凌霜伤到了那里，心头稍稍放下了几分。

此时月珑和嫣红也攀附到了窗户边，他顺手将凌霜交到了二人的手中。

“带着你们大小姐先离开此地！我有笔账要好好同宇文长公子算上一算！”

嫣红此番已经急红了眼，看到凌霜这副样子更是眼底的泪瞬间落了下来，忙让月珑将凌霜负在他的背上飞身而下。

“大小姐！”姹紫冲了过来，手臂显得不太灵便，刚才本来想要一招击杀宇文御那厮的，结果还是被那厮逃了。

此番看到月珑背着凌霜下了藏书阁忙带着人赶过来将凌霜紧紧护在了身边，之前多亏了姑爷才破了南疆的幻术，杀进了安国侯府。

一路上那些暗影几乎被姑爷扫了一个干净，此时凌霜身边的人带着凌霜忙冲出了安国侯府，也不敢回凌家主宅生怕惊动了凌老夫人再闹出什么乱子来。一行人匆匆忙忙沿着朱雀大街，回到了方府，如今方家可是方玉一个人说了算，倒也行事方便些。

藏书阁的内堂窗户已经被方玉踹了一个稀碎，阵阵冷风迎面扑了进来，将宇文胤和方玉的袍角鼓荡了起来，带着几分肃杀之色。

段佑天早已经听闻了这边的变故，宇文家的几个兄弟除了被姹紫刺了一剑不能动弹的宇文御之外，其余的人俱是赶到了藏书阁。

方玉的武功宇文家的几个兄弟都是见识过的，大哥今夜若是硬拼必定会吃亏。尽管他们对大哥不顾一切招惹凌霜的行为深不以为然，可是若真的开打不可，几个兄弟一忽儿上绝对不能让大哥吃亏了去。

段佑天也缓缓摇着折扇走了过来，紫眸越发的流光溢彩，扫了一眼被方玉击碎了天灵盖的降头师不禁暗自叹了口气。可惜了自己培养起来的这个降头师，不过一个奴才罢了。

“方公子久仰！”段佑天刚要说几句场面话，不想方玉此时正在暴怒的边缘，冷冷回了他一个滚字。

段佑天脸色沉了沉，宇文胤缓缓冲他点了点头道：“段兄，今夜的事情给段兄添了麻烦，兄弟想自己解决！二弟，三弟你们请段大哥花厅吃茶。”

段佑天明白这两个人为了一个女人今天定是有一个了结，不过自己也不好从中说什么随即点了点头笑着离开了。

宇文川和宇文效却是不敢走开，虽然大哥近来武功精进突飞猛进，但是对面的那个方玉实在是个变态，不能不小心应对。

宇文胤看到自家兄弟的踌躇心头倒是泛起一阵火，自己难不成真的比不过眼前这个混蛋吗？

“大哥！”

“滚！！”宇文胤动了怒。

宇文川忙拉着三弟离开了藏书阁，只留下了冷冷瞪视着对方的方玉和宇文胤。

宇文胤看着方玉冷冷笑道：“今儿既然闹到了这种程度，我不妨实话实说。对于凌霜，我决不会轻易放手。”

方玉将腰间的那柄几乎透明的怪异宝剑拔了出来，瞬间指向了宇文胤的咽喉微微冷笑道："看来我对自己的情敌实在是太仁慈了些，不过我素来眼里揉不得沙子，既然你这么想死，我成全你！"

"呵！狂妄至极！！"宇文胤的话音刚落，手中的赤练剑已经划出一道惊鸿将方玉的剑格挡开来，率先发起了进攻。

宇文胤虽然高傲但不自大，他明白方玉的实力若是自己不能占一个先机少不得要被方玉真的给杀了。

瞬间整个藏书阁内几乎被无处不在的剑气搅碎了去，下面那些宇文家的家丁暗影一个个抬起头看着一团白影与一团黑影纠缠在一起。招招见血，处处要命，绝对是精彩至极的高手巅峰对决，一时间竟然看呆了去。

负手立在一边的段佑天越看越是心惊，宇文胤的实力他是了然的，只是大燕朝什么时候出了方玉这号精彩的人物？一招一式，几乎带着几分大家的风范，甚至身上隐隐存着一股子龙隐之气，这一点即便是宇文胤也是比不过的。

藏书阁终于撑不住两个人的比试，阁楼上四角的紫檀木柱子已经轰然坍塌，方玉和宇文胤双双跃了出来落在了一边的房檐上堪堪站住了。

宇文胤心头气血上涌，还是压不住那股子痛楚一口血喷了出来，幸亏穿着黑色锦袍倒也不显得触目惊心。

"宇文长公子！吐血的感觉怎样？"方玉漫不经心地冷笑，心头却是纳罕此人不愧是练武的奇才，短短时间内提升的居然这样快。

宇文胤冷峻的眉眼带着几分嘲讽看向了方玉左臂被划开的伤痕，血迹顺着纯白色锦衫渗了出来。

"方公子，还能拿得起剑吗？"

方玉唇角微冷："宇文长公子不妨试一试，在下不光拿得起剑还能……要你的命！"

04　别样的认亲

他瞬间手中的剑气凝了起来，整个几乎透明的剑身居然散出一阵蓝光，带着几分寒冰霜色，猛地刺向了宇文胤。

宇文胤手中的赤练剑也是炙热到了像是着了火一样，挥向了方玉。下面看着的人齐齐发出一声惊呼，不敢看下去。两人这一剑刺下去，非死即伤！

“住手！”一阵嘶哑阴暗的声音沉沉压了下来，方玉和宇文胤同时被一股大力分开向后踉跄着退了几步差点儿落下屋顶去。

宇文胤大惊失色，自己与方玉已然都是高手级别的剑客了，居然还有人能同时将他和方玉两个人的力量卸了去？而且让他们退的如此狼狈？！！

他抬眸看了过去，只见一个身着灰色绣梅纹锦袍的中年男子矗立在他与方玉的中间，脸上戴着半张诡异的描绘着梅花的面具，整个人站在月色中令人似乎闻到了死亡的气息。

即便是身经百战，在死人堆里打滚的宇文胤也是心头狠狠惊了一惊，看着那人缓缓转过身盯视着方玉好半天才道：“刚刚做了家主的人，便为了一个女人什么都不顾了吗？”

方玉身子一颤，忙躬身不语。

“胤儿，还不滚下来！！”宇文擎宇也得了消息后快马加鞭从大将军府赶了过来，身后跟着的正是宇文浩正。

宇文川一看父亲和二叔也赶了过来，知道今天这事儿闹大了，加上那个人居然也来了，不能不令人生出几分惧意来。

他心思一转这是宇文家的秘密决不能被外人知晓了去，今儿那个人出现的实在是太意外了，以至于很多人还处在震惊之中回不过神来。

他忙冲满脸诧异的段佑天微微躬身道：“家中出了这档子事儿让段大哥见笑了，小弟作陪今儿在花厅喝一盅如何？”

段佑天心思灵动的一个人哪里不晓得宇文家的人不想让外人掺和，随即笑道：“走！倒是要尝尝你大哥藏的梨花春。”

“请！”宇文川冲三弟使了一个眼色，示意他前面看着点儿，父亲今天显然动了怒少不得将大哥一通责罚。

宇文浩正也命人将院子里的闲杂人等清除了一个干净，随即走到已经带着方玉从房顶上下来的玄天宗宗主面前。

“宗主！院子里说话不大方便还请后花园的偏厅一坐！”

“嗯！”玄天宗的宗主点了点头随即随同宇文浩正走到了后院僻静又装饰华

丽的偏厅，他缓缓走进偏厅后独自在正位上坐了下来。

宇文浩正微微侧身请自家大哥陪坐在了前太子的身侧，宇文擎宇在前太子面前倒是有些罕见的拘束忙躬身先行了一礼道：“王爷……”

前太子缓缓道：“前尘旧事何必再提，子恒这几年还过得好吧？”

宇文擎宇额头瞬间渗出了冷汗，一边的宇文浩正忙替兄长解释道：“宗主，当年小妹的事情大哥也不得不做个样子出来，其实后来找一个孕妇的尸身替换了小妹也是大哥的主意，整个过程也都是大哥运筹帷幄。怪只怪方修文内宅不稳才害的……”

“梅清的事情不要再说了！”前太子半边面具下已经带着几分浓烈的疲惫和悲伤，转眸看向了方玉道，“方修文死了，你即便是做样子也要做下去的，却是来你表哥家胡闹，实在是混账的很！！”

“胤儿！还不快向你姑父，表弟道歉！！”宇文擎宇忙借着话头将这尴尬的见面一句话变成了久违的亲戚相聚，姑父，表弟的喊着，倒是带着几分浓浓的亲情在里头了。

宇文胤心头却是烦乱至极，始终没有从凌霜那一声声方玉的呼喊声中缓过劲儿来，脸色自然是不好看。

“父亲，孩儿没有错！是方玉他闯进了孩儿的家，打伤了孩儿的家丁，还将孩儿……”

“啪！”宇文擎宇不禁大怒疾步走到了宇文胤面前狠狠给了他一记耳光，宇文胤瞬间蒙了。从小到大倒是没少挨打，可是如今自己已经成年，也是堂堂的护国大将军，当着方玉的面儿挨了这么一下，心头的委屈顿时化作了无边的怒火和恨意，抿了抿薄凉的唇攥紧了拳头只是不说话。

宇文擎宇不禁哀叹，自己儿子最近做的荒唐事，他哪一样不知道？儿子也长大了而且还是护国大将军，他若是过多干涉倒显得宇文胤没有能力了。只是他引以为豪的长子一旦遇到了凌家的那个妖女，自己这个精明强干的儿子便像是傻了一般，说傻话，办傻事，实在是端不上台面。

前太子如今的武功和实力，莫说是自家一个小小的犬子，即便是合起来宇文家所有的父兄子弟的力量也未必是人家的对手。

好不容易前太子放了话认了他这门亲，这臭小子还甩脸子？

“跪下！！”宇文擎宇真是气得要吐血，不禁抓起一边墙上挂着的青铜长剑，也不拔出来，连着剑鞘举着便要抡下去。

宇文家是武将家族，家里面处处摆着刀枪剑戟当装饰品，这武器倒也拿的顺手，可是若真的这么抡下去宇文胤哪里还有命在？

05 不听话就杀了她

“大哥！！”宇文浩正心头一惊忙起身将大哥举起来的青铜剑鞘握住，“大哥使不得啊！！胤儿也是一时间糊涂，况且年轻人之间火气大，闹着玩儿也是有的。大哥这一剑下去还不要了胤儿的命？！！”

外面看着的宇文效忙转身奔了出去，父亲要杀大哥？这还了得，四弟最聪明，二哥最沉稳，赶紧叫这两个人来想想办法！

方玉一边暗自冷笑，装！再装！抡不下去，老子替你们抡下去！

“玉儿，关于凌霜是天降凰女的闹剧是你一手组织起来的阴谋吧？”没想到的是这边宇文家正自闹得不可开交，那边端坐在正位上的前太子龙煜天却冷冷吐出一句话来。

方玉登时觉得一个哆嗦，暗道不好，莫非那出子计谋被看出来了。

这边的宇文擎宇倒是满脸的诧异，凌霜是天降凰女的事儿一直都让他觉得不爽得很。凌家若是出了这么一号人物，还不得飞到天上去，如今一听这里头还有方玉的猫腻，他忙顺着宇文浩正的恳求将手中的青铜剑放了下来。

此时宇文擎宇也顾不得依然一脸倔强死硬死硬的宇文胤，忙看向了方玉和前朝太子殿下龙煜天。

龙煜天冷冷道：“你那点儿小把戏怎么可能瞒得过为父？只是没想到你为了一个女人居然兄弟之间阋墙，丝毫不顾及脸面亲情。你这个混账东西更是将为父也隐瞒了去，若是那个凌家的丫头再这般影响大局，不若除去的好！”

宇文擎宇心头一喜，他早就想将凌霜那丫头除掉了，若是能由龙煜天动手再好不过了。

龙煜天此话一出，方玉和宇文胤同时脸色一变，他们两个都是人精，哪里看不透眼前这个长辈是真的对凌霜动了杀心，俱是惶恐至极。

方玉掀起袍角便跪了下去道：“父亲！孩儿知错了，今儿也是孩儿一时间犯浑，还请父亲责罚孩儿！”

宇文胤也缓缓跪了下来，脸上的倔强收敛了几分道：“父亲，姑父，表弟也是来我府上切磋武功而已，以后胤儿再也不会这样莽撞了！”

两个人不谋而合的缓和了彼此的关系，让一边看着的宇文擎宇却是恨得牙痒痒，这两个小混蛋为了凌家的那个妖女居然都一个个的将姿态放低了去。

如此看来，那个女人倒真的是不能留了，宇文擎宇眼底的杀机一晃而过忙走了过去一手拉起一个大笑道：“姑舅亲，打断骨头连着筋，本来都是好兄弟何必争一时之间的长短呢？既然认了错，那便是最好的。”

龙煜天微微点了点头看向宇文胤笑道：“胤儿转眼间长这么大了，正好我有一部兵书可以赠给胤儿参详一番的！”

宇文胤忙走了过去接过了龙煜天身边随从捧过来的锦盒，他扫了一眼锦盒上的鎏金大字，上面写着武穆奇书四个字。宇文胤不禁心头一动，这礼物倒是贵重得很，这部兵书早已经失传不想还能被这个半道得来的姑父找到实在是难得的很。

“多谢姑父！”宇文胤忙躬身道谢。

宇文擎宇缓缓笑道：“玉儿，大舅父没什么贵重的见面礼，听闻你喜欢书法倒是同胤儿意趣相投，来人！将我书房中保存的那套孟岭傅临帖拿过来！”

方玉唇角抽了抽，孟岭傅是前朝著名的书法家，一字难求。流传到世上的都是孤本，莫说是一套，一本都是极其难得的。好家伙这一送便是一套！

宇文浩正忙笑道：“二舅父没你大舅父财大气粗送你一套墨玉的文房四宝吧！”

偏厅内的画风转眼间变了几分，方玉生怕再惹恼了座上那个老家伙，父亲若真的对凌霜动手怎么办？原本那人就是自己的亲生父亲，若是对凌霜动手他连个大仇都不能报！二来，他跟了他也有些年份了，从云州偶遇相认到被他非人的磨炼摔打直到后来成了才也是对这个父亲心有余悸的。

父亲从来都是那种说一不二的狠人，若是他真的生气了要杀霜儿，霜儿断然难逃一死的。

他想到了这层关节忙接过了两位舅父派人拿来的礼物，随即交到了身边的小厮拿着，一把抓过了宇文胤的胳膊将他揪过来抱了抱笑道：“表哥！小弟刚才唐突了！”

宇文胤身子一阵僵硬，方玉这厮亲热的拍着他的背却是暗自又压了一股力道进来，他差点儿又吐血了。

“表弟，以后安国公侯府的大门随时向表弟敞开着，没事的话常来坐坐！”宇文胤掌中凝聚了一股寒气也打进了方玉的背中。

方玉冻得打了个哆嗦放开了宇文胤笑道：“表哥，等这几天忙完方家的事情，我请表哥在毓秀河畔的桃花渡喝酒！”

“好说，好说！”宇文胤淡淡的笑容始终到不了眼底。

尽管如此两人拥抱亲密的兄弟爱还是将宇文家其他几个兄弟雷得外焦里嫩，宇文御更是拖着半口气来帮大哥求情却不想看到这两人亲热至此。

“缩在那里做什么，还不快见过姑父大人！”宇文擎宇一眼便扫到了帐幔后面的几个混小子。

宇文川忙带着三弟和四弟过来请安，龙煜天自然是又赏赐了很多东西下来。他是前朝太子爷送的东西倒都不是凡品，宇文川等人心头惊喜莫名躬身谢恩。

不多时方玉和宇文家四兄弟被长辈们遣了出来，谁都晓得屋子里的三个老家伙又在策划惊天阴谋，自然是不能让他们这些嘴上不牢的小辈们知晓了去。

只是此时方玉同宇文家的几只并肩走在了小径上，心头说不出来的怪异，一时间都缄默不语。

方玉倒是先打破了冷场冲宇文川笑问道：“你具体生辰好似和我差不多，我是初七生辰，你呢？”

宇文川脸上哆嗦了一下还是不习惯与方玉这样温情的谈话，随即淡淡笑道：“那我还得占你一点儿便宜，我初一，喊你一声表弟吧！”

方玉转脸看向了宇文效，宇文效上一回被他打得满地找牙此番下意识地向后躲了一下。一瘸一拐的宇文御面无表情地看着前方，也不搭理方玉。

06 放手

方玉暗自好笑又好气，真正儿的亲戚混到了这步田地，娘亲在世的时候一定会伤心的，不过谁稀罕这帮自以为是的表兄弟！

他又想起了宇文胤对凌霜的所作所为嗤的一笑道：“大表哥的年龄最大，要不表弟给大表哥说一门亲事可好？威北侯的嫡长女安轩郡主，人美才高倒是很配大表哥。”

宇文胤藏在袖间的拳头狠狠攥了起来，冷冷道：“表弟果然风流人物，居然将别家闺阁女儿的事情打听的这么详细？”

方玉哪里听不出讥讽来？忙笑道：“也比不上大表哥风流啊！时时刻刻惦记着别人家的老婆！大表哥，你是不是有什么隐疾？怎的这么大岁数了也不成亲？若是如此，霜儿身边的那个神医叶南倒是可以请到府上给大表哥瞧瞧！”

宇文胤咬肌绷得紧紧的一字一顿道：“不必了！留着给表弟瞧瞧吧！表弟想必还没有将我们之间的关系告知凌姑娘吧？到时候被打残了可别怪我没提醒过你！”

方玉脸色果然垮了垮，随即淡然一笑：“精诚所至，金石为开！霜儿才不是那种没见识的女人！只可惜凌国公当年在回风谷被大舅父生生害死了，否则再生一个嫡女，大表哥也不用惦记着人家凌家的大小姐了。”

宇文胤眼前一黑，忙站住了脚步，回风谷是他与凌霜之间永远不能解开的心结。不过这个纨绔子弟也许不知道，虽然这一次他没有用降头师抹去了凌霜的记忆，但是最起码他晓得了凌霜一个惊人的秘密。

不过他不会将这个秘密告诉方玉的，他要慢慢运筹帷幄。

方玉刚要再刺他几句不想自己的父亲缓缓走了过来道：“玉儿，为父随你去一趟方家！”

龙煜天的话刚一出口，方玉登时心头一顿，父亲要去方家做什么？难不成……他心头泛起一股子难过的意味来。虽然方修文屠戮了前朝太子府满门，可是自己确实从小生养在方家，虽然方恒和方夫人折磨他但是也有家丁仆从从旁周济帮扶他。这感情自然是有些的，若是一概而论全部杀掉的话倒是太过残忍了些。

“为何不走？”龙煜天扫了一眼自己的儿子。

方玉忙垂首跟了上去，宇文家的几个兄弟也不得不随着父亲二叔躬身相送直到那父子俩消失在门庭处。

“大哥！”宇文御等到父亲和二叔回了偏厅后终于缓了口气，刚才实在是压抑得很，他转身看着自家有些灰败的大哥不知道这下一步该如何是好？

宇文胤叹了口气道：“以后见了方玉绕道走吧！他那个父亲绝对不是我们能开罪得起的！”

宇文家的几个兄弟唇角动了动，却是惊诧得说不出话来，这还是那个高傲的天不怕地不怕的大哥吗？

只有宇文御从自己大哥的眼中看到了一抹久久没有熄灭的怒火，渐渐在墨眸的深处小心翼翼燃烧着，他不禁苦笑。大哥与方玉的争斗大概才刚刚开始吧？

方玉提前命人将方府上下的一应事务打点妥帖，此时前厅的灵堂也已经设立了起来，一早便准备好的楠木棺椁也停在大厅的正中。方家老少俱是换上了孝衣，一眼望过去悲凉到了极处。

李管家看到自家少主终于回来了不禁心头悬着的石头落了下来，这一晚上少主出去了这么长时间，家里面的迎来送往都是自己勉力支撑着。而且之前少夫人也被人送回到了东苑看起来好似昏迷着情形不容乐观，这会儿少主一回来，倒是给他吃了一粒定心丸。

“少主！”李管家刚迎了出来便看到了少主身边站着一个戴着面具的怪人，不禁狠狠吓了一跳。

方玉淡淡问道：“李管家，三叔公还有本家那边的亲戚报丧了没有？”

李管家忙躬身道：“三叔公已经得了信儿，今晚太晚了明早过来同少爷商量，其他的本家也都一一告知了，京城外面的本家子弟们依着少爷的吩咐已经派人快马加鞭的去了。少则三天多则四五日定会有消息回来！”

“嗯！下去吧！”方玉点了点头，李管家又暗自扫了一眼龙煜天暗道莫非是少主的朋友来给老爷烧香的？主子们的事情他也不敢多问什么，忙退了下去。

方玉带着自己的父亲径直走到了灵堂，将里面身着孝衣的下人们遣了出去，整个灵堂到处是碗口粗细的白烛将灵堂映照得如同白昼可是却更加添了几分阴森之气。

龙煜天看着正中停放的那口棺木，另半边还有知觉的脸抽了抽，唇角晕染出一抹似是而非的笑容。

他缓缓在装着方修文尸身的棺椁前站定了，冷冷笑道："方修文，斗了半辈子，你到头来还不是我的对手！呵呵呵……"

方玉立在一边眼观鼻鼻观心的候着，心头却是泛起了几分心思。

"方修文，当年灭门之仇我龙某绝不能忘。"他突然抬手便要冲着棺椁拍下去，这要毁尸灭迹的做法却被方玉轻轻挡住了去。

"父亲！"方玉突然掀起袍角跪了下来，双手捧上了方家的玉印道，"父亲，看在方家养育孩儿多年的份儿上，看在方修文冒死将娘亲救回来的份儿上，最最重要的是娘亲死的时候紧紧抓着孩儿的手要孩儿以后千万不能为难方家，看在娘亲的份儿上，孩儿求父亲放过方家吧！"

龙煜天不禁一愣，死死盯着方玉手中的玉印，整整半炷香时间的静默，他突然仰头笑了出来。

"方修文竟然将整个方家交给了你？！！果真……果真奸猾至极！他晓得今天我会回来灭他的满门，他什么都晓得，用这个想要救下他的族人？呵呵呵……果真奸猾……"

龙煜天声音带着几分沙哑还有深深的痛楚，抬起的手臂却是缓缓放了下去，捡起了一边的香烛点燃了敬献在棺椁前的香炉中。

他微微闭了闭眸子道："罢了，死者为大，我还计较个什么？当年走得太匆忙，没有来得及带上你娘亲，让你们受了这么多的苦，玉儿，不要恨你爹好不好？"

方玉眼底的泪水顿时涌了出来强忍了下去，重重磕了一个头道："多谢父亲能放手！"

07　翰林院侍读学士

龙煜天一瞬间觉得苍老了几分，缓缓转身将方玉扶了起来道："看在你娘亲的份儿上方家的事情就罢了！玉儿，前面的路还很长，如今才走了一小步而已，你要好自为之。"

"是，父亲！"方玉躬身将龙煜天送了出去，心头才松了口气，谁能想得到刚才只是一瞬间便是方家的生死关头。他知道这个世界只有一个人可以让他那心冷如铁的父亲放下，那就是已经死去多时的娘亲。

方玉送走了父亲后得空儿便去了东苑，嫣红和姹紫还有林子妍派人将东苑守得水泄不通，如临大敌，看到方玉后顿时松了口气。

“少夫人怎样？”方玉之前已经派人将顾啸云和叶南带到了方家，但还是不放心得很。

“叶姑娘已经看过了，说是无碍只是身子虚了些，休息两天便缓过来了！”林子妍倒是沉稳忙迎了过来回禀道。

方玉点了点头推开了暖阁的门，嫣红和姹紫此时在屏风里面陪着叶南给凌霜配药，顾啸云坐在外间的椅子上看到方玉走了进来后忙站了起来。

“少主！”

“我先去里面看看，”方玉大步绕过屏风，只见叶南正将几种配好的药放在了一个特定的小香炉中燃了起来，一股子清冽的香味袭来。

“叶姑娘，霜儿怎么样？”方玉走向了榻边看着已然昏迷不醒的凌霜，只不过气色比之前好多了，脸上带了几分红晕，倒也睡得香甜。

叶南冲他摆了摆手不理会他而是将写好的方子交到了嫣红的手上：“按照这个去京城最大的药铺买了来，雪莲必须要纯正的不能是那种次品。”

“是！叶姑娘！”嫣红扫了一眼方玉，这个叶姑娘倒也不对姑爷客气些，不过她们也都习惯了叶南的脾气。

“姹紫，你将我这些药材每隔两炷香的时间放进香炉中燃着，两天后你家小姐就能醒过来了！”

姹紫得令忙走了出去收拾那些叶南带过来的银质小香炉，叶南办完这一切伸了个懒腰，很不客气地拍了拍方玉的肩头笑道：“小哥放心吧，你家娘子福大命大造化大，多不过是一个降头师下的药重了一点儿，对身体倒是没什么大碍。两天后保准醒过来又是一个活蹦乱跳的凌将军！”

方玉此时真庆幸凌霜有这么一个神医朋友，这一次倒是不计较叶南的大大咧咧反而感激万分道：“有劳叶姑娘了！”

“酬金！”叶南摊开了手。

方玉一愣忙要命人取来却不想叶南抬手一挡笑道：“别的我不要，只是问一下少主大人，何时能让顾啸云那厮得空儿和我成个亲先？每天派给他那么多乱七八糟的事情，烦不烦啊？耽搁我两亲事事小，若是连累顾啸云无后……”

“少说两句。”顾啸云一听不对劲儿忙冲了进来将越说越离谱的叶南拖了出去。

方玉搓了搓脸，总算从叶南的凌乱中回过神来缓缓坐在了榻边，抬手轻抚着凌霜的脸颊，眼底的宠溺却是更浓了几分。

“傻丫头，你是不是每一次都要吓死我才甘心？真想找根链子将你拴起来这样你才能消停点儿是不是？怎么又上了宇文胤的当？那厮对你不安好心，你可千万不要被他绕进去了，知道了吗？”

方玉喃喃自语，温柔的像是梦语，好久才觉得这一夜的忙乱着实困了。他和衣躺在了凌霜的身边，倒是沉沉睡了过去。

接连的两天方玉着实忙乱不堪，方家虽然势力大不如从前但是盘根错节的亲戚故交却是多如牛毛。承平帝到底因为陈家和方家交恶不能大张旗鼓亲自吊唁，可是他晓得自己能登上今天的位置方修文是出了大力气的。

虽然承平帝没有亲自来但是一样样的祭品，还有文昌公的追号却也一点儿也不少，并且敕封方玉为从四品翰林院侍读学士，品级仅次于文毓的翰林院编修，这对于一个刚刚中了进士科的人实在是起点高了不少。要知道文毓做到翰林院编修用了六年的时间，而方玉仅次于他的地位仅仅是几个月的时间。

陈国公虽然不满但是毕竟自己的女儿陈瑶也做下了没脸的事情，不方便大闹，所以一时间倒也相安无事。

凌霜再一次醒过来的时候根本没注意到如今的方家已经变了天，她缓缓起身揉着隐隐有些疼痛的额角，宛若做了一场噩梦。

“大小姐，”嫣红看到凌霜醒来后忙走过来将她扶着仰靠在迎枕上，“大小姐终于醒了？”

凌霜敲了敲脑袋突然想起什么来：“宇文御那小子关起来了吗？别跑了，不然胡离的事儿就麻烦了！”

嫣红不禁苦笑，姹紫忙端着莲花茶接话道：“大小姐，宇文御又被抢了去，大小姐还被宇文胤那厮抓进了藏书阁，若不是姑爷来救指不定要出什么事儿呢！”

凌霜想起了自己失去意识之前耳边传来怪异的咒语凤眸中掠过恨意道：“宇文胤那厮果然阴毒，我怎么觉得那是南疆的幻术？”

“大小姐，何止是幻术，大小姐差点儿被降头师抹去了记忆。”嫣红当初可是跟着方玉闯进了藏书阁的，此番想起来还是心有余悸得很。

“降头师？”凌霜眉头蹙了起来，“南疆这么多搞怪玩意儿不能不防，嫣红，姹紫从今天开始你们两个将南疆这些乱七八糟的东西收集起来，我们不妨也参详一下！”

姹紫忙应了下来，行军作战知己知彼才能百战不殆，自从文家五爷的那块儿带血玉佩的出现，她就晓得凌家军定是在南疆陷入了大麻烦。此番大小姐让她们早做准备倒也是英明之举。

“咦？你们怎么都穿得这么怪异？”凌霜此时才发现嫣红，姹紫身上都穿着素白衣衫不禁颇感诧异。

嫣红脸色顿了顿道：“大小姐，方相已经过世了，今儿是头三开鼓的日子，阖府上下都带了重孝。”

凌霜整个人被吓傻了去，自己睡了一觉醒来后，方玉的爹没了？

“快！快！帮我换掉身上这些艳丽衣裳。”凌霜这才意识到自己有多离谱，公爹去世她这个长房媳妇居然在榻上躺了这么久。

“大小姐别急，奴婢已经给大小姐准备好了。”姹紫做事一向沉稳周到，早已经按照大小姐的身材做好了一身孝衣给她换上。

凌霜忙走了出去却又停在了门边将头发上的南珠簪子等一应头饰全部取了下来扔到一边，随即便转过了花厅到了前院的正厅。

她匆匆忙忙的步子停在了灵堂门口，方玉此时正跪在灵堂门庭处陪着前来吊唁的人烧纸，脸色因为疲惫而显得憔悴不堪。

凌霜不禁心疼了几分，忙走了过去在众人诧异的目光中缓缓跪在了方玉的身边。

方玉知道她今天会醒过来只是没想到这丫头一醒来便赶过来与他并肩跪着，眼底掠过一抹暖意，嘴上却是有些生气：“身子弱，就多躺躺，还不快回去！”

“都躺出毛了！”凌霜刚要顽皮的笑笑猛地将笑容僵在脸上，这场合实在不适合脸上有任何笑意，忙换上了一脸的悲苦冲方修文的棺椁重重磕了一头。

08　强行祭拜

“方玉，对不起，”她转过头小心翼翼看着身边的夫君，“我不是故意要睡着的，你在最难的时候我没有陪在你身边……”

“傻丫头！”方玉这几日心头的煎熬和痛楚在这丫头说了几句话后就消散得无影无踪了，果然还是他的霜儿最好。

“太子驾到！！”门口唱礼的李管家高声禀报。

方玉和凌霜同时站了起来迎到了门口，太子亲自吊唁，尽管方玉心头不痛快可是不能不迎接，太子可是代表皇家的脸面。

龙辰逸今儿也穿得素净，缓步走了进来扫了一眼身穿重孝的凌霜站在方玉的身后俨然一副小媳妇的模样，心头越发恨了几分。

“臣方玉拜见太子殿下！”方玉躬身行礼。

“罢了，今儿本宫是来祭拜文昌公，这些虚礼不必了！”他缓缓走进了灵堂接过了一边侍从递过来的香烛敬献在棺椁前的巨大青铜香炉中。

“方恒！来！给你父亲也上上香！”龙辰逸转身冲他身后跟着的身着重孝的方恒挥了挥手。

早在方恒现身之后已经引起了方家上下的一片哗然，谁也没想到脸面丢尽的方恒会来闹灵堂。

方玉抬手一拦道：“陈公子，不必了吧？”

方恒眼角狠狠一抽，他居然呼唤自己陈公子？

“方玉，你不要欺人太甚！！”方恒额头的青筋隆起。

“我欺人太甚？”方玉淡淡道，“请问你与方家有何关系？我父亲便是因为你和你娘亲做下的龌龊事才一步步活活气死了去，今儿你难不成还要将这灵堂挑了去。”

方恒咬牙道：“方玉，父亲并没有开口不认我这个儿子吧？”

方玉眉眼间一阵寒凉，方恒继续道：“是，是滴血认亲了，可是父亲并没有说不认我这个儿子！”

“他要杀了你这个孽子！还不够说明问题吗？”方玉唇角微冷。

方恒接话道：“是啊！是要杀我！但是三叔公您老也在场，”方恒转身看向了愤怒的胡子直抖的三叔公，“那个时候父亲说要杀了我这个孽子，听清楚了是孽子，”方恒重重咬着那个子字道，“他还承认我是他的儿子，祠堂里的碟谱上也有我的名字，方玉你说我有没有资格来？”

方玉倒真的是哑口无言了，尽管这个不知死活的混蛋实在是嘴硬狡辩，可是那天场面混乱至极方修文倒也没有吐口说不认方恒这个儿子。加上自己与宇文胤争斗，在前朝太子面前保全方家，一系列的事情多的数也数不清，倒是忘记了将方恒从家族碟谱中除名。

“哼！方玉，我也是方家的儿子，这一点你记清楚了！”方恒推开方玉径直走到了方修文的棺椁前重重跪了下来，三炷香上过后，他心底倒是生出了几分异样的痛楚。

不管怎么说，自己这二十多年来在方家得了方修文的宠溺远远多过方玉，若是没有方玉这一切还会继续下去，若是没有他这个小杂种，他方恒才是方家真正的家主。

方恒缓缓站了起来，到底在方家上下鄙夷的目光中还没有厚脸皮到在方修文跟前守灵的地步。

“方恒，你可以滚了吗？”方玉不想在这样的场合下与他一般见识。

方恒扫了一眼一边冷眼旁观的凌霜冲方玉缓缓道：“我要去西苑收拾我的东西，你放心我会经常回自己家坐坐的。”

方玉忍下了心头的怒火道：“李管家派人跟着陈公子去西苑！”

“不必了，”方恒冷冷笑道，“我自个儿的家，我自个儿省得该拿什么不该拿什么！”

太子龙辰逸眼底掠过一抹别样的笑意缓缓道：“方玉，都是自家弟兄何必这样小气，本宫做主让方恒在西苑住下来，最起码也需要等到文昌公出殡之后吧？都是方家的子弟何必这么冷情？他虽然是长子，但你是家主，他威胁不了你什么的。”

凌霜实在听不下去了，他娘的，明摆着欺负人嘛！

“太子殿下，”凌霜上前一步道，“陈公子已经不是方家人了，住进来不妥吧？”

龙辰逸看到凌霜为了维护方玉这般顶撞自己不禁心头恼怒可是却恨不起来

冷冷道："当年凌家收养的养女凌婉做下那样的错事，死了之后凌老夫人还掉了泪。凌家人什么时候变得这么冷情冷心？方恒说到底也是在方家养大的孩子，就住最后的几天送老爷子一程也碍着事儿了？"

"殿下你……"凌霜没想到龙辰逸居然举了凌婉的例子，刚要说什么被方玉揪住了手臂。

"霜儿，不得无礼！既然是住几天便住几天好了！门口的流浪狗无家可归还要收留一些日子呢！"方玉冷冷笑道。

方恒和太子的脸色都不好看，将方恒比作了狗连带着将陈国公也骂了进去。

凌霜之前毕竟同龙辰逸关系不错，此番也不愿意将双方关系搞得太僵了，只要方玉这边能过得去，她也不说什么了。

方恒将攥紧了的拳头藏进了袖中，缓缓转身回到了西苑，方玉！凌霜！会有你们哭的一天！

前院凌霜到底执拗不过方玉，方玉硬生生命人将她弄回东苑休息，对方家人说长房媳妇最近身体有恙不能守灵之类的借口。

如今方家上下都是方玉说了算，有恙就有恙吧！谁也不敢说半个不字！

凌霜回了东苑倒也睡不着了，最近几天睡得太多了，但是叶南还是唠叨着将她摁倒在榻上才心满意足地随着顾啸云离开。

她刚躺了一会儿便听到外面传来一阵怯生生的女子哀求的声音，随即坐了起来掀开纱帐问道："嫣红，谁在外面？"

嫣红忙回禀道："是二小姐来了！"

方霏？凌霜心头一顿，下了床榻命人将方霏请了进来，对于这个娇滴滴的柔弱不堪的妹子，凌霜倒是也没有太多的讨厌。说起来若不是上一次这个方霏给她通风报信，她还不能设计将凌婉困在桃花林中呢！

方霏身着素白色纱衫刚走进来便冲凌霜跪下磕头道："嫂嫂，救救我娘亲吧！"

凌霜忙将她扶了起来："霏妹妹是折我阳寿吗？怎么跪下了？有什么话且说来！"

09 阴谋与爱情

凌霜将她拉着坐在了一边的椅子上，方霏眼角通红哭着道："嫂嫂明鉴，我娘亲杜姨娘虽然做了一些混账事情可毕竟是我娘亲啊！之前父亲震怒将她关在柴房中，可是今天我娘病的厉害，下人们又踩低就高不予理会。我刚刚想要给娘亲送去些吃喝的东西，谁能想到那些人竟然不肯开门。"

凌霜沉吟了一下，方霏虽然与那个方恒不清不楚可毕竟也是无辜之人，随即道："姹紫，你亲自去一趟柴房将杜姨娘请出来换一间干净房间关着，吃喝用药一应事务不得怠慢！"

她随即看着芳菲道："我只能做到这一点，但是却不能将杜姨娘放出来，因为毕竟涉及你哥那一层关系，希望你能理解一二。"

方霏忙站了起来便要再一次行礼却被凌霜一把扶住了身子，她不想因为这点儿小事让方霏动不动便这般隆重地谢她。

方霏恭顺着身子道："嫂嫂歇息吧！方霏这便出去了！今夜还要为父亲守灵，嫂嫂身子弱定要好好休养才好。"

凌霜脸色一阵尴尬，方玉也是小题大做了，自己的身板熬几夜倒是没有什么大问题的。

"妹妹也保重身子。"凌霜站了起来，毕竟方玉如今只有这么一个亲人了，她倒是比别的人多看顾几分。

凌霜刚将她送到门口，方霏却是停了下来，脸上带着几分踌躇不前的模样。

"妹妹莫非还有什么心事？"凌霜看她的样子似乎有什么事情要对自己说。

方霏顿了顿身子似乎下了很大的力气转身看着凌霜道："嫂嫂，还有一件事情，本来这件事情不该是小妹提出来的，但是小妹受人之托不能不说。因为这件事情同嫂嫂有着莫大的关系。"

凌霜倒是给她说的一愣神随即笑道："妹妹有什么事情但说无妨！"

方霏抿了抿唇道："大哥想要见嫂嫂一面，此番在西苑候着嫂嫂，托付小妹过来告知一声的。"

凌霜瞬间眉头蹙了起来，方霏嘴巴里的大哥她自然晓得是方恒，只是这个方霏即便真的对方恒生出几分不该有心思，但是如今也不能帮着外人害自己的亲生哥哥方玉啊！

她此时倒是有觉得方霏看起来是人畜无害的一个弱女子，其实也是个不简单的人物，今儿来替杜姨娘求情怕不是她的主要目的吧？

凌霜凤眸中的厌恶一晃而过，冷冷道："方霏，我想你该明白方恒到底是个什么样的人吧？方玉再怎样对你严苛那也是你亲亲儿的哥哥，你怎么糊涂到亲疏不分的地步？方恒那样的人我决计不会去见他的，你让他死了那条心吧！"

方霏脸色微微发白随即却没有被凌霜身上散发出来的寒意逼退反倒是向前一步福了福道："嫂嫂错怪小妹了，小妹在这方家素来是求个安稳度日便好，从来没有什么野心，但也不可能真的是非不分。正因为小妹觉得纵观方家老小，只有嫂嫂做事光明磊落，小妹其实心头佩服不已。只是今儿大哥让我捎给嫂嫂一句话，才让小妹决定来东苑找嫂嫂说这件事情。"

凌霜不知道为何心头总觉得不甚安宁，倒是很害怕她会说出什么来。

方霏接着压低了声音道："嫂嫂，这件事情小妹是冒死相告的，因为二哥根本就是宇文家的人！"

"你说什么？再说一遍？"凌霜只觉得浑身的鸡皮疙瘩都起来了，像是突然遇到了什么惊恐的事情，让她一度出现了幻听的感觉。

方霏眼底的神情却是越发坚毅了几分缓缓道："人人都知道二哥的娘亲是淳姨娘，其实淳姨娘是二十年前被父亲带回来的一个陌生的清丽女子。同时二十年前，宇文家唯一的女儿宇文梅清也是在那个时候对外宣称得了病不治身亡。这两件事情，嫂嫂不觉得巧合得过分吗？"

凌霜心头此时已然是惊涛骇浪，强忍着慌乱还有连自己也没有发觉的微微战栗冷冷道："一个人死了，一个人被抬进方家做了姨娘，这有什么好巧合的？"

"若是两个人几乎长得一模一样呢？我娘可是见过淳姨娘的，相貌美极了，见过的人都偷偷地说像极了之前大燕第一美人宇文梅清。"

"呵呵呵……那也是像极了，并不是一个人啊！"凌霜唇角微颤带着几分强词夺理。

方霏垂首道："我知道嫂嫂喜欢二哥，可是嫂嫂是个好人，我不想嫂嫂被宇文家的人骗了罢了！嫂嫂若是想要知道真相，大哥等在西苑，他手中的证据会让嫂嫂相信的。”

方霏说罢垂首告退。东暖阁此时窗户猛地被夜晚的冷风刮开了去，哗啦啦一声响，书案上的雪纸散了一地。

嫣红忙走了进来收拾却看到凌霜像是失去了魂魄似的，呆呆矗立在暖阁的正中。

“大小姐？”嫣红狠狠吓了一跳，忙抬手握住凌霜的手，已经是一片冰凉。

“大小姐，你没事吧？”嫣红是真的吓着了，莫非之前降头师在凌霜身上施的那些乱七八糟的东西还没有褪干净？

“怎么了？大小姐怎么了？”林子妍和办完事情刚刚赶回来的姹紫纷纷走进了暖阁，看到凌霜的样子也是吓了一跳。

“我……我没事……”凌霜突然觉得心乱如麻，忙推开了几个心腹缓缓坐在了软榻边，可是浑身像是得了重病一般不停地抖着。

“大小姐莫不是病了？要不要请叶姑娘来？”

“不用，你们出去让我自个儿待一会儿！”凌霜的心彻底乱了，之前总觉得方玉有什么事情刻意瞒着自己。若不是事关重大，他一定会告诉自己的。若方霏说的话是真的，方玉从一开始接近自己便是带着不可告人目的了。

不会的，不会的，凌霜凤眸中微微泛红，方玉对自己的感情不像是作假，如果是作假的话，那方玉这个人实在是太可怕了。

不会的，他说过喜欢自己，他的暖心，他的温柔，他对自己的那份缱绻爱意，一定不会是假的。

她猛地从软榻边站了起来将三个丫头叫了进来道：“去一趟西苑！”

10　给你机会

西苑屋子里的摆设在方恒离开后倒也没有动过，此时方恒孤零零一个人仰靠在临窗的椅子上，看到凌霜走了进来缓缓站了起来，脸上倒是带着几分沧桑之色。

“霜儿，你终于来了！”方恒看着眼前那张曾经很熟悉的清丽的脸，心头一时间百感交集。

凌霜厌恶地抿了抿唇道：“方恒，今天你找我来可不是为了叙旧的吧？”

方恒哪里看不到凌霜眼底的厌恶，心头一痛随即叹了口气道：“凌霜，我们曾经订立婚约，十年之期，那么多漫漫思念倒是成了我今生永恒的回忆。”

“谈正事儿！”凌霜毫不客气打断了方恒令她反胃的虚伪。

方恒苦笑道：“凌霜，你以为你同方玉在一起，你就算找到了自己的幸福了吗？呵呵呵！方玉本来就是同宇文家一伙的，算起来还是宇文胤亲亲儿的表弟呢！”

凌霜藏在袖间的手紧紧握成了拳，冷冷看着他。

方恒继续道：“他一开始接近你便是带着几分逗弄玩耍的心思，方玉这个人绝对不简单！他将你玩弄于股掌之间看着你渐渐掉进他的陷阱该是多么得意呵呵呵……他今天可以利用你对付我娘亲，将方家占为己有。明天就能利用你让凌家再一次陷入灭顶之灾！宇文家的人都是那么阴毒，而你呢？傻丫头，你为他做了嫁衣裳还不自知？”

“闭嘴！”凌霜声音中带着几分颤抖，“他绝不会是宇文家的人！你们这般污蔑实在是令人不齿？”

“是吗？”方恒唇角微冷，“你不觉得他这个人身上到处藏着秘密，不可告人的秘密。他不是很爱你吗？有没有开诚布公地告诉你真相？有没有？呵呵呵……他不敢吧！那个卑劣的男人一定在偷着笑，笑你凌家人果然一个个都是他娘的傻瓜蛋儿！”

“我杀了你！！”凌霜猛地拔出了腰间的软剑却不想方恒突然从怀中拿出了一副画像，凌霜的剑差点儿穿透了画像。

方恒缓缓展开，一个清丽绝俗的美人晕染在了凌霜的面前，那双美丽无双的桃花眸子带着几分淡淡的哀愁，相貌上一看便同方玉有六分的相似。画像左下角刻着方修文的字号，上面还附上一行小字：“赠我心爱的梅清！”

凌霜像是遇到了一个噩梦猛地向后退了几步，方恒却是拿着画像步步紧逼道：“这样的画像在我父亲的密室里有很多，你要不要去看看？梅清？宇文梅清？凌霜，但凡你长了脑子你去查查看！对了，方玉身上带着的玉佩是不是有一个清字？你是他的身边人应该晓得吧？”

凌霜只觉得喉头发干，摇了摇头道：“我去问他！我绝不会相信一面之词！”

方恒哈哈哈大笑起来：“问他？他会告诉你真相吗？不会！他会继续搪塞下去，继续骗下去，因为凌家还没有到他的手上，他怎么可能对你说真话！去吧！去吧！凌霜你聪明一世糊涂一时，你也是个不折不扣的蠢货！”

凌霜从来没有这么狼狈地逃出某一个地方，脚下的步子虚浮的厉害，摇摇晃晃的模样让嫣红和姹紫俱是吓了一跳。

“我去前院看看姑爷！你们在东苑等我！”凌霜的声音颤抖得快要哭出来了。

“大小姐，你真的没事吧？”嫣红和姹紫哪里见过如此脆弱不堪的凌霜，心头跳个不停。

凌霜疾步走到了前院的灵堂却是极力放缓了脚步，一步步向着方玉的身影走了过去。

方玉此时正被几个方家的管事团团围着，即便是守灵也是不得安宁。直到他将一切事务交代妥帖了后才看到凌霜不知道在灵堂外面已经站了多久了，只是那抹挺拔俊俏的身影印在风灯光影之外的阴影中，显得不那么真实。

他忙起身疾步走了过来一把握住了她有些冰冷的手责怪道：“不是让你在东苑好好歇息吗？这么晚了出来做什么？怎的连一件披风也没有？冻坏了怎么办？虽然是夏夜，夜里的风也是冷得很……”

“方玉，”凌霜终于鼓足了勇气抬眸看着方玉那张俊美的脸，稍稍踯躅了一会儿问道，“你那天不是说要有什么事情同我讲吗？”

方玉一愣，随即想起了之前自己却是准备将自己的身世告诉凌霜的，可是后来宇文胤弄了一个降头师出来搅局，这事儿倒是耽搁下来了。

可是如今方家正是多事之秋，他不知道凌霜知道了后会是怎样？他不敢赌，隐隐之中甚至还有着些自欺欺人的得过且过，这事儿等方家的丧事办完了后，他再好好想想怎么挽回与凌霜的局面。

“哦……”方玉微微一笑，“也没什么事儿，就是想同你商量一下等方家的丧事办完后，我们要不要去云州散散心？”

凌霜凤眸中的伤痛沉淀成了一江深潭，不露痕迹将手从方玉的掌中抽了出来，唇角挤出一抹笑，但是僵硬得连自己也要撑不住了。

“真的没有事要告诉我？”凌霜几乎带着几分哀求之色，方玉，告诉我真相，告诉我这究竟是怎么回事？给我们彼此最后一次机会，方玉求你了！

第六章 姻差缘错

01 杀人灭口

“霜儿？你怎么了？脸色这么难看？是不是身子不舒服？要不要叫叶南过来一趟？”方玉觉察出凌霜的脸色实在不好看，他根本没有想到另一层意思。此后漫长的等待中，方玉每一次想起这个场景都会狠狠抽自己一耳光。

他居然将凌霜给他的机会这样浪费了，浪费的令他胆战心寒。

凌霜缓缓向后退了一步，却还是不甘心地看了方玉一眼道：“今儿睡不着，出来走走，方玉……”

“霜儿，等我忙完这里的事情一会儿回去陪你！”方玉如今确实忙得要命，一家之主与方家的闲散少爷，绝对是两个概念。

“不必了！”凌霜唇角的笑容带着几分寒凉了，“你不必过来陪我了，我自己一个人也可以走得好好的。”

方玉越发听得这话怎么有些怪怪的，刚要答话却不想一个小厮匆匆走了过来附在方玉耳边说了些什么。方玉脸色剧变，随即命人将凌霜先送回东苑去。

凌霜哪里用别人送，早已经转身独自离开，夜色中那双凤眸却满满都是压不住的泪。她的指尖几乎将手掌刺穿了去，才将眼中的泪意缓缓憋了回去。

她没有哭泣的资格，当她将自己全部的青春献给了血腥的战场，将自己全部的爱恋献给了这个欺骗她的男人之后，她再也没有哭泣的资格了，今后的路需要她一个人走下去。

凌霜先回了东苑，她此时的心情很乱，内心一千遍一万遍告诫自己不要相信方恒的鬼话，可是在赤裸裸的现实面前这样的告诫显得是那样的苍白无力。

“大小姐！”嫣红等人忙迎了上来，今儿凌霜的神情实在是不对劲儿得很，莫不是刚才同姑爷吵架了？

“妍儿，吩咐方府里头我们的人撤回凌家！嫣红你去告知月珑，让月珑带着人连夜赶回凌家，方家还轮不到我们说三道四。姹紫替我收拾东西，无关紧要的东西一件也不要带，将那些细软物件儿带上便好。”

凌霜此话一出口，嫣红等人顿时蒙了，这看起来不像是同姑爷简简单单的闹别扭，这分明是决裂的征兆。

“大小姐，”姹紫忙劝解道，“夫妻床头吵架床尾和，大小姐不必这般大动干戈的，这几日姑爷定是忙得厉害，等过一段儿时间……”

“我是不是惯坏了你们？主子们的事情什么时候轮到你说话？”凌霜声音中已经压着几分怒意了。

林子妍看出苗头不对忙将姹紫悄悄拉了回来道：“大小姐且休息一会儿，奴婢们这便去收拾。”

嫣红不禁急红了眼，这是做什么？好好儿的怎么就决裂了呢？她们还等着抱小少爷呢？

“大小姐……”

“滚！！”凌霜暴怒。

林子妍忙一把一个拖出了内堂，三个人走到外面还是觉得不可思议得很。

“大小姐这是怎么了？”嫣红急得眼睛都红了，“好不容易碰到了一个宠着她爱着她的姑爷……这……”

“少说几句吧，这其中定然出了什么差错，”姹紫此时倒是醒悟过来了，“大小姐做事从来没有出过什么岔子，我们且按着她的吩咐去做，到时候再看情形如何？”

凌霜刚拖着疲惫的身子倒进了自己的软榻上，却不想外面传来方霏尖利的哭喊声。

“大小姐，要不要婢子……”姹紫晓得这个方霏有些古怪。

“带她进来！”凌霜凤眸微微一顿。

“他死了！！！”闯进轩阁的方霏突然嘶吼了出来，藏在袖间的匕首瞬间刺向了凌霜的胸口，只是方霏到底带着几分意气用事，根本不顾及她要刺杀的可是实战经验丰富至极的将军。

凌霜很轻易地便将她制服了去，姹紫冲了过来将方霏手上被凌霜一掌斩落的匕首捡了起来，方霏无力地瘫坐在了墙脚捂着脸痛哭起来。

“姹紫，这里没事，你守着外面！”凌霜又气又惊，方霏刚才竟然可笑的要杀她！但是方恒的死着实让她不相信这是真的。

方霏脸上的泪水已经将精致的妆容化成了污浊，她呆呆地看着前方嘴巴里发出无意义的低语。

“我很早便知道方恒不是我的大哥，我在这宅子里没有朋友，没有爱我和我能爱的人。即便是我的娘亲也是算计着怎么把我嫁给一个好人家。只有他……”

方霏缓缓捂着脸，泪水顺着指缝流了出来。

“只有他小的时候带我出去玩儿，只有他还能记得起来方府中有我这样一个女子，我喜欢上了他。凡是接近他的女人我一个都没有放过……”

“你与他有了婚约，是我撺掇凌婉接近他，凌婉与他最情浓之时都是我从中牵线搭桥，坏了你与方恒的婚约。”

凌霜顿时狠狠吃了一惊，原来孽缘都在这里埋藏，发酵，最后腐烂。

“后来是我连夜告知你凌婉在桃花林要对付你的计划，这你也知道。李家小姐本来能活，我亲自掐死了她，因为她要嫁给我的大哥。呵呵呵……”方霏看着自己的手，仿佛欣赏上面的斑驳血迹，“可是这又有什么用？他还是不属于我……不属于我……他还是被方玉杀了……”

“凌霜……我诅咒你们……诅咒你和方玉今生今世不会有善果……我诅咒你们……”方霏笑得凄惨又恶毒，唇角缓缓流出黑血，显然之前已经服了毒药要与凌霜同归于尽的。

02　阴毒的局

凌霜命人将叶南请过来的时候，方霏早已经气绝身亡。叶南不可思议地看着凌霜道：“好家伙，从来没见过对自个儿这么狠的人，这种断肠丸只要一粒便能送命，这女人显然当饭吃了。”

叶南越说声音越小，即便再怎么大大咧咧，她也发现了凌霜的不对劲儿。

“霜儿，这是怎么了？要不我给你开一服安神的药，你好好睡一觉，你这个样子让我瘆得慌！”

凌霜捏紧了拳头猛地冲出了东暖阁，直奔西苑而去，刚走到门边便看到方玉的心腹们将西院的门紧紧把守着。

“少夫人！少主说了……”

“滚开！！”凌霜此时的愤怒几乎像是春季着了火的野草，压也压不住。方玉居然为了守住那个不可告人的秘密，亲自将方恒杀了，连带方霏也死了。

虽然那两个人死有余辜可是方玉这穷凶极恶的做法还是令她不齿，门口的手下刚得了方玉的命令任何人都不得进入西苑。但是面前站着的是少夫人，他们也不好说什么，刚要再啰唆几句却不想被少夫人一掌拍飞了去。

“方玉！”凌霜推开试图阻拦的顾啸云一脚将内堂的门踹开走了进去。

此时内堂的青石地面到处是血迹，方玉正站在方恒仰躺在软榻上的尸身面前发呆。方恒死的极其蹊跷，关键死在了方府，陈国公不知道会闹出什么幺蛾子。

他看着方恒身上一道道致命的刀伤，还有雪墙上触目惊心的几个鲜红字迹，上面写着“杀我者方玉也！”

这显然是个令他措手不及的局，方恒尽管恨他还不至于有这种自杀报复他的勇气，唯一的解释是这件事情背后有一个极厉害的对手在推波助澜。

方玉刚要理出个头绪来，却不想凌霜一脚将门踹开了去。

“霜儿？”方玉忙转身想要抓住她的手，却被她冷冷甩开。

方玉心头一顿，这丫头是怎么了？一股子从来没有的恐惧感让他心悸，这丫头的脸色看起来不对劲儿。

“霜儿？你先离开！这里血腥味太重！”

“我离开？”凌霜的凤眸扫向了软榻边墙上的鲜红血字，更是觉得心头狠狠抽痛了一下，“方玉，我知道你是个骗子，却没有想到你还是个狠毒的骗子！！你以为杀了他，你的身世就会不被人所知晓吗？方玉，我从来没有想到过你居然是这般不堪的人！”

方玉心思瞬间明了，只觉得头皮发麻，像是被一道天雷狠狠击中了一般。

身世？杀人灭口？原来真正的困局竟然是现在的情形？

将方恒救出去，将方恒再送进西苑，然后将自己的身世通过方恒的嘴巴泄露给凌霜，最后造成杀人灭口的痕迹，所有的一切让自己在凌霜面前丑陋到无所遁形。

好深的心机，好狠的招数，方玉这一次是真的陷入了绝境。

“霜儿！你听我说！方恒不是我杀的！”

“方玉，你当老子是傻子吗？”凌霜从怀中取出了宇文梅清的画像，抖开了放在方玉的面前，“方玉，你到底有几句真话？你觉得玩儿我是不是很有意思？”

凌霜的凤眸中已然是赤红了，却干干的灼烧着没有一滴眼泪能落下来。

“霜儿，我本来要告诉你的，这件事情你给我个机会慢慢解释好不好？我们先离开这里好不好？找个僻静的地方……”方玉眼底的惊恐是真实的。

“编……继续编？”凌霜将画像收了起来，冷冷笑道，“我知道你嘴硬脑子好，我辩不过你，不过老子有的是让你显形的地方。”

凌霜说罢转身奔出了西苑，方玉彻底慌了，此番什么也顾不得了，方家，陈家，方恒都他娘见鬼去吧！他媳妇要跑了！！

“霜儿，你站住听我说！！”方玉跃出了西苑，却不想凌霜骑着烈火一晃便不见了踪影。

方玉忙命人备马飞奔出了方府追了出去，夜色越发浓厚了几分，京城中的街道到处是一片祥和静谧，如果忽略了急促的马蹄声的话。

凌霜的目标很明确，直奔宇文擎宇所在的大将军府，今夜宇文胤等四兄弟俱是被父亲关在将军府里修身养性，因为他们最近太能闯祸了。

只是没想到这一次不是他们闯祸，而是祸闯上了他们。宇文胤刚练完剑，借着夜色品茗小憩了一会儿，准备回房休息却不想前院的护卫惊慌失措地奔来。

“慌什么？”宇文胤抖落了玄金色锦袍上的露珠，此时正是通向黎明最黑暗的时刻，他狭长的眸子带着几分漫不经心。

“凌霜那个女人将……将将军府的门砸了……”

宇文胤的墨眸猛地一愣，随即闪过了一抹兴奋的光芒，又将这光芒压了下去。

“走！去看看！！”

凌霜此时叉着腰站在了大将军府的前厅，四周围着密密麻麻的将军府的护卫，但是每一个人看到凌霜的模样都觉得头皮发麻。这女人今儿是疯了吗？已经撂倒三十几个护卫了，还要往里面冲。

“让宇文擎宇滚出来！！”凌霜声音发颤，却看到宇文家几兄弟簇拥着大哥宇文胤缓缓走了过来。在他们如今的意识中，只有大哥能治得住这个疯女人。

“凌将军，今夜夜色清凉，如何火气这么大？”宇文胤唇角微微挑起一抹弧度，饶有兴致地看着凌霜几乎要崩溃的表情，心头却是有些诧异，这女人就像是练功走火入魔了似的。

“让宇文擎宇出来！我和你说不着这事儿！”凌霜自己也没有察觉出来此时的她看起来有多么狼狈，手中捏着的宇文梅清的画像已经浸满了她的汗水。

“凌霜！你未免欺人太甚了吧？”宇文川上前一步冷冷道，“你夜闯我宇文府邸，打伤我家臣，还这般对我父亲出言不逊……”

“凌将军是来找老夫的吗？”一道苍老沉稳的声音从前厅的门口传了过来。

03 对峙

“霜儿！！”紧随其后的便是狂奔进来的方玉，他一把抓住凌霜的手臂道，“霜儿，有什么话同我回去说，好不好？”

“放开！！”凌霜冷冷甩开了方玉的手臂，转身冲已经走了过来的宇文擎宇刷的一下扯开了手中的画像，“宇文擎宇你可认得这上面的人是谁？”

那画像一展开，整个前厅便陷入了死寂，这涉及宇文家最深的秘密。之前宇文擎宇因为凌霜没大没小的直呼他的名号心生恨意，如今看了这画像倒是惊出一身冷汗。若是给承平帝知道了这其中的纠葛，宇文家少不得要陷入大麻烦了。

“你们都退出去！！”宇文擎宇扫了一眼四周将凌霜死死围住的家臣护卫，那些人忙退了出去。

宇文胤俯身凑到宇文御耳边低声道：“出去交代一下，若是将此件事情透露出半分的，都割了舌头。”

“是，大哥！”宇文御转身出去安排。

宇文擎宇脸上换了一副和蔼至极的表情冲凌霜抬了抬手笑道：“凌将军有什么话坐下说，年轻人火气重了些，没有什么事情是解决不了的。”

方玉心乱如麻，看着近在眼前的心爱女子气得浑身发抖，自己的心里何曾好受。只是今儿的事情实在是发生的太突然了，若是他猜得没错的话，今儿这一出死局定是太子爷的大手笔。

可是太子爷怎么知道他娘亲的事情？莫非宇文家内部出了叛徒？要知道这件事情被太子爷透露给承平帝，十个宇文家也不够被灭掉的，得不偿失啊！

直到如今，承平帝那边没有什么动作，那么只有一个可能性，承平帝还不知道当年已经被偷梁换柱的前太子妃就在躲在方家的事情。

可是也不对劲儿啊！若是太子爷知道自己的娘亲就是宇文梅清，他没有什么理由不将这件事情告诉承平帝，那么只剩下一种可能性。太子爷这一次也被人利用来对付他了，既然如此宇文家与自己的秘密还能保留一段儿时间。

可是……到底是谁……方玉平静了一下心情，知道宇文梅清是自己娘亲的方恒和方霏都死了，剩下的便是凌霜这个倔强的丫头，此番直挺挺立在正厅显得孤傲清冷。

凌霜唇角微冷，强忍着痛楚不去看向方玉，提着手中的画像盯视着宇文擎宇道：“这个女人是谁？”

方玉看到了宇文擎宇眼底的杀意，是的，如今只有杀了凌霜才能将这个秘密永远藏起来。

宇文胤带着宇文家的几个弟兄缓缓坐在另一端，狭长的墨眸盯着凌霜那张清丽绝美的脸，只是苍白的要命令他平添了几分怜惜。

“不用为难我的舅父了，宇文梅清正是我的娘亲，也是……”

“玉儿，说话三思而后行。”宇文擎宇脸色前所未有的严峻。

方玉猛地闭了唇，想起了自己父亲那张严苛冷酷的脸，凌霜知道得越多，父亲越不会放过她。

如今大燕朝风起云涌，夺位之争已经是你死我活的地步，任何一个威胁到父亲的人都会被他除去的。

他突然冲凌霜半跪了下来，这一举动倒是将前厅里的人狠狠吓了一跳，跪天跪地跪父母，哪有跪自己妻子的？

“霜儿，这件事情是我的错，当初是我骗了你，是我一步步将你和我一起陷入这情感的困局。但是看在我们曾经一起经历过那么多的份儿上，求你不要把这件事情闹大了，算我求你可好？”

凌霜惊怒交加，气得浑身发抖，唇角不停地哆嗦着。方玉终于亲口承认了，可是她却觉得整个天都塌下来了。

“方玉你这个混蛋！！！”凌霜一把将他从地上抓了起来，却因为方玉让着她，她此时的力气已经耗尽了去，非但没有将方玉抓起来反而自己收不住身子狠狠连同方玉一起跌倒在地。

宇文胤脸色一变忙要命人扶他们起来，却不想对上了父亲严苛审视的目光，心头一顿缓缓坐回到了椅子上。

凌霜没想到自己一腔的欢喜竟然都是别人精心准备的骗局，可是到头来还是不能恨他到彻彻底底。

“方玉你去死吧！！”凌霜攥紧的拳头狠狠向被自己压在身下的方玉挥了过去，却是擦着他的耳际砸在了青石地面上，瞬间渗出血来。

“霜儿！！”方玉惊恐万分想要握着她的拳头查看却被凌霜一把甩开，凤眸中的眼泪终于落了下来，滴在了方玉的脸颊上。

方玉只觉得那一瞬间心痛到了极处，他此时倒是希望凌霜能狠狠揍他一顿解气，可是他却从她眼眸中看到了深入骨髓的失望和巨大的冷默。

凌霜缓缓站了起来，方玉跃了起来忙要抓住她的手查看一下伤势，却被凌霜厌恶地避开了去。

“方玉，我就当被狗咬了一口，你我从此不要再见了！”

“霜儿？！！”方玉心急如焚，一贯的言辞机敏此时却是说不出半句话来，“霜儿，你听我说，纵然我对你隐瞒了许多，骗了你许久，但是你摸摸我这颗心，绝对是真的。”

“呵呵呵……”凌霜冷笑，“我只问你几个问题，你回答是或不是便罢！”

“霜儿……”

“一开始你是不是利用我这个凌家的倒霉丫头去对付方夫人？反正我是凌家人，死了残了都对你们宇文家没什么关系。”

“霜儿，这件事情我……”

“是还是不是？！！”凌霜吼了出来，凤眸逼视着方玉，让他无所遁形。

方玉吸了口气：“是，一开始我确实对凌家存在着你这样一个女将军颇感兴趣，也生出了这样的心思，但是……”

“好，下一个！”

“你在凌家做的那些事情，是不是带着几分刻意的讨好？”

“是！”

“你一定很沾沾自喜吧？凌家人居然帮你这个宇文家的擦屁股？”

“不是！”方玉急眼了。

“最后，所有的一切你都刻意隐瞒不想让我知道是不是？你故意将我诓骗回方家是不是我还有一点儿可以利用之处？”

“不全是，凌霜我只是害怕……”

“方玉你行！”凌霜只觉得一切都意兴阑珊至极，缓缓向后退了一步，“你真他娘行！”

04　老子休了你

“你们宇文家还真的是厉害，凌霜佩服！凌霜真他娘佩服极了！！”凌霜扫了一眼在座的宇文家的核心人物。

宇文胤眉头狠狠蹙了起来，视线落在她不断渗血的拳头上，她还是爱着他的，这般程度居然舍不得揍他。可是为什么看到与方玉决裂到此种地步的凌霜，看着她的绝望，自己没有丝毫的庆幸，反而觉得心口有些疼？

他下意识地拿起茶杯抿了一口，发现里面的茶早已经凉透了。

宇文擎宇心头却是有些开心，这下子方玉与凌家断了联系，自己可以放手将凌家踩在脚下了。这一次他要让整个凌家再也没有丝毫对抗宇文家族的机会！

“方玉，我们去月老祠和离吧！”凌霜淡淡说道。

“不！”方玉几乎是下意识地喊了出来。

“霜儿，这只是个误会，我们好好谈谈，不是在这样的一个坏时机下，也不是在这样一个彼此都不冷静的环境中，我……”

“和离！”凌霜声音微颤。

“不！”方玉淬利的桃花眸中满是坚定。

凌霜冷冷一笑道：“那好，今儿请宇文老将军做个见证。”

宇文擎宇第一次听凌霜这般尊敬的称呼他，倒是带着几分怪异的毛骨悚然，凌国公那个老家伙的女儿着实不好惹得很。

凌霜看着方玉一字一顿道：“既如此，那老子休了你！！”

嫣红等人已经得了大小姐的信儿，将方玉之前与凌霜写好的婚书送了过来，一路上倒也没有宇文家的人阻拦。宇文擎宇巴不得凌霜和自己的外甥断了才好。

凌霜转身接过了嫣红手中的婚书一把撕碎了，看向方玉的眼眸中再没有了一丝情意。

“方玉，一会儿你派人去月老祠取老子贴在那里的休书！”

凌霜说罢再也没有丝毫逗留，大步走了出去。

初晨的京城笼罩在晨光中还没有持续多长时间便炸了锅，西郊的月老祠门口端端正正贴着一张白底黑字儿的特大号休书。

凌厉的笔迹，落款处的凌霜二字触目惊心！大燕朝女将军凌霜将自己的夫君休了，还是在公公新死没有出殡的日子里！！

凌霜这一次的出格举动绝对触怒了大燕朝民众恪守的道德底线，纷纷道路以目若不是忌惮凌霜这家伙超高的武力值，恨不得上去用唾沫将这个不守本分的恶劣女人淹死。

凌霜遵守了自己的承诺，并没有在休书中说出自己与方玉决裂的原因，替他守住了最后的秘密。但是她这样不分青红皂白的休夫却是给自己惹上了天大的麻烦，还没有走出月老祠的外墙便被四周围着的人狠狠羞辱了一番。

“听说没有？就是这个女人休夫？”

“为什么要休夫？听闻方公子宠她宠得厉害！！”

“哼！水性杨花的女人谁能晓得？据说之前还同宇文家长公子有过一段儿……”

“嘘！不想活了！宇文长公子岂是咱们能议论的？”

“这女人没看出来，居然这般不知廉耻，还闹出了休夫的丑剧！”

四周的话语就像一支支淬了毒液的利箭，一支支都狠狠插进了凌霜的心脏，她顿了顿身形默默看向了四周的人群。

那些人到底在凌霜凤眸的逼迫中下意识地向后退了几步，凌霜仰起头在人群退出来的缝隙中缓缓走了出去。

她抬眸看向了雾蒙蒙的天际，只觉得只想离开这里，远远的离开，心头是从来没有过的荒凉无奈。

“小妹！”凌冰身着一袭青色锦袍缓缓走了过来，眼底满是担忧还带着几分责怪，这丫头闹出这么大事情居然没有同凌家提前说一声。今早祖母差点儿气晕过去，他刚要去方家却不想姹紫半道将他拦住说自己的妹妹此时正在月老祠。

“二哥……”凌霜到底还是胆怯几分，忙垂首不敢再说什么。当初上了方玉当的是自己，陪着方玉被方家像狗一样赶出来投靠娘家的也是自己，如今一个人灰溜溜站在四周一片谩骂攻击声中的还是自己。

她不能回方家，更不能回凌家，她带给凌家的似乎从来都是无穷无尽的麻烦。

凌冰叹了口气一把将她抓住拉到身后，回眸狠狠瞪向了四周还在议论不停的人群。

“各位！若没有我妹妹在边境十年的浴血奋战诸位怕是如今还不能安然站在这里议论她诋毁她。我凌家素来最讨厌恃功的人，但是如今我不得不提一句。当你们嚼舌根子的时候想想是谁给了你们嚼舌根子的资格和权利？她是我妹妹，不管她做了什么，她——凌霜是我凌冰最珍爱的妹妹，是我们凌家最珍贵的宝。诸位若是对凌家不满，我凌某人奉陪到底！”

凌霜低低垂首，不敢抬眸，因为凤眸中早已经因为二哥的几句话晕满了眼泪。

是的，即便她被全天下遗弃，有个地方会永远包容她，视她若珍宝，若明珠，始终不离不弃。

“霜儿，随二哥回家！”凌冰声音中带着几分疼惜，这个妹妹替凌家承受的太多了，他不能让她受半分委屈。

凌霜点了点头，缓缓走在了二哥的身后，那些流言蜚语瞬间被二哥伟岸的身躯挡得一干二净。她此时觉得压在心头的那块儿巨石消散得无影无踪，还有凌家她怕什么呢？

她被二哥小心翼翼送进了凌家的马车，姹紫和嫣红等人看到凌家人并没有因为凌霜的荒唐而将这个女儿拒之门外，顿时心头轻松了不少。

说实在的，她们随着大小姐在方家看到了太多的龌龊和尔虞我诈，还是凌家待着舒服一些。几个人忙随在了凌家的马车后跟上，但是却没有想到那匹被凌霜退还给方玉的马儿烈火也是偷偷跟了上来。

马车停在了凌家府邸门口，钱管家带着丫鬟婆子早已经等在外面，看到凌霜后忙躬身道："大小姐回来了，老夫人请大小姐过去。"

05　请媒婆

凌霜点了点头，心头对祖母还是有些愧疚的，毕竟自己今天的做法实在是对一向注重声誉的凌家是个巨大的打击。

她顺着小径到了东院的松鹤堂，在门厅处还是顿了顿脚步有一些怯意。

"进去吧！"凌冰知道这丫头也是犯憷，但是这件事情不经过祖母想要瞒下去那是不可能的。

凌霜硬着头皮走了进去，抬眸便看到了半靠在迎枕上的凌老夫人。额头间贴着膏药团子，显然身子大不如从前了。

"祖母……"凌霜忙疾步走了过去，却是在榻边缓缓跪了下来。

凌老夫人自从上一次凌冰出事儿后，身子一直不大好，如今刚有了起色偏生孙女儿又是个不省心的，竟然将自己的夫君休了！

凌老夫人哪里经得起这般折腾，又重新躺回去了，此番看着跪在地上的孙女儿，脸色显然比她这个病人还要难看几分。满心的责怪却是化成一抹叹息，冲一边的大丫鬟柳青道："今早熬着的粥给大小姐盛一碗来。"

一边的张氏将孩子交给了奶妈自己亲自起身去了后厨将粥还有凌霜喜欢的千层糕点心，配了几样凌霜素来爱吃的小菜一起端了过来。

"霜儿，先吃点儿东西垫垫肚子，这粥得趁热喝，"张氏顺势将跪在冰冷地面的凌霜拉了起来扶坐在凌老夫人面前的小几上。

凌霜折腾一晚上也着实饿了，都是自己爱吃的，几下子便混了一个肚儿圆。

张氏知道凌老夫人有话要说，将凌霜吃剩下的东西命人收拾了之后带着屋子里的闲杂人等退了出去。

松鹤堂的内堂中只剩下了祖孙三人，凌老夫人闭了闭眸子道："说吧，为什么突然间同姑爷闹到这样不堪的境地？"

凌霜知道这事儿别的人不能说，但是祖母和二哥面前定然要说分明的。

"祖母，二哥，方玉是宇文家的人！"

哗啦一声！凌老夫人手中端着的安神茶掉落在地，凌冰也是瞪大了凤眸，这怎么可能？

凌霜缓缓抬眸道："祖母，二哥，之前我也不信可是方玉已经亲口承认了的，霜儿……霜儿……他的娘亲就是二十多年前失踪的宇文家的女儿宇文梅清。也是宇文擎宇最疼爱的妹妹！霜儿……实在是……"

凌冰狠狠吸了口气，宇文家是凌家永远的噩梦，只是没想到这样的噩梦竟然如影随形。

"祖母，二哥，"凌霜突然又跪了下来道，"霜儿求你们一件事情，这事儿是方玉一个不能说的秘密。虽然霜儿恨他骗了自己，可是……霜儿恳求祖母和二哥能不能将这个秘密咽进肚子里？"

凌冰定定看着自己的妹妹，从来没有在她脸上看到过如此的哀求绝望之意。他不禁哀叹，真是孽缘，自己的妹妹其实早已经沦陷了的。

凌霜抬眸小心翼翼看向了祖母，要知道凌家与宇文家可是世仇。如是能利用方玉的秘密挖出更多对宇文家不利的东西来，这绝对是个好机会。

宇文家欠着凌家十万条命，凌家没有这个必要替宇文家守护秘密，她紧张地盯视着祖母脸上的每一丝异动，心头忐忑至极。

"霜儿，我们凌家人即便是要报仇也要摆在明面上的，"凌老夫人叹了口气道，"你起来吧！"

凌霜不知道凌老夫人的心意倒是不敢丝毫的异动，凌老夫人看了她一眼道："方玉曾经给过凌家的那些好处一会儿让你二哥算算，折合成银票还给人家。银子不够的话就将陈州的那两处凌家的庄子卖了去。既然要断便要断的一干二净，之前的一概不答。”

凌霜心头终于放松了几分，倒是越发欣慰了，不愧是自己的祖母。不会玩儿那些阴毒的东西，方玉的秘密算是守住了。至于今后如何，他与她再也没有什么关联了。

“罢了，你退下吧！松林堂那边收拾一下，该扔的扔，该留的留，全凭你自己的心意。”凌老夫人眼底多了几分疼爱。

凌霜忙退了出去，没想到这么轻松的过关了，但是心头却还是沉甸甸的。

“叫钱管家来，”凌老夫人缓缓冲凌冰道。

不一会儿钱管家跟着凌冰走进了松鹤堂，凌老夫人坐了起来，神色却是威严至极。

“钱管家，你下去告知各房各院的奴才们，凌府上下不得对大小姐议论半分，谁要是乱嚼舌根子，给我打五十军棍再轰出去！！”

“是！”钱管家知道凌霜是凌老夫人心尖子上的，这事儿自然凌家人自己不能乱了。

“还有往常凌府的日子该怎么过还怎么过，不要因为这件事情就缩头缩尾，我的孙女儿不管做了什么那也是你们的大小姐，凌家人要有骨气，绝不能给她丢了半分面子。”

“是！”

“还有……寻京城最好的媒婆子来，我有话说。“凌老夫人说到这一句倒是有些头痛了几分。

“祖母？”凌冰忙道，“小妹刚回来，这便请媒婆上门……”

“她如今已经蹉跎了这么多年，眼见着同龄的女儿家都抱了两个孩儿也不止了，难不成你还真的想让你妹妹孤苦一身？如今我只想看着她能寻个踏踏实实的好人家，我才能闭了眼。罢了，这一次不要那些世家大族的子弟，只求中上人家的老实孩儿便可。哪怕是平民小户人家的孩子也行，大不了入赘我们凌家。”

“祖母……”凌冰觉得这事儿实在是不妥，但是又不敢驳斥。

凌老夫人摆了摆手道：“这一次听我的，还有不要告诉霜儿那丫头，等事儿成了之后再说。”

钱管家垂首不敢说话，眼角却是狠狠抽了抽，这一次大小姐怕是难嫁人啊！大小姐身份是天降凰女，又是统领十万凤御军的大将军，寻常人家谁敢娶啊？如今休夫一事更是闹得大燕朝人尽皆知，这……这……哪座庙能容得下自己大小姐这尊厉害的神？

不过老夫人兴致颇高，也不敢打击了去，忙点头应了一声，当务之急赶紧将京城中那些能言会道的媒婆子请来。

06 烈火寻亲

凌霜回到了松林堂，脚步却是不自觉到了后面的偏院，之前方玉用过的笔墨纸砚还在，那些书稿也一样样放得整整齐齐。

凌霜越看越是心烦意乱，忙退了出来命人将偏院的门紧紧锁上了去。身后跟着的姹紫和嫣红也不敢说什么，这一次大小姐也着实闹得太过离谱了些。只有林子妍眉头紧蹙着，大小姐与姑爷的感情极其深厚，闹到今天这般地步怕不是因为那些小事导致的，只是这其中究竟涉及什么骇人听闻的秘密倒也不得而知了。

“你们候在这里，我一个人转转。”凌霜习惯了方玉的存在猛然间一个人回了凌家倒是显得空落落的极其不适应了。

她到了之前赏梅用的香雪亭，沿着梅林间的小路漫无目的闲逛着，突然隔墙传来一个轻微的声音，让她意识到自己已经不知不觉到了凌府最西面偏僻的花墙边。

“霜儿？”方玉声音中带着几分沙哑，显然也不好过，似乎还带着几分因为患了伤风之症而显露出来的浓浓鼻音。

凌霜扭头便要走，脚下的步子却是僵硬在了原地。

花墙外面的方玉已经等了好长时间，那丫头的生活习惯他了如指掌。今天凌冰将十七万两银子还有那些铺面的文契还给他的时候，他已经病倒了的。可是一看凌家这阵势，慌出了一身冷汗，也顾不上明早方家故去的家主出殡，顾不上方家此时乱成一锅粥的局面，更顾不上应对陈家人的胡搅蛮缠。

他已经在这堵花墙外站了四炷香的时间，因为他晓得凌霜每逢遇到解不开的结都会独自一人来香雪亭喝喝茶，要么便是在梅林中散散步，不想真给他等到了。

“霜儿，”方玉的头轻轻抵着花墙，低声呢喃道，“霜儿，我知道你恨我，是的，一开始我看到你从乌桓凯旋的时候就对你生出几分兴趣来。正好你与方恒解除了婚约，我便想借机会利用你对付方夫人。只是没想到，你那么好骗，一下子便上了我的当。”

凌霜矗立在月影中，凤眸热辣辣的疼。

“我是故意惹怒了方修文，被方家赶出来。利用凌家重新崛起。这是我以退为进的筹码，我利用凌家与胡家的关系，接近了三皇子铸就我的好名声。后来我也利用文家为我今后在春闱中铺路，没错，我一步步利用你，因为我有着不可告人的身份。但是……我千般算计，万般筹谋，当我一步步接近我要的那个结果的时候，我真的怕了。”

凌霜仰起了头，看着天上的月影，拼命眨着眼睛不让没出息的眼泪流出来。

“我是真的怕了，真的，我纵然再怎么筹谋也没有想到我会喜欢上你。喜欢你的率真，喜欢你的善良，喜欢你的小粗鲁，还有你身上那种像阳光一样的明艳。不像我，我是见不得光的，我活该在这个世界上冰冷到底。但是我遇到了你。你将我身上背负的厚重坚冰一层层融化掉，你让我心头的那点儿黑暗无所遁形……霜儿……”

“霜儿，我不求你原谅，但求你一定要生活得比我好，一定要比我好上百倍千倍……因为你值得……”

凌霜凤眸中的眼泪还是落了下来，她一把抹掉，低声咒骂了一句该死的。

“霜儿，烈火已经一天没吃它喜欢的人参了，它不是单纯的一份礼物，它有灵魂的。你不要它了，它会很难过，今天我把它带来了，就在西侧门外。烈火是无辜的，只有你能配得上它。”

“霜儿，我不在你身边的时候，照顾好自己。需要我帮忙的时候也不要客气，这是我欠你的，我还是要还给你的。还有……晚上睡觉不要乱踢被子……”

“混蛋！！”凌霜实在受不了方玉这些话，猛地几步走到了西侧门一把拉开门却被扑面而上的烈火狠狠舔了一口，等她将太过热情的烈火推开走出大门的时候，却只能看着早已经远去的方玉那灰败素色身影。

“大小姐。”嫣红几个人最近不敢有一丝一毫的懈怠，看到凌霜急匆匆奔向了西侧门还以为发生了什么事情，却不想看到烈火撒着欢儿直奔自己的老窝。那表情似乎再也赖着不走了的急迫和无赖。

只是凌霜呆呆立在门口，似乎入定了般，嫣红刚要上前却被姹紫揪住。

“给大小姐取披风来！”

林子妍早有准备将披风送到了姹紫的手中，姹紫拿着披风替凌霜裹在肩上小心翼翼道：“大小姐，外面风大，回去吧！”

凌霜凤眸中却是一片茫然突然问道：“京城哪家酒楼的酒最烈？”

姹紫一愣，嫣红忙道：“大小姐，小心身子，借酒消愁还是不要了吧？”

林子妍不禁苦笑，她这样半死不活的样子还不如宿醉一场，缓缓笑道：“京城毓秀河畔的桃花渡，酒是最好的也是最烈的，不过也是最贵的。”

“带好银子随我来！”凌霜大步走了出去。

“妍儿？”姹紫责怪地看着林子妍。

林子妍苦笑道：“不让她发泄一下，她心头更痛，这事儿需要瞒着老夫人，不然我可是要领五十军棍的！”

“走吧！豁出去了！！”嫣红大大咧咧紧跟而上，姹紫忙折回去取了银票随即跟上。

07　题词

毓秀河畔的桃花渡最是京城热闹的去处，凌霜径直闯了进去，里面正自喝酒的酒客们倒是狠狠吓了一跳。

这不是那只母老虎凌将军吗？凌霜全然不顾及四周诧异的目光，直接上了二楼，要了一个包厢。

店小二忐忑地走了过来请安，京城中凌霜总是与各种不可思议的麻烦共存，看到这女人来了桃花渡吓也吓死了人。

“凌将军，您要点儿什么？”

“最好的酒拿几坛来！”

“这……要吃点儿什么菜？”

“拿酒来！”

店小二顿时脸色惨白，听闻凌将军酒风不好，今儿显然是要喝醉的节奏。

一边的姹紫摸出银票放在桌角边斥责道：“怎的这么啰唆？上好的酒菜先拿上来！”

店小二也不敢啰唆忙拿了银票退下，不一会儿上好的酒菜端了上来。凌霜直接拍开封泥猛地灌下一口，却是咳嗽了起来。

嫣红凑到凌霜耳边劝道：“大小姐，多少吃一点儿菜垫垫肚子再喝，伤了身子……”

“来！陪我一起喝！今朝有酒今朝醉，哪管明天死与活！”

隔壁包厢里的宇文效差点儿破了功笑出来，却看到宇文胤严肃的冷脸忙将幸灾乐祸的表情压制了下去。

“大哥，这女人没想到栽在了情字上头，嘿嘿……”

“闭上你的嘴！”宇文川瞪了宇文效一眼。

宇文御抬眸扫了一眼大哥，暗道真是孽缘，没想到兄弟几个出来喝酒还能遇到凌霜？不过大哥怎么看起来心情并不好？拆散方玉和凌霜是他的一贯心愿，如今心愿达成，他反而板着个脸，好似随时随地要灭掉谁似的。

宇文胤今天穿的不是很张扬，身着一袭银色绣竹纹的锦袍带着几分少有的儒雅，此时紧紧捏着杯子。思绪却是被隔壁凌霜的大吵大闹牵引了过去，有些魂不附体的感觉。

凌霜本来酒量就小，哪里经得住两坛烈酒下肚？此番早已经文思泉涌，叫嚷着要给桃花渡酒楼的雪白墙壁上题词。

酒楼老板晓得凌将军的酒风只得硬着头皮找来笔墨，凌霜大大咧咧，东倒西歪地冲向了墙壁。

“寻寻觅觅，冷冷清清，凄凄惨惨戚戚。

乍暖还寒时候，最难将息。

三杯两盏淡酒，怎敌他、晚来风急。

雁过也，正伤心，却是旧时相识。”

"哎呀！谁说凌将军不会诗词，这几句词绝妙啊！！"不知道哪个文人墨客不禁夸赞了一句。

宇文胤狭长的墨眸一烁，带着几分诧异之色，示意宇文御将包厢隔着门的紫檀木屏风推开一条缝隙。

他转眸看去却发现凌霜踉踉跄跄整个人都趴在了墙壁上，衣裳上早已经糊了墨汁儿，身边伺候的小丫头脸色通红却又阻拦不得。

"望京城内外，满城都是……咯……"凌霜打了个酒嗝，"困难户儿……"

宇文效扑哧一声笑了出来忙捂着唇，小心翼翼看向了大哥。

刚才还夸赞凌霜文采好的人已经是面面相觑，这是啥玩意儿？

"问君能有几多愁……"凌霜大笔一挥，凤眸中已经迷离得不成样子，"恰似一群太监上青楼……"

围观的人狠狠打了个踉跄，挤作一团。

"念去去千里烟波，暮霭沉沉楚天阔……"

这货稍稍正常了一点儿。

"我自飘零我自狂，但愿天下有情人……早点黄……"

四周倒了一片。

"天涯何处无芳草……男人都是狗尾草……"

"大小姐！"嫣红惊呼一声，凌霜直直倒在了地上，醉得不省人事。

宇文胤猛地起身一掌推开了屏风，疾步走到了凌霜面前。此时凌霜巴掌大的娇俏小脸已经被墨汁儿涂抹得不成样子，此番脸色惨白却更是衬托出几分楚楚可怜来。

他忙躬身要将凌霜打横抱起来，却被姹紫冷静地格挡开道："多谢宇文长公子仗义，这等小事还是我们做奴才的来吧！"

她同林子妍将凌霜扶了起来，嫣红出去叫了一辆马车，四个人匆匆忙忙离去。

宇文御看着姹紫的背影，好一个冷静机敏的丫头，唇角微微勾起一抹玩味来。敢将大哥撂在这里不放在眼里的女子倒也是挺奇特的存在。

宇文胤缓缓放下尴尬抬起来的手臂，顿了顿，转身离去。留下来一群文人墨客对着墙壁上的涂鸦指指点点。这真的是大燕朝从来不曾出现过的墨宝，宇文效走出几步，随即停下脚步又看了一眼墙壁上的诗词笑道：“这才像个做将军的样子！”

凌霜再一次醒来已经是第二天的正午时分，她只觉得头痛欲裂，刚刚醒来梳洗过后便被老夫人派来的柳青叫了去松鹤堂。

她知道自己酒风不好，不会是昨天买醉被老夫人察觉了吧？忙转头责怪地看向了嫣红等人，也不知道帮她遮盖着些。

只是嫣红那些丫头的表情怎么这么怪异？她忙挤出一抹笑容冲柳青笑道：“好姐姐，告诉我，老夫人叫我做什么？莫不是我昨儿犯了什么错？”

柳青抿着唇微微一笑道：“大小姐也没犯什么错儿，就是喝醉了将桃花渡酒楼的墙壁涂抹得乱七八糟，那句天涯何处无芳草，男人都是狗尾草，对仗工整至极，老夫人想同大小姐研读一番。”

08　流言蜚语

凌霜脸色瞬间垮了，咽了口唾沫道：“再……再没别的了吧？”

“也没什么了不得的，”柳青笑得越发欢畅，“大小姐顺道跳下马车，闯进了毓秀河边的怡春院，打了那些恩客，剥了怡红院头牌姑娘的衣裳，还亲了赵妈妈的嘴……”

“柳青，我……有点头晕……柳青你同祖母回禀说……我头痛……我今儿不去请安了！”凌霜没想到更严重在后面，忙折返身子想要逃，那五十军棍的阴影还在心间残留。

“站住！”凌冰气得脸色铁青，将准备逃跑的凌霜一把拽住道，“还不去向祖母赔罪？到底要闹到什么时候？非要将名声坏到底，莫非以后真不想嫁人了吗？”

“夫君！”一边的二嫂张氏忙轻轻揪了揪凌冰的衣裳，同情地看着自家小姑子。

凌冰自知失言，不禁脸色僵硬至极。他们背着凌霜请媒婆的事儿今早也黄了，也不知道从什么时候开始京城中竟然掀起一股可怕的流言蜚语，茶馆酒肆，河边廊桥，市井之间到处都是对凌霜名誉极其不利的流言蜚语。

这已经不是饭后的闲谈而是带着几分别有用心的险恶攻击了，整个京城莫说愿意替凌霜保媒的人几乎没有，甚至人人都唯恐躲避凌霜不及。即便是那小户人家的男儿一听是凌霜也是退避三舍，更有不堪入耳的话几乎将凌家推到了风口浪尖之上。

凌冰敏锐地意识到这是有人暗中给凌霜使绊子，因为那些勾栏瓦肆中居然传唱着一些不堪入目的剧目也是按照凌霜的原型为版本，更不用说那些突然莫名其妙流传在民间的关于凌霜夜御十男修炼神功的传说也是说得头头是道。

可是在这样凶险万分的环境下，自家妹妹居然做出这等荒唐事，让他这个做兄长的实在是无言以对了。

凌霜看着二哥眼底那抹浓浓的失望，不禁心头一痛，收敛了脸上一贯在亲人们面前的撒娇之态，垂首道："二哥，不要生气！霜儿这便去祖母那里领五十军棍罢了！"

一炷香的时间过后，凌霜再一次趴下了，被老夫人禁足在家不得出府半步。松林堂摆着柳青替老夫人送来的各种绣花架子，一摞摞的绣花样子，还有满满一箱子《女戒》《女则》等修身养性的书籍。

叶南最近因为凌霜同方玉的关系也不大好意思丢下凌霜一个人去方府同顾啸云见面，今天开始陪着这家伙养伤，顺道监督并嘲笑凌霜绣花。

"轻点儿！疼！！叶南你是杀猪的吗？"凌霜哀嚎声远远从松林堂传了出来。

叶南冷冷笑着将药膏抹在了凌霜的伤口上，这一次凌老夫人是真的生气了，不过五十军棍还是减去了一半儿，另一半儿等着她将《女戒》背会，将花样子绣出来，再减免。

"我杀的就是你这头笨猪！凌霜！我说你到底和方玉搞什么？和离？休夫！亏你想的出来？我这么离谱的人都觉得你比我还离谱！休夫也就罢了，还大闹怡红院，你都不知道怡红院赵妈妈堵上凌府门口的时候，凌老夫人估计大义灭亲的心思都有了！你还真是头笨猪！！不能喝就不要喝了！酒品那么差，还装好汉！"

"呜呜呜……轻点儿……疼啊！！"凌霜扭头看着那些已经被姹紫绷好了的

绣花用的素锦，不禁凤眸中更多了几分绝望。

“姹紫！”

“大小姐！”姹紫忙将手中端着的热水盆放了下来。

“姹紫，你心地最良善了，你帮我把那些素锦绣了吧？啊？好姑娘？”凌霜脸上挂着贱兮兮的笑容。

姹紫躬身退后了一步道：“大小姐，不是奴婢说你，这一次奴婢不能帮着你胡闹下去了。当务之急小姐还是将女红练好，绣出几幅老夫人看得过眼的绣品为好。”

“你们……”

叶南唇角挂着冷笑道：“什么叫自作孽不可活，凌将军自己慢慢受着吧！啊！”她嘴上说着狠话却是小心翼翼将凌霜屁股上的伤口照料的仔仔细细。

“我去给你准备明天的药，你倒也是皮糙肉厚，别人须得躺个一个月，你估计几天就能下地了，只是腿脚不利索不要再出去闹腾了成吗？凌爷？”

“有劳，有劳……”凌霜还真不敢得罪这丫头。

只是祖母这边消了气，转眼间凌霜却被魏公公再一次请进了宫里头。

养心殿内，承平帝被凌霜气的够呛，转身点着跪在地上的凌霜恨恨瞪着，连惯有的皇家礼仪也抛了个一干二净道：“什么叫死狗扶不上墙？你看看你现在的样子！！凌霜，别忘记了你的身份！你是凤御军的大将军！是朕亲自赐封的大将军不是什么山野粗人！！你听听外面都怎么说你？你看看地上的这些奏折！你让朕怎么处置？斩了你吗？”

09 变态真多

“皇上，”凌霜重重磕了一个头道，“这些流言蜚语都是污蔑臣的，还请皇上给臣做主啊！上面说的那个什么夜御十男……臣做不到啊！！”

养心殿外面的魏公公撑不住了，忙提起衣袖遮住了微翘的唇角。宇文胤和方玉俱是脸色拉了下来，方玉此时心头倒是松了口气，听着里面凌霜的装可怜就知道这丫头定然在使坏。

承平帝果然表情僵在了脸上，点着凌霜的手指头都在不知道该怎么放了，这个女人无耻，无赖，带着市井的痞气但是却惯会打仗，若不是这一点儿能牵制住宇文家，十个凌霜也被他斩了。

“皇上，臣承认自己一时任性，但是臣绝对绝对不是那种修炼神功，夜御十男的无耻之徒啊！！臣真的做不到啊！臣知道自己酒品不好所以犯了错儿，可也不至于成了他们所说的那样不堪的人啊！臣自觉无脸见人，还请皇上将臣革职查办，下放死牢……”

“闭嘴！！”承平帝气得发抖，光因为夜御十男便将凌霜处死那将是大燕朝最大的笑话了，若是真的杀了她岂不是坐实了这些猜测，反倒显得自己用人不明，给自己脸上抹黑。

凌霜忙匍匐在地缓缓道：“凌霜承蒙皇上厚爱，做了凤御军将军，可是凌霜也知道自己是个不成器的，还请皇上降罪，将臣流放到豫州偏僻之地反省罪责。”

承平帝不禁气极而笑道：“凌霜你好大的胆子！给朕滚出去跪着！”

凌霜听到这句话反倒是放下心来，忙起身一瘸一拐地走了出去，也不看宇文胤和方玉的脸缓缓跪在了养心殿门口。

宇文胤心头一紧咳嗽了一声看了一眼同样脸色难看到极处的方玉道：“方大人，我们这便进去吧？”

“宇文将军请！”方玉脸上恢复了之前的气定神闲，扫了一眼跪在地上的凌霜再不敢多看一眼，生怕自己控制不住将她打横抱走逃离这个地方，再也不踏入大燕朝半步。

不一会儿文闵也疾步走了过来，今儿商讨赋税改革，他这个丞相自然是要来养心殿的。看到凌霜后忙俯身压低了声音道：“你这孩子太不晓得轻重，一会儿等皇上怒意消散了后，我替你求个情。”

“义父，万万不可！女儿自有定夺！！”凌霜忙阻拦道。

文闵瞬间晓得凌霜这是在布局，不禁半信半疑弯起身道：“你好自为之！”

一炷香的时间后，里面商议新税改革的方玉等人走出了养心殿，凌霜再一次被宣了进去，自然是按照她的意思撤了她凤御军大将军的职位，并且命她到豫州反省自己的荒唐。

凌霜痛哭流涕谢主不杀的隆恩，随即走出养心殿，凤眸中却是带着几分笑意，随即这份笑意沉了底。魏公公看到的凌霜似乎带着几分瞬间跌落云端的失魂落魄。

也是啊！组建凤御军的时候凌霜可谓盛极一时，如今跌落云端也是主子一念之差。起起伏伏，倒是大燕朝再也没有比她更动荡不堪的人了。

凌霜一瘸一拐地顺着东司马门刚要走出去却被宇文胤挡了道儿，不禁抬眸诧异的地看着他，随即唇角露出一抹讥讽。

“宇文长公子这是要单挑吗？抱歉得很，今儿本姑娘身子不适，不能揍得你满地找牙，识相点儿的躲开些。”

宇文胤一愣神，也不计较，这家伙如今真的太可怜了，让他心疼得要死。对于她的不屑一顾倒也不生气，只是冷冷道：“那些流言蜚语是宫里头的六公主传出来的，你小心应付。”

凌霜不禁一顿，这家伙是在帮她吗？可是宇文家的人有这么好心？

“哈哈哈……长公子真会说笑。”凌霜打着哈哈迈开腿便要走。

宇文胤顿时心头怒气升腾，这丫头这般不领情让他很不舒服，声音冷了几分道：“莫非，凌将军还真的夜御十男，修炼神功，才会对别人的诋毁这般淡定？”

凌霜挑眉冷笑道：“长公子这么说莫非也想被本姑娘夜御了去？本……”她本来带着几分嘲弄，却不想宇文胤一贯冷峻的脸居然涌现出一抹可疑的红晕，那神情倒真的在思考被凌霜夜御的几分可能性。

凌霜的嘲弄再也继续不下去了，唾了一口骂道：“变态！！”

她忙瘸着腿逃开，宇文胤就是个变态，自己好死不活和他废什么话？

凌霜跑的形象很难看，刚拐出了东司马门却被一股大力按在了墙壁边，顿时觉得五脏六腑都要被按出来了。

“凌霜你还真行！既然逃离了我，那你就活出个人样儿来成不成？”方玉几乎扭曲的脸凑到了凌霜面前。

“方玉你他娘找死啊！！老子的事情不用你管！！”凌霜心头的愤懑终于找到了发泄的地方，要不是为了替他守秘密，何苦被别人这般误解。

方玉一愣，垂首平息了几分怒气，再抬眸便是浓浓的哀伤，于这哀伤中还带着几分坚定："看来你这臭脾气没人管还真的不行，既然自己不知道该如何活得好一些，以后本公子慢慢教你。"

凌霜心头一跳不知道方玉想要做什么，但是他从来都是一个自己看不透的人，此番却是换上了一贯的儒雅风度，仿佛之前毁天灭地的愤怒都不是他表现出来的。

方玉从怀中摸出来两只精巧的玉盒道："青玉盒子里的是治疗你寒腿的膏药，每天晚上让姹紫帮你敷上去，记得用内力揉进去才好。白玉盒子里的是伤药，叶南给你用的那些不能祛疤，虽然没人敢看你的屁股，但是总是留下疤痕以后你的夫君看了会不高兴。"

"你……"凌霜瞪圆了眼睛。

方玉突然邪魅笑道："凌霜，你省省心吧！有我方玉在一天，京城中的那些媒婆决计不敢给你保媒，我会宰了他们全家。你也省省心别想着嫁给别人，你休夫的时候倒是挺硬气，不过你记着一点，你但凡敢嫁人，我就能让你变成寡妇，不信，凌霜你试试看！"

10 怎么讨好

"方玉你这只禽兽！"凌霜气得身子发抖，方玉从来都不会是那种温情的家伙，她早该晓得的。

"是！我承认我是禽兽，不过你先把自己照顾好！笨蛋！！"方玉放开了她，却加了一句，"你要敢把我给你的药丢了，我警告你后果自负。"

凌霜捏着药盒，紧了紧手指道："今儿变态真他娘多！！"说罢转身离去。

方玉看着那个一瘸一拐的身影消失在远处，桃花眸中的邪肆却是换成了哀伤和心痛。只希望这激将法能让这丫头好过一些，他也能好受一些。

四天后，太子府邸，龙辰逸华丽到骚包的马车终于停在了太子府的门口，父皇让他去了一趟涿州，今儿终于赶了回来。

一进门便将千山喊了过来问道："凌霜是不是将方玉休了去？"

他那日将方恒送到了方府之后便赶上了父皇交给他的这件紧急差事，第二天凌霜休夫的好戏他倒是没有赶上。如今刚进城，便听到了这天大的好消息，忙将千山叫过来印证一二。

千山看着太子爷脸上太过于张扬的喜气洋洋，不禁眼角抽了抽躬身道：“回禀殿下此事千真万确的，凌将军将休书都贴到了月老祠里去了。方家与凌家也彻底决裂，不通来往。奴才还打听到凌家二爷将之前方玉在凌家留下来的产业都折合成银两还了回去。显然不是闹着玩儿的，而是动了真的。”

“真是太……”龙辰逸兴奋地将左手握成拳击在了右掌上，原地转了一个圈，陡然站住了身子道：“千山，你说像凌将军那样的女子会喜欢什么物件儿？首饰，珠宝，还是绫罗绸缎？”

千山出了一身冷汗硬着头皮道：“奴才……不知啊！”

“混账东西，连这点儿也不晓得。”龙辰逸虽然责骂但是脸上的笑容却是越来越浓厚了几分。

“我记得她喜欢收集石头，尤其是红色的石头，千山将我从惠阳带回来的那盒子红宝石取了来，还有上一次高车国进贡的边地上好皮革拿了来，给她做战袍不错。对了，还有乌桓战败后呈上的那些镶嵌着宝石的短刀那丫头一定喜欢。还有记得将上好的汨罗春雪茶全部拿过来，还要带上她爱吃的千层糕，记得是郑家铺子做出来的最好，口味不正拉出去砍了！”

千山额头间渗出汗珠来，实在受不了忙道：“殿下，凌将军被皇上打发到豫州反省去了，一时半会儿倒也回不来。殿下拜会凌将军的事情是不是从长计议……”

龙辰逸顿时泄气了几分，不耐烦地的摆了摆手，这事儿倒也急不得。

凌霜到了豫州地界儿，已然是她的天下了，山高皇帝远，全部都是自己的亲信，这种感觉说不出来的舒爽。

小七远远便迎了上来躬身行礼，凌霜掀开了帘子缓缓走了出来看着这处依山傍水四周砌了围墙被她严密封锁起来的训练场，看着小七身后齐刷刷宛若雕像矗立着的凌家三千亲卫军，只觉得整腔子热血都涌了上来。

凌霜知道小七定是付出了极大的努力，此番她的亲卫军看起来比之前还要精神气十足得很。

“小七！传令下去，今夜杀猪宰羊，肉管饱吃，酒管足喝，只是明天开始我要亲自操练他们！”

小七神色间掠过一抹兴奋，大小姐亲自上阵自然是最好的。

“属下遵命！！”

“还有，”凌霜突然点了点身后跟着的冷玉卿、月珑等人看着小七道，“我这一次还给你带来了很强劲的对手，希望明天你们能一决高下！”

小七忙转身同冷玉卿等人见礼，他虽然一直负责豫州三千亲卫军的操练，但是并不意味着自己能成为这三千亲卫军的最高统领，大小姐身边的这些人绝对不能忽视。

冷玉卿等人倒也客气，只是月珑唇角含着一抹不屑，一个幸运的、被凌霜抬举起来的小屁孩儿而已。

凌霜将自己身边心腹的神情收敛在眼底，不动声色缓缓道：“小七明天将三千人的队伍分六队，每队五百人，强弱搭配起来。你们每个人领导一支队伍明天我自有安排。冷玉卿领第一队人马，你是第二队，陆建第三队，月珑第四队，林子妍第五队……”

“等等！”月珑咧着嘴阴阴笑道，“大小姐，弄个娘们儿算怎么回事儿？”

凌霜微微一笑：“打仗不分男女，难不成你怀疑本将军之前的十年戎马生涯吗？”

月珑一愣刚要说什么，凌霜却不去理会继续道：“剩下的一队由我的两个贴身侍卫姹紫和嫣红代我统领。”

“嫣红不行！”月珑忙喊了出来。

凌霜冷冷道：“月珑，下一次有事先喊报告！我允许你说话你才能说，晓得了吗？”

“啥玩意儿？啥叫报告……”月珑江湖上自在惯了的，却不想话刚一出口，凌霜猛地一挥手。

“来人！将月副统领拖下去！五十军棍！！”

月珑嗓子里的话还没有吐出来整个人早已经被拖了下去，结结实实挨了五十军棍，好在此人也是硬骨头愣是没有出声。

嫣红眼角一抖，虽然心疼可是觉得也解气，大小姐执掌凌家军十年，军法严整不是吹出来的。

“月珑！”凌霜看着几乎被打残了的月珑冷冷笑道，“如是明天你不能带领你的人，我可以马上换别的人，而你将从我的护卫军里除名！换句话说就是出局，滚回凌府继续当你的护院！”

“不！老子……额……属下遵命！凌将军英明！！”月珑拖着发抖的腿缓缓走回到了队伍的前面，虽然心头一万个不愿意，但是再也不敢逞口舌之快服了软。

凌霜点了点头看着其余的人接着道：“十天后训练结束，我们开始演习攻防战，目标便是你们对面的山头，上面设置了重重机关，你们所要做的就是带着你们的队伍冲上那片崖壁。还有我不得不提醒你们，是你们所有的人冲上崖壁！听明白了吗？！！！”

“是！将军！！”三千人的声音几乎将这静谧的山谷冲破了去。

凌霜吩咐完毕转身刚要走却被叶南拦住了去路笑道：“凌霜，我觉得挺好玩儿，不若我也凑个热闹。”

“军医叶姑娘，以后有的是您忙的！”

叶南看着凌霜意味深长的笑容狠狠打了个哆嗦，这家伙笑得甚是阴毒啊！随即看向了已经开始吃肉喝酒的人群，总觉得这些家伙今夜大概是最后一次能笑得出来了吧？

第二天，凌霜亲自矗立在木头搭建的高台上看着下面黑压压的人群。小七果然没有令她失望，经过昨夜的醉酒之后三千人今早仍然能保持整肃的精神头儿倒也是难能可贵。只是很遗憾的是，她要的是以一敌千的古代特战精英而不是只知道遵守军纪的石雕木偶。

凌霜素来不愿意说废话，点着不远处人工打造出来的泥潭，木障，浇了火油插着竹签的狰狞通道，数不清的沙袋，尖刀，还有灰茫茫的深入到很遥远崖壁边的不明工事，像一条灰色的巨蟒蜿蜒而去。

凌霜看着面前这些年轻的面孔缓缓道：“将士们！或者说你们是我的兄弟！！从今天开始这一片风景秀丽的密封区域可能是你们永远的噩梦，但也是你们荣耀的起点。若是你们其中有谁受不了这样严苛的训练，只要喊一声我是懦夫可以选择离开，我凌霜决不拦着。但是留下来的将追随我成就不朽的功业！”

四周一片鸦雀无声，但是凌霜从那些渴望的眼神中没有看到半分退缩，微微笑道：“我还要告诉你们接下来的日子将是一场场血腥而残酷的比赛，六队人马谁要是赢了，便是我的贴身护卫营！精锐中的精锐！你们六个副统领谁要是带着的队伍赢了，便是我凌家三千亲卫军的总统领！废话少说！兄弟们！欢迎来到地狱之旅！！！”

第七章 千锤百炼

01　人间地狱

凌霜抬手一挥，指向了泥坑笑得却是有些发冷道：“第一项比赛，以最快的速度爬过这片泥坑，记着我要你们每一队所有的人都爬过去而不至于半道晕厥者为胜！”

月珑双臂抱肩冷冷看着凌霜暗道果真是个妇人，还分队比赛，简直太小瞧他们这些人了，居然还是爬泥坑？

“哪一组先来挑战？”凌霜的视线扫了过去。

“我来！”月珑只觉得好笑，只想尽快完成比赛带着自己的队伍该干嘛干嘛去。

凌霜要的便是月珑这种刺儿头出来显摆，唇角微微一翘道：“好！勇气可嘉！”

月珑带着五百人到了泥潭边刚下了泥潭突然觉得不对劲儿得很，这不是泥潭，这简直就是一片沼泽地，顿时收起了散漫之心。

北方来的士兵哪里见过这种沼泽地，不到半炷香的时间五百人被死死地陷进了里面，虽然不至于窒息而亡但是那种憋气的感觉实在是难受的很。

月珑挣扎了许久才将身边的几个人连踢带打向前推了一丈远近的距离，该死的！凌霜居然设了这么大一个陷阱！

“副统领！副统领！！”一个圆脸有些机灵的小兵突然惊慌失措地喊了出来。

“鬼叫什么？”月珑心头烦闷至极，这该死的湿漉漉黏糊糊的沼泽让他快要疯了，忙扭过头看了过去，瞳孔猛地缩了缩，头一歪晕了过去。

他杀人不眨眼，但是他天生怕……蛇！

凌霜狞笑着看着泥坑中挣扎逃命的士兵高声笑道：“弟兄们！本将军给你们添点儿乐子！享受吧！！”

“啊！！蛇！蛇！！”一片惨呼声传来。

凌霜命人提着几大袋子已经饿了三天的蛇全部放进了人造的沼泽地里，即便是那些还没有下泥坑的人看着泥坑中花花绿绿一团团的蛇，也顿时心惊肉跳起来。

“有没有要放弃的？”凌霜款款负手沿着泥沼的边缘蛊惑人心，“有没有要放弃的？我的懦夫们？有没有？现在放弃还来得及！不用去打仗，不用去送死，不用被蛇咬！老婆孩子热炕头啊！！放弃了吧！怎么样？现在谁愿意抛弃梦想？只要你承认你是个懦夫，本将军给你们银子回去安家娶媳妇儿！！”

一边看着的叶南惊呆了，所有的人都脸色惨白，但是泥坑中却没有一个人承认自己是懦夫，没有一个人抛弃自己跟随大名鼎鼎的凌将军追逐梦想的愿望，没有一个。

夜色好不容易来临，凌家亲卫军的噩梦暂时告一段落，林子妍缓缓走进了凌霜的书房，脸上颈项处的伤痕，看起来触目惊心。

“走了几个？”凌霜在素笺上轻轻写着明天他们的噩梦计划。

“大小姐，走了十七个！”林子妍至今说话还带着几分颤抖，万蛇缠身，虽然那些毒蛇的毒牙都被凌霜命人拔掉了，可是深陷沼泽地被乱蛇缠绕的感觉真的是个生不如死的噩梦。

“十七个？”凌霜眼底掠过一抹惊诧，比她想象的要好多了，果然豫州多出好男儿。

“你们早点休息！嫣红，你去看看月珑那小子怎么样了。”

嫣红脸色通红，真是替月珑丢不起个人，赌气道：“大小姐不必挂念他，死不了的！”

“你这丫头！自己心疼得要死，却还在我面前嘴硬，你只问问他明天的比赛要不要参加？今儿他们那一队人马可是排在了最后一名的！”

嫣红脸上的红晕越发浓厚了几分，忙垂首走了出去。

“姹紫，你吩咐下去一会儿每个营地送三桶绿豆汤清毒，还有南儿，谢谢你的那些伤药！”

叶南至今脸色还是白的，没想到凌霜居然有这么残忍的一面愤愤道：“凌霜你他娘的真是个魔鬼！”

凌霜不禁苦笑缓缓道：“我不想他们死，所以今天才对他们狠一些，有朝一日他们去了战场可以有更多活命的机会！”

叶南顿时哑了声音，不禁咽了口唾沫道：“真他娘狠！！”随即同林子妍和姹紫走了出去。

盛夏的豫州山谷在接下来的日子里成了令人不堪回首的人间地狱，而那个在豫州好儿郎心目中值得敬佩的凌将军彻底成了一个嗜血成性的恶魔。

名义上的分队比试成了一场场生死考验，在点了火油铺满了滚烫铁砂的林间小道上奔袭，绑着铁砂袋子只能以蹦跳的方式行军野营，拿着各种闻所未闻的兵器轮番互相劈砍，用凌将军本人亲自设计的酬勤飞索飞跃整片豫州山谷中的丛林，当然还需要时时刻刻应对凌霜不知道从哪里弄来的蛊毒，虽然不至于要命但是那感觉实在是难受得很。

短短的十天下来后，又离开了六十多个，凌霜却随时从豫州的其他地方补充人员进来参练。这是一场真正的选拔，只有最铮铮铁骨的男儿才能留下，凌霜要的便是这个效果。

又是半个多月的时间过去后，凌霜终于下令大家休整，不管是一直以冷硬著称的冷玉卿，以勇猛著称的小七，还是以灵敏著称的月珑都瘫在了地上动不得半分。

月珑此时咬着草茎冷冷看着不远处躬身立在凌霜面前的陆建，心头着实不爽得很。这臭小子倒是真人不露相，在这六支队伍中，目前成绩最好的居然是陆建带领的队伍。

凌霜看着面前一说话脸上便带着几分羞怯红晕的少年暗自点了个赞，这孩子虽然比不上冷玉卿的轻功，小七的冲劲儿，还有那个月珑的刁钻，但他却是在她的属下中最踏实的。

只有他将自己浑身的华彩遮掩起来，放下身段迁就着队伍中的每一个成员，和他们一起完成一次次艰难的任务。目前为止陆建领导的五百人队伍没有一个退出的，全部跟着他冲在身后。凌霜需要的便是这样的将才，打仗是千军万马的对峙，可不是那种单打独斗的争强好胜。很明显陆建在这群人中做的是最好的。

"明天是最后一关！我希望你能坚持到最后！"凌霜是真的欣赏这个默默无闻却又含着无限爆发力的少年。

陆建黑黝黝的脸颊上掠过一抹兴奋随即垂首沉稳道："是！属下一定不辜负凌将军！"

"去吧！今夜好好休息，明天看你们的表现！"凌霜眼角早已经扫过了不远处偷偷看过来的姹紫，心头不禁暗自好笑。一贯沉稳的姹紫终于等到了那个生命中她喜欢的人了吗？

不久前陆建与姹紫的队伍同时比试徒手攀岩，本来陆建稳赢却因为姹紫放弃了稳赢的结果。比试实在是太过激烈，姹紫也是好胜心切，一时间大意差点儿从百丈高的崖壁上摔下去，若不是陆建拼死相救后果不堪设想，虽然凌霜做了防护措施但是姹紫动作失误太大重伤却是难免的。

姹紫因为这一次机会倒是对陆建更多了几分好感，此番看到陆建取得这样好的成绩依然宠辱不惊，心头更是多了几分敬佩。

陆建素来沉默寡言，浓眉大眼的长相带着几分憨厚，迎面看到走过来的姹紫心头微微一跳，还没有说话便已经是满脸通红了。

"姹紫姑娘！"他忙行礼却被姹紫抬手轻轻一拦笑道："陆大哥客气了！都是给将军卖命，何来贵贱之分。以后陆大哥切不可这般了，倒是让姹紫羞愧至极。"

陆建眼底掠过一抹异色随即倒也不知道该如何是好了，姹紫和嫣红人人都知道那是凌将军的左膀右臂，在整个凌家军中的地位甚高，资历也很老。他们这些新入门的自然是多了几分恭敬的，只是陆建是个老实人对姹紫这份不同于别人的亲近倒是有些无措起来。

02 封闭

姹紫看着他一个大男人动不动就脸红不禁心头带着几分好笑，随即将手中拿着的一个布包递了过去。

"听闻你娘一直咳嗽身体不好，我求了叶姑娘，同她要了这包药。等我们从豫州回去的时候，你带给你娘服用。"

“这……这……谢谢姹紫姑娘……”陆建接过药紧张的都不知道该说些什么，本来嘴笨越说越觉得说不下去了。

姹紫看着陆建更无措的神态抿唇一笑：“里面还有我绣的绑头发的发带，你头上那根换了吧！”

说罢姹紫转身离开，刚走了几步又停住道：“你别多想，那天你救了我，我也没有别的东西可以答谢你，你将就着束头发用。”

陆建憨厚的脸上顿时掠过一抹微笑，宛若夕阳下最灿烂的光芒，不好意思地摸了摸头上那根束发用的麻绳。随即垂首轻轻展开了布包，除了一大包药，便是两根束发的银色缎带，绣工自然是一流的。

他粗粝的手指轻轻抚摸着缎带，带着几分爱不释手，却又舍不得似的将缎带仔仔细细放进怀中，呆呆看着不远处那抹娇俏的身影渐渐消失在夕阳下的营帐中。

姹紫回到了凌霜的书房却看到书房中其余的人俱是抿着唇瞧着她笑，叶南打趣道：“姹紫姑娘早知道你同我要那包药是为了给某人留着，本姑娘倒应该再慷慨些。”

姹紫脸上顿时红了几分，嫣红一把揽着她的肩头笑道：“陆建那小子不错！大小姐看着也甚是喜欢，不过明儿个你可不能纵容他啊！我跟你说，明儿个的最后一场比赛咱们定要赢了陆建才行，否则这面子往哪里放？”

“你这丫头！”姹紫素来比不过嫣红的伶牙俐齿，此番更是羞红了脸不知所措起来。

她越是如此，越是让别人生出几分逗弄之心，即便是林子妍也嗤嗤笑道：“姹紫姐姐，小妹有个不情之请，哪天你也送我件绣品好让我心头得意几分。若不然，明天我便拼了全力将陆建那小子毫不客气地赢了去。”

房屋内顿时传出一阵笑声，甚是热闹得很。

凌霜看着身边的几个丫头一个个似乎都有了归宿，心头替她们高兴之余却是带着几分不易察觉的失落，自己与方玉却是越走越远。罢了！这本不应该是她该来的地方，等她将凌家的实力壮大了后，报答了凌老夫人和二哥的那分真心后，自己一定想法子离开这个世界。

“你们这些丫头就是喜欢欺负老实人，还不给我滚回去睡觉！”凌霜笑骂道，替姹紫解了围，随即又吩咐了几句，一群人这才笑着离开了凌霜的书房。

第二天一早，凌霜换了一身黑色劲装，腰间佩戴着镶嵌着凌家图腾云纹的标识，手中握着一根棍子闲庭散步般地走到了冷玉卿等人面前。

月珑下意识地向后退了退，暗自唾了一口，遇到这个死女人真是晦气！

“兄弟们！”凌霜手中的棍子挥向了那条早已经修建好的神秘工事，“这是一条半埋在地下的通道，四周都有透气孔，你们放心，闷不死你们的！你们所要做的是，从这条通道爬过去到达南面崖壁下的丛林中即可！怎么样？我对你们仁慈吧？这可是最后一关哦！！”

月珑嘟囔着拽了拽冷玉卿的袖子道：“冷兄，你说这女人又想干什么？”

冷玉卿本来俊秀的脸上带着几分青白之色似乎没有听到月珑在说什么，而是目光死死盯着那条密闭的通道，黑魆魆的入口让他想起了过往的一些事情。身侧的拳头骨节攥得青白，薄唇因为过于冷默而抿成了一条直线。

月珑不禁一愣，这货怎么了这是？忙转过脸偷看了一眼额头受了伤的小七：“这家伙怎么了，不会是怕了吧？”

小七星眸扫了一眼冷玉卿别过脸不说话，月珑这厮实在是太饶舌了。不过最近小七心情也不好，陆建居然超越了他，他一定要在这最后一关将陆建踩在脚下！

月珑觉得这帮家伙一个比一个闷，真怀念江湖中那些快意恩仇的日子啊！随即看向了不远处的嫣红，心头一暖，幸亏有她否则真的就背叛了凌霜走得远远的。

“你们谁第一个来？！！”凌霜的视线扫向了眼前的几个副统领，却惊讶地发现，冷玉卿下意识地向后退了一步，她突然心头掠过一抹疑虑。

经过前几次凌霜的恶毒，这些人倒是都学精明了，谁也不愿意第一个吃螃蟹。

凌霜突然点着冷玉卿缓缓道：“冷玉卿，你第一个！！”

冷玉卿瞅着那黑魆魆的洞口狠狠哆嗦了一下，但是一贯的骄傲并没有让他就此退缩，他俯身钻进了那条漫长的黑暗通道中。

身后冷玉卿的小兵刚要跟着钻进去却不想凌霜点着笑得一脸灿烂的月珑道：“月珑第二个！”

你娘！月珑暗自爆了句粗口，这又是玩儿的哪一出儿，但是经过前几次的教训他深知凌霜这样的女人毒如蛇蝎，连一个异议的机会也不会给他。

他大大咧咧走了过去跟在了冷玉卿的身后，凌霜接下来让冷玉卿的人和月珑的人交替钻进了地下通道。紧跟着的是陆建和小七的人，然后是林子妍以及嫣红和姹紫的人。这条隐藏在地下的山道实在长的离谱，三千人的亲卫军几乎全部能放进去。

月珑此时能真切地听得到前面冷玉卿粗重的喘息声，这让他本来不安的心绪越发紧张了几分。四周虽然能通风可是狭小的空间，未知的命运，还有那一片片令人毛骨悚然的黑暗。密闭着的狭小空间里的黑暗令人觉得浑身都颤抖个不停。

03 崩溃

冷玉卿的出气声越来越急促，像是高原上寂寥的狂风，月珑不得不捅了捅前面的冷玉卿道：“喂！冷兄！你没事吧？”

沉默，死一样的沉默，前面趴着的冷玉卿仿佛失聪了一般，对于月珑的关心似乎听不到。月珑凭借一个杀手的直觉，觉得冷玉卿越来越不对劲儿了。

外面突然传来了一阵聒噪声，凌霜那淬利的声音此刻却是让月珑想骂娘。

“兄弟们！里面待着舒服吗？快点儿爬啊！加快点儿脚程，你们这样蜗牛一般的速度实在是让人不爽啊！！”

“我有一群小鸭子！快点快点爬！左边爬爬！右边爬爬……”凌霜居然唱上了。

“你爷爷的！！”月珑忍不住低吼了出来！

“兄弟们！快点儿爬啊！！爬到出口，河边会有一群美人脱光了衣服洗澡澡啊！”凌霜淬利的声音中突然伴随着一股子不易察觉的声音袭来。

“你们在里面那么无聊，本将军送你们一点儿小玩具啊！！”

吱吱吱……

“啊！！耗子！是耗子！！”

"还有蛊虫！！"

"蛇！蛇！！那女人把蛇放进来了！！该死的！"月珑刚要跃起却是没想到这是一个全封闭的空间，一头撞上了顶端的石壁。

"冷玉卿你个杂碎！快点儿给老子爬！我要被蛇咬了！！"月珑拼命地用脚踹向了前面趴在地上动也动不了的冷玉卿。

冷玉卿其实怕黑！尤其是狭小空间里的黑暗！他一贯装出来的冷硬形象终于在那一瞬间绷断了，突然翻身一口咬住了月珑的手臂，像一头凶猛出闸的野兽，漆黑的眸子居然迸发出了蔚蓝色的光芒。

月珑大惊失色忙将他的嘴巴掰开，冷玉卿已经完全癫狂了，嘴巴里喊出来的居然不是大燕朝的语言。

月珑呆呆地看着他的疯癫咽了口唾沫道："混蛋！你……你是……高车国的人？！"

冷玉卿的崩溃让地道中的人瞬间安静了下来，被堵在最后面的人不时传来低低的质疑声，密闭的空间里连空气都凝固了一般。

月珑瞪大了俊美的眸子警惕地盯视着对面撕扯着自己衣裳陷入崩溃的冷玉卿，手下意识地摸向了腰间，可惜没有他一贯带在身边的短刀。所有的兵器都在进地洞之前被凌霜没收了，该死的！

"兄弟们！听我的命令！！"凌霜的声音不合时宜地传了进来，"从现在开始我数一百个数，你们都听好了，徒手搏击比试现在开始！一会儿出去的时候身上所受的伤最少者便算赢！听我报数！一！！"

"啊！！"冷玉卿疯了般的冲向了月珑，一记铁拳将月珑漂亮的眼睛砸出了一个黑眼圈。

"凌霜！老子诅咒你祖宗十八代！！"月珑冲了上去与冷玉卿打成一团。

黑暗，血腥，无边无尽的恐惧，毒蛇，硕鼠伴随着蛊虫将打成一片的人紧紧裹在了一起。凌家三千护卫军此时才知道什么叫真正的地狱之旅，那是一种令人窒息的绝望。

外面的凌霜边数数边侧耳倾听着里面的厮打声，嚎叫声，脸上露出了满意的笑容。

叶南打了个哆嗦远远躲开了去，冷冷看着凌霜道："这一次估计能将我的药材全部耗尽！凌霜……”

“怎么了叶南？”凌霜唇角微翘，心头却是默数着一分一秒。

叶南脸色惨白道：“凌霜，你真不是个东西！！”

凌霜不以为意淡淡笑了一下，凤眸中却是带着几分哀伤道：“叶南，你不知道真正的战场是什么样子的。”

她突然回想起了地宫中那些一个接着一个死去的战友，都是特战精英，死得却是凄惨万分。

“叶南，若没有经历过血腥，他们便不懂得生的可贵。我的凌家军少了几分血腥之气，我便用这分血腥冲走他们身上仅有的淳朴和最后一分胆怯，这样才能在战场上屹立不倒。”

叶南摆了摆手带着几分泄气道：“话说回来了，凌霜，你这样的练兵法子估计大燕朝仅你而已。”

凌霜笑了笑，凤眸盯视着不时传出嘶吼声的地下通道，时间刚刚好，随即用上了几分内力高声喊道：“兄弟们！打得还爽吧？现在开始听好了！我数三下后，这条通道的入口处就会被一截一截地封死。我不知道你们现在行进到了哪里？只是前面的人听好了，你们若是不能尽快团结合作，你们身后的兄弟若是来不及逃离，很可能会被永远密封在这地下通道中，活活闷死！”

月珑陡然打了个冷战，不防备下巴又被冷玉卿狠狠重击了一下，忙一把将疯狂的冷玉卿抓住：“混蛋！快点儿爬出去！别打了！！”

凌霜的声音顿了顿笑着喊道：“月珑！嫣红是最后一个进来的，她现在可是在最后面的！别怪我没提醒你！！”

凌霜话音刚落，整条地道突然传来了强烈的震颤，接着一声闷响。

“凌霜！老子出去就杀了你！！”月珑心头一跳，迸发出了前所未有的力度，一拳下去居然将冷玉卿砸晕了去，随即将他用自己外衫撕成的布条绑在了背上，爬着将冷玉卿驮了出去。

地道中所有的人都清楚，但凡一个人堵住了地道，后面的人都会被堵死，唯一的办法就是将刚才晕厥的，受伤严重的人像月珑做的那样驮出去。

地道中的画风瞬间变了，刚才还是生死相斗，如今便成了生死相依，不离不弃。

凌霜满意地听了听里面的动静，骑着烈火赶到了出口处等待，大约一炷香之后终于看到了月珑将冷玉卿驮出了地道口。

月珑丝毫顾不上身上的支离破碎和衣衫不整，将冷玉卿从身上摔了下去，在他那张清俊的脸上又狠狠踩了一脚后，杀气腾腾地奔向了凌霜。

“月珑，与其在这儿和我生气不如尽快帮忙将里面的人弄出来！嫣红也不知道怎么样了？”凌霜冷冷笑看着冲过来的月珑。

“凌霜！老子一定杀了你！！”月珑本来美得不像样子的眼眸此时却是红透了的，嘴上说着狠话，身体却是转了方向直奔洞口骂骂咧咧将里面的人拉出来，他的手都是颤抖着的，只想着嫣红不要有事。

04　最后一关

凌霜的视线此时掠过了地上这些躺着的筋疲力尽的人们扫向了不远处像个死人一样躺在地上一动不动的冷玉卿。

冷玉卿此时似乎只有出的气没有进的气，眸子里海一样的蔚蓝色此时随着自己气息的平稳缓缓恢复到了之前的墨黑色。

凌霜眸子一冷掠过了冷玉卿看着瘫倒在地上的人群笑道：“兄弟们！今天这最后一关，本将军对你们的表现甚是满意，现下饿了吧？”

凌霜此话一出口，地上躺着的人倒是泛出几分活气来，纷纷踉踉跄跄地站了起来。谁都不愿意在凌将军面前犯憷露怂，都极力地将自己规整成一个看得过去的样子。

凌霜命人将那些受了重伤的人抬了下去，他们也意味着被淘汰出局，剩下的人却是带着劫后余生的感慨。

“将士们辛苦了！来人！上菜！”凌霜唇角微翘，挥了挥手臂。

这些人从早上被凌霜弄到这倒霉的训练场，如今眼看着夕阳要西下，一天没吃东西了，加上刚才高强度的亡命之旅也着实饿得前胸贴后背。

此时月珑忙将嫣红的拳头攥住讨好地笑道：“红儿，咱们先吃东西，等红儿吃饱了后再打也不迟！”

嫣红哪里再有力气揍他，一把将他推开，却是眼巴巴地看着凌霜。采买凌家亲卫军的食物是她一手操办的，想一想那些鸡鸭鱼肉她便流口水。若是能再来一碗开胃的奶酒更是完美至极的。

只是嫣红看到凌霜命人拿过来的食物后顿时瞪大了眼睛，第一次对自家大小姐的行事产生了怀疑。

此时一只只半人高的坛子被抬到了众人的面前，凌霜缓缓揭开盖子，四周顿时惊呼一片。坛子里放着的哪里是美味佳肴？分明是令人作呕的老鼠，虫子还有毒蛇。

月珑看着凌霜从坛子里挑出一条肥美的毒蛇后，顿时眼睛一闭晕了过去。

凌霜微微一笑道："这一顿大餐我与你们同乐！如何？"她说罢麻利地将手中的蛇剥了皮，掏出随身携带着的匕首割下来一块儿放进嘴巴里咀嚼了起来，似乎吃得津津有味。

呕！！叶南转身吐了起来！

"当你们被困在丛林中的时候，军粮断绝，丛林中的蛇是最好的补品！蛇血，蛇胆，蛇肉都是好东西！"

凌霜将手中的蛇扔进了坛子里，随即用刀尖挑起了另一个坛子里蠕动的虫子，举到了几乎陷入绝望的人们面前道："找不到蛇还有这种虫子，记住它们的模样，营养不错，可以支撑你走出丛林！"凌霜说罢送进了嘴巴里。

嫣红等人彻底吐了出来，不，这不是她们的大小姐，绝对不是，一定是大小姐吃东西的方式不对，这不是她们的大小姐。

凌霜最后将一只丛林中经常出没的山鼠利索地用刀尖剥了皮，割下一块儿送到了陆建和小七的面前。

"你们两个是这一次比赛中最后的佼佼者，我只问一句，你们谁先吃？"

陆建憨厚宠辱不惊的脸上第一次有了裂痕，却不想正自犹豫间一边的小七猛地接过了凌霜的匕首，将刀尖上的鼠肉生吞了下去。

凌霜看着他眼底的那股子劲儿点了点头，小七终于从那个被她半道捡回来的小乞丐蜕变成了一个真正的勇者。

"我宣布小七为我凌家三千亲卫军的总统领！"

陆建猛地瞪大了眸子，不可思议地看着一边狼吞虎咽将半只山鼠吞下去的小七，终于醒悟过来这才是凌霜最后一关的终极考验。

他真是恨死了自己，经历了那么多努力却因为这最后一关在吃上面输给了小七，与凌家军总统领失之交臂。

姹紫担忧地看了陆建一眼，饶是她跟了大小姐这么久也没想到这会是大小姐设下的最后一个陷阱。

此时已经完全缓过来了的冷玉卿突然从地上爬了起来奔到了坛子边将一条毒蛇挑了出来，剥皮，割肉，吞咽一气呵成。

凌霜凤眸一闪高声道："冷玉卿，凌家亲卫军副统领！还有两个副统领的名额！"

陆建再不敢犹豫下去忙将坛子里的虫子吃了几只，忍着恶心冲到了凌霜的身边。

凌霜眼底露出一抹笑意道："陆建，凌家亲卫军副统领！！"

"还有老子！！"月珑被嫣红一巴掌拍了起来，终于清醒过来，这噩梦还有一个华丽丽的结尾。

凌霜挑出一条蛇狞笑着看着月珑道："月珑，今儿你过不了这一关，我是绝对不会带着你的，我去的地方都有蛇，不好意思，你还是回去护院算了！"

"老子！老子！！"月珑看着凌霜手中的蛇整个心脏都要跳出来了。

"嫣红！你来吃！！"凌霜扫了一眼嫣红，嫣红头皮一阵阵发麻，还是大步走了过去。

05 为了爱

"我来！！"月珑心疼嫣红，脑袋一热也没想太多，直接奔了过去几乎是闭着眼用刀将那蛇宰了，整个矫健的身子几乎抖成了碎片，一张口将割下来的蛇肉咽了下去，却是吃得太猛生生将自己噎晕了去。

"月珑！"嫣红忙奔了过去。

凌霜忍着笑冷冷道："月珑，凌家亲卫军副统领！剩下的人！吃了这顿大餐就跟着我走，吃不了的，对不住了，我凌霜不能带着一个在丛林中会饿死自己的笨蛋打仗！”

这真的是凌家军历史上最记忆深刻的一顿饭，这顿饭从夕阳西下一直吃到了掌灯时分，直到黑暗将这处山谷彻底隐没。

夜深了几分，凌霜将林子妍叫进了书房问道：“多少人退出？”

林子妍脸上微窘道：“一百七十三人！”

凌霜嗤的一笑道：“真是不可思议得很，那么多痛苦都挣扎过来，居然都毁在了一个吃上头！而且比之前退出的人数还要多！”

“大小姐！”冷玉卿躬身候在了书房门口。

林子妍知道凌霜与他有话说，今儿她也没想到冷玉卿会有那样异样的表现，虽然满腹怀疑还是退了出去。

“进来！”凌霜声音中透着几分清冷。

“是！”冷玉卿缓步走进了书房，心头却是对这个女人有些犯憷，他一向高傲这是第一次真心诚意地低头。

凌霜缓缓起身看着他道：“高车王子，你这样混在我凌家军里实在是屈才得很啊！”

冷玉卿浑身一颤，猛地抬眸，不可思议地看着步步紧逼而来的凌霜，下意识地向后退了一步。

凌霜的表情虽然波澜不惊，但是语气中却带着几分真正的质疑。她也曾经想到过冷玉卿会是哪个世家大族流亡在外的子弟，但是没想到被她查出来冷玉卿的背景却是这般令人称奇。即便如此，她也不愿意相信这个高傲冷静的少年会是高车国流亡在外的王子斛律玉卿，直到今天他眼底的那抹奇怪的蔚蓝色眼波将这一切都证实了。

“我其实早就查出来你是从高车国逃出来的，高车国的百姓都是色目人，眼睛很漂亮，不过大多数长的是琥珀色的眼眸，只有高车王族才会有蔚蓝色的眼睛，像大海一样漂亮。”

冷玉卿垂首而立，藏在袖间的手掌因为谎言被揭穿而紧握着，眼底的那分哀伤却是难以避免。

凌霜继续道：“高车王族中最负盛名的是草原高高在上的撒鲁尔大王，撒鲁尔大王武功高强，在他统治时期曾经将漠北高原统一在自己的帐下。撒鲁尔大王修炼了一种神奇的武功叫无相功，若是练成之后便能改变自己的容貌，甚至是……眼睛的颜色？不过只有撒鲁尔大王的儿子们才有机会练成此种神功是不是？”

冷玉卿的身体僵硬了起来，凌霜叹了口气道：“可惜的是撒鲁尔大王英明一世糊涂一时，在选择自己的继承人上面出了偏差，放弃了贤明的二王子，选了阴毒的大王子。据说二王子被登基不久的大王子切碎了喂了野狼？”

冷玉卿的身子颤个不停，眼底的泪光却是压也压制不住。

凌霜看着冷玉卿道：“据说二王子曾经从大王子手中将他们一个不得宠的弟弟救了下来，那个身体孱弱的小王子本来是汉家一个被掳到高车国的女奴所生，地位低下，受尽欺凌，也不被人看好。只是二王子死了以后，他身边庇护的那个小王子也从此失去了踪迹……”

“凌将军！”冷玉卿突然跪在了地上，抬眸将怀中的那块刻着冷字的玉佩双手捧上道，“冷玉卿恳请凌将军帮我复仇！！”

凌霜眉头一蹙淡然问道：“凌家只是大燕朝一个没落的世家，为何找上我？”

冷玉卿眼神中却是多了几分镇定缓缓道：“我还记得凌将军曾经对我说过的话，你说你要打造一支以一敌千的军队，跟着你走绝不会后悔。我想试一试，之前我对此还存着几分狐疑，但是如今我再也不会狐疑了。”

凌霜缓缓坐回到了椅子上：“坐下说！”

冷玉卿眼底掠过一抹忐忑，此时若是凌霜将他送到高车国去定然能得到如今高车大王的重赏，但是她却让自己坐下说。

他缓缓坐在了凌霜的对面，看着眼前这个不同寻常的奇女子，居然带着几分真切的暖意。就像当年他快要被大王子折磨死的时候，二哥出现在他面前的样子。

“说说你的故事，为何怕黑，怕狭窄的地道？”凌霜倒了一杯茶给他。

冷玉卿接了过来，随即从怀中摸出一粒药丸就着茶水吞咽了进去，瞬间他脸上的五官发生了变化。

凌霜不禁吓了一跳，这小子居然伪装的这般好。只是此时看了过去，冷玉卿早已经同之前的样子判若两人。用一根缎带绑着的漆黑如瀑的长发掩映着一张似乎用冰雪雕刻出来的脸，挺直的鼻梁，棱角分明的薄唇尽管紧抿着却带着浅浅诱人的樱色，修长挺拔的眉头锁着一汪悲凉，肌肤是那种近乎透明的冰雪之色。于这冰雪之色中却是一双海蓝色的眼眸，一看便是带着几分混血的血统。

她不禁暗自啧啧称奇，好一个冰雪出众的美少年！但是不同于冰块儿脸顾啸云的清冷淡漠，冷玉卿身上却是有一股子令人心悸的千年之殇，宛若稍稍碰触便会碎裂成无数晶莹的碎片随风而去。

06 不堪回首

他起身冲凌霜躬身道："既然凌将军已经猜出了玉卿的身份，玉卿不能不以真面目示人！这样才算公道一些！"

凌霜点了点头，果然没有看错，此人倒是颇为知礼数讲道义。

"你坐下慢慢说！"

"冷氏是我娘亲的姓氏，我娘亲是大燕朝邻近高车国边地小镇的一个大户人家女儿。十九年前高车与大燕朝争锋，那座小镇遭遇兵灾，我娘亲在路上逃难的时候被高车士兵抓获。"冷玉卿垂首缓缓道，两只手却是交替摩挲着，似乎回忆过往令他痛苦不堪。

"我娘亲生的极美，被高车一个蛮将当作讨好的礼物送给了我的父王，父王那个时候很宠爱我的娘亲。春季青草还没有完全长出来的时候，我娘亲便生下了我，只是之后她身子一直不好。父王不喜欢太过文静的男孩子，可惜的是我一出生似乎沾染了太多汉人的习气。我喜欢诗词书画，喜欢听娘亲讲汉家的故事。我不喜欢习武，不喜欢草原上的那些粗狂。为此我还狠狠挨了父王的一顿鞭子，从此以后父王越来越不喜欢我，甚至连着我的娘亲也疏离了去。"

凌霜叹了口气，将冷玉卿手边的茶杯拿过来将里面已经冷掉的茶换上了热的，推了过去。

冷玉卿轻抿了一口，眼角却是渗出几分泪意道："娘亲终于熬不住草原的苦寒离我而去，那个时候我刚满十二岁。失去了娘亲的庇护，我什么都不是，加上我血统的尴尬几乎所有的王子哥哥们都喜欢欺负我，尤其是……"冷玉卿眼底迸发出一抹恨意，“是大王子，那个时候父王也不大愿意管我，大王子便借机在父王面前说想要亲自教授我武艺将我接进了大王子的府邸。”

冷玉卿突然垂首狠狠吸了口气，声音沙哑了几分：“那……真的是个噩梦的开始……我遭到了大王子无休无止的鞭打，每到夜深人静的时候他就将我关到一个玄铁打造的方盒子里。方盒子上下高低只有半人高，而我已经十二岁了，个子很高，身材也挺拔了起来。但是在盒子里，我不得不弯着腰，我根本站不直，大王子将我一关便是半年的时间。每一次将我从盒子里放出来，我都直不起腰来，身子也越发佝偻了几分。”

凌霜握着瓷杯边缘的手紧紧捏了捏，压下了想骂娘的话。

冷玉卿唇角突然露出一抹异样的冷笑：“我以为他这样将我玩儿着定然有个厌烦的时候，可谁知那天夜里……”

冷玉卿海蓝色的眼眸瞬间瞳孔缩了缩，似乎不愿意再回忆。

凌霜忙道：“过去的事情就不要……”

“不……我心头憋闷的厉害，我想说出来舒服一点儿，”冷玉卿的身子微微颤抖了一下，“那天夜里……大王子命人将装着我的铁盒子抬进了他的寝宫，就在……就在那张铺着虎皮的奢华帐幔中……我被……我被大王子当成了……女人……用了……用了整整一个晚上……呵呵哈哈哈……我那个时候真想死啊！！”冷玉卿仰头笑了出来，眼角的泪顺着冰雪般的脸颊滑了下来。

凌霜心头狠狠颤了一下，冷玉卿嘴里所说的大王子便是如今的高车王斛律尔汗，没想到居然是这么一个人面兽心的畜生！她突然很想一刀将这个混蛋宰了！

书房中的空气压抑得厉害，凌霜如今倒是有些后悔，将冷玉卿这地狱般的回忆挑起来并不是她的本意。

冷玉卿淡淡笑道，身子抖得不那么厉害了，眼底掠过一抹暖光道：“这件事情不知道为何被我的二哥晓得了。二哥从小也喜欢汉家文化，对我娘亲是极其敬重的，更不允许这样违背人伦惨绝人寰的事情发生。他冲进了大王子的寝殿将我救了出来，从此便与大王子结了仇怨。”

冷玉卿吸了口气道：“二哥对我很好，亲自命巫医将我佝偻满是病痛的身子治好，将我身上那些见不得光的伤痕消弭，还亲自教我武功，我的无相神功就是二哥的亲传。只可惜……只可惜我太没用……二哥还是被那个畜生杀了喂了狼，他死之前知道大王子绝不会放过我们兄弟，派人护送我离开高车国到了大燕朝。护送我的人都被大王子的人杀了，我好不容易才逃脱，从此隐姓埋名，颠沛流离，直到在那家糕饼铺子遇到了将军你！”

“将军！”冷玉卿猛地抬眸道，“你曾经对我说过，你要打造一支以一敌千的神勇之军，我信你！我只是请求将军让我能随在你身边将你的治军本领学到手，让我回大漠替我二哥报了血仇，此生替将军当牛做马，冷玉卿全凭将军处置！”

冷玉卿突然跪在了凌霜的面前高举着那块儿刻着冷字的玉佩道：“将军！我以我娘亲的遗物起誓，以我二哥的名誉起誓，以大漠上最圣洁的塞沃尔湖起誓，我以我高车子民崇拜的狼神起誓！若是将军能助我报仇雪恨，除掉斛律尔汗，我将还高车大燕百年和平，我还会在高车漠北草原上单独辟出大片的草场作为将军传世的封地！”

凌霜凤眸微微抬起看着面前的冷玉卿，她信得过这个少年，而且在高车国若是能有自己的势力，岂不更好？

她俯身将冷玉卿扶了起来，突然拔刀将指头划破，一滴血落进了茶杯中。冷玉卿脸色露出一抹惊喜，忙接过刀同样将手指划破，鲜血滴进了杯中。

凌霜端起茶杯道：“夜深不愿意打搅他人，我们以茶代酒，歃血为盟！不过，你要先帮我完成在大燕朝的布置，然后我的私人武装会亲自替你扫平大漠上的那些垃圾！并……拥立你为王！但是在这之前你要继续你的隐忍，还要学会什么是强悍！”

冷玉卿端起茶杯声音有些哽咽沉声道：“多谢将军成全！斛律玉卿决不违背今晚的誓言！”

这真的是大燕朝历史上最奇特的一次歃血为盟，谁也没想到这小小的茶杯却是承载了未来最贤明最勇猛的大漠之王的梦想。几十年后，当斛律玉卿将整个漠南漠北高原最终吞并统一的时候，都没有动大燕朝一分一毫。

而且在大漠人心目中已经成了神的斛律玉卿此生最敬重的便是那个一袭红妆铁甲的女将军凌霜，只有她才能折断这只大漠神鹰的翅膀，也只有她才有这个能力和权利。

07 潜入

凌霜在豫州的练兵日子过得实在是悠哉，只不过痛苦的是别人，悠哉的是她自己。今天她刚站在高台上将亲卫军的编制重新整编好，一直留在京城打探消息的小舞骑着马飞奔而来。

“将军！出事了！！”

凌霜一把将急忙冲过来差点儿摔倒的小舞稳稳扶住：“书房里说！”

林子妍等人也忙跟着凌霜回到了书房，小舞也不顾上喝茶解渴急切道：“主子，乌桓三十万大军压境！皇上让主子速速回京！”

凌霜从豫州快马加鞭回来却是乘着夜色先回到了凌府，乌桓这一次用兵太过意外，她可不愿意再做回之前那个傻乎乎的凌霜。若是没有十分的利益，承平帝这一次休想将她忽悠上去卖命。

凌霜刚刚回来便赶到了二哥的闲梦居。

“二哥？”

凌冰示意她坐下来随即道：“小妹，这一次怕是咱们凌家要出力了，素来都是凌家军镇守乌桓边镇的。”

“而且，”凌冰冷了眸子道，“朝中主战一派的是瑞王，这一次倒是想拉拢宇文家的人乘着战乱抢夺兵权、况且乌桓那边的讲和条件实在是太过苛刻！要大燕交出数百工匠，还有附上三十万两银子的岁币，十万匹锦缎，还有与皇上结兄弟之盟！”凌冰眼底已经是愤愤之色，“想当初乌桓被我凌家军打得叫苦不迭，如今那些守边关的混账东西们……”他有些说不下去了，这个条件有点儿屈辱。

凌霜缓缓起身走到窗前看着外面盛开的木槿，心头暗道果然赫连风不是个好相与的。数百工匠将会给乌桓产生多大的生产力，三十万岁币承平帝倒也能给他，只是这个兄弟之盟，哼！赫连风他配吗？

乌桓一直都是大燕的藩属国，之前凌家军十万大军让乌桓溃不成军，俯首称臣，如今却是兄弟之盟了？赫连风果真是一代奸猾枭雄，不过……

她陡然转身看着凌冰道：“二哥，上一回朝中的六公主差点儿害得我们凌家万劫不复，也令乌桓的赫连风痛恨万分，其实乌桓新王一直喜欢阿雅公主。”

“小妹……你的意思是……”凌冰瞬间想到了什么。

凌霜冷冷笑道："既然有本事差点儿让咱们凌家家破人亡，来而不往非礼也！二哥，这件事情我自有定夺！"

凌冰点了点头又嘱咐了几句，凌霜回到松林堂后将林子妍等人叫到了内阁，拿出一个蜡丸交给姹紫和嫣红道："你们两个将这个亲自送到小七手里，秘密让他派出亲卫军里武功最好的十个人，分成两队，秘密潜入乌桓，将我给他们的名单上那些乌桓官员暗杀掉！十天为期，完不成任务者滚蛋！"

姹紫等人大吃一惊，还有这种不要脸的打法？

凌霜唇角微凉浅浅笑道："此次行动名字叫'猎虎'，我要乌桓十天之内所有的行政体制全部瘫痪。让小舞单独再另外带一队人过去，在乌桓搞点儿能引起恐慌的小混乱。"

她倒是也想看看她辛辛苦苦训练起来的古代特种部队究竟能不能干得漂亮？也算一个历练吧！赫连风，为阿雅报仇是我们共同的心愿，但是你给老子使绊子还要附加条件，就别怪老子不客气了。

五更天，天色刚刚麻麻亮，凌霜坐在了镜子前任由林子妍将上早朝的朝服一件件套在自己身上。

凌霜骑着马到了东司马门，随在了宇文胤身后这一武将行列缓缓走进了崇明殿。刚走了几步便觉得一道别样的视线将自己紧紧罩住，她警觉地别过头看去，却是方玉那张欠扁的脸。

凌霜唇角扯了扯，扶了扶腰带大大咧咧仰头向前走去，丝毫不在意四周诧异，惊奇，别样的视线。

金銮殿上，随着司礼太监一声婉转的唱喏，身着龙袍的承平帝缓缓走了进来坐在了八宝龙座上，视线却是扫向了宇文胤身后穿着宽松朝服的凌霜。

"诸位爱卿，乌桓蛮子作乱想必你们也知晓了，可有什么应对的法子？"

"臣还有事启奏！"李尚书缓缓道。

李尚书的女儿虽然贵为太子妃，不想因为从太子爷暖阁中偷走一幅据说是凌霜的画像，彻底惹怒了这位任性的东宫太子。

随即谁也没想到龙辰逸就因为这个将太子妃贬成了侧妃，这事儿皇上居然也睁一只眼闭一只眼。

 李尚书暗自思虑，猛然心惊。之前凌霜传出了天降凰女的传奇，莫非皇上想要给太子册封这位？他心头惊痛，又不能说什么，暗地里却彻底投靠了瑞王。

“爱卿且说来听听！”

“皇上，乌桓欺人太甚，大燕不能不战。臣认为既然要战，这主将人选应该好好斟酌一番的，若是主将无能只怕引来祸患啊！”

承平帝眉头一蹙，这老家伙的意思他哪里听不出来，无非就是主将人选选宇文胤为好。

他随即看向了凌霜道：“凌将军以为如何？”

承平帝直接点名让凌霜站出来，其余的人更是露出诧异之色，看来皇上是铁了心要让凌霜担当这个重任了。

凌霜倒是一愣，承平帝这老小子看来是真的急疯了去。这么重要的事情不是先让老家伙们畅所欲言之后才轮到小辈们说话吗？

她忙站了出来，不合身的衣裳随着她的走动发出华丽的稀里哗啦的声音，引得一些人微微一笑。

看着凌霜扶着宽大的腰带走了出来，承平帝眉头蹙了起来，织造局的那帮家伙们该死。将他的一员猛将生生变成了耍宝的小丑，一会儿拉出去砍了。

“臣觉得乌桓蛮子实在该死！乌桓竖子赫连风，夺我城池，杀我百姓，要挟我大燕圣君，敲诈勒索，无所不及，老子恨不得扒其皮！拆其骨！像他这种活着浪费空气，死了浪费土地，半死不活浪费粮食的混账王八蛋人渣阿飞……咳咳咳……”凌霜激愤的唾沫横飞，一口气差点儿喘不上来，猛地咳嗽了起来。

这一席话瞬间惊呆了所有的人，这都什么跟什么啊？一个女孩儿家说话怎么这么粗鄙不堪？

礼部尚书气得胡子发抖，点着凌霜道：“荒唐！身为臣子说话如此粗鄙！简直有辱圣听！”

“白胡子老头儿！难不成你认为我说得有错？”凌霜抑制住了咳嗽，娇俏的小脸泛着一抹红晕盯视着礼部尚书冷冷笑道，“莫非陈大人觉得赫连风不是个人渣？陈大人觉得敌人不是个人渣，究竟是几个意思？赫连风给了你什么好处？！！”

“我……凌将军休得血口喷人！”陈尚书是李尚书李崇义推举上来的人，谁知刚出头便被凌霜噎死了去。

"皇上！皇上替臣做主啊！"陈尚书忙转身冲承平帝跪了下来。

"凌将军，依着你的意思该如何是好？"承平帝丝毫不理会陈尚书的委屈，老家伙也太不识时务，如今是钩心斗角的时刻吗？朝堂中的朋党之争，承平帝早有耳闻，只是不愿理会罢了。

凌霜掀起袍角冲承平帝跪了下来道："皇上，臣自请带领我大燕朝精锐即刻发兵乌桓，将赫连风的老巢端了，一雪如今乌桓带给我大燕的耻辱！！"

凌霜声音铿锵有力，承平帝着实被感动了一把，恨不得马上从龙椅上起身将她亲自扶起来，以示嘉奖。

08 沙盘惊变

文闵眉头蹙了起来，这丫头搞什么鬼？可是昨夜这丫头明明捎信来让他今日力主与乌桓讲和。

龙辰逸越听心头越是惊吓万分，这丫头不会真的出征乌桓吧？不行！不能让凌丫头冒险，今儿说什么也不能让这丫头以身涉险！

他刚要站出来说话却觉得身后袍角被人轻轻一拽，转身看了一眼文闵，冲他摇了摇头。龙辰逸随即忍耐了下来，看向了凌霜。

"凌爱卿真乃国之栋梁！朕甚是欣慰！"承平帝心头乐开了花。

龙辰轩知道这一次若是被凌霜重新控制了兵权岂不是太子更如虎添翼？忙冲李尚书使了一个眼色。

"臣有事启奏！"李尚书缓缓站了出来，"凌将军忠君之心上天可表！只是兵凶战危，主将人选应该从头再议，凌将军大病初愈焉能胜任？不若请宇文大将军出任主将，凌将军为副将，此时定能成事！"

宇文擎宇微微点了点头站出来道："皇上，犬子在京城已经休养生息了半年之久，该是为皇上效命的时候了！"

承平帝眼底的神情意味不明，满朝的文武顿时不再言语。谁都知道宇文家权倾天下，即便是皇上也不能随便得罪，如今一看宇文家这是铁了心要抢夺兵权，俱是吓得大气也不敢出。

“臣愿意领兵出征！为皇上效命是臣的荣幸所在！”宇文胤款款走了出来，躬身垂首而立。

凌霜用眼角的余光扫了一眼身边那抹玄色身影，唇角微冷，宇文家果然不要脸。又是凌家做副将，你们好再来一次回风谷那样的惨剧？

“臣不服！”凌霜大声喊道，将满朝几乎要凝重的空气炸开了几分。

宇文胤低垂的墨眸中满是戏谑，这只小野猫又炸毛了！不过好可爱！倒是要瞧瞧她还能玩儿什么花招？

承平帝松了口气道：“凌将军有异议？”他巴不得凌霜有异议，这样就可以搅和了宇文家的局。

凌霜一字一顿道：“打仗走的是兵行险招，并不是宇文大将军比我长得高，比我壮实就能打！臣要和他比兵法谋略！”

凌霜此话一出即便是方玉暗自也摇了摇头，小东西太狂妄了！说起兵法宇文胤在大燕朝称得上第二没人敢说自己是第一，这丫头哪来的自信？

宇文胤眸底的笑意越发浓厚了几分，转身看着凌霜道：“凌将军真的要比？”

“那是自然！”

“就在这朝堂之上？”

“嗯哪！”凌霜傲骄地仰起头，四周隐隐传来不屑的低笑声。

承平帝揉着眉心怎么觉得凌霜开始变得不靠谱起来，不过这丫头哪一次靠谱过？

凌霜转身冲承平帝道：“臣恳请皇上在正殿中设一个沙盘，宇文大将军代表我大燕军队用红色的小旗代表他的兵！臣作践一下自己代表乌桓出战，因为臣与乌桓打了十年对于乌桓的战术和谋略是相当熟悉的。如果今天宇文长公子能将臣大败，臣甘愿为副将唯宇文将军马首是瞻！”

沙盘演练？在古代的这些人来看实在是个新奇玩意儿，而且自家大将军代表的还是乌桓蛮子，这出戏不能不看。

宇文胤眉头一蹙看着凌霜那双狡诈的凤眸，心头却是咯噔一下，依稀有一种上当受骗的感觉。

方玉摸了摸下巴，看着不多时准备好的用木框定制的大沙盘还有上面插着的花花绿绿的旗帜。

凌霜与宇文胤站在沙盘边上，承平帝也是看得兴致盎然。

“宇文将军请！”凌霜将蓝色棋子插在了此番已经被赫连风攻占的城池上，最显眼的便是那面已经逼近京都的高高插在陈州地界儿上的蓝旗。

宇文胤将红色旗子兵分三路，中路主攻，另外两路佯攻，杀的是酣畅淋漓。只是凌霜的战法相当诡异，因为是骑兵所以更加灵活一些，但还是被宇文胤的兵逼回到了边境。

宇文擎宇摸了摸胡子，为自己的儿子自豪。紧接着脸色一变，只见凌霜将蓝旗陡然插在了高车边境。突然与高车兵力合并很快从漠北直接连下禹州、宁州等战略要地直接将京都围城。宇文胤顿时手忙脚乱，刚要回撤却被乌桓的兵力死死拖在了乌桓边地。

凌霜冷冷笑着拿起了蓝色旗子朝京都方向插去，承平帝眼角狠狠抽了抽，那面旗子就像插进了自己的心脏。

“等等！”宇文胤抬眸看着凌霜，“乌桓大军压境怎么会与高车合谋？”

“宇文将军凭什么说这两个国家不会合谋？”凌霜声音陡然抬高了几分，环视了一下同样惊得目瞪口呆的群臣，若是乌桓真的像凌霜这么打，他们都要变成异族的刀下鬼，大燕朝也不复存在。

“即便合谋，大不了从京城调集军队将乌桓高车两国军队合围！“宇文胤声音第一次显露出慌乱。

“京城有兵可调吗？”凌霜唇角微翘，“南疆现在战事胶着，江南水灾，肃北大旱，你刚才为了堵我、用兵应该不下四十万了吧？请问宇文将军京城有无可以调集的兵力？赫连风这一次为什么这么嚣张？就是看出了大燕朝的这一个弱点！说实在的大燕朝富庶之地，哪个北蛮不想来抢点儿什么？合谋简直太容易了！那么我问在座的各位，大燕朝能否撑得住三场一起爆发的战事呢？”

凌霜点着沙盘道：“很明显这是赫连风绝顶聪明的阴谋，将大燕朝的兵尽数引出来，京都空虚然后高车乌桓合围京都，皇上和在座的朝臣能有几个逃得了的？”

“大胆！！”李尚书怒斥，“怎么在皇上面前灭大燕志气？还出言不逊！”

“你他娘的才是大胆！！”凌霜冷冷吼了回去，李尚书被喷了一脸唾沫星子。

凌霜骂道："李尚书！你撺掇着主战所为何？你若真有心，明儿个将你的独苗儿子交给我带到战场上历练一下如何？"

李崇义脸色顿时变了变，文阂暗自点头，这才是凌霜的真正用意。承平帝这几天被主战的呼声冲昏了头脑，只有这样的法子才能让他看清楚事情的本质，好一个聪明的丫头。名为主战实为主和！

09 不想去

凌霜浅浅一笑看着宇文擎宇道："不过倒也有一个法子大燕朝还有一丝希望，就是看看宇文老将军能不能将你麾下的青龙军和羲和军全部拼死在高车边境，就像当年的凌家军拼死在回风谷一样，无一生还，全部战死。若是老将军有此决心和勇气，您的儿子还能来得及打败乌桓西北军队，及时回撤京都外围将乌桓高车的联军全部绞杀，啧啧啧……功德无量，忠勇可嘉，不过大燕朝可是只有宇文小将军的一支精兵了！朝中无臣，国中无将，少年英雄，扬名天下……呵呵呵……"

承平帝的眼底渐渐迸发出杀意来，那个时候宇文胤称帝都是可以的，明眼人一看就知道凌霜想要说什么？

这一场仗打下来，不管赢还是输，胜利者只有宇文家。京都陷落，宇文家的实力尚在可以称帝。京都保住了，宇文家长公子的实力大增还可以称帝。

一时间四周死一样的安静，宇文擎宇气得浑身哆嗦，猛地点着凌霜的脸道："凌霜！你血口喷人，居心叵测！！"

凌霜无辜地看着他道："我什么都没说啊？老将军急什么？"

宇文胤痛苦地闭上了眼睛，不管自己多么爱她，她却是步步夺命。

方玉脸色也好看不到哪里，宇文家是父亲的支柱，今天的事情万万不可传到父亲耳朵里，否则这丫头必死无疑。

龙辰逸转身看着凌霜点了点头，真是个人才，一时间爱慕之心更是深了几分。

承平帝看着凌霜眼眸掠过一抹欣赏同时有些叹惋，可惜了是个女子，不然定是匡扶社稷的肱股之臣。

“朕意已决，明日派凌将军去陈州与赫连风讲和！”

“皇上！”宇文擎宇刚要说什么，却分明看到了承平帝眼底浓浓的杀意。

“宇文老将军你为国已经牺牲了那么多，还是想着法子怎么安度晚年吧！”

宇文擎宇心凉了半截，对凌霜的恨更是浓了几分，这丫头必须得死。

凌霜上前一步道：“皇上，乌桓曾经被我凌家军伤了元气也不可能真的就能吞下我大燕，其实臣认为和亲是上策！”

承平帝点了点头，思量了一番目前确实和亲是最好的法子。

“凌爱卿所言极是，只是朕的那些公主中间没有合适的人选，不若从郡王府中选一个来。”

他到底是自私，不愿意自己的女儿们去北蛮边地。

“皇上，这一次和亲事关重大，一着不慎满盘皆输。虽然赫连风篡位称王名不正言不顺，可是郡王的女儿们去和亲，分量不够高啊！”凌霜缓缓跪了下来道。

一边的龙辰轩暗自咬了咬牙，好狠的手段！如今父皇身边身份较高地位重要的公主当然是自己的妹妹六公主了，若是自己妹妹和亲路上出了点儿什么，自己便是惹祸上身。

他眼角的怨毒一晃而过，却又带着几分懊丧，怪只怪自己的妹妹玥冉招惹了一个绝对不能招惹的对象。

随后的几天突然从乌桓传来的消息令承平帝不禁为之一喜，乌桓内部居然生变。很多朝廷重臣莫名被杀，前朝乌桓王子亲贵借势叛乱，赫连风瞬间忙得焦头烂额。开出的和亲条件除了六公主人选不能变之外，其余倒是做了很大的让步。

承平帝自然愿意顺着台阶下，九月初八正式被定为了六公主启程去和亲的日期，初七这一天承平帝专门在宫中设宴庆祝。

“父皇！！”六公主这一次是真的慌了，她晓得自己一旦去了乌桓那个地方便是九死一生。

“父皇，女儿恳求父皇还是将女儿送到梅花庵中带发修行吧！女儿不想和亲更不想嫁给赫连风那个蛮子，女儿……”

凌霜举着酒杯劝解道：“公主殿下，和亲事宜已经谈妥，六公主宁肯牺牲自己一人成就大燕朝博爱远方的美名实在是高风亮节至极！”

“凌霜！！”六公主到了如今这般田地哪里还能忍下去？猛地站起来点着凌霜的鼻尖呵斥道，“都是你这个贱人从中作梗！你早就想报复我是也不是？”

一时间大殿上顿时安静了下来，这样公然撕破脸的六公主殿下实在是罕见得很。

“臣不知道公主为何说出这种莫名其妙的话来？”凌霜态度恭敬至极。

“玥冉！退下！不得无礼！”承平帝只觉得自己之前为什么会宠爱这么个傻女儿，如今越看越不是个能端得上台面的。

“父皇！她！！父皇怎可相信这个女人的胡言乱语？她定是与乌桓勾结陷害女儿，为的便是替那个阿雅出气！！”六公主带着几分口无遮拦。

四周的群臣不断摇头，这个六公主莫非是疯了不成？凌霜可是乌桓的死敌，怎么会替乌桓的公主报仇？这都哪儿跟哪儿啊！

凌霜恍然大悟道：“出气？咦？臣更不懂了，六公主莫非与阿雅公主之死有关系？你们两个难不成……乖乖呀！阿雅公主不会是六公主殿下杀的吧？不过这个同臣有什么关系？况且臣守在边疆与乌桓征战十年之久，公主殿下居然说臣与乌桓勾结，臣还逼死了赫连风的老爹，赫连风肯和臣勾结？六公主殿下，皇上宠了你这么多年，多多少少为皇上分忧是为人子女的本分啊！”

“我……”六公主自知说漏了嘴，哪曾想凌霜却是乘机而上继续道，“不过六公主殿下既然说起阿雅的死，臣倒是觉得有些感怀。阿雅与三殿下早已经定亲，不过这丫头命苦，乌桓王族一夜之间覆灭，也没啥价值了，死了就死了吧！六公主没必要还念念不忘的！”

“凌霜！你血口喷人！！”六公主疯了般的要冲过去，却被承平帝喝止。

承平帝终于明白今日之祸的根源了，只是没想到六公主为了龙辰轩夺嫡居然做出这样的事情来？他脸色沉了下来，他虽然宠溺这个聪明的女儿，但是女儿干政还参与皇子夺嫡之争令他极其不喜。

“来人！送六公主回宫好生看管！”承平帝震怒。

“父皇！”六公主匍匐在地痛哭流涕，“女儿宁愿一死也不能让乌桓蛮子毁了清白！”六公主说罢突然奔向了一边的蟠龙柱子撞了上去。

凌霜早已经习惯了六公主的套路，起身上前一把将她抓住却是附在她耳边低声道：“六公主，我提醒你一句，若是再闹下去你的母妃性命可就难保了！你不是想杀了我吗？你母妃一死，你三哥失势，谁替你报仇？嗯？”

六公主身子一颤，狠狠盯视着凌霜，眼底的怨毒宛若一团火。

“六公主切不可轻生啊！你这样死了让皇上如何向乌桓交代？”凌霜高声喊着将她扶回了大殿，冲承平帝跪了下来道，“皇上！臣也是个女儿家，一会儿臣好好劝劝六公主！”

承平帝知道凌霜有几分本事随即点了点头。

10 嫉妒如蛇

凌霜将六公主直接送进了寝宫，外面满满都是看护着的宫人，说是看护其实是软禁也不为过。

一向华丽夺目的明春宫此番只剩下了凌霜和六公主二人，所有的遮掩和伪装都撕了一个干净。

六公主狠狠盯视着凌霜，若是眼神能杀人的话，此番凌霜早已经万箭穿心了。

“凌霜！你这个贱人！！我一定不会放过你！！”

凌霜凤眸中的寒意却似雪山上的坚冰，一把拽住六公主的手腕冷冷道：“你才是贱人！如今这一切都是你咎由自取罢了！”

她猛地一扬手，六公主一个站不稳摔到了一边的华丽软榻上，看着凌霜杀意逼人倒也有些怕了的，忙向后缩了缩身子。

“六公主！那个穿着一袭红衣，火一样明媚的阿雅公主究竟碍着你什么了？死得却是那样惨？我们凌家素来与你六公主井水不犯河水，你为何出此毒计要害得我凌家家破人亡才甘心？你他娘事到如今还不知道悔改，你披着高贵的外衣藏着一颗肮脏卑鄙的心，却还装出一副圣洁的模样，六公主你他娘真让我恶心！！”

“为什么？”六公主本来长的极美的脸孔却因为嫉恨阴毒而变得丑陋起来，猛地点着凌霜的鼻子质问道，“为什么？你居然还问我为什么？若不是你！宇文长公子便早已经与我成婚！若不是你使出千般花样勾走了宇文长公子的魂魄，他的视线里是有我的，都是你的错！你为什么没有死在乌桓的战场上？你这个贱人活着回来做什么？！！是的！阿雅那个蠢货还真的不可思议地喜欢你这个女扮男装的贱人！她即便在临死的时候还想要冲出去给你们凌家报信，呵呵呵……”

六公主笑得癫狂至极冷冷道：“那个丫头居然会喜欢一个女人？哈哈哈……简直笑死人了……我本来还想直接下毒，可是她着实是个不听话的，死到临头还想着护着你还有你的家人！我索性找了几个身强力壮的男子亲自告诉那个蠢货，男人比女人更适合她……呵呵……”

“我杀了你这个魔鬼！！”凌霜凤眸微冷，抬手扣上了六公主的颈项，随即心头咯噔一下猛地放开手。这女人是故意讲出这件事激怒她，若是她伤了六公主那可是欺君之罪！

凌霜缓缓放开的手却是紧紧握成了拳，指尖几乎将掌心刺破了去。

“怎么？”六公主眉眼间的得意尽数晕染出来，“阿雅倒是真的对你情真意切，诚心诚意地护着你！你不想替她报仇？那夜你都不知道那个可怜的丫头喊得有多凄惨！被那么多人一个个的玷污……”

凌霜唇角微微哆嗦着，凤眸中的泪光闪烁可是强忍了下来，不能生气！不能生气！不能着了这个恶毒女人的圈套，她得替阿雅报仇雪恨，不能意气用事。

“凌霜，你杀我啊！来！杀我啊！阿雅死得很惨，都是因为你！因为你！！”六公主就像一头危险的母狼寻找着凌霜身上即将崩溃的任何一丝痕迹。

凌霜身子微颤，突然唇角微翘一把拽住了六公主的胳膊微微一笑，那笑容却是到不了眼底冷得厉害：“殿下！搞得干吗这么紧张？上演宫心计似的！来来！咱们规划一下未来的美好蓝图！”

六公主倒是一愣不可思议地看着凌霜瞬间变脸，虽然晓得凌霜一贯不按照常理出牌，可是凌霜居然在这般震怒的情形下还没有对自己做出什么报复的举动，这分心智和忍性让她心底发寒。

凌霜很亲密地将六公主按坐在了软榻上，居高临下看着她冷冷笑道：“想让我杀你？然后咱们同归于尽？殿下你真当我傻啊！”

“你……”六公主脸色剧变。

“殿下，别的我不敢肯定，但是有一点儿，这一次你去了乌桓定会受到赫连风的殷勤招待。我想乌桓军营中那些士兵可真不懂得什么叫怜香惜玉，你说是不是？不过你夜夜换新郎倒也不错，我对你还好吧！”

“凌霜？！！”六公主没想到凌霜居然用这种法子对付她，顿时心头微颤。

“别生气！”凌霜微微一笑，安抚似的拍了拍六公主的背，“中原女子素来在乌桓那边很受欢迎的，我觉得吧……啧啧……不用一年，凭借着你的聪明才智在乌桓的军营中做个头牌姑娘也不是没有可能！”

“凌霜！我定不会饶你！！”六公主知道凌霜是那种说到做到的狠辣之人。

“呵！殿下！”凌霜压低了声音附到六公主耳边道，“这一切都是你自己造成的，但凡你下手不那么狠辣给别人留一点儿余地，但凡你没有那么多贪念，一心一意像你宫中姐妹一样安分守己，说不定也能安安稳稳寻个驸马一生富贵。可惜了……对了，公主殿下不要打什么主意半道逃跑，不然会害死你三哥和母妃的哦！”

六公主身子微微发颤，眼神中却是多了几分从来没有过的惊恐之色。

凌霜定了定道：“还有一件事情想要告诉你，当初你与宇文胤的亲事刚刚定下来后，你是不是病了一段儿时间？”

六公主猛地瞪大了眸子。

第八章 唯爱而谋

01 残忍的秘密

“你和宇文胤的破事儿还真不是老子的错，不过看在你像条疯狗一样乱咬人的份儿上，我告诉你个秘密。年初你与宇文胤刚定亲后便传出宇文胤克妻的名声，还有六公主你身子酸软重病一场，你母妃这才恳求皇上和太后退了你与宇文胤的亲事。很不幸……那个谣言是宇文胤亲自传出去的，至于你的病……”

“不……不……”六公主眼眸瞪大了几分，想要抓住凌霜的手臂问个清楚却被凌霜厌恶地一掌推开。

“对于权倾天下的宇文长公子来说，给他厌恶的女人在宫里头下个药实在是太寻常不过了！呵呵呵……公主殿下……你好好受着吧！！”

“不！！不！！！”六公主一贯的优雅从容终于化作了滔天的悲鸣。

“来人！”凌霜直起身来虽然恭敬如斯，眼底的冷漠却是挥之不去。

“凌将军有何吩咐？”外面守着的宫人们纷纷拥了进来。

“照顾好公主殿下，若是明早的和亲出了什么差错，你们的项上人头本将军可保不了！”

“是！”那些宫人们忙七手八脚将几乎崩溃的六公主抬上了软榻，人人都怕死自然不敢出什么差错，几个人还用缎带将六公主绑了起来，免得六公主想不开了连累她们跟着掉脑袋。

凌霜满意地看了一眼丝毫不能动弹的六公主缓缓退出了寝宫，刚一转身凤眸中的哀伤却是铺天盖地而来。明晃晃的宫灯中散发着耀眼夺目的光泽，宛若阿雅那张红扑扑的小脸。

凌霜一个踉跄扶住了宫墙，将心头的痛狠狠压制了下去。

阿雅！对不起！凌霜欠了你太多，来世再还你！希望你在天之灵能安息，投个好胎，下辈子不要生在帝王之家，找到一个真心喜欢你的人，一生一世一双人。

回到正殿后，凌霜向承平帝回禀已经将六公主安全送回到了寝宫，承平帝亲自御赐了一杯酒给她。

凌霜跪下接过金杯仰头饮下，心头却是冷笑，果真最是无情帝王家。女儿算计老子，老子利用女儿，谁也不管谁的生死。

"谢皇上！"凌霜起身将金杯送回到了一边内侍的手中，随即退回到了自己的位置。

凌霜虽然觉得阿雅公主荒唐，可替这个暗恋自己近十年的单纯孩子报了仇，心头还是带着快意的。她虽然不胜酒力，宴会上却是多喝了两杯，此番回府的路上有几分晕晕沉沉的混沌。

咔的一声！马车猛地停了下来！

"大小姐小心！！"外面传来了林子妍的惊呼声，接着便是凌家护卫与人激烈的打斗声传来。

变故陡然生出，凌霜顿时酒醒了几分，猛地掀开车帘，却发现四周本来不算偏僻的道路此时居然没有一个行人。一大群蒙着脸的黑衣人将她的马车死死围住，手中的利器在月色中散发着蓝色莹然的光芒，显然是淬了毒的。

凌霜美眸一冷，好阴毒的计策。算准了她绝不会预料到天子脚下，京都街道上，醉酒的凌大将军会被人砍了。或者说杀了之后干脆扔到一边的毓秀河中，总之凌将军素来不胜酒力，醉酒之后淹死在河中，死得一干二净。

而且瞅着了她身边最厉害的亲卫军都在乌桓闹事儿的当儿发难，时机，心机，算计得刚刚好。

凌家的护卫与这群黑衣人狠狠斗在一处。地上早已经鲜血淋漓，不时有人惨呼着倒下。

"大小姐！快逃！"林子妍心头有些乱了，这些人绝对都是高手，她招数中露出一抹破绽，肩头被刺中鲜血迸溅。

"妍儿！！"凌霜大吼一声祭出了朝之，挥剑之下步步杀招，刺客倒是被狠狠逼退了几分。凌霜断然不能丢下林子妍一个人，护着她被逼退到了毓秀河的岸边。

“来人！起网！！”为首的黑衣人一声令下。

毓秀河边此时早已经布置了连环机关暗器，一张满是嵌着淬了毒的短刀的玄铁网从河岸边阴影处瞬间弹了起来，兜头向凌霜等人罩了下来。

凌霜心头一紧，从来没有过的绝望感袭来，不管自己再怎么武艺高超，一旦被这张网罩住，不死也得脱层皮。

她挥起朝之砍断了一层刀锋，却砍不断整张玄铁炼制的庞大暗器网，眼见着森冷的刀锋逼近却不想整个人被快如闪电般钻进网中的方玉箍进怀中。

短刀入肉的声音令人不寒而栗！凌霜只觉得天都要塌下来了！

“方玉！！”她的嗓子哑了几分，却是喊不出来，眼睁睁看着血迹将方玉纯白色锦袍洇湿了去。

凌霜没想到方玉居然会暗中相护，此番显然来不及拼杀只得挡在她的身前，到底谁才是那个最傻的？

“撤网！撤网！！”黑衣人中一个惊慌失措的苍老声音陡然响起，四周的黑衣人连那张凶险万分的网都撤了一个干净。

凌霜此番实在无暇顾及这些黑衣人怎么会对方玉受伤如此忌惮，她看着怀中奄奄一息的方玉，浑身的血都凝固了去。

凌霜忙命人将消息传给了顾啸云，凌冰也带着人赶来，自家妹子没出什么事儿实在是万幸。只是被顾啸云派人送走的方玉显然是伤得不轻，他看着自家浑身沾血有些失魂落魄的妹子，暗自叹了口气。

方玉对妹子倒是一片真心，这两人哪能说断就断了的？

凌霜一夜未合眼，早上刚起身便骑着烈火去了方府，开门的李管家却是被脸色苍白的凌霜狠狠吓了一跳。

“凌……凌将军？”

凌霜咳嗽一声忙道：“李管家，你家公子可好？我想看看他？今儿上朝的时候，听闻他得了急症病了？”

昨夜的刺杀显然不该放在台面上讲。

李管家忙回禀道：“凌将军来得不巧，我家少爷今早去了方家别院休养去了，如今留下老奴在此打理。”

凌霜心头一颤，一定是伤得厉害了，忙问道：“方家别院莫不就是京郊翠林山的那处庄子？”

李管家忙道：“不是那处，是少爷另外在毓秀河南岸的桃花林那边买了一处园子，图个清静。”

02　心慌

凌霜出了方府，她一刻也不敢停歇直接奔向了毓秀河边，坐了渡船摆渡到了对岸，命跟过来的属下带着烈火留在岸边等她。

九月的桃林早已经硕果满枝，地上不时有烂透了的桃子被踩进了泥地里，凉风习习，阵阵清爽，凌霜却是越走越放缓了脚步。不知道一会儿见到方玉该如何说？也不知道等待她的会是什么境况？

桃林深处坐落着一座整洁的三进三出的院落，院子里假山，小池，修竹，暖阁一样不少倒也温馨得很。

只是在最东侧的暖阁中却是隐隐传来一阵阵略显激烈的父子对话，方玉身着一袭简单竹纹白袍跪在龙煜天的面前。

他的脸色因为失血过多而显得有些苍白，但是毕竟昨夜宇文浩正及时命人撤了刀网，那几柄刺入方玉身体的毒刀还不至于要了一位绝顶武林高手的命。加上叶南及时救治，如今早上方玉身体里的毒素已然去了大半。

屋子外面的顾啸云忙将好奇宝宝叶南拽离了龙煜天的视线，宗主是个危险至极的人物，叶南这种口无遮拦的小丫头可不能上去找晦气。

今天的龙煜天尤其的不高兴，看着跪在面前的儿子，抬起的巴掌却是不忍心甩在方玉的脸上。

“混账东西！你以为你这样就能保得了那个女人吗？”

方玉的桃花眸中满是哀伤抬眸定定看着自己的父亲道：“父亲，为什么非要杀了霜儿？父亲明明知道孩儿不能放下她……”

“闭嘴！！”龙煜天气得额角的青筋突突乱跳，猛地一挥衣袖冷冷道，“那个女人太不听话了！太子的实力如今大增，一旦坐稳天下你如何得势？最好的法子便是让太子与三皇子厮杀消耗他们的实力，届时隐藏在三皇子身边你的舅父们便可助你一臂之力！”

“霜儿能力非凡，为何不能被父亲所用呢！父亲！”方玉忙要辩驳，却被龙煜天挥手打断了去。

“这个女人刁钻至极，耍的都是些小聪明，况且她如今铁了心是太子的人，因为她的存在才使得如今的局面越来越超出你我的控制。这丫头不能留！不要忘了，你娘亲可是宇文家的人，若是凌家人得势焉能有宇文家的活路？宇文家与我们父子是绑在一起的，这一点你可记清楚了？”

方玉垂首身子微微一颤突然抬眸道：“父亲，算孩儿求您，放过她好吗？”

龙煜天叹了口气道：“玉儿，天下的好女子多得是，等你以后继承大统，天下什么样的女人不是你招之即来？”

“父亲当年不也是对娘亲情有独钟吗？”方玉眼神中满是坚定，这一次他不能让，稍稍的退让害死的便是凌霜的命。

“玉儿！！”方玉的话果然触动了龙煜天心头的那道伤疤。

方玉缓缓站了起来定定看着自己的父亲道：“娘亲吃了那么多苦，受了那么大的委屈，全都是因为想要给父亲留下唯一的血脉才坚持着活了下来。父亲躲起来图谋东山再起的时候，可曾想起了当年誓死相随的宇文梅清？”

啪！龙煜天狠狠给了方玉一记耳光，方玉顿时踉跄着退后了一步，却还是稳稳站住道：“父亲，孩儿做不到父亲那样冷情，孩儿此生只喜欢凌霜一个人。若是没有她，孩儿继承大统又有什么乐趣所在？皇位是父亲的追求却不一定是孩儿追求的……”

龙煜天震怒呵斥道：“我穷极一生所为何？你却说这样的话！你根本不配做我龙煜天的儿子！！！”

“父亲！你所为的仅仅是你心头的仇恨而已！”方玉低吼了出来。

“闭嘴！”龙煜天气得浑身发抖，点着方玉的鼻尖道，“一个女人就将你变成这个样子了吗？看来凌霜还真的不能留了！我定要杀了她！你又如何？！”

方玉悲悯地看着自己的亲生父亲道：“父亲，我不能如何，父亲是这天下间武功最强的武者，父亲是玄天宗独当一面的宗主，父亲是前朝太子，父亲也会成为大燕朝的国君！孩儿的命还是父亲给的，孩儿确实拦不住父亲。不过孩儿告诉父亲的是……”

方玉猛地仰起头，平静地看着龙煜天道：“若是父亲杀了凌霜，孩儿定会以千倍万倍更惨的模样死在父亲的面前，就像昨天夜里那样。她死了！孩儿会比她死得更惨！孩儿拦不住父亲但是孩儿这点子自虐自杀的能力还是有的。孩儿死了以后，只希望九泉之下的娘亲不要责怪父亲……”

“你威胁我？”龙煜天眼底涌出一抹泪花，瞬间又消散干净，抬起的巴掌却是无力地垂落到身边，不禁苦笑。这小子真狠，他此生已经辜负了梅清，若是再杀了他们的儿子，他龙煜天一定会疯了的。

“罢了！你也长大了！我管不了你了！你好自为之！”龙煜天一瞬间苍老了许多，缓缓走出了暖阁。

方玉看着父亲略显佝偻的背影，心头一痛，但是他也没法子。若是不用这样极端的办法刺激父亲，昨夜针对凌霜的事情说不定还会有第二次，第三次……他……不想冒险，他也只想护着凌霜能走多远算多远。

“少主！”顾啸云疾步走了进来，身后跟着的叶南却是神色有异。

“怎么了？”方玉只觉得心乏，若是自己没有身上这一层让他痛恨又尊贵的身份该多好，他会不顾一切带着他心爱的女人远走天涯。

“凌霜来了！”顾啸云眼巴巴地看着方玉。

方玉一个愣怔，猛地抬眸，眼底划过一抹不可思议的惊喜。原本以为昨夜的那场刺杀会让两个人之间的距离更远，谁能想到那丫头居然巴巴的赶着来看自己。

“来人！快！快！”方玉显然没料到凌霜会找到这里来，忙点着屋子里被老爹砸坏的杯盏，“快将这些收拾一下！”

“顾啸云你去门口接她，不要被我父亲撞见了！”方玉有点儿手足无措。

顾啸云暗自苦笑，翩翩如玉，计谋百出，风华绝代的方玉在凌霜面前永远是个端不上台面的，真是一物降一物。

他忙走了出去，凌霜这丫头倒是雷厉风行得很。

“叶南！替我诊治！”方玉猛地拍了一下脑门，随即疾步走到榻边躺在上面，刚将身子放平盖上被子便听到了外面顾啸云与凌霜的交谈声，眼见着便要走进暖阁。

方玉猛地盯着叶南道："叶南！"

"你想干什么？"叶南被他满是深意的眼神着实吓了一跳，扯着衣襟道，"我喜欢的是顾啸云，你不要乱来啊！"

方玉咬了咬后槽牙，真想打开叶南的脑子看看里面装了什么，真替这姑娘的智商着急。

"叶南，一会儿凌霜若是问起我的伤势，你要好好说，就说我伤势严重至极便好。七天后，我让你睡了顾啸云，如何？"

"你不诓我？"叶南猛地瞪大了杏眸，睡了顾啸云是她毕生的追求，偏偏那个冰山男不开窍，害得她几次引诱都以失败告终。

"不诓你！这一次你帮了我的忙，我定让你睡了他，我是他的是少主，这事儿我做主！"

"好！"叶南瞬间入戏，摸出怀中的瓶瓶罐罐在方玉身上捣鼓起来。

凌霜刚一迈进暖阁便是扑面而来的药味，心头更是一紧，忙看向了床榻上紧闭着眸子脸色苍白的方玉。

03 求怜悯

"少主，凌将军来看你了！"顾啸云冲方玉回禀道，清冽的眼眸中却是一抹嘲讽，刚才还活蹦乱跳地与宗主吵架，如今倒是这般病入膏肓垂死挣扎的模样。若是这世界上，少主不要脸能排名第二的话，谁都不敢排第一的。

"凌……将军……"方玉声音中多了几分嘶哑，缓缓抬起手臂想要撑着坐起来，却被叶南一把按在榻上。叶南这一下倒是用了十足的劲儿，方玉脊背上的伤口狠狠撕裂开来，不禁暗骂叶南这个笨蛋！居然来真的！

"呜……"方玉是真真切切吸了口冷气。

"你躺着吧，别乱动！"凌霜杵在榻边倒是急出一头冷汗，想要上前扶住可是探出去的手却是硬生生停在半空，尴尬地缩了回去。

为了掩饰这分尴尬，凌霜转身看着叶南问道："方公子的伤势如何了？"

叶南微微摇了摇头道：“伤口很深，失血过多，能有口气在实在是难得得很。”

凌霜听得心惊肉跳，叶南的医术她是晓得的，当年二哥那么严重的病都被叶南描述得轻描淡写。难不成方玉他……

她猛地看向了方玉，方玉忙闭上了眸子，将眼底的欣喜掩盖了过去。

叶南又叹了一口气道：“这倒也罢了，只是他身上中的毒倒是罕见的，若是找不到解药，怕是三天后便撒手西去了。”

方玉眉头一蹙，叶南你也太夸张了吧？

凌霜猛地转身疾步向门口走去，方玉再也顾不得了，开口弱弱喊了声凌霜的名字。

“方玉？！”凌霜凤眸中顿时涌出了泪意，脸色一下子白了，身子也晃了起来。

该死的！方玉顿时觉得玩火有点儿玩过头，看着她这样子心疼得要命。

“你不要急……义父已经帮我找了救命的药材，没事儿的。你陪我说会儿话便好！”方玉一把拽住凌霜衣角却不肯松手。

顾啸云唇角抽了抽连忙将自家目瞪口呆、萌蠢至极的小神医拽了出去。

“你干吗拽我？”叶南觉得意犹未尽，原来说谎的感觉还挺爽。

“你这丫头，没看到人家两个有话说吗，况且少主明明没什么事儿了，你为何那样吓唬凌霜？”

“我……”叶南嘿嘿一笑，上下扫了一眼冰清玉洁的顾啸云微微一笑道，“云云，最近有没有洗澡澡？”

“你想什么呢？还不快走！”顾啸云一阵恶寒，拉着她的手径直向前走去。这丫头越来越无法无天了。想他也是一代风雨楼的楼主，江湖上人人都要给几分薄面却被一个小丫头整天压制得死死的，实在是没面子得很。

凌霜眼见着走不脱，只得顺着方玉坐在榻边，看着他那张虚弱的脸分外不适应。飞扬跋扈，刁钻刻薄，鲜廉寡耻，心狠手辣的方玉她都见识过的，就是没见过这种病恹恹的方玉。

“你身子到底怎么样？”凌霜看着方玉的气色倒不像是马上要去了的那种，但还是不放心得很。

方玉苦笑道："霜儿，你不要为我心痛，我若是能为你死了也是甘心的。"

凌霜腾的一下子红了脸，忙拿起了一边小几上的杯盏："想不想喝水，我给你倒一杯。"

方玉桃花眸中顿时一亮，虚弱地点了点头道："有劳了！"

凌霜倒了一杯温水看着虚弱的方玉只得单手扶着他的颈项将他微微扶了起来，小心翼翼将水给他喂了下去。

方玉心头早已经软成了一摊春水，顺势靠在了凌霜的肩头上，喘了口气道："伤口痛得很，麻烦你受累了！"

"说这些做什么？"凌霜声音微颤，真是怕他死了，自己该如何是好。

"对了，我看看你的伤！"凌霜经历了这么多摸爬滚打自然对伤口也能辨别一二，说着放下杯盏要去剥方玉的中衣。

"霜儿！"凌霜探出的手却被方玉一把攥住，这要是被她看到伤口岂不是露馅儿了？

"霜儿，"方玉眸底渗出一抹苦楚缓缓道："我是你休弃的夫君，你这样……我……不方便得很。"

凌霜顿时脸红得彻彻底底，是啊！自己有什么立场再看他裸露的脊背，已经休了人家，却要剥了人家的衣服，这是哪门子道理？

"对……对不起……"凌霜猛地起身，手足无措道，"时辰不早了，我……先走了！方公子好好养伤！"

"霜儿！"方玉有点儿恼恨自己演戏演过了头，带着几分不舍道，"霜儿，这几日你能来看看我吗？我生怕自己若是身体里的毒素突然发作……"

"我明天便来看你，你若是需要什么药材，我替你寻了来！"凌霜忙道，心头那点儿害怕却是掩盖不了的。

方玉知道这丫头不能逼迫得太厉害了，点了点头道："霜儿，明儿一定记得来看我！我等着你！"

"嗯……"凌霜顿了顿逃也似的离开。

方玉看着她仓皇的俏丽背影唇角微微翘了起来，果然还是他的霜儿记挂着他，心头越发宽慰了几分。

"来人！叫顾啸云来一下！"方玉缓缓起身仰靠在迎枕上，舒舒服服伸了个懒腰。

顾啸云疾步走了进来鄙夷地扫了一眼自己的少主，随即躬身而立，也不知道又是想起了哪一出。

“少主？”

“顾啸云你安排血影门中那些绝对效忠我的人轮班守在凌霜的身边，不得有误！”方玉淡淡说道。

“少主，宗主若是晓得……”顾啸云大吃一惊，方玉莫不是想同宗主分裂不成？

方玉淬利的桃花眸猛地转过来死死盯着顾啸云缓缓问道：“顾啸云，你是个聪明人！我只问你一句话，即便是我父亲打下了江山，夺得了帝位，可是你不要忘记了他目前只我这一个儿子，将来继承大统的也只有我。若是现如今得罪了我，将来我定会一个个收拾回去。”

顾啸云额头出了一层冷汗，方玉的手段他是晓得的。

方玉嗤的一笑：“纵然我父亲觉得我这个儿子不孝顺，但是即便他如今再怎么生儿子，你说一个小奶娃娃如何能与我争？你就将我的话原原本本给他们传下去，听我话的人自然以后会重用，若是执迷不悟……”

方玉顿了顿，唇角微冷道：“这世界上可没有卖后悔药的！你晓得？”

顾啸云忍了忍道：“属下誓死追随少主！”

“乖！”方玉微微笑了笑，“顾啸云你今年也二十了吧？改天去凌府求个亲吧！叶南如今已经是凌府公认的二小姐了，凌霜也认了这个义妹，你们两个人的事情最好尽快办理一下。我不介意你入赘凌家，这件事情我会亲自登门去凌府商谈。若是你入赘了凌家，咱们自然与凌家是亲戚了，以后少不得走动往来。呵呵呵！顾啸云你像我亲弟弟一样，我绝不会亏待你！”

顾啸云暗自呕了几口血，方玉啊方玉你真不是个东西！为了追求凌霜居然让老子入赘，还有没有天理？！！天理二字尚存否？呜呜呜……

“好了，去吧！明儿个将后院子的池子假山拾掇干净了，霜儿要来看我，我想在那边的亭子里与她抚个琴什么的，麻烦你安排一下！”

“是！少主！”顾啸云咬着牙缓缓退了出去，生怕自己憋不住一刀砍死这个混账！

此后的时日里，方玉终于如愿以偿，将每一天的日子都当作了一生来过。凌霜看着他脸色渐渐红润，本来要走，可是每一次这货都晕倒在她怀里是几个意思？她也不知道方玉到底是怎么了？别别扭扭之间，两人似乎忘记了之前的那些不愉快，带着几分重温旧日美好时光的温馨。

04 感应

京城刺杀事件终于平息了下来，就像湖水中投下的一粒小石子儿，当微澜荡平之后没有任何的踪迹留下。

乌桓执行任务的冷玉卿等人也在几天后赶了回来，凌府的防卫更是如水桶一般密不透风。凌霜晓得有些事儿越急着去查越查不出来，但她相信终有水落石出的那一天。

只是自己此番欠着方玉一条命，她也清楚命中注定的那条红线似乎将两个人缠绕得越发紧了几分。

可是凌家，宇文家之间的纠缠，那些过往的欺骗让她心头始终隔着一道什么，解不开理还乱。

突然身上戴着的饮血玉烫得厉害，将陷入沉思烦乱的凌霜惊醒了过来。那饮血玉越来越烫她几乎要将这块玉取出来扔掉，更要命的是，她头痛得厉害，像是要被捣碎了一般。

凌霜心中掀起滔天巨浪，饮血玉是她穿回去的关键信物，这般异动莫非……她四下里看了过去。

此时天色向晚大街上也没有多少人走动，贴着凌霜近处走的除了一些鲜衣怒马的贵族子弟之外便只有一辆华丽至极的马车，马车车帘蒙着一层粉纱，一看便知道里面坐着的人是女子。

凌霜打马向那马车行了过去，却不想距离越近，自己身上的饮血玉越是灼热得厉害，几乎带着轻微的震颤。

“姑娘！请留步！”凌霜丝毫不敢放弃这转瞬即逝的机会，她来到这个世界找寻饮血玉的秘密这么久，今儿好不容易有点儿突破怎么可能放弃？

驾车的中年人哪里认不出眼前这个拦下马车的人便是如今大燕朝声名鹊起的凌大将军。

他也不敢造次忙转身隔着帘子冲里面服侍的一个小丫头道：“香云，你去问问姑娘的意思，说是凌将军想要见姑娘一面。”

“是！”里面传来脆生生的应答声，这辆马车分为前后两个隔间，想必那小丫头去了后面的隔间询问。

不一会儿，粉色帘子掀了起来，露出一个身着碧色锦裳扎着双髻的小丫头，下了马车贴着头冲凌霜福了福道：“凌将军，我家姑娘今日游园许是乏了，不方便面见凌将军，还请将军恕罪则个。”

凌霜唇角一抽，暗道好大的架子。即便是她去面见皇上也不会被这么无情的吃一个闭门羹，马车里的姑娘倒有些来历。可是自己也不能真的在大街上将马车里的这个神秘女子拖出来吧？那不成了强抢……额……民女了吗？

她凤眸扫向了这个叫香云的小丫头，看她身上也没有佩戴特殊的珠玉宝石，引起她身上饮血玉共鸣的东西一定就在这个马车里的姑娘身上了。

“哦！实在是遗憾得很！唐突了！”凌霜打马让了道，眼睁睁看着马车从自己眼前缓缓驶过。

“嫣红！”

“大小姐，我这便去打听！”嫣红忙打马追着马车而去。

随着马车越来越远，凌霜身上的饮血玉渐渐安静了下来，温度也凉了几分，恢复到了寻常玉石的特质。

叶南不禁抽了抽唇角冲姹紫压低声音道：“姹紫，我姐没事儿吧？这么当街调戏人家姑娘真的好吗？”

凌霜正自与叶南说话，嫣红也赶回了凌府，找到了秀竹苑。凌霜忙叮嘱了叶南几句后离开了秀竹苑回到了松林堂的书房，刚一进门便急切问道：“查清楚那姑娘的来历了吗？”

嫣红脸上掠过一抹不易察觉的怪异神色回禀道：“那位姑娘名字叫雪韵，是前些日子才来京都的。也不知道怡红院的赵妈妈从哪里找到的，据说是绝色美人才艺双全，而且短短几天便是怡红院的头牌姑娘了。”

“什么？怡红院的姑娘？”凌霜一阵头大，她定是与怡红院的赵妈妈前世有着什么纠葛，如今才一次次生出这么多牵连。

凌霜轻点着桌面，眉头紧紧蹙了起来，饮血玉的秘密莫非真的就在这个叫雪韵的女子身上吗？可是如何接近呢？不过风尘中卖笑的女子再怎么清高图的也是钱财二字罢了！

“嫣红将我收起来的那些太子爷赏赐下来的珠宝准备一些别致的包起来，随我去一趟怡红院！”

“大小姐？”嫣红瞪大了眸子。

“让你去便去！对了叫姹紫去一趟凌家的绸缎铺子里包几匹京城最好的缎子一并带上，颜色要鲜亮一点儿的。”

嫣红也不敢违抗命令忙应了一声退了出去，却被凌霜喊住道：“记得别太张扬，让老夫人知道了指不定要打我板子！”

嫣红唇角一抽忙点了点头去后面的倒厦找姹紫商议去了，不多时凌霜换了一身男装走出了松林堂。

凌霜穿了一身银灰色刺绣薄罗长袍，只在袖口处刺了两条银白色的四合如意的花纹，简简单大气加上凌霜本来英武的气质一衬更是显出了几分高雅贵气。墨黑的长发用一只白玉扣扣上，这样堪堪站在了嫣红等小丫头的面前，激起了一片惊艳之声。

从外面进来回禀差事的月珑看到凌霜这样的装扮不禁一愣，再看向嫣红满是桃花崇拜的眼眸，不禁一阵恶寒。

他愤愤扯了一把花痴至极的嫣红冷冷道：“喂！擦擦你的口水！你家大小姐又不是男人，至于吗你？”

嫣红一愣神扭过头来狠狠瞪了月珑一眼压低了声音道：“呵！你那是嫉妒！”

月珑顿时咽下一口老血忙踉跄着退到了一边。

姹紫抿唇一笑道：“大小姐穿了男装还是这样的标致俊朗！”

伤势好些了的林子妍也凑过来看热闹，她身上有伤不能跟着凌霜出去只得看着凌霜清俊的背影苦笑道：“幸好是个女子，不若大燕朝指不定要碎了多少女儿家的芳心！”

凌霜吩咐随行的姹紫和嫣红也换上了男装，三个人带着给雪韵准备好的礼

轻，哪里想得到怡红院二楼临窗的宇文御早已经将这一切看在了眼里。

楼下的凌霜看着赵妈妈推推拖拖的模样露出一抹不耐烦来，沉下了声音道："赵妈妈，雪韵姑娘到底在哪里？你晓得的，我这个人素来喜欢开一些惊天动地的玩笑……"

"在花船上，毓秀河边最大那艘花船，船头的桅杆上插着雪鸢的图标。凌将军要不改天吧？今儿雪韵陪着威北侯家的公子抚琴，还有雪韵姑娘……卖艺不卖身的……"赵妈妈怯怯地看了一眼凌霜。

凌霜一愣随即掠过一抹尴尬用扇子拍了拍赵妈妈的肩头道："赵妈妈想多了！"

"嫣红，姹紫，走！去河边！"凌霜素来喜欢雷厉风行，若是出了什么变故，饮血玉这条线索可就断了，她不能错失机会。

赶到了毓秀河边果然看到了河面上的那艘花船，本来凌霜想要亲自上去面见雪韵但是一想还是有几分唐突。命姹紫先乘着小船过去问候一声，却不想一会儿姹紫带着雪韵身边的丫头香云上了岸。

那香云陡然一见凌霜眼中掠过一抹惊讶随即收敛了心神福了福道："凌将军万福金安！"

凌霜摆了摆手道："不知道你家姑娘此番能不能与我见上一面？在下听闻你家姑娘琴音高超，甚是仰慕得很。"

她将话本子上那些风流才子勾搭佳人的一套做法学得十足十，言语自然带着几分风流蕴藉。

即便香云晓得她是女扮男装还是忍不住红了脸道："我家姑娘吩咐婢子回凌将军的话，说她粗鄙之人入不了将军的眼，还请将军寻觅别样风情女子吧！"

凌霜一着急忙道："你家姑娘误会了，我不是那个意思，我就是想与你家姑娘见上一面罢了！没有那些龌龊的想法！况且我是个女子，她还怕我吃了她啊？"

香云一顿，脸色越发红了几分。之前听闻怡红院的姐妹们经常说起这个特立独行的凌将军，不想今日一见果然带着几分娇憨可爱却又萌蠢得很。

"凌将军误会了！"香云忙道，"我家姑娘晓得凌将军与寻常恩客们不同，但是我家姑娘请凌将军还是回去吧！"

凌霜心头生出几分恼意，事不过三，这已经是第二次赤裸裸地拒绝了她。她凤眸一挑看向了毓秀河上那艘标志鲜明的花船，此时雪韵却是同一位贵公子相携着走出了船舱，坐在了船头的软榻上赏月，分外悠闲。

雪韵身着一袭绣着金纹的白色裙衫，蒙着面纱看不清楚她的脸，但是那身段却是窈窕到令人浮想联翩。

“呵！不信你不见我！”凌霜心一横，反正丢丑也不在这一回两回的。

“妹妹你坐船头，姐姐在岸上走……”凌霜一嗓子震碎了毓秀河畔的十里桃花。

许是凌霜对着河岸唱情歌的声音太过销魂，唱得惊天地泣鬼神，搅了雪韵姑娘赏月的雅兴。威北侯家的世子爷一看是京城大魔头凌霜，顿时吓得腿软了几分。如今京城流传着一句话，宁可得罪阎王，不可得罪凌霜。

他忙同雪韵姑娘告辞，独自乘坐着轻舟遁了。

凌霜如愿以偿登上了岸边的小舟，嫣红和姹紫刚要跟上去，却不想香云捂着唇吃吃笑道：“二位姑娘留步，我家姑娘刚刚交代过了，今夜只想与凌将军秉烛长谈，不想被任何人打扰。”

“大小姐？”嫣红脸色一红，这个雪韵姑娘还真的……令人难以言说。

凌霜垂眸想了下，自己穿越而来的身世之谜也不想让太多的人知晓，即便是情同手足的姹紫和嫣红。况且姹紫和嫣红眼里的大小姐其实早已经在一年多前就被凌婉毒死了，自己在这两个丫头心目中到底算个什么呢？

“你们两个等在这里，我去去便回。”凌霜冲嫣红和姹紫摆了摆手。

这两个丫头还是不放心得很，命人找了几条乌篷小船围在了雪韵所在的花船四周，上一次凌霜遇刺让姹紫和嫣红这两个丫头惊着了，不想出现任何的意外。

凌霜缓缓走进了富丽堂皇的船舱，抬手便要挑起珍珠帘子还是顿了顿笑道：“雪韵姑娘，在下凌霜恭候多时了！”

里面一阵沉静，只是隐隐传出来一阵阵琴声。凌霜一顿，不禁好笑，贱人就是矫情！

“雪韵姑娘，在下可要唐突美人了！”她低低轻笑着掀起了帘子走了进去，却猛地顿在了原地。

正对着凌霜的紫檀木矮几上放着一把古琴，古琴边居然是身着玄金色锦袍的宇文胤？！！长长的墨发用一只墨玉冠紧扣在头顶，抬手认真地抚着琴，琴声苍茫至极。

“宇文胤？”凌霜咬着牙，突然意识到事情极其不对，却又实在想不出哪里不对。难道雪韵是宇文胤的人吗？可是饮血玉的秘密除了自己其他人根本不晓得啊！

对于不确定的事情她素来不会过多的纠结，猛地转身直奔门口。宇文胤是个狠角色，自己斗起来麻烦。此时不逃更待何时？

啪的一声！船舱的门被宇文胤挥起手用内力关了上来，凌霜一惊，宇文胤的赤练剑法竟然突破最后一层了！这家伙如今的武功内力应该远远高出自己，该死的，这简直不是练武的天才而是变态了！

她缓缓转过身来冲宇文胤嗤的一笑道：“长公子安好！呵呵呵……今儿也有空赏月？”她没话找话，手却紧紧攥住腰间的匕首酬勤，朝之宝剑今天没带。谁能想到月下会美人会遇到这么凶险的事情？

宇文胤缓缓起身一步步走了过来，停在了凌霜一步之遥，狭长深邃的墨眸中却是一抹凌霜也看不懂的深情。

“特工编号 3728？”宇文胤唇角微翘。

凌霜凤眸一下子瞪圆了，此时凌霜的心情用魂飞魄散形容也不为过。

编号 3728 是她永远的噩梦！却被一个不相干的人说了出来，这其中的惊骇岂能用语言形容？

宇文胤就像一只优雅的兽中之王，缓缓地贴近了自己心仪的猎物，看着凌霜脸色瞬间惨白，心头虽然有几分不忍，但是他是那个永远也不会失败的宇文长公子，他喜欢这个女人，他也从来不会将自己喜欢的女人拱手让人。

06 解决的办法

凭什么方玉父亲同自己父亲一起对凌家造下的孽，偏偏自己去忍受凌霜无边无尽的猜忌怨恨？凭什么方玉能争取到的爱，自己便连一次尝试也不能有，他不甘心，他真的不甘心。若是凌霜愿意的话，他给她的宠爱绝不会少于方玉半分。

可是不管他怎么做，怎么隐忍，这丫头却是距离他越来越远。宇文胤薄唇轻抿，墨眸中闪过一抹深意，盯视着目瞪口呆的凌霜。

他不能等了！再等下去这丫头便彻底离开了自己的世界。虽然他不知道那块儿红色的石头到底是做什么用的，但是上一次对凌霜施行了巫蛊之术之后，他便心头敏锐地把握到这个丫头有朝一日一定会离开自己走得远远的。

他如今就是要将她禁锢在自己的身边，永远不会放手。

凌霜看着宇文胤变化莫测的墨眸，暗道不好，上一次降头师给自己身上施法一定是让自己泄露了什么秘密？宇文胤眼眸中的深意她看得懂，一次在野外执行任务，她撞见了一只狼群的狼王，那只野兽中的光芒便是同宇文胤一模一样的。

“长公子，我不明白你在说什么？”凌霜猛地拔出了酬勤指向了宇文胤，“虽然你武功厉害，可是我的人就在外面，你不定能赢得了。罢了！大家斗了这么久，何必呢？这一次你诳我的事情，我便放过你了。”

“凌霜早就死了，”宇文胤丝毫不为凌霜的伶牙俐齿所动，声音中带着几分罕见的沉稳，“若是凌老夫人晓得如今她的孙女儿只是一个陌生人的话，年事已高的凌老夫人能不能撑得住这样的打击呢？”

“宇文胤！！你找死吗？！！”凌霜勃然大怒。

宇文胤淡然一笑，抬手将凌霜指着他鼻尖的匕首推开一寸淡淡笑道：“女孩子家的，不要动不动就动刀子！”

他缓缓从怀中取出了红玉石举到了凌霜的面前：“你千方百计的结交雪韵不就是为了这个吗？”

“你……”凌霜彻底乱了，另一块儿饮血玉怎么到了这厮的手中？

凌霜越想越摸不着头绪，只得冷冷道：“一块儿破石头，长公子想要说明什么问题呢？”

宇文胤细细把玩着石头道：“我知道这块儿石头对你的重要性，凌霜不要怀疑我的能力。我有能力将这块儿石头弄到手，也就有能力利用这块儿石头让凌老夫人相信你是个冒牌儿的。你就是借尸还魂的一缕残魂而已，若是你不介意的话，我手底下的降头师可是多如牛毛的。”

凌霜不禁暗恨，这一次是真的被宇文胤吃定了去。

她缓缓收回了酬勤微微一笑："长公子说笑了，不过长公子向来对我有误会，也难怪，之前让长公子吃了那么多亏。这样吧……我给长公子顺顺气，长公子想要什么？我给长公子弄了来，交换你手中的石头如何？"

凌霜懂得什么叫识时务为俊杰，也懂得什么叫以退为进，宁为玉碎不为瓦全这事儿她还真做不来的。

宇文胤看着凌霜狗腿般地凑到自己身边，倒了杯热茶端到他面前，一边还拿出怀里的扇子替自己扇风。他唇角下意识地翘了起来，突然反手将凌霜一把揪住甩在了紫檀木屏风边上抬起两条健壮修长的胳膊将她箍在怀中，凝神看着她微微一笑道："怎么？凌姑娘竟然不知道本公子想要什么？"

凌霜强忍着没将握紧的拳头砸向宇文胤的那张冷脸，此番形势对她简直不利到了极处。

她这也算是被冷酷无情的长公子壁咚了吗？后背紧贴着冰冷的紫檀木屏风，抬眸看向了宇文胤那双意味不明的眸子，紧张的舔了舔唇道："你……别……别激动，咱们有话慢慢说，君子动口不动手是吧？你你……开个价儿，什么条件才能将这块儿石头给我？"

宇文胤眸色深了几分，该死的！这丫头舔着唇角的姿态实在是……他缓缓俯身，声音却是多了几分沙哑，抬手轻轻拂过了凌霜的唇瓣道："你问我想要什么？"

"嗯哪！"凌霜觉得气氛有点儿怪异，可是不敢惹恼了这个危险的混蛋，"你想要什么？我们可以坐下来谈谈不是吗？何必这么你死我活呢？"

宇文胤低笑了一声，大概世间里再没有比凌霜更迟钝的女人了吧？

他缓缓凑到凌霜耳边一字一顿道："我想……要你。"

凌霜猛地身子一颤，凤眸圆睁，今晚的第二道天雷将她击晕了去。

"尼玛！！"凌霜抬腿便踹向了宇文胤的要害，却被宇文胤动用内力狠狠压制住。

凌霜这几天的功夫也不是白练的，随即一个侧踢便踹向了宇文胤的脸，却被宇文胤轻巧避开，内力陡然又加了一分将凌霜压制住。

凌霜晓得单打独斗打不过这混账东西，刚要扯开嗓子让姹紫她们抄家伙却不想宇文胤冷冷提醒道："你真的想让凌老夫人绝望而死吗？"

凌霜顿时蔫儿了，她不敢赌啊！赌别的，她可以奉陪到底，可是那是她视为亲人的祖母啊！她真的不敢赌，尤其是与宇文胤之间的赌约。

宇文胤将她一把推到了船舱的红木椅子上，凌霜整个人被他死死按住丝毫不能动弹。

"凌霜，"宇文胤倒是不愿意真的伤她，动作却是轻了几分，俯身看着她有些惊慌失措的凤眸轻声道，"凌霜，相比你惊为天人的容貌，我其实更喜欢你这具躯体中藏着的灵魂。编号3728，是你的名字吗？你从哪里来？都经历过些什么？这些都是我疯狂要想知道的，你难道还不明白……我是……那么痴迷你的一切……"

宇文胤再也压抑不住自己的心意俯身便吻了下去，凌霜猛地扭头，宇文胤冰凉的吻却是不得不落在她的耳边。

"凌霜，我会有时间让你慢慢了解我，也有时间让我慢慢了解你。"宇文胤松了手臂缓缓起身，优雅地坐在了凌霜身边的椅子上，轻抿了一口茶。

凌霜紧绷的神经稍稍放松了些，不知道宇文胤究竟想要干什么。

"宇文胤，杀人不过头点地，你到底想要怎样？"

"我要你嫁给我！"宇文胤看着凌霜微微一笑。

第三道天雷完美落下，凌霜此时彻底蒙了。

宇文胤却像是个谈判的高手掐中了凌霜最致命的要害慢条斯理道："凌家与宇文家斗了这么多年该到头了。"

他随即定定看着凌霜道："有三件事情促使你必须嫁给我，最重要的一件事情便是我喜欢你，其二我的父亲却要杀你，第三还有方玉。我知道你不喜欢我，那是因为你的眼里只有方玉，只看着他一个人。但凡你稍稍用点儿心，我同样会在那个合适的地方等着你。但是我没时间了，我从来没想过自己会喜欢上你。我曾经排斥过，挣扎过，但是感情这事儿也着实说不清楚。我还是喜欢到我不愿意放手，我是认真的，凌霜，嫁给我。"

"宇文胤……"凌霜吸了口气，不知道这他娘是幸运，还是叫混蛋老天爷错牵了线，"我觉得你是不是审美有些问题？我这人粗鄙不堪……"

"我喜欢你的粗鄙。"

“我性子不好，真的！咱俩真不合适！”

“我能包容。”

“我不会女红，不温柔，动不动就杀人放火……”

“我宇文胤的女人不需要会女红，而且骠骑大将军的妻子不杀个人，放个火，还配不上我宇文胤！”

“我……我有病！我生不出孩子来！”凌霜吼了出来。

宇文胤一愣嗤的一笑道：“我给你治！”

07　逼婚

“我喊你爷爷成不成？我求求你了……别玩儿了好吗？”凌霜起身真要给宇文胤跪下了，却被宇文胤抓住，盯视着她的凤眸道：“凌霜，我说过我是认真的，不是玩儿。我早就喜欢你了，只是不知道该找个什么法子解脱。我本不想逼迫你，但是等你也喜欢上我却是那么遥遥无期，凌霜，我不想等了。”

凌霜一行清泪落下，她简直欲哭无泪。

宇文胤缓缓擦去了凌霜脸颊上急出来的眼泪放低声音笑道：“凌霜，你嫁给我之后，再给我生下一男半女。我父亲便再也不可能对你和凌家动手了。待我继承了家主之位，我会大力扶持凌家，我做的绝不会比方玉差。还有……你不能嫁给方玉，不然你会后悔终身的。既然要与他经历那么多痛苦不若躲在我的羽翼之下，相信我，我会给你这世界上独一无二的宠爱。”

凌霜除了无言真的只剩下无言了。

“凌霜，我一直都是追逐着你的脚步，但是现在我不想追了，我想要将你抢过来。你骂我卑鄙也好，无耻也罢，这个世界上我只想要你。我给你五天的时间准备，五天后我会亲自登门提亲。你这么聪明，一定能想出法子来嫁给我。但是……我可爱的凌姑娘不要耍花招，不然的话五天之后也是你身世真相大白之日，可明白了吗？”

“宇文胤……我他娘真想弄死你……呜呜呜……”凌霜真的是没辙了，眼泪奔涌而出。

“傻丫头！”宇文胤宠溺地将她脸上的眼泪鼻涕抬起衣袖轻轻擦干净，随即拍了拍她的肩头笑道，“五天准备你的嫁衣应该是差不多了吧？我这边的聘礼绝对没问题，地宫中的那些宝物你先告诉我喜欢什么？我提前给你备着！珠宝绸缎还是兵器武功秘籍，我每一样都挑最好的。”

“宇文胤……呜呜呜……你他娘这么混蛋，你爹知道吗？呜呜呜……”凌霜哭得差点儿背过气去。

宇文胤宠溺地笑道：“别哭了，嫁给我真的这么难受？没关系，难受的话……”

“不用嫁了吧？”凌霜凤眸中忍着泪眼巴巴看着那张冷酷无情的脸。

宇文胤眼底的锐利一晃而过道：“难受死了也要嫁进宇文家再慢慢舔伤口，我陪你一起舔怎样？”

“宇文胤……我弄死你……我……我……嗝……”凌霜许是吸了太多的冷气打了个嗝。

宇文胤笑看着这丫头，实在是被自己逼到了绝境，不过只要能得到她，又有什么关系呢？

“好了！别哭了！外面晚风凉，披着我的披风回府去吧！”宇文胤将自己的黑色披风罩在了凌霜的肩头，却是严肃地看着她道，“从明天开始是第一天了！记着五天后给我个答复，我想你明白我这样心性残忍的人，凡是我得不到的，我也会毫不留情毁掉它，明白吗？”

“宇文胤……老子迟早一天整死你！”凌霜想要扯下肩头的披风却不想宇文胤冷冷道，“没关系，你扯下的这件披风明早我会亲自送到你的府上去！”

“宇文胤！你等着！我整死你！！”凌霜低吼了一声冲出了船舱，五天的时间，他娘的，五天的时间！她该怎么办才能将那块儿要命的红石头抢过来，避过这场嫁人的灾祸？

嫣红眼看着凌霜上了花船也有些时候了，终究是不放心得很，随即留姹紫在岸边候着，自己乘坐一叶小舟去河面上看看情形。

夜色又深了几分已然是秋意凉，姹紫不禁缩了缩肩膀，视线一刻也不敢离开河面上的那艘花船。

柳荫外面的月珑凝神看着河面上的花船道：“将军好像出来了，走，过去看看！”

五天！妈蛋！只有五天的时间！凌霜从花船里出来后蹲在月珑的乌篷船里揪着头发画圈圈！

她真不知道宇文胤怎么也弄到了一块儿饮血玉，现在完完全全蒙了。

宇文胤那厮定然将饮血玉随身带着，偷？凌霜暗自摇了摇头，偷个毛线啊！如今的安国侯府一定防备至极，动用自己的特种小分队？可这是牵扯到自己秘密的饮血玉啊！要是被那么多人知道了该怎么办？

抢？凌霜站起来在船舱里走了几步，一拳砸在了桌子上，自己打不过宇文胤那货啊！绑架？她猛地转身，凤眸掠过一抹杀意，怎么绑？宇文胤不是笨蛋太子啊！精明得鬼似的怎么可能上当？

色诱？凌霜顿住脚步，脸上有点儿发烫，那厮真的喜欢自己？她表示怀疑？还是宇文胤想要借此机会真的整死她？可要是宇文胤真的喜欢自己，色诱一招简直是羊入虎口啊！

嗷！！凌霜仰天长叹，欲哭无泪！

“大小姐？”姹紫和嫣红实在是放心不下，凌霜自从从花船里出来后，神情明显不对劲儿得很。如今听到了船舱里凌霜一声凄厉的嚎叫同时冲了进来，却看到凌霜跷着二郎腿坐在椅子上品茶。

“大小姐出了什么事？”姹紫忙问道。

凌霜淡然笑道：“没什么事儿，只是练练嗓子哈！”她压抑着自己内心的焦躁，自己穿越到这里的秘密实在是危言耸听得厉害，说出去都没人信啊！除了那个变态的宇文胤，她实在是不知道怎么同这两个丫头解释。

怎么说？就说你们跟随了十年的大小姐早已经死翘翘了，如今不要脸的占据着她身体的是老子我？呜呜呜……不能说啊！

“练嗓子？”嫣红一头雾水。

凌霜故作轻松地从椅子上站了起来，随意甩着胳膊笑道：“是啊！好久没唱歌了！哈哈哈……你们退下吧！没什么事儿就不要打扰我练嗓子！”

嫣红和姹紫退了出去，月珑斜靠在船舱口扫了一眼里面冷冷道：“练嗓子？呵！这个恶毒的女人指不定又出什么幺蛾子！”

“有你这么说大小姐的吗？”嫣红瞪了月珑一眼，月珑顿时奴颜婢膝笑道：

“红红，今儿乏了吧？我给你捶捶腿！”

“滚吧你！”嫣红脸色登时一红，月珑每一次捶腿揉肩的结果便是被他占尽了便宜，她心虚地扫了一眼一边侧过头假装没看见的姹紫。

08 借刀杀亲

凌霜纠结万分中回到了凌家，一夜无眠熬出了两个黑眼圈也想不出来解决的法子。第二天一早，嫣红和姹紫帮她收拾好去上早朝，刚一走进东司马门便觉得胸口的饮血玉一阵微颤，她猛地抬眸便看到不远处的宇文胤一身将军袍，腰间佩戴着的那块儿饮血玉却是晃瞎了她的眼睛。

凌霜凤眸闭了闭，仰天长叹，不带这么欺负人的！

她随即心头一动忙疾步跟了过去，若是乘人不备将宇文胤腰间的饮血玉抢过来岂不甚好？宇文胤哪里不晓得凌霜的心思，唇角含着一抹淡淡的笑容，腰间的饮血玉只是为了提醒凌霜这丫头罢了！

凌霜本来是武将跟在宇文胤身后觐见自然合理的，只是她太过于专注那块儿饮血玉，丝毫没注意到四周那些捂着唇低低笑出声的官员，也没有注意到方玉杀人的视线。

在外人看来，今儿凌将军算是转了性子了，居然像个跟屁虫一样紧紧跟在宇文胤身后寸步不离。那一脸馋涎欲滴的表情宛若是犯了花痴的女子，令人忍俊不禁又觉得一阵阵恶寒。

凌霜随着宇文胤进了崇明殿，宇文胤这厮着实该死，似乎故意戏弄她似的，眼见着她要将手探到那块儿饮血玉的边儿上，却是猛地转身看向了凌霜。

宇文胤狭长的墨眸盯视着凌霜探过来的凤爪微微一笑：“凌将军这是何故？今早你已经跟了我一路，莫非对在下有什么企图？”

一边的方玉猛地黑了脸，藏在宽大官袍中的手攥成了拳头，这两个人什么时候勾搭上的？他为何不知？

“呵哈哈哈……”凌霜缩回手扶着终于被织造局收紧的官服腰带嗤的一笑道，“宇文将军多心了！在下只是看到宇文将军官服上有尘土，想要给将军拍下去罢了！”

“呵！”宇文胤唇角微翘，“那要多谢凌将军关爱了！”

“好说，好说！”凌霜整了容色不得不躬身垂手立在一边，偷窃行动失败！真是郁闷至极！

方玉一个踉跄，差点儿踩了前面户部尚书李崇义的脚后跟。李崇义眉头一蹙，宇文家同凌家在打什么哑谜？莫非朝中又有变动？

“皇上驾到！”司礼太监一嗓子将一众人等的视线都移了过来。

承平帝今儿脸色看起来不太好，阴着脸坐在了龙座上，下面的大臣也不敢造次俱是躬身候着。

凌霜废了好大劲儿才将视线从宇文胤腰间别着的饮血玉上挪开，却听到了承平帝冷冷的声音袭来道：“乌桓竖子着实可恶！”

凌霜眉心一跳，六公主和亲这事儿过后应该是解决了呀，怎么又生出了事端？

“文相你且看看三殿下发回来的折子！”承平帝将三皇子龙辰轩的秘折吩咐内侍传了下去。

文闵忙双手捧到了面前定睛一看大惊失色，凌霜凤眸一缩心头顿感不妙，六公主莫非又整出了什么事儿？

“这……怎么会这样？”文闵也是失了态捧着折子的手微微一抖，“六公主殿下居然在乌桓边境被一群悍匪误杀了？这……”

可是这事儿相当于无头命案，人死在了乌桓，但是悍匪却是高车沙漠地带的盗匪，很多是高车人。若是自己太过追究这件事情会陷入高车与乌桓的合击之下，随即将视线转向了群臣。

“文相？你看如何应对？”

文闵忙站了出来道：“这件事情断然不会是乌桓使出的什么奸诈之术，因为这样对他没什么好处。臣以为仔细静观高车那边的态度！”

“凌将军？”承平帝几乎习惯性地看向了凌霜。

凌霜脸上带着愤怒缓缓走出来冲承平帝道：“六公主惨死，臣等也是哀痛至极，如今出了这样的事情。臣以为不替六公主讨回公道实在是难以平民愤！”

方玉眉心一跳，看向了凌霜，这丫头又要做什么？六公主惨死不是她的愿望吗？

宇文胤隐隐觉得凌霜这话说得有点儿问题，可是却又想不出凌霜下一步会干什么，不过如今凌霜的把柄捏在自己的手中，倒也不惧怕这丫头出什么幺蛾子。

承平帝眉头一挑缓缓道：“凌将军有何高见？”

凌霜顿了顿冲承平帝躬身道：“臣恳请带领凤御军调防乌桓边地，六公主死得不明不白，若是赫连风再玩儿什么诡计我们大燕朝也应该有个准备和打算！再者臣对那边的边防甚是熟悉，臣操练凤御军的时候也是按照防御乌桓骑兵的战术练兵，也该是让他们历练一下了。”

龙辰逸和方玉同时吃了一惊，方玉眉头狠狠蹙了起来，这丫头似乎在逃避什么？这么急着离开京城做什么？

宇文胤藏在袖间的手掌却是一个劲儿哆嗦，好刁钻的丫头！以为带兵离开京城，自己便没法子逼婚了。随即心头升腾起一抹怅然若失，自己在她心目中就这么令她难以忍受吗？宁可带兵去荒凉的边关也不愿意嫁给自己？

承平帝一顿，晓得凌霜这是在为自己谋福利，不过乌桓也确实只有凌霜的军队能够镇得住。他扫了一眼凌霜，暗道这丫头聪明才智不亚于寻常男子，若是将她重新放出去反倒不好控制。

宇文家他要提防，这凌霜也是要提防的。除非……她嫁给自己的儿子，不过她这样强势，自己的儿子能不能受得住这样一位天降凰女？最好的法子便是将她架空，折了她的翅膀，才能配给逸儿做太子妃！

“凌将军守了乌桓边关整整十年的时间，蹉跎了岁月，如今好不容易回京休养，朕实在是不忍心让凌将军再出去受苦！”

凌霜心头暗道，这白胡子老头啥意思啊？她怎么有一股子不祥的预感？

承平帝垂眸扫了一眼有些手足无措的凌霜缓缓道：“既然爱卿的凤御军是按照对抗乌桓骑兵的战术操练，不若令凤御军副将莫寒带领五万凤御精兵明日起调防乌桓一线罢了！”

凌霜凤眸闭了闭，只觉得自己真的是错估了承平帝。也许之前承平帝对自己太过宽容，其实这老家伙始终对自己放不下心来！居然一开口自己的凤御军被一分为二，自己也被架空了去，简直是等同于削了她的兵权。

莫寒那可是太子爷一手提拔起来的人，这样布置自然是承平帝最放心的。凌霜心头暗道，看来太子登基指日可待，可是自己该怎么办啊？宇文胤手里头的那块儿石头是她的心病啊！

09　心病

太子龙辰逸悬着的心思放了下来，其实他哪里不明白父皇的一片苦心。虽然将凌霜手下的兵力削掉了一半儿，对这丫头实在是个不小的打击，可是父皇这样做不就是让她做自己的太子妃吗？

龙辰逸心头有种胀胀的感觉，一股子说不清道不明的心思让他生出几分欢欣鼓舞来。若是自己登基，这丫头何愁不是自己的身边人。

凌霜心烦意乱，这一步棋走错了。原本以为按照承平帝对自己的信任应该是能成事的，谁能想到弄巧成拙？

朝会结束，凌霜随着一众官员缓缓走出来，她眉头紧锁让她心烦意乱的不仅仅是这兵权的事情还有宇文胤这个潜在的威胁。来往的官员也不如往常那么热情，真是人情冷暖世态炎凉。今儿凌霜被承平帝不客气地当面驳了面子，还被削掉了兵权，难不成凌霜受宠的日子结束了？人人看到凌霜都是退避三舍，能躲多远躲多远。

刚走出宫门却不想龙辰逸挡在她的面前，唇角含着一抹笑容道："凌将军请留步！"

凌霜硬着头皮站定了抬眸看着龙辰逸躬身行礼道："臣给殿下请安！"

龙辰逸将她胳膊虚扶住笑道："今儿天色不错，凌将军能否随本宫去如园游览一番，顺道商量一下凤御军的事情？"

凌霜晓得凤御军这事儿还真得需同龙辰逸说个清楚，刚要迈步却不想身上佩戴的饮血玉一阵颤动，她连忙转身看向了随即施施然走过来的宇文胤，不禁狠狠吓了一跳。

只见宇文胤不知道何时将那块儿饮血玉解了下来，悠然地抛着玩儿，另一边便是玉带桥下的护城河。只要宇文胤一个不小心便会将那块儿饮血玉扔进了河里去，凌霜忙深吸了一口气。

她转身冲龙辰逸再一次躬身行礼道："太子殿下，对不住了！臣家里还有事情要忙，凤御军副将莫寒太子爷也是晓得的，定能担当此重任。况且如今皇上心意已决，也没必要再商量什么，臣告退！"

"凌霜！"龙辰逸心头一阵愤懑，这丫头怎么像是躲瘟疫一样躲着自己？可是眼见着那丫头翻身上马绝尘而去，却又无可奈何。

凌霜回府后越想越是气闷，总不能这样坐以待毙，怎么也得冒险去安国侯府走一趟才行。说不定能……偷回来？

夜色深了几分，她偷偷摸进了安国侯府宇文胤的书房。

凌霜借着月色扫视了一遍四周，雪白的墙壁上挂着一幅山水图，上面的题字一看便是出自宇文胤之手。山水图旁边挂着的都是宇文胤平素里喜欢的各样宝剑，精致的剑柄上镶嵌着昂贵的珠宝，几乎晃瞎了凌霜的眼睛。

凌霜将视线投向了案几上的雪纸，是一幅写了一半儿的小楷，她蹲在地上摸索着墙壁上的暗格。

只是宇文胤的书房在凌霜看来有些变态的空旷，从宇文家琼林苑的禁地到安国侯府，凌霜发现这厮喜欢空旷辽远的意境。一间书房而已，何至于布置得像是正殿一样，皇上的养心殿也不过如此，还得她蹲在墙角边一寸寸敲敲打打摸了过去，累得浑身是汗。

半炷香之后，突然房间内的烛光陡然亮了起来，宇文胤一袭黑袍仰躺在屏风后面的楠木榻上，深邃的视线扫向了凌霜，唇角抿着笑："凌将军找了这么许久，累不累？"

尼玛？龟息功！凌霜暗自惨呼，宇文胤这厮居然敛去了内息，连她也没有察觉房间里还有一个大活人的存在！

凌霜表情僵了僵，暗道本来就不应该来，这厮好不容易找到一样制服她的东西，怎么可能让她轻易在安国侯府里偷到。

原来这一切都是宇文胤故意逗弄她玩儿来着，凌霜忍下心头的怒火缓缓站了起来，绕过了屏风径直站在了软榻前。此番宇文胤墨发垂肩，卸去了平日里的庄重倒像是一只危险而慵懒的黑色猎豹。

"好玩儿吗？长公子？"凌霜气得咬了咬后槽牙，双臂抱肩好整以暇地看着宇文胤这个混账玩意儿。若是此番能一剑刺死了他，倒是省事多了。可是这家伙的武功实在是太高，她打不过啊打不过！

宇文胤唇角含着一抹浅笑看着凌霜气鼓鼓的脸心头却是更加柔软了几分，缓缓从软榻上坐了起来点着对面的位置笑道：“这么急着找我？若是凌将军愿意提前投怀送抱，圆了本将军的洞房花烛夜，我也将就着吧！那本将军帮你……亲自脱衣裳？”

凌霜的凤眸闭了闭，这个无耻之极的混账！她深吸了一口气冷冷道：“宇文胤！你他娘是要玩儿到底？嗯？”

“坐吧！”宇文胤脸上的戏谑收敛了几分缓缓道，“我曾经说过，我对你没有半分玩儿的心思，我是认真的！来人！”

凌霜一愣下意识地摆开了打架的姿势却不想几个下人捧着精美的酒菜缓缓走进了书房，也不敢抬眸垂首规规矩矩在软榻边的案几上将酒菜摆好，默默退了出去。

宇文胤冲凌霜做了个请的姿势，眼底的宠溺却是浓烈至极的，微微一笑道：“霜儿，坐吧！你深更半夜将我安国侯府翻了个底朝天，想必饿了吧？吃点儿东西先歇息一下，一会儿接着找。不过若是你能嫁进侯府，我更愿意陪着你慢慢熟悉安国侯府的一草一木。”

凌霜起了一身鸡皮疙瘩，霜儿这个词从宇文胤嘴巴里说出来实在是有点儿诡异至极。

“该死的！不会下毒吧？”凌霜挑了挑眉头。

宇文胤亲自将各样菜品点心酒水一样样尝了一点儿，随即笑看着凌霜。

凌霜确实累了也饿了，一屁股坐在了软榻上，也不矫情抓起了案几上的点心就着宇文家上好的梨花春酒大吃大喝起来。

宇文胤就喜欢这丫头的这份真性情，却是巴不得她喝醉了去，盯着她大大咧咧的动作眼底越发热切了几分。

凌霜刚一杯梨花春下肚却是收了杯子再不多喝，自从前几次喝醉了后闹出那么多笑话，她就痛改前非戒酒。何况今日是在宇文胤的地盘儿，喝醉了纯属找死，加上那小子看她的眼神不对，再笨也不会将自己糊里糊涂送到狼嘴里面去。

宇文胤看着凌霜倒扣了杯子，眼底掠过一抹失望随即笑道：“凌将军这可是上好的梨花春！好喝得很！不若再饮一杯？”

“宇文胤，”凌霜一把揪住了宇文胤的领口，冷冷盯视着他，“你说我怎么才能整死你？！！”

宇文胤嗤的一笑却是反手扣住了凌霜的手腕却也不太用力，怕弄疼了她，狭长的墨眸晕染着浅浅的笑意道：“整死我……呵呵！你会做寡妇的！”

“什么寡妇啊？你们说得倒是挺热闹的！本公子也想听听。”书房的门突然被方玉一脚踹开，身后跟着的十几个身上挂了彩的宇文胤的心腹护卫，显然没有拦得住方玉，脸色一片死灰。

“长公子！属下……”

“滚！”宇文胤缓缓放开了凌霜的手腕，冷冷冲身边的属下们道，不过这话倒是更多地朝着方玉甩了出去。

方玉脸皮之厚，涵养之高，基本忽略了宇文胤的愤怒，掀起袍角紧挨着凌霜坐了下来。拿起了凌霜倒扣在桌子上的酒杯，斟满了酒，浅浅抿了一口，桃花眸中多了几分光彩照人。

“嘶！好酒！”

10 告诉我

“那是我的杯子！”凌霜脸色有点儿发热，此番像个夹心饼干一样被宇文胤和方玉夹在中间的位置，浑身都不舒服得很。

“霜儿，什么时候这么矫情了？你我比这更亲密的事情也做过，何必在乎一只用过的酒杯？”方玉笑看着凌霜，眼底却是没有温度。这丫头最近同宇文胤走得太近，他已经是醋意大发，恨不得要杀人泄愤。

今夜这丫头还不知死活跑到宇文胤的地盘儿，她知不知道宇文胤岂是那种好相与的人？傻乎乎往人家嘴巴里送，不过也不知道宇文胤究竟抓了这丫头什么把柄，值得她这样冒险？

“方玉！！安国侯府不欢迎你！”宇文胤脸色剧变。

方玉一怔嗤的一笑，一把抓住了凌霜胳膊将她拥在自己怀中站了起来道：

“霜儿，走，表哥不欢迎别人打扰他夜晚入眠！”

凌霜此番早已经蒙了，在方玉面前她永远都是那个晕头转向的角色，下意识却是随着方玉想要离开。

“凌霜！”宇文胤扣住了凌霜的手腕将她拽住，冷冷看着她道，“明天可是第三天了！”

凌霜一个机灵，猛地发力将宇文胤甩开随即将方玉也推开，稳稳站住，搓了搓脸，觉得自己的世界真是他娘的太抽象了。

穿越者的身份，艰难的复仇之路，被莫名其妙逼婚，眼前这个随时随地精分的蛇精病前夫，她招谁惹谁了？一桩桩让她觉得脑袋都要裂开了。

她深深吸了口气冷冷道：“二位接着喝，老子恕不奉陪！”

宇文胤忍下了心头的触动知道此番不能将这丫头逼狠了，只是冷冷看着方玉。

方玉心头的疑团陡然加重了几分看向了自家表哥道：“你对她做了什么？什么三天？”

“无可奉告！“宇文胤缓缓坐回到了软榻上仰头饮下一口酒道，“表弟，以后来安国侯府的时候还请懂些规矩，没有下一次了！”

方玉晓得他这是真的动了怒，不过他又何尝好受冷冷道：“宇文胤，夺人所爱非君子所为！别逼着我对你动手，你明白的！”

他转身便离开了宇文胤的安国侯府，凌霜这丫头这几日着实不对劲儿。只是他早已经没有了立场去干涉凌家的事情，也只得暗中派人看着凌霜的一举一动。谁能想得到，这丫头居然敢夜半来安国侯府，让方玉心头的那点儿愤怒和醋劲儿再也压制不住了。

方玉很快赶上了凌霜将她拦在了马前，一直在外面守着的姹紫和嫣红却是狠狠吃了一惊。只晓得大小姐与姑爷分手许是两个人性子不和，可是方玉大半夜出现在安国侯府门外这又是怎么说的？

“凌霜！借一步说话！”方玉克制着心头的情绪。

凌霜此番却是心烦意乱不愿与方玉再生出什么冲突，冷冷道：“方公子让路！我还要赶回凌府，有什么事情明……你干什么？”

她的话还未说完却不想被方玉一把抓下了马，偏巧烈火看到方玉后乖巧得要命，眼睁睁看着主人被原主人从马背上擒走。

姹紫和嫣红也是左右为难，方玉冷冷道：“你们且在此处候着！”

姹紫和嫣红下意识地还将方玉当作了姑爷，忙退避到一边。

“方玉！放老子下来！！”凌霜被方玉很没面子地扛在肩膀上掠到了一边僻静的林子里，气息还没有喘匀便被方玉按在了树干上动弹不得。

“几日不见，胆子便大了几分！你知不知道宇文胤那小子吃肉不吐骨头？！！”方玉心头堵得慌，言语间却是多了几分戾气。

“老子……呜……”凌霜凤眸猛地瞪大了几分，微张的唇却是被方玉俯身狠狠咬了一口，随即便是再也压抑不住，铺天盖地的纠缠不休。

“霜儿，我该拿你怎么办才好？”方玉轻轻喘息着，将她紧紧抱进怀中，下巴抵着凌霜柔软的发髻。久违的柔软触感让他几乎要疯了去，多久没有吻这个丫头了，令他甜蜜又绝望。

“方玉！老子恨死你了！！”凌霜近日来的委屈顿时涌了出来，凤眸微微泛红。

“霜儿，不要自己一个人扛着，我知道你遇到麻烦了，告诉我好不好？你这样委屈可知道我心头有多痛？宇文胤到底拿了你的什么把柄？何苦这般作践自己？巴巴地求着他，追着他，夜半三更还要来他府中……”

“不是你想的那样！”凌霜凤眸瞪圆了去，方玉以为自己是什么人？夜半三更投怀送抱给人暖床吗？可是被他撞见的样子却又真的是投怀送抱的模样。

“那是哪样？”方玉桃花眸中多了几分急切，眼睛微红，声音哑了几分，“霜儿，你素来是骄傲的，何曾向别人低头？我不求你能将真相告诉我，只求你拣着几样能告诉我的让我弄个明白？我方玉在你心目中许是谎话连篇，许是无耻至极，但是我方玉能帮你办成的事情哪一件让你失望过？哪一次我是真的害过你？霜儿！你扪心自问，我可曾害过你一次？我之前所作所为都是有苦衷的，我不能告诉你为什么，就像你现在不能告诉我为什么一样，但是请你……请你不要这么折磨自己，告诉我究竟发生了什么？让你变得这么卑微？”

她抬眸看向了方玉，熟悉的怀抱，熟悉的脸孔，却又带着陌生的面纱。在被方玉骗过几次后，她还能相信这个男人吗？要知道方玉虽然口口声声说喜欢自己，可是女人对于一个野心勃勃的男人来说，又价值几何？

她不是不信，而是不敢信，心头顿时乱到了极点，猛地推开了方玉踉跄着跑出了林子，飞身上马。

“大小姐！”姹紫和嫣红看着大小姐的脸色不对，忙迎了上去。

“回府！”凌霜打马奔进了夜色中，她心乱得很。

方玉缓缓走出了林间，眼眸中的悲伤浓重如夜，这丫头到底还是和他生分了。有时候心的距离割裂了后更令人痛彻心扉，他第一次有种彻底的挫败感。

她明明喜欢他的，可是却将彼此间的距离越推越远。若是别的事情，方玉断然不会这般拖泥带水，犹豫不决。只是但凡涉及了凌霜，他就变得手足无措起来。

方玉一掌拍在了树干上，心头的火越烧越旺却是无处发泄。

“少主！我突然明白什么叫自作孽不可活！”顾啸云带着几分幸灾乐祸从林子后面转了出来，“若不是你之前骗了她太多次，凌将军何苦连这点儿信任都不给你？”

第九章 战争阴云

01　提亲

方玉闭了闭眼眸咬着牙阴森森笑看着顾啸云道："我会撬开她的心扉的，顾啸云，明早是不是应该准备准备去凌家提亲了？"

顾啸云一愣，打了个哆嗦："少主，你别太过分了啊！"

"小云，做上门女婿对你来说怎么那么难？我想做人家还不要呢！叶姑娘已经等了许久了！"

"我完全可以将她娶回风雨楼！"顾啸云到底觉得做上门女婿实在是丢不起顾家的脸面。

"那好！"方玉拍了拍衣袖冷冷笑道，"叶南是个好姑娘，我想愿意做她上门女婿的人很多，不差你一个吧？罢了！赶明我便去派人告知叶南，让她不要等了，你顾啸云心头另有他人，让她自己早点儿嫁了吧！"

"少主！！"顾啸云脸色顿时白了几分，他晓得方玉的无耻，那可是绝无底线的，"少主，你追凌将军与我做上门女婿有什么关系呢？"

方玉微微一笑："怎么没有关系？你是我的属下又是我的好兄弟，你进了凌家的门，我自然会上门拜访，一来二去我就不信撬不开凌家对我紧闭的大门！"

顾啸云彻底蔫儿了，只得点了点头道："少主随便吧！顾某认识少主算是倒了八辈子血霉了！"

方玉全然不理会顾啸云的声嘶力竭，看着茫茫夜色心头却是有几分悲凉，将凌霜重新追回来的路居然这么难走，不过他决不会放手。

凌霜骑着烈火冲回到了凌府，将烈火交给了凌府的小厮后，随即心事重重地疾步走到了松林堂。

凌霜回到轩阁却是无法入睡，怔怔看着外面的月色，心头哀叹。宇文胤真他娘阴啊！！到底怎么才能想个更阴的法子？她将脑洞开到最大却依然理不出个头绪来，宇文胤这一次是吃死了她！

怎么宇文家的混小子一个个都这么阴毒，唯一能与宇文家的阴毒相抗衡的大概就只有方玉那厮了。

凌霜缓缓抬手抚上了自己的唇瓣，脸颊却是带着几分热辣辣的感觉，被这厮非礼了，心头实在是五味杂陈。

方玉……凌霜猛地坐起身来，凤眸中缓缓掠过一抹光彩，何不借助方玉对付宇文胤呢？她心头主意已定，这才觉得头晕沉沉的难受，躺倒沉沉睡了过去。

直到第二天日上三竿，酣睡中的凌霜被嫣红和姹紫叫了起来。

“什么时候了？”凌霜昨晚折腾得有些乏了揉着眉心起身问道。

“大小姐已经是巳时了，老夫人让大小姐快着些去前厅一趟，顾楼主拿了好多东西亲自来凌府提亲了呢！”嫣红一边替凌霜更衣一边笑道，叶南这丫头凌府里头人人喜欢得很，如今看她与顾楼主修成正果倒是带着几分欢喜的。

“什么？”凌霜大笑道，“顾啸云这个冰块儿脸终于开窍了！这是大喜事儿啊！快快！我要去见见，叶南是我妹子我不能不管这事儿！”

“是啊！这事儿指定是铁板钉钉了，方公子亲自陪着顾楼主来，二爷正在前厅陪客想必这阵子已经谈妥了去！”姹紫笑着将凌霜的头发绾了起来，松松的一个发髻衬托出凌霜的几分妩媚来。

“方玉也来了？”凌霜抬手摩挲着手中的一支步摇，凤眸中精光一闪，抿了抿唇道，“姹紫，你去前厅请方公子来香雪亭一聚，说是关于叶南的事情我一万个赞同不必等我的意见，我只是想同他单独谈谈其他的事情。”

姹紫一顿，忙应了一声走了出去。

陪着顾啸云来凌府提亲的方玉得了凌霜的信儿，忙找了个借口离开正厅向后院走去。他对于香雪亭那是轻车熟路的，绕过了小径直接到了后山的梅林，层峦叠嶂中却是看到那一抹银色身影立在香雪亭的正中，静静看着他。

方玉停下了脚步，看着亭中那个素色装扮清雅至极的女子。

“大小姐！”姹紫冲凌霜行礼。

"姹紫你退下吧！"凌霜微微侧身冲方玉道，"方公子请！"

方玉眼底掠过一抹无可奈何的宠溺，这丫头还真的将自己当作客人对待，随即缓缓走进了亭子里。

凌霜请方玉坐在了早已经铺好的雪毡上，亲自替他泡茶，又将点心盘子推到了方玉的面前。

方玉人精似的，越是看到凌霜这般殷勤越是心头打鼓。

"方公子喝茶！"凌霜将泡好的银针茶倒在了青玉杯中捧到了方玉的面前。

"霜儿，你有求于我？"方玉挑眉微微苦笑，"那么我们能不能不这么客气？你让我做什么尽管说来。"

凌霜一怔，收起了脸上的装模作样突然凑到了方玉的面前道："你帮我一个忙，以前我们之间的恩怨一笔勾销如何？"

方玉一顿放下了杯子盯视着凌霜的俏脸一字一顿道："霜儿，能让你为难至极的事情一定不好办，怨一笔勾销，那恩怎么算？"

凌霜一愣，就知道这混蛋会讨价还价梗着脖子道："好吧！重新做笔交易！这一次你帮我办成了这件事情，我也答应你一件事，如何？"

方玉心头一动，却是抬手将她一把拽到自己的身边一字一顿道："好！事成之后，给我一个重新与你和好的机会，怎样？"

凌霜没想到他会提出这样的要求，若是他之前与自己好那是因为自己有利用价值。可是现在方玉已经是方家的家主，万众瞩目的青年才俊，皇帝身边得宠的谋臣，自己还休夫让他在大燕朝所有人面前抬不起头来。他这是何苦？

"咱们不是已经和好了吗？"凌霜讪讪笑道。

"凌霜，你晓得我指的是哪种和好？"方玉见不得这丫头装疯卖傻。

凌霜凤眸微垂思索片刻突然抬眸道："方玉你帮我办成这件事情，我许你江南道商路两条，那可是财富之道。你作为方家的家主振兴家族需要银子不是吗？"

方玉沉沉叹了口气撇开话题道："霜儿，既然你为难，我也不逼迫你。罢了，我这颗真心你迟早会懂。你要我怎样做？做什么？"

凌霜微微一愣，还是将江南道的区域图拿了出来给方玉点了两条商路道："这两条我已经沿路打点好了，我二哥刚刚开通这边的商路，分你两条，你不要也是我的一片心意。"

“说吧！是不是关于宇文胤的事情？”方玉淡然地拿起了茶杯仰头全部灌下，带着几分意气用事。

“喝茶不是这样喝的。”凌霜能感觉到方玉的愤怒。

“你不说我这便走了！”方玉缓缓起身。

02 我娘的玉佩

“等等！”凌霜顿了顿突然拿出之前自己随身携带的饮血玉捧到了方玉的面前道，“这是我娘留给我的玉佩，只是后来有一次与宇文胤打架的时候。那一次你也晓得，在城郊我送我五弟离开京城回来的路上与宇文胤打了一架。结果不小心将玉佩碎了，之前我也找了很久，以为被别的人捡去了。不想竟然是那厮藏了起来，我想请你帮忙将那玉佩的碎片要回来。玉佩的材质就与我手中的这块儿同样，你对着光照一照会有特殊的荧光散发出来，很好辨认的，你晓得这一点，他也不能诓你。”

方玉接过了凌霜的饮血玉对着阳光看了过去，瞬间捏着饮血玉的指关节却是有些发白，心头掀起了轩然大波。怎么会是她？这玉很明显是两块儿玉拼接而成，但是打开每一块儿玉石的机关需要一个特殊的人的血。怎么会是霜儿？！！

“方玉？你怎么了？”凌霜看到方玉脸色不对忙将他推了推。

方玉强忍着心头的惊涛骇浪，几乎用尽了全身的力气才压制住心头的悸动缓缓转身，脸上依然是云淡风轻玩味地笑道：“霜儿，你没说真话。”

凌霜心头咯噔一下，狠狠跳了起来，莫非这厮晓得什么……

“怎的吓成这个样子？”方玉抬手将凌霜有些散乱的鬓发掠到她的耳后道：“宇文胤若是捡了你的玉佩残片也不至于让你为难成这个样子，他定是有什么过分的做法让你为难？”

凌霜松了口气，原来方玉问的是这个，抿了抿唇道：“这玉佩虽然没有价值连城，但是我娘亲的母族素来是玩儿玉的行家，这玉佩也是极其难得的。当宇文胤不知道从哪里得知这玉佩是我对娘亲唯一的念想，他便拿着这个逼我嫁给他，三天后他会上门提亲，我实在无法才请你出面劝劝他。他与你兄友弟恭，想必能听进你的话。”

“你说他逼婚？”方玉藏在袖间的手捏成拳头，混蛋宇文胤！还真敢这么无耻至极？！！

凌霜可怜兮兮地看着方玉道：“我也没法子，若是祖母晓得此事定会伤心至极，说不定加重了病情也是难免的。我若是不答应他，对不起因为生我而去世的娘亲，我答应了他对不起祖母，我……”

“你且等着！”方玉将饮血玉交到凌霜手中，“两天后我给你个答复！”

方玉转身大步走出了香雪亭，他此番心头乱如麻，凌霜这丫头阴差阳错却不知道将她的一个惊天秘密泄露了出来。

他父亲苦苦寻找那个能打开前朝龙脉宝藏的人居然就是凌霜！不！他决不能让宇文胤胡来，万一不小心将凌霜的秘密暴露在自己父亲的眼前，凌霜将会生不如死。父亲会因为凌霜的血而将她彻彻底底变成一个血池祭祀的傀儡，那太可怕了！

自己如今以命相抗，防止父亲对凌霜动手。但是那处宝藏对于任何一个帝王来说都是巨大的吸引，他不知道在欲望和野心面前，父子亲情还能值得几何？他还能不能护住霜儿，实在是难说得很了。

夜色降临，安国侯府里却是潜伏着一股即将喷薄而出的惊涛骇浪，数百人抬着箱子缓缓走进了安国侯府的后院。

宇文胤坐在了亭子间里的长椅上，身边却是坐着表情精彩到了极致的三个弟弟。

宇文川眉头紧锁，大哥这样的举动实在是荒唐至极，可是却又不敢说什么。宇文御沉思不语，看着那些打开的箱子，每一样都是从琼林苑的地宫中取出来的至宝，大哥为了凌霜那个女人几乎搬空了小半个地宫。

宇文效到底还是憋不住话怯生生看着大哥张了张嘴小声道：“大哥，明儿你拿着这些东西去凌府提亲，会不会将父亲气死了去？”

“咳咳！三弟谨言！”宇文川眉头蹙得更紧了，三弟怎么能够这样诅咒父亲，不过大哥确实过分了些。

“大哥，不要再考虑一下吗？父亲断然不会同意凌霜嫁进宇文家的！”宇文川试图劝阻道。

宇文御却是沉默不语，大哥定了的事情焉能有更改？

“父亲此番离开京城去了江南拜访故友一时半会儿还回不来，”宇文胤慵懒地靠在椅子上，修长的指尖缓缓摩挲着箱子里的夜明珠道，“等父亲回来，最快也要半个月的脚程。除非你们提前通风报信！”

三个兄弟一愣，俱是打了个哆嗦，谁敢给大哥找不痛快？

“况且，”宇文胤细细把玩着手中的珠子，却是想起了凌霜那张光洁如玉的俏脸，唇角不自禁露出一抹微笑道，“凌霜有了我的孩儿！父亲怎么能将自己的小孙子拒之门外？”

咳咳咳……宇文家三兄弟的咳嗽声此起彼伏，俱是惊骇异常地看着自己大哥，即便是宇文御也是半信半疑。

莫非那天在花船上，凌霜被自己的大哥给……嘶！他吸了口冷气，能把那个女人办了，大哥莫非是天上的神仙转世？

宇文胤将夜明珠子丢进了箱子里缓缓起身道：“冤家宜解不宜结，宇文家与凌家虽然结了仇怨，但是在我们小辈人解开也是好的。既然我与凌霜走到这般地步，凌霜又珠胎暗结，总不好我堂堂宇文家的长公子将自己的孩子抛弃不顾吧？”

“大……大哥……”宇文效咽了口唾沫小心翼翼道：“啥……啥时候的事情？大哥你这也太意外了，提前不跟弟弟们打声招呼，我们连小侄子的礼物都来不及买。不过大哥你这也下手太快了吧？咦……也不对啊！大哥！凌霜若是有了大哥的孩子为啥到现在还不出声？那女人不像是个能忍气吞声的主儿啊！大……”

宇文胤锐利的视线猛地扫了过来，宇文效一个踉跄被宇文川拉到一边。

“大哥，凌家人会同意吗？”宇文川问到了一个实质性的问题。

宇文胤淡淡一笑，狭长的眸子里却是带着满满的自信道：“她会同意的！”

宇文御暗自叹了口气，宇文家若是真的将凌霜娶进来天下怕是要大乱了！随即想到一件事情，凌霜身边嫣红和姹紫两个陪嫁丫头会不会也进了安国侯府的门？想到此处宇文御心头陡然热浪袭击。

大哥的亲事他还是闭嘴的好！又不是什么不能容忍的弥天大祸！

“谈什么呢？这么热闹？表哥拿着这么多聘礼是要祸害哪家姑娘啊？”方玉身着一袭玉色锦袍，束腰的扣带上镶嵌着的宝石熠熠生辉。手握折扇，眉眼含笑，笑意却是到不了眼底。

宇文胤不禁大吃一惊，自从上一次方玉闯进安国侯府搅和，他已经将安国侯府的防御措施布置得坚不可摧。可是今儿似乎不太对劲儿，方玉居然是从正门缓缓走了进来的。

“来人！将这个不开眼的混账东西撵出去！”宇文胤脸色陡然沉了下来。

“胤儿，你说谁不开眼呢？”宇文浩正的声音阴沉沉袭来，从竹林间的阴影中缓缓走到了亭子里来，身后跟着一群宇文家族的护卫。

宇文胤一愣，怪不得方玉能从正门堂而皇之的进来，却不想居然是二叔将他带进来的。

宇文家的兄弟一看是二叔来了，忙随着大哥纷纷躬身行礼。宇文浩正虽然不经常待在京城，但是在宇文家族中的地位却是举足轻重的。这么多年若不是二叔暗地里运筹帷幄，想必宇文家也不可能崛起得这么快。

“二叔！”宇文胤忙行礼道，“二叔请！”他侧开了身子请宇文浩正上座。

宇文浩正脸色阴沉地扫了一眼宇文川等三兄弟冷冷道：“你们的父亲已经从江南返回的途中，原本以为留着你们在京城学些本事，如今却是一个个的不长进！还不给我滚回到大将军府里去？！！在祖宗的牌位面前跪上三天，这也是你们父亲的命令！”

宇文川等一看宇文浩正手中拿出了父亲的家主令牌顿时蔫儿了去，父亲已经晓得了大哥要娶凌霜这件事情了吗？他们几个跟着凑热闹，这下子倒好了，被一窝端。

“还不快滚！！”宇文浩正冷声怒斥。

03　家主的炼就

宇文川等人忙退了出去，亭子里只剩下了宇文胤和方玉还有端坐在了椅子上的宇文浩正。

宇文浩正原本还担心少主方玉被凌霜那只妖精勾了魂魄，没想到差点儿出事的居然是自己这个被宇文家寄予厚望的侄子宇文胤。

宇文胤从小聪慧异常，机智过人，加上天生一副练武的好架子。大哥在这个孩子身上付出的远远多于其他子弟，宇文胤那是被大哥按照宇文家未来家主的样子培养长大的。本来一切都走得好好的，可是自从凌霜那个丫头闯进了宇文胤的世界后，一切变得越来越糟糕。

大哥说是去江南拜访故友，实际上是同宗主龙煜天在云州密谋南疆战事。南疆临近江南，是大燕朝的财富之地，若是将南疆的战火扩散到江南，将江南吞并，宗主多年的谋划便可以顺顺利利实现。

可是在这个节骨眼儿上，方玉传来消息说宇文胤要娶凌霜为妻，这不是胡闹吗？谁都知道凌家如今可是太子一脉，凌家的人也在南疆死死支撑，这个女人已经完全站在了他们的对立面。

宇文擎宇晓得凌霜诡计多端，自己儿子一片痴心换来的定然是惊天变局，宇文家族不能在这个时候将自己族里的未来家主给搭进去。

得知消息后，宇文擎宇命二弟拿着自己的掌门令牌亲自回来给这个混账小子一点儿教训。

宇文浩正冷冷看着宇文胤，心头却是叹息了一声。他也不能真的将宇文胤抓起来打一顿，毕竟要给这孩子留点儿面子，可若是不给点儿教训怕是他也不会长记性。

“胤儿！你过来！”

宇文胤眉头紧锁不情不愿地走了过去，站定在这位神秘而又威严的二叔前。此番他心头更多的是忐忑不安，原本以为等父亲回来后生米已做成了熟饭，谁能想得到方玉竟然将消息传递给了自己的父亲和二叔。可是方玉怎么知道自己逼婚的事情？除非……他冷冽的墨眸闭了闭，凌霜还是在意方玉更多一些。

自己千方百计辛苦得来的秘密，方玉只要在凌霜面前招招手凌霜便会事无巨细地告诉他，甚至连这等涉及身世秘密的事情也让方玉知晓。

“胤儿！我让你看一样东西！”宇文浩正冷冷扫了一眼宇文胤缓缓撸起了袖子。

宇文胤脸色一怔不知道二叔想要做什么，但是当二叔将手臂完全露在他面前的时候，他顿时不知该如何是好。

“胤儿，宇文家历代家主在手臂上都会有一个火色云纹的印记，这片印记从一出生便意味着高贵和血统。你祖父手臂上有一个，你父亲手臂上也有一个，你的手臂上也有。只有拥有这印记的子弟才能打开宇文家的地宫。”

宇文胤心头隐隐有些不对劲儿，但是又说不上哪里不对劲儿。

宇文浩正缓缓道：“只是我没想到我一贯做事沉稳的侄儿用自己的血搬空了小半个地宫，居然是为了讨好一个处处和宇文家作对的女人！！”

宇文胤缓缓垂首，脸色掠过一抹隐隐的羞愧之色。

宇文浩正突然抬手在胳膊上重重一抹，宇文胤猛地抬眸看去，脸色剧变：“二叔！！”

“紧张什么？”宇文浩正硬生生将自己手腕上的皮扯了下来，鲜血瞬间滴落下来，但是这不是最骇人的。

宇文胤死死盯视着宇文浩正胳膊上的火红色云纹，在鲜血淋漓中越发显得触目惊心。

“看到了什么？”

“不……这……”宇文胤下意识地后退了一步。

宇文浩正缓缓站了起来道：“不错，宇文家族历来有一个不成文的规矩，能做宇文家家主的子弟必须是完美无缺，能独当一面的人。所以宇文家家主的选择从来都是二选一，选择的胜利者才能成为下一任家主，留下来继承宇文家庞大的家业和荣耀。失败的那一个必须抹去印记远走他乡，这是家规也是族规。胤儿，你听过最凶猛的獒犬是怎么练出来的吗？”

宇文胤呼吸有些急促缓缓摇了摇头。

宇文浩正淡淡一笑：“将家族中的佼佼者扔进同一个地方，没有食物，没有水，渴了只能咬死自己的兄弟喝血，饿了只能吃掉自己兄弟的肉。”

宇文胤狠狠闭了闭眸子。

宇文浩正浅浅笑道：“宇文家之前子嗣艰难，当然也不能这般残忍，倒是宇文家家主的选择逃不过众多长老雪亮的眼睛。当年我与你爹比试武功，差点儿被他变成废人。但是我不恨，这是宇文家的家规。我只得远走他乡，将印记抹去，可惜的是不管怎么将这层皮毁掉，印记却还是根深蒂固的。但是在你的几个兄弟之中除了你，却没有任何人胳膊上能显示出那片印记，你知道这意味着什么？”

宇文胤不敢相信自己听到的话，对自己兄弟动手，他再怎么残忍也做不到。

宇文浩正逼近了一步："意味着你父亲已经在心中对你认可至极，家族的长老们对你也是认可至极，你那个身上出现印记的弟弟至今没有显露半分，其实是因为被你父亲偷偷遮掩起来了。你是宇文家家族中唯一一个不必通过任何争取就获得如此殊荣的子弟。因为你是长子，而且因为你一直那么优秀，你父亲也不想看到你们兄弟相残，所以他掩盖了这个秘密。但是今天……"

宇文浩正缓缓转身背对着宇文胤，似乎不愿意再看他一眼道："你让你父亲失望了，他才会将这个消息通过我告诉你！告诉你宇文家的家主人选从来都不止一个，若是你敢违背父亲的意愿，娶了凌霜，那么你会失去一切！"

宇文胤踉跄着退后了一步，有些手足无措地看着投在青石地面上自己暗淡的影子。

"胤儿，好自为之，今晚你父亲很生气，你也好好想想！还有我希望在夜色退去之时，你能将这些箱子放回到地宫里去！"宇文浩正叹了口气缓缓离开。

一直站在一边的方玉此番却是走了过来，冲宇文胤伸出手压低声音道："饮血玉，给我！"

宇文胤猛地抬眸看向方玉，狭长的墨眸微微眯了起来。

"表哥倒也是能耐得很，十年前凌国公战死，他身上的那块儿玉石却是从此失落成谜，不想还能被表哥寻到，不过若是大舅父晓得表哥藏了凌国公的东西，而且还瞒着他求取凌家女，不知道该有多生气？我倒是觉得转交给凌家人也算是物归原主了！"方玉笑得云淡风轻，伸出来的手却丝毫没有缩回去的意思。

"这也是凌霜的意思？"宇文胤痛苦地问道，"呵！她到底还是对你更信任一些！这样关系身份的事情都同你讲了？"

"不错！她还将你逼婚的事情也一并说了，"方玉眼底掠过一抹怒意，突然凑到了宇文胤的耳边压低声音道，"表哥，你凭什么和我争？论血统，我是龙家皇子，不过很快我会是太子了。论财富，我拥有的远远比你多得多，整个万里山河为聘娶霜儿又如何？你呢？就凭地宫里的那些小玩意儿？论心？我在她心目中的地位你怎么能比？呵！表哥，你唯一可以仰仗的便是你宇文家未来家主的身份，但是……呵呵呵现在你也不是唯一的了。"

宇文胤唇角微翘，笑得却是万般苍凉，这真的是个残忍的谎言。二十多来以为自己是唯一，原来只是父亲的赏赐。

他整个身子都带着几分颤抖，想要放声大笑却是嗓子哽咽得厉害。

方玉冷冷笑道："宇文胤，我之前处处放过你，那是因为我真的挺欣赏你的才华。但是……你若是触及了我的底线，你先要掂量一下在这盘博弈的局中，你能用的棋子有几个？宇文胤……"方玉一字一顿道，"不要触及我的底线，否则你将会输得一无所有。为了霜儿，我会不惜一切代价……毁了你！"

方玉随即淡然地捡起箱子里的夜明珠笑道："就像这夜明珠一样，用手捧着，它是一颗与众不同的珠子。若是……"

他猛地攥紧了手掌，一道内力注入，夜明珠居然化成了粉尘顺着方玉修长的指尖流了下来，随风而散。

他冷冷看着宇文胤道："这珠子……什么都不是……"

05　大喜之日

方玉突然挥手袭向了宇文胤的腰间，宇文胤忙要躲开却不想方玉的手像是生出万朵莲花，内力浑厚源源不断逼来。

宇文胤一个踉跄后退了几步，嗓子一阵腥甜呕出一口血来。

方玉将宇文胤腰间的饮血玉抢在了手中冷冷道："这枚饮血玉你不配拥有，应该还给它的主人不是吗？对了，表哥，论武功你不管突破到第几层，可惜了你还不是我的对手。"

方玉唇角挂着浅浅的笑容将手掌中的饮血玉对着月光照了照，嗤的一笑："霜儿这丫头果然说得不错，这块儿饮血玉有些怪异，呵呵呵……"

宇文胤看着方玉远去的背影，猛地抹了一把唇角的血，只觉得胸口憋闷得厉害，仰天大吼了出来。他疯了般的将摆在面前准备给凌霜的聘礼砸了一个稀巴烂，像一个失了方向的疯子。

一边的护卫谁也不敢靠近半步，只是目瞪口呆地看着。

"啊！！！"宇文胤抱着头跪倒在了一只破箱子前，大口喘着气，狭长的眸子已经一片赤红。

"呵呵呵……"宇文胤突然笑了出来，强忍下心头血，低声一字一顿道：

“方玉，今日之羞辱，他日我宇文胤定将全部奉还！方玉……我会让你体会到什么叫人间至痛！那便是求生不得……方玉你以为你赢了吗？呵呵呵……你会生不如死的……我……一定会让你生不如死……比我今日还要痛上千倍万倍！我宇文胤从来不会输！不会输！！”

九月初九日，重阳节，登高望远，遍插茱萸，菊香扑鼻。

这一天京城中的人除了参加各个世家大族的菊花宴之外还将视线投向了热闹非凡的凌府，凌家嫁姑娘，风雨楼楼主入赘，这事儿新鲜至极。

顾啸云的风雨楼设在京城南山山麓，一大早同风雨楼交好的江湖豪客几乎将南山风雨楼总舵围了个水泄不通。

从山顶鳞次栉比的碉楼一直到山脚下的官道，昂贵的大红绸缎铺地蔓延而下，四周每隔开一丈地便矗立着身着紫色劲装的风雨楼护卫，风雨楼也得罪了不少江湖人士，这样严密的安全防护倒也值得的。

各色装满了珠宝的箱笼被抬进了一辆辆装饰华丽的马车里，送亲的队伍蜿蜒数百米，骑着高头大马，身着大红喜服的顾啸云脸上的表情却是精彩之极。

他也没想到自己有朝一日娶妻居然还是自己巴巴地送上门去，冰山般清俊的脸上似喜似悲，悲的是以后不要在江湖立足了，这脸丢大发了。喜的是，今儿毕竟是自己和南儿的大喜之日，一想到那个叽叽喳喳的小女人为了自己而穿上喜服，心头倒是有些热热的。

凌老夫人今儿特地换了一身大紫的锦袍，抹额上的红宝石熠熠生辉，端坐在了前厅的正位上等着新人来给她敬茶。

“义父！”凌霜看着文家人的六辆马车停在门口忙疾步走下台阶迎了上去。

文相从马车里下来同凌霜和凌冰见过礼，命文家的小厮将贺礼送了上来，居然是罕见的古画真品，凌霜忙道谢。随即文家老少一个个都下来同凌家的仆妇们相携着走进了后厅，自然是其乐融融。

“太子爷驾到！”门口的礼官报道。

凌霜一阵头大，这厮就爱凑热闹，随即忙率着阖府上下给龙辰逸请安。

龙辰逸倒也是出手阔绰，赏赐自然丰厚至极，连带着还将宫里头的赏赐也一并带来了。叶南虽然说话不太着调，但是医术没的说，宫里头的贵妇们自然感念几分。即便是承平帝也记挂着这个丫头的大喜日子，若不是叶南，承平帝的头痛病少不得要让他备受折磨。

凌家办喜事，太子亲临自然加重了几分热闹。凌霜晓得重量级的客人都已经到齐，但是心头的恐慌却更深一层。今天是第三天，不知道方玉办的事情怎么样了？宇文胤选这样一个日子闹事儿实在是太合适不过。

“大小姐，”嫣红和姹紫从后院折了出来帮忙却看到凌霜脸色不甚好看，忙迎了上去，“大小姐可是身子不舒服？若是累了，且缓缓去，这边奴婢们照料便是。”

“没事儿，”凌霜忙将脸上的紧张之色敛去几分笑道，“你们大小姐我是铁打的，这点儿事情还能累倒了不成？叶南比我亲妹子还亲，她的事儿我定要给她风风光光办妥当了去。”

“宇文长公子到！”

噗！凌霜一口气噎住了，猛然转身疾步向门口走去。凌冰眉头也是狠狠蹙了起来，宇文家的人想干什么？莫不是选在这样的时候来搅和？可是这里有太子爷坐镇，江湖上的风雨楼名气也是极大不好惹，宇文胤不会选在这个时候搅局吧？

凌冰忙跟上了妹妹，刚走出门口便看到了宇文家四兄弟从马背上跃了下来，为首的身着玄金色锦袍的宇文胤一步步迎着自家妹子凌霜走了过来。

凌霜额头顿时渗出了冷汗，怎么办？怎么办？怎么办？！！

她猛地挡在了宇文胤的身前做最后垂死的挣扎，压低声音道：“宇文胤，你……你果真要撕破脸？”

宇文胤唇角微翘，淡然一笑，俊美的脸上却是一晃而过的疏离还有一丝不易察觉的微微恨意。

“凌将军说什么？在下不懂！今儿凌将军嫁妹子，本是同僚焉能不来喝一杯喜酒？怎么？凌将军不欢迎在下？”

06 逃过一劫

凌霜忍了忍道：“宇文将军言重了，只是……”她一把扯住宇文胤压低声音道，“今儿让我祖母开开心心的将孙女儿嫁出去如何？咱们两个的那笔账慢慢算，如何？”

“呵！”宇文胤轻轻推开凌霜径直走向了凌冰，短短几步吓得凌霜肝儿颤，却不想宇文胤并没有说出饮血玉和她穿越的秘密，而是命左右随从拿出了丰厚至极的贺礼冲凌冰道：“凌二爷，这是本将军的一点心意，还请凌二爷收下，不要驳了宇文家的面子。”

抬手不打笑脸人！宇文胤这番示好，若是凌冰不买账倒也大面儿上过不去，只得硬着头皮将宇文家四兄弟请进了正厅喝酒。

宇文胤官拜从一品自然是与文相，太子爷，兵部侍郎胡刚徵一桌子，其余的几个兄弟分别找到相识的人坐好。

凌霜看着神情阴晴不定的宇文胤，觉得自己的心就像被揪出来一样，随时随地等着那一刀下来。

“新郎来了！快！”门口处放起了鞭炮，凌霜忙吩咐嫣红和姹紫看着宇文家的一举一动，随即迎了出去。

为首的顾啸云身着一袭大红翩然下马，他本来生的俊美好似不食人间烟火的谪仙。如今身着红衣更是显出几分妖冶的美感，四周围观的宾客不禁暗自吸了口气，好俊美的姑爷！倒是硬生生将身边一袭华丽装扮的风流公子方玉比了下去，方玉今儿也是头戴玉冠，脚踏云靴，穿着一身海青色锦袍，袖口上绣着金丝云纹，简直一个嚣张妖冶的伴郎。

“凌将军！凌二爷！恭喜了！！”方玉笑着将顾啸云牵着引进了凌府大门，冲凌霜和凌冰道喜。

“方大人，同喜，同喜！”凌霜冲方玉眨了眨眼睛，暗道那事儿办得怎么样了？倒是给句话啊！

“凌二爷！还不请你家妹子出来拜堂？”方玉故意忽略了凌霜的眼神，转而笑呵呵看着凌冰。

“自然的，自然的，祖母已经在前厅等候多时了！请！”凌冰大笑着陪同顾啸云和方玉进了前厅。

凌霜咬了咬后槽牙命道：“请二小姐来！”

林子妍忙机灵地带着丫鬟婆子们去了后堂，不多时喜婆将披着红盖头身着大红喜服的叶南背了出来，凌府内外顿时鼓乐齐鸣，一时间好不热闹！

凌老夫人笑眯眯地受了新人的跪拜大礼，一对儿新人行礼后被热热闹闹送进了洞房。凌老夫人今儿实在是高兴，也喝了一杯酒同众人一并庆祝。

也不知是谁多嘴打趣道：“凌老夫人好福气！大小姐的亲事将来定然也错不了。”

尼玛！凌霜真想一记眼刀将那个多嘴多舌的混账东西杀了去，哪壶不开提哪壶！

“呵呵呵！我家霜儿自然也快了的！”凌老夫人可不想让别人觉得她的宝贝大孙女儿嫁不出去，“前些日子老身在梅花庵里求了一个上上签，说我家霜儿红鸾星动，马上就有好姻缘了呢！”

“是吗！恭喜老夫人！贺喜老夫人！等凌大小姐出嫁的时候，我们再来喝喜酒，大家说好不好？”

“好啊！”凑热闹是人们的天性。

方玉脸上的笑容凝滞了几分，龙辰逸眼皮子一跳，宇文胤倒是端坐在了那里一杯接着一杯喝酒。

红鸾星动？呵！他唇角掀起了浅浅的弧度，猛地仰头一杯烈酒灌下，随即满满斟了一大杯酒摇摇晃晃走到了凌霜面前。

凌霜暗叫不好，这丫似乎喝醉了！这简直是匪夷所思！宇文胤居然也有喝醉的时候？！！

看不见我，看不见我，看不见我……凌霜心底哀嚎，不晓得祖母知道了自己穿越而来的消息后，知道凌霜早已经死了的消息后，大喜之后的大悲，会不会出什么事儿？

“凌将军！”宇文胤拦在了想要逃离的凌霜面前，狭长的眸子里却是凌霜看不懂的悲凉，他缓缓举起酒杯道：“凌将军，我祝你红鸾星动，早日觅得良缘！喝！”

凌霜一愣，脸色有些僵硬。

“怎么？凌将军不给在下面子？”宇文胤眉头一挑。

现场顿时变得尴尬起来，凌霜硬着头皮接过了丫鬟递上的一杯酒同宇文胤举杯，随即一口喝干。

“凌将军豪爽！呵呵呵……祝凌将军以后亲事美满幸福！”宇文胤说罢苦笑着缓缓转身，却是一个踉跄差点儿摔倒。

“大哥！”宇文御忙冲了过来将大哥一把扶住。

“没事，”宇文胤摆了摆手笑道，“今儿开心，喝多了去，走！回府歇着！”

宇文家的其他几个忙扶着自己显然有些失态的大哥匆匆离开了凌府，凌霜宛若一尊雕像看着宇文胤的背影消失在门边，不禁狠狠搓了搓脸。

这不是做梦吧？宇文胤这么轻易地放过自己了？不对呀！她分明从宇文胤的墨眸中看到了……仇恨？为毛？

“来来！凌将军，凌二爷，今儿大喜！在下敬你们二位一杯！”一个太子爷的亲信端着酒在龙辰逸的示意下打破了这尴尬的一幕。

凌家瞬间活了过来，一切都变得色彩斑斓。仿佛宇文胤刚才的暗淡影子只是一场梦境而已，如今是噩梦苏醒的时刻。

凌霜将手心的冷汗擦干了去，举起酒杯喝了下去，今儿真他娘开心啊！苍天大地老天爷啊！逃过一劫啊！！

方玉擎着酒杯却停在了唇边，眉头不易察觉地蹙了一下，他也没想到宇文胤居然也来参加喜宴。只希望宇文胤能好自为之，以后不要再掺和他和霜儿之间的事情。宇文胤是个极其危险的人，若不是看在娘亲的面子上他早已经出手了，只是希望经过这一次打击宇文胤能稍稍收敛一点儿。

他猛地仰头将酒灌下，虽然宇文胤的这出子危机已然过去，可是与霜儿之间的重重阻隔却是越来越多。看着好兄弟顾啸云抱得美人归，心头顿时想起了之前假成亲的时候迎娶凌霜进方府，虽然那个时候彼此试探猜测，但却是他此番最留恋的时光。

07　帮忙

凌霜乘着月色沿着竹林小径向松林堂走去，今儿实在是险恶至极，可是到底是怎么回事儿？

“方玉？”凌霜猛地抬头却是发现方玉矗立在松林堂不远处的竹林边，忙疾步走了过去一把将他抓住。

“你小子不是回方府了吗？”

“偷偷翻墙进来的，晓得你心头还记挂着那件事情，”方玉边说边将身上的披风解下来罩着她的肩头笑道，“还是这么不注意身子，喝了那么多酒连一件披风也不懂的让丫头们帮你披上，眼见着入秋了，冻病了怎么办？”

凌霜微窘咳嗽了一声，却是将他带到了自己的书房，一进门便问道：“宇文胤今儿是怎么回事？”

方玉眸中一闪缓缓笑道：“你这丫头，好不容易见一面却是提别的男人的名字。”

“方玉！”

“好吧！不逗弄你了！给你！”方玉伸开手掌，饮血玉安安静静地躺在上面。

凌霜身上的饮血玉顿时微微震颤起来，她忙将饮血玉接了过来，不晓得方玉用什么法子将宇文胤到手的东西能逼出来。

“多谢。”凌霜今儿是真的感激方玉。

“霜儿！”方玉一把将她箍进怀中，突然哑着声音道，“霜儿，如果我说今晚跟我走，我们一起去一个谁也不认识我们的地方，过我们的下半辈子！你愿意吗？”

“方玉，你没事儿吧？”凌霜不禁一愣，忙挣脱开看着方玉脸上的异样，这不像是方玉一贯的妖孽风格啊！

“霜儿，我是认真的！”方玉看着凌霜的俏脸，晓得她与饮血玉有着莫大的关联，这其中的风险是他也不能控制的。他这一次是真的怕了！他从来没有这么强烈地想要带她离开，只有他和她两个人，找个地方抛弃繁华世俗，抛弃恩怨，抛弃一切只是简简单单地生活在一起。

“我……”凌霜微微一愣，刚要说什么却不想一阵脚步声传来。

“大小姐！！”嫣红和姹紫此番却是扶着一个浑身满是伤痕的男子急匆匆走了进来。

“荀殷？”凌霜待看清了那男子的脸，忙一把将嫣红和姹紫扶进来的男子抓住，心头咯噔一下，强烈的危机感顿时袭来。

荀殷是凌家赤卫军的校尉，曾经跟随凌霜在乌桓征战了十年。胡离后来被承平帝任命为赤卫军的将军征伐南疆，荀殷升任为凌家赤卫军的副将。可是此番他带着一身的伤痕秘密回到了京城，让凌霜的心瞬间沉到了低谷。

“将军……”荀殷紧紧抓住了凌霜的手臂，唇角涌出丝丝血迹，却是硬挺着疲惫的身子，“将军……南疆叛军攻破了江南防线……咳咳咳……”

“嫣红！水！”凌霜心头一惊，江南也被南疆叛军占了吗？这简直是危言耸听。她忙将自己的真气打进了荀殷的背心，即将昏迷的荀殷挣扎着紧紧拽住凌霜的手臂。

“将军！赤州还在！胡将军和……和文大人只能坚持不到一个月的时间，将军……凌家军快死光了……死守着赤州一座孤城……他们撑不住了，将军救救他们……朝廷中出了内奸……将军……不要信……不要信……朝廷的……”荀殷得了胡离的口令，拼死冲出了重围，全凭一口气活着回到京城向凌霜报口信儿。可终究还是突围的时候留下的伤势太重撑不住，头一歪倒在了凌霜的面前。

“快！叫叶南来！！快！！”凌霜急红了眼睛。

“不必了！”方玉蹲下身子探了探荀殷的脉搏摇了摇头。

凌霜眉头狠狠蹙了起来，抱着荀殷的手臂微微发颤，方玉看着凌霜这样的神情心头狠狠揪痛。

“霜儿，”方玉一把抓住凌霜的手臂，“这件事情……”

“这是凌家的事情，我自己处理吧！”看了方玉一眼道，“方公子请回去歇着吧！夜深了！”

“霜儿！”方玉那一瞬间晓得凌霜想要干什么了，忙道，“霜儿，南疆的事情太过诡异复杂，不要掺和好不好？算我求你了！”

凌霜凤眸中掠过一抹坚定缓缓道：“方玉，那是我的凌家军，那是我曾经十年生死与共的兄弟，你让我不要管？”

方玉眉头狠狠蹙了起来：“霜儿，不是不让你管，是南疆你管不了！”

“为什么？”凌霜凤眸隐忍着一抹泪光，“方玉，我凌霜素来不信这个邪！胡离带十万凌家军出征的时候，区区十几万南疆叛军我不信他们有那么大的实力能将我十万凌家军尽数吞没。这其中定然有什么隐情！我凌霜偏不信邪，这一次佛挡杀佛，神挡杀神，我定要为我死去的那些凌家军弟兄们讨个公道！夜深了！方公子请回！还有……今天的事情拜托方公子不要说出去！”

“凌霜！信我一次又如何？”方玉情急之下吼了出来。

"理由？"凌霜凤眸盯视着方玉。

"我……"方玉动了动唇却是说不出一个字，他怎么能告诉凌霜，南疆战事其实是自己父亲与宇文家颠覆大燕朝逼迫承平帝自乱阵脚的关键一步棋呢？江南是大燕朝的粮仓，若是江南富庶之地乱了分寸，大燕朝将陷入前所未有的恐慌之中。只有这样，父亲才能乱中取胜！

当京都的兵力都被调集去攻打南疆之时，便是京都空虚之日。到那时遍布大燕朝全境的玄天宗的十几万徒众，前朝太子的旧部，还有方玉手中掌控的血影门加上龙煜天这近二十年积累的财富将会发生翻天覆地的作用。可是为什么偏偏这个女人如此倔强，非要插手南疆？

凌霜越是在南疆有所建树，她的死期也会越近。作为太子党的灵魂人物，自己的父亲断然不允许凌霜从南疆活着回来的。

"方玉，你不懂的，罢了！我也与你解释不清，这一次南疆我凌霜管定了！"凌霜再怎么感情笨拙也读懂了方玉眼眸中的浓浓关切和紧张，心头不禁一暖淡淡道，"方玉，若是这一次我从南疆回来，我们和好吧！"

"霜儿！"方玉此番真的不知道该怎么形容自己的心情，他像是被漩涡急速揪扯的灵魂，拼命地挣扎却最终逃不出命运的倾轧和捉弄。

"姹紫！你们将荀将军好好安葬！家中有什么亲人也要一并安顿好！"

"是！"姹紫眼眶通红，唤人进来将地上荀殷的尸首抬了出去。

"嫣红！备马！我要进宫一趟！"

"霜儿。"方玉晓得凌霜的倔强，她是那种打马不回头的人，他如今不论说什么都迟了。他倒是想将这丫头打晕了，找个地方藏起来，可是他懂凌霜的骄傲，那样只会让这丫头更加恨自己。

08 恐慌

方玉如今只能自己从中周旋将她身边的危险降到最低："此番进宫不妥，荀殷是提前秘密回京城的，想必江南防线被攻破的消息明天会传到圣上那里。你今晚去叩开宫门，少不得引起圣上的怀疑，还是少安毋躁的好。"

凌霜一顿，倒是没有方玉想的那么多，这番一听只得点了点头道："那好！听你的！嫣红，你带着方公子离开！"

方玉只得跟着嫣红出了凌府，回到方府后心神越发不安起来。他垂首在轩阁内转了十几圈，什么样的法子都不能将他的心事压下去，前所未有的恐惧感将他的心狠狠揪扯着，一夜无眠。

松林堂陷入了前所未有的死寂，凌霜将下人们全部屏退自己一人躺在床榻上沉思。南疆究竟发生了什么？十万赤卫军的战斗力加上胡离的带兵才华不可能败得这么惨，除非……

她狠狠吸了一口凉气，除非有一股强大的力量介入改变了南疆的战局，会是谁呢？还有朝廷的内奸是什么意思？

凌霜想着迷迷糊糊睡着了去，却不想那个重复的噩梦再一次来临。

地宫血腥的血池祭祀，无数杀人的机关开启，狡猾的国际盗宝集团分子将她和战友们引到了死亡之境。

"队长！！"

"林霜快逃！！"

"队长！爬出来啊！机关启动了！快！！"

"林霜不要管我们，你快逃！！"

"林霜，编号 3728！你告诉我特战队的口号是什么？"

"忠诚！信仰！"

"错！不是这些，是和你的兄弟们一起活下去！"

"林霜！活下去！带着剩下的兄弟活着离开这里！"

"队长！！队长！！队长！"

"大小姐！！"嫣红忙冲进来将陷入梦魇的凌霜推醒了，"大小姐，你怎么了？"

"我……"凌霜重重喘了口气，头痛欲裂，揉了揉眉心道，"无妨，做了一个梦罢了！我想喝点儿水！"

嫣红忙倒了一杯茶送到了凌霜的手中，她看着自家大小姐苍白的脸心头一痛，她和姹紫从小跟着凌霜晓得她此时心情有多么沉痛。十万凌家军在乌桓打了那么多年，几乎毫发无损，如今在南疆短短不到几个月的时间便遇到全军覆没的困局，该着谁也难以接受。

“大小姐！胡将军和文五爷都是沉稳的人，想必战局没有大小姐想得那么严重！大小姐且宽心些，不要急出病来。”嫣红小心劝慰道。

“嫣红，几更天了？”凌霜揉着眉心，声音带着几分沙哑。她在京城拖延一天，胡离他们距离死亡也多近一分。

“寅时了，大小姐！”

凌霜揉着眉心强迫自己好好睡一觉，重新躺了下来，熬过了黑夜盼到天明。

“大小姐！”林子妍急匆匆地走了进来，“宫里头的魏公公来了！”

凌霜点了点头走出了书房，抬眸看向了蓝色莹然的天际叹了口气道：“该来的还是来了！凌霜！这一仗只能赢不能输！”

她疾步走到了前厅，刚一进门便看到魏公公迎了上来道：“凌将军！皇上急召！请凌将军进宫！！”

凌霜点了点头随着魏公公出了凌府的大门，很快江南被南疆叛军攻破的消息传遍了京城，战争阴云再一次密布在京城的上空。

同上一次的乌桓危机不同，这一次是切切实实的恐慌，相信不久的将来伴随越来越多的难民涌到长江以北，京城中的繁华胜景将会一去不复返。

京城中的气氛反而是一片死寂，谁也没想到江南会发生变乱。之前若是北方边地动荡尚且可以逃到江南富庶之地，可是这一次往哪里逃？

人人眼眸中都是绝望，也有不少人将视线移向了凌家、宇文家、胡家这样的军事世家，可是谁才是他们乱世中的最后一根救命稻草？他们心头惊疑不定！

这场战乱太可怕了，江南是天下粮仓，被叛军占了去，如今相传南疆叛军已经达到了八十万之众。北方高车异动，乌桓的危机才刚刚平息，可是难保乌桓赫连风大王不会趁火打劫，大燕朝可谓是四面楚歌。

边疆的兵力不能动，只能动用京城中的兵力，可是谁能统领京城中唯一的战斗力扫平南疆？这将是大燕朝所有子民关心的问题，也是此时金銮殿中针锋相对的问题。

龙座上的承平帝瞬间苍老了许多，江南被南疆攻破的消息让他寝食难安，这一次临时性的朝会更是不同以往地紧张残酷。

“朕平日里养着你们这些人难不成都是废物吗？！！”承平帝终于不耐烦地

打断了群臣毫无见地的议论。

迁都者有之，决战者有之，甚至连划江而治的讲和者也是大有人在。每一个人都清楚，这一次大燕朝面临的是什么？不是强敌环伺而是大燕朝上百年弊病的积重难返，如今真正困扰大燕朝的不是外敌而是内部那些腐烂的根基。

如今南疆八十多万兵力逼近，大燕朝这群朝臣们心中所想的却是权力的分割和各自小利益的盘算，承平帝只觉得心头一阵阵发凉。

凌霜垂首只是冷笑不语，将这些人的惺惺作态权当作是一场游戏罢了。

“臣有话要说！”靖国公宇文擎宇缓缓站了出来。

“爱卿有话请讲！”承平帝在这么大的压力下确实对宇文家族的实力有所忌惮，语气中带着几分忍让甚至是一丝丝示好。

宇文擎宇看了一眼凌霜和胡刚徵道：“此番赤卫军总统领胡离率领十万大军却是让南疆攻破了防线，实在是罪大恶极，无能之至！赤州牧文渊守城不力空使赤州这样重要的城池失守，才使得江南门户洞开，臣认为应当下诏重责！”

“靖国公！你胡说八道什么？！！”兵部尚书老将胡刚徵顿时恼了，自己的儿子生死未卜，拼尽全力为国效命居然还要受罚，实在是于情于理说不过去。

文相藏在袖间里的手微微一抖，恨极了宇文擎宇的阴险，他这一出口是要将太子一党赶尽杀绝的架势。

“赤州没有失守！”文相神情波澜不惊，身为一朝宰相自然是不能与宇文擎宇当庭吵嘴，但是不证明他不会反击。

“文相！你给朕说清楚！赤州没有失守？”承平帝大吃一惊，刚刚接到的战报说赤州城失守，赤卫军全军覆没，难不成还有变动？

“臣恳请皇上降罪！”文闵突然跪了下来，“臣的儿子派心腹之人捎来了家信，赤州城没有失守，而且还因为朝中出了内奸导致赤州城的几座卫城的城防图被南疆叛军获得才会陷入被围困之地！”

“内奸？”承平帝的眼眸狠狠眯了起来。

凌霜心头不禁替义父捏了一把汗，她也没想到义父居然将赤州城胡离他们派来的人送信一事全部揽在了自己的身上，如此一来凌霜便不会有任何被猜忌的地方。而且义父将内奸这件事情突然公布在这金銮殿上，显然是要将事态闹大了。承平帝疑心重，义父越是如此越能给自己加分。

凌霜心头感激万分，但是这样做相当于彻底惹恼了那些太子党政敌，接下来会如何行事实在是个未知数。

09 夺帅

“文相！”宇文擎宇皮笑肉不笑地看着文闵道，“赤州城是你的五儿子守城，吃了败仗，将南疆兵力放到了江南沿线的也是小文大人吧？如今官道上送来的消息说赤州城失守，你却说没有失守？难不成皇上的消息还不如你文相的消息灵通？你究竟将皇上放在何处？”

凌霜眉头一蹙，这老贼真是狡猾到了极致，这般挑拨离间不就是想将这水搅浑了去。她心头一顿，莫非宇文家的人便是那个内奸？可是没道理啊！宇文家若是将南疆拱手让给了段佑天这个南疆王，脑子是进水了吗？这其中一定有什么阴谋？可是她百思不得其解！

文相唇角微冷，神情却是淡漠至极冲龙座上的承平帝狠狠磕了一个头道：“老臣收到吾儿的家信是在今早，心头似喜似悲，喜的是赤州城还在尚且有一丝赢的希望。悲的是，南疆叛军势如破竹，赤州城若是救援不力，迟早会被碾压成碎片。臣又不敢相信信上所说，自然是要将送信的人调查一番的。没曾想刚有了眉目，南疆攻破江南防线的消息便传来了，可是却与臣的这封家信出入很大。臣不得不怀疑这其中有诈，故而至今才将这信的消息说出来。只是靖国公这般言辞凿凿不知道又有何凭证说赤州城已经被攻破？”

宇文擎宇没想到文相会得了这么个要命的消息，赤州城的事情被他严密封锁居然还是传到了京城。若是赤州城在，皇上这一次决战的信心倒是极大的，之前自己与龙煜天那些虚虚实实的隐蔽招数就会被拆穿了去。

“皇上！文相分明是替自己的儿子推脱失城之责！”宇文擎宇冲承平帝躬身道。

承平帝心头压着一股子怒火，到了这般境地还在做这些无用的争吵，可是宇文擎宇毕竟还需要仰仗一二。不过文相的话是真是假也有待商榷，只是如今的形势迫人，赤州城到底失守了没有实在是解决万般问题的关键。

“皇上！”凌霜没有时间在这里同老臣们磨嘴皮子，既然义父开了头自己只有将这出子大戏唱下去才是。

沉默不语的方玉看到那抹绯色的身影站了出来，不禁眉心狠狠一跳。即便是宇文胤也不得不侧目看着凌霜，他不知道这个女人想要干什么？难不成……宇文胤手掌猛地攥了起来。

承平帝看到凌霜站了出来心头不禁一阵欣慰，这丫头如今几乎成了他的一员福将，说不定有什么好的建议。

“凌霜！你有什么要说的？”

凌霜凤眸一烁缓缓道：“皇上，臣恳请带兵征讨南疆！只是臣要这一次出征的帅印，恳请皇上成全！”

凌霜跪了下来，四周顿时吸了一口冷气，一时间引起一片低论之声。人人都知道这一次征讨南疆实在是吃力不讨好的事儿，京城中的所有兵力合起来也不过三十万，对付八十万大军实在是胜算无多啊！

宇文擎宇冷冷笑道：“凌将军虽然在乌桓征战多年，但是南疆不比乌桓啊！”

凌霜丝毫不理会宇文擎宇的冷嘲热讽缓缓道：“皇上！臣认为京城中留下御林军守卫京畿重地，青龙军，羲和军还有凤御军三支军队加起来也有近二十万人，边疆的兵力不用动，臣只带着这二十万人出征。三个月后平定南疆叛乱！”

宇文擎宇冷笑不语，好一个凌霜转眼间便将他宇文家的两支军队要了过去。

承平帝眉头微微蹙了起来，他凝视着眼前的这个年轻的女子，二十万京城最精锐的军队一旦交给她那便是自己全部的家底。可是她能赢吗？

“皇上！”方玉缓缓站了出来道，“臣觉得凌将军此言不妥！”

凌霜和文相同时一愣，以前也不指望方玉能站在自己这一边，可是没想到这厮居然从中作梗？

“方玉！你有什么话要说？”承平帝对这个足智多谋的年轻人甚是满意淡淡问道。

方玉躬身道：“臣认为南疆大军逼迫而来，这一战实在是不能不打！可是这主将的人选实在是关系国运的大事，不能轻易草率行事！凌将军不适合出征！”

“方玉！”凌霜咬了咬牙不禁站了起来道，“你只是一个书生罢了！凭什么妄断军事方面的事情？方大人，我想我能不能出征，自己绝对比你更清楚！”

方玉淡然看了一眼脸色微怒的凌霜道：“凌将军息怒！凌将军素来擅长于乌桓边地的陆战，可是与南疆的对决水战更重要，要出征必须找一个熟悉水战的将军！凌将军还是留在京城防护京城的比较好！”

“你……”凌霜没想到方玉一针见血，顿时心头有些着急。这厮怪不得躲着不见她，原来憋着这么大一个坏招，难不成之前的情分一点儿也不讲了吗？

“臣愿意出征！凌将军还是留在京城的好！”宇文胤冷着脸缓缓站了出来，宇文擎宇一怔心头掠过一抹恼意。

方玉和宇文胤的心思他哪里不懂，一个两个没出息到了极致，居然为了一个女人这般替她筹谋，不过这一次他是不会放过凌霜的，不急，他倒是要看看这丫头能使出什么幺蛾子？

承平帝眉头一蹙，若是将兵权全部交给宇文胤他着实不放心得很，可是交给凌霜……这丫头不知道这一次能不能担当重任？

“皇上！”凌霜重新跪了下来道，“此番行事凶险至极，臣坚信赤州城没有失守！只要臣带一支精兵从南疆防线的薄弱环节突入赤州城。依着赤州城天然的屏障，必然能给南疆以内外夹击的重创。待臣扳回局势，必定让南疆叛军溃不成军，臣不是信口雌黄！至于水战，臣自有法子应对！”

宇文胤猛地转身狭长的眸子扫了一眼凌霜道：“凌将军话虽然说得轻巧，可是退一万步来讲，即便是赤州城如今没有陷落，等到凌将军发兵远征的时候，怕是赤州城也拖不了几天。你如何内外夹击？”

“宇文将军多虑了！”凌霜冷冷一笑随即冲承平帝道，“皇上！臣率先带领三千亲卫军快速进发，十五天后解除赤州城之围！若是做不到！臣的脑袋给皇上砍下来当球踢！！”

金銮殿中顿时一片哗然，这是要立生死状吗？每个人看向凌霜的眼神都微微变了几许，弥天大勇不过如此。

承平帝也不禁动容叹了口气道：“凌将军不必赌命！朕对你的脑袋没兴趣！”

“皇上！”凌霜凤眸中的坚毅却是无法令人忽视一字一顿道，“皇上！如今当务之急便是解赤州城的危局，以赤州城攻可进退可守的绝佳地理位置和优势对南疆进行致命反击这是上上策。若是不这样做，我们的军队只能与南疆叛军在江南沿线决战，胜算实在是不大。若是再拖延下去，南疆叛军完全占据了长江的天险，到那个时候大燕朝才是真正的困局！皇上！臣认为如今已经没有时间再在这里磨嘴皮子商讨下去，其实这一场仗，说白了便是看谁能将时间抢在手中！臣恳请皇上速速决断，臣愿意拼却性命试一试！”

10 出征的代价

“凌霜！”太子龙辰逸终于听不下去了，“三千人对八十万大军，你这是飞蛾扑火！绝不可取！”

“殿下！”凌霜看着他道，“八十万仅仅是个传言，据臣所知南疆这一次招募的都是江湖中的乌合之众，真正有战斗力的人顶多就是三十万到四十万人！”

“那也是寻死！本宫不准……”龙辰逸猛地闭了唇，在父皇面前自己的准与不准都是一个笑话。

承平帝脸色沉到了极致，凝视着凌霜还有自己的儿子，这小子实在是端不上台面乱了分寸。

凌霜转身看着承平帝道：“皇上！臣也是个惜命的人！臣的三千亲卫军都是臣一手培养起来的兄弟，我比任何人都不想让他们送死！但是我想给他们一个为大燕效命的机会，虽然是三千人对付三四十万人，正因为如此才更加机动灵活！臣恳请皇上将帅印交给臣，十五日后臣解除赤州之围，臣会在赤州城坚持一个月的时间，到那个时候副将带领的京城援军也已经抵达南疆防线。内外夹击绝不会是一句空话！皇上！要死臣也愿意同臣的赤卫军死在一处！臣知道这一次九死一生，但是臣为了这一生也愿意拼上一拼！”

方玉猛地闭上了眸子，藏在宽大官袍中的手紧紧攥成了拳头，饶是谁也不能拒绝这样的慷慨激昂，何况是承平帝这样的铁血帝王！

承平帝缓缓起身看着凌霜清亮的眸子道：“朕相信你，只是你须得将具体的法子同朕说分明才是！”

凌霜凤眸中掠过一抹惊喜，承平帝要单独面见她，那么便是信了朝廷中出了内奸这一事实。这简直就是一个意外之喜！

宇文擎宇脸色猛地沉了下来强忍着心头的怒火，承平帝对凌霜的信任已然超过了对一般的臣子，这让他心头隐隐有些不妥。

“皇上！”宇文擎宇上前一步道，“调兵遣将乃国家大事，既然凌将军忠勇过人老臣也是深感欣慰，只是这副将如何定夺？”

承平帝的眼神中掠过一抹不易察觉的冷光，宇文擎宇这是逼着他表态。可是如今京城中能调集的军队除了凌霜的凤御军便是宇文家的两支军队，若是宇文家这边安抚不好，容易出乱子。

“爱卿所言极是！”承平帝沉吟道，转身却是看着自己的儿子龙辰逸道，“逸儿！你即刻修书一封将莫寒带领的五万凤御军也速速召回听凭凌将军指挥！至于防守乌桓边界的军队就从青龙军那里拨过去便罢！”

龙辰逸暗道父皇果然是忌惮宇文家的人，凌霜手底下自己能有效控制的兵力越多，这场仗也就胜算越大。如今霜儿手中控制的凤御军十万人都是她还有自己的心腹，青龙军被抽调走一部分加上羲和军充其量也就十五万人，对拥有十万大军的凌霜也构不成太大的威胁。更何况这一次主将的帅印是在凌霜的手中。

宇文擎宇眸底掠过一抹恨意，如今承平帝显然有打击宇文家的势头的意思，即便到了此种地步还不忘踩上宇文家一脚。

他暗自冷笑，待到承平帝的天下大乱后，他定要让这个身披黄袍的老匹夫付出血的代价！

“宇文将军可有异议？”承平帝审视地看着宇文擎宇。

宇文擎宇忙躬身道：“皇上圣明！”

承平帝满意地点了点头，不过羲和军和青龙军都是宇文家族一手培养起来的军队，他也不敢过分逼迫宇文擎宇。若是宇文家的人被逼到哗变的地步，那便不好了！

“至于老将军说的副将一事，朕觉得老将军的长子宇文胤深得朕心！这副将……”

方玉一顿，难不成承平帝想让宇文胤担任这一次的副将？若是如此，他心头不知为何倒是觉得轻松了几分，又隐隐有些不自在。自己这该死的身份，在承平帝面前只能是文弱的书生，他此时多想让承平帝晓得自己带兵打仗绝不输与任何人。

“皇上！此事不妥！”宇文擎宇缓缓躬身道，“臣的长子虽然在高车边地立过一些微末功劳，可是绝对不适合南疆的水战。臣向皇上推荐臣的四子宇文御为副将！臣的四子在南疆曾经生活过，对那里颇为熟悉，还请圣上定夺！”

承平帝一愣，倒是不明白宇文擎宇的心思了。按理说宇文家的十五万军队被抽调走，应该是派一个有力的子弟去应付才对。宇文御他几乎没怎么听闻有什么战功建树，若是如此岂不是让凌霜抓到了操控宇文家军队的机会？

况且宇文擎宇这番话倒是正合了承平帝的心思，若是能乘机将宇文家的兵权夺过来也是好的。他暗道以凌霜的聪明打压宇文御实在是比对付宇文胤这样高深莫测的人容易多了。

“爱卿既然如此一说，朕准了！即日起命宇文御为这一次南征的副将！”

宇文胤猛地垂首，狭长的眸子里满是痛楚难当，自己之前将地宫中的宝物搬走，并试图迎娶凌霜的事情还是惹恼了父亲。以至于父亲亲手将他在战场上扬名立万的机会生生剥夺了去！

凌霜却是百思不得其解，扫了一眼宇文擎宇沉稳的脸，这老贼到底哪根筋搭错了？方玉却是心头沉了下来，大舅父的为人他晓得，这番举动想必会有后招儿，到底是什么？

凌霜随着承平帝到了养心殿，路上才发现承平帝不光叫了自己还带上了龙辰逸。进了养心殿，凌霜同太子龙辰逸双双冲承平帝行礼。

“罢了！都什么时候了！免了这些俗礼吧！”承平帝扫了一眼儿子还有脸色有些忐忑的凌霜缓缓道。

“凌霜！将你的计划再说一遍！”承平帝自从上一次看了凌霜的沙盘演练倒是在自己的御书房里也做了一个标注着大燕江山的庞大模拟沙盘。

“是，皇上！”凌霜缓缓走了过去，点着沙盘中的赤州城道，“皇上请看！赤州城三面环山，一面临水，地理位置优越至极。四周还有两座卫城，若是能将东面这座夺回来便可沿着赤河顺游而下利用战船铁索突破南疆叛军的水上防线。西城扼守着进山的唯一通道，夺回来后便可将方圆几百里的鱼米之乡作为反攻的大本营。”

“赤州城真的还在吗？”承平帝声音沉重地问道。

凌霜风眸中掠过一抹坚毅道："皇上！臣相信赤州城没有丢！因为守城的人是胡将军！臣信得过他，就像信得过自己的眼睛！"

承平帝点了点头道："继续！"

凌霜将京城同长江沿线画了两条线道："臣的三千亲卫军会化整为零潜入南疆叛军背后进入赤州！一个月之内，凤御军，羲和军，青龙军必须要按时间抵达臣点到的这三个位置！到时候同时发起攻击，里应外合打南疆一个措手不及！要知道南疆此番最大的缺口便是留下了赤州这个隐患，不管它在江南地区突破的有多么远，赤州都将是随时在它内部发作的毒瘤，让他生不如死！"

"好！"承平帝脸色缓了几分，"你放手去做，粮草朕会交给文相亲自办理，这个你不必有后顾之忧！"

"谢主隆恩！"凌霜跪下谢恩却被承平帝起身扶了起来，他转身从龙案上拿了一柄尚方宝剑亲自交到了凌霜的手中。

"皇上？"凌霜不禁怔了怔。

承平帝淡淡笑道："朕赏赐你生杀予夺的大权，若是谁不服你的统领，斩于此剑下便罢！不要在乎他的身份和地位！"

第十章 血色长歌

01 欺骗无效

凌霜心头一喜，从来没想到白胡子老头有这么和蔼可亲的一面。这一次她还要统领宇文家的部下，这尚方宝剑太重要了。

“凌霜！”承平帝看了一眼自己的儿子转而凝视着凌霜道，“这一次若是能凯旋！朕便赐封你为太子妃！”

龙辰逸大喜过望，惊喜来得太过突然他居然说不出话来。

“逸儿！凌将军出征后，你好好待凌家人！好歹也是你未来的妻族！”

“儿臣……儿臣……”龙辰逸结结巴巴道，“儿臣谨遵父皇教诲！”

凌霜只觉得脑子一片空白，尼玛！白胡子老头真不是个东西！

“皇上！臣粗鄙……臣……”凌霜忙要拒绝。

承平帝缓缓俯身压低声音道：“凌霜！你若是从南疆回来手中至少有五十万兵力和赢尽天下的民心，你让朕如何放心？”

凌霜猛地闭了唇，来自帝王身上的血腥味道令她此时不能有丝毫的反抗，她知道天下没有免费的午餐，可是如今若是自己不同意想必胡离还有那些赤卫军就会死无葬身之地了！她等不起！

“臣……遵旨！”凌霜垂首应道凤眸中却是掠过一抹嘲讽，老子先打完了再说！嫁人不嫁人还轮不到你丫替老子做主！

凌霜同龙辰逸双双从养心殿出来，龙辰逸只觉得整个人都飘飘忽忽的不知所措，侧眸看着身边心仪的女子更是带着几分纠结和复杂。

凌霜不喜欢他这个事实龙辰逸比谁都晓得，只是如今霜儿亲口答应了承平帝的皇命，这件事情倒是铁板钉钉了。

“霜儿！”龙辰逸抬手握住了凌霜隐在袖间的手。

“殿下！”凌霜不露痕迹的地挣脱了龙辰逸的手掌侧身而立躬下身子道：“太子殿下有何吩咐？”

龙辰逸眼底的暖光淡淡消散了去吸了口气道：“凌霜！我不会让你死的！”

凌霜猛地抬眸看向了神情不太分明的太子不知道这货要说什么？

“凌霜！”龙辰逸压低了声音道，“你领着三千人且去应付差事便罢！千万不要过江自寻死路，即便江南被占领本宫也不愿意你受半分伤害。你且在江南北岸绕一圈后就原地候着后援军队的到来！即便打输了，父皇要治你的罪还有本宫呢！本宫自会维护你。凌霜，相对于江山社稷，我从来在乎的只有你！”

凌霜顿时无语了！龙辰逸的意思她明白，便是让自己带着三千亲卫军去作个秀，至于打赢打不赢靠后再说！她顿时有一种所托非人的悲催感，自己他娘的到底辅佐了一个什么混蛋储君？拿着千千万万人的生命开玩笑？！！

“你……我……”凌霜点着龙辰逸的鼻尖，“老子真他娘服了你了！！”

凌霜猛地转身离开，真怕克制不住自己一拳闷倒这个混蛋太子，撬开他的脑袋看看里面装着什么，不过这实在是有当着承平帝的面儿谋杀储君的嫌疑。

“凌霜！本宫的话还没有说完呢！你给本宫回来！！”龙辰逸没想到凌霜这般不领情，顿时也恼了，可是碍着储君的面子又不好追上去，只得恨恨地咬着牙看着那抹远去的俏丽背影。

凌霜被承平帝赐婚太子妃的事情瞬间在京城传遍，而且还是远征后回来成婚的慷慨激昂，更是让京城街头巷尾的百姓感慨万千。

凌霜两天后便要出征，此时凌府已经乱成了一团，府里的管家丫鬟婆子忙着替凌霜收拾出征用的东西，到头来却发现自家大小姐这是要去打仗而不是去游山玩水，她们全部都是白忙乎。

上一次大小姐出征还是十年前，如今每个人心头都堵得厉害，除了私底下抹眼泪似乎什么都做不了。虽然凌霜已经是钦定的未来太子妃，可这并没有让松鹤堂的气氛变得喜悦起来反而更加沉闷。

凌霜躬身立在凌老夫人的面前，面对着这个心疼爱护自己的祖母竟然不知道该说些什么？

“祖母！其实没有外界人们说的那么凶险，真的！呵呵呵……您得相信孙女儿一定能打赢这场仗的！祖母……”

凌老夫人仰靠在迎枕上，额头间贴着两团药贴，显然是被这件事情惊吓病了的。

“霜儿，你过来！”

凌霜心头一阵愧疚缓缓坐在了凌老夫人身边，手臂却被凌老夫人枯木般的手掌紧紧抓住。

“祖母！不必担心……真的不必担心……”

“你让我如何向你死去的爹娘交代？你让我如何……”凌老夫人陡然声音哽住了几分，别过脸却是颤抖地说不出话来。

“祖母！圣旨已下！祖母……其实多不过三个月孙女儿就能回来！”

凌老夫人吸了口气哽咽道：“凌家为大燕已经死了那么多人了，凌家不欠他们什么，为何……为何还要我的孙女儿去？为何啊？！！”

凌老夫人嫁给了老凌国公，生养了那么多将军，自己的孙子孙女儿也都是将军，没有谁比她更能晓得战争意味着什么！

她的几个儿子上战场的时候都会信誓旦旦说：“母亲，我很快会回来的。”

当年回风谷大战之前，她的长子，还有她的长孙都说他们会回来的，结果回来的却是马革裹尸。如今她最疼爱的小孙女儿也这样说，她心头是真的怕啊！她不想让自己的孙女儿嫁进皇家，如今却是被赐婚为太子妃，未来的路该如何走她这个做祖母的心头实在是怕得要命。

“祖母。”凌霜凤眸中隐隐有了泪意，自己真是该死让祖母替她担惊受怕，但是有些事情她也逃避不了。

“祖母！孙女儿这一次带领的是二十万大军！二十万大军啊！祖母！都是京城中精锐中的精锐，孙女儿没事儿的，您就不要担心了。”

“你诳我吗？”凌老夫人苦笑，“你还真以为祖母老糊涂了吗？你和你二哥不管做什么都瞒着我，呵呵呵……祖母哪里不知道你是以三千人对阵三四十万人的九死一生，你当祖母眼睛真的瞎了还是耳朵真的聋了？”

02　软禁

凌霜暗道该死，究竟是谁走漏了风声。她猛地转眸，锐利的视线扫向了柳青等人，柳青吓了一跳忙向后怯怯地退了几分。

“你别瞪她们！这事儿京城传得沸沸扬扬的，怎么能得瞒住祖母？”凌老夫人叹了口气，“你去准备吧！就让我这个死老婆子自生自灭算了！”

“祖母！我……”

“退下吧！”

凌霜唇角动了动不得不站了起来退出了松林堂，她晓得祖母在生她的气，顿时愧疚至极。她对得起赤卫军的兄弟们，对得起大燕朝，对得起皇上，却唯一对不起暖阁里的那位老人。

夜色深了几分，靖国公府的内堂里烛火阴晴不定。宇文胤躬身立在父亲宇文擎宇的面前，心神不定地看着地上跪着的六个心腹。

宇文擎宇扫了一眼地上的人缓缓道：“长公子开启地宫将珠宝搬走的事情你们可知晓？”

“……”一片死寂，这些人都是宇文胤自己瞒着父亲培养起来的心腹，没想到被父亲全部抓了个正着。

“长公子想要迎娶凌霜进门的消息你们也知晓？是也不是？”

“……”

“呵！到如今你们还替他瞒着倒也忠心得很，可惜了，你们的忠心却是错付了地方！”宇文擎宇猛地一掌将案几上的茶盏扫到了地上。

“来人！拉出去……活埋了去！”宇文擎宇的声音中带着几分清冷。

“父亲！”宇文胤忙跪了下来道，“这一切都是孩儿的错，还请父亲饶他们一命！”

“饶了他们？”宇文擎宇恼怒地盯视着自己曾经引以为自傲的长子，心头一痛，都是凌霜那个贱人迷了儿子的心窍。今儿若是不能将胤儿的心头戳出血来，他是不会知道痛的。

“来人！拖出去！”

“父亲！”

“拖出去！！”

这六个人都对宇文胤忠心至极倒也没有求饶，只是冲家主和长公子磕了一个头便被拖了出去。

偌大华丽清冷的内堂只剩下了父子二人，宇文胤眉头狠狠蹙了起来，心头一震触痛。这些人跟了他很多年，没想到却死在了父亲的手中。

“胤儿！”宇文擎宇缓缓起身站在了宇文胤身前，居高临下地看着他道，“今天要让你晓得你父亲还是这个家的家主，宇文家还轮不到你做主！！”

宇文胤的手指紧紧扣着青石地面的缝隙，整个身子宛若雕塑一般沉寂：“父亲，你要毁了儿子吗？”

“毁了你？”宇文擎宇恨恨道，“你若是任何一个不相干的人，早已经不知道死过几千几百次了！正因为你是我宇文擎宇最钟爱的儿子，我才容忍你一次次的放肆！！从今往后你控制的所有势力都不再跟随你，从明天开始我会对外界宣布你得了怪病需要在琼林苑静养！你给我在冰冷的地宫中好好反省自己究竟错在了什么地方？你什么时候想明白了，什么时候再从地宫中出来！”

宇文胤猛地抬眸：“父亲要软禁孩儿？！！”

宇文擎宇闭了闭眸子道：“胤儿，我对你很失望，这个家主的位置也许不适合你，不过家族正式流放你的日子需要等到你四弟从南疆回来再说！”

“父亲！”宇文胤墨眸中满是哀伤，“你是让四弟去送死！四弟有勇有谋，做事果敢，但是他最大的缺点便是太过残肆！做事不留任何余地！你让四弟跟在凌霜身边，非但害不了凌霜反而会死在凌霜的手中！父亲，听孩儿一句话，当年是我们对不起凌家在先……”

啪！宇文擎宇狠狠一记耳光扇在了宇文胤的脸上怒斥道：“我还轮不到你这样吃里爬外的东西来教训！！来人！将这个混账东西给我关到地宫里去！”

“父亲……”宇文胤缓缓起身，拥进来的护卫倒也不敢真的绑他，只得手足无措地看着自家长公子。

“父亲，你一定会后悔的！父亲！不要让三弟和四弟送死，算我求您了！他们斗不过凌霜的，父亲！！”

“还愣着做什么？给我将这个孽子弄出去关起来！”宇文擎宇缓缓转身再不愿意看这个让他伤透了心的混蛋儿子。

等在西侧院枫林阁的宇文家几个兄弟此时却是心中七上八下，枫林阁是老四的院子，因为老四喜欢收集些稀奇古怪的玩意儿，这处院子几个兄弟常来。后来大哥成了安国侯，因为战功卓著皇上另外赐了一座安国侯府，几个兄弟也不经常回主宅，有事儿没事儿喜欢在大哥的安国侯府里窝着。

不过在重大节日或是有重大事情父亲要同他们几个交代，几个兄弟都会回到主宅看看父亲和母亲。可是今天主宅的气氛很明显有些不对头，父亲将大哥关在了内堂至今没有出来，即便是老四宇文御将娘亲搬出来也不能平息父亲的怒意，反而连娘亲也被父亲关在了后院禁足。

“四爷！老爷让四爷去一趟书房！”一个宇文擎宇身边的长随走进了枫林阁躬身禀告道。

“四弟！你一会儿可得替大哥求求情啊！”宇文效忙道，他随同大哥在高车打仗素来与大哥交情甚好，此番更是着急得很。

“四弟，好好同父亲说，不要再惹恼了父亲！”宇文川心神不安至极，这一次三弟和四弟出征南疆，他总觉得会出事儿。加上大哥与父亲闹翻了去，莫非宇文家要生出什么变故来？

“二哥，三哥放心，我去去就回，大哥那边我自会好好周旋！”宇文御也是奇怪得很，这一次纵然一贯聪明的他也猜不出父亲到底想要做什么？

本来青龙军和羲和军的总统领可是大哥，父亲偏生将这个位置逼迫大哥让出来让自己坐上去。若是真的因为生了大哥的气，可是这南征副帅的事情也不应该是自己出面啊！还有二哥和三哥呢！

宇文御沉思着走到了父亲的书房外面，抬目一看不禁吃了一惊，守在书房外面的家臣都是跟随父亲多年的人，平日里很少在府中出现，难不成府中有什么即将要发生的变故？

“四爷请！”一个头发花白的家臣冲宇文御躬身道。

“郑叔多礼了！”宇文御忙回礼，这位可是父亲的心腹之人，他们这些小主子也要恭敬几分的。

宇文御缓缓迈进了书房的门，看着端坐在正位上的父亲，只觉得心头泛起一阵怯意。

“孩儿给父亲请安！”宇文御恭恭敬敬给宇文擎宇磕了一个头。

“御儿，起来吧，不必多礼！”宇文擎宇点着案几上的青玉杯子道，“喝了它！”

宇文御眉头微蹙却是不敢违抗缓缓走到了案几边看着青玉杯子里像血一样的红色液体，到底还是心头犯憷了几分，吞吞吐吐道：“父亲，这是……什么？”

“喝了！”宇文擎宇眉眼间没有丝毫的温暖，带着几分冰冷清凉。

宇文御心头直打鼓，自己无非就是帮助大哥隐瞒了关于凌霜的那些事实，父亲不至于毒死自己吧？

他硬着头皮将杯子端了起来刚凑到唇边却是一股子腥味袭来，忙压抑住心头的恶心，仰起头一口喝下。瞬间五脏六腑却像是着了火一样，不禁闷哼出声。

“父亲……”宇文御抬眸恳求地看着父亲，这简直就是穿肠的毒药令人痛楚不堪。

“过一会儿便好，忍着些！”宇文擎宇起身抬手将几乎摇摇欲坠的四儿子一把扶住扶坐在了椅子上。

宇文御疼出了满头大汗，小半炷香的时间痛楚才平复了下去，可是左臂仿佛断了一般的疼痛难忍。

“左臂疼否？”宇文擎宇盯视着宇文御的神情。

03　最后一次帮忙

“父亲！”宇文御喘了口气道，“回禀父亲，孩儿能……能撑得住。”

“掀起衣袖看看你的左臂！”宇文擎宇眼眸中的神情带着几分无奈，本来自己不愿意将这个秘密说出来的，只是形势所迫。

宇文御狐疑地将衣袖撸了起来，却看到了左臂上的一抹艳红色云纹，狠狠打了一个哆嗦。他猛地抬眸看向了自己的父亲：“父亲？”

“不错！”宇文擎宇转身看着窗外清凉的夜色道，“你大哥身上也有一个这样的印记，想必你也晓得宇文家的历代家主都是如此。宇文家的家族中会出现两个有这种印记的子弟。家主便是从这两个人中挑选，选中的那个继承家主的地位，没有选中的那个便会被流放异乡，免得因其在家族中起什么争端。”

宇文御只觉得一阵头晕目眩，大哥一直都是他们几个兄弟敬仰的对象，那是一个不可触及的高度。如今突然自己的父亲亲口告诉自己，原来自己也可以站在这样的高度，一时间竟然不知所措起来。

“你大哥的所作所为已经让我和宇文家的其他族老们失望透顶，所以……”宇文擎宇缓缓转身看着自己最小的儿子道，“你要好好努力，你大哥已经被我关起来了！”

“父亲……”宇文御大吃一惊。

宇文擎宇挥起衣袖让宇文御闭了唇，随即从怀中拿出了一方宇文家历代家主相传的玉印道：“御儿，此次南征结束后，你搬兵回朝之日便是你大哥流放之时，不过……我不想看到凌霜从南疆活着回来，你明白吗？”

方府东苑的暖阁中，顾啸云一脸阴沉地冷冷看着自家的少主。

“少主，我希望你能晓得，我与南儿才成婚一天，若是有事可否白天将我喊来？您知道现在是几更天了吗？”

方玉一袭月白长袍曲着腿斜靠在窗户下的软榻上，手中擎着一只玉壶仰头灌了一口冷冷道：“我心头不痛快得很！老家伙们这么快就动手了，那该死的宇文胤若是不逼迫霜儿，我如今定会拉他一把。宇文胤固然讨厌，可是那个龙辰逸更是该死！”

顾啸云撇了撇唇冷笑道：“少主，你这是作死！如今倒好，便宜了太子爷，凌霜如今身份不同啊！未来的太子妃！我顾某何德何能居然还能与当朝太子做连襟，呵！”

顾啸云刚刚正与叶南在秀竹苑中温存却不想被方玉派人强行逼到了方府，心头着实不痛快，言语中的幸灾乐祸压也压不住。

方玉淬利的桃花眸微微挑了起来扫了一眼顾啸云唇角勾起一抹冷笑道：“太子妃？呵！那又如何？霜儿的心性我最是了解，只不过是霜儿的权宜之计罢了！

皇上和太子爷还真当真了？着实可笑！”

顾啸云哧的一声笑了出来道：“少主，您这话儿，属下怎么越听越觉得有种吃不着葡萄说葡萄酸的感觉？不管怎样，凌霜可是答应了赐婚的，若是从南疆回来后，违抗皇命可不是闹着玩儿的！”

方玉将手中的玉壶随手扔在了一边，摇摇晃晃从榻边站了起来，负手而立看着窗户外面的月色道：“这一次南征后，说不定要变天了。”

顾啸云猛地打了个哆嗦，瞪大了眸子看着方玉清高的背影：“少主不会是想将龙辰逸给……”

“啸云！”方玉缓缓转身看着顾啸云道，“你刚刚说和南儿成亲才一天光景是也不是？”

“少主，你想干什么？”顾啸云隐隐有种不妙。

方玉冷冷笑道：“本公子最见不得自己伤心绝望之际，某些人在本公子面前展示自己的恩爱。”

“所以……”顾啸云忍不住握紧了拳头。

方玉淡然笑道：“我不会像宇文胤那么蠢，自己好不容易培养起来的势力居然被他老子收走，你拿着这个！”

顾啸云定睛看去不禁打了个摆子，竟然是血影门门主令牌。

“少主你想做什么？”

“要玩儿就玩个大的！”方玉唇角带出一抹邪肆，“父亲不知道我手中藏起来的那些牌，我要你带着我的人，一共将近三万余人的血影门，全部赶去南疆暗中保护凌霜。若是她出了什么事儿，你们都不要活着回来了！”

顾啸云看着方玉眸底中的冷光，心头一颤，此人心狠手辣，说得出做得出。

“少主！这一次是我最后还你人情，这一次从南疆回来后，我想带着南儿归隐江湖，不问世事。少主也就当没有见过我这个人，我顾啸云是真的累了，想找个家歇歇脚。”

方玉点了点头道：“啸云，这一次也算我求你帮忙，最后一次帮忙，让凌霜活下来。我方玉承你的人情，从此往后还你和叶南一片清净。”

顾啸云叹了口气道：“若是我将血影门的人都带走，你便会更加受制于你的父亲。京城如今形势险恶，你要不要留点儿家底儿……”

“不……不用留，我只要她安好！”方玉转身看着窗外道，“那丫头倔强得很，若是没有这些乱七八糟的关系，我定然带着她远走高飞，饶是谁也不能阻拦。可是我隐瞒了那么多秘密，但是我不能说，那些秘密你让我如何对那丫头说？龙煜天再怎么样，他也是我的父亲，我和凌霜都被命运捉弄了。我如今只想尽我的力量能保她一天便是一天罢了！”

顾啸云垂首道：“算了，少主你也想开些，看着你如此倒霉我也心情好受了几分。至少我和南儿没有你们那么多乱七八糟。属下告辞！对了，今夜属下会在凌府留个后门，你去见见凌霜吧！这一次南征，我们都是豁出命了的。方玉，永远也不要认为自己可以操控一切，有时候结局不是你想象的那么好。尽人事安天命吧！”

04　出征

顾啸云说罢退出了东苑的暖阁，回去后少不得要同南儿商量一番。可是这他娘怎么商量，刚成亲，还没温存够呢！一切都被方玉和凌霜这对儿狗男女搅和了，只希望能尽快摆脱这两尊瘟神。

凌霜回到了松林堂命人将征衣和软甲收了起来，出征的那一天是要穿出来显摆一下的。她此番心头乱糟糟的，急需要理出个头绪来。

“大小姐。”嫣红走了进来，神情有些闪烁。

“怎么了？”凌霜坐在了案几边垂首对着南疆的地图想着作战思路。

“外面有人找……”

凌霜抬眸猛地看到一个熟悉的身影绕过了屏风走了进来，不禁一阵头大点着嫣红道：“是不是你们放进来的？”

嫣红诺诺道：“是……是顾楼主。”

“霜儿，我想和你谈谈！”方玉站在了凌霜的面前缓缓道。

嫣红等人忙退了出去，这两个人凑到一起实在是没什么事也要生出是非来。

凌霜此番看着方玉倒是有些不自在："方玉……我晓得你在朝堂上是为了我好，可是……"

"别说了！"方玉猛地将她一把拉进怀中紧紧箍着，垂首嗅着她的发香，却有些凄凉，"别说了！什么都别说！让我抱一会儿，就一会儿！"

凌霜身子微微一震却是没有反抗，靠在了这个曾经很熟悉后来很冷漠的怀中，这样也好。说什么都是错的，不若这样平静相待。

"殿下！请留步！"外面传来林子妍的声音。

方玉的手臂微微一紧，抬手便将暖阁中的烛台熄灭了去低语道："该死的龙辰逸，越来越放肆了，居然大半夜闯人家女儿家的闺房，要不要脸？"

凌霜一愣，暗道方玉你这样子要不要脸？不过她却不舍得离开。

外面龙辰逸的声音越发清晰了几分道："凌霜是本宫的太子妃，本宫今夜来看看她！"

"殿下！殿下！将军马上要出征了，好不容易歇下，如今怕是睡着了，殿下您看连屋子里的烛光都熄灭了去。"

龙辰逸的脚步丝毫没有停顿。

林子妍许是急了忙道："殿下，我家将军脱了衣裳了，虽然是殿下未来的太子妃，可毕竟没有大婚。若是传出去，在军中的名声也不好听。况且凌家有个惯例，大战之前不谈男女私情，还请殿下体谅我家将军的难处，有什么事等明早再说！殿下体谅一二啊！"

龙辰逸的脚步声终于止在了暖阁外面，凌霜紧张得出了一头的冷汗。如今自己被方玉抱在怀中，这算不算给太子爷戴了绿色儿的帽子？闹出去，指不定又要生出什么事端来？

"霜儿！"龙辰逸吸了口气道，"我不管你是真睡还是装睡，我只想让你明白一点儿，我等你回来，我会一直等在那里，不管你走得有多远我会等着你。"

凌霜手心也渗出汗珠来。

"霜儿，我是真的喜欢你，我知道你喜欢的是那个看起来像阴阳人的方玉，他给不了你幸福的。你的幸福，本宫会给你。"

凌霜一口气差点儿噎死过去，阴阳人？她猛地抬起凤眸看向了方玉已经铁青的脸。

龙辰逸期期艾艾在凌霜的轩阁外面说了好久，许是累了，终于随着下人们离开。

“凌霜，”方玉咬着后槽牙道，“你还记得我曾经对你说过的话吗？”

“方玉，那小子脑子不灵光，你别当真！”凌霜讪讪笑道。

“哼！”方玉冷冷笑道，“我记得我和你说过，不管你嫁给谁，老子都会让你变成寡妇！”

“方玉！你不能对龙辰逸使阴招……你……”凌霜大惊失色，她晓得方玉的手段，如今凌家和龙辰逸是绑在一起的，她不能让太子爷倒了。

方玉猛地垂首狠狠将凌霜的话吻了回去，他不想听，他心很乱，他不想从这个女人嘴巴里听到她说出任何维护别的男子的话，他是真的……嫉妒了。

方玉的吻带着几分怨恨和绝望，让凌霜的心在那一瞬间抽痛不已。

“霜儿！”方玉低低喘息着，垂首抵着凌霜冰凉的额头，哑着声音道，“答应我，不管发生什么都活着回来，好吗？”

“方玉，我……累了，是真的累了！”凌霜叹了口气，“但是你且放心，我也是很惜命的！”

“霜儿，你还记得你说过的话吗？”方玉将她紧紧箍在怀中，“你说过这一次从南疆回来，你会原谅我？”

凌霜暗自苦笑，自己其实早已经爱上了这个混账东西！只是这份爱太过沉重，她需要时间去消化。

“我原谅你！”凌霜轻声道。

“好！霜儿！等你从南疆回来，我们从新开始！”方玉将她猛地打横抱了起来宛若过去的那些甜蜜日子，随即将她轻轻放在了床榻上。

“好好歇着，霜儿，我方玉发誓倾尽一生也不会让你受半分伤害！”方玉垂首在她的额头轻轻落下一吻，起身细心地将纱帐缓缓放下，定定看着纱帐里那个他无法放下的身影小心翼翼退出了内堂。

大燕承平十四年，落叶纷飞金秋时。

崇武门前军旗猎猎，身披重甲的凌霜站在高台上。紫色束金玉带，大红的战袍前后绣狮，紧扎的袖口和硬朗的银色铠甲让她顿生英姿飒爽之气。曳地青丝用一条银色缎带绑了起来高高束在脑后，浸润在阳光中的那抹绝色容颜让所有的人心头不禁生出一抹臣服。

在她身后的是身着玄色劲装的三千凌家亲卫军，统一骑着彪悍的战马，眉眼间带着几分肃穆还有更多的兴奋。四周围观的人群不禁暗道凌家亲卫军身上居然有一种别样的精神气，抑或那是一种令人惧怕到骨子里的死亡气息。

亲卫军后面的便是二十万大燕朝的精锐大军，黑压压的一片，肃穆威严。

承平帝派了自己的儿子太子龙辰逸带领文武百官亲自送行，龙辰逸俊朗的眉眼此时却紧锁着那抹令他魂牵梦绕的身影，心痛得像是快要被搅碎了去。

他亲自将自己的未婚妻子送到了那条不归路上，即便是高高在上的凤子龙孙却也拗不过命运的残酷。

05 军纪

“凌将军！一路顺风！”龙辰逸艰涩地动了动唇角却只能挤出这么几个字。

凌霜躬身抱拳行礼道：“臣一定不辜负皇上和太子的期望，定当凯旋，壮我大燕国威！”

“霜儿！”不远处的人群微微一动分开一条通道，凌冰搀扶着凌老夫人带着凌家老小缓缓走了过来。

“祖母？”凌霜忙走了过去一把扶住了祖母，既然今日来送行定是不再生她的气了。

凌老夫人扶着凌霜的胳膊，细细打量这个离经叛道不听话的孙女儿，终究是叹了口气道：“霜儿！这是祖母送你的东西，你且好好收着！”

凌老夫人命人将一块儿纯白色的裹尸布拿来亲自捧到凌霜面前道：“青山处处埋忠骨，何须马革裹尸还。我的孙女儿身子娇嫩，受不了那马革的粗糙，这是祖母亲自缝制送与你的。霜儿，凌家祖上都是为国捐躯的英烈，断没有半道退缩的懦夫！我的孙女儿既然要走那便一路走好！祖母在家中焚香斋戒为我的孙女儿祈福！祖母等你归来将这块儿无用之布还给祖母！”

凌霜心头一震，抹了一把脸上的泪嗤嗤笑道：“祖母！这个礼物孙女儿收下了，祖母放心，昨儿梅花庵求了签，说您孙女儿是个害人精，命长着呢！祖母在上！请受霜儿一拜！”

凌霜缓缓跪在地上冲凌老夫人重重磕了三个响头，起身便再也不回头走向了自己的军队。四周百姓传来一阵隐隐的抽泣声，从中走出来一个耄耋老人正是太学院德高望重的大儒南山老人。

“凌将军！请受老夫一拜！”南山老人带着身后太学院的儒生们齐齐冲凌霜拜了下去。

凌霜忙顿住脚步还礼，心头却是有些着急，她赶时间啊！这白胡子老头儿能不能不要这么啰唆啊！可是南山老人一支笔就能写死个人，她这个粗人不敢得罪啊！

“老先生客气！”凌霜刚起身却是看到南山老人端在她面前的一碗酒，不禁踉跄了一下。

“凌将军！壮士此去，归期何时？”南山老人颤着身子带着哭音道，“凌将军带领三千壮士，换我大燕子民百世安宁，这等弥天大勇，感天动地啊！今天请凌将军和众将士喝了老夫这杯壮行酒！”

三千太学院的子弟亲自抬着酒将一碗碗酒送到了凌家亲卫军的手中，凌霜硬着头皮接过了南山老人手中比自己脸还大一倍的海碗，暗自仰天长啸。你妹的！还让不让老子好好打仗了！你不知道老子一喝酒就丢丑，这下子可玩完儿了。

姹紫和嫣红也是急出了一身冷汗，大小姐这一海碗下去指不定要出什么乱子。

凌霜端着碗看着眼前一脸呆萌的南山老人，尼玛！这老头书念多了！

“多谢老先生！”凌霜缓缓端起了海碗，突然将里面的酒冲着天洒了一些道，“凌霜何德何能，这酒先当敬天！凌某此次南征是替天行道！还望老天保佑我大燕！”

她随即倒了一些在地上沉声道：“此酒应当祭祀那些在南疆战死的英魂还有

那些死于战乱的无辜百姓，凌霜定替你们报仇雪恨！”

她端着剩下的一点儿残酒对着自己的亲卫军道：“兄弟们！凌某带着你们去杀敌报国！来！干了这杯！！喝！”

“喝！！！”三千壮士声威震天令人觉得荡气回肠。

凌霜装着样子将碗里的酒一饮而光，豪迈地将碗咔擦一声摔在了地上。

三千亲卫军学着她的样子也将碗摔在了地上，悲壮至极，却又振聋发聩。

林子妍冷眼旁观却唇角微翘不禁莞尔，大小姐这么不要脸，连老天爷也利用，老天爷知道吗？这酒洒了这么多，白白辜负了南山老人的心。不过……她喜欢……

“壮士气概吞云天，老夫……”南山老人激动得说不出话来。

凌霜一把将他抓着用了点儿劲儿扔回到了那帮儒生们怀中道：“照看好老先生！凌某出发了！”她忙骑着烈火飞奔而去，身后的三千亲卫军齐刷刷跟了上去，气贯长虹。

二十万大军紧随其后，出了崇武门，奔向了京城外面的茫茫旷野。

“霜儿！”龙辰逸看着凌霜的背影喃喃自语，“其实你一直不懂，我从来不需要你替我打什么江山，我只希望你能陪在我身边，哪怕是布衣百姓也足矣。”

一匹白色骏马载着身着月白锦袍的方玉沿着山坡的小道疾驰，直到停在一处悬崖边再也不能前进半步，方玉凝视着那抹越来越远的红色身影，抓着缰绳的手指节发白。

他不爱送别，因为那太过悲伤，他只想默默守护着那个人，直到地老天荒。

此时地宫中的寂寞冷清却被身着玄金色锦袍醉成一团的宇文胤晕染的更加凄惶，他举杯狭长的墨眸看着黑漆漆的穹顶，唇角露出一抹苦笑。今日便是她出征的日子吧？他心头多么渴求能与她并肩杀敌，那会是多么快意人生，可是……

“呵呵呵……今朝有酒今朝醉！”宇文胤仰头灌下一杯烈酒，却是醉倒在一边的石台上，沉沉睡去。

出了京城快马加鞭行了一天的路终于赶到了涿州，凌霜看着二十万大军组成的超级大尾巴，这样的进程绝对不可能半个月抵达赤州。

傍晚时分，大军不得不停在野外安营扎寨。远远看过去虽然篝火连天壮观不已，可是在凌霜看来这简直是招摇拖沓得厉害。

今夜她必须带着三千人率先离开，可是宇文家的羲和军和青龙军却明摆着给她找茬儿。凤御军紧紧跟着凌霜的步调，唯独宇文家的军队却是故意拖沓，以至于今夜本来计划好的在涿州府过夜，却硬生生被宇文家的军队拖了后腿。

凌霜立在篝火点点的旷野中看着姗姗迟来的羲和军和青龙军，脸色阴晴不定，唇角却是翘着一抹冷入骨髓的寒凉。

若不是没有别的兵力，凌霜绝对不会带着宇文家的人去打这一场要人命的硬仗，可是既然带上了就要给他们立立规矩。

06 下马威

“来人！请姗姗来迟的各级将帅统领到我主帐中来！”凌霜定定看着青龙军和羲和军的几个统领。

“是！”嫣红忙传令下去。

不多时主帐中灯火通明，宇文御带着十几个将帅统领缓缓走进了主帐中，抬眸沉稳地看向了坐在正中的主帅凌霜。那张令他父亲恨毒了的脸隐在摇曳的烛光中显得阴晴不定，宇文御心头暗自冷笑，法不责众。这一次他故意指使几个手下拖延了行程就是要在这旷野中，安排人手击杀凌霜。

凌霜今夜定会带着三千人率先离开营地急速南下，一旦等她落了单便是她的死期。通往涿州的狭长谷底，三万训练有素的宇文家暗影，击杀区区的三千人实在是小菜一碟。

“今夜……我们本应该在涿州的，”凌霜抬手缓缓拂过了案几上一块儿黄布包裹的物件儿冷冷看着宇文御等人，“凤御军提前半天抵达了我要指定的位置，那么青龙军和羲和军为何却到不了呢？”

宇文御眉头一蹙视线转向了身边的心腹，青龙军统领孟昭随即冲凌霜躬身道："主帅！末将也是迫不得已，本来可以按时到达主帅指定的位置，只是军中出了一点儿岔子。"

"什么岔子？"凌霜冷冷道。

孟昭虽然言语恭敬脸上却是不以为然道："几个兵士病了，故而拖延了时间。"

"病了？"凌霜凤眸一挑，猛地一掌击在案几上怒斥道："是兵士们病了还是你孟统领病了？！！几个兵士病了，你让十五万人拖延等待，这还没去南疆主战场呢！我的孟大统领！！你吃屎长大的吗？"

孟昭素来张狂被凌霜一个女人呼来喝去倒也有些恼了，他猛地仰起头道："素闻凌将军向来爱护下面的兵士，难不成末将体谅病弱竟然是看不在主帅你的眼睛里？"

凌霜冷冷笑道："孟统领你似乎弄错了一件事情，这里的军人没有凌家和宇文家之分。姹紫！大燕军纪第三十一条写的什么？"

"回禀主帅！大燕军的将官不得离间军心挑拨是非！"

"孟昭！我们分明是南征军，你却偏偏要分个你我？嗯？大燕军纪第二十六条写的什么？"凌霜冷冷看着孟昭。

"第二十六条是将官理应服从主帅的命令，对于主帅的命令不得找任何借口拖延生事！"姹紫沉稳道。

"很好！"凌霜看着孟昭似乎有些动摇的脸色淡淡道，"孟统领你可知我们是去干什么？原本一天之内抵达涿州，如今却是因为你的缘故延迟了。一天的延迟你知道这意味着什么？意味着赤州多一分危险，赤州不保你知道意味着什么？意味着老子们打的这场仗将是满盘皆输！你负得起责吗？！！来人！！给我拖出去斩了！！"

"凌霜！"孟昭一看凌霜来真的顿时慌了，却还是挺着脖子道，"凌霜！你刚愎自用！武断残暴！老子不服！！"

"主帅！！"宇文御也是吓了一跳，孟昭可是青龙军的统领，还没有出征便被斩了，宇文家损失也是极大的。

"主帅！"宇文御忙上前一步道，"大战在即，斩杀良将，不祥！"

“呵！这样的庸才杀了有何可惜！来人！”

“主帅！”宇文御冷冷护在孟昭的身前道，“即便主帅有专断令行的权利但是孟统领身份不同，若是要斩也需要禀报皇上才是！莫非主帅这般目中无人？”

“呵呵……”凌霜缓缓站了起来抬手将案几上的黄布除去，却是露出一柄御赐的尚方宝剑来。

她擎在手中环视了四周一遭转身盯视着宇文御道：“这是皇上所赐，出征之前皇上赋予我在这军中生杀予夺的大权，宇文御你说我能不能杀？”

说罢凌霜的剑尖挑向了宇文御道：“怎么？宇文将军想要违抗皇命？”

宇文御眉头狠狠蹙了起来，谁能想得到承平帝会给了凌霜这么大的信任，可是如今事情已经做了一半儿，若是因为这件事闹翻了后面的计划倒是不好进行。

他攥紧了拳头不得不侧身退开，孟昭顿时暴露在凌霜的剑下。

“凌……凌将军……”孟昭慌忙退后了一步。

“千山！交给你了！”凌霜将手中的尚方宝剑送到了千山的手边，千山双手捧着剑突然转身一记凌厉而又出人意料的攻击令孟昭刹那间便被斩杀在了营帐中。双目圆睁的人头咕噜噜转到了宇文御的脚下，眼眸中还带着几分不可思议。

主帐中顿时一片死寂，即便是对凌霜颇有微词的青龙军和羲和军的将领们也是额头渗出一抹汗珠来。

“青龙军统领暂由青龙军副统领冯岩担任！”凌霜看也不看地上的无头尸体淡淡道。

宇文效猛地冲了上去刚要说话却被宇文御一把抓住死死按着低声道：“三哥镇定！”

宇文效几乎红了眼睛，这个女人害惨了他的大哥，如今刚刚出了京城不到一天的时间便斩杀了宇文家培养起来的一员虎将，实在是让他气闷至极。

凌霜若无其事地抬手一抖将一张地图铺在案几上：“时间不等人，今夜我便带着三千护卫军先行一步，但是诸位务必在一个月之内抵达指定地点。不管路上发生了什么，爬也要给我按时爬过去！否则皇上的尚方宝剑可是渴得很！”

四周一片肃穆，凌霜的铁血手腕他们是领教了。

“莫寒！”

“末将在！”莫寒上前一步接过了凌霜递过来的令牌。

“你带领凤御军务必在二十天后抵达长江北岸韶华关！彼时将南疆叛军尽量拖在韶华关一线令其不能继续北上！”

“是！末将遵命！”

“宇文效，余庆二人听令！”

羲和军统领余庆小心翼翼拉了一把即将冒火的三爷上前躬身立在凌霜面前。

“末将在！”

“你二人即刻起赶往西南方向，从古北口南下侵入南疆叛军的老巢衡州，攻而不破，但是一定要搅和得衡州不得安宁。”

余庆眸中不禁一亮，凌霜这招倒是狠，像一柄尖刀直接插入敌军的腹地，饶是段佑天也想不到凌霜如今还有时间给他的后方捣乱。

宇文御眉眼一动暗道果然奸诈，用兵狡猾得很。

07 调戏有风险

“宇文御！冯岩听令！”凌霜视线转向了宇文御缓缓道，“你二人务必在一个月后赶到赤州城下，届时青龙军，凤御军，羲和军听我从赤州城中传出的命令，发起总攻将南疆叛军围歼于江右，把他们全部喂了江中的王八！”

宇文御扫了一眼案几地图上凌霜用朱砂笔点出来的指定地点，暗自吸了口气，原来凌霜的计策在这里。

段佑天打死也想不到凌霜苦苦保护下的赤州城就是个诱饵，真正的撒手锏可是他们这三路大军的围攻。若是如此，段佑天死期不远了。

其他将领也明白了凌霜的意图，这是典型的诱捕策略。只不过这一次身为主帅的她竟然亲自涉险甘当诱饵，段佑天若是知道凌霜在赤州城定然会调集大军折返围攻赤州，他们这几支实力雄厚的军队便可以抓住机会让南疆叛军再也回不了老家。这个计划层层相叠，环环相扣，虚实难料，着实令人头痛得很。

所有人看向凌霜的眼神都变了几许，即便是青龙军和羲和军的人也是佩服得很。

凌霜抬起凤眸冷冷道：“诸位！我再强调一遍时间的重要性！这一次但凡稍稍迟了一天，这样的合围便会有缺陷，我提醒诸位不要误了时辰，不然……哼！即便是天王老子！我凌霜也定会斩了他！”

“听明白了吗？”

“是！”主帐中的众将齐齐躬身应道。

凌霜点了点头道：“很好！今夜我带着三千人先行进发，你们随后跟上！”

“来人！将孟昭的尸身拖出去挂在军旗旁边，头颅祭旗！我要让全军将士明白，我们是去打仗不是游山玩水！！你们退下吧！今晚歇过脚后，从明天开始急速进发江南！好好睡一觉，兴许以后再也没有这样的机会了！”

凌霜意味深长地扫了一眼宇文御淡然转身再不看身边的将领一眼，宇文御唇角含着一抹寒凉缓缓转身走到营帐外面。他顿了顿脚步却是撞上了姹紫正端着一只木盆从帐里面走出来，里面满满盛着血水想必是将刚才的地面清洗了一遍。

“姹紫姑娘？”宇文御看着她那双异族人特有的清亮眸子不禁心头一顿走了过去。

姹紫忙将盆中的水倒掉随即冲宇文御躬身道：“副帅！有何吩咐？”

宇文御扫了一眼她背上的黄布包裹轻佻地弹了一下笑道：“尚方宝剑重否？凌霜也太不懂得怜香惜玉，不若……”

他抬手却是挑起了姹紫尖尖的下巴压低声音道：“何必跟着你家大小姐送死？跟着我？嗯？你跟着凌霜再怎么也是个丫头的命，跟着我……我让你做宇文家的少奶奶如何？”

“副帅请自重！”姹紫脸色一红，手却是紧扣着腰间的佩剑，真想杀了这个轻佻的王八蛋！

宇文御看着姹紫的无措越发起了挑逗之心，他也不知为何一见这丫头身上原本的那分沉稳威严便消失殆尽，语气中却晕染着几分真的怜惜，缓缓道：“姹紫，我不想让你死，你懂吗？”

“宇文御……滚！”姹紫咬着牙怒目而视。

她也不知道这个宇文御到底是为什么缠着她？之前她和嫣红被关在宇文家的地牢里，这厮差点儿将她的皮剥下一层来。后来大小姐在安国侯府中了降头师的道儿，她也差一点点就失手废了宇文家的四爷。

接着这个人多次找她的茬儿，她一样样都巧妙地化解了。她不想因为这些烦心事给大小姐添乱。只是这个阴险的男人好像并没有放过她的意思。

宇文御一愣，眼底的残肆多了几分冷冷笑道："不要敬酒不吃吃罚酒！我喜欢你才这般好言相劝，不要给脸不要脸！"

"滚！！"姹紫除了这个字眼儿似乎说不出别的话。

宇文御的手指却是轻轻拂过了姹紫滑嫩的脸颊忍着怒火笑道："小姹紫，你这个样子，你知不知道有多诱人？我真想将你狠狠压在身下……"

刷的一声！姹紫手中的剑出鞘却被一只手掌不露痕迹地压了回去，她转眸一看却是凌霜走出了主帐。

"呵！副帅好兴致赏月呢？"凌霜似笑非笑看着宇文御。

宇文御忙将手从姹紫的脸上移开淡淡笑道："遇到了姹紫姑娘，问候几句，这丫头与我有缘得很。"

"是吗？"凌霜咬着牙道，"宇文御，老子今儿不想生事儿，不过今夜你的咸猪手似乎太利索了点儿！！"

"凌霜！你……"宇文御没想到凌霜居然对他动手，只觉得左臂一麻居然被凌霜瞬间卸了下去，一阵剧痛传来，脸色顿时白了几分。

"宇文御！"凌霜冷冷道，"姹紫是个老实人，但是别以为她一个丫头你就能随便欺凌，老子今儿还有事儿便宜你，一会儿找军医自己对上去。下一回老子直接剁了你的胳膊！滚！"

宇文御眉头狠狠蹙了起来，随即恢复之前的淡定从容浅浅一笑："多谢将军手下留情，今夜之事，宇文御定当回报！凌霜！我们走着瞧！"

凌霜冷笑着看着宇文御渐渐走远将姹紫带回到了主帐，抓着她的手道："你这丫头当真是糊涂了，你冰清玉洁的一个人儿何苦来与这样一个人渣硬碰硬？他是副帅，你一个小小的护卫身上又背着尚方宝剑，若是刚才压不住怒意将腰刀抽出来砍了他，即便是我也保不了你。"

姹紫心头猛地打了个哆嗦，若不是大小姐出手自己刚才指不定一刀就砍过去了。若是如此定会闯下大祸，给了宇文御找茬儿的机会。指不定自己还真的就落在那个人的手中，心头不禁暗自懊悔。

凌霜晓得姹紫明白了几分，不过这个宇文御倒是对姹紫太过上心了些，她不能不防着些。好在今夜她们就同大部队脱离了，剩下的时间倒是更加自由。

“好了！宇文御对你不安好心，防人之心不可无，以后你在营帐中行动切记不要一个人。”

“是！大小姐！”姹紫忙垂首而立。

“大小姐！”嫣红此番带着两个蒙着面的黑衣人匆匆走进了主帐。

凌霜一顿，难不成是奸细？自从安营扎寨在这旷野中，她便一时也不敢放松，命嫣红同月珑巡逻营地的四周，但凡有什么可疑之处都要上报。

“什么人？将他们面罩摘了去！”凌霜命人将一个黑衣人头上蒙着的面罩除下，却不想其中一个黑衣人猛地扑了上来。

“长姐！”

“叶南？”凌霜登时一头汗。

08 借势

“胡闹！给我回去！！”凌霜脸色一沉。

叶南却是耍赖皮似的一屁股坐在地上，一把抱住凌霜的大腿哭道：“长姐！带我去吧！南疆我熟！”

“你熟个屁！给我滚回家去！”凌霜是真的恼了，“叶南，不要捣乱好不好？我们是去打仗，会死人的！你给我乖乖回去做你的顾夫人！”

“长姐！带我去吧！我只想跟着你去南疆，我医术高明，南疆的那些蛊毒我也熟悉得很！咱们两个义结金兰的时候不是说过嘛！同患难共富贵，如今你要寻死却是抛下我一个人，我叶南绝不是那种背信弃义的小人！长姐！行行好让我跟着你吧！我保证不捣乱，而且我真的很有用！”

凌霜心头升腾起一抹感动，如今这样的乱世能一起共患难的人确实不多了。叶南这丫头当真是个重情重义的，可是她更不能带着她送死。

“起来！回家！否则咱们姐妹恩断义绝！”凌霜脸色却是冰冷至极。

“让她跟着你去吧！”主帐的门帘被掀了起来，顾啸云一袭黑衣蒙着脸走了进来，身后跟着的月珑的脸上带着几分不服气。

他的轻功已经是好得不能再好了，如今却是拦不住这个风雨楼的楼主，此人简直在军营中神出鬼没。

凌霜看到摘下面纱露出冰山脸的顾啸云心头一动点着叶南道：“将你老婆拖回去！快着些！”

顾啸云俯身将叶南一把搀扶了来，宠溺中带着几分责怪道：“又不是不让你来，你这是何苦？”

“云云，你怎么跟上来的？”叶南瞪大了眸子。

顾啸云微微苦笑道：“若是我连自己妻子的行踪也找不到，风雨楼趁早关门大吉吧！还有要不是为夫，你能顺顺利利来这儿？”

顾啸云随即扫了一眼凌霜道：“让她跟着你吧！否则夜里与我睡觉也不得安生！”

凌霜顿时噎住了，叶南不可怕，这位顾楼主倒是个难对付的人。即便是将叶南赶回去，他也能帮自己老婆找上门来。

“罢了！叶南去隔间后面换衣裳！”

“长姐！你真是太好了！”叶南忙跟着姹紫转向了主帐后面的隔间。

“顾楼主？”凌霜唇角微翘，“想必你也会跟着我吧？”

“哼！”顾啸云冷哼一声道，“若不是少主下了死命令，本楼主才不愿意管你们的破事儿！你小心些，宇文家的三万影卫已经出动了，路上想好怎么脱身了吗？”

凌霜凤眸中掠过一抹冷意道：“宇文家倒是大手笔，不过想必你家少主也有礼物送我吧？”

顾啸云暗道果真一样的无耻，明明知道方玉放不下她，还这般明知故问。

“少主的血影门会护着你的，只不过你自己也要机灵一点儿！”

“收到！”凌霜心头倒是多了几分镇定，方玉出手相帮倒是省了她不少力气，“替我谢谢你家少主！南征归来，我请他喝酒！”

“喝酒？”顾啸云冷笑，“你欠他的恩情怕是得赔上个大活人才能还得清！”

第二天一早，宇文御刚刚从帐中起来却发现凌霜等人撤得干干净净，眉眼间掠过一抹阴狠冷冷笑道：“跑得倒是挺快！”

“四爷！”帐外缓缓走进一个头发花白精神矍铄的老者，穿着一件青白布袍显得其貌不扬。

“郑叔，请坐！”宇文御忙起身迎了进来，这是父亲身边的第一谋士他不能不恭敬一些。

郑叔缓缓躬身行礼道：“四爷！昨夜凌霜等人在子时一刻撤出营地正往涿州方向而去，老夫已经派人跟上了。四爷什么时候动手？”

“寅时通往涿州的谷口处动手！”宇文御淡淡道。

“是，四爷！”郑叔眼眸中掠过一抹欣赏，四爷倒是果敢绝不拖泥带水。

涿州是京城的南大门，四周群山相连，雄关漫道，气势恢弘。通往涿州府的官道异常难走，但是一旦过了涿州便可以直接南下，从此畅通无阻。

只是想要抵达涿州府必须要过一条狭长的谷地，凌霜等人渐渐逼近了狭长的谷底，四周静寂无声连寻常不过的鸟鸣声都没有。

凌霜凤眸缓缓扫过了左右两边的悬崖峭壁，转身冲千山打了个手势。

“将军？”

“血影门的人到了吗？”

“小舞传来的消息，还有半炷香的时间便可全部抵达！”千山低声道。

“三千人已经分好组了吗？”

“分好了！”

“一会儿他们两拨人交手的时候，我们冲到涿州城中同小舞等人换马，然后直接从海子口上船，记住一旦到了江左便装扮成普通商人，你们各显神通混进百姓中，我要你们务必按规定的时间抵达赤州！船准备好了吗？”

“小舞已经准备妥当了！”

“嗯！先歇一会儿，还有换马的时候告诉小舞一路上把握好时辰，十天之内抵达江左便可，我们乘船快一些大概也就七天的时间。这三天，她辛苦一些，争取迷惑宇文家的人以为她带领的人就是咱们，还有让她注意安全！”

“是！”

凌霜等人在谷口下了马，找了一个平地歇脚。叶南凑了过来道：“长姐，我们原来是坐船啊？”

“嗯！”凌霜凤眸中掠过一抹戏谑冷笑着看向了不远处的山谷道，“我在朝堂上向皇上说是最早十天抵达赤州，这件事已经被传得沸沸扬扬。他们哪里想得到我凌霜根本不会走陆路，这条海路二哥已经提前给咱们走了几个来回，如今正好风向也对，顺着海路不出五日便可抵达江左，只要过了江两日之内就能抵达赤州。”

“阴！真阴！”叶南不得不佩服自家长姐几乎将天下人耍着玩儿，宇文家的人想必今后在陆上到处追杀小舞扮成的假凌霜的时候，真的凌霜早已经到了赤州城。估计连南疆王也没想到吧？

因为在所有人心目中，十天可是从京城到赤州的极限时间，哪里想到自家长姐居然敢走海路。

“长姐，那个海路不常走会不会有危险？”叶南这一点儿倒是有些担心，“听闻我师傅说过海中有怪兽袭人，那我要不要准备一下海兽咬人后的伤药？”

“傻丫头！有了这个近海航行万无一失！”凌霜宠溺地笑了笑，抬手却是从怀中摸出一个铜质的小玩意儿，上面还画着一些叶南认不得的符号。

“这是什么？”叶南瞪大了眸子。

“嘿嘿，这个叫指南针！”凌霜带着几分得意，大燕朝还没有这个东西，如今只有凌霜和凌冰的商队有，而且是绝密，外人根本想不到这个么一个小玩意儿在航海史上的大意义。

五天抵达江左，呵，那是凌霜的保守估计！之前她让自己的二哥秘密开发了海上的这条航线，码头也是秘密修建在涿州的，整件事情只有凌家两兄妹晓得，其他人都瞒了过去。

凌冰这么短的时间能在京城中的地位站稳了，并且拿回来的货物都是奇珍异宝，这条海路绝对功不可没。

“兄弟们！走起了！！”凌霜拍了拍屁股上的土，看着谷口的方向冷冷笑道，“兔崽子们！等我凌爷是不是等得焦躁不安？一会儿送你们一份大礼！”

天色向晚，残阳如血，谷口处几匹满身是血迹的骏马向北奔驰而去不多时便与随即而来的大燕朝的军队相遇。

“何人？”宇文家的亲卫军将这几人挡住。

“快！我们找四爷！！”为首的一个人到此时还是惊魂不定。

不一会儿几人便被领到了宇文御的面前，宇文御身边的郑叔一看这些人的狼狈样子猛地吸了口冷气。

“四爷！”

“别说话！到了涿州再说！”宇文御闭了闭眸子，手掌狠狠攥成了拳，一看这架势便晓得凌霜逃了。可是这女人是怎么逃脱的？宇文家的暗影训练有素，绝不可能连三千人也吞不进去吧？

抵达涿州府后，宇文御客气地同涿州府尹应付了几句便将这几个宇文家的暗影统领带进了后院的厅堂。

“怎么回事？”郑叔倒是先沉不住气了。

09 赌局

“启禀四爷！”这几个人都晓得宇文家的家法，一个个面无人色忙跪了下来道，“今儿本来在谷中设了埋伏，可是真是邪门儿了，凌家军手中有一种武器强大至极。”

“什么武器？”宇文御眉头一挑。

“具体属下也没看清楚，只是那玩意儿所到之处，连山石都被攻破碎成了末儿，威力极大。有火焰，火焰过后的味道像是道士们炼丹用的硝石烧过的气味。我们的人死伤无数！可是毕竟咱们的人多，只是哪里想到此番斜刺里又杀出了一支蒙着面的杀手，人数与我们不相上下啊！而且武功个个高强，不少兄弟都被……被杀了！”

“什么？”宇文御再也忍不住了，“你们还剩下多少人？”

“回禀四爷！不到……不到一万人……”

“废物！！”宇文御一脚将为首的统领踹到地上，眼眸中掠过一抹惊慌失措。三万人，父亲交给他的三万人，第一次交锋就被凌霜灭了两万。这让他如何向父亲交代？

“四爷！四爷！”那统领晓得自己此番凶多吉少忙将功补过从怀中将一样东西拿了出来，“那些人隐藏得很深，可是其中的一个黑衣人头领被属下抓了活口，那人自杀时将这件东西吞下腹中，被属下剖了他的肚子拿出了这样东西！四爷请过目！”

宇文御定睛看向了暗影统领手中的一件血淋淋的物事，却被一边的郑叔拿在了手中。

“来人！端水盆来！”

两个小厮端着水盆走了过来，郑叔将那物事扔进了水盆中，不多时从里面捞出来一块儿雕刻着梅花纹络的玉质令牌。

宇文御眉头蹙了起来：“郑叔！这是哪个江湖门派的？”

“四爷！”郑叔将令牌的另一面翻了过来却是在梅花纹路络反面刻着一个小小的玉字，他冷冷笑道，“这几年江湖中有一个极其神秘的江湖组织叫血影门，里面的杀手一个个身手了得，千金难求。据说掌门人极其神秘，从不现身，但是老奴曾经听闻这个梅花令牌却是同那个名满京城的纨绔子弟方公子有些牵扯。当然这个消息实在太过匪夷所思，只有几个老江湖隐隐略有耳闻，不知道是真是假。”

宇文御一把抢过令牌死死盯着上面雕刻的玉字冷冷笑道：“方玉爱惨了凌霜，这样倒是好解释了。不过这小子可是我的表哥，怎么定夺还需要父亲做主！来人！将这块儿令牌加急送回到京城交给我父亲！”

京城郊外的桃花林中，方玉沿着凤华山的石阶一级级缓步而上，直到顶端的竹林园前。

两个守门的护卫忙躬身行礼：“少主！”

方玉点了点头迈步走了进去，依然是熟悉的假山，小池，竹林。方玉沿着曲桥走向了竹屋，脚步顿在了门口轻声喊了一声父亲。

“进来！”龙煜天低沉的声音传来，听不出喜怒。

方玉推开门却看到父亲龙煜天身边端坐着的宇文擎宇，彼时二人正在品茶，是龙煜天珍藏已久的上好雪山银针茶。下手位置坐着的宇文浩正抬眸扫视了一眼方玉，眼底却是带着几分担心。

“父亲，大舅父，二舅父。”方玉一一见礼。

“玉儿想必有什么事情要说，浩正，我等还是告辞吧！”宇文擎宇看向方玉，眼底的寒凉一晃而过。

宇文浩正忙起身同大哥一起拜别了龙煜天，却看到大哥将一块儿令牌轻轻放在了桌子上。

龙煜天欠了欠身子命人将二人送出园子，随即转眸看向了自己的儿子，强忍着心头的怒火，手掌不露痕迹地转动着桌子上的青玉杯子。

“顾啸云呢？”龙煜天咬肌绷得紧紧的，他绝没想到有一天背叛自己的会是自己的亲生儿子，而且还是自己最心爱的女人所生的儿子！

“回禀父亲！孩儿让他出去给孩儿办一件要紧的差事！”方玉早已经看到了宇文擎宇手掌中的那块儿令牌，晓得这一件事情定然瞒不过父亲了。

“办什么差事？”龙煜天的声音嘶哑，他缓缓站了起来走到了方玉的面前，身上的纯白色袍角迎着窗户吹进来的风鼓荡成一个危险的弧度。脸上的半边面具，上面的梅花纹络更是鲜红如血。

方玉到底还是有些怯意，鼓足勇气道：“救孩儿心爱的女人！”

龙煜天猛地抬手狠狠一记耳光想要甩下去却不得不停在半空看着方玉这张像极了宇文梅清的脸，愣是打不下去。

他的手微微哆嗦，转而点着方玉的鼻尖低声斥责道：“血影门是什么时候创建起来的？”

“六年前！在江南替父亲办差的时候顺手自己创建，一切都瞒着父亲！”

“你居然欺瞒我？”龙煜天不可思议地看着方玉，“我手中的一切最后都还不是你的吗？你居然瞒我？”

“对！我不信任父亲！因为父亲也隐瞒我很多事情！”

“你不信我？”龙煜天气得发抖。

“是的，从父亲为了自己的复仇大计将娘亲和我抛弃在方家十年的时光开始，我就不信你了。”

龙煜天身子一颤，眼底却是掠过一抹痛楚。

“玉儿，”他叹了口气道，“那十年不是我不找你们母子，而是我需要东山再起，我需要等自己强大起来才能护着你母子。”

“父亲，”方玉猛地抬眸看着龙煜天，“父亲，你在意过我娘吗？”

龙煜天顿时怔了一怔。

“父亲，我娘亲死的时候，你也晓得吧？那个时候你为什么不来找我？那一次我被方恒灌下了五石散关在冰窖中的时候我多么渴望我那亲生父亲能来帮帮我？在云州我快要被方夫人那个贱人折磨死的时候，你突然出现在云州将我救下？这大概是不是叫……愧疚？”

“玉儿……”龙煜天心头狠狠撕裂般的疼了起来，“我对不起你们母子，我会偿还给你的。玉儿，我会将这天下也一并交给你……”

“父亲，呵呵呵……”方玉苦笑，“父亲，我从来不稀罕这天下，我只稀罕那个一身红妆的女子，但是你却要亲手毁了她！”

“玉儿！”龙煜天猛地变了脸色道，“你想要什么我都给你，唯独她不行！”

方玉痛苦地摇了摇头道：“父亲，为什么要毁了她？凌国公在回风谷被杀，父亲是不是也参与过？凌霜身上有什么秘密让父亲这么痛下杀手？凌霜那样一个将才，父亲宁可毁了也不肯重用，我想除了她是太子爷的人外，父亲定然还有其他的理由？父亲究竟对我隐瞒了什么？”

龙煜天眉头狠狠蹙了起来，方玉的连连逼问让他心头恼火不已，这件事原本不想这么快就说。

“她是慕容皇族的后裔！”

方玉心头猛地一震，尽管早已经通过凌霜那块儿饮血玉猜到她是前朝慕容皇族的后裔，可是听父亲亲口说出来还是狠狠吓了一跳。

龙家的天下便是从慕容家的手中通过血腥的手段夺过来的，这一层倒是绕不开凌霜那丫头。

“慕容家与龙家绝不可能在这片天下共生，她做不了你的皇后！你死了这条心吧！”龙煜天的声音清冷至极。

方玉淬利的桃花眸中晕着几分流转的光芒，强压下了心头的苦淡淡道：“父亲，我们父子打个赌如何？”

龙煜天没想到这个臭小子想起一出儿是一出儿，冷冷道：“玉儿，你已经长大了，应该学会成熟一些。”

“父亲，我一直很成熟，”方玉定定看着自己的父亲道，“怎么？父亲怕了这个赌注？”

“放肆！！”龙煜天猛地转身点着方玉的鼻尖道，“你凭什么这样口出狂言？！！”

“父亲也想学大舅父将儿子囚禁起来吗？”方玉知道今天自己任何的一言一行都会牵扯到凌霜的生死，心头反而平静下来缓缓道，“可惜了，我不是宇文胤那个笨蛋！”

当心中至爱成为生死之敌，
她，究竟该何去何从？

J I A N G J U N
Y O U X I

上架建议：畅销/言情小说
ISBN 978-7-5143-4303-8
9 787514 343038 >
定价：65.80元（全二册）

将军有喜

终结篇

下

万里江山、王朝霸业，
可愿为我一人而舍？

沙子 著

中国出版集团 现代出版社

将军有喜

终结篇

下

沙子 著

中国出版集团 现代出版社

目录

第一章 生死鏖战

01 活捉

“你……”龙煜天倒是真的拿自己的这个儿子没办法，这孩子有十年的光景是他自己一个人撑过来的，这十年恰好是龙煜天心头的那个缺口，他有时候真的不了解自己的儿子到底是怎么想的。

“父亲！”方玉缓缓向前一步看着龙煜天道，“父亲，儿子如今是方家的家主，父亲将我关起来必然会打乱父亲在京城的布置，得不偿失是不是父亲？还有，儿子手中有父亲也不能完全掌控的力量，父亲不能不承认是也不是？父亲！儿子的这条命是父亲给的，儿子身上也流着龙家的血脉，儿子也不会忘记承平帝给儿子带来的伤害，所以……父亲，儿子会留在京城帮父亲达成心愿！”

龙煜天定眼看着这个侃侃而谈却又神情冰冷的年轻人，他像极了自己年少轻狂的样子，龙煜天心头泛起一片波澜。想当年他为了宇文梅清这样一个女子抛弃了陈国公家的强大背景，没有迎娶如今的陈皇后。如此才惹得先皇不高兴，陈家对他心生怨怼，给了七皇子可乘之机，拉拢了陈国公逼宫篡位，屠戮了他太子府满门。

但是他直到如今也没有后悔与梅清在毓秀河上的扁舟相遇，即便是后来倾尽了所有也没有后悔过。这一点，这个傻小子倒是与他极像的，可是这孩子终究要继承他的衣钵。凌霜那样的女子太过强悍，加上是慕容家的后裔，他绝不能给儿子今后找麻烦。

“好！你究竟想说什么？”龙煜天看着方玉。

方玉一字一顿道："父亲，儿子只想父亲给我和霜儿一个机会，若是这一次她能活下来，请父亲成全我们！"

"哼！如果她死了呢？"龙煜天眼底迸发出一抹杀意。

"只要父亲不再加派人手截杀，她是不会死的！我和父亲赌她究竟能不能破除父亲在南疆的局，父亲敢不敢与我下这个赌注？"

"你终究还是变着法护着她，你怕我杀了她？"龙煜天眉头挑了起来。

方玉心思被拆穿，脸上却是不动声色道："父亲只要答应孩儿的请求，孩儿也绝对能保证让父亲取代承平帝！"

"你为了一个女人诓骗自己的父亲？"龙煜天嘲讽地看着方玉道。

"父亲，"方玉缓缓跪了下来，"父亲的仇也是孩儿的仇，父亲的雄图大业也是孩儿的雄图大业，孩儿不管怎样，身体里流着的是跟父亲一样的血，孩儿一定帮父亲达成心愿，孩儿有这个能力。"

龙煜天缓缓闭上了眼眸，叹了口气道："罢了！为父应了你这个赌局便罢！若是你能将慕容家的龙脉宝藏握在手中，为父甚至还能放她一条活路。"

方玉心头一顿，父亲实在是低估了霜儿那丫头，不过只要父亲在南疆能稍稍缓和几分，凌霜便有活下去的绝大希望。只是这龙脉宝藏是慕容家的财富，这倒是将他难住了。不过父亲如今已经做了太多让步，自己若是再一味逼迫反倒是不好了。

"孩儿晓得轻重！多谢父亲成全！"方玉重重磕了一个头。

"你退下吧！"

"是！"方玉缓缓走出了竹屋。

不多时，宇文擎宇同宇文浩正回到了内堂面见龙煜天，龙煜天叹了口气，坐回椅子上冲二人道："你们也坐下吧！南疆那边怎么样了？"

宇文擎宇忙回道："南疆那边本来按照宗主的意思布置，进展还算顺利，只是没想到少主……这样帮着凌霜。凌霜那个妖女奸猾得很，若是如此怕是要改了局面啊！"

龙煜天的手指轻轻点着桌面，唇角露出一抹苦笑道："他为了那个女子居然与我打赌，让我在南疆给凌霜一条活路……"

"宗主！"宇文浩正惊呼出声，"宗主万万不可，凌霜那女子不同常人，若是给她得了机会，宗主必定深受其害！”

龙煜天神情顿了顿缓缓道：“我是答应了玉儿给凌霜一条活路，不过……若是活捉……那也是活路！”

宇文擎宇藏在袖间的手猛地一攥，心头苦笑。堂堂的前朝太子，玄天宗宗主，也可能是未来的大燕朝皇帝，居然会被自己的儿子逼迫到此种地步！活捉而不是之前商议好的击杀，呵！变得真快！

“子恒！”龙煜天转眸看向了宇文擎宇道，“你意下如何？”

宇文擎宇侧过身子道：“宗主所言极是，凌霜是玉儿极喜欢的人，若是击杀，势必会伤你们父子间的和气，只是……”

“只是什么？”

“只是……凌霜那丫头活捉还真的不好捉，小四的三万暗影还没到江左便被凌霜折损去了两万人，而且还是……还是与少主的人合击，这……”

龙煜天叹了口气道：“是我这个做姑父的对不住小四，从我的玄天宗即刻再调派一些人手去江左，全权交给小四统领，这是玄天宗的令牌，你拿去交给小四吧！”

宇文擎宇眸中闪过一抹亮色，忙躬身接在手中。

“不过……”龙煜天看着宇文擎宇道，“凌霜最好是能活捉了来，这是我答应玉儿的。”

宇文擎宇忙应了下来，带着宇文浩正，同龙煜天告辞后下了凤华山，直接回到了靖国公府。

“浩正！”宇文擎宇将其他人遣出书房，只留下了宇文浩正一人，此时缓缓开口道，“你说龙煜天称帝的机会有几成？”

宇文浩正没想到自家大哥会问出这样一个问题来，忙道：“如今看这形势怕是有八成了！”

“是啊！八成了！”宇文擎宇冷冷道，“玉儿终究是会继承他父亲的大统，但是如此一来凌霜必定成为国母，凌家将是最大的外戚之族。”

“大哥，考虑这些有些长远了吧？”

“长远？”宇文擎宇冷哼了一声道，“我晓得你对那小子有些感情，可是玉儿就是一只喂不熟的白眼狼，若是凌家坐大，头一个遭殃的便是我们宇文家。

所以……咱们也不能不替自己想着些。你去通知小四，将这个令牌交给他，让他带着龙煜天的人将凌霜火速……击杀！”

02 诱惑

“大哥？”宇文浩正猛地站了起来，“不是说活捉吗？”

宇文擎宇冷冷笑道：“我怎么听的是击杀而不是活捉呢？”

宇文浩正顿时明白了大哥的意思，为了宇文家的利益，凌霜必须死！

“可是……”

“没有可是，”宇文擎宇站了起来道，“凌霜是慕容家的后裔，龙煜天早就想杀了，只是碍于玉儿的面子。不若我们出面解除他的后顾之忧，况且龙煜天百年之后，方玉能不能做成皇帝，呵！没有宇文家的支撑恐怕还是个未知数吧？”

“……是！”宇文浩正心神不宁至极，但还是恭敬地顺从了大哥的意思。

方府内外近来换了不少护卫，都是龙煜天派来的。东苑传来似有若无的琴声，两个劲装护卫缓缓走进了东苑。

“少主！”两人均是压低了声音，带着极大的恭敬，却从怀中拿出一枚蜡丸送上。

方玉将古琴推到一边，拿起蜡丸拧开，取出里面的薄绢扫了一眼，是顾啸云的字迹。

“呵！啸云办事着实利索！”他缓缓站了起来，看着外面护卫的陌生面孔道，“不过老头子的话只能信三分，我父亲说是要给霜儿一条活路……我怎么觉得其中有诈？你们两个给顾啸云传令下去，让他将我在江南存着的那点家底也拿出来，我要确保大燕朝的凌将军所向披靡！”

“是！少主！”那两人忙领命退了出去。

方玉打开窗户，看着外面的护卫心头好笑，父亲以为换了护卫就可以监视他，哪里想到这里面的护卫早被他拉拢了一半，父亲身边也是有他的棋子的。父亲！既然下棋，儿子陪你好好下，不要耍花招啊！我的亲爹！

距离赤州城四十里处，到处是密密麻麻的南疆叛军设置的营寨，几乎将赤州城围得严严实实。沿路上却是每隔一丈地便在柱子上绑着被折磨而死的赤州城凌家军士兵的尸体，有的是新绑上去的，有的却已腐烂到看不清楚眉眼。南疆叛军妄图以此来震慑城中的那些还没有放下武器的硬骨头们！

一片荒草中匍匐着凌霜等人，凌霜紧紧攥着手中特制的用水晶打磨成镜片的单筒望远镜，凤眸已然赤红。

“他们都得付出代价！”凌霜咬着牙。

“我要杀了这帮混账东西！！”嫣红低声呜咽着，却被凌霜一把拉住胳膊。

“此仇不报非君子！但是少安毋躁！”凌霜声音中带着几分嗜血的寒意。

“大小姐！”小七急匆匆赶了过来。

“如何？”

“冷玉卿和顾啸云他们办妥当了，明夜子时将军的粮和药材会运到江右！”

“好！”凌霜神情冷静至极，“告诉顾楼主，他和南儿不必过江，这里太危险了。”

“是！”小七忙撤了出去。

“呀呀呸的！”凌霜凌厉的凤眸扫了一眼对面的营帐，“这次可是你们惹到老子了！传我口令！三千亲卫军待命！明夜子时杀进去！”

“是！”

第二天入夜时分，月朗星疏，是个晴天，乳白的月辉将南疆叛军副统领的营帐笼罩其中。此刻，营帐中的图律大口喝着烈酒，情绪却有些低沉。

南疆王将大部分军队调集到了江左一带，准备发动进一步进攻，唯独留下了他的十万黑旗军围困一块又臭又硬的石头。也是见鬼了，胡离那个混账东西，都到了这般山穷水尽的地步，就是不肯出来投降。

一想到同僚在烟花之地的江左一带快活，自己却守在这里苦苦耗着，战功没有，每天倒是被胡离的人骚扰不停，图律心烦至极。却不想此刻关在后面草棚里的凌家军俘虏高声叫骂他的名字，他越发心头烦乱。

“来人！”图律生性不光好色而且残忍，每到心烦至极便会杀一两个从赤州城逃出来的百姓解恨，要么便是折磨被他俘虏的凌家军消磨时日。

“将军！”几个亲兵忙上前听令。

“将那几个不知死活的给我剥了皮钉在赤州城门外的柱子上！”图律身形健硕，膀大腰圆，长着一双虎目，瞪起人来更是带着几分野兽般的凶残。

“是！”几个人退了下去，不一会儿便听到一阵阵惨叫声，怒骂声响彻整个寒夜。

“将军！”一个亲兵小心翼翼走了进来道，“抓到了几个女人！属下怀疑是奸细！”

“哪里来的女人？”图律将手中的酒杯举起仰起头灌下一口，虎目中带着几分残肆。

“这几个女人是江左那边偷偷过来做生意的船娘，在营帐四周探头探脑鬼鬼祟祟的，属下是否带她们进来，交给将军亲自审问？”

这个亲兵也是个溜须拍马的，知道将军一个人喝酒无趣，便将过路的几个稍有几分姿色的女人强行带到了这里。说是奸细，还不是强抢过来送给将军逗乐子的。

图律果然心领神会，之前属下抢来的那几个汉家女子实在是不经玩，没几天便断了气。

“带进来！”图律脸色稍稍好转了几分，酒是色媒人，他此番倒是很愿意将自己一身的邪火发泄出去。

不多时，亲兵们推着五个衣衫有些凌乱的人进了图律的营帐，为首的船娘正是凌霜所扮。嫣红和姹紫紧随其后，跟在最后的是暗自咬牙切齿的月珑，装扮成琴师的一把灰白胡子的陆建也佝偻着身子缓缓跟了进来。

“将军！将军饶命啊！”凌霜带着几个人扑通一声跪了下来，连连求饶道，“将军，奴家等人是做小生意的，不小心冲撞了几位军爷，求求将军放了奴家吧！”

图律眯着眼睛扫过了满脸褶子的凌霜还有姿色平平的嫣红和姹紫，将视线定在妖娆多姿的月珑脸上，眸子里掠过一抹惊艳之色。

“将军！”凌霜还要求饶。

“闭嘴！”图律抬手缓缓指向月珑道，“会唱曲吗？”

月珑藏在宽大女袍中的手掌紧紧一握，暗自咬牙，会唱你大爷！

凌霜见月珑不答话，忙赔笑道：“这位月娘胆子小，没得冲撞了将军您！

要不奴家给您唱一曲吧？”

凌霜心里暗自叫苦，她以为见到美貌的月珑，图律这个大色狼会直接扑上去，到时候……哼哼！

可是这要是让月珑一唱，八成要露馅！

“滚！”图律厌恶地扫了一眼凌霜，拔出腰间的佩刀指向月珑道，“你！唱！”

月珑垂首气闷的得要发狂，刚要站起来，却不想凌霜一把将他拽住，冲图律赔着笑脸道：“我家月娘胆子太小了些，不若这样我给您唱，让她给您倒酒陪您畅饮几杯如何？”

图律眉眼一眯，却是看到月珑气得发颤的身子，他反倒认为这小娘子还真的是吓着了。花容月貌配上这娇怯的表情倒是将他心头的火越发点了起来。

“过来倒酒！”图律将佩刀收了起来。

月珑忍着，若不是凌霜威胁要让嫣红勾引图律，他是打死也不会做这种有损男人威严的事情的。

嫣红悄悄扯了扯月珑的衣袖，月珑不得不换上了一抹微笑，款款起身，迈着小碎步走了过去。他本来生得绝色姿容，加上这么一抹笑，倒是将图律看得目瞪口呆。四周的亲兵也是齐齐吸了口气，暗道这么个美人今夜给将军糟蹋了，实在是暴殄天物。

“美人！过来！”图律开心至极，之前的烦闷一扫而光。

03　我来了

凌霜冲陆建使了个眼色，陆建抬手挑了个琴音，悠悠扬扬的琴音顿时响彻了营帐。

凌霜清了清嗓子，冲图律躬身福了福道：“奴家给将军唱一个十八摸助兴！”说罢便扯开嗓子唱了起来，一时间倒也让营帐中充满了靡靡之音。

嫣红和姹紫不得不垂首，她们再一次领教了大小姐的无耻至极。

“哈哈哈！”图律倒是从来没有听过这般通俗的艳曲，不禁哈哈大笑道，

“唱得好！重重有赏！”

“奴家谢过将军！”凌霜忙上前谄媚地笑道，却是冲月珑递了个眼色。

月珑此番恨不得一刀砍死凌霜这个无耻的东西，却不想身子一僵，整个人瞬间被图律抱在了怀中，只觉得一只热辣辣的手掌顺着自己的腰杆便摸了下去，直达臀部。

“月娘的身子倒是玲珑剔透得很，本将……”图律猛地一顿，只觉得腰腹间一阵酸麻，全身却是动也动不了，猛地抬眼眸对上了月珑那双琥珀色的眸子，月珑的双眸中晕染着宛若地狱般的嗜血杀意。

月珑手中的匕首紧紧抵在了图律肥硕的肚子上，缓缓逼近几寸，随即手法娴熟地一挑，图律额头猛地一阵冷汗，半截肠子被挑了出来。

月珑就势横卧在图律的怀中，捏着嗓子浅浅笑道：“图将军，您说什么？”

图律张了张唇却是发不出任何声音，凌霜晓得月珑得手，忙狗腿子般地凑了上去，装模作样凑到了图律身边，不一会儿转身冲几个掩唇偷笑的亲兵道：“各位军爷，你家将军许是醉了！不若咱们出去吧，让将军独自快活快活！”

几个亲兵自然是晓事的，会意地点了点头，带着凌霜和嫣红等人忙退了出去，主帐中月珑弑杀的本性彻底暴露出来。

“怎么？想玩爷？”月珑的匕首顺着肚子慢慢挑了上去，将图律活活开了膛。

“知道爷以前是干什么的吗？”月珑笑得阴毒至极，“赶着趟来爷爷这儿找死？爷让你死个痛快！”

匕首猛地插进了图律的喉咙间，月珑淡淡一笑，将图律庞大的尸身一掌厌恶地推开，丢到了案几边。月珑摸了摸鼻子，俊美妖冶的脸上掠过一抹千年寒冰。他俯身吹灭了烛火，猫着腰蹿出营帐，宛若暗夜中的一只神秘猎豹。

“主帅被杀了！！主帅被杀了！！”一阵阵惊天动地的惨呼声响彻整个军营。

无数兵士从暗夜中惊醒，却发现一个更严重的事情，不光主帅被杀，即便是其他能管事的副将还有各级头目，全部死在了营帐中，死法残酷至极。

“粮草着火了！快救火！”

“不好了！不好了！北边的战马被人偷光了！”

“有人踹营了！”

“快抓住那几个可疑的女人！”终于有个思维比较清晰的人，却在喊出这一句话后，被凌霜的朝之宝剑斩在了剑下。

“凌霜在此！”凌霜骑着烈火矗立在敌军的营帐外，宛若暗夜里的修罗，她脸上的易容之物已经全部抹去，嫣红和姹紫跟在她左右两侧，身着银色铠甲，端的是威风至极。

凌霜身后却是隐在暗夜中的三千凌家亲卫军，就像地狱来的使者，令惊慌失措的南疆兵士闻到浓烈的血腥气息。

凌霜唇角挂着轻蔑的笑容，三千越甲可吞吴，更何况如今早已经乱成一锅粥的几万南疆士兵。

她缓缓举起手中的朝之宝剑，直指血色天际，冷冷吐出一个字：“杀！”

三千凌家军子弟兵洪水一样蔓延过了丢盔弃甲惊慌逃窜的南疆军，所到之处便是一阵腥风血雨。

这注定是个不平凡的夜晚，这一战之后，凌家亲卫军的名字将永远刻印在大燕朝历史的丰碑上。

黎明来临！赤州城上的凌家军看到了骑着烈火的挺拔身影，朝阳中浸满了鲜血的血红色披风分外触目惊心。时间停顿了一瞬间，又宛若百年之久，城上顿时欢声一片。

支离破碎的箭楼上，身着一袭染了斑斑血污素锦长袍的文渊也是热泪盈眶。

“是她！是她！是长姐！是长姐啊！快！开城门啊！凌将军来了！！凌将军来了！！！”风流倜傥的俊雅公子文五爷开心得像一个孩子，连滚带爬冲下了箭楼，亲自打开了赤州城的城门，冲向了外面那个战神一样的女子。

在赤州城被围困几个月之久后，在南疆叛军几十万大军的包围下，在他和胡离最绝望的时候，他的长姐生生撕开了一条口子，矗立在第一缕朝阳中。她就是赤州城的天神！是他文渊的天神！

凌霜凤眸有些灼热，看着文渊开心得像个孩子般扑了过来，随即抬眸看向了箭楼中那个依然沉稳矗立的男子。

被鲜血不知道浸染过多少回的玄色战袍，挺拔的身姿，略带沧桑疲惫刀削石刻般的俊朗脸庞，还有那双永远对凌霜深情凝望的星眸。

“兄弟！我来了！！”凌霜挥起了手中的朝之宝剑冲胡离打了个招呼。

胡离静静看着那张让他魂牵梦绕无数个日夜的脸，乌桓的十年生死兄弟情，无数个浴血并肩作战的日子，他晓得她会来，所以他倾尽全部去等待，他终于等到了。

她来的真是时候，他知道自己躲不过图律的下一次攻击，连想自刎殉国的宝剑都擦干净了。但是她来了！

一行清泪滑落，胡离唇角不自禁翘起一个温暖的弧度，他的凌霜，他的挚爱，他的兄弟，她没有抛弃他！

“长姐！”文渊奔到了凌霜的马前，一时间倒不知该说什么好。

“五弟！”凌霜心头一痛，当年京城中风流倜傥的少年状元郎，一支横箫，七分风流，十分才气的文五郎因为宇文敏死去的情殇而远走赤州，不想却成了誓死抗敌的英雄。

他作为一个文官，本没有必要同武将一般以命相搏，却还是为了一方父老拼尽全力，如今看过去，虽然眉眼间清华依旧，可是满头乌发居然白了几分，令人看着触目惊心。

“五弟！你的头发……”

“无妨，劳心劳力罢了！长姐请进城！”文渊撇开话题，亲自替凌霜牵马朝城门走去。

整座赤州城欢腾一片，夹道欢迎，虽然每一个人都面带菜色，几乎濒临死亡的边缘，但是如今全城的男女老少眼底都晕满了希望。

“胡离？”凌霜停住了脚步，看着缓缓迎面行来的胡离，不禁心头放下了几分，疾步上前，一拳砸在胡离的肩头大笑道，“你小子还活着呢！太好了！”

胡离一个踉跄忙站稳了苦笑道：“凌将军能不能轻点，都断粮快一个月了。”

“你说什么？断粮一个月？不是才两三天……”凌霜情急之下紧紧握着胡离的手臂，却是脸色一变，垂眸看着手掌中软绵绵的衣袖，瞬间不可思议地抬眸看向了那双温润的星眸。

“你……”凌霜脸色煞白，声音微微颤抖，“你的胳膊呢？”

胡离垂首苦笑，不动声色地从凌霜掌中撤走了衣袖道：“别弄坏了我的衣袖，就这么一件能穿得出去了！”

04　人少精干

“你的胳膊呢？”凌霜凤眸中晕满了泪水。

“凌将军累了吧？回营帐休息一下吧！”

“你的胳膊呢？！”凌霜吼了出来，眼角的泪滑落下来。

“对了，凌霜你带吃的了吗？赤州城如今等着粮食救命呢！”胡离想要撇开这个话题。

“胡离，求你了！求你了，你的胳膊……”凌霜紧紧抓着胡离另一条手臂，声音颤得厉害。乌桓十年的凶险都没有损伤胡离一分一毫，但是这一次的南疆叛乱是个阴谋，若不是当初胡离替她出征，此番丢掉胳膊的可能是自己。

“凌霜，别这样丢人现眼，这么多人看着呢！以后怎么打仗？我很好，就是少了条胳膊，但是我右手照样能杀敌！不信咱俩抽个时间比试一下？”

“对了，长姐，”文渊忙插话笑问道，“姐夫呢？这么热闹的事情怎么能少了我们的方大公子？姐夫不会是给你去断后了吧？”

凌霜一愣，整了整有些失态的情绪，轻声道：“和离了！”

胡离身子微微一颤，却也不便多问，只是深深看了一眼凌霜便侧过了身子。

文渊真恨不得抽死自己，忙讪讪笑道：“和离……这个……那个……长姐，有什么事还是回府衙再说，军情紧急不谈儿女私情，呵呵呵……”

凌霜忙随着文渊和胡离走向了城北的赤州府衙，是啊，生死考验就在眼前，哪里有时间谈论这些。

冷玉卿和林子妍随后押送着粮草还有上千匹战马进了赤州城，整个赤州城一片喜气洋洋，如今凌霜的到来无疑是一股强劲的动力。

城北的府邸里，文渊命人将一间还算干净周正的房间收拾出来专供凌霜居住。林子妍和冷玉卿过来复命的时候，却看到文渊和胡离也在内堂中，不知道同自家大小姐商量着什么，忙躬身候在门外通报。

“你们两个进来说！”凌霜将案几上赤州周边的地图缓缓收拾起来，之前的来龙去脉她已经晓得了。

几个月前，胡离南征本来一切顺利，后来却被南疆军数十万大军包围，究其原因便是自己的一切军事行动都被南疆叛军提前知晓。

胡离和文渊好不容易将军中的内奸清除干净，却又被云家摆了一道。云家作为江南的经济霸主，大燕朝一半的军粮都出自云家。却不想云家居然在供给胡离军队的军粮中掺杂了发霉甚至是染了毒的粮草，使得胡离的军队战斗力直线下降。

凌霜凤眸中已然是一片阴冷，这个云家不收拾不行了。

“回禀大小姐！云家供给南疆叛军军粮的事情已经查清楚了，我们找到了文契。”林子妍此番便是通过方玉安插在云家的奸细才得知了这一惊天秘闻，当然这些重要的证据文契都是顾啸云提供的。

“拿过来！”凌霜声音清冷，一边的胡离和文渊却是看着冷玉卿和林子妍暗自诧异，凌霜什么时候拥有了这么一批干练的手下？

林子妍将文契送到了凌霜的手边，一边的冷玉卿缓缓道：“将军！一千五百匹军马是顾楼主送的，后面还有一千匹，不过需要迟些送来！”

凌霜点了点头，凤眸扫了一眼手中的文契，疾步走到书案边，提笔写了一行字，封在蜡丸中，交给林子妍和冷玉卿道：“将这些文契一并交给小舞，让她迅速回京交给太子爷。我只要一道皇上的手谕，云家勾连南疆叛军以叛国罪论处！云家财产全部充公！”

“是！”林子妍干净利落地拿着蜡丸同冷玉卿退了出去。

“长姐，你的这些属下不错嘛！”文渊笑道。

一边的胡离却是挑起了眉眼看着凌霜道：“凌霜，这一次你到底带了多少人增援赤州？我怎么没见后援军队来？”

“老多了，”凌霜心虚道，她晓得胡离婆婆妈妈的，若是给他知道自己以身涉险只带了三千人过来，定会被他暴打一顿，忙掩饰道，“凤御军十万，羲和军和青龙军十五万，还有后援的军队皇上正在征调中。”

胡离星眸一闪，冷冷问道：“人呢？二十五万军队的人呢？这都半天光景了，主帅都安顿下来了，后面的那些副帅呢？”

凌霜知道蒙混不过去了，缓缓道：“他们都在后面跟着呢！十天后会来吧！”

“你说什么？”胡离噌的一下子站了起来，“你到底带了多少人来？”

“三千！”凌霜挑眉笑看着胡离，“我跟你说啊！别看人少，能起大作用的，这不老子一夜之间便将图律的几万大军冲垮了去！”

“凌霜！你是来送死的吗？谁要你来陪老子死的？！”胡离情绪失控吼了出来，“你这样一闹，段佑天的四十万大军便会顷刻间压到赤州城，你有几条命可以耗在这儿？你只带着三千人居然敢……居然敢……”

胡离气得点着凌霜的鼻子直发抖，颤着声音道：“你知不知道段佑天的四五十万人堵在江边等着捉拿你！你居然敢独自闯进来，你身为一个主帅，你的脑子呢？你若是出了什么事，后面的仗怎么打？”

“这不没出事吗？你吼什么？老子还不是为了救你！”凌霜也动了真怒，自己辛辛苦苦来救这个家伙，这个混账东西居然不领情。

“老子不用你救！”胡离星眸赤红，他一想到凌霜穿梭在四五十万敌人之间，就觉得头皮发麻一阵阵后怕。

“凌将军，胡将军！好好说！好好说！”文渊眼见两人吵得越来越凶，刚要劝解却被嫣红悄悄拉了拉袖子道，“文大人，我们还是出去吧！”

文渊一顿，似乎想到了什么，忙随嫣红和姹紫出了内堂，刚一走出来，便听到里面的争吵声越发大了几分。

“不会出事吧？”文渊有些担心。

“不会，”姹紫摇了摇头道，“以前在乌桓的时候就这样，经常吵，一会儿就消停了！”

屋子里凌霜点着胡离骂道：“好！算老子自作多情了！不过老子是个重情义的人，就是见不得凌家军被毁了，哪怕九死一生也要拼上一拼！况且老子的人不是孬种，以后让你见识一下！”

05 围杀

“你……”胡离一阵阵后怕，一把将凌霜拉进怀中，却是哑着声音道，“你万一死了，我该怎么办？我情愿南疆战乱输得一塌糊涂，我情愿凌家军全军覆没，也不要眼睁睁看着你为了这场阴谋重重的破仗丢了性命！凌霜！我害怕你知道吗？”

凌霜顿时说不出话来，抬手想要扶他，却触及到了空荡荡的衣袖，顿时满腔的怒气消失得一干二净。

“胡离！没有把握我也不会傻到送死来的！这是一个局，我都算计好了的。你平心静气地听我说好不好？”

“算计好什么？”胡离只觉得被凌霜气得一阵阵胸闷，原本还以为凌霜带着大军赶来，原来仅仅是三千人，还是九死一生闯过南疆叛军几十万大军的防线溜进来的。

即便是她带领的三千凌家亲卫军能以一敌千，可那又如何？成名多年的大将若是单打独斗也会被数十万小兵活生生地困死，身为主帅，凌霜犯了一个绝对不可饶恕的错误。

“你听我说！”凌霜将气得身子微微发抖的胡离一把拽到了案几边，案几上是凌霜特别布置的沙盘演练模具。

她用红色旗子代表大燕朝的军队，用蓝色旗子代表南疆叛军的军队，将红色旗子插到了赤州城外围的几个土丘上沉稳道：“昨夜一战，图律的大军已经被我摧垮，这三个地方建成赤州城的护城大营。我将凌家军还有我的亲卫军混编，分成三部分，在这三个地方分别安营扎寨，一来可以护住赤州城这个战略要地，二来我的人也能将粮草顺着这三处大营边的河流直接送进赤州城。”

胡离眉头舒缓了几分，看着三面红旗呈现出犄角之势，居然是个易守难攻的阵法，心头的焦急渐渐平静了几分。

“接着说！”胡离似乎找到了之前在乌桓的时候与凌霜形成的默契，他一眼看出了凌霜的布置，远远不是守住赤州城那么简单。

凌霜心头一喜，胡离终于能平静下来好好听她说话了，她忙指着三面红色旗子道：“一队人马守南面，一队人马守东面，最后一队守西面。我的人能够在最短的时间内布置机关，还有一种新式武器之后让你见识一下。”

凌霜来之前可是做了不少土雷，尽管提前将热兵器的打法很不要脸地用到了这个地方，可是如今已经到了生死关头，她也顾不得什么了。

“凌霜，我只问你一句，你的后援大军什么时候能到？”胡离点着凌霜在沙盘上的局沉声道，“你可知道，现下你是段佑天的眼中钉。如今他已经晓得你在赤州了，一定会倾力调集大军过来围杀。此刻比的是脚程，看看你的援军能不能在南疆叛军将赤州城剿杀之前赶到。若是能赶到，我们可以借此机会反败为胜，里应外合围杀南疆叛军的主力，若是如此，南疆战事可谓一战便见分晓！”

“英雄所见略同！”凌霜不自禁地拍了拍胡离的肩头道，“我就是这个意思，以赤州城为诱饵，将段佑天彻底干掉，以少胜多的这场仗我有信心！”

“你说的凤御军估计能赶到，那么我问你，宇文家的军队能不能按你定下的时辰赶到？”胡离星眸一烁，问出了凌霜心头也不太有底的问题。

凌霜凤眸中第一次掠过一抹不确定来，胡离不禁有些着急，忙道：“凌霜！这不是玩闹！若是只有凤御军的十万人马赶来了，宇文家的十五万人半道出岔，你可知道这一次被吃掉的可就是我们了！战局风云诡谲，你为何不想清楚就设了这么一个危险的局？”

凌霜忙道：“因为京城再也没有能调用的军队了，况且也没有充足的时间让我去想别的法子，我只能用宇文家的人！我这一次是豪赌。胡离，我在赌宇文胤带出的青龙军和羲和军心中到底有没有血性！我在赌他们血液中残存的最后一点人性！青龙军和羲和军的爹娘姐妹兄弟也都是大燕朝的百姓，他们能忍心看着自己的亲人被南疆叛军践踏屠杀？！”

胡离不禁一愣，这简直是弥天大勇！可是既然已经布了这样的局，他也不得不尽可能协助她打好这一仗。

“宇文胤为何不来？”胡离弄不明白，这么大的阵仗，宇文家居然派来的是一个唯利是图的宇文御，那个人他不太了解，但是却有些隐隐的担心。宇文胤毕竟是武将，而且战功卓著，因着军人的血性或许会以大局为重不会胡来，可是他的那个四弟就说不准了。

“谁知道宇文老儿是什么意思？”凌霜也猜不透这一次宇文家到底要做什

么，不过派出宇文御杀她的消息她是断然不会再同胡离说的。这一路上的生死关头已经闯过了一半，同胡离说了，反而会让他更加担心乱了阵脚。

“不说了，我决定秦小七带领一部分人守住南面的大营，冷玉卿带领一部分守着东面，陆建守西面……”

“我呢？”胡离有些恼火，这丫头分明是将自己护在身后了。

“你跟我守赤州城。”凌霜尽量不露出任何照顾胡离的意思，毕竟这涉及一个男人的自尊，可是她实在不忍心让断臂的胡离再上战场冲杀了。

“西面靠河不好守，我和文渊去吧！”胡离星眸中带着几分坦然。

凌霜却从他的话语里听到了那份坚定和独属于胡离的骄傲，她动了动唇道：“其实呢！赤州更重要……”

“你嫌弃我一条胳膊帮不了你的忙？”胡离眉头一挑，“凌霜，你晓不晓得我和文渊在赤州城坚持了几个月的时光，可不是凭借我们的运气！”

凌霜暗自叹了口气，她知道胡离的骄傲和倔脾气，也晓得他的能力，缓缓点了点头道：“好！你和陆建换一下！你守西面，一会儿我带你去看我的新式武器，你多带一些去西大营！”

胡离唇角微微翘了起来，眼神却是带着几分迷离：“凌霜，我总觉得你这一年多来似乎变了很多，以前的你没有这份潇洒和聪明。以前的你总是笨笨的傻傻的，却同我一样倔强，你决定的事情断然不会更改。不过谢谢你转了念头让我和陆建换！”

06　恼羞成怒

凌霜心头一惊，胡离与之前的凌霜在乌桓厮守了十年，哪里不晓得那个凌霜的脾性。她忙掩饰着笑道：“人总是会变的嘛！走！看武器去！”

天下之盛，江南为首，江南之盛，却是首屈一指的居延城。整座城池临江而建，宏伟至极，段佑天素来喜欢奢华，居延城作为进攻大燕朝的江南据点实在是再合适不过了。

可是他的好日子并没有持续多久，梦想的翅膀还没有起飞扑腾，便被一个叫凌霜的女人狠狠折断了去。

居延城最大的衡王府自从大燕朝那个没用的六皇叔闻风而逃后，便被段佑天迁过来做了自己的临时行宫。

此番行宫里头却传来了段佑天冰冷至极的呵斥声，下面黑压压跪了一大片南疆将帅。

“本王还真的是养了你们这么多的废物！”段佑天紫眸中冷光流转，镶嵌紫色宝石的剑柄被他攥在手中，他恨不得将眼前的窝囊废一剑砍了。

“区区三千人，居然让凌霜带过了江？图律十万人的军队一夜之间你们告诉本王土崩瓦解？如今几天过去了？你们算算！你们自己算算！几天了？！二十万人硬是打不过只有三千人的小小赤州？！本王要你们何用？！”

“回禀王爷！”一个头上裹着素纱，上面满是血迹的南疆武将连滚带爬跪行到了段佑天的面前道，“王爷，那凌霜用的武器着实令人害怕！也不知道是何物，一旦碰触，便发出一声巨响，好多人的尸体都找不全了！而且凌霜那贱人布置的阵法实在是刁钻刻薄……啊！”

那人的话还没有说完，脑袋便被段佑天斩了去，尸身轰然倒下。白玉石的地面瞬间血流成河，一股子血腥的味道让其他人再也不敢灭自己威风长他人志气，登时鸦雀无声了。

段佑天用一方洁白的素帕缓缓擦拭着心爱的宝剑，波光流转的紫眸扫了一眼下面跪着的人冷冷道：“本王不想听这没用的，大燕的凤御军、羲和军还有青龙军再过七日便会逼近江左。若是我们还拿不下赤州城，还杀不了凌霜的话，下一步被吃掉的可就是我们了！三日之内，再调集二十万人马，总共四十万大军给本王踩也要将赤州城踩平了去！前面死多少人都不要管，后面的跟着上，给本王狠狠踏过去！本王就不信了，凌霜还真的是三头六臂天神下凡？！”

“是！王爷！”下面南疆的将帅们顿时出了一身冷汗，素来沉稳的南疆王这一次是真的怒了。

“王爷！”段佑天的一名心腹急匆匆地走进行宫，捧着一封素笺跪在了段佑天的面前。

“何事？”段佑天眉头一挑。

“回禀王爷！凤御军在主将莫寒的带领下突破了韶华关，逼近了居延城东侧！”

段佑天一个踉跄，终于站稳了些，十万凌霜亲自训练出来的凤御军，这样诡异的行军速度简直不可思议。

段佑天哪里晓得莫寒是凌霜给太子爷培养起来的主将，太子爷之前已向莫寒交代，若是因为他的原因让凌霜陷入困局，一旦出了什么事，太子爷可会要他莫家老小几百口的人命啊！莫寒听了凌霜的密令，同宇文御分开而行，日夜兼程地赶路，真怕自己来迟了，未来的太子妃出了什么事，他就完了！

“王爷！怎么办？韶华关一旦破了，不光是江右可能被莫寒掣肘，而且也会威胁南疆门户啊！”

“三日之内！三十万大军全部调集进攻赤州，剩下的统统守韶华关！”段佑天顷刻间减去了进攻赤州城的人数，凤御军的突然到来让他有些手足无措。

“羲和军和青龙军走到哪儿了？”段佑天突然想起了这两个麻烦。

“也是奇怪，那个宇文御似乎是游山玩水一般，行程极慢！怕是还得七八天的时间才能到吧，那也是最快的了！”

段佑天一愣，紫眸中突然泛起一抹亮光，这个世界上想让凌霜死的不光是自己吧？

“传令下去！本王要亲自征伐赤州！”段佑天似乎把握到了一线生机，唇角扬起一个绝美的弧度，他嗅到了自己喜欢的阴谋的味道。

屏退左右，段佑天回到寝宫，一袭紫色裙衫的六公主忙走上前来福了下去，抬眸扫了一眼段佑天严肃的脸，心头暗道，定是前方战事不顺利。

六公主和亲前将自己三哥的那张藏着慕容家族神秘宝藏的藏宝图偷偷拿到了手，果然在段佑天这里换了一个活命的机会。她只是心有不甘，只有将凌霜剥皮剔骨才能平复她的心头之恨。

此时六公主心头不禁升腾起一抹暗恨来，也不知道凌霜到底哪来的能力，居然这么多人都杀不了她！

一个婢女上前给段佑天更衣，因为近来段佑天喜怒无常，她心头害怕，却不想越怕越出错，将段佑天的外衫带子拽得稍稍用力了些。

“滚！”段佑天一脚踹到了婢女的胸口处，柔弱的婢女闷哼一声便断了气息。

六公主神情淡然自如，亲自捧了一杯调好的香茶送到段佑天唇边，温依软语道："王爷，何苦和一个婢子生气！来人！将这个不长眼的婢子拖出去喂狗！"

几个护卫走进来，将那可怜的女子拖了出去，宛若一粒尘埃消散在人世间。

"王爷可是因为凌霜的事情烦闷？"六公主手法娴熟地轻轻替段佑天揉着肩头，笑得越发甜美了几分。

"莫要提那个混账女人！"段佑天怎么也没想到自己的春秋霸业居然会毁在一个女将军手中，心头越发烦闷。

"妾身倒是有一计，可让那凌霜死无葬身之地！"六公主美眸中掠过一抹毒蛇般的冷光。

"哦？"段佑天晓得自己的这个美人不光出身高贵，而且足智多谋，她的主意倒是能听上一听的。

"美人且说来给本王听听？"段佑天唇角含着一抹笑，抬手抚上了六公主滑嫩的肌肤，轻轻爱抚着消遣。

六公主微微一笑，将茶盏放了下来，却是就着茶水在玉几上勾画了几笔，顷刻间便将赤州城周边的地图画了一个分明。

"美人什么时候对战局这般了解了？"段佑天幽幽笑道，他喜欢美人不假，可是他不喜欢不听话的美人，尤其是插手他前朝事务的女人。一旦女人越了规矩便只能去死。

六公主伴随段佑天这么多时日倒也了解他的脾性，丝毫没有害怕，只是淡淡笑道："王爷错怪妾身了，妾身之前做大燕公主的时候便熟悉山川物理，为此父皇还夸我聪慧来着。只是近来看到王爷愁眉不展，妾身也是疼在心头，只想着能为王爷分忧一二。也不枉王爷宠爱妾身的大恩大德！"

段佑天放心了几分，此番看着她的柔情蜜意，倒也心头一动，一把将她拉进怀中，勾起她的下巴笑道："美人多心了！本王若是有朝一日坐稳了这天下，自然立美人为后！"

六公主头靠段佑天缓缓笑道："妾身不求名分，只求王爷能开开心心、平平安安的便罢！王爷，您看！"

07　毒发

六公主支起柔若无骨的身子，点着自己画好的地形图缓缓笑道："赤州城三面都是山，只有一面临水。王爷没必要进攻赤州城，只要将这靠近赤州城的河控制在自己的手中便可。"

"咦？"段佑天凝神看去，随即了然道，"美人的心思本王晓得，只是即便控制了这条水源，山上还有泉水供应，渴不死凌霜的。"

"王爷听妾身细细说来，"六公主浅浅笑道，"是渴不死她，可是却能毒死她啊！"

段佑天猛地一怔，看向了六公主那双美眸，连他这样嗜杀成性的人也不由得打了一个愣怔。

"王爷在南疆养了那么多蛊师，那么多毒师，是时候让他们替王爷效命了。将方圆几百里的泉水全部下毒下蛊，莫说一个赤州城，方圆数百里定然无一个生灵能生还的！赤州城若是变成了一座死亡之城，凌霜即便侥幸活着又怎么能逃得出王爷的手掌心？"

毕竟是方圆数百里人命关天的事情，段佑天倒是有些犹豫，若是用这等残忍的法子，即便占了江南之地，却必定失去民心。他不同于六公主的蛇蝎心肠，他要做未来的帝王，这样的事情一旦做出来，便会有无穷无尽的恶劣后果。

"王爷！"六公主如今却是只想让凌霜死透了去，凑到他耳边轻声细语道："王爷可曾听过一句话？杀一示为罪，杀百示为魔，杀万示为雄，杀百万示为佛！王爷定是考虑到今后的名声，不过王爷若是打不下这江山，做不成天子要那些虚名又有何用？"

段佑天紫眸微微闭了闭，默认了六公主的话，转而道："依着美人的主意，那凌霜到时候定会抢夺水源，本王在水源边上守株待兔便可。"

"王爷！"六公主眼眸中掠过一抹阴毒低声道，"王爷养的那些人偶蛊倒是可以放出来了，届时围杀凌霜的时候，那些人偶蛊定会让凌霜逃无可逃！胜算会更大一些！而且……"

"美人还有什么高招？"段佑天越想越觉得六公主的计策可行。

六公主微微一笑道："而且宇文家的人似乎也不想凌霜活着，不若派人去同宇文御联络一二，到时候给凌霜来个瓮中捉鳖？"

段佑天点了点头大笑道："美人果然聪慧异常！"

江左以北六百里处的营帐中，宇文御神情却是冷彻透骨，一边的郑叔脸色也好不到哪里去。原以为紧紧咬住了凌霜的尾巴，没想到居然是凌霜的替身，真的凌霜早已经杵在了赤州城。

"郑叔，接下来怎么办？"宇文御如今陷入了两难，虽然一路上他尽量拖延时辰，可若是到时赶不到江左，凌霜那个女人是真的会拿尚方宝剑砍了他的。可若是赶到那里，岂不是解了赤州之围，不管从哪个角度看凌霜都占了大便宜。

"四爷，如今已经到了紧要关头，不若打开家主的锦囊且看看家主怎么说？"郑叔想起了临行的时候，宇文擎宇交给四爷的锦囊。

宇文御没想到凌霜这般狡猾，他倒是应付起来分外的吃力一些，不禁垂首缓缓打开锦囊。他定睛一看，不禁一愣，锦囊中没有什么令牌之类的法宝，倒是只留了一卷素笺。

宇文御皱着眉头打开了素笺，仔细一看登时惊呆。

"四爷？"郑叔不知道四爷为何变了脸色。

宇文御带着不可思议的表情跌坐在椅子上，说不清楚心头的滋味，揉着眉心道："传令下去！日夜兼程加速赶往赤州城外。"

郑叔倒是有些糊涂了，不知道家主对四爷说了什么，这么巴巴地赶去救凌霜。

"郑叔！你骑着我的那匹良驹马上去江左同段佑天秘密见上一面，我会给你写封信捎过去！"

"是！四爷！"郑叔忙应了下来。

三天后，赤州城府衙中凌霜陆陆续续收到了城中百姓和士兵病倒的消息，她拿着嫣红收集来的情报，眉头狠狠蹙了起来。

"大小姐，赤州城北郊的村民今早已经死了十人了！"嫣红神情有些焦灼，南疆素来惯有疫病发生，但是千万不要在这个时候啊！

凌霜腾地一下站了起来道："你说已经死人了？"

嫣红看到大小姐神情不对，陡然觉得这事有点蹊跷，幸亏大小姐命她和月珑分头带人巡逻各处，这才较早地发现了疫情。

“是的，嫣红晓得事情重大，所以前来禀告大小姐的！”

“带上军医，还有请文大人来一趟，他通晓一些医药蛊毒之类的事情。”凌霜起身便要出去，却不想被嫣红拽住了道：“大小姐留在这里吧！那边疫情不明，大小姐若是给过上了可不好了，奴婢去一趟便是！”

“无妨！”凌霜拍了拍腰间的香囊道，“叶南的驱毒丸管用得很，咱们凌家亲卫军人人都带着的。对了，你去问月珑找找看还有没有剩余的驱毒丸一并带上，给其余凌家军和百姓能分多少分多少！”

“这……大小姐还是奴婢去吧！”

“走吧！”凌霜不亲自看一下情形实在是觉得心头不踏实得很。

不多时，她便同嫣红还有文渊等人到了疫病爆发的北郊，还没来得及下马便听到了一片凄惨的哭声。

凌霜下马径直走了过去，却是看到了十几具尸身裹着草席被放在了地上，那些死者的亲人看到凌霜亲自来了，倒是不敢再哭，起身冲凌霜行礼。

凌霜俯身掀开一卷草席，死的人是个十几岁的少年，脸上浮肿，皮肤上到处是水疱，有的已经烂透散发出阵阵恶臭。

“怎么回事？不是说死了十个，如今怎么又增加了？”凌霜声音中带着几分强行克制住的颤抖。

一个老人抹着眼泪道：“这疫病发作起来倒是凶险得很，一炷香的时间又死了七个！”

“一炷香？七个？”凌霜猛地打了个摆子，文渊忙上前一步观察死者的情形，突然脸色惨白：“附近可有井水？”

“回文大人的话，上一回南疆奸细投毒，咱们都不吃井里的水了，都是吃后山上的泉水，一直没什么问题啊！”

“老伯，带我去看看你们取水的地方！”文渊的眉头越发拧紧了。

上一回南疆的奸细投毒，文渊便号召大家吃泉水，泉水有泉眼，而且四通八达，投毒不太容易，可是如今那死人的症状实在是令他心惊得很。

傍晚时分，文渊带着几个军医同凌霜回到了府衙中，胡离听闻此事也抽空回来一趟。

“怎样？”凌霜一路上看着文渊紧绷着脸不便多问，若是出了什么事，大家听了岂不恐慌？

“不是疫病，是蛊毒！”文渊的声音抑制不住地颤抖。

“你说什么？”凌霜噌的一下站了起来，“蛊毒？这怎么可能？”

文渊看了凌霜一眼道：“长姐，还有个更坏的消息，几乎所有泉眼都被南疆那边做了手脚，从今天开始我们只能去河边取水了！”

“所有的泉眼？”凌霜一掌拍在了案几上，“段佑天！你大爷的！你他娘到底是不是人？！”

“将军！”一个凌家亲卫军急匆匆走进了凌霜的主帐，神情带着几分紧张。

“什么事？”凌霜暗道定是段佑天又派人来攻城了，不过外面守着三个大营，成犄角之势，想要突破她设置的雷区攻击赤州城，对段佑天来说还是有些难度的。

“南疆叛军将清河上游的清水镇攻占了！”

“什么？”凌霜猛地站了起来，心头掠过一抹寒彻心骨的冷。她终于明白段佑天要干什么了，清河上游一旦被段佑天控制，下面的河水定会被他放毒污染。这样的话，方圆数百里的人没有一个能活的。

08　第一次败仗

山泉被段佑天的蛊毒污染，若是河水再被污染，后果实在是不堪设想。她晓得段佑天突破不了她设置的雷区，可是水里头怎么埋地雷？段佑天抓住了她的软肋，退一万步来说，一个人不吃饭尚能坚持几天，可是不喝水谁能受得了？

“凌霜！”胡离噌的一下站起来，“我去抢回清水镇！”

“不可！”凌霜心头一惊，段佑天是在用成千上万人的无辜生命来成就他的帝王梦，怎一个毒字了得！

他这分明是在清水镇布置了一个口袋等着她去钻的，清水镇如今定被段佑天的重兵围困，谁去都是送死！

“胡离！你和文渊守住西面大营！月珑你通知冷玉卿和秦小七他们暂时不要饮用泉水！嫣红，你传令下去，所有的凌家军兵士，包括赤州城的百姓都要将存下来的水分成三天的定量省着点用。”

“是！”月珑和嫣红忙退了出去。

“陆建！你加派人手防护好赤州城！若是有什么异动速速回禀！”

“是，将军！”陆建行礼后匆匆离开。

“姹紫！你送消息给顾啸云，让叶南来一趟赤州！蛊毒这玩意只能她来治，欠他们两口子的我凌霜过后定当当牛做马回报！”

凌霜本不想将叶南卷进这场要人命的纷争，可是这么多人性命攸关，她不得不拉叶南跟着她蹚这浑水。

只有叶南高超的医术，加上顾啸云通天的本事，才能挽救这么多人的性命。至于清水镇，凌霜凤眸中掠过一抹冷冽，缓缓道：“我亲自去会会段佑天这个杂种！”

“凌霜！我去吧！将你的亲卫军调集一部分过来给我便可！”胡离站了出来。

“你好好守着你的西大营，别的废话不要多说。”凌霜晓得胡离的心思，可是他已经失去了一条胳膊，她不能再自私到躲在别人身后。

“凌霜！”胡离有些着急。

“不必再说了！我是主帅！胡将军，你得听我的！况且我与自己的亲卫军磨合这么长时间，配合起来定然比你更自如一些。好了就这么定了！胡将军不必担心，老子打仗从来没吃过亏！”凌霜淡淡笑道，心头却慢慢有了主意。

“主帅！”将一应事务交代下去的陆建不一会儿返回营帐，冲正在与胡离等人商量对策的凌霜躬身行礼道，“末将有话说！”

凌霜抬眸看着他道：“陆建，你想说什么？”

陆建躬身道：“自古以来不曾有副将躲在城中却由着主帅出阵冒险的事情，末将恳请主帅将这一次攻打清水镇的机会交给末将！”

“老陆，我说你跑哪儿去了，原来偷偷回来请战来了，”月珑吊儿郎当走进了营帐，全然不顾及胡离微微蹙起的眉头，却在凌霜凌厉的凤眸中，还是缓缓垂首，规矩了一些道："末将月珑恳请主帅发令，派末将去攻打清水镇！"

月珑素来是个不愿守规矩的，作为一个自在惯了的江湖杀手从来没想到会中规中矩地去打一场仗。但是他刚刚出去却看到又一批人死在了蛊毒之下，虽然目前还没有引起太多的恐慌，但是那些孩童们眼中惧怕的神情让他很是恼火。

他月珑从来不愿做什么英雄，但是这一次他真的很想抓住段佑天那个混账东西，一刀刀割下他的肉来。

胡离不禁一愣，星眸中却是多了几分赞赏之色，不愧是凌霜带出来的兵！

"主帅！"胡离退后几步冲凌霜很正式地行礼道，"陆建和月珑二位将军的意见，我也希望主帅能够听得进去！主帅如今不同往常，掌控着南疆的整个战局，若是主帅有个三长两短，实在是得不偿失！况且，末将同其他将军守着的三处大营也可以派人临时增援清水镇，不如先请这两位小将过去探探虚实再说！"

凌霜垂眸沉思了一会儿，月珑机灵但是缺少了陆建的几分沉稳，而且她相信姹紫的眼光不会差。此番倒是一个锻炼陆建的好机会，随即抬眸道："月珑！你有大用处，你得亲自去一趟江左将叶南带回来。叶南医术高明，这场蛊毒之祸想来只有她能彻底制止。"

月珑一愣，刚要说什么，凌霜打断他的话头道："同样的治病救人，辛苦月统领一趟了，让嫣红陪你去！"

凌霜话都说到这份儿上了，加上最后那一条分外有吸引力，月珑不禁眉开眼笑道："既如此，主帅记得给我记一功啊！"

胡离眉头一挑，却不想月珑那厮早已经欢天喜地地退了出去，不禁暗自叹息。凌霜用的这些江湖人士也实在是令他无奈至极，还给他记一功，冲着他这吊儿郎当的模样就该赏他几十军棍！

"陆建！"凌霜将陆建喊到了地图边，指着赤州城背面的山坡道，"你们从这里翻过去，神不知鬼不觉地直接插进清水镇的侧翼，记得这边有一处丛林地带。你们摸过去后，不要恋战，只记着一点，将南疆叛军那些头目的首级拿下来便可！但是段佑天这一次亲自督战，想必你们此行难度极大，我们所要做

的便是制造混乱！只要他们乱了，即将赶来的凤御军便能乘机将他们赶出清水镇！”

陆建默默点了点头道：“主帅！末将今夜便出发！”

“嗯！下去准备吧！人你亲自去挑选！”

陆建退出了营帐，一旁的胡离点了点头道：“此人沉稳至极，定能成就大事！只是，凌霜你区区上千人，再怎么制造混乱，又如何将近十万的南疆军赶出清水镇？”

凌霜点着地图冷冷笑道：“十万？段佑天怕是吹牛吧？你们的三个护卫赤州城的大营已经牵制了他大部分兵力，清水镇顶多也就是两三万人罢了！还有凤御军已经从韶关逼近赤州城，不出意外，明天子夜便能赶到。”

凌霜沉吟道：“宇文家的那两人这一次也是很给力的，估计后天子夜也能到了，只要陆建将清水镇搅浑了，外面的大燕军一合围，南疆军自然会军心动摇逃窜而去！不过当务之急还是让百姓们能喝上好水，所以清水镇必须要尽快打下来为好！”

胡离听到凌霜倒也安排周密顿时放心不少，自己还是好好守住护卫赤州城的三处大营，只要拖延到后天子时便是南疆军的末日。

只是凌霜绝没有想到事情总是朝着不可控制的方向发展，比如第二天正午，出发不久的陆建居然被人抬回了赤州城，还比如赤州城中存水的那些池子居然也被人莫名其妙地下了蛊毒，死亡人数瞬间翻倍，赤州城的百姓终于明白了他们会遇到怎样的恐慌。

“姹紫！陆建怎么样？”凌霜眉头狠狠蹙了起来，这是凌家亲卫军第一次受挫，这让她心头堵得慌。

姹紫眼眸早已经微红，忙从陆建躺着的榻边站了起来，冲凌霜行礼道：“大小姐，陆建似乎中了蛊毒，依旧昏迷着，这该如何是好？”

一向沉稳的姹紫身子微微发抖，凌霜忙将她一把扶住，垂首看向陆建。陆建的整张脸带着几分青色，棱角分明的脸颊边开始出现可怕的水疱。

凌霜近来死人见多了，她当然明白一旦水疱破裂，陆建距离死亡也不远了。

09 绝境

“怎么回事？”凌霜心头莫名的烦躁和愤怒，冷冷质问随同陆建一起回来的几个幸存者。

“回禀将军！”那些人忙躬身道，“起初陆统领带着我们一切还算顺利，而且我们换了南疆军的衣裳混了进去，并将几个南疆头目的首级取下。只是没想到突然遇到一些身着黑衣蒙着脸面的怪人。那些人似乎没有生命，怎么也杀不死。其中一个人身子炸开后，溅出恶臭的脓水！陆统领为了救我们几个……却被……却被那脓水溅在了身上，变成了如今这番模样。”

“段佑天！”凌霜咬着牙，她实在头痛这些稀奇古怪的玩意，这是唯一让她不能稳操胜券的东西。

“备马！本将亲自去一趟！”凌霜晓得赤州城中的人已经恐慌了起来，若是不能马上弄到干净的水源，不用敌人打，自己人都要哗变了。

“大小姐！”姹紫忙跪下道，“还是婢子去吧！婢子定要替陆建讨个公道回来，赤州城如今形势危急，主帅千万不能冒险出战。”

凌霜晓得能将陆建伤了的那怪东西定然凶险万分，姹紫虽然跟了她这么多年，可是毕竟实战经验不如她丰富。加上这丫头性子沉稳，让她暂且守着赤州城，她是放心万分的。

“姹紫，不必多言！我还没傻到自投罗网，只是如今赤州城内百姓人心浮动，士气低落，我凌霜打了这么多年仗，如是因为没水喝被渴死，传出去简直笑掉世人的大牙！我先探探虚实，你守在这里，外面有胡将军他们的三个大营支撑，也不会出什么事。还有，照顾好陆建，叶南很快就来了！”

凌霜说罢便大步走了出去，因为她不晓得清水镇那边到底是什么情形，只带了几十个凌家亲卫军，便骑着烈火出了赤州城的南门，到了后山。

赤州城北面临水，其余三面环山，清河从南面上游的清水镇蜿蜒而下绕城而过，想要夺下清水镇必须要顺河而上抢攻，只是难度很大。

不过凌霜素来在训练她的手下时，都将攀岩作为一项重要内容，尽管四周的岩壁看起来耸立天际，倒是也难不倒这些训练有素的人。

“将军，这边有陆统领之前留下来的记号，想必便是通向清水镇的方位！”

一个亲兵点着一处用匕首在岩石上刻出来的图案回禀道。

凌霜抬眸看着高耸的崖壁，突然一阵莫名其妙的警觉顿时从内心深处迸发出来，她凤眸一凛，猛地转眸看向了四周虬髯纠结的丛林。

怎么可能？陆建为什么会选这么一条通往清水镇的道路，之前明明经过很多地方更有利于行军。通往清水镇的图不光陆建有，之前月珑也曾经给她画过一份。

凌霜相信自己的记忆不会错，这一条陆建在岩石上刻画指点出来的道路绝非坦途。

她强压住凤眸中的惊慌，但愿是自己弄错了，不会的，不会的。那可是姹紫看上的男人啊！那是陪同她无数次出生入死的兄弟啊！

“将军？”其他亲卫军看到主帅神色异常，不禁也提高了几分警惕。

“陈武，”凌霜一把抓住身边的一个亲卫军副统领，沉声问道，“陆建之前受伤后，是不是被你发现的？”

“将军？”陈武不知道凌霜突然纠结这个做什么，忙道，“是属下在赤州城南巡逻的时候发现陆统领被几个兄弟搀扶着，似乎受了很重的伤。”

“我是问你在哪儿发现的？是这里还是南城门？”凌霜不禁吼了出来，凤眸赤红。

“在……在南城门！不是在这里……”陈武被凌霜的样子吓着了。

凌霜重重喘了口气，仔仔细细搜寻了崖壁边的杂草一遍，没有一丝一毫的血迹。

“回撤！”凌霜猛地翻身跃上马背向后折返，“快快！快！撤回赤州城！”

几十个人顿时慌了，却也是训练有素，迅速跟上了凌霜出其不意的节奏，不过终究还是慢了半拍。

一阵尖锐的南疆特有的号角声陡然在崖壁上方吹响，一团团令人生厌并且极度恶心的蛊虫从崖壁上蔓延开来。顺着凌霜等人的方向瞬间袭来，蛊虫后面却跟着数百个奇怪的蒙着脸的黑衣人。

凌霜凤眸一凛，那些人居然没有丝毫生命迹象，宛若一个个僵尸。该死的！陆建这个叛徒将他们引进了一个必杀的绝境，这些人偶凌霜似乎听说过。

南疆有些高端的蛊师专门用活人炼蛊，整个就是一些不知道痛楚生死的傀儡人偶。

“撤！”凌霜挥起了朝之宝剑，一剑斩下了迎面抓来的黑衣人的手臂，迅速判断好路径，点着赤州城南门的方位道，“撤回城中！”

凌霜之前幸亏提前警觉了周遭的不对劲，那些蛊虫和人偶虽然行动迅速却也慢了半拍。正是这延迟的一瞬间，给凌霜瞬间活命的机会。烈火似乎也感应到了主人的焦灼，马蹄翻飞硬生生将后面追杀的人偶远远抛在了身后。

凌霜之前给自己的亲兵们装备的马，都是顾啸云弄来的草原上性子最烈的战马，几十个人倒是顺利地撤出了蛊虫和人偶的包围，直奔赤州城南门而来。

“开门！”陈武高声冲着箭楼上的人大喊，却不想一阵铺天盖地的箭雨瞬间兜头而下，直接扫向凌霜等人。

“保护主帅！”陈武等几个凌家亲卫军登时转身扑在了凌霜的身上，浑身却被射成了刺猬。

凌霜凤眸一片赤红，死死盯着箭楼上迎风而立的陆建，心头顿时了然。不禁暗自悔断了肠子，她聪明一世，却犯了一个养虎为患的天大错误。

“姹紫！”凌霜猛地吼了出来，神情剧变，却发现陆建身后突然冲出来一个白衣女子，发髻已经凌乱，拔剑在手，疯狂地冲向陆建并与其厮打起来，却被陆建一掌砍在颈项间，砸晕了过去。

只是姹紫手中突然炸开了一个凌霜曾经交给她的特制信号弹，顿时一声尖锐的响声冲入天际，在夕阳西下后暗沉的天际中爆出一朵绚烂至极的花。

第二章 豪情壮志

01 紧急救援

姹紫这最后的搏命定然会将四周三处大营的胡离等人召集过来，陆建眉头狠狠蹙了起来，命令混进赤州城的宇文家的杀手死死关紧大门。只要凌霜进不了城，便会被四周瞬间从后山通道涌过来的南疆士兵吞噬。

“陆建！我凌霜定要取了你的首级！”凌霜看着姹紫软软倒下去，已经红了眼眸挥手命剩下的亲卫军向后撤，却不想迎面撞上了源源不断从后山崖壁上下来的南疆士兵。毋庸置疑，那条通道是陆建替他们打开的！

顿时赤州城的南门陷入了修罗场，凌霜握着朝之宝剑的剑柄因为沾染了太多敌人的血反而滑腻腻的握不住了。

她杀红了眼，看着身边一个个护着她的人倒下，只觉得万分悲凉，没想到最后会死在宇文家奸细的手中，死在自己曾经认为是兄弟的手中。

赤州城已经完全被陆建控制，三千凌家亲卫军分成三部分驻守外面的三处大营。城内剩下的都被凌霜带走了，还有部分不听话的已经被他干掉了。

此番这个史上伪装最好的奸细矗立在轩阁中看着床榻上刚刚苏醒过来的白衣女子，神情中却是带着几分复杂。

姹紫明亮的眸子里一片憎恶和愤恨，还有深深的懊悔。大小姐之所以这么信任陆建有很大一部分原因是因为自己的坚持，可是她此番恨不得自己去死。

“姹紫，四爷想要见你。他不想让你死，我也不想，他答应过我的，只要你低头认个错，他便会放你一马。我会带你离开，去一个谁也不认识你的地方……”

“杀了我！”姹紫声音中一片苍凉，她想要挣扎却被死死绑着，眼底是黑漆漆的化也化不开的哀伤。

陆建心头不知为何却是狠狠痛了一下，他，宇文家家主最器重的杀手头子。他，何赢，是宇文家上万见不得光的暗卫总头目。他，在整个宇文家族中的武功同长公子宇文胤不相上下。他，何赢，是宇文擎宇亲手打磨出来的一柄利刃。

为了演好凌家这出戏，他一直隐忍自己强大的武功内力。害怕凌霜起疑心，甚至都没有戴人皮面具。将自己之前俊朗非凡的容貌请擅长改容的江湖百变生剔骨挖肉才成就这么一张普通到了极致的脸。如今为了迷惑凌霜，他更服用蛊毒毁了半边脸颊。

上一次在乌桓执行任务的时候差点引起凌霜的怀疑，他不得不加大了对姹紫的爱慕攻势。只是连他自己也没想到的是，他这样一个最无情的男人居然因为看到姹紫眼中的那抹绝望而心痛。

他不是在与她演戏吗？为何演着演着却变成了如今这番模样。

“何统领！”一个宇文家的暗卫走了进来，“何统领！外面的马车已经备好！四爷抵达了江左，请何统领带着姹紫姑娘过去！”

何赢眉头狠狠蹙了起来，他是宇文家见不得光的人。长公子下落不明，如今眼见着四爷宇文御得势，他心头清楚宇文御对姹紫的那份执着。跟着四爷也许能让这丫头过上荣华富贵的生活吧？他能补偿的也只有这么多了。

“跟我走吧！”何赢俯身想要抱起姹紫，却被姹紫狠狠一口咬住了手臂，瞬间鲜血直流。

何赢没想到从来温婉可人的姹紫眼底会爆发出这么浓烈的憎恶来，几乎将他手臂上的肉咬下来。他心头却也起了几分微妙的心思，也许这样她就不会那么恨自己了吧？

他抬手点了姹紫的穴道，从那张令他曾经也有几分着迷的小嘴里将自己的手臂解救出来，暗自叹了口气，俯身将姹紫缓缓抱起来，低声道：“对不起！”

姹紫发出的信号令其他三处大营的统领们顿时魂飞魄散，赤州城被攻破了？怎么可能？赤州城在胡离和文渊的坚持中守了将近一年，现在居然被攻破了？

“拿好兵器！”秦小七眸子赤红，“凌家亲卫军跟我走！其余的给我死死守住北大营！”

大小姐出事了！秦小七一直奉为神明的大小姐居然出事了！

秦小七素来不变的脸色裂开了无数条缝隙，拔出腰间的佩刀，带着自己的心腹，转身便要赶向出事的赤州城南门处。

可是他刚一迈出营帐，却得到了一个令他头皮发麻的消息，段佑天三十万大军兵分三路发动了总攻。若是赤州城还在，遇到如今的危机尚能坚持几天，也一定能等到凤御军今夜突破清河一带支援。可是赤州城没有了，南城定是出了什么事，秦小七一时间心急如焚。

他疾步登上塔楼放眼看去，只见密密麻麻的南疆军队过了河，瞬间逼近。但是江左一带宇文家的军队却丝毫没有动静，宇文家的军队战斗力不亚于凌家军。若是此番前来增援，想必局势会迅速改善，可是秦小七明白，宇文家按兵不动就是要他的头儿凌霜去死！

“王八蛋！”秦小七定了定心神，突然走下塔楼高声喊道，“诸将士听令，放弃北大营随我全部增援赤州城南门！”

“统领不可啊！”身边朝廷派来的参军忙劝道，“放弃北大营，南疆士兵会冲过来的啊！大燕军这般临阵退缩有损大燕国威……”

“威你娘个头！”秦小七眸子已经赤红，若是没有凌霜，他和妹妹小舞早就饿死在街头了，那是他心中的神，大燕朝算个屁！

秦小七紧了紧手中的佩剑冷冷道：“在我眼里只有凌将军！若是她死了，我们凌家亲卫军所有的人都要陪葬，才不枉这兄弟一场！走！”

凌家亲卫军的一千热血护卫紧跟着秦小七骑着马冲向了赤州城的南门，北大营没了小七等人的守护，顿时被南疆叛军冲垮。不过这已经不是秦小七所要考虑的范围了，他只想尽快赶到南门探探究竟。

赤州城从南门箭楼处放出来的信号表明凌霜出事了，凌霜将赤州城视为生命，怎么可能这般情形下发出城破速来救援的信号？

02　兄弟一场

秦小七的到来明显缓解了凌霜的压力，只是四周的南疆叛军却是越来越多，加上北大营的丢失，瞬间给南疆叛军打开一个缺口，几万南疆先遣兵士洪水般蔓延过来。

“将军！”秦小七远远便看到了战团中心的那个娇俏身影，四周已然布满了南疆的叛军，还夹杂着令人恶心万分的蛊虫和已经被凌霜等人砍得残缺不全身着黑衣蒙着脸的人偶傀儡。

他顿时发现凌霜面对的的最大危险不是那些杀红了眼等待取凌霜首级邀功的南疆士兵，而是那些似乎毫无生气却怎么也打不死的人偶傀儡。

“将军！”秦小七瞬间惊出一身冷汗。

“小七！那边！”凌霜一剑砍倒了一个人偶，手中的朝之宝剑指向了另一边显然隐在万军丛中身着黑色布袍的蛊师们！

“将军！坚持住！”秦小七登时明白了几分，打马便冲向了西面藏得很深的那些混账蛊师，只有杀了他们，那些似乎杀不死的人偶傀儡才能停止对凌霜的袭击。

“莽夫！莽夫！”文渊看到赤州城正面北大营因被秦小七放弃，使得越来越多的南疆士兵涌过了清河，不禁焦急万分。

“她出事了！”胡离心头一颤，猛地折身冲出了营帐，他们这边的压力也不小，成千上万的南疆士兵似乎要将西大营扯烂。

“胡离！”文渊实在没想到战况突然急转而下，一时间不知如何是好。

胡离不同于秦小七的莽撞，他转眸看着文渊道：“北大营破了，西大营再守也没什么意义。冷玉卿那边今夜会和凤御军会和。只是段佑天果真狡猾，居然用近一半的兵力将凤御军堵在了河那边，不过我想今夜子时凤御军便会打过河来。既然现在局势已经如此，不若将南疆士兵引到赤州城下决战！”

“可是宇文家的那帮混账东西居然隔岸观火！”文渊是读书人，太粗鲁的话实在骂不出来，可是他已经义愤填膺到极点。

“文渊！宇文御那边不好说服，你一会想法子能不能将宇文效的六万羲和军鼓动起来？只要他们能过河攻打南疆外围，我们就还有口气在！一切等到子夜，凤御军过河后便是南疆叛军的死期！文渊拜托了！宇文效虽然是个莽夫，但是跟随宇文胤多年，宇文胤……我胡离还敬重他是一条汉子！”

胡离说罢独臂抓起了自己的罡风宝刀，瞬间跨上马背，身后的文渊忙喊道：“胡离！不要让长姐死！她死了，一切都完了！”

“她死了我必不独活！”

身着玄色铠甲的胡离瞬间跃出了几丈地，直奔赤州城南门而去。

东大营虽然距离赤州城最远却也战况最激烈，段佑天生怕凤御军与凌霜合围，几乎派出一半人马阻挠凤御军过河。

此时冷玉卿同身边的林子妍显然看到了赤州城告急的消息，林子妍心头一跳，忙转身看依然一片冰冷的冷玉卿。

“我们怎么办？”林子妍说这话的时候已经抬手将酬勤匕首握在手中。

冷玉卿眉头狠狠蹙了起来，看着塔楼外面的河面上越来越多的浮尸，眉眼间转过几许神色道：“传令下去，命令东大营的所有凌家军过河杀到南疆军后方！”

“冷玉卿！是东面出事了！”林子妍急了。

“我晓得！”冷玉卿缓缓起身，言行举止之间贵气盎然，他淡淡扫了一眼林子妍道，“北大营和西大营已经放弃了，东大营不必放手。传我的命令，全线进攻南疆叛军的侧翼。派一部分人乔装混进敌营，扰乱南疆叛军对凤御军的围杀。只要南疆叛军一乱，莫寒将军便能早早过河，只有凤御军过河，才能解大小姐之困。”

林子妍晓得此人冷静，可还是有些心惊，大小姐定是出了什么事，说不定危在旦夕。此人还能这般冷静分析，着实令人佩服。

却不想冷玉卿交代完部署后，突然走出营帐跃上马背，点了数百人同林子妍道：“我刚才的布置你可听清楚了？”

“是！”林子妍居然不自禁有一丝服从。

“那好！任务由你来完成！”

“你做什么去？”林子妍一把拽住了冷玉卿手中的缰绳。

冷玉卿淡淡道：“她曾经对我说过，要帮我复仇，我怎么能让她赴死！妍儿，这边的局势拜托给你了！”

“冷玉卿！”林子妍顿时慌了神，却看到那抹冷清的背影早已经裹进了血色战场。此番去赤州城南门便是一脚踏进地狱，他终究做不来无情人。

此时被南疆叛军围堵在河对面的凤御军却是急红了眼，自家主帅怎么可能将赤州城丢了？这眼见着胜利就是一步之遥了！

莫寒手中握着战报，指尖微微发抖，噌的一下站了起来，拿过副将递过来的兵器，一柄龙月刀锵的一声矗立在地上，他看着下面的各级统领冷冷道：“战局已变，主帅危急，今夜务必提前过河，将南疆叛军围歼！一会儿老子冲在最前面，谁要是做了缩头乌龟，老子一刀斩了他！”

他大步迈出了营帐，主将亲自出战，外面的士兵哪里敢后退半分。若是从半空中俯瞰，以赤州城为中心的这一场大燕朝第一激烈鏖战，定会令所有人心头犯怵。

整条清河水已经变成了赤红色，河面上，草丛中，到处都是残损的尸体。阵阵喊杀声划破天际，这是一场实力悬殊的硬仗，一场近五十万人围杀区区上万凌家军的硬仗。这一仗过后的数百年中，在茶摊里巷间，每当说书人提起依然还能让后世之人隐隐嗅到那股子浓烈的血腥味道。

人们透过隐隐的历史天际，仿佛还能看到那个矗立在万马丛中始终屹立不倒的传奇女子。

段佑天登临河岸边一处搭建起来的高塔上，看着凌家军居然在他如此强大的攻势下还能奋力拼杀，不禁眉头微微蹙了起来，也暗自叹了口气。

“如此将才！可惜不能为我所用！凌霜！既然不能用，我也只能杀了你！”

他缓缓转身，紫眸中对英雄的怜悯完全被冷酷所取代，缓缓抬手点着凌霜的方向。

“传令下去！杀凌霜者，封邑十万户，赏万金！封侯！”

03 征服者的欲望

江左宇文家青龙军大营，已是夜色如墨，本应该是万籁俱静的时分，但是隔岸的厮杀却是达到了最顶峰。

河岸这边的青龙军主帐中依然是安静如斯，只有宇文御缓缓踱着步子，如玉的面色中夹杂着几分嗜血的亢奋。

“四爷！”几个心腹回禀道，“凌霜陷入了南疆大军的重围，若是黎明前还是不得脱身，必会死于乱军之中。”

“晓得了！”宇文御的眼眸中陡然迸发出一抹兴奋的冷芒，只要杀了凌霜，他便是宇文家的家主，将会坐上宇文家那个最高的位置。

“四爷！外面又有请战的将领求见！”

宇文御猛然转身，眉头间掠过一抹冷漠。宇文家的青龙军当年可是随着大哥宇文胤征战过高车的一支雄师。像今天这样看着对岸火光冲天的血色战场，想必也激起了不少人心头隐藏已久的几分热血。

“告诉他们！青龙军出战的日子不远了！少安毋躁！对那些闹事之人，先关起来！”

“是！”

宇文御垂首看着手中父亲交给他的锦囊，不禁唇角勾起一抹冷笑，原来父亲在凌家藏了那么好用的一柄刀。只是这柄刀却还被他的小姹紫心心念念地喜欢着，实在是令人觉得讽刺至极。

他堂堂宇文家的四公子还比不上一条宇文家的狗吗？他的小姹紫一定会成为他的女人！只要凌霜一死，在明天的第一缕阳光映照下，他的青龙军和三哥的羲和军便会在凌家军全军覆没、段佑天实力受损之下，全力出击赤州城。

到那个时候，只此一战，他宇文御便可同大哥一样扬名天下！呵呵呵……

“四爷！”帐外传来何赢的声音。

宇文御握着锦囊的手微微一顿，藏在了袖间，转身看着一袭劲装的何赢抱着娇俏的姹紫缓缓走进来。

宇文御视线扫过了抱着姹紫的何赢的手臂，眸底却是微微一冷，不动声色笑道：“辛苦何统领了！今日何统领立了大功，回京之后我必定向父亲禀报赏赐。不过四爷我同姹紫姑娘有些话要单独说，何统领也累了，下去歇着吧！”

何赢神情一怔，缓缓将姹紫放在了一边的毡子上，心情复杂异常，抿了抿唇却是转身冲宇文御跪了下来道：“何赢但求四爷一件事情！何赢求四爷放过姹紫一命，待她……待她好一些！不要……不要用刑……这是何赢欠她的。”

宇文御之前在京城的时候，因为姹紫心头只有一个陆建，而带着几分愤怒甚至是浓浓的嫉恨。如今看着何赢既然已经将脸上那层伪装揭开了去，却还是这般顾及着姹紫，心头不禁一沉。

他淡淡道：“姹紫毕竟是个不谙世事的小丫头，我宇文御还不至于和一个小丫头计较。你下去吧！有些关于凌霜的话我想单独问问她！”

宇文御毕竟是何赢的主子，他此番看着宇文御脸色变了几分，也不得不退了出去。谁都晓得宇文家的四爷素来掌管着宇文家的私刑惩戒，出手相当狠辣，何赢只是怕姹紫惹恼了宇文御受什么皮肉之苦。

姹紫从昏迷中醒来，正对上宇文御那双嗜血残肆的眸子。她如今已经万念俱灰，恨不得只求一死。大小姐因她而陷入危机之中，即便今后大小姐能原谅她，她自己也过不去那道坎了。

姹紫苍白的脸缓缓转了过去，自己出现在宇文御的营帐中，形势已然明白了几分。宇文家这一次的计策阴毒至极，便是要将凌霜置于死地。

“我的小姹紫，我们又见面了，”宇文御抬手挑起了姹紫苍白如玉的尖俏下巴，将她的脸强行转了过来，细细摩挲着，像一头野兽在玩味他的猎物。

姹紫清亮的眸子里却是一片死寂，这让宇文御心头没来由的不舒服。

“怎么？发现自己爱得死去活来的人原来是个骗子，我的小姹紫绝望伤心了？”

“宇文御你赢了，”姹紫声音沙哑得厉害，“是个男人就痛快点给我一刀，这样的戏弄有什么意思？！”

“呵！一心求死？”宇文御心头的一腔怒火越发烧得灼热起来，嘲讽道：“陆建变成了何赢，情郎变成了仇敌，就让你这么绝望？”

“宇文御，是个男人就杀了我！别这么婆婆妈妈的！”姹紫冷冷看着宇文御的表演，眼底却是仇恨和不屈。

“我惹人疼的傻姑娘，呵呵呵，”宇文御反手却将姹紫一把抓起来放在腿上，紧紧扣住冷冷笑道，“杀了你？我若是想杀了你，你一个小小的婢女能逃得过四爷我的手段？”

“杀了我！你们宇文家这些畜生！”姹紫身上的穴道稍稍松动了几分，抬手一掌掴在了宇文御的脸上，宇文御的脸上立刻出现了清晰的红色掌印。

宇文御脸色瞬间变了几分，从小到大，不用说他人，即便是自己的大哥还有爹娘，都没有在他脸上掌掴过。

他冷笑着一把将姹紫的手臂卸了下来，翻身将她压在身下，笑声中带着几分狰狞：“姹紫，知道为什么刚才那一巴掌我不躲吗？因为今夜我要拿走你最宝贵的东西，全当是爷和你换了！”

姹紫身体因为手臂剧烈的疼痛而微微颤抖，眼底的憎恶却是多了几分，她咬着牙道：“畜生！混账东西！”

“你骂人的辞藻还真是苍白啊！我纯洁的傻姑娘！”宇文御抬手拂去姹紫额头疼出来的冷汗，俯身在她的唇角轻轻吻了一下，低声道，“姹紫，别做徒劳的挣扎！”

“我杀了你！”姹紫奋力一头撞向了宇文御，却被宇文御用手狠狠按在了毡子上，抬手却是将她的罩裙一把扯了下来。

“我杀了你！宇文御！我要杀了你！你不得好死！我姹紫化成厉鬼也不会放过你们这帮畜生的！”

“省着点劲，一会儿与四爷我共赴云雨不是更好吗？”宇文御眼底的残肆沉了几分，抬手将姹紫的领口撕开，垂首便冲着那雪白精致的锁骨吻了下去。

姹紫自知这场侮辱势在难免，便要咬舌自尽。

04　见不得光的孩子

宇文御将她的下巴一把攫住，可还是看到姹紫嘴巴里的血顺着唇角流了下来。他眼眸一冷：“想死？也得经过我同意才能死！你是我的女人，今夜过后我会将你改名换姓，等到我做了家主，你虽然身份受限，不能成为我的正室夫人，可是荣华富贵却也是你享受不尽的。跟着我有何不可？”

他垂首轻轻舔了舔姹紫唇角的血腥，笑得邪魅万分：“姹紫，你一辈子都得被我缠着！永不超生！”

噗！姹紫挣脱开宇文御的手，一口血沫唾在了宇文御的脸上。

宇文御素来骄傲，哪里受得了这唾面之辱，心头更是发了狠。他瞬间撕开了她的亵衣，粗暴地将她的腿分开，没有丝毫怜惜便挺了进去。

“啊！”姹紫凄厉的哭喊声远远传出了主帐，划破了夜色的安宁。

矗立在帐外的何赢猛地眼眸大睁，疾步走向主帐，却被门口的几个护卫拦下笑道：“何统领，别为难兄弟们！四爷在里面办事，吩咐不准任何人进去！”

何赢眼眸圆睁，丝毫没有在意身边几个护卫脸上那异样的笑容，他只觉得整个心都被挖走了似的。听着里面姹紫一声声渐渐衰弱下去的哭喊，心头却是宛若刀绞般难受，两只手紧紧攥成了拳。

他真傻！四爷素来有活阎王之称，怎么可能放过姹紫？姹紫那样的烈性子，想必已经激怒四爷了吧？他何赢到底是怎么了？他的任务已经完成，可是为什么心头却堵得越来越难受？

“何统领！”几个护卫也不敢得罪这位冷面杀手头子，赔着笑躬身道，“何统领，四爷马上是做家主的人了，兄弟们的命都在四爷手掌心攥着呢！何统领体谅一二……”

何赢眼眸微微闭了起来，身体却是抖得厉害，他突然察觉出，自己不知道何时已经喜欢上了那个温婉大方，善良清纯的姑娘。他的喜欢远远比自己想象的还要多，他有多喜欢那个女子，现在就有多后悔，心头也就有多痛！

“何统领！何统领！”几个护卫看出了何赢的不对劲，心头居然慌了几分，若是何赢动怒，那是要死很多人的。

“他怎么可以这样？”何赢暗自喃喃自语，“他答应过我会放了那个可怜的姑娘，他答应过我的。若是长公子定然不会做得这么绝情绝义，他怎么能够这样？”

何赢缓缓转身，一步步离开了营帐，每走一步都沉重宛若千金。

“何统领。”郑叔从附近的营帐中走了出来，拦住了失魂落魄的何赢，作为云家的老人，他对四爷宇文御的能力倒是也欣赏几分的。但是他总觉得四爷和长公子最大的区别便是，长公子素来做事给人留半分余地，可是四爷近来却是骄纵了些，手段也残忍了些。

姹紫这个姑娘，他也晓得何赢确实放在了心上。今天这件事若是轮到长公子处理，定会放姹紫一马，给何赢一个面子，毕竟何赢在宇文家中的地位其实还牵扯到一段隐秘。何赢虽说是宇文擎宇的义子，但是只有郑叔晓得，此人其实是当年宇文擎宇与一个青楼女子一夜醉酒风流后的产物。

这是宇文家家主一段不愿意被别人提及的隐秘事，也是宇文擎宇的人生污点。宇文家的儿子们从来不可能有一个青楼出身的娘亲，他亲自命人杀了那个女人，将何赢带回了宇文家，编了一段足以令何赢信服的身世。

直到如今，何赢还将宇文擎宇当作是报了他灭门之仇，并将他抚养成人的恩人看待。哪里想得到，说是与他亲生父亲为结义兄弟的宇文擎宇才是他真正的亲爹。

宇文擎宇对何赢是有着特殊的感情的，一方面他恨这个让他蒙羞的孩子，另一面却又愧疚几分，亲自训练他武功，一步步手把手地教导他成人，甚至比其他的儿子还要多下几分辛苦。

“何赢，陪郑叔喝几杯！”郑叔在宇文家的地位极高，何赢自然不能推托，缓缓坐了下来，心头却烦闷至极。仰起头将郑叔给他倒满的酒饮下，眼底全是火辣辣的痛。

“郑叔！长公子他……”何赢在宇文家还是敬佩宇文胤几分的，今天若是这事遇到长公子，定能让姹紫平安离开，可是如今却再也回不了头。

“何赢，”郑叔叹了口气道，“主子们的事情还是不要参与为好，今天郑叔只想对你说一句话。”

何赢头晕晕沉沉强撑着看向郑叔，苦笑道：“我负了她！”

“听郑叔一句话，大好男儿从来不会为情所困。何赢，你这一次给宇文家立了大功，回到京城前途定然不可限量，早早放下儿女私情才是正道。四爷虽然……虽然这件事不妥当了些，但是他毕竟是主子！何赢，你明白吗？”

何赢只觉得胸口被重重敲击了一下，带着万般的酸楚，缓缓起身。他今夜只想逃得远远的，可是姹紫那双明亮的眸子注定会成为他永远的诅咒。

“我……负了她！”何赢跌跌撞撞站了起来，顺手提起了案几上的酒壶道，“郑叔！若是可能，我还是愿意跟着长公子的，只是如今我只想静一静。”

“何赢！”郑叔心头顿时升腾起一抹不安，却看到何赢头也不回地冲出营帐，想必是找地方饮酒消愁去了。

夜色更深了几分，河西岸边却是宇文效的羲和军，同青龙军一样也是按兵不动。主帐中此时坐满了羲和军的各级将官，脸色却是有几分纠结。

羲和军是宇文胤的嫡系军队，在宇文胤的带领下战功无数，可是今天这场仗让所有人都觉得暗自带着几分愧疚。

隔岸的熊熊烈火将整个赤州城的天空烧成一片血色，那些残忍的杀戮之声刺激着羲和军各级将官的神经，尤其是宇文效的。

他此番早已经穿戴整齐，披着战甲来来回回在主帐中兜圈子。

“来人！去问问我那个四弟，啥时候开打？”宇文效是个莽夫，身上有着几分爽直的血性，冲动得很。

05 舌战群将

“回禀三爷，”一个心腹忙道，“四爷说……”

“说什么？！”宇文效双目圆瞪，“老子一路上都闲出毛病了，好不容易看到那些王八蛋南疆军，不知道老子手痒痒？还等等，等个屁啊！”

一边的副将余庆是四爷宇文御专门派到三哥身边的人，宇文御晓得三哥头脑简单，便让余庆留在三哥身边，看着这个一触即发的炮仗！

余庆忙站出来缓缓道：“三爷，莫急！再等等！河那边消耗的差不多了，咱们去捡漏！”

宇文效也晓得宇文家和凌家这一次是要较真斗到死的，可是他心头烦躁啊！他刚从塔楼上走下来，看着对岸凌家军的弥天之勇，心头的烦躁越发浓烈了几分。

“赤州牧文渊文大人求见将军！”外面的一个小兵急匆匆走了进来。

余庆眉头一蹙，这个文渊是凌霜身边的第一谋士，如今居然冒险从河对岸过来，想要干什么？

“将军军务繁忙，不见！”余庆冷冷道。

“文渊拜见将军！“文渊却是硬闯了进来，宇文家的将官们显然一愣，没想到文渊的脸皮也确实够厚。但是文渊毕竟是地方官，也不好将他轰出去。

宇文效冷冷扫了一眼文渊道：“滚！老子素来不喜欢酸儒！”

文渊微微一笑，却是捧着手中的一只布包高高举起道：“文渊前来给将军送一样东西！”

四下里的人倒是不知道这个大名鼎鼎的文五郎到底想做什么，宇文效眉头越发蹙了起来。

“什么东西？”

文渊缓缓将布包放在了正中的案几上，将布包小心翼翼打开，居然是一件女子穿的粉色裙子。

“你他娘耍老子！”宇文效刷的一声拔出重剑就要砍到文渊的头上。

“三爷！不可！”余庆忙将震怒的宇文效紧紧拦腰抱住，三爷若是杀了大燕朝的文官，还是苦苦坚守赤州城，造福一方百姓的有名望的文官，以后宇文家能被京城中的那些御史们还有太学院的老朽们用唾沫星子淹死。

“将军不喜欢红妆？”文渊眼见着重剑架在了脖子上，神情却丝毫不变，冷冷笑道，“将军不喜欢文渊送的红妆？我以为将军喜欢红妆呢！将军躲在这里看着对岸大燕朝的勇士不断死去，难不成像个娘们儿似的怕了？所以，文渊用这红妆换将军身上的征衣一用，文渊一介书生，尚且晓得精忠报国，将军跟随宇文胤在高车征战数年，什么时候胆小如娘们儿了？”

“老子不是娘们儿！”宇文效吼了出来。

“是吗？那为何眼睁睁看着河对岸的战场却停步不前？”文渊陡然也抬高了声调。

“老子……”宇文效顿时噎住了。

糟了！余庆心头渐渐觉得不妙，文渊的三寸不烂之舌，在京城的诗会上他曾经是见识过一回的。

“文大人！此乃军务，还请文大人不要参与！”一个年长的宇文家的将官在余庆的示意下淡淡道。

文渊缓缓转身看着那人淡淡笑道：“宇文胤乃当世之英雄也！”

文渊此话一出，在座所有宇文家的人都愣住了，因为他们都是跟随宇文胤打过仗的属下。宇文胤是他们心目中的战神，既然文渊也没说别的，只是夸赞自家长公子，倒是不能辩驳了，一个个只是傻愣愣地看着文渊。

文渊声音清朗道：“大燕有良将兮，宇文胤！平凶蛮之叛贼兮，山之北！固守边关之无人撼兮，决然独立之无人敌兮！英才灼灼如塞外之朝阳，丰神朗朗似天际之明月。”

“……”宇文效彻底蒙了，不光是他蒙了，所有的人都蒙了。

文渊此番突然振臂仰头声音又拔高了几分居然吟唱了出来，样子滑稽可笑，但是没有一个人笑得出来，因为文渊唱的是他们长公子经常唱的那首军歌。

“岂曰无衣？与子同袍。王于兴师，修我戈矛。与子同仇！

岂曰无衣？与子同泽。王于兴师，修我矛戟。与子偕作！

岂曰无衣？与子同裳。王于兴师，修我甲兵。与子偕行！”

宇文效黑漆漆的眼眸中顿时涌出了眼泪，抵着文渊的重剑却是一分分放了下来。那是他最崇拜的大哥经常唱的歌，大哥如今却被父亲关在了黑漆漆的地宫中，他心痛如刀绞。

这样的大仗，若是给他的大哥应对，南疆的那些小儿统统都得去死！

“长公子！”文渊突然捂着脸嘶哑着声音啜泣道，“你看看你曾经带领的军队，他们都做了什么啊？他们贪生怕死，他们不敢应战，他们宁可做那缩头的乌龟！长公子！你辛辛苦苦用鲜血积累起的战功被毁了啊！长公子！你在哪里啊！江南百姓死在南疆铁蹄下不能瞑目啊！长公子！你在哪里啊！大燕朝的战神！呵呵呵……坍塌了吗？”

宇文效眼底的泪意越来越明显，抓着重剑的手掌微微颤抖。

“三爷！”余庆是率先清醒过来的一个，忙要上前却还是迟了一步。

“无知小儿！老子这就去拼个死活，让你看看我大哥带出来的兵不是孬种！”宇文效风一样地冲出了主帐。

“对！决不能给长公子丢脸！决不能！”其余的人俱是跟了出去。

“三爷！三爷！”余庆忙追了出去，却不想文渊突然一把扯出了身边宇文家亲兵的佩刀，飞身上马。

文渊隐在黑夜中的眼睛像是最闪烁的星看着宇文效道：“文渊虽然是一介书生，但是文渊想同将军比试一番，看看我们谁杀的敌人多！将军敢应战否？”

“三爷！文渊此人心术不正！”余庆慌了。

“怎么？三爷不敢？若是文渊输了，亲自给你家大哥磕三个响头！若是你输了，穿着那红妆在京都走一圈如何？”文渊心头紧张到了极处，他晓得宇文胤在宇文家的军队中地位有多高，不亚于凌霜在凌家军中的地位。他晓得宇文效对他的大哥有多敬重，他必须得下一剂猛药。

“他娘的！老子定让你给大哥磕头！”宇文效翻身上马随在文渊的身后冲进了夜色中，直奔河对岸的血色战场。

“快！快！跟上将军！”瞬间羲和军的几万大军紧随其后，冲进了南疆军的后防。

06　从天而降

段佑天得到消息后，狠狠将面前的桌子掀翻了去。

“问问宇文御，究竟是什么意思？为何出尔反尔？”段佑天紫眸中满是愤怒。

“王爷！消消气！”六公主也没想到在这个最关键的时刻，宇文家居然背后狠狠给了南疆军一刀。

如此一来，凌霜那边的压力骤然减轻了不少，只是这强有力的援助毕竟稍稍迟了一些。凌霜脚下的尸身渐渐堆成了小山，一直蔓延到了赤州城紧闭的南门。

“大小姐小心身后！”秦小七一剑刺穿了冲到凌霜面前的南疆士兵，却被一小队南疆士兵围攻，始终到不了凌霜的跟前。

凌霜眼见这边是孤身一人，又是几十个人围了过去，她的肩头、手臂、双腿已经满是伤痕，令人不忍目睹。

“娘的！今天老子算是交待到这儿了！”凌霜赤红的凤眸闭了闭，耳边是呼啸而来的刀锋，她已经战斗了将近一夜的光景，到了崩溃的边缘。若是再来一波，真的抵挡不住了。

“凌霜！”一个浑厚的声音狠狠将凌霜从疲惫至极的幻觉中震醒，她只觉得身体被撞到了一边。却是胡离第一个越过了重重包围，砍杀了她面前的敌军，死死护在她身前。

胡离身上的黑色袍子几乎成了深紫色，被鲜血浸透了去。即便如此，还是比不上凌霜这边凶险，凌霜成了南疆士兵击杀的主要对象。

“小心！”凌霜猛地挥起朝之宝剑劈向了胡离的左侧方，胡离失去了左臂，左侧的防控能力几乎没有。但是一只人偶傀儡却是死而不僵，冲着胡离抓了过来。

胡离此番正在应对正前方的敌人，哪里想到还有这种恶心的东西袭击而来。凌霜之前已经晓得这种东西有毒，但凡沾身必死无疑，情急之下也顾不得许多，猛地冲到了胡离的身边。

朝之宝剑将人偶的脑袋斩了下去，一道诡异的绿色脓液瞬间喷到了凌霜的凤眸中。

凌霜闷哼一声，猛地捂住眼睛，却是尖锐的疼痛袭来。那种疼痛令人无法形容，像是地狱中招魂的使者。

凌霜拼命地眨巴着眼睛，眼前却是一片血红色，她心头一慌！她……居然看不到眼前的人和物，耳边传来胡离撕心裂肺的吼声，南疆士兵疯狂的喊杀声，还有隐隐约约更多马蹄纷沓而至的声音。

一切都像定格了一样，她只觉得一阵头晕目眩，缓缓在尸山血海中倒了下去。只是耳边那一阵阵若隐若现，遥不可及的熟悉的呼喊声到底是不是方玉的？莫非是她临死前的错觉？

临死之前，她脑海中只剩了那双或微笑，或戏谑，或淬利，或宠溺的淡色桃花眸。

方玉！救救我！我撑不住了！我不想死，死了之后也许就穿越回去了，我要到哪里去寻找你的身影？我爱着你的灵魂定会无所依托！

赤州城的南门因为凌霜的存在而变成了真正的人间地狱，十万封邑，万金赏赐，还有封侯的刺激都让那些南疆的士兵杀红了眼。

当凌霜倒下的那一刻，几乎所有的南疆士兵都想一拥而上，要斩了凌霜的首级邀功，只是战场风云变幻。宇文效和文渊强有力的支援让南疆的士兵真正陷入了重重危机，腹背受敌的滋味实在不好受。

莫寒带领的凤御军也已经突破南疆军的围堵杀到了赤州城城下，南疆军反而成了被围困的那一只猎物。只是于这些都已经疲惫到极处的南疆军来说，带着梅花纹络面具的两万血影门徒众实在是他们最后的梦魇。

胡离狠狠挥刀拼死将倒下去的凌霜护在身后，却不想一道银色身影瞬间袭来，动作之快令人惊诧万分。

那些围困凌霜的南疆士兵还没反应过来，便被一柄水晶般的奇形怪状的利剑斩了脑袋。

胡离瞳孔瞬间收缩，还没来得及说什么，背后的凌霜便被那人一把拽走。那人像是抱着一个孩子般，将凌霜单手托抱在了怀中，右手的剑却像是淬了毒的复仇之火，所过之处，南疆兵士无一人能生还。

胡离从来没有见过这样凌厉霸气的剑法，那是让人坠入地狱永世不得超生的诅咒。血影门的徒众瞬间将局面打开了些，四周到处是南疆叛军的惨嚎声。

冷玉卿和秦小七很快便赶来，紧紧围在那人和凌霜的身边，胡离闭了闭眸子，唇角挂着苦笑。

方玉！你这个混蛋终于来了！

方玉此番淬利的桃花眸中满是巨大的愤怒和恐惧，他以为依着父亲的高傲，既然答应不杀凌霜便一定能做到。可是他没想到自己的两个舅舅竟然使出了这么卑鄙的招数，血影门门徒的消息零星传回到京城的时候，他就已经觉得不对劲了。

加上他血影门本该护在凌霜的左右，却没想到被父亲摆了一道，居然迟迟不能过江抵达赤州。严峻的形势让方玉快要发疯了，他等到机会将父亲监视他的人摆脱，设了一个局逃出京城，却是面对了这样令他肝肠寸断的局面。

方玉抬手紧紧抱着凌霜，她满是伤痕的身体似乎渐渐退去了温度，但是还有几分心跳。他只觉得天都要塌下来了，脚下的步子却是不敢有丝毫的停滞。

他一路从京城赶往江南，跑死了几十匹烈马，精疲力竭到了极点，可如今还希望自己能快一点，再快一点！

“少主！赤州城的门砸不开！”

“炸开！”方玉眸底的冰冷令人不寒而栗，之前他早就通过顾啸云弄到了凌霜做那些炸药的配方。

“少主！南疆叛军将前面的路堵死了！”

“宰了！不留一个活口！”方玉脚下的步子没有停顿，他晓得必须夺回赤州城，才能给霜儿一个救治的场所。

“少主！天门宗的人已经将地道打通！”

“攻城！将里面的叛徒逮住一个杀一个！”

“少主……那可是……宇文家……”

“杀了！”方玉桃花眸中一片冷冽，他说过谁都不能动他的霜儿，管你是不是宇文家的，触及了他的底线便等着受死吧！

07　黎明

血色黎明终于在最后一丝黑暗褪尽之时来临，战场的局势已定，南疆叛军这一次可以用惨败来形容。段佑天一看时机不对，忙召集残部紧急退向他的老巢居延城。

不过胜利者也没有心情享受这难得的果实，主帅凌霜身受重伤，凌家军、凤御军，包括宇文效的羲和军都折损无数。

赤州城终于被几路人马重新夺了回来，四周到处是欢呼声和哭泣声。城门洞开，方玉抱着凌霜疾步走了进来，随即却是手臂微微一颤。

所有的声音都似乎静默了，每个人都默默看着一个身着血色银袍的俊美男子抱着他们的主帅凌将军踏上了赤州城的土地。

也不知是谁起的头，不管是城中百姓还是四周筋疲力尽的士兵，每一个人都缓缓跪了下来，为这个一身烈火红妆，说是会给他们安宁的女子下跪，为这个几乎拼尽性命用柔弱的肩头扛起了整个南疆战局的女将军下跪，也为这个整整斯杀一夜却没有丝毫放弃的奇女子下跪。

如今看着她娇俏的身子像个孩子般蜷缩在那个伟岸男子的怀中，每个人的心都揪了起来。其实她还是个脆弱的女孩子啊，只是每个人都将她当作了神，她其实也是个会受伤，会痛，会累，会哭，也可能会死的普通人。她的坚强都装出来给人看，心痛全部留给了自己。

方玉脚步有些虚晃，却是坚定地一步步向前走去。这就是他方玉爱着的女人，他看着四周给凌霜下跪的人群，心头涌起从来没有过的骄傲和酸楚。这是值得他付出生命，倾尽所有去爱的女人。

“长姐！”叶南红着眼睛从顾啸云的马上跃了下来，忙奔进了府衙中。

月珑和嫣红也随之冲了进去，月珑刚到凌霜的轩阁门口，便被林子妍拦住。

“大小姐在疗伤！男子们回避一下！”林子妍眼底微红，声音都带着几分颤抖。那样密密麻麻的伤痕，即便是她这样久经阵仗的人看了也受不了。

月珑扫了一眼同样守在外面的胡离、秦小七还有冷玉卿等人，焦躁地一拳砸在了墙壁上，拳头渗出血来。他素来是个无情的人，不然做不了杀手，可是如今得知了这样的消息，他实在是愤怒至极，心头升腾起一抹前所未有的杀意来。

“王八蛋的陆建！不！何赢！老子非得将你剁成一块块的喂狗！”

“将军怎样？”莫寒急匆匆走了过来，身上带血的重甲还没有卸去，可却是心急如焚，凌霜千万不要有事啊！不然太子爷那边不好交代啊！

秦小七忍着眼底的泪道：“叶南来了，定不会有事的！大小姐素来是个命大的福将！”

“胡将军，羲和军那边该如何处理？”莫寒只得将刚得到的消息同胡离相商。

“羲和军怎样了？”胡离眉头狠狠蹙了起来，羲和军可是宇文家的，这一次却是出乎意料帮了大忙。

“宇文效战死了！”莫寒眼底带着几分敬重，“一夜拼杀力竭，被南疆叛军的两员副将斩杀在马下。”

胡离猛地转眸，心头掠过一抹不好的预感：“文渊呢？”

“文大人也……死了！”莫寒垂眸，心头却是堵得慌，一个文官本不应该死在战场上的，他也不知道如何说才好。

“暂且别告诉凌将军！那是她的五弟，她受不住的。”胡离心头狠狠沉了下去。

莫寒随即从怀中将文渊之前留下的素笺拿了出来，上面的边角处已经浸满了血迹，缓缓展开道：“在文大人的身上发现的，文大人的意思是，若是这一次宇文效能跟他一起杀敌，若是身陷重围战死，能否给宇文效在皇上面前请立战功？”

胡离瞬间眼前模糊了起来，攥着文渊书信的手微微颤抖。文渊早已经知道若是想要将宇文效激到战场上，必定要搭上自己的性命。

这个温文尔雅的文五郎到死都让人捉摸不透，因为情伤来到赤州城，却努力造福一方百姓。南疆叛军攻来，与他这个武将并肩守住了赤州城，如今战死了，却想的是如何为宇文效邀功请赏。他居然从来没有为自己考虑过一分，不过若真为自己想，便不是那个铁骨铮铮的文五郎了。

“我去看看他！”胡离的身体有些僵硬。

“尸身停在了后院的亭子里！同宇文三爷的在一起！”莫寒叹了口气道。

胡离晓得方玉在里面照顾凌霜，也轮不到他操什么心，随即到了府衙的后院，远远便看到了亭子里的两口现做的棺木，棺木还没来得及涂上漆，就那么突兀地摆在那里。

胡离的脚步有些踉跄，一步步走进了亭子里，垂首看向尚未盖棺的棺木。两具尸首都被清洗干净，宇文效素来脾气暴躁，此番却显示出了从来没有过的安静。

胡离看向了另一边的文渊，文渊花白的头发披散在肩头，双眸紧紧闭着，脸上却是有几处新伤，但丝毫没有减损他固有的倜傥俊雅。

“兄弟！走好！”胡离扶着棺木，想哭却哭不出来，他整了整衣衫，缓缓冲两口棺木重重磕了三个头。

棺木里面的人，不管是文渊还是宇文效，当得起他胡离的敬重，当得起英雄二字。

“来人！”胡离此番是凌霜之下最高级别的将军，“传令下去，将战场上战死的大燕朝军人，不管是凌家的还是宇文家的，都好好掩埋了。向皇上复命，赤州城大捷，南疆叛军残部南逃。还有将文大人和宇文三爷的尸身好好处理一下，将他们带回家乡厚葬！”

“是！”凌家军的亲兵忙领命而去。

幸存的羲和军的统领们眼神却是悄悄有了几分变化，凌家军这样不贪功，平等相待的做法令他们心头掀起了惊天巨浪。想起之前宇文家的所作所为，倒是惭愧了几分，不过他们的三爷没有给长公子丢脸！没有辜负他大哥带领羲和军曾经造就的荣耀！

江左青龙军帐中却是一片死寂，宇文御脸色铁青，端坐在椅子上，看似安稳，实际上是在被火烤。

凌霜居然被方玉救下了，关键是自己的三哥竟然莽撞到这种程度，所有的计划都乱了，一阵阵的森森寒意让他心神不宁。

08　我要带她走

“四爷！”从宇文效那边折返回来的余庆小心翼翼看着自家小主子，缓缓道，“我们该如何是好？如今赤州大捷，我们的青龙军却还待在江左怕是不妥。可是四爷若是过江去赤州城复命，也定会凶多吉少。”

宇文御眉头狠狠蹙了起来，却转身一掌拍在了案几上，这真的是个骑虎难下的局。

“凌霜这一次定不会放过我！从出征开始那柄尚方宝剑便是为我准备着！”

“四爷，咱们要不哗变了吧？”一个心腹将官大声道。

“闭嘴！”宇文御怒斥道，他倒是想哗变，亲自带领青龙军将凌霜一剑砍死，可是如今凌霜麾下有凤御军、羲和军，还有方玉的两万血影门门徒。虽然不能称其为军队，但是据前线传来的消息说，那些人根本不是人，战斗力强悍到令人心惊胆战！他区区的一支青龙军如何哗变？

“不妥，”郑叔缓缓站了起来道，“四爷，青龙军绝对不能哗变！那可是造反啊！宇文家上下数百口人，一道圣旨便会被杀个精光！”

宇文御狠狠喘了口气道：“那该如何？”

郑叔扫了左右一眼，宇文御命其他人都退下。郑叔凑到宇文御耳边小声道：“四爷，当今之际只有一个办法，四爷只能牺牲一下了。”

“什么？”宇文御猛然心惊，突然意识到郑叔的意思。法不责众，若是青龙军的将士过河去赤州城向凌霜复命，凌霜倒也不能将这几万人都杀了去。她大概是想要自己的命！

“四爷,”郑叔暗道，三爷宇文效已经死了，若是四爷再被杀了，岂不是让家主伤心欲绝？

“你有什么主意？”

“四爷今夜便轻装离开这里，一路上自然有影卫暗中相护。老奴安排一个同四爷身形很像的人，将他的尸身毁了面容丢在河边。对外就宣称是青龙军统帅不能力战报国，自刎殉国！”

宇文御眸子狠狠闭了闭，他何曾这么狼狈过。若是如此，自己便永远也不能再见天日了。依着父亲在朝中的势力，想必皇上明知道有诈，可还是不能对宇文家做什么。这应该是最好的选择。

“四爷！事不宜迟，还是早早做决断为好！”

“方玉那厮奸猾，他定会严加防范！”宇文御倒是心头有点对方玉犯怵。

“方玉再怎么说也是宇文家的外甥，不可能这么赶尽杀绝的！老夫从中会斡旋一二！”郑叔躬身道。

“好！”宇文御缓缓抬眸，却道，“不过只能我只身一人逃走吗？”

郑叔心头一惊，忙劝道：“四爷，如今形势不同往常，多带一个人便是多了几分风险！”他其实心头明白，宇文御想带着谁走。

“我想带姹紫那丫头走！”宇文御摸了摸腰间的一方青玉掌印缓缓道，“这方青玉掌印是我多年来替宇文家做生意单独留下来的财富。虽然一辈子不能露面，但是做个富家翁倒是可以的。别的人我不再有念想，只想带着她走！还请郑叔安排一下！”

何赢步履踉跄地走到关着姹紫的帐篷前，却被两个宇文御的亲信拦在了外面。

“何统领！四爷命人找了附近的两个婆子照顾姹紫姑娘，何统领还请移步，小弟们也是在四爷手下混口饭吃，还请……”

两人突然瞪大了眸子，不可思议地盯着何赢缓缓放下的手臂，瞬间颈项处涌出黑色血液，连一声惨呼都没来得及发出，便瘫倒在了帐篷外面。

何赢不愧是宇文家的顶尖杀手头子，素来便是这般干脆狠辣。他抬腿缓缓走了进去，两个妇人正用清水替姹紫擦洗痕迹斑驳的身子，一边的案几上摆着宇文御特意命人做的米粥和点心，都是平素里姹紫喜欢吃的。

两个妇人看到何赢手中滴着血珠的剑，吓得面无人色，忙跪下求饶。何赢眉头微微蹙了起来，抬手便将二人点了穴道，一脚一个踹到了一边。

他凝眸看向了那张宇文御甚至特意命人临时弄来的软榻，看着榻上一动不动的娇俏身影，心头掠过一抹巨大的哀伤绝望。

“姹紫！”何赢嘴唇动了动，缓缓半跪在了榻边，掀开罩在姹紫身上的藏青色薄被，不禁愣怔在了那里。

姹紫此番身上虽然被洗干净了，可是洁白的肌肤上到处是昨夜留下来的令人面红耳赤的痕迹。

“姹紫！”何赢抬手便解开姹紫被紧紧绑着的手腕，心疼地抚摸上面因为绑得太久而显现出来的紫青色伤痕。

姹紫身子微微颤抖，没有一丝力气，清亮的眸子里满是绝望和深深的憎恶。

“我带你出去。”何赢将自己一件黑色披风解下来，紧紧罩住姹紫的身子，却不想胳膊被姹紫一口死死咬住，恨不得咬下一块肉来。

“对不起。”何赢垂首任由她撕咬，直到姹紫筋疲力尽才轻轻点了她的穴道，将她拦腰打横抱了起来。

“何统领！不要逼兄弟们动手！”闻风而来的几十个影卫将何赢围堵在了正中。

何赢唇角微微翘起一抹寒凉，却是将姹紫负在背上，用一根布带绑紧，抬眸冷冷看着自己这些曾经的属下。

“你们不要自寻死路，我今天不想杀太多人！”

围着何赢的这些暗影到底还是惧怕几分的，何赢是他们的头儿。之前训练的时候，此人的残酷手段他们可是亲眼见过的。只是他背上的这个女人，四爷看得极重，若是被何赢带走了，四爷定会要了他们的命。

“兄弟们！我们一起上！”总归人多胆壮，却哪里想到实力的差距便在那里摆着的。

何赢出剑的速度很快，这些人尽管也是身经百战，可还是血流如注，都没看清他是如何出手的。

主帐中，宇文御刚同郑叔商量妥当，却不想外面传来一阵纷乱声，一个亲兵忙进来回禀。

“四爷！何统领带走了……带走了姹紫姑娘！”

“什么？”宇文御眼眸中寒意顿时升腾起来，大步走了出去。

09 悔意生

“四爷！”郑叔暗道不好，可是哪里拦得住他，忙跟了出去劝道，“何赢如今带走姹紫倒也算是好事一桩，四爷听老夫一句话。四爷还是赶紧收拾东西离开此地，四爷！四爷！听老夫劝一句啊！那个女人待在四爷身边终究是个麻烦！四爷且顾当下啊！”

宇文御的愤怒已然超出了郑叔能控制的范围，难不成这宇文家素来冷静沉稳的宇文四爷居然因为一个女人放弃逃命的关键时机？到了这般程度却出了这档子端不上台面的事情，郑叔也快被他气晕了去。

宇文御拔出剑飞身跃上马背喝问道：“何赢那厮去哪儿了？”

“四爷！何统领冲着赤州城的方向去了！”

“驾！”宇文御猛抽了一记马鞭，瞬间追了出去。

“快备马！”郑叔此番是真的惊出了一身冷汗，宇文家的这些小主子们一个个疯了不成？这都什么时候了，还在乎这些儿女私情？一个瘦弱的小丫头罢了，昨夜睡也睡了，按理说新鲜劲也过去了，今早偏生出这般的执念来。

郑叔忙紧追而去，这若是给宇文御跑到了凌霜的地盘，那条命也就真的交代了。

“四爷！莫追了！快回来！”郑叔眼见着宇文御追着何赢的踪迹到了河边，忙追了过去，却不想何赢与宇文御两人拔剑相向。

“何赢！放下你背上的那个女人！”宇文御眼眸微冷，“就当这事没发生过，你回京后还是我父亲身边的第一心腹！”

何赢唇角苦笑，手中的剑却是没有丝毫的松动，冷冷道：“四爷，我欠你们宇文家的我早就还清了！我替你们清除了多少心腹大敌，我出卖了自己的灵魂，我二十年冰冷人生中好不容易有了一点点的温暖，可是被你毁了！我什么都不剩了！四爷！从今往后我不欠你宇文家什么了。”

“放下剑！何赢！冷静点！不要忘了家主对你的恩德！”郑叔猛地护在了宇文御的身前。

何赢脸色微微一动，缓缓收剑，转身刚要带着姹紫过河，却不想宇文御的剑风瞬间扫来，冷冽而无情。

他挥手一挡，使出了自己的看家本领。郑叔顿了顿脚，不得不拔出剑迎了上去，今天说什么都不能让何赢和宇文御彼此残杀。他晓得宇文御，若论武功，实在是差了何赢一大截的，却不想他和四爷两个人加在一起与何赢争斗还是稍显不足。

一道剑光随着何赢的临空一跃，瞬间兜头冲着宇文御罩了下来，郑叔忙一把扯开了宇文御护在他身前，随即不可思议地看着何赢鼓荡成风的靛青色袍角，唇角溢出一抹血丝来。

“破九霄？何赢！你居然练成了只有长公子才会的破九霄？！”

何赢毕竟与郑叔有些情分，看到郑叔被自己无意间重伤，不禁收了剑势，缓缓转身，将背上的人稍稍托了托，再也没有回头，径直骑着马过了河。

宇文御顿时愣怔了几分，宇文家素来有个不成文的规矩，只有父亲的亲儿子父亲才会传授破九霄的功法。不过至今能练成的只有大哥一人，可为什么何赢也会？他突然觉得一切都是个笑话，这难道就是上天对他的嘲讽？

他取代不了大哥，杀不了凌霜，做不成家主，到头来连自己喜欢的女人也被这个本是他亲哥哥的人抢走。

“何赢！四爷我今天杀了你！”宇文御猛地追了过去。

“四爷！四爷！回来！”郑叔刚要起身，却呕出一口血来。

赤州城上把守的凌家军兵士在正午艳阳高照时分却是看到了这样奇怪的一幕，曾经做了缩头乌龟的宇文御副帅，凌家军最大的叛徒何赢，还有他们都要找疯了的姹紫姑娘，就这样以这样一种特殊怪异的方式闯到了赤州城下。

月珑琥珀色的眸子微微眯了起来，大小姐还没有醒来，这两个杂碎倒是自投罗网来了。

“来人！跟老子抓王八去！”月珑瞬间从箭楼疾奔而下，随即秦小七和冷玉卿等人俱是赶了过来。

却不想何赢掉头转向了东大营残破的塔楼，塔楼紧靠河边而建，湍急的河水贴着塔楼而过。这里是最险要的一处要塞，此时战场还没有完全打扫干净，塔楼上死尸横陈，何赢飞身下马，却是踏着尸体组成的阶梯一步步走到了塔楼的最顶端。

下面紧随而来的宇文御便没有那般幸运，被月珑一剑刺在了膝盖处，重重跪倒在地，瞪大的眼睛还是死死盯视着姹紫被带走的方向。

那是他此生化不开的一缕执念，他终究还是毁了她也毁了自己。

“王八蛋！老子送你去死！”月珑第二剑便要斩下，却被胡离抬起右臂一把挡住。

“为何不让老子杀了这个人渣？！”月珑眉头微挑，瞪视着胡离。

胡离叹了口气道：“主帅还没有醒来，处决南征军副帅，你这样级别的将官不可，不要给你家大小姐惹出麻烦来！”

“老子……”月珑素来快意恩仇，倒是蒙了，杀个人还这么麻烦？

“来人！将宇文御关起来等主帅醒来后定夺！不得有半分闪失！其余的人跟我捉拿何赢！”

此番闻讯赶来的嫣红一听姹紫的消息也赶了过来，忙随着胡离等人上了塔楼。

“大家小心！何赢武功高深莫测，奸猾万端，不要中了他的圈套！”胡离看出嫣红等人的急切，忙又细细叮嘱了一番。

塔楼上，何赢找了一处干净地方，将姹紫轻轻放了下来，抬手解开了她的穴道，却是跪在她的身边将她抱在了怀中。

“对不起，姹紫，我晓得你恨我！”何赢声音轻微像是细语呢喃。

姹紫闭上了眸子，她再也不想看到此人，唇角动了动，沙哑着声音道：“若是你……还有几分愧疚之心，便杀了我。”

“姹紫，”何赢收紧了胳膊，低声呢喃道，“我一开始便是与你逢场作戏，可是到头来连我自己也搞不清楚究竟是在戏里还是在戏外。姹紫，这个世上从来没有人能杀得了我，但是我却没想到你便是那柄插进我胸膛的利剑。”

“何赢！放开姹紫！不然我要你好看！”嫣红急红了眼，刚要冲过去，却被胡离拦下，“且等等！”

10　秋风错

胡离眉头蹙了起来，只觉得其中有什么蹊跷，况且何赢突然拿出了一柄凌家亲卫军用的酬勤匕首，这让他有些担心。若是逼得狠了，这个宇文家的杀手头子什么都做得出来。

何赢却丝毫没有看后面的人一眼，将酬勤刀柄放在了姹紫的手中，将她的手紧紧握着，刀锋对准了自己的胸口，却是俯身吻在她苍白的额头上。

“姹紫，是我负了你，当你被宇文御禁在帐中的时候我便后悔了，可惜这世界上没有后悔药可卖。我晓得你恨不得亲手杀了我，姹紫，这是你们凌家军的兵器，我给你杀我的机会……”

噗的一声，刀柄入肉的锐钝声音震惊了每一个人。

姹紫猛地瞪大了眸子，看着那双她曾经喜欢极了，也恨极了的眼眸渐渐失去了光泽。她只想尖叫，却是嗓子哽住了，哑了，发不出任何声音。

“姹紫，”何赢捂着血流如注的胸口，却是将怀中的女子搂得更紧了几分，“姹紫……姹紫……来世我……无脸见你……我们缘分已尽……你好好……活着……”

何赢庞大的身躯像一座山将姹紫紧紧笼在了自己的阴影中，四周传来清河亘古不变的吟唱声，更是衬托了几分凄凉无处诉说。

“混蛋！混蛋！”秦小七疯了般地冲过来，一把将何赢的尸身从姹紫身边拽了过来，挥起手中的剑，不停地冲着已经凉透了的尸身砍下去，“混蛋！混蛋！我杀了你！杀了你！”

“小七！冷静点！”冷玉卿晓得在豫州的时候，秦小七与陆建的关系极好，两人亲如兄弟，只是如今的局面实在是令人唏嘘却又无可奈何。

他一把抱住了发泄愤怒和悲伤的秦小七，月珑却是转眸不忍看这一幕，他娘的都是些什么事啊！

“姹紫！不要！”嫣红猛地喊出了声，却是再不敢向前一步。

只见姹紫紧握鲜血淋漓的酬勤爬到了塔楼的边缘，下面便是滔滔愤怒的江水，她苦笑道：“嫣红，我不能活了，我对不起大小姐！我也不干净了！”

“姹紫！大小姐有叶南照顾没事的，你这样死了让大小姐醒来后如何自处？她会难受的，姹紫！”胡离眼眸一冷，想要冲过去，却不想姹紫将酬勤对住了自己的颈项，胡离忙收了脚步。

“胡大哥，谢谢你，我没法面对大小姐，我差点害死她！我这样活着已经没什么意思了！”

“姹紫，不要，求求你不要这样，你我一起从小陪着大小姐长大，你这样让我们怎么办？回来！有什么事情我们一起面对……”嫣红缓缓跪地哭求。

“嫣红，好好照顾大小姐。你一直喊着说想要抱抱大小姐生的小少爷，呵呵呵……我何尝不是。松林堂倒厦的箱笼里我偷偷做了几十套小孩子的衣裳，你替我交给大小姐。”

“姹紫！我求你了！算我求你了成不成，你不要做傻事，你过来好不好？”嫣红泣不成声。

“嫣红，替我对大小姐说声对不住了，大小姐的情意姹紫来生再报！”姹紫突然翻身将自己摔进了塔楼边滚滚的江水中。

“不！”嫣红眼眸赤红，忙要冲过去，被惊出一身冷汗的月珑狠狠抱住。

“放开我！救她啊！快救她啊！月珑！”

“红儿！红儿！”月珑忙将她箍紧，看着嫣红的绝望第一次乱了分寸。

所有的人都惊呆了，谁也没想到会是这般的结局，一时间整个塔楼上只剩下嫣红的哭喊声，还有深秋凛冽的风声。

凌霜觉得自己就像做了一个冗长而又光怪陆离的噩梦，宛若又回到了自己曾经激烈战斗过的地宫。到处是手雷爆炸过后的炙热浓烟，还有令人难以忘记的恐惧，她看着队长和身边的战友一次次倒下，不禁抱头嘶喊了起来。

“霜儿！霜儿！”凌霜只觉得自己被人紧紧抱起来轻轻摇晃着。

凌霜睁开了眼睛，眼前依然是一片红色，模糊不清。她突然心头狠狠一跳，难道眼睛真的被毒瞎了吗？她挣扎着想要坐起来，却被一双有力的手臂稳稳扶着，抱进了一个宽厚的怀抱中。

“霜儿！”方玉的声音带着莫大的惊喜。

凌霜这才发现，原来自己倒下来之前的那个幻觉是真的，方玉居然从那么远的京都来救她了。

“方玉。”凌霜摸索着将方玉修长的大手紧紧抓住，却什么也说不出来。

外面得了消息的人们欢呼了起来，胡离等人却是迫不及待地拥了进来。没有什么比凌霜醒来更重要的事情了。

凌霜也听出来这些亲近的人围在她的身边，忙从方玉的怀中挣脱出来，她迫切想知道其他人怎样了，她的凌家军怎样了？

第三章 风云博弈

01 斩将

“小七，凌家亲卫军还剩下多少人？”

“只剩下了八百人！”

凌霜眼眸狠狠闭了起来，心头却是难过得很。这些都是她一手带出来的兵，没想到这一仗会这么惨烈。

“大小姐！属下无能！”秦小七作为总统领自然是心头愧疚，猛地跪了下来。

“起来吧！本就是刀剑无眼的拼杀，还剩下这么多兄弟已然不错！那些阵亡的士兵，你下去好好安抚他们的家人，抚恤的银子一定要足量发放下去，谁家有困难定要帮衬着些。”

“是！”秦小七晓得凌霜发下来的抚恤银子定然能让这些战死兄弟们的家人过上好日子，可心头还是难受得要命。

一时间轩阁中有些沉闷，压抑到了极致。

凌霜晓得人死不能复生，但凡她有一口气，这些兄弟就不能白死，等她缓过劲来，这笔账要好好同那些混账东西算算清楚。

她咳嗽一声，想要化解紧张的气氛，笑道：“你们也太沉闷了些，哪里像打了胜仗的样子！文渊！来！用你的笛子吹个小曲让长姐我开心一下。”

胡离身子一颤，顿了好久才缓缓道：“文大人战死了，一同战死的还有羲和军主将宇文效。”

凌霜瞬间呆了去，整个人宛若是一座石像，好半天才有了生气。她吞咽了口唾沫忙，挣扎着要站起来。

“霜儿！”方玉忙将她扶住。

“我去看看那些阵亡的将士……哦……我忘了自己看不到了，那我送他们一程。姹紫！你给我换套衣裳来！要干净周正一点的，你顺道将我破了的衣裳……对了，姹紫呢？”凌霜终于记起来之前姹紫与陆建在南门箭楼上的对立。

嫣红再也忍不住大哭了起来：“姹紫投河死了，大小姐！她也死了！”

“你说什么？再说一遍！”凌霜只觉得天旋地转，姹紫和嫣红不是她身边普通的婢女，已经成了她生命中不可或缺的亲人。

“姹紫被宇文御那厮……那厮坏了身子……投河死了……长姐……你一定要替姹紫讨个公道！宇文御那厮虽然是副帅，可是姹紫不能死得不明不白啊，大小姐！”

“好了！你们都出去吧！”方玉看着凌霜一瞬间的崩溃，心疼得要命，将屋子里的人赶了出去。

“霜儿！你听我说。”

“我晓得！”凌霜声音顿时带着十分的苍凉，“我晓得你会说什么，打仗嘛！哪有不死人的，你说是不是？”

方玉说不出话来，抬手一遍遍拂过她干涩的眼眸：“想哭就哭出来吧！别这样委屈自己，你也有哭的权利。”

“哭不出来，”凌霜唇角只剩下了苦笑，“方玉，等我忙完了正事，今夜陪我喝一杯好不好？”

方玉看着她抬起来的苍白小脸，粗粝的手指拂过了她绝美的容颜，叹息了一声道，“好！霜儿！去做你想做的事情，今夜我在阁楼处等你，我们不醉不休。”

赤州城府衙的正厅里，一袭银色劲装的凌霜端坐在正位上。宇文御被绑着跪在了地上，其余的南征军将领纷纷立在一边，心头却是打着鼓，不知道凌霜会怎么处置南征军的副帅。

尤其是那些青龙军和羲和军的将领们，心情忐忑到了极点。

“宇文御，你可知罪？”凌霜凤眸上缠着白色的素锦，但是丝毫没有减少她脸上的那肃萧杀之气。

宇文御扬起脸冷冷笑道：“主帅！末将不知何错之有，路上遇到了小股南疆贼匪，末将镇压后只是稍稍迟了几分来赤州城！末将……"

"来人！给他看样东西！"凌霜声音如常般镇定。

两样物事被月珑扔到了宇文御的面前，四周宇文家的将官顿时吸了口冷气。

02 青玉掌印

宇文御定睛看去，眼角狠狠抽了一下，居然是何赢和郑叔的人头，不觉心头一阵寒意升腾。

凌霜缓缓站了起来，一边的嫣红忙将她扶着走下了台阶，立在了宇文御的眼前。

凌霜唇角微冷道："冷副统领再给我们的副帅大人看样东西！"

冷玉卿将之前收集到的关于宇文家与段佑天暗中勾连的文书还有物证一样样拿了出来，摆在了正中的八仙桌上。

"宇文御，今天你能死在尚方宝剑下，也算是你八辈子修来的福气！"凌霜冷冷道。

宇文御晓得自己大势已去，唇角渗出一抹惨然的笑容，却缓缓问道："姹紫呢？我想见她最后一面！"

"呵！"凌霜俯身冷冷道，"宇文御你不配！你这个人渣不配再提到她的名字！"

宇文御一顿，视线扫向了腰间的青玉掌印道："这枚玉印转交给她，我宇文御欠着她的，这个送与她。这方玉印可以在大燕朝任何一家钱庄里使用，没有任何限制，想提多少银子都可。"

"呵呵呵……"凌霜哑然失笑，"我家姹紫若是能被银子买了去，想必四爷你也不会对她感兴趣了吧？可惜得很！她无福消受，拜你所赐，她投河自尽了。"

宇文御眼底瞬间掠过一抹震惊和哀伤，静默过后，一瞬间似乎老了十岁般的颓丧。

"她……死了？呵呵哈哈哈……死得好……死得好……既如此，我一会儿下了地府倒也能见着她。投胎的时候我绝不会喝那孟婆汤，我会生生世世缠着她，缠着她……呵呵哈哈……”

宇文御笑得疯癫至极，让凌霜的眉头狠狠蹙了起来，她狠狠一脚，将宇文御彻底踹倒在地，揪着他的领口冷冷笑道：“宇文御！你做梦！”

宇文御看着她那张蒙着眼睛但是有些狰狞的脸，心头生出几分绝望，依着凌霜的性子，怎么会轻易放过他。

“宇文御，我会斩了你的脑袋，将你的身躯分成四部分，请南疆最好的降头师将你的灵魂分割，让你变成孤魂野鬼，你此生此世，下一世，下下一世，永永远远都不会再见到姹紫！永远都不会！”

宇文御的瞳孔瞬间放大，绝望让他发了狂，猛地要跃起来同凌霜拼命，却不想凌霜手中的尚方宝剑狠狠斩了下去。

宇文御的头颅滚落到了一边，整个身躯居然还僵持着不肯倒下，却被一边的月珑一脚踹倒了去。

“月珑！”凌霜脸上丝毫没有报仇之后的解恨，倒是带着几分淡漠道，“将宇文御、何赢还有郑叔的人头好好炮制了，装在精致的紫檀木盒子里。快马加鞭亲自送到宇文老贼的手中，让他好好看看自己的儿子和心腹们！”

夜色中的赤州城难得的一片宁静祥和，时间就如滚滚而过的清河，将一切血腥和残酷在最短的时间内抹去了它曾经的痕迹。

赤州城府衙最顶层的阁楼中，此番却是燃着两只泪烛，淡色的烛影中是东倒西歪的酒坛。

凌霜穿着一袭银色裙衫，头发盘了起来，歪靠在了窗户边的雕花栏杆前，又拿起一坛酒拍开了封泥。她刚要举起来倒在瓷碗中，却被方玉抬手挡了下来，这丫头今天是要将自己喝死的节奏。

“霜儿！喝多伤身，别喝了！”方玉身穿寻常青色布袍，与凌霜并肩半卧在窗前，乳白月色将他绝美无双的脸映照得更是多了几分贵气清华。

“姹紫的尸身没有找到，那边的水流太过湍急，也不知道冲到了下游的哪个地方？”凌霜抢过了方玉夺在手中的酒坛，径直仰起头狠狠灌了一口。

“咳咳咳……”

“霜儿！”方玉心头一阵锐痛，他晓得这丫头承受了多少悲伤。但是他却像个傻子般无能为力，原来这世上唯独心痛是不能分担的。

“没事，”凌霜垂首叹了口气道，“方玉我想问你一个问题，可以吗？”

她侧过脸，眼睛上蒙着素纱，声音中晕染着一抹哀伤，缓缓道：“方玉，今天你为什么不拦着我杀宇文御？”

方玉一愣，唇角苦笑，却是将凌霜鬓边散乱的发轻轻别在了她的耳后道：“霜儿，我曾经说过，这个世界上谁都没你重要。”

03 夜色缠绵

凌霜身子微微一颤道：“方玉，若是有一天我与宇文家不死不休，你会站在何处？”

方玉心头掠过一抹酸楚和恐慌，说不上话来，阁楼里陷入了一阵沉默。

“方玉，你会站在何处？”凌霜追问道，却像个孩子般的执着。

方玉看着她憔悴的脸色，越发的心疼，猛地将她一把抱进了怀中，轻声道：“霜儿，我说过了，谁都没你重要，这个世界上我只要你安好就行。旁的人我管不着，也不想管！顾啸云来了消息，我明天便与他会合，我定会帮你找到叶南的师傅……”

“方玉，”凌霜突然打断了方玉的唠叨，叹了口气道，“等到攻下居延城，宰了段佑天和六公主那一对狗男女，等到我为凌家军的兄弟们报了仇之后，我们私奔吧！”

方玉神情一震，她这便是要准备放过宇文家吗？

“方玉，我累了！”凌霜缓缓靠在了方玉宽厚的肩头，沙哑的声音中带着万分的疲惫，“我累了方玉，我不想再看到死人了！若是宇文家至此罢手，我也不愿再斗下去，我晓得你的为难。方玉……”

凌霜抬起手臂，紧紧抱着方玉的颈项，像个无家可归的孩子，缓缓道：“方玉，你能抛下方家家主的位置带我私奔吗？我们去一个谁也不认识我们的地方，有僻静的山林，潺潺而过的小河，美丽的花田，还要有两头悠闲吃草的水牛。”

“要有两三亩水塘，一处能避寒的木头屋子。”方玉抬手轻轻拂过了眼前令他魂牵梦绕的脸颊，宠溺地笑着补充道。

“对！还要有一群鸡鸭，看着鸭妈妈带着小鸭子在河上游来游去，方玉，你说多美好！我可以陪你下五子棋，输了的人要洗锅哦，可不许耍赖！”凌霜似乎来了兴致，却是轻轻一寸寸拂过方玉俊美的容颜，看不到东西，触觉倒是更敏锐了几分，她修长的指尖停在了方玉带着几分湿意的脸颊上。

“你……哭了？”凌霜冰凉的指尖触到了方玉微颤的唇角。

方玉将她的手抓住，淡淡笑道：“我是想着想着就美哭了！我和你还要有一窝娃娃！男孩像你一样勇敢，女孩像我一样娇美。”

“呵呵呵……方玉你还是那么一如既往的……无耻……”她突然仰起头，吻住了方玉挂着泪痕的唇角。

方玉神情一顿，再也克制不住那份沉淀已久的思念，抬手便将凌霜抱在了腿上，扶着她的颈项，勾着凌霜小心翼翼探进来的笨拙小舌，辗转轻吮。

凌霜呼吸有些急促，方玉忙小心翼翼放开了她，却又看着她因为醉酒早已经酡红的小脸而心跳加快了几分。凌霜的热情勾起了他心头的那团火，越烧越旺又带着几分疼惜。

方玉托着她的颈项，唇瓣再一次温柔地厮磨着她微微张开带着酒香的粉唇，舌尖清扫而过，流连往返于她唇上的味道不肯离去。

“方玉……我想……”凌霜借着酒劲，却突然将方玉扑倒在地，趴在了他的胸前，抬手便去解方玉的腰带。

“霜儿！”方玉一把抓住了凌霜纤细的手掌，桃花眸中却是多了几分认真，“霜儿，你确定要？”

“给我！”凌霜只觉得心头的压抑和痛楚需要一个发泄的出口，她想要在这醉酒的夜色中放纵自己，不然她真的活不过今夜。那么多的死人，那么多的亡魂，将她缠绕得快喘不过气来。

“方玉，我有些冷！有些害怕！他们都在我耳边哭泣，说，一将成名万骨枯，我本不想死这么多人的，我有点害怕！”凌霜温侬软语相求，却是让方玉心头顿生怜惜。

“霜儿，”方玉将她紧紧抱着，缓缓抚平她微微颤抖的瘦弱脊背，捧起了她的脸颊，虽然知道她看不到，可是他还是深情地凝视着她一字一顿道，“霜儿，我不是个随便的男人，今夜可是我的第一次，若是你将我睡了，不能第二天一早醒了后便什么都不承认了。你若是要睡我，便要睡我一辈子的，我是认真的，霜儿，你可想好了？”

凌霜却是有些醉得厉害，抬手还是去慌乱地解方玉的腰带，却是怎么也解不开，粉嫩的唇带着几分委屈嘟着。

“我晓得了，方玉，我想……”

方玉看她醉得不轻，微微叹了口气，缓缓解下了自己的腰带，唇角微翘道：“今夜便先这么凑合着，今后我会换一身简单一点的衣衫让霜儿你好得手。”

“方玉！”凌霜身上的衣衫被方玉小心翼翼剥去，裸露的皮肤却是暴露在了空气中微微发颤。

方玉将她轻轻打横抱了起来，小心翼翼放在了一边的软榻上，软榻是方玉临时住进阁楼后命人布置的。他拉过被子，将怀中胡乱挥舞着手臂的人轻轻罩住，在她光洁的额头上吻了吻。

“霜儿，我不知道你现在还清醒否？我想说的是，我不是你随便拉来发泄的男宠，过了今夜我便是你夫君，我是认真的。你听到了吗？我不要你的一夜风流，我要你一辈子的承诺！”

“玉哥哥。”凌霜头晕沉沉的难受，却是一把将方玉的脖子抱住了去。

方玉唇角微翘，掀开锦被，缓缓吻向了她消瘦的肩头，这声玉哥哥喊得他早已经魂飞魄散了去，所有的隐忍和压抑都抛之脑后。

他捧着身下微颤的娇躯，吻过了优雅洁白的颈项，轻轻啃噬着那饱满的挺立的小山，小心翼翼咬着两朵玫红，在布满伤痕的肌肤上一路蜿蜒而下地留下了无数令人脸红的印记。

方玉桃花眸中带着十分的虔诚，像是捧着整个世界，心头满是各种情绪。酸楚，宠溺，怜惜。

“霜儿！”

“霜儿！”

“霜儿！”

方玉低声呢喃着，每一个吻便是一声发自肺腑的呼喊，这是他的至宝，他一生都会呵护在掌心中的宝贝。

“霜儿！一会儿会痛，你忍着些！”方玉将凌霜微微轻颤的腿缓缓分开，又拉了锦被垫在她的身下，两只手轻轻将她半抱着，心头的欲望早已经忍不住了，可还是怕她会疼，顾及她身上的一道道伤痕。

他终究还是忍不住轻轻挤了进去，凌霜额头顿时渗出汗珠来，指尖几乎嵌进了方玉紧绷着的肌肤中。

04 夫君

“疼……”

“乖！”方玉吻在她微微抖着的唇瓣上，却是再也停不下来。这个丫头身子美好得让他想要流泪，他吻去了她额头的汗珠，吻去了她落在腮边的眼泪，将两人送上了一座又一座巅峰。

烛光终于在晨曦到来之前烧完了最后一点热情，整个阁楼笼罩在一片静谧的晨光中。凌霜醒来后只觉得浑身酸痛，刚动了动身体，不想自己整个人躺在了一处结实的怀抱中。

“方玉……”凌霜顿时想起了昨夜的荒唐。

“娘子，醒了？”方玉桃花眸中掠过一抹浅笑，有着阳光的味道。

“我们……”凌霜只记得自己昨夜喝多了，却不想居然同方玉做下了这种事情。

方玉脸色掠过一抹笑意，随即唇角微翘：“娘子，你昨夜好生生猛，为夫倒是怕了你！”

“我……”凌霜隐隐约约回忆起了自己扒方玉衣裳的情形，顿时面红耳赤，忙要起身，却是觉得浑身一阵酸痛，随即摔倒在了榻上。

方玉起身，已经将她箍在了身下，桃花眸微微一挑：“娘子，你不是不认账了吧？”

“怎么……怎么会呢！”凌霜脸颊越发烫得厉害，却不想方玉重重吻了下来，好久才将她放开笑道，“我已经打了印记，凌霜你别想不认账。”

“对不住，我……”凌霜抿了抿唇，却是缓缓抚上了方玉的脸颊，一字一顿道，“我凌霜不是那种穿起裤子不认账的人，方玉，我会对你负责。只是我如今给不了你什么承诺，一个月后我要攻打居延城！战场上刀枪无眼……”

“我等你归来！”方玉猛地捂住了她的唇，轻轻吻了吻她的额头道，“不管有多难，我等你归来！我整个人都是你的，你也是我的，我方玉不会让你出事，除非我……”

“我信你！”凌霜忙将他的唇捂住，“等到一切风平浪静之后，方玉，你欠着我一场盛大的婚礼，你小子给我记得。”

方玉悬着的心终于放下了几分，这丫头脸上的绝望之色终究是淡了下去，昨天的那一幕幕他真怕这丫头被压垮了。

“霜儿，你且放心攻打居延城，赤州城的这些中了巫蛊毒术的百姓为夫替你想法子治好，也算给咱们今后的孩儿积德了。”

凌霜摩挲着方玉的脸颊，心头像是灌了蜜汁一样，只是这甜蜜中带着那么几分不易察觉的苦涩。前路漫长，两个人注定不能在风平浪静中度过。

“方玉，你等着我回来带你私奔！”凌霜唇角微微翘起一抹弧度，又被方玉重新压在了身下，浅浅笑道，“喊我一声夫君！我想听！”

“……夫君！”凌霜到底还有些不好意思。

方玉心头一荡，又是一场铺天盖地的吻落在了怀中人儿的身上。

两人耳鬓厮磨了一番后，便穿戴整齐到了前厅，诸将看着凌霜的气色比之前好了许多，俱是欣慰至极。只有嫣红等身边的亲信晓得昨夜自家大小姐发生了什么，可是大小姐的身份是未来太子妃啊！

这样的秘密只能他们帮着守护，也不知道这两人闹的这一出又会掀起怎样的惊涛骇浪。不过两个人既然如此艰难地走到这一步，他们连死都能跨过去，未来有什么是他们惧怕的呢？

胡离默默矗立在一边，心头却是五味杂陈，不是他的再强求又能如何。他只有尽力帮衬着他们，能走多远便是多远。

“诸位！这里是居延城的城防图，我们商量一下下一步怎么打？”凌霜终于活了过来，只是经历此一劫，于过去的那抹骄傲霸气中却是多了几分历经沧桑后的沉稳。

她没有时间悼念死去的人，她只想给那些死去的人报仇。她如今也有了自己的爱人，有了依靠，她再也不是一个人了。等尘埃落定后，她会彻底退出这片纷乱，好好过自己的小日子。

胡离扫了一眼居延城的城防图，不禁暗自诧异，居然详细到了这般程度，他下意识地看了一眼方玉。这张图定是方玉带来的，不知道此人是什么样的背景。

方玉对胡离探寻的视线微微一笑，丝毫不以为意，他其实是感激胡离的，若不是他倾力相护，自己的霜儿那天怕是等不到他了。

05 踏平

赤州城外开阔地上，矗立着凌家的赤卫军，凤御军，还有重新混编的青龙军和羲和军。黑压压将近五十万人的军队齐齐立在凌霜的面前，从赤州城门口一直蔓延到了河岸边，占据了整片血色染过的土地。

凌霜身着那件家嫂亲自改过的血红色披风，披着银色战甲，更是显出几分威严肃穆，却带着火一样的英气逼人。

她凤眸上罩着素锦，白皙的俏脸紧绷，骑在烈火上面对着她勇敢无畏的士兵。每一个人都静静看着那个让他们彻底折服的女子，矗立在初冬的暖阳中，那是大燕朝当之无愧的战神！经过赤州城一战，即便是随着她去死，他们也心甘情愿。

“将士们！”凌霜看不到他们，却能感受得到那一颗颗激烈跃动的心，声音清朗缓缓道，“我凌霜素来不愿废话，我只想带着你们参加一场复仇的盛宴。兄弟们！让你们战友的血不白流，让无数的英魂能够安心归乡，让那些冤死的百姓能沉冤得雪！居延城将在你们的脚下颤抖，你们会将它碾压成卑贱的粉末！有没有信心攻下居延城？！”

“有！”五十万大军的吼声如同九天滚滚而来的春雷，将整个大地震颤了去。

凌霜缓缓抬手，指向她看不到却心头如同明镜似的前方高声道：“出发！”

半个月后，京城下起了第一场冬雪，骑着快马的信使冲过了被雪花笼罩的崇武门，直奔宫城而去。

宫城养心殿内，得到战报消息的十几个重量级的文武官员还有太子等几位皇子纷纷拥在了养心殿中。凌霜的赤州城大捷瞬间改变了京城中各派政治力量的博弈局面，太子党可谓盛极一时。龙案下挺立着的三皇子龙辰轩，眉眼间带着几分不易察觉的恨意。

承平帝拿着手中的战报再也坐不住了，一脸的喜色，口中连连道："凌将军果然不负众望！赤州城大捷！真是扬我大燕国威，来人！传朕的命令下去，重重赏赐赤州城大捷中的功臣！封凌霜镇南侯，赐食邑万户，金万两！擢升正一品护国大将军！封凌老夫人一品诰命夫人！魏公公，你即刻去凌家传旨！"

"是！皇上！"魏公公面带喜色，也不敢怠慢，忙带着人传旨去了。

凌霜派来报信的人跪在地上却是还有话说，缓缓道："皇上！此番赤州城大捷，赤州牧文大人战死，青龙军总统领宇文效将军力战而亡，凌将军万分恳请皇上能感念此二人之功劳以示嘉奖！"

文相一听自己五郎战死，顿时一阵天旋地转，一边的兵部尚书胡刚徵忙将他紧紧扶住。宇文擎宇眉眼间掠过一抹难得的痛意，抿着唇一动不动。

他此时更加害怕的倒是凌霜怎么处理自己的四子？若是凌霜将宇文家与南疆叛军勾结一事揭发出来，宇文家转眼间便是大祸将至。

他藏在官服中的手掌缓缓握成了拳，第一次生出了几分惧意。南疆这一场仗，他也没想到会是这样的残局，至今前方的消息他也不能确定多少。即便是自己派出去的心腹郑叔也没有消息传回来，他只觉得一阵阵寒意顺着脊梁骨蔓延开来。

承平帝眉眼间掠过一抹悲伤，心头却是诧异，没想到宇文家的三小子也战死了？而且是凌霜亲自替他邀功，这倒真是奇怪。

只是对于这些大燕朝的忠勇之士，他作为天子不能不安抚一二。

"追封文渊安博侯！宇文效忠勇侯！从南疆运回来的棺椁传朕的命令厚葬！文相和靖国公两位爱卿节哀！"

文闵和宇文擎宇同时跪下谢恩，此番养心殿中却是带着几分肃穆的气氛。文渊大概是大燕朝第一位在战场上战死并因为战功被封侯的文官了。即便如此，文闵脸上也没有半分喜色。

这位心念儿子的父亲终究还是垮了几分，瞬间苍老了许多。宇文擎宇也好不到哪里去，心头越发忐忑不安起来。三儿子是他最不重视的一个儿子，文韬武略比不上宇文胤，诗词歌赋比不上宇文川，计谋沉稳比不上宇文御，可是毕竟是他的儿子，心头着实堵得慌。

"凌将军可还好？"一边的龙辰逸再也压不住心头的思念，不合时宜地冲信使问道。

那信使脸色渗出一抹悲戚之色，缓缓冲承平帝和太子行礼道："凌将军中了南疆蛊毒身受重伤，眼睛也……看不清了，但是凌将军说段贼残部南逃至居延城，不得不抓住时机亲自南下，誓要将段贼一举拿下以报皇恩！"

"你说什么？！她受伤了！看不见了？！"龙辰逸顿时失了仪态，一把将地上的信使拽了起来。

"逸儿！"承平帝眉头狠狠一蹙，龙辰逸忙将信使放开，那信使忙冲承平帝跪了下来。

"凌将军……"承平帝脸上掠过一抹复杂之色，"不愧是朕的股肱之臣！传令下去，从朕的御林军中亲自调派人手南下，带上宫里头最好的太医，定要将凌将军的眼睛治好。"

"父皇！"龙辰逸忙躬身道，"父皇，儿臣愿意亲自带领御林军南下……"

"胡闹！你一国储君怎能轻易离京？！"承平帝将龙辰逸的话堵了回去，"凌将军是一员福将，定能化险为夷，踏平南疆。凌将军回京之日，朕亲自设高台于崇武门外迎接将军凯旋！"

"父皇……"龙辰逸顿时心乱如麻。

"退下吧！"承平帝心头却是有些烦乱，凌霜此番手中握有五十万兵马了，只等她归来便夺了她的兵权，再将她赐婚给逸儿，让她好安安心心做个享富贵的太子妃。

宇文擎宇晕晕沉沉坐着马车出了东司马门，刚走到朱雀街口，马车一阵晃动停了下来，他不禁心生恼意，呵斥道："出了什么事？！"

06 噩耗

"老爷！前面有个女子拦下了马车！"赶车的马夫战战兢兢道。

宇文擎宇鹰隼般的眉眼一冷，京城里头敢拦下他马车的人还真的不多，随即挑起了帘子，却是看到了外面俏生生站着一位劲装女子，正是凌霜身边执行秘密任务的小舞。

"宇文老将军恕罪！我家大小姐凌霜有三样东西已经送到了您的府上，只是让婢子亲自转给宇文老将军一封信。"

宇文擎宇的手狠狠攥成了拳，他晓得凌霜那贱人不会放过宇文家的，冷冷道："什么信？"

小舞神情淡然，也不在乎宇文擎宇已经黑透了的脸，大大方方躬身行礼后，将一封素笺捧到了宇文擎宇的面前。

宇文擎宇示意身边的护卫将书信接过，小舞转身快速离去，瞬间没入人群中。

"老爷！没有异样！"护卫仔仔细细检查了信封之后，宇文擎宇才缓缓接了过来。

他打开一看，便是凌霜娟秀的笔迹，上面写着寥寥几语道："宇文老贼！念在你三儿子宇文效的面子上，此番我已将你们宇文家同南疆叛贼勾结的书信隐匿，没有上报给朝廷，留下你宇文家满府的脑袋！以后你若是再作恶，老子定不留情！还有老子送了你三样礼物，希望你喜欢！"

"黄口小儿！无耻妖女！"宇文擎宇眸色一冷，抬手便将手中的素笺撕了一个粉碎。

身边的亲信护卫俱是噤若寒蝉。随着凌家的崛起，宇文家的灭顶之灾眼见着便到了跟前。加上今日三爷战死的消息传来，整个宇文家已然是一片肃杀之气！

"回府！"宇文擎宇隐隐觉得事情有些不甚对劲。

下人们哪敢怠慢，忙赶着马车回了靖国公府，远远便瞧见门口的管家迎了出来，候在了门庭处。此时三爷战死的消息怕是已经传遍了京城，整座府邸里里外外都换上了白色帐子，将那些花红柳绿取了下来。

宇文擎宇下了马车后，管家忙迎上来躬身道："老爷回来了！刚才有人送了三只紫檀木盒子给老爷，说是老爷一看便知！"

宇文擎宇眉头一挑："将盒子拿进来！"

管家忙命人将三只密封好的紫檀木盒子抱到了宇文擎宇的书房，宇文擎宇将下人们屏退，只留了几个心腹。

"来人！将盒子打开！"宇文擎宇不知凌霜葫芦里卖的什么药，自然是十分的小心。

两个随从忙将紫檀木盒子抱到案几上，拔出腰间的佩剑将盒子轻轻撬开。

"啊！是……是四爷！"那两个人看到了盒子里的物事，顿时脸色惨白吓瘫了去。

宇文擎宇猛地站了起来，疾步走到紫檀木盒子前，垂眸一看，登时一个踉跄向后倒下去。紫檀木盒子里赫然放着自己小儿子的人头，还有郑叔同何嬴的人头，显然是被炮制好了的，竟然没有腐败，宛若生前般的眉眼鲜活。

“御儿！嬴儿！”宇文擎宇浑身抖个不停，只觉得胸口痛楚异常，狠狠捂着胸口，却还是一口老血喷溅了出来，登时晕了过去。

“老爷！老爷！快来人啊！”靖国公府上下乱成了一团，手忙脚乱将宇文擎宇扶进了内堂。

“快请夫人来！”

“还有记得请二老爷来！”

“你们两个去兵部衙门请二爷回来！”

“要不要请长公子……”

“蠢货！长公子是家主亲自关起来的，你一个下人能进得地宫不成？先紧着找个主事的人来！老爷呕血了，这事非同小可！快着些！”

“如夫人那边刚刚得了三爷战死的消息，哭晕了过去，这事先不要告知如夫人！”

“晓得了！”

很快宫里头便得知了宇文家主晕厥的消息，人人都以为是宇文效战死，宇文家主撑不住这个悲伤的消息晕了去。

不多时，宫里头的徐太医亲自来诊脉，不一会儿随着宇文浩正和宇文川到了前厅开方子。

“徐太医，我父亲……”宇文川双目赤红，没想到短短时间，宇文家到了家破人亡的境地。

“二爷放心，靖国公只是急火攻心，老夫开了方子，照着方子上的药材抓了来细细调理即可。只是今后不可再轻易动怒，三爷的事二爷要多开解一些。”

“多谢徐太医！”宇文川缓缓躬身行礼，命人打赏后送客。

他走到宇文浩正面前，即便是强忍着心头的悲伤，却还是身子微微颤抖，缓缓道：“二叔！”

“人死入土为安，明日你请人做三口上好的棺木，用楠木做出身子来将那头颅安上，好好下葬在宇文家的祖坟中。”

“是，二叔！”宇文川登时眼泪又落了下来，想着之前宇文家四兄弟在一起的欢快日子，没想到一趟南征却是天人相隔。

“你四弟的事情切记不要声张，凌霜既然将他的头颅还回来，定然有后招！此番一定要沉住气，不然一旦被皇上查出宇文家勾连南疆，便是满门抄斩的死罪啊！即便是你三弟以身殉国，也不足以抵消这泼天的重罪！”

“二叔！我们该怎么办？”宇文川倒是没了主意。

宇文浩正扫了一眼纱帐后面躺在榻上的宇文擎宇，叹了口气道：“你父亲还是太过着急了些，当今之际唯有你父亲醒来后去地宫一趟了。”

“是要放我大哥出来吗？”宇文川灰暗的眼眸中多出了几分希冀。

宇文浩正缓缓点头：“这事，还需要你父亲亲自定夺！”

第二天一早，宇文擎宇渐渐恢复了几分力气，却命人迟着些将宇文御等人的人头安葬，他带着那些紫檀木盒子亲自到了琼林苑的地宫。

一众护卫都被留在了地宫外面，宇文擎宇命宇文浩正带着紫檀木盒子同他一起进入了地宫。刚一打开地宫的大门，一股子辛辣的酒味迎面扑来。

夜明珠的冷光将琉璃榻上身着灰色布袍的宇文胤笼罩其中，他此番已然醉得不省人事，斜斜靠在榻边。狭长的墨眸微微闭着，浓密微翘的睫毛宛若枯萎的蝶翼停止了跃动，毫无生气。

宇文胤俊美无双的容颜在这夜明珠的冷光中更是增添几分颓丧之气，却丝毫没有掩住他万端风华的气质，反而因为这份颓丧，平添了几分令人心疼的憔悴。

07　宇文家的战争

宇文擎宇一步步站定在了自己这个哀其不幸怒其不争的儿子面前，示意一边的宇文浩正将紫檀木盒子打开，一样样摆放在了宇文胤的面前。

“大哥……”宇文浩正刚要说什么，却被宇文擎宇挥手拦住。

“你出去吧！”

“是！”宇文浩正缓缓走了出去。

偌大空旷的地宫只剩下了宇文擎宇和宇文胤父子两个，宇文擎宇颤巍巍地弯腰捡起了地上宇文胤喝剩下的半坛子酒，仰起头灌了一口，不禁咳嗽了出来。

他踉跄着坐在了儿子的身边，身形顿时佝偻了许多，声音带着几分哽咽道：“胤儿，我知道你不想看见为父！呵呵呵……你恨着我对也不对？”

宇文胤缓缓坐了起来，睁开了狭长的墨眸，却是正对上了三只紫檀木盒子，登时酒醒了一半。

“四弟……”他本来苍白的脸越发血色全无，身子狠狠打了个摆子，却瞬间恢复了一贯的清冷默然，“早知如此……早知如此……”

宇文擎宇眼底涌出一抹眼泪，看着自己的长子道：“胤儿，这便是你那心心念念的女人做下的好事！这便是你那个抛弃宇文家也要娶回来的恶毒女人干的好事！胤儿！你好好看看，看到了什么？凌霜……一次南征害死了我三个儿子！效儿战死！御儿和赢儿被砍下了头颅！你可晓得赢儿也是我的儿子啊！”

宇文胤墨眸狠狠闭了起来，眼角却是渗出了几点泪意。这原本是他最害怕见到的情形，只是没想到凌霜会将这份残忍做得如此惊天动地！这一刻，他更是心如刀绞，他晓得从此以后与凌霜再无转圜的余地。

“为什么？为什么？”宇文胤唇角晕染出一抹苦笑，“为什么你们一个个都要来折磨我？父亲！你说这是为什么？”

宇文擎宇定定看着自己的长子，冷冷笑道：“胤儿，事到如今，你若是再放不下那个女人，为父今天也不必再回去了，便一剑自刎于此罢了！省得凌霜得胜回朝之日，你老父亲的头颅也会被那妖女割下来炮制好了呈现在你的面前！”

宇文擎宇晓得自己这个长子心高气傲，当初将他关在此处的便是自己，如今若要将他放出来倒也是困难得很。可是宇文家已经山穷水尽，他不得不抹下老脸在自己儿子面前寻死觅活。

“父亲！”宇文胤忙抬手将宇文擎宇举起来的剑锋紧紧握住，锋利的剑锋将他的手掌划破，鲜红的血液滴在青石地板上，触目惊心。

“胤儿！不必拦着我！宇文家已经败了！败在了为父的手中，为父实在再无脸面活在这世上！”

“父亲！”宇文胤却是紧紧握着剑锋定定看着父亲道，“父亲！孩儿以后听话便是！父亲不必这样以死相逼！”

宇文擎宇登时顿住了，看着长子眼眸中的清冷如霜还有那份高傲，他晓得自家这个孩儿一诺千金。

“胤儿！为父……”

“孩儿保证宇文家不会败！”宇文胤定定道，“不会败！孩儿只要父亲一样东西！”

“何物？”宇文擎宇心头升腾起一抹希望，看着自己这个儿子眼眸中多了几分沧桑，倒也心安了不少。沧桑便意味着沉稳，意味着大彻大悟后的积淀。

宇文胤一字一顿道：“我要父亲的家主之印！”

宇文擎宇顿了顿，却是缓缓放下了手中的剑，看着自己的儿子道：“我要你杀了那妖女！你肯吗？”

宇文胤心头狠狠一痛，墨眸中带着十分的悲伤，却是迟迟说不出话来。

“你肯吗？”宇文擎宇又问了一遍。

宇文胤宛若被抽走了全部的筋骨，踉跄着差点摔倒在地，却是看到了那三只紫檀木盒子，定了定心神哑着声音道：“父亲，我……恨她！”

宇文擎宇缓缓将腰间的家主之印取了下来，送到宇文胤的面前，一字一顿道：“高车那边有我们宇文家偷偷藏起来的十万精兵！朝廷不知道，宇文家的暗影大部分实力尚在，地宫中的财富我儿尽可以随意支配。胤儿，这个家交给你了，不要让我失望！”

宇文胤缓缓接过了印信，却觉得那方玄色印章看起来就像是地狱中的恶灵，他只觉得嗓子发干，沙哑着声音道：“父亲！胤儿定不辜负！”

四天后，运送文五郎和宇文效棺椁的卫队终于抵达了京城，整个京城却是被一片白雪所笼罩，似乎为了应和这悲伤的氛围。

文毓带着文家的家仆亲自将自家五弟的尸身迎了回去，整个文府一片哭声，文夫人早已经晕过去了。

文闵挣扎着出来主持丧事，文渊的棺椁被抬进了正厅设成的灵堂，京城前来祭拜的人络绎不绝，俱是赞扬文渊忠勇。

“父亲！”文毓将父亲扶住，含着泪道，“五弟没有埋没文家的百年清誉！”

“罢了！罢了！”文闵颤颤巍巍轻抚文渊的棺木，老泪纵横，一字一顿，缓缓道，“我儿一介文弱书生，却立了这般赫赫战功，光宗耀祖，我儿此生足矣！”

却不想此时后院突然传出了一阵嘹亮的婴儿啼哭。

“四少奶奶生了！四少奶奶生了！是个胖小子！”

文闵的脸色终于缓了几分，却是老泪纵横，生死交替，这便是人生的起伏跌宕吧？

人人都知道宇文家与凌家的隔阂之深，也晓得如今凌霜这一战陡然改变了京城的局面。作为太子党核心成员的文家，前来祭奠文渊的官员数不胜数。

相比文家的热闹，宇文家明显冷清了几分，谁都晓得宇文家败了，简直一败涂地，看似连一个翻身的机会也没有了。

靖国公府的大门缓缓打开，宇文家的一众家丁扶着宇文效的棺椁出了大门，准备葬到宇文家的祖坟里去。

只是为首亲自扶灵的人居然是大名鼎鼎的长公子，四周围观的百姓顿时炸开了锅。长兄亲自为庶出的弟弟扶灵，这简直在大燕朝闻所未闻。

一阵北风吹过，树上的残雪落在了那抹挺拔的身影上，衬托着那张本来俊美的容颜更是平添几分冷傲。

08 好戏才刚刚开始

宇文胤身着一袭素白袍子，腰间缠着一条玄金色腰带，墨色长发用白色缎带束在脑后。简简单单的装束可还是掩饰不住那抹清华高贵，狭长的墨眸淡然凝视着远方，苍白略带玉色的冷峻脸颊在这残雪纷飞中越发不太真切。

他冷冷看着棺椁下葬，亲自将一抔土撒在了棺椁上，声音中带着几分嘶哑道：“三弟！一路走好！”

宇文擎宇病情加重了几分，宇文家此番倒是全权由宇文胤一人操持。

“长公子！”余庆也随着宇文效的棺椁回到了京城，此番疾步走进了书房冲宇文胤压低声音道：“三殿下这几天都在桃花渡中买醉。”

“嗯！今夜准备一下，我们去会会三殿下！”宇文胤神情淡漠，握着笔管在雪纸上写下一行笔锋锐利的行书。

“是！属下准备一下！”

“方玉去了赤州城？”

“是！而且……”余庆小心翼翼看了一眼长公子道，“听闻与凌霜出入成双成对，极其亲密……”

叭的一声！宇文胤手中的笔管折断了去，他缓缓抬眸，眼神却是丝毫没有温度，缓缓道：“晓得了！你出去吧！准备一份厚礼，今夜我们去桃花渡！”

“是！”

京城的桃花渡始终是最热闹的所在，不管大燕朝经历过什么样的跌宕起伏、风云诡谲，依然不能消弭桃花渡里那些酒娘腮边的粉嫩。

入夜时分，雪依然在下，唱喏的小二们弓着身子将一个个达官贵人迎进了酒楼里。阁楼上的歌姬依然在咿咿呀呀唱着艳曲，似乎赤州城中那层层叠叠的尸山血海与她们并不在同一个世界里。

桃花渡后院专门辟出来，另行盖了一些独门的二层阁楼，这里一般守备森严，来的都是不同寻常的客人。

此番披着暗金色狐裘披风、身影高大的华贵男子在随从的伴随下缓缓走到了一处阁楼前，阁楼前两个护卫抬眸一看，狠狠吸了口气，忙躬身道：“大将军？”

宇文胤将沾满了雪花的兜帽缓缓拿下来，露出了那双清冽狭长的墨眸，细碎的雪花调皮地落在他俊美冷清的脸颊上，显出一丝出尘的韵味来。

“我要见三殿下！还劳烦二位进去通报一下！”宇文胤身边的余庆忙将几只银锭塞进了两个护卫手中。

“大将军且等等！奴才们这便进去通报！”

不一会儿阁楼的门打开，里面又走出来两个劲装护卫，恭恭敬敬将宇文胤迎了进去。

阁楼的二层装饰得华丽却不失雅致，十二扇琉璃屏风后面摆着一张白玉小几，三殿下龙辰轩身着绣着牡丹花纹的紫色织金长袍，斜斜靠在小几边。头发虽然勉强用白玉冠束着，可还是因为喝多了的缘故显得有些凌乱。

宇文胤墨眸缓缓扫过龙辰轩，眼底却没有丝毫波纹泛起。他命余庆守在外面，自己单独一人走了进来，缓缓坐在龙辰轩的对面，擎着青玉酒壶，替龙辰轩前面已经空了的酒杯斟满了酒。

龙辰轩微微一愣，却是唇角含着一抹沧桑和嘲讽淡淡笑道：“长公子大病初愈？”

宇文胤丝毫不在意龙辰轩的讥讽，都是贵族门庭摸爬滚打了这么久的人，谁家没有几个令人猜测的秘密。

宇文胤在南征军出征之前突然发病的事情，虽然知晓事情真相的人不多，但是却在京城流传了无数个版本，倒是令人浮想联翩。

“多谢殿下关心，病得太久了，终于好些了。”宇文胤眸底宛若千年寒潭，令人看不出其中的深浅来。

宇文胤拿起一边的空杯子，又给自己倒了一杯酒，冲龙辰轩举杯，轻抿了一口，微微笑道：“好酒！”

龙辰轩看着宇文胤身上那股子淡定从容，之前的颓丧之态倒是少了几分，微微坐直了身子，接过宇文胤递过来的杯子，狐疑地看着他道：“长公子来不是为了蹭酒喝吧？”

“殿下只是暂时输了一局，却在这桃花渡借酒消愁，如何对得起这么多年拥护殿下的那些臣子？”宇文胤却是答非所问，抬眸看向了龙辰轩的眼睛。

龙辰轩审视地扫了一眼宇文胤，冷冷笑道：“父皇这几日身子不舒服，太子已经开始监国了。凌霜打赢了南疆这一仗，手中的兵力长公子你知道是多少吗？五十万！呵呵呵……五十万军队！凌霜可是未来的太子妃啊！”

宇文胤眼底平淡的眸光因这凌霜二字泛起了一抹不易察觉的波澜，随即缓缓道：“那又如何？”

龙辰轩猛地一怔，如今凌霜赢了这一场仗，无疑是给他的致命一击。太子登基指日可待，他这个曾经的太子爷对手说不定会惨死，连一介布衣都做不成的。可是对面这个贵气逼人的男人居然告诉他这又如何？

他俊朗的眼眸中掠过一抹贪婪之色，随即定定看着宇文胤道：“长公子有何高见？”

宇文胤顿了顿，缓缓凑到他面前低语了几句，龙辰轩登时眼底掠过一抹狂喜，猛地站了起来，不可思议地看着宇文胤道：“长公子此话当真？”

宇文胤淡然道：“宇文家如今已经到了最破落的时候，殿下也晓得凌家与宇文家之间的血海深仇。在下哪里再敢诓骗殿下？只是这个计策用不用得好，倒是看殿下自己的本事了。在下也只是给殿下指一条路罢了！”

龙辰轩似乎有些兴奋，随之而来的还有破釜沉舟之前的那一抹惊悚，他知道这个计策执行的时候一旦出了漏洞，自己将再无生还的可能，到时候可真的是死无葬身之地了！

宇文胤道："殿下，俗语说得好，富贵险中求。与其坐以待毙，不若奋起反击，寻常大家族大宅里的斗争尚且如此残酷，何况是皇家？失了一分先机，若是还抓不住第二次机会，那便真的是作茧自缚了！"

09　我要活口

显然有些兴奋的龙辰轩登时酒醒了一多半，猛地在宇文胤面前站住，突然厉声呵斥道："宇文胤！我看你也是个君子！怎的如此撺掇本宫做这等大逆不道的事情？！"

宇文胤唇角露出一抹不易察觉的嘲讽，随即抬眸看着龙辰轩，眸底却是多了几分悲伤沉痛之色，缓缓道："我的三弟战死，四弟、结义的兄弟、从小护着我的忠仆，他们的头被凌霜斩下来装进了紫檀木盒子里，一样样摆在我的面前，殿下！你觉得在下有必要在殿下面前伪装吗？"

龙辰轩缓缓坐了下来，半信半疑道："四公子死了？"

"余庆！"宇文胤淡淡喊道，不多时，余庆带着一只紫檀木盒子走了进来，眼底却是微红。

宇文胤像是打开一件寻常物件一样将紫檀木盒子打开，龙辰轩扫了一眼，神情顿时一怔，随即缓缓叹了口气道："长公子原来还有随身携带头颅的癖好！"

"余庆！退下！"宇文胤面无表情地将紫檀木盒子盖好交给他道，"你们四爷的罪过也够大了，明日好好下葬吧！"

"是！"余庆紧紧抱着宇文御的头缓缓退了出去。

宇文胤重新替龙辰轩斟满了酒道："殿下！宇文家虽然如今败落了，但是相助殿下达成心愿倒也是能成事的。只是看殿下有没有这个魄力了？"

龙辰轩捏着杯子沉默不语，好一会儿才抬眸看着他道："长公子想要什么？"

宇文胤眸底划过一抹深邃的哀伤，冷冷道："宇文家的平安，还有……一个人！活人！"

“凌霜？”龙辰轩唇角微翘，宇文胤喜欢凌霜已经成了京城中一个人尽皆知的秘密。

宇文胤默默点了点头，随即道：“我要活口！殿下的人最好不要动她！而且殿下若是想要执行我说的那个计划，一切行动安排需由我亲自组织调遣人手，殿下只需要在京城中静待佳音便可！”

龙辰轩突然哧哧笑道：“长公子真是个痴情种子！本宫算是服了！不过本宫会给长公子一个答复的。”

宇文胤缓缓起身，冲龙辰轩躬身行礼道：“既如此，在下等着殿下的消息。殿下的人随时可以去靖国公府找在下！在下告辞！”

没有丝毫的拖泥带水，干脆利落的行容作风倒是令龙辰轩心头不禁一动，此人绝非池中之物！不过他素来喜欢这样的青年才俊，之前因为与凌家的矛盾错失了方玉这样的人才，这一次宇文胤送上来的厚礼，他焉能不吞下去？

人头不会造假，宇文家与凌家的血海深仇也不会造假，他一寸寸捏紧了杯子，他决定……赌一次。

余庆紧跟着漫步在风雪中的自家少主，心头却是佩服得五体投地。短短三言两语便切中了龙辰轩的要害，让整个宇文家的危局缓缓纠正了过来。只是不知道长公子到底要怎样下这样的一盘棋，他知道如今宇文家好用的棋子远远没有之前那么多了。

“长公子！马车备好了！”余庆将停在桃花渡门口的马车车帘轻轻掀了起来，长公子被关在地宫里那么久，又饮酒过度，脸色比之前憔悴了不少，身子也大不如前。这样的风雪夜，不要冻坏了。

“余庆！”宇文胤狭长的墨眸缓缓眯了起来，却是绕过了马车，径直走到了毓秀河岸边的柳树下，“你跟我几年了？”

余庆一愣，忙躬身道：“属下从高车边地就跟着长公子了，大约十年的光景了吧？”

宇文胤看着毓秀河两岸风月之地的灼灼红灯，叹了口气道：“等这一次事态平息了后，同那个淳儿姑娘成家吧！那丫头无名无分暗地里跟了你那么多年，你也对她有这么一点心意，我做主替你们将这桩亲事办妥便罢！总不能耽搁人家姑娘一辈子！”

余庆顿时红了脸，淳儿是他在边地的时候认识的一个牧民家的女孩子，他回到京城后也跟着前来，倒是瞒不过长公子的眼眸。他躬身忙嗫嚅道："属下只愿跟随长公子建功立业……"

宇文胤摆了摆手，制止住了余庆的豪言壮语，却是抬眸看着对岸的灯火通明，缓缓道："其实人生最大的幸福便是能找个今生相伴的爱人，平淡度过此生。我……却是不能够了！"

余庆心中一痛，他作为宇文家亲卫军虎贲营的统领，自然晓得自家长公子与凌霜那个女人的孽缘。如今宇文家同凌家闹到了这种程度，也实在是没有转圜的余地。他替长公子心疼！

"长公子这般人才定能找个真正对长公子好的情投意合的姑娘，长公子……"

"余庆，明天你去高车边地一趟。"宇文胤墨眸中的神情孤寂清冷，将话题不露痕迹地移开了去。

余庆晓得是自己僭越了，忙躬身道："长公子有何吩咐？"

"你拿着这个，"宇文胤从袖中拿出一方令牌递到余庆手中道，"高车边地活动着一支大名鼎鼎的悍匪，数年来在那个三不管的地带倒也逍遥自在。那是咱们宇文家藏起来的实力，你将这个交给他们的头领，让他们换成汉装分批潜进京城。我有大用处！"

"是！"余庆忙将令牌收好，刚要退后，却不想毓秀河边翩翩走过来一群踏雪玩闹的女子。

余庆这才想起今日是大燕朝的霜雪节，这一天有个风俗习惯，贵族门庭的年轻女子会出来月下踏雪，顺道将自己对来年的祝福绣在缎带上挂在柳枝上面祈福。

"咦！那不是宇文家的长公子吗？"

"是啊，是啊！听闻大病了一场，不想今日在此地能遇到他！"

"你们瞧见没有？长公子病了一场，倒是更加清俊了些！"

"那是自然！京城中还有谁能比得过长公子的风华呢？"

余庆眉头狠狠蹙了起来，自家长公子岂是这帮无知妇人品头论足的，刚要呵斥几句，却被宇文胤拦住了。

宇文胤狭长的墨眸缓缓眯了起来，唇角露出一抹淡淡的笑意，算作问候。

"天啊！长公子冲着我笑了！"

“明明是冲着我笑的！”

“明明是我！”

宇文胤缓缓转身，墨眸中的笑意却是到不了眼底，渐渐沉淀成了千年寒冰。

10 信任

凌霜的眼睛被飞溅的毒汁腐蚀，因为南疆的蛊毒极其霸道，即便是叶南也没有法子解毒。方玉不得不亲自去寻找叶南的师傅，好在他之前在江湖中也有些朋友可以仰仗，倒是被他幸运地找到了那个人。

方玉好不容易将叶南的师傅百川老人说服了去给凌霜治病，却不想发现了父亲的踪迹。

他怎么也没想到居然是父亲亲自来抓他，情急之下不得不命属下先护着百川老人去赤州，自己只能亲自做诱饵将父亲引到一处偏僻的小镇，终于无路可逃。

小镇郊外的旷野里，寒风越发凛冽几分。

“父亲。”方玉声音中没有丝毫的惶恐，反而沉稳应对。

“孽子！”方玉脸上狠狠挨了龙煜天一巴掌。

“你眼里还有我这个父亲吗？”

“有！”方玉索性抬头静静看着龙煜天道，“正因为有，所以才相信父亲答应孩儿的话，父亲说不杀凌霜，结果若不是孩儿赶得及时，她便是战死了！”

龙煜天深邃的眼眸微微眯了起来，带着几分前所未有的阴戾之色，冷冷道：“你与她不可能有任何结果，这一次我定不会饶了那个妖女！你跟我回去！”

方玉心头一震，霜儿武功与父亲比起来实在是差太远了，若是父亲存了杀霜儿的心思，那丫头绝对逃不掉的。

“父亲！我与她已经在赤州城成了亲！”方玉如今只剩下了破罐子破摔的勇气。

“你说什么？！”龙煜天震怒，“你知道自己是什么人吗？你是龙家的孩子！她是谁？她是慕容后裔！成亲？自古以来父母之命媒妁之言，你这个孽子端的是狂妄无耻，大逆不道至极！”

“我和她睡了！”方玉定定看着自己的父亲，一字一顿道，“也许她已经有了您的孙子！你若是敢杀她，那也是杀了我的儿子，你我父子之情便断了！”

“你再说一遍！”龙煜天千算万算，没算计到方玉居然大逆不道到此种程度，不禁低吼了出来，“你为了那个妖女要与我断绝父子恩义？”

“父亲！您不要逼我！否则我真怕自己做出什么让您失望甚至是绝望的事情来！”方玉也是铁了心要对抗到底。

“我杀了你这个孽子！”龙煜天只觉得气血上涌，整个人抖得不成样子，拔出腰间的佩剑便要刺过去。

“宗主！宗主息怒！”随之而来的宇文浩正忙将盛怒的龙煜天拦下来劝道，“少主不懂事！宗主且带回去慢慢管教！”

气急了的龙煜天终于想起来自己此番找到这个孽子是要将他带回京都的，差点被这个混账东西气得乱了方寸。

方玉本来想要激怒父亲找到一个逃脱的法子，不想在这里看到了二舅父，心头暗道不好，却已然来不及。

龙煜天一掌挥了过来，方玉也不能真的拔剑指向自己的父亲，稍稍一个停顿，还没有撤出几丈地，便被父亲一巴掌拍得气血翻涌，登时晕了过去。

宇文浩正暗自捏了把汗，忙跑过去将倒在地上的方玉扶了起来，还好只是晕过去了。不过宗主这一巴掌的内力也着实下了几分功力，少主血肉之躯哪里扛得住，他忙命人乘机将这个不听话的孩子捆了起来。

“将他弄回京都去！还有关起来让他好好反省反省！”龙煜天气得哆嗦，毕竟是梅清的孩子，心头恼怒之余看着他被自己打晕过去，又带着几分懊悔，是不是出手太重了些？

安国侯府后院的竹林中，宇文胤命人将那处亭子间按照凌家的香雪亭模样改造了一番，亭子的地板下铺着热气腾腾的地龙。外面罩着琉璃橱，里面摆着雪毡还有小几，此番他独自一人轻抚着小几上的古琴，居然是凌霜曾经一曲成名的那首“笑傲江湖”的曲子。

宇文川赶到亭子间外的时候，正看到大哥一袭玄金色锦袍，长发散落在肩头，狭长的墨眸微微闭了起来，似乎已经将自己融进了曲调中。

"大哥！"宇文川缓缓走了进来。

宇文胤陡然睁开了眼眸，手中的琴弦落下来一个音节，显得有些仓促。

"二弟！有消息了？"

"大哥！方玉被姑父抓回来了，关在桃花林中的竹园里。"

"二弟，好久没有对弈，陪我摆一局吧！"宇文胤将古琴放在了一边。

宇文川晓得大哥棋艺超群，以往都是四弟陪着大哥练手，如今物是人非，心头倒是多了几分酸楚。

兄弟两个摆好了棋盘，宇文胤请自家弟弟先落了一子，一来二往，宇文川便被大哥杀得落花流水，可是心头的不宁还是说了出来，他凝视着大哥问道："大哥！接下来如何行事呢？"

宇文胤手持一子停在了半空，却是缓缓道："明日我去看看方玉，还有你明天可以告诉三殿下，我们摆好的这盘棋局可以开始落子了。"

宇文川心头一跳，额头间因为紧张竟渗出些汗珠来，忙应了一声。

第二天傍晚时分，整个京城笼罩在安宁之中，却又带着几分风雨欲来的压抑和凝滞。

竹园门口的护卫已经多到了有些夸张的程度，宇文胤抬眸扫了一眼，心头不禁苦笑。姑父为了看住方玉这个不省心的东西，这一次倒是下了大力气。这些护卫一个个都是顶尖高手，少说也有几百人之多。

宇文胤神情微微一冷，若不是还有后续计划，他此番倒真的很想建议姑父将方玉这个王八蛋关进宇文家地宫里去。那里简直就是地狱，也省得花这么大力气防着他一个人逃脱。

"表少爷！"守门的护卫忙冲宇文胤躬身行礼。

宇文胤缓缓拿出了姑父亲自交给他的通行令牌，守门的护卫哪里敢怠慢，忙将他请了进去。

宇文胤也来过竹园几次，此番顺着那方池塘过了朱桥，便到了后院的梅林。穿过假山，沿着东面的抄手游廊径直转向了一处深建在假山下面的密室中。

说是密室，里面却是摆设雅致，桌椅床榻一色的紫檀木做成。宇文胤转过屏风便看到了斜靠在琉璃屏风后面软榻上的方玉，一边的小几上摆着一只玉碗，里面的汤药只余喝剩下的药渣。

方玉着一袭寻常素白常服，头发用白玉冠束着，握着一本卷册看得津津有味，丝毫不在意自己尴尬的处境。

听到脚步声，方玉斜挑着桃花眸看向了立在他面前的宇文胤，唇角掠过一抹寒凉，冷冷笑道："表哥！你终于从地宫里出来了？别来无恙？身子骨还安好吧？"

"劳烦表弟操心了！"宇文胤声音清冷，对于方玉的吊儿郎当毫不在意，只是缓缓坐在了方玉对面的椅子上。

"表哥！你今日来有何贵干？想要带我出去一起喝花酒吗？"方玉轻佻地笑着。

宇文胤眸底的颜色看不清楚，却一字一顿道："方玉，凌霜还好吗？"

第四章 步步惊心

01 疯了

方玉的脸色终于变了，一贯的伪装被宇文胤的一句话撕了个粉碎。他与霜儿约定了日子见面，如今被宇文胤摆了一道，让他的父亲将自己困在这里。霜儿还以为他言而无信呢！

还有这小子从地宫里出来意味着什么？方玉对付别的人还不怕，唯独觉得这家伙瘆得慌。连他也心头带着几分忐忑，他抬眸冷冷道："你想怎样？"

宇文胤淡淡笑道："凌霜杀了我三个弟弟，你说我会怎样？"

方玉定定看向了宇文胤眼底一晃而过的浓浓杀意，心头越发担忧了几分。按理说如今霜儿手中的底牌多得很，宇文家应该不会再有杀手锏使出来，可是宇文胤本身就是个混蛋的杀手锏。

"呵！宇文胤你省省吧！你不是喜欢霜儿吗？下得了手？"方玉试探着笑道。

宇文胤缓缓从腰间拿出了一方血印，方玉登时呆住了。宇文家家主的印记，他心头慌了起来。若不是宇文胤在大舅父和自己父亲面前提出了什么干掉霜儿的绝佳计划，这两只老狐狸绝对是不会信任他的。

他强忍下了心头的惊慌失措，唇角一翘，笑得万般邪肆，缓缓道："宇文胤！你即便杀了霜儿，也改变不了一个事实，我和霜儿已经在赤州城成亲了！睡在了一个被窝里，还是霜儿主动……"

"闭嘴！"端坐在了椅子上的宇文胤勃然大怒，猛地扑了过来，一把揪住方玉的领口，狭长的眸子已然是赤红。

方玉一愣，突然大笑了起来，眼底的鄙夷却是多了几分，缓缓道："宇文胤，你看看你现在的样子，你浑身上下每一个毛孔都叫嚣着一件事情，你喜欢她喜欢得发疯，却还在老子面前装孙子！你杀不了她的！”

宇文胤擎着方玉领口的手微微颤抖，墨眸中却是一片哀伤，一字一顿道：“方玉，即便是你和她有了肌肤之亲……那又如何？”

方玉眸色一变，淬利的桃花眸中多了几分冷冽。

宇文胤吸了口气道：“我……不在乎……你与她一夜欢好，也仅仅是一夜！不出一个月，我会将她永远留在我的身边，永远！她喜欢你念着你又如何？我只要将她脑海中的记忆全部洗掉，她便是我的，永远是我的！永远！”

“你他娘疯了！”方玉大吼一声，想要挣扎起身，却被宇文胤死死按在了软榻上，他被父亲下了软骨散，力气自然比不过宇文胤。

“我没疯！”宇文胤淡然笑道，恢复了之前的淡定从容，“方玉，我和你父亲做了一笔交易，我想法子辅佐他上位，而我的酬劳便是凌霜。这笔买卖你不赔，方玉，你终究是要坐上宝座的，凌霜根本不适合后宫的生活，我替你解决这个大麻烦，你应该感谢我。”

“我感谢你奶奶！”方玉气急，口不择言骂了出来，“宇文胤，你若是敢胡来信不信我……”

“你杀了我是吧？省省吧！你杀得了我吗？”宇文胤唇角微翘，笑得却是寒凉至极，“方玉，等你从这里出来的时候，我已经和凌霜隐居在一个你永远都不会找到的地方。方玉！我相信你一定很欣赏我藏人的能力！”

“宇文胤！”

“别急，”宇文胤缓缓笑道，“我会提前同姑父替你物色好太子妃的人选，四个侧妃，一个正妃，你要信得过表哥挑选美人的眼光。”

宇文胤说罢缓缓起身，转身走出了轩阁。

“宇文胤！老子杀了你！”方玉冲着那抹冰冷的影子不禁吼了出来，这是他第一次在宇文胤面前完全失态。因为恐惧，因为对凌霜同样不死不休的爱恋，那个人让他心头生寒。

宇文胤刚出了竹园，守在外面的宇文川忙迎了上去，方玉那厮绝不是一盏省油的灯，这老半天才出来着实让他心绪难安。

“大哥！”

“我们回去吧！”宇文胤抬眸扫了一眼远方稀稀落落的星辰，眼底却已然是一片暗夜沉浮。

宇文川心细如发，哪里不晓得大哥进去一趟之后，情绪似乎有些低落，想来也不过是关于凌霜的事情。当下他也不敢朝着这方面去问，忙提到一个如今关键的话题。

“刚刚收到的消息，三殿下身边的周济此番正在府上等候！”

宇文胤脚下步子顿了顿，周济是三殿下身边的第一谋士，他此番来倒是有些说道的。

“回府！”宇文胤加快了步伐，宇文川冲不远处的护卫招了招手，一辆青帷马车缓缓驶了过来。

宇文胤掀开车帘钻了进去，不一会儿马车便回到了安国侯府。宇文胤走进书房的时候，正坐在客位上喝茶的周济忙站了起来躬身行礼。

“长公子安好！”

宇文胤不动声色点了点头道：“周先生请坐！”

周济神情倒也沉稳端庄，明明心头藏着惊天的秘闻，却也能坦然处之，倒也没有失了三殿下身边第一谋士的水准。

他看着宇文胤压低了声音道：“长公子，三殿下已经派人在京城各大勾栏瓦肆散出了消息，说凌霜不仅仅眼睛中了蛊毒，而且蛊毒大有扩散的趋势，不出七天便有性命之忧。只是凌霜为了不扰乱军心没有禀报朝廷罢了！”

宇文胤微微闭了闭眼眸，点了点头道：“如此甚好！”

周济眼眸中还是掠过一抹狐疑道：“但是这种坊市间的闲言碎语，而且毫无事实根据的话，宫里头那位爷会信吗？”

宇文胤黑漆漆的墨眸猛然睁开，眼底射出一抹凌厉冷冷笑道：“谣言说的多了便成了事实，太子焉能不信？”

“那我们该如何？”周济看着宇文胤的笃定神情，心头悬浮着的心思倒是镇定不少。

宇文胤修长的手指缓缓拂过了青玉茶杯上的纹络，沉声道：“等！”

02 流言惑人

太子府门庭处，千山从马背上飞身跃下，疾步走进了正厅。

“殿下！”

龙辰逸身着双螭纹络的紫色锦袍，华贵的气度一如往常，只是脸上带着十分的急切和慌张。

“千山！速速报来！那些流言到底是真是假？”龙辰逸猛地转身盯视着千山。

千山脸上掠过一抹疑虑，忙回禀道：“殿下！凌将军眼睛受了伤是个不争的事实，可是坊市之间的那些骇人听闻的言论绝不能轻信啊！”

“混账东西！让你出去打听消息，你倒是给本宫这么一句模棱两可的话，不行！本宫要亲自去南疆一趟，这些消息是真是假本宫自会查证。”

“殿下！殿下三思啊！”千山晓得自家主子是个藏不住事情的，凌将军赤州城大战受了伤，但是最近坊市间却传言凌将军已经身中剧毒，撑不了几天了。这话虽然听起来令人愤慨，可是人人都这么传言，倒是让太子爷心绪不宁至极。

“你让本宫如何三思？”龙辰逸俊朗的眉眼间掠过滔天怒意，“凌将军如今生死未卜，你让本宫如何安心？”

“殿下……”千山晓得什么叫关心则乱，忙劝解道，“若是凌将军有什么三长两短，定然会在之前的战报上写得清清楚楚的，殿下您想！凌将军是什么样的人，不可能出了这么大的状况还要瞒报的！殿下宽心！凌将军之前来信也说了，就是眼睛受了伤，而且不出一个月居延城破，凌将军便能凯旋了！”

“本宫着实担心，”龙辰逸抬眸看向了外面洒落进来的冬日阳光，“我不亲自去看看断然是不放心的。既然赤州城大捷，南疆也已经安稳多了，本宫决定亲自去一趟南疆。”

“皇上是不会同意殿下去的，殿下如今势头如日中天，又是东宫储君，不能有半点闪失啊！凌将军定会平安归来……”

“殿下！”

“不必多说！本宫心意已定！一会儿便进宫再求一次父皇，若是不允，咱们便天黑之后出城！”

京城中安国侯府，宇文川带着一袭玄色锦袍的三殿下龙辰轩疾步走到了宇文胤的书房。

宇文胤此番正潜心练字，不想三殿下居然夜间亲自登门拜访，墨眸中倒是一片沉静。

“殿下！”宇文胤放下笔，绕过了书案，冲龙辰轩缓缓行礼。

龙辰轩却是定定看着宇文胤，他也没想到仅仅是散布了一些关于凌霜不利的言论，居然宫里头的那位爷真的出京了。这事实在是太过匪夷所思，即便他如今已经对宇文胤佩服得五体投地，可还是觉得恍若在梦中一样，总觉得哪里不真实得很。

“长公子倒是闲暇得很，令本宫佩服至极！”三殿下算是一代枭雄，将之前脸上的表情收拾得妥妥帖帖，丝毫看不出任何异动。

“殿下请！”宇文胤将三殿下迎到了首位，自己陪坐在了客位，命人将上好的雪山银针茶奉上。

“殿下！这是上好的雪山银针，请殿下品品看！”

龙辰轩素来附庸风雅，对于品茶也是有些独到的见地，可是今日实在是没这个心情细细品鉴，只是抿了一口，应付道：“好茶！”

宇文胤低垂的眸底挂着一抹不易察觉的嘲讽，也仅仅是一晃而过。这位三殿下怕是如今焦灼万分，再好的茶也品不出个滋味来。

果然龙辰轩放下了茶杯，还是耐不住心头的担心，看着宇文胤道：“太子出京了！”

宇文胤端着茶杯的手一顿：“今夜？”

“今夜！”龙辰轩语气有些急促。

宇文胤缓缓放下了杯子，看着龙辰轩道：“殿下夺嫡的信心不足啊！”

龙辰轩没想到他冒出这么一句话来，神色一愣，却没有着恼，缓缓道：“长公子何出此言？”

宇文胤淡然一笑道：“太子都出京了，这样好的机会，殿下不去把握却来我这儿喝茶闲话？要知道千山带领的禁军龙虎营那可都是些数一数二的高手。太子爷出京，能做护卫的一定是高手中的高手。只可惜的是，太子爷这一次是偷偷溜出来的，若是正大光明带着所有的龙虎营士兵出行，还真没有多大的把握。可是如今不同了，他既然是偷偷溜出去，带着的人应该很少。若我处在殿下这般的处境，一定会倾尽全力将太子爷困住。太子私自出京，路上兵荒马乱的，一个不小心出了什么事，和殿下又有何干系？若是太子爷没了，皇位的人选还有悬念吗？

殿下不拼尽全力图谋这件事情，反而心神不宁，若是再耽搁下去，您的人能保证追得上太子爷的人吗？”

三殿下猛地站了起来，眸色转了几转，忙道：“夜深了，长公子好好歇息，本宫府中还有事，告辞！”

他猛地转身，大步走出了宇文胤的书房，心中不禁暗自懊悔。宇文胤已将一切说得这般分明了，自己居然还犹豫不决，实在是该死。他为了那个位置谋划了那么久，怎么到头来却是糊涂了呢？

所谓无毒不丈夫！太子！虽然你是我的兄长，但是对不住了，我想要那皇位，而你必须得死！

03 龙炎

初冬，南疆湿寒，天气越发阴冷了几分。

居延城笼罩在一片血色之中，段佑天怎么可能是凌霜的对手？尤其是凌霜的眼睛被百川老人治好后，亲自带着人冲在最前面，终于拿下了居延城。

眼见着大势所趋，段佑天带着亲信和六公主从自己寝宫的密道准备逃出城去，却不想在出口处遇到了好整以暇等候多时的凌霜。

“凌霜？！”段佑天猛地一个踉跄向后退去。

凌霜嘻嘻笑道：“段王爷，没想到老子亲自登门拜访吧？”

“来人！抓住这个贱人！”到底还是六公主反应了过来，忙冲外面守着的护卫高声喊道。却不想此时外面早已经传来一阵喧闹声，喊杀声，还有凌霜特制的信号弹炸开在天际的声音。

凌霜掏了掏耳朵，看着六公主，厌恶地笑道：“公主殿下，一别这么久，你还是这么不长记性啊！你说你放着好好的公主不当，却当叛军头头的姘头，啧啧啧……说你贱你他娘还真的贱出水平来了！”

“将军！胡将军和莫寒将军已攻破瓮城了！马上便会来这里与将军会合！”秦小七声音中带着几分兴奋。

“你们在外面守着！”凌霜吩咐完毕后，转眸冷冷看着段佑天和六公主，活动了一下手腕和脚腕，哧的一笑道：“说吧！你们想怎么死？”

她话语里虽然微笑嫣然，声音却是冷得要命。身边仅仅护着十几个护卫的段佑天和六公主眸底掠过一抹真实的绝望，只是段佑天的紫眸中除此之外，还有一些令人捉摸不透的闪烁。

“精彩！”段佑天唇角含着一抹轻笑，居然拍了拍手掌，“真是精彩至极！能将我身边跟了十几年的人收买了，能沉得住气将我所有的退路都堵死。凌霜！说真的，本王真正佩服！”

凌霜唇角微翘，缓缓拿起了嫣红递过来的朝之宝剑道：“我收到了你的佩服，你可以去死了！”

“等等！”段佑天吸了口气。

“呵！段王爷，好歹你也是南疆王，能不能有点勇气死得痛快一点？”凌霜唇角含着一抹讥讽。

段佑天脸色一变，却是带着几分决绝：“凌霜！你太厉害了！本来我还准备将这个礼物留给你玩玩，如今倒是逼着我不得不改变计划。”

凌霜心头一跳，这个段佑天绝对不是个好惹的主，不然也不会凭借一己之力弄出这么大的动静来。

“段佑天，我可不可以理解为这是你最后的挣扎？”

段佑天眉眼一凛，冷冷道：“我还有死士，几十个我亲自培养起来的死士！每个人都是阴年阴月阴时出生，南疆有一种失传已久的好玩意，名字叫龙炎。我分别将这些东西放在这几十个人的身上，龙炎一旦被他们点燃，所到之处便是一片火海，而且扑不灭。”

凌霜凤眸猛地一挑，段佑天继续说道：“如今你为了抓我，你的几十万大军应该已经差不多都在城里了，只要一过子时，他们都会分批爆燃，然后咱们共同葬身在火海中。”

凌霜心头憋着一股子怒火，这家伙真他娘难对付！

段佑天森然笑道：“凌霜，若是你不给我活路，咱们就同归于尽！有你这样的美人陪着本王一起死，本王也赚了！”

“瞎编的吧？”凌霜心头却是存着几分侥幸。

段佑天冷冷笑道：“二十年前乌桓边境的一座十几万人的繁华小城，发生了一起大火，全城的人都被烧死了。因为那火邪门得很，一般人根本扑不灭！”

凌霜猛地眼皮一跳，方玉好似和她说起过那桩奇闻，那还是承平帝刚登基不久的事情。龙炎这种诡异的玩意就是从那个时候开始声名鹊起的！

“不信吗？”段佑天缓缓抬手，不知道手中使了什么阴招，凭空虚虚划过。

半炷香的时间后，一个凌家亲卫军疾步走了进来，冲凌霜躬身回禀道：“将军！城西突燃大火，烧死了好多弟兄还有城中的百姓！”

凌霜大惊，不想一边的段佑天淡淡笑道：“用无根之水扑灭！本宫寝殿东侧的铜缸里便存着一些，凌将军不要客气！”

凌霜看着段佑天的得意模样，咬着后槽牙缓缓道：“听他的！”

进来禀告的亲卫军一愣，忙折了出去，不多时便用无根之水将火扑灭了。

段佑天笑看着凌霜道：“凌将军！如何？近来虽然雨雪不断，可是谁吃饱了撑的会积攒这种无根之水？所以凌将军还是尽快做出决断，不然的话下一桩火起可就真的扑不灭了。只要凌将军肯放段某一马，段某会将那些自燃人的位置告诉你！”

凌霜沉思一会儿，突然转眸点着一边的六公主看着段佑天道：“好！我放你一马！不过我也只给你们一个活命的机会，这个机会你和六公主自己分！段王爷，我凌霜虽然不会你们那些乱七八糟的玩意，但是逃起来也是极快的，你顶多能烧死这一个城的人，却不一定能烧死我！所谓无毒不丈夫，你若是要什么花招，我不介意你的子民与你葬在一起！”

“王爷！”六公主没想到凌霜居然会设下这个局，不禁心头惊慌至极。

凌霜示意众人同她缓缓向后退出宫殿，临走时撂下一句话道：“段佑天，我只给你半炷香的时间考虑！你活还是你的情人活？你自己选！呵呵呵……”

段佑天眉头狠狠蹙了起来，六公主身上倒是有他重新翻盘的那半张地图，这么轻易丢弃似乎也不行，顿时陷入了沉思之中。

凌霜刚一退出寝宫便低声道：“小七！吩咐胡离和莫寒快速将军队撤出城！还有组织好老百姓撤离，那个姓段的是真的要毁了这座城！”

秦小七大吃一惊，忙跃上马背，将凌霜传达的话速速告知即将进城的胡离等人，凌霜随即看向嫣红问道：“冷玉卿和妍儿在河口那边布置好了没有？”

“已经布置好了，顾楼主和叶姑娘也去了那里，只等着段佑天自投罗网。”嫣红眼中闪烁着一抹兴奋和佩服，段佑天那厮绝对想不到大小姐即便是放了他，在河口外围又悄悄设了一个局，只等着将段佑天活捉。

凌霜将一切事务交代清楚后，眯着凤眸静静看着寝宫紧闭的门。六公主和段佑天都是阴毒至极的人，想必此时门的那边一定精彩得很。再也没有比看着两个恶人自相残杀的景象更令人大快人心的了。

此时里面突然传来一声惨叫，随即归于平淡。凌霜眉头一挑，不多时，寝宫紧闭的门缓缓打开。

段佑天一袭紫袍虽然整理得整整齐齐，可是袖口处的殷红血迹却是瞒不过凌霜的眼睛，凌霜唇角微翘，讥讽道："果然是无毒不丈夫！小女子佩服！"

04 剥皮

段佑天脸上却是掠过一抹古怪之色，之前他也没想到六公主居然藏着一条训练好的剧毒小蛇，将他狠狠咬了一口。若不是他从小出生在南疆，有一些对付蛇毒的法子，此番非得命丧于此不可。

不过那个阳奉阴违的贱人也没有落到好处，想他堂堂的南疆王，怎么可能栽在一个女人手中。

"凌将军过奖了，那么段某可否离开了？"段佑天紫眸中掠过一抹冷光，连之前一贯维持得较好的优雅从容也荡然无存。

凌霜侧身盯着他的脸道："河口处有你的船，不过你也别耍花招，那些龙炎到底在什么地方，你可得好好想清楚了！"

"哼！段某岂是那种言而无信的人？！"段佑天冷哼一声，带着最后的几个随从疾步走了出去。

凌霜唇角微翘，却冲他的背影喊道："段王爷！我素来对您祖上的那些英灵们很是敬重。在这样一个辞旧迎新，春暖花开，人见人爱的日子里，我怎么也要让您的祖宗们同享这样的光荣一刻吧！"

"凌霜！你什么意思？！"段佑天猛地转身，却看到凌霜不知道从哪里弄了一个古迹斑斑的牌位在手里把玩着，牌位上面赫然写着段佑天曾曾祖父的名字。

段佑天脸色登时拉了下来，紫瞳中的怒火就像地狱中的鬼火一样，渗出丝丝的冷芒。

凌霜笑得越发邪肆，缓缓道："段王爷不要这么纠结嘛！小女子不过是将你家祖坟里的尸骨起出来，放在了居延城的各个方位。你若到时候不告诉我龙炎在哪里，万一不小心把自己曾曾曾祖父的尸骨烧了去，那便不好了嘛！"

段佑天几乎是眉目俱裂，咬着牙道："凌霜！你居然做出这种刨人家祖坟的卑鄙勾当来？！"

"哎呀！段帅哥！不要那样生气嘛！实在不漂亮了，我就是刨着玩玩罢了！您慢走！不送啊！"

"凌霜，你我今日之仇不共戴天！"段佑天到底还是比不过凌霜的无耻，做不出将自家先人的祖坟烧了的事情，今夜最后那点心思只得作罢。

凌霜微翘的唇角缓缓平复了去，凤眸中的狠辣却是深了几分。

"大小姐！"嫣红有些担心。

"龙炎之火今夜不会烧起来了，"凌霜冷冷道，"那小子是个出了名的孝子！"

凌霜带着嫣红等人缓步走进了寝宫。

寝宫内部此时散发着浓浓的血腥味道，凌霜刚一迈进殿门，便看到了跪伏在地上的六公主。只是身上那身很应景的紫色裙衫已经被人撕开了去，露出的后背却让凌霜大吃一惊。

"大小姐！"嫣红上前查看了一番惊道，"背上的皮被人剥了去！"

"剥皮？"凌霜眉头一挑，命人将已经晕厥的六公主用叶南特制的醒神药弄醒了过来，缓缓走到了她的面前。细心查看之后暗自心惊，六公主背上的皮居然被整张剥掉了，里面的肌肉和着血水翻了出来，看着令人一阵阵反胃。

四周的十几个凌家亲卫军虽然见过这么多生死，可是看着这等惨相还是眉头蹙了起来，不过绝没有同情在里面，这个恶毒的女人纯粹是罪有应得。现在六公主实在是激不起人们的半分同情了，只剩下绵绵不绝的恶心。

"凌霜！你这个贱人！我此生最恨的事情便是不能杀你！"六公主醒过来，盯视着凌霜的眼眸迸发出恶毒的光芒。

凌霜蹲在她的面前，眼底只剩下了厌恶，冷冷道："公主殿下，之前我曾经同你说过，这都是你咎由自取！怪不得别人，只能怪你自己太过贪婪和……恶心！"

"凌霜！你杀不了我的！"六公主突然缓缓起身，盯视着凌霜道，"我是大燕朝的公主，南疆很多人都晓得我在段佑天的身边，我父皇迟早也会知道。"

"呵！乖乖哟！你还能想得起你父皇啊！我说你不觉得给你父皇丢人吗？"凌霜微笑嫣然，凤眸中却是酷寒一片，"你终于想起自己是谁了？当你助纣为虐屠杀大燕朝无辜百姓的时候，当你叛国投敌毒杀大燕朝的忠勇将士的时候，你怎么就没想想自己是大燕朝的公主呢？"

“呵呵哈哈哈……”六公主呕出一口血来，死死盯着凌霜冷冷道，“都是因为你！凭什么？你身份不如我，地位不如我，容貌不如我，你不过就是个粗野的女子罢了！为什么你得到了一切而我却什么都没有了！那些人死有余辜，若是重来一次的话，我会牺牲更多的人来宰了你！”

凌霜摇了摇头道：“六公主！我送你四个字，死不悔改！”

“哼！你杀不死我！即便是我犯了重罪，那也应该有父皇处置，你虽然是个大将军，但是你没有权利处死皇家子嗣！”

一边的嫣红等人却是犯了难，六公主这般将自己身份暴露在居延城，目的便是让天下人晓得她是大燕朝的公主。若是凌霜私自处死了她，便是损了皇家的颜面啊！

尚方宝剑倒是可以处置任何人，唯独对皇家子嗣不能起什么作用。大燕朝的惯例，犯了法的皇子帝姬们必须由皇上本人亲自处理。

“公主殿下不要担心嘛！谁说我要处死你的？”凌霜凤眸微微一挑，凑到六公主的耳边轻声道，“死了那多没意思，你还记得阿雅是怎么被你害死的吗？”

六公主顿时身子微微一颤，不可思议地看着凌霜缓缓站直了身子蔑视着她道：“你找了那么多壮汉将一个柔柔弱弱的小姑娘生生折磨死了去，你放心！我会让你死得也风流快活！比阿雅快活几万倍！”

05　生不如死

“嫣红！将楼少主的那个瓶子拿来！”

“大小姐！”嫣红将一只流动着红色液体的玉瓶拿了过来。

凌霜看着六公主冷冷道：“给她灌下去！”

几个人哪里容得六公主反抗，将整瓶的液体灌了下去。

凌霜蹲下来，拍了拍六公主的脸颊道：“好好享受，这是蛊王传人配制的蛊毒，喝了这个东西后会一刻不停地求欢，像一条疯了的母狗一样。”

“凌霜！你杀了我！”六公主猛地瞪大了眸子。

凌霜淡然笑道：“没事的，我会找最好的宫廷画师将你的丑态全部画下来，最好画成那种什么图来着？将会在天下各大秦楼会馆里盛行，你会不停地重复自己肮脏的生活，年复一年，日复一日，直到人人都厌倦你，看着你恶心到了极致，甚至变得连乞丐都受不了你，你便会毒发身亡！”

“凌霜你这个毒妇！”六公主只觉得一股子火直蹿向了心头，说不出的干渴难受。

“来人！将她的手筋脚筋挑断了，扔到江南最著名的烟花之地去，听清楚了，是那种最下三滥的娼寮之地，找一个最恶毒贪婪的老鸨给她安排！”凌霜随即加了一句道，“别忘了咱们大燕朝御用的宫廷画师！”

“凌霜！你会下地狱的！一定会的！”六公主声嘶力竭地吼道。

凌霜冷冷看着天际边的残月加了一句道：“将她毒哑了！我不想再听她聒噪！还有，给皇上的战报中就说，六公主被段佑天卖到了烟花之地，本帅已经很努力找了，始终找不到六公主的下落。”

“是！”嫣红忙命人将六公主拖了出去。

第二天，居延城大捷的战报便被凌霜命人以最快的速度送往京城，不过还有一封秘密的书信是凌霜自己偷偷写好绑在她训练好的信鸽腿上的。

方玉说好了最早半个月，最迟一个月回来找她。如今居延城大捷，南疆战事收尾，只差光荣凯旋。可是那个说好了要带她走的混蛋哪里去了？凌霜躲在自己的帐中一口口咬着嫣红按照她的法子做的夹肉饼，心头却是堵得慌。

“大小姐！”嫣红走进了帐中。

“怎样？有没有方玉那厮的消息？”凌霜语气中带着几分连自己也没有察觉的怨怼。

嫣红摇了摇头道：“顾楼主亲自派人查过了，姑爷在云州地界便失去了消息，兴许有什么当紧的事情要办吧？大小姐且宽心些……”

“我怎么宽心得了？”凌霜将半只饼子扔在一边，凤眸中带着几分惆怅，“战报已经送上去了，不出几天便会有皇命下来，我少不得要班师回朝！”

“大小姐与太子的那个婚约该如何是好啊？”嫣红心头一跳。

凌霜茫然地看着窗外：“方玉，你到底死哪儿去了？”

居延城内经过短短几天的休整，战乱之前的繁华已经慢慢恢复，就好像雨后的春芽悄悄绽放着生机。

城东的一处南疆贵族府邸是凌霜临时居住的地方，城北段佑天给自己建造的华丽寝宫，凌霜丝毫没有沾染半分。她觉得那寝宫实在是太过肮脏，隐藏着太多不为人知的血腥和残忍。

方玉依然没有消息，这让凌霜隐隐觉察出几分不对劲来。可是段佑天还没有抓到，皇上命她班师回朝的日子也没有定下来，只得耐着性子等。

“大小姐！”嫣红疾步走进了内堂，倒是将正在提笔练字的凌霜狠狠吓了一跳。

“出了什么事？”凌霜放下笔，却不想从嫣红身后踉跄着冲过来一个浑身满是斑驳血迹的男子，看到凌霜后忙抢上前来。

“凌将军！救救我家……主子……”说罢却是缓缓倒了下去。

凌霜抢上一步将那人扶住，心头却是掀起了惊涛骇浪，此人她认识，是龙辰逸身边的护卫，不想此番却出现在南疆。她忙命人将叶南请过来。

“长姐！你喊我？”叶南带着药箱走了进来。

“快来看看此人！”凌霜将那人扶在了轩阁外面的软榻上。

不消半炷香的时间，叶南沉着脸走出来骂道：“从来没见过如此阴毒至极的毒，活不成了。”

凌霜凤眸一凛，转身冲嫣红道：“你是从哪里发现此人的？”

“回禀大小姐，是外面的护卫发现此人拿着太子殿下的信物求见大小姐！”

“将那两个护卫带来，给我查清楚！”凌霜眉头越发蹙了起来。

夜幕降临，凌霜终于带人赶到了居延城外的废弃庄子上。从一处茅草屋子里发现了千山的尸身，还有昏迷不醒的龙辰逸。

凌霜登时头皮发麻，忙命人将千山葬了，随即将还有一丝气息的龙辰逸带回了居延城。

龙辰逸伤得实在太重，即便是叶南医治的时候手也微微发抖。莫论是一国储君，即便是普通人，也不能被作践成这个样子啊！

06 危局

凌霜守在屏风外面，正自心急如焚，却不想外面传来秦小七惶急的声音。

“将军！”秦小七显然有什么要紧事情要禀报。

“小七，什么事？”凌霜将秦小七喊了进来。

“将军！京城小舞发来的飞鸽传书，太子爷这一次是私自出京，皇上已经震怒，而且……”

凌霜眉头一蹙，消息来得好快！前脚龙辰逸失踪，后脚便被她摊上这事。

“而且什么？”凌霜眉眼微冷。

秦小七顿了顿道：“京城中有传闻说太子爷私自离京是因为凌将军的缘故，皇上虽然没有说什么，但是关于凌将军故意引太子爷南下的传言却是越来越多了。还说将军拥兵自重，将太子爷诓骗到南疆想要图谋不轨……”

凌霜心头隐隐觉得不妙，唇角却是一抹寒凉苦笑，似乎一张大网已经毫无征兆地将她和太子网罗在了其中。

叶南终于从满是血腥味道的内堂走了出来，眉眼间的疲惫却隐隐透着几分愤怒。

“南儿？怎样？”凌霜抢上一步，如今龙辰逸对她来说于公于私都不能出事。

叶南唇角有些发抖，沉声道：“两只膝盖骨被人挖了出来，而且……还被人去了势！”

“去什么？”凌霜脸色发白，膝盖骨没了？那不就是一个废人了？想想以往龙辰逸的那股子飞扬跋扈，如今说他成了残疾，这……可是这个去了势，她一时间惊吓过度，居然没听清楚。

叶南缓缓道：“说的不客气一点，太子被人变成了阉人！”

凌霜的凤眸中满是不可思议，还有浓浓的愤怒，谁他娘这么歹毒？！

三天后，承平帝派来接太子回去的钦差祁王听到这个消息后，同样震惊不已。

“这……这……”祁王饶是见多识广，还是出了一身冷汗，软软瘫坐在了椅子上。

他比谁都清楚皇家争斗意味着什么，一个皇子若是腿不能走，倒也可以勉强说得过去，若是不能延续龙脉，这大统之位很明显与太子爷无缘了。

无法生育自己子嗣的男子，即便是寻常百姓家那也是耻辱至极，何况是将血脉子嗣看得极重的皇家。看来七皇兄要重新考虑一下正统之位的继承者了，如今看来大概只有声势正隆的三皇子能担当此重任。

“王八蛋！”凌霜的手掌骨节捏得叭叭作响，随即突然冲祁王躬身道：“王爷，末将恳请王爷在皇上面前说几句话，太子爷如今的惨状定是有人背后使坏，凌霜不才愿意将这个混蛋抓出来替太子爷申冤！”

祁王一愣，忙稳住心跳，之前的事情实在是太过令人惊诧。

“王爷！太子爷身边侥幸活了半天的一个护卫说，太子爷微服出行路上是被三殿下的凝血卫还有一批神秘人物联合起来截杀，这事大有蹊跷，不能让太子爷白白蒙冤！”

祁王听到三殿下这几个字，顿时心头咯噔一下。如今这事不管是不是三殿下做下的孽，但是有一点可以肯定，三殿下此番夺嫡却是胜出的机缘更大一些了。

太子违背皇上的心意偷偷出京这是第一桩罪，未来太子妃凌霜手握五十万大军的兵权这可是第二桩罪，第三桩……太子爷成了废人即便不是罪，却是最大的一道难过的坎。

无法绵延皇家子嗣这件事，让七皇兄如何将皇位传给自己这个一向器重的儿子？他抬眸扫了一眼凌霜，果真是红颜祸水，若不是太子出来寻她，怎么会让自己陷入如此绝境？

祁王在朝堂上素来青山不倒，凭借的便是八面玲珑的手段。如今太子这步棋算是废了，可若是自己出面，仅仅凭借凌霜的一面之词便彻查三殿下，日后若是三殿下继位，哪里有自己的活路？

他沉吟道：“凌将军的心情本王能理解，只是一个已经死了的护卫说，太子遇到了三殿下派出来的人，这个可有证据？”

凌霜一愣，暗自咬了咬牙道：“没有！”

“那千山等那些陪同太子爷出京的禁军们呢？若是能传唤一二也是好的！”

“这个……也没有……都死了！”凌霜心头有些着急，那些人行事太过干脆，没有丝毫的把柄留下来。

祁王眉眼间掠过一抹狐疑，缓缓道：“太子殿下遇到如今这样的事情实在是天地不容，人神共愤。可是凌将军……你若是没有证据随便指摘皇家子嗣，这个怕是不妥当吧？”

凌霜凤眸一挑，看向了长得白白胖胖的祁王，祁王倒是被这个女人眼底的凌厉狠狠吓了一跳，随即却镇定了下来。当务之急，他所能做的便是将太子的事尽快回禀皇上，然后尽量远离这个是非。

墙头草！这么快就倒了？凌霜心头狠狠唾弃了一番，可是却拿祁王没有办法。

“那依着祁王的意思……这事该如何是好？”

祁王沉吟道：“当务之急还是将殿下尽快送回京城为好，本王先走一步，回京将这件事情禀告皇上。太子呢，身子虚弱，还需要将养几天，不若由凌将军带着太子爷随后赶回京城可好？皇上已经下令，命凌将军留下赤卫军和羲和军驻守南疆，其他两支青龙军和凤御军还需将军亲自带回京城！对了！皇上特别交代，赤卫军同羲和军的主将人选皇上已经有了定夺，凌将军这个就不必费心了！”

“凌霜……遵命！”凌霜缓缓躬身行礼，那一垂眸之间，凤眸中却是晕着一抹怒意。承平帝一纸令下，便将她的五十万兵力砍了一半。果真是狡兔死走狗烹，高鸟尽良弓藏！

赤卫军是她的嫡系，却被强行留在了南疆，赤卫军素来又与宇文家的羲和军人心隔肚皮，这样部署实在是高明得很。

祁王看着凌霜俏脸上的一层薄薄怒意，心头说是不害怕那是不可能的。毕竟对方手中的实力实在是太过强大，不过南疆刚刚经历过战火的洗礼，凌霜若是要造反必会遭到江南百姓的反对，从而寸步难行。她这个战功卓著、名声遍布天下的大将军那就彻底被百姓唾弃了。七皇兄赌的便是凌霜的这一个困局！

“既如此，本王便即刻回京！”

“祁王请留步！”凌霜声音清冷，全然没有了刚才的恭敬。

祁王一个愣怔，转身看着凌霜缓缓向他走来，定了定心神道：“凌将军有何见教？”

凌霜晓得如今形势危急，不能走错一步，缓缓抬眸道：“向皇上回禀太子遇害这件事情，一个飞鸽传书便可以了！王爷若实在信不过本将军，可以派自己的人亲自跑一趟，但是王爷必须留下来！”

“凌霜！你想做什么？”祁王大吃一惊，莫非这女人现在就要逼宫造反吗？

凌霜淡然一笑道：“王爷心里头比谁都清楚，太子爷出了事，虽然不是我凌霜的错，却是同我有些关系的。若是王爷让凌霜单独一人护送太子爷回京，太子爷路上有个什么三长两短，实在是难应付得很。即便像王爷所说，三殿下派人半道截杀太子爷是凌霜以小人之心度君子之腹，但是凌霜却不能一个人担起这么大的担子来！”

07 软禁

“你到底想说什么？！”祁王终于体会到这个丫头不好对付。

“凌霜想说的是，祁王必须留下来等太子爷身子好些后，与凌霜一起护送太子爷回京。万一路上出了什么事，王爷也好替凌霜出个主意啊！”她向前一步，压低声音道，“王爷，万一三殿下想要在半道上杀了太子嫁祸给凌霜，凌霜也好将王爷搬出来挡上一挡！”

“你？！”祁王没想到凌霜居然将自己做了挡箭牌。

凌霜凤眸微微眯了起来，之前还指望这个王爷能给龙辰逸做主，如今一看这厮绝对是根墙头草，她不用白不用。

“王爷，”凌霜耳语道，“王爷能在上一次的夺嫡之争中毫发无损还能安享天年，不得不说是有些势力和手腕的，凌霜也是为了您的子嗣考虑。三殿下可以杀他一次，但是有我凌霜在，他休想杀第二次！这不还有王爷您嘛！若是太子在你我二人手中出了什么岔子，如今又是敏感时期，皇上是不是会想自己的这个最小的弟弟也有夺位的心思？”

“凌霜你大胆！”祁王惊出了一身冷汗，凌霜这女人倒是将皇上多疑的脾性猜得一清二楚。

凌霜哧的一笑：“王爷的家眷都在京都，若是皇上起了什么疑心，他对付前朝太子的手段王爷又不是不知道。”

“你……”祁王被凌霜气得直哆嗦。

凌霜淡淡笑道：“王爷还是尽快联络手中的力量同我一起保护太子殿下吧！太子虽然成了废人，但是不一定不能上位，没有子嗣又如何？难道不可以从其他皇子那里过继一个吗？都是皇家血脉，谁养大亲谁！生的不如养的亲！您说呢？”

“哼！凌霜你能拦得住本王的腿吗？”祁王眼底掠过一抹杀意。

凌霜左右看了看，冷笑道：“王爷，你想跟我五十万大军比腿快？嘶！若是本将不小心伤着王爷那便不好了！”

“你……你……这个……”祁王没想到凌霜居然真的敢扣下他。

凌霜推开祁王点着她的手指头，看了一眼身边的胡离道：“胡将军！即日起还请胡将军好好照顾王爷的起居生活！”

胡离此番却是对凌霜的机智佩服得五体投地，只有将祁王拖下水，太子才能平安回京。

“末将遵命！”他大步走到祁王身边，躬身道，“祁王，请！”

“哼！”祁王晓得挣扎无效，只得跟着胡离先离开了偏厅，他这算是被软禁了。

将祁王搞定后，第二天龙辰逸刚醒却是闹出事来。叶南怒气冲冲捧着药盏寻到了凌霜跟前，将药盏摔在了案几上，气鼓鼓地坐在一边。

“南儿，怎么了？”

“长姐！太子爷摆的谱也太大了吧？南儿看着他可怜，才这般尽心尽力地熬药给他喝！谁知那小子居然将轩阁里面的东西砸得稀巴烂，还将南儿辛辛苦苦熬出来的汤药泼在了我脸上，实在是混账得很！”

凌霜眉头微微一蹙，拿起帕子将叶南鬓边的褐色药汁轻轻擦去，叹口气道：“南儿，这事不要同顾啸云说！他将你当成心尖子上的，你受了这般的气他少不得要找太子理论，看在长姐的面子上……”

“罢了，罢了！”叶南大大咧咧摆了摆手道，“南儿也真是看在长姐的面子上才不和他计较！不过太子爷不喝药，不配合我们给他疗伤，怕是这条小命要交待在这里了。你也知道我师父脾气不好，太子爷刚刚就把我师傅给得罪了，再这样下去，身上的那些伤怎么好得了？他死了倒也罢了，别连累长姐你啊！”

叶南直性子，说出来的话虽然难听却也是事实。龙辰逸若是不配合，他身上的伤就会恶化，怕是性命堪忧！

“南儿，还有熬制好的药没有？”

“还有，可是那厮不肯喝……”

“给我，我去找他！”凌霜随即又抚着叶南脸颊边的烫伤内疚道，“南儿，是长姐连累了你。”

“无妨，南儿回去抹点膏药，这点烫伤不算什么。最近云云也忙着调查他们少主失踪这事，不回来过夜，他是不会发现我脸上有伤的。”

“南儿！等顾啸云回来后你们离开这里吧！不要跟在我身边了，我身边已经不太安全。风雨楼也算是江湖第一大帮派，你跟着顾啸云他会护你周全，还有记得等长姐回京城后，不管你听到什么都不要找回来！知道吗？”

“为什么？”叶南登时大惊失色，她虽然性子粗犷，可是却也晓得凌霜这几句话中的无奈和凶险，“长姐，你不要吓唬我啊！长姐如今不是人人仰慕的大英雄吗？即便是班师回朝，谁还能对长姐不利呢？”

“你这丫头，我也是说说罢了！我随你去端药。”凌霜将话头岔开。

叶南一顿，却被凌霜一把拽着走了出去，不一会儿凌霜端着药盏，亲自走到了龙辰逸居住的轩阁外。

她抬起手，却是顿在了雕花的木门前，终究还是咬了咬牙推开了，里面一股子浓重的药味袭来。

凌霜刚绕过屏风，一只八角宫灯被龙辰逸抬手砸了过来，她头一偏躲开了去。细碎的粉彩碎片中，凌霜微抬凤眸对上了那双绝望的眸子。

龙辰逸瘫坐在软榻边的青石地面上，手中又拿起插着海棠的美人觚，却是顿在半空，呆呆地看着凌霜一步步走了过来。

他的脸色白得吓人，一贯俊朗非凡的脸孔却是颓丧到了极处。眼眶深陷，紧抿的唇满是怒火攻心而起的白色燎泡，鬓边的墨发居然染上了几分霜色，看了令人一阵阵揪心。

08　友谊

凌霜默不作声将药盏放在了一边的小几上，却是亲自俯身将地上无法下脚的凌乱收拾了一番，随即端着药盏走到了龙辰逸的身边，同他并肩靠在了软榻的边缘上。

“有酒吗？”龙辰逸声音沙哑，手中的美人觚沉沉滚落到了一边的毡子上。

凌霜将药盏递了过去，一字一顿道：“想喝酒有的是机会！先把药喝了！”

龙辰逸身子一颤，缓缓转身看着身边心心念念的女子，看着那双摄人心魄的凤眸，抬起手想要抚上她的娇颜，却还是停在了凌霜的鬓边。

“你的眼睛好了吗？”

凌霜心头一动，他都到了这样的绝境，却还在关心自己的眼睛，一股子热辣辣的雾气涌上了她的眼眶。

“龙辰逸。”凌霜拼命吸了吸鼻子，却是反手将怯怯不敢靠近的龙辰逸的手，那只已经因为这十几天的折磨瘦到了皮包骨的手紧紧抓住。

龙辰逸心头一颤，她这样主动示好他好似等了千年之久。如今却显得那么的苍凉，他的心头堵得厉害，缓缓挣脱了凌霜的手，带着几分排斥道："你放心，你我的婚约不会再有了！我不会连累你，我发脾气只是因为我……想见见你……只是想见见你，没别的意思。我如今配不上你了，凌霜，求你不要用那种怜悯的眼神看着我，不要……用那种眼神看我……"

"我们还是朋友吗？"凌霜却向龙辰逸伸出手，"还记得我第一次教给你的这个握手礼节吗？"

龙辰逸定了定神，还是缓缓抬手将凌霜的手握住轻轻摇了摇道："哪里不记得？"

凌霜吸口气道："龙辰逸，咱们是朋友，是生死不渝的革命友谊！我保证今日他们加在你身上的痛苦，待回京后我一样样讨回来！三殿下那厮好日子不多了，我凌霜定会让他吃点苦头！血影门那边我也会派人仔细去查，龙辰逸，你信我吗？"

龙辰逸闭了闭眸子，眼角渗出泪意，唇角却带着几分无奈的苦笑缓缓道："是我龙辰逸没用，到底还是连累了你！"

"那好！你当我是你朋友的话那就好好活着，活下去才有希望报仇！"

龙辰逸心头一顿，点了点头算是应了。

"来！趁热喝药！"凌霜将药盏端到了龙辰逸的面前，"等你身上的伤调养得差不多了，我们就班师回京，我凌霜定会护你周全。"

"谢谢你！"龙辰逸在凌霜的搀扶下重新躺回到软榻上，"凌霜，我有些累了，想要歇会儿。"

"那好！你好好休息！我不打扰你了，过一会儿我再来看你！想吃什么同我讲，我命人做了你最爱吃的芙蓉糕，我一会儿给你送来。"

龙辰逸眼底掠过一抹温柔，缓缓笑道："凌霜，你终于肯好好和我说话了！"

凌霜忙垂首掩饰住了那一抹慌乱，她越是对他好越是觉得伤了他的自尊，随即抬眸道："龙辰逸，不要理解成我同情你好吗？你我是朋友，我该为你做这些的！"

"嗯！"

"那我先走了！"凌霜缓缓起身走了出去。

龙辰逸侧眸看着那抹娇俏的身影，眼底的温柔却化作了巨大的悲凉，最后归于深深的绝望。她爱那个人爱到了骨子里。该不该告诉她？当他被那些人疯狂折磨的时候，他垂死挣扎间从一个人身上拽下来一块玉牌！该不该告诉她？那块玉牌上刻着一个大大的玉字。该不该告诉她？绑了他的人除了来自三殿下的血凝卫还有他人，而那些人口口声声嘴巴里说的少主就是方玉？

她说过要替自己报仇？呵！她能吗？自己与方玉在她心目中相比，自己能算个什么呢！

龙辰逸抬手摸向了腰间藏着玉牌的地方，只要拿出来，方玉的罪行便坐实了。父皇不会放过他的，可是若方玉死了，她会不会难过？

一声沉重的叹息传来，龙辰逸抬起的手还是缓缓放了下去。

在凌霜细心的照料下，龙辰逸的身体倒是渐渐好转了起来，只是心头的那抹伤痛却是无药可治。他虽然万念俱灰，却不能死在凌霜的地盘上，这样只会给她带来灾难。

不过他似乎一直在给她制造麻烦，所以这一次龙辰逸变得乖巧异常，乖巧到让凌霜怀疑自己是不是养了一只听话的小猫。

她坐在床榻边，看着龙辰逸将药盏里的汤药一口喝光，温顺得眉眼全没有了以往的张扬，心头不禁有些酸楚。

“那个……殿下要不要看看居延城的风景？”凌霜不想将他当宠物一样关起来，“居延城东城的风景还是很不错的。”

“凌霜，我们什么时候出发？”龙辰逸淡淡转移了话题，他忍受不了四周那些异样的目光。

凌霜咬了咬唇，不知道是不是三殿下的手笔。

她苦心隐瞒的消息被那些无耻的行凶者散播了出去，想必此时皇上和陈皇后已经急火攻心了吧？

“好！既然你身体没什么问题，那我们三天后就出发！”凌霜起身将龙辰逸身上的被角掖了掖，却不想外面传来嫣红急促的声音。

“大小姐，小七求见！”凌霜忙同龙辰逸告别回到了自己的住处，小七已经候在那里，脸色带着几分焦灼。

“怎么了？”凌霜眉头一蹙。

“回禀大小姐，小舞传来的消息，凌家和文家的家眷被太后宣进了宫，扣在了宫中。”

凌霜脸色一变，随即冷静了下来，没想到承平帝居然给她来这一手。

“老夫人她们不会有事吧？”嫣红焦灼地看着凌霜。

凌霜缓缓坐在椅子上冷冷道：“你同秦小七说让他更换赤卫军的名册，将里面咱们老部下的名字全部重新登记成阵亡将士名单！”

“大小姐？”

“我要在朝廷的人接管之前将赤卫军的编制缩小，一万人给我拉出三千人来，然后通过海上咱们的那条海路将这些人秘密转移到我们曾经找到的那个岛上去！赤州城大捷之后，我留了一个心眼，阵亡将士的人数我多报了两万人！朝廷的抚恤不要白不要！”

9 转移

嫣红顿时明白了，大小姐之前通过那个什么指南针在海外发现了一处孤岛，非常适合定居，大小姐这是要自立山头了。

“还有，让小舞带着她的人迅速回撤京城，将凌家和文家保护起来，一有风吹草动便告知我。”

“是！”

“你飞鸽传书给二少爷，凌家名下的财产开始按照原计划转移到那处孤岛上，除了暗地里的那些商路运行照旧之外，其余的产业能卖便卖，但是留几处明面上的产业避人耳目照常营业！”

“是！”

“还有漕帮给我们的海船和宇文家在南疆那些银矿的利润一并转移到我们的那处秘密基地，要快！”

“奴婢晓得！”嫣红忙应了一声急匆匆走出去。凌霜轻抚着脸颊，看着窗外的艳阳，冷笑道：“承平帝，若不是你大儿子对老子实在是够朋友，老子真的不想陪你玩了！”

“大小姐！”嫣红刚走后不久，外面传来秦小七的敲门声。

“进来！”凌霜眉心一阵阵抽痛，龙辰逸这一次是真的给她惹了大麻烦，她该好好想想回京后怎么做。

秦小七脸色有些慌乱，躬身行礼道："大小姐，皇上的诏令传来了！"

凌霜心头一顿，忙带着所有人出正门去迎接皇命，她跪在青石地面上，听得却是满手心的冷汗。

送走朝廷的人后，整个府邸炸开了锅，胡离也急匆匆赶了过来。

"凌霜！怎么回事？凤御军为什么要调到高车边地去？高车边地又不是没人了？凤御军刚刚打完这么大的仗，总得休养一段时间，怎么反而出了这等事情？"

凌霜神情尚且镇定，只是凤眸却是微微泛红，唇角挂着几分苦笑，将朝廷一并送来的战报递到了胡离面前。

"高车和乌桓发动进攻了！"

"什么？！"胡离一把抢过了凌霜手中的战报凝神看去，顿时吓了一跳。

元月初五，高车二十万铁骑进逼霞关，连下三州。

元月初九，乌桓边境异动，赫连风的十万黑旗军扣关。

元月十二，高车铁骑攻破芾州、横城，直指京都。

……

胡离只觉得一阵头晕目眩，陡然想起一件事情，忙道："朝廷莫不是派你再去攻打高车？"

"不是，"凌霜抿了抿唇，"朝廷另派了人！"

"谁？"胡离心头一跳，大燕朝能打的人就那么几个，而且大部分都在南疆战场上耗着，他很快想起来一个人。

"难不成是……宇文胤？"胡离狠狠吸了口气，那家伙是个狠角色。

"你猜对了，是宇文胤，只有他以往常年驻守高车边地，有他出面，高车在他的进攻下就是一块豆腐。那人心眼坏得很，但是打仗连我也不得不佩服。若是我猜的没错的话，宇文胤不出一个月便能稳住高车边境形势。"

"凌霜，我觉得这一次定是宇文胤在朝中做了什么，才迫使朝廷下了这么一道命令！他现在偏偏点兵点的是咱们的凤御军，为什么不把青龙军调过去，那不是他一手带大的军队吗？何苦要抢你和太子创立起来的凤御军？这不明摆着要削弱你的兵权吗？"

凌霜凤眸中掠过一抹冷冽，淡淡道："宇文胤恨毒了我！才出此计策！之前那小子据说病了，在琼林苑养病，哼！这他娘病好了开始出来使坏了！”

“凌霜，我们如今怎么办？”胡离看着凌霜近来明显消瘦下来的脸不禁一阵心疼，这丫头背负的太多，偏偏那个龙辰逸不省心，才给了宇文家这么大的空子钻。

若不是龙辰逸出了事，京城中太子一党的实力岂能是轻易动摇的，宇文胤即便想要夺走凌霜的兵权也不大可能。如今京城中，偏偏没有一个坐镇的，文家因为太子的事情失去了一大批支持者，明眼人如今一看便知，一个被阉了的太子已经失去了他今后任何上位的可能性。谁还愿意跟着太子党出头？

“龙辰轩最近风头正旺，宇文胤想必已经完全靠向了三皇子，这是要一步步将我逼到绝路上的情形啊！”凌霜眉头狠狠蹙了起来，心思却是有些乱。她从来没有面对过这么复杂的局面，这一切似乎暗地里都有人在推动着。

她心头一顿，吸了口气：“宇文胤同方玉是……”

“凌霜你说什么？”胡离有些茫然。

“不！没什么？胡离，你叫莫寒和他的凤御军不要急着上路，我们先拖延几天，我想要一个人静一静，理一理头绪！”

“凌霜……你没事吧？”胡离见凌霜的脸色陡然变得难看起来，不禁有些担心。

凌霜摆了摆手，缓缓回到了自己的卧房，心头却是千回百转，她似乎意识到了一个可怕的真相正在被她抽丝剥茧般地从重重迷雾中剥了出来。

宇文家在自己的手中吃了个大亏，这个场子宇文胤身为嫡长子，不可能不讨回去。

依着三皇子的那点能力，他还不足以搅动起这么大的局，只有一个可能性，宇文家便是三皇子背后的智囊团。

京城中关于自己身中剧毒不日将亡的传言，龙辰逸被骗出京遭到三皇子的暗算，宇文家借凌霜调集人手忙于龙辰逸之事的机会在河口将段佑天抢走，然后朝中大臣倒戈支持三皇子，紧接着借助承平帝对自己的怀疑，连同高车之乱的绝佳契机剥夺自己的兵权。

她没有了凤御军，仅仅带着青龙军回京，那就真是笑话了。青龙军可是人家宇文胤之前的嫡系部队啊，到那个时候，她除了一个空头的大将军名号之外，什么仰仗都没有了。宇文胤在那个时候想要怎么炮制她，她凌霜都得受着。

"宇文胤，算你狠！"凌霜不得不佩服宇文胤这层层相扣的连环计比他那个阴毒的四弟要高明多了。

之前若是太子没有出这档子事，她还能扳回局面。可是宇文胤在她浑然不觉之中给了她最致命的窝心一刀。废了太子这才是宇文家最高明的地方，就像釜底抽薪一样。

10 家眷

凌霜心头烦闷至极，更让她烦闷的是刚刚小舞从京都传来的消息，方玉居然回到了京都，还成了大燕朝深得承平帝器重的新贵。

什么私奔，什么山盟海誓，什么郎情妾意，都成了一个笑话。

方玉……你欠我一个解释！

朝廷并没有给凌霜太多停歇的时间，随后居然一连下了七道诏令，让她的凤御军尽快启程去高车边地，同时也命她速速回京。几乎四五天一道诏令，凌霜只觉得都快赶上召岳飞回京的十二道金令了。

她接到承平帝第七道御令的时候，已经走到了江左的广陵郡，这一路上一来为了龙辰逸的安全，二来为了给自己留条后路，所以走得自然很慢。

"凌霜！"夜色降临，胡离从主帐外面走了进来，这几道诏令他也替凌霜存着几分担心。

"胡离！"凌霜从屏风后面转了出来，凤眸带着几分红血丝，显然没有休息好。

"凌霜，你想好对策了吗？"胡离凝神看着她。

凌霜替胡离倒了一杯茶，缓缓坐了下来，沉声道："胡离，我如今能拖则拖，其实早已经无路可走了。"

"凌霜，"胡离鼓足了勇气，突然冷冷道，"退一万步来讲大不了哗变，扶持太子爷上位！"

凌霜猛地抬眸看向了胡离，胡家从来都是忠勇的纯臣，却不想被自己拖累到了要造反的地步。

"宇文家的兵力也不少，若是哗变，我们便是千古罪人！宇文家正是想要逼着我们哗变，”凌霜抿了一口茶，“我们若是哗变，好不容易平定下来的南疆会战火再起，京都也不能幸免，你说谁会得渔翁之利？”

“高车和乌桓，呵！还有那个逃了的段佑天！”胡离星眸微冷，他就晓得凌霜这丫头狠不下心来。

“错！最大的得利者便是宇文家的人！”

“宇文家？”胡离眉头拧了起来。

“是宇文家，”凌霜凤眸微微眯了起来，“若是哗变，三皇子不得不仰仗宇文家，说白了就是宇文家的一个傀儡。宇文胤号称大燕战神不是徒有虚名的，那人的底细我也清楚几分。胡离，不瞒你说，我其实是真的有些怕他！别的人我或许能赢，但是他……我不敢保证能不能打得赢。”

胡离脑海中顿时涌现出了那个一身玄金战袍、威严冷酷到宛若地狱煞神的男人，那人天生便有一种令人倍感压抑的王者之气。

“乌桓上一次内乱让赫连风元气大伤，这一次他也仅仅是在边境搞点小动作罢了！高车王野心勃勃，但是绝不是宇文胤的对手，否则也不会被宇文胤压制了十年之久。所以宇文胤能很快收拾干净北方的战局，甚至有可能取代三皇子称王称帝也未可知。”

“你是说……”胡离猛地站了起来，“宇文家存着这样的心思？”

“呵！所以宇文胤巴不得我们哗变，这样的话正好给他创造了一个乱世枭雄崛起的机会。到那个时候，人家成了平定叛乱的大英雄，咱们倒是里外不是人了。况且哗变就会死人，不到万不得已，我是不会这样做的。我们可以肆无忌惮，可以抗旨不遵，但是我们在京城中的家人怕是要遭殃了，我不能这么做！”

胡离一掌拍在了桌子上，压着心头的愤怒道：“没想到当今圣上这样忠奸不分，是非不明。居然借着太后寿辰，将凌家和文家的家眷一起宣进宫中。明的说是为了陪伴太后说说话小住几日，暗里这是将她们扣留在了宫中啊！”

凌霜缓缓垂首，吸了口气道：“所以凤御军的行程不能再拖了，明日便让凤御军昼夜赶路去高车，只希望宇文胤不要做得太过分。你回去让莫寒小心一些，警惕宇文胤在战场上设置的陷阱。我们回京大约是在两个月后，京城也是桃花盛开的季节了，只希望还来得及部署，最起码能将京城中太子党的家眷保下来。”

“胡离，”凌霜抬眸看着胡离道，“胡家幸好在皇帝的眼中还没有卷进党争中，所以你回京之后一定不要参与到凌家的事情中来。”

“你让我独善其身？”胡离有几分恼怒，“凌霜，这个你别说了，我决不答应。”

“胡离，我们不能都搭进去，你独善其身才能在最关键的时刻救命啊！你挺聪明的一个人怎么看不开呢？”

“我……”胡离顿了顿，苦笑道：“凌霜你还不明白吗？我胡离从来没有对你独善其身过！”

“我晓得，但是这一次算我求你，不管京城中发生了什么对我不利的事情，千万要冷静，不要冲动晓得吗？”

胡离狠狠闭了闭眸子，缓缓站起来道：“凌霜，你放心，我还没有蠢到无可救药的地步，你歇着吧，我走了！不过若是你敢将自己置身于危险之境，我也决不答应。”

凌霜看着胡离的背影，叹了口气，回京的决定她不会后悔，哪怕粉身碎骨也不后悔。只有回京才能将祖母等人换出来。她不想亏欠任何人的情，却还是欠了一屁股的桃花债，怎么还也还不清。

“嫣红，叫冷玉卿来！”凌霜缓缓坐下来，捻着手中的凌家亲卫军令牌。

嫣红忙将冷玉卿请了过来，冷玉卿披着一身夜色的霜寒走进凌霜的主帐中，发现大小姐的神情不对。

“将军，你找我？”

“坐吧！”

冷玉卿意识到凌霜有重要的事情要说，随即坐了下来，却看到凌霜将凌家亲卫军的令牌推到了他的面前。

“将军你这是……”冷玉卿眉眼间掠过一抹狐疑。

凌霜淡淡笑道：“我曾经答应过你，要帮你夺回高车王位，现在是时候兑现我的承诺了。凌家亲卫军我交给你带领，他们虽然在赤州城大战中损耗不少，但是每一个都是以一敌千的好汉，你带着他们今夜乘坐漕帮的船沿海顺道而上去涿州，然后秘密潜入高车，斩了撒鲁尔的脑袋！”

第五章 归心似箭

01 回京

“不可！”冷玉卿猛地站了起来，“将军回京面对的形势万分艰险，亲卫军我不能带走！”

“坐下！”凌霜眸色一冷，缓缓道，“我帮你夺回高车王位也是要收利息的，你的王兄撒鲁尔已经发动了对大燕朝的进攻，正好内部空虚，这是个机会。你若是杀了他，凭借着你的本事，你便能替我牵制宇文胤的动向，还能护着凤御军周全。我过后给莫寒下一道命令，你夺位后，凤御军便驻扎在边境，与你秋毫无犯。冷玉卿，现在不是你需要我的帮助，而是我需要你的帮助，你明白了吗？”

冷玉卿顿时了然，大小姐在下一步绝地反击的棋。

“好！”他素来不是个拖泥带水的人，“将军，事成之后，高车东部的草场我会划出来做你的封地。若是京都不好待下去，你可以去高车，我冷玉卿绝不会食言，永远唯你马首是瞻！”

凌霜唇角微翘，心头终于好受了些。饶是宇文胤也想不到，她会将高车的王子藏在自己的麾下，这一次她要和宇文胤以天下为局好好下一盘棋。

凤御军被他调走又如何？整个高车未来的王族都是她的铁血同盟，这又是一条活路。

“斛律殿下！”凌霜缓缓起身，却是以平礼相待，冲他躬身抱拳道，“殿下，我的全部核心家当可是全给了你，这一次要仰仗你了！”

冷玉卿一顿，随即回礼道：“凌将军放心，咱们之间的血盟我丝毫不会忘记。”

“那好！近来探子很多，我不亲自送行了，你们分批装扮成漕帮的水手悄悄离开！祝好运！”

“凌将军，我想带走一个人，不知可否？”冷玉卿脸上微微露出几分难得的窘迫。

凌霜一愣：“殿下想要带走谁？”

“妍儿！”冷玉卿淡淡说道，却也干脆得很，甚至都没有一个理由。

凌霜叹了口气笑道：“女大不中留，况且是我帐中的丫头，既然你们情投意合，她理应跟着你的。这丫头做事沉稳，倒也是你的一大助力！好吧！我让嫣红喊她准备一下。”

“冷某谢过大小姐了！”冷玉卿冰冷的眸子里掠过一抹喜色。

不一会儿，林子妍掀开了帘子，同冷玉卿走了进来，她同冷玉卿都已经换好了衣服，同凌霜道别。

“大小姐，”林子妍眼眶微红，“虽然奴婢是半路跟着大小姐的，但却是奴婢最开心的一段时光。大小姐！此去山水重重，不知何时能再见，请受奴婢一拜！”

“妍儿！”凌霜忙要扶她，却还是被她挣脱了去，重重冲她磕了三个响头。

“快走吧！天要亮了！”凌霜晓得再深厚的情谊亦是聚散无常，忍下了凤眸中的眼泪将她扶起来，“什么都不要说了，此去一路平安！”

凌霜送走了冷玉卿和林子妍后，天色已经泛起鱼肚白。她看着灰蒙蒙的天空，心里却是安定了许多。

“大小姐，天冷，还是回去吧！”嫣红将披风罩在她的肩头。

“是啊！该是回去的时候了。”凌霜叹了口气，该是回京城的时候了。会有什么等着她？宇文胤的利剑还是方玉的秘密？她倒是有些迫不及待了呢！

又是一年桃花盛开的季节，凌霜带着大军浩浩荡荡重新回到了京都威严的城门下，近两年的时光如白驹过隙般流逝，返回头重新看看这万里河山，却已物是人非。

凌霜凤眸微微挑了起来，征战南疆半年之久，心头倒越发对祖母和二哥等人多牵挂了几分。想她九死一生重新站在了此处，过往的种种想起来越发令人心悸。

她勒紧马缰缓缓走到身后跟着的一辆青帷马车边，躬身行礼道：“殿下，我们回来了。”

车帘微微一动，露出了龙辰逸惨白的手，却还是缓缓退了回去。微颤的指尖足以彰显出车里面的人此时该是如何的心思震动。

“太子殿下！”一边被凌霜软硬兼施留下来的祁王也下了马车，走到龙辰逸的车驾前，道，“宫里头的魏公公来了！”

凌霜转身，凤眸一挑，果然看到魏公公带着一大群宫人和禁军奔袭而来，齐齐跪在了太子的车驾前。

“我想和凌将军单独说几句话。”里面传来龙辰逸还算镇定的声音。

祁王一顿，忙带着人退开了几步，凌霜冲嫣红使了一个眼色，挑起帘子钻进车里。嫣红心领神会，堪堪守在了龙辰逸的车驾外面，不容任何人靠近半步。

车里面的光线有些暗沉，一路上龙辰逸几乎将自己封闭起来。凌霜凝神看着隐在阴影中的那张清俊的脸，抬手便握住了龙辰逸的手。

此番倒是掉了一个个儿，龙辰逸试图将手从凌霜的掌中摆脱出来，却被凌霜更紧地握牢了去。

“龙辰逸，听着，”凌霜沉声一字一顿道，“记住，一定要住到自己以前的东宫里，千万不能随便出宫。三皇子想要你的命，在宫里头他还不是你父皇的对手，你只要活着，便是给我争取更多的机会扳倒他。”

龙辰逸唇角动了动，还是点了点头。

“好！还有，皇上若是问起来，不用隐瞒，全部告诉你父皇。三皇子心思狠毒，定然会惹你父皇不喜，只要你父皇不喜，我就有法子让这份不喜和疑虑扩大到无数倍。我知道这很难，你素来骄傲，让你痛哭流涕，将这样的羞辱一件件说出来很难，但是给自己一个机会。龙辰逸……不管在你身上发生了什么，大燕朝的皇位还是你的，无人能替代！你信我！”

“我信你！”龙辰逸反手将凌霜的手紧紧握了握，随即缓缓抬了起来，掠过了凌霜的鬓角，凝神道，“不要太累了！我……希望你平平安安的就好！”

凌霜眼眸一酸，忙别过脸，定了定心神，随即拍了拍龙辰逸的肩膀，勉强挤出一抹笑容道：“信我！好哥们儿！我不会让那些害你的人得逞！”

“霜儿，我有东西给你，你一会儿再看！”龙辰逸将一块丝帕包着的东西送到了凌霜的手中。

02 起驾回宫

凌霜一阵诧异，还是紧紧握在手中道：“我再说一次，千万不要出宫来，不能回你的太子府。你就住在皇上寝宫旁边的东宫，只要三殿下一有异动，就将他的人抓起来，这就是他阴谋败露的最好证据。记住了吗？不要出宫！”

“怎的这般啰唆，”龙辰逸笑着摆了摆手，笑容中却是带着几分苦涩，突然压低了声音道，“霜儿，血影门的事情我是不会说出去的。”

“什么？”凌霜心头一颤，却不想外面传来魏公公催促的声音。

“凌将军！太子殿下要起驾了！皇上还着急等着呢！”

凌霜也不好逼问龙辰逸刚才那话是什么意思，忙退出了车驾。

“太子爷起驾回宫了！”魏公公一声悠长的调子远远穿透了城门，一行宫人还有禁军将龙辰逸簇拥着向城门走去。

一边的祁王也顿时松了口气，淡淡扫了一眼凌霜道：“凌将军对太子爷做的已经足够多了，一会儿便有入城仪式，将军也需要准备准备。因为今日凯旋的可不只凌将军一个。”

凌霜凤眸一沉，却不想祁王欠了欠身子道：“本王也该回去向皇上复命了！告辞！”

“王爷慢走！”凌霜微微垂首，等祁王走远了，视线却落在了手中龙辰逸塞给她的东西上头。

不知道为什么，她居然有点畏惧，还是吸了口气将丝帕打开，顿时浑身的血液全部涌到了脑门上，只觉得整个身子都站不稳了。

“大小姐！你怎么了？”嫣红忙将摇摇欲坠的凌霜扶住。

“不……我……我没事……”凌霜强行将凤眸中的震惊、愤怒、失望缓缓压下去。她的手细细摸索过了手中的玉牌，上面刻着血影门的标识，还有一个大大的玉字。这是方玉才有的掌门令牌，他曾经将这个给过自己一块，她焉能认不清？

方玉对她说过掌门令牌有两块，每一块都能调动血影门门下的势力。她用方玉给自己的那一块令牌几乎挽救了赤州城。如今这一块居然出现在龙辰逸手中，说明了什么？只能说明将龙辰逸害惨了的人居然是方玉！

凌霜脑子嗡嗡作响，却猛地意识到，刚才龙辰逸走之前向她保证不会说出血影门的秘密，其实他早就晓得这事与方玉脱不了干系，但是为了她，龙辰逸堂堂一国储君居然忍下了此生最令他不堪的羞辱，替方玉隐瞒了去。

要知道这块玉牌一会儿被皇上拿在手中，方家满门抄斩那是绝对的，一个也逃不过。

“方玉……”凌霜的心彻底乱了。

“大小姐，”嫣红看着大小姐的脸色都变了，越发担心起来，“大小姐，一会儿入城仪式……”

她的话还没有说完，只听得身后一阵万马奔腾，尘土飞扬，宇文家的虎贲营亲卫军打着大燕朝的旗帜，还有宇文家特有的火云飞鸟图腾的旗帜迅速蔓延了过来。

凌霜忙将手中的玉牌收好，转身冷冷看着那千军万马中跃然而出的俊挺身影。玄金色战袍，墨色盔甲，血红的璎珞衬托着一张冷酷却又俊美无双的脸，正是大燕朝的战神宇文胤。

凌霜眉头狠狠蹙了起来，宇文胤每一次出场的气势都那么的高大上。反观自己带着一支不属于自己的军队青龙军，本来三千铁甲凌家亲卫军，除了战死的，也全部给了冷玉卿带走。

其实宇文胤能迅速平定高车边地的战乱，这是凌霜预料到的事情。冷玉卿在高车内部放火，高车王撒鲁尔哪里有心思进攻大燕，乌桓也会因为失去了高车盟友而不敢再轻举妄动，但是凌霜还是低估了宇文胤的战力。

不到一个月的时间，能迅速将高车铁骑赶回去，并且稳定了边疆形势，不知道死在他手下的人这一次有多少？只是更没想到的是，他居然能和自己一起班师回京，即便是高车边地距离京城更近一些，南疆远一些，可是不至于赶得这么巧吧？

凌霜凤眸扫了一眼，果然宇文胤将凤御军滞留在了高车边地，带着自己的嫡系军队赶了回来。而她身后的青龙军看到自家长公子威风凛凛的神姿，顿时不淡定了，一个个冲着宇文胤的方向翘首以盼。

一瞬间倒是显得凌霜更加孤立无援。凌霜唇角微翘，这样的局面她是早就料到的。要造反？要气势？她凌霜早就具备了这个能力，只是这一次她回京就是要单刀赴会，和这帮挨千刀的拼命来的。

她的财产，她的势力，她的部下都一样样安顿好了。她只差回京将家眷们转移出去这一步棋了，以后她做她的闲散富翁，再不理会这帮下作玩意和这个让她死去活来的天下。

是的，她如今一无所有，但是她有光脚的不怕穿鞋的和宇文胤死磕到底的勇气。

“长公子！”青龙军中的几个下级将官还是忍不住想要过去同宇文胤打招呼，却被更多下级将官踹了回去。

“踹我干什么？”

“咱们现在是凌将军的兵！”

“那又如何？你们没看到长公子来了！”

“别忘了凌将军在赤州城大捷的九死一生，讲点良心的就不能忘记了，过去的半年是谁在同我们一起出生入死！”

这话说得声音微微提高了几分，四周顿时安静了下来，死一样的沉寂。青龙军的将士们齐刷刷地看向了最前方那抹骑在烈火马背上的娇俏身影。

是的，他们是长公子的青龙军又如何？那个咬着牙在赤州城下奋勇拼杀整整一昼夜的铁血女子，他们中的任何人都没有资格羞辱她的荣耀。那是一个军人该有的荣耀和尊严！

凌霜转眸看向了那个仗义执言的青龙军下级将官，冲他点头致谢，倒是将那个憨厚的汉子吓了一跳，忙规规矩矩站好。

不多时，宇文胤的银色追风烈马载着他奔到了凌霜的面前，这下子倒是热闹了，两路大军齐刷刷拥堵在了城门口。

03 反唇相讥

即便是宫里头来的礼官也是犯了难，这大概是大燕朝最奇特的景观吧？都是为国立下赫赫战功的大将军，都是大燕朝能翻云覆雨的铁血人物，而且要命的是两家还是血仇，这到底该让哪支队伍先进城呢？

“王大人，你说这两支军队该是谁先进城接受百姓的敬意呢？”负责迎接的兵部尚书胡刚徵看向了礼部尚书王明德。

依着他的心思，自然是凌霜先入城，他的儿子若不是凌霜拼死相救，早已经死在了赤州城。而且凌霜在赤州城一战中确实战功赫赫，付出的也更多一些。只是礼部尚书有些犹豫不决，太子殿下显然已经垮台了，凌霜这一次回京就是被放在火上烤。相反宇文胤支持的三殿下眼见着便是新的储君，他可不敢得罪三殿下跟前的红人啊！

“胡大人！这事还是先去回禀皇上为好！”王明德圆滑地笑道。

“哼！”胡刚徵冷笑了一声，“王大人眼神不好使啊！难不成没看到刚刚是凌将军先到了城门下的，凡事有个先来后到啊！况且凌将军在赤州城大捷中战功卓著，举国敬佩，那个时候王大人可是积极上表要给凌将军记头功的。”

“这……胡大人……话不能这么说！”王明德唏的一笑，眼底掠过一抹狡黠道，“胡大人的意思是宇文长公子的战功就不是战功了？况且现如今可是两人齐齐立在城门口，厚此薄彼不好吧？”

胡刚徵脸色一暗，冷冷道：“那王大人的意思是回禀皇上？只是如今皇上因为太子的事情正在气头上，你这样禀告对凌将军可是有失公允啊！”

“胡大人此言差矣！”王明德淡淡笑道，“凌将军若是没做什么亏心事，太子爷的事怎么会影响圣听？还是禀告的好！祁王不是也回来了吗？先找司礼太监向祁王那边知会一声，祁王不也管着内务府的这些琐碎吗？顺道还管着些迎来送往的礼仪，想必错不到哪儿去。”

胡刚徵一口血憋在心头，他儿子胡离早已经同他飞鸽传书，凌霜为了保太子的安全强行将祁王扣留了下来。回禀祁王？祁王恨不得凌霜在入城的时候遭受羞辱呢！

但是如今朝中的大臣们都是墙头草随风倒，这番早已经将凌霜贬斥得一文不值。想当初南疆八十万大军兵临江南，朝中大臣惶惶如丧家之犬，一个个巴不得凌霜去拼命保下这花花江山。承平帝也是信誓旦旦要在凌霜凯旋之时，亲自在崇武门外设高台迎接英雄归来，原来都他娘一个个放屁了！

“卑鄙无耻的小人！老夫与你们站在一处也是羞了祖宗先人！”胡刚徵破口大骂，终于忍不下这口恶气。

却不想一边看到情形不对的胡离在凌霜的授意下到了父亲面前，重重跪了下来，道：“孩儿拜见父亲！”

王明德被胡刚徵骂得狗血喷头，刚要发作，却看到了胡离左边空荡荡的袖子，到底还是有几分廉耻，忙将嘴巴里的话咽了回去。

胡刚徵看着儿子的断臂，眼底热辣辣的疼，一把将胡离扶了起来道："我儿为国杀敌，忠勇无匹，该是为父给我儿行礼！"

胡刚徵说罢便冲胡离躬身拜了下去，将胡离狠狠吓一跳，一把将老父亲扶住。他晓得今日凌霜回京定少不了那些京城中墙头草们的编排，但是之前同凌霜商议妥当，绝不能因小失大。这口气得忍！

胡家此时还不适宜站在风口浪尖之上，他压低声音同父亲缓缓道："父亲，凌将军这一次回京实在凶险万分，咱们胡家切不可失了分寸，只有这样才能帮到凌家。"

胡刚徵一顿，缓缓点了点头道："为父老糊涂了，倒不如我儿看的真切，罢了！为父在家里设宴，等你一会儿入城后回家替你接风洗尘，你娘亲也是日日夜夜盼着你的。"

胡离躬身将父亲送走，却是看到不远处的宇文胤缓缓逼近了凌霜，宛若一只危险的猎豹，他心头不禁一颤。

凌霜好整以暇地看着渐渐走到她面前的宇文胤，手头却是勒紧了马缰，腰间的朝之重剑也似乎感应到了来自赤练剑的阵阵血腥，有些细微的剑鸣隐隐渗出。

宇文胤狭长的墨眸微微眯了起来，扫向了对面那个让他差一点万劫不复的俏丽女子，眸底因为千年相思而成的浓重被他强行压了下去，换上浓浓的铺天盖地的恨意，不过这丫头似乎瘦了许多。

他薄凉的唇角微微翘起了一个完美又恰到好处的弧度，声音就像雪山山涧中的冰冷清泉破冰而出，缓缓道："凌将军……别来无恙？"

凌霜迎上了宇文胤刀斧般的锐利眼神，掏了掏耳朵，吊儿郎当地笑道："长公子……您……还健在啊？真是好人不长命，坏人活千年啊！恭喜！恭喜！"

四周顿时齐齐传来一阵抽气声，随即消弭无痕。

宇文胤丝毫不以为意，墨眸中蕴含着一抹别样的意味，淡淡笑道："凌将军不肯死，胤……焉能先死？"

又是一阵抽气声传来，凌霜身后的青龙军将士俱是齐齐瞪大了眸子。

"哈哈哈哈……"凌霜仰头大笑，跟老子玩这套！这小子半年没见似乎更加奸诈了，她得小心应对。

宇文胤定定看着阳光中笑得爽朗至极的明艳女子，心头却是微微一动，拼命压抑住了那抹激荡的情绪。

他没想到凌霜真的只带着青龙军回来了，她知不知道这一次京都变局的凶险，居然还敢回来？一时间心头倒是五味杂陈，不过这一次决不能让她逃掉，这个女人他是要定了。

“凌将军心情似乎不错？”宇文胤冷冷看着凌霜的嚣张飞扬。

“那是！本将军什么时候心情差过？”凌霜收回了笑容，却是压低了声音道，“宇文胤……你以为你能杀了我？做梦！”

宇文胤唇角渗出一抹苦笑，墨眸中瞬间迸发出一抹凌厉至极的光芒，盯视着凌霜的凤眸，一字一顿道：“谁说我要杀了你？”

凌霜眉头一蹙，这王八蛋几个意思？

宇文胤咬着牙冷冷笑道：“我不会让你死，我会让你生……”

“二位将军！”王明德看着两人面色不对，打断了二人的话，凑过来调解道，“二位久等了，宫里头的祁王来了，迎接二位入城！”

04　并驾齐驱

凌霜倒也不愿意与面前这个面冷心狠的男人过多纠缠，冷冷一笑，从马背上跃下，看着迎面走来的祁王躬身行礼：“王爷，受累了！”

祁王眼角一阵抽搐，他招谁惹谁了？被凌霜软禁，费尽心思保太子回宫，没承想还没到正宫门口，又被人禀告宇文胤和凌霜两人唱了对台戏。皇上如今早已经去东宫查看太子的伤势，这乱七八糟吃力不讨好的事全摊在了他的身上。

“王爷安好！”宇文胤也下了马，冲祁王礼貌性地拱了拱手，身上的气场却是没有减去丝毫。

祁王眯着眼睛看着眼前这两位，一个是宇文家的长公子，如今炙手可热的三殿下的心腹，未来可能改变大燕朝政局的霸气男子。

另一位却是大燕朝第一惹事精，从来不按常理出牌的凌霜。之前他在居延城的时候还对这丫头小瞧了几分，一路上看着她将一切安排得井井有条，进退有度，实在是令人不佩服不行。看着凌霜为太子殿下安排得如此细致周到，难不成这太子还能绝地逢春？

这二位得罪谁都要不得，得罪其中一个，捧着另一个也不符合祁王一贯老奸巨猾的本性。

他下意识地捋了捋修得整齐漂亮的胡子，随即缓缓笑道："二位将军客气了！既然二位同时归来，又都是我大燕朝的国柱，怎么能厚此薄彼呢？这样吧！二位不若并驾齐驱一同进城如何？"

凌霜凤眸掠过一抹嘲讽，却是微微笑道："这样也好，不过……"

祁王心头一跳，一路上被这丫头吃得死死的，不知道这丫头又有什么想要说的，忙道："凌将军有何话要说？"

凌霜缓缓转身冲胡离使了一个眼色，胡离顿时心领神会，转身命胡家亲卫军将凌霜身后那些马车的顶棚卸了下来。

四周人一看，顿时惊呆了，即便是宇文胤眉眼间也露出了一抹狐疑，凌霜想干什么？

祁王也是一路上纳闷，凌霜从居延城出发的时候，命人赶制了上千辆容量极大的马车，也不知道里面放着什么东西，而且一路上派人防守得异常严密。

他以为这是凌霜从南疆带着的宝贝，却不想里面一层层摞着的居然是一个个松木匣子，外面还贴着姓名籍贯等。

"凌将军……这是……"祁王顿时不淡定了。

凌霜淡淡一笑，却是指着这些盒子道："若说谁应该第一个进城，这些盒子里的英魂最有资格不是吗？这些盒子里装的是在赤州城大捷、居延城大捷中战死的将士的骨灰，我走的时候说要将他们带回来，现在我……没有食言！"

宇文胤眉头狠狠蹙了起来，他们从来没有想到过将士死了以后还能被烧成灰装进这个小盒子里。

"凌将军，你这是将他们挫骨扬灰了啊！"宇文胤淡淡道。

"非也！"凌霜扭头看着宇文胤，一字一顿道，"之前听闻跟随长公子作战的士兵尸体都来不及收，要么草草掩埋在荒草滩上，来不及掩埋的就将他们丢弃在战场上，忍受敌人的羞辱和野狗的吞噬。我曾经听到过一个地方传下来的丧葬习俗，那个地方的人死后盛行火葬，只要将他们的骨灰保存好，灵魂便能安歇。我这次回京决定在京都郊外建一处烈士塔，将所有的骨灰放在塔中，抚慰他们的英灵。每逢中元节，他们的亲人也可以有一个凭吊之处，这样不好吗？”

四周瞬间安静得只听得到风吹过原野的声音，不管是凌霜身后的青龙军，还是宇文胤带领下的军队，看向凌霜的眼神中皆充满浓浓的感激之色。若真能如此，那些战死的兄弟们也能找一处寄托灵魂的净土。

大燕朝数百年来，终于有一个人肯带着他们的灵魂回家。凌霜这样的将军他们从来没有见到过，之前的那些将军不是将战利品收归己有，便是试图拿着搜刮来的财宝献给皇上，要么就是喝兵血谋求私利，唯独她费尽心力，打造这么多马车，一路上严加防守，当宝贝一样谨慎护着一个个渴望归家的灵魂。

京都城外黑压压的军中突然传来一丝丝隐忍沙哑的啜泣声，随即又平静了下来。祁王心头的震骇刚刚平静下来，便对凌霜暗自佩服得五体投地。

此女果然奸诈，她的赤卫军被留在了南疆，凤御军留在了高车，她手边没有一点可以仰仗的力量。但是仅仅凭借这上千车的死人骨灰，她却赢得了所有军人的崇敬。想来宇文胤有一天要调集自己的军队对凌霜下手，怕是连他的部下这一关都过不了，原来这小丫头这一次最有力的武器便是人心，甚至是天下悠悠众口。

一个将军做到此种地步，赢得万民的敬仰绝对是铁板钉钉的事情，若是皇上对她不利，也要考虑考虑会不会激起军队的哗变和百姓的唾弃。

高明！高明至极！这丫头实在令人刮目相看，每一次都能让人耳目一新。

“长公子，你说呢？这些英魂该不该第一个进城？”凌霜看着宇文胤。

宇文胤狭长的墨眸微微眯了起来，却是缓缓退后一步道：“那是自然！”

“谢了！”凌霜命胡离带着这些骨灰盒子先行走向了京都巍峨高耸的城门，她随即同宇文胤并驾缓步跟上。

祁王将他二人身后跟着的军队前后混编在一起，缓缓随在了凌霜和宇文胤的身后，加上礼官各部侍郎，迎接的大臣王公，浩浩荡荡的队伍蔓延进了京都主街道崇武街。

京城中得了消息的百姓早已经将沿街两侧的酒楼、廊桥、过道堵得死死的，争相目睹大燕朝最传奇的两位铁血将军。

只见率先迎面而来的却是马车里数也数不清的盒子，之前凌霜说过的关于盒子的秘密早已经风一样传到了京城百姓的耳朵里。

此番人人眼眸中含着热泪，更有阵亡将士的家眷不禁痛哭出声。凌霜看着街道两边熟悉的风景，心头也是酸楚异常。经历过赤州城那样的血色洗礼，她突然有些厌倦了杀戮，只想找个地方安安静静地了此一生。

05　示弱也是武器

“凌将军！”一个苍老的声音远远袭来，打断了凌霜的思绪。

凌霜定睛看去，却是左右两边的人自动让开了一条道，迎面缓缓行来一个拄着拐杖的古稀老人，正是大燕朝的硕儒南山老人。

凌霜下意识地咽了口唾沫，凤眸紧紧盯着南山老人手中的那只海碗，有点胆怯。

南山老人疾步来到了凌霜马前，却是举起了酒碗冲凌霜道：“凌将军孤军深入南疆腹地，九死一生，解了我大燕朝的困局，拯救我成千上万的黎民百姓，还将烈士的英魂带了回来。将军高义！请受老夫一拜！”

凌霜慌忙从马上滚了下来，刚要扶起南山老人，却不想四周突然传来一阵阵衣袂摩擦的声音，沿街两边的百姓纷纷随着南山老人跪了下来。

一时间还骑在马上的宇文胤等大燕朝的高官俱是尴尬到了极处，却又不知道该如何是好。

凌霜凤眸中掠过一抹火辣辣的痛楚，真的很庆幸之前没有造反，还算对得起黎民百姓的这一拜。可是谁能知道她这英雄背后的绝望和步步惊心？

她接过南山老人的海碗，一滴不剩将里面的酒全部灌了下去，随即将南山老人扶起来，自己却是身子踉跄了一下才勉强站稳。

一阵阵热浪瞬间袭向了凌霜的脑海，她忙忍了下去，却还是心头憋闷，似乎要发泄出来才能舒服一些。

一边冷眼看着的宇文胤墨眸一挑，盯视着那张红扑扑的俏脸，心头却是矛盾至极。这丫头该不会是又要发酒疯了吧？他下意识地躲远了些，凡是晓得凌霜这般模样的人都在心头升腾起一抹不安。

“怒发冲冠，凭阑处、潇潇雨歇。抬望眼、仰天长啸，壮怀激烈。三十功名尘与土，八千里路云和月。莫等闲，白了少年头，空悲切。”

凌霜打了个酒嗝，突然缓缓念了出来，声音却是嘶哑呜咽，令人听了心酸不已。

南山老人浑浊的眼眸中浸满了泪意，垂首细细品咂这首词的分量。

“……驾长车，踏破贺兰山缺。壮志饥餐胡虏肉，笑谈渴饮匈奴血……”凌霜突然振臂喊了出来，凤眸中却满是眼泪，似乎像一个找不到方向的幽魂，茫然地看着四周。

她嘴里的念诵居然变成了低低的吟唱，带着一抹女儿家特有的娇弱，还有一丝久经战阵的苍凉。

“我对不起你们。”凌霜突然捂着脸缓缓哭倒在了青石路面上。

“凌将军？！”所有的人大吃一惊，忙抢上前将她扶起来。

凌霜却是哭得更厉害了些：“我连死人都骗，我说我会带你们回家，老婆孩子热炕头，我说我会带你们回来，我骗了你们！赤州城外的清河水那么红，我的凌家军都死光了……死光了……”

“凌将军……”所有人惊骇异常地看向了凌霜身后的军队，果然没有凌家军的身影。宇文胤眉头凝成了川字，藏在玄金战袍袍袖中的手紧紧攥成了拳。

宇文胤带领的军队的将士顿时羞愧难当，是的，赤州城大战中死的最多的是凌家军。但是皇上却还要让凌霜孤身一人回京，这实在是说不过去。

“凌将军……别哭了……”

“凌将军！”

“这……这……”

街头的百姓从来没见过这样的将军，但是一个个却是心头触动异常，更加心疼了几分。此番若谁要对凌霜不利，想必能被这些深受触动的百姓活撕了去，天王老子也不能动凌霜半分。

祁王眉头一挑，看着像个孩子一样哭倒在街头百姓怀中的女子，顿时头大如牛，这算哪门子英雄归来？

“来人！凌将军怕是醉了，送凌将军回府！”

“祖母……霜儿想你了……”凌霜却是哭着抱着南山老人的脖子不肯松手。

四周的百姓谁也没有勇气笑话凌霜的孩子气，突然一个个跪在祁王面前，恳求皇恩浩荡，让凌老夫人回府看看这个可怜的孩子。

祁王看着满街黑压压的人群，头皮一阵发麻，今日民情泱泱，怕是皇兄想要扣留凌老夫人是不成了。

他忙劝慰道："尔等尽管放心，本王这便进宫，将凌老夫人亲自送到凌府！凌将军战功卓著，凌老夫人也是欣慰至极。不过当务之急还是将凌将军先送回凌府！"

一边的宇文胤闭了闭眸子，虽然百姓力量弱小，但是一个个力量弱小的百姓加起来便能撼动大燕朝的根基。凌霜这么一哭一闹，凌老夫人和文夫人断然会被放出来，这丫头果然奸诈。

一直护在凌霜身边的胡离和嫣红看着她这副样子，倒是狠狠吓了一跳，不过他们都是从赤州大战那个地狱中活下来的人，看着凌霜似真似假的痛楚哭泣，心头好似被刀割般难受得厉害。

听祁王如此一说，嫣红忙将凌霜扶到烈火背上，带着几个亲近的家将便冲着凌府走去，不多时便到了凌府门口。

凌冰带着钱管家等人正守在门庭处，看到凌霜，脸上掠过一抹惊喜，忙迎了上来。

"钱管家，带大小姐回松林堂歇着！"凌冰闻到了凌霜身上浓浓的酒气，神色一怔，随即不动声色命人将她送回后院。

凌霜被两个小丫头扶进了松林堂的卧房，那两个小丫头也晓得自家大小姐累了，将她的外衫和鞋子褪去，替她盖好被子后便缓缓退了出去。

那两个丫头一走，嫣红忙将怀中的一粒药丸化在杯盏中，扶着凌霜喂了下去。不多时，凌霜的凤眸缓缓睁开，哪里有半分醉酒之态，眸色熠熠生辉，带着几分果决和凌厉。

"大小姐！"嫣红忙压低了声音道，"叶姑娘的醒酒药，奴婢只给大小姐喂了一粒。"

"另一粒呢？一并给我！"

"大小姐，叶姑娘说这醒酒的药不能多吃……"

"给我！"凌霜的声音提高了几分。

嫣红也不便说什么，将药丸递给了凌霜，凌霜就着杯盏中的水服下，随后揉着眉心道："多事之秋，我还不能真醉！请二少爷过来一下，我有话说！"

"是！"嫣红忙退了出去。

06 换人

凌霜将二哥让到椅子上坐下，道："祖母和嫂嫂什么时候进的宫？"

凌冰神情中掠过一抹愤怒，冷冷道："已经进宫一个多月了，还说太后喜欢小孩子，连荣儿也被带进了宫中。"

凌霜咬了咬后槽牙道："真是欺人太甚！荣儿才多大的一个孩子，对了二哥，云儿安顿好了吗？"

"小妹放心，我年前给付夷老人去了一封信，云儿已经出了海，估计现在到了岛上。"

"嗯，"凌霜凤眸微凝，"文家那边我亲自跑一趟，让几位嫂嫂准备好，我已经安排了人替换她们的身份。"

凌冰大吃一惊："替换？"

凌霜点了点头道："是！小舞找了江湖中易容的高手，还有我之前训练了一批死士，让她们全部易容成凌家和文家的家眷，到时候我会借着修烈士塔的机会，让死士扮成工匠全部进京。等寻个机会让家眷们悄悄出城。只是那些小孩子不好处理，我再想想办法，总不能让别人的小孩来替换。"

"文四嫂的儿子和咱家的荣儿年龄差不多，都被抱进了宫，太后那边说是喜欢得紧便留了下来，这可如何是好？"

凌霜忙劝道："二哥，一会儿他们就能回府，你且放心。等过几天让嫂嫂和文家的几位嫂嫂抱着孩子去梅花庵给小孩子祈福，借着这个机会，便让嫂嫂们与我的那些死士交换衣裳离开便罢！孩子的事情，我到时候想办法应对。家眷们都身居内宅，外面那些人倒也很难完全控制别人家内宅的事情。"

凌冰经过小妹这般分析，倒是心神定下了几分，随即却是心头一跳。自家妹子似乎已经做了最坏的打算，难不成京城局势真的严峻到了此种地步？

"霜儿，"他顿了顿道，"莫非太子爷真的被……"

凌霜缓缓闭了闭眸子，叹了口气道："二哥，京城中的那些传言不假，太子他……以后再也不会有子嗣了。"

凌冰脸色一白，忙道："太子党莫非真的要垮了吗？"

凌霜凤眸中掠过一抹凌厉道："哼！即便是太子爷如今成了这个样子，龙辰轩也绝不可能登上帝位！只要有我凌霜在，他想都别想！接下来要看看皇上的意思，若是皇上实在接受不了太子爷的缺憾，我会另想办法。”

“小妹还有另外的人选？”凌冰绝没想到自家小妹居然会这样说，“可是如今几个皇子都太小，之前有能力的几个皇子，也都于这宫廷争斗中出了岔子，失去了争夺储君的资格。”

凌霜轻轻摇了摇头：“三皇子龙辰轩绝对不能登基，否则咱们几家不管逃到哪里都得死。但是如今他仗着宇文家族的支持，实力眼见着壮大了几分，所以我才想法子要将咱家和文家的家眷转移出去，免除后顾之忧。但是二哥……我可没说要扶植其他的皇子上位。”

凌冰越发茫然了几分，凌霜缓缓解释道：“之前听闻四皇子体弱多病，却是一个上知天文下晓地理的通才。而且此人心怀天下，性情温和，德行上面也素来为朝臣称赞。”

凌冰一愣，不晓得自家妹子怎么突然提起这个人，忙道：“霜儿，这四皇子虽然是贤明，可是毕竟天妒英才，三年前就已经病死了。”

“是啊，但是当时四殿下却留下了一个不满周岁的孩子，如今想想也差不多快四岁了吧？而且四殿下用情专一，一生只娶了一位正妃。他病死后，这位正妃不久也随他而去，留下了那个可怜的孩子，托给府中嬷嬷照料。父母双亡，这孩子即便是生在了皇家也是地位卑微，不若过继给太子也是好的。”

凌冰顿时醒悟，这个孩子可是当今圣上的第一位皇孙，但是因为四皇子的母妃出身实在太过低微而不受重视。如此庶出的一个皇孙如果认了太子为父，便是嫡孙的身份，继承大统自然是好的。加上这孩子的父亲本来素有贤名，若是凌霜来这么一出，三殿下就彻底没戏了。

“霜儿，这样行得通吗？”

“二哥放心，那孩子我已经加派人手保护了，明天皇上必定传召我，我便亲自进宫拜见太后和陈皇后，将这件事情挑明了去。到时候一旦皇上应允，我便将那孩子送进宫中，先养在太后宫中，我倒是看看谁敢动他？！”

凌冰看着妹子的坚毅神情，心头越发安宁了几分。

“二哥！此时京城中已经是你死我活的斗争，小妹绝不会退缩半分，只要凌家和文家的家眷送出京都，我就什么都不怕了。二哥，你也准备准备离开此地！”

凌冰却是苦笑道：“二哥不会先走，二哥虽然是个没用的人，但是多一个人兴许多一份力量，小妹，这一次你也不要赶走你二哥。若是真的出了什么岔子，我们一起面对。”

“二哥！”凌霜原本想着让他带着凌家老小离开，自己一个人顶着便可，只是她素来晓得凌家人的倔强，只得缓缓点了点头。

她将家眷撤出京城是做了最坏的打算，兴许还没到最坏的地步，也许是自己多虑了。

“大小姐，老夫人和二少奶奶回来了！”嫣红疾步走到轩阁外面回禀。

凌霜忙站了起来，刚走出松林堂，却是看到迎面急匆匆赶来的凌老夫人。老夫人身着一袭深紫色绣白荷的锦裳，身上特属于凌老太君的气势丝毫不减半分，只是两鬓的斑白碎发微颤，整个身子被二少奶奶张氏搀扶着，却是凝滞了几分。

“祖母！”凌霜心头一颤，疾步奔了过去，却不想被凌老夫人狠狠抱紧了去。

07　祖孙重见

“我的霜儿啊！”凌老夫人却是泣不成声，刚从宫中回来便直奔松林堂来，如今见到了自己九死一生的孙女，再也忍不住眼底的泪意。

她紧紧抓着凌霜的胳膊，好似生怕别人将这丫头夺去，凌霜走的这半年，她几乎夜夜难眠，身子骨早已经垮了，可为了孙女，到底还是撑了下来。

“祖母！霜儿好想你！”

“你这丫头……”凌老夫人已然哽咽得说不出话来，只得抓着凌霜的手，不知道该如何是好。

一边的张氏抹着眼泪，吩咐身后的奶妈将小少爷荣儿抱进房里去，自己下去张罗给凌霜接风洗尘的宴会。

凌霜被凌老夫人拉着手带进了松鹤堂，她将这半年多的经历拣着不会吓到老太太的能说的都事无巨细地说了一遍。但是凌老夫人毕竟经历过了那么多的大起大落，终究还是敏锐地把握到了如今京城中的风起云涌。

“霜儿，你准备怎么办？”凌老夫人拉着凌霜的手问道。

凌霜晓得京城中的部署不能瞒着老太太进行，随即将那个大胆用死士替换家眷的法子说了出来，又将关于龙辰逸的打算也交代了一个清楚。

好半天，凌老夫人没有说话。凌霜晓得，祖母这么大岁数，让她老人家背井离乡去海岛上生活，倒也是难为她了。

“祖母，其实这也是孙女的权宜之计，祖母也不一定要在岛上住多长时间的。只要孙女能渡过难关，在京城中站稳脚跟，一定会将祖母接回京城凌府的！只是如今京都中的形势太过险峻，孙女不得不考量一二。”

“唉！罢了！”凌老夫人沉沉叹了口气道，“祖母晓得你的难处，凌家之前做了百年的纯臣，还不是到了家破人亡的地步，你既然已经选择了太子党，参与到了这朝争之中，断没有轻轻松松得利的结果。车到山前必有路，祖母觉得你做得很好。与其在这朝争中随波逐流，不若做个恬淡闲适的富家翁，祖母听你的安排。”

凌霜倒是愣怔了半天，没想到自己准备好的一番说辞居然派不上用场，祖母就这么轻易答应了她的计划？

“祖母……您不生我的气吧？我之前也没有同您商量搬家的事情……”

“傻丫头，”凌老夫人抚着凌霜的脸颊笑道，“祖母活了这么大岁数，什么样的事情看不明白？与其墨守成规，不如奋力一搏！再说了，祖母倒是也想瞧瞧你和你二哥说的那处海岛会是个什么样子？也不知道你起了名字没有？”

凌霜心头顿时松快了几分，笑道：“孙女已经想好了，到时候我们在岛上遍植桃林，起名叫桃花岛便可！”

“桃花岛？”凌老夫人微微一笑，“好名字！”

“祖母先在府中休养几日，等过几天孙女安排祖母出城！”凌霜顿时心情好了几分，只要自己最亲近的人都在，什么样的难关是她渡不过的呢？

“霜儿，”凌老夫人握着凌霜的手，神情却是渐渐严肃了几分道，“你随祖母来，祖母有话要同你交代！”

凌霜一愣，不知道凌老夫人想要同自己说什么，却还是起身跟在了祖母身后。却不想祖母抬手挪动了榻边的一只半人高的玉石花瓶，花瓶后面的博古架子登时吱呀作响，居然拉开了一条缝隙。

凌霜惊呆了，没想到祖母的房间里居然也有暗格，忙小心翼翼一把扶着凌老夫人走进了暗室中，随即暗室门缓缓合上。

她看向了四周的摆设，除了正面摆着的一张雕花供桌之外，没有其他的摆设。供桌上摆着青铜香炉，焚着香，而且供桌和香炉都很整洁，一看便知有人天天打扫。

不过最引人注目的便是依着供桌的墙壁上挂着几乎是一人高的两幅画像，画像中的男女看起来都很年轻，男子穿着银色战甲，凤眸威凛，英气勃发，正是凌国公年轻时候的样子。那女子却是身着一袭粉衫，明眸皓齿，初雪般的容颜上却有着一双灵动至极的眼眸，即便是画像，也于那回眸一笑中带着绝色明艳的风姿。

这两幅画像中的人实在是般配得很，凌霜心头却是微微一跳，这不是她的父亲凌国公和娘亲穆景嫣吗？

“祖母？”凌霜突然意识到凌老夫人带她来这儿定是有什么话要说。

“先给你爹娘上炷香吧！托他们的福，保佑你能平安归来！”凌老夫人声音中带着说不出来的喑哑。

凌霜忍着心头的沉重和复杂，恭恭敬敬地在香炉中上了一炷香，凌老夫人缓缓转身，看着这个让她引以为傲的孙女道：“霜儿，上一次我给你的白玉方印你可还记得？”

凌霜一顿，这怎么能不记得？这可是老太太交给她的掌家印信，她一直都贴身带着的，忙从怀中拿出来递给了凌老夫人。

凌老夫人却是接过了方印，狠狠朝地上摔了下去，凌霜大吃一惊。

“祖母？！”

“不碍事的！凌家既然要搬到海岛上去，这印也没什么大用处了，霜儿你看！”凌老夫人点着地上白玉的碎片。

凌霜定睛看去，登时吸了口气，原来象征凌家掌家之权的白玉印中居然藏着一卷发黄的素缟。

“霜儿，捡起来！”

凌霜忙俯身依命捡了起来，那一卷巴掌大的素绢被她缓缓展开，却是一张到处是密密麻麻标记的地图。

“祖母，这……”

“霜儿，这是你娘亲留给你和你几个哥哥的东西！只是如今这东西更适合你来保管，你二哥我已经同他提过，他却是坚决不受，让我亲自同你解说分明。”凌老夫人转身看着墙壁上的画卷。

“霜儿，你做得很好，没有带着你的五十万大军哗变。凌家断然不能做了反贼，也不能被天下百姓戳着脊梁骨骂咱们！凌家虽然被朝廷压制了这么多年，但是却从来可以拍着胸脯说，绝没有愧对过这天下苍生！不过有些话也不能总瞒着你们兄妹。霜儿，你母家其实不姓穆，应该是姓慕容才对。”

“祖母？”凌霜猛地抬眸，不可思议地看着祖母严肃的神情。

凌老夫人缓缓拂过手中的一支玉钗道：“你母族姓穆，居住在陈州，祖上从事珠宝生意，这些都是掩人耳目的说辞罢了。当年慕容家族创立了天佑皇朝，不想数百年后，江山易主，换成了姓龙的坐。慕容一族被屠戮了一个干净，只逃出来一个落难的小皇子。但是那小皇子身上却背负着一个大秘密。”

凌老夫人缓缓坐在椅子上，叹了口气道：“慕容家族百年基业，先祖给慕容家的子孙留下了惊天的宝藏，藏在了慕容家族的龙脉之地。藏着宝藏的地宫需要慕容家族的血统才能开启，据说钥匙便是一只血凤。血凤早已经流落在外，碎成了几块。藏宝图却是在这只玉簪中被你娘亲带到了凌家。”

凌霜不可思议地接过凌老夫人递过来的玉簪，果然里面有一个小小的机关。

凌老夫人缓缓道：“你娘亲当年嫁给你父亲，便是存着几分借助凌家兵权颠覆大燕朝的心思。只是后来没承想真的喜欢上你父亲，将自己的身份坦白了之后，便安心做一个妇人。只是到头来还是给你父亲，给凌家带来灭顶之灾。要知道觊觎这宝藏的人可不光是龙家，还有宇文家族。”

凌霜瞬间明了，为什么陈州穆家会一夜之间被大火烧了个干净，为什么娘亲会离奇地产后身死，甚至父亲和大哥也被屠戮在回风谷……

08 惊天秘闻

凌老夫人叹了口气，声音却是一紧，沉声道：“不过追查慕容家宝藏最下力气的便是宇文家，所以才造成了两家的血仇。当年宇文擎宇也看上你娘亲，却不想你娘亲选择了凌家，他便从此怀恨在心。不过情敌这个词还不足以让宇文擎宇恨你父亲这么多年……”

“是因为慕容家的宝藏吧？”凌霜凤眸微凛。

凌老夫人点了点头，却道：“不过祖母想要对你说的还不止这些，宇文家当年出了一个国色天香的女子，便是宇文梅清。这个宇文梅清后来同先帝在位时的东宫太子龙煜天定了亲，这在当时实在不被人看好。毕竟能配得上太子龙煜天的女子最起码家世人脉都要过得去，可当时的宇文家出身普通武将，并不显赫。”

凌霜心头的慌乱下意识越来越浓厚。

“后来太子龙煜天的府邸突然莫名其妙地陷入一场火灾，里面的人全部被烧死，无一生还，那场火很是奇怪，怎么扑都扑不灭。”

凌霜心头一抽，这不是段佑天掌控的龙炎之火吗？

“后来七皇子登基，也就是如今的承平帝，”凌老夫人声音中带着几分疲惫，回忆过往总是很疲惫的，“据说为了赢得当今皇上的信任，宇文擎宇亲自下令击杀自己的亲妹妹宇文梅清，并将宇文梅清的尸身交到了当今皇上的手中，后来宫中传闻说，那个宇文梅清居然有了三个月的身孕。”

凌霜凤眸一顿，吸了口气，想到了什么，却不敢说出来。

“宇文家至此飞黄腾达了起来，不过宇文擎宇却是从来没有放过凌家。祖母怀疑当年回风谷一战，当今的圣上也是晓得你父亲冤屈的！”

凌霜浑身打了个哆嗦道：“祖母的意思是……当今皇上也是当年的帮凶？”

凌老夫人闭了闭眸子道：“这是祖母的猜测，因为凌家战功太大，功高震主确实有的，而且回风谷那么大的阵仗，没有皇上的默许，任何人都不能随便将数十万凌家军的精锐部队全军覆没了去。”

“王八蛋！”凌霜凤眸充血。

“霜儿，你只记得一点，我们凌家军打仗不是为了帝王，而是为了天下苍生！”凌老夫人淡淡道。

凌霜骨节捏得叭叭作响，还是将这口恶气忍了下来。

“霜儿，你听我说，”凌老夫人看着凌霜，眼眸中露出一抹凝重，“回风谷一战，除了当今皇上的默许和宇文家的陷害，还有一件事情我必须告诉你。宇文家与一个江湖组织玄天宗交往过密，玄天宗据说素来与朝廷不对付，这个秘密一直被宇文家藏着掖着。只是你父亲当年去云州给你娘亲寻找九天雪莲调养身子的时候，却是无意间在云州偶遇了宇文擎宇。只是好巧不巧，那处生长着九天雪莲的雪峰顶上，宇文擎宇同玄天宗宗主的密谋被你父亲撞见了去。”

“玄天宗？”凌霜手掌紧紧攥成了拳头。

“你父亲回来不久将这件事情同我说了，我当时觉得只是一次偶然撞见，也证明不了什么。凌家素来光明正大，不会做那种背后捅刀子的事情，所以将这件事情隐瞒了下来。这是祖母做的最后悔的一件事情，不久之后，回风谷大战开始，你父亲再也没有回来。”

“祖母，是不是玄天宗也参与到了回风谷的阴谋中？”

“霜儿，这也是祖母多年的心结，可以说你父亲是被很多股势力活活逼死的！可怜了我的儿子和长孙，为国尽忠却落得如此下场！”

“祖母，这一笔笔账孙女一定会讨回来的！”

“不！霜儿，”凌老夫人道，“祖母只想你平平安安地从这一次危局中脱身，祖母是想提醒你一句。你所看到的是未必是，你所看到的非未必非。霜儿……你心思虽然缜密，但却心地良善，祖母提醒你……”

“祖母？”

凌老夫人还是艰难地一字一顿道：“小心方玉！”

“祖母？！”凌老夫人这话已经完全超出了凌霜的预料。

凌老夫人淡淡道：“祖母也是猜测，方玉那个孩子不简单，第一次见面便觉得他长得实在太像当年的……宇文梅清了……祖母是见过那个女子的。你当初同我说方玉的真实身份其实是宇文胤的表弟，我便差不多可以断定，他其实就是宇文梅清和龙煜天的那个孩子。”

凌霜踉跄着后退了几步，方玉若是龙煜天的孩子，那岂不就是……皇家血脉？若是如此，他利用血影门重伤太子，利用宇文家步步筹谋，他……怎么会这样？他不是说要带着自己找一处山野隐居吗？他到底想要做什么？

“霜儿，”凌老夫人缓缓道，“霜儿，祖母知道你对他用情至深，只是京城中的水太深太浑浊了，霜儿，咱们惹不起却还能躲得起。祖母晓得你问心无愧，既然咱们欠了太子爷的，那就尽量帮着他，实在不行也不要勉强自己。祖母不想要顶天立地的英雄，祖母只想要儿孙绕膝，算祖母求你了，一定……一定要保重自己。”

凌霜心头此时说不出什么滋味来，俯身靠在了祖母的怀中，却是哽咽着说不出话来。她需要时间消化今天的这些消息，可心头却是被揪扯得痛楚难当。

暖阁中的凌霜却是丝毫没有睡意，明天上朝便是一个巨大的难关，可是最难的不是这个，而是方玉的身份和这些日子来的了无音信。

他若是真的无情，何苦要在赤州城大战中拼尽了自己的身家性命救她？若是不在意她，他为何将自己几乎全部的血影门徒众调在她的身边保护她？若是不爱了，为何还要费尽思量将百川老人劝来救治她的眼睛？

他难道不晓得想要夺取皇位，他干脆直接杀了她这个人，岂不是最省事省力的做法，何苦要兜这么大的一个圈子？

方玉！你到底在想什么？！

凌霜猛地坐起来，摊开了掌心，盯视着那只血影门的令牌，怎么也要弄明白不是吗？她凌霜也不是瞎子，全身心付出给一个男人，怎么会是这样不堪的结局？

不行！她要去问个清楚明白！她到底在他的心目中算个怎样的存在？

“大小姐？”看到凌霜一身黑色夜行劲装从暖阁中走出来，听到响动的嫣红忙起身迎出去。

“嫣红，我去去便回！你让月珑好好守着凌府，不要给别的人钻了空子！”

“是！大小姐你要去哪里？我陪你去！京城中如今……”

“你放心！这件事情我一个人去便够了，闹的动静大了反倒是不好了！”凌霜又嘱咐了几句，随即离开了松林堂。

她倒是不怕宇文家的对她下黑手，小舞的暗影也不是吃素的。

出了凌府的西侧门，凌霜吹了声口哨，烈火宛若暗夜里的一抹流光，迅速蹿到凌霜面前。

凌霜飞身上马，冲进了夜色中。今夜，她要问问方玉的心是不是被狗吃了？！

09　给老子滚出来

凌霜好歹也在方府中住过一段日子，自然是轻车熟路，不一会儿便到了方府的后院墙边。她飞身下马，轻轻拍了拍烈火的脊背，烈火瞬间飞奔进夜色中。她的马不用拴，自己也晓得怎么隐藏痕迹。好歹也算是久经战阵的战友了，这点默契还是有的。

凌霜飞身跃上了后院的高墙，却发现方府中巡逻的护卫几乎是以往的几倍之多，不禁心头越发狐疑了几分。

她沿着房檐轻巧地避开了那些外围的护卫，翻身顺着湖边的柳荫摸进了东苑那处院落，可是刚走到院子门口，便顿住了身子。

此番从东苑中传来一阵阵丝竹声和女子柔媚的歌声，还有一些男子大声的调笑声，这些声音像一柄柄利剑刺进了凌霜的身体，让她寒意顿生。

方玉居然在东苑大宴宾客？！凌霜简直不敢相信自己的耳朵，她被朝廷逼到这份儿上，方玉不闻不问，即便是她入城的时候也没有看到方玉的身影，这厮却躲在家里寻开心？！

一股子怒火几乎将凌霜的灵魂也焚烧了去，她猛地提气，刚要冲进去，却不想四周顿时传来一阵阵脚步声。

“凌将军？”宇文胤缓缓从东苑的月洞门走了出来，身着一贯的玄金色锦袍，只在袖口处多了几处鲜艳欲滴的桃花纹络，看起来倒是平添了几分儒雅清贵。

他狭长的墨眸凝视着被方家护卫围在正中的凌霜，唇角却是涌起一抹淡淡的嘲讽：“凌将军深夜来这里，莫非也是听闻今夜方大人请了怡红院的新头牌清歌姑娘唱曲，特地来欣赏一下？”

凌霜心头一阵阵锐痛，深深吸了口气，可还是压不住内心的焦灼，猛地冲着东苑吼了出来。

“方玉！没死的话给老子滚出来！”

凌霜这一声吼显然惊动了里面的人，歌舞喧闹、靡靡之音顿时静了下来。

宇文胤墨眸深了几分，浅浅笑道：“凌将军看来不是欣赏歌舞来的？”

“你他娘滚远些！让方玉出来！”凌霜凤眸一片赤红。

宇文胤神色一顿，随即缓缓走了过来，冲凌霜压低了声音道：“凌霜，没用的，你或许不知道吧？最近几个月，我那表弟可是成了皇上身边一等一的红人，他给承平帝出了很多整改朝政的主意，一样样都是行之有效的。”

“你们两个怎么不去死？！”凌霜凤眸中宛若着了火一样火辣辣的疼。

“呵！凌将军息怒！你还不知道吧？方大人因为功劳卓著，已经升为参知政事，那可是副相啊！文相如今实在不得圣意，方大人迟早会成为大燕朝最年轻的宰相。不过呢，方大人是个识时务的人，凌将军你想不想知道东苑中还坐着谁？”

宇文胤似乎并不愿意等凌霜回话，自顾自道：“三殿下也在呢！”

凌霜猛地抬起凤眸，不可思议地看向东苑门口，果然此时里面听到动静的人缓缓走到了门口。

一袭织金暗花纹络锦袍的龙辰轩，此番带着七梁冠，面色安然地看着凌霜，眼眸中的冷意更是分明了几分。

站在他身边的赫然是一袭月牙锦袍的方玉，一贯的优雅从容和风姿卓越，只是怀中此番却揽着一位容貌娇美、罗衫松垮、香肩半露的女子。

凌霜眉头狠狠蹙了起来，身子哆嗦得厉害，却拼尽了全力撑着没有冲过去杀了他。

方玉淡淡看着凌霜道：“是凌将军喊在下吗？不知有何贵干？”

凌霜动了动唇，却是不知道该说些什么，一口腥甜涌上了嗓子眼，被她强行咽了回去。

“方大人，怎的唱了一半的曲却不唱了呢？”方玉怀中娇俏的人抬起素手点着方玉的前胸嗔笑道。

方玉收回了落在凌霜身上的视线，浅笑着宠溺地看着怀中的美人道：“清歌姑娘若是喜欢，在下抚琴姑娘接着唱如何？”

凌霜凤眸中的泪珠滚了滚还是压了回去，突然拔出腰间的朝之宝剑抬手一挥，身边的弱柳竟然被削去半株。

四周顿时传来一阵惊呼声，三殿下眸中掠过一抹锐色，刚要说什么，却不想方玉哧的一笑道：“凌将军，我府上的柳树可曾得罪了将军？将军这般气恼，着实莫名其妙！”

凌霜凤眸中的眼泪早已经被怒火和失望灼干，他这样说莫非是逼着她将赤州城那一夜的郎情妾意当众说出来吗？呵！她凌霜还不至于这般不堪，她冷冷道：“方玉！你听着！我的朝之宝剑迟早会刺进你的心头，我今日是要告诉你，你给老子小心些！”

方玉淬利的桃花眸中掠过一抹不易察觉的异样，随即却是仰头笑道：“看来凌将军今日喝了一海碗的酒是真的醉了，罢了，本官不与凌将军一般见识，你还是走吧！别打扰了本官听曲的兴致！”

凌霜扫了一眼四周围着的护卫，那股子浓浓的血腥味道她焉能不熟悉，这里都是血影门的高手，她若是硬拼倒也不是对手。

她缓缓转身，那一瞬间却已经千疮百孔，强忍着心头的痛楚一步步出了方府。身后中断已久的丝竹之声接着响了起来，甚至比之前的还要刺耳几分。

凌霜跌跌撞撞扶着方府的高墙转过了墙角，却再也撑不住，身子软软地靠在了墙壁边，不想身后宇文胤不动声色跟了过来。

“宇文胤，今天老子没兴趣杀你！滚远些！”凌霜此番心头忍下来的血腥似乎有些忍不住了，只得咬着牙冷冷看着月影中的那抹高大的身影。

宇文胤眉头却是紧紧蹙了起来，墨眸中闪过一抹意味不明之色，却还是压低了声音道：“方玉让我带一句话给你。”

“老子不想听！”凌霜咬着牙支撑着最后的尊严，即便是垮掉也不愿意在自己的仇人面前丢脸。

“他说即便是你手中有血影门的掌门令牌，也不可能证明什么，因为参加过南征的将士们晓得血影门曾经帮助你在赤州城大战中获胜。你若是将血影门的令牌呈献给皇上，便坐实了你利用血影门谋害太子的罪证。”

10 呕血

“呵呵呵……”凌霜咬着牙冷冷笑道，“我说嘛！方玉怎么那么好心调集血影门的人帮我？原来在这儿等着呢！我……算是……明白了……你们其实一早就开始算计太子，是吗？”

宇文胤眸色微动，这丫头猜得实在是太准了，不过她能这样想，他是满意的。

“凌将军总是这么……聪慧异常！只可惜如今你即便是对皇上说了什么，也没有人信你的。”

“老子晓得了，你可以滚了！”

宇文胤缓缓转身，刚走出几步，却不想身后早已撑不住的凌霜一口血喷了出来。他紧紧握着拳头，拼命压制住了自己转身回去的冲动。

可是那股子掏心挖肺的痛楚让他还是猛地回头向前抢了几步，刚要扶住凌霜缓缓顺着墙壁滑下来的身子，不想凌霜打了一个呼哨。

烈火瞬间从阴影中疾奔而来，凌霜捂着心口跃上马背，骑着马冲进了夜色中。

宇文胤几步走到了凌霜刚才待着的地方，再也掩饰不住心头的慌乱，探向墙壁边那血迹时，手却抖得不成样子。

“长公子！”身后的暗卫回禀道，“三殿下请长公子回东苑。”

“……晓得了……”宇文胤好半天才缓过劲来，“将这血迹用水冲干净，不要将凌将军吐血的事情说出去，明白了吗？”

“是！”

宇文胤狭长的墨眸紧紧闭了闭，如今京都中的局是姑父龙煜天亲自布置的。他花了二十多年的心血布置这个局，岂能让凌霜毁了。凌霜明明知道这是个绝杀的局，却还要赶回来，这让他心头五味杂陈。

姑父曾经说过，他登基之时便会将凌霜完全交给宇文家的人处置。凌霜杀了宇文家的三个儿子，可是为何自己看着她如今心力交瘁呕血的样子，却丝毫没有报复的快意，反而心头更痛了几分。

宇文胤猛地一拳砸在了墙壁上，将心头那点子对凌霜来说不值钱的疼惜借着这钻心的疼痛抹杀了去。

“大哥！”宇文川早已经看到了自家大哥对凌霜的担忧和心疼，只得将自己的身子隐在黑暗中，不敢打扰他。

如今看着大哥居然将自己伤了，他再也顾不得什么，忙冲了出来，一把抓住大哥的手臂，看着他拳头上渗出的血，不禁一惊。

“无妨！”宇文胤轻轻推开了自己唯一的弟弟，从外袍里面的内裳撕下一条绢帛将手掌裹了裹，“回去吧！否则龙辰轩该怀疑了！”

东苑中依然是歌舞升平，三皇子龙辰轩看到宇文胤冷着脸缓缓走进来，眸色微微一动，笑道：“长公子，来，喝一杯！”

宇文胤抬起那只受伤的手，接过龙辰轩的酒杯，躬身行礼后便一饮而尽，龙辰轩看着宇文胤渗出血的手掌，微微一愣：“长公子，这是……”

宇文胤淡然地放下酒杯，不动声色道：“凌霜那女人太过泼辣，非要逼着我出手，只得过了几招。”

“不要紧吧？”龙辰轩眼眸中对宇文胤的疑惑因为这一句话倒是松懈了

几分。

宇文胤笑道：“凌霜虽然伤了我几分，不过她伤的兴许更重一些。”

四周坐着的官员都是大燕朝的墙头草，如今听到三殿下器重的宇文长公子居然将凌霜那个女人伤得更重，俱面露得意之色。

“哼！凌霜那个女人着实嚣张！还真不知道自己几斤几两！敢同长公子比拼，实在是活得不耐烦了。”

“是啊，是啊！长公子今日伤了她也算是给她面子，她对太子爷的那些所作所为，即便是杀了她也不为过。”

“王大人说的是，太子……”

“各位大人，”方玉唇角晕染了一抹浅浅的笑，“如今在方某府上，咱们为的是找个乐子，不谈国事可好？况且太子爷洪福齐天，自然能避开这场祸患的。”

方玉是大燕朝的新秀，加上文家最近不得圣宠，方家眼见着便能取得相位，自然是不能得罪的。而且最近半年的时间，年轻有为的方公子也是大大出了风头。不过据说这位方公子之前替皇上办差消失了那么一段时间，近来回到京都，居然平步青云，实在是好运气。

可是谁也不得不承认方公子确实有经天纬地之才，即便是三殿下和炙手可热的长公子，也要给他几分薄面。

“方大人说的是，”龙辰轩如今只想拉拢方玉，在宇文胤的提点下才与方玉走得越发近了几分。不过毕竟在方府中提到太子实在是不合时宜的，忙站了起来，脸上露出一抹悲苦之色道：“如今太子哥哥深受奸人所害，我这个做弟弟的也是心痛不已。想必太子哥哥吉人自有天相，定能渡过这个难关吧！来！我们为太子祈福，干一杯！”

“殿下宅心仁厚，实在令臣等心生敬仰，臣等敬殿下一杯！”四周自然是一片拥戴之声。

方玉也缓缓站了起来，右手擎着杯子，藏在身后的左手却是紧紧攥成了拳，带着几分微颤。

太子归京，三殿下自然也不敢多待，带着宇文胤等心腹之人回了王府。明天便是凌霜上朝的日子，虽然宇文胤今夜让那女人吃了点苦头，可是那女人素来诡计多端，龙辰轩倒也不得不防备着些。

四周的人走干净后，怡红院的清歌姑娘却是一扫脸上的妩媚，转而换上一抹干练之色，躬身冲方玉道："少主，宗主在后院的偏厅等着少主呢！"

方玉脸上看不出丝毫的喜怒，桃花眸子里却是涌现出了浓浓的厌倦，缓缓转身道："我会去的！怎么？我那高高在上的父亲大人不放心我，派了你们这些狗奴才监视我便罢了，还要亲自来看我的一举一动？！"

方玉一挥衣袖，将案几上的杯盘茶盏统统挥到了地上，砸得稀碎！他没想到自己的父亲会利用宇文胤布下这样一个绝杀的局。

命宇文胤主动对三殿下示好，将三殿下做了挡箭牌对付太子党。将自己囚禁在桃花苑，断了自己与凌霜的所有联系。甚至还将自己的血影门连根拔起，打着血影门的旗帜将太子变成阉人。后来用凌家数百条人命逼迫自己出山，在承平帝面前扮演忠君的贤臣，在三殿下面前扮演不可多得的国士之才，甚至在霜儿面前扮演一个薄情寡义之徒。他是真的厌倦了，若不是父亲在凌老夫人身上做了手脚，他如何能这般受制于人？

第六章 力挽狂澜

01　逃不过的劫

“少主息怒！”清歌忙跪了下来，虽然如今宗主独大，可是少主将来定会继承宗主的一切，他们这些做属下的也不敢得罪。

“滚！”方玉咬着牙，疾步走出东苑到了后院的偏厅，四周到处是玄天宗的护卫，这里越来越像玄天宗的总舵了。

偏厅中，龙煜天端坐在正位上，品着上好的雪山银针，看着怒气冲冲的儿子，眸底却是一片冰冷。

“父亲！你说好了不伤霜儿的！”方玉开口便吼了出来。

龙煜天露出来的半张脸上，俊朗的眉头微微一挑，冷冷道：“她如今不是回府了吗？好得很！为父哪里伤她了？这丫头可惜了，跟错了主子，若是跟着我，定能成就大事，可惜不长眼得很！”

“你们……”方玉气结，反倒是说不出话来，随即吸了口气道，“龙辰逸杀了便是，为何要废了他？你们这样做便是要将凌霜拉进这浑水中吗？”

“哼！她跟了太子党后便已经蹚进了这浑水中，”龙煜天缓缓起身，负手看着窗格外的圆月冷冷道，“天道轮回，命运的车轮已经开始转动，谁又能独善其身？当年龙煜景为了皇位将我太子府上下数百口人活活烧死，用的还是龙炎之火。如今我只不过让他的儿子变成阉人，说起来他还要谢谢我的仁慈！”

“可是这关霜儿什么事？”方玉抢上一步，“父亲，我可以帮你完成心愿，帮你报仇，但是你们不能这么折磨她！她……”

“混账东西！”龙煜天猛地转身，冷冷看着方玉道，“她从一开始便走错了道！若不是她，江南之乱焉能平息？太子党的实力焉能坐大？若不是她多事，我早已经控制了这大燕朝的政局，若不是她……”龙煜天沉声道，“我唯一的儿子居然也要背叛我！她着实该死！”

“父亲！”方玉瞪大了眸子，却是悲凉地看着自己的父亲道，“父亲？你还是我的父亲吗？你利用我的血影门逼着她恨我，你甚至为了让她更恨我，给她的祖母下了绝户毒，你让我们之间没有丝毫的退路可走！父亲！你是要逼死儿子吗？”

龙煜天眸底掠过一抹薄凉道，“逼死你？是你用死来逼迫你父亲罢了！不过你若是敢死，我定会让凌霜和她快进棺材的老祖母还有凌家、文家数百口人……给你陪葬！你要相信为父的手段，不管他们逃到哪里，为父都会将他们杀光了去！”

方玉桃花眸猛地一缩，一股子寒意瞬间在心头升腾，缓缓垂下了头：“孩儿……不敢死！孩儿会好好活着的！”

“你想清楚了便好，你和那个女人绝无可能！你死了这条心吧，等你做了大燕的储君，你的表哥会亲自替你挑选天下美人……”

“天下美人还是给父亲留着吧！孩儿不死……但是孩儿此生绝不再娶！孩儿的妻子只有她一个，过去是，现在是，以后也是。父亲，”方玉冷冷看着龙煜天道，“父亲如今这么信任宇文胤，不过可要想清楚了，父亲百年之后是要传位给自己的妻侄吗？若不是……父亲还是趁早收几个美人在帐中伺候生一两个备用的储君为好。因为孩儿一旦帮父亲登上帝位，孩儿便无父无母，无国无家！霜儿若是恨我，大不了我出家当和尚去！”

“孽子！”龙煜天登时被方玉气得七窍生烟，挥起手刚要教训他的大逆不道，宇文胤却折返了回来。

“姑父！”

龙煜天看着宇文胤沉着冷静的脸，陡然想起了方玉刚才的话，突然对宇文家也存着几分不喜来。若是夺位成功，宇文家虽然是梅清的家族，却也要想法子削弱一二。

“胤儿，”龙煜天脸上归于平静，点着一边的椅子道，“这几日仰仗你与龙辰轩那边周转，坐下歇歇吧！”

宇文胤扫了一眼方玉道：“姑父，表弟年轻不懂事，我这个做表哥的也没有尽到表哥的责任，请姑父不要因此气坏了身子。”

“嗯！还是你懂事一些，”龙煜天缓缓道，“今后你这个不成器的表弟还需要胤儿多多指点才是，天色不早了，都早早歇着吧！”

龙煜天也觉得再同方玉说下去，关系必然越发僵一些，冷冷看着方玉道：“玉儿，你同你表哥好好商议一下接下来该如何应付那个凌霜！实在不行的话……多不过一个杀字！”

方玉身子一颤，随即垂首不语。

龙煜天满意地看着儿子的反应，缓缓迈步走了出去，小子们就是要多敲打敲打才管用一些。

龙煜天离开后，偏厅越发显得冷清几分。

“宇文胤！”方玉猛地转身冲向了宇文胤，一把将他的领口狠狠揪住，手中的月华剑却是紧紧贴着他的颈项，桃花眸中也是一片赤红。

“她呕血了！”宇文胤丝毫不为所动，定定看着方玉几乎狰狞的面孔，“不是被我所伤，而是被你气着了。”

“信不信我杀了你？”方玉身上的寒意陡然爆发。

“方玉，没用的，你们已经回不去了，”宇文胤墨眸中却是露出一抹嘲讽，“她如今恨你入骨，而你呢？你就是一千张一万张嘴也解释不清了，若是我猜的没错，她已经猜出了你的身份。”

“为什么？为什么这么阴毒？”方玉的手微微发颤。

“我阴毒？”宇文胤猛地推开了方玉架在他脖子上的剑，冷冷看着他道，“当初是谁让我饱尝了求之不得的苦？怎样？你如今心头的滋味是不是也不好受？被自己深爱的人恨到这个地步，滋味如何？”

“呵呵呵……”方玉垂首冷笑，手中的剑却是落在了地上，他垂眸看着自己的双手，缓缓道，“宇文胤……我们果然是在比……比谁更恨她，不是吗？看着她这样的绝望，你心头好受吗？呵呵哈哈哈……”

宇文胤一贯镇定的墨眸登时沉了几分，再也说不出半句话来。

“她杀了我的家人，你还指望我心疼她放过她？”宇文胤却是嘴硬道，“倒是你……你会看着她挣扎绝望陷入地狱中，这就是你们曾经让我体会到的痛楚，我一样样还给你们。”

方玉却是再也不看宇文胤一眼，转身冷冷道：“宇文胤……你自欺欺人！她不光是我的劫也是你的，我们两个谁都逃不过，都得死在她的手上，你还有……我……都得……”

02 制造证据

凌霜骑着马径直回到了松林堂，凌府内的小厮们早已经习惯了大小姐在府内骑马，但是今日大小姐似乎有什么地方不对劲得很。

凌霜冲到松林堂门口跃下马背，将马鞭扔给一个随从，命他下去好生喂马，自己却是疾步走进了松林堂的轩阁。

嫣红忙迎了上来，看着凌霜脸色煞白，一把扶住她，却发现凌霜衣襟上居然带着几点血色，不禁大吃一惊。

“大小姐！你怎么了？哪里伤到了？”

凌霜捂着心口，却是疼得说不出话来，虽然百川老人和叶南医术了得，但是毕竟赤州城那场生死之战到底还是损耗了她的身体。

加上围困居延城，太子龙辰逸又给她惹了这么一出乱局，她能撑到现在没有倒下已然是强弩之末了。

“无妨！吃几粒南儿给我的滋补药丸便好！”凌霜捂着胸口，径直走进了内堂，嫣红忙将药丸取出来，端着茶盏伺候凌霜服下，将她小心翼翼扶到软榻上躺好。

“大小姐也真是的，叶姑娘那么求大小姐，大小姐却还是将叶姑娘撵走了！如今身边连个照顾大小姐身子的人也没有……”

“不必再说了，”凌霜将药丸服下才觉得缓过劲来，闭了闭凤眸道，“我欠着那丫头太多情分，京城中的死局不能将那丫头搅和进来。顾啸云和南儿夫妻俩帮了我太多了，若是将他们也折进来，我于心有愧。既然是死局，老子一个人死磕就成了，何必拖累那么多人！”

“大小姐……”嫣红声音微颤，“你给每个人都安排好了退路，却独独没有自己的，奴婢……奴婢不忍……”

“你这傻丫头，”凌霜抬手将嫣红的手紧紧攥住，笑道，“我若没有金刚钻，定不会揽下这瓷器活，我会全身而退的。说正事，你去茂祥当铺将小舞叫来，我有话要吩咐。”

“是！”嫣红到底还是拗不过凌霜，幸亏凌霜的茂祥当铺是她留在京城中的最后一柄利剑，大小姐是不会输的。

不到半炷香的时间，暖阁的门帘被掀了起来，一个身着淡绿色平罗裙衫的娇俏女子急忙走了进来，正是凌霜一手培养起来的暗影头子小舞，与她哥哥一暗一明成为凌霜的左膀右臂。

此番她娇美的脸上早已经褪去了过去的青涩，带着几分成熟的干练，一看便让人觉得办事踏实放心。

“属下拜见大小姐！”小舞已经有半年多没见着凌霜了，此番凌霜将她召集到松林堂，自然带着几分欢喜，忙躬身行礼。

“小舞，坐吧！”凌霜点着一边的椅子，又冲嫣红道，“你也坐下来，咱们三个人好好商议一番。”

凌霜在下人们面前素来不端什么架子，两个人倒也晓得她的脾性，忙坐下来。

“小舞！那些死士准备好了吗？”凌霜拧着眉头，似乎在做一个决定。

小舞忙回道：“都已经到了京郊，只等大小姐下令了。”

“嗯！还有，三皇子那边调查得怎么样了？”

小舞忙道：“回禀大小姐，有些眉目了。”

“小舞，京城毓秀河不是要修建新的渡口吗？据说这可是方大人的手笔……”凌霜语气中的嘲讽带着几分冷意。

这下子嫣红不淡定了，大小姐大晚上出去了一趟，怎么说起姑爷来却是多了几分冷意？姑爷也真是的，大小姐都回京了，也不来看看大小姐？莫非男人当真都是薄情寡义之人？

她小心翼翼看了大小姐一眼，动了动唇，还是说了出来：“这渡口既然是姑爷……”

“什么姑爷？”凌霜声音骤然冷了几分，“你们以后不要再在我面前提这个词，我凌霜的眼睛该有多瞎才会上了他的当，从今往后，我和他桥归桥，路归路，没半毛钱关系！小舞，你派人将我之前命你们雕刻好的那块镇水石兽乘着夜色埋进河边的土里去，记着一点，石像上要刻着龙辰轩的生辰八字！”

“是，大小姐，三皇子的生辰八字不知道准不准？”

“没问题的，我义父文大人可是同钦天监的李大人好到了穿一条裤子的，还有买通鱼贩子，将所有卖进鬼市的鱼的肚子里藏好蜡丸。小舞，蜡丸里面藏着的绢帛上写上‘懿德顺天’四个字，你记清楚了吗？”

“是！”小舞和嫣红忙应了下来。

凌霜微微眯起凤眸道："方玉又怎么样？宇文胤又怎么样？三皇子又如何？老子这一次整不死你们就不姓凌！"

凌霜将所有事情交代清楚后，便让两个丫头分头下去布置，这件事情极其机密，她不放心别的人去办。

眼见着天要亮了，凌霜和衣歪靠在迎枕上小憩了一会儿，不多时，小丫头们便走进轩阁，替凌霜换上上朝穿的朝服，端了几样点心小菜和米粥服侍凌霜用饭。

"霜儿起来了吗？"外面传来凌冰的问话声。

"二哥进来吧！"凌霜看到凌冰眼底带着一片青色，晓得他担心自己今天上朝的事情，显然昨夜没有睡好。

"二哥既然来了，就在我这里随便吃点吧！"凌霜将点心推到哥哥面前，凌冰哪里吃得下。

"霜儿，昨日我已经派人同文家那边通了声息，今日上朝且看着文相的眼色行事。朝中大臣因为太子爷的事情定会给你身上泼脏水，切记不要着了别人的道！"

"晓得了二哥，二哥放心，胡家也暗地里站在咱们这边的，今日我倒是要看看三皇子能闹到什么地步？"凌霜狠狠咬了一口点心，即便是昨夜让她心痛难当，今早起来她还是要咬牙坚持下去。

"霜儿，你万事小心一些。"凌冰到底还是不放心，自己如今虽然经商赚了银子，可是却于朝政一向是不通的，只恨自己无能，让妹妹替凌家出头露面。

"二哥，这几日你让嫂嫂和祖母开始准备准备离开京城吧，我决定将她们离开京城的日子再提前几天。"

"霜儿，这是为何？"凌冰随即神情一凛，"莫非出了什么变故？"

凌霜扫了一眼紧闭的门窗，压低了声音道："祖母已经同我全部说了，咱们娘亲是慕容皇家的后裔。"

凌冰心头狠狠一跳，随即叹了口气道："你早些知道也好，方玉的事情祖母也同你说了吧？"

"呵！他应该是龙辰玉才对，我真是瞎了自己的眼，居然一次次被他骗得团团转。一个宇文胤我应付起来也是有几分困难，何况这一次是他出马。'

"霜儿发现了什么？"

“昨夜……”凌霜沉沉吸了口气，“我去了方家，却在方家遇到了宇文胤和三皇子。”

凌冰眼神一凛，却是了然，缓缓道：“正常至极，如今三皇子风头正劲……”

“二哥，你还看不出来吗？”凌霜定定看着凌冰道：“三皇子也可能是一个挡箭牌而已。”

凌冰狠狠吸了口气道：“你是说……”

“呵！”凌霜唇角含着一抹苦笑，“方玉是个什么样的人，我与他相处了这么长时间倒真的看不透了。我不知道他有没有夺嫡这个想法，到底想要做什么？正因为我全然猜不出他想要做什么，所以我才心头慌乱。就像祖母所说的，京城中的水实在太深了，所以咱们还是早做准备的好。如今我欠着太子一个人情，所以我必须要坚持下去。退一万步讲，他们要利用三皇子做些什么，若是做得太过分了，危及到了我关心的人，我也不会让他们如意的。”

凌冰忍了忍，还是没有说出口，方玉难不成真的这般绝情绝义？他那些在凌家生活的日子，那些与小妹的情意就这么一击即碎吗？

“不管怎样，霜儿一定要小心些！”

“嗯，二哥，我会保重的。”凌霜也不想让哥哥太过担心。

不多时，凌霜收拾整齐后便出了凌府，骑着烈火径直奔皇宫而去，凌冰却是急匆匆赶往了松鹤堂。

03 上朝

凌老夫人似乎还没有起身，大丫环柳青掀起帘子迎了出来，冲凌冰福了福道：“二爷安好！”

凌冰脸上掠过一抹焦急，忙问道：“老夫人昨夜可好？”

柳青脸色一片灰暗，咬着唇压低了声音道：“老夫人昨夜又犯了心口痛的毛病，想必是那毒……”

“百川老人怎么说？”凌冰没有将百川老人进京的事情同凌霜说分明，这事必须得瞒着凌霜才行。

凌老夫人进宫后，居然被躲在暗处的宫人下了毒，凌老夫人不想在这节骨眼上扰乱孙女的心神，吩咐凌冰绝对不能将这件事情告诉凌霜。

好在顾啸云虽然带着叶南隐居，却还和凌家有些联系。凌冰万般无奈之下，将这消息托人告诉了顾啸云，他也不知道用了什么法子，将妻子的师傅百川老人请来了凌府。

“回二爷的话，昨夜百川老人已经替老夫人看过，只是今早便离去了，留下了一些药丸，说……说老夫人中的毒倒也能解，只是……”

“只是什么？”凌冰心头一慌。

柳青用帕子捂着唇低低哭道：“完全解毒需要用一株百年的九天雪莲才能解，可是这九天雪莲只在玄天宗掌门的手中握着。二爷……”

“柳青，你跟着老夫人也有些时日了，遇事切记不要慌张，我进去看看。”凌冰说罢走进轩阁，转过屏风，却看到老夫人已经起身，一边的两个小丫头正在替老夫人梳头。

凌冰忙退到屏风后面，躬身道：“孙儿给老夫人请安！”

“起来吧，你这几日也是累了的，晨昏定省便免了吧！”凌老夫人心疼自己的孙儿，命柳青将一早煲好的汤给凌冰端了来。

“二爷！”柳青将汤盛在瓷盅里端到案几上，凌冰只得坐下陪着老夫人一起用饭。

柳青将屋子里面的小丫头遣了出去，自己一人伺候在左右。

“霜儿进宫了吗？”凌老夫人抿了口汤问道。

“祖母，难道真不告诉霜儿吗？”凌冰看着老夫人憔悴的脸色，不禁心如刀割。

凌老夫人缓缓叹了口气道：“告诉她又能怎样？你妹妹如今是被放在火上烤着的，我作为祖母不能帮衬着她，何苦要给她添乱呢？再说了，我身上的毒倒是每隔半个月便有人送解药来，倒还能撑些日子。你吩咐你家媳妇，早早准备好离开这里吧，凌家风风雨雨也算替大燕尽忠了上百年了，该是歇歇的时候了。”

“祖母，您说这毒会不会真的是玄天宗……”

“呵！是又怎样，不是又怎样？这件事情决不能让你妹妹晓得，乱了她的分寸，那便是我们的罪过了。玄天宗背后的那个人……不是凌家能对付得了的。这大燕朝朝政的颠覆就在转眼之间，你妹妹也是对太子爷尽心罢了，抽个时间劝劝她，尽早脱身为上。只是那丫头素来重情重义，太子毕竟是因为她才变成这个样子，我们如今劝她放弃，她断然听不进去，不过尽心便罢了！”

“是，祖母！”

凌霜到了东司马门，四周前来上朝的车马早已经将东司马门拥堵得挤挤挨挨又井然有序。她抬眸看向笔直的青石甬道，以及甬道尽头金碧辉煌的宫殿群，还有那些冲她投射过来的或幸灾乐祸或冷默或关注的视线。她的凤眸中却是多了几分嘲讽和悲凉。为了这么一群混蛋拼尽了那么多人的血，是不是很不值得？

不过祖母说的对，凌家做事素来对得起自己的良心。但是即便如此，她也要收点保护费不是？否则太对不起自己还有自己的那些兄弟了！

“霜儿！”文相的轿子刚落地，他便从轿中走出来，喊住了凌霜。

“义父安好！”凌霜看着文相缓缓走来忙躬身行礼，心头却是有些愧疚之情的，“义父，霜儿无能，没有把五弟……活着带回来。”

文相眼眸中掠过一抹怆然，随即定了定心神道：“霜儿，义父知道你已经尽力了。为国战死，死得其所。我文家自古以来都是文章卓然天下，渊儿是文家第一个战死的英烈，我这个父亲每每想起来，虽然心痛，但是却也欣慰至极。”

凌霜近前一步，压低了声音道：“义父，京城中风起云涌，恕霜儿昨日不能亲自登门拜访。”

“你这丫头的心意，义父心领了，你不来登门倒是对了。太子党如今处在水深火热之中，皇上对党争之事深恶痛绝。你不来倒不致落人口实。但是记着一点，近来我们还是要小心谨慎为妙。”

“义父，嫂嫂她们准备得怎么样了？过几日我派人将她们先送出去！”

“你派人给我带来的消息，义父已经晓得，已经命她们早做准备了。霜儿，这件事情文家欠你一个人情……”

“义父，说这些做什么，不必客气，”凌霜看到四周越来越多的官员下了车轿，不露痕迹地向后退开几步，“义父也要早做打算。”

文闵这个能做宰相的人自然晓得凌霜这句话的意思，仰起头，看着天际间的浮云，缓缓道：“京城怕是要变天了，义父在这朝堂之中浮沉这么多年，早已经累了。你们都走吧，义父累了却是走不动了。”

“义父！”凌霜心头一惊，已经安排好了退路，却没想到义父居然是要坚守下去的决绝。凌家素来铁骨铮铮，却不想文臣出身的文家居然也有这样的风骨，刚要再去劝慰几句，却不想身后传来一阵阵的嘈杂声。

凌霜忙转身看去，却发现一辆玉色马车停在了东司马门，车帘微微掀起，一袭紫色官袍的方玉从马车里钻了出来。

四周顿时围上一群趋炎附势之徒，方玉如今身份地位自是不可同日而语。太子党渐趋垮掉，三殿下虽然风头正劲，可是承平帝直到如今也没有流露出立他为储君的意思来，反而因为方玉崭露头角，方家又是承平帝当年夺位成功的重要助力，加上方家从不参与结党，反而使得方玉深受承平帝的信任。

凌霜看着那个卓然而立的高大身影，陌上如玉，翩翩如风，好一个才高八斗的青年才俊，好一个浊世而立的佳公子！她只觉得世事变化万端，看着面前这个世界上最熟悉的陌生人，一时间只觉得心头又带着几分闷痛。

“凌霜！一起进去吧！”胡离因为赤州城大捷也擢升为正二品大将军，自然今早前来上朝。他一路上哪里看不出凌霜与方玉那点子恩怨情仇，只是替凌霜不值。

“胡离，时候不早了，我们一起进去吧！”凌霜收回了视线，心头的闷痛轻了几分，同胡离相携着走向了承平帝上早朝的金銮殿中。

却不想刚走上两侧白玉石台阶，斜刺里却翩然走出三皇子和宇文胤二人，恰恰与凌霜和胡离对上。

凌霜微微仰头，丝毫没有上前客套，既然已经是敌手，何必虚情假意。

三皇子没想到凌霜居然见了自己不行礼，眸色一凛，冷冷道：“凌将军功高盖主，倒是不将皇家放在眼里了吗？”

凌霜脚步一顿，缓缓转身看着龙辰轩，眉头一挑，凤眸微微眯了起来，笑道：“呵！恕臣愚钝，臣离开京都半年之久，没想到三殿下居然可以代表整个皇家威严了？可喜可贺啊！”

凌霜声音清脆悦耳，却是这一声激起千层浪，四周顿时议论一片。谁都晓得代表整个皇家威严的只有皇权至尊的承平帝，三殿下却是有些张狂了。凌霜再怎么样也是为大燕朝立下赫赫战功的大将，这般出言打击压制，还真的轮不到连储君都不是的三皇子。

“你……”龙辰轩不禁哑口无言。

宇文胤眉心一动，暗道三皇子近来实在是太过顺风顺水，有些不知轻重了，忙躬身道：“殿下，皇上该上朝了，还是进殿再说吧！”

凌霜扫了宇文胤一眼，哧的一笑，突然噘起嘴巴学了声狗叫，刚才低声议论的官员顿时哭笑不得。

宇文胤顿住了脚步，凝神看向面前这个让自己又爱又恨的女人，她这是什么意思？

04　质问

宇文胤淡淡看了凌霜一眼道：“凌将军，你刚刚回京，还是小心为好，朝堂之上岂容调笑？”

凌霜绝美的容颜渗出一抹雅痞至极的笑容，左右看了看，却冲胡离问道：“胡离，你有没有看到一条汪汪乱叫的大狼狗啊？”

胡离一口气噎在了嗓子口，咳嗽一声道：“末将不曾见！不过刚才确实听闻有狗叫的声音。”

宇文胤的脸色顿时拉了下来，却还是忍了忍不再理会。

“没劲，明明看到一条狗在这里替主子乱吠的，怎么老子一出声就没气了呢？”凌霜伸了个懒腰，抬起脚步迈上了玉石台阶。

她只顾着同宇文胤斗嘴，却没有察觉到背后方玉投在她身上的视线，温柔中带着几分无可奈何的宠溺。普天之下敢骂宇文长公子是大狼狗还没有死翘翘的大概只有这丫头了，他顿了顿，随同一批文臣也迈上了台阶。

不多时，承平帝在众多宫人的簇拥下走进金銮殿，自己最器重的儿子变成了阉人，到底还是让老皇帝的脸色更加颓废了几分。

凌霜躬身垂首立在阶下，心头对即将到来的狂风暴雨却是带着几分隐隐的期盼。她凌霜最不怕的便是浑水，她倒是希望那些想要她死的人麻利点，快些放大招出来，好让她练练手。

承平帝锐利的视线扫向了台阶下的那抹娇红，眸底的深意却是不言而喻的。他没想到凌霜这么乖巧听话，居然真的放弃了五十万大军的指挥权，几乎是只身一人回到了京都。可是这女人却是间接害惨了他的儿子。

“凌霜！太子的事情朕希望你给朕一个交代！”承平帝今日倒是开门见山，只是不管寻常父亲还是身为帝王的父亲，看到太子爷那个样子，恐怕都连最后一丝面子上的薄纱也撕碎了吧？

他冷冽的视线逼向了凌霜，太子爷偷偷溜出京城是为了看自己的未婚妻凌霜，被残害也是在凌霜管辖的南疆战场，最后也是凌霜将太子带了回来。

不管凌霜多么冤枉，太子出事却是和凌霜有着莫大的联系，这事不问她问谁去？

“臣有罪！”凌霜缓缓站出来跪在承平帝的面前。

她这一出倒是出乎所有人的预料，胡离心头一跳，这丫头疯了吗？怎么丝毫不辩解，反而自己贴上去认罪？她这是认的哪门子罪？

“你何罪之有？”承平帝握着龙座扶手的苍老手掌已然是青筋暴凸，那可是他辛辛苦苦培养起来的儿子啊，是他最喜欢的儿子！龙辰逸若是没有凌霜这个红颜祸水侵扰，其他哪件事情不是办得妥妥当当？他心头虽然晓得凌霜不至于做出弑君的事情，但是他还是恨着这个间接祸害自己儿子的女人。

凌霜重重磕了一个头道：“臣没有保护好太子爷，是臣的失职，臣罪该万死！”

“凌将军还真的是失职得很，”户部尚书李崇义缓缓站出来道：“哪个将军上战场不吃点苦头？偏生凌将军娇弱，说自己身负重伤，不日将要身亡，太子若不是得了这消息，如何能离京去看你？若不是你暗自偷偷送信给太子殿下，殿下哪里能这般轻易上你的当？听闻凌将军素来不喜欢太子，谁能猜得到你这个狠毒的女人到底打的是什么主意？太子就是被你害惨了！”

“皇上！”胡离忙站了出来，一边的胡刚徵狠狠吓一跳，晓得自家小子对凌霜情深义重，可是却没想到这小子胆子也太大了。没看到皇上的脸色也气得发青吗？太子作为国之储君遇害这事就是一个无底洞，谁掺和谁掉进去，到时候尸骨无存。

“皇上！”胡离跪下来道，“臣在南疆的时候跟随在凌将军左右，凌将军忠君爱国有目共睹。赤州城大战之后，凌将军身受重伤，连着昏迷数日不醒，根本不可能写信给太子爷。战场上风云突变，敌军重重包围，凌将军也不可能设下什么圈套让太子以身涉险。臣认为皇上应该派人彻查京城中的勾栏瓦肆，将那些曾经散布凌将军身受重伤即将不治身亡消息的人揪出来。这件事定是一个阴谋！”

承平帝脸色顿时微微一变，宇文胤狭长的墨眸轻轻扫了一眼胡离，眸底却是多了几分异色。果然不愧是那女人身边的得力干将，一语中的，点到了问题的关键之处。不过他宇文胤行事素来不留痕迹，那些散布谣言的幕后黑手早被他处置了，凌霜根本抓不到证据。

“臣认为不妥，”李崇义忙道，“京都中当初传播这个消息的人着实多如牛毛，怎么查？况且到底是谁散布谎言，万一是凌将军呢？”

“方大人你说呢？”承平帝看着一直默不作声的方玉缓缓道。

凌霜的脊背不露痕迹地微震了一下，她倒是要看看方玉怎么说。

方玉缓步站出来道：“回皇上，臣认为彻查勾栏瓦肆着实不妥。”

凌霜听方玉如此一说，两只手紧紧抠着青石地面的缝隙，果然连半分情面也不给，冷漠无情到此种地步。

胡离猛地抬眸看向方玉那张淡雅温润的脸，心头一阵阵愤恨。霜儿待他掏心挖肺，他却这般无情无义。谁都晓得只要将散布消息的源头抓到，凌霜身上的冤屈便能洗清，这厮实在是让他恨不得一剑砍死。

方玉丝毫不在意胡离冰锋一样的视线，缓缓道：“皇上！如今战乱初平，所谓百废待兴。若是再因为这件事情将整个京城的民心搅动起来，徒增怨言。况且即便是要查个究竟，彻查勾栏瓦肆也是不妥当的，难道消息非要通过勾栏瓦肆才能传递出来吗？到时候若是一两个贪功无良的官吏乱抓人，岂不是民怨沸腾？臣认为大大不妥，这件事情要查还是先从南疆那群陷害太子爷的凶徒身上查为好！”

05 凶手

承平帝晓得方玉说的在理，缓缓点了点头道：“方大人所说甚是，凌霜！因为太子身上发生的事情毕竟同你有莫大的联系，朕命你一个月内彻查此事，给朕一个交代！否则便革去护国大将军一职，流放闽南吧！”

“皇上！”文相心头一跳，承平帝这是要惩处凌霜的节奏了，既然太子成了阉人，储君地位的丧失是迟早的事情，凌霜这个未来的太子妃也没有什么大的用处。加上承平帝心头恼恨，到底还是带着几分迁怒于凌霜的意思。

“文爱卿，朕晓得你是凌霜的义父，莫非你想包庇她不成？”承平帝对太子结党一事深为恼恨，对文家自然也是带着几分怨气。

文闵缓缓跪在地上道：“皇上三思！凌将军不仅仅是臣的义女，也是大燕朝忠君爱国的英雄！太子殿下一事颇多疑点，一个月的时间实在是太过急促。再者凌将军已经得了陛下赐婚的天大荣耀，又怎么可能舍弃太子妃这泼天荣耀害自己的夫君呢？这一桩桩一样样，背后定是有什么阴谋，皇上切不可听信奸人所言，戕害忠良，失了民心啊！”

“大胆！”李崇义站出来道，“文相莫非说皇上不辨忠奸不分是非？你这样诋毁皇上，眼里还有皇上吗？我看你眼里怕是只有未来的太子妃吧？”

李崇义这话分明是挑拨是非，文相身为当朝宰相，毕竟是凌霜的义父，如此说来，不管文相怎么说怎么做，看起来都是在袒护凌霜。结党营私是承平帝最忌讳的事情，李崇义三番五次地点到这个关键之处，正好捉住了文相的短处。

“皇上，”凌霜缓缓冲承平帝道，“李大人这般言说分明就是要栽赃陷害臣罢了！不过好在苍天有眼，臣这一次护送太子回京的路上却是掌握了一些证据。皇上，不用一个月，今天臣便能给皇上一个交代！残害太子殿下的人，臣已经晓得是谁了！”

凌霜话音刚落，四周顿时传来一片抽气声，即便是稳重的宇文胤，也不得不转过身子看向凌霜。不可能的，这一路上的各种证据都被他小心翼翼地毁灭掉了，凌霜不可能在短短的时间内查到什么。

三皇子龙辰轩顿时一愣神，虽然脸色镇定如常，到底因为之前凌霜曾经使出来的那些手段而觉得脊背有些阵阵的寒意。

承平帝猛地站了起来，盯视着凌霜的凤眸，陡然想起了昨夜龙辰逸抱着他的腿痛哭自己被三皇子构陷残害的经过。

但是承平帝不仅仅是一个父亲，他还是一个帝王。自己虽然心疼这个儿子，可是如今自己已经年过五十，这大燕朝的江山迫切需要一个继承人。即便三皇子真的那么狠毒，那也是目前最能端得上台面的儿子，他实在不能彻查啊！

今早限凌霜一个月内查出真凶，一来是为了泄愤，毕竟正是因为凌霜，自己的长子才会出这么大的差池。二来凌霜虽然放弃了兵权，但是却在回京之后赢得了万民的敬仰。以后若是三儿子龙辰轩真的要继承大统，凌霜的威望绝对会对轩儿不利。逸儿如今已经成了这般模样，更不可能将凌霜娶进府中加以羁绊。既然凌霜是一个连他也无法控制的变数，那么在他退位之前，就要将这个变数清除掉。

一个月，哼！承平帝自己也心知肚明，凌霜绝对找不出真凶，到那个时候这便是惩处凌霜的借口。杀了她是不能的，堵不住天下百姓的悠悠众口，但是流放却是最好不过了。

可是他做梦也没想到凌霜居然说已经找到了真凶，而且证据确凿，这让他的分寸顿时乱了几分。

“凌霜！这可是朝堂之上，你的一言一行都是要负起责任来的！”承平帝冷冷道，“你随朕来养心殿！”

“皇上！”凌霜晓得承平帝打的什么主意，龙辰逸一定将三皇子暗害他的事情说了出来。但是三皇子如今是最合适的储君人选，所以连这个衰老的皇帝都在包庇自己的三儿子吗？

“皇上，您看看这朝堂之上，大大小小的官员都对太子爷分外关心，这事还是在这里说了便罢！”

李崇义顿时觉得不甚对劲，忙点着凌霜的鼻尖道：“大胆凌霜！你要抗旨不遵吗？”

凌霜此番索性缓缓站了起来，转身冷冷看着李崇义道：“李大人，您今天的话是不是有点多了？连皇上都没说什么，您倒是越俎代庖地替皇上说话了？您是皇上肚子里的蛔虫还是比皇上都知晓内情？看来大燕朝有您这样的股肱之臣，皇上以后连朝堂都不用来了，都由李大人做主吧？”

“你……你……”李崇义没想到被凌霜扣了这么一顶大逆不道的帽子，忙冲承平帝跪下来道，“皇上，凌霜她血口喷人，老臣对皇上绝对是一片忠心……”

“李崇义，你的话确实多了些，”承平帝淡淡道。

李崇义顿时心头一冷，吓得再不敢多话。

承平帝越是年岁大了，行事的手段也越是狠辣，眼里岂能容得下沙子？

他冷冽的视线投向了凌霜，道："朕……"

"皇上！"凌霜绝不给承平帝半点机会，这事一旦不能明着放在养心殿去说，那个效果就差了十万八千里，她好不容易让小舞布置的那些要命的局，便不能发挥出最大的效力。

"臣恳请皇上让臣把话说完，"凌霜又冲承平帝拜了下来，"臣在南疆血战数月，九死一生，从未生出半分不臣之心，还请皇上明鉴！只是太子不仅仅是臣未来的夫君，更是大燕朝的皇子，臣绝不可能生出戕害之心。臣蒙冤忍辱护送太子归京，却不能眼睁睁看着太子殿下受此残害。今日臣既然敢在这金銮殿上陈述冤情，自然有十拿九稳的证据在臣的手中握着。因为谋害殿下的是……"

"凌将军……有什么话……"承平帝心头一阵慌乱，想要制止，却不想凌霜径直点着三皇子龙辰轩道，"皇上！谋害太子殿下的人便是如今立在这朝堂之上的三皇子！"

四下里瞬间死寂，宇文胤眉头紧紧蹙了起来，即便是一边淡雅从容的方玉，也是变了脸色看向了凌霜。

06 证据确凿

"凌将军是在说笑话吗？"龙辰轩缓缓转过身来看着凌霜的凤眸，心头恨极了，脸上却是依然淡定从容，"本宫这段时间一直在宫中服侍生病的父皇，你哪只眼睛看到本宫要谋害太子？凌将军！饭可以乱吃，话不能乱说，凌将军说话之前还是要三思啊！"

龙辰轩近来在龙辰逸离开京城的这段日子里确实低调得很，尽心尽力服侍生病的承平帝，倒是赢得了承平帝的好感。

凌霜淡淡抬眸看着龙辰轩道："三殿下这么着急澄清自己，是不是心虚啊？"

"凌将军，你怎么可以血口喷人？三殿下近来在京城赈济因战乱而起的流民，修建河渠安抚百姓，一件件都是有目共睹的啊！"

"是啊！凌将军怎么可以这般胡言乱语？谁不知道三殿下与太子爷手足

情深，太子爷不在京城的这段日子，还不是三殿下每天去皇后娘娘那里请安问候！”

“实在是无稽之谈！”

“凌将军，你这样无事生非，倒是带着几分撇清自己罪责的嫌疑啊！”

“凌将军……”

金銮殿中几乎一多半的官员纷纷谴责凌霜，跪下来替三殿下鸣不平，一时间将大殿搅和得热闹非凡。

方玉冷眼旁观，唇角却是藏着几分冷意，这帮不上道的笨蛋！霜儿这样做分明是给他们挖了一个坑，这金銮殿上替三皇子求情的人越多，三皇子死得也就越快。

承平帝虽然年老，但是还没死呢，这一个个的跪下来在三皇子面前表忠心，当老皇帝不存在吗？

宇文胤脸色渐渐暗沉了不少，凝神看向一言不发满脸委屈的凌霜，暗道，果然是奸诈的女人。

承平帝眸色变了几变，突然沉声道：“凌霜！朕再告诉你一次，想说什么便随着朕移步养心殿，不想说那就现在滚到闽南去！”

凌霜忙诚惶诚恐地叩头道：“臣……遵旨！”

谁都没有注意到她凤眸中掠过的一抹亮色，对三皇子和他背后的那些支持者们的反攻倒算才刚刚开始，她有的是机会。今天这出戏算是唱够了，以后咱们慢慢玩！

“父皇！”龙辰轩看到父皇脸色不对，心头猛然一惊，忙跪下来道：“儿臣断没有害太子哥哥，父皇明鉴！儿臣……”

“罢了！你也一并来！方大人你也来吧！”

方玉眼角一跳，不禁暗自苦笑，皇上还真把他当成自己人了，忙躬身行礼道：“臣遵旨！”

承平帝一甩衣袖出了金銮宝殿，留下一群跪在地上面面相觑的大臣。文相待承平帝离开后缓缓站了起来，眸间却是多了几分欣慰之色。霜儿这丫头果然足智多谋，他之前的担心倒是多余了几分。

养心殿中，承平帝冷冷坐在龙案后面的椅子上看着凌霜，心头却是滔天的怒意，还有深深的无力。他还没死呢，这一个个便是要翻天了吗？

“凌霜，你知道你今天在金銮殿上说的是什么吗？将你的证据拿出来，若是有半分差错，朕绝不会善罢甘休！”

龙辰轩到如今却是有些反应过来了，刚才那么多大臣替他求情辩解实在是好心办了坏事，此番倒是不敢再说一句辩驳的话。

他轻轻看了一眼一边垂手而立俨然中立态度的方玉，希望这小子是真的对凌霜绝了恩义的，他需要方玉站在他这一边。

凌霜缓缓躬身道：“皇上，臣所言句句属实，请皇上宣臣带来的几个证人！京都桃花坞东十八街最东面的院子里藏着这些证人，臣派人严加看管，请皇上将那些人传召进宫，便能洗刷臣身上的冤屈。”

“魏公公！你去一趟！”

“是，皇上！”魏公公看着今日的形势，实在是紧张至极，他明明是宇文胤的人，倒也不能做什么手脚，忙退了出去。

不到半炷香的时间，魏公公便将四个人带回养心殿，那四个人三男一女，穿着打扮也是各不相同。唯一相同的就是脸色一片死灰，其中三人甚至战战兢兢，带着几分恐惧。

凌霜凤眸扫了一眼跪在地上的这些人，点着其中的一个妇人道：“皇上，我想关于那些令太子爷乱了阵脚的谣言，这位妙音坊的秦妈妈想必会告诉皇上的。”

承平帝眉头一蹙，扫了一眼秦妈妈，冷冷道：“尔等大胆贱民，还不从实招来！”

秦妈妈被带进皇宫的时候便已经浑身哆嗦个不停，忙磕头道：“皇上饶命啊！老奴都是得了三殿下的好处，让老奴将凌将军的消息通过妙音坊的歌姬们散布出去。三皇子说……说事成之后便许给民妇万两黄金……”

“你这娼妇！休得胡说！”龙辰轩气得脸都绿了，他什么时候和这个秦妈妈打过交道？他倒是命人将消息通过勾栏瓦肆散布出去，但是自己绝对没有亲口对这个秦妈妈这样说过。

“父皇！凌霜串通这贱妇威胁皇儿……皇儿断没有……”

“皇上饶命啊！”秦妈妈哭得梨花带雨，忙从怀中拿出一沓银票，那些银票还是簇新的，只是银票上却是盖着瑞王府的印记。

大燕朝每年的皇家供奉月例银子统一存在永泰钱庄，永泰钱庄为了方便各个王府支取，银票上都印了各个王府的印记。除了大宗银子的交易，一般不轻易出示，却不想秦妈妈手中居然有这么多瑞王府的银票。

即便是承平帝也不能不相信，自家的三儿子确实同秦妈妈关系匪浅。三皇子龙辰轩更是惊呆了，凌霜是怎么把这些银票弄到手的？随即猛地想起了自己曾经同江南漕帮做过一笔交易，用的便是这些银票。

如今漕帮在凌霜的控制之下，银票自然成了栽赃陷害的绝佳手段。一边的方玉垂眸深思，妙音坊的秦妈妈素来干尽伤天害理之事，若是她看上哪个小户人家的女孩子，要么抢来，要么使出阴谋手段买来，不知道祸害了多少良家女子。只是不知道凌霜到底是抓了这老鸨什么把柄，居然让这个见财起意的女人甘愿站出来诬告三皇子。

07 含沙射影

凌霜凤眸一挑，看向另外的三个人，一个身穿凝血卫服侍的年轻汉子被凌霜一脚踹到了皇上的龙案前。

“皇上，可听说过凝血卫？”凌霜抬眸看着早已脸色阴晴不定的承平帝道，“凝血卫是江湖中暗藏的一股隐卫，专门替主子办一些见不得人的肮脏事。这一次围杀太子爷的便是这凝血卫的人。”

“说！你是何人？”承平帝心头已然暴怒，他的皇家隐卫之外居然还有皇子们组建的这种东西。

“哼！”那人倒也是条硬汉，只不过身子被凌霜点了穴道不能动，脸上却是丝毫没有露出惧意。

“看来只有三皇子能管得了自己的属下了！”凌霜淡淡一笑。

“凌霜！你究竟想怎样？本宫不认识什么凝血卫！”龙辰轩是真的慌了，这人确实是他凝血卫中的一个小头目，但却没有参与围杀太子的行动。

凌霜缓缓蹲在那人面前道：“这位大哥！你这样死撑着替你家主子遮挡颜面，甚至替你家主子卖命，可是你家主子却是丝毫不领情。想想你那些被三皇子下令屠了的兄弟们吧。”

那人神色微微一动，额头间却是渗出些汗珠来，刚要开口，不想后背心猛地被暴怒而起的龙辰轩一剑刺了进去。

“主子……你……”那人瞪大了眸子，死死盯着龙辰轩，缓缓倒了下去。

凌霜唇角微翘，龙辰轩果真是坐不住了。此人被她严刑逼供了那么久都没有出卖龙辰轩，却不想还是死在了自家主子的多疑上。凌霜只是用南疆蛊王送她的一些小玩意让这个硬汉动了动唇，便引来了龙辰轩的杀人灭口。

“轩儿！”承平帝话语里已经带着几分冷意，眼睛死死盯着龙辰轩手中的佩剑。

凌霜哧的一笑：“三殿下好剑法，没想到在这朝堂之上，三殿下还偷偷藏着剑？”

龙辰轩咣当一声将佩剑扔在了地上，忙冲承平帝跪下来：“父皇！父皇！凌霜这贱人着实可恨，她是真的在冤枉孩儿……”

“皇上，”凌霜缓缓笑点着最后两个锦衣男子道，“这二位可是大有来头，一位是郑管家，专门负责三皇子与南疆叛军的联系，另一位可是大名鼎鼎的木材商人王老板，明面上是木柴商，暗地里不知道替三皇子运了多少盐铁……”

“凌霜！你血口喷人！”三皇子顿时乱了分寸，大燕朝盐铁专卖那是皇家规定，一个皇子偷偷运这些东西进京，那不是造反是什么？

“我诬陷三皇子了吗？”凌霜挑了挑眉头，看向那两个人道，“你们自己可是要好好想想怎么同皇上说！”

那二人先是被凌霜用蛊毒和他们不能告人的毁身灭族的把柄所控制，接着看到三皇子如此心狠手辣，自然是将之前的事情都一五一十地说了出来。

虽然他们也不明白这样说到底和太子被刺一案有什么关联，但是凌霜那些令人触目惊心的威胁他们是真的怕了。

他二人忙将三皇子曾经写给他们的亲笔书信，还有一些信物一样样拿出来，承平帝每看一样，脸色便暗沉几分。

方玉凝神看向面前那张令他朝思暮想的娇颜，心头却是暗自佩服。虽然这些人证物证真的不能作为三皇子意图谋杀太子的直接证据，这些证据单独拿出来甚至还带着几分令人狐疑的解释不清的地方。但是这恰恰是凌霜的高明之处，将承平帝最忌讳的东西一样样摆出来，三皇子这一次不死也得脱层皮。

“父皇！父皇！这都是凌霜随便找人诬陷孩儿的啊！父皇！父皇明鉴！”

承平帝的骨节捏得叭叭作响，猛地抬眸看向自己的三儿子。他晓得三儿子生性残忍，虽然装出一副文质彬彬的模样，却最是个容不得别人的心狠手辣之徒。若是这个儿子登基，自己的那些皇家血脉统统会被铲除干净。

他原本不想这个儿子继承大统，却不想出了太子这档子事，加上他年老多病，不得不替龙家祖业考虑一二。

若是不让三皇子登基，其他的儿子一个个实在是上不了台面，大燕朝的朝政势必会被权臣窃取，这绝对是他不愿意看到的。

“方大人如何看待凌将军这些证据？”承平帝抬眸看向了沉默的方玉。

方玉上前一步道：“皇上，臣惶恐。”

凌霜凤眸一挑，听着身边人熟悉的声音，心头却是含着几分寒凉，藏在袖间的手掌紧紧攥成了拳，指尖几乎刺破了掌心。

惶恐？！看你这个黑心黑肺黑肝脏的恶棍今天怎么替三皇子说话？一旦说话便意味着是三皇子的党羽。哼！抑或是你乘机可以铲除三皇子的势力，自己谋求点什么？老子倒是拭目以待！

“爱卿有什么大可说出来。”承平帝声音中带着几分威严。

方玉躬身道：“臣觉得事实胜于雄辩！既然这些证据都指向了三殿下，陛下可以派人核实一下！”

三皇子顿时脸色暗了下来，匍匐在地的身子有些僵硬。凌霜唇角微翘，含着一抹冷意，这厮倒是不敢惹上党争之嫌疑。

“不过……”方玉缓缓道，“证据毕竟是凌将军一个人提出来的，这件事情臣认为还是需要派人秘密调查，不可张扬开来。毕竟皇家的事若是沦为民间茶余饭后的谈资，实在是辱没皇家威严。不若请三殿下近来待在府中避嫌便罢！”

凌霜眼睛微微眯了起来，方玉果真是狐狸精转世。秘密调查便是给了承平帝一个缓冲，若是皇上一怒之下杀了三儿子，其余的儿子却都是无能之辈，那大燕朝的国祚可真的危在旦夕了。

三皇子是百般无奈的最好选择，所以即便是他大逆不道，承平帝也没法子杀了他。方玉这话一出口，倒是给了他一个运筹帷幄的时间，让老迈的皇上好好想想怎么办。

“好！便依着方大人所说的来办，至于查这些证据的事情便交给方大人亲自跑一趟。”

08 老子要嫁人

“臣遵旨，”方玉躬身行礼后，却是看了凌霜一眼，道，“不过，臣若是遇到什么解不开的结，还希望凌将军能提供一二协助！”

凌霜心头一顿，冷冷笑道：“这个好说，既然证据是我提出来的，方大人可随便问清缘由。不过近来我想要好好筹办同太子爷的亲事，若是没时间也只能请方大人等等了！”

凌霜此话一出，方玉顿时身子僵硬几分，承平帝也是惊诧莫名，太子都这样了，饶是哪个正常女人都不会跳进这火坑中的。可是凌霜偏偏就要跳进去，这也太匪夷所思了。

凌霜突然冲承平帝跪下来道：“皇上，臣在出征南疆之前，皇上金口玉言赐婚臣和太子，不知道这事还作数否？”

承平帝眼眸微微眯了起来，却是不答话。

凌霜清了清嗓子道：“臣从南疆归来，如今手中已经没有一兵一权。臣保护太子不力，恳请皇上撤了臣大将军一职，只保留臣之前的安平郡主封号。臣愿意嫁到太子府，专心侍奉太子殿下。即便是太子殿下没有繁育子嗣的可能，臣也想好了，明天臣便将四殿下的遗孤接进宫中，先养在太后身边，等臣嫁到太子府的时候，臣与太子便举办个仪式，正式收养四殿下的遗孤为我们的孩儿！到那个时候，臣愿意侍奉汤药在父皇母后身边，本本分分做个当家主母便罢！”

方玉脸色更是僵了几分，连父皇母后都不要脸地喊出来了。承平帝眸底却是神色一闪，似乎在重新审视凌霜。凌霜的这句话直接击中他的心坎。若是凌霜放弃兵权，本本分分做当家主母，若是自己心爱的逸儿能收养皇家血脉，将来继承大统也不是没有可能。

凌霜的才华他是晓得的，逸儿的能力他也是放心的，这两人将来倒是能将大燕朝的数百年基业发扬光大。再看看眼前野心勃勃的三皇子，还有青石地面上的尸首，以及沾着血腥的剑，实在不是大燕朝的福分啊！

可是事体重大，承平帝眉头紧锁，沉思了一会儿，倒是愿意给凌霜这个机会。

“凌霜，你真的愿意放弃一切跟着朕的儿子？”

凌霜心头一松，缓缓道："臣愿意！"

承平帝暗暗点了点头，道："好！魏公公，一会儿传旨钦天监，速速替太子大婚定下日子！"

三皇子猛地抬眸，不可思议地看着自己的父皇，即便是沉稳的方玉，也再压不住心头的那抹慌乱。

他转眸看向了凌霜冰冷的侧颜，这丫头今日从朝堂之上的认罪，到激怒朝臣引起几乎一边倒的拥护三皇子的局面，再到金銮殿中指出三皇子为凶手，一直到如今养心殿中重重证据的罗列，连他也上当了。

她所做的一切都是为了嫁给太子爷，所以她才铁了心要护着太子，今后凌霜与自己父亲的争夺也一定会达到白热化的地步。

可是……他怎么办？眼睁睁看着她嫁给别人？眼睁睁看着她与自己的父亲水火不容？霜儿！不要逼我！真的不要逼我！

"来人！三皇子言行有亏，即日起留在府中闭门思过！凌霜革去护国大将军一职，留在凌府待嫁！方大人尽力查办太子遇刺一案！朕也累了！你们都退下吧！"

"臣等告退！"

三人退出了养心殿，凌霜眉眼间涌出一抹一晃而过的冷色，随即归于平静。三皇子狠狠瞪视了凌霜一眼，恨不得啖其肉喝其血，却还是忍了下来。所幸方玉给他争取了一点时间，随即冲方玉点了点头，便急匆匆离开。

凌霜之前跪的次数多了些，活动了一下手腕脚腕，倒是显得气定神闲。随后与方玉擦肩而过，也不去看方玉灰暗的脸色。

"凌将军请留步！"方玉到底还是装不下去了。

凌霜停住了脚步，留了一个背影给他，冷冷道："方大人若是想要取证，同我的丫头嫣红商议便罢，老子还要回去缝制嫁衣！呵！没工夫！"

方玉脸上的表情碎了一地，深深吸了口气道："对不起，是方某唐突了！主要是皇命难违，不过以后在下会亲自登门的。"

"随你的便！"凌霜冷哼了一声，再也不看他一眼，大步走了出去。

方玉看着那抹清丽的身影，桃花眸中神色转了几转，事情发展到这一步，有些棘手了。

凌霜转出东司马门，却看到了宇文胤和他的虎贲营亲卫军统领余庆立在一处，一边却是围着几个素来与三殿下走得极近的官员。

养心殿里关于凌霜待嫁、太子爷收义子还有三殿下被勒令留在府中禁足的消息想必已经传了出来。魏公公是宇文胤的人，凌霜晓得这消息定会传到宇文胤的耳朵里。

“凌霜！”胡离也没有走远，而是等在了东司马门外，他心头一直担忧凌霜在养心殿会不会惹下大祸。

“胡离，我府上的丫头准备了新鲜的桃花茶，要不要去品茶？”凌霜笑得云淡风轻。

胡离忙道：“那是自然，南疆待得久了，京城中的桃花茶倒是想念得紧，走！尝尝去！你府上丫头的手艺应该是见长了些！”

凌霜同胡离转身并肩上马离去，宇文胤墨眸微微一闪，看着骑马并肩而去的两个人，心头却是掀起了惊涛骇浪。这个女人到底用了什么招数，三皇子居然被禁足了？

胡离刚随着凌霜走进松林堂的书房，便再也按捺不住心头的疑虑，凝视着凌霜道：“凌霜你到底在搞什么？难不成真的要嫁进太子府去？你明明知道太子……”

“少安毋躁，喝茶！喝茶！”凌霜命嫣红将小舞调制好的桃花茶端上来，小舞也不知道什么时候学了一手泡茶的好手艺。

“喝个什么茶？”胡离没想到凌霜居然真的想要将自己搭进去参与这朝政斗争，哪里能坐下来喝茶，猛地站了起来，点着凌霜鼻子道，“你让凌老夫人怎么办？即便你成功地让太子爷坐了那个位置，你难道真的愿意进宫？以后毕生的精力耗在那些宫廷争斗中？我晓得你是个喜欢纵横江湖的性子，宫中不适合你！你何苦……”

09　谁在默默相守

“坐下，坐下，胡离，少安毋躁！”凌霜笑着将胡离拉坐在椅子上，“咱俩是不是哥们儿？”

“滚！”胡离气得脸色都变了几分，咬着牙道，“早知道你用这种法子上位，还不如哗变算了！他娘的，你看看现如今的朝堂，乌烟瘴气成个什么样子？”

“喝茶！然后给老子安安静静坐下来听我说！”凌霜将茶盏推到了胡离面前。

胡离瞪了她一眼，接过狠狠灌下，却是猛地呛了一下。

“喂！你以为喝酒呢！这茶可是我家小丫头花了好些心思泡好的！”

“说正事。”胡离将杯子扔在了案几上。

凌霜凤眸一挑，唇角晕染了一抹冷意，淡淡笑道：“胡离，你等着瞧好戏吧！今日养心殿我着实狠狠摆了三皇子一道，以后还会有好戏看！三皇子是上不了位的，我们倒是要小心宇文家那边的情况。”

“宇文胤？”胡离星眸一烁，“你是说宇文家还藏着大阴谋？”

凌霜顿了顿，还是没有将方玉的秘密说出来，方玉救过她的命，不管是在毓秀河畔的围杀，还是赤州城下的拼命，他都护在自己身前。这一次他却这般薄情寡义，凌霜心头隐隐觉得有些不对劲，她不愿意同胡离说。毕竟这是她的私事，还需要她自己去处理。

“嗯！只是以后要小心行事罢了！”凌霜轻轻捏着茶杯，“胡离，我嫁入太子府仅仅是权宜之计，我只是不想欠太子什么。等到他上位后，我会选择一个合适的机会离开，从此天高任鸟飞，大燕朝的是是非非将与我凌霜再无半分瓜葛！”

胡离心头松了几分，看着她道：“皇上对胡家倒是没什么大的戒心，我继续执掌御林军。只是宇文胤那厮作为大将军，这一次带领的兵力大多进驻东西大营，兵力远远超过了御林军。我不知道皇上到底在想什么，他处处用宇文家牵制凌家，难不成不怕宇文家生出事端来？”

“呵！圣上聪明着呢！如今京城形势不稳，宇文家根深蒂固，想要动手铲除宇文家，他是怕引起京城动荡。但是你注意到了没有，最近方玉那厮提升得极快，朝廷成立了军机营，直接掌管东西大营，方玉正好被圣上派去执掌军机营。用文官牵制武将，皇上牵制宇文家的军事实力那是迟早的事情。”

胡离顿时了然，随即神情怪异地看着凌霜道：“凌霜，你觉得方玉是个什么人？我怎么看不透呢？”

凌霜唇角不禁苦笑，道：“看透了，那便不是他了！我也……看不透了……”

胡离顿了顿，还是缓缓道："在赤州城，他对你的一举一动倒也不像是作假，兴许……"

"胡离！不要再说了，"凌霜截断胡离的话题道，"我与此人再无瓜葛了，从此他是他，我是我，他有苦衷也好，身不由己也罢，我凌霜也不是那种为了一份情便要死要活的女人，无情一身轻，这样就好。"

胡离看着凌霜凤眸中一晃而过的悲伤，不禁暗自苦笑，其实气贯长虹的女将军也有为情所困的时候，她能真的对方玉做到无情吗？

这个世间也着实奇怪得很，他对凌霜十几年的执念，不论他怎么挣扎都放不下。凌霜对方玉的执念又何曾能放得下，她只是表面上的云淡风轻罢了。

二人又商议了一会儿今后的对策，胡离便起身离开。凌霜说的对，近来凌家在风口浪尖上，不管文家和胡家多么在意凌家，明面上还是少来往的好。

三天后，承平帝特命户部和工部开始着手英烈塔的修建，这件事上他听从了凌霜的意见，为的是顺应民意。

凌霜借着大批工匠进京的机会，将文家和凌家的家眷与那些死士换了身份，派人送出了京城。

入夜时分，小舞终于回来了，被凌霜叫进了暖阁。

"都走了吗？"

"回禀大小姐，都离开了，老夫人还让大小姐放宽心，她老人家会在岛上等着大小姐的。"小舞说罢，将一个有些老旧的护身符送到凌霜手上。

"老夫人说，这护身符可是凌家传下来的宝贝，让奴婢交给大小姐。"

凌霜接过来一看，是一个不知道用什么宝石雕刻成的剑鞘模样的配饰，但是上面凌家特有的家族徽标让她心头一热，忙紧紧攥在手中。

10　皇家聘礼

这下子，她没有了后顾之忧，接下来便是她大展身手的时候了。

"大小姐？"嫣红看到凌霜脸色不太好看。

"无妨，我有些累了，你们下去吧！"凌霜揉着眉心道。

两个丫头忙退了出去，凌霜抬眸看着窗外的半弦月，却是喃喃自语："方玉，你到底想要什么？是皇位吗？难不成皇位对你就那么重要，重要得可以抛弃我们曾经心中坚守的东西，抑或是你也仅仅将过去的那些郎情妾意当作是游戏一场？既如此，那便只能你我玩一局了。方玉，我绝不是你玩玩就过的女人，想玩我？你得放点血才行！”

这些日子的折腾，加上凌霜对凌家和文家家眷的担心，着实是耗费心力。第二天，凌霜直睡到日上三竿。为了演好这场戏，她一如往常去了松鹤堂，向假的凌老夫人请安，稍稍坐了一会儿便离开松鹤堂。刚要转过偏厅，宫里头的魏公公随同内务府的祁王带着皇上的口谕便到了凌府。

“安平郡主听旨！”魏公公对凌霜的称呼变了，凌霜心知肚明，自己这个大将军头衔看来是被承平帝完完全全夺去了。

她晓得今日祁王亲自带着这么多宫人来府，这便是要下初定了，忙将后堂的凌老夫人还有二哥等凌家大小请了出来，在正厅摆了香案，齐齐跪下来接旨。

“皇上旨意，安平郡主与太子爷大婚之日定在下月初一，特赐镶嵌东珠珊瑚金项圈一套，衔珍珠的大小金簪各十支，嵌东珠两颗的金耳坠三对，金镯两对，金银纽扣各百颗，貂皮、獭皮、狐皮八十张，绸缎一百匹，棉花六百斤，饭房、茶房、清茶房所用银盘银碗银壶银碟等若干。特赏赐黄金三万两，白银七万两，狐皮朝服一件，薰貂帽一顶，金带环、手巾、荷包耳挖筒等配饰一份，备红玉鞍马一匹。赐凌老夫人衔珍珠的金耳饰三对，狐皮袍一件，獭皮六张，雕玲珑鞍马一匹……”

魏公公每念一句，内务府的人便抬着大大小小的紫檀木箱子一样样将东西摆进凌府的正厅。皇家的聘礼果然厚重，引得凌府四周围观的人群议论纷纷。不过谁心里都明白，虽然这赏赐颇重，可是凌将军那样一个如花似玉的绝色女子到底还是嫁给一个阉人，每个人都扼腕叹息，实在是可惜了的。

魏公公念了大约半炷香的时间才将礼单念完，合上礼单，躬身退在了祁王的身后。

祁王身着蟒袍玉带，带着几分天然的风流潇洒，他俯身将凌霜扶起来，笑道：“东宫的太子爷今日还亲自加了一箱子东珠在聘礼里面，倒是没见太子爷这么开心过。”

“多谢祁王帮忙周旋，太子殿下还好吗？”凌霜因为是未嫁之人，倒是不方便进宫看看龙辰逸。

“伤势基本上好利索了，只是心情还有些郁郁，”祁王看着凌霜，话锋一转道，“不过太子爷能得凌姑娘这样的佳人相伴，心情定会好起来的。”

祁王如今待凌霜倒是客气了几分，他也没想到这丫头一出马，便将局势彻底扳了过来，实在是高啊！连他都不得不佩服几分了！

“对了，凌姑娘，本王掌管着内务府，近来收了几匹上好的天水纱和云烟罗，颜色喜庆至极，一会儿本王命人给你送过来。如今已经快月中了，下个月初便是你和太子爷的大婚之期。内务府全权操办你们的婚事，只是时间紧迫，也许有些地方简陋了些，还请凌姑娘多担待。”

凌霜忙道：“王爷太客气了，小女子多谢王爷尽心尽力操办，大婚之后定随太子爷亲自去府上道谢。”

祁王眉头一挑，果真明白事理，看来皇上这一次倒是听信了这丫头几分，说不定面前的这位可是未来的国母，自然要巴结着些。

“凌姑娘，内务府已将整个京都的绣娘全部安排在了京城最好的绣庄锦绣阁待命。凌姑娘一会儿得空还请移步锦绣阁，大婚时候的嫁衣要赶着做出来的。”

“王爷，”凌霜想起一件事来，压低了声音道，“王爷，四殿下的遗孤不知道王爷安排妥当了没有？”

祁王淡淡一笑道：“安排妥当了，昨日刚刚送进太后的寝宫，凌姑娘得空可以去瞧瞧。如今凌姑娘是待嫁的太子妃，进宫也该是方便的。”

“多谢王爷。”凌霜心头松快了几分。

“来人！你们两个好好侍奉凌姑娘！”祁王转身将两个掌教嬷嬷喊了过来。

“这两个是太后身边的老人了，凌姑娘且跟着她们学一些宫中的礼仪。”祁王笑道。

“老奴见过凌姑娘。”两位掌教嬷嬷忙冲凌霜福了下去，凌霜回礼后，命嫣红将二人带到后院好好安置。

祁王又同凌老夫人和凌冰见礼，凌霜之前训练的死士早已经将凌老夫人的神态一样样学得有模有样，倒也没有被看出破绽来。

好不容易将祁王和魏公公应付了过去，凌霜这才得空回到松林堂歇着。

“嫣红，将府里头几个管事的统统请过来！”凌霜明白今日祁王大张旗鼓地来府中送聘礼，必然引起京城又一轮暗潮涌动。凌府这半年多来简直像在坐过山车一样，起起伏伏紧张刺激。

越是如此，越要管好自己的家人，虽然家眷们都被送了出去，可是凌家的那些本家宗亲却还在，不能因小失大。

不多时，钱管家等各院的掌家婆子齐齐聚集在了松林堂，一个个战战兢兢躬身而立，屏风那边坐着的那个女子不仅仅是他们的大小姐，也是大燕朝赫赫有名的战神，更是即将嫁进太子府的太子正妃，说不定还是未来大燕朝的皇后。

“今日将你们叫过来，只想说一件事情，”凌霜声音中透着几分清冷，“如今凌家是被放在火上烤着，断不可认为自己如今飞上枝头变凤凰，言语之间露出几分猖狂来。从今天开始，我不再是大将军，你们下去传话的时候自己小心称呼。出了府邸办事，也不可打着我的名号嚣张跋扈。若是触犯了我的禁忌，你们自己掂量着办！一句话，低调行事，低调做人，听明白了吗？”

第七章 朝政跌宕

01 锦绣

“是！”一干人等哪里不明白，忙躬身应了下来。

“府里头办喜事，倒是要仰仗大家多操劳几天的。嫣红，打赏下去！”

嫣红忙将袋子里的银两挨个发了下去，那些掌事的下人们自然是心情极好，办事哪有不尽心尽力的。

“大小姐，”小舞走了进来，身后跟着的十几个粗使婆子抱着满满当当的绸缎走进来，“祁王派人送绸缎来了！”

凌霜扫了一眼，果真每一匹都是上好的缎子。她抬手挑了一匹艳红织金和一匹浅紫绣银色梅纹的缎子，笑道：“这两匹送到锦绣阁去，我一会儿过去量身子做衣裳！剩下的你们分了吧，凌府毕竟要办喜事，老子不穿得喜庆点怎么对得起观众？”

小舞干练地应了一声，带着婆子们退下，对那些婆子们道：“大小姐既然喜欢喜庆，你们一会儿便抬着这些绸缎紧着些去锦绣阁办差，记着一点，就要让别人看到这些大燕朝绝无仅有的好料子。”

小舞聪慧，哪里不知道凌霜的用意，越是这样炫耀，那些朝堂中的墙头草们才会明白，如今的风向可是倒向了太子爷这一边的。若是如此，三皇子之前拉拢的那些人脉，还有何用？

凌霜歇了一会儿，起身换下了身上的劲装，穿上京都贵族女子喜欢的绫罗绸衫，将头发梳成了时下女子最流行的螺髻，簪着翡翠珠花，打扮过后，俨然一个亭亭玉立的俏佳人。

嫣红左右看了看，笑道：“果真还是女子装束更衬得大小姐美艳。”

凌霜唇角含笑，凤眸中却是带着几分冷意道：“既然皇上想要我放弃兵权，那就做得彻底一点好。从今往后不问军务，只管逛街买珠花，抚琴煮茶吟诗作对，老子……本姑娘又不是不会。对了，从今天开始，那些贵族门庭中的什么赏花诗会，只要有拜帖送过来咱们就去！”

嫣红愣了愣神，还是应了下来，大小姐这样的变化还真是让人不习惯得很。

凌霜打扮好后便出了凌府，自然是坐着马车去了朱雀街上的锦绣阁。锦绣阁里的绣娘早已经恭候多时。凌霜量好了身材尺寸，便出了锦绣阁，在街面上随便闲逛，从首饰店到脂粉店，大半条街逛下来，倒也累人得很。

她带着嫣红去了一座茶楼，躲在二楼的雅间里喝茶，凤眸却是淡淡扫向了街角那些行踪不太干净的皇家影卫，唇角微翘，露出一抹嘲讽。承平帝就这么不放心她？这是派人看她是不是真的甘愿做一个小妇人吗？

“嫣红，买一包栗子糕来！”凌霜倒是想念京城的点心了。

嫣红唇角微抿，大小姐这是馋了，忙应了一声走出去。

凌霜凝神听着隔壁那些关于三皇子的议论，神情淡雅地品着茶。

“喂！听说了吗？昨日在毓秀河边挖河堤的时候，居然挖出了一个上古的神兽雕像来！”

“真的假的？”

“千真万确，不过……”那边压低了声音，却也瞒不过武功高深的凌霜，“上面写着‘懿德顺天’四个字！还写着苍天已死，黄天当立，岁在甲子，天下大吉！”

“乖乖哟！‘懿德’那不是三皇子的表字……”

“嘘……小心脑袋！”

“还有呢，最近宣德门那边的人买到的鱼，那鱼肚子里藏着的居然是三皇子的生辰八字……你们说这事奇不奇怪？”

“那岂不是说三皇子要取代咱们皇上……”

“要死了！喝茶！说这些做什么？还有太子爷和凌将军呢！”

“凌将军被革去了大将军，如今正待嫁呢！”

“也着实可惜了，凌将军多好的人，怎么就嫁一个……”

“省省吧！你心疼个什么劲？”

“呵呵呵……凌将军那样的奇女子，哪里轮得到咱们这等粗鄙之人心疼，不过，凌将军倒真是……”

凌霜闭上了眸子，收回了心神，猛地闻到一股子冷冽的白檀香的味道，随即抬眸，却是撞上了宇文胤那双深邃狭长的墨眸。

“凌姑娘，外面的桌子满了，在下可否来你这里拼桌？”宇文胤说罢，也不管凌霜同不同意，掀起袍角便坐在了凌霜的对面，冲跟在身后诚惶诚恐的店小二道：“来一壶上好的碧螺春，还有，拣你们店里可口的点心来几样！”

嫣红此番正抱着一大包栗子糕走上来，看到宇文胤，猛地抬手握在腰间的刀柄上。

“呵！”宇文胤薄凉的唇角微冷，“你这丫头倒是有趣，陪凌姑娘逛街还带着刀，果然有武将风范！”

嫣红一愣神，是啊，如今大小姐已经去了军籍，自己带刀有点不合适。

“嫣红，你在外面候着。”凌霜凤眸掠过一抹冷光，直直盯视着面前这个危险的男人。

嫣红担心地看了一眼凌霜，缓缓退了出去，冲一边易容后的小舞打了个手势。不多时，小舞率领的暗影将整座茶楼围得严严实实，那些茶客却丝毫不知晓。

宇文胤感受到了四周隐隐约约的杀意，淡然一笑道：“果然是凌姑娘一手训练出来的人，出手就是不一样！”

“彼此，彼此，”凌霜抿了口茶道，“被狗咬的次数多了，偶尔防备一下也是应该的。”

宇文胤唇角勾起一抹淡然的笑容，脸色丝毫没有改变，倒是安然地品着茶，与凌霜像是多年未见的老友一般从容恬淡。

凌霜看着眼前这个她此生最大的对头，却越来越发现摸不清对方的底细，这让她心头生出几分不舒服来。

宇文胤真的应该是她最强劲却又最不可捉摸的仇人，不知道此番这厮坐在这里，又在琢磨什么见不得人的事情。

“凌霜，我倒是很佩服你，到了这个境地还能反败为胜，鱼肚子里的蜡丸和河堤里挖出来的石像都是你的大手笔吧？”宇文胤将茶杯缓缓放下，凝神看着眼前的女子，压抑着心头的那抹异样情愫。

凌霜哧的一笑：“都是千年的狐狸，何必明知故问呢？”

“凌霜！”宇文胤猛地起身，伏下身子盯视着凌霜的凤眸，声音中却是带着几分前所未有的郑重，“凌霜，你知不知道我真的很想杀了你？！”

02 布局绝杀

凌霜被那双墨眸逼视着倒是生出几分寒意，右手缓缓摸向了藏在身边的酬勤匕首，凤眸中却是带着吊儿郎当的神色，淡淡笑道：“老子何尝不是呢？”

“滚出京城吧！趁我现在有一丝丝的后悔，你……马上……滚出京城！这里不是你该玩的地方！”

凌霜眉头狠狠蹙了起来，不知道这个变态到底是什么意思。

“你吓我？老子就是吓大的！”凌霜缓缓起身，被宇文胤居高临下逼迫的感觉很不爽，她仰起头，看着宇文胤冷冷笑道，“宇文胤，真正的游戏才刚刚开始，你不要那么自信好不好？谁输谁赢还不一定呢！”

她说罢冷冷将宇文胤撞开，朝着门边镇定自若地走了出去。

“凌霜！你宁可嫁给一个阉人也不愿意离开京城吗？”宇文胤转身冲凌霜的背影猛地低吼了出来，“好！我成全你！”

凌霜背影一顿，缓缓走了出去，嫣红忙跟上来。小舞却将暗影迅速调离了茶楼，一切都像没有发生过一样。

凌霜刚刚钻进马车，却看到街角处停着方玉惯于乘坐的青帷马车徐徐离开，混进了人群中。

她将车帘放下来，心头却掀起了巨浪。宇文胤让她离开京城，到底是在搞什么？

如今三皇子已经被她整得差不多了，她利用鱼肚子里的蜡丸，还有提前埋进去的石像，将三皇子向死亡的道路上大大推进了一步。

皇上再怎么老迈也是皇上，他还没死呢！况且但凡君主，越是死到临头越是害怕，疑心病重，而且变态得很。你三殿下越是彰显出取代皇上的意思，死期也就越快了。

她轻轻捻着裙边的缎带，脑海中却是转着各种各样的念头。如今只差明州那边的动静了，三皇子倒台是在她预料之中的。三皇子倒台后，便是太子的天下了。可是方玉和宇文胤到底想做什么？没了三皇子这块挡箭牌，他们难不成还能反了天去？

等等！凌霜猛地坐了起来，凤眸中却是微微一缩，她好像猜到那两个家伙想干什么了！

她身子重重跌坐在椅榻上，突然头狠狠疼了起来，难不成真的要同方玉决裂？龙辰逸与方玉之间，她该如何抉择？

罢了！她既然已经站在了龙辰逸这一边，就要坚持下去。她凌霜从来没有半途而废的习惯，宇文胤是凌家的仇敌，断然不能让他上位。方玉……她似乎已经对他失望了，从他口口声声答应自己要带着她私奔，带着她隐居避世，最后却形同陌路，是他一步步将自己推开，她何苦贴上去讨他的欢心？

“嫣红，回府！”

“是！”嫣红忙驾着车回了凌府。

小舞早已经等在了松林堂，看到凌霜进来，忙躬身行礼道：“大小姐，明州那边有消息了。”

“说！”凌霜缓缓坐在了软榻上。

小舞忙道：“明州三皇子的心腹管家大肆兼并土地，民怨沸腾，之前也出现过人命案子，可是地方官忌惮三皇子的威严，没有受理那几件人命官司。”

“天门宗的那些人将东西埋进三皇子在明州的宅子里了吗？”

“回禀大小姐，已经妥帖了。”

“小舞，你派人将那些告状的百姓想办法接到京城里，三天后是京都里重要的百花节，祁王喜欢热闹，你安排那些告状的百姓进京拦下祁王的轿子！让他们告御状！”

“是！”小舞忙退出去。

嫣红看着自家大小姐，却不知道大小姐这是唱的哪一出，小心道：“祁王最是圆滑世故，大小姐，拦下他的轿子不知道起不起作用？”

凌霜微微一笑道：“祁王最是个识时务的人，三皇子已经触犯了龙鳞，他不会替三皇子包庇，他是个聪明人。”

三月京都最热闹的便是百花节，凌霜早早起来梳洗打扮。一袭玫瑰紫菊纹上裳，月白色百褶如意裙，反绾着简单的发髻，别着一支红宝石点缀的水晶步摇。整个人越发显得清丽脱俗，并于这清丽脱俗中透出一丝雍容华贵来。

她坐着马车，准备去毓秀河畔参加一年一度的诗会，顺道在桃花树的枝杈上绾上缎带祈福。近来凌霜在京城名门闺秀圈子里成了红人，当然这其中多数人忌惮她未来太子正妃的身份。

毓秀河边的桃花林似乎与凌霜很是有缘，借尸还魂便是在这桃花林中的亭子里，设局截杀凌婉也是在这里，与方玉并肩起舞缱绻情深同样在这里。一幕幕在脑海中流过，如今又到了桃花开到荼蘼时，心头却多了几分苍凉。

“凌霜。”身着竹纹锦袍的胡离从一群贵公子的簇拥中缓缓走了过来，他本不想参加这样的花期盛会，可是为了能看她一眼，还是来到了这里。

灼灼桃花中，那双凤眸看起来分外令人心神激荡。十多年了，胡离还是摆脱不了那双凤眸的魔咒。

“胡离！没想到在这里遇到你！”凌霜本是来应付，却遇到了兄弟，高兴之余，刚要抬手一拳砸在他的肩头以示亲昵，却被胡离不露痕迹地躲了过去。

“凌霜，注意身份，你可是即将出嫁的太子妃！”

“咳咳咳……一激动给忘记了，”凌霜讪讪收回手臂，却是看着游人如织的桃林叹了口气道，“胡离，你有没有觉得，经历过那场生死大战后，如今看什么繁华都提不起兴致来。”

“是啊！明明是色彩斑斓，还是觉得苍凉。不过，你准备好退路了吗？”胡离压低声音看着她。

“嗯！等龙辰逸地位稳固后，我会全身而退，也算是我给了他一个交代。一会儿我要进宫去看他，还有那个四殿下的遗孤。宫里头已经有了消息，皇上最近呕血了。”

胡离大吃一惊：“皇上他……”

03 颠覆朝堂

凌霜凤眸扫过了层层叠叠繁复的花瓣，缓缓道：“叶南曾经同我说过，她之前给皇上看过失眠之症。皇上一旦出现呕血的征兆，那么也就在这一两个月的光景了！你留在京城中好好做你的御林军总统领，龙辰逸虽然糊涂了一些，但是用人上面却是不糊涂的。他一旦登基，必定会重用胡家的人，你好好干！到时候再娶上几房妻妾，儿女成群……”

“凌霜，你想多了，今生我都不会再娶妻！”胡离突然觉得心头有些堵得慌，脸色微微一变便大步离开凌霜。刚走几步，却又猛地折返回来，盯视着凌霜低声斥道，“凌霜，你就是个没心没肺的女人！”

凌霜一愣，却看到胡离生气的背影越走越远，她唇角晕出一抹苦笑。不是不知道胡离的情意，可是他要的她给不起。

情这个字谁能说得清，不喜欢就是不喜欢，又该如何是好？况且凌霜晓得，胡离心心念念的是过去的那个凌霜，而不是如今面目全非的她。她有什么资格占据了这具身体，还要无耻地占据她一生信赖的那个狐狸兄弟？

“冤枉啊！大人！草民冤枉啊！”突然，一阵阵凄惨的哭声打破了毓秀河畔的繁花似锦，刚一出现在河畔青石道上，祁王的马车便被一群衣衫褴褛的百姓堵住了去路。

这事倒也新鲜得很，京都中很少有当街拦王爷马车告御状的事情，一时间人们纷纷涌了过去。

“大小姐，祁王的车驾被拦住了！”嫣红忙过来禀告。

凌霜点了点头，唇角闪过一抹冷笑道：“走！去看看热闹！这可是京都第一大案，指不定要牵扯出多少党羽，不知道宫中的皇上能不能撑得住？”

几天后的养心殿中，承平帝早已经勃然大怒，龙案上的笔墨纸砚摔了一地。祁王躬身立在一边，偷瞄了一眼一边跪着的三皇子。

龙辰轩此番却是脸色死灰一片，整个人匍匐在鎏金地面上，阵阵寒意席卷了他浑身的毛孔经脉。

不远处的地面上散落着一些卷册，每一册都是他近几年来大肆圈地残害百姓的证据。不过这些都不是最重要的，最重要的是，父皇命人在彻查明州圈地案的证据时，居然在他的老宅中查出了龙袍、龙椅等物品。

“父皇！父皇！儿臣冤枉啊！父皇！”龙辰轩膝行至承平帝面前，一把抱住父皇的腿，大声哭了出来。

“父皇，近来京城中一件件针对儿臣的事情都是有人暗中构陷儿臣啊！儿臣断然不会做出那种大逆不道的事情来！父皇明鉴！”

“孽子！”承平帝一脚将龙辰轩踹开。苍蝇不叮无缝的蛋，近来这些事情确实是一桩接着一桩，令人不得不怀疑有人故意陷害，可是，龙辰轩若没有那么多弊病，如何能给人钻了空子？

难不成明州圈地打死人命，与朝臣结党营私，迫切想要登基上位这些事也是有人陷害他吗？他冷冷看着自己的三儿子，道：“都是朕错了，朕当初就不应该听了你母妃的谗言给了你那么多权柄，以至于你如今是非不分，残害手足，虐杀百姓，结党营私，都是朕错了！朕……咳咳咳……”

“皇兄！”祁王大惊失色，忙将气得摇摇欲坠的承平帝扶住，心头却是一颤，皇兄这几日经历了太子的变故，如今又看到三皇子生出异心，这身子骨怕是熬不住了。

承平帝将喉咙间涌上来的腥甜强行压了回去，颤抖着手点着龙辰轩道：“来人！给朕……”

龙辰轩心头一惊，忙跪在地上狠狠磕头道：“父皇，儿臣是真的冤枉啊！儿臣求父皇做主……儿臣……求求父皇了……”

龙辰轩再没有了之前的趾高气扬，此番抱着承平帝的靴子哭得分外凄惨：“父皇，儿臣知道自己一向做的不够好，让父皇生气！可是……父皇还请饶了儿臣这一次……儿臣只想在父皇跟前尽孝……儿臣……呜呜呜……”

祁王不禁暗自感慨，这个三皇子还是有些道行的。事已至此，若是一味强硬，反而会死得更快，此番苦苦哀求，倒是能引起皇兄的一番怜惜来。

承平帝闭了闭眼眸道：“来人！将这个孽子关在宗人府圈禁起来，废掉皇子身份，贬为庶民！”

龙辰轩狠狠吸了口气，抹了一把眼泪，跪在地上磕头谢恩。只要今日父皇没有将他处死，他便还有机会。

消息迅速传到了东宫，端坐在东宫软榻上的龙辰逸却扬手将手中的杯盏摔了出去。他俊朗的眉眼掠过一抹暗恨，龙辰轩犯下如此重罪，可还是被父皇免了死罪，他好恨！

“太子爷！凌姑娘来了！”一边伺候的掌事宫女忙进来禀告。

龙辰逸脸色稍稍和缓了几分，忙道：“请她进来，对了，那些她爱吃的点心你们也端上来。太后那边的规矩多，她定然拘礼得很，此番该是饿了。”

几个宫女应了一声便退了出去，不多时，一袭淡紫色裙衫的凌霜缓步走进了东宫。

“凌霜参见太子殿下！”凌霜走到软榻边，刚要福下去，却被龙辰逸探出手臂扶了起来。

“霜儿坐吧，来我这里不必拘礼，你我之间何须这一套，来，坐下说！”

凌霜凤眸一动，扫了一眼左右服侍的宫人，缓缓道：“凌霜不能违背了君臣之礼，太子爷的关爱让凌霜受之有愧。”

她硬生生跪下来，将该行的礼规规矩矩做完。龙辰逸也不笨，知道凌霜这是做给别人看的，只得硬着头皮受了她一拜，随即将左右宫人撵出去，留下凌霜说话。

“霜儿，先吃点点心再说，近来有没有人为难你？好些日子不见了，也不知道你过得好不好？”龙辰逸心头有千言万语，到头来却不知道该从何说起，只得将心头最担心的问出来。

凌霜看了看地上被龙辰逸摔碎了的茶杯，压低了声音道：“龙辰逸，你个笨蛋！现在是什么时候了？收起你的小孩子脾性！”

龙辰逸脸色一红，却是咬肌绷得紧紧的，转眸看着东宫窗户外面洒落进来的光影，冷冷道：“我真的是好恨……”

04　可以吻你吗

凌霜看着身边这个曾经张扬傲气的男子，虽然如今看起来比刚回宫那会儿气色好多了，可到底还是多了几分阴戾之色。

一个男人被害到此种地步还不如去死，如今的龙辰逸每走一步都是在刀尖上跳舞，痛不欲生。好不容易她出谋划策，将三皇子逼到了这份儿上，可是到头来却只得了一个圈禁的结果。别说是龙辰逸，凌霜也是分外的不满。

“罢了！你且听我说！”凌霜一把拽住龙辰逸的手臂道，“心急吃不了热豆腐，你先别急。想想人老了虽然脾气见长，可是龙辰轩毕竟是皇上的亲儿子，要杀自己的儿子，到底还是心软几分的。这个时候，你千万要撑得住阵脚。你父皇若是探听你的意思，你切不可透露出想要杀三皇子的心思。非但不能透露出你想杀他，你还得去保下他，替三皇子求求情晓得吗？”

龙辰逸的眸子狠狠闭了闭，随即叹了口气道：“霜儿，我晓得你为我做了很多，这一次是我连累你了。”

凌霜心头松快了些，之前在太后那里看望四皇子的遗孤，便听到了承平帝要圈禁三皇子的消息。她就是怕龙辰逸沉不住气，急急忙忙赶了过来。如今一看，他较之前沉稳得多，自己倒也放心了。

“那好，你我二人最近还是回避的好，我先走了！”

“霜儿，”龙辰逸一把拽住了凌霜，却是带着几分不舍，于那不舍中又添了几分自卑，缓缓道，“其实，我都晓得，我晓得我配不上你。霜儿，不管未来怎样，我会放你离开的。”

凌霜心头一顿，却是涌出一抹复杂的情绪来。龙辰逸在她的人生中真的是个特殊的存在，特殊到她如今不知道该如何待他。

“龙辰逸，我只能帮到你这一步，皇宫不是我的归宿，你应该……”

“我明白，”龙辰逸轻轻放开凌霜的手臂，“若是顺利的话，待我登基之后，我会给你安排一个假的身份，让你没有后顾之忧地离开。凌家和文家的宗亲们我也会好好照顾，你且放心。只是近来我老是做梦，每个梦中都有你翩然而去的背影，我……我只是有些不舍罢了！霜儿，你不欠我什么，也不欠任何人什么，我只希望你今后能顺风顺水，平平安安便好！”

“谢谢，我会护着你走下去，走到你再不需要我相护，毕竟你是我在这宫里头最好的朋友，不是吗？”凌霜伸出手。

龙辰逸有些愣怔地看着眼前的纤纤素手，轻轻握住，却猛地将凌霜一把拉进怀中。

凌霜心头一跳，忙撑着龙辰逸的胸膛，有些尴尬地看着他。

龙辰逸淡淡问道："霜儿……我能……吻你吗？我在梦中已经期盼了很久，我想吻你一次，也是最后一次。"

凌霜心头猛地生出几分不祥来，可还是点了点头，那双眼眸中的绝望让她无法拒绝，她微微闭上了眸子。

阳光顺着窗棂照射在了凌霜干净俊俏的脸上，龙辰逸几乎带着几分虔诚捧着凌霜的俏脸，像是他手中捧着的是整个世界。

他缓缓俯身，一个淡淡的吻却是落在了她光洁的额头上，随之而来的一滴灼热眼泪烫得凌霜的灵魂都抖了几分。

龙辰逸的唇瓣只是轻轻一擦而过，就像湖面上的浮光掠影般消失不见，他抬起身子，擦掉眼角的泪，温柔笑道："霜儿，谢谢，谢谢你的美好，让我今生可以有梦而来。保重身子，去吧！我也累了！"

龙辰逸将凌霜轻轻推开，便卧倒在了软榻上，面朝着锦缎帐子，再不看凌霜一眼。

凌霜呆呆地站起身来，看着那抹明显消瘦得厉害的背影，第一次对自己产生了怀疑。即便是她拼尽了全力将他扶上那个位置，他真的开心吗？

她顿了顿，还是咬着牙疾步离开了东宫，每个人都有自己无法推脱的责任，这大概就是人生的无奈吧！

入夜时分，三皇子被贬为庶人并被圈禁的消息不胫而走，朝堂中再一次风起云涌。凌府又成了京都中备受推崇的所在，只是凌霜之前便做好了准备，推掉了一切官职。那些想要登门拜访的权贵倒是没法子同凌霜拉拢什么。

毕竟人家一个女孩子，而且是即将出嫁的姑娘，那些大老爷们儿总不好上门吧！于是那些贵族门庭的夫人小姐们倒是起了大作用，纷纷上门，不是找凌霜赏花，便是一起钻研琴技，甚至还有的上门向凌霜讨绣花的花样子。

凌霜对这一切都以待嫁闺中，并且学习宫中礼仪为由推托了去。这下子倒也耳根清净了不少，她明白，这样的境况下，低调才是做人的本分，她可不愿意犯下三皇子那样的低级错误。

05 大婚前夜

眼见着大婚的日子已近，凌霜反倒是闲了几分，只等着三天后东宫的人来迎亲。皇上近来咯血之症越发发作得频繁了，太子倒是必须时时刻刻待在宫中照料，故而凌霜的大婚自然比别的女子多了几分特别。

情形特殊，也算是特事特办，凌霜三天后会直接嫁到东宫里去。这在京都中又引起一片议论之声，凌霜这派头俨然是未来皇后的姿态啊！

“大小姐！锦绣阁的嫁衣已经送来了！”小舞带着几个丫头，将锦绣阁织好的朱缘、绣翟、蔽膝、大带、佩绶，还有一大堆晕死人的佩饰，一样样捧进了松林堂中请凌霜过目。

凌霜抬手缓缓拂过了用金银线绣织的繁复花纹，唇角微微含着几分苦涩，没承想自己穿越到这个世界中，居然还会有二婚的机会。

她无数次幻想过方玉会给她一个什么样的婚礼，原来有些事情也仅仅只能停留在幻想中过过瘾罢了。

“大小姐，宫里头的徐嬷嬷求见！”外面的丫头躬身回禀。

凌霜猛地抬眸，徐嬷嬷是皇后宫中的心腹之人，不知道这大婚在即的日子里，陈皇后将自己最心腹的徐嬷嬷派来是什么心思？

“请她进来！对了，嫣红呢？”凌霜早上让嫣红出去替她采买一些进宫后必须要用的东西，这半天过去了，都没见她回来。

“嫣红姐姐说是要替大小姐买东西，和婢子在锦绣阁外面分开了，”小舞脸色一变，“大小姐，不是出了什么事？要不要奴婢现在出去……”

“不用，先看看这个徐嬷嬷是什么意思。”凌霜心头突然升腾起一抹不安。

徐嬷嬷缓步走进松林堂，忙冲凌霜福了福道：“老奴拜见郡主！”

凌霜微微笑道：“徐嬷嬷请坐！不知道今日徐嬷嬷亲自跑一趟是为了……”

徐嬷嬷却是整了整神色，躬身道：“老奴也是奉主子的命请凌姑娘进宫一遭，皇后娘娘有些话要问郡主。”

凌霜凤眸一沉，暗道，陈皇后得知太子出事后，心痛之下病倒，近来一直没有露面，即便是她进宫看望太后和四殿下的遗孤时，陈皇后也因为生病拒绝了她这个未来儿媳妇的探望，今天这是怎么了？

陈皇后之前勾结老道差点杀了她，故而凌霜对陈皇后实在不待见得很，若不是看在龙辰逸的面子上，她根本懒得理会她。

“徐嬷嬷能否告知皇后娘娘因何召见我？”凌霜对于这种莫名其妙的事情素来小心得很，这个徐嬷嬷若是有什么话可以直接带给她，何苦要亲自让她进宫跑一趟？况且大婚在即，自己一个待嫁的新娘子偷偷溜进宫中，显然不合适得很。

徐嬷嬷看着凌霜渐趋冷冽的视线，不禁心头一惊，不过到底是随着陈皇后在宫廷中生存下来的老人了，还是有几分定力的。

“郡主，皇后娘娘具体也没有告知老奴，只是说有几句当紧话要告诉郡主，其余的老奴一概不知，还请郡主移步荣宁宫小坐。”

凌霜眉头狠狠蹙了起来，却不想徐嬷嬷从怀中拿出一块配饰呈到凌霜面前道：“皇后娘娘说拿这个给郡主看，郡主若是看了，自然明白皇后娘娘的意思。”

凌霜一扫配饰，猛地眼眸一闪，一边的小舞不禁一愣，忙要上前，却被凌霜示意退后。

“徐嬷嬷，我的婢女嫣红可没有得罪皇后娘娘啊！”凌霜冷冷道。

徐嬷嬷忍着凌霜瞬间压过来的威势，恭恭敬敬道：“郡主，老奴就是个传话的，其余一概不知！还请郡主恕罪！”

凌霜没想到在这个节骨眼上，一贯病恹恹不理事务的皇后居然演了这么一出，真是人算不如天算。不过今日这一趟宫若是不去，嫣红定然凶多吉少。

“既如此，徐嬷嬷带路，本郡主便随你进宫一趟吧！”凌霜淡淡道。

一边的小舞在凌霜示意下缓缓退出去布置，凌家这几日所有的精力都放在了应对宇文胤和方玉的身上，谁能想到陈皇后来这出？

凌霜跟随徐嬷嬷出了凌府，坐在停在门口的马车上。马车是宫里头专门出来采买办事的高级宫人们乘坐的，倒也令外面的人想不到马车里居然坐着凌家大小姐。

不多时，马车便停在了西侧宫门处，徐嬷嬷将腰牌送到守门的侍卫面前，侍卫一看是皇后宫里头的人，倒也不敢横加阻拦，打开宫门放行。

凌霜随在徐嬷嬷身后，沿着青石小径穿过御花园，便到了荣宁宫。里面守着的宫人忙迎了出来，看着凌霜的神情，自然是小心翼翼伺候着。荣宁宫中的宫女及掌事嬷嬷自然都晓得这位是马上要入主东宫的太子正妃，自然十分的小心谨慎。

凌霜立在正殿的青石台阶上，徐嬷嬷进去禀告，不一会儿便将凌霜迎了进去。

十二扇紫檀木屏风将正殿里面的软榻与外隔间分开了去，凌霜眯着眼睛看着一块块三尺见方的大青石砖拼贴无缝，四周打磨出四喜如意云纹图案，端的富贵堂皇。

透过屏风，隐隐约约便看到软榻上坐着的气度雍容的陈皇后，虽然勉强盛装打扮，可是总有那么一抹颓丧的气息弥漫而来。

凌霜上前一步行礼道："凌霜拜见皇后娘娘！"

"免礼了吧！"陈皇后的声音中带着几分沙哑，显然太子爷的事对她的打击是极大的。

"徐嬷嬷留下，其余人都退下吧！"陈皇后指着凌霜又道，"你过来！"

凌霜唇角微微一翘，露出的一抹冷意瞬间消散而去，缓缓绕过屏风，却看到地上昏迷不醒的嫣红，猛地蹲下来查看。嫣红浑身是伤，显然被动了重刑。两只手的手指被夹得血肉模糊。她小心翼翼摸向嫣红的脉搏，心头却是稍稍安定了几分。嫣红只是伤重昏迷，倒也没有大碍。

她猛地仰起头，看着正位上神色有些暗沉的陈皇后，冷冷道："皇后娘娘，我还真不知道自己的婢女怎么得罪了您，何至于将她弄到这宫里来受刑？"

陈皇后淡淡道："若是本宫不将你的婢女弄进这荣宁宫，还怕你不肯来呢！"

凌霜哧的一笑，抬手将嫣红扶靠在了椅子上，随即看着陈皇后冷笑道："陈皇后，我这婢女虽然身份不高，但若是她的手出了什么状况，老子便把你的爪子也卸下来！"

陈皇后心头本来有气，看着凌霜这样嚣张的模样更是压不住火，猛地一拍手边的小几站了起来，盯视着凌霜道："你将本宫儿子害到此种地步，你还这般目无尊长！成何体统？！"

凌霜凤眸一冷，淡淡笑道："我害了你的儿子？呵！陈皇后，若是你真的关心太子，还请守好一个母亲应该做的本分！"

"本分？"陈皇后气得身子发颤，点着凌霜的鼻尖道，"你这个贱人居然敢和本宫说什么本分？幸亏本宫刚刚得了消息，你在南疆征战的时候早已经不是完璧之身，你作为未来的太子妃，居然违背妇德，勾三搭四，做出那种羞耻之事！亏得太子还眼巴巴地赶去看你，你对得起本宫儿子的一片真心吗？你身边的恶奴居然替主子隐瞒这等龌龊之事，别说用刑，本宫杀了她都不为过！”

凌霜心头狠狠被人撕裂开一个口子，在赤州城与方玉的一夜纠缠，是她不能碰触的伤疤。这件事除了她和方玉两个人之外，只有最心腹的嫣红等几个人晓得，如今却传到了皇后的耳边。

06　妇道

嫣红等人是绝对不会出卖她的，她想到此处，不禁一阵心痛，方玉难不成为了阻止她嫁进东宫，连这个消息也要散布出去吗？他究竟将自己置于何地，莫非连半分情面也不留吗？

凌霜咬着牙冷冷道：“皇后娘娘，你杀一个试试！”

“来人！”陈皇后气急，刚要下令，一边的徐嬷嬷忙走上前去劝道，“娘娘，切莫生气！这其中兴许也是个误会呢！凌姑娘近来为了太子爷的事情操碎了心，怎么可能做出对太子爷不利的事情来？还请娘娘息怒！”

凌霜扫了一眼徐嬷嬷，暗道此人倒是个通透的。

陈皇后心头隐隐的怒气缓缓消弭了几分，她能在宫中活到今日也算有几分本事。自己儿子不成器，被人害成了阉人。若不是眼前这位让她恨极的女子周旋，想必如今这东宫便是三皇子龙辰轩的地盘了。

自己的母家陈国公府被皇上猜忌，文家也被削弱，眼见着还只能依靠这个女人扶持儿子上位。可是她不甘心，自己的儿子被这个贱人戴了绿帽子，今日便是在大婚前给凌霜来一个敲山震虎，让这个女人以后守着儿子安安分分规规矩矩过日子！

“徐嬷嬷，找两个女医来，给她验身！”陈皇后缓缓平息了心头的滔天怒意，却还是抱着最后一分侥幸，万一是别的人诋毁自己未来的儿媳妇呢！

“不用验了，”凌霜缓缓撸起袖子，露出光洁的胳膊，“守宫砂没了，老子被人破了身子！”

“你？！”陈皇后和一边的徐嬷嬷俱是大吃一惊。

“你这个……你这个……不知廉耻的……”陈皇后整个身子发颤，一边的徐嬷嬷忙将她扶住。

“不知廉耻？”凌霜凤眸一挑，“皇后娘娘，你还真以为我喜欢嫁进东宫吗？于这天下女子来说的荣华富贵最高荣耀，我还真的不稀罕。今日实话说了吧，我与你儿子的这一场大婚仅仅是演给皇上看的一出戏罢了！戏终人散，太子做他的皇上，我做自己的无业游民。既如此，你管我守不守妇道！还有，皇后娘娘，今日嫣红这事看在太子爷的面子上，我最后饶你一次，再没有下一次！下一次若是再敢动我身边的人，天王老子来了我也要揍她个一佛出世二佛升天！”

“你……你……”陈皇后大概从来没见过这么嚣张的人，而且这人不管是演戏也好不演戏也罢，还是她未来的儿媳妇，登时气得直打哆嗦。

“我什么我？你但凡真的关心你儿子，那便好好派人守着东宫。你知道如今多少人想让你儿子死吗？你与其来关心老子的守宫砂，还不如关心一下你儿子的命！这才是王道！”

“来人！给本宫将这个贱人拿下……”陈皇后也是气急了，带着几分迷糊。

“太子殿下驾到！太子殿下驾到！”荣宁宫外传来了急促的脚步声，陈皇后和凌霜都没有想到龙辰逸会来。

龙辰逸近来监国，本来伤重瘦下来的身子虽然挺拔，却是越发清癯了几分。他被宫人抬进荣宁宫，扫了一眼瘫在椅子上伤痕累累的嫣红，最后将视线凝在了凌霜的脸上。

“逸儿！这个贱人她对不住你！”陈皇后抖着手指向了凌霜。

龙辰逸扫了一眼四周围得满满的宫人，脸色一冷，沉声道：“今天发生的事情若是有半分传出去，你们的命都给本宫留下！还不快滚！”

徐嬷嬷等人忙带着宫人们退了出去，大殿中陈皇后看着神情威严的儿子，突然一种前所未有的无力感袭来。自己也许是操了不该操的心思，儿子的储君威严从来都没有丧失半分。

龙辰逸冲陈皇后冷冷道：“儿臣拜见母后！”

“逸儿！这个女人……她……她已经不是完璧之身了！你何苦这般护着她！天下的女子那么多，娶谁做太子妃不好，为何偏偏是她！若不是她，你何苦受那么多的罪……逸儿……”

“母后！”龙辰逸打断了陈皇后的歇斯底里，冷冷道，“母后近来病得不轻，以后还是少操心些为好！这些事情孩儿会处理的，但是母后不经过孩儿同意便私自对凌家的人用刑，这件事情当真是母后错了！”

“逸儿，你说什么？”陈皇后不可思议地瞪大了眸子，看着自己的儿子，“你难不成是在责怪母后吗？凌霜若是不检点一些，他日做了太子妃，必定是我儿的心腹之患啊！”

“不要再说了！”龙辰逸的心此时碎成了粉，他没想到自己千里寻妻，凌霜却在赤州城已经与方玉共度良宵，老天爷也会笑他是这个世间最痴傻的人吧？

“母后，近来父皇病情缓了几分，东宫想来也用不着孩儿留下照料了，孩儿想搬回太子府居住！”

凌霜凤眸一缩，却无法言语。她从不后悔自己与方玉在赤州城的一夜荒唐，但是她只是恨极了。这事若不是陈皇后撕破了脸，她也是要同龙辰逸摊牌的，只是没想到摊牌的时机不对，但她也没法子。

“逸儿！”陈皇后没想到自己今日这场敲山震虎却是将自己的儿子逼出了东宫，忙要说什么，却看到龙辰逸缓缓抬手抓着凌霜的手。

凌霜心头一动，只觉得龙辰逸的那只手冰得厉害。

“母后，孩儿此生遇到这个女人从不后悔，孩儿此生能得到她的几分眷顾便是三生有幸。既然母后容不得她，孩儿这便带着她离开了。什么时候母后能容得下她了，孩儿再踏进荣宁宫，否则此生也不会踏进荣宁宫半步！”

“逸儿？你怎么可以这样对待母后？”陈皇后大惊失色。

龙辰逸将凌霜的手握得生疼，脸上却是带着几分笑，淡淡道：“霜儿，我们走吧！太子府还需要布置布置，三天的时间倒也紧迫得很！”

“殿下！”凌霜没想到龙辰逸居然护她至此，忙道，“殿下不可，如今生死存亡之秋，殿下还是待在东宫……”

“霜儿，我意已决，况且你不是说我们做人要低调吗？我如今还没有继承大统，将你娶进宫里头也不是回事，不若先住进太子府为好！我每日都会来看父皇！我们走吧！来人！将嫣红姑娘送回凌府好生调养，请太医院的徐太医到凌府一趟！”

07 挽霜阁

凌霜抿了抿唇，龙辰逸有时候是带着几分固执的。

出宫的时候换成了太子府的华丽马车，一路上，龙辰逸始终沉默如斯，却还是紧紧握着凌霜的手，好似他一松开她便会消失了一般。

凌霜抿了抿唇，该来的还是来了，她不得不开诚布公和龙辰逸谈一次。

“龙辰逸！我在赤州城……”

“回府再说！”龙辰逸仰头靠在马车里的织金软垫上，脸上却带着三生三世积淀下来的沧桑。

不到半炷香的时间，马车驶进了依然金碧辉煌的太子府。府里头的仆从对于殿下突然回府吓了一跳，忙迎了出来。

“千山！命人收拾一下挽霜阁！本宫……”龙辰逸突然闭了唇，一边的凌霜凤眸狠狠一痛，忙垂首不语。

挽霜阁？他早就修好了吗？还有千山……

龙辰逸之前在荣宁宫听到凌霜的事情，其实心头早已经风雪一片，如今实在是瞒不住自己心头的那抹刺痛和慌乱了。

他是糊涂了吗？千山早已经因为自己的任性而死！

凌霜看着龙辰逸那一瞬间的沉默和尴尬，暗自叹了口气道：“罢了！我陪你喝一杯去！”

龙辰逸几乎凝固的表情终于缓了几分，自嘲般笑道：“我也是糊涂了！”

不多时，太子府的丫环们将后花园假山上矗立的那座挽霜阁收拾了出来，玉石案几上摆满了京城中各样的点心和时令果子。

凌霜缓步走进挽霜阁中，四下一看，居然到处用上好的水晶石镂刻装饰，即便是窗棂处，也是紫檀木同水晶石完美地镂雕拼接而成。此处应该是整座太子府最高的地方了。此番正值夜色降临，月移中天，坐在窗下，对月品酒，居然带着几分清冷高雅之美。

水晶石将月光映射进轩阁中，整座轩阁便似乎矗立在云顶天宫中，自然带着几分霜华风姿。

龙辰逸被下人抬坐在了窗前的玉几边，那些仆从随后退了出去。

他将上好的梨花春倒进了碧玉杯子里，独自仰头饮下道："我第一次见你的时候，是在父皇的养心殿中。从来没有一个人能将父皇气到吹胡子瞪眼的地步！你做到了，我便觉得你这个丫头着实有趣！"

凌霜神情微微一动，缓缓坐下来，也给自己倒了一杯酒，却是轻轻抿了一口，入口带着几分苦涩。

龙辰逸又倒了一杯道："第二次，便是在陈国公府，你一袭大红裙衫，就像一团火一样刺进了我的眼眸中。从那个时候，我觉得我与你之间定会发生些什么，因为从来没有一个女人让我心动不已！"

"第三次是在芙蓉园，你……"龙辰逸唇角微翘，回忆往事总是美好至极的，"居然狠狠戏弄了我，给我画了像。我却舍不得重重惩罚你。从那个时候开始，我知道我此生都摆脱不了你给我织就的梦境。尽管是梦境，可是我却甘之如饴。"

他猛地灌下一口，却是咳嗽了出来。

"别喝了！"凌霜抬手要拦，却被龙辰逸推开了手臂。

"霜儿，"他俊朗的眼眸凝视着凌霜，一字一顿道，"人人都说，生在帝王家最是无情，我曾经也是无情至极，可是我此生最大的错误便是动了不该动的情！凌霜……"他抬手抚过了面前女子的脸颊，唇角微翘，"我……尽管因为这份动情将自己害惨了，可是我……从没有后悔过！"

"别说了！"凌霜猛地垂首，眼角落下一滴泪。

"这滴泪是为我而落吗？"龙辰逸眼眸中晕满了温柔，和着清辉，却带着几分别样的惊心动魄。

凌霜苦笑："对不起，龙辰逸，我给不了你太多！对不起……"

"凌霜！你走吧！我想自己一个人在这里待一会儿！"

凌霜一顿，心头堵得慌，却还是不得不站了起来。

“龙辰逸，不管怎样，我们都走到了这一步，戏已经开场，断没有回头的可能性。你……保重！”

“保重！”龙辰逸斜倚在窗棂边，绣着暗金色双螭纹络的紫色袍角漫过了雪白的毡毯，堪堪举起酒杯，冲凌霜微微一笑。那一瞬间，他脸上的清华居然比满室的月辉还要明亮几分。

这是凌霜从来没有发现过的美，她看着龙辰逸不禁微微一愣，心头更是刺痛了几分。她以前只觉得这个男人是个笨蛋，其实她总是忽略他身上独有的天家贵气，还有那骨子里的清雅。

凌霜抿了抿唇，还是转身离开了挽霜阁，走得义无反顾。龙辰逸看着那抹俏丽的身影渐渐消失在月影中，杯中酒，天上月，孤影自赏，纵然是拥有了整个天下那又如何？

凌霜回到了府中，疾步向嫣红住的东轩阁走来，她心头担心着这丫头的伤势。不想徐太医迎面从东轩阁走出来，凌霜忙上前问道：“我家婢女如何了？”

“凌姑娘不必担心，”徐太医缓缓道，“只是伤了皮肉，筋骨倒没有大碍！老夫已经写了疗伤的方子，按照方子上的剂量服用，半个月便能好利索。”

凌霜心头稍稍松快了些，忙命人打赏了徐太医。自己疾步走到嫣红的屋子外，刚推开门，一股凌厉的剑气陡然迎面袭来，她忙侧身避开。

身边跟着的小舞猛地欺身而上，将凌霜挡在身后，冲着持剑冲出来的月珑斥道：“月珑！你疯了吗？！”

“小舞你让开！”凌霜看着月珑琥珀色的眸子几乎变得癫狂，心头叹了口气。

“凌霜！你怎么不去死？！”月珑没想到自己一趟差事办下来，回到凌府，居然看到了被抬进府中浑身是伤的嫣红，登时气疯了！

“先是姹紫，然后是红儿，胡离少了一条胳膊，文五爷连命都没有了，怎么跟着你的人都这么倒霉呢？凌大小姐，您喜欢折腾，您尽管折腾去，别连累我家红儿啊！她不欠你什么！”月珑几乎吼了出来。

“月珑！你怎么可以这样说大小姐？你让嫣红姐姐醒来后怎么面对大小姐？”小舞登时恼了。

“老子不管！”月珑猛地一剑刺了过来。

08 闹别扭

“小舞让开！让他杀我！”凌霜凤眸一阵清冷，心头却是真的被月珑那几句话伤到了。

月珑的剑锋逼近了凌霜的胸膛，却是迟迟下不去手，突然身子被踉跄着走出屋子的嫣红猛地拉开，随即，嫣红的一记耳光狠狠掴在了月珑的脸上。

“红儿？！”月珑不可思议地看着脸色苍白，满眼含泪的嫣红，登时蒙了。从小到大，只有他弄死别人的份儿，今日第一次被人掌掴，还是个娘们儿，顿时美得不像话的脸上罩上一层阴云。

“我就知道！”月珑手中的剑落在地上，抬手指向凌霜，却愤愤盯视着嫣红道，“我就知道，她是你们所有人的神！你他娘宁可自己死了，也不会让她伤了半分！你们一个个的都当她是神，可是结果如何？！”

嫣红眼角的泪瞬间落了下来，冷冷看着月珑道：“月珑，你错了，她不是神，她也是活生生的人！会痛，会流泪，会受伤。她是我的主子，但是她在我嫣红的心目中却是这世上最亲近的家人！你明白吗？月珑，我知道你自由自在惯了的，被拴在凌府，拴在我身边，苦了你了。”

嫣红猛地转身，冲凌霜缓缓跪下来道：“奴婢恳求大小姐成全月珑，他不该受这约束，求大小姐放他离开！嫣红权当从来没有见过这个人！”

月珑心头猛地一痛，自尊心却是让他拉不下脸来同嫣红说些软话，他猛地看着嫣红，冷冷笑道：“老子今日算是明白了，女人都他娘不是个好东西！老子心心念念，你却当从来没遇到过老子！罢了！罢了！是老子混蛋行了吧？！老子这就走，省得你看着碍眼！”

他猛地转身，却不想凌霜一把抓住了他的胳膊道：“吵什么，哪里也不准去！给我乖乖待在府中！”

月珑巴不得凌霜给他个台阶下，顿住了脚步。

“去吧，去吧！以后你天高任鸟飞，我嫣红也不稀罕你半分挂念！”嫣红哑着声音，却是哭得更加厉害了几分。

“气死老子了！”月珑脸色碎成了渣，猛地挣脱开了凌霜的束缚，瞬间扭身蹿进了夜幕中。

"都少说两句成不成？"小舞也是急了，今天这是怎么了？月珑本来性子火暴，加上关心则乱，到底还是收不了场了。

嫣红眼巴巴地看着月珑离开，猛地转身冲进了屋子，却是哭得越发痛楚了几分。

"都是些不省心的！"凌霜忙提气飞身追上了月珑，却不想月珑这个臭小子就蹲在凌府的墙根处，压根就没有走远，她不禁哭笑不得。

"老子不想看见你这个扫把星！滚远些！"月珑虎着脸，本来妖冶美丽的脸带着几分小孩子般的别扭，越发显得有几分可爱。

凌霜咬了咬后槽牙道："月珑，若不是看在嫣红的面子上，我真想狠狠削你一顿！不错，今日嫣红是因为我才被陈皇后的人施以私刑，但是你不想着报仇，却在这里发的哪门子疯？嫣红是我的婢女，更是我的妹妹，你以为我会坐视不管？她因为我而受连累，但是我凌霜可以发誓，我也会为了她而死！我们在乌桓十年的生死相依之情，绝不比你这一年多的相守之谊要少！凌家所有的人都是绑在一起的，是同生共死的好兄弟好姐妹。你若是看不惯，我不强留！"

月珑狠狠闭上了琥珀色的眸子，猛地站起来，拔腿便走。

"站住！做什么去？"

"报仇！"

"去皇宫报仇？"凌霜唇角微翘，"宫中有守护着皇上的影卫，那可不是你月珑来去自由硬闯的地方！况且你还真的要废了陈皇后？"

月珑身子顿了顿，他晓得凌霜说的是事实，大内护卫森严，倒不是人人都能硬闯的。况且一旦他对陈皇后有什么动作，凌霜费尽心思构建起来的局便会轰然倒塌。这将给凌家带来灭顶之灾，嫣红会恨死他的。

月珑垂在身侧的手掌紧紧攥成了拳，捏得嘎巴作响。

凌霜叹了口气道："陈皇后身边的徐嬷嬷，还有今日对嫣红用刑的那些宫人住在荣宁宫西侧的院子里，今日皇后心神大乱，想必又添了几分病气，这番应该是独自静心休养。我让小舞装扮成宫人陪你去，徐嬷嬷出宫的令牌我早就偷梁换柱弄到了手，你拿着，自己想办法去荣宁宫做你该做的，然后麻利点出宫。记着一点，不要同皇上的影卫过多纠缠！"

月珑琥珀色的眸子终于亮了几分，讪讪地接过凌霜递过来的令牌，冷冷道："还算你有几分良心！"

凌霜看着月珑迫不及待地冲进夜色中，随即冲小舞嘱咐了几句，便到嫣红的屋子里劝说这个同样倔强至极的丫头。

两炷香的时间刚过，月珑便背着一个袋子回到了凌府，却是停留在嫣红的屋子外，不知道该如何是好。

凌霜晓得这厮有话同嫣红说，随即带着小舞离开了轩阁。月珑挣扎片刻，到底还是推门走了进去。嫣红听出了月珑的脚步声，赌气背过身子不作理会。

月珑将肩头的袋子放下来，一阵血腥的味道袭来，嫣红不禁眉头一蹙，却还是忍着没有转过身来看他一眼。

"红儿……"

"……"

"我……去了皇宫……"

"你……"嫣红忙转身坐起来，紧张地看向了月珑，也顾不得自己身上的伤，跌跌撞撞地冲到月珑面前，一把抓住他的胳膊，来来回回查看。

"你疯了不成？大内皇宫岂是你随便闯进去的？你伤到了哪里？为何浑身都是血？！啊？！"

月珑唇角微翘，抬手抚上了那张紧张至极的小脸，笑道："我没伤到自己，今日你受了伤，我着实不舒服，所以……红儿……我错了……是我不该对大小姐动粗……今日那些对你用刑的人，都被我一个个斩了双手废了！"

嫣红顿时瞪大了眸子，看向了地上的袋子，果然从里面散落出来几只血淋淋的断掌，不禁心头一阵恶寒。

"你把陈皇后也……你知不知道这会给大小姐带来多大的麻烦？你……"

09 血腥权谋

"我没动陈皇后，我岂是那种没脑子的人？"月珑愤愤道，"不过，若不是看在凌家和太子的关系上，老子还真想弄死那个老妖婆……"

"混蛋！"嫣红一时间不知道该拿月珑怎么办，抬手便抡起粉拳，砸在了月珑的胸脯上。

“红儿，别打了，手疼！”月珑一把将嫣红的拳头捧在自己的手掌中，眸子里却是沉了几分，“红儿，我是真的疼，疼到了心里。但是再疼也疼不过你居然说我们权当没见过，红儿，你真是狠心……”

嫣红眼眸怔了怔，猛地扑进了月珑的怀中，却是一句话都说不出来，这个别扭又小心眼的男人啊！让该如何是好？

太子府里的挽霜阁越发的清冷了几分，龙辰逸有些醉了。上好的梨花春最适合消愁，他猛地仰起头灌下一杯，眼前却都是凌霜影影绰绰的娇俏身影，不禁抚着锐痛的额头，手边的酒杯也倒了去。

“太子哥哥的酒量这么好，小弟实在是佩服得紧！”一个鬼魅一样的身影缓缓逼近了倚靠在桌角的龙辰逸。

龙辰逸登时酒醒了一半，却觉得浑身酸软无力至极，不禁暗自心惊。有人在挽霜阁中下了无色无味的迷药，他居然浑然不觉。

他不是傻子，晓得这迷药定是凌霜走后不久，一个婢子进挽霜阁在香炉中添香的时候下的。那个婢子是太子府的老人了，他今天因着凌霜的事情心神不宁，却犯了一个最大的错误。

这太子府因为没有千山打理，兴许早就不是他之前在的时候那样的铜墙铁壁了，只是没想到龙辰轩居然下手这么快！

他冷冷盯视着从黑暗处走进来的三弟，身上的那股子无力感远远比不上此时此刻的慌张和心悸。

“你怎么在这里？父皇早已将你圈禁了！你一个戴罪之身还敢来这里？！”

龙辰轩身着一袭不显眼的灰色布袍，表情淡然从容，眼底却是再也压不住那抹被他掩饰了很久的残酷无情。

“龙辰逸，”他眼底闪过一抹厉色，冷冷笑道，“让弟弟说你什么好呢？一个人怎么可以像你这么蠢？”

“龙辰轩，你到底想干什么？”龙辰逸脸色沉了几分。

“想干什么？”龙辰轩哧的一笑，“龙辰逸，你还不如凌霜那个贱人聪敏呢！好好的不待在宫中，偏生回来寻死，小弟成全你！”

龙辰逸顿时明白了几分：“荣宁宫中的那一幕是你故意设计的？”

“是又如何？”龙辰轩眼底染着一抹疯狂，“你又不是不知道凌霜根本就不把你放在心上，她那么巴巴地赶去南疆，几乎送死也要将胡离救下来，你难道真的傻到看不出来？凌霜与如今咱们大燕朝大名鼎鼎的禁军统领胡离真可谓青梅竹马。这几日胡离更是天天悄悄出入凌府，我只是将这个消息托人送给陈皇后，没想到咱们母后倒真的是手腕狠辣，居然想要替你出头。”

“呵呵呵……”龙辰逸笑了出来，眼底却是一片悲凉，自己和凌霜谋划了这么多天，眼看着便稳住了阵脚，没想到到头来却是坏在了母后的手中。

今天若是没有母后为难霜儿，若是自己没有一气之下带着凌霜回到太子府，也不会落到如今的绝境。

他冷冷看着龙辰轩道：“父皇已经对你格外开恩，你以后好自为之！”

龙辰轩一步步逼近了与自己争斗了多年的大哥，唇角却是泛起一抹残酷的笑容，抬手将龙辰逸腰间的缎带抽了下来，狠狠绕在了他的脖子上。

“大哥！你知道你为什么会死吗？因为你动了不该动的情……”龙辰轩眼底闪过一抹冷意，手中的劲猛地加大。

龙辰逸痛苦地闭上了眸子，心头的绝望却是被滔天的悲伤取代。若是重来一世，他再也不要生在这冷冰冰的皇家，再也不要……

一阵急促的脚步声猛地打乱了凌府宁静的黎明，凌霜从软榻上坐起来，却不想小舞一把推开了暖阁的门，疾步走到凌霜面前。

“出了什么事？”凌霜揉着眉心，这几日太累了些，昨夜睡得也不踏实，总有一种说不出来的难受在心底憋着。

“大小姐，出事了！”小舞一贯从容的脸色终于变了几分。

凌霜心头一跳，一把抓住小舞的手臂，忙问道：“出了什么事？”

“太子……昨夜……太子薨了……”

“你说什么？！”凌霜从软榻上跃了下来，凤眸登时圆睁，死死盯着小舞，“你这丫头大清早胡说什么？！”

“大小姐，大小姐，婢子没有胡说，刚从太子府里得到的消息！千真万确！”

“不……这……这怎么可能？”凌霜只觉得被人狠狠敲了一记闷棍，天旋地转起来。昨夜龙辰逸身上的那抹清贵俊逸如今宛若还在眼前，那只紧紧握着她的冷冰冰的手，那触觉还没有消散。

“不可能……不可能……老子不信！”凌霜顾不得头发散乱，身上还穿着单衣便径直奔了出去，刚跑出松林堂，却差点撞上迎面而来的二哥。

“霜儿！”凌冰一把将几乎疯癫了的凌霜扶住，“霜儿，冷静点。”

“二哥！太子他？”凌霜只觉得心都要炸开了，她紧紧抓住凌冰的手臂，眼底却是从来没有过的惊慌失措。

“太子……薨了！霜儿，快走！京城如今已经乱了！再不走便迟了！”

“走什么？”凌霜眉头狠狠蹙了起来，敌人的这一招真他娘太狠了。她自从穿越到这个鬼地方后，从来没有败得这么惨过，几乎没有任何反击的余地。

“大小姐，”嫣红在月珑的扶持下跌跌撞撞冲到了凌霜面前道，“大小姐和二爷先走，婢子们断后！”

“霜儿。”凌冰看着自家妹妹的失魂落魄，心头有些不忍，小妹回京后那是拼尽了最后的力气在周旋，没想到却还是改变不了这样的结局。

太子一死，太子党再无可以依靠的地方。被圈禁的三殿下，还有处心积虑的宇文家将会是凌家最后的梦魇。

这个时候若是再不走，凌霜就要彻底被困在京都了。

谁承想只是一夜过后，京都局势便是这般天翻地覆的变化！

10　刑部大牢

凌冰看着凌霜紧攥着拳头，忙压低声音道：“霜儿，太子昨夜薨了，这事是千真万确的。二哥觉得事情实在是蹊跷，从太子府传出来的消息是太子殿下吊死在了挽霜阁，可是这事我们怎么能信？而且太子府里头的人传出话来说，昨夜太子与你曾在挽霜阁畅饮，所有的矛头都指向了你！听哥一句话，从西侧门离开，二哥将你路上的东西都已经准备好了！”

“大小姐！”钱管家急匆匆赶了过来，身后跟着一个胡家的长随，“胡家来人了！”

那人忙冲凌霜躬身道：“我家少爷给凌姑娘留了一封信！凌姑娘请过目！”

凌霜接过胡离写给她的素笺，寥寥几笔，字迹确实很混乱。只是一行字写着:“宇文胤派兵包围禁军大营，皇上危！速离京！胡离。”

凌霜猛地合上素笺，交给小舞烧掉，心头却是纷乱如麻。没想到宇文家来了这么一出，东西大营早已被皇上架空，宇文胤到底从哪里又调集了这么多兵力？居然将禁军的大营都围困了起来？这不科学，除非方玉帮他，或者是宇文胤手头还藏着一股势力。

“备马！我要去太子府！”凌霜猛地推开拦着她的二哥，龙辰逸不该死，却死得这么不明不白，她心头有愧。她到底是大意了，没想到敌人真的是好谋划，居然连陈皇后也算了进去。

“霜儿！不可任性！”凌冰急了，太子府？如今京城中人人躲避都来不及呢，嫌疑最大的凌霜居然赶着去，这不是自寻死路吗？

“二哥！我得去看看他！我尽力了，我保不住他，但是我想去看看！”凌霜凤眸中的眼泪终于憋不住，顺着脸颊落了下来。

四周凌府的人顿时呆了，大小姐在他们心目中一直都是强势聪敏的。之前大小姐也哭过，但是那种嬉笑怒骂耍无赖的小女儿情态与如今这般深入骨髓的痛楚截然相反。

即便是凌冰，也心软了几分，可是他不能让妹妹送死，紧紧抓着她的手臂道:“霜儿，听话！不要任性！你已经尽力了，我们这便离开京都，祖母还在岛上等着……”

“二爷！方大人同刑部的人来了，说是咱家大小姐与太子被害一案关系重大，让大小姐去一趟刑部！”一个长随忙飞奔至松林堂回禀，神色却是带着几分慌乱。

“他娘的，还让不让人活了！那个负心玩意，老子这便出去宰了他！”月珑一听登时恼了。

“月统领最好还是别冲动！”月珑话音刚落，方玉身着一袭官服缓缓走了进来，身边的魏公公却是神色阴晴不定。

月珑一看方玉居然闯进了内堂，忙要冲上去，却被凌霜一把扯住，扔回嫣红的身边。她定定看着眼前这个让她心心念念却又恨不得杀了的男子，唇角含着一抹冷意，道:“方大人是来抓我的吗？”

方玉桃花眸中掠过一抹深邃，骨节分明的手掌缓缓抬起来指向凌冰等人，道："凌霜，你昨夜与太子品酒言欢，太子府里的下人们俱是晓得此事。你跟我去一趟刑部，你的家人我能替你保下来！"

"呵呵呵……"凌霜突然笑了出来，眼角的泪意却是风干了去，盯视着方玉的眸子一字一顿道，"方玉，我到底还是低估了你的混账心思！为了你想要的，你是不是可以毁掉一切？那个位置对你来说真的那么重要？重要到你可以泯灭人性？！"

方玉眸子掠过一抹伤痛，却又变得冰冷一片，缓缓道："凌霜，记着我的话，你若是恨我那就活下去！我给你一个亲自手刃我的机会，但是今天你绝对出不了城了。几座城门都被宇文家的人把持，你是选择跟着我去刑部大牢换你二哥等人的安稳，还是带着他们亲自去城门口，被宇文家的人一个个收拾干净，你自己看着办！"

凌霜凝视着方玉的眼眸，心乱如麻，兵败如山倒也不过如此吧？他这是给她一个选择的机会吗？选择被宇文胤杀了还是被他囚禁？

"既然左边是狼，右边是虎，我有的选择吗？"凌霜冷笑。

方玉看着凌霜绝望的神情，心头掠过一抹痛楚，还是忍下了心头那个不能说的秘密。

"凌霜，你手中还有筹码，我忌惮着你的筹码，也不会对凌家人怎么样，昨夜同太子殿下喝酒的仅仅是你。"

"好！我跟你走！"凌霜对方玉太熟悉了，正因为太熟悉，所以晓得方玉的手段也不是吃素的。与其死在宇文胤手中，还不如同方玉最后一搏。她心头隐隐觉得，他不会为难她的家人，因为他从来不屑毫无抵抗力的对手。

"霜儿，"凌冰猛地挡在了凌霜身前看着方玉，心头却是五味杂陈，还是冷冷道："想要带走我妹妹，就从我的尸身上踏过去！"

"凌二爷，城门走不通了，水路还能行！你好自为之！"方玉猛地抬手，却是将凌冰的穴道点了去。

"二哥！"凌霜忙扶住软软倒在地上的凌冰，狠狠瞪视着眼前这个薄凉的男人。

"霜儿，现在不是儿女情长的时候，若是再磨蹭下去，来这里拿你的人可就是宇文擎宇了！"

凌霜心头一顿，忙冲一边的小舞等人道："小舞，嫣红，月珑，你们三个人带着我二哥先行一步！"

"不！大小姐，我留在你身边！"嫣红忙一把抓住凌霜的手臂。

"月珑！嫣红受了伤，你好生照看她！以后我若能出城，会主动联系你们！"凌霜早已经在凌家亲卫军里设计了一套联络暗号，她是执着但不是执拗。如今形势眼看着有些失控，决不能让二哥和嫣红等人搭进来。

"大小姐！"

"快走！"凌霜凤眸一凛。

"大小姐，嫣红受了伤，那我就留在你身边吧！你身边总得要一个贴心的人不是？昨日婢子侍奉大小姐和太子爷喝酒，既然要找嫌疑人，婢子也算一份！"小舞抬眸看着凌霜，眼底却是不容反驳的坚持。

第八章 尘埃落定

01 囚禁

凌霜晓得这丫头如此撒谎是跟定了她，只得点了点头，小舞留在她身边也是一个极大的助力。

“月珑带着嫣红走！”

“大小姐！”嫣红哪里肯离开，却不想被月珑紧紧箍住拖走了。月珑将那江湖中的分分离离见惯了的，况且既然凌霜如此安排，定然有她的道理，眼见着宇文家的人要来了，再不走还真的麻烦了！

凌霜转身看着方玉道：“方大人，我想给太子殿下烧一炷香可否？”

方玉不想她会提出这么个要求，顿了顿道：“不必了，太子殿下的尸身已经送进宫中，既然有心，何必在乎那一炷香？缅怀一个人，放在心中就够了！”

凌霜隐在袖间的素手紧紧攥成了拳，淡淡道：“方大人说的极是，我会将他永远永远放在我的心里！”

方玉神情一僵，侧身道：“凌姑娘，请！”

凌霜唇角含笑，带着小舞径直出了凌府，外面却是停着一辆京都最普通不过的马车，这倒也罢了。凌霜抬眸扫了一眼四周，数千人的劲装武士将凌府围堵得严严实实，但是她眼力一向很好，为首的几个头领看起来倒像是哪里见过。

她刚坐进马车，猛地脑海一亮，她想起来了，之前去桃花苑面见方玉的义父，那个时候守在桃花苑门口的护卫便是这几人。

一股子从来没有过的怪异感觉席卷而来，若是方玉设计杀了龙辰逸，为自己登上那个位置铺平了道路，那么那个神秘的戴着面具的方玉义父究竟扮演了什么角色？

她猛地别过脸，看着坐在身边的方玉，凤眸微微眯了起来。

“你想问什么？”方玉声音有些嘶哑，似乎精神不济，仿佛被下牢的是他自己。

“你义父是不是很厉害？”凌霜冷冷道。

方玉桃花眸猛地一缩，却是瞒不住凌霜审视的视线。

凌霜心头沉了几分，道：“当年你父亲被活活烧死在太子府，你倒是看得开，转而又认了一个义父？若不是背景硬气，你何苦自降身份？要知道，你可是大燕朝名正言顺的皇家血统！”

方玉仰头靠在车壁上，显得有些疲惫：“霜儿，你多虑了！歇一会儿吧！未来的路还长着呢！”

“方玉，你知不知道我多想宰了你，可是我却还能忍下去，真是奇怪。”凌霜垂首看着自己的双手，“方玉，别逼我对你动手，龙辰逸这笔账我永远都不会原谅你！”

方玉猛地睁开眸子，唇角动了动，还是忍了回去，这丫头已经对他恨之入骨，解释那么多做什么？

“凌霜，如果有一天你想杀了我解恨，麻烦你找准一点位置，”方玉突然将凌霜的手攥住，按向自己的右胸，“霜儿，记着这一个位置！我的心长歪了，在右边不在左边。”

凌霜猛地瞪大了眸子，真切地感受到了右边那猛烈的心跳声。

方玉看着凌霜呆呆的样子，心头泛起一抹涟漪，随即将她的手缓缓放下，苦笑道：“霜儿，你从来都不愿意好好静下心来听听我的心跳声！”

说罢，方玉转过脸，看着外面一队队穿街而过的宇文家的士兵，再不说话。凌霜将车帘掀开一角，却只看到那抹玄金色锦袍的一角，宛若流云般迅速飘散。

“他倒是这么迫不及待地想要杀了我？”凌霜冷哼了一声。

方玉唇角微翘：“凌霜，从一开始你就不该回来。宇文胤从高车分批秘密调集了十万武装进京，而且都是骁勇善战之人，今天的变动是迟早的事情。”

“你们赢了，恭喜！”凌霜含着浅浅的嘲讽，眼眸中却是冰冷如霜，“不过，我凌霜发誓，早晚一天会让你们都死透了去！”

“凌霜，你是不是觉得龙辰逸就该坐在那个位置上，就因为这个该死的东西愚蠢到家连累你这么多次，你却还当他是个宝一样？”方玉突然有些生气，逼视着凌霜的凤眸，“今天这样的局面，你觉得一个龙辰逸能压得住阵脚？哪怕你千辛万苦将他扶了上去，他也是团扶不上墙的泥巴！这天下，锦绣河山迟早还得毁在他的手中，他没有那份治理天下的才气！你根本就不明白，这大燕朝谁才是正统，到底是谁处心积虑夺了不该夺的东西！到底谁才是那个奸诈无耻偷窃别人东西的小偷！那就是当今圣上，龙辰逸只不过是个牺牲品罢了！”

凌霜眉头越来越拧了起来，冷冷道：“前朝的事情怎样那又如何，我只知道龙辰逸是我一生最重要的朋友，仅此而已！谁杀了他，我便会恨他一辈子！”

“我没杀他！”方玉带着几分失控低吼了出来，却还是无力地扭过脸去，“你怎么想由着你去，我无法左右！”

凌霜凤眸中却是多了几分深意，还是忍了下来。

“你不是送我去刑部大牢吧？”凌霜淡淡冷笑，“我如今已经没有你能利用的任何价值了，你倒是多费心了。”

方玉闭上了眸子，这丫头什么时候说话也变得这么尖酸刻薄了？

马车果然没有冲刑部大牢去，而是绕过朱雀街，兜了一个很大的圈子，径直驶进了一条偏僻的小巷，显然是到了城南的坊市。

其间又换了三辆马车，几乎绕了大半个京城，才抵达了一处青砖白瓦的小院落，两进两出的院落混在众多寻常院落中，不显眼得很。

凌霜被方玉带进院子里，走进了正屋，却不想方玉径直按下了一处机关，居然在墙壁后面别有洞天。

沿着通道向前走了大约两里地之后，一丝亮光刺痛了人的眼膜。凌霜眯着眼眸看向四周，没想到这里居然藏着另一处更大规模的园子，到处是开到荼蘼的山茶花、翠竹、假山、小池，池中居然养了五彩小鱼。

跨过池子上面的青石小桥便是一处竹屋，竹屋后面居然还有一方设在房内的温泉，淡淡的硫黄味道扑面而来。这里每一处设计都显示出了主人的费尽思量。

“你常年打仗，早已经落下了体寒的症状，多泡泡温泉，体寒的女子不易有孕和生养！”方玉淡淡道。

02 倾覆

凌霜猛地扭头看着他，紧紧咬着后槽牙道：“老子倒是要多谢谢你费心了！”

方玉转身喊来了两个侍女，道：“你们两个好好服侍凌姑娘，若是有半分怠慢，你们自己掂量！”

“我有小舞便罢！”凌霜眼底涌起一抹警惕，那两个婢子一看便是习武之人，能将武功很好隐藏起来的人可不是一般的练武之人。

那两个侍女却是恭恭敬敬地候在了凌霜身边，显然在这处诡异的园子里，她们真正信服的人并不是凌霜。

方玉缓步走到凌霜面前，理了理她鬓边的秀发，温声道：“霜儿，你先在这里等候几日，外面风平浪静后，我自会带你离开。”

“方玉，你觉得如今我还相信你的鬼话吗？”凌霜抬起凤眸，冷冷看着眼前可怕的人，却觉得在他那一贯的温柔中蕴含着几分森冷之气。

“乖！”方玉看着春阳下凌霜白玉般的俏脸，唇角已然挂着几分宠溺之色，刚要抚上她的脸颊，却不想凌霜猛然出手，酬勤匕首锋利的冷芒划破了他的衣袖。

小舞登时明白了过来，方玉这是要将大小姐金屋藏娇的节奏，忙转身冲着那两个婢子出手。

却不想方玉训练出来的人绝对不亚于凌霜，又是二对一，瞬间便将小舞手中的兵器打落下来，剑锋却是直指她的咽喉处。

方玉此番也已经将凌霜困在了墙壁和自己的臂弯间，却生怕将她的脊背撞疼了去，抬手护在她的背后，紧紧撑在园子的花墙上，垂眸看着愤怒却又带着几分不甘心的女子。

“实在是不乖！”方玉声音中带着几分疲惫。

凌霜却是只有喘气的分儿，她没想到自己苦练了这么久，又是在方玉将她带到这里最容易松懈的时候动手，却仍然不是这家伙的对手，区区几招便被制服，她只觉得一阵阵气闷。

“我说过，这世上唯一能杀我的人只有你了，我也给你杀我的机会，怎么？就这么迫不及待？”方玉唇角掠过一抹苦笑。

“凌霜技不如人罢了！”凌霜冷冷别过脸，方玉那双桃花眸让她宛若掉进了漩涡中，带着前所未有的无力之感。

“听话，先在这里好好歇息几日，”方玉却是捏着一个药丸凑到了凌霜唇边，抬手小心翼翼捏开了凌霜的下巴给她喂了进去。

“你给我吃什么？”凌霜被他点了穴道不得动弹，心头倒是带着几分慌张。

“不要怕，只是暂且封了你的功力而已，甚至还能清除你体内残留的那些南疆蛊毒的毒素。京都的形势连我也没有太多的把握，你若是这般莽撞冲出去，定然会遇上大麻烦！乖乖待在这里，我这几日会很忙，过几天我亲自带你离开！到那个时候，去留全都由着你。”

“方玉！你凭什么决定我的人生？”凌霜凤眸中蕴着几分泪意，被方玉强行喂进去的药丸带着几分清冽甘甜，却又将她体内的功力渐渐困住，但是浑身经脉却是带着几分松快。

他总是这样将她瞒着，哄骗着，甚至是操纵着她的方方面面点点滴滴。从第一次见面，她便落进了他的圈套中，生生被他的绕指柔缠绕进了万劫不复的境地。可是他凭什么？分也好，离也罢，总是能将她的一切算计谋划？她再怎么厉害果决，终究还是逃不脱他的手掌心。

“霜儿，不要这样……”方玉垂首吻在她的额头上，宛如一只蝴蝶落在了豆蔻花上，只是轻轻一点，便倏然离开，“不要这样……我本来想放手的，可是你却偏偏不走，既如此，那便留在我身边。我已经没有勇气再做出放你离开的决定了，抱歉，容我自私一回！”

他将凌霜缓缓放开，转身走出了竹林小径，步履带着几分匆匆，因为暴风雨马上要来了。

承平，三月十七，入夜时分。

京都第一场春雨如约而来，带着几分春寒，将整个宫城裹挟了进去。勤王的禁军大营彻底被宇文胤的青龙军和羲和军攻破，整座京都实行了宵禁。所有的城门都被堵死，不能进出。

到处是紧闭的门窗，还有那一双双从门窗缝隙中向外查探的怯生生的眼睛。陈国公府、文家、凌家、胡家，所有曾经反对三皇子的世家大族都被查抄，贴了封条重兵把守。

这几家的家眷宗亲甚至是家丁仆从能逃出去的寥寥无几，大多被下了狱，生死未卜。一贯热闹的毓秀河畔也是冷冷清清，所有鲜艳的色彩都被晕染成了灰白，不复以往的斑斓。

承平帝居住的崇明殿前，三丈高的高台上到处是皇家影卫的尸身，血迹被初春的雨水冲刷而下，蔓延到了整个宫城。

殿内蟠龙巨烛的烛光映衬着龙辰轩步步紧逼的身影，越发显出几分鬼气森森，他缓缓逼近了端坐在龙椅上的父皇，手中的利刃因为颤抖发出萧索的光芒。

“父皇是在考验儿臣的耐心吗？”龙辰轩抬起剑锋，狠狠刺进了承平帝的肩胛骨，“两炷香的时间了，父皇还不肯交出传国玉玺？”

“咳咳咳……”承平帝猛地咳嗽了出来，消瘦至极的脸上带着几分颓丧，却再也维持不住天子本该有的龙威，他缓缓抬眸，看向龙辰轩还有身后缓步而来的宇文擎宇和宇文胤父子，唇角溢出一抹苦笑。

“朕……到底还是迟了一步！”

“传国玉玺呢？！”龙辰轩心头越发慌了几分，他找遍大殿都没有发现那方重要的玉玺。

“朕此生最遗憾的便是生了你这么个孽障！”承平帝越发咳嗽得厉害。

“父皇后悔生了儿臣？”龙辰轩咬牙冷笑，“儿臣哪一点不如龙辰逸那个废物？！啊？！为何你就是不肯给我机会？！为何？！他都被儿臣变成了阉人，父皇居然还想要传位给他，他凭什么从小到大都占据着父皇赐给他的幸运？！”

龙辰轩猛地拔出了手中的剑，却直接刺进了承平帝的肋间，狰狞地笑着：“父皇，到了这般境地，你若是能交出玉玺，儿臣还能让你痛快点死！”

03 新朝

承平帝闷哼了一声，却是缓缓闭上了眸子，再也不想多话。这个畜生已经不配再做他的儿子了，他吸了口气，缓缓道：“朕最大的遗憾就是明明知道你有谋反的心思却还是心软。呵呵……你想知道逸儿为什么比你强吗？因为他比你多存着几分仁爱之心！”

“哈哈哈哈……好一个仁爱之心！”崇明殿的殿门猛地被推开，一个身着纯白锦袍戴着梅纹面具的高大男人缓缓走了进来。

承平帝眼眸猛地一缩，呆呆盯视着渐渐走到殿中的英挺男子，鬓角的斑驳白发昭示着此人已经不再年轻了。

“你……你……”承平帝猛地挣扎踉跄着站了起来，颤抖着的手指向迎面而来的人。

“七弟，你这个传国玉玺让人好找啊！幸亏魏公公没有辜负我的期望，还是找到了！”龙煜天抬手托着一方玉印，一边的魏公公垂手而立。

“宇文胤！拿下这个人！”龙辰轩眼底渗透着贪婪，也顾不上眼前突然出现的奇怪男子，还有居然背叛父皇的魏公公，点着龙煜天手掌中的玉印几乎吼了出来。

宇文胤唇角渗出一抹淡淡的冷笑，狭长的墨眸却是一汪深潭，突然挥起赤练剑，猛地斩向了依然摸不清楚状况的龙辰轩。

“宇文胤……你这个……”龙辰轩呆呆地看着刺进自己胸腔的赤练剑，抬眸不可思议地盯视着倒戈的宇文胤，还是轰然倒地，再也没有生气。

承平帝脸上、身上到处是龙辰轩身上溅出来的血迹，眸底却没有丝毫的情绪波动，只是冷冷看着面前的龙煜天。

“你……”

“七弟，你不认识我了吗？二十多年了，不会这么健忘吧？”龙煜天缓缓摘下了面具，冷冷看着龙椅上似乎被抽走了魂魄的亲弟弟。

“七弟，被自己亲生儿子用剑刺杀的感觉不错吧？”龙煜天手中的面具丢在了地上，露出半张狰狞可怖的脸。

“啊！”承平帝惊呼一声，软软瘫倒在了龙椅上，却是浑身抖个不停，被龙辰轩刺出来的伤口因为这微颤越发渗出更多的血来。

此时外面传来一阵脚步声，殿门再一次被推开，却是方玉走了进来。

“方玉！救驾！救驾！杀了这个人！杀了他！”承平帝此番彻底乱了分寸，点着龙煜天，几乎是声嘶力竭地喊道。

“玉儿，来，见过你七皇叔！”龙煜天淡淡微笑，那笑容却是到不了眼底。

“你说什么？他是……”承平帝看着方玉那张俊美无双的脸，陡然和记忆中那个女子的脸融合在了一起，一切前尘往事统统涌上了心头。

“不……怎么会……宇文梅清死了……朕是亲眼看到了的，还有那腹中的胎儿，是朕亲自剖出来……怎么会……怎么会……”

“七弟，你怎么也没想到吧？大燕朝最具才华的状元郎，你近来分外仰仗的股肱之臣，即便是你也曾经亲口说我的儿子是匡扶社稷的相才！哈哈哈哈哈……你的儿子呢？都是些什么东西？阉人？反臣？还是平庸之辈？七弟，你与我斗了这么多年，到头来你还是输了！哈哈哈……”

噗！承平帝惊怒交加，一口血喷了出来，到底还是气竭而亡，至死眼眸都瞪得大大的，满是不甘和惊惧。

宇文擎宇冲魏公公使了一个眼色，魏公公忙命人将龙椅上承平帝的尸首拉了下来，随即命人将崇明殿内外彻底清理干净。殿外被一批批兵士“护送”至崇明殿的文武百官早已经吓得面无人色，可还是唯唯诺诺涌进了殿中。

魏公公展开手中的传位诏书读了起来。

“奉天承运皇帝召曰：

大燕元气肇辟，树之以君，有命不恒，所辅惟德。周德将尽，妖孽递生，骨肉多虞，藩维构衅。影响同恶，过半区宇，或小或大，图帝图王，则我祖宗之业，不绝如线。

幸寻得前朝太子龙煜天，睿圣自天，英华独秀，刑法与礼仪同运，文德共武功俱远。爱万物其如己，任兆庶以为忧；手运玑衡，躬命将士；芟夷奸宄，刷荡氛昆；化通冠带，威震幽遐。虞舜之大功二十，未足相比，姬发之合位三五，岂可足论。

朕虽寡昧，未达变通，幽显之情，皎然易识。今便祇顺天命，禅位于前朝太子，钦此！”

魏公公读罢，宇文擎宇猛地掀起袍角，带着宇文胤和方玉跪了下来，神情恳切道：“大燕不可一日无君，恳请王爷继承大统，匡扶国运！吾皇万岁！”

其他的臣下看着森森的刀锋，哪里还敢有半分怨言，如今承平帝已死，太子龙辰逸被勒死，三皇子叛乱被杀，前朝太子龙煜天勤王有功，他们还能怎样？

“吾皇万岁！万岁！万万岁！”整个崇明殿顿时跪倒了一大片，龙煜天缓缓走向龙座，看着下面跪倒一片的芸芸众生，眸底却是深邃如海，没有半分喜悦之色。

窗外第一道晨光袭来，大燕朝新的一页开始了。

很快龙煜天便显示出了他的铁血手腕，陈国公一家满门抄斩，诛九族！之前承平帝的党羽全部被击杀，只是文家和凌家却是被奇怪地保了下来。胡刚徵因为是纯臣，还被龙煜天提点了上来，只是胡刚徵借口老迈告老还乡，却被龙煜天拒绝，命他回去短暂休养后，务必出来替新朝出力。

宇文家拥立有功，成为大燕朝第一世家。至于方家却是最具戏剧性的，方家家主方玉居然摇身一变成了皇子龙辰玉，新朝刚立就被封为储君，天下一片哗然！

新朝初立之时，定国号延熙，大赦天下，政改良策纷纷颁布，宇文胤的一支军队也被调集到高车乌桓边地。

短短一个月下来，倒是显示出了一派新气象，之前还忧心忡忡的百姓发现自己的日子非但没有受影响，反而过得更好了几分，倒是对这个新皇不再排斥，反而暗地里多了几分赞叹。

世事纷乱，大概在这京城中过得最为安逸的，倒是被当今太子龙辰玉金屋藏娇的凌霜了。她服用了龙辰玉备下的那些药丸，身体中的毒素倒是清除得差不多了，只是没有半分力气。

04 各不相干

小舞和她不止一次将那两个服侍的婢子调开，悄悄探查这处华丽精致的院落，却丝毫找不到能出去的机关。

不管是假山还是小池，抑或四周的竹林篱笆，都冥冥之中契合着某些机关暗术，要命的是，凌霜居然破解不了。

“凌姑娘吃点心吧！”被龙辰玉留下来的婢子一个叫晚春，一个叫初夏，俱是伶俐人。此番端着点心和时令水果，款款走到仰躺在贵妃榻上晒太阳的凌霜身边。

龙辰玉倒也有心，生怕凌霜待在这里无事可做，也不知道从哪里搜罗了各种才子佳人的话本子，一摞摞命人送进了园子。

凌霜将盖在脸上的艳情话本挪开，扫了一眼端到面前的点心，居然是樱桃果子，还有新鲜的凤梨酥。

晚春将茶点端在了一边的玉石小几上，温婉笑道：“姑娘将就着吃点吧！这可是少主差人从江南快马加鞭运过来的！咱们京都地界偏北，不产这种果子的。这种果子路上容易坏，运过来倒也不容易得很。少主说了，若是凌姑娘爱吃，明日将江南的樱桃树也移栽过来，如今怕是命人四处寻找能人巧匠，要给凌姑娘造一座樱桃园呢。少主对凌姑娘着实好，就因为凌姑娘前日多用了些樱桃点心，便起了这心思。少主……”

“他这是打算将老子囚禁一辈子吗？”凌霜眉头蹙了起来，不耐烦听下去，“他什么时候放老子走？”

晚春一愣，动了动唇，却是答不上话来。少主也是奇怪得很，明明喜欢凌姑娘喜欢到了极致，宁可每一个夜晚都待在凌姑娘窗外默默相守，也不愿意白日里过来同凌姑娘说说话。

这两个人一看也是别扭得很，眼底都晕着情意，却又存了莫大的隔阂，不知道别扭到什么时候。

“你们退下吧！”一道温润的声音将纠结的晚春解脱了出来。

晚春同初夏忙起身冲龙辰玉福了福，退了出去，小舞顿了顿也退了出去。一时间园子里只剩下了躺在贵妃榻上的凌霜和负手而立的龙辰玉。

凌霜的视线落在龙辰玉的身上，微微一怔，唇角却是渐渐凝聚了一抹冷笑。龙辰玉此番穿着储君才能穿的华丽服饰，深紫色锦袍，腰间系着宽约四寸的青玉腰带，红色为衬里，朱边滚绣为装饰，袖口处的双螭纹络尽显天家贵气，七梁冠上的宝石熠熠生辉，令人移不开眼睛。

不得不说这一身太子服饰穿在龙辰玉的身上居然如此登对，比龙辰逸多出了几分王者之气。可是那赤红的配饰却让凌霜心头有些恶心，不知道是用多少人的血染红的。

龙辰玉缓步走过去，轻轻坐在了榻边，亲自拿着茶具替凌霜泡茶，一步步做得细致入微。

“近来事务繁忙，没有过来看你，霜儿可曾着恼？”龙辰玉骨节分明的手指衔着青玉茶杯递到了凌霜的面前。

凌霜接过仰头饮下，茶香入口却带着几分苦涩。

“恭喜太子殿下！”

龙辰玉又端起一杯茶，手指微微僵硬，尽量让自己的声音平和一些。

“我义父其实是我的生父，也就是二十年前的太子爷龙煜天。承平帝二十多年前火烧太子府，毒杀先帝，十恶不赦。父皇只是拿回了他该拿回的东西罢了！”

“和老子有什么关系？”凌霜唇角微冷，“什么时候放我走？”

龙辰玉眸子微微闭了闭，吸了口气道：“霜儿，我晓得你恨我！恨我隐瞒了这么多，可是我舍不得……”

“当年回风谷一战，龙煜天也扮演了不光彩的角色是不是？”凌霜凤眸一挑，突然转头看向了天边的流云，“我还真是傻得够可以，我早该离开京都的，怎么眼巴巴地回到这里找虐？我当初千辛万苦回来，不光是为了龙辰逸，我只是想要你给我一个解释，没想到你给我的解释还真他妈的别致！我也是个女人，自然不能免俗。无缘无故被人弃之如敝屣，心头憋得慌。我就是想亲耳听听自己喜欢的男人为什么不遵守诺言，为什么连个信都没有就这么销声匿迹？为什么……”

“霜儿！”龙辰玉一把抓住凌霜的手臂，却被她猛地甩开，随即一耳光狠狠扇在了他的脸上。

“别碰我！”凌霜凤眸中早已经是心灰意冷的绝望，低吼了出来。

四周顿时一片死寂，一阵春风刮过，开败了的桃花花瓣瞬间下了一场花雨，将两个沉默的人笼罩其中。

“霜儿，你听我说，”龙辰玉还是紧紧握住了凌霜冰冷至极的手，“我承认我骗了你很多次，我不能说我娘亲是宇文家的人，因为凌家和宇文家水火不容。我不能说出我义父的身份，因为我们是走在刀尖子上的，稍有不慎便是万劫不复，我不能把你卷进来。我不能及时送信给你，那是因为我被父皇关了起来，我没办法联系你。你进京后，我那样无情地对你那是因为……”

“因为什么？”凌霜逼问道。

方玉之前向父皇要那株九天雪莲，父皇似乎早已经察觉了他暗中帮助凌霜的意图，说是要等到封禅大典的时候才能给他。他晓得父皇这是在敷衍他，不过他早已经准备妥当，在封禅大典的时候派人乘机进入内宫，将父皇保存的那株九天雪莲偷偷拿出来。

他到底还是最熟悉他的亲生儿子，内宫里头那些门道早已经摸清了去，不过差的只是一个时机罢了。

如今他一旦将凌霜祖母的事情告诉她，她一定会寻机会进宫。父皇打的什么心思，他焉能不知？九天雪莲就是父皇设置的套住凌霜的绝佳圈套。霜儿若是被父皇抓到了，那便是天大的灾祸。

她根本不是父皇的对手，况且还牵扯着慕容家宝藏的秘密，父皇绝对会将凌霜控制起来，到那个时候，连他这个太子也没有半分转圜的余地了。

父皇谋划二十年，好不容易才夺回权柄。卧榻之侧岂容他人酣睡，大燕朝的皇室绝不容许一个小小的前朝慕容家族觊觎。父皇那样的人，即便是心狠手辣的承平帝都不是他的对手，对自己心爱的霜儿，父皇绝对不会手软的。

05　紫曳蝶

这一次他拼尽了性命也要将凌霜护到底，此时他只剩下苦笑，为什么每一次护着她都不得不欺骗她？老天爷是在和他开玩笑吗？可是这个玩笑实在不好笑。

“为何不说话了？”凌霜只觉得心头万分凄凉，到头来他还是隐瞒欺骗着她。

“龙辰玉，你放我走，那些过往的日子我就当是被狗咬了！从此以后，你我再无瓜葛！不要让我更加恨你！”

“霜儿，我会放你走，但不是现在。三天后有封禅大典，我父皇亲自带着文武百官祭祀天地，之后我会亲自送你离开！”

龙辰玉轻轻放开了凌霜的手，缓缓转身离去，本来挺拔的身影却在漫天花雨中显得清冷孤寂了几分。

凌霜凤眸渐渐眯了起来，只觉得心头一阵憋闷，却又无处发泄。

“大小姐。”小舞小心翼翼拉了拉凌霜的衣袖，却是指向了桃树上一处不显眼的花丛。

凌霜凤眸一挑，忙将眼底的惊喜压制了下去，缓缓坐在了花树下。晚春和初夏也过来小心翼翼伺候，凌霜揉着眉心，脸色显得有几分黯淡。

“凌姑娘可是不舒服？”初夏俏脸上掠过一抹焦急，太子殿下将这位凌姑娘当作是心尖子上的，若是有个什么长短，她们两个即便是以死谢罪也来不及的。

“不知为何头却突然痛了起来，”凌霜闷哼了出来，“许是在这风口处吹的时间有些长了。”

“凌姑娘要不要紧？”晚春看着凌霜脸色确实难看，也慌了几分，“初夏，我这便扶着凌姑娘进暖阁里歇着，你快些去回禀殿下！”

“不必！我看见他头更痛！”凌霜忙将初夏拦住，“扶着我进屋子里躺会儿便好，小舞，你去桃树上收集些新鲜花瓣，我想喝你泡的桃花茶。”

“是！婢子这便去！”小舞忙退了出去。

晚春和初夏被凌霜这突然而来的发病症状也是吓得够呛，哪里想其他的，忙将凌霜扶进了暖阁，细心服侍着躺下。

不多时，小舞便走回来将收集好的花瓣带进了暖阁，用清水洗干净后，用铁杵小心翼翼碾碎了。半炷香的时间便泡好了桃花茶，凌霜服了一杯便说自己困了让小舞留下来贴身侍奉。

晚春和初夏也晓得凌霜不喜欢她们两个近身伺候，随即退了出去。

小舞将门窗关好，却是不动声色摊开了手掌，一只淡紫色的蝴蝶乖巧地停在她的素手上。蝴蝶半透明的翅膀上，若是不细心看，根本发现不了上面有一些古怪的好似金粉刻上去的花纹，还有那闻起来似有若无的隐隐淡香。

“紫曳蝶？”凌霜喃喃自语，唇角不禁微微翘了起来，凤眸中却是多了几分担忧，“南儿这丫头怎么说服顾啸云的？居然连顾啸云最宝贝的紫曳蝶都拿出来了！”

紫曳蝶是顾啸云私底下倒腾的玩意，能通过特殊的气味跟踪他要找的人。这种蝶因为培养起来极其困难，顾啸云手中也仅有那么三只，没承想被叶南拿到了手中。

叶南只要将这种蝶放在凌霜曾经穿过的衣服上，熟悉了凌霜的味道，紫曳蝶便能在这茫茫人海中寻到她。这可是风雨楼的镇楼三宝之一，也是江湖中传得最神秘的追踪利器。

“大小姐，”小舞压低了声音道，“天下如今已经变了风向，新皇初立，想必这京城中防范得更加严密，叶姑娘莫非已经混进来了？”

凌霜闭了闭凤眸，无奈地叹了口气道：“不光是她，估计咱们的人都混进来了。”

凌霜暗道，自己有着慕容家血统的身份，定然不会被龙煜天那厮所容忍。可是叶南他们在这京城多待一天，便多一分风险，既然已经来了，并且还能找到这里，说明这些人在京城待的时间已经不短了。

“当务之急，我们只能尽快离开这里。”凌霜下定了决心，既然已经来了，她得带着他们离开京城。

她将腰间叶南送给她的香囊拿了出来，从里面取出一粒香丸药，拧碎了，将粉尘沾在了紫曳蝶上。

那紫曳蝶顿时振翅飞了起来，小舞忙打开窗户，却看到外面花树下守着的晚春和初夏。那两个丫头倒也没有太过注意这只美丽的蝴蝶，只当是凌霜闲来无聊扑蝶玩，却不想自己少主的一番苦心全都毁在了这只蝴蝶上。

桃花庵后院的禅房中，打扮成清秀小尼姑的叶南正蹲在榻边看着被五花大绑的自家夫君顾啸云，清亮的眉眼中带着几分愧疚，还有一抹从来没有过的决绝。

“南儿，你放开为夫，为夫不是拦着你去救长姐，咱们都已经成婚了，你的长姐自然也是我的，我刚刚只是想要问问方玉那厮……”榻上的顾啸云扭着身子困难地说道。

“什么方玉？”叶南唇角一撇，“人家如今可是太子爷龙辰玉！你没听嫣红说吗？那个狼心狗肺的混账东西，居然将长姐关在了刑部大牢里，这个男人的心简直是坏透了！你若是还不分敌友，赶着去见他，给他通风报信，别怪我……”叶南眼圈陡然红了几分，拿起一粒药丸，塞进顾啸云的薄唇中，“别怪我和你和离……呜呜呜……”

“南儿！”顾啸云只觉得那药丸下肚后自己有些迷迷糊糊，一听叶南要和离，顿时呆了去，暗自运功想要逼出体内叶南下的迷药，没想到这丫头居然敢对他下药设套，他一时间哭笑不得。

“和离？你腹中已经有了我的孩儿，你与我和离什么啊？南儿，乖！听我说！看在咱们孩子的面子上，京城这趟浑水你别涉足了，算为夫求你了！新皇龙煜天绝不是好惹的人，你看看他那个混账儿子，就晓得他爹有多阴了！”

“我不要听你说……”叶南心头一阵阵发慌，没想到长姐凌霜将她从居延城骗走后，居然一个人回京，经历那么多艰难困苦。她此番决不能再丢下长姐了，否则她良心上也不会安生的，“我要把你的嘴巴堵住，一会儿我同小七出去打探消息，第三只紫曳蝶也已经放出去了，终归会有消息的。”

06 营救计划

养心殿外，宇文胤和龙辰玉刚刚面圣走出来，三天后的大典自然不容许出半分差错，两个人的脸上都带着几分整肃。

“表哥是在等我吗？”龙辰玉淡然地扫了一眼候在不远处等着他的宇文胤，依然是一袭玄金色劲装战袍，腰间佩着墨玉锦带，上面的黑曜石闪烁着冷芒。

他狭长深邃的墨眸中满是怒意，冷冷看着龙辰玉咬着牙道：“你将她藏哪儿了？”

龙辰玉自然晓得这小子近来找凌霜几乎找疯了，唇角掠过一抹淡然的笑意，款款走到宇文胤身边，压着声音道：“本宫不明白表哥的意思，表哥的意思是……”

“龙辰玉……”宇文胤墨眸微微眯了起来，“皇上答应过我的，怎么又出尔反尔？”

“父皇答应你什么了？啧啧啧……父皇答应你事成之后将霜儿交给你处置，可是这和本宫有什么关系？”

龙辰玉哧的一笑，刚要与宇文胤擦肩而过，却不想被宇文胤猛地转身挡在他的面前。

“表哥你这是什么意思？”龙辰玉墨眸中染上一抹寒冽。

宇文胤冷冷道：“太子殿下言重了，只是这京城中若是有谁能在我的眼皮子底下藏一个人，除了太子别无他人了。只是不知道皇上晓得这件事情后，会不会龙颜大怒？要知道凌霜也是皇上近来严密查找的人！”

龙辰玉淬利的桃花眸微微一沉，凑过去一字一顿道：“宇文胤，先别忙着在父皇面前表忠心，大燕朝的未来可是在我的手中握着呢！”

宇文胤丝毫没有被龙辰玉身上陡然发作的气势压制住，唇角微冷道：“殿下也不要忘了，如今京城中掌管兵马实权的人是我。如果说殿下掌控着未来，那么抱歉得很，没有我掌控的现在怕是也没有你的未来！”

“呵呵呵……为了一个女人你至于吗？没事，等大典之后，本宫自会给你一个惊喜！哈哈哈……”龙辰玉轻轻拍了拍宇文胤的肩头，仰头大笑着离开。

宇文胤藏在袖间的手猛地攥成了拳，他怎么也没想到，被严密监控起来的龙辰玉居然还能在他眼皮子底下神不知鬼不觉地将凌霜藏起来。

他那天去凌府的时候，只抓到了一些毫不相干的丫环仆从，却哪里再有凌霜的影子？之后才晓得在他去凌府之前，这个该死的混蛋就已经先下手了。

他实在是不甘心得很，为什么每一次都比这个混账慢一步？

延熙元年，五月初一，宫城东西司马门早早敞开，一队队仪仗在初阳升起之时，踏着细碎的阳光冲正北方向而去。

雕刻着十方瑞兽并鎏金翔龙图样的马车载着龙煜天率先缓缓驶出了宫门，四周浩浩荡荡跟随着执着金吾金瓜的内侍和披着金色战甲的龙煜天的嫡系铁甲兵士。

后面是载着太子龙辰玉的镶嵌着白玉配饰的马车，紧随其后的便是第一世家宇文家，宇文擎宇同刚被赐封为正一品贞元夫人的妻子坐在马车中，看着四周围观膜拜的人群，脸色阴晴不定。

贞元夫人透过车帘的缝隙，远远看着前面骑马相随威风凛凛的长子胤儿，想起了死在江南的小儿子御儿。她十五岁嫁入靖国公府，先后生养了胤儿和御儿两个嫡子。长子胤儿虽然出类拔萃，但是自己倒是更喜欢小儿子御儿多一些。此番若是御儿没有死，想必如今也会骑着马行进在自己的身侧吧？兴许会偷偷与自己说几句逗自己开心的话吧？御儿一向是个机灵讨人喜欢的孩子，想到此处她不禁红了眼圈。

“哭哭啼啼成何体统？”宇文擎宇冷冷瞥了一眼偷偷抹泪的妻子，贞元夫人忙敛去了脸上的悲戚，本来姿容绝美的脸沾染了岁月的浮尘后，却又带着几分深深伤痛下的绝望。只是这份绝望也不敢在夫君面前有丝毫的显露。

“老爷责怪的是，妾身只是看着胤儿近来瘦得厉害些，不若让他搬回府里头住几天罢了！威北侯府夫人昨日遣了虞侯夫人来问胤儿和威北侯嫡长女之间的亲事，妾身也想同老爷商量一番。眼见着胤儿年岁真的不小了，只是这孩子素来倔强得很……”

“哼！胤儿的婚事我自会做主，威北侯家的那个丫头倒也不错，婚姻大事父母之命媒妁之言，岂容孩儿们自作主张！你只管告诉虞侯夫人，将威北侯大小姐的庚帖拿来便是！”

“是！妾身这一次回去便请虞侯夫人来府里一趟！”贞元夫人忙喏喏应道，又看了一眼前面的儿子，心头却是隐隐觉得有些担心和害怕，但是也不知道自己在担心什么又害怕什么。

不多时，行进的队伍到了云坛入口处，一应二品以上贵妇只能留在外面候着。新皇延熙帝亲自率领文武百官缓缓踏上层层而上的云台，云台由一层层白玉石台阶铺就而成。

每九级台阶便是一层，一共九九八十一级台阶盘绕而上直通天际。左右两边的汉白玉栏杆上雕刻着十方神兽，中间整块的汉白玉雕刻着翔龙图案，便是天子踏行的地方。

龙煜天带着自己的儿子龙辰玉一步步缓缓拾级而上，看着遥远蔚蓝的天际，心头掠过一抹得意，这天下终归还是他的！

龙辰玉脸色虽然整肃，但是桃花眸中偶尔一晃而过的闪烁却暴露了他此时的心思似乎并不在这上面。按着时辰推算，此番自己的人应该在宫中得手了，只是拿到那株九天雪莲，他该何去何从？

要不要带着霜儿私奔？若是父皇知道了，该是怎样的雷霆震怒？也不知道自己和霜儿在这普天之下的王土能逃到哪里去？

身后跟着的宇文胤紧紧握着腰间的赤练剑，抬眸看向了前面龙辰玉的高大身影，墨眸中却带着几分不易察觉的恨意。

07 爆炸

礼部的官员随在龙煜天的一边，刚走上最上面的台阶，却不想轰隆一声巨响，整个地面一阵震颤。

“什么声音？”

“为何会有雷声？”

“不好了！护驾！护驾！有刺客！”

“啊！来人啊！”

云坛四周此时炸裂的声音此起彼伏，人群早已乱成了一团，不多时，金甲护卫还有暗中带着桃花面具的皇家影卫猛地冲了过去，将龙煜天和龙辰玉护在了中间。

龙辰玉扫了一眼那些好似从地底下冒出来的劲装刺客，眉心狠狠一跳，突然飞身翻出了战圈。

那些人的手法他焉能不熟悉？凌家亲卫军诡异的攻击方法，他最熟悉不过了。但是他心头却是慌了，凌霜那丫头这一次玩得有点大了。

“玉儿！”龙煜天看着龙辰玉几乎带着几分慌张直接冲下了云台，心头顿时一沉。

龙辰玉哪里顾得上解释什么，凌霜这着调虎离山，他来不及也不能同父亲说分明，只希望还来得及拦着这丫头不要胡闹！

天色晴好，京都中轰轰烈烈的封禅大典似乎与凌霜宁静的世界没有丝毫联系，她擎着一杯碧螺春新茶，垂首将膝盖上放置的话本悠然翻了一页。突然不知何处传来一阵轻颤，桃树上几乎开败了的花瓣间纷纷扬扬洒落而下。

凌霜凤眸微微一挑，猛地抬眸看向了身边焚香侍奉的小舞，二人眼眸中同时掠过一抹深意。

“小舞去看看！”

“是！”

小舞刚迈开步子冲着院落的角门走去，却不想晚春和初夏疾步走了进来，强自笑着冲凌霜福了福道：“凌姑娘不必惊慌，许是……”

“怎么？你觉得你们两个小丫头能拦得住老子？”凌霜近来虽然被方玉封了功力，可是这两个丫头她笃定不会对她真的动手，随即冲小舞使了个眼色。

小舞猛地拔出袖间藏着的软剑，欺身攻了过去，晚春和初夏晓得若是被凌霜跑了，少主那边她们真的是交代不了。虽然对凌霜不敢动手，但是对小舞却没有那么客气了。

却不想二人刚与小舞交锋，便听得角门处又是一阵微微的震动，不多时一群劲装男女冲进了角门。

秦小七飞身一掠而过，瞬间便将晚春从小舞身边一掌拍开，晚春登时摔倒在地。另一边的初夏却被小舞乘机制服，一脚踏在了地上。

“别杀她们，捆起来便是！”凌霜知道这两个丫头也是听了龙辰玉的吩咐，罪不至死。

小舞将二人的穴道点住，冲进来的其他凌家亲卫军将晚春和初夏拖进轩阁捆了起来。小舞看着久违的哥哥，惊喜至极，不禁拉着他的手，心头乐开了花：“哥！”

秦小七看到自家妹子没什么大碍，忙转身冲凌霜拜了下来，道：“属下来迟，让大小姐吃苦了！”

“起来！”凌霜看着自家兄弟也是脸上晕满了喜色，不一会儿，外面的打斗声渐渐平息了几分，原来外面都有龙辰玉暗自分布的影卫，不过这些人在叶南蛊毒和迷雾的攻势下也撑不了多长时间。

胡离解决了外面的影卫，随即冲了进来，一把抓住凌霜的手腕上下察看了一番，心头顿时松动了几分。

“胡离？”凌霜没想到他也来了，她本不想将胡家牵扯进来的。

“别的不要多说，月珑和嫣红那边在云坛已经动手了，快走！”

“长姐！”一团青色身影疾奔而来，一把抱住凌霜大哭起来，“长姐你好狠的心思！居然骗得南儿好惨！”

凌霜忙抓住叶南的手臂，看着这丫头近来却是憔悴了不少，不禁眼眶一热。此时又发现叶南腰身已经微微隆起，不禁吓了一跳，凤眸中再也压不住火。

“南儿！你！”她顾及着叶南的面子，也不敢当众问她为何怀了身孕还让自己身处险境，不禁咬着牙道，“顾啸云那个混账东西呢？怎么可以由着你这般乱来？京都如今形势险峻至极，南儿……你也太不顾及自己腹中的……”

“夫君被我……”叶南有点心虚，知道自己怀着身孕还来面见长姐定会被她责骂，可还是硬着头皮道，“夫君被我下了迷药……”

凌霜简直没法说了，只能想法子带着这些人逃出去。

“小七，咱们的兄弟来了多少？”凌霜晓得事情紧急，必须了解得一清二楚，才能全身而退。

“回大小姐的话，亲卫军的兄弟们都来了，还有冷玉卿从高车调集了一批人手，也有三千人之多。”

凌霜一阵心慌，三千人便闯进了这龙潭虎穴，此番一个不小心，定不能全身而退。她好不容易将这些出生入死的战友们安置好，却不想这些人一个个又冲了回来。

她闭了闭凤眸，也没有法子苛责他们对自己的舍身相救，终归都是孽债。

“大小姐，二爷在城外的渡口接应，我们这一次准备从水路走！”小七忙道。

凌霜点了点头道：“这么多人目标太大，还是老办法，化整为零。一炷香后在咱们之前秘密运货的那个渡口碰面，我们之前藏起来的那些船应该还在，你们分批撤走，若被一网打尽，丢的可是我凌霜的脸，晓得了吗？”

08　逃出

“我和你一起走！”胡离星眸中满是不容反驳的坚决。

凌霜顿了顿，只得点头，她明白，胡离一旦认定了的事情绝对不会回头。当下凌霜等人便兵分几路，隐没进了四周四通八达的小巷子里。这些隐藏追踪搏杀的游戏，平日里凌家亲卫军已经在他们大小姐的带领下不知道训练了多少次了，加上都是经历过赤州城血战的汉子，虽然四周是浓浓的杀意，反而越发镇定自如。

凌霜同胡离等人打扮成普通百姓的模样，混进慌乱奔走的人群中，云坛封禅大典居然被刺客无端打破，那些有心看热闹的人哪里还敢在街上停留，纷纷逃回家里。只是本来街上人群密集，加上为了一睹新皇的风姿，之前几乎是万人空巷，此番人人都想尽早回家，反而将街道堵死了去。

当街几辆带着贵族标识的华丽马车此时被人群阻在了马路的中间，一时间进退不得，一位贵妇掀起帘子，刚探出身子，却不想马车一晃，居然摔落在了车外。旁边的一匹马因为四周人群的尖叫声受了惊吓，猛地扬起蹄子，踏向摔倒在地的贵妇。

“小心！”凌霜迅速出手，将贵妇扯到一边，自己头上戴着的斗笠却被人群撞了下去。

“凌霜？”那贵妇正是听了夫君吩咐，准备赶回府的贞元夫人，此番陡然看到杀了自己小儿子的仇人，登时便红了眼眸，拔出发簪便刺向凌霜。

“还我御儿的命来！”贞元夫人几乎带着哭腔，声音中还夹杂着浓浓的恨意。

毕竟是一个手无缚鸡之力的妇人，凌霜哪里放在眼底，头一偏便将贞元夫人的手腕拿住，定睛一看，不禁哭笑不得，居然在这样的混乱中第一次与宇文胤那厮的老娘碰面。

“把我的御儿还给我！把御儿还给我！你这个毒妇……”贞元夫人因为丧子之痛，在府中足足病了几个月的时间，如今好不容易有点起色，却碰到了凌霜，惊怒交加之下，神志便有几分不清不楚。

凌霜凤眸中掠过一抹深邃，随即抬手将她的穴道轻轻一点，送到小舞怀中道："带着她，一会儿兴许有用。"

小舞自然晓得大小姐的用意，这贞元夫人倒也是主动替大小姐解围。谁都知道如今京都几大城门都被宇文胤掌控，若是水路走不通，只要宇文胤的亲娘在手，何愁出不去？

不过小舞心头所想很快成了不美妙的现实，水路还真的被太子爷的人封堵了，他们只得向城门口冲过去。

崇武门前，宇文胤身着玄金色战袍，手中的赤练剑却已经锋芒出鞘，他冷冷看着迎面缓缓而来的凌霜，心头却是五味杂陈。这个女人一个多月没见，居然养得不错，倒是比之前丰腴了不少，气色也好多了。想想自己这一个多月来每天苦苦寻找，倒是心力交瘁得很，不禁心头涌起一抹怒意。

"宇文长公子别来无恙？"凌霜冲宇文胤拱手行礼，却是丝毫不看四周涌过来的青龙军士兵，反倒是那些士兵看着被围在正中的凌霜和那些赤州城生死与共的战友们，一个个脸色极其不自然。

"凌霜，如今没什么好说的了，乖乖束手就擒便是你最好的选择！"宇文胤手中的赤练剑缓缓抬起指向了凌霜。

"别这样嘛！小孩子经常舞刀弄枪不乖得很，否则你娘亲不高兴了怎么办？"凌霜唇角微翘，却是侧身将身后的贞元夫人扶了出来。

四下里顿时哗然，凌霜居然将长公子的老娘绑了？这还了得？！本来紧缩的包围圈硬生生被迫后退了几分，若是不小心将贞元夫人伤了，长公子能活剥了他们的皮。

"凌——霜——"宇文胤几乎将凌霜二字带着滔天的深仇大恨咬了出来，狭长的墨眸恨不得射出飞剑，将眼前这个女人刺死。

"胤儿！胤儿！不要记挂娘亲，杀了这个女人给你弟弟报仇啊！"贞元夫人哭喊了出来。

凌霜忙将她扶稳，笑道："老夫人你不要这么激动，我不想杀你，但是这得看你儿子的意思了。"

她转眸看向宇文胤道："宇文胤，所谓百善孝为先，你在高车边地十年之久，没有好好在老人家面前尽孝，难不成真的还要让你的老娘因你而死吗？！我数十下，你打开城门放我们走，否则……"

她抬手将酬勤缓缓架在贞元夫人的脖子上，冷冷看着宇文胤几乎要抓狂的模样，心头却是有些忐忑。宇文胤心性素来残忍，不知道这一招兵行险招是绝处逢生还是死无葬身之地？

宇文胤薄唇紧抿，墨眸微微眯了起来，四周的士兵显得有点躁动不安。

“一……”凌霜凤眸一凛，她不能再耽搁了，刚才冲到这里的时候已经死了很多兄弟，她心头的愧疚都能将自己毁了。

“二……”凌霜抬起的手猛地一紧，贞元夫人眼眸微微闭了起来，倒是镇定异常，也是令人佩服至极。

“胤儿，杀了这个女人！”

“三……”凌霜额头间的汗珠落进了袖口，一边的嫣红紧握着手中的宝剑，却是看了月珑一眼，此番三千人对阵宇文胤的虎贲营，还有后面即将到来的血腥围剿，她晓得逃出生天已无可能。

“四……”凌霜手中的匕首猛地一送，贞元夫人颈项间划出一条血线，她倒是也不吭一声，凌霜不禁有些焦躁。

贞元夫人这么强硬，倒是她始料不及的，最起码老太太你配合一下，尖叫啊什么的，让你儿子也揪心一下啊！

“宇文胤……别和老子斗狠，你斗不过我，这可是生你养你的亲娘！”凌霜凤眸冷冽。

“五……”

“放下刀！”宇文胤终于开口了，却是恨不得杀了这个女人。

“想通了？”凌霜哧的一笑。

宇文胤抬起赤练剑，缓缓指向凌霜道：“你的人都可以走，你……留下来……”

凌霜凤眸微微眯了起来，晓得今日这么多人倒是也走不脱，宇文胤这是下定决心要她的命了。

“凌霜，这是我最后的底线，放了我娘亲，你留下来！你晓得我的手段，若是我娘亲真的有什么不测，你身边的这些人将会陷入永久的梦魇。你留下来，我让他们活，今日我当着我自己兄弟的面发誓，若是你留下，我此生不会追究你身边这些人的过错，他们可以安安稳稳活下半辈子，怎样？”

凌霜抿了抿唇："好！你发个毒誓，若是做不到如何？"

"不可！大小姐！"小舞等人忙喊了出来，却被凌霜制止。

宇文胤冷冷道："若是违背誓言，我宇文胤天打雷劈！永世不得超生！"

"加上死全家怎么样？"凌霜加了一句。

宇文胤脸色登时沉了几分，咬着牙道："应了你便是！"

"好！痛快！"凌霜翻身上马，将贞元夫人也提到了自己的马背上，冲胡离等人道，"你们快走！"

"凌霜！"胡离大吃一惊，却发现凌霜凤眸中一晃而过的狡黠，忙顿了顿心神。

"大小姐！要走一起走！"嫣红急了。

"快走！再不走就来不及了！"凌霜眼神中掠过一抹冷冽和急迫。

胡离忙道："不要忤逆了你家大小姐的意思，我们快走！"

秦小七也看到了凌霜眼眸中的不对劲，暗道，莫非大小姐有什么后招？当下也不敢耽搁，带着余下的人急忙冲了出去。

那些青龙军士兵因为对凌霜有着一份特殊的情感，俱是退开了些，让出一条通道。

凌霜紧紧箍着贞元夫人，却是谨慎地看着宇文胤的一举一动，目送着自己的人远远冲出了城门，唇角勾起一抹戏谑道："宇文胤，乖儿子，接好你的娘亲！"

她说罢，猛地将贞元夫人推下了马，宇文胤到底还是担心自己娘亲，忙将手中的剑丢掉上前去扶，却不想就是这电光火石之间，凌霜手中突然砸出一个烟幕弹，瞬间打马直奔城门。

这一变故突起，即便是青龙军的士兵也没想到凌霜居然出尔反尔，可是念着她之前将战死士兵的灵魂带回家乡的义举，愣是谁都没有上前击杀她。

逃生也就在这一瞬间，宇文胤震怒之下，将娘亲扶在一边，刚要发作，却不想一支箭羽瞬间划破天际，穿透重重烟雾，直接射向凌霜的坐骑。

凌霜大吃一惊，猛地回头，却看到了追过来的龙辰玉，心头登时寒彻骨，他究竟还是不放过自己。

09 谁是谁的劫?

“凌霜！”胡离折返回来，一把将摔倒在地上的凌霜拉到自己身前坐好，在身后呼啸而至的箭羽声中冲着城门掠了过去。

嫣红月珑等人此番也折返回来冲杀了进来，一时间烟雾弥漫，喊声震天，一向军纪严整的宇文家亲卫军虎贲营也是乱了手脚。眼睁睁看着胡离带着凌霜冲到城门口，却不想地面一阵震颤，宇文擎宇亲自带着数万人的御林军赶了过来，高声喊道：“关城门！私自放凌霜出城者杀无赦！活捉凌霜者赏万金！”

青龙军本来看在凌霜的面子上带着几分放水的意思，此番哪里再敢拖延，忙将三丈高的厚重城门缓缓合了上来。

“你们快走！”凌霜心头一慌，她怕什么来什么。青龙军和羲和军与她还有几分情面可讲，如今宇文老贼亲自来了，小舞他们绝对活不过今天。

“大小姐！快！出来啊！”嫣红等人被混乱的人群挤出了城门，城门内胡离的马正好卡在了城门边上，却不想被四周的兵士用刀斩碎了去。

“凌霜！快！出去！”胡离拼尽全力，用自己的身体堵上了城门最后一条缝隙，单手便要将凌霜推出去，哪里想到凌霜陡然灵巧地一个翻身，却是将胡离一下子撞到了城门外。

“凌霜！”胡离眼眸彻底红了，抬手死死拽住凌霜的手臂，左右两边的青龙军不忍再看，俱是垂下头去，闭着眼眸继续用力，整个城门只余下了半个人可通过的缝隙。

“凌霜，出来！我求你了！”胡离的右臂被城门上的铜钉刺进肉中，鲜血淋漓，却依然拼命撑着最后的一点缝隙。

“放手吧！胡离！别把这条胳膊也废了！”凌霜听着身后隐隐而来的马蹄声，笑得有些无奈。

“出来！我撑得住！出来！求你了！出来！我带你走！”

“你凭什么带我走？”凌霜猛地凤眸微凛，外面嫣红等人的哭喊声，用剑鞘兵器砸门的声音似乎在那一瞬间都不复存在了。

“凌霜！快出来！”胡离一己之力哪里撑得住数千人合上城门的挤压，唇角渗出一抹血迹来。

“胡离，你他娘真是傻透了！”凌霜凤眸中的冷意越发分明了几分，低吼道，“老子不是你心心念念爱了十年的那个凌霜。凌霜早已经死在了凌婉的手中，桃花亭里她被凌婉毒死了！我只是异世而来的一缕魂魄借尸还魂罢了！你他妈明白不明白？陪着我死？好！你死了以后如何面对那个与你十年征战相随的凌霜？到了黄泉地下如何面对她？！你说！你个猪脑子！好好想想，老子哪一点同她像？她死了！已经死了！你知不知道？！”

胡离星眸中顿时死灰一片，就像无数灿烂烟花绽放过后的一片死寂，没有丝毫生气。他心头对凌霜的变化是存着几分怀疑的，只是没想到真相居然会这么残忍。

他爱了十年的那个女子，温婉的，坚韧的，善良的，还带着几分羞涩的女孩子，居然早已经离他而去。

“不……不……”胡离陷入了从来没有过的迷离，却不想凌霜乘机将她的手腕从胡离的手掌中挣脱出来，一掌将他推出了城门外。

天际间的最后一缕阳光被关在了外面，随之而来的便是胡离野兽般的沙哑悲鸣，却又显得不那么真切。

凌霜掠过了胡离的悲鸣，她唇角含着一抹苦笑，自己到底是个心硬之人。不过长久保存在心底的秘密一朝释放出来，居然还有种怪异的轻松。

她缓缓转身，看着四周将她死死围住的青龙军士兵，淡淡笑道：“各位兄弟！没承想我凌霜临死之前还能替你们赚个赏金万两，不错得很！来吧！”

一个青龙军头目到底扛不住万两赏金的诱惑，只是没想到刚要提剑上前，却不知道被谁一脚踹到了地上。

“无耻之徒！凌将军这样的人也配你来捉吗？”

“没得污了凌将军！”

“弟兄们给我揍他！”

围堵的士兵掀起一阵骚乱，那个想要抓住凌霜领赏的人居然被拖进人群中活活打死了。即便是宇文胤也是暗自吃了一惊，凌霜之前在赤州城的血战确实给她带来前所未有的威望，加上她宁可舍弃战利品也要将死在沙场上的将士尸骨带回家乡掩埋，无疑这些曾经跟着她出生入死过的青龙军士兵已经从心底敬重了这个人。

在他们的心目中，凌霜的地位不亚于长公子的威望。立在不远处的龙辰玉看着万千人群中的那个女子，虽然被重重围困却依然一身浩然正气，那份独特的骄傲即便如他这样的人也深深折服。

“少主！”一个心腹悄悄凑到龙辰玉身边，将一个盒子奉上道，“少主，九天雪莲……”

“退下吧！”龙辰玉不动声色地将盒子藏进袖间，心头却是暗自叹了口气。本来事情的发展不是这个样子的，可是这便是命吧？

宇文擎宇深邃的鹰眸中掠过一抹恼恨，凌霜什么时候居然在不知不觉间影响了他宇文家一手栽培起来的青龙军？

他得了皇上龙煜天的命令，今天说什么也要将这个妖女拿下！

“来人！给我拿下！”宇文擎宇自然召唤的不是青龙军，而是龙煜天亲自培养起来的御林军，还有那些戴着梅纹面具的暗卫，一众人马渐渐向凌霜逼了过来。

凌霜凤眸微微一挑，冷冷笑道：“且慢！我有几句话要同你们的太子殿下说分明，一会儿再急着抓我也不迟！”

四周的御林军居然被她身上的那股子气势震撼了去，下意识地向后退了几步。

凌霜缓缓向龙辰玉走过去，龙辰玉此番手中已然拿到了九天雪莲，正想着怎么将这丫头送出去。

既然她要与自己说几句话，那么正好一起走。他淬利的桃花眸中竟然带着几分隐隐的期盼，只要这丫头一来到自己身边，即便是宇文擎宇也奈何不了他们。

他眸中那抹俏丽的身影越来越近，心头却也是带着几分热辣辣的甜蜜，凝视着近在眼前的那双凤眸，手臂不自觉地探了过去。

她唇角微含着一抹笑容，冷而艳，一如曾经在方府门口斩碎一纸婚书时的骄傲，直击他的心脏，从此便是无休无止的沉溺。

“霜儿……我……”龙辰玉脸上的笑容瞬间定格在了凌霜冰冷的凤眸中，他缓缓垂首看向了自己的胸口。酬勤匕首直没入柄，身上的温度渐渐随着鲜血缓缓流逝。

右胸，心脏处，她记得倒是清楚。

凌霜唇角紧抿，凤眸中却是浓得化也化不开的哀伤，她恨他的薄凉，却更恨自己到了这般境地还是爱他爱到无法自拔。原以为杀了他一了百了，可是她此番心痛却远甚于他。

她一字一顿道："龙辰玉，前尘旧事，这一刀了结了吧！你陪着我一起死……可好？"

10　决策者

凌霜制造的这一骇人变故，饶是老奸巨猾的宇文擎宇都惊呆了，遑论其他人了。四周是死一样的寂静，宇文胤猛地瞪大了眸子，深邃的眼眸中除了震惊，还有一丝怪怪的欣慰，但是这份欣慰在视线触及到了凌霜脸上的绝望之后，又有几分不安。

凌霜的身体微微战栗，唇角含着一抹苦笑道："龙辰玉，能在死之前拉着你垫背，我此生足矣！"

她刚要拔出酬勤随后自裁，却不想龙辰玉似乎看透了她的把戏，一把将她拉进了怀中，凌霜猛地睁大了凤眸，看向唇角不停溢出血色的那张风华灼灼的脸。

"霜儿，想同我……一起死……不可，"龙辰玉喘了口气，调集全身的真气暂时护住自己的心脉，他笑得依然妖娆万千，"我会让你……活下去的。"

龙辰玉喘了口气，抬手抚上了那张让他沉迷至深的娇颜，道："我的霜儿做事果真……狠辣……父皇今日封禅，你选在这个日子杀了他唯一的儿子……不过……别怕！霜儿！别怕！"

他抬手缓缓将凌霜凤眸中的眼泪轻轻擦拭而去，声音中却带着几分宠溺，让凌霜的心也如刀绞一般。

她杀了他，他却一遍遍告诉自己别怕，为什么会是这样？为什么会走到今天这样无可挽回的境地？

“霜儿，听我说……”龙辰玉俯身将凌霜抱得更紧了些，悄悄将一个盒子偷偷塞到了凌霜的怀中，一并塞进去的还有一块异常灼热的饮血玉，上面雕刻的特殊花纹居然与凌霜身上带着的那块分外契合。

“霜儿，盒子里是九天雪莲，拿给你祖母服用便可解毒。”

“你……说什么？”凌霜不可思议地盯视着龙辰玉，却丝毫没有发现他任何异样的神色。

龙辰玉晓得自己身上的血流得太快，他只想多抱她一会儿，只是……世事难料。

“霜儿，这片大陆上有一个……传说……龙家与慕容家每隔几百年便要出一对怨偶……我还不信……如今……我信了……其实咱俩的缘分早已经注定如此，只是我太贪心了，想要改天换命却是不能了……”

“龙辰玉！”凌霜凤眸中已然赤红，她心头的恐慌就像铺天盖地的一个个惊雷，让她有一种魂飞魄散的惊悸。

“霜儿，我是……”龙辰玉凑到凌霜耳边，“我是通过那处地宫穿越而来的……决策者鼬。”

凌霜整个身子都颤抖了起来，像是风中的落叶。决策者鼬，那是他们特情局史上最厉害的对手，名动一时的国际盗墓集团的神秘头领。

他手下有十二个得力的干将，分别以不同的动物作为代号，组织极其严密，开的都是大墓，即便是在国际上也是臭名昭著得很。足迹涉及所有古代遗迹，所以这个组织几乎富可敌国，危害也是不小。

国际刑警不得不联合起来对付这个组织，只是那个神出鬼没的决策者鼬实在是太过狡猾，十年前露过一次面后便再也没有出现过。

林霜所在的特情局终于在十年后查到了决策者鼬失踪的那处地宫，却不想全军覆没。是队长救了她，她逃生的过程中无意间闯进了地宫的那处祭祀血池。彼时她已经伤痕累累，身上的血滴落在了血池中，却穿越到了这处神秘时空——大燕王朝。

龙辰玉声音带着几分沙哑，吃吃笑道：“小丫头，我没想到……你能追到这里来，更没想到老鼠会爱上猫。慕容家的宝藏所在地便是……那处你我能穿回去的地宫，我想你手中已经有了地图，只差开启地宫血池的那把钥匙。其实……饮血玉就是那把钥匙……只是需要我们两人中的一个……一个人的心头血喂那饮血玉才能开启时空门。霜儿……我们两个人只能回去一个……呵呵呵……只能回去一个……霜儿……我成全你……”

“不……你撒谎……你……”凌霜顿时心神大乱。

“乖！丫头！听我说……我之前骗了你太多次，只有这一件事我没骗你……我是真的爱上你了……每时每刻……”

他冰凉的唇印上了那张微颤的唇瓣，带着无限的眷恋还有决绝，纵然万般不舍，也要忍受分离的绝望。

“霜儿，”龙辰玉抵着她的额头吸了口气，“保重！我……只能护你到此了……”

他突然猛地抬手，用尽最后一点力气点了她的穴道，抬手将她扔到一边目瞪口呆的宇文胤怀中，大声吼道：“带她走！”

宇文胤依然没有从震惊中清醒过来，却又被龙辰玉狠狠来了这么一出，一时间垂首茫然地看着脸色苍白晕倒怀中的女子，镇定从容的长公子第一次陷入慌乱，不知道该如何是好。

“殿下！殿下！”四周的护卫终于惊醒了过来，看着大燕朝的新一代储君缓缓倒下去，登时慌了手脚忙冲上前去扶住。

“快！快去回禀皇上！”

“太医呢？叫太医啊！”

宇文擎宇脸色阴晴不定，龙辰玉可是龙煜天唯一的儿子啊！这下子天下可是要大乱了！他猛地回过神来，冲不远处自家的长子大声喊道：“胤儿！杀了凌霜那妖女！杀了她！”

宇文胤慌乱至极，突然薄唇紧抿，猛地抓着凌霜翻身跃上自己的坐骑追风，扬起手中的赤练剑朗声道：“打开城门！”

“胤儿？！”宇文擎宇心头一慌，极其强烈的不妙预感袭上心头。

“打开城门！”宇文胤墨眸中的深邃又沉了几分。

“拦住他！”宇文擎宇打马疾奔而来，他不惜一切代价也要阻止自己的儿子做下傻事，他不能让凌霜那个妖女毁了儿子的大好前程，绝不可以！

四周的御林军醒悟过来，宇文长公子这是要放跑刺杀太子的凶手啊！那怎么可以呢？太子若是死了，他们再放跑凌霜，那是诛九族的大罪啊！

这群人也不用宇文擎宇吩咐，登时将宇文胤团团围了起来，却哪里想到宇文胤手中的赤练剑却不是吃素的，四周兵士瞬间被宇文胤霸道的剑气扫倒了一片。

第九章 魂牵梦绕

01　只为卿狂

“孽子！还不住手？！”宇文擎宇是真的慌了神，自己这个好儿子啊，居然对龙煜天的嫡系御林军动手。

“长公子！朱雀门！朱雀门！”青龙军虎贲营统领余庆的声音刚一出现便被瞬间淹没，却已经是足够了。

宇文胤猛地转身避开了挡在前面父亲的锋芒，他再怎么叛逆不听话，也不能对着父亲挥舞赤练剑。

那些青龙军和跟随宇文胤多年的心腹一哄而上，将御林军堵在了长公子的身后，给宇文胤叛逃创造了得天独厚的条件。

“宇文胤哗变了！宇文胤哗变了！”

“哗变你奶奶！”余庆猛地跃起，一刀背将一个狂呼乱叫的御林军小头目砍晕了过去。

“胤儿！不可犯糊涂！回来！”宇文擎宇登时慌了，只是此番青龙军还有宇文胤旧部故意捣乱，将御林军和自己死死堵在了崇武门门口。

宇文胤的追风马脚程快极，况且谁敢阻拦大燕第一战神手中的那柄赤练剑，又有谁敢阻挡那一身令人胆战心惊的煞气！

宇文擎宇眼睁睁看着儿子消失在自己的视线里，愤怒，羞耻，憎恨，各种情感涌上心头。一边的贞元夫人早已吓傻，软软倒在了身边赶过来的丫环婆子怀中。她失去了小儿子，不承想大儿子为了那个妖女，居然做出这般大逆不道的事情，这可是欺君之罪，要诛九族的啊！

朱雀门是宇文胤嫡系的虎贲营把守，自然是放水了，总不能将自家长公子抓起来吧？况且他们抓得住吗？

门口的混乱带着人为的蓄意制造，反正是法不责众，整个京城的几十万大军都是宇文胤一个人说了算。既然长公子要带着那个女人走，他们也不敢拦着，大不了丢官弃爵，反正这么多人都暴动骚乱，新帝还能将他们都杀了？

虎贲营的兄弟们看着自家长公子骑着马，抛弃了一切荣华富贵，消失在了朱雀门外苍茫的草莽之间，一时间一个个都不知道该说些什么。只可惜了宇文胤和凌霜这大燕朝的两员神将，情这个东西当真害人不浅！

重新修缮一新的东宫此番却是乱成了一团，延熙帝龙煜天抱着浑身是血的独子，梅纹面具下露出来的薄唇颤个不停。

这可是宇文梅清留给他的儿子啊！是他在这个世界上最骄傲的存在，此番却是气若游丝。他命人用罕见的紫参给儿子吊着最后一口气，眼底却是冰冷如霜。

徐太医战战兢兢走过了东宫门口那些被斩杀还没来得及收拾的太医尸身，强忍着浑身的战栗跪在了延熙帝面前。

“皇上，皇上还是将太子殿下平放在榻上比较好，微臣……微臣……”

龙煜天眉眼一动，小心翼翼地将儿子放在了软榻上，薄唇微启，却是字字冷冽。

“徐太医！救不活朕的玉儿，你们太医院的人全部给他殉葬吧！”

“微臣……微臣……定当尽力而为……”

“不！”龙煜天冷冷看向徐太医，“朕要朕的儿子活，只有这一个选择！”

“是……是……”徐太医浑身差点瘫软了去，忙跪行至龙辰玉的榻边，搭着他的脉搏，心头却是一惊。

紫参吊命也仅仅是一时半会儿，若是两炷香时间过去，太子还没有什么起色，他这条老命今天算是交待了。

龙煜天又看向跪在东宫门口的宇文擎宇，冷冷道：“你养的好儿子！”

宇文擎宇心头一跳，忙躬身匍匐下去：“皇上请赐死臣！家门不幸，生出孽子，臣愧对皇上！”

“你死了又有何用？”龙煜天眼眸微微眯了起来，“传令下去！通缉宇文胤和凌霜二人，宇文胤抓捕归案后下死牢，秋后问斩！”

宇文擎宇狠狠闭了闭眸子，磕头道：“臣……遵旨！”

“至于凌霜，”龙煜天浑身登时弥漫出漫天的杀气，“将凌家党羽一网打尽，凌霜本人不管在哪里，抓到即刻斩立决！朕只要她的人头尽快落地！”

“臣遵旨！”宇文擎宇眼眸中的恨意自然不比龙煜天少，那个女人毁了他一生最自豪的儿子，让他的儿子从高高在上即刻便要封王拜侯的将军，瞬间被打落地狱成了逃犯。他没有理由不恨那个妖女！

胤儿被判处秋后处斩，这期间便还有商量的余地，这一次他宇文擎宇要亲自出马宰了凌霜，用凌霜的脑袋换回自家儿子的一条命来。

眼见着天色已晚，东宫掌起了灯，徐太医却已经是脸色死灰。太子殿下被凌霜刺中的可是心脉啊！纵然是大罗神仙也救不了他。他转身看着太医院的同僚，眸底俱是悲凉。

“如何？”龙煜天一直守在东宫，此番冷冷盯视着徐太医等人。

徐太医硬着头皮跪倒在地，哀声道：“臣等……臣等束手无策……”

龙煜天脸色一暗：“既如此无用，还活着做什么？来人！将太医院这些无用之人……”

“皇上！”魏公公疾步走进来跪倒在地，忙道，“启禀皇上，殿下有救了！”

龙煜天猛地站了起来，看魏公公的脸色不像是说谎，眉眼间掠过一抹希冀。

“草民顾啸云叩见皇上！”一袭银色锦袍的顾啸云鬼魅一样随在魏公公身后，径直跪在了龙煜天的面前。

龙煜天眼眸微微眯了起来，这个叛徒此时来这里做什么？

“顾啸云！你叛出玄天宗，居然还敢回来？”

“皇上息怒，草民回来是因为草民与太子殿下近十年的生死之交，兄弟之情，草民不能不管！”

龙煜天眼神微微一暗：“你要救太子？”

顾啸云抬眸看着龙煜天，一字一顿道：“草民求皇上一块免死金牌，才能放心救太子殿下！”

“哼！朕凭什么信你？”

“因为草民的妻子是神医叶南，因为江湖上盛传能将死人医活的百川老人是贱内的师傅，草民晓得贱内与凌霜关系匪浅，所以草民恳求免死金牌。”

顾啸云这话说得再明白不过了，凌霜杀了太子当诛九族，叶南也不例外。

他本来可以带着叶南逃走，但是龙辰玉虽然不是个东西，却是他顾啸云此生唯一的好兄弟。他好不容易才说服南儿来救人，若是被龙煜天拉出去砍了，那该如何是好？

02　对眼缘

一边的徐太医一听叶南和百川老人的名号，感觉抓住了最后一根救命稻草，忙道："皇上，若是叶姑娘能来相救，殿下便有七成生还的机会了。"

龙煜天虽然对凌霜的家人恨之入骨，可是自己儿子的命他却不能不管，随即看着顾啸云道："朕……准了！"

"草民恳请皇上发诏旨宣贱内入宫，并赐她免死金牌！"顾啸云信不过龙煜天，若是将这件事情发诏旨，全天下人都看着呢，龙煜天那么高傲的人，断然不会再找南儿的麻烦。

龙煜天何曾被人逼迫至此，咬着牙冷冷道："魏公公，宣朕旨意，请叶姑娘进宫！"

若说良驹，这大燕朝除了龙辰玉曾经送给凌霜的那匹烈火之外，便是宇文胤从高车故地花半年时光驯服而来的追风马了。

眼见着日薄西山，宇文胤带着凌霜远远逃到了距离京城八百里地的禹州，只是龙煜天下令全天下通缉他们两个，倒也不敢投宿客栈，只能屈居于荒山野岭。

宇文胤将凌霜从马上抱下来，却发现她脸色不对，抬手抚上额头，居然触手冰凉，整个人也没有丝毫生气。

宇文胤眉头狠狠蹙了起来，该不会是病了吧？他垂眸看着窝在自己怀中的女子，脸色苍白如纸，樱唇紧抿却是失去了血色，秀雅却又英气逼人的眉头也委屈地拧在了一起，一向灵动的凤眸此番却是紧紧闭着。

他见过她神采飞扬的样子，嬉笑怒骂的样子，痞气十足的样子，却从来没有见过她如此死气沉沉的模样，宛若整个人的灵魂都被抽走了似的，只剩下了一副空架子。

铺天盖地的心疼席卷而来，却又带着几分愤愤不平的恨意。既然出手杀了他，缘何还要做出这副伤心欲绝的模样？呵！给谁看？

宇文胤抱着凌霜的手臂微微僵硬了几分，可终究还是鬼使神差地将她小心翼翼抱进了一处隐秘的山洞中。找来了干草铺在她身下，让她能够睡得舒服一些，她这病倒不像是作假。许是从赤州城大战那个时候她便已经掏空了身心，只是亲手杀了龙辰玉是压倒她的最后一根稻草。

宇文胤沉沉叹了口气，不知道自己这是在做什么。原本是要报仇雪恨，杀了这个女人才是正经，没承想自己像是被下了蛊一样身不由己，只是巴巴地想要带她离开。

“罢了！终归不知道谁欠了谁的。”宇文胤轻轻拂过凌霜鬓边凌乱的发丝，墨眸中多了几分柔和，将自己身上的外袍解下来盖在她身上，刚要起身想法子弄点吃喝，再替她弄些治疗风寒的草药，却不想自己的手被凌霜一把抓住。

他从没想过凌霜的手居然可以冰凉到此种地步，让他的心头微微一震，到底还是不忍心抽出来，由她握着。

“冷……”凌霜真不是装病，整个人几乎陷入了自己也不愿意醒来的梦魇之中。

宇文胤叹了口气，半躺在她的身边，将她紧紧箍进怀中抱着，山洞外面夜风呜咽，八百里奔袭，这一场风寒来的还真不是时候，她整个人时冷时热，抓着一方温暖便想要靠过去。

宇文胤看着下意识钻进自己怀中的女子，心头一动，素来清冷的脸上也涂抹了一层不自然的微红。

“方玉……不……不是这样的……方玉……”凌霜似乎沉浸在梦魇中苦苦挣扎着，一声声呼喊着方玉这个名字，宛若还是那个春光明媚的日子，她与他第一次相见时的花落缤纷。

他站在毓秀河边热闹的酒楼包厢中，窗棂射进来的阳光将他本来俊美的脸映照得越发澄明迷离。他挥着折扇，笑得轻佻，他说在下方玉，凌将军嫁给在下可好？

“方玉……”一行眼泪湿了脸颊，她却不愿意醒。

宇文胤墨眸狠狠闭了闭，将她粗暴地剥离自己的怀抱，带着几分赌气，拿起了一边的赤练剑，大步走出山洞。因为克制着火烧火燎的心头之痛，他紧握着剑柄的手青筋凸起，随即重重吐出一口气，将洞口用巨石堵上，便跃进了夜色中。

两炷香的时间后，宇文胤提着两只布包大步走进了山洞，脸上带着几分不自然的尴尬。为了山洞里头那个薄情的女人，他宇文长公子第一次干了偷鸡摸狗的勾当。在山下的农户家中顺走了一包衣裳，镇上的药材铺子里动用轻功拿走了草药，还乘机抢了一家包子铺里白天卖剩下的半屉包子。

他在洞中生了火，用药材铺子里偷来的银铫子将草药熬制好，将凌霜扶起来，抚到她的额头火一样的滚烫，他登时吃了一惊。

“凌霜！醒醒！喝药了！”宇文胤声音中带着几分连自己也察觉不到的惊慌失措。

凌霜此番却是凤眸紧闭，一副了无生气的模样，宇文胤忙将她扶稳了，端起药碗，捏开她的嘴巴灌了进去。黑色的药汁顺着凌霜的唇角流了出来，宇文胤更是慌了几分。

从没想过一个处处争强好胜，看似能够顶天立地的女子，一旦病了，居然是如山倒般地让人心惊胆战。这丫头居然连药也喝不进去了吗？病情这样重，看来需要尽快赶到高车边地安顿下来，否则凌霜非病死不可。

可是她这样的情形怎么能再继续赶路，没的半道上便丢了命，宇文胤深邃的墨眸微微一凛，登时想起来去处。

这世界上最安全的地方，便是最令人想不到的地方，云州是龙煜天的发家之地，自己带着凌霜在云州雪山上藏上两三个月不成问题。之前自己在云州雪山处暗自设了秘密别院，当今皇上定然想不到自己的父亲其实早就命他在姑父的眼皮子底下设了暗桩，这事只要瞒得过二叔，便能瞒得过父亲。

只是从这里去云州，少不得路上还要耽搁一阵，也不知道这丫头能不能撑得住，如今连药也喝不进去不知该如何是好。

他抿了抿唇，继续将药灌下去，却不想依然于事无补，心头登时着恼，猛地自己仰起头噙着一口药汁，亲自就着凌霜毫无血色的唇瓣强行喂了进去。

这法子倒也灵便，不多时便将药汁尽数喂下。猛然间宇文胤愣怔起来，骨节分明的指尖轻轻拂过凌霜苍白的唇瓣，心头却是涌出几分浓浓的怜惜。

他的墨眸中因为恨意冻结了的冰锋渐渐消融了几分，随即将她孱弱的身子紧紧搂进怀中，低声呢喃道：“我该拿你怎么办好？你告诉我，我究竟该怎么办？告诉我……”

03 视而不见

宇文胤带着凌霜很幸运地赶到了云州那处别院，开门的小厮长安狠狠吓了一跳，忙将他迎了进去。

“长公子？”那小厮何曾见过自家长公子如此狼狈的模样，一身庄稼汉子的打扮，脸上身上满是泥泞，眼眸因为疲惫布满红血丝。再看他怀中抱着的女子，正是那个惹祸精凌霜，看来这天下传得沸沸扬扬的关于长公子带走了刺杀太子的逃犯这事是真的。

“准备一间干净卧房和一些女儿家的换洗衣裳，找两个根底子清白的妇人来伺候。”宇文胤素来吩咐下人从不拖泥带水。

“长公子，现在是多事之秋，若是找山下村里头的寻常妇人，没的走了风声，属下正好去年娶了一房媳妇，让她过来伺候周全些。”

宇文胤点了点头，这一处院子是他秘密置办下来的，这里护院的小厮叫长安，曾经跟着他在高车边地数度出生入死，他既如此说，倒是方便了不少。虽然凌霜血战沙场不把自己当女人用，但毕竟院子里的人都是他从高车带回来的男人，伺候她倒也不方便得很。

安顿下来后，宇文胤命人找来信得过的大夫到凌霜临时居住的院落，那大夫从内堂出来后，宇文胤忙迎了上去。

“怎样？”

“回长公子的话，凌将军这场风寒倒是凶险，不过细心调理下定能恢复的，只是……”

“只是什么？”宇文胤心头一紧，凌霜从发病到现在已经几天时间过去了，怎么丝毫没有好转的迹象？

“唉！凌将军虽然治好了风寒，但是这心伤难治，依着在下看，凌将军昏睡了这么久，怕是自己也不愿意……醒来……”

宇文胤猛地身子一震，狭长的眸子微微眯了起来，好个不愿意醒来，她这是要为龙辰玉殉情不成？

“长安，送先生回去！”

“是！”

长安看着长公子气色不好，也不敢多说什么，忙请大夫离开了这处布置雅致的别院。宇文胤伫立在一株梨树下，雪白的梨花落满了肩头，令他心头隐隐揪扯，疼痛不堪。

他叹了口气，还是回到了凌霜所在的轩阁里，长安的媳妇王氏自然也是个明白人，忙起身冲他福了福便退了出去。

宇文胤转过碧色纱橱，站定在了软榻边，看着依然昏昏沉沉睡在锦被中的凌霜，突然有一种说不出来的愤懑。

他之前还想将这丫头禁锢在自己身边，甚至不惜用巫蛊之术将她的记忆也一并抹去。可是如今看着软榻上毫无生气的躯体，他即便是抹掉她的记忆又如何？她就是一心求死的！抹去不抹去记忆，她都是这副活死人的模样。

“凌霜！你给我醒来！”宇文胤心头的苦闷压也压不住，猛地俯身将凌霜的身体狠狠摇晃了几下，“醒过来！听到没有？不就是杀了一个谎话连篇的混账东西吗？你何至于如此半死不活，你难不成不记得你以前是谁了吗？你说话啊！说啊！”

凌霜紧闭着凤眸，说不清是真的心灰意冷还是病入膏肓，整个人没有丝毫的回应。

“你果真是个狠心的主儿，果真是……”宇文胤的手臂微微轻颤，将她丢到软榻上，冲出了轩阁。

别院种满了梨树，宇文胤疯了般地拔出赤练剑，对着满园的梨花劈砍，梨花雨落，沾染上他眉眼间的一抹湿意，越发显得清俊凄苦了几分。

长安躬身立在一边，也不敢说什么，长公子与凌将军的孽缘是宇文家的一大忌讳，旁观者清，当局者迷，这感情上的事情哪里说得清楚呢？

“长公子，属下去年酿好的梨花春埋在梨树下，长公子要不要喝一点暖暖身子？这天气虽然开了春，倒也是春寒料峭呢。”

同样在边关待久了的人，自然晓得一醉解千愁的道理。

宇文胤颓丧地坐在了梨树下，闷着声音道：“拿来！”

“是！”

长安不久便拿来了两坛子梨花春，却被宇文胤远远遣开，他拍开坛子上的封泥，仰头大大灌下一口酒，却猛地呛了出来。

“二弟，出来吧！”宇文胤凝神看着不远处月影笼罩的天际。

梨树后面缓缓转出来一个俊挺的身影，正是宇文家二公子宇文川，看着自家大哥月下独饮，他心头居然涌起一抹酸楚来。

“坐下来陪大哥喝一杯！”宇文胤将酒坛递了过去。

宇文川是宇文家几个儿子里最文秀俊雅的一个，此番倒是带着几分粗犷，接过酒坛灌了口又递了回去。

“大哥……我……”

“我晓得，若不是你一路上照拂，我根本不可能这么顺顺当当来到云州地界，是二叔让你来的吧？”

宇文川定了定神道：“二叔晓得你会来云州避祸。”

“呵呵呵……二叔此生最擅长的便是看透人心，可曾告诉父亲？”

“大哥放心，只要是二叔愿意隐瞒的事情，父亲绝对不会知道。”宇文川倒是没有诓骗自家大哥，大哥为了一个凌霜居然将自己置身于此种地步，若是父亲真的追过来将凌霜杀了，他不敢想，失去了凌霜的大哥该是个怎样疯癫的模样？

大哥如今是宇文家唯一的希望，尽管这希望毁得差不多了，但是他们宇文家的每个人从来都没有放弃过他。

这一回连二叔也不敢再造次，宇文胤和凌霜这事得缓着些来，不能逼得太狠了。

“皇上有没有为难宇文家？”宇文胤到底是长子，自己这一次让家族蒙羞，心头还是隐隐有些忐忑的。

“没有，不过大哥也不必担心，皇上虽然下令要捉拿大哥，但是看在姑母的面子上，兴许还有转圜的余地，毕竟太子被救活了过来。”

“你说什么？”宇文胤手中的酒坛猛地一抖，醇香的美酒洒落了出来。

宇文川不禁苦笑道：“太子殿下的好兄弟风雨楼楼主顾啸云不知道用了什么法，将百川老人和南疆蛊王同时请进了宫中，太子殿下哪里有不活的道理？只是从此以后恐怕武功造诣上面受点损伤。既然人没死，皇上的怒气便会消散几分，总不会对宇文家下手的。况且小弟已经与顺德长公主定了亲，这也是皇上恩赐给宇文家的荣耀，念着这一层关系也不会赶尽杀绝的。只是大哥这边还是避避风头为好……”

“父亲同意了你与顺德长公主的亲事？”宇文胤眉头一凛，眸底却是带着一抹懊悔，若不是他闹出这一出，父亲何苦要牺牲自己儿子来向皇家示好？

如今皇上延熙帝还是太子的时候，有一个最疼爱的胞妹便是顺德长公主，素来与当时还是太子的龙煜天亲密，而且都是皇后所出。

承平帝即位后，为了报复龙煜天，将顺德长公主和亲到了高车。高车素来民风野蛮龌龊得很，说是和亲，其实被高车贵族轮着玩弄的大妃不在少数，加上撒鲁尔大王骄奢淫逸，顺德长公主不堪羞辱，却连想死都成了奢望。

今春高车发生变故，撒鲁尔大王被突然冒出来的弟弟所杀，延熙帝命人将顺德长公主带了回来。只是没想到，宇文擎宇为了宇文家的利益，也为了讨好龙煜天，亲自允诺了二儿子宇文川和顺德长公主的亲事。

且不说长公主经历了那样的不堪，早已经配不上宇文川，单就年龄也是大宇文川十岁有余，这样的驸马爷定会成为大燕朝史上的一个笑柄。可是龙煜天想要补偿自己亲妹子，宇文擎宇这事倒是做得甚合他的心意。

“二弟！”宇文胤只觉得自己着实对不住眼前这个风姿俊雅的弟弟，若不是因为自己惹怒了龙颜，宇文家何至于受这般屈辱?

“大哥，不必过于苛责自己，”宇文川淡淡笑道，唇角的悲苦却是晕染了几分，“其实咱们几个兄弟素来处得极好，我没有三弟勇猛，没有四弟聪慧，更及不上大哥的一分半毫，总觉得自己是个废人。如今能为家族所用，倒也得偿夙愿，大哥倒是要好好保重自己。其实小弟知道大哥的苦，只是凌将军那样的女子不是一朝一夕能转变过来的，小弟倒是真心希望大哥能全了自己的心愿，再也不要这般痛苦纠结。”

04　醒来

“对不住，”宇文胤心头一阵酸楚，于家族来说，他是个卑鄙的叛逃者，他根本不配站在宇文川面前当这个大哥，“对不住了，二弟，大哥不能给四弟和三弟报仇，又让你陷入这般尴尬境地，大哥对不住你们……可是大哥真的下不去手杀她……真的……下不去手……”

“大哥！来！今晚千杯不醉！”宇文川不忍心看自家大哥那副绝望的样子，忙拿过酒坛灌了一口酒，别开了话题。

宇文胤送走二弟后，心头更是多了几分悔恨，折返回凌霜所住的轩阁，一心的怨怼临到头看着天青色纱帐中那张死气沉沉的脸，这无边的怨怼竟然化作了一抹沉沉的叹息。他轻轻掀开了纱帐，视线顺着那苍白却又俏丽的脸颊蜿蜒而下，落在了领口处娇嫩洁白的颈项上。

凌霜生的本来就美，偏生这绝色中夹带着几分英气逼人，越发勾人心魄，令人无法抗拒。宇文胤俊美的脸上因为这不能对旁人诉说的偷窥，带着几分隐隐的恼羞，素来清俊的容颜也染上了一层可疑的红晕。

他抿了抿薄唇，还是抬手抚上了那张嫩滑的脸，修长的颈项，停留在了精致的锁骨上，却发现一抹诡异的红色刺痛了他的眼眸。

宇文胤墨眸一凛，之前王氏替凌霜沐浴换衣裳的时候倒是将一个楠木盒子交给了他。他宇文胤从不说自己是正人君子，擅自打开一看，居然是天下独此一株的九天雪莲。

如今凌霜已经与龙辰玉走到了如今这一步，九天雪莲他也不打算再扣下来要挟什么。况且如今这丫头还有什么值得他去要挟？

他凝神细细将一根红绳从凌霜的颈项处勾了出来，居然是饮血玉，不过现在这块玉好像变了形状，隐隐有凤凰展翅的样子。

宇文胤眉头狠狠蹙了起来，这只碎玉拼成的血凤看似有些诡异，尤其是凤头那一抹嫣红，宛若是心头血浇筑而成，红得令人惊心动魄。

他晓得凌霜是慕容家的后裔，也晓得她是借尸还魂的精魅，可是这血凤怎么看起来像是活了一样，带着几分流光溢彩，莫非和慕容家的地宫有关系？

他刚要将红带子拴着的血凤从凌霜的颈项上拿走细细查看，哪知道一股子强大的力量从那血凤中溢了出来，宇文胤只觉得整只手都要被点燃了似的一阵锐痛，忙将血凤放了下来。

那血凤跌落到了凌霜的颈项处，恢复到了之前的安然无恙，就是一个普通的挂饰罢了。

“呜……”凌霜此时却是身子微微一颤，樱唇间发出沉沉的低吟，整个人缓缓动了动，随即猛地翻身坐了起来，狠狠抱着自己的脑袋，似乎疼痛难忍。

宇文胤眸底划过一抹惊喜，却又带着几分复杂，立在榻边不知道该如何是好。从凌霜被龙辰玉点了穴道扔到了他的怀中，到她一路上病得昏昏沉沉，这女人怕是打死也想不到如今会落在自己的手中吧？

凌霜只觉得自己做了一个冗长又可怕的噩梦，地宫中那些撕心裂肺的呼喊，杂乱无章的奔逃身影，同伴倒下的惨叫声，身边的爆炸声，所有的一切都被搅进了一方诡异的血池。

她整个人慌慌张张立在血池中，看着血池中令人作呕的残缺躯干，还有漫过脚踝的浓稠血液，她只觉得嗓子都被人扼住了似的发不出声音，甚至感受不到自己的呼吸和心跳。

她就那么立在那里，黑暗中的一点嫣红，孤零零的带着几分绝望。她猛地抬眸，看向了前面缓缓走来面无表情的龙辰玉，狭长的桃花眸中带着几分悲天悯人，凝视着她，却更像是在用视线将她活生生凌迟了去。

“霜儿……我这里好痛！”龙辰玉抬手抚着他的心口，鲜血从他的心口处源源不断涌了出来。

“不！不！”凌霜疯了般地喊出来，那一瞬间头痛欲裂，猛地睁开凤眸，却看到了天青色纱帐外伫立着的宇文胤。

她大口地喘着气，凤眸瞪得大大的，却没有丝毫的生气，从里到外都透出一抹狼狈不堪的灰败。这灰败却是落在外面那个冰冷男子的眼眸中。她猛地抱着头狠狠吸了口气，一片茫然。

“醒了？”宇文胤看着她凤眸中再也没有之前的灵动，心头着实痛了一下，明明想将受了惊吓的她抱进怀中，可还是攥紧了藏在袖间的拳头，装出一副高傲的模样。

他曾经抱她，偷偷吻她，默默对她好，将自己放低到了尘埃处，一旦面对清醒过来的她，到头来慌得手忙脚乱的居然还是自己。

原本期待凌霜会炸毛，到头来她并没有遂了宇文胤的心意，重新躺在床榻上，恢复了之前的活死人模样。

宇文胤俊挺的眉头微微一挑，心头有那么一点泄气。他缓缓走过去，一把将凌霜拽了起来，抬手便捏着她尖俏的下巴，这一路上她倒是病得厉害，眼见着下巴越发的尖俏了几分，刚好与他手掌的虎口相衬。

“怎么？不想知道你如今的处境？抱歉得很，你还是落在了我宇文胤的手中，我会慢慢……”

凌霜头一歪，挣脱了他的束缚，四仰八叉躺倒在了榻上，凤眸紧紧闭上。她没有心劲说什么做什么了。她也没有心劲同这些无聊的人斗来斗去，你死我活。当她的酬勤匕首刺进龙辰玉胸膛的时候，一切都万念俱灰，她现在只求一死。

“我凌霜欠了你宇文家的人命，宇文效有点良心是战死的，宇文御叛国投敌陷害主将，还侮辱了我亲如姐妹的婢女姹紫，是我亲手杀了的。看在我曾经销毁过你们宇文家与南疆叛军勾结的证据的份儿上，你杀了我吧！但是九天雪莲拜托你交给顾啸云，他自然晓得是什么意思。”

05 强迫

凌霜许是长久生病的缘故，虽然话说得通顺，可是声音中却带着几分喑哑，听起来分外刺耳。

宇文胤登时愣怔了，这是怎么说的？一睁眼便求他杀了她？宇文胤心头越发地恼火，猛地将她一把又提起来，毫不怜香惜玉。

“杀了你？若是能杀……”宇文胤吸了口气，稳了稳心神，冷冷笑着将她扔到了榻上，“我不会让你死的，你慢慢受着吧！”

凌霜却像是没了筋骨一样，重新栽倒在了榻上，凤眸虽然睁着，却是茫然地看着头顶上的纱帐，宇文胤的威胁对她来说似乎根本不管用。

宇文胤狠狠抿了抿唇，一脚踹开轩阁的门，怒气冲冲走了出去，他恨极了，可是无能为力。原本以为这家伙醒来以后能给个活人样，哪里想到还不如不醒过来。

一边侍奉的王氏哪里见过长公子发脾气的模样，倒是狠狠吓一跳，躬身候着满身酒气的长公子离开后，随即折进了轩阁，看着榻上那位姑奶奶。

自己男人长安交代过，榻上的这尊大神可得伺候好了，那可是长公子心尖子上的人，可是今天看起来，怎么又带着几分仇人般的相互怨怼呢？主子们的事，他们做下人的也不敢说什么，忙冲榻上的凌霜福了福，温声道：“凌姑娘醒来终究是好的，不知道姑娘想吃些什么？这么些日子病着许是饿了，不若奴婢煮点白米粥给姑娘喝可好？姑娘还想吃什么点心？”

一片死寂，王氏等了许久不见回音，也不知道该如何自处，讪讪笑着退了出去。不一会儿将煮好的粥和几样点心放在一边的小几上，刚要去扶凌霜起来用一些，却被凌霜摆了摆手阻止了。

“你拿出去吧，我没胃口。”

“这……姑娘好歹用一点，长公子刚刚亲自吩咐的，还在粥里面加了补身子的雪参，姑娘多少喝一点……”

“有劳，我不饿，出去！”

“凌姑娘……”

“出去！”一股子威压袭来，王氏心头一寒，果然是传说中杀人不眨眼的女修罗，赶紧退了出去。

第二天傍晚，终究还是按捺不住自己性子的宇文胤折进了凌霜所住的偏院，却不想看着王氏端着已经凉透了的饭菜讪讪走了出来。

“怎么回事？”宇文胤眉头拧成了川字。

王氏忙回道：“长公子，凌姑娘这……不吃饭可是如何是好？”

一股子压也压不住的心火登时发作了出来，宇文胤咬着后槽牙冷冷道：“给我准备一碗热粥来！”

王氏看着长公子沉下来的脸，心头慌了一慌，忙奔到后面的小厨房，将熬好的粥热了一碗，随即将粥送进凌霜的轩阁。屋子的氛围太过冷冽，让她不禁打了个寒战，退了出去。

凌霜此番已经从软榻上坐了起来，却是散着发很不雅观地盘腿坐在了窗棂下的贵妃榻上，黯淡无光的凤眸看着窗户外面片片飞舞的梨花出神。

宇文胤将凌霜随身的一切兵器、暗器全部收了去，即便是屋子里，连个自裁用的方便物件都没有。

他如今摸不透这丫头到底是个什么心思，按理说凌霜这样的混账女人绝对是不会自裁的，可是难免这丫头出什么别的幺蛾子，他不能不防着些。只是自己素来性子清冷，加上宇文家与凌霜之间的过节如此之深，他本来就不善于安慰女子，面前这个油盐不进的家伙让他如何俯下身子去安慰？

宇文胤端起粥，缓步走了过去，手臂有些僵硬，说出的狠话却是大打折扣，甚至还带着几分连自己都麻酥酥的尴尬温柔。

“喝粥！想死也要换个痛快的死法，这样子活活饿死自己，只怕让别人笑话。”

凌霜唇角涌起一抹一晃而过的自嘲，却是不答话，凤眸依然紧紧盯视着窗棂外面的雪白梨花，那绝望不是装出来的。

宇文胤这一路上为了她吃尽了苦头，害得家族和兄弟也遭了难，却不想自己一颗被生生挖出来的心送到她面前，这个不知好歹的女人也嫌弃腥得慌。

他登时压不住那股子邪火，猛地将她的下巴拧了过来，凝视着那双黯淡无光的眸子，一字一顿咬着牙道："听到没有？给老子吃饭！"

宇文胤素来儒雅，即便是在战场上也从来不说一句半句粗话，今日实在是被这个要活活饿死自己的女人气着了。

凌霜唇角微翘，挤出一抹冷意，抬眸看着他："杀了我！要么让我自生自灭！"

"我……成全你！"宇文胤堵得心头难受，猛地将手中的瓷碗摔到了地上，一把将凌霜按倒在贵妃榻上，"想死是吗？那也得把利息给爷算算清楚！"

委屈，憋闷，还有那股子像是牵着线的颤颤悠悠的相思让宇文胤彻底失去了理智，他发了狠，猛地一把将凌霜的衣襟扯开，垂首便咬了下去。

凌霜身上那股子好闻的清香让本来要狠狠羞辱报复她的宇文胤彻底迷乱了，他恨她，如今她落在他的手掌心，他有一万个理由让她受尽屈辱生不如死。

惩罚的时机到了，简直是天时地利人和，可是这个行刑者却不够格，生生将这场侮辱变成了自己的痴迷。

他张牙舞爪地啃咬，终究是下不了嘴，精致锁骨上被自己弄出来的红痕还不够他塞牙缝，可是身下的女人是个什么表情？凤眸直瞪瞪地看着他，宛若将自己当成了一个死人。

"该死的！"宇文胤猛起身，一把揪住凌霜的衣襟，低吼了出来。

"爷是在非礼一具尸体吗？啊？！"

"……"凌霜闭上了眸子，沉默有时候是最大的惩罚。

"为了他！"宇文胤声音微颤，"为了他，你一次次将我置于何处？！为了他，你甘愿嫁进方家受尽屈辱！为了他，你放弃五十万兵权灰溜溜滚回京城找罪受！为了他，你愿意一次又一次相信他的连篇鬼话！凌霜！你将我置于何处？！该死的！他没死！你满意了吧？！"

06 束缚

凌霜被宇文胤提在半空中的身子猛地一颤，也不知道哪里使出来的劲，一把推开宇文胤，挣脱了他的束缚，却猛地一扑，狠狠将他摁倒在了地上。

宇文胤没防着她这一招，她又是站在贵妃榻上这么居高临下地一扑，倒是被她狠狠扣着咽喉关键处，一时间有些愣怔。

“你说他没死？”凌霜嘴唇微颤，凤眸中却是涌出了点点泪意，带着几分咄咄逼人。

宇文胤心头的血早已经流干，冷冷道：“顾啸云都将叶南的师傅百川老人请了来，他焉能死？”

凌霜猛地起身，踉跄着向门口奔去，却因为几天不曾吃饭倒在了门边，随即扒着门框挣扎着站了起来。

“你以为你这样回去他就会原谅你？别忘了，是谁将匕首刺进他的心头？是你！你有何脸面回去？”宇文胤墨眸中的绝望掩饰不了嘴巴里的恶毒，心头的酸楚和铺天盖地的嫉妒快要逼疯了他。

凌霜身子僵硬了起来，是的，这一次宇文胤说对了。不管他是决策者鼬还是龙辰玉，不管是在这里还是在那个平行的世界，她与他本不应该有交集的。

她胸口处的饮血玉微微发热，似乎感应到了她此时矛盾绝望的心境。如今恨已经没有理由，爱亦无处安放，不管如何做都是错。

凌霜颓丧地靠着门框坐了下来，看着外面梨花纷飞，或许真的是该离开的时候了。离开这个让她快乐过、伤心过、绝望过的世界，离开这里的一切纷纷扰扰。

她的手触摸到了饮血玉，打开地宫找到时光门，然后彻底消失，才是她该做的事情。

宇文胤缓缓起身，凝神看着凌霜瞬间安静下来的模样，心头不知道为何升腾起一抹恐慌来，抿了抿唇道：“先养好身子再说别的，不管怎样，你别想逃出我的掌控。凌霜，这一次我绝不会再放手！”

接下来的一段时光，凌霜拼命恢复自己的身子骨，虽然凤眸中的那抹郁郁始终没有消散，但是她素来是个行动派。一旦瞄准了自己要走的路，便开始积极付诸行动。

宇文胤到底还是憋不住心头对凌霜的宠爱，冷战还没有开始似乎便结束了。

一天，凌霜被宇文胤一把抱出了院子，她惊慌失措之间，凤眸一转看向了四周的地形，登时吸了口冷气。原本以为出了别院的门口便会有走出山谷的路径，哪里想到宇文胤径直将她抱到了一个能站下四五个人的大得离奇的筐子前。

“我说……等等……”凌霜扫了一眼，那筐子好似用一种特殊的手腕粗细的藤条编制而成，外面还刷了一层亮晶晶的漆皮。筐子四周箍着玄铁链子，这些铁链直通向了向上似乎无限延伸的峭壁顶端。

“你不是想要出去看看吗？”宇文胤垂眸俯视着怀中有些紧张的女子，心头倒是升腾起一抹捉弄之意来。

“这便是通向外面的唯一通道！”宇文胤说罢，将凌霜抱进筐子里，筐子微微一颤，登时悬空垂在了峭壁边，凌霜扒着筐边向下一瞧，一阵头晕目眩，这要是掉下去，估计连渣都不剩了。

宇文胤打了一声呼哨，院子里出来几个壮汉，开始合力搅动门口设置的机关，筐子徐徐上升，宛若行进在了天际中。

凌霜无奈地闭了闭凤眸，即便是自己能搞定宇文胤跑出别院，大爷的，要想坐着这个倒霉筐子离开也得需要人将她弄上去啊！

她不甘心地看了一眼峭壁，都是千年寒冰覆盖，光滑异常。徒手攀上去？那难度几乎等同于用原始登山装备挑战珠峰。她登时泄了气，大大咧咧歪倒在了筐子里。

宇文胤墨眸中划过一抹深意，这丫头想要逃，他便断了她的念想。他负手立在筐中，看向四周悠悠浮动的云彩，淡淡一笑，之前的那股子意气风发、运筹帷幄的感觉，一瞬间似乎全回来了。

“我还是那句话，成亲之后，你想去哪儿我陪你去哪儿！但是如今你得乖乖地留在我身边，你那小心思不要用在不该用的地方。”

凌霜定定看着迎风而立的宇文胤，一袭素白锦袍，袍角翻飞，墨发用白玉冠束在头顶，倒是有几分道骨仙风、迎风而去的感觉。

她看着宇文胤迎风鼓荡起来的袍角，猛地心头划过一抹亮光，随即不动声色地看着宇文胤调侃道：“让我嫁给你也不是不可能……’

宇文胤猛地转身看着自己心心念念的女人，似乎不相信她所说的话，却又看到这丫头凤眸中似乎多了几分认真。

他心头微微一动，夹杂着几分喜悦，抬手将她从筐中扶了起来道："你可当真愿意了？"

"嗯！反正我也累了，"凌霜凤眸微微眯起来看向远方，"不过能不能不洞房？"

"凌——霜——！"宇文胤猛地将她一把抓着手腕提到了自己的面前，咬着牙道："别惹怒了我，我是认真的，不是你拿来玩笑的！知道吗？"

"你看看你这人，就是开不了玩笑，你说咱们现在是不是在处对象？"

"处什么？"宇文胤缓缓放开了她的手腕，眉头一蹙。

凌霜噎了一下，这孩子简直是太纯了，连这个都不懂，她缓缓抬手，讪讪笑着挽着他的手臂亲昵地笑道："就是郎情妾意，柔情蜜意啥的，你懂了吗？咱们既然要成亲，光靠强迫有什么意思？不如姐姐我教教你什么叫谈恋爱，恋爱你懂吗？就是花前月下，拉拉小手啦，交流交流感情啦，跳个舞啦之类的。"

宇文胤垂眸扫了一眼紧扣着自己胳膊的纤白素手，不禁脸色微微带着一抹红晕，听了凌霜如此一说，那红晕更是扩散到了耳根子后面。

他丝毫不排斥凌霜这样的亲昵示好，反而觉得一股子甜蜜直直冲进了心中，又渗透到了四肢百骸，浑身升腾起一抹从来没有过的奇异感觉。放眼看过去，这漫天的冰雪世界也成了春暖花开，他突然抬手紧紧将凌霜箍进了怀中，却是吻了吻她的发心。

"霜儿，我等这一天你知道等了多久？我……"他的身子微微颤着，"我真的好快活！好喜欢！"

凌霜凤眸中的算计因着他这一句话染上了几分愧疚，可是不喜欢就是不喜欢，她没办法用一生的时间去敷衍欺骗一个男人，感情的事情将就不来的。

07 洞房

人总是会有鬼使神差的那么一瞬间，凌霜此时站在百丈悬崖边上，却是第一次认认真真看向了自己的这个宿敌。

心头算计的成分少几分，不自禁叹了口气道："宇文胤，不是我绝情，只是你想要的，我……”

“不必说！”宇文胤将她缓缓放开，凝视着她的凤眸道，“能不能公平一点？我不比他爱你少半分，我只求一个公平，给我们两个一次相处的机会，仅此而已。”

凌霜脸色一阵尴尬，别过了脸，抿了抿唇道：“成亲的时候，我想自己缝制嫁衣，可以吗？”

宇文胤眸色一暖笑道：“自然是可以的，只是时辰紧迫，我怕累着你，已经交给王氏办了。”

“这毕竟是我人生中的一件大事，”凌霜抬眸，丝毫没有让步，“嫁衣这种事还是我自己来吧。不过我们家乡的习俗可不一样，不缝制喜服而是婚纱，你能不能帮我买一些特殊的布料？我的亲事我不想糊弄，好吗？”

宇文胤看出了凌霜眼眸中的坚持，也晓得这女人的脾性，随即点了点头。

凌霜微微一笑，将所需要的料子材质同他说了，随即打量着所在的筐子笑道：“这筐子倒是奇特啊！居然能撑得住这玄铁链子的捆缚？”

她问得云淡风轻，宇文胤心头此番已经被凌霜的美人计哄得晕头转向，哪里想到其他，唇角微翘，轻轻笑道：“那是自然，这可是云州雪峰山谷中特有的铁木藤条，只在这个地方生长，莫说是做筐子，拿过来打造一柄利剑也是绰绰有余的。”

“一定很罕见吧？”凌霜凤眸登时瞪大了几分，带着几分小儿女般的娇憨。

宇文胤目光微微一热，忙移开了视线，道：“于那外界来说是罕见得很，可是在这山谷中倒也常见，你若是喜欢，我叫长安下到谷底帮你取了来便是！”

“那太好了，我那柄软剑离开京城的时候丢失了，还没尝试过用这种材质做剑的感觉，你要不要？我也做一把给你如何？”

宇文胤眸底又柔和了几分，道：“不论你给我什么，我都会当作至宝。”

“那个……”凌霜咳嗽了一声，别过脸去，宇文胤墨眸中的温柔让她一阵阵出冷汗，“对了，我给你展示一下我的手雷。”

宇文胤接过凌霜藏在袖中的一个葫芦似的东西，眉头一挑：“就这么一个小东西？”

“呵呵……可别瞧不起！你看好了！”凌霜拿过手雷，打开自己设置的装置，突然猛地冲山谷中扔了出去。

一阵轰然巨响瞬间袭来，加上山谷的回音，居然震荡了很久。宇文胤眉头狠狠一蹙，他之前派出的暗卫吃过凌霜这种所谓炸药的苦头，自己也曾经想方设法想要将凌霜这件神秘兵器弄过来，可是被凌霜藏得严严实实的。

如今亲眼看到了这兵器的威力，一时半会儿居然反应不过来，眼眸中掀起剧烈的波动。

“怎么？吓傻了？”凌霜哧的一笑，碰了碰他的手臂，揶揄地笑道。

宇文胤猛地转过脸，不可思议地看着凌霜，这丫头所在的那个世界究竟是什么样子的？这样的兵器着实可怕。他抿了抿唇道：“这兵器能不能再做大一点？”

凌霜眼见着他上钩，笑道：“怎么不能？做大了的话比这个威力要大更多，攻城略地若是有了这东西，呵呵呵……这天下焉能不在掌控之中？”

宇文胤定了定心神，看着凌霜凤眸中的审视意味，眼底的那抹野心顿时消弭干净，叹了口气道：“若没有你，掌控天下又有什么意思？凌霜你莫再试探我了！”

老狐狸！凌霜暗自咬牙别开了脸，此时筐子也已经到了悬崖的顶端，凌霜探出头，却是看到了一大片雪白的梨花盛开，沿着山坡蔓延而下，美得惊人。

宇文胤到底还是怕她跑了，随即向下面的人发了个信号，带着她回到了半山腰的别院中。

十天后，整座别院被装扮得喜气洋洋，大红的灯笼将这片素色静谧的山谷映照出一抹别样的喜庆来。别院里服侍的人也不多，即便如此，还是在前厅摆了酒席小小热闹一番。

宇文胤与这些忠心耿耿的属下喝了几杯后，便走向后院裹着大红绸子编花的喜房，没有高堂可拜，没有亲朋好友庆祝，倒也有几分独特的安稳。

宇文胤今天破天荒穿了一件大红的喜袍，领口处用金线绣成了妖艳的花纹，衬着他棱角分明的玉色容颜，居然有着令人惊心动魄的俊美无双之感。

门口守着的王氏被宇文胤一身的风姿绝艳惊呆，随即忙躬身福了福道：“长公子福安！少夫人在里面呢！”

宇文胤脚步一顿，却是停在了贴着大红喜字的轩阁门外，与凌霜的这番纠缠虽然经历了那么多不可思议的血雨腥风，到底她还是住进了自己的世界。只是红灯朦胧下竟然有着几分不真切的感触。

他抿了抿唇，深吸一口气，压制住了心头的激动之情，缓缓推开轩阁的门。王氏识趣地退了出去，心头为自家主子高兴。

自家这位长公子驻守边疆那么久，虽然顶着天下数一数二美男子的头衔，顶着宇文家的家族荣耀，却于这姻缘上实在是不济得很。今日好不容易找到了一个贴心的人守在身边，也算是功德圆满了。

宇文胤刚走进轩阁绕过屏风站定，却是猛地一愣，榻上锦绣中端坐的凌霜居然没有盖红盖头，而是穿了一件分外古怪的白色曳地长裙。如玉的肌肤令他一阵阵心跳，这女人光着肩膀这样候着他……也实在是太过热情如火了。

只是大喜的日子，怎么穿了一身白衣裳？领口处镶嵌着精致的宝石珠花，让她精致的锁骨更加诱人，加上这衣裳设计得玲珑紧致，将凌霜身子的曲线勾勒了出来。他不禁摸了摸鼻尖，红晕甚至蔓延到了自己的颈项处。

08　跳一支舞

“娘……娘子……”宇文胤不得劲地咳嗽了几声，他似乎有些招架不住凌霜这种奇怪的样子，随即缓缓坐在她身边，额头也冒出了一层冷汗。

凌霜抬眸看向了宇文胤，今天的宇文胤少了几分冷冽多了几点妖冶，怎么看怎么让她有一种想将他绑起来到市场上卖掉的冲动。这家伙若是放在她的世界，绝对是国际巨星级别的男神，不过宇文胤这厮实在是扭捏得不像话。

“喝酒了？要不再吃点东西垫垫？”凌霜倒是大方得很，抬手拿起一块点心送到他唇边。

“不……不用了……不……为夫的意思是……我不饿……”宇文胤闻着近在咫尺的女子清香，越发慌了几分。

凌霜凤眸一挑，这还是那个曾经扒她兜肚的宇文胤吗？两人之前斗鸡似的斗得你死我活，也没见他这么矜持啊！洞房花烛夜，敢情一向天不怕地不怕的宇文长公子原来是这个样子。若不是今天她有事要办，还真要抓住机会好好戏弄他一番，以报他将自己困在这里的小仇。

“相公！”凌霜抬手抓住了宇文胤紧紧攥着的拳头，宇文胤猛地一颤。

凌霜彻底无语了，怎么看今日倒像是她这个恶狼在拱一棵小白菜的架势。

“娘子……”宇文胤也觉得自己挺没面子的，好不容易千辛万苦娶回来的女人，自己这表现也太窝囊了些。

只是他不同于京都那些世家子弟，十五六岁便已经有通房的丫头塞在了枕边，寻常花街柳巷自然也是涉猎甚多。他从小就被父亲送出府去学武功，十四岁的时候就能领兵打仗，十八岁的时候成名天下。

军队中也有那些高级将官带着歌姬舞姬玩，唯独他不好这一口，这样朦朦胧胧的葱茏岁月中突然闯进来一个凌霜，占据了他全部的精力和心神，也让他输得彻彻底底。

如今美人在侧，他却患得患失起来。若是自己太过主动，是不是就给她留下一个急色的坏印象？若是不做点什么，他此番心头都要裂开了，心脏扑通扑通跳个不停。

“娘子！早点歇着吧！”宇文胤温柔缱绻的话语中却是带着几分令人哭笑不得的青涩。

凌霜咬了咬牙，这家伙太纯，自己只能主动了。随即抓着他的手站起来，宇文胤登时一惊，忙将她拦住。

“霜儿？你……”

“别怕，我不跑！今天我们来一点新奇的洞房花烛夜好不好？”凌霜凤眸中闪烁着钻石般的光彩。

宇文胤狭长的墨眸中掠过一抹疑惑，却被凌霜乘这空当拽了出去，径直走到了后院的梨树林。朦胧月色中，梨花暗香浮动，凌霜立在花树下，美得不像样子。她乌黑的长发盘起，绾着一个别致的发髻，只鬓边有些空落落的。

宇文胤随即摘下一朵梨花别在她的发髻上，宠溺地笑看着她，任由她紧紧握着自己的手。

“霜儿，你这是要做什么？”宇文胤看到凌霜款款向后退了一步，冲他微微躬身，探出莹白如玉的手掌。

“能请宇文先生跳一支舞吗？”凌霜凤眸中纠结着几分歉疚，他为她付出的她能看到，她却只能留给他那些军事理论，火药的配方，还有这月色中的一支舞。

宇文胤不禁有些愣怔，茫然地将手伸过去握住了她的素手。

凌霜小心翼翼地将手臂搭在他的臂弯处，嘴里哼着一支宇文胤从来没有听过的曲子。旋转，再旋转，漫天的梨花随风飞落，这是最美丽的舞台。

宇文胤不愧是武学天才，只是由着凌霜带着转了几圈便完全掌控了主动权，小心翼翼揽着怀中喜欢的人，他突然觉得上天还是眷顾他的，他何其幸运！

“真好看！”

“是啊，是啊！”

“咱家长公子同凌姑娘到底是登对的一对！”

“那是自然的！”

别院的仆从一个个偷偷躲在了梨树后面，那一夜他们的长公子第一次露出了那么纯真自然的笑容，宛若天上皎洁的月亮，带着几分不容亵渎的俊美无双。那一夜，他们神秘的少夫人，简直如同天人般令人心动不已。

宇文胤到底还是脸上挂不住了，停下脚步将凌霜护在了身后，命王氏取了披风，将凌霜露在外面的肩头罩了起来，狠狠瞪了一眼那些不知死活的偷窥者。

凌霜微微一笑，拉着他的手道：“别生气，独乐乐不如众乐乐嘛！走！我再给你看样东西！”

宇文胤此时的戒备之心完全放了下来，由着凌霜胡闹，自己却也是带着几分孩子般的跃跃欲试，不知道这丫头还会给他什么惊喜。

09 烟花

凌霜拽着宇文胤出了别院，走到外面一处略微宽敞的平台边，命王氏和长安将她之前捣鼓好的那些东西抱出来。

凌霜拿出了一只自己做好的烟花放在平台边上，命下人们取来香烛，却是小心翼翼点在了那烟花筒子上。一朵绚烂的烟花登时绽放在了山谷的夜空中，一瞬间所有的人都看呆了，这是他们从来没见过的玩意。

“少夫人这是什么兵器啊！真是美得不像话！”王氏半捂着唇，惊呼了出来。

“还想看吗？这一次放个大的！相公！你来点香！”凌霜将手中的香递给了宇文胤。

宇文胤墨眸中掠过一抹流光溢彩，笑着接过香，也燃放了一个，他没有抬头看那绚烂到极致的烟花，而是深深凝视着眼前的女子，心头热辣辣的，却又涨得难受，她是不是也喜欢上了他？否则绝对不会这般费心费力讨好他，幸福来得太快了，以至于产生了不真实的恍惚感。

“再来一个！再来一个！”今日长公子面前允许这些属下没大没小，他们纷纷拍手欢呼。

凌霜凤眸微微眨了眨，笑道：“好！不过这一次我要给你们一个惊喜哦！都背过身子去，不许偷看！”

那些仆从自然是听少夫人的，凌霜冲宇文胤偏了偏头，示意他也转过去。宇文胤唇角微翘，纵容了她的玩闹，今夜她跟了他，她就是他宇文胤一辈子捧在手心中的宝，由着她折腾。

凌霜看着宇文胤俊挺的身姿缓缓转了过去，唇角微翘，含着的却是一抹苦笑，她注定要辜负他了。

她猛地将身上的婚纱裙子拆开来，里面却是穿着紧身的玄色裤子。她将装着烟花的箱子隔层打开，拿出紧身上衣穿好。随即迅速将脱下来的婚纱和之前准备好的铁树藤条组装成一个简易的滑翔伞。这处山谷她也观察了几天，今夜的风向最佳。

“不许转过来啊！马上就好！”

宇文胤唇角的笑意越发浓厚了，狭长的墨眸中带着几分隐隐的期盼。

凌霜将最后一只烟花点燃，却猛地向后跃出平台，撑开滑翔伞跃下万丈深渊。

“霜儿？！不！”宇文胤转身眼睁睁看着凌霜像一只洁白的鸟落下了峭壁，将那点子纯净的白色晕进了夜色中。

“长公子！不要！”

“快拉住长公子！”

其他人俱是惊呆了，他们没想到新婚之夜居然是以这般诡异惨烈的结局收场。少夫人怎么可以这样对长公子？跃下深渊？！怎么可以？！

他们拼命将宇文胤抓在，宇文胤眼眸已经赤红，一掌甩开身后的束缚，刚要跟着跳下去，却又被长安紧紧抱住大腿。那些人俱被宇文胤的内力震得口吐鲜血，但还是不能放手，一旦放手，长公子便真的跳下这悬崖去了。

“长公子！快看！少夫人！少夫人！”王氏哭喊着点向了山谷远处的方向。

星光下，凌霜那抹娇俏的身影居然没有沉入谷底，反而顺着风向飞了起来，只是远远消失在远方，再也不会回头。

宇文胤怔怔地看着那抹身影终究成了空旷，眼眸中的最后一点亮色湮灭，从此便是万古的黑暗。

果真还是她比他要狠一些，给了他最美的梦，却又亲手扼杀掉，从此让他一个人沉静在烟花绽放过后的永夜中。

“哈哈哈……”宇文胤突然大声笑了出来，眼角泪水纷飞。什么婚纱？什么烟花？还有梨花雨中的舞，统统都是她的算计，他只觉得自己是这天底下最悲哀最愚蠢的傻瓜！

“凌霜……你……好……真好……”宇文胤惊怒攻心，一口血喷了出来，让本来艳红的喜服看起来更加触目惊心。

“长公子！”

“快扶长公子进去！”

宇文胤猛地推开身边的人，踉踉跄跄转身，却终究轰然垮塌，他始终比不过她心目中的那个人，不管他是不是活着，他终究是比不过……龙辰玉！

云州雪谷下是一条常年冰封的河流，四周即便是三伏天热得要死，这里也是四季冰雪覆盖，谁都不知道此番这条冰河下却是一番热火朝天的景象。

冰河下面便是尘封数百年的慕容家族的宝藏所在地，整座雪谷下面其实是一座地下山脉，山体被挖空，一条暗河贯穿了整座地下山脉。

10 断了退路

此番暗河上涂着黑漆用野兽皮做成的轻便小船正源源不断顺着暗河湍急的流水蜿蜒而下，船中满满的都是用那种特殊藤蔓捆缚的箱子。偶尔随着船体波动，箱子里的宝藏倏忽发出一抹璀璨的亮光。

这些船顺着暗河直通下游处的渡口，会乘着夜色秘密被涿州码头守着的凌冰运往桃花岛。即便是整整三天三夜的搬运，也仅仅是将宝藏里的十分之一运了出去。剩下的那些宝藏，凌霜准备藏在暗河源头的那个巨大的石窟里，留给慕容家的后代们以备急用。

小舞等人已经将石窟里的宝藏安置得差不多了，还剩了很多堆放在第二层的洞穴中。

“小舞，你带着人出去吧！”凌霜定定看向最后一层还没有打开的石门，这一切都太熟悉了，里面的景象她曾经无数次梦回。门那边什么都没有，只有一方血池联系着她归去的时空门。

小舞一愣，虽然执行大小姐的命令理所当然，可是她总觉得大小姐今日有些地方怪怪的，还是忍不住问道：“大小姐，地下暗河马上要涨起来了，再不走整个地下岩洞便会被淹没，到那时……”

“我有点私事要处理一下，”凌霜看着她微微一笑，“小舞，你跟我也有些日子了，你的嫁妆我可是替你备好了的。”

“大小姐！”小舞羞红了脸，但是看着凌霜的凤眸，却不像是在开玩笑，心头越发不安起来。

“你带着他们从地下暗河退出去吧！我在等个人，就不从地下暗河离开了。还有半炷香的时间，你也不要再啰唆，听我的命令便是！”

“大小姐！不可！这一次说什么婢子也要……”小舞身子一僵，整个人却被凌霜抬手点了穴道，扔到了一边凌家影卫的身边。

“带着你们的头儿快走，再啰唆下去，家法伺候！”凌霜凤眸中掠过一抹冷意。

那些被她和小舞一手培养起来的影卫哪里敢忤逆主子的意思，忙扶着眸底满是担忧害怕的小舞速速离开，顺着湿滑的台阶到了暗河边，坐进特制的轻便小船中。

却不想一行人刚上了船，整个岩洞猛地震颤了几分，居然是他们主子惯用的那种炸药爆炸的声音。凌家影卫登时惊呆，却发现自己的主子竟然将那条通往暗河的通道给炸塌了。

“大小姐！大小姐！不可！”

“快！想法子弄开这些石头！”

“不必再做这些没用的，你们速速离开，记着一点，告诉二爷，就说我不能再在老夫人跟前尽孝了，你们让他将九天雪莲尽快送到桃花岛，老夫人身上的毒耽搁不起！”凌霜放出内力将该说的话说完后，再也没有回音。

这一变故突起，凌家人几乎不相信自己的耳朵。大小姐到底是在做什么啊！眼见着宝藏也拿了出来，为何会临时来这么一出，一瞬间，所有的人心头都升腾起巨大的恐慌，却又无能为力。

凌霜兴许早就安排好了的，那些炸药将通往地下暗河的洞口炸塌，他们这几个人根本不可能短时间内挖通。

情急之下也顾不得大小姐的命令，几个人七手八脚将小舞的穴道拍开。

“头儿……怎么办？”

小舞眼底几乎冒出火来，大小姐这算什么？每到关键时刻便将他们这些人丢开，自己一人承担，这到底算什么事。

“暗河马上要涨起来了，顺着暗河先离开，然后调集咱们的人回头与大小姐会合！”小舞生气归生气，可是脑子还是冷静异常的，当下便将一群显然慌了的人归拢起来，迅速撤出了暗河。

凌霜缓缓转身，看着面前最后一道石门，拿出藏了许久的饮血玉，凝视着门上的那处特殊的凤凰形状的凹槽，似乎沾满了暗黑色血迹的凹槽令人生出几分恐惧来。

手中的饮血玉越是靠近门越是散发出了赤色光芒，带着几分微微的震颤，还有渴望已久的回归感。

凌霜脑海中对这里的每一处场景都熟悉到了骨子里，为了寻找决策者鼬，她跟随队长从这处地宫的每一层拼尽浑身力气才摸到了这里。四周每一处雕刻着神兽的石柱，每一处看起来平淡其实却能要人命的机关暗道，她都了然于心。

她明白门后面藏着什么，自己一旦突破这道门，便再也不会回来。凌霜微微闭了闭眸子，脑海中却是龙辰玉那张宜喜宜嗔、风华绝代的脸。

第十章 今夕何夕

01　黄雀在后

凌霜手中的饮血玉插进了那个孔洞，硕大的石门缓缓向两侧移开。巨大的石洞里，是一方白玉雕刻而成的莲花形状的血池，有丈许，给人感觉有些诡异。

她缓缓拿起朝之宝剑，在手臂上划出了一条口子，毕竟这血祭的最后一道关口便是自己的鲜血。

鲜红的血顺着凌霜的手臂落在了莲台正中的那处凹槽里，整座莲台突然颤动起来。凌霜的血液顺着凹槽流向了东面的一座玉台，瞬间，一道摇曳的紫光猛地射出，刺向了山洞的穹顶处，与外面的星辰交相辉映。

紧接着便是西面的紫光射了出来，将整个洞穴照耀得万端瑰丽。只是凹槽中的血液明显不够用，还差两处。

这纯粹就是放血啊！回去还真是不容易得很！凌霜咬着牙，准备在胳膊上再开一道口子，今日看来不放干净血，断然是回不去的。

穹顶处的紫光同星辰几乎扭曲般地缠绕在一起，整个时空仿佛要撕裂了一般，只差最后一步便将完成这慕容家族疯狂的千年祭祀。

凌霜咬了咬牙，刚要狠狠自残一回，却不想手中的朝之宝剑被一支凭空射来的玄铁箭羽一挡，偏到了一边，她猛地抬眸，却看到了莲台下面那双深邃的狭长墨眸。

宇文胤将手中的弓箭丢在地上，穹顶的风灌进洞穴，将他身上的玄金色袍角扭曲成了危险的弧度。

凌霜心头一跳，这厮怎么来了？她明明使出计策将宇文家的人都骗到了陈州地界。

她从云州逃出去后，放出消息说自己在陈州慕容家的发源地开宝藏。还派出月珑和嫣红在陈州搞出了很大的动静，这个声东击西的计划应该是天衣无缝，却不想还是被宇文胤察觉了。

宇文胤脸色冰冷，看向莲台上那个浑身沾满了血迹的艳丽女子，墨发飞扬，姿容倾城，在这地狱般的洞穴中交织着最残忍的美，让他心头阵阵疼痛。

“宇文将军！”凌霜不禁苦笑，“你也不必再生气，我这便杀了自己给你出气，可好？”

宇文胤眸中掠过一抹痛色，随即归于平淡，一字一顿道：“你欠着我的，即便是死你也还不清！”

“胤儿不要与这个妖女废话！”宇文擎宇缓缓走进洞穴中，身后跟着宇文浩正还有宇文川，以及宇文家其他的劲装影卫，密密麻麻将洞穴围了个水泄不通。

凌霜随即握紧了朝之宝剑，缓缓站立在了高台的正中，俯视着宇文家的强大阵容，不禁有些想笑。

“呵！都来齐了哈？”凌霜的视线扫过了宇文胤，这厮到底是恨上她了。

她冲宇文擎宇笑道：“不愧是宇文家的一贯作风啊！躲在背地等机会的感觉不错啊！是不是，宇文老前辈？”

宇文擎宇冷冷看向了高台上的仇家，恨不得将凌霜碎尸万段，当下也不多话，猛地跃向高台，手中的利剑瞬间祭了出来，饮了无数鲜血的利剑带着一股子天然的煞气。

凌霜猛地向后退了一步，倒是也不敢轻敌。毕竟宇文擎宇当年可是同自己父亲凌国公并驾齐驱的大燕朝两大高手。

她猛地抬脚，踹向了一个高台上的机关，左侧的岩壁上登时划开一道口子，一阵窸窸窣窣的声音传来，靠近穹顶处居然被凌霜操纵机关硬生生打开一个天然的窗口，腥风袭来，却是铺天盖地的吸血蝙蝠飞进来，直接扑向了有些目瞪口呆的宇文家的影卫。

宇文浩正登时大吃一惊，蝙蝠他是见过的，只是自己在云州经营了这么长时间，还从来没有见过这种通体雪白的吸血蝙蝠，那凶残的攻击力度更是令人不寒而栗。

02 断路

“二叔小心！”宇文川猛地抢上一步，护在宇文浩正身前，胳膊处却是被这诡异的蝙蝠狠狠咬了一口，一边的宇文胤则挥剑斩杀了一大片。

宇文胤手中的赤练剑挽出一个剑花，将蝙蝠群逼退了几分，视线却是紧紧锁住了高台上与自己父亲缠斗在一起的凌霜。

他没想到凌霜居然这般大胆，竟然利用这些畜生也能立于不败之地。

凌霜到底功力比不过宇文擎宇，肩头被狠狠刺中，鲜血瞬间渗透到了高台中间的凹槽中，南面的那处摇曳紫光登时直冲天际。穹顶上渗透进来的星光越发诡异了几分，似乎要将整个扭曲的空间撕裂了一般。

凌霜算计好方位，只要再激发最后一处北面的玉台，她便能完成血祭，回到自己的世界。之前自己还不忍心自残，没想到宇文擎宇帮了她一把。

宇文胤猛地愣怔在了那里，突然脑海中回想起了之前对凌霜下巫蛊之术的时候，她梦中说的那些胡言乱语。

他心头的不安越来越强烈，狭长的墨眸却是扫向了那些摇曳的紫光，猛地飞身而起，跃上了高台。

下面的宇文浩正等人却是被蝙蝠群纠缠得脱不开身子，如今一看宇文胤冲上去帮忙，倒是放心了不少。

“喂！你们宇文家要不要脸？长辈欺负晚辈不说，还二打一，不要脸到家了！”凌霜心头是真的慌了，宇文胤这厮始终不按常理出牌，没想到连吸血蝙蝠都困不住他。

虽然在他俊朗的脸颊上也出现了几条微不可见的血色口子，但是这点子伤害只能算是给宇文胤挠痒痒了。

“胤儿！小心脚下的机关！”宇文擎宇一剑斩断了飞向宇文胤的毒箭，反手将地板处陡然凸起的机关一掌击碎。

“胤儿！将妖女身上的冥王令抢过来！”宇文擎宇此刻倒是被凌霜启动的机关逼到了高台的边缘，不能靠近凌霜半步。

凌霜暗自惊诧，她此番身上确实有一块令牌，但这是她返回之前那个世界必备的媒介，绝对不能给宇文老贼拿到。

凌霜凤眸掠过一抹冷厉，扫了一眼高台正中的距离，只要自己将最后一丝血液灌注进那个北边的凹槽，便大功告成了。

她猛地挥起朝之宝剑，狠狠斩向宇文胤，用的却是凌家剑法中的绝地杀招，不留一丝情面。

宇文胤身子一顿，挥起赤练剑挡了一下，堪堪立在凌霜的一步之远。他并没有等来凌霜的攻击，却眼睁睁看着她挥手刺向了自己的手臂，一道血线顿时溅落在了高台的凹槽中。

凌霜几乎屏住了呼吸，看着那血线顺着玉石凹槽流向了北面的玉台，穹顶处的光芒越来越炙热，发出阵阵离奇的雷电之声。

突然西面散发着紫光的玉台传来一声爆炸声，本来还猛烈的紫光瞬间弱了几分。凌霜不可思议地看向宇文胤，只见那厮手中的第二枚特制的手雷扔向了西面的玉台，顿时将那处地方炸了个粉碎，紫光随之熄灭。

凌霜一瞬间只觉得气血上涌，什么叫自作孽不可活。她当初该有多傻，才教会了宇文胤做这个东西。偏偏这王八蛋学东西极快，硬生生将她回去的路给炸断了。

“老子杀了你！”凌霜所有的坚持、梦想、希望，都被宇文胤毁了个一干二净。

宇文胤挥剑挡开了凌霜的招招致命攻击，也不反击，而是抬手又将一枚手雷扔向了东面的玉台，瞬间紫光暗淡了几分。

“老子和你拼了！”凌霜从来没有这么愤怒过，宇文胤这王八蛋知不知道龙辰玉为了让自己回去，不惜用心头血喂了饮血玉。

为了找到回家的路，凌霜付出了那么多，可是这个混账东西轻而易举便将这些毁了个干净。

凌霜凤眸中的恨意却是浓烈到了极致，她猛地欺身而上，挥剑刺向了宇文胤的心口，却不想宇文胤稍稍一躲，怀中的那些手雷登时滚落到了高台正中，将整个高台的中枢炸出一个大口子。

整座地宫随着这一声爆炸登时颤抖个不停，下面的宇文川猛地吼了出来。

“父亲！大哥！快走！洞穴要塌了！”

凌霜凤眸已然赤红，猛地扬起冥王令，冷冷看着宇文父子道：“你们想要这个东西，老子偏不如你们的意！今天咱们谁也别想好过！”

她知道冥王令的威力，冥王令能号令一支神秘的力量，谁夺了冥王令，谁就能号令天下。

凌霜猛地扬手，将这世间争夺激烈的冥王令扔进了被炸开的地下洞口，顺着暗河冲得无影无踪，四周顿时静了几分。宇文家族追寻了二十年慕容家的宝藏，其实真正想要的东西便是冥王令，没想到被凌霜这般轻而易举地毁了。

03 坍塌

一时间所有宇文家的人都接受不了这个事实，尤其是宇文擎宇。

“怎样？”凌霜笑得邪肆至极，“宇文擎宇，其实我告诉你吧，这块冥王令根本就不在这处地宫中，你知道在哪儿吗？呵呵呵……在我娘亲的手中，她将这个天下人梦寐以求的东西交给了我父亲凌国公！不管你使出多少花招，你也得不到我娘亲一丁半点的喜欢。管你是权势滔天还是威风凛凛，我娘亲从来喜欢的人都只有一个——那便是我爹！你给我爹提鞋都不配！”

慕容璟妍，那个惊才绝艳的美丽女子，是宇文擎宇一辈子不能碰触的伤。当年他掏心挖肺追求过她，她却连半分眷顾都不曾给他，他到底在她眼里算什么？

此番被凌霜血淋淋揭开旧伤疤，宇文擎宇登时暴怒，缓缓抬起手臂。

“凌霜！今天老夫便送你下去，同你的爹娘团圆！”宇文擎宇鬓边苍白的发丝微微轻颤，手掌中却是晕满了青色之气。

凌霜晓得这是破九霄的最顶层功力，这老家伙今天是不想让她活下去了。不过她之前故意激怒他，也是要同他拼个你死我活的，捎带上这个杀父仇人一起下地狱也赚了。

洞穴塌陷的速度越来越快，凌霜一个站不稳，摔到了高台边缘，手却是巧妙地按在了最后一处机关上，只等着宇文擎宇盛怒之下的最后一击。

“凌霜！今日老夫便送你一程！”一股子凌冽之气瞬间充溢着高台，之前宇文擎宇顾及着凌霜手中的冥王令，生怕破九霄使出来将冥王令也毁了，如今却是再也没有顾忌，只等着凌霜受了这一掌后灰飞烟灭。

“父亲！不可！”宇文胤的惊呼声袭来。

凌霜只觉得眼前一花，整个身体却被一个坚实的怀抱紧紧护着，随即一股子血腥之气扑面而来。她凤眸中掠过一抹不可思议，神情有些狼狈。

宇文胤嘴巴里喷出来的鲜血溅了她一脸，顺着她的脸颊滴落，将这一幕似乎定格了去。

“胤儿？”宇文擎宇一时间没反应过来，茫然地看着自己的双手，他居然……亲手……杀了自己的儿子！他晓得自己刚才那集中全部功力的一击，任何人挨上了非死即残。

“胤儿！”宇文擎宇登时慌了，疾步想要奔向前去，腿却软得动也动不了。

下面的宇文家上下老小也是一片死寂，这样的变数实在是太过震撼，让他们一时间回转不过来。

凌霜猛地抬手，想要按下手边的机关，此刻宇文擎宇正好在那处要命的机关上呆呆杵着。

“不……不要……杀我……父亲……”宇文胤一贯棱角分明的脸上满是祈求之色，唇角涌出越来越多的血，手却紧紧握着凌霜的手腕，“求你了……不要杀他……”

凌霜凤眸闭了闭，猛地一脚踢向另一处机关，抱着宇文胤从高台处裂开的口子里摔了下去。

“胤儿！胤儿！”宇文擎宇猛地跪在了那处阴森森的深不见底的裂缝，那一瞬间他似乎真的老去了。

京都东宫，一个宫女端着药盏步履匆匆走向了正殿，却又在门边停下脚步，试图平息一下脸上的焦虑之色，随即缓缓迈上了正殿的台阶。

金丝楠木雕刻的长榻上，太子龙辰玉已经能坐起来靠在床柱边读书了，看起来似乎恢复得不错。本来俊美异常的大燕朝储君因为这一场杀身劫难，反而多了几分俊朗和硬挺，只是整个人到底还是消瘦了许多，脸上晕染着一抹虚弱的苍白之色。

他眉头微微蹙起，手中的书卷却是没有翻过去几页，心头隐隐痛得要命。不能想起那个狠心的小混蛋凌霜，一想她就心痛头痛浑身痛。此番怕是那小混蛋已经穿越回去了，在特情局报到了吧？兴许还能弄个一等功荣誉勋章戴着，不开心，实在是不开心。凌霜走后，自己居然有一种了无生意的颓丧。

“殿下！该喝药了！”

龙辰玉心思烦乱地将药盏接了过来，突然身子一顿，药盏下面有一张绢条也随之送到了他的手中。

龙辰玉不动声色地仰起头，将药盏里的汤药一饮而尽，挥了挥手道：“都给本宫退下吧！晃得头晕！”

“是！”服侍的宫人们俱小心翼翼退了出去，玉太子人长得俊美不说，性子也很好，最关键的便是到现在没有娶妻，甚至连通房的小妾也没有。

这些近身服侍龙辰玉的宫人自然是多了几分别样的心思，哪怕能做殿下的一房小妾也是好的，服侍起来倒是尽心尽力，不过偏有些不开眼的丫头赶着巴结，一个本来退出去的宫女随之又折返了回来。

“殿下！婢子前日缝了个茉莉花的香囊，给殿下带在身上，去去烦闷之气，殿下若是头晕，婢子给殿下揉揉？”

那宫女倒也有几分姿色，顺势拿着香囊跪在了榻边给龙辰玉系在了腰间，并作势靠在龙辰玉的身边，抬手抚上了他的额头。

龙辰玉手中藏着的绢条紧了紧，冷冷笑道：“难为你这一片玲珑心思！”

“殿下！婢子若是能为殿下分解烦忧也是婢子的福分！”

“是吗？呵呵呵……”龙辰玉淬利的桃花眸中掠过一抹讥诮，突然将腰间的香囊扯下，顺道将她一掌推了出去。

“殿下？”那宫女不承想太子瞬间翻脸，顿时吓得花容失色。

“来人！”龙辰玉声音中带着几分肃杀，“将这个图谋行刺本宫的贱婢拉出去砍了！”

“殿下？！婢子没有！婢子只是缝制了茉莉花香囊给殿下啊！”

龙辰玉淡淡冷笑道：“本宫对茉莉花香过敏！”

04 惊天噩耗

“殿下！殿下！婢子不敢了！殿下饶命啊！”那宫女此时才明白自己之前意图接近龙辰玉的想法有多蠢多要命，可是东宫的侍卫却再不会给她任何反悔的机会。

这下子变故突起，殿外跪着的宫人登时心知肚明，那个凌霜虽然刺杀过殿下，可是在太子殿下的心目中却根本无人能替代。

一时间东宫内外的气氛有些压抑，龙辰玉淡漠的声音缓缓传出来道：“本宫不喜欢那些花呀草呀的，以后所有的宫人若非本宫命令，不得靠近本宫三步之内，否则别怪本宫不客气！”

“是！”一众莺莺燕燕忙俯身应了，谁还和自己的小命过不去？

东宫正殿里顿时安静了不少，龙辰玉将纸条展开，是顾啸云送进来的消息，只是简简单单的一行字，写着：“云州地宫坍塌，凌霜拖着宇文胤葬身谷底，暂无消息。”

龙辰玉登时从榻上跃起，一时间气血翻涌，他本来身子虚弱，这一下子惊怒攻心，登时捂着心口，一口气没缓上来，歪倒在了地上。

“太子？太子爷晕过去了！传太医啊！快传太医！”四周的人顿时慌了神，明明太子爷的身子已经好多了，这到底是怎么了。

东宫变故突起，前朝得了消息的延熙帝龙煜天忙丢下所有政事疾步赶往东宫，却看到东宫已然乱成一团。

“徐太医，这是何故？”龙煜天脸色凌厉，之前那些给太子疗伤的叶南等人俱消失得无影无踪，不过看在自己儿子好得差不多的份儿上，他也没有太过追究。只是没想到凌霜的事情终究是有人透露了消息给玉儿。

凌霜与宇文胤双双葬身在云州雪山谷底的消息他也是刚刚获得，正自震怒异常。凌霜那妖女着实狡猾，居然将他的皇家密卫骗到陈州兜圈子兜了近一个月的时光。可是他也没想到，自己在云州经营了那么多年，慕容家的藏宝之地居然就在自己眼皮子底下。

好在他也获得了消息，凌霜将那块冥王令彻底销毁了，也算是了却了他的后顾之忧。不过那丫头据说摔死在了地宫中，根本不得活。他尽量封锁消息，不让自己的蠢儿子晓得，如今看来，还是有人不知死活，将消息传到了玉儿的耳朵边。

“回禀皇上！”徐太医忙疾步走过来道，“太子殿下只是惊怒攻心，气血上涌，臣开一副安心定神的方子便可，并无大碍！”

“退下吧！太子身子虚弱，这几日太医院的太医就住在东宫随时诊断，不得有误！”龙煜天心头松了口气，却不想刚走进东宫的寝殿，便看到仅仅披着一件素色单袍的龙辰玉夺门踉踉跄跄冲了出来，与他恰好撞了个正着。

“玉儿！”龙煜天眉头狠狠蹙了起来，龙辰玉这孩子在他心目中素来沉稳，这般冲出来实在是于礼不合。

龙辰玉此番心急如焚，自己费了那么大劲相助凌霜，却没想到是这种结局。凌霜非但没有穿越回去，反而拖着宇文胤摔死在山谷中，他总觉得这结局实在是匪夷所思。他不相信自己一心一意护着的女人会死得这般窝囊。

龙辰玉如今谁都不想理会，他的霜儿出了这么大的事，天王老子也休想再拦住他。他当下便绕过龙煜天，径直冲向了正殿外面。

“玉儿！站住！做什么去？”龙煜天彻底动怒了，龙辰玉虽然是他的儿子，可是这般目无父君，实在是令他不能不动怒。

龙辰玉本来虚弱的身子这般一折腾，更是带着几分微颤，咬着牙却是不理会龙煜天，他的心都快裂开了，哪里管得了别人说什么做什么。

龙辰玉猛地折返回来，从墙壁上取下自己的月华剑，转身便走。

“站住！”龙煜天猛地一把将自己这个让人头痛的儿子拽住，冷冷道，“那女人已经死了！朕已经派人将雪山谷地细细搜查了一遍，根本没有活口。人死如灯灭，你还要怎样？如今当务之急是赶紧养好你的身体，今秋便开始给你选太子妃……”

“我要去找她！”龙辰玉桃花眸子已经赤红，唇角哆嗦得不成样子，话语里几乎连儿臣这样的谦称都舍弃了，带着几分不管不顾的疯狂，“我要去找她！”

龙煜天眼眸狠狠眯了起来，冷冷道：“那女人已经死了，况且她死有余辜……”

“放屁！她没死！谁敢说她死了？！她从来都不会死！”龙辰玉猛地吼出

来，将一宫的人都惊得打了个哆嗦，太子殿下疯了吗？怎么可以这样和自己的父皇说话？

“来人！给朕把这个逆子关起来！”龙煜天脸色气得发青。

“你凭什么关老子？老子说过了，从此无父无母，无国无家，老子只有霜儿一个人！”

不管是决策者鼬还是大燕朝的储君龙辰玉都晓得那处地宫的凶险，一旦凌霜穿越失败，又从那处莲台血池边的悬崖上掉下去，八成已经遇难了。

他喊得声嘶力竭，恨得惊天动地。他恨自己的优柔寡断，恨自己的无能，更恨那些不放过霜儿的人，他甚至有些走火入魔，恨不得全天下的人都死了给霜儿陪葬。为什么他们活得好好的，而他的霜儿却要永远躺在那冰冷的雪山谷底，再也不能睁开眼看这人世间的一点一滴。

他好恨！恨不得也杀了自己！

几十个护卫冲进来，却不想太子发了疯般地挥舞月华宝剑胡乱劈砍，这些人又怕伤了皇上这个宝贝皇子，被龙辰玉砍得鲜血横飞。

“玉儿！”龙煜天看着突然反手将刀架在脖子上的儿子，心顿时提到了嗓子眼。

“父皇，你真的要逼死孩儿吗？那好！今日我便做了自己的刀下鬼，与娘亲在黄泉相遇……”

“不要！”龙煜天看到儿子颈项处渗出鲜血，顿时乱了方寸，“退下，你们都退下！”

四周的护卫个个心惊胆战，谁也没想到太子居然真的以命相搏。

“给我匹马！”龙辰玉心头的伤口再一次裂开，带着几分摇摇欲坠的脆弱。

“给他马！”龙煜天这一次是真的怕了，这个孩子显然拼了命，若再逼迫下去恐怕会真的死在他面前。

龙辰玉跌跌撞撞骑着马飞奔出了东司马门，龙煜天缓缓闭上了眼睛，他谋得了天下，却始终参不透情这个字！

05　前世的债

地下暗河中，凌霜胃部灌满了水，一阵头晕眼花袭来，猛地趴在河边，将肚子里的水尽数呕了出去，却触手碰到了身边的一团物事。

凌霜这才想起来，自己在这暗河上漂了这么长时间，都是拜身边的这个王八蛋所赐，她猛地将宇文胤揪了起来，这厮呼吸微弱，显然是受了极重的内伤。

凌霜挥起泄愤的拳头，毫不怜惜地砸在了宇文胤的眼睛上，在他苍白的脸上留下了一个完美的熊猫眼才肯罢休。

可到底还是意难平，若不是这厮捣鬼，自己就回去了。想到此处，她又按着宇文胤的脑袋，在河里狠狠喂了几口水，才将他粗暴地提了起来，扔到岸边高处的石滩上，至此才算稍稍平息了心头的那点气闷绝望。

她观察到河边纵深处到处是岩壁，只是在岩壁上挂着一些半个巴掌大的红色果子，结在了那种玄铁般坚硬的藤蔓上。

凌霜晓得在这地下能结出这种果实实在是太奇怪了，不过早已经饥肠辘辘，不管有没有毒，先摘下来再说。

她手中拿着红色果子，张口要咬下去，却是凤眸一顿，提起宇文胤的身体，让他靠在自己的肩膀上。

“小朋友乖！阿姨喂你吃果果！”凌霜笑得奸猾，却是将心头对宇文家的恨意发泄在了宇文胤身上，将果子挤碎了一点点给他喂了进去。

大约半炷香的时间过后，宇文胤非但没被毒死，反而喉咙里发出一点点微弱的声音，骨节分明的手却是死死拽着凌霜的袖口，似乎还停留在刚才的噩梦中。

“父亲！别杀……别杀……霜儿……快逃……”

凌霜凤眸中的憎恶顿时化作了无奈，一把将宇文胤推开丢在了地上。

她咬着牙看着宇文胤在地上难受地挣扎，低吼道：“他娘的！老子上辈子欠了你多少钱？啊？！你这辈子没完没了缠上老子？！啊？老子还你还不行吗？大爷！求求你放过我吧！就当行善积德了成不成？！”

凌霜发泄过后，却又不得不将地面上显然有些神志不清的宇文胤提了起来。这厮固然可恨，可是她与他如今仇人不像仇人，爱人不像爱人地纠结着，却也分不清到底是谁对谁错。

她将岩壁上的那些果子摘下来，拖着宇文胤沿着河岸的走向向暗河的出口走去。这条暗河显然有自己流淌的轨迹，沿着河走定能找到出去的地方。只要在这支离破碎纵横交错的河道中找到那条河道，就能活着出去。

暗黑的地下世界最容易混淆时间，在这不知道白天还是夜晚的混沌中，宇文胤终于清醒了过来。凌霜也没有想到这种红色的果子居然还有治疗内伤的神奇功能，加上暗河中那些没有眼睛奇形怪状的小鱼，两人倒也活了下来。

醒来后的宇文胤分外沉默，凌霜早已经察觉到他浑身的主要经脉已经被宇文擎宇那一掌悉数震断。如今的宇文胤再也不是那个大燕朝说起来人人羡慕仰望的武学天才，而是一个彻头彻尾的废物。

宇文胤这样高傲的人，被自己亲生父亲废掉武功变成残疾，还不如去死。凌霜虽然觉得这纯粹是宇文胤作死，可是她却不能将这个了无生意的家伙丢在这里自生自灭。

她是恨他的！若不是他带着宇文家的人来搅局，自己也许就能回去了。可是如今她的心头却又带着几分诡异的放松，既然走不了，那么在这个世界陪伴祖母、二哥一家子，陪伴朋友们活一辈子也挺好。

最关键的是，她心头居然还贱兮兮地带着几分庆幸，也许与那个人的缘分还没有了结。她还是爱着他的，只是自己不承认罢了。

"你回不去的……"宇文胤一贯清俊的声音带着几分沙哑，狭长眸子却是看着混混沌沌的水面。

"关你屁事！"凌霜生气地别过了脸，"倒是拜阁下所赐，谢谢了哈！"

宇文胤缓缓转过脸，看向了身边朦朦胧胧的俏丽身影，心头却如亘古不变的沙漠般荒凉，他沉沉吸了口气道："你心里有他，你回不去的。"

凌霜抱膝坐在岩石上的身子微微一震，心头宛若被利刃刺中一样，钝钝地疼痛，声音中却是多了几分凄凉。

"我差点杀了他，他几次三番骗我，你以为我和他还能回得去？"凌霜凤眸微微暗淡了几分，突然觉得这气氛有点怪异。

她没想到在经历了这么多的变故之后，自己居然还能与宇文胤坐在这黑漆漆的地下世界里相安无事，而且谈论的还是另外一个他们谁也无法忽略谁也跨不过去的人。

凌霜彻底闭嘴，她不想将这没营养的话进行下去。但是宇文胤好似打开了话匣子，只是那语气中透着前所未有的古怪和哀伤。

“你和他之间的误会都是我一手促成的。”宇文胤声音低沉了下去，却又清晰地传进了凌霜的耳际。

“方恒是我杀的！”宇文胤语气平淡，像是在诉说一个和自己无关的事情，“我将方恒杀死在了方府的西苑，因为他负过你，所以该死！我将方恒的死栽赃在了龙辰玉的身上，将宇文梅清的秘密借着方恒那个临死之人的嘴巴告诉了你，导致你和龙辰玉第一次生出嫌隙，乃至最后你做出休夫的举措。我终于成功地将你二人拆散，我彼时以为，我有机会可以得到你。”

凌霜凤眸冷冷盯视着身侧宇文胤模糊俊朗的轮廓，心头却是跳个不停，像是被什么东西狠狠绞碎了一般。她脑海中回想起了方玉那双桃花眸中的无奈和委屈，但她那个时候以为他是装的。

“只是没想到，即便你们和离，你还是放不下他。直到他与你在赤州城中生死相依，我心头的怒火再也压不住了。是我将消息传给了当今圣上龙煜天，将龙辰玉囚禁了起来。我借助三皇子龙辰轩将龙辰逸骗到了江南，收买了血影门的人，将龙辰逸的膝盖骨挖了出来，将他变成了阉人。因为我心头痛恨，为何你要做他的太子妃而不是我的妻？”

06　放手

“你这个魔鬼！”凌霜一声低吼，将宇文胤狠狠按在了岩石上，抬手便掐住了他的脖子，凤眸中晕染着滔天的怒火。

“我将这件事情栽赃在了龙辰玉的身上，让他在你面前百口莫辩！”

“老子掐死你！”凌霜怒极，宇文胤被掐得咳嗽了起来，轻轻推开凌霜微颤的手。

“容我把话说完！”宇文胤喘了口气，“我还向当今圣上献计，给你的祖母身上下了毒，此毒只有皇上的九天雪莲能解。龙辰玉被逼无奈，只能按照皇上的意思来做，疏远你，却暗自想法子想要弄到九天雪莲。我终于成功了，没想到你恨他恨到那种地步，可是我看着你绝望的样子，却怎么也开心不起来。”

“你最后逃离京都的时候，本来可以从毓秀河上的秘密渡口离开，是我纵容属下烧了你的船，将你逼到了与他不得不面对面一决生死的地步。只是没想到龙辰玉居然会让你杀了他而成全你……呵呵呵……他到底比我爱你多一些……咳咳咳……”

“南疆的战火，胡离的断臂，还有龙辰逸的死都与我有着或多或少的关系，我嫉恨他们每一个人，他们每个人都能陪在你身边，看着你的如花笑靥，和你做朋友，陪着你经历那么多同生共死。你却独独不看我一眼，我有多喜欢你就有多嫉恨他们，我恨不得杀光你身边所有的人，我更恨不得杀了你。只有你死了，我的梦魇才会结束，我不会在每一个有你的梦境中徘徊蹉跎。可是我错了……不管是第一次你闯进我的府邸，还是在琼林苑的地宫，抑或在京都的城门口，哪怕是你在地宫的莲台上要离我而去，我无数次警告自己杀了你，杀了你我就解脱了，可是我下不去手。其实哪怕重来一次，一千次，一万次，我都舍不得对你下手。凌霜，你才是我上辈子欠下的债。我杀不了你，那么换你杀我吧！我害死了那么多你在意的人，你应该为他们报仇的。”

凌霜咬着后槽牙，随身带着的酬勤匕首猛地拔了出来，抵在了宇文胤的颈项上。她是该有多蠢才那么不信任龙辰玉，最后还一刀差点刺死了他。她没想到自己会犯了那样的错误，将一心一意护着她的人伤得支离破碎。

“你……真的应该去死……”凌霜凤眸中的泪猛地涌了出来，却是哆嗦个不停，突然将匕首收回到了袖间。

“宇文胤！我们两清了！从这里出去后，你最好永远消失在我的眼前！”

“为什么不杀了我？”宇文胤绝望地看着眼前这个心狠的女人。

凌霜转眸冷冷看着他道：“我晓得你是什么心思，你想让我亲手杀了你，你几次救过我的命，然后你就会永远活在我的内疚中，让我记着你一辈子。可是……我偏不让你如愿，就让你活在自己的孤独和内疚中，活一辈子。”

宇文胤猛地闭上了眸子，声音粗哑地笑了出来，却是无尽的苍凉。突然前面传来一阵隆隆而起的水声，凌霜猛地一跃而起，将宇文胤提着跃上了高处的岩石。

“是涨潮的声音！”凌霜晓得这是山谷中的冰水倒灌进暗河的声音，若是如此，自己已经找到了那条通往外界的河道，只是若跑不快，她和宇文胤说不定就淹死在这里了。

河水上涨的速度太快，凌霜晓得很快便会将这段通道淹没。而此时该死的宇文胤非要说那些曾经做过的混账事情，以至于盛怒之下的凌霜还没来得及将自己和宇文胤固定在岩壁上，便被汹涌的水流从高台上冲了出去。

“宇文胤！你怎么不去死？！”凌霜紧紧拽住宇文胤的手腕，抬手便用之前的藤蔓将二人绑在了一处，随即手疾眼快抓住了漂浮而过的一截枯木桩，听天由命地玩起了地下漂流。

她觉得自己此生最倒霉的就是遇到了宇文胤这厮，她简直要抓狂了，该死的！刚才就应该将这个王八蛋狠狠扇几个大嘴巴子解恨才对！

身后的水声宛若雷声轰鸣，凌霜同宇文胤被一个浪头狠狠浇了下来，顿时一股子冰火交替的窒息感袭来。凌霜之前在执行任务的时候玩过峡谷漂移，使劲抓着木桩不敢有丝毫松懈。

宇文胤也晓得此时的变故凶险异常，苍白的脸色越发散出淡淡的冷峻，他不知道凌霜为什么还要救他，只是他与她已经像一团乱麻一样，缠绕得分不清黑白。

“凌霜！你把我丢下吧！你一个人逃出去的机会多一些！”

“闭上你娘的乌鸦嘴！”凌霜怒吼了一声，“不想死的话就不要拖老子后腿，抓住木桩不要放手！”

宇文胤果断闭嘴，不是他怕死，而是怕再多说一句，真的会将这个女人活活气死。

地下暗河的水位越涨越高，水流却也湍急了几分，一个大浪又打了过来，凌霜手劲微微一松，只觉得直冲着岩壁撞了上去。她眼前一黑，剧烈的疼痛袭来，便什么也不知道了。

“长姐！长姐！”一个轻飘飘的声音似有若无，让本来头痛万分的凌霜觉得此时自己的脑袋快要裂开了。

“长姐！醒醒啊！我是南儿！”

这声音太过聒噪，凌霜缓缓睁开了眸子，却是眼睛上朦朦胧胧盖着一层柔软的素纱，阻挡着窗棂外面渗透进来的刺眼阳光。

“长姐！二哥！嫣红，小舞，长姐醒了！”叶南猛地将凌霜的手臂紧紧抓住，不多时，轩阁外面冲进了嫣红等人，俱是脸上挂着惊喜异常的神情。

凌霜被叶南扶靠在她的肩头，眼睛上的素色绢纱掉落下来，却不得不紧闭上凤眸。自己在地下暗河不知道漂了多长时间，此番陡然重见阳光，几乎要晃瞎了眼睛。

“小妹！你的头还痛不痛？觉得怎样？有没有其他难受的地方？”凌冰急切的眉眼映入了凌霜的凤眸中，他的脸色憔悴到了极致，显然是这些日子操碎了心。

“大小姐！”小舞跪在凌霜的软榻边，“婢子保护大小姐不力，请大小姐处死婢子！”

07 泯恩仇

凌霜终于清醒了过来，看着面前这些曾经出生入死的朋友亲人，宛若做了个悠长而不真实的梦一样，如今再见，心境倒是有几分莫名的激动。

看来她注定是属于这里的，其实从她穿越到这个世界开始，她就是买了一张有来无回的单程票罢了！

“小舞起来，你们是怎么找到我的？”

小舞抹了一把眼泪，却还是不敢起身，只是跪着回话，她将大小姐独自一人丢弃在了地宫不说，还差点因此让大小姐殒命。虽然大小姐不说什么，可是自己毕竟当初没有果断处理那些棘手的事情留在大小姐身边，此时她心头的内疚越发浓烈。

“回禀大小姐，婢子十六天前与大小姐走散后，便派人重新沿着雪谷的那处秘密入口想要回到地宫中，只是被那个段佑天和宇文家的人阻挡在雪谷外，不得前进半步。待到嫣红和二爷带着人过来，将宇文家那些人打退后，整个地宫却坍塌了。宇文家的人护着宇文擎宇那老贼速速离开，婢子也没有别的办法，只得顺着那条地下暗河寸寸搜寻，也是老天爷开眼，终于还是遇到了大小姐……”

讲到此处，小舞却哽咽着说不下去。三天前看着大小姐被冲上了地下河的河岸，整个人碰得头破血流，那场景简直就是一个梦魇。

“宇文胤那厮呢？”凌霜猛然间想起那个给她带来无穷麻烦的混蛋。

凌冰脸上掠过一抹怪异之色，还是叹了口气道：“那人伤得较重，不过百川老人已经将他身上的那些伤口治疗得差不多了。只是以后可能再也无法修行武功了……”

“哼！若不是看着他到死还用自己的残躯护着长姐，整个脊柱几乎都被岩石撞碎，我家师傅才不会给他疗伤呢！”叶南愤愤不平，若不是宇文胤带着宇文家的人去了地宫，长姐也不会这么惨。

不过她哪里晓得其中的步步惊心和凌霜差点穿越回去的隐情，凌霜也不点破，只是心头存着几分别样的思绪在里面。

“那王八蛋现在在哪儿呢？”凌霜至今依然是愤愤不已。

凌冰顿了顿，叹了口气道：“他……已经独自离开了，只留给你一句话。”

“他说什么？”凌霜得知武功全废的宇文胤成了一个废人，心头倒是说不出什么滋味了。

凌冰将四周的人屏退了道：“他说他希望此生、来生再也不要遇到你。”

凌霜凤眸微微闭了起来，唇角微苦，冷冷笑道：“我何尝不是如此。”

“他也是个可怜人。”凌冰沉默了半晌突然道。

“二哥！我想去外面透透气！”凌霜也不知道自己在这里躺了多久，浑身痛得厉害。

凌冰晓得她心思烦乱，命人取了风灯交给自家妹子，由她顺着小径折向了后院的桃林。

桃花灼灼，盛开到荼靡，入夜时分，更是香气阵阵。

突然一盏盏红透了的孔明灯从桃林深处冉冉升起，弥漫了半边天际。

凌霜心头一颤，脚下的步子却是加快了几分，随即猛地顿住了脚步。

桃林深处，龙辰玉身着一袭竹纹月白锦袍，许是失血过多的缘故，脸色白得吓人，可依然盖不住桃花眸中的万千风华。

他擎着一盏红灯，于那温柔光晕中宠溺地凝视着她。

凌霜瞬间明白，光凭借小舞他们的能力，不可能在那么复杂的地下河道中找到自己。原来在自己生死一线之间，将自己找到并紧紧抓着护在怀中的人依然是他。不顾自己的心头伤，千里奔袭到涿州替她请人疗伤的还是他。在这浓烈的夜色中，为她将整个天际染红祈福的依然是他。

“凌姑娘，”龙辰玉桃花眸中晕满了笑意，一如那个春日第一次相见的模样，“在下龙辰玉，可否求娶姑娘？”

“可……”凌霜后面的话却是堵得厉害，再也说不出来，她猛地扑进了那个让她朝思暮想的怀抱，泣不成声。

天上的孔明灯飘摇成了璀璨的星河，今夕何夕……

中国少数民族文学发展工程
出版扶持专项丛书

老磨

（回族）马自天／著

作家出版社

目录

老　磨

一　切老磨米汤圆

有首儿歌在四川合城流传：

小小磨儿圆又圆，
磨出面来做汤圆。
正月十五磨儿响，
全家老少聚齐全，
团团围在圆桌边，
欢欢喜喜吃汤圆。
汤也圆，碗也圆，
桌子圆，人团圆，
天空的明月大又圆，
汤圆汤圆甜又甜。
嘴也甜，心也甜，
大人细娃笑开颜。
哪家的汤圆最好吃？

当然是“老磨米汤圆”！

“老磨米汤圆”是合城半个世纪来有名的汤圆店。

正月十五是中国传统的元宵节，元宵在四川省叫作汤圆。四川省的汤圆和其他省的元宵不同，它有两种类型，这两种都是老磨米汤圆家的拿手绝活儿。

一种是包馅儿的汤圆，也就是全国统称“元宵”的这一种。它是圆的，正月十五元宵节大家吃的就是这一种，团团圆圆，取个吉利。北京的元宵是摇出来的，而米汤圆的元宵是包出来的，包汤圆的糯米面比摇汤圆的糯米面要求又不同。米汤圆家的汤圆面又细、又白、又黏，所以包了馅儿就不会破，吃进嘴里又软又香又有劲儿。馅儿有甜的，有咸的，各有几十种花样。你去买半斤包馅汤圆，一样挑一个，包你吃不出重样儿的。那馅儿的配料很特殊，很精细，馅儿很饱满，薄皮大馅不流不散，据说从选米、磨面、和面、配馅儿，里面都有绝招。事关生意人的秘密，所以到底有啥绝招，别人也说不清。

另一种汤圆是不包馅儿的，吃的就是那面，可别以为是做成乒乓球大小的实心球——那可就煮不烂了。抓起一块汤圆面，对准小铜锅里翻滚的开水，把面揪成一个一个不规则的小疙瘩，落进小锅里煮，就像莲子，又像珍珠。里面加上四川特产的“醪糟”，还可以卧上荷包蛋，也可以用来冲蛋花。这就叫作“醪糟小汤圆”，味道酸甜酸甜，营养丰富又舒筋活血。这醪糟汤圆是一年三百六十天常吃的，正月十五元宵节大家吃的还都是包馅大汤圆。

米汤圆的创始人米老头儿今年已经八十岁，耳不聋、眼不花，腰板挺得直。他二十五岁丧妻，终身不再娶，年轻的老婆给他留了一个儿子，今年是1995乙亥年，儿子已经五十六岁。儿子继承父业，凭着高中毕业的文化，手脚勤快心眼儿活，改革开放以来，把汤圆店经营得十分红火。从1992年起，兼并了合城几家汤圆铺，扩大业务办起了“老磨米汤圆食品公司”。各种汤圆用现代化真空包装，还有真空包装的汤圆面、汤圆馅，远销全国各地，乃至海外，顾客用不着到合城来就可以吃到老磨米汤圆。一年四季生意都不错，大宗的还是外地的订货批发业务，听说马上就会成为中外合资的大企业哩，因此，米汤圆算是“发了”！

还有一件锦上添花的大喜事：米老头有个独生孙女，今年从重庆轻工业学院毕业，学的是轻工食品专业。看来，米汤圆家真是芝麻开花节节高，引得合城的人无不羡慕非常。

这样一个走了汤圆鸿运的家庭，到了元宵节那一天，合家团圆，那还不是吃天下第一的好汤圆吗？那还不是一家三代人开心得无以复加吗？

唉……

合城有句歇后语：电灯点火——其实不燃（然）！

每年一到元宵节之夜，那就是米老头全家最最不快活的时光。白天外面生意红火得发紫，到黑夜合家团聚时就像掉到冰窟窿里一样。米老头的儿子每年最盼的是正月十五——因为那是最赚钱的时候，而最怕的也是正月十五——因为那一晚也是最痛苦的时候。正因为如此，财运亨通的食品公司米董事长兼总经理每年元宵节总要掉几斤肉，口袋里钞票沉甸甸，心口上被那元宵之夜压得沉甸甸。

这一切，都是老磨米汤圆食品公司名誉董事长米老头闹的。

二　怪老头儿

这个米老头是吃饱了撑的？他为啥子闹得全家过元宵节过得不

安逸？

你莫着急，听我慢慢跟你摆这个龙门阵。

千头万绪，叫我从何说起？对了，街坊四邻还编得有一段顺口溜，我先念给你听听：

米老磨，实在怪，
成年扎着白腰带。
名字怪，磨子怪，
那个脾气更加怪：
正月十五把元宵卖，
赚了钞票不自在。
全家跪到地尘埃，
泪流满面吃辣菜。

现在让我把这顺口溜的背景材料跟你摆谈摆谈，你就晓得这个米老头儿怪到什么地步了。

先说那白腰带。那是1940年开始扎在腰上的，那年他成亲不到两年的老婆死了。他老婆活了不到二十一岁，本是恩恩爱爱的患难夫妻，丢下刚满月的儿子就这么走了。那白腰带就是送老婆归坟山的时候系在腰上的。打那以后，就永远不离身啦。事情过去五十多年了，他从来没有续弦再娶的念头，含辛茹苦地把儿子拉扯大，那白腰带也不知在背地里悄悄擦过多少眼泪……

再说名字。他本来有个学名叫米满仓，死了老婆以后，自己改名叫米老磨，那时他才二十五岁，离“老”还差大半辈子哩。他给自己取名米老磨，那不是当时人老了，而是心老了。可见他对老婆的爱是多么深。至于那个“磨”字，那是由于老婆死的那一天还在一面给孩子喂奶，一面守在磨子旁不时往磨眼里添料，帮助丈夫磨元宵面来着。米满仓改名米老磨，说明他永远忘不了那最后一次磨面的情景。米老磨莫得多高的文化，他那全身心执着的爱情和悲痛并不曾激发他说出更多的话。他的痛苦、他的怀念，只化成了“老磨”两个字。这块老磨沉甸甸地压在他的心头，一直搬不开。现在八十出头了，真的老啦，心头那块石磨还在压着哩。

儿子米磨生长大了，娶了齐二嫂的闺女做媳妇，生了一个女儿。磨生打算给她取个响亮的学名，不料米老磨铁青着脸说：“名字是现成的，还取啥学名？就叫米平磨吧！”高中毕业的磨生连说：“要不得，要不得。你老人家号老磨，孙女儿叫平磨，好像平辈人了，长幼不分，要不得！”米老磨一听，也有道理，就说：“那就颠倒过来，叫她磨平吧！”齐二嫂不得不插嘴了：“亲家，你糊涂了吗啷咯？这幺妹叫磨平，那不是又跟磨生同一个辈分了吗？你何苦总是忘不了一个‘磨’字？你身上这块石磨子自己背到起，又让儿子背到起，如今又要让孙女背到起，莫非你们米家离开这个磨字就不起名字了吗？”米老磨虽说脾气怪，素常对齐二嫂也不敢过分，一时也找不到理由反驳，也想不出更好的名字，默默抽了几口叶子烟说道：“那好，女娃儿家，大名慢慢再想，先取个小名就叫‘平平’吧！”米磨生知道不能再反对了，他有文化，心眼儿活，顺水推舟说：“平平这个名字好，平平安安，太太平平。这个名字好，小名是它，大名也是它，爸爸这个名字取得好！”磨生耍了一个花招，报户口的时候报的却是“米萍萍”，等到米老磨发现时，生米已经煮成熟饭，莫办法改了。

你看，“名字怪”，怪就怪在米老磨巴不得他家每一个人的名字都有一个“磨”字。那么米老磨家里的磨子究竟有啥子特殊的地方，整得老头儿如此牵肠挂肚，丢魂失魄呢？

老磨有多老？当年米满仓开张独门独户卖小汤圆的时候就启用

的这台磨子，是米汤圆创业的开国元勋，算起来，也有五十多岁了。那磨子在当年也是一台青春焕发的新磨子。米满仓和他那年轻貌美的妻子，每天起三更磨汤圆面，一个转磨子，一个下料，配合得十分默契。那磨子新，磨齿快，转动的声音十分悦耳。磨子这个东西牙齿要磨损的，所以每年都要修整一次磨齿，每修整一次，那石磨就会变薄一点点。年复一年，那磨盘就会渐渐变薄，越薄越轻，太轻了压力不够，太薄了就不能再修整，让位给新磨。所以当年米满仓的新磨子随着岁月的流逝变成了米老磨的老磨，这老磨几乎成了一对平板。米老磨把老磨搬到自己的卧室里，盖上一块布，供着。有时候，黑夜睡不着，就爬起来轻轻转几转，听听那声音，引起自己那遥远而又浑如昨日的回忆，说不清是喜还是悲。

三　小满仓自卖自身

他本是合城乡下人，家里有爸爸、妈妈、妹妹，两间破草房，两亩地，过的是糠菜半年粮的日子。不够吃的，便给人打短工。那年闹灾荒，乡下连树皮都扒光了，于是便吃“观音土”，吃得人人遍身浮肿，于是便闹病、便死人。米满仓的妈妈就是那个时候死的。

满仓他爹草草埋了老婆，寻思不能全家都在破草房里等死，只好廉价卖了两亩地，丢下破草房，带着十二岁的满仓和八岁的闺女金妹到城里去谋生。一家三口便沿着嘉陵江，一路乞讨去重庆找活路。

到了重庆，面对着这个陌生的大城市，有钱人尽情挥霍，穷人走投无路。马路两边，在酒楼、商店的脚下，破衣烂衫的乞丐一堆一堆的，满仓他老汉真是山穷水尽了。荒年卖地等于白扔，两亩地能卖多少钱？到了重庆，找到窄胡同里一间破屋，地面撒上稻草，一家三口就挤满了。钱也光了，金妹得了重病，脸肿得眼都睁不开。没有吃的，没有治疗，满仓他老汉也是身体虚弱，路都走不动，眼看一家三口只有等死了。满仓身子还结实些，穷人的儿子早当家。十二岁的娃娃，擦干了眼泪说："爹！你莫着急，我大小也是男娃娃，活人不能等到起让尿憋死，我先去讨口吃的再说！"于是挎上讨饭篮、拿起打狗棒就上了街。

满仓要了几天饭，受尽了屈辱，有时候根本要不到，有时候要到点馊饭剩菜就带回来。一家三口苟延残喘，妹妹的病越来越沉重，爸爸也躺下了。老汉便说："满仓，看来我和金妹都不行了，趁你还走得动，你去找条活路去吧。不要管我们了，你才十二岁，你是米家的一条根啊……"满仓说："爹，你莫急，我不能丢开你们，再说我又到哪里去吃饭？有我在，决不能不管你们，要死，就死在一块儿……"

满仓走到街头，十二岁的娃娃，有啥办法？想来想去，把心一横，跑到热闹地方，从扎腰的稻草绳子上拆出一根草，挽个圆圈圈，插在破衣裳的领子里，跪在十字路口——他要把自己卖了！

那年头卖儿卖女的人到处都是，哪有那么多的买主？也是老天有眼，那是满仓娃的孝心感动了天地，他硬是遇见了一个"贵人"。

他跪在当街，腿酸眼花，肚皮贴着脊梁骨，脑壳有千斤重，支持不住了。突然有人蹲在前面，用手抬起他的下巴，他睁开眼，面前是个四十岁上下面貌和善的买卖人。

"你要卖身？"那人问他。

"是的，我老汉和妹妹都病得不轻，我卖了身才可以救他们，要不然，全得病死、饿死了。大伯，你老人家行行好，买了我吧，我能吃苦，我啥都能干。你救了我妹妹和老汉的命，我当牛当马报答你……"就向那人磕头不止，眼泪溅到地上。

那人动了恻隐之心，一把拉起满仓。“莫磕头，莫哭，我看你娃娃长的相貌也不像一辈子受苦的样子，又有孝心，我就成全了你吧！”

这一声简直是绝处逢生的大喜讯，满仓立马又下跪：“谢谢大伯，谢谢大伯，我真的能吃苦，啥子都愿干，只要……”

“好了，好了。”那人又拉起他来，“娃娃，我看你饿得很，先不要说话，省点力气，我带你去吃点东西再说话。”附近有一家卖醪糟汤圆的小铺子，要了两碗醪糟汤圆。“娃儿，你饿得太凶，不能吃得太饱，吃点软的，小汤圆喜欢吃吧？这两碗都是你的，你吃，你不要怕。”

满仓心想，我还有啥子可怕的？大着胆子就开吃，那味道简直无法形容的好吃，不一会儿就吃完了一碗，望着第二碗发愣。

“还有一碗，你啷咯不吃了！”

“我想带回去，给……”

“唉！娃娃，你吃了吧，一碗醪糟汤圆救不了你老汉和妹妹的命。你先吃饱了，你卖身的事，好商量。”

吃了第二碗，满仓身上有劲啦，把那人带到破屋里，跟他老汉说明卖身的事，父女俩就哭了。金妹说：“我要哥哥，我要哥哥，我不卖哥哥……”他爹把心一硬，骨肉分离总比死绝了好些，人到了这步田地，顾不得了。讲好了价钱，一手交钱，一手交人，当场就成交。那年头，这种事情办得快得很，一家三口人，难舍难分，抱着哭成一团。老汉说：“娃儿，老汉我对不起你，你好好地活下去。这年头活一个算一个，不要想家，将来长大了，讨个老婆，给我米家传宗接代……”妹妹说：“哥，你一定要回来，不要忘了我们。”满仓说：“我记住了，你们放心，我……走了……”老汉朝那商人一跪：“多谢你赏我娃儿一口饭吃……”那商人心肠软，扶起米老汉就说："你们都不要哭了，我张老三在成都开了个汤圆铺，我把这娃儿带回去在铺子里帮帮忙。让他学三年徒，满师以后给我干几年。十年以后，他要愿意在我家做事，他就留下，他要回家，我就放他回来。不管他回不回来，我让他养你的老，也别说啥子卖娃娃的事了，也不要写字据了。他到了成都，叫他给你寄信来，这个娃儿还是你的，这下你放心了吧？"

一听这话，三个人都跪下了，千恩万谢。张老板叹了口气说："唉！不是我狠心拆散你们，不这样你们活不下去——这样吧，刚才这娃去过的汤圆铺，是我的亲戚开的，姓王。你们这点钱也管不了大用，我好人做到底。卖面子，让你父女到王汤圆家去帮忙，就住他家院子里的小屋，你拿这钱给女娃治病，你们换身衣裳，置点行头。在王家好好做事，推磨子，跑堂，这些事好学好做。有碗饭吃，不要计较工钱，这才活得下去，有个落脚之处，将来这男娃儿也好找到你们，免得你又把女儿卖了——这女娃再饿两天只怕活不成……唉！我是心有余力不足，要不然，我把你们全家都带走……"说着说着张老板也落泪了。

于是米满仓一家分开在成都、重庆两地，都和汤圆、磨子结下了不解之缘……

四　在废墟上破灭的梦

一转眼，十二年过去了。

1939年，抗日战争爆发了将近两年的时光。二十四岁的米满仓报了张汤圆的恩，攒了几个钱，告别成都的恩人，打算到重庆把老汉和妹妹都接回合城去自己开个汤圆店，省得在重庆天天有日本鬼子飞机来轰炸，不安全。

天哪！重庆已经大变样儿了！

这起伏不平的山城里，许多街道变成了一片废墟，几次大轰炸，使重庆变成了阴惨惨的地狱。好不容易找到王汤圆那条街，哪里还有一间好房子？到处是断壁颓垣，地上堆着碎砖瓦砾，余烬仍在冒着烟。雾都重庆灰蒙蒙的，分不清是雾还是烟。烟雾里一阵阵尸臭，一阵阵哭号之声。站在这废墟上，米满仓满脑壳一家团圆过幸福生活的幻梦破灭了。十二年苦熬，没想到盼来的却是这么一场灾难！爸爸，妹妹，你们在哪里？

米满仓丧魂失魄地站在那里……突然，他听到一个女人的哭声，哭些什么，也听不清。那是一种力竭声嘶的哀鸣，断断续续。他四下环顾，烟雾中，隐隐约约，不远处有个身影伏在废墟上蠕动着……

他走近那身影，原来是一个披头散发的姑娘，伏在一台被烟火熏黑了的破磨子上哭泣。他认得那磨子，那是磨汤圆面的磨子啊！莫不是王汤圆家的磨子？那姑娘……看身材约莫是十八九岁的一个幺妹，他想到妹妹，分手那年是八岁，过了十二年……天哪，是她！

“金妹！金妹！”

他快步跑了过去，放下身上的包袱，一把抱起那姑娘。姑娘已经昏厥过去，满脸污秽。他哭着呼唤：“金妹，金妹，你睁开眼，你睁开眼，哥哥回来了！”

姑娘被唤醒，缓缓睁开眼，那是一对好看的大眼，眼中闪着恐惧。突然一把推开米满仓，无力地惊叫：“你是哪个？你想做啥子？”

“你听我说，我不是流氓，我不是外人。金妹，我是你亲哥哥米满仓，我回家来了。幺妹，你看仔细，我是满仓。十二年前我离开你的时候，你才八岁，你想想看，你难道不记得了吗？”

那姑娘盯着满仓：“你是米满仓？你就是金妹的亲哥哥？你为啥子不早一个星期回来？金妹好想你……”

“金妹，你吃苦了，你看，哥哥回来了。你说，爸爸在哪里？王伯伯他们在哪里？“

“他们？”那姑娘又哭起来，“都死了，烧焦了，都死了……这一片的人都……你是米满仓？你是满仓哥？你……满仓哥啊！好惨喽！”姑娘一面倒在满仓怀里，又昏过去了。

满仓背上幺妹，提着包袱，踏着瓦砾上的余烬，冲过烟雾，走到没有被炸毁的小街上。那里有一堆堆流离失所的人……

“醪糟小汤圆……”

抬头一看，路边有个棚子，热气腾腾的，长桌旁两条长凳，没有顾客。卖汤圆的老头站在炉子边正吆喝着，满仓想起当年老板张汤圆带他吃小汤圆的情景，是啊！这是天意！我米满仓是靠小汤圆活过来的……于是放下背上的幺妹，扶她坐下。

“吃醪糟汤圆？来两碗！”老头很热情。

“来两碗，有鸡蛋不？”

“有！”

“一碗冲一个鸡蛋……”

“要得！”

很快就端来了，满仓说：“金妹，两碗都是你的，小汤圆软和，慢慢吃，先不要说话，吃完了有力气再说话……”

姑娘刚吃几口，憋不住“哇”的一声哭了出来，甜汤溅了一脸一身。米满仓这才想起给她擦擦脸。抽出腰间毛巾，卖汤圆的老头主动接过去，浇上水递过来。满仓给姑娘把脸擦干净，“莫哭，莫哭，爸爸死了，还有哥哥哩……”把脸擦干净了一看，细皮白肉的，眉清目秀，小嘴唇儿，金妹变好看了……不，不像金妹小时候……

他愣住了。

姑娘迈出条凳，扑通一声就跪下了，抽泣着说："米大哥，我真的不是金妹，我是……我是王家的……女儿莲芬……我和金妹是从小、从小在一起长大的好姐妹……金妹好想你啊……空袭警报那天，我恰巧到磁器口去买糯米，躲过了这一劫……等我回来……家里炸平了……人也莫得了……我到处找……找了两天……只有烧焦了的……骨头啊……遭他们……捡到一起……抬走了……米大哥，你是好人……我莫得家了……可怜我爹、我妈，还有米大伯，还有金妹……天哪，天哪，好惨喽，大哥……不是遇到你，我也……活不成了啦……"

"好妹子！"满仓跪下来，紧紧抱住她，"莫哭，莫难过，今后有我的饭吃，就有你的饭吃。莲芬，你就是我的妹妹，我忘不了你们一家待我爹我妹子的好处……"

两个被日本法西斯害得家破人亡的年轻人抱头痛哭。那时候，像这样悲痛的惨剧何止千家万户？那时的陪都重庆，老百姓是在死亡的阴影中挣扎着。血和泪，在活下来的人民心中化成仇恨的怒火，他们顽强地活着，经受着每天的生死考验……

五　爱情——泪航中的浪花

夜航的小火轮溯江而上……

不但船舱里挤得满满的，连甲板上都坐满了人。米满仓和王莲芬在船尾栏杆边占得一小块地方，他俩紧挨着坐在包袱上。痴痴呆呆地望着被船尾划破的江水。江水呜咽着。身旁几个年轻人在低声歌唱：

……

一样的流水

一样的月亮

我已失去了一切的欢笑

和梦想……

那歌声如泣如诉，催得满仓的泪水默默地，不断地涌出。是的，他曾经有过梦想，他想回来开一个汤圆店，让爸爸、妹妹能过上温饱的日子。给金妹寻一个好婆家，自己也讨个好老婆，好好做生意，让老汉过得安逸一些，再给老汉添个胖孙子。到乡下去给妈妈的坟修一修，正经八百地立一个石碑，全家在坟头好好烧些纸钱……可是这个一点也不奢侈的梦想现在已被撕成碎片，他变成孤零零的一个人了。哦……不！他身边还有一个孤女，一个和他一样孤苦伶仃的莲芬。他看见莲芬和他一样地望着呜咽的江水默默流泪，他不知怎样才能安慰她……坐在甲板上的人大多数都是重庆大轰炸的劫后余生者，都沉浸在悲哀之中，默默地流泪啊。善良的人们，为什么都变得这样凄惨！这都是日本鬼子造的孽！日本鬼子，日本鬼子……他恨得握紧拳头，咬紧牙关……这时，身边一个中年妇女忍不住悲痛，低声啜泣起来，一个老太婆劝她：

"你不要想不开，善有善报，恶有恶报，不是不报，时辰未到——狗日的日本鬼子杀了我们这么多人，总有一天要遭报应，让炸弹丢到自家脑壳上，叫他们尝尝家破人亡是啥子滋味！古人说：黄巢杀人八百万——在劫的难逃，这也是劫数。你听说过没得？这次大轰炸前，重庆街上黑夜过阴兵……"

"过阴兵？真的过阴兵！"另一个老太婆的声音搭茬。

“唧咯不是？那黑夜，有个老头子听见街上有成队的人在一边走路一边哭，那声音好惨。老头子爬起来从窗户里往外看，街上一个人也莫得，阴风惨惨的。走了一两个钟头才走完，哭声莫得了，床上的老太婆就醒了。醒了就哭，就喊：老头子，你在哪里？老头子走过去说：莫怕，我就在这里。老太婆说：刚才我做了一个怪梦，梦见自己浑身是血，在大街上游行，队伍里的人有的缺胳膊，有的断腿，有的只剩半边脑壳，身上都是血，一边走一边又哭又叫，好怕人！老头子说，那是前几次大轰炸，死了上万的人，你心里害怕，日有所思，夜有所梦。你不要怕！老太婆听说后不怕了，老头子倒怕起来了。第二天空袭警报，老头子拉起老太婆到防空洞去。老太婆的腿突然抬不起来，一步也走不动。她说：老头子，家里只有我们两个老人，我现在一步也走不动，你又背不动我。你去钻防空洞吧，我留在家里，我不信刚刚炸过的地方又来丢炸弹，你不要管我！老头子哪里放心，走过来就背老太婆，老太婆就像有千斤重，扳都扳不动，老头子莫得办法。好吧，我陪你钻桌子……这次日本鬼子飞机炸得更凶，房子都炸塌了，老头子被桌子支起挡住了，一根毫毛都没有伤。老太婆这边桌子腿压垮了，死得好惨……老头子这才晓得，昨黑夜街上是过阴兵，老太婆是要死的人，她的鬼魂上街参加游行去了。凡是在阴兵队伍里游行的鬼第二天就炸死了，好怕人！这是劫数，劫数啊……”

一席话说得周围的人毛骨悚然，身上发冷，有的妇女便惊叫起来。刚才唱歌的学生愤怒地说：“这不是啥子劫数，不要迷信，这是日本帝国主义欠下中国人的血债。‘九一八’强占了我东北，七七事变发动了全面的侵略战争，南京大屠杀杀死了我们三十万同胞，现在又天天用飞机炸弹来炸大后方，每天杀死我多少人！多少人家破人亡？重庆有的街道，整条街遭炸平了，看不见人了，连个收尸的亲人都莫得了。这是日本鬼子想用屠杀的办法来压我们投降。这不是啥子在劫难逃，这是日本帝国主义欠我们的血债，血债要用血来还！这笔账我们迟早是要算清的！”

甲板上，人们有的咒骂，有的哭泣，小火轮几声凄厉的长嘶，把这些声音淹没了。

莲芬挨近满仓，鼓起勇气脸对脸地问：“满仓哥，你真的把我看成金妹一样？”

“真的。”

“你还要给我找个好婆家？”

“……是的，那还要你自己看得上。”

“满仓哥，国难时期，说话用不着拐弯抹角。家里人都死光了，我还害啥子羞？我是看上你了，你是好人，你听明白了莫得？我是说，你带着我，青年男女不方便，你要是不嫌我又笨又丑，我就……就嫁给你……”

米满仓被莲芬火辣辣的眼神烧灼得低下了头。“莲芬妹子，要得，我也有这个意思，要不然我也不好照顾你，你也不好照顾我。我看你不但长得好，人心眼更好，又能干，我哪敢嫌你笨嫌你丑！打起灯笼满世界哪里找得到比你更好的女人？只要你不嫌弃我，事情就这么说定了。一根藤上结两个苦瓜，我不会亏待你，不会忘了你爸爸妈妈待我一家的好处。等我们在合城找到了立足之地，我们就成个家，把生意做起来。国难当头，非常时期，一切从简，米、王两家的人死的已经死了，活着的还要活下去……你看要得不？”

“要得！”莲芬的眼眶中溢出两行热泪，这已不是绝望的泪水，这是辛酸和幸福交融的热泪。那年头，爱情没有好复杂，谈恋爱的过程就这么干脆。几句话一说，两颗心就贴在一起，真正是刻骨铭心的。这是缘分，解不开的缘分……

六　献机声中的豪情

爬上合城南门码头的石坡坡，进入街区，米满仓不禁有一种恍若隔世的茫然之感。阔别了十几年的小城里，人是明显地增多了。本地老百姓大多认为这种小地方不是什么军事、政治、经济的要地，不会像重庆那样成为日本鬼子轰炸的目标。从重庆逃难来的人也似乎有了某种安全感。尽管到处有乞丐，可是比起重庆来，人们具有更多的生活气息。街上熙熙攘攘的，卖小吃的摊点十分热闹，茶馆里高朋满座。米满仓带着王莲芬在人流中漫无目的地走着……合城是到了，可是他们到哪里去落脚呢？他又怎么能张罗着开一个汤圆铺呢？

他走进一家茶馆，要了两碗茶。跑堂的提过长嘴铜壶，不一会儿就把茶碗灌满了，于是沱茶的香味就溢了出来。满仓在门口买了几个锅盔，两个人一边喝茶，一边吃锅盔。不料桌子对面坐的一位瘦瘦的年轻人对他开了腔：

“你哥子也是从重庆来的？这几次重庆大轰炸，唉，老百姓遭罪啊……”

“是的，我是家破人亡了，我……”

“不谈那些伤心事，不谈了！谈起来不好受，你是来合城做买卖的？哥子你贵姓？年纪不大啊……”

“免贵，我姓米，叫米满仓，我今年二十四岁。我本是合城乡下人，逃荒出去十几年，出去那年我才十二岁……现在，遭狗日的日本鬼子飞机炸弹整得……想回合城做个小本生意……你哥子贵姓？”

“我姓齐，排行老二，大家叫我齐二，今年二十六岁……”

“哎，齐二哥！”

“好说，好说。兄弟，有啥子难处，你对我说，但凡能帮得上忙……”

“是啊，在家靠父母，出外靠朋友。我是人地两生，我学的手艺是做汤圆，想在城里头租一个小门面，卖汤圆，混口饭吃，刚刚才下船，今晚上还不晓得到哪里落脚。齐二哥是本城人，还求二哥给指一条明路，兄弟我忘不了你的恩情！”说完就站起来给齐二哥作揖。

“好说，好说。”齐二站起来回礼，四川人是很讲礼貌的。只要礼数周到，言语“拿顺”了，总会遇到仗义的人。齐二站起来比米满仓高出一个头，轻轻把满仓按到座位上，一股同情之心油然而生。“兄弟，莫着急，这合城里办事，说难也难，说易也易，第一要紧的是人熟。大哥二哥麻子哥，有我齐二帮你包你吃不了亏。卖汤圆是好生意，这就需要三样东西，一样是铺面，一样是本钱，一样是手艺。我是个干人（穷人），莫得本钱和手艺，其他的事还能帮得上忙的。”

“不瞒齐二哥，我从小就在成都张汤圆学徒，手艺还过得去，本钱嘛，也有一点点不多。就是这铺面，不晓得啷咯去整，租不租得起？”

“要有个小门面，里头还有个作坊，要放得下磨子。还有，总得有个卧房——我冒昧问一声，这位妹子是你的……”

“哦，她姓王，是我的……未婚妻，莲芬，见过齐二哥！”

“齐二哥！”王莲芬的脸臊得绯红地站起来，把头低下轻声地说，“我们两个家里都莫得人了，遇到齐二哥算是遇到了贵人。二哥你多多指教，我们忘不了你，死去的老人也感你的恩……”说着说着，那眼泪就流下来。

“莫哭，莫哭，”齐二忙劝她，“这年头莫得那么多眼泪好流，活人是要活下去的。不怕的，我齐二从来不充壳子（不吹牛），我这个忙，帮到底了！只要有本钱，其他的房子，各方面的打点，我包了。我给你们操办喜事，成了家在一起做生意才方便……”

米满仓正要站起来道谢，这时从街上走进一群青年学生来，手里拿着三角旗，旗子上面写着“打倒日本帝国主义！”“抗战必胜！”“献机救国，人人有责！”等口号。只见走出一个女学生来，站到一个空凳子上二话不说，就指挥大家唱《义勇军进行曲》：

起来，不愿做奴隶的人们！
把我们的血肉，
筑成我们新的长城。
中华民族，到了，
最危险的时候……

一首歌唱得全茶馆里人人热血沸腾。那女学生声泪俱下地进行讲演：

父老乡亲们，同胞们！

日本帝国主义侵占了祖国的大片河山，屠杀了多少我们的骨肉同胞！现在又狂轰滥炸我们的大后方，多少人惨死，多少人家破人亡？我们再也不能忍耐，前方的将士浴血抗战，我们在后方要有钱出钱、有力出力，支援他们。我们要复仇！要把鬼子赶出去！血债要用血来还！现在合城各界组织了一个献机委员会，动员全城同胞，节衣缩食，省下每一个铜板，捐出来，凑一笔钱，买一架“合川号”战斗机，献给我们的祖国，打击日本鬼子空中强盗。我想

凡是炎黄子孙，人人都有这份爱国热情，有多少捐多少，

不在数目，是我们的心意，哪位带个头……

“我来带个头！”只听见一声吼，齐二站了起来，从身上摸出五角钱往桌上一放。大家一看，哟！吼得怪凶，才这么点钱！那齐二大声说：“街坊邻居都晓得，我齐二是个苦力，是个干人。这五角钱是我今天挣的全部血汗钱，我只有这一点，我带个头。我不怕人笑话，我掏的是我的爱国心！”

齐二这一番话说得慷慨激昂正气凛然，大家都受了极大的感动，纷纷鼓掌响应。那女学生热泪盈眶地领着学生们就唱起了《募捐歌》：

你一角，我一角，

点点滴滴积起成江河，

不要嫌我的铜板少，

只要你，

有多少，捐多少，

四万万颗瓣的心儿是一条。

……

在歌声中，茶客们纷纷解囊。有出一元的，有出五元的，也有出几角钱的，也有掏出几个铜板的。争先恐后地堆在齐二坐的那张桌子上。越堆越高，就在米满仓的鼻子底下。那齐二一声不吭，瘦脸上两个眼睛鼓起好大，看着米满仓……

米满仓坐不住了，从腰包里掏出三块银元“嘭”的一声，往桌上一放。

“要得！”齐二一声欢呼，带头鼓起掌来，“满仓兄弟，是个男子汉，把生意本钱都捐出来了！”

米满仓不知哪来的勇气，高声说道：“不错，这是我混饭吃的本钱。我的老汉、妹妹、岳父、岳母，在重庆都遭鬼子飞机炸死了，烧得连尸骨都……我这点血汗钱买不起一块飞机翅膀，哪怕能买几颗螺丝钉装到飞机上也好嘛！那是我们大家捐的飞机，让它去打日本鬼子！我不信我们四万万同胞就这样受日本帝国主义的欺侮，我们要报仇！要讨还血债！”

于是学生们就带头呼口号：

“打倒日本帝国主义！”

“捐献飞机，打击空中强盗！”

“国家兴亡，匹夫有责！”

……

桌上的捐款越堆越高……

七　新的希望

齐二是个说话算数的血性男子汉，他把米满仓和王莲芬带到家里。他家住在苏家街临街的破旧平房里。按说这是个做买卖的好地方，齐二没得本钱，也没得手艺，只有一身力气，只好去下苦力。到轮船码头去当搬运伕，遇到人家红白喜事或者搬家啥子的，就去帮忙下力气。家里有个老婆，一个刚满一岁的女娃儿。他一走到门口就叫：“花妹子他妈，有贵客到了！”

齐二嫂抱着花妹子迎到门口，她是个矮个子，圆脸，不胖不瘦的年轻女人，身上补丁盖补丁，天生的乐观性格，笑起来眼睛眯成一条线，露出一嘴好白牙。

“哟，你带来了啥子贵客?”

“我来给你们介绍一下，”齐二正儿八经地说，“这位是我刚结交的兄弟米满仓，这位是满仓兄弟的未婚妻，叫啥子？哦，姓王……这就是我屋头的，这是我们女娃儿小花……”

“齐二嫂！”米满仓和王莲芬两个人同时叫得好亲热，齐二嫂心头高兴：“快请进，请进来呀！我们家破破烂烂的，你们不要见笑。”

进了屋，这屋是个窄条条，前门通街，后面还有一个门。屋里只有几件破烂家具，没得床铺，齐二招呼：“兄弟把包袱放下，坐嘛！到了这里就算到了家，不客气！花子她妈，我米兄弟两口子遭了难，在重庆遭日本鬼子飞机炸得只剩下他们两个，跑回合川城来想做个小买卖，人生地不熟，我们要帮帮他。”

齐二嫂一听就眼泪哗哗的：“造孽啊！日本鬼子害死我们好多人……”王莲芬一听就忍不住哭了。

“莫哭，莫哭，我先去烧水泡茶，再去弄点吃的，大老远来的，饿了，吃饱了再慢慢摆。”

“二嫂子不要忙，我们吃过了。”米满仓忙说，“茶也刚刚喝过了……多谢二哥二嫂热心，要不然我们就要流浪街头了。”

“你说话不要见外。”齐二哥说，“我齐二人虽穷，是说一不二的人。你看，这间破屋子收拾一下，把门开大，做个铺面卖汤圆可要得？这里头有个小院子，挨到起有两间小屋子，你们住一间，我们住一间。屋角是厨房，院子里搭个棚子，可以安得下磨子。外面的事，我替你张罗，在本城做买卖，官府里，还有袍哥（即黑社会的人）那里，要有熟人。我人虽穷，人缘还有一些，地方上大哥二哥麻子哥歪五哥都是我的朋友，不会找你的麻烦。你只要拿钱，修房子、办货、开张，都包在我身上，绝对不会让你多花一个铜板。你看要得不？”

满仓和莲芬一听，心头热乎乎的，不约而同都扑通跪下了，满仓说：“多谢二哥二嫂，萍水相逢，搭救了我们两个，这下我们有活路了。”

“不要这样，不要这样！”齐二把两人拉起来，“这样就俗了嘛！我们现在是一家人了嘛！”

齐二嫂抱着正睡得香的女儿，眯着眼看莲芬：“弟妹长得好水灵。让我说，等房子修好了，先让你们两口子成亲是最要紧的，成了亲在一起更方便。明年这个时候，你们也抱一个娃娃，过日子嘛，穿衣吃饭，生儿育女。中国人是炸不完的，偏生要人丁兴旺，气死日本龟儿子！”

八　红烛

满仓身上的钱虽不多，有齐二哥找人帮忙，精打细算，没得多久，房子就修好了，案板、桌凳炉灶、锅碗瓢盆也办齐了，还买来一台新磨子，放在院子里的棚棚里。一切准备工作就绪，门口挂个招牌：“合城米汤圆”，就等起开张喽！

齐二嫂说：“先给你们成亲，成了亲才好做生意过日子！”

“对头！”二哥说，“把新房布置好，开张和办喜事搁在一起办。又省事，又省钱，又热闹。”

齐二哥夫妇出主意操办，三下五除二，穷人家，准备起来简单不过。新房布置好了，搭了个新铺，窗户上贴起红纸双喜字，做了新衣服新被子，请了几位穷朋友。头晚办喜事，第二天早晨汤圆铺开张。有齐二哥打点，前后左右言语都拿顺了的，非常时期，一切从简。齐二哥又当主婚人，请了一位街坊老先生证婚，简单隆重。二嫂办了一桌酒菜，吃吃喝喝，划划拳，放了一挂鞭炮，说了好些吉利话开了不少玩笑。满仓和莲芬就如梦如痴被推进了新房。

新房里，桌子上点起一对红蜡烛，莲芬坐在床沿，烛光一闪一闪，照在她容光焕发的脸上，格外地美丽动人。满仓望着新娘子，心头跳得像小鹿般的乱撞，瞪大了眼就发了呆。

新娘子扑哧一笑："你是个傻子！贼眉贼眼地看到我，人都是你的了，有你看的时候。明天要起早开张做生意，你还在这里发呆，你今天是新郎官，你磨蹭啥子？"

"吹了灯火，就看不清楚你了。"

九　推磨——最幸福的时刻

往后这一年，是米老磨一生回忆中最幸福的一年。

汤圆店一开张，生意就不错。米满仓小两口起三更歇半夜，也不晓得累。齐二哥出去下苦力，二嫂子一面带女儿，一面在店里帮忙。两家人合成一家，在一起吃饭。三餐饭都是二嫂子操持，平时粗茶淡饭，初一、十五、逢年过节打牙祭，街坊们都说这两兄弟家交了好运了。

最辛苦是半夜起来推磨子，最幸福也是这个时候。棚子里挂起马灯，莲芬下料，满仓推磨，新磨子好快的齿，那声音真好听。两口子你看我一眼，我看你一眼，笑得好甜蜜。莲芬笑起来真好看，看见妻子的笑靥，满仓心里乐开了花，哪里还晓得累？他们默默无语，齐二哥两口子睡得沉，打起呼噜一个比一个响，也不怕磨子吵，一直到天亮。满仓真希望一直这样磨下去，看莲芬的笑容，看她白生生的手下料的动作，听这磨子声和呼噜声，那是最美妙的时刻。光阴随着磨子转，不知不觉又迎来了新的白天。

那年月，经常有空袭警报，一有空袭警报，街上就插黄旗子，城北山顶旗杆上就升起红皮球。那时候，城里的人就扶老携幼往城外跑，在山洞里，岩脚脚，一堆一堆地疏散隐蔽。有些老年人走不动，就在家里桌上铺几床棉被，万一真的丢炸弹，他们就钻桌子。那阵子三天两头拉警报，有时候每天都要躲警报，鬼子飞机多半是炸重庆这样的大城市，有些人躲警报躲得不耐烦了。于是就有人懒得躲。

他们很快找到规律，半夜起来照样磨面，大清早卖一阵子，有警报就灭了火和齐二哥齐二嫂一起出城去躲，解除警报回来赶紧生火卖个夜市，躲警报回来的人肚子饿了来不及生火做饭，常常在街上买小吃，这米汤圆价廉物美，所以生意还不错。只是白天的时间跑到城外野地里挨时光，白白浪费了。于是满仓想了个主意，做了一副带炉子的担子，挑到山坡上去卖汤圆，解除警报回来接着开门做买卖。虽说更加辛苦，可是可以多赚点钱，年轻人，多受累他心甘情愿，何况齐二哥还换着挑担子呢。

又过了一阵，满仓倒不觉累，莲芬天天跑警报就吃不消了，她感到身子不舒服。

那天起半夜推磨子，莲芬突然离开磨子走到一边“哇”地呕吐，一吐就不止，吓得满仓不晓得啷咯办，只好对着齐二的窗口叫起来：“二嫂子！二嫂子！莲芬病了，你起来照顾一下，我去找医生……”

齐二嫂急忙披起衣裳推门出来，扶着莲芬，就惊喜地说：“这不是病，这是有喜了。恭喜你，她肚子里怀了娃娃了！”就把莲芬扶进屋里，躺在床上。

“不怕的，”莲芬说，“前几天我就是想吃酸的、辣的。我晓得不是病，所以我也不在意……”

二嫂子说：“齐二，你快去泡菜坛子里拣些辣泡菜来！”

泡菜端来了，二嫂子夹起泡菜塞进莲芬嘴里，过了一会儿，不想吐了。一场虚惊变成了皆大欢喜……

以后，这酸辣泡菜就成了必不可少、随要随有的灵丹妙药了。

满仓夫妇全身都充满着欢乐，这小院里喜气洋洋，莲芬成了重点保护对象，只是生意就更艰难一些。穷人家，歇不得，半夜里两口子照样起来推磨子。齐二嫂有时起来代替莲芬，莲芬不答应，二嫂子要带小花，还要照顾五口人吃饭。齐二哥白天下苦力，回家来筋疲力尽，晚上吃了饭喝了茶，洗一洗，就要上床打呼噜。小花快两岁了，扎起羊角小辫子满地跑，她走路不稳，需要她妈妈跟到起。各人有各人的事要做，哪个也代替不了哪个。

最讨厌的就是躲警报。莲芬肚皮越来越大，走路不方便。于是齐二就接过了担子，二嫂子背上小花，满仓背起包袱，扶着莲芬往城外跑。那日子，真不知是怎样过来的。

那一晚上，刚歇了生意，正准备吃饭。齐二兴冲冲地跑回来，手里拿了一张《合城日报》，狂喜地叫着：“你们看！合川号飞机已经捐成了，上了报纸了。这架飞机也有我一份，哪怕只有五角钱，满仓兄弟捐了三块银元，我们都有份。这下我们合城自己的飞机要飞到天上去打日本鬼子了！”

满仓接过报纸一看，全身热血沸腾，就念给两个女人听，合城献机委员会的委员长亲手把飞机模型交到空军司令的手里。还有照片，这下合城人爱国出了名了！这时又听到街上放起鞭炮，敲锣打鼓，小小的合城沸腾了！

莲芬一激动，那眼泪就止不住往下流，突然“哎哟！”了一声。满仓忙问：“你怎么样了？”“我肚子疼得很，哎哟，哎哟……”齐二嫂说："这是要生了！齐二，你赶紧烧一锅开水。满仓兄弟，我们扶她回房。"满仓说："要不我赶紧把她送到医院去？"齐二嫂说："来不及了！"

两个人把莲芬架起往后走，走到磨子旁边莲芬就走不得了。一阵阵剧烈的疼痛，拼命地大叫，肚子里的娃儿就自己掉下来，落在裤裆里。幸亏齐二嫂有过一次经验。剪脐带、洗、包，样样麻利……从此这院里多了一个小生命——米磨生。

满仓和莲芬小两口甜蜜的生活里又增加了无穷的欢乐。

十　躲空袭——她好累！

磨生这名字是当天晚上就取好的。

磨生啊磨生！你不仅是在磨子旁边生的，你也是在磨难中生下来的！

第二天，汤圆铺照样一早开门做生意，二嫂子忙着杀鸡炖汤照顾月母子。齐二把这个喜讯一传播，就有街坊来道喜。不料正热闹的时候，就听到空袭警报响，一下子满屋的人都慌慌张张躲警报去了。满仓急得头上冒汗。"二哥，二嫂，莲芬刚生娃儿，啷咯去躲警报？叫我个咋办？"齐二说："兄弟，飞机炸弹说不准，天大的困难这个空隙是要躲的，非常时期，说不得了。合城捐了一架飞机打日本，在全世界都出了名了，只怕狗日的日本鬼子要报复。你背莲芬，我背小花、提包袱，让你二嫂子抱到起磨生，包严实些。汤圆担子不挑了，你听我的，走吧！"

刚降生的磨生和他坐月子的妈妈就开始了每天躲警报的生活。

每天跑啊，跑啊！坐在野地里，等着解除警报。夜里，一觉还没睡过来，又要起来推磨子。那磨生就要哭，就要吃奶。多亏齐二嫂仗义，主动代替莲芬陪满仓磨汤圆面。可是人不是铁打的，齐二嫂就一天天瘦下去，莲芬、满仓心里怎地过得去？于是莲芬半夜照样起来帮满仓推汤圆面。

坐了一个月子，跑了二十多天警报。起初满仓背起莲芬走，背了几天，莲芬说自己走得动，怀抱着磨生，就开始跑路。好容易熬到满月，那晚上大家欢欢喜喜吃汤圆来庆祝。到黑夜，磨生咬起妈妈的奶头不放，莲芬睡不着，她已经筋疲力尽了。

“满仓，你听到起，我累得不行，耳朵里嗡嗡的，浑身骨头都散了，我想歇一天……”

“你歇吧！”满仓说，“明天歇一天不做生意了，今黑夜就不推磨子了，睡一觉，留起精神躲警报，人是要紧的！”

“你听我说，满仓，”莲芬说，“我想明天不去躲警报了。天天这样跑，全国的小城市那么多，鬼子飞机哪里就会炸到合川城来？”

“不怕一万，就怕万一，这么多天都过去了，不要疏忽大意……”

“就只明天一天。今黑夜不起早，休息好了，明天白天人家去躲警报的时候我们在屋里推磨子，下午警报解除了就能做生意。后天要是有空袭，我们还照样子去躲。只这一次，哪有那么巧，炸弹就落下来了？要是我不歇一歇，只怕要病倒了，病倒了还不是跑不动？你看要得不！”

满仓想了想，也有道理。“要得，就只这一次。这年头，怕不得辛苦，保命要紧嘛！”

第二天上午，街上插黄旗子，城北坡挂起了红皮球，警报声凄厉地响起来。无论齐二两口子怎么劝，莲芬就是不肯去躲警报，满仓说：“二哥你们走吧，我们商量好了，今天不跑警报了。今早起我们没有推磨子，莲芬身体实在吃不消，需要休息一下。明天拉警报照样躲，就只这一次，不怕的。”

齐二夫妇一想，也是，一年三百六十天，几乎天天躲警报，合城并没有挨炸弹。一次不躲，未必就赶上了？莲芬也实在累得不行……于是便嘱咐了几句，两口子带起小花就匆匆忙忙随着人流到城外去了。

十一　小汤圆、辣泡菜——死亡之餐

那天小院里特别安静，米满仓两口子抓紧时间磨汤圆面。满仓推磨，莲芬一手抱着磨生，一手往磨眼里添料。那磨生过了满月，眼睛睁得大了，脸蛋红扑扑的。莲芬不时逗逗他，娃儿就笑出声来，笑得好甜，笑得年轻的爸爸妈妈心花怒放。

“这娃儿有灵性，长的是福相。等他长大了，抗战早胜利了，再也不躲警报了，过太平日子……”

“对，过太平日子，我们老两口那时也要享福了……”

他们相视而笑。那磨子一声一声有节奏地响起，简直像天上的仙乐，他们沉浸在未来的幸福憧憬之中，忘记了还在空袭的阴影之中……

莲芬说：“满仓，我饿了……你听见没有？”

满仓停下来：“啥子？饿了？好，我去煮一碗醪糟汤圆给你吃，冲一个鸡蛋。”

“我不吃醪糟汤圆，不要冲蛋。这种甜饮食吃腻了。我要一碗白的小汤圆，你给我拣些辣泡菜，换换口味……”

“要得！”

不一会儿，一碗不加调料的小汤圆、一碗辣泡菜，就放到磨子上了。

满仓就坐在对面，隔着磨子看他年轻漂亮的老婆一口一口吃小汤圆，吃辣泡菜。看着她吃得好安逸……

突然，磨生哭了起来，哭得好伤心，小脚乱踹，小手乱抓。

“不哭，不哭。”莲芬马上解开衣裳把白生生的奶头塞到磨生的嘴里，那娃儿吮吸着，安稳了。

莲芬对娃儿喃喃地说：“磨生，娃儿，莫生气，妈妈只晓得自己肚子饿，忘了你肚子也饿了。快吃，快吃，妈妈还要帮爸爸磨面哩！”

“满仓！”莲芬说，“昨黑夜，我耳朵里嗡嗡响，好怕人。我想起重庆那夜里大街上过阴兵，心里好害怕啊！”

“胡说！哪里有过阴兵这回事？那是你天天听磨子声音，听出毛病来了。有的时候我耳朵里也嗡嗡响，不怕的。”

“兴许是吧……”莲芬说，“哎呀，我听到有脚步声，有人来了……”

话没说完，院子里冲进一个人来，是齐二哥。

“你们倒安逸，把我急坏了！”齐二哥进来就大声吼，“快，快，背起娃儿跟我出城躲警报！”

满仓弄不明白：“半天过去了，平平安安的，警报都要解除了，二哥你又瞎操心……”

“你晓得啥子？”齐二哥说，“正是因为今天躲警报的时间太长，只怕要出问题。我听到上坡上一个长袍先生说：今天特别，这么长时间警报还不解除，谨防鬼子飞机炸了重庆又来一批。莫忘了，合城献机打日本是上了报，出了名的，怕狗日的报复……”

“这话有道理。莲芬，我们也休息够了，你也吃了饮食了，我们快走！”满仓急了。

“哎呀。”莲芬叫起来，“我耳朵里磨子又响了……”

大家都侧耳细听，只听见轰隆隆，轰隆隆，沉重的声音由远而近。莲芬在重庆有经验：“不得了，这是轰炸机的声音……”

“快进屋钻桌子底！”齐二说。可是那飞机飞得快。立刻就到了头顶，声音大得震耳朵，“轰隆！轰隆！”那炸弹成排地落下来，大地发疯地震荡着。硝烟弥漫，房子倒下来。合川城变成了一片火海……

十二　满仓变成了老磨

这一场大轰炸，小小的合城死了上万的人。重庆大轰炸的惨剧在这里重演了，有的人被烧成了焦炭，有的血肉模糊，肢体不全，令人惨不忍睹。过了一个星期合城的大火才完全被熄灭，尸体才搬走得差不多，真是空前浩劫啊！

齐二的尸体是从屋里扒出来的，一根横梁打破了他的脑壳，满脸是血，眼睛睁得大大的。莲芬侧身死在磨子这一边，脖子被砖砸断了，怀里还抱着磨生。莲芬的身体紧紧保护着心爱的儿子，那娃娃居然一点也没有伤着。满仓命大，他趴在磨子这边脚底下，墙是从莲芬那边倒下来，磨子保护了他，只是受了一点轻伤。

满仓的幻梦破灭了，莲芬死了，活生生的一个人就这样倒在血泊中……齐二哥死了，好一条仗义的汉子，就这样含恨离开了人间……

满仓和齐二嫂痛不欲生，合城的幸存者们沉浸在极度的悲哀和激愤之中，那情景，实实在在是非笔墨所能形容的。（笔者曾亲身经历了合城那场空中强盗大屠杀的惨剧，是劫后余生者之一，每每回忆起，便有一种无可名状的悲愤。)

苦难把齐家和米家结合在一起，现在米满仓和齐二嫂带着两个娃娃，只有互相帮助才能活下去。

眼泪流尽了，仇恨埋在心头，他们又苦撑着做起汤圆生意。多亏了二嫂子，一个女人带两个娃娃，喂小磨生吃糊糊，带他睡觉。废墟上搭起了个棚子，前面卖汤圆，后面给二嫂子带孩子住，满仓自己睡在店堂里。半夜里一个人爬起来，又推磨子，又下料。那磨子声声从他的心头碾过，一遍遍地回忆起那最后一刻美好的时光。

往后，空袭警报少了，合城废墟上也建起了简易房子，街上又渐渐热闹起来。米汤圆的生意也大有起色，只是满仓的心冷了，一天难得多说话，默默地劳动，像一架机器。齐二嫂本来是个爱说话的，也变得沉默了。她待满仓和磨生特别好，一心一意照顾这一家两姓四口人的生活。

日子久了，就有街坊邻居劝他们俩干脆结了婚，好在一起过日子。齐二嫂的心被说活了，唯独满仓坚决不答应："要不得，要不得，别说了！"

那黑夜，满仓躺在店堂里门板上打定了主意。就对里面齐二嫂说："二嫂子，你睡着了没得？"

"我没有睡着，娃儿们倒睡得好……"二嫂在里面回答，"兄弟有啥子事嘛！"

"听我说，二嫂子，"满仓说，"你听到人家跟你说过啥子没得？"

"说啥子嘛？"

"有人劝我们两个……成了一家人……"

"是的，也有人劝我过，我倒没得啥子，你呢？你是啷咯想的？"二嫂的声音里带着羞怯和希望。

“二嫂子，听我说……”满仓鼓足了勇气，“你的为人，那是没得说，待我是恩重如山。你和齐二哥是我们的大恩人，我对不起你们。齐二哥是为了我才死的嘛，我来生变牛变马也报答不清的……”

“你又何必说这些，过去了嘛……”齐二嫂啜泣着。

“你想想看，齐二哥为我而死，我怎么能娶他的老婆？我良心怎么过得去？将来我死了，我的鬼魂怎么有脸见齐二哥？我的鬼魂见了莲芬又啷咯交代？她在阴间等到起我哩！再说，自从莲芬遭炸死了，我的心也死了，老了。我已经下定决心，再也不讨老婆了。我想了好久，从今天起，我把名字改了，不叫满仓了，我叫米老磨——我心头老是压上这块磨子，这辈子不搬开了……跟你说清楚，你永远是我的二嫂子，我养你的老，送你的终。那些话，不提了，你要原谅我……”

“晓得，兄弟说得在理，我……懂得……”齐二嫂忍不住痛哭起来，拼命咬紧被头，怕把娃儿吵醒。

这米老磨接着说：“二嫂子，莫难过，还有件事跟你商量——我们两家是分不开的，我们住在一起，难免人家有些言语，我真的想跟你结个亲……”

“你到底想说啥子嘛？颠来倒去的，你这个米老磨？”

“你莫乱想，我是说，你有个女儿，我有个男娃，相差只一岁多，我想跟你结亲家。你给小磨生当个丈母娘，要得不！”

沉默了片刻，里面回答：“你说话拐弯抹角，为啥子不照直说？我看这件事要得的，就这么定了吧，亲家——哦，老磨兄弟！”

“那好，那好，明天我就跟街坊四邻说清楚，找人正儿八经地在隔壁搭间屋子。我们两亲家白天在一起做生意、吃饭，夜晚隔壁分开住，这样就不会有啥子闲话了。你看好不？”

“好，好得很，这一切都是命，是命里注定的，老磨兄弟，你是个好人……”二嫂子又哭了。

从此以后，米满仓变成了米老磨。老磨天天转，光阴也随着磨子转，米老磨也越变越怪。他送莲芬和齐二哥归坟山时用的白腰带就一直做了他的裤腰带。那磨子一天天地老了，没得牙了，他也舍不得丢。多少年过去，后来住了楼房，也把那老磨摆在床边供起。每年元宵节，全家人聚在一起吃汤圆的时候，他要亲自做不加调料的小汤圆，每人一碗，吃白的，放一碗辣泡菜。墙上供起莲芬的画像——那是他请人按一张旧照片放大了画的。要儿子磨生，媳妇小花，后来又有了孙女萍萍，首先向遗像默哀，然后吃白汤圆就辣泡菜。那味道倒不难吃，就是叫人心里难受，所以米磨生最怕过元宵节，过一次元宵节伤一次心。

齐二嫂是1980年死的，她还算享了女儿女婿的福，所以她死的时候，脸上是带着笑容的。米老磨一家总算对得起她，她也可以安心地去和齐二哥会面了。

十三　特殊的元宵家宴

光阴不停地流转，半个多世纪过去了，不知不觉1995乙亥年的元宵节就要到了。

合城老磨米汤圆食品公司正面临着一个大转折点——日本高桥食品公司要和他们搞合资。合同一旦签订，米老磨的汤圆就会大摇大摆地走向全世界，公司的生产就会彻底现代化，公司的创始人米老磨和他儿子磨生不仅要进一步发大财，而且还会天下闻名。世事的变幻真是不可预测，谁想得到当年在街头讨饭的米满仓，今天会变成企业界赫赫有名的米老磨名誉董事长呢？而明天，又会怎样的显赫呢?

联系日本公司投资，那是孙女米萍萍的功劳。她在重庆轻工业学院的同学中有日本留学生。由于合城米汤圆的名气大，经过日本同学搭桥，高桥食品公司董事长高桥正夫老先生很快就表示了极大的兴趣。派了总经理——他五十八岁的儿子高桥浩到中国来洽谈。这高桥浩是会说中国话的（听说高桥正夫的中国话说得更好）。谈判过程很顺利，于是就拟订了合同文本，由高桥正夫老先生亲自来签订，当然，还有地方上的有关领导及记者们。因为这是合城改革开放过程中的一件大事，是该城食品工业引进外资的龙头，各级领导对此极为赞赏，极为重视。一过春节，就筹备这件大喜事。

米磨生原来怕他八十出头的老汉不肯跟日本人合作，不料这次米老磨却表现得很大度。他说："改革开放，中外合资，原本是好事，我也想得通，只是要答应我一个条件：在签订合同之前，请日本老板高桥先生父子到我们家里来做客。一起过元宵节，尝一尝合城米汤圆的味道。如果不答应这个条件，驳了我的脸面，我就不参加签字仪式了。"米磨生跟领导一汇报，领导立刻表态支持："很好嘛，2 月 14 日是正月十五，日本客人到你家去过元宵节。2 月 15 日举行签字仪式。这样安排很不错。元宵节那天，我们就不去了，家庭聚会，随便些、亲切些，把关系搞好，有利今后合作。"事情就这么顺顺当当地定下来了。

米老磨家四室两厅，房子装修得很漂亮，彩电、冰箱、音响、电话、沙发、吊灯，一应俱全。因为破天荒地要接待外宾，所以打扫得干干净净，布置得美观大方。当然，齐小花就要忙一阵子——她今年已经五十七岁了，人不显老，头发黑黑的，精力充沛，干活麻利，只是个性不像她妈。她妈齐二嫂是个爱说话的人，而她却沉默寡言，只埋头家务，不管男人的事。她和米磨生从小在一起长大，自然是投缘的。她从小没有爸爸，看待公公米老磨就如亲生父亲一般，百依百顺。

“萍她妈！你来一下！”老磨在自己房里叫她。

她推门进去，“你老人家还有啥子吩咐？一切按你的话准备好了……”

“你听我说！”老磨向她交代给日本老板准备啥子元宵。她听了有点不明白。“啷咯这样做？”公公板着脸：“就这样，就这样，我不会错！”于是萍她妈就默默点头，退出去照办。

晚上磨生从公司里打来电话，问家里准备得怎么样了，米老磨接过电话就说：“你放心，一切都整得巴巴实实的了，这种事情我懂得的！”于是磨生才放心，说是黑夜他公司里有事，不回来了。明天客人由萍萍陪同从重庆来。他先到车站欢迎到公司去谈一谈，然后再一起回家。

第二天下午，门口开来了两辆小卧车，高桥父子，磨生父女下了车。萍萍用日语招呼客人，请进屋来。米老磨就从沙发里站起来了。

米磨生说：“我来介绍一下，这是我父亲，我们公司的创始人，现任名誉董事长米老磨先生，萍萍，你来翻译……”

“不用了，”高桥正夫老先生说，“请允许我们用汉语说话，我们父子都会说汉语的。我叫高桥正夫，这是我儿子高桥浩，今日拜访，不胜荣幸，请多多关照。”于是双双低着头，递上名片。

老磨接过名片，看了看，手一摆：“请坐！”也不去握手。等大家坐下后，萍萍她妈就端上盖碗茶来。

这时米磨生看看老汉这身打扮，颇有些不安：中式棉袄棉裤，把那白腰带系在棉袄外面，脚上穿了一双白旅游鞋。老汉的打扮不仅不协调，而且显得怪了。

磨生抢先说话："高桥董事长和总经理从日本来到寒舍做客，我们深感荣幸。"

高桥正夫说："日中两国是一衣带水的邻邦，历史上早有友好交往。今天能和贵国有名的食品公司建立合作关系，我们也深感荣幸。"

这时，米老磨开了腔："高桥老先生，今年贵庚几何？"

"不敢，在下今年八十二了，老先生你……"

"我今年刚满八十，比你年轻，可是你的头发还没有大白哩，好身体！"

"哪里，哪里，我看米董事长的身体非常健康嘛！"

"我们年纪都不小了，经过的事情也多。五十年前，我们两国曾经有过一段不幸的历史，老先生想必是还记得的？"米老磨终于说出来了。

高桥正夫胸有成竹："是的，我记得，很不幸，我为此很感不安。今后我们要携手并进，共同发展。"

萍萍见气氛不对，连忙笑着说："请喝茶，请喝茶……"米磨生也说："对，这沱茶趁热喝好，请！"

于是高桥父子就端起了茶碗，彬彬有礼地品尝着沱茶。可是米老磨偏偏要往下说。

"记得就好啊，那是不能忘记的。五十五年前，我开始在合城卖汤圆的时候，那是战争时期。我开的是个小铺子，贵国的飞机天天到大后方来轰炸，生意不好做。我的父亲、妹妹，还有磨生他妈妈和他岳父就是那个时候被炸死的。那时候惨得很，现在好了，生活好了……"

高桥浩忍不住了，接茬说："是的，战争给日中两国人民都带来了惨痛的回忆，应该引以为教训。今年是终战五十周年，我们签订合资合同，友好合作，的确具有重大的意义。”

“啥子？”米老磨听起不顺耳，“啥子叫‘终战’？我啷咯听不懂这个新名词啊？”

萍萍连忙打圆场：“我爷爷耳朵不大好使。‘终战’这个名词也很新鲜，所以连我都听不懂。”

米磨生也忍不住说：“是很特别，现在全世界统一的说法是，今年是反法西斯战争胜利五十周年……”

“我不聋！”米老磨说，“签合同是签合同，抗日战争是抗日战争。五十年前，那是日本侵略中国。我们是受害者，五十年后中日友好合作，这个我是懂的。我老汉读书太少，说话不会咬文嚼字。历史嘛，我亲自经过了嘛，所以就听不懂新名词啰。”

高桥正夫忙说：“米老先生说得对，‘终战’这个名词未必确切，中国有句口头语叫‘向前看’……”

萍萍说：“对，向前看。明天我们就要签合同了，今天特地请二位来尝尝我们的汤圆，共度元宵佳节。我看，我们先吃汤圆吧！”

“对！”米磨生说，“先吃汤圆。萍萍，你去端来！”萍萍会意立即到厨房去了。

高桥浩心里不痛快，他父亲朝他使眼色，不准他说话。米老磨也不是糊涂人，话已点到，就不多言。生意还是要做的，不能把投资者得罪跑了嘛！

汤圆端来了，一共四碗，两个红碗，两个白碗，放在客人面前，每人两碗，一红一白。每碗四只大汤圆。

“请！”米老磨说，“红碗里是甜的，白碗里是咸的，一共八个品种。我们米汤圆的品种有一百好几，味道各有特色。这是我从小在成都学的手艺，又经过我和磨生这些年的改进。请二位品尝，赐教！”米老磨虽说文化不高，这几年当名誉董事长，见过的世面不少，言谈举止和从前已是大不相同了。

高桥浩心情好起来了，就说：“多谢米老先生，不如大家一块儿吃，让我们和主人全家分享元宵团圆之乐。”

米磨生顺水推舟：“我看也好，爹，你说呢？不如我们都……”

“不忙，不忙。”米老磨说，“不瞒二位，我们家有我们家的习惯，我们过元宵节全家是吃小汤圆……”

“小汤圆？”高桥浩用手比画着，“用手揪，小小的，放上醪糟，鸡蛋？听说这个的好……”

米磨生怕提小汤圆，直说：“二位请尝，趁热……”

“如此，失敬了！”高桥正夫端起红碗来，高桥浩却端起白碗。

“恩，这甜的味道真好！”

“这咸的味道别有风味。”

“将来我们要让全世界的人都吃到这种的，这种的，美味……”

很快地，八个汤圆吃光了。米磨生是聪明人，见好就收，说：“几个汤圆不成敬意，我看，下面我请二位到合城大酒店去吃一顿正餐，品尝我们四川菜的风味。”

谁知高桥浩一门心思要体验合资公司将来的产品，主动提出来：“如果不介意，我想领略一下汤圆大王家里的小汤圆。”

“要得！”米老磨接得快，对厨房就叫：“萍她妈！上小汤圆！萍萍，你去帮个忙！”

萍萍和磨生顿时脸色不好看。萍萍站起来望着她爸，米磨生就说：“快去，小汤圆，多放醪糟，卧上荷包蛋！”

萍萍会意：“好的。”就转身。

米老磨说：“醪糟汤圆四川到处吃得到，还是上我们米家元宵节特制的小汤圆！”

一会儿萍萍母女二人托盘端来了小汤圆，放到圆桌上。屋里六个人却一共是七碗，还有七小碟辣泡菜。磨生一看就傻了眼，又不好阻止，盘算着下一步怎么打圆场。

“萍她妈，你莫走，一起吃！”米老磨转身对老高桥说，“我家的习惯，合家团圆过元宵。这里还少一个人，我们和她见见面。”于是健步走到自己房门前，把门推开。里面露出一个磨子，磨子后面有一对白蜡烛点起，中间一尊铜香炉里点着香，供着一个年轻女人的画像。一见这个，齐小花、萍萍立刻泣不成声，朝那门口就跪下了。米磨生看见老汉凛然的颜色，也跪下了。客人高桥父子站起来，不知所措。

米老磨端上一碗小汤圆，一碟辣泡菜，进屋放到磨子上，流着泪说：“莲芬，你爱吃这个，你吃吧。今天我家来了友好的日本客人，是来投资的，你不要生气……”接着走出来对两客人动情地说，“高桥浩先生想看看我们家怎样团圆，我们家年年就是这样过元宵节的。这位女人，是我的爱人，磨生的妈妈，萍萍的奶奶。1940年庚辰年，正是日本帝国主义侵略中国的时期，那天，空袭警报，我们两口子正在推磨子，炸弹排山倒海地落下来。我爱人，磨生的岳父就这样被炸死了，血肉模糊。磨生那时候刚满月，正在妈妈的怀里吃奶，是他妈妈用身体保护了他。我是一个幸存者，那一次我们合城遭炸平了，死了上万的人……好惨喽！这个白的小汤圆和辣泡菜就是我爱人生前爱吃的。我家每年元宵节都要和我爱人一起吃这个。高桥浩先生，你提出来要体验一下，现在请你尝一尝吧！不成敬意了……”

高桥浩梗着脖子，激动地说：“战争残酷的，我也深为理解。合城死了上万人，而我的故乡广岛，一颗原子弹，十万人丧生。我母亲就是那一次殉难的。我因为被亲戚接到东京去玩，才幸免于难。我父亲一直独身，把我的，这个抚养长大。我们同是受害者，我深有同感……我们彼此的一样……”

“高桥浩先生！”米老磨说，“令堂遭难，我深表同情。可是，合城的炸弹是日本人丢的，广岛的原子弹是中国人丢的吗？再说，贵国如果不去侵略别人，原子弹会落到广岛去吗？广岛一次死了十万人，南京大屠杀一次死了三十万人。抗日战争，中国军民死了三千五百万人。高桥浩先生，这里面是有区别的，反侵略战争结束，用‘终战’两个字就可以说明白吗？”

米磨生、萍萍和高桥正夫都感到震惊，正要说话缓和一下，不料高桥浩却倔强地反击：

“米老先生，这一场战争已经成为历史。历史的是非，要认真研究才能做出结论。我们今天是来投资，友好合作，不是来研究历史的。如果我们在这方面争论起来，恐怕一时难以解决……”

“啪！”高桥正夫使劲在儿子脸上扇了一个响亮的耳光，“你住口！”他转身向着米满仓说，“米老先生的话一字千钧，我心悦诚服，请允许我给尊夫人上一炷香。”

这几句话出乎大家的意料。米磨生连忙站起来说：“这就不必了，不必了。”

“要上香！”老高桥坚定地说，走向磨子，抓起一把香，在蜡烛上点燃，插到香炉里去，双手合十，低头默哀。把大家都看蒙了。

高桥浩直立着，不服气地说：“父亲，我们告辞吧！”

“不！”老高桥说，“我们应该尝一尝这碗小汤圆和辣泡菜。”

“好！”米老磨激动地说，“请坐，大家都坐到厅里来！”

于是六个人都默默地坐在桌边，慢慢“品尝”那个小汤圆和辣泡菜。汤圆是白的，泡菜又酸又辣，六个人都流着泪，各人心头有一种滋味。只有高桥浩吃得很勉强。还是萍萍会说话：“两位贵客，今天实在是太简慢了。我们每年元宵节都是这样过的，二位不习惯，请多多包涵！”

米老磨说：“老先生是个好人，老汉我是个粗人！”

“不！米老先生言重了……”高桥正夫对儿子说，“你也快六十岁了，怎么不懂道理？你是被有些人的话迷糊了！有件事，我憋在心里半个多世纪，我就是要等到这一天，要当着合城的中国朋友来对你说，你好好听着！”

“是，我听着！父亲！”高桥浩恭恭敬敬地说，日本人在长辈面前是讲规矩的。

“我要说，要把我心头的病吐出来……”高桥正夫陷入了极度的痛苦，说出下面石破天惊的话：

“我是有罪的！1940年，我才二十几岁，在皇家空军服役。我驾驶轰炸机，曾经轰炸过重庆。合城的那次毁灭性的轰炸，我也是亲自参加了的。我看到了地面的爆炸……我是一个被人指使的刽子手！我是杀死米老先生亲人的刽子手！1945年，广岛挨了原子弹，我妻子也死了。那时我也在东北养伤，我听到这个消息……上帝啊！这是对我的惩罚吗？这么多年来，我内心的痛苦也像米先生房里的磨子一样，重重地压在我的心头……上帝啊！这是为什么？他们为什么要我去杀人？有人说，那不是侵略！我要问：那是什么？米老先生，你是最有资格说话的，我们都是历史的见证人。我听说有个扔原子弹的飞行员后来发了疯，我是理解的，我也差一点发了疯……我这次到合城来，就带着这种赎罪的心情。天哪……”高桥正夫跪倒在地，泣不成声。

高桥浩扑倒在父亲膝下，哭着说：“父亲，你为什么不早说？为什么不早说呀……”

这个元宵节过得真不平常，四个中国主人和两位日本客人都哭得好伤心……

十四　撤磨……

第二天，合资的协议终于正式签订了。

这是大喜的日子，米磨生如释重负。米老磨在签字仪式上什么话也没说，只是笑着握了几次手。他们晚上回到家里来，都已筋疲力尽了。

米老磨颤颤巍巍回到房里，又情不自禁地慢慢转了两圈磨子。磨生听到声音大吃一惊，忙给女儿使眼色。萍萍大着胆子走进爷爷的屋，看见爷爷倚着磨子发愣，就撒开了娇：

“爷爷！话也讲清楚了，合同也签了，奶奶也放心了，这磨子放在这里好堵心。你老人家让我们年轻娃也轻松轻松好不好？”

米老磨最疼孙女，就问：“啷咯轻松法？你说……”

“我看把这磨子搬走吧！以后元宵节也不要哭哭啼啼吃辣泡菜了……”孙女轻轻摇晃着爷爷的身子，要起赖来。

“要得。”米老磨叹了一口气，“撤了吧！放到地下室去。以后过元宵节，我听你的安排，总该好了吧？”

果然，米老磨的老磨子被藏到地下室去了。这一家人正走向市场经济的更美好的新生活。

可是米老磨心上压的那台磨子，那磨子在受害者心上的阴影，是否已完全消除了呢？

此篇原载于《民族文学》1995 年第 8 期，
曾获为中国纪念抗日战争暨世界反法西斯战争
胜利 50 周年中国作家协会征文之中篇小说奖。

双鱼记

——2005·春天的故事

第一章　波涛起伏探鱼踪

客机正在万米以上的高空飞行。左侧窗前一位身材高大、西装革履的男人正在出神地望着窗外。下方是无边无际的云海，波涛起伏流动，白浪滚滚，不停地变幻着。这男人此时心潮随着云层起伏，他好像是在浩瀚无边的白色海洋中冲浪。作为一个弄潮儿，他相信自己绝对不会失去平衡，但是突然一个大浪迎面扑过来，他怎样才能超越这个猛浪继续前进呢?

他是中国和平饮品公司的董事长兼总经理崔和平，今年六十岁。从三十五岁起，他辞去了农学院的教学工作下海经商，几起几落，凭着丰富的科技知识和坚强的意志，终于积累起资金和经验创办了自己的公司。公司越做越大，面临的挑战和竞争也越来越激烈，为此他需要注入更多的资金，需要先进的理念，先进的科技手法，先进的设备和经营管理的经验……于是他下定决心去和外商合作经营。虽然到了2005年再下这个决心也许晚一点，但他是白手起家，只有具备了今天这个基础才能有资格、有实力向前迈出这一步。

崔和平到美洲、欧洲、澳洲走了一圈进行调查研究，也曾经和一些外国同行探讨合作问题，回国后又在几次展销会上与外企接触，谈判，可惜往往在最后时刻功亏一篑，为此他陷入了困境。他八十五岁高龄的老爸爸（是义父，也是岳父）潘义男将军向他建议："为什么不和日本相关企业合作？日本的饮食文化，尤其是茶文化和咱们中国有很深的历史渊源，这里潜藏着巨大的商机。"

于是他到上海去参加国际食品工业博览会，并在那里结识了日本山野食品公司的总裁山野一郎先生。

第一次约谈就十分融洽。

根据山野先生的提议，他们选择了一处豪华的卡拉OK歌厅，一间十分清洁、淡雅的包间。山野先生特意穿了一身藏青的中山装，架着一副金丝眼镜，胡子刮得光光的，五十九岁的男人，虽然个头不高，但身材适中，显得十分年轻，一对大眼睛透过镜片炯炯发光，看得出他对于中日友好合作极具诚意，而为人又十分精明。他随身带着一位女翻译，看样子三十岁不到，中等身材，是一个典型的东方美人。

崔和平也带来了一位女翻译，看样子也不过三十左右的年龄，足有一米七的高个子，高鼻梁、大眼睛，双眉浓黑形如柳叶，一头齐耳根的头发烫得十分令人悦目，是一位西化了的中国美人。

他们几乎同时到达，通过翻译，山野和崔和平互相热烈握手后寒暄一番，然后在沙发上坐下，服务员送来了热咖啡、红葡萄酒后退出包间，关上了门。崔和平正在选择开场白的词句时，突然两位女翻译却不约而同地笑了起来。

"笑什么？"山野问翻译。

日本女翻译站起来用流利的中文普通话对崔和平说："对不起，请原谅我失礼。"接着一鞠躬，"先生，我看见您就像看见了日本著名男演员，高仓健……"

"真由美！"中国女翻译也站起来，向日本翻译鞠一躬，"对不起，请原谅我也失礼了，我看见了您就想起了著名日本女演员中野良子……"

"《追捕》！？哈哈……"崔和平笑着打圆场，"是啊，中日文化交流源远流长，日本电影《追捕》给中国观众留下了深刻的印象，杜丘和真由美是刚毅和善良的化身。"

"哈哈哈哈……"不等翻译，山野先生就开怀大笑，显然他也发现了崔先生和他的女翻译的形象很像两位中国观众所喜欢的日本名演员，他一笑，其余三个人也都又笑了。

没想到开局竟是如此轻松。崔和平觉得这似乎是一个好兆头——良好的开端就是成功的基础。

下面双方通过翻译逐步切入正题。

平野先生颇有外交家风度，他的开场白简短而具有魅力："崔先生，其实我最欣赏的影片是中日合拍的电影《一盘没有下完的棋》……"

"可惜，"崔和平接过去说，"可惜，那盘棋当年没能够下完。"

"是的，"山野一郎说，"中日友好的棋，你和我来接着下。"

"对！中日友好的棋要接着下，由您和我！"崔和平说。

"您有把握下赢吗？"山野一郎一语双关地问。

"当然！"崔和平信心十足地回答。

山野笑着问："您怎么知道我会输？"

"输？您不会输，我也不会输。"崔和平回答。

山野说："可围棋是很少有和局的呀！"

崔和平说："不会输，也不会和，您和我都赢，这叫双赢！

"怎么能双赢？"山野问。

崔和平说："你我不是对手，您和我是同舟共济的伙伴，同心协力下一盘好棋，一盘名局！”

“好！”山野先生鼓起掌来，斟上四杯葡萄酒，“请举杯，为预祝我们的名局，先干一杯！”

四个人都愉快地干了。然后谈话就进入业务领域，两位女士为两位老总翻译，气氛就像老朋友在谈心。

双方就资金投入、产品定位以及市场开发等诸多方面交换了意见，并达成初步共识。

谈话告一段落，崔和平暗自松了一口气，微笑着说：“不知山野先生想过没有，要给我们未来的产品取一个什么样的名字？”

山野：“这个嘛，已经想过了，就叫‘和平’牌。我们未来的公司名字还叫‘和平饮品公司’，而它的总裁就是崔和平先生！”

崔和平：“山野先生，您真的是这样想吗？”

山野立刻作出回答，可是他的翻译再三斟酌词句方才说出中文来：“用四匹最快的马去追赶一句话，是追不上的！”

“啊！哈哈哈……”大家都笑了。

崔和平说：“明白了，您说的是‘一言既出，驷马难追’？”

“对！”山野的翻译说，“很抱歉，这句成语我是学过的，可是一时没有想起来。”她转向山野，用中文说，“总裁先生，你们二位已经是‘酒逢知己千杯少’了，何必还要我们两个翻译来转述呢？您的华语比我还好，我看直接说中国话好了，时间宝贵啊！”

崔和平和他的女翻译吃了一惊，崔和平笑着对山野说：“原来山野先生是一位中国通，既然彼此愿意做真诚的朋友，可否直接用华语交谈呢？”

没想到，山野先生嘴里说出中文来时更叫人吃惊，他说的是中国东北的方言：“我的中国话带着大碴子味儿，贼难听，和纯正的中国普通话差老鼻子啦！”

“哈哈……”大家笑得前仰后合，尤其是两位女士，笑得几乎直不起腰来。

“好，好，好！”崔和平斟上四杯葡萄酒，“大糙子味儿好，老鼻子好！来，为大糙子味儿干杯！”

这一杯干完了，气氛就更为活跃了。

崔和平问：“山野先生曾经在中国东北上过学吗？这大糙子味儿是怎么来的？”

“是这样的，”山野说，“家母曾经在中国东北生活过多年，家母在我幼年时一直亲自教我学习中文，所以我是先入为主，学了一口东北口音，养成习惯，很难改过来，我怕您听了觉得寒碜，所以才带了翻译……”

“没想到总裁先生的日语一言既出，我的华语就驷马难追了！”山野的女翻译说。

“哈哈……”

“对不起，”山野说，“请原谅我的翻译说话这样随便，其实，她是我的独生女儿山野小秀……”

“哟！”崔和平的翻译叫了起来，“我的名字上也有一个秀，我叫崔秀女；我也是崔总的独生女……”

“真是太干哈（干啥）了！”山野说。

“太巧合了！”山野小秀用纯正的普通话补充，“真是‘无独有偶’！”

“贼巧合！”崔秀女说。

“哈哈哈哈……”四个人都几乎笑出眼泪来。

崔和平趁热打铁：“山野先生，我有一份详细的合作意向书，请允许我向您简要地说明一下。”他从皮包里取出了两份文件，一份是中文的，一份是日文的。

“哦，谢谢！”山野也从皮包中取出两份文件，也是一份日文的一份中文的，“我也有一份详细的合作意向书，请崔董事长指教，我也有一个简要的口头说明……”

“请等一等！”山野小秀说，“能不能让我们稍微放松一下再谈那些严肃的话题？”

“对呀！”崔秀女说，“咖啡都快凉了，我们既然选择了卡拉OK歌厅，为什么不喝着咖啡唱唱歌呢？”

“也好，”山野一郎说，“我们俩在这里阅读彼此的意向书，让她们年轻人唱唱歌，玩一玩，什么也不耽误，您说咋样？”

“很好！”崔和平说，“那你们选歌吧！我们一边欣赏音乐一边读文件，这很不错。”

于是两位女士打开电视机，开始选歌，崔秀女选了一首日本歌曲《拉网小调》，山野小秀非常高兴，两位女士同时随着音乐和字幕用中文轻轻唱着：

> 呀咧嗯，
> 索兰，索兰，索兰，索兰，
> 嗨嗨嗨

山野在上述歌声中对崔和平轻轻说：“这歌不能这么小声唱，这是男子汉唱的歌。”于是他不看文件了，站起来，用粗犷的男高音盖住了两位女士的声音：

> 你若问五谷神鲱鱼群何时到来，
> 五谷神到处都说今年没有音讯。

两位女儿也不示弱，立刻提高了嗓门和男高音比美：

巧依呀沙也哩呀沙诺
用劲拉呀！
嗨用劲拉！用劲拉！

此时崔和平也坐不住了，他也站起来，用他浑厚的男低音，低八度地加入合唱：

呀咧嗯，
索兰，索兰，索兰，索兰，
嗨嗨嗨
你如果听到了海洋上的海鸥歌唱，
怎舍得扔下渔船离开大海洋。
……

他们越唱越开心，越唱越豪迈，越唱越忘情，唱到最后一段，达到了激情的最高潮：

海鸥啊，海鸥啊，假如你也会说话，
我们的音讯由你来传送。
巧依呀沙也哩呀沙诺
用劲拉呀！
嗨用劲拉！用劲拉！

这首歌一唱完，四个人都高兴得鼓起掌来。

这时山野先生的手机响了，他打开看了看，对崔和平说："对不起，我先接一个电话，不打扰你们唱歌。"说完便走出包间，关上门。

山野小秀说："想不到崔董事长的男低音这么棒！"

"山野总裁的男高音才真正出色哩！"崔秀女说。

崔和平说："听着山野总裁的男高音唱'你如果听到了海洋上的海鸥歌唱，怎舍得扔下渔船离开大海洋，'我仿佛已经听到海鸥的歌唱。"

"是啊，是啊，"崔秀女机械地跟进，"'海鸥啊，海鸥啊，假如你也会说话，我们的音讯由你来传送'——我觉得海鸥真的说话了，我们的音讯也传到了……"

山野小秀也不失时机地接着说："海鸥说的是：祝日中两家公司合作成功，鱼群来了！一起到大海来拉网捞大鱼吧！"

"说得好！"崔和平带头，三人一起热烈鼓掌。

山野总裁接完电话轻轻推门进来，面对这热烈的场面，欲言又止，微笑着坐下。

崔和平问："山野先生，有什么好消息？"

"哦，崔先生，"山野一郎说，"刚才是敝公司董事长从北京打来的电话，要我务必立即飞到北京，说是要会见一位重要的人，实在不好意思，您看可不可以这样，我把您的意向书带去和董事长仔细拜读，您先处理在上海的其他事务，我们通过手机联系，在北京继续探讨合作的问题，我相信我们不久就会在北京达成协议，签订合同，您看……"

"我理解，"崔和平说，"您到北京去会见董事长，不能耽搁，您抓紧时间动身吧！我们今天的交流很有建设性，我也期待着尽快在北京和您签约。"

"您放心，"山野先生说，"我一言既出……"

"驷马难追！"山野小秀接茬说。

"哈哈……"

送别了山野先生父女，崔秀女问父亲："爸！谈得好好的，怎么一个电话打来，说走就走？真让人扫兴！那些热情的大糙子话听起来很亲切的，不像是在演戏啊……"

崔和平说："到现在为止，没有理由怀疑山野先生的诚意，我们过两天再和他联系吧！"

这时，他的手机也响了，是潘老将军打来的电话。

"和平啊，谈得怎么样？"将军问。

"开始谈得十分投机，十分融洽，甚至都想出了和平牌饮料的名称，可是正准备进一步讨论的时候，山野先生的董事长打电话给他，命令他立即飞北京，有重要的事情，所以谈判突然中断了，说是加强联系，过几天在北京继续谈判，争取达成协议。"崔和平说。

"那好，"将军说，"我正想叫你马上飞回北京，越快越好！"

"爸，"崔和平说，"日本朋友怎么这样变幻莫测！一个电话就像一盆冷水浇在刚刚烧旺的火上……"

将军说："这不奇怪，商场如战场，什么意外的情况都可能发生，要用平常心对待，积极争取，不怕挫折，一个钓鱼的人要想钓大鱼，必须要有足够的耐心——马上飞回来吧！"电话挂上了。

……

崔和平在飞机上望着起伏变幻的云海，心中如潮涌一般不平静，突然空中小姐推着饮料车过来了，坐在崔和平身边正在打瞌睡的女儿被惊醒。

"对不起，这位小姐，您需要什么样的饮料？"漂亮的空姐亲切地问。

“我要和平牌饮料……”崔秀女下意识地说。

“对不起，我们只有可乐，冰水，啤酒，番茄汁……”

“哦，对不起，我要番茄汁。”秀女说。

“我要啤酒。”崔和平说，“加冰块！”

服务员一一递过饮料，推着车向前走了。崔和平对女儿说：“你说什么？和平牌饮料还没有上市哩！”

秀女扑哧一声，笑了：“爸，我太困了，犯迷糊了，爸，您一直在看着窗外吗？窗外只有天空和云，您在看什么？”

“你看，”崔和平指着云海，“这云海里波涛起伏，我们正坐在浪尖上钓鱼，你爷爷说，要有耐心才能钓到大鱼……”

“什么？”秀女惊愕地说，“爸，您也犯迷糊啦！云海里钓大鱼？大鱼在哪儿？”

第二章　别有滋味在心头

大鱼在这儿！

在离休老将军潘义男的水墨画中。

不是一条，是两条，是一对，一条是白色，一条是黑色。

不在云海里，而是在波涛汹涌的大海里，在浪尖上，它们正互相鼓舞着奋力跃过高高的波峰。

大海浩瀚无边，水天相连，太阳从远方模糊不清的水天交界处刚刚露出了半个脸，光芒射向天空，射向海洋，照耀得天上的浮云和海里的波浪特别是那浪尖上的鱼鳞闪闪发亮。

干休所是一座临街的十五层大楼，在第十层的临街大厅窗前停立着这位须发尽白的老将军。他身材高大，面色红润，穿着褪了色的旧军便服，八十五岁的高龄却腰板挺得直，耳不聋，一双大眼蕴含着人生阅历带给他的睿智，看上去不过才七十上下。他静静地站在宽大的书桌旁，透过纱窗俯视着2005年春天生气勃勃的大街，而他的思绪却在历史时空中飞翔。他活到今天，活了八十五年，这八十五年他经历过多少酸甜苦辣，经历过多少血与火，欢乐与悲伤。今天，他在太平盛世的气氛中，面临着新的生活课题，他在思考：生活到底是什么滋味呢？

历史的长河混合了从古至今人类生活中不同的滋味，奔腾呼啸，昼夜不息。作为某一特定历史时期的人们，他（她）们的生活滋味也在不停地转换，共同的感受和个人的体验也不尽相同，谁又能说得清生活的滋味究竟是什么？

“爸！”女儿潘秀从厨房里走出来，一声呼唤，把老爸从遐想中拉回到现实中来，“爸，我都按您的吩咐准备好了，客人怎么还没来？和平和秀女也没回来！”

“快到了，我本来要亲自到宾馆去接客人的，刘参谋说我年纪大了，让我在家里等着，他开车代我去接。和平和秀女直接从机场开车回家，他们可能先到。”老将军说。

“是什么贵宾呀？您这么重视？”

“等来了就知道了。”

“还挺神秘的！”女儿说，“我看您站在窗户旁边出神，都在想什么呀？是不是在想我妈啦？”

“死丫头！你都退休的人了，说话还这么没大没小的！”

“那怪您！您从小惯的！”女儿一边说一边走到书桌前，看见了那幅墨迹未干的画，“哟！您又在画鱼？我知道，您一画鱼，就是想我妈！”

“难道你不想你妈？”

“当然想喽！”潘秀说，“可是我从小没见过妈，我不知道她长得是什么样子，您也不告诉我，我只能想象，我一问您，您就把话岔开——我知道，您是怕我难过，可是您为什么闷在心里？为什么不说？我妈死得早，您又为什么不为我娶一个后妈？打了六十年光棍？”

“你瞧你！”老爸笑了，“说起来还没完哩！”

“那好，我就是没完。”五十九岁的老女儿和老爸单独在一起时，说话仍然带点撒娇，“爸，您听我说：我知道我爷爷奶奶是在抗日战争中被鬼子杀害的，我妈是生我的时候因为难产死的，留下我这个还要吃奶的女儿，您要去解放全中国，只好把我寄养在农村，那时候不可能给我找个后妈，可是为什么解放后，条件好了，部队里又有照顾，您为什么还不结婚？后来您又在南京的一个孤儿院里把和平领养回来抚养，您还是不找后妈，只是请保姆带我们，您累不累呀？后来您当了军分区司令员，年级也不算大，组织上好几次给您介绍对象您都拒绝了，这又是为什么呀？”

“你今儿个又怎么啦？你管得也太宽啦！”老将军哭笑不得地说，“我不是把你和和平都拉扯大了吗？还让你们受了良好的教育，成了夫妻，你们的女儿眼看就要当总经理的接班人了，你还跟我唠叨这些干什么？你还想给我介绍对象？”

“来不及了，老爸！”潘秀伤感地说，“您都八十五了，太晚了，赖您自己。”

“那你还啰唆什么？”

“我看见您又在画鱼，我知道您在想什么，我心里……难受！”女儿的眼泪流出来，把头倒在老爸怀里哭泣。

老将军抚摸着女儿的头发慈祥地安慰着女儿：“孩子，你都快六十的人，怎么还这么容易动感情？别哭了，现在一切不都很好吗？”

“爸，您不知道，我看见您站在窗口发呆，我心里不是滋味……”

“滋味？”老将军说，“你能告诉我人生的滋味是什么？”

“爸！”她仰起头来看着老爸说，“那要看在什么时代，什么样的人啊！”

“那么孩子，我问你，在今天，二〇〇五年的春天，一个北京城里小康之家十六岁的独生女儿，她感受到生活的滋味是什么？”老将军放开女儿，从桌上取一张面巾纸，为她擦擦眼泪，轻轻地问。

潘秀回答：“那个女孩子一定觉得生活是一杯美味的红葡萄酒，甜而不腻，醇香扑鼻，一口吞下去，身上每一个细胞都渗透着欢乐。”

“可是等那女儿长大了，独立了，她会感到生活的压力，她所尝到的生活滋味就不纯粹是甜了。生活的滋味是常常在变的，这就需要用智慧去品尝。”

“爸爸！我真佩服您，您是从枪林弹雨中打出来的军人，您身上布满了伤疤，可您总是这么乐观，您的语言像一位哲学家！”

“哲学家？”老将军笑了，“我是一个没上过正规学校的放牛娃，一个文盲，我是在革命部队里才开始学的文化……”

“可是您刻苦自学，特别是离休多年来，您读了那么多的书，又写诗，又画画，又练书法，又写文章，简直像个学者，哪有您这样的文盲呢？”

“哈哈……”老头子乐了，“我知道你是在逗我开心，可我听了还真有点美滋滋的哩！”

“那是因为您的远大理想，让您养成了这种乐天的性格呀！”

“也不尽然，”老爸说，“有时候，我会做一个噩梦，在梦中，出现一个浩劫后的村庄，血流遍地，余烬未灭，我这个年轻的幸存者，流干了眼泪，呆立在那里面对着烟尘滚滚的废墟，闻着浓重的血腥味……那时候，你知道我感受到生活的滋味是什么吗？”

“我……不知道……”潘秀说，“也许是像苏曼殊的诗里写的：

‘无端欢笑无端哭，纵有欢肠已似冰……’”

“不对，”老爸说，“苏曼殊是一个才华横溢的忧国忧民的青年作家，他被封建礼教和半殖民地人民的苦难结合成的巨大压力挤压成了一个畸形的人，写出了这样低沉的诗，那是一种病态的反抗啊！后来苏曼殊削发为僧，四海为家，仅仅三十五岁就死了，你爸我不是那样的人。”

“是的，”潘秀是一位教师，她知道曼殊大师的身世，“他的母亲是位日本女人，嫁给了中国富商苏杰生做妾，生了他苏玄瑛，后来苏杰生去世了，生母回到日本去了，他受到大娘的冷遇，十三岁离开家四处飘零，当了和尚以后叫做曼殊上人……”

“不错，”老将军说，“他的小说《断魂零雁记》里写的那个三郎，曾经到日本去找他的生母河合夫人……”

“那是应该的，”潘秀说，“要是我，也会这样做的呀！”

“对，你也会这样做的，我相信。”

“爸，我们是不是扯远了？我想您在那个梦里，满目凄凉，您一定心中燃烧起复仇的怒火。”

“的确，我曾经想着复仇——我起初参军打日本就是为了复仇，后来经过多年的生活磨炼，我逐渐明白了，复仇不能化解痛苦，冤冤相报是一个苦难的怪圈，我们要创造全人类的幸福，不能让后代人走进这个怪圈，我们既要有能力保护自己，反抗侵略，在胜利之后，还要有博大的胸怀，展望未来……”

“爸！”潘秀说，“生活的滋味太复杂了，我们希望生活像一杯白水才好哩，不冷，不热，没有酸甜苦辣咸……没有那么多的味道，可是它解渴，润喉，让您保持平平淡淡的安宁。”

“你还这么天真！”老爸说，“你的话使人想起深山古刹里，青灯黄卷旁的得道高僧，可是谁又知道那咚咚木鱼不会声声敲在那位高僧的心上？那滋味真的如一杯白开水吗？”

“唉！”潘秀叹息着，“所以苏玄瑛当了曼殊大师以后，他的心里更加不安宁，‘芒鞋破钵无人识’……不安宁哪！”

“是啊！”老爸叹息着，“忧国忧民，思想上找不到出路……”

“还有，”女儿补充着，“身世凄凉，有落叶哀蝉之叹……”

“不错，”老爸说，“他在小说中写着‘心绪飘零，如风吹落叶，不知何所止啊’。”

“他一定在想他的日本妈妈！”潘秀说，“那种心情唯有我能理解，我出生后就失去了妈妈，我不知道她长得什么样子，刚才看见您画的鱼，我心里……”

老人微笑着说：“你怪我年轻的时候不再给你找个妈妈是吧？”

潘秀说：“您后悔了吧？”

老爸说：“后悔有什么用？我现在就给你找一个，保你满意，还不行吗？”

“开玩笑！”潘秀说，“八十五岁给我找一个妈——天方夜谭！”

“天方夜谭？哈哈……”老爸笑出了眼泪。

“哈哈……画饼充饥啊！”女儿也笑出了眼泪。

“哈哈……”父女二人纵情大笑。

第三章　山雨欲来风满楼

楼门被打开了，老将军的孙女一个箭步蹿了进来，后面跟着崔和平。

“爷爷！妈！我们回来了！”崔秀女好奇地说，“我们在楼道里就听见笑声了，你们在笑什么呀？”

“我们在笑，哈哈……”爷爷说，“我在和你妈商量，要给她找一个妈哩，哈哈……”

“您打电话叫我马上飞回来，就是为的这个！”崔和平关好门，转身说道，“您是在开玩笑吧？我现在心里火烧火燎的，您还有心思开玩笑！”

“哟！”他妻子说，“你怎么跟老爸说话的！”

“就这么说话很正常嘛！”老爸截住女儿的话，“咱们是民主家庭嘛！和平，心情不好，谈判失败了？”

和平说：“还不敢说是失败，第一次约谈就很融洽，一开始出乎意料地好，可是突然一个电话，山野总裁说他的董事长叫他立即飞到北京来有重要的事情，于是谈判刚刚要进入实质性问题的时候就中断了，山野总裁就带着他的女儿匆匆走了。不一会儿您的电话也来了，我和秀女就马不停蹄地赶到了机场。”

“真像是大海中冲浪，从波峰又落入了低谷。”秀女沮丧地说。

“我正期待着从低谷又冲上波峰，但是，谁知道呢？”崔和平说。

“不能这么类比啊！”老将军说，“一会儿波峰，一会儿波谷，再冲上波峰，又跌落低谷。我宁可比作登山，你们已经爬上了一个高度，遇到一些麻烦，克服了困难继续上，一定会到达峰顶的——好啦！你们一路辛苦了，快去洗洗脸，稍事休息，一会儿咱们家要来客人，是远方来的亲戚，很难得一见的，所以我才要你们务必赶回来……去吧，洗洗脸，休息片刻，打起精神来会见客人，然后我们一起出去吃饭。对了，我也去换件衣裳。”说完他就向卧室走去。

“好咧！”秀女也快步走向了她的房间。

当和平也向自己的房间走去时，却被妻子拉住了。

“等等！”潘秀忍住激动轻声地问，“你在上海是不是和日本人谈判？为什么事先瞒着我？你瞧，鸭子还没煮熟就飞了——日本人是好打交道的吗！”

崔和平不知怎么跟妻子说才好：“秀子……我这是做生意嘛！中日经济交流是大势所趋，又不是刚开始，化干戈为玉帛，是……好事嘛！”

这一席话反而火上加油，把潘秀心中的积郁引爆了。

“什么？你是说我不肯化干戈为玉帛？”她怒吼着，“想想我的爷爷奶奶是怎么死的！想想日本刽子手在南京大屠杀中制造的你这个孤儿！你以为我是那种不顾大局在个人恩怨中纠缠不休的人？我倒是想化干戈为玉帛，可是人家愿意吗？”

“小声点！”崔和平指着屋里，“让爸爸听见了我们吵架多不好？”

可是已经来不及了——老爸和秀女听见厅里的喊叫，都从屋里跑出来了。

“妈！”小秀过来拉着妈妈的手，“妈，别这样，马上要来客人了，有话等客人走了再慢慢说好吗？其实我们在上海会见的日本总裁和她的女儿很和气的……”

“和气？”潘秀甩开女儿，“你知道什么叫和气？光看他的笑脸吗？”

“妈，你……以后再说这些吧，别让爷爷着急——等会儿还要来客人……”

“不！”潘义男说，“让你妈妈讲，把心里话说出来也好，不过拣重要的说，说完了咱们还要招待客人的。”

“好，我拣重要的说。”潘秀想用平和的口吻说话，可是她没有控制住自己，“过去的事我就不说了，只说现在——我问你，崔和平总经理，你难道不看报纸！就在你一片好心去争取和日本人友好合作时，你听听日本国的头面人物是怎么说的？怎么做的？”

“那是少数人……”崔和平说。

潘秀寸步不让地说："少数人？他们的地位很高，影响力很大，他们已经修改了历史教科书——南京大屠杀的历史被篡改了，你的父母九泉之下能同意吗？有人每年都要去参拜供奉着甲级战犯的靖国神社，还说这只是个人的信仰，信仰什么？信仰侵略和屠杀中国人吗？信仰刽子手双手沾满的鲜血吗？"

"妈，说得对！"年轻的小秀也激动起来，接着说，"还有人说侵华战争不是侵略，东条英机不是战争犯——还说当年的判决是不对的，他们这是干什么？这是翻案！"

"做梦！"老将军大手一挥，"这个案谁也翻不了！少数人的这种言行我们是绝对不能接受的，全世界爱好和平的人民都是不能接受的。这是一种消极的信号，可是我们的目的不仅是出出气而已，我们的目的是制止侵略战争的历史惨剧重演，广大的日本人民对我们是友好的，在日本国内很多的政界人物对这些右翼的言行也是反对的，批判的，中日和平友好，共同发展，为了子孙万代构建和谐幸福的生活，这是主流，也是大势所趋，中日企业合作共创双赢，它的最终目的不也是这个吗？哦，和平，你说说。"

崔和平擦了擦眼泪，努力做到心平气和地说话："爸爸，您给我取的名字叫和平是有深远意义的，为了子孙万代的幸福，我们必须努力使祖国尽快地富强起来，祖国的发展也需要一个和平的环境，一个和谐的国际国内环境，中日友好合作是其中重要的一环。中日友好了，中国更强大了，我们才能对未来做出更大的贡献，才能对得起我们的前辈和子孙后代！"

"说得好。"老将军转向女儿和孙女问，"你们觉得是这个理儿吧？"

"是这个理儿，"秀女点了点头，"我刚才是过于激动，我明白，激动是不能解决问题的，为了长远的目标，我们需要冷静处理问题，况且我感觉山野先生的言谈举止也是很有诚意的。”

“嚯！”潘秀听见女儿一席话，心里暗暗吃惊，女儿真的长大了。“瞧你，跟你爸爸一样，弯子转得快，尤其你转得更快，你以为这些道理我不懂？我是感情上难以承受，算了，我不说了，反正我也不会到你们公司去任职，以后公司的事我不过问了，我的工作就是伺候老爸，这总行了吧？”她又回过头来两眼直视着爸爸，“怪不得您当初竭力主张秀女选择日语作为第二外国语了，您是心中早就有计划了，早就安排好了，我还有什么说的？”她扭转身走进了厨房。

第四章　白发重逢泪沾襟

恰在此时，门铃响了。

“客人来了！”老将军忙着去开门，被和平抢先一步：“我来开门！”

房门一打开，刘参谋站在门口，立正，敬礼：“报告司令员，客人请来了！我还有其他公务，就不进来了。您有事随时打电话找我好吗？”将军说：“谢谢你，你忙去吧！”刘参谋匆匆走了。三位客人随即出现在门口。

崔和平吃了一惊，来了三位客人，一位不是别人，正是那位山野食品公司的总裁山野一郎先生，他身后站着一位白发苍苍、满脸皱纹的老太太和那位时尚的年轻女士山野小秀。

“山野总裁！没想到……”

“崔董事长，我也没想到我们这么快又见面了！”

就在二人热烈握手的时候，老太太颤颤巍巍地迈进门来，直盯着潘义男走去，而潘义男也直盯着这位老太太激动得迈不出步子。

两位老人仿佛忘记了身边还有其他人存在。片刻以后，还是老太太先开口：

“您就是……潘义男先生？”

“您就是……山野秀子女士？”

“义男先生！”老太太哭着就要下跪。

“别……别这样……”两行热泪从老将军的眼中夺眶而出，一把扶起老太太来，“您好啊！我们已经五十九年没有见面了，我记得，您和我是同年的，您也八十五了……”

“义男君，恩人哪！”老太太握住将军的双手痛哭。

这不寻常的举动，惊得崔和平和山野一郎父女目瞪口呆。

潘义男轻轻拍着老太太的手背：“您才是我的恩人哩。总算又见面了，好像隔了一世，这不是梦吧？”

潘秀托着一盘果品，她女儿秀女托着一个托盘，上面放着一壶茶和几个小茶杯一前一后正好走出厨房，恰恰看见了这一幕，两个人差点托不住盘子，两双手微微发抖。崔和平赶忙过来，接过妻子手中的盘子放到茶几上，秀女也把茶放到茶几上，和平忙说：“三位客人请沙发上坐，我来介绍一下……”

“还是我来介绍吧，先请坐！”老将军把老太太搀到单人沙发上坐下，请山野一郎和山野小秀坐到长沙发上，让潘秀坐在长沙发靠在山野小秀身边，自己在对面的单人沙发坐下，孙女秀女为大家倒茶。

“我来介绍一下，这位八十五岁的老奶奶是我六十年前的日本朋友，也是生死之交，山野秀子女士……”

“山野奶奶，您老人家好！”秀女向老太太鞠躬毕，站到了爷爷的身后。

“这是我的女儿潘秀，今年五十九岁，退休教师。”

潘秀起立向山野大婶鞠躬：“大婶您老人家好！”正要坐下时，

老太太拉住她的手，轻柔地抚摸着她的手背，深情地望着她。刹那间，潘秀刚才和丈夫吵架时的那股气不知为何顿时烟消云散。这辈子她的手被爸爸、丈夫和女儿多次抚摸过，可是从来没有这样一种特殊的感觉：这日本大婶瘦瘦的手在微微地颤抖。她近距离地审视老太太的脸：额头、眼角和唇边有着深深的皱纹，记载着老人八十五年的沧桑，眼皮已经松弛，一双明显的眼袋，双目对着她慈祥地闪着泪花，皮肤依然白皙，一头银发……她年轻时一定很漂亮，一定……难不成我老爸终身不再娶就是为了她！我这想法太荒唐，不可能的，不可能的……我这是怎么啦？

“好啊，好啊，义男君，您的女儿好啊，哦，您的孙女也好啊，一切都好啊，好啊……”

潘秀说：“光顾着说话了，请用茶，这是你们喜欢的乌龙茶，听说贵国很讲究茶道，我们家不懂这个，就请各位自己用茶吧！”

等两位老人先端起茶杯，其余人才都端起了茶杯，各自彬彬有礼地呷了一口茶才放下杯子。

山野一郎很兴奋，连连夸奖：“好茶，好茶，这是顶尖的乌龙茶，日本人和全世界的人几乎都喜欢这乌龙茶，可是我从来没有喝过这么好的，将来，我们合作的公司如果要生产茶饮料，一定要选用中国最好的乌龙茶作原料，也许这正是和可口可乐竞争的法宝之一哩！”

“谢谢您这番话！”敏感的崔和平马上接过话头来，“您这话给了我一个不能再好的信息——我们会实现在北京签约的愿望的！”

半晌没开口的山野小秀终于开口了：“二位真是三句话不离本行，一下就转到生意上来了。”

第五章　望穿秋水唤伊人

谁知老太太却说："现在大家高兴，生意留着明天再谈……"

"是，董事长妈妈！"山野一郎说。

"董事长？"老将军很感兴趣，"秀子女士年近九十还在当董事长哩！想必您也是像阿信一样的女强人，而且身体很好，可喜可贺啊！"

"哪里，哪里，"秀子老人说，"我一个单身女人，创业的过程不比阿信顺利，后来有了点小名气，被推举为家乡日中友好协会的会长，迟迟不从公司董事长的位置退下来，正是想在日中友好合作的事业中再尽一点力，我发过誓，我要为日中友好奋斗终生！"

潘义男带头，大家都鼓起掌来，气氛非常热烈。

"来！"潘老将军举起茶杯，"为中日友好代代相传，为和平老战士山野秀子的健康长寿，以茶代酒，干杯！"

大家一同举杯，干了，潘秀随即逐杯斟茶。

山野老太十分兴奋，精神焕发，招呼儿子和孙女："自己人，别拘束，主人端出果品来了，哟，这么多种水果，还有青果呢……"

"我有一个提议，"山野小秀说，"我们唱个歌好吗？"

"好！"大家一致欢呼，没想到叫得最响的正是这位老太太。

老太太说："我最爱听的中国歌是《秋水伊人》。"

没想到老太太带头唱起来，调门虽低，却非常凄婉动人：

望穿秋水，
不见伊人的倩影，

于是山野小秀、秀女和秀女的妈妈也随着唱起来：

望穿秋水不见伊人的倩影，
更残漏尽，
孤雁两三声，
往日的温情，
只换得眼前的凄情，
梦魂无所依，
空有泪满襟。
几时归来呀！
伊人呀！
几时你会穿过那边的丛林，
那亭亭的塔影，
点点的鸦阵，
依旧是当年的情景，
只有你的女儿哟！
已长得活泼天真，
只有你留下的女儿哟！
来安慰我这破碎的心！

一段唱完，秀子老奶奶已经泣不成声，而潘秀也是泪流满面，唱不下去了。

潘义男也听得泪珠纷落，他擦干热泪说："秀子姐啊，别这么哭啊，今天应该高兴才是啊！"

山野秀子说："中国有句话叫'往事不堪回首'啊！"

潘义男一语双关地说："佛门还有一句话，叫：苦海无边，回头是岸啊！”

山野秀子心领神会，回转头来看见了身边伏在沙发上哭成泪人儿一般的潘秀，心里想：她就是我的彼岸吗？我五十九年在苦海里浮沉，今天当真到达了彼岸吗？她抚着潘秀的头发，用颤抖的声音问道：“潘秀，你为什么哭得这样伤心？”

潘秀抬起头来望着这位慈祥的日本老奶奶嗫嚅着说：“我从小没见过爷爷、奶奶，也没见过妈妈，我羡慕山野先生有……有您这样一位知书达理、慈爱可亲的老妈妈、好妈妈……”

“你的妈妈呢？”

“我一生下来，我妈妈就……”

“怎么啦！”老太太心情紧张地问。

“就去世了……”潘秀说，“我长了这么大，不知道在妈妈的怀抱里是什么……什么滋味……”

“可怜的孩子！”老太太把潘秀一把揽在自己的怀里，“‘唉！几时归来呀，伊人呀，只有你留下的女儿哟，来安慰我这破碎的心！’你的苦我明白，明白，我也比你好不了多少，我的父母和丈夫也是被可恨的日本侵华战争害死的，我在二十多岁的时候就变成一个挺着大肚子的小寡妇……”

“我妈妈是因为生我的时候难产而死的，我爷爷、奶奶是……”

“别说了！”潘老将军轻声说，“都过去了。”

山野一郎和山野小秀同时走过来：“别说了，妈妈！”一郎劝道，“老伯说得对，那都是过去的事情了……”

小秀劝潘秀：“伯母，别伤心，别伤心，别……”

潘秀女哭叫着：“妈！爸！爷爷！今儿个，怎么，怎么……这是怎么啦？”她看见爸爸和爷爷都端坐在各自的位子上一动不动地流泪，就跑过去跪在爷爷的膝下，“爷爷！告诉我，这是为什么？”

可是山野秀子却抬头望着老将军，问道：“潘将军，好兄弟，你为什么不给女儿找个后妈呢？你为什么打了近六十年的光棍！听说和平君也是你收养在身边拉扯大的，你为什么这么苦自己？”

大家都抬起头转向老将军，这是大家共同的疑团。

“非讲不可吗？好吧，我讲就是！”潘义男说，“当年我在一次残酷的斗争中受了重伤——老姐姐，这您是知道的，那一次的创伤虽然在您精心照料下保全了性命，可是——我已经丧失了生育的功能，不能再讨老婆了，不能了……”

一语石破天惊，大家忽然感觉到，这里面还有鲜为人知的秘密。

崔和平终于开口了：“爸！这里面一定还有一段只有你们两位老人才知道的故事，现在是时候了，讲给我们听听吧！”

“好，我讲，我们两个老人给你们讲一讲这个2005年春天才公开的故事！”潘义男说，“请大家都坐下，坐下，心平气和地，听我先讲……”

“等一等！”山野秀子从怀里掏出一张中文报纸来，大家的心中又咯噔一下，各自回到原来的座位上，不出声了。

第六章　劫后余生活传奇

山野秀子举着这张报纸说：“有句话说得很好，‘前事不忘，后事之师’，这张报纸上有一段文字很简单扼要地概括了历史的真相，我是百分之百的认同，这个，小秀，你给大家把我画了红杠子的内容念一念！”

“我来念吧！”崔和平抢先伸出手来接过报纸，老太太点头认可，于是他用那浑厚低沉的男低音念道：

人类历史上的空前浩劫

第二次世界大战是人类历史上规模最大、损失最大的一次战争。这场战争先后有60多个国家和地区参战，涉及20亿人口（占当时世界人口的80%）。作战区域面积达2200万平方公里，交战双方动员兵力达1.1亿人，因战争死的军人和平民超过5500万，直接军费开支总计约1.3万亿美元，占交战国国民总收入的60%至70%，参战国物质资源总损失达4万亿美元。

中国是抗击日本侵略的主战场，据不完全统计，在日本侵略军的屠刀下，中国死伤人数达3500万，其中死亡人数达2100万，仅南京大屠杀就死亡30万人……

崔和平读到这里，读不下去了，他的手垂下，把头埋进报纸里。山野小秀拿过报纸继续念：

……

日本在中国战场损失了150万人，有128万人向中国投降……日本广岛和长崎遭到美国原子弹轰炸，当时死伤20余万人……

画红杠的内容读完了，大家心情沉重，陷入了一片寂静。

“下面我们讲故事吧！”山野秀子问潘义男，“是你先讲，还是我先讲？”

“我先讲！”

潘义男老人说：

我原是河北省一个农村的放牛娃。一九三七年卢沟桥事变时我十七岁，那年我的家乡沦陷，中国共产党领导的抗日游击队顽强地和日军作战。日军用的是“三光政策”，杀光，抢光，烧光。我们潘家庄处在日军和抗日游击队的拉锯地带，在一次日军残酷的扫荡中，我们村子里来不及跑的人几乎都被鬼子杀光，一些妇女被强奸后杀害。日军抢掠了所有的粮食和牲口以后，一把火，把我们潘家庄烧成了平地。我的爷爷奶奶、爸爸妈妈和小弟弟都被杀害了。我因为跟叔叔到山里砍柴，幸免于难。我和在外面的乡亲们回到村子后，看到的只是一片焦土，到处是烟火，到处是尸体和血腥，真是惨不忍睹，心如刀绞，我扑倒在妈妈的尸体上哭昏了过去。叔叔和乡亲们帮我埋葬了亲人，我和叔叔已经是无家可归了，于是跟叔叔一道参加了抗日游击队。我一心复仇，作战英勇，负过几次轻伤。我叔叔一九四一年在战斗中牺牲了。一九四二年，我二十二岁，已经是小队长，有一次我带三个同志到县城里去化装侦察，不料被日军发觉，遭到敌人围捕，我们拔枪顽强抵抗，寡不敌众，三位同志都当场牺牲。我身上多处中弹，滚进路旁的水沟里，里面全是污水，只容得我一个人爬行，我爬爬歇歇，终于见到了光亮，我用尽力气爬到尽头，钻出了洞，发现是一个小院子，我因失血过多，昏了过去。

等我醒来时，我发现身上多处绑了绷带，躺在一个阴暗的地窖里的一张单人铺上，旁边茶几上一盏煤油灯，照见床边坐着一位身穿日本和服的年轻女人。我连忙挣扎要起来，却被那女人按住，用中国话对我说：“您受的伤很重，还好没有伤着骨头，也不是致命的。您放心，我的丈夫是医生，家里有一些药品，对这种外伤我也会处理，您在我这里很安全，皇军不会发现您的。等您养好了，我会想办法把您送出去的，请您相信我。”

我说："你是日本人，我是打日本的中国人，你为什么要救我？"她说："我是虔诚的佛教徒，我不赞成这场战争——这是造孽啊！"我说："你是怎么把我背到这里来的？"她说："对不起，我哪背得动您？没办法，连拖带拉的，让您受委屈了。您放心，地上的血迹都打扫干净了，我丈夫也不在家，除了我，没有人能发现您。"我问："您丈夫他……"她说："我们是'九一八'以后从日本移民到中国东北来的，我的家住东北，我丈夫在那里给日本人看病维持生活，今年被军部征召入关，在附近的一个伤兵医院里帮忙，就把我带来了，住在这里。他没有军籍，工作不太忙时，晚上可以回家休息，可是这一段时间伤员很多，他夜以继日地救治伤员，哪里能回家啊！我去医院看过他一次，那些伤兵好惨，有的死了，拉出去火化，有的成了残疾，哼的，叫的……有的治好了，又回到军队拿起刀和枪，再去杀中国人，罪过啊！罪过啊！"

我说："您到底为什么救我？我的全家都是遭日本侵略军杀害的，您把我治好了，我逃回去还要杀鬼子，要报仇，要收复失地，洗刷国耻！"她说："这都是日军造的孽，您为了杀敌报仇负了伤，佛门慈悲为怀，我能见死不救吗？我这也是一种补过吧……我只有这么一点能力……"

……

渐渐地，我对她产生了信赖。她每天给我清创、换药，给我擦洗身子，给我送饭……我非常感激她。后来我知道她的名字叫山野秀子，二十二岁，和我同年，比我大两个月，她的公公婆婆已经不在了，她的父母现在还在东北。她信佛是受了父母的影响，她父母也是反对侵华战争的，非常后悔不该当了移民到中国来，可是当时也没有办法……

再以后，我就叫她秀子姐姐，她就叫我义男兄弟。我深深感觉到不是所有的日本人都是我们的敌人，绝大多数日本老百姓都是善良的，他们都不同程度地受到侵略战争的伤害，我们和他们应该是朋友，那些战争狂人才是我们共同的敌人。

我的伤已经逐渐好了，身上的绷带全拆掉了，伤口完全愈合了，由于年轻，我恢复得比较快，已经能走路。我几次要求出去，都被她劝阻了。有一天她匆匆忙忙地跑进地窖说：“义男君，对不起，我丈夫在医院病了，过两天就要送回来调养，我不能让他看见您，我要送您走了。”

第二天天麻麻亮，她拿来一套日本兵的军装，一副拐，给我扮成日本伤兵，把我领到门口，一辆马拉大车等在那里，一个中国老头拿着鞭子站在旁边，我便装着走不了路，老头和秀子把我架到车上躺在棉垫子上，身边放着拐，秀子姐穿一身和服坐在我身边，秀子说：“大爷，快走！”于是大爷跃上车，鞭子一扬，走了。走到城门口，鬼子兵对秀子敬了礼，叽里咕噜说了几句，秀子也叽里咕噜说了几句，我听不懂日本话，只见鬼子兵又敬个礼，居然放我们出城了。

走了好久，到了山脚偏僻地方，马车停了。我们下了车，车夫给我带来了一套农民的粗布衣裳，一块毛巾，让我换上，又悄悄塞给我一个纸条子。我感到很温暖，我向秀子姐告别，我说：“秀子姐，谢谢您了，我忘不了您，永远忘不了您！”于是深深地一鞠躬，眼眶都湿了，秀子姐也对我一鞠躬，说：“您放心，这位老大爷是好人，绝对不会告发我的，他是我的好邻居——那好，我们再见了，这些日子怠慢你了，请多多包涵！”她上了车，挥起手，“义男兄弟！一路小心，多多保重！”

鞭子一响，马车掉头回城了，我停立在那里挥着手，流着泪，看着马车远去，直到消失，我走进树林，打开纸条一看，上面写着：

这位山野秀子女士是好人，反战的，她是我的邻居，我是地下联络员，她不知道。你按下面的地址去找一位沈老太太……

于是我回到了游击队，重新开始了战斗生活……

山野秀子老人接着说：

下面该我讲故事了，从哪里讲起呢？

从一九三一年“九一八”开始吧！那一年日本帝国主义侵占东北，到一九四五年，一共占了十四年，在占领东北后就把东北看成了自己的领土，十四年中从日本国内移民到东北去安家，前后达到一百六十多万人。我就是那个时期跟着父母一起来的。那是一九三三年，我刚十三岁。那时候日本当局欺侮中国人，强占城市里最好的住宅区，把农村里最好的耕地、草场分配给日本移民，纵容日本人骄横跋扈，欺压中国人。我父母都是虔诚的佛教徒，看不惯这种做法，天天祈祷和平，并且教育我一定要善待中国人，让我和中国孩子一起上学，好好学习中文，交中国朋友。

一九三七年，日军发动了卢沟桥事变，然后就爆发了全面的侵华战争，我父母是做珠宝生意的，我们家生活也算小康，而战区的老百姓却流离失所，家破人亡。我父母和我听到那些所谓“胜利”的消息，心里真不好受。一九四二年年初，父母把我许配给一位从日本移民来的年轻医生，他的父母先后病死在东北。他是一个好人。结婚不久，由于前方伤亡增加，军部征调他到河北协同军医治疗伤病员，允许我一同前来。就在那一年我曾经帮助过中国抗日战士潘义男兄弟，这些刚才他都讲了。

一九四四年，我丈夫在医院受了感染得了重病，被送回东北家中。那时战局十分吃紧，日军支撑不住了，东北日本人中的达官要人以及富豪人家，纷纷争先恐后地逃回日本本土，而百万普通的日本侨民却无法逃走，惶惶不可终日。生意没法做，我家越来越艰难。一九四五年八月十五日，天皇下诏书宣布无条件投降，我们不但成为难民，而且日本政府的政策是不管我们了。我们从“天之骄子”一下变成了没人管的“弃民”。大量的弃民病死、饿死，甚至自杀，据日本编纂的《满洲国史》中记载，这样死亡的约有十七万多人。一九四五年年底，我父母双双病死，一九四六年五月我丈夫病死，那时我已怀孕五个月，肚子挺得特别大，真是呼天不应，叫地不灵啊，要不是为了肚子里的宝宝，我早就自杀了。

就在那个时候，多亏中国人民宽大为怀，以德报怨，分区分批把我们运送到葫芦岛，分乘不同的船遣返回国。我们得到了中国方面粮食、菜金、燃料、药品和交通工具各方面的无私支持。我也在那年到了葫芦岛一个收容所里，等待上船。

可是一阵阵的肚子疼，不好了，我肚子里的孩子要出世了。我靠在那里哭啊，叫啊，真的没活路了。这个时候一位热心的中国工人给我找了一位共产党参加遣返工作的干部来，他一看见我就喊：“秀子！你是山野秀子吗？”我说：“我要生了，我快死了……”那人说：“你抬起头看看我，我是义男哪！”我抬起头，睁开眼，可不是，我看见了穿八路军装的潘义男兄弟！我知道有救了，便尽力喊着：“义男兄弟，救救孩子，我快生了……”

二话不说，义男兄弟马上找来担架，他抬前面，又找来一个穿八路军装的小伙子抬后面，还找一个女八路在边上扶着我，飞快地跑到附近一个医院去。医院的大夫很同情我，立刻叫人把我放在推车上，直接进了产房……

潘义男老人再接着讲：

我当时二十五岁，没结过婚，不知生孩子是怎么回事，急得在产房门外团团转。一会儿，走出一位大夫，手里拿着纸夹子，问：“谁是山野秀子的家属？谁是山野秀子的家属？”我没有办法，硬着头皮说：“我，我是！”那大夫打量了一下说：“你这位八路同志，怎么有一位日本妻子？”我忙解释：“我是负责遣送日侨回国的八路军干部，山野秀子家里没有别人了，只有我负责。”大夫又问：“那费用由谁负责？”我豁出去了，指着自己鼻子说：“我！”

“那好，产妇肚子太大，可能是双胞胎，难度很大，我们尽力做好，也不敢说百分百的把握，同志你代表家属签字吧！”于是我签了字，大夫说：“妥了，病人很可怜，我知道你们八路军军官不发工资，你哪来的钱？不收费了！”说完匆匆进了产房。

细节不说了，孩子生下来了，是龙凤胎，一男一女，男的是哥哥，女的是妹妹，我们把母子三人抬到那女同志的一个亲戚家里，张罗着找小衣裳，喂奶……忙活一阵子，秀子姐把我叫到房里，让我看着这一对可爱的宝宝，“谢谢了！谢谢了！您是俺们娘儿仨的救命恩人，真不知怎么报答才好。”就要爬下床给我下跪，我说：“可别，可别，您救我的命我还没给你下跪哩！现在我担心的是，过几天你就要上船了，你在月子里，带得了两个孩子吗？”

秀子姐说：“真过意不去，我带不了两个孩子，我想把这女孩子留给您做闺女，又怕您为难……”我一想，她弄俩孩子在海船上颠来颠去，又没吃的，万一死了，多可惜啊！得，我应了：“行，我留下这闺女了，你叫山野秀子，我就给她取个名字叫潘秀，小名秀子，将来等你有条件了，到中国来，我把她还给你。”秀子姐说：“大恩大德难得报啊，我把这男孩取名一郎和义男声音相似，来纪念你，将来如果有机会再见，咱们都是亲戚了……”

秀子姐从脖子上摘下红丝绳，那下面坠着一块圆圆的玉，一半黑，一半白，像是太极图，用手一拨、一转，分成两半，却是一条黑鱼（那是阴），一条白鱼（那是阳），把黑鱼交给我，说：“这是我母亲留给我的吉祥物，一阴一阳，分别给女儿和儿子戴，将来也是个认记……唉！小潘秀啊，不是妈狠心，实在是不能把你也带走啊……”

我托人把潘秀带到农村去寄养，几天后，秀子大姐抱着一郎跟着人群上了一艘叫做“北斗丸”的日本民船，我在岸上和她遥遥挥手，洒泪告别……北斗丸载着母子俩在海浪中远去了……这一去就是五十九年……

第七章　双鱼合璧祝和平

山野一郎和潘秀同时站了起来，抖抖索索地分别从项上摘下各自的红丝绳，一郎捧着白鱼，潘秀捧着黑鱼，一同走到山野秀子老太太的面前。老太太接过双鱼，互相合拢，阴阳接口合到一起，再一旋转，转平了，严丝合缝地对上了，果然是一幅太极图。

“妈妈！”一郎和潘秀同时跪下，伏在妈妈的腿上泣不成声。

“好啊，好啊……”老太太悲喜交集竟说不出话来。

老将军朗声叫道：“潘秀！你还不认认你的亲哥哥！”

“哥哥！”

“妹妹！”

这对分别了五十九年的亲兄妹，紧紧地拥泣到一起，而山野小秀和潘秀女这一对小姐妹也紧紧地拥抱着，欢乐得热泪交融。

山野秀子站起来，一步一步向着潘义男走去，潘秀连忙搀着她。

潘义男也一步一步向山野秀子走来，山野一郎赶上前去搀着他。

“兄弟！”

“大姐！”

两位老人的手再次紧紧地握在一起。

“对不起！”老太太说，“我到中国大陆来了好几次都没找到你，只是今年才打听到你的下落……”

“不晚，不晚，”潘义男说，“想不到还能和你活着见面，好啊……”

潘义男突然高声问：“孩子们！生活的滋味到底是什么？”

大家愣住了。

山野秀子带泪笑着说：“大家每个人吃一枚青果吧！”

于是每个人取一枚青果放嘴里，一咬是苦的。山野小秀头一次吃这个，不敢说苦，噘了噘嘴。

“哈哈哈……”两位老人笑了。

潘义男对大家说：“请跟我来！”

一屋人随老将军来到书桌前，看清楚了那幅《双鱼图》。

老将军提起毛笔，龙飞凤舞地在画上题词：

乘风破浪

共创双赢

他放下笔对山野一郎和崔和平说：“我预祝你们合作成功，在你们新公司的剪彩仪式上，我将把这幅《双鱼图》送给你们！”

“好啊！”大家一起热烈鼓掌。

“女儿！拿红葡萄酒！”老将军一边说一边招呼大家走回茶几旁，

突然又问山野小秀："嘴里还苦吗？"

"甜了！甜了！"山野小秀说，"原来老爷爷您是想告诉我，生活的滋味是先苦后甜！"

"好啊！好啊！"山野秀子兴奋地说，"以史为鉴，面向未来——只要我们人人都有爱心，未来的生活更加甜蜜美好！"

"好啊！"又是一阵热烈的掌声。

红葡萄酒拿来了，老将军亲自为每个人斟上一杯，他说："这是醇香型的甜葡萄酒，请大家举杯！"

大家一同举起杯来，人人脸上绽开了甜蜜的笑容，期待着老人家激情洋溢的祝酒词。

没想到潘义男老将军用平和的语调轻松地说道："来，为心目中世界闻名的和平牌饮料，干杯！"

原载于《民族文学》2005年第7期

纪念抗日战争胜利60周年专刊

小亲亲

一

1937年残冬的一天下午。哈尔滨郊外的积雪未消，天空灰蒙蒙的，崎岖的道路上没有行人，路边的树木光秃秃的，西北风吹得枝丫不断地摇晃，显得格外凄凉。

一辆军用吉普车正行驶在这条凄凉的道路上，车的后座坐着两名日本关东军的军官，他们奉命前往市郊一个囚禁中国抗日战士的临时监狱，去屠杀那里的一批中国爱国勇士。

左侧坐的日本军官，是50岁开外的平野太郎少佐，上宽下尖的脸上一对圆圆的眼睛滴溜溜地转动着，勾勾的鼻头下留着一撮小胡子，看上去活像一只猫头鹰。

右侧坐的是38岁的吉田宽夫中尉，他五官端正，架着一副玳瑁边的近视眼镜，看上去像一位有教养的知识分子。

关东军的重要人物之一土肥原贤二当时兼任着“特务机关长”，平野太郎在他手下协助培训谍报人员，可算是土肥原的得意门生之一，而吉田宽夫又是平野太郎的得意门生。

平野望了望灰沉沉的天空，转了转圆眼睛，心想：利用这行车的时间正好给他上上课。

平野和吉田都是中国通，汉语比较流利。平野不希望开车的士兵听懂他们的对话，便用汉语问道："吉田！你亲手杀过支那人吗？"

"这……"吉田对这句话有些措手不及，"报告长官！也许没有，我不知道……我曾经跟随您参加过战斗，可是我看不清我哪颗子弹击中了哪一个敌人；每次带行刑队处决犯人，那也不是我亲自开的枪，所以……"

"哈哈……"老师笑了，"我很欣赏你对老师的诚实，可是对待敌人可不能诚实，也不能手软，今天我要你亲自尝一尝杀人的滋味—— 一种痛快，一种自豪，一种满足的滋味！让你知道什么是战争，什么是武士，什么是大日本帝国的军人之魂！"

"是，老师！我明白！"吉田激动地说，"不过，老师，我还是更希望到前线去——向南，杀到北平，杀到上海，杀到南京……实现帝国的伟大梦想！"

"巴嘎！"平野冒出了日本人骂人的口头禅，他严肃地训斥道，"你怎么不想想，在支那境内有这么多的帝国军官，为什么偏偏把你的老婆、女儿和岳母接到满洲来？"

吉田冷静下来，认真地回答平野："老师，那是因为我们不是一般的军人，我们负有特殊的使命，我们要深入到支那人的社会中去，让他们相信我们就是真正的支那人，这样我们才能完成在枪林弹雨中不可能完成的任务。"

"很好！"平野意味深长地说，"我要补充一点：以后，不论在任何场合，你说'中国'时，绝对不能再说'支那'，你要说出'支那'两个字，就暴露了你日本人的本来面目，明白吗？"

"明白！"

……

吉普车在一处营地前停了下来，守卫的日军走过来敬礼，验过证件。吉普车开进营房，在临时监狱的外面停了下来。行刑队长跑过来向平野敬礼报告：

“报告长官，”他用的当然是日语，“犯人已经带到指定位置，正等长官发落。”

平野一挥手，队长引着平野和吉田绕过铁丝网，转到后面，就看到被残雪覆盖的一块土地上，十几个蓬头垢面，浑身血污，衣裤破成一片片地挂在身上，早已被折磨得奄奄一息的囚犯相互扶持着，一个个怒目圆睁、毫无恐惧地站在那里。

一阵血腥气味随风袭来，平野用戴着白手套的手捂着嘴，对吉田轻轻地说：“交给你，你说吧！”

“好的！”吉田望了望一排端着步枪瞄准囚犯的士兵，清了清嗓子，大声地对囚犯用流利的汉语说，“你们自己看看，再想想！你们为什么这么死脑筋！情愿受刑，情愿去死！有句话是‘放下屠刀，立地成佛’，投降吧！现在还来得及，怎么样？”

谁知道，回应他的却是一阵阵声嘶力竭的怒吼：

“打倒日本帝国主义！”

“打倒汉奸走狗！”

……

“开枪！开枪！”平野实在沉不住气了，疯狂地吼叫着。

“砰！砰！砰……”行刑队员手中的步枪一齐响了。吉田和平野都迅速地拔出手枪对着手无寸铁的抗日战士们狂射。十几位战士在枪声中倒下了，洁白的雪地上被一片片的鲜血染红。

这一回吉田可是尝到了杀人的滋味，一阵阵恐惧夹着一阵阵痛快、自豪和满足，他狂喜地指着雪地上一具女尸对平野说：“老师！那个女人是我今天亲手杀死的第一个人——我看得清清楚楚……”

“很好！”平野拍拍吉田的肩膀，“你真的进步了，今天对你是一堂很有意义的训练课，现在你还要回答我几个问题。”

“是！”

“第一个问题：为了帝国的最高利益，你在危急时能够毫不犹豫地献出自己的生命吗？”

“能！”吉田回答得很干脆。

“第二个问题：为了帝国的最高利益，必须献出你老婆或者女儿的生命时，你支持吗？”

“为了帝国的最高利益，”吉田稍微停顿了一下，迅速接着说，“我坚决付出一切，包括我老婆和女儿的生命！”

“这可是你自己说的！”平野眨了眨眼睛，用比较温和的口吻又问，“吉田君，今天处死了一批顽固不化的敌人，我忽然觉得有些可惜，你觉得呢？”

“难道留着这些半死不活的敌人还有什么用处吗？”吉田不明白。

平野招手让吉田走到身边，对着他的耳朵悄悄地说：“我忽然感觉到这些半死不活的敌人如果不被处死，把他们送到731部队去，好好喂几天，有的人恢复了健康，就大有用处——要知道，在某些科学研究中，活人是不可替代的试验品……”

“啊！”吉田恍然大悟，轻轻地在他老师的耳边说了三个字，“细——菌——战！”

“很好！”平野诡秘地笑了笑，说道，“那我再问你一句话：兵马未动……”

“粮草先行。”吉田立即斩钉截铁地接下来。

“太好了，”平野说，“还有一句话：养兵千日……”

“用兵一时。”吉田接得更干脆，“老师，有什么任务，您就下命令吧！”

“不急，不急，我不想当着这些死尸说出我们的秘密使命。走，回到军部办公室，我会详细告诉你，然后，你再洗个澡，换一身便服，去接你的老婆和孩子一同回家。”

平野此刻非常自豪，他终于把自己的得意门生训练成了一个小小的魔鬼。

二

吉田宽夫在哈尔滨有一个幸福的家——他的岳母、妻子和女儿都是心地善良的好人。

岳母赵玉兰是60多岁的华裔日本公民，其祖先是中国安徽省安庆城赵氏汉人。清乾隆年间，他投军后跟随安庆回民武探花马大用将军的队伍镇守台湾。乾隆十九年（1754年）台湾鹿儿门发生飓风海啸，马将军亲自指挥将士泅水救起台胞四千余人，赵氏也是功臣之一。马大用将军升任福建水军提督后被调回大陆。

马将军部下有一部分将士留在了台湾，赵氏也留下了。在台湾成家立业繁衍后代，仍保持原来的文化习俗和语言。

一百多年过去了，发生了剧烈的变化——中日甲午战争爆发，清廷腐败，李鸿章拥兵怯战，终于惨败，于1895年与日本签订了丧权辱国的《马关条约》，竟将台湾和澎湖列岛让给了日本帝国，从此包括赵氏在内的台胞便沦为日本统治下的“良民”；而和日本平民之间的交往日渐增多，也有互通婚姻互相融合的。

赵玉兰的父亲是一名中医，他有一个日本弟子名叫木村四郎，为人忠厚善良，喜爱中国文化，而且和女儿一家都是虔诚的佛教徒，因此赵父就将女儿嫁给了木村，迁往东京，在那生了个聪明美丽的女儿，取名木村俊子。

吉田宽夫和木村俊子原是高中同学，小伙子身材适中，五官清秀，学习名列前茅，和俊子二人彼此相爱，高中毕业后木村俊子上了医科大学，而吉田宽夫却上了军事学校，二人毕业后结了婚生下一个漂亮的女儿取名吉田秀莲。当时吉田宽夫的父母和木村俊子的父亲已过世。宽夫遂将岳母接到家中同住，照顾秀莲，操持家务。

军校的教官平野太郎早就是土肥原的爪牙，他对吉田宽夫的家庭现状了如指掌，觉得这样一个熟悉中国文化，会说中国语言，有着华裔亲人的聪明男子很适合到中国大陆做谍报工作，因此1931年日本侵占东北以后便建议将吉田宽夫连同其岳母、妻子和刚刚三岁的女儿一起调到哈尔滨来，成为一名关东军谍报人员，在他手下效力。

宽夫一家住在哈尔滨一条偏僻的胡同里。这是一处中式宅子，规模不大，但有厨房、厕所、三间卧室、古香古色的大厅，还有一间佛堂。

那天傍晚赵玉兰老人做完了晚饭，稍事休息后就走进佛堂来。堂上供的是世世代代供奉的观世音菩萨——端庄的观音菩萨盘腿打坐在莲花座上，一圈莲花绕在她的周围，朵朵莲花白中带红。

老太太点燃一炷香，高举过头向菩萨默默祈祷：“啊，救苦救难的观世音菩萨，我求您救救我们吧！”

老太太从东京到哈尔滨已经六年了，耳闻目睹地亲历了日本人对中国人的奴役和残暴，她痛恨日本人的毒辣，痛恨蒋介石的不抵抗。可是，她却不能说出来，现在她的女儿是日本人，是军医，正在医治那些在追杀中国义勇军的战斗中负伤的屠夫们，她的外孙女是高小的学生，而她的女婿是关东军特务机关的神秘人物。女婿在家里从来不说自己都干了些什么，但是可以感觉到他变得越来越可怕。尽管他在家里总是面带笑容，温文尔雅，可是越这样越令人感到莫名的恐惧。

赵玉兰此时唯一能做的事就是向观音菩萨祈祷，举起香火向菩萨顶礼膜拜。她热泪如泉水般涌流两颊，心里想着：恶有恶报，善有善报，不是不报，时候未到。菩萨！饶恕我吧，我明明知道冤冤相报永无宁日，可是我的心里充满着仇恨，我希望帝国主义魔鬼受到惩罚，我希望我的宗邦、我的祖国强大起来，我希望，到那一天，再没有战争、杀戮、仇恨，全世界人民互相友好，亲如一家，过着太平的日子……

正当她全神贯注地祈祷之时，大厅的门呀的一声被推开了，一个铜铃般清脆的笑声高叫着："姥姥，我回来啦！爸爸、妈妈也都回来啦！姥姥，您在哪儿？"

老太太回过神来，一边亲切地叫着："秀莲小丫头，你回来啦？"一边快步地走进厅里，外孙女解下书包往椅子上一扔就跑过去一头扎在姥姥怀里，撒娇地叫着："姥姥！"

"姥姥的祖先是安徽安庆人，安庆话怎么叫姥姥？"

"叫外婆！"秀莲说。

姥姥摇摇头："不对！"

"叫家婆！"秀莲立刻更正。

"声音不对！"

"怎么不对？您查字典，没错儿！"

"字典里查不出来，安庆人把'家'字读成 ga——就像咖喱粉的咖，不读 jia。"

"妈！"俊子说，"别抠字眼啦，我们都饿了，做什么好吃的啦？"

"哦，我老糊涂了，你们仨都去洗了手，我这就给你们开饭——保证让你们流口水！"

……

等木村俊子、吉田宽夫和吉田秀莲换了家常衣裳，洗了手脸回到厅里时，看见方桌上摆的菜是小鸡炖蘑菇、牛肉粉条熬大白菜、清炒土豆丝，还有一个被大碗盖住的大盘子，一碟白糖，再就是米饭，清香的茶……

“很不错嘛，都是我喜欢吃的。”吉田欠身行礼，“多谢岳母大人。”

“一家人，不要客气，都坐下来吃吧。”这是中式客厅，吉田和俊子对面坐下，按中国的习俗，老太太坐上方，外孙女秀莲坐下方。这时秀莲沉不住气了，指着盖了大海碗的盘子问：“家婆，那里头是什么？”

家婆把盖着的碗唰地打开，露出几块圆圆的、黄黄的油炸糯米粑。

“啊，寿司！”吉田惊喜地叫起来，“用油炸过了吗？”

“爸爸错了，这是糯米粑！是我家婆中国老家的特产，我吃过。”小秀莲说。

“对，对，是糯米粑，我好像也吃过。”吉田连忙纠正，“很好吃的。”

小秀莲迫不及待地拿起筷子就夹，被她妈妈拉住了手，俊子说：“小丫头，你妈妈和你家婆要先考考你——听好了，回答我们的问题。”

“问吧！”秀莲满不在乎。

于是就有了以下的儿歌对答：

妈妈：小小孩儿，

秀莲：剃光头。

妈妈：哪里去？

秀莲：家婆家去。

家婆：做庅事？

秀莲：吃糯米粑。

妈妈：什么糯？

秀莲：红果糯。

家婆：什么红？

秀莲：山楂红。

妈妈：什么山？

秀莲：柞山。

家婆：什么柞？

秀莲：油炸。

妈妈：什么油？

秀莲：菜油。

家婆：什么菜？

秀莲：青菜。

妈妈：什么青？

秀莲：我是家婆的小亲亲！

“好，好，好。”家婆眼中涌出泪来，“小亲亲，小亲亲，快开吃吧！”

于是一家四口兴致勃勃地吃起来了，一边吃，一边夸好吃，吃饱了又喝茶，十分开心。

俊子对老太太说：“妈，谢谢您了，这顿饭吃得真开心，女儿唱支中文歌给您听吧！”

“什么歌？”秀莲问。

“《母亲》。”俊子说，“现在啊，中国南方北方到处都在唱。”

秀莲说：“那我跟您一块儿唱，家婆是您母亲，您是我母亲。”

"太好了，"俊子起了个音，"唱吧，一、二、三！"于是母女俩非常动听地唱起来：

母亲的光辉好比是灿烂的旭日
永远地，永远地照着你的身
母亲的慈爱好比是和煦的阳春
永远地，永远地温暖着你的心
谁关心你的饥寒，谁督促你的学业
只有你伟大慈祥的母亲
她永不感到疲倦，她始终打起精神
殷殷地希望你上进
为了你尝尽了人生的苦辛
她太疲劳了
你不见她的额上已经刻上一条条的皱纹
可是你怎样报答母亲的深恩

"太好了！"老太太走过来把女儿和外孙女都搂在怀里，流着热泪，"好孩子们，我没有白疼你们。"

"好，好！"吉田宽夫拍着巴掌，假作委屈地说，"你们三个这么亲热，就把我撂在一边，不怕我吃醋吗？好，我也唱一首歌谣，夸夸我的宝贝女儿。"于是他拍起巴掌说这首顺口溜：

小丫头，洗脸不梳头
一天三顿打
三天九顿抽
小头梳得光溜溜

苍蝇叮不住

蚊子翻跟头

“好！”俊子鼓掌称赞，“想不到你也暗地里学习安庆童谣，很像那么回事，不过我可不准你抽打我的女儿！”

“爸爸坏死了！”秀莲委屈地抹着眼泪，“我啥时候洗脸不梳头来着？你一天三顿打，三天九顿抽，你想打死我呀？”

“我又没说你，我说的是小丫头，小丫头不听话就得打，你是听话的小公主，我怎么舍得打你呢？”吉田一把抓住女儿的手拉过来，抚摸着她的头发，“秀莲，告诉你一个好消息，爸爸以后不穿军装了，爸爸要改行做生意了，以后你就跟爸爸做生意，爸爸天天给你梳头好吗？”

“真的吗？”老太太问，“那，俊子还穿军装吗？”

“我也脱军装了！”俊子说，“我要调到一个研究院去工作，不再和那些受伤的军人打交道了，我们的长官跟我谈过了，妈妈你高兴吗？”

“当然高兴。”老太太脸上绽出笑容，“当兵是要打仗的，打仗就要流血，就要伤人，死人，多造孽啊！菩萨保佑，不当兵就好，感谢大慈大悲的观世音菩萨……”

老太太立刻转身走进佛堂去祷告了。

三

第二日一早，俊子就被一辆日本军车接走了，说好到了研究院若没什么要事，当晚便可回来。可是家婆与小秀莲等啊等啊，直到东方发白，仍不见俊子回来。又等了一天一夜，又一天，又一天……一个月过去了，还是音讯杳无。尽管吉田宽夫面对岳母和女儿的质问，表现出极不耐烦的情态，甚至安慰她们俊子一切安好，正在封闭科研，可是他心里也常晃动着一种不祥的预感，因为他心知肚明，妻子被派去的地方根本不是什么研究院，而是731部队的细菌战研究室——那是一座以中国人的生命作为试验品的杀人工厂。

吉田宽夫终于沉不住气了，硬着头皮来找他的恩师平野太郎。

“我知道你会来找我。”平野说，“坐下吧，有话慢慢说。”

“老师，”吉田没有坐下，很不好意思地说，“我老婆木村俊子已经一个月没回家了，又没办法和她联系，我岳母和女儿都很惦记。”

“难道你不惦记吗？”

“当然，不过我是关东军特务机关的人员，是您的学生，我比她们坚强。”

“坚强？很好，很好！那你就坐下吧。”

“是。”吉田坐下了。

平野对他亲切地说：“告诉你一个好消息，木村俊子女士已经来到了我这里，我这就让她跟你回家。”

“她在哪里？”吉田又惊又喜，巡视一周，见不着人影，“怎么不见她？”

“她在那里！”平野指着左侧一个大立柜说，“你来看！”

平野打开柜门，在柜子上方端端正正地放着一个骨灰盒，上面贴着一张纸条，写了四个字——木村俊子。

吉田的脑袋仿佛受到了重击一般，顿时感到天旋地转，几乎倒下了，他勉强控制住自己，保持一个大日本皇军军官的尊严，终于站住了。

平野却若无其事地说：“俊子已经为天皇尽忠了，这是你的荣耀。她的确对传染病有一定的知识基础，潜力很大，不过她致命的弱点是对那些试验对象有着不必要的同情心。她曾经要求离开研究院，没有批准。她还拒绝给试验者打针，受到了斥责。她怀着不情愿的心情操作，在自我防护方面出了漏洞，终于和那些试验品一样受到了感染，和他们一同升天了。”

“难道没有进行任何治疗吗？”吉田问。

“如果来得及治疗，试验就有缺陷，俊子女士她迅速的死亡证明了我们的技术是非常先进的，杀伤力是巨大的。你妻子的死是值得的，她等于是用自己的生命进行了一次成功的试验，祝贺你！”平野伸出手来。

吉田知道，他再说什么都是于事无补的，而且是危险的，他顺从地用颤抖的手和老师冰冷的手相握。

平野和蔼地说：“记得吗？在那次对罪犯执行死刑之后，我曾对你说过十六个字。”

“记得，养兵千日，用兵一时。”

“还有呢？”

“军马未动，粮草先行。”

“不错！”平野那猫头鹰式的圆眼睛眨了几下，很严肃地说，“要想迅速占领全中国，必须具备许多条件，重要条件之一便是军队粮草的供应必须依靠中国当地资源。我们必须在安徽的安庆、芜湖以及南京、上海这一带得到粮食来源，暗中有一定储备，这就需要和一些对日本友好的人士合作，让他们受到保护，赚到钱，而我们只有打通了粮食供应的通道才有可能逆江而上，进军武汉。现在安庆码头工人大多都是回教人，非常强悍，我们怀疑这里面暗中有共产党的势力。情况非常复杂，必须用不一般的方法去完成工作。安庆方面我们派你去，带着你的女儿，你们的中国话都说得很好。你要好好地训练你女儿，让她听话，带着她更可以避免有人怀疑你的身份，具体情况我会让专人对你详细交代，明白吗？”

“明白！”

“好孩子！”平野拍拍吉田的肩膀说，“真是难为你了，一个优秀的皇军特工是经得起任何考验的。不过，你的身心需要调整一下，今晚我派人带你去一个地方，那里有美酒，也有美女，更有快乐，你会得到安慰，会激发你的斗志，你现在太郁闷，去好好地放松一下吧，哈哈……”

赵玉兰老太太一宿没合眼，可怜的外孙女秀莲躺在她身边，脸上还留着泪痕。黎明时分，突然响起重重的敲门声，她连忙起身披衣，走至门口，问道：“是秀莲她爸回来了吗？”

外面回应：“请开门，吉田长官回来了！”于是老太太开了门，两个日本士兵架着醉得神志不清又衣冠不整的吉田宽夫走进来，后面跟着另一个士兵，抱着个布包包，进屋后把布包包放到桌上，对老太太敬了个礼，说：“平野少佐命令我们带着这个包包开车去一个地方，把吉田中尉接送回家。”

“谢谢，”老太太说，“麻烦你们把他送进卧室去吧。”

“是！”三个士兵在老太太的引导下把吉田架进卧室放在床上。老太太送他们出去，刚关上门就听见背后秀莲声嘶力竭地哀叫：“妈！妈！妈……”

秀莲被吵醒，一进厅后看见这个布包，打开一看，是贴着妈妈名字的骨灰盒，便一下子崩溃了。

老太太跑过来扶住外孙女，看见了女儿的骨灰盒，她一直担心的事情终于发生了，扑在骨灰盒上痛哭。

“女儿，我的女儿，这是怎么啦？你这是怎么啦？”

“家婆！”秀莲热泪如雨，发狂地号叫，“我爸爸回来了吗？我要问他，我要他还给我一个妈妈！”

秀莲冲到父亲的卧室里，就闻到了一股强烈的酒味，看见爸爸神志不清地躺在床上，便去摇晃他的身子，哭叫着：“爸爸，爸爸，我妈妈怎么啦？”

吉田宽夫睁开眼，看见了女儿，模糊不清地说着：“你，你，你干什么？还不给我再倒一杯酒！”

“告诉我，那骨灰盒是怎么回事？我妈妈真的死了吗？是谁杀死了她？”

吉田似乎是听懂了：“哦，你是说你妈，木村俊子，我的老婆，她，她没有走，她在……在……细菌战研究院……感染了……中毒，她和那些试验品……那些支那人一起中了毒……升天了！一起在焚尸炉里，烧成了，烧成了灰……她没有走，她的骨灰回来了，她证明了那个菌种是有效的，她了不起，她立了功！”

秀莲疯狂地对她爸爸吼叫：“你说那是个医学研究院，其实是一个用细菌杀人的地方，妈妈心地多么善良，她怎么会去杀中国人？于是你们便杀了她，是你害死了我妈妈！”

“巴嘎牙路！”吉田突然坐起来，“啪！啪！”左右开弓打了秀莲两个大耳光，对她怒吼着，“为了帝国的利益，你妈妈，你爸爸，还有你，都要为天皇效忠，不惜生命。过不了多久，我要带你去南方，你要是不听话，我杀了你！”

老太太冲过来挡在秀莲的身前哭叫着：“你这个醉鬼，我女儿哪点对不住你？你居然害死了她，现在又想害死秀莲？”

“哈哈……”吉田狂笑着，“三条腿的蛤蟆找不着，两条腿的美女有的是，慰安妇……慰安妇……比你女儿年轻漂亮的有的是。小秀莲，你要听话，我会保护你的，要不然，别怪我抽你，打你……”

话没说完，就倒在地板上不省人事了。

“不管他！”老太太一把拉起外孙女走出卧室，把房门关上，两个人同时伏倒在骨灰盒旁痛哭。

秀莲说：“妈妈，他不是爸爸，他是大魔鬼！妈妈，我要替您报仇！”

老太太捂住她的嘴，轻轻地说：“别让他听见，孩子。这个家已经破碎了，你爸爸已经是一个六亲不认、杀人不眨眼的魔鬼了！他不爱你妈妈，也不爱你，他只爱杀人刀上的血。他不只杀害善良的中国人，他也害了善良的日本人，哪怕他的妻子……孩子，如果他要带你去帮他害人，你可要小心，不要跟着造孽，要保护好自己。小心，他弄不好也会杀了你！”

“那，您呢？”秀莲问。

“我？”家婆凄然落泪，“如果我没有被害死，我会抱着你妈妈的骨灰盒，到附近的清修庵里去修行，祈求菩萨惩罚恶人，保佑你，保佑好人，让众生都过上平安日子。”

“我也跟你去！”秀莲说。

“傻孩子！这个魔鬼不会让你跟我去的，你的孽障还只是刚开始，你要坚强，要机智，要时时祈祷，你我要是都逃过了灾难，你就到哈尔滨来找我，我们可以一道回到台湾去，那里还有我赵家的亲人。”

这时，从吉田的卧室里传来了这个醉鬼魔头在噩梦中的呓语：

……

一天三顿打

三天九顿抽

小头梳得光溜溜

苍蝇叮不住

蚊子翻跟头！

四

浩浩长江滚滚东流，在那屈辱的年代昼夜呜咽着。

在安徽省西南，长江北岸的安庆，大南门有一处叫作“探花第”的所在，乃是清朝著名武探花、爱国回民将领马大用将军府第的遗址。这一带是回族民众聚居之地，其中近半数回民都姓马，乃是探花公的后代。安庆的回民具有爱国主义的光荣传统，非常团结，和汉族人民之间友好相处十分和谐。回族人坚持正义，嫉恶如仇，且多习武术。安庆的军警及地痞流氓对大南门的回民是不敢欺侮的，所以就有“安庆的马儿欺不得”这一口头禅，这句话一代代传下来，不知不觉变成“安庆的马儿骑不得”了。

安庆周边广大地区生产粮食，而安庆南面紧临长江。大型轮船上下往来频繁，大南门外水路码头就成为粮食运出的口岸。日本人以前在中国开了洋行，主要目的就是沿岸搜购粮米，由海路输出赚大钱。九一八事变之后日本人在此搜购粮米主要目的便是囤积起来以供进一步发动侵华战争之需，这叫作“吃了中国人种的粮食来杀中国人”。日本人敢这么做也是依靠某些人——包括贪官污吏、反动军阀、大地主、奸商这些只顾赚钱、不讲良心的坏家伙在暗中支持，互相勾结来实现的。这些人其实都是汉奸，他们自己不露面，由狗腿子来操作。当时民间流传着一段顺口溜揭露了这个现象，说的是：

鬼子吃饱把人杀

汉奸卖粮来喂它
洋钱钞票带血赚
国家民族管他妈

安庆大南门长江码头的搬运工大多数都是戴白帽的回民，其中一半以上都是姓马的回族。这些码头工人没有钱，只靠力气吃饭。但是穷回民爱国，有志气，眼里揉不进沙子。听了这种打油诗，肺都气炸了，宁可不挣钱饿肚子，也不肯用自己的肩膀扛着粮食上轮船，让鬼子吃饱了来杀我们的头，亡我们的国。于是码头工人一见了粮食口袋就不肯搬运，进行了自发抵制的个人行为。码头维持秩序的保安队来干涉，工人们根本不买账。保安队奉命千万别开枪，有时和工人们吵起来根本不敢惹这些安庆的“马儿”。如果拳打脚踢，绝对斗不过这些从小练武的码头工人。

山雨欲来风满楼，这些零星的冲突只不过预示着：码头上的一场暴风雨就要来临了！

在安庆清真小学的地下室里正在开着一个重要的秘密会议，参加会议的只有四个人。

一位是安庆清真寺的伊玛目（教长），75 岁的马若愚阿訇。他身材高大，鹤发童颜，头缠白布，一对寿眉下双目炯炯有神，银须飘曳在胸前。这位老人终身未婚，以寺为家，文武双全，是位有勇有谋的长者，也是多位回民的武术师傅。

另一位是 35 岁的沙梅英，她是马若愚妹妹马若芙的女儿。远看她，眉清目秀，亭亭玉立，就像 20 来岁的美女。近看她，盘起的黑发中已夹杂着几根银丝，俊俏的眼中透出了隐隐的忧伤——她的丈夫在江西打工时参加了红军，在长征途中不幸牺牲。但她是坚强的共产党员，又是伊玛目的习武高徒，现在还是清真小学的校长。

还有一位年轻的小伙子名叫马肇刚，今年才25岁。他是码头工人联合会的会长。此人身高体健，浓眉大眼，鼻直口方，白帽下面常露出一片黑油油的天然卷发。身上肌肉发达，一看就知道是个练家子，他是伊玛目的徒弟，沙梅英的师弟，也是党的外围积极分子。

正在讲话的是一位40来岁，留着小胡子，有点像教书先生的男子。他瘦削的脸庞和晒黑的皮肤说明他经常在外劳碌奔波，那双不大的眼睛里闪着坚定的光芒。他就是中共安庆地区地下党的特派员柳川，此刻他正压低了嗓门在说：

“去年（1936年）张学良、杨虎城二位将军发动‘西安事变’以后，蒋介石被迫接受了停止内战、联合抗日的条件。《国共合作宣言》公开发表，抗日民族统一战线已经形成。但是蒋介石的国民政府及军队仍在实行压制人民抗日力量发展的方针，片面抗战，消极防御。政府及军中派系林立，各怀私心，更有少数汉奸败类不顾民族大义暗中搜购粮食，以大价钱卖给日本人来发国难财，让敌人有力气来杀中国人！这种伤天害理的卖国勾当我们坚决不能答应！”

“罢工！”马肇刚激动地拍着桌子，站了起来，“南门码头工人总罢工！让码头停摆，我看他怎么把粮食运上大船！”

沙梅英说：“肇刚，你想过没有？你们码头工人罢工，保安队就来干涉，势必造成冲突，甚至流血事件，然后地方军政长官就会借故把轮船码头搬到东门去，另招一批码头工人来代替你们，粮食还会照样运上轮船。”

肇刚说：“我带人守住码头的趸船，谁要把趸船拉走，我们跟他拼命！”

“拼命？”沙梅英说，“拼命就解决问题了吗？你能不能换一种方法来思考？你想想，如果粮食根本运不到码头来，趸船搬到哪里也没用，谁当码头工人都没有粮食可运！”

“好，好，”伊玛目笑着点头，“这就是说，我们来它一个釜底抽薪，想办法让一颗粮食也运不到码头上来，当然也就上不了轮船喽。”

“这么说，不罢工啦？”肇刚问。

“为什么不罢工？”柳川同志激动地说，“要大张旗鼓地闹罢工！搞得热火朝天的，把汉奸们的注意力尽量集中到码头——这是肇刚和你师姐沙校长的事。同时，派一些我们的同志分头去‘照顾’一下四乡土豪劣绅的粮食仓库，让那些粮食运不到城里来。有机会就弄了粮食藏到山里去，作为今后抗日游击队的军粮，这就叫作‘明修栈道，暗度陈仓’，当然这些是我们游击队的事。”

“好，这么一讨论就有了主意，就这么办！”马肇刚眼中放光。

五

安庆大南门外轮船码头的工人开始大罢工，码头上只留少数搬运工人为上下轮船的旅客搬运私人的行李，所有的货物、粮食一律停运。轮船公司和“跑水”的商贩大伤脑筋，没过几天，轮船公司只得暂停安庆码头的业务，江轮路过安庆，汽笛凄厉地鸣叫一阵，就把安庆码头甩掉了，根本不停靠。这样一来，慢说安庆码头上根本没有粮食，就是有粮食也只能“望江兴叹”，根本运不出去。

那日天气晴朗，阳光灿烂，江边码头趸船的桅杆上挂着红布大横幅标语，上面写着：

码头大罢工，不给魔鬼运粮食！

江风吹来，横幅被刮得哗啦啦地响，近百位码头工人分布在趸船上和岸边，人人头戴回民白帽，身披码头号衣。一个个身强力壮，站在那里，在罢工总指挥马肇刚的引领下高呼口号：

——不准鬼子吃中国粮食来杀中国人！

——牢记“九一八”，誓报血泪仇！

——打倒日本帝国主义！

——打倒汉奸卖国贼！

……

江岸上有许多群众围在那里，跟着高呼口号，表示声援。有的送来鸡蛋、饭团子、大饼，还有整桶的绿豆汤，来表示慰问。这码头真是热火朝天，令人热血沸腾。在人群的外围，散布着一圈荷枪实弹的安庆保安队队员。上级给他们的任务是：“维持码头秩序，不得妄自行动，听候上司命令。”而此刻他们的保安队长潘大嘴正在附近临江宾馆的楼上观看动静。

这个小小的宾馆里现在只有二楼临江的一间大房里有人住，临江的大窗户向外敞开着，里面却拉上了薄薄的窗帘，从窗帘的一侧空当里可以清楚地看见码头上的动静，保安队长潘大嘴此刻正守在那里看着干着急。

此人本名叫做潘达岁，由于生着一张大嘴，笑起来嘴角咧开差点碰着耳朵，露出了满嘴的大金牙，叫人见了就恶心，所以大家干脆叫他潘大嘴。此人是土匪出身，被他的主子们收容作为卖国通敌的走狗。他的主子们现在是军政要员，当然不肯公开露出汉奸身份。所以向日本人卖粮食的事，由潘大嘴来经手操作。

在窗户跟前的桌子旁边坐着一大一小两个人，一个是装扮成东北难民的日本间谍吉田宽夫，他现在已改名为齐广田；坐在他身边的是他的九岁女儿吉田秀莲，现在已改名为齐秀莲。这个齐广田是奉了平野太郎的密令专门化了装到安庆来搜购粮食的。他的任务之一是把已经通过潘大嘴预订的那批粮食运送到南京，那里已安排有人接收；二是弄清楚安庆附近各地粮食的状况，以备战争发生后征粮之便。当任务完成后他将找到一个秘密联络点，通过电报和他的老师平野太郎联系。那时他将按指示路线回到日军某个驻地，编入战斗部队，在平野直接领导下杀向南方，主要任务还是为皇军筹集军粮。之所以让他带着九岁的女儿，是为了提高伪装成东北难民的可信度，同时将小秀莲训练成一名优秀的特工。

在吉田秀莲跟随父亲南行之前，她的家婆找机会含着热泪对她说："孩子，我是中国血统，你妈妈和你都是有中国血缘的。家婆我不恨日本的老百姓，我恨的是那些军国主义的恶魔。现在你父亲也要带你去害中国人，你要是不听话，他会杀死你。他心里早就没有了你妈妈，早就不把你当亲生女儿了。孩子，家婆没有能力救你，你要自己救自己，不要做伤天害理的事情……"

家婆的话字字滴血，浸透了秀莲的灵魂，可怜一个年方九岁、天真美丽的姑娘却承受着成年人经受不起的痛苦。这一路上跟着这个魔鬼父亲，听他散发着血腥气味的教诲，稍有忤逆便遭毒打，秀莲不得不怀疑：他是我的亲生父亲吗？结论是：他不是！他是杀死我妈妈的帮凶，他随时随地都可以杀死我。家婆，家婆！我真想抱着您老人家痛痛快快地大哭一场。

秀莲的思路被潘大嘴的粗嗓门打断了。

"我说齐先生，你老先生真沉得住气啊！码头上罢工，乡下的粮食还没运到，运到了也没人搬上船，连轮船都不靠岸。上司又不露面，叫我这个保安队长怎么办？等粮食来了，没有搬运工，我怎么把粮食交给你。你和上司怪我，老百姓骂我，我他妈猪八戒照镜子，里外不是人了！你倒是给我拿个主意啊！”

齐广田冷笑一声道：“你真够混蛋的！你们接了我的订金，交不上货怪我吗？你的老板不敢露面，派你这个笨蛋来处理这种麻烦事，光想挣钱不负责任。”

“哎呀，齐先生！”潘大嘴叫起苦来，“现在局势这么紧张，你叫我上司老板怎么敢出来？把粮食卖给你们，公开了，就是汉奸，要掉脑袋的！”

齐广田叹了口气说：“好，我先咽下这口气，给你出个主意：现在如果粮食运到码头来了，你们可以把这些罢工的回回抓起来，或者撵走，另外找些工人上码头。通知轮船公司让船靠岸，把粮食搬上船。”

“天爷！”潘大嘴说，“那些回回苦力你敢抓、敢撵吗？他们有武功——安庆的马儿骑不得呀！”

“你的枪杆子是吃素的？”齐广田问。

潘大嘴说：“动了枪杆子，事情闹大了，怎么收拾？我这个汉奸替死鬼扛得住吗？再说，你要的粮食也就没啦！”

“唉！”齐广田走到窗帘旁从空当里观察码头，“我想个办法……”他看见那里冒着热气的水桶，如获至宝，指着问：“大嘴，那桶里装的是什么？”

“绿豆汤呗，慰劳罢工的苦力的，天热，又解渴又解暑啊。”潘大嘴说，“你问这个有什么用？”

齐广田说：“在那些绿豆汤里放点什么东西，让那些骑不得的马儿喝下去全部趴下，武功再好有什么用？不用开枪，把他们抬下去，等粮食运到码头，换一批苦力来搬上船不就成了吗？”

潘大嘴大嘴一咧：“好，你这个主意好！可是怎么到桶里放东西？放什么东西呢？”

齐广田说：“那是我的事，你不用管，你只要能把我保护好就行了！”

潘大嘴说：“好，我保护你，保护你！就这么着，老天保佑，回回一倒，粮食运到了码头。另一拨苦力一上，这就成了！要是粮食运不到呢？”

“运不到等啊！这回回们趴下了，十天半个月是站不起来的！”齐广田回头对齐秀莲说，“乖女儿，这回要看你的啦！”低头对着秀莲的耳朵如此这般交代一番，然后打开柜子，从书包里取出一个小瓶子来。

江边码头围成一圈的人群往两边散开，让出一条路来。清真小学的女校长沙梅英领着一群男女小学生走进圈子里来，面对码头排成两排。沙梅英站在前面对着码头工人们大声说：“各位工人师傅们，辛苦了！你们怀着满腔的爱国热情，实行了罢工，我们安庆清真小学的全体师生坚决拥护你们！下面我们演两个小节目以表达我们的慰问之情。”

这时一个小男孩走出来报幕：“第一个节目，大合唱《义勇军进行曲》，请大家和我们一起唱！”于是他转过身来指挥大家慷慨激昂地唱起来。码头工人、四周的群众和小学生们一起唱着这首歌，大家流着热泪，心潮澎湃地唱着，唱完以后便是一阵热烈的掌声和口号声：

——把我们的血肉筑成我们新的长城！

——冒着敌人的炮火前进！

——打倒日本帝国主义！

——罢工到底，决不屈服！

小男孩走出来继续报幕："下面还有一个节目——武术表演，由清真小学九岁的马玉莲同学为大家演练一套'十二路弹腿'！"

说话间站出一位小姑娘，身穿夏季白色练功服，圆圆的苹果脸，双目有神，两条黑油油的大辫子拖在脑后。她站定了先抱拳行礼，然后大喝一声开始表演。这套十二路弹腿本是安庆探花第回民马家拳的基本拳法，以腿功为主，拳臂有机配合，拳后藏腿，腿后藏拳，拳腿交替，频频出击，腰身妙转，环环相扣，交替无痕，绵绵不断，看似简单，内含玄机。十二路练罢轻松完成收势，安详庄重，拳技既精，风姿又美，引得掌声雷动，一致叫好。

打拳的小姑娘马玉莲，乃是沙梅英的女儿，当下母女二人连忙抱拳谢幕，沙梅英说："谢谢大家捧场，天气炎热，不宜多演节目，今天我们熬了绿豆汤，还是请工人师傅们先解解渴吧！"

"请等一等！"人群中一位知识分子模样的中年男子，鼻子上架着玳瑁边眼镜，文质彬彬地将一个小女孩牵了出来，对大家说，"我们是东北哈尔滨人，这孩子的母亲是被日本人杀死的。我们逃亡，流浪到南方，让这孩子唱一首歌表一表对码头罢工的支持和敬意，可以吗？"

沙梅英一怔，问道："唱什么歌？"

女孩子说道："《母亲》！"

"好！"沙梅英说，"可怜的孩子！唱吧，大家欢迎！"

一阵掌声过后，小姑娘开始唱，这首《母亲》在20世纪三四十年代很流行，沙梅英和大家都认真地听，但是她心中有些说不出的不安，眼睛望着这个小女孩的父亲，他却缩到人群身后看不见了。

歌声唱的是：

母亲的光辉，好比是灿烂的旭日

永远地，永远地照着你的身
母亲的慈爱，好比是和煦的阳春
永远地，永远地温暖你的心
……

唱了一半，小女孩突然悲从中来，失声痛哭，群众认为她是怀念被日本人杀害的母亲，深受感动。

“好了，别伤心，别往下唱了！”

“这孩子真可怜！”

“日本鬼子把人害苦了！”

沙梅英感到有点不对劲，上前扶住这悲伤过度的孩子，谁知这孩子竟站不住，倒在沙梅英的肩头，像是昏厥过去了。沙梅英抱起孩子，四顾高呼：“这孩子他爸爸呢？快来呀，孩子中暑了！”

群众中有人高叫：“孩子他爹，快给她喝碗绿豆汤！”

沙梅英万万没有想到这孩子对着她的耳朵轻轻地说：“我父亲是日本特务，他在绿豆汤里下毒，害你们。快，快把绿豆汤倒掉，我不想跟我父亲走，是他杀死了我母亲，他还会杀死我的。快，绿豆汤！”

这时，女孩子的父亲突然从人群中慌忙地跑进来了，惊呼：“孩子，怎么啦？”从沙梅英怀中抢过孩子，扛在肩上，惊慌地说，“这孩子犯病啦，我得赶紧送她到医院去！”一转身，背着孩子就跑。

六

码头上乱作一团，马肇刚等工人跑过来问：“怎么回事？”沙梅英说："快去抓住那个背着孩子跑的男人，他可能在绿豆汤里下了毒，快，这里有我哩！"

马肇刚指挥着一个青年挑走绿豆汤，对工人们一挥手："跟我来！"大家一起追过去，不料此时潘大嘴带领保安队员挡在前面，只见他咧开大嘴高声狂叫：

"干什么？干什么？不好好干活闹罢工，人家来慰问，你们不知好歹还抓人，反啦！都给我回去，要不然老子开枪啦！"

这时沙梅英赶来了，对着潘大嘴说："刚才我们马若愚伊玛目看了绿豆汤，里面是被放了毒，伊玛目是有名的老中医那还有错？是那个冒充东北人的鬼子放的毒，快和我们一起把那个坏蛋抓住！"

潘大嘴说道："抓人要有证据，谁看见他放毒来啦？"

"是他女儿揭发的，还有错？"

"开玩笑！"潘大嘴说，"哪有女儿揭发她爹的，她女儿呢？"

"你明知故问！那个放毒的人刚才背着唱歌的女孩子从你身边跑过去的，你装什么蒜？"

"不跟他废话了，再过一阵子，坏蛋就跑了，女孩子说不定有什么危险哩！"马肇刚急了，大叫，"潘大嘴，你再挡住我们，就别怪我们不客气了！"

"哎呀！"沙梅英突然尖叫起来，"玉莲呢？我女儿马玉莲呢？"

原来马玉莲眼尖，看见那个男子背着唱歌的女孩飞跑，来不及细想就立即追过去。她个头小，从人缝里钻出去，疾如闪电。只见那个坏蛋从临江宾馆侧门跑进去了，她跟在后面跑进去，上了楼梯。那男子一手抓住唱歌女孩的衣领一手举着明晃晃的一把匕首正在盘问："你刚才对那个女的说什么了？你说我去下毒了是不是？"

"住手！"小马玉莲跑进屋高声怒吼，"放了她，否则对你不客气！"

吉田宽夫已经没有退路，挥动匕首直向马玉莲刺去，而他女儿秀莲却迅速扑过来抱住他的大腿，马玉莲趁机躲过，随即一弹腿踢到对方肚子上，秀莲趁机来夺匕首。怎奈人小力微，反被她父亲一刀刺在左胸膛，鲜血四溅。这吉田宽夫不敢逗留，一手提着手包，一手拉开窗帘，看见了潘大嘴，就往街心跳下去。这一跳恰恰跳在潘大嘴的面前。

原来，马肇刚和沙梅英领着一群码头工人来冲击保安队长的警戒线，保安队不敢开枪。近身和回民们对抗，他们绝对不是对手，手中的步枪就像烧火棍一般不起作用。潘大嘴只好领着队员们慢慢往后退，退到临江宾馆这儿，沙梅英和马肇刚带着一位工人立刻进了宾馆。正好吉田宽夫此时跳了下来，潘大嘴这下可没法保护他了。万般无奈，只好拔出手枪来，想对天开枪把局面镇住再说。不料他还没有举枪，就听见了一阵枪响："砰！砰！砰……"他心想，坏了，回民开枪了，这就要打仗了！可是对面的码头工人并没有开枪啊。

"潘大嘴！"一个声音在身后怒喝起来。潘大嘴一回头，见是国军驻安庆城防司令部的刘副官，身后还有约一个排全副武装的正规军人围了过来，就像抓住了救命稻草一样地敬了个礼，说道："报告刘副官，回民在码头罢工，我奉命维持秩序，不料他们要擅自抓住这位东北逃难来的难民，我劝说不听，还要夺我们的枪。"

"不对！"这时刚刚赶来的马若愚伊玛目抢过话头说，"刘副官，这个日本人化装成中国难民在绿豆汤里下毒，被我们发现了。所以要协助保安队捉拿归案，不想这位潘队长却一味刁难，就此发生争执。"

刘副官是认得伊玛目的，知道此人德高望重，连司令都不愿轻易得罪他，于是笑容满面地说："伊玛目先生，真是对不起！"回过头来，"啪！啪！"左右开弓打了潘大嘴两个耳光，立即发令，"杨排长，把这个日本人和潘大嘴给我抓起来！"

杨排长指挥士兵将吉田宽夫和潘大嘴抓住，用绳子反绑双手。这两个人竟一点也没敢反抗。刘副官对杨排长下命令："将这两个人押回司令部，我们要严加审讯，依法惩处。"

"等一等！"这时临江宾馆的门打开了，马肇刚和一位码头工人用门板抬了一个遍身血污的女孩走了出来，随后跟出的是沙梅英牵着她女儿马玉莲。

沙梅英上前几步高声说："刘副官，您到清真小学来过，我认得您，请您主持公道！那个日本人在绿豆汤里下毒，怀疑是他女儿告的密，竟把他女儿杀死了，真是禽兽不如！"

刘副官走上前看看门板上血泊中的女孩，没有试出鼻息，回头大骂日本人："你这个没有人性的禽兽！虎毒还不食子呢，你连禽兽都不如！"又对杨排长说，"还不赶快押送到司令部里去。"

"是！"杨排长一挥手，几个士兵便端枪押着吉田宽夫和潘大嘴离开。这时吉田宽夫却出人意料地大哭起来："秀莲，秀莲，我不想杀死你，你是怎么死的？秀莲，我的女儿，女儿呀……"惹得潘大嘴也大哭大叫："刘副官，我执行命令，我没有做错，我冤枉啊！"

这时伊玛目马若愚对沙梅英使了个眼色后对刘副官说："刘副官，这个女孩子是个好孩子，她是无辜的，总不能把她扔到长江里去吧。你来看看，如果没什么问题，就由我负责把她埋到城外坟山上去吧，你看呢？"

刘副官很痛快地说："那就拜托了！"

于是马肇刚等二人抬着门板，迅速跟着伊玛目进了大南门。原来，善于治刀伤的伊玛目诊断这个女孩，虽然失血过多，脉息极弱，却并没有死。刀尖没扎到心脏，扎到肋骨上了，赶快施救应该不难治愈。

很快地，日本人和潘大嘴被押走了，日本女孩秀莲的"遗体"

也抬走了，留在码头上的沙梅英心里明白，刘副官就是大汉奸派来联络潘大嘴卖粮食给日本人的一个小汉奸。这个潘大嘴和日本人肯定会被放掉的。可是码头工人此刻没有必要和这些败类斗。特派员交代的中心任务就是不让粮食从码头运出去，现在四乡的粮食已被共产党领导的游击队截住，转移到山区了，码头也罢工了。基本任务算是完成了，于是沙梅英对刘副官说："现在江边没什么事了，您看……"

刘副官点头说："保安队员就撤了吧。你们要罢工就罢工，我们司令部不干涉，不过现在不会从江上转运粮食了。沙校长，时局变化无常，咱们各自珍重吧！"

沙梅英意识到，刘副官所属的部队也要调走了，汉奸们已经不可能再卖粮食给日本人了，他们还会继续卖国，只是方式不同了。形势千变万化，更艰苦的斗争还在后头。

七

在安庆城的附近有两座名山历来被人称道，在西边潜山县内有座天柱山，此山巍峨秀丽，雄奇兼备，系江淮大地第一名山。在安庆城东北的长江北岸枞阳县北边，有一座仅有不到200米高的山。因为其形似船而又三面环水，远看似浮在水上，故名浮山。游击队把汉奸打算卖给鬼子的粮食弄走后，就分散保存在这两处名山游人罕至的无名洞穴之中，以免落到敌人之手。

就在浮山脚下有个小小的村落，名叫仙药村，居民多为马姓和沙姓的回民。村子虽小，当时在安庆一带颇有点小名气，一则是由于附近山野盛产中药材，尤以刀伤药疗效显著，而村民中也出现过一些疗伤的土郎中。二则是村子里出了几位名人，一位是安庆大南门清真寺的马若愚老阿訇，另一位是他的妹妹马若芙，兄妹二人不但都读过私塾，而且都曾研习中医，尤其是精通当地土产药材，经常上山采药，治病救人。马若芙嫁给沙家，不幸夫君早逝。留下一女便是沙梅英，梅英跟着舅舅马若愚进了安庆城，一边上学一边习武。

那天码头事件中，日本女孩秀莲被她的魔鬼父亲扎了一刀，马若愚伊玛目经验丰富，知道可以治愈，便将女孩抬到家中密室进行抢救，敷药，包扎，内服丹药，果真将她救活了，秘密送到了浮山下仙药村他妹子马若芙家里。这里山清水秀，空气新鲜，门口还有一个小小的莲花池，每到夏天，莲花从水面绿叶丛中长了出来，含娇绽放，清洁美丽，满池清香，是最适宜养伤的地方。

经过马若愚、马若芙两兄妹的精心治疗，沙梅英、马玉莲母女俩的精心照料，小秀莲的伤势治得比较顺利。虽然流了很多血，心脏未曾受伤，因此好得很快。眼见马家人对自己视如亲人，日渐康复的小秀莲也从受伤的阴影中走出来，慢慢开始向这些中国恩人们敞开了心门。她说她家婆的祖先是安庆一位回民探花公的部下，她家婆喜爱莲花，因为莲花是观音菩萨宝座上的神花。“我爸爸这么害中国人，中国人还这么爱我，观音菩萨会保佑中国人的。”

这天，大人们在门外莲花池边摆好了桌子、凳子，桌上放了糯米粑、白糖、茶水。这时马玉莲扶着秀莲走出来了。

马若芙老太太连忙热情招呼：“小秀莲，你看，你梅英妈妈给你做了什么好吃的。”

“是糯米粑！”秀莲认出来了，她一下扑倒在马老太太的怀里哭着说，“马家婆，您是我的好家婆。伊玛目是我的好家公。玉莲姐是我的好姐姐。”她对沙梅英说，“您是我的好妈妈！魔鬼毁了我的家，现在我在安庆又有了自己的家，我……我……”她已经泣不成声了。

“孩子，别哭，别哭！伤口刚长好，不能哭！”马家婆搂着她，流着泪说。

沙梅英将秀莲拉过来，掏出手绢给她擦眼泪：“好孩子，你不是很坚强吗？喝口茶，让你小姐姐唱一首小孩儿到家婆家去吃糯米粑的儿歌给你听，好吗？”

“哟！”秀莲笑了，“这个我也会唱，是我家婆亲自教我的，我家婆的祖上也是安庆人嘛！”

马玉莲喜出望外：“那我们姐妹俩一起唱！一，二，三——”

小小孩儿，剃光头。
哪里去？家婆家去。
……

“好啊！”伊玛目带头鼓掌。

“小亲亲！小亲亲！”老家婆张开双臂，两个小亲亲便投入她的怀里。两小一老哭成了一团。

沙梅英一边擦眼泪一边感叹着：“这首儿歌随着探花公一起到了台湾，快二百年了，没想到今天又被一个可爱的日本女孩子带回到了安庆，要不是亲身经历，谁肯信呢？”

“我信！”一个洪亮的嗓音在身后响起来，大家回头看，原来是马肇刚来了，只见他满头大汗，显然是有急事快步赶来的。伊玛目吃了一惊，赶忙问道：“肇刚，怎么累成这样？码头上又出事啦？”

沙梅英倒了一杯茶给他：“有什么大事吗？急成这样，先喝口茶！”

肇刚接过茶一口喝完，忙不迭地说：“昨天7月7号日本鬼子发动了卢沟桥事变，眼看就打大仗了，鬼子想占领全中国的侵略战争已经打响了，安庆城里人心惶惶，政府又没个主意。我们安庆的回民们该怎么办？所以我急急忙忙地请马教长和沙校长赶紧回安庆城，商量一下对策。”

“那好，”伊玛目说，“梅英，我们两个先回安庆，玉莲和秀莲这两朵莲花先留在这里，请老妹子照应一下，将来万一挡不住鬼子，恐怕我们还是要回到乡下躲一躲。”

“别着急走！”马若芙老太太说，“先把这糯米粑吃了！”

八

1938 年 5 月 19 日徐州陷落，日军为了围攻武汉，欲先夺安庆作为据点和补给基地，当然与掌握粮食来源有重要关系。

6 月 11 日午夜，日军在距安庆 20 公里处登陆。时值大雨滂沱。6 月 12 日下午 6 时攻占安庆，然后冲入城内，竟未遇到抵抗，原来守军及保安队自称“伤亡过重”而放弃了安庆城。当时安庆城防的川军杨森所属部队一枪未放，便向潜山方向撤退。虽未交战，安庆沿江建筑多被飞机、军舰炸毁，日军进城见男人便杀，见女人便奸淫，并在各处纵火，抢劫财物。西门正街一片瓦砾，居民大多仓促逃往农村，来不及逃的就难免遭殃。只见到处横尸街头，血水横流。

那天在临江宾馆前面吉田宽夫和潘大嘴两人被刘副官捆绑押走之后，并没有被送进牢房，而是带到密室里向他们说明形势正在变化，四乡的粮食已经被共产党游击队转移，不可能运到轮船码头来了。买卖不成仁义在，双方以后还有合作的机会，今天奉上峰的命令，把你们两个人放了，粮食的订金就不退了。你们各奔前程吧！我刘某也算对得起你们，交个朋友吧！

吉田宽夫知道，以后搜集粮食还得依靠潘大嘴这个走狗，而这条狗现在也是无处投奔，于是说服潘大嘴，跟着他，按照预定的计划，在战斗部队找到了平野太郎少佐。

这次杀进安庆城来，吉田宽夫恨不得大开杀戒以泄积愤，可是平野不让他和潘大嘴过早露面，怕有人认出来，不利于征粮大计。却是派潘大嘴化了装到乡下去侦察粮食的去向，他是土匪出身，对这一带的山头自然比一般人要熟悉。

在安庆沦陷之前，安庆回民在马若愚伊玛目和沙梅英校长、码头工人首领马肇刚等人的策划下，尽量向四乡疏散，马肇刚带着一批健壮青年去投奔柳川先生领导的抗日游击队。伊玛目和沙校长则来到浮山脚下老家仙药村。

沙梅英是红军烈属，地下党员，由于她是在浮山脚下长大的，所以浮山藏粮地点的保护工作她是负责人之一。这浮山七十二洞，那些有名的风景区是不适宜藏粮食的，大部分粮食都转移到崇山峻岭的天柱山区人迹罕至的洞穴。有一小部分则藏在浮山比较隐蔽的小山洞，为了更加保险起见，进山的洞穴通道里还埋了地雷，而洞口则用长满野草的泥墙遮住，不易发觉。

万万没有想到，鬼子6月12日杀进安庆城，6月18日平野太郎少佐就带着吉田宽夫、潘大嘴，率领一支鬼子兵来到了浮山脚下。因为潘大嘴急于拍马屁立头功，他断定拥有七十二洞的浮山中很有藏粮的可能。平野认为颇有道理，便想出其不意，攻其不备，先下手为强。

浮山脚下距离枞阳和长江比较近，山又不高，远远不如西边天柱山区崇山峻岭地形复杂，所以不利于战时民众躲避。仙药村只有十几户人家，几十口人，安庆沦陷后已在游击队帮助下连夜分批向西转移。现在剩下马若芙老太太、马若愚老伊玛目这两位年逾古稀的老人，还有马玉莲、齐秀莲两个九岁的女孩儿，老的老，小的小，只有沙梅英校长一个30多岁的年轻人。所以只能等待马肇刚和游击队员带着大车前来接他们走。

那时候，没有通信手段，信息不灵，不知道肇刚什么时候能到达，估计中午差不多。他们整理好必带的衣物，胡乱吃了点东西，喝足了水，便在家门口焦急地等待着，两个女孩没事干就轻轻唱着儿歌：

小小孩儿，剃光头。

哪里去？家婆家去。

“对了！”沙梅英突然叫了一声，“我想起一件大事来，这两个女孩子，日本人吉田宽夫是认得的。万一这个家伙也到了安庆，碰见了自己的女儿秀莲和跟他对打过的玉莲，会惹麻烦的。”

玉莲说：“哪有这么巧？吉田和潘大嘴不是被刘副官抓起来了吗？”

沙梅英说：“刘副官也是个小汉奸，会把这两个坏蛋放了的，怎么办？”

“剃光头！”马若愚说，“把这两个家婆小亲亲都剃成光头！老妹子，你不是有剃头刀吗？”

“好的，就这么办！”马若芙经常给人治外伤，剃头刀是常用来清理皮肤上汗毛的工具。于是从包里取出剪子和剃头刀。梅英去打水，以最快的速度做好准备工作，然后由马若芙把两个漂亮外孙女的长发剪去，剃成了光秃秃的和尚头，又换了衣裳。两个小亲亲稀里糊涂变成了秃小子，连忙跑到莲池边，俯身看水中的影子。

两个哭笑不得的女孩子同声唱起了儿歌：

苍蝇叮不住
蚊子翻跟头

“哈哈……”大家忍不住笑了起来。

不料此时马玉莲突然指着下面惊叫一声：“鬼子！”大家回头望去，就看见对面树林子里冲出一队鬼子兵朝着他们一家人分两路包抄过来。逃跑已经来不及了，沙梅英对两个女孩子说：“记住，你们谁也别出声，你们都是秃小子！”说完在地上连续抓了几把土往马玉莲和齐秀莲的头上、脸上抹去，把头和脸弄脏了。伊玛目一手一个把她们拉在自己身边。说时迟，那时快，大家来不及散开，一队小鬼子兵就端着枪跑了过来，将一家人团团围住。

平野太郎这次是亲自带队来的，身后就是吉田宽夫和潘大嘴。

平野那猫头鹰的眼睛一转，用流利的中国话说：“乡亲们！大日本帝国为了把中国大陆的良民从西方列强的压迫下解放出来，建立大东亚共荣圈的王道乐土，现在已经解放了上海、南京和安庆。为了实现这个伟大的目标，我们的战士们不怕流血牺牲，可是他们需要粮食。听说你们这里藏了大批的大米，希望你们告诉我贮藏地点，你们就是大大的良民，皇军保证不杀你们，明白？”

没有人回答。

平野指着潘大嘴：“你的，讲。”

这潘大嘴穿了一套黑色中式短打，头戴草帽，当即脱下草帽，毕恭毕敬地向平野一鞠躬：“是！”回过身来趾高气扬地说，“你们没想到吧？我潘达岁今天又回来了！我是来帮你们的，救你们的！你们看看皇军手里的洋枪，那可不是吃素的！常言说得好，‘识时务者为俊杰’，快说出来，浮山七十二洞，粮食藏在哪些洞里？带皇军去搬出来，我包你们没事；要不然，你们就别想活到明天。”

谁知道这一家人一个个怒目圆睁，却一声不响。

平野冷笑一声说："敬酒不吃吃罚酒！"示意吉田，"你给他们点厉害！"

吉田宽夫这下可来劲了，一直走到伊玛目面前，狞笑了一声，说："我知道你是伊玛目，是回回的教长，你说话大家都听，你知道粮食藏在哪里吗？"

伊玛目不吭声，摇了摇头，把两个光头孩子紧紧搂住。

"巴嘎！"吉田宽夫一手一个将两个光头小孩推开，用匣枪指着伊玛目，"我知道你会武术，可是拳头挡不住子弹，你就老实招了吧！"

伊玛目此刻如果出手，夺过吉田手中手枪把他制服自是不成问题，可是一家老小都在周围敌人的枪口下，他怎敢出手？把两个光头孩子又拉过来，把孩子的脸埋在自己胸前，说："孩子，别怕！"

潘大嘴把嘴一咧，露出大金牙，趁这个机会插话："这两个秃头小子是你们什么人？"

伊玛目说："是我收留的两个孤儿，你潘大嘴知道我一辈子没讨过老婆，没儿没女，所以收养这两个要饭的小叫花子当孙子，也算是积德罢了！"

潘大嘴追问："沙校长的女儿，那个会武术的马玉莲哪儿去了？"

沙梅英此时抢过话头说："前几天我让她跟着达阿訇先走了，到湖北去了，你是找不着她啦！"

平野太郎对这些不感兴趣，他喝道："不要说这些没用的话，我现在只要粮食！"他把手枪对准了马若芙老太太，回头对伊玛目说："你不带我们找粮食，我就杀了这个老太太！"马若芙老太太此时忍不住了，她高声叫着："伊玛目老哥，你别心疼你老妹子，妹子我活到70了，还怕死吗？这粮食有没有，藏在哪里，我怎么知道？你怎么知道？我们不能瞎说，为主的在看着我们，当汉奸死了是要进多灾海（火狱）的。”

“砰！”老太太话没说完，平野太郎的枪就响了，可叹马若芙老太太一个虔诚的回民，一生辛劳诚实，采药济世，救助过多少乡亲，就这么被日本侵略者杀害了！鲜红的热血从胸口喷出来，她手一松，往后一仰，倒下了！

“老妹子！”伊玛目泪如雨下，却站在那里一动不动，因这时他的手掌紧紧捂住了两个光头孩子的嘴，不准她们哭出声，但孩子的泪水如泉水般从指缝中流了出来。

“妈妈！”沙梅英再也忍不住了，哭叫着冲过去，扑倒在鲜血淋淋的马若芙老太太身上。

泪水、鲜血流在地面，流入莲池，莲池里一片血泪。

平野怒吼：“粮食在哪里？”

没有人回答，一片可怕的沉寂。

吉田宽夫对平野说：“老师，他们不开口还不如用机枪扫一扫，不能再让他们猖狂了。”

“巴嘎牙路！”平野怒吼起来，“我们今天的任务是粮食，不是杀人！把人杀光了，谁带我们找粮食？一堆死尸能当饭吃吗？”

吉田一愣，连忙低头：“是的，可是不杀人他们也不肯说。”

平野说：“谁说不杀人啦？刚才不是杀了一个吗？杀人不是为了痛快，杀人是为了撬开他们的嘴！”

吉田心中不服，问：“撬开谁的嘴？”

平野指着潘大嘴喝问：“你说，谁能知道粮食在哪里？”

潘大嘴趁机讨好，指着沙梅英说：“当然只有她知道！她是清真小学的校长，思想左倾，安庆码头闹罢工，她是一个煽风点火的家伙，我一直怀疑她和共产党有关系。”

平野说："很好，你分析得对！"然后装出同情的样子对沙梅英说，"你是校长，有文化的人！孝顺母亲，疼爱孩子是你的美德，你如果早点带我们去找粮食，你慈爱的老母亲也不至于死掉。所以是你杀了自己的母亲！那么这位伊玛目又是你的什么人？"

"我的老舅舅，我的教长，是被你杀死的我母亲的哥哥。"沙梅英说，"他也只管清真寺的事。"

"我明白！"平野枪口瞄准伊玛目对沙梅英说，"我从一数到十，数到十你还不肯带我们进山找粮食，我马上让你舅舅到天上和你妈妈兄妹团圆。"

伊玛目急了，叫道："梅英，你不能进山，他们会杀了你的，还是我去吧！"

平野问："你带我们去找粮食？"

伊玛目说："我不知道粮食在哪里，你们带着我进山去慢慢找。"

"不！"沙梅英知道必须做决定了，"伊玛目，还是我带他们去吧！不就是要粮食嘛！"

平野高兴了："你的去？"

沙梅英说："我带你们去，这里只有我知道粮食藏在哪里，但是你必须答应我几个条件。"

"什么条件？"

"第一，"沙梅英说，"我保证带你们找到粮食，你保证不再伤害我们一个人。"

"没问题，第二呢？"

"第二，我们几个人都是老弱妇孺，没有力气，找到了粮食只能你们自己搬！"她这一条是让平野更加相信她找粮是真的，平野还真的很高兴，连忙说："当然，我们的士兵有力气。好了，我都答应了，行动吧！"

“等等，”沙梅英说，“大家都累了，不能站在这里等，让他们进屋去休息休息，等粮食出山了，你保证给他们留下口粮再走，保证以后再也不来了！”

“你有完没完？”平野急了，“好了，就这些，我都答应了行吧？快点带我们进山！”沙梅英回身跪下，流着泪说：“伊玛目，孩子们，我实在没有别的办法，只好进山去了。希望你们平平安安的。不要哭，日子很快就会好起来的！”然后站起来对平野说，“让他们进屋里去吧！”

平野下命令，留三个士兵押着伊玛目和孩子们进屋去，把马若芙的遗体也抬了进去，屋前屋后屋里各留一人持枪看守，一切妥当，发令：“进山！”让沙梅英走在最前面带路，然后是平野，后面跟着潘大嘴，然后是众士兵，由吉田宽夫断后，走向浮山。

九

此时由柳川政委和马肇刚率领的一支回汉两族青年组织成的抗日游击队已经接近了浮山。他们是从潜山、高河埠那边过来的，目的是将浮山脚下的乡亲和山上还没有运走的粮食转运到西边来，西边天柱山区地势险要，有利于群众躲藏，也有利于存放粮食。他们一共 30 多名战士，带着十几辆大车。他们没想到日本人会提前行动早到了浮山。当他们临近通浮山的公路时，发现了几辆鬼子的卡车，每辆车只有几个鬼子守护。显然这肯定是鬼子通过汉奸得到情报，抢先一步到浮山去抢粮。游击队来晚了一步，糟了，伊玛目和沙梅英他们再有武功也敌不过身背洋枪的鬼子兵啊！当下柳川政委指挥，悄悄地接近敌人的卡车，出其不意地居高临下袭击那些鬼子兵，鬼子仓促应战，互相射击了不久，就被游击队的火力消灭了，游击队无一伤亡。这一仗打得太漂亮，只是敌人部队早到了浮山，亲人们的安全难以保证，柳川心急如焚，下命令全速前进。

再说伊玛目马若愚和两个孩子在屋里坐着，一个鬼子持着枪守在门口，屋前屋后各有一个鬼子兵守着。时间一分一秒地过去，伊玛目的心里如长江的怒涛冲击着堤岸。突然听见远处有密集的枪声，下意识地站了起来。门口的鬼子兵把枪一举大声号叫："不准动！动一动死了死了的！"伊玛目对玉莲轻轻地说："敌儿列，板得门丫儿朵斯提来了！"这是安庆回民内部的暗语，意思是说："大家沉住气，别作声，我们回民自己的亲人们来了！"

玉莲一听就知道是马肇刚领着游击队到了附近，不觉精神一振。鬼子兵大叫："不准说话……"把枪栓拉一拉，子弹上了膛。

只听得"轰隆隆……轰隆隆……"一阵阵惊天动地的巨响，并不是鬼子兵开了枪，而是浮山里的大爆炸声，地面也震动了起来。伊玛目痛苦地大叫："梅英，好样的！"两个孩子也都明白了，是沙梅英带着鬼子进到山洞里故意踩响了地雷，与敌人一起粉身碎骨了！同声带泪高呼："妈妈！"那个鬼子大叫："安静！"举起枪来，不料伊玛目一个箭步上去，以迅雷不及掩耳之势夺过枪来，将他放倒。一脚踩得鬼子七孔流血，一命呜呼！此时门外莲花池畔枪声响起，原来是游击队赶来了，两个鬼子兵企图顽抗，立即被乱枪击毙。伊玛目领着孩子从屋里走出来，肇刚跑过去，叫道："伊玛目！我们来晚了一步，您没事吧？刚才的爆炸声那么响，是鬼子进山踩地雷了吧？沙梅英校长和她老妈妈呢？"

伊玛目流着泪说："梅英她老妈妈已经牺牲了，这不，躺在院子哩！"

"什么？"肇刚冲进屋，见马若芙老妈妈躺在那里，浑身血污，禁不住抱着遗体大哭，“老妈妈呀！我来晚了啊！”

伊玛目说：“先别哭，你梅英姐带着敌人进山去了。”

柳川在身后听得真切，立刻下令：“肇刚同志，梅英同志这是为了保护老人、孩子和粮食，把敌人带到雷区要和敌人同归于尽啊！快，快带人进山查看，最好能把梅英同志救出来！”

肇刚急忙带着部分游击战士从迷漫的硝烟粉尘之中冲进了山，柳川则指挥着游击队战士在附近搜索。搜索了一阵，确认周边没有敌人，柳川对伊玛目说：“此地不可久留，等肇刚同志他们一回来，我们就先将您和两个孩子送走，然后再把粮食运走，如果能把梅英同志活着救出来那就太好了！”

马肇刚带着进山的战士回来了，抬回来两具遗体，放在莲花池边，大家围了上来。

马肇刚流着眼泪说：“爆炸现场尽是焦煳的人体残肢碎片，已经看不清面孔了，只有一头一尾两个人还比较完整，这前面的就是我们的沙梅英校长。大家仔细看，还能辨认出来，我估计她故意踩了地雷后立刻拼命往前跑，拐了个弯，所以没有被炸碎。”

“妈妈！”马玉莲扑了上去号啕大哭。

“妈妈，妈妈！”秀莲也扑了上去号啕大哭。

战士们都围过来一起痛哭。

伊玛目站在那里抽泣，柳川走过来拍着老人家的后背说：“老人家，您年纪大了，不要太伤心了。”

“你看！”伊玛目指着另外一具尸体说，“那个鬼子的死尸怎么在动？”

柳川一看，可不是吗，那个鬼子难道还活着？

大家听说了都回头看那边地上躺着的浑身是血的鬼子，肇刚走过来说：“咦！这个人我认得，是吉田宽夫！就是改名齐广田的日本间谍。他是个胆小鬼，走在队伍的最后面，所以潘大嘴炸死了，他没炸死。”

齐秀莲跑近前，看见这个日本人的头在动，她说：“还真是我爸爸，不，我没有这个爸爸！他是日本间谍吉田宽夫，没错，就是他。”

这吉田宽夫虽没有死，却也是受了重伤，眼看活不成了。他似乎听见了秀莲的声音，居然慢慢地睁开了眼睛，也许是回光返照吧，他神志清醒了，认出了眼前这个光头女孩子居然就是他自己的女儿。他使劲地发出声音来：“秀莲！你不是死了吗？为什么在这里？你怎么把头发剃光了？我怎么被你……骗过了……没认出来！”

秀莲说：“你是一个杀人的魔鬼！你带着行刑队杀死过多少中国的抗日战士？你又杀死过多少中国老百姓？”

吉田宽夫说：“女儿，你不明白，这是一场战争，战争能不死人吗？”

肇刚怒喝：“你胡说！这是一场侵略战争！你们是刽子手！你们占领了南京到处烧杀掳掠，30万的中国人被你们残酷地杀死了！30万！”

“没有！”吉田宽夫强辩，“哪有30万人？打仗死人是免不了的，攻下大城市死个三千五千的，这是正常的。”

“你不承认就不存在了吗？”秀莲接着问，“你刚才叫我女儿，那你为什么要举着刀子杀自己的女儿？”

“我没有杀你！”吉田宽夫耍赖。

“无耻！你不但杀我，还害死了我妈妈！”

“谁害死了你妈妈？你妈妈是在研究所里做试验不小心受了感染死的！”

“不对！你们骗了我妈妈，那不是一般的研究所，那是细菌战研究所。我妈妈不愿意干，才被传染的！”

这时一直没有说话的柳川很严肃地说：“你们这些大大小小的杀

人犯、刽子手，永远都是历史的罪人！”

谁知吉田宽夫却狞笑起来，虽然声音不大，却十分可怕：“嘿嘿……我想你可能是个共产党，不要用历史这个词来吓我。历史是人写的，你写南京大屠杀，我写南京争夺战。你写杀人30万，我写双方互有伤亡。你写细菌战，我写的历史上根本没有细菌战。若干年后谁写得对，谁写得不对，怎么评判？”

柳川说：“必须让孩子们从小就知道日本军国主义侵华的罪行！”

吉田说：“孩子的教科书也是人写的，你这么写，我一旦掌权，我可以改写，改写成我的历史观。几十年以后这些历史观就是日本中年人的历史观！”

柳川说：“正义终归要战胜邪恶，日本侵华的历史是无法否认和改写的，你们这些罪人注定要遗臭万年！”

吉田拼命挣扎着说：“无论这场战争的最后结果如何，我吉田宽夫，还有已经被炸得粉身碎骨的平野太郎少佐，我们的灵牌和将军们的灵位会一起供奉在东京靖国神社，我们将受到一些大日本帝国要人的参拜……你……你们和我们的后代……会……会看见……见的……”

吉田宽夫终于停止了呼吸，他临终的狂言给在场的每一个人的心头都留下了一片阴影。虽然每一个共产党员和每一个爱国的中国人都坚信最后的胜利将属于我们，但是创造一个和平、幸福的人类未来世界，任务是沉重而艰巨的。

十

几乎在转眼之间，70多年过去了，祖国正在和平崛起。然而，我们上述故事中的一些人已经不在了，柳川和马肇刚先后都在抗日前线牺牲了。马玉莲的家婆马若芙、妈妈沙梅英是在1938年牺牲在浮山的，而安庆清真寺的伊玛目马若愚老人却寿至百岁。三位的墓地都在浮山之旁，解放后又将三位的坟园和莲花池重新修缮。正当中华人民共和国即将迎来抗日战争胜利70周年纪念日的前夕，浮山之麓，喜出望外地迎来了来自日本的贵宾——原来是86岁的老太太赵秀莲带着她的儿子、儿媳妇、孙子、孙女前来拜会她的中国老姐姐——和她同龄的马玉莲，并到马若愚伊玛目、马若芙姥姥、沙梅英妈妈的墓地致敬。

大家知道赵秀莲就是吉田宽夫的女儿——吉田秀莲。1945年日本投降后，她含泪拜别了伊玛目和马玉莲姐姐，在中国友人帮助下到了哈尔滨，在清修庵中找到她的姥姥赵玉兰，并改了自己的名字叫赵秀莲，在遣返日本人的人流中回到了日本。她姥姥一心拜佛，在她成年之后，姥姥终于出家削发为尼而尽天年。赵秀莲本人奋斗成长，嫁给了一位战争孤儿，二人同心同德从事中日友好的活动。屡次想来中国探亲，限于各种原因未能成行。丈夫去世后，含辛茹苦养大了儿子，儿子成家又有了孙子，已经七岁。赵秀莲亲自一个个地教孩子们学汉语。而在中国的马玉莲呢？老伴也已离世，她有两个女儿，俱已成家，各有一个外孙女。这次老姐妹久别重逢悲喜交集，只是她们再也没有九岁时那种刚浮出水面的莲朵般娇嫩的身影了。马玉莲搭了一副回民妇女的白盖头，赵秀莲戴了一顶白色的遮阳帽，两头白发被遮住了，满脸的沧桑和泪痕却深深地留着！

大家首先到老伊玛目、马若芙老太太和沙梅英校长的墓前按穆民礼数念了经，接了都瓦，然后围坐在莲池旁听二位老人讲当年抗日战争时的故事。两位老人现在都是家婆辈的长者了，互相紧紧握着彼此的手，你一句我一句地回忆着70多年前血泪交集的故事，忍不住声泪俱下，惹得这班后辈们，连同围观的众乡亲们也都伤心落泪。

“好啦！”马玉莲老太太说，“咱们都别哭了！咱们这一辈子的血和泪流得太多了。你们看那两朵莲花——那靠在一起带着血色的两朵莲花！那就是你秀莲和我玉莲啊！”赵秀莲也擦擦泪水说：“今天在这里有中国孩子，也有日本孩子，我希望以后再也没有仇恨，再也没有战争，大家相亲相爱如同一家人，多好哇！”

马玉莲出神地望着莲花池，又说：“老妹子！不瞒你说，这些年来光景变好了，可是……我怎么总是忘不了吉田宽夫临死前说的话啊，我怎么老是觉得他的话正在一点一点变成真的啊……唉，说这些太沉重了，大家也饿了，还是先吃点东西吧！”

赵秀莲说：“我不要别的，我想吃糯米粑！”

马玉莲说：“咱姐俩想到一块儿来了！”吩咐儿孙们，“把糯米粑端上来！”

于是糯米粑、盘子、筷子、茶水、白糖都端过来了，摆了一桌子，孙子辈的小娃娃们迫不及待地就想吃了。

“等一等！”马玉莲说，“吃糯米粑的儿歌大家都会唱吗？”

“会唱！”所有的孩子们异口同声地回答，显然，那些日本孩子早就被赵秀莲教会了。

“别忙！”赵秀莲突然站了起来，慢慢地去摘头上的帽子，露出了一个光溜溜的秃头，连她的家人都吓坏了。

“家婆，你干吗剃光头呀？什么时候剃的？”小外孙女惊叫着。

“昨天，我悄悄找人剃的。”赵秀莲说，“这首儿歌是我小时候家婆亲口教我的，第一句话就是：‘小小孩儿，剃光头’。后来1938年我被我那没了人性的父亲杀伤，到此地来养伤，是我的中国亲人照顾我的。为了怕被搜山的日本兵发现，就把我和玉莲姐都剃了光头，伪装成男孩子。所以我今天要剃着光头在这里唱，我要让老伊玛目，我的中国家婆马若芙老人，我的中国妈妈沙梅英校长在天之灵看见：过了70多年，我还是那个流着泪，光着头的外孙女，那朵带血的莲花，那个家婆的小亲亲！”

“啊，我的妹子啊……”马玉莲此时早已泣不成声，她竟也缓缓摘下了头上的白盖头，“依教门的规矩，这盖头不该摘，可是今儿个我想破个例，让你们看看——”盖头脱落，大家聚神端望，不禁愕然——竟也露出了光秃秃的脑袋！什么也不用解释了，老老小小人人洒着热泪，同声唱着：

小小孩儿，剃光头。
哪里去？家婆家去。
做庅事？吃糯米粑。
什么糯？红果糯。
什么红？山楂红。
什么山？柞山。
什么柞？油炸。
什么油？菜油。
什么菜？青菜。
什么青？我是家婆的小亲亲！

小亲亲！小亲亲！
两朵莲花带血开，光头泪女小亲亲！

原载于《民族文学》2015年11期，为纪念
抗日战争胜利及反法西斯战争胜利70周年而作

魔帐里的火眼

从小时候开始，我往往在被四四方方的蚊帐笼罩着的床上躺着时，眼前出现神奇的幻景。家乡人把这种现象叫作“火眼低”，我就把这顶蚊帐叫做“魔帐”。

我这双“魔帐里的火眼”几十年来见过不少的幻景，这些幻景连接着一个真实而惨痛的故事。重温这个故事对于我是极为难过的事，然而我还是决定讲出这个故事，因为这段历史是我们回族人和全中华民族共同经历的苦难。回族人民热爱自己的家庭，更热爱祖国大家庭。我们回首过去是为了展望未来，而更加珍惜现在……

一

一九三四年，我六岁。妈妈跟爸爸到上海去做事，把我委托给大姨照管。

我大姨是个孤女，是我妈妈的远方堂姐，那年二十五岁。刚结婚半年大姨夫就出门去做事挣钱，他发誓不混出个人样儿不回家，于是一去两年未归，也很少捎钱回来。大姨很苦，独自靠十指尖尖给人家做针线活儿过着清贫的日子。

我小时候又白又胖，六岁就能认得好些字，还能背诵十几首诗词，大姨很喜欢我。我妈妈按月寄生活费来。大姨几乎用她全部精力来照料我、疼爱我；只有等我晚上睡着了，她才在煤油灯下一针一线熬到半夜。

我跟大姨住在她那间新房里——是间不大的平房，里面有古色古香的方桌、柜子、椅子等等，墙上有幅画，大人说那叫“举案齐眉”；画的两边挂着一副对联，是大姨结婚时，我爸爸亲手书写的。对联放在玻璃镜框里，至今我还记得写的是：

凤倒鸾颠卿怜我爱

天长地永妾意郎情

那时我太小，只学会念出声音，不懂其中的意思。

靠北边横摆着一张古老的红漆木床，床围的木板上雕刻着花纹；抬头看还有一个床顶。床上一年四季都挂着一顶四四方方的夏布大蚊帐，上面印着许多蓝色的花瓣，非常漂亮。前面一边一个铜帐钩，白天把帐门钩起来，就像一个舞台的大幕，睡觉时便将帐门放下，掖得严严实实的，在里面便感到宁静和神秘，很容易进入梦乡。

二

记得那是一个秋天的夜晚，月亮快圆了。我已经洗完澡上床睡觉了，大姨坐在床沿，一面用把蒲扇赶蚊子，一面拍着我，嘴里轻轻哼着催眠曲。

我的宝宝乖啊，嗬嗬嘿哟，

宝宝要睡觉啊，嗬嗬嘿哟……

我起初瞪大着眼凝望着大姨：月光照在她脸的侧面，显得鼻子特别直；加上那捻小了的煤油灯光，朦朦胧胧地，我感到大姨就像阿訇说的天堂里的仙女，美极了！

她身段苗条，身穿浅蓝色竹布大襟褂子，头发乌油油的，在脑后用红头绳绾了一个髻。她五官清秀白细，薄薄的嘴唇，嘴角还有一对浅浅的酒窝。特别美的是那一口雪白整齐的牙齿，她一张嘴，酒窝就变深了，那漂亮的白牙便闪光。可是，大姨那细细的眉毛是深锁着的，水汪汪的眼睛里总是透着一股凄凉……

等我被邻居的喧笑声吵醒时，发现大姨不在身边，蚊帐已经掖好了。我隔着帐子往外看：大姨正斜倚在窗下，仰面对着天上的月亮，一动不动，像个木偶。

“大姨，你来呀！”

她没有听见。

我大声叫：“大姨，你来呀！”

她吃了一惊，缓缓回过头来，见我坐在帐子里，连忙跑过来，掀开帐子。

“小胖，你要撒尿？”

“不！你为什么还不睡？我要你躺下！”我撒娇。

大姨一把将我搂在怀里，喃喃地说：“月亮快圆了，大姨睡不着，乖孩子，你明年就该上学了，大啦，你自己睡吧！”

“不嘛！我现在也睡不着。”

“那你就给我背一首诗，一首说月亮的诗。”

“床前明月光，疑是地上霜，举头望明月，低头思故乡。”我高声朗诵。

“唉！”大姨叹着气，“谁知你思不思故乡呢？没有钱，只要人回来就好嘛！你是不想家了……”

“大姨，你在说谁呀？”

“没说谁，”大姨望着我，用近乎乞求的口吻说，“你再背一首，再背一首……”

“还有一首《水掉在哥哥头上》。”我说，那时我不懂《水调歌头》，就按自己的理解来讲，“这首太长，记不住，只记得一头一尾。”于是我背诵：

明月几时有？
把酒问青天。
但愿人长久，
千里共婵娟。

“好孩子！”大姨把我搂得紧紧的。“这一头一尾四句就好，就好！水掉在哥哥头上就出好诗！”

我受到鼓励，来了情绪：“大姨，我再给你背两句——凤倒鸾颠卿怜我爱，天长地永……”

“别，别念这个，别念……”大姨流泪了，抽出手去掏手绢。

我不懂这对联说些什么，又怎么会惹大姨不高兴？所以偏偏提些傻问题：“大姨，什么叫‘凤倒鸾颠’？”

大姨生气了，红着脸，刮了一下我的鼻子，严肃地说：“小孩儿家，不准问这个，不该问的！”

我感到委屈，轻轻地哭了。

大姨也轻轻地哭了，她的脸紧紧贴着我的脸，两个人的泪水交融在一起。

我见大姨很伤心，就不哭了，轻声哄她：“大姨别哭，我不问了，以后不了。”

“好，乖孩子。”大姨为我擦干泪痕，又擦干自己脸上的泪痕，内疚地说，“是大姨不好，我不该叫你背诗，别难过，睡吧！”

“我要你也睡。”

“好吧。”

等到赶走蚊子，掖好了帐子，我又不想睡了。

“大姨，讲个故事吧！”

“大姨累了，我出个谜语给你猜吧。”

“你快出！”我年纪虽小，很会猜谜的。

“打个谜语给你猜——双手掰不开。”

“水！”我又委屈啦，“这谜语我四岁就会了，你出个难些的！”

“好，难些的，猜不出来打屁股。”

“猜出来了讲故事！”

“你听着，”大姨说：

四四方方一座城，
城里死了一个人，
文武百官来吊孝（指蚊子声），
哭死了都不开城。

“是蚊帐！”我脱口而出。

大姨很惊奇：“你个小胖鬼头，刚六岁，怎么一下就猜中了？太聪明，真是状元坯子，你妈妈好福气！我要是有这么一个……”

我得意洋洋：“我猜中了，罚你讲一个故事，要讲天上的神仙！

讲完我就睡。”

大姨拗不过。“好吧。”于是躺在我身边，用那温柔的充满感情的声音给我讲述牛郎织女的故事。

多么好听的故事！听了还叫人难受。讲完了，我说话算话，闭上了眼，再也不吭声，假装睡着了。

过了好长时间，我悄悄睁开眼。大姨已经睡着了，枕头边湿漉漉的。她太累了，我不忍心再吵她，只好微睁着眼，望着帐顶发愣……

三

怪事！

什么也没有想，思维凝固了。恍兮惚兮，惚兮恍兮，飘飘然……

不知过了多久，有知觉了，头骨隐隐作响，仿佛要开裂一般。

突然脑子里“唰！”掠过一束白光——从来没见过那么亮的白光从身体正中冲上头顶，比大雷雨中的闪电还要强烈！脑子里亮堂堂，很快地便消失了。我害怕极啦，但不能说话，不能动。

两眉之间出现乳白色的第三只眼，竖着一寸长，上尖下圆，像一盏水滴形的荧光灯。这乳白色的眼发出光芒，射向帐顶。

帐顶上那些小花瓣变成一颗颗亮晶晶的小星星在眨着眼睛。我环视四周，周围帐子上都有无数小星星在眨眼睛。呀！每只眼睛变成一盏小探照灯，射出无数条耀眼的光柱：红、橙、黄、绿、青、蓝、紫、白……彩色缤纷，交织成一个奇妙的光的世界！

在彩光编织的网络中，变幻形状的金色、银色的云朵流动着，穿过来，荡过去。有时候云头上还有故事中的神仙：有观世音、有铁拐李、有踏着风火轮的哪吒、有舞着金箍棒的孙悟空……还有一些认不得的极美极美的小姐姐，就像画儿上的飞天姑娘。清清楚楚，明明白白。

一阵美妙的仙乐升起来，神仙们都不见了。流动的彩云中钻出许多亮点子，亮点子长了亮翅膀。有的快，有的慢，萤火虫一般地飞来飞去，好像童话中的一群小天使。

小天使们飞着飞着就排成一横一竖两列方队。竖队长而稀疏，横队短而密集。横队垂直交叉架在竖队中部上方，拱成弧形，变成一座桥……呀！组成桥形的小天使们变成许多小喜鹊，一半是金色的，一半是银色的。

我明白了，那竖队的亮点子就是天河，那桥就是鹊桥了，奇怪，今儿又不是七月七，难道……

可不是！天河的一边有一位仙女踏上了银色的桥，哟，那不是穿了古装的大姨吗？这么一打扮更美了。那一半金色的桥上出现一位青年农夫，很英俊，那是大姨父，他牵了一头水牛。

一男一女在桥的两端对望了片刻，便同时张开臂膀朝桥中心跑去，终于，在最高点上拥抱了。那头水牛痴愣愣地站在大姨父身后瞪着大眼睛。

我兴奋极了，情不自禁地拍起巴掌，欢呼着："啊！牛郎织女相会啰！大姨父回来啰！"

"什么？"大姨被惊醒，嗖地坐了起来，"你说什么？大姨父回来了？"

"我看见的。"我也坐了起来，眼前的幻景陡地消失了，"我看见的，大姨父是牛郎，你是织女，从天河西边跑到喜鹊桥上，就在这儿……"我指着那空间，然后靠在大姨身上叙述刚才所见到的一切。

"兴许他真的要回来了！"大姨欣喜地自言自语，"这孩子是个精怪，火眼低，兴许真的要回来了。安拉主啊，慈悯我吧！"

那时候听说个别人能看见别人看不见的东西，其实是幻觉，老百姓叫这种人为“火眼低”，而一般人都是“火眼高”。“火眼低”的现象多发生在小孩子身上。（我常听胡同里的老人们讲故事：谁家孩子火眼低，看见什么怪事，后来真应验了。）我就说：“我真的看见了，人这么长，鼻子眼睛都看清楚了，真的！大姨父真的要回来了，这顶蚊帐有魔法，是顶魔帐！”

我听爸爸跟我讲过《一千零一夜》中的《神灯记》，知道有神灯、魔法，我很相信。

“真的回来就好了。”大姨流着泪说，“谢你小胖的吉言了，知感主了……”于是她虔诚地祈祷，念着经文。

我爱挑毛病：“大姨，阿訇念经能把舌头弹得嘟嘟响，像闹钟响一样，你念经舌头弹不起来。”

“我会练好弹舌头的。”大姨是虔诚的穆斯林，她说得很认真。还说了些什么，我没听见，我困了，睡着了……

等醒来时，太阳光都射到屋里来了。我听见大姨和一个男人的笑声。我揉揉眼，撩开帐子。天哪！大姨父真的回来了！他风尘仆仆，正坐在桌边吃饭哩！大姨满面春风地给他夹盐水鸭子，他们的表情好快活！

“大姨父！”我跳下床，吓他们一跳。

“小胖！”他俩几乎同时欢叫着。大姨父一把抱起我，亲我，胡子楂扎得我好疼，“小胖！听说你当小神仙啦？你知道我要回来？”

大姨只是红着脸吃吃地笑。

“我火眼低！”我骄傲地说，仿佛是一位凯旋的大将军。

四

大姨父回来，大姨开心，我倒惨了。

当天中午我爷爷就派人来接我回去。我又哭又闹，一手揪住那魔帐的边，一手抓着大姨的袖子，就是不肯走。大姨舍不得我，大滴的泪珠掉下来，可嘴角却挂着笑容。她柔声地劝我："乖小胖，大姨父回来了，大姨家就这间房，住不下三个人，明年你上小学，这里也没地方学习，你先回去吧，我会去看你的！"

"你骗人！"我哭得好伤心，"这张方桌有四条边呢，一个人坐一边还空一边呢，大床这么宽，蚊帐这么大，四个人也睡得下，我知道，你这是不要我了！"

大姨父做出哭笑不得的表情，从口袋里摸出一把铸铁的小手枪来哄我："小胖好乖，小胖是男子汉，不哭，腰里别上这小手枪，回去让爷爷看看，像不像个大将军……"

"不！"我吼叫着，"你用这把假手枪和我换真大姨，你走吧！你永远不回家才好哩！"我抢过手枪向大姨父扔去，他躲避不及，碰在门牙上，把左边门牙下端碰出了一个很小的缺口。大姨父立即去照镜子，脸色很难看。大姨的脸变得煞白，撇开我去看大姨父的牙。大姨是很迷信的，她颤抖地说："疼吗？这可怎么好？这下可破了相了……"大姨父不仅长相英俊，他的牙比大姨的更白更齐。人们都说就凭这两口子的两嘴牙，就是白头到老、子孙满堂的福相。我知道闯了祸，顿时就没了威风，耷拉着脑袋，说了声"对不起！"跟着来人走了。

大姨在身后大声哭着喊："小胖！大姨过两天去看你！"

我没吭声，我这下明白了：大姨爱我，可更爱大姨父，大姨父一回来，我就必须走了。

五

大姨家离我家很近，她常来看我，我也常去看她。白天大姨父去上班（他在本城找了个工作），我去时爱钻到魔帐里去躺一躺，但没看到任何幻景。我想那是因为大姨父“火眼高”，他老躺在里头，神仙都不来了。

大姨变得又白又胖，脸上经常泛着红晕，她白天买菜、做饭、洗衣服，侍候大姨父，又做针线活，忙得不可开交，晚上也不休息。有一次我晚上去她家，大姨父疲惫不堪地躺在魔帐里睡着了，打着呼噜，微张着嘴，露出那缺了一小块的漂亮的门牙。大姨坐在煤油灯下给大姨夫纳鞋底。我不敢打扰，就悄悄地说：“我没事，顺便来看看，我还要回家去洗澡，我走了。”大姨内疚地送我出门，轻声说：“大姨父太累了，让他好好睡，明儿白天你再来吧！”

第二年，我上了小学，就没工夫老去大姨家了。有时早晨上学的路上看见大姨挎着菜篮子回家，就上前打招呼，大姨总是说些前言不搭后语的话：“好好念书，你是个状元坯子……唉！青菜又涨价了……”我发现，大姨的腰一天天粗起来，行动也不方便了。后来，肚子便一天天鼓起来。可她疲倦的脸上总是带着笑，一笑起来两个浅浅的酒窝儿就变得很深，眼角也有了皱纹。看得出来，大姨生活得很累，但很快活。她肚子里还有一个小宝宝呢。

第一学年结束时，我考了头一名，真的中状元了。可大姨也顾不上夸我。她生了个儿子，不足月就生下来了，人太劳累，干活闪了腰，造成早产，虽则受了一场大罪，总算母子平安。我那表弟好小好瘦，总爱哭。大姨坐月子没保养好，人也变瘦了，也不那么显得年轻了，可她仍然笑不离口。

大姨父本来是沉默寡言的人，现在被生活的重担压得他透不过气来，每次见面，他没有什么话，总是对我微微点头一笑，露出那带有小缺口的白亮白亮的门牙。那时我心里便收缩一下。虽则他已经原谅了我，可我总是尽量躲着他，我怕见他微笑。

等我读三年级的时候，抗日战争爆发了。

日本鬼子的飞机路过家乡上空时在西门外扔下一颗炸弹，炸死了一个农民和一头牛，这个小城便更加人心惶惶，预感到大难要临头了。

我爸爸妈妈从上海回来，要带我到大后方去。爷爷年纪大，他不愿离开家乡，可爸爸的公司迁到四川，非走不可，所以我们三人就要告别故乡了。那时有很多可怕的消息，最骇人的是：日本鬼子要逼着青壮年当汉奸，要不就当劳工折磨致死。不服从的便砍脑袋，而且报纸上也发表了中国人的人头照片，鬼子拿着刀站在一旁狞笑。那时好些青年人热血澎湃，有的参加了国军，有的去投了共产党，有的参加了抗日救亡组织，纷纷离开家乡，走上抗日的道路。

大姨父也要跟着我爸爸到大后方去。大姨舍不得大姨父，大姨父当然也舍不得娇妻爱子。可当时没有别的选择。一打仗，大姨父的工作就丢了，三口之家时常挨饿。大姨父是爱国青年，不愿留下来当亡国奴，可他又没有力量把老婆孩子带走。商量了一整夜，终于无可奈何地决定跟我们走。那时大家估计这战事最多再打三个月怎么也该停了。到情况紧急时，大姨带着孩子到乡下亲戚家去躲避，依靠一点可怜的积蓄和她一双勤劳的双手，咬咬牙总能坚持下来，兴许大姨父在后方出息了，到时候攒了钱带回来，那就好了。“树挪死，人挪活。”兵荒马乱的，又有什么法子呢？那时人们把抗日战争和军阀混战等同来看，不知道这场战争的残酷性和持久性，想得太天真。

生离之苦更胜过死别。临行时，大姨抱着孩子，双眼哭肿得像红桃子。当着众人的面大姨父控制着自己的感情，狠狠地亲了一下表弟。向大姨说：“多保重，我很快就回来，我们胜利重逢……我会让你们过好日子，你放心！”又对我爷爷下了一跪：“拜托您老人家了！”爷爷老泪纵横，说声：“大家多保重，真主慈悯你们……”一挥手。爸爸说：“你老人家保重，大妹子保重，我们……走了。”我扭转身抱着大姨的腰，哭着：“大姨！”大姨就忍不住痛哭，我妈妈也跑过来搂着我们一起哭。

爷爷说：“好了，别耽误了上船，送君千里，终须一别，走吧！要不了几个月就回来的……”于是爸爸就把我和妈妈拉过来上独轮车。

我的家乡是长江北岸的一个小城，位于武汉和南京之间。那时轮船码头已经封闭专作军用，逃难到大后方的老百姓有的坐独轮车，有的步行，要走到上游一个小码头去坐船到武汉。我爸爸雇了两辆独轮车，一辆运行李，一辆左边坐着我妈妈，右边坐着我，我屁股下面垫了个行李卷儿当作配重。那伕子是位中年农民，浑身黑油油的，一条布带横搭在肩上，双手抬起独轮车，胳膊上的筋暴出来。独轮车一颠一颠地前行。坐在上面很紧张，好像随时都会掉下来。我爸爸前面开路，大姨父断后，汇入了逃难的人流……

六

一路上吃了许多苦才到武汉，后来又到了长沙。我爸爸戴过学士帽，在一家公司当职员。那家公司据说很有来头，而且以“抵制日货”闻名全国，只要军方不扣车，就可以把职员连同家属撤退到重庆去的。而我大姨父虽有才能，却没有文凭。兵荒马乱的，爸爸使出浑身解数，也没给他落实工作，他只好跟我们住在一起等机会。他自己也白天出去找工作、碰运气，晚上和我们坐在一起发愁，总是闷声不响。看得出，他内心有许许多多的痛苦。有时他还强作欢笑逗我玩，露出他那被我破了相的门牙。他一笑我就想哭。

有一天早餐，爸爸去上班，妈妈去买菜，大姨父对我说：“小胖，你老老实实在家待着，别出去。要是有空袭警报，你就去躲进后面的防空洞。我出去找工作，再碰碰运气。”我的直觉使我感到一种莫名其妙的恐惧。我紧紧抱着大姨父的腿，苦苦哀求着：“不，大姨父，你今天别去，我不要你走！”大姨父惊讶地说：“你今儿怎么啦？平常我出门你都高高兴兴地祝我好运……可今儿是怎么啦？”我说不清为什么，我有一种不祥的预感，就是哭着不让他走。大姨父用力掰开我的手，“傻孩子，大姨父不找工作，长期拖累你爸爸妈妈吗？再说大姨和你表弟还等着我寄钱呢，我怎能闲在屋里吃现成？”他说得有理，最后还是走了。

独自一人在家里真没意思，又不敢出门，又没法消磨时间，便索性脱鞋上了大床，放下蚊帐，重温我六岁时和我大姨在魔帐里猜谜语、讲故事的往事……过了一会儿，我的脑子什么也想不了啦。我睁大眼看着蚊帐……天啦！帐子里飘着五彩云朵，无数小星星在眨眼……我预料，牛郎织女又会出现在半金半银的鹊桥上了。谁知道，那些彩云互相撞击起来，星星也变成了暗红色的火花，参加了彩云之间的激烈混战，后来整个帐子里变成了一片浓烟弥漫的火海，可怕极了！我想叫，叫不出来，想动，动不了……这时忽然一声凄厉的巨响：“呜……”这才驱散了幻景，救了我。仔细一听：哎呀！

了不得啦——是空袭警报！大人都不在家，他们在外面遇到了轰炸怎么办？那时我不懂得战争的残酷，以为家里就是最安全的。我不想去躲防空洞——爸爸、妈妈、大姨父回来找不到我怎么办？我就一骨碌翻身起来，拔出那随身佩带的小手枪，坐在床沿上，瞄准天花板上的污水痕迹，把它们当作日本鬼子的飞机。“哒！哒！”参加了“抗日战争”。嘴里喊着：“打倒日本帝国主义！又消灭了一架！”于是就不害怕了，似乎自己成了抗日英雄一般。

玩了一会儿，突然感到四周格外寂静。我又害怕了。接着便听到“呜……呜……”声音急促的“紧急警报”。我感到问题有点严重，大人们来不及回家了，我去躲防空洞也来不及了，毕竟是九岁的孩子，心里一发慌，就下床钻进家里樟木大写字台底下。不一会儿，听得“嗡……嗡……”沉重的鬼子轰炸机声由远而近，越来越响，到了头顶上，那声音变得特别大，震得耳朵疼。我屏住了呼吸，心快从口里跳出来了。接着便是排山倒海般的“轰隆隆，轰隆隆……”炸弹落地开花的巨响。大地震荡着，就像地球要毁灭了。然后就是机枪扫射声、房屋倒塌声，浓烟和灰尘涌进桌子底下，眼前一阵漆黑，眼里、鼻孔里、嘴里全是灰，呼吸困难，就昏了过去……

等我醒来，发现自己躺在妈妈的怀里，妈妈坐在废墟上，四周一片浩劫后的惨象：这一片房子都倒了，到处是冒着烟火的瓦砾堆和弹坑，还有死尸、鲜血，以及活着的人在废墟上挖被埋起来的活人或死人。一阵阵哭声凄惨欲绝。妈妈蓬头散发，衣服脏而破，满脸黑灰，只露两个眼睛。我轻轻叫声：“妈，你回家了，爸爸呢？大姨父呢？你活着？”眼泪往外流，妈妈哭着说：“小胖，你醒啦？我躲在菜市场附近的防空洞里，轰炸过后我就跑回来了，看见家没了，以为你死了。幸亏爸爸也跑回来，我们把你扒出来了。”那眼泪就在贴着一层土的两颊流成了两条沟，接着她大叫："小胖他爹！小胖他爹！小胖醒了！"我爸爸就从附近废墟上站了起来，脏得像个黑猩猩，双手流着血——他是在把我扒出来以后继续挖我大姨父的。他冲到我身边急着问："你大姨父呢？轰炸时他在屋子里什么位置？"我妈也问："你想想看，是不是钻到床底下？"我说："大姨父不在家，他出去找工作了。轰炸时就我一个人在家，躲在写字台底下了。"爸爸舒了一口气："这就好了，街边有防空洞，他一定会躲防空洞的。我和你妈妈就是钻了防空洞才没事的。幸亏小胖钻到写字台底下，捡了一条命，在战争时期这就是幸运，就得念知感，这地方不能久待，先到公司城外办事处去吧！小胖他大姨父也认得那地方，会去找的。"于是爸爸把我背起来，妈妈提了一个破藤箱，那里面是从废墟中扒出来的我们家的财产了。他们一脚高一脚低地走着。妈妈不住念叨着："真主慈悯吧！他大姨父要是有个三长两短……"

到了大街上，听见一个女声在发疯似的号哭着："爱人哪！爱人哪！"翻来覆去就哭这三个字。走近前一看，却是胡同口沿街杂货铺小伙计的新娘子。她浑身血污和灰土，衣襟碎片和长头发都乱糟糟的。她跪在一具男尸的旁边，痛不欲生。那男尸面部完好，默默地睁着眼，胸口一片血糊，左边手腕子断了，和胳膊之间只有一条皮连着。他们是前天办喜事的，那光景好热闹，可现在就变成了这个样子。我妈妈去拉那新娘子，劝道："大妹子，人死不能复生，哭死也枉然，现在警报还没有解除，你快跟我们走，万一鬼子飞机又返回来……"谁知那新娘子却发疯般地嘶叫着："他死了，我还活着干什么？该死的日本鬼子，你们来吧，把我也炸死！到阴间我们两口子一起去告你们的状，和你们拼命！啊，爱人哪！爱人哪！爱人哪……"

新娘子只顾哭，根本不理我们了。

七

我们住在城外公司办事处收容所里，爸爸天天出去找大姨父，写了好多寻人告示，满城去一边找一边贴。找了十来天，也没有消息。爸爸又到各车站、轮船码头去打听，所有的交通都陷入瘫痪。唯有军队征用的车、船还在疯狂地撤退。谁知道大姨父能不能活着离开长沙？战火纷飞的年代，一个小老百姓的生死下落又有谁去帮忙打听？那时家破人亡妻离子散的是千家万户，在这一片混乱中去找一个人，简直是大海里捞针一般！

爸爸的公司还有几辆卡车，花了钱才不被军队征用。赶紧把留在长沙的人员连家属运出去，绕道独山、贵阳那边向重庆撤退。我爸爸要求再等两天，办事处主任发了脾气，说：“鬼子跟在屁股后面打来了，中央军都争着撤退，你们这是不想活啦！”就下令派人把我们硬架进了最后一辆卡车，于是我们便离开了长沙。妈妈和我哭了一路，爸爸一路发呆。

从那以后，我们再也没见过大姨父，怎么打听也打听不出一点消息。

只有一点是千真万确的：长沙撤退的最后时刻，一场罪恶的大火把长沙城几乎烧得精光……

啊，我可怜的大姨父！

八

抗日战争胜利前两年，我们在重庆，有的老乡又经由香港返回故乡去，也把我大姨失踪的消息带回去了——是我爸爸有意透露的，想让大姨有一点心理准备，同时请老乡带回去一笔可以维持几个月生活的银元给大姨。那老乡临走时叹着气说：“带钱我保证送到，可带这个消息就太难了，唉！我尽力做吧。”

抗战八年，其中的艰辛经历足可以写好几部长篇小说了，我这里就不叙述了。总之，一九四五年，鬼子投降了。外省人绝大多数都急于回老家。我爸爸的公司要迁到南京去，我爸爸是先遣队的随员，于是我们一家人怀着悲喜交集的心情上了轮船，经过三峡顺流而下……

轮船经过老家，上级不准许爸爸在老家上岸，爸爸几乎和主任打起来还是不行，公事要紧，只能以后再回家！没办法，妈妈也只好跟着爸爸，爸爸那时已有了肺病。有位同路的大叔要上岸办点事，然后第二天早晨搭船去南京，于是把我托付给这位大叔，中午上岸去看大姨，那时我爷爷已经去世，一早跟他一同去南京，我和那位大叔约好了第二天早上在码头碰头，就直奔大姨家。

故乡既熟悉又陌生。小时候，我觉得家乡街道那么宽，房子那么高大，八年以后，我感到街道那么窄，房子这么古老而矮小，胡同就更窄了，两辆人力车对面走还要小心翼翼怕互相擦着。我脚下如同踩着棉花一般，亦真亦幻，好像是在做梦。一想到马上就能看到大姨，我便感到极度兴奋和紧张，不知是悲是喜，眼眶里满含热泪。

门开着，我想一步跳进去，可脚底下发软，竟是跌跌撞撞地进了堂屋。一面颤抖地叫着：“大姨！我回来了！”

堂屋里没有人，我走到大姨房门口，放下手提包，又叫：“大姨，我——小胖回来了！”

“谁呀？”大姨的声音这样温柔、亲切，八年没听见这美好的声音了，我的泪水流泻着："是我，小胖，我是小胖呀！"

"什么？小胖？"

房门一打开，大姨就站在我面前，两个人都痴呆呆地愣住了。大姨还是那么漂亮，可是额上已有了一道明显的皱纹。她望着我，喃喃地说："安拉主啊！你是小胖？你真的是小胖？"

我们就扑在一起哭了。

"想你，想你，想……"

"大姨，我想你，想死了……"

"我的儿！"大姨放声痛哭。

我哽咽着说："我们是路过的，爸爸妈妈要上岸，爸爸的上司不准，要马上赶到南京去，让我先来看看你，明天一早就要搭船去南京考学校，不能耽误，这是爸爸妈妈给你带的东西……"我把旅行袋提起来交给她。"多谢了！"她看也没看就放到一边，遗憾地说，"为什么这么急？哟！真是大小伙子了，主啊！"

我很害怕，大姨马上要问我：大姨父什么时候回来？我该怎么回答？怎么回答？

我的心像掉到深不见底的井里，沉下去，沉下去……

出乎我的意料，大姨掏出手绢给我擦干眼泪，又擦干自己的眼泪，并不提问题，把我按到椅子上坐下，欣喜地说："你爸爸公事要紧，那是饭碗啊！你妈妈要照顾他，你回来就好，天上掉下来的宝贝！有良心的孩子！男子汉！高中生了！大姨这八年想你想得眼泪都快流干了。这八年啊……今天高兴，就别提那些伤心事啦！告诉你，你表弟也上高小了，大姨没钱给他上学，亏得街上清真饭馆的小少爷和他同年，要个老实孩子陪读，他家有钱，出钱给你表弟交学费，还管一顿中午饭。总算没失学，成绩还不错，虽说不像你总是考状元，哪一回也考个榜眼、探花的，一会儿他把小朋友送回家，就回来了……”

我听了好心酸。可怜的表弟，你从小受了这么多委屈，可你做梦也想不到，你已是没有父亲的孤儿了……

“你大姨父……”大姨终于忍不住提起大姨父来了。我心情紧张得不知所措，临下船时爸爸妈妈交给我的话，全忘得干干净净，吞吞吐吐地说：“你是问我大姨父？我实话告诉你，他……”

“我都知道了。”大姨面带笑容抢着说，双颊两个酒窝就深陷下去。

“你都知道了？”我极度困惑，她怎么还笑？

大姨脸上浮现两朵红云，愉快地说：“我比你知道的还多哩！前年有人从重庆绕道香港回来，给我捎来了喜信，说是在香港清真寺里碰见了你大姨父。长沙轰炸后，你大姨父和你们失散了。他找不到你们，就爬上了一列火车到了南方，遇见一位香港的阔经理。那经理看上你大姨父是个人才，就带着他到了香港，给经理当文书。你大姨父还托这位老乡带回来一笔钱，还是银元哩！那时我娘儿俩正没饭吃，这笔钱来得正是时候，救了命了。你大姨父有志气，有良心，抗战胜利了，你都回来了，他还不回来吗？你大姨也该转运了，嘿嘿！”

我听呆了！

我像吞了一个大铁疙瘩堵在胸口，偏偏眼前又是那副对联“凤倒鸾颠……卿怜我爱……”。

我想说：“大姨，那是带信的人怕你伤心，瞎编的话，是假的，事实上大姨父恐怕永远不能回来了！”但如果我这样说，大姨很可能就活不下去了。命运啊！你多么残忍！“可怜无定河边骨，犹是春闺梦里人！”

大姨只顾高兴，哪里晓得我心里正比刀绞还疼呢？她以为我是累坏了，便赶快打水给我洗脸，又给我泡茶，还泡了好大一碗炒米，上面盖着三个荷包蛋。我说我实在一口也吃不下去，她就说是旅途太劳累，让我先上床去睡一会儿。我和衣上床一躺下，她就把帐门掖好，快活地说：“你先睡，大姨去买点牛肉，晚上给你做牛肉丸子吃，你小时候最喜欢吃我做的牛肉丸子，剁得细，又鲜又嫩的。”她刚要跨出门槛，又转身说，“小胖，你火眼低，躺在我这魔帐里，看看你大姨父在香港生活得怎么样？回头告诉我。”这才笑着走出去，给我轻轻带好房门。

九

我躺在魔帐里，像躺在钉板上，哪里睡得着？往事历历，一桩桩一件件折磨着我。我的大姨父！长沙大轰炸时，你在哪个角落？什么姿势？心中怎样想的？有多少话想说？你有多少痛苦……真是太残酷了！

我真后悔啊！我为什么要用小手枪碰缺了你的门牙？在长沙大轰炸那天我为什么不拖住你，而让你走了？那桌子底下两个人也勉强能挤得下的啊！我实在没有勇气把真相告诉大姨，她正陶醉在团圆的幻梦之中，当幻梦破灭时，她会发疯的！

想着想着，我周身发麻，像无数条小溪在胴体里流淌，越流越快，越流越热，终于形成整体的气团在身上潮水般地运行。幻觉出现了，这魔帐里的火眼一打开，就看见无数闪烁的星星，无数道彩色的光柱交叉扫动着，渐渐融成一片红光，最后化成一片血与火的海洋，浓烟滚滚，弹片横飞……大姨父的身影从烈焰中缓缓走了出来……

大姨父的头面完好，浑身血污，左腕断了，和左胳膊之间只连着一条皮，左手耷拉着，拖在小腿外侧，可怕极了。他的脸越来越大，终于和我面对面了。他笑着，露出了被我碰破一个小缺口的漂亮的门牙。他没说话，但我听到他颤抖的声音在耳边升起：“孩子，告诉你大姨，我很寂寞，我想她，我多么爱她！孩子，请你给她一些安慰……”

我实在忍不住，失声大哭，这样，魔帐里的幻景也消失了。我清醒过来，就咬着枕头的边，不敢再出声，让热泪如瀑布般冲到枕头上。好久好久，我才镇静了下来，连忙下地洗了一把脸，然后回到床上装睡。

大姨一回来就掀开帐子，见我一睁眼，便急着问：“小胖，你看见什么了吗？”

天哪！我竟是这么说的：“我看见了大姨父，他坐在摩天大楼的办公室里，穿了毛料西洋装，打着领带，真有个大人物派头……”

“这就对上号啦！他是在香港大公司做事，以前当文书，现在总要高升的，当然要穿西洋装，住摩天高楼了。他本来就长得出众，一打扮，当然好气派！要没有个气派，怎会捎来那些钱呢？”

我没话找话，违心地问：“他没写信回来吗？”

大姨嫣然一笑，解释道：“他那个倔脾气！抗日战争前他在外面做事，不寄钱回来就不写信的，他可不是空口说白话的人。既然托人捎了口信，又带回钱，那就是有良心的人，再说他工作一定很忙，又没人照顾，成天那么累，哪有工夫写信呢。他一定是拼命攒钱。等到有一天，人也来了，钱也来了。快了，你都回来看我，他还能不回来？大姨总算盼到出头之日了！”

我实在无法再待下去了，时间长了我会顶不住的。正在我六神无主、局促不安时表弟回来了。

“妈！我回来了！”表弟在门外叫。

大姨把他拉进来，指着我笑着说：“瞧！这就是我常说的你表哥，他刚从重庆回来！”我一看，表弟很瘦小，只有我胸口高，但眉清目秀，显得少年老成的样子。我就伸出手来和他握：“表弟，你好啊！”

他没和我握手，却扑到我怀里来。叫着：“表哥，我可有了哥哥了，要是你早跟我在一起，就没人敢欺侮我了。”我一阵心酸，紧紧搂着他，喃喃地说：“我可想你呢，分手的时候你还没断奶呢……”

大姨解下表弟的书包，兴奋地说：“你表哥带来了好消息，看见你爸爸在香港大楼里办公，穿了西洋装，快回来了，咱们的苦日子熬到头啦！表哥明天一早马上就要上船到南京去插班考高中，这是前程，不能耽误。妈现在就去做饭。你和你表哥括白（聊聊），好好向他学着点，将来一样考状元，有出息。”

大姨一走，表弟就用他那过分早熟的眼神带着忧郁盯着我，轻轻地问：“表哥，你到过香港？那儿好玩吧？”

“没，我没到过香港，我……”我实在不能再欺骗这个天真而又早熟的孩子了。

“那你说你在香港大楼里看见了我爸爸？”

“你搞错了，刚才是你妈妈让我躺在帐子里看……看……”

“哦……我听妈妈说过，表哥火眼低，躺在这魔帐里就变成千里眼……你根本没到过香港？你用火眼看见的东西能算数吗？可你是和我爸爸一起逃难到大后方的，我爸爸到底在哪儿？”

“我不知道，我一点也不知道，你别问了……”我在这小孩儿面前哭了。

表弟像挨了一闷棍：“你是说，我爸爸经过那次大轰炸，已经不在了，是不是？”

“我不知道，真的不知道，我们打听了八年，一点消息也没有。”

“你们没有消息，那是他到香港去了。有人在香港看见他，爸爸带回钱来可是真的呀，爸爸不在香港那人怎么会给他带钱回来？”

“那……”我咬咬牙，“那钱是我爸爸妈妈托人带给你妈妈的。让那人告诉你妈妈，你爸爸失踪了。那人怕你妈妈受不了，自己做主编了个谎话。”

表弟不问了，蹲下来，双手捧着头，哽咽着：“原来是这样，完了……”他突然站起来，流着泪，轻轻说，“我可不准你对我妈妈说真话，要不我妈妈怎么活？我才这么点儿大，我妈病了怎么办？”

他期待父亲归来的梦想破灭了！他脑子里没有留下对父亲的记忆，却有着许多屈辱、艰辛的记录。他爱母亲，和母亲一起受苦、忍耐、等待，以妈妈的梦想为梦想。而现在，这个不满十岁的小小生命就背上了如此沉重的一座大山，迈向漫长的人生之路……

我记不清那晚的牛肉丸子是什么滋味，也记不清第二天早上是怎样跟着那位大叔走到轮船上去的。我只记得当汽笛一声凄厉的长鸣之后，轮船缓缓离岸。岸上大姨和身边一个小孩的身影在众多送别的人群中挥着手，然后渐渐地变小了，变成模糊的一片。我站在船尾的栏杆边，强劲的江风吹拂着我的衣裳，我的头发。我的心在流血。船尾两道汹涌的波涛将水中的晓月撕成碎片，放射出去，像个巨型扇面，惨白惨白地翻滚……

十

大江东去，逝者如斯，不舍昼夜！

历史开了一个玩笑，我们都为这个玩笑付出了代价。

当我再次登上故乡的江岸，我已是一个年近花甲的老人了。

接客的人群中有位西装革履、身材适中、微微发胖的中年人，手上举个硬纸板，上写着我的名字，在焦急地等待。我走近他的身边，激动地问："你是表弟？"

"表哥，是你？"表弟风度翩翩地伸出右手，我们热烈地握着手，"表哥，你不显老，可是当年的小胖哥哥变得这么瘦，认不出来啦！"

"老弟，你可发福了，很有点外交家风度哩！那时你那么瘦小，真想不到！"

"来，我帮你提包，我们的小车在前面。"

我们上了一辆崭新的小轿车。并排坐下，表弟颇有气派地对司机挥了挥手说："多绕点路，走大马路，让这位教授看看家乡市面上的变化！"司机尊敬地点点头，开车了。

表弟再不是四十年前那个可怜的小大人了，他和他母亲靠不懈奋斗已赢得了做人的尊严。他首先开了腔，而且口若悬河："表哥，我们是一九四五年年底见的面，那时我是个小不点的毛孩子。今年是一九八五年，只差十年就是半个世纪，人生的滋味我们都尝够了。由于各种的原因，我们之间失去了联系，只听说你受了不少委屈，你父亲也谢世了。不过，都过去了，现在总算好了。这次重逢，真是叫人高兴！"

我动情地说："现在兴向前看，不必多说了。我这四十年一直没来看望你们，虽说有客观原因，可我内心实在是深深地内疚，大姨她老人家好吗？"

"咳！什么内疚外疚的。我们生活在这个时代，个人命运和民族的命运同步，彼此彼此吧。改革开放，日子好过了，我们今天能健康地见面就是幸福啊！我妈快八十了，身体还不错。其实，我在十年动乱中受的罪也不轻呢，这么说吧，差点没被打死……”

“什么？你是个无父的孤儿，城市贫民，无产阶级，红五类，你受的哪门子罪？”

“岂敢，岂敢。”表弟苦笑着说，“我的罪名比你可大——我是特嫌！‘文革’中不知哪个丧心病狂的王八蛋打了我的小报告，揭发我爸爸没有死，一直在香港隐姓埋名。那就是个特务。我不仅是狗崽子，而且自己也有特嫌，是里通外国的伪君子，化成美女的毒蛇！我怎么能服气？我从小没了爸爸，他一九三七年就在战争中消失了，尸骨无存！我是一个苦孩子，是我妈十指尖尖磨出了血，一把鼻涕一把泪将我抚养成人的，我怎能受得了这个冤枉？我一反抗，就是‘反动立场顽固不化’，被打得奄奄一息，差点送了命。到今天还落得个阴天腰疼的病根子。”

不公平的老天啊！不公平的老天啊！

从小失去了亲生父亲本来就够不幸了，谁知道，没有父亲的苦人儿又因此遭到了无中生有的厄运！在那残破的心灵上又插上一刀……

我痛苦地说：“一个好心人的说谎，坑害了你们几十年！而我——这个魔帐里的火眼也成了撒谎的帮凶，我是恩将仇报了……”

表弟却更有高见：“话可不能这么说，事物都有两重性。也正是这个谎言支持着我母亲满怀希望地活到了今天。甚至我挨斗时我妈妈也得到鼓励——她想：连造反派都说孩子他爸在香港，可见在香港是真的。当然他不是特务，可他毫无疑问是活着，她反过来鼓励我，千万要坚持住，不要被打垮了，要活下去！我活下来了，现在在企业当了个处长，家里有老婆，孩子。三室一厅，彩电、冰箱、电话，全有了。我妈这辈子算没白守寡，没白疼我。可她现在还在等待，耐心地等待我爸爸从香港归来呢。她老人家说：现在有亲人在香港不再挨斗了，还受人羡慕哩！她说爸爸没回来总是有些不便之处。最多等到一九九七年，香港整个都回归祖国了，他还不回来吗？这下真的盼到头啦！”

我不知说什么好，只是痛苦地沉默着。表弟是极聪明的，他把话岔开：“你看窗外，家乡的面貌你还认得吗？”

我真的认不得了。街道这么宽，四辆卡车并排开也不会碰着。两边高楼林立，耸入云霄，路上各种车辆往来穿梭，行路的人大多穿了时髦的服装，有说有笑，处处显现出活泼生机，特别是那些年轻人，他们心头没有老一辈人那么多的创伤，他们欢乐，而且在追求更多的欢乐。我想：这些年来，尽管还有很多不如意的事，人们还有牢骚，还有不公平，还有弊端和缺憾甚至痛苦，但历史的进程自有它的规律，对于我们这些饱受忧患的人来说，从总体上看，我们确实在大踏步地前进，中华民族的前途正无可限量。

我感到宽慰，但我又面临一个不可回避的考验——我十分害怕大姨又让我钻一次魔帐，难道我还要再欺骗她老人家一次吗？

我可怎么办？

十一

务请读者理解：公开讲述这样一个真实的故事对于作者是很不轻松的。我控制自己的感情已经达到了能力的极限。

下面我不得不努力排除干扰。来坚持讲完这个故事的最后两节：

完全没有料到，四十年后这次和大姨的重逢竟是这么平静。大姨很健康，只是头发花白了，但眼不花，耳不闭，牙齿还是那么白而整齐。她对我的到来极为高兴，但绝口不提过去的事，而且好像我们不是久别重逢。表弟的爱人出差去了，表弟的女儿在家，她是个大学生，长得很甜，打扮也很时髦。在奶奶面前她总是撒娇，奶奶不在面前她就评论某某歌星如何如何。那顿晚饭极为丰盛，有家乡的盐水鸭子、红烧鱼、老母鸡炖的汤，还有炸牛肉丸子——大姨亲自下厨房做的菜。吃饭时大姨只问了问我家里情况，不住地点头笑着说："知感、知感……"大姨吃饭很快，吃了一平碗，然后迫不及待地离开餐桌。我说："大姨你老人家再喝点汤，坐着聊会儿。"她说："老年人要知趣，我在这里你们约束。"她对表弟挤挤眼说："快把藏着的'三六儿'拿出来吧。妈妈反对喝酒，今天来了亲人，你们喝个够，我不管你们。"于是她站起来，健步回到自己的房间，把门带上，但留了一点缝——其实她很想听听我们聊什么。

表弟如释重负，从一个角落里取出一瓶茅台酒，一瓶可乐，对我做了个鬼脸，然后我们三个人都开怀大笑。

哈哈哈哈……

我一般是不喝酒的。今天是姨母大人亲口下令，这"三六儿"（三六得九，三六者酒也）我是非喝不可，何况又是表弟私藏了好几年的地道茅台，何况我心头压抑正需要酒精的帮助。

"好茅台！"我喝了一杯又一杯。三杯下肚，就管不住自己了。我就要求和表弟猜拳。表弟向大姨的房门努努嘴，表示不敢。女大学生站起来冲我说："教授伯伯，听说你解放前参加了解放军文工团，给我表演一个小节目吧！"表弟瞪了她一眼，指指大姨的房门。我这姨侄女便伸了伸舌头，坐下了。

"你们别怕我呀！"大姨在屋里大声说，"教授伯伯鬼名堂多着呢，今天别拘束他，让他喝个够，喝个够。你看他瘦成了个皮猴儿，他这半辈子难得开心一次，今天让他变成一个六十岁的小顽童我才高兴哩！"

我领了圣旨，更加倚酒三分醉，我端起酒杯："满上！要我唱不难，你得先陪我三杯！”于是我喝茅台，她喝可乐，咕嘟嘟就连饮三杯，表弟想拦我哪里拦得住。

我昏昏沉沉地站起来，用筷子敲碗打拍子，唱起了一首小时候大姨教我的儿歌。我手舞足蹈地用家乡方言唱着：

> 丫头丫，
> 卖烧粑。
> 烧粑臭，
> 卖豌豆（安庆方言读“安豆”）
> 豌豆香，
> 卖生姜。
> 生姜辣，
> 卖宝塔。
> 宝塔一倒，
> 把丫头骇（吓）着一跑！

“好啊！”我一唱完，表侄女、表弟都热烈鼓掌喝彩。

“好啊！”大姨也在屋里鼓掌喝彩。

真是“三分颜色开染坊”，我来劲了：“满上！我还要唱！”

表弟劝我：“哥，你已经醉了，明天再喝吧！”我哪肯听？

大姨却在屋里大声笑着说：“你让他喝，你让他唱！小胖，今儿大姨让你吃够、喝够、开心够！四十多年前你在大姨身边，大姨穷，没让你满足，现在大姨这点酒供得起，我床底下还有一瓶汾酒哩，不怕的，发疯也不怕，人生难得几回醉！”

我洋洋得意，对着大姨房门叫道：“大姨好，大姨好，小胖是你好宝宝！我再喝，我再唱！唱得大姨心花放！”于是又连饮三杯，干脆大撒欢，我又唱：

四四方方一座城哪，

城里面……

刚开头，“咕咚”一声，我倒了，双臂贴着桌子，头倒在手臂上，把酒杯打翻了，进入了一个没有烦恼的世界。

十二

多么美妙的催眠曲在我耳畔升起：

我的宝宝乖啊，嗬嗬嘿哟，

宝宝要睡觉啊，嗬嗬嘿哟……

我返回到童年时代，撒娇地问：“大姨你还不睡？”

“我不困，我想多拍你一会儿。”

我吃了一惊，睁眼一看：我正睡在那阔别了四十年的魔帐里，年近八十的大姨正坐在床沿拍我这快六十岁的侄儿哩。

我清醒了，坐起来，惶恐不安地说：“我忘乎所以了，喝醉了，一定出了不少洋相……”

大姨指指嘴：“嘘……”又指指墙上的电子挂钟——已经凌晨两点了。她轻声说：“趁他们都睡了，咱娘儿俩说几句体己话。我在这里坐着看你，拍你，足有半个钟头了。孩子，你活到八十也是我的孩子。大姨怎的不想你？大姨知道你心里不快活，就是故意想你尽情地笑，尽情地出洋相，忘掉世上的烦恼，胸门口插把钥匙——开心啰！”

“大姨，你老人家有什么话，就请讲。”我心中又不安起来。我预料她总是要问有关大姨父的事，这下我逃不脱了！

“我想告诉你，小胖，”大姨颇为自豪地说，“我曾经向你保证，要学会念经时弹舌头，你听：嘟……我早就学会了，我还学会了背整段的古兰经，连阿訇都夸我的发音不错哩。我还对你讲，大姨什么病都没有，因为大姨上教门，封斋，礼拜，救济穷人，我一直坚持，我这辈子从来没想过不该想的事，从来不贪人家一分钱的便宜，所以真主慈悯，我没有病，就是主召唤我去，也是要进天堂的！”

我默默点头。

“我知道，”大姨说，“你是解放前参加革命的，我说这些你不要嫌我不进步，可大姨这辈子不容易，我就是靠‘清真’这两个字才活得这么好。”

我想：你是靠一个团圆的幻梦才活得这样好的，今晚上我一说实话，你这梦就破灭了！大姨，我不知你能不能挺得住？

大姨见我不说话，就笑着叹了一口气，从怀里掏出一个小包包来：“小胖，你们这钱，我不能要，我特地恳求你带回去，了却大姨的心愿。”

我忙说：“大姨，我隔了四十年，千里迢迢来看你，没带东西，带几十块钱孝敬你，难道不应该吗？你老人家童年教养之恩，我是永远也报答不完的……”

“傻孩子！”大姨笑了，“你有钱，孝敬我成千上万我不嫌多，你没钱，孝敬我一分钱也不嫌少，那是你的心意，我怎能退还？这包钱是欠你爸爸的，他老人家已经无常了，我只能交给你，带给你妈妈，谢谢她。了却我一辈子的心愿。这钱交给了你，大姨这辈子就不欠任何人一根毫毛了，大姨活得更自在！”

“没有的事，你从来没找我爸爸借过钱！”

大姨刮了一下我的鼻子：“小胖！你别装糊涂！光复前两年，有老乡从香港回来，带给我几块银元，那不是你爸爸带来的？”

“不！”我争辩，“那是大姨父托人带给你的……”

“打嘴！”大姨慈祥地说，“都什么时候了，还哄我呢！大姨四十年前心里就明白，你大姨父已经……无常了……”

“……你怎么知道……怎么知道的？”

“一九四五年，你走后，大姨发现枕头边都被你咬破了，床头上，床上，一大片都湿了，那不是你的眼泪是什么？我一看就明白了，长沙大轰炸，后来又遭一场大火，你大姨父怎会跑到香港去发财？为什么带钱不带信？孩子，大姨念书太少，可脑子里亮堂着呢，你在这魔帐里看见什么没有只有你知道，可你装神弄鬼看见什么摩天大楼了，我后来仔细一想，你这是跟我演戏哩！你既然跟我演戏，我也只好装糊涂到底——大姨我也演戏演了四十年！”

“那……大姨！你太苦了自己了……”

“苦？”大姨说，“我当然心里是苦的，这是摆不脱的。我真想跟着你大姨父去，可儿子怎么办？我又不敢对儿子说他爸爸无常了，要是我一说破，你表弟能受得了吗？再说，战争年代，谁也没法保证不出事。大姨父没了，你爸爸，妈妈，还有你，心里好受吗？如果我寻死寻活，你们这几个人不是更难受？更后悔？与其五个人一起同样痛苦，不如让我一个人暗暗痛苦吧！活着不能光顾自己啊！所以我装了一辈子糊涂，像是为了一个不能兑现的幻梦活着。这样你们对我也放心些，可以减轻你们内心的痛苦，是不是这样呢？”

“大姨，你是一个伟大的女性……”

“什么伟大不伟大的！书上有句话说得好——‘毫不利己，专门利人’，你革命革了四十年，你该懂得，当然，你懂是一回事，你能做到又是一回事，大姨觉悟低，大姨只知道按道理去做，做起来也不容易的。到今天，你表弟还不知道，要是告诉他：爸爸早死了，孩子心里流血，那是不好治的……”

“可，大姨……”我低着头说，“表弟早知道了，四十年前他还是个小不点儿我就实话告诉他了……”

“我可怜的儿子！我的心肝宝贝！他心里插着一把刀，插了四十年，他装得好苦啊……”大姨靠在我的肩上，无声地痛哭了。

“大姨，是我对不起你！我该怎么做才能弥补呢？”

大姨抬起头来，掏出手绢，像我小时候那样为我擦眼泪，又把自己的泪痕擦干。然后破涕为笑道：“我要你帮我做这件事，把这几块银元带回去给你妈妈，代我谢谢她在我最苦难的时候救了我。我只用了两块银元，后来我攒了钱，又设法补上了，一直收到现在，你不要再说了，我放在这里。”

“这……”

“什么这个那个，教授！别这么酸气！大姨还要找你要件无价之宝呢！”

“什么东西？只要能弄到，我上天入地……”

“什么上天入地的，你是醋缸里装水——改不了的酸！你听着：我找你要那把小手枪。你大姨父送你的小手枪，不知还有没有？”

“有的！”我立即下地打开手提包，取出那铸铁小手枪，双手递过去。

大姨把小手枪紧紧贴在嘴边，那热泪就像开了闸，润湿了小手枪。

大姨向我敞开心扉，低声倾诉：

“我和你大姨父虽则分手太早，算起来，在一起的日子也有几年。一日夫妻百日恩，大姨我是个活人，我年轻守寡，想他，怎能不想呢？你大姨父是个正直好人，他已经进了天堂，他在天堂等着我，可我还不能去。安拉主现在不要我去，我也舍不得儿子……你大姨父是个赤条条的无产阶级，他只留给了我三样东西：第一件是一副对联，那是你爸爸亲手写了送给我们的，那上面写着什么‘凤倒鸾颠’，你现在也懂得它的意思了。我一个七老八十的寡妇，屋里挂着它，让孩子们看着，难为情。所以我收起来了，那是你爸爸的墨宝，我送给你带回去，留给你妈妈做个纪念吧！第二件就是这顶帐子，也是人家送的。我们在这帐子里结婚，我也珍藏了好多年，昨天是特地为你又挂起来的，你大姨父没住过摩天大楼，大姨我倒住进这洋楼了，又没有蚊子，挂着它惹人笑话，我看着也难过。这是你的魔帐，我也送给你了。将来你看到这帐子就跟看到大姨一样。唯独这第三件小手枪是你大姨父用自己挣的钱亲手买的东西。它还碰过你大姨父的门牙，所以是无价之宝。它又小，平常藏起来，人家看不见。我一个人时，拿出来看看，就跟看见你大姨父和你一样。孩子们以为我只是想你哩！大姨就这么点秘密，全告诉你了……”

我白念了那么多书，直到现在，我才真正了解我大姨，她的品质，她的感情，她的纯粹，她的光辉……

大姨让我躺下，轻轻地说：“大姨父的事情你就永远别再提了！你在魔帐里又看见什么，我也不问了，你也别再编故事了。你安心地睡吧，以后也不要内疚了。我也踏实了，我回房去了。我也可以踏踏实实地安心睡一个整觉了。”

她轻轻给我掖好帐门，关了台灯，蹑手蹑脚地走了出去。

我呆呆地望着帐顶，不由自主地，火眼又开了：

上空彩雾弥漫，天边霞光万丈，片片祥云从雾中钻出来。年轻的大姨拨开云雾微笑着向我走来。每走一步身材就高一些，越走越近也就越高……后来变成一位顶天立地的巨人仙女，我只能看见她的脚尖，我像是一只蚂蚁伏在参天大树的根部，看不见大树的顶。我是多么的渺小！大姨啊大姨，我需要一张多么高的云梯，要爬多少年，才能爬到和你同样的高度呢？

原载于《民族文学》1992 年 2 月号

落花梦

前　奏

琵琶伴奏下，响起深情的歌声：

苦难的同年留给我一个梦，
梦里的花儿含苞待放。
月儿照着梦儿闪光，
梦儿随着歌儿荡漾……
那是一个未完成的梦，
纷飞的花瓣飘落在故乡的江上……

歌声中，交替出现如下画面：

一轮明月从云层中缓缓穿出……

涪江和嘉陵江汇合处一座小城市的鸟瞰。

薄雾似轻柔的白纱覆盖着涪江江面。几处渔火忽明忽灭。岸边露出了木船的桅尖，两岸寥落的灯火眨着眼睛。

江边高坡上，一座孤零零的小茅屋。临江的窗口亮着灯光，窗户上映着一个中年妇女的身影，她面前摆着一峰小玩具骆驼。镜头从茅屋顶上扫过去，映出了茅屋背江的门前平坝上那空荡荡的石桌、石凳和一拢翠竹。

竹叶上滚动着闪光的露珠，一颗露珠滚落地面。

地面上，两对小脚印踏成一长行。

循着脚印，画面把我们带到江边的沙滩，又转向江心的激流。

明月的倒影在激流中颤动——碎了又聚，聚了又碎……

陡地，江风吹来，漫天落花飞舞，冉冉飘落江中。

水面上落花浮沉，花瓣随波逐流，化成片名：

《落花梦》

片名在江流中荡漾……随着歌声慢慢往水中沉下去、沉下去……渐渐消失。

一

字幕：一九四九年深秋，刚解放不久的某大城市的一所医院。

欢庆解放的锣鼓声、鞭炮声和歌声……

臂戴黑纱的女军医文静穿过医院的花园走进大楼。她约莫二十四五岁，消瘦、清秀的脸上长着一对坚毅的眼睛。

穿上白大褂的文静在走廊里走着，面部毫无表情地和迎面走来的医护人员打着招呼。

六号病房。文静推开门走进去。

二

文静走入病房。

病床上躺着头缠着绷带的青年战士沙驼。他双目呆滞地望着前方。十六七岁的小护士刘芳正在为他剥橘子，她见文静来了忙说：

“文医生，刚才军区文工团王团长和院长来过了，他们说沙驼同志是烈士的后代，战斗勇敢，还弹得一手好琵琶，治好了病要送他到音乐学院去培养，希望你尽一切力量使他恢复记忆，治疗中思想解放些，大胆些……”

文静低头沉思，踱了几步，转身问刘芳：“他身边有没有日记本、信件、照片之类的东西？”

刘芳：“没有，他的背包丢失了……哦，有件东西。”她从床头柜中取出一个长方形的手绢包，递到文静手里。

三

文静轻轻打开手绢包。

露出了熠熠发光的战斗英雄奖章和淮海战役纪念章。文静拿起奖章瞧着，又看了看沙驼，心情沉重。

刘芳：“手绢上写着字！”

文静摊开手绢，看到了被水浸过的小孩写的毛笔字：

阿侬送给沙沙的歌

下面还抄了一首用简谱写的歌曲，歌词和曲谱都依稀可辨。

“沙沙……”小刘芳觉得有些可笑，但立即把笑容收了回去。

文静缓步走近床前，俯下身子轻柔地呼唤：“沙沙，沙沙……”

出现了奇迹：沙驼眼珠转动着，略有所思，忽然双臂前伸，轻轻叫了一声“阿侬！”然后又落下双臂，慢慢闭上了眼睛。

文静看着手绢上的歌词和曲谱，轻声地哼唱着，歌词里有这样的词句：

阿侬的小琵琶，
永远为你弹奏。

她眼中闪光，向着刘芳：“我要请求把沙驼同志转到海滨疗养院去，过了冬天我要提出一个新的治疗方案……”

刘芳会意地：“那你还不赶快向医院党委打个报告！”

四

字幕：一九五〇年。北戴河的春天，海滨游人稀少。

落日的余晖映红了海面，海潮渐涨，海浪冲击着礁石，激起高高的浪花。

文静背着琵琶，沿着海岸缓缓而行，她望着大海，心情沉重。

刘芳紧跟在后面，用焦虑、同情的目光盯着她。

文静：“是我唱得不好，还是琵琶弹得太差？”

刘芳赶上几步挽着文静的胳膊说：“不！你弹得还可以，嗓子好极了，你从医科大学毕业刚刚到解放区的时候，不是还当过文工团员吗？”

文静：“那？……”

刘芳：“……缺乏感情！你老想着自己是军医……”

文静：“什么感情？”

刘芳：“嗯……这首歌，歌唱童年的友情，依依惜别……似乎有一种朦朦胧胧的……什么感情……我说不清楚……”

“哦！”文静惊奇，“小鬼，说下去！”

刘芳：“歌里唱了江上的明月，可你，总是在大白天，太阳底下，穿着一身军装，绷着脸，说实在的，连我也没受感动……”

文静震动了。

五

海上的月夜。

月亮在大海中的倒影时而和波涛的闪光连成一片，时而被海浪撕成一条一条、一块一块的光带……

海滨疗养院一楼的阳台上，刘芳推出了轮椅，椅上端坐着沙驼——他头上的绷带没有了，露出一头乱蓬蓬、乌黑的卷发和一张眉清目秀、大姑娘似的脸。

从远远的海边传来了凄婉、真挚、动人心弦的琵琶前奏和歌声：

一支小歌，一块手绢，
送给你呀，沙沙
——亲爱的小朋友……
……

歌声中，沙驼的眼中闪出光来，明亮的眼珠子开始转动，沉睡的记忆正在苏醒……

六

几时你回来陪我唱歌?

切莫叫我等得格外长久，

你要记住这江上的明月，

阿侬的小琵琶永远为你弹奏。

……

歌声中，沙驼眼睛的特写。

大海的波涛变成涪江的激流，月亮的倒影在激流中荡漾……

水中出现五颜六色、有棱有角、奇异的光点……

光点变成满山的槐花……

沙驼尽力分辨着眼前的光点、槐花，出神地回忆童年的情景。

（歌声渐隐）

七

字幕：一九三九年，抗日战争时期，四川省合川县。

槐花盛开的时候。

郁郁葱葱的槐树林布满小小的山坡，白色的槐花一串串挂在绿色的槐枝上。

山坡下，学校的大门前挂着木牌，上面写着：合川县立纯阳山小学。

校内山坡煤渣路上，童年的小沙沙顶着一头乱蓬蓬的卷发默默地朝教室走去。

他身穿短袖白老布汗衫和灰色平布短裤，赤着双足，汗衫的肩头破了一个洞，他长得眉清目秀，像个小姑娘，又显得顽皮、可笑。

坡上传来悦耳的琵琶声，引起他极大的兴趣，他提了提裤子，飞快地朝教室跑去，差点碰倒了一个滚着铁环下坡的小朋友……

八

教室矮矮的窗前，一个天真可爱的小姑娘正满怀激情地弹着一张小琵琶。

红扑扑的圆脸庞上长着一双水汪汪的眼睛和一对弯弯微翘的细眉毛。高矮适度的鼻子下有一张小巧的嘴。小手熟练地弹着，脸上随时变换着表情。她沉浸在《昭君怨》快板的旋律之中。

沙驼走近窗前，他被小姑娘的弹奏深深吸引，情不自禁地把双肘撑在窗台上，伸长了脖子，天真而毫无顾忌地瞪大眼睛望着正在弹奏的小姑娘。

小姑娘对这种大胆的凝视感到恼火，她停住了弹奏，打量着这陌生的小朋友，板起面孔说："不许你这么看我，我不认识你！"

沙驼脸一红，扭头就走。

"站住！"小姑娘眼睛一转，"你是刚来的新毛头？"

沙驼矜持地："新毛头怎么样？再过十年就成大人了，要比你大好多！”

“哈哈……”小姑娘笑得前仰后合，“你的算术应该得零分，再过十年……哈哈……就你一个人长岁数……哈哈……”

沙驼知道说错了，脸更红了，找辙地：“什么了不起！我也会弹……”

小姑娘：“真好玩，别脸红了，我叫江月依——涪江上的月亮，依字是单立人旁一个农民的农，属小龙的……”

沙驼：“我叫沙驼——沙漠里的骆驼，我不属小龙，属蛇……”

“哈哈……”阿依笑得更厉害了，“真笨，蛇就是小龙嘛！交个朋友吧，以后我就叫你……对，叫你沙沙！”她大胆地顺手摸着沙驼的卷发。

沙驼：“那我管你叫江江！”

小姑娘：“江江……多难听！我的小名叫阿依，你就叫我阿依姐好啦！”

沙驼：“占便宜！你几月生的？”

小姑娘：“八月十五，你呢？”

沙驼：“腊月初九，唉！我输啦，就叫你阿依姐吧……”

“哎！”阿依顺口答应，满心欢喜，“好，见面礼，我给沙沙弟弟弹一个最新的曲子……”

她狡黠地边弹边唱：

叮当叮当当，
叮当叮当当，
骆驼头发卷，
骆驼脖颈长。

唱完她得意地笑着说：“跟我走，小骆驼。”

九

沙驼和阿依穿行在槐树林中，一串串槐花在他们头上摇晃。

沙驼差点被阿依抓住，他往旁边一扭身子。

阿依：“喂！你会不会编花环？”

沙沙：“这谁不会！”他立即从地上捡起槐枝编起来，“咱俩比赛，看谁编得好！”

“好，比就比！”阿依高兴了，也编起来。

两人都编好了，沙沙编了一个特大的，阿依编了个小的，二人比着。

“瞧谁的大！”沙沙得意了。

阿依一本正经地：“给我戴到头上去！”

沙沙把花环往阿依头上戴，太大了，一下就从头上滑到地上。

“哈哈……”阿依美美地笑了，“这不是花环，来，看我的！”她戴上自己的小花环。“怎么样？好看吗？”

特写：头戴花环的阿依扭过脸来。迷人的笑靥……

画外音（沙沙）：“真好看，就像童话里的公主。”

画外音（阿依）：“我就是江上的明月，纯阳山上的公主。”

特写：美丽天真的阿依醉心地笑了。

沙沙的面部特写：真诚的羡慕，衷心的赞美。

阿依拾起地上的大花环像端玉带一样端在腰间，忽然灵机一动：“哎，你会唱‘扯扯灯’吗？”

沙驼：“会，来！”他捡起一串槐花当作扇子真的逗起幺妹来，阿依主动配合，一进一退玩着跑旱船的游戏。

沙沙唱：

花呀扯灯，（‘灯’字发卷舌音）
来呀拜年，
今夜晚拜访的茉莉花儿香，
王大爷啊，四季花儿红啊！

二人齐唱：

王大爷啊，四季花儿红啊！

这时，旁边已围上一群小朋友，高兴地鼓掌欢呼：

“好啊！”

“快给幺妹领赏！”

……

有的孩子就往阿依身上扔槐花。

一个约十五岁的大孩子——身穿崭新黄呢子童子军制服，锃亮的皮鞋，排开众人走近前，一把抓住沙驼的领子：

“哪里来的新毛头，龟儿子，唱扯扯灯都不会，要这么唱……”他怪腔怪调地唱着：“今夜晚拜见我雷大爷哟……哈哈……”

沙驼把头一歪：“不认识！”

“不认识？”这小流氓松开沙驼骄傲地说，“老子是师管区雷司令的二少爷雷震江！快唱！”

“呸！”阿依吐了口唾沫，“十五岁还上小学，老留学生，老油条，小流氓，你爸爸就会贪污，就是不敢打日本！”

“贪污？”雷震江嬉皮笑脸地走近阿依说，“晓得就好，别看你脸蛋儿长得漂亮，又会作诗，又会弹琴、唱歌、画画，可惜你爸爸不会贪污，是个穷光蛋，唉！跟我交个朋友吧，干啥子跟这个小叫花子跳扯扯灯……”

“你！”沙驼气急了，一头撞在雷震江肚皮上，撞他个仰面朝天。

“哈哈……”围观的孩子们乐了，阿依也乐了。

雷震江爬起来，恼羞成怒地一把将沙驼的胳膊拧过来，另一只手捡起根槐枝就要朝沙驼身上抽去……

“做啥子？”一个粗嗓门吆喝着，雷震江的手被一只强有力的手抓住了。

雷震江回头一看，了不得！原来是傻大黑粗的郭大柱，那是他的“克星”，凭力气打架他可远远不是对手，不由自主地将手放下，胆怯地：“大老郭，这不干你的事……”

郭大柱是个渔民的儿子，十五岁，长得腰大膀粗，黑得浑身流油，身穿对襟土布褂子，光脚板，浓眉大眼，一副忠厚相。他平时不大吭声，可最爱护小同学。

郭大柱：“大路不平人人铲，不准欺侮小同学，快滚！”

雷震江撒泼：“你敢管老子？撒泡尿照照……”

郭大柱：“你滚不滚？”

雷震江好汉不吃眼前亏：“老子还没工夫陪你呢，老子回家喝酒去。”

郭大柱：“快滚！”

雷震江骂骂咧咧地逃走了。

“哈哈……”孩子们高兴极了。

“笑啥子？你们也都走开！”郭大柱一嚷，孩子们都笑着散开了。

只有沙驼朝阿依走去。

郭大柱抓住沙驼："你也走！"

"我？"沙驼不明白。

"滚！"阿依轻轻地说。

郭大柱对沙驼："听见了没有！"

阿依对郭大柱："我是叫你滚。"

"我？"望着微笑的阿依，郭大柱低下了头，忍气吞声地，"好吧，我滚……"像奉了圣旨一样，乖乖地走开了。

"你真棒！"沙驼向阿依伸出了大拇指。

阿依："郭大柱从小跟他爸爸在江上打鱼，上学晚，功课不好，老佩服我样样都行，挺听话的……这算什么？可我不想跟他们玩！"

"那你怎么跟我玩？"

"我不知道，我一看见你，心里就高兴，走，跟阿依姐回家去吧！"

沙驼乖乖地被阿依拉着手走出画面。

十

夕阳西下。

江边沙滩上，阿依身背书包和琵琶，头戴花环和沙驼并肩行走、一边絮语。

阿依："哎，你的名字为什么叫沙驼？"

沙驼："我爸爸说，干革命就要像沙漠里的骆驼那样，吃得苦，受得委屈……"

阿依："革命？"

沙驼机警地望了望四周，停下来凑着阿依的耳朵小声说："我爸爸是个共产党。"

阿依惊喜地："真的呀？"她也向沙驼耳语，"我爸爸老说共产党好，你爸爸在哪儿？"

沙驼眼圈红红地："叫国民党抓起来了，有人说在重庆坐牢，有人说被枪毙了……"

"可怜的沙沙。"阿依叹息着，"唉！你妈妈呢？"

"妈妈……"沙驼流着泪，"被日本鬼子的飞机炸……炸死了……"

"啊！？我妈妈也……"阿依失声哭了。

（闪回——两个画面同时进行）

涂着膏药旗的飞机向地面俯冲，投下一颗颗炸弹……

画面的一边：重庆被轰炸，炸弹落地开花，排排高楼倒塌，沙驼的母亲拉着沙驼从烟火中突出，有一颗炸弹在身旁爆炸，妈妈扑倒在沙驼身上，浓烟淡去，沙驼爬出来，妈妈满身是血，倒在废墟上，小沙驼伏在妈妈的尸体上痛不欲生，叫着："妈妈！妈妈！"

画面，另一半：合川被轰炸，炸弹落下，烈焰升起，房屋燃烧倒塌，阿依的父亲抱着她妈妈的尸体从烈火中突出，小阿依牵着父亲的衣角哭叫着"妈妈！妈妈！"跑着，跑着，他们都跌倒了……

两边画面上，阿依和沙驼都在哭着："妈妈！妈妈！……"

（闪回中止）

阿依和沙驼并坐在江边一块石头上抱头痛哭。

阿依给沙驼擦眼泪："好沙沙，可怜的沙沙，现在谁养活你？"

沙驼："一个远房的表姑把我带到合川。她家里穷，老骂我，老想把我送到重庆一个孤儿院去，可我不，我要念书，长大了，打鬼子，干革命，给我爸爸妈妈报仇！"

阿依："好了，别哭，别哭，你看看我，我就是你亲姐姐……"

十一

阿依和沙驼手拉手在江边走着。

阿依："我老梦见江上的月亮，妈妈在月亮里对着我笑……我一看见江上的月亮就想作诗，想唱歌，想哭，可是没有眼泪……我老想，要是有一个弟弟多好，我们一起上学，一起回家，在江边上走啊，走啊，一边走一边唱歌，像今天这样……沙沙，今天我真像做梦，我快活死了。"她把手搭在沙驼肩上。

"看！那座小茅屋，就是我们现在的家。"

十二

阿依的家——江边小茅屋里，窗口对着涪江，墙上挂着一对琵琶和箫、笛、二胡之类的民族乐器和字画。

阿依的爸爸江溪汉刚给沙沙换上了一身干净的旧衣裳。衣裳太大，不甚合身，阿依帮着扣纽扣，腋下夹着双草鞋。

江溪汉约四十岁，身穿旧长衫，五官端正，面容消瘦，二目充满感情，富有音乐家的气质，十分和蔼可亲。

江溪汉："瞧，洗了澡，换上衣裳，配上这头卷毛，简直像个小音乐家了。"

沙驼："江伯伯！这些乐器你都会？"

阿依："爸爸和妈妈都是音乐老师，我爸爸还是有名的琵琶演奏家、诗人。"

沙驼："真了不起！"

阿依："真好看，快穿上这双草鞋——是我给爸爸打的，打小了，你先穿上，以后我给你做布鞋。"

阿依帮沙驼穿上草鞋。

江溪汉："站起来，立正！向后转！起步走！一、二、一，一、二、一，立定！哈哈……"

沙驼过来拉着江溪汉的手："您真好，赶明儿您教我弹琵琶、唱歌、写诗、作曲子，我也要像阿依姐那么棒。"

江溪汉："那得有个条件：你以后每逢星期天就来，像我亲儿子一样，在这里学习。还有，阿依脾气太犟，你原谅她点，我经常不在家，就让阿依给你做饭吃，教你弹琵琶、写诗。"

阿依："爸爸，好爸爸！"她搂着爸爸的脖子，高兴得流出眼泪。

十三

琵琶伴奏下，歌声悠扬：

苦难的童年留给我一个梦，
梦里的花儿遍地开放，
月儿照着梦儿闪光，
梦儿随着歌儿荡漾……
亲爱的伙伴陪我一同唱歌，
快乐的歌声驱赶着我的忧伤……

歌声中交替出现如下的画面：

鲜花盛开的山坡上，阿依和沙驼一边唱歌，一边采集野花。阿依头上戴朵花，拉着沙驼到泉边照影。

铜梁洞——有好几个洞口，内有石床、石桌，阿依和沙驼欢笑着捉迷藏。

茅屋前，一拢翠竹下的石桌旁，江溪汉在教沙驼和阿依弹琵琶。

灯下，江溪汉在屋里给两个孩子念剧本《放下你的鞭子》，桌上的石板写着“抗日救亡”四个字。

街头，抗日救亡宣传队在演街头剧《放下你的鞭子》，江溪汉演拉胡琴的老头，阿依演女儿，沙驼演小伙计……观众群情激愤。

教室里，阿依和沙驼并坐在教室的座位上聚精会神地听课，黑板上画着中国地图，地图上用阴影标出了被日本帝国主义侵占的领土，旁边写着四个大字：“还我河山”，一位中年教师正慷慨激昂地讲演。

阿依、沙驼和江溪汉正在屋里喝豆粥，桌上摆着泡菜、菜叶子包的豆腐乳。阿依夹起一块泡菜送到沙驼的碗里。

一株老黄桷树粗壮的树干横在空中，沙驼坐在一边，阿依坐在另一边。阿依正为沙驼画素描像，卷曲的头发，忧郁的眼睛……沙驼伸手想夺过来看，阿依不给，往旁边一闪，差点跌下树来，被沙驼一把拉住，二人快乐地笑着……

月夜，阿依和沙驼并坐在江边石头上唱歌，郭大柱坐在小船上遥望着他们的身影，怀里抱着一张自制的小小土琵琶。

天空弯弯的月牙儿……

十四

字幕：1945年抗战胜利后的中秋节。

月牙儿变成中秋节的满月。

涪江月影亮晶晶……

江边茅屋前的石桌上盘子里摆着吃剩下的中秋月饼、芋头……

江溪汉和阿侬、沙驼围坐在石桌旁，江溪汉正在弹琵琶，娴熟的指法，优美的琴声……

他们三人各占石桌的一方，另一方上摆着另一张琵琶。

月光映照着竹叶上闪亮的露珠，微风吹来，竹叶瑟瑟作响，露珠纷纷滚落……

江溪汉弹完一曲，放下琵琶："沙沙，你怎么吃得这样少？"

沙驼没有回答，神色凄惶，心事沉重。

阿侬："沙沙，今天我过生日，又是中秋节，庆祝抗日战争胜利，三喜临门，你怎么不高兴？"

沙驼把头低下。

江溪汉摸着沙沙的卷发说："每逢佳节倍思亲啊！抗日战争胜利了，你应该高兴才是。孩子，不要为过去的不幸伤心，想着未来，等你长大了，要为天下孩子们的幸福去奋斗。"

沙沙抬起头来。

江溪汉："你跟我学作诗，写曲子，唱歌，弹琵琶，已经三年了，学得怎么样呢？现在你们俩就以中秋之夜的景色为题，各人自编、自弹、自唱一首歌。好，现在开始想，谁先想好谁就先表演。"

阿侬："好，就这样！"

沙驼默默点头。

宁静的画面：

江上的明月，天空的、水里的……

竹叶上的露珠闪光。

茅屋的屋顶。

江溪汉笑眯着眼，疼爱地看着孩子们。

沙沙在沉思……

阿依微笑的脸，在月光下像一朵美丽的芙蓉。她已经胸有成竹了。

阿依缓缓弹起琵琶，幸福、深情地唱着：

我家一拢竹，
正对小茅屋。
风吹竹叶响，
月映夜光珠。

沙驼接着用忧伤的音调弹唱着（他的弹唱已经俨然是个行家了）：

告别一拢竹，
想我小茅屋。
再听竹叶响，
不见夜光珠！

“嘣！”弦儿断了一根，沙驼伏在琵琶上啜泣……

“沙沙！”阿依失神惊呼。

沙驼抬起头，泪痕满面，一下子仿佛变大了许多。伤心地：“我爸爸被他们杀了……表姑说，后天一早就带我到重庆去，她去给人当保姆，把我送到孤儿院去做工，在合川，混饭吃太难。”

“啊！？”阿依惊呆了。

江溪汉悲愤万分，一拳击在盘子上，盘子碎了，手上流着血。

阿依一把拉住沙驼："沙沙！我不要你走！我不要你走！"她转向江溪汉声泪俱下："爸爸！沙沙是只孤苦伶仃的小鸟儿，他自个儿飞不动，他离不开我，爸爸，把他留下吧！让他念书，我不念了，爸爸！你答应吧，你怎么不说话呀？"

江溪汉激动地："不！沙沙不是普通的小鸟，他应该是一只小鹰！沙沙不是你一个人的沙沙，沙沙是四万万同胞的沙沙！"他对着沙驼，"我在重庆有个朋友，我写封信你带去找他，他会指导你走向更广阔的生活。"他又对阿依说："现在不是弹琴作诗的时候，让沙沙到孤儿院去受苦吧！让他到暴风雨中去锻炼吧！把翅膀练硬，像他爸爸那样，做一只雄鹰！"

沙驼"唰"地站起来，擦干眼泪："谢谢江伯伯，我懂了，明天见！"他向江溪汉深深一鞠躬，扭转身，快步走了。

阿依追上去，高呼："沙沙！明天晚上我在江边老地方等你……"

十五

翌日夜晚，月华初升，江水悠悠……

江边那块大石头上，并坐着阿依和沙沙。沙沙的赤脚在水里摆动。他们身旁放着琵琶、布鞋。

阿依把沙驼的脚从水里提出来，用衣襟擦干，放在怀里暖和。

"冷吗？"阿依轻轻地问。

沙驼不好意思地摇摇头。

阿依给沙驼穿新布鞋。

沙驼："我自己穿。"

阿依没理他，轻轻为他穿好，"还好，合适。"

沙驼还是不说话。

阿依轻轻叹了口气："唉！……"回过头去抹眼泪。

沙驼："别……"

阿依："我是小鸟，你是小鹰。三年了，你翅膀长成，要飞了，我知道，你再也不会回来了。"

沙驼："哪能呢？"

阿依："你回来时，给我带样东西。"

沙驼："啥东西？"

阿依："那天我看见一个小孩在玩一个玩具骆驼，卷毛的。会自己点头，兴许重庆能买到。"

沙驼："姐姐，我一定挣钱给你买。"

阿依："爸爸说你是属于四万万同胞的。"

沙驼："你也是。"

阿依掏出小手绢："这个送给你，我在上面写了一支歌，爸爸说好是好，有点大人气，你留着，有空就拿出来悄悄看，别忘了我。"

沙沙接过手绢在月光下展看：

阿依送给沙沙的歌

阿依怀抱琵琶，轻轻地唱起来——歌声凄婉，扣人心弦：

一支小歌，一块手绢，
送给你呀沙沙，
——亲爱的小朋友！
……

歌声中：

阿依背着琵琶和沙沙在江边，沐浴着月光，默默缓行。

歌声中：

阿依和沙驼互相看着，泪光点点，离愁别绪，不胜依依。

两个孩子用小手指拉钩，缓缓地松开。

歌声中：

阿依凄然地叫了一声："沙沙，再见！"转身跑去。

沙驼追上一步，停住了："再见，阿依姐！"

歌声中：

江心月亮的倒影在激流中荡漾，散了又聚，聚了又散……

十六

字幕：1950年北戴河。

海面上闪耀着有棱角的光点，像无数星星眨眼，然后逐渐朦胧，隐去。

青年战士沙驼依然坐在轮椅上，眼前展现出海上的明月。

海边传来歌声：

> 几时你回来陪我唱歌？
> 切莫要叫我等待格外久长。

沙驼陡地站了起来，叫着："阿依姐！我不是棒槌！我不是棒槌！"他向前扑去，扑到平台的栏杆上，看见海边礁石上一个女郎弹琵琶的身影，海风送来歌声：

你要记住这江上的明月，

阿依的小琵琶永远为你弹奏。

“阿——依——！”沙驼从栏杆上翻出去，往下就跳。

“沙驼同志！”在一旁观察的刘芳急了，也翻过栏杆跳下去。

沙驼和刘芳先后落地，跌在草坪上，沙驼很快爬起来朝海边跑去。刘芳爬起来，一跛一跛地在后面吃力地追着，又被绊倒了……

“阿——依——！”

十七

海边。

沙驼跑到唱歌的女郎身后，激动地呼唤着：“阿依姐，我……不是‘棒槌’！”

女郎不回头，月光下清瘦、俊俏的脸上浮着笑容。她身穿中式大襟花上衣，背后拖着一条长辫，怀抱琵琶一动不动。

沙驼：“我不是做梦吗？瞧，江上的月亮这么好，歌声这么美。”

女郎不回头：“这不是江，是大海，瞧！一望无边的大海。”

“大海？”沙驼朝海上望去，不知所措地，“是啊，这是大海……我在哪儿？”

女郎回头莞尔一笑：“你在海滨疗养院接受特别治疗！”

“啊！？”沙驼端详着女郎，惊愕，“你，你是？”

女郎取下假发。

“这是军医文静同志，是专门为你治病的，沙驼同志！”随后赶到的刘芳说。

“军医？治病？”沙驼捶打着自己的脑袋，想着，眼前出现：

硝烟弥漫的战场。

他端着上了刺刀的三八步枪和战友们并肩高呼，愤怒地向敌人猛扑过去。

展开了白刃战。

刺倒一个又一个敌人。

一个敌人从身后用枪托猛击沙驼头部。

炮弹落在身后，他倒地……（闪回中止）

文静放下琵琶，穿上身边的军衣，戴上军帽，站起来，亲切地：“沙驼同志，你记起来了吗？是怎么负的伤？”

沙驼：“是的，我头部被敲了一下，又被炮弹震了一下，以后……”

文静：“以后你被送到野战医院，又转到军区医院，然后来到这里。祝贺你，沙驼同志，昏迷了几个月，终于恢复了知觉。你看，解放了，新中国的大地，多美！”

沙驼迷惘地环视四周，刘芳前去扶他，他挣脱刘芳激动地高呼：“解放了！解放了！”

呼声在海空上回荡。

“成功了！”文静激动地和刘芳拥抱。眼中流着泪：“刘芳同志！沙驼同志的记忆恢复了，咱们成功啦！”

“成功了！”刘芳去扶沙驼，高兴地流出了眼泪，“咱们回病房！”

十八

海滩上，阳光灿烂。

文静和刘芳陪着沙驼散步。

沙驼："谢谢你们治好了我的病！"

文静："怎么个谢法？"

沙驼笑着立正、敬礼："谢谢文静同志，刘芳同志！"

"也太简单了！"刘芳说。

沙驼："那，我给你们医疗小组全体弹琵琶，唱歌。"

文静："歌，总是要唱的，不过你得先给我讲讲你自己的故事。"

沙驼："我从小没爹妈，受苦，后来参加革命……有啥新鲜的？"

文静："关于阿依的故事！"

沙驼："这……"

文静："要讲！"

……

"对不起！"沙驼用颤抖的声音说，"我求你，不要用我伤心的往事来满足你的好奇心。"

"你……"文静站住，痛苦地回转身，朝大海走去，海水浸湿了她的鞋袜。

沙驼跟过去："请原谅，我一时冲动，说得太……"

文静朝着疗养院，头也不回地快步走去。

刘芳对沙驼："你呀！文静同志的未婚夫是一位团长，在辽沈战役中牺牲了，她给你治病耗尽了心血，可你……"

沙驼望着文静的背影，内疚地敲着自己的脑袋。

十九

疗养院的单人病房里，阳光照射进来。

沙驼斜靠在病床上，凝望着窗外的大海。

文静坐在床沿，心情很不平静。

文静："就这些吗？"

沙驼："就这些……"

文静起身轻轻踱着步子："金色的童年，优美的故事，可是后来呢？你只讲了一半。"

沙驼："还有什么可讲的？"

文静："还有……'棒槌！棒槌！棒槌！'"

沙驼："你……真厉害……"

文静："沙沙同志！我不仅是你的医生，还是你的战友，也是你的好姐姐，是吗？"

沙驼迷惘地望着她。

刘芳推门进来，手上端着药盘子。

"文医生，今天的治疗完了吗？"

文静："完了，吃药吧！明天继续——嘿，棒槌！这两个字里有故事！"

她大踏步走了出去。

二十

夕阳西下，海空出现绚丽的晚霞。

海滨公园，鲜花似锦。

沙驼："……我在重庆孤儿院里，受尽了国民党军事教官的凌辱，也懂得了许多事情。后来我找到了江伯伯介绍的那位叔叔，是位地下党员——他把我领出来，送到北碚古圣寺陶行知先生办的育才学校学音乐，我在那里接受了系统的革命教育，参加了共产主义青年团。抗战胜利后，调到重庆当党的交通员，就没法和阿依通信了。一九四七年，我十八岁了，国民党发动内战，我被派回到合川去，任务是和党的外围组织联系，把弄到的药品送到城外指定地点，交给华蓥山游击队派来的人……”

沙驼沉思着，娓娓而谈。

二十一

涪江南岸。

十八岁的沙驼，英姿焕发。头上的卷发依然乱蓬蓬的，目光依然那样明亮，但变得深沉、含蓄。当然，十分激动。他身背一个蓝印花布包袱，疾速地在江边人群中穿过，往渡口走去。

画外音（青年沙驼）：“阔别五年的故乡啊！我又回来了，阿依姐，你好吗！这五年，我日夜想念你……”

由于性急，他撞在一个黑大汉的身上，那黑大汉长着一脸络腮胡子。

黑大汉：“老弟，走路看着点。”

沙驼：“对不起，我……”

黑大汉：“不怕得，头碰头，不来头。”

沙驼抱歉地笑了笑，习惯地摸了摸卷发，转身朝拥挤的渡口走去。

黑大汉想了想，追上去拍着沙驼的肩膀：“喂！你哥子等一等！”

沙驼回头：“我要过河，你打算？”

黑大汉抓住他：“哎呀，你看你，这不是沙沙！我是郭大柱，大老郭呀!”

沙驼兴奋地:“真的,你长了大胡子了,哈哈……大老郭,你好哇?”

二人拥抱。

大老郭:“好啥子?小学没毕业,我爸爸就死了,留给我一条小船。”他指着江边,“喏!就是那条,我就在这江面上靠这条船混碗饭吃。来,渡船太挤,我送你过河。”

他拉着沙驼朝自己的小船走去。

二十二

江面上,大老郭划着小船,沙驼坐在船头,舱里有少许活鱼,船板上堆着渔网、炊具、教科书、练习本、一张土琵琶。郭大柱不好意思地取过一顶破草帽把土琵琶盖上。小船向上游偏斜,往对岸渡去。

大老郭:“你走了这几年,长大了,怎么才回来呀?阿依想你都想疯了!”

沙驼:“你看见阿依啦?”

大老郭:“我天天在船上,都看见她在江边洗衣裳,晚上听她弹琵琶,真好听啊,听得我心里难过,她那是在想你!”

沙驼:“她该骂我了吧!”

大老郭:“不知道,我没跟她讲过话,听说好多有钱的少爷都想娶她,托人做媒,她一概不理。”

沙驼:“她现在还住那儿吗?”

大老郭:“还是老地方。哎,你看,那不是阿依!?”

二十三

一只少女的手举着棒槌在石头上捶衣裳，另一只手翻着衣裳，节奏均匀，动作协调……

少女直起腰来喘口气，她是阿依。

她已长成为一个美丽、苗条的少女，一头长发披散在脑后，乌黑发亮，那对会说话的眼睛中闪着智慧、热情而忧郁的光芒。

她注视着江水，陷入了沉思。

画外音（小阿依的）：“我知道，你再也不会回来了……”

画外音（小沙驼的）：“哪能呢？”

忽然江面上传来亲切的呼唤声：“阿——依——”

她往江心望去，一个青年站在船头上向她挥手，叫着。

她起立凝视，只见那青年，从船头跳下水，头顶包袱朝她游过来。

“阿依！我是沙沙！”那青年高呼着。

“沙沙！？”阿依跨进水里朝那青年跑去，溅起高高的水花，水渐深，阿依朝青年游去。

二人互相接近。沙驼一把拉住阿依。

“阿依姐！”

“你是……沙沙？”

“是我，我回来了。”

“你还回来呀？”

阿依脸上露出微笑，泪珠滚下，一头倒在沙驼胸前。

小船上，大老郭用同情、羡慕和赞美的目光看着沙驼扶着阿依朝岸边走去。

二十四

沙驼背着包袱，一手挎着洗衣篮子，一手扶着阿依，两个人湿淋淋地，朝坡上走去。

阿依："你的心好狠哪！"

沙驼："这几年……你好吗？"

阿依辛酸地："好啥子？师范没毕业，找不到工作，天天给人家洗衣裳。唉！小时候，心比天高，幻想着人生的美景，可是现在，你知道，人是天天要吃饭的，开门七件事，柴米油盐酱醋茶，完全不像小时候想的那样——写诗、弹琴、唱歌，做梦！你知道吗？抗战胜利了，可是米价一天涨好几次，活受罪。"

"伯伯呢？"

"他……"阿依泪流满面，指着茅屋前竹林后面一座坟头："他老人家在那里，睡着了。"

"啊！？"沙驼大惊，朝竹林跑去。

二十五

沙驼伏在坟前痛哭，风吹竹叶瑟瑟作响，地面上竹影摇动。"伯伯呀，我回来晚了！"

阿依也伏在坟头上，伤心地："去年冬天那个晚上，下大雨，他没回家，在外面不知道干啥子，整整淋了一夜，受了寒，回家病了二十多天，就……"

沙驼扶起阿依，安慰地："好姐姐，别伤心，这不是，我回来了吗？”一面在地上采集野花，扎成一束。阿依看着他把花束放在坟前。

阿依：“回来了好，快进屋换衣裳吧，别又病倒一个。”

二十六

阿依去开茅屋的门，门头钉子上挂着一串活鱼。

沙驼：“鱼！”

阿依抬头：“啊！”她取下鱼来，急转身朝坡下，看一个大汉的身影已走远了。

阿依：“准是他——大老郭！”

沙驼：“大老郭？”

阿依：“逢年过节，他总要悄悄给我送几条鱼来，可就是不跟我照面。今天……”一边说一边提着鱼进屋。

沙驼跟进屋，一边说：“刚才我在河那边碰上他，坐他的船过来的。”

阿依：“那，这鱼是送给你的。”

沙驼：“真过意不去，老郭真是个好人啦！”

阿依：“他倒是，一直在暗中保护我。不着急，等我有了工作，攒了钱，送他一笔钱，给他介绍个媳妇儿，报答他的好意。哎，快换衣裳，你饿了吧？”

沙驼：“肚子叫唤了。”

“你呀！”阿依怜爱地敲着沙驼的头。

二十七

他们已换了衣裳，并且吃完了饭，桌上放着碗碟。二人各抱一张琵琶，怀着重逢的喜悦深情地弹唱：

沙驼唱：

苦难的童年留给我一个梦，

阿侬唱：

梦里的花儿含苞待放，
月儿照着梦儿闪光，

沙驼唱：

梦儿跟着歌儿荡漾……

阿侬唱：

那是一个未完成的梦，

沙驼唱：

我把它遗留在故乡的江上……

阿依："到底经过了育才学校的专门训练，琵琶长进了，唱得也好。唉！你把它遗留在故乡的江上，现在，好梦接着做起来吧！"

沙驼："我现在做一个更美更好的梦，不！这不是梦，这是一个就要实现的伟大理想。"

阿依："可惜，理想不能当饭吃。"

沙驼："不！理想实现了，人人有饭吃！"

阿依痴痴呆呆地望着他，喃喃地："沙沙你长大了，长俊了，你变了。"

沙驼："姐姐你也变了，女大十八变，越变……"

阿依心中一动："沙沙，我给你看样东西！"她从柜子里取出一个匣子，打开来，从里面取出一大把纸叠的骆驼放在桌上，把它们排成一队。然后伸出手掌："拿出来！"

沙驼："什么？哦……"他从包袱里取出一个布骆驼放到桌上。

"真的带来啦？"阿依欣喜地接过来放在桌上，排在骆驼阵的最前面，笑着。忽然抓起布骆驼一把扔给沙驼："不要！"

沙驼："怎么？不喜欢？"

阿依："它不会点头！"

沙驼抱歉地："对不起，没买到会点头的，下次一定买。"

阿依："下一次？哼，至少五年！好吧！"她重新拿过骆驼放到桌上。

桌上，宛如沙漠里的骆驼队一般，阿依指着布骆驼："卷毛骆驼，你懂得我的心吗？"

布骆驼不动。

"你不点头，你不点头！"阿依按着沙驼的头，沙驼顽皮地就势点了三下。

"点头了，点头了，哈哈……"阿依高兴了。

二十八

月夜。

阿依躺在里屋床上，辗转反侧难以入眠。

她手里拿着小时候为沙沙画的素描像。

轻柔的琵琶声升起，她终于含笑睡着了。

她进入了梦境……

树上、地上到处是瑰丽的花。

她坐在花树下，在鲜花环绕之中，愉快地弹着。

江面上忽然开出一片美丽的鲜花。花丛中缓缓走出沙驼，张开双臂跑过来。

陡地，狂风大作，落花纷纷卷起，在空中狂舞，沙驼不见了。她扔下琵琶，四下寻觅，头发和衣裳飘动，她惊呼着："沙沙！沙沙！"

她醒了，坐起来，惊魂未定。环视屋里，只见半床明月，一张肖像。

她悄悄下床，轻轻开门走到外屋。

沙驼正在外屋床上，用阿依送给他的小手绢盖着脸，打着呼噜，阿依轻轻取过手绢，幸福地看着，抿嘴笑着走进里屋。

沙驼慢慢睁开了眼睛……

二十九

早晨，阿依和沙驼正在对坐吃稀饭。

阿依："昨晚睡得好吗？"

沙驼："好，一沾枕头就睡着了，你呢？"

阿依："嘻嘻……"

沙驼："你笑什么？"

阿依："你昨夜晚睡着了的时候，看的是什么东西？"

沙驼："哎呀，姐姐真坏！"

阿依："丢了吧？喏，这儿！"她亮出小手绢，沙驼伸手没抢着。

"阿依！"——一位四十上下的妇女抱着一包脏衣裳一边叫着一边走进来，看见这一情景，愣住了，"哟！你有客人……"

阿依走过去接包袱："不是外人，这是我常跟您提起的弟弟沙沙，他去外面受了几年苦，回家里啦……"她放下包袱对沙沙说，"沙沙！这位是有名的快嘴张大婶，心直口快热心肠，这几年多亏她照顾我。"

"张大婶，您请坐，姐姐这些年多承您老人家关照了。"沙驼向大婶行礼。

"乡里乡亲的，谢个啥！"张大婶不住地打量着沙驼，忍不住啧啧夸奖，"多漂亮的小伙子，斯斯文文的……这下就好啦！好，不打扰了，我还要去送衣裳，有空再来摆龙门阵。"

阿依把包袱打开，将脏衣裳放进篮子里。张大婶接过阿依递过来的一叠干净衣裳，用包袱包好。

她夹着衣包一边往外走，一边向阿依使了个眼色说："阿依，你来！"

阿依跟出去。沙驼送到门口，停住了。

在墙角，张大婶眼珠一转，悄声问阿依："沙沙长得一表人才，他比你小几岁？"

阿依："和我同年，属小龙的……"

张大婶来了神："同年的……怪不得。这么多人给你做媒你都不答应，原来……说真的，世上的男娃儿也只有他跟你是天生的一对儿……”

阿侬含着笑说：“您说到哪儿去了？哪有姐姐跟弟弟……”

“你别装模作样了！”张大婶说，“他姓沙，你姓江！小两口趁早办了事，在一起过日子方便些，你还犹豫什么？要不，二天他在外边找一个，你再走遍天涯海角，到哪儿去找这么可心的人？傻丫头！”

“可他还小，不懂事……”阿侬低下了头。

“哎呀，十八岁的大小伙子，这么高的个儿，还能不懂事？你不好意思，我去说……”张大婶回身要进屋，被阿侬揪住了。

“别，大婶，不用您说……”

“这就对了，抓紧点啊！窗户纸一捅就破，大婶我等着吃喜酒，去吧，啊！哈哈……”张大婶乐着走了。

阿侬走进屋，心跳得厉害，红着脸走到大镜子面前照着。镜子里那青春的笑靥，火辣辣的眼睛。

沙驼走到她身后。

沙驼：“大婶跟你……说了些什么？瞧你脸红得像个桃子……”

阿侬鼓起勇气：“说什么？还不是给我做媒，提亲！”

沙驼：“姐姐，你真的要嫁人？”

阿侬：“这还有假？男大当婚，女大当嫁。姐姐能守着你一辈子？再说，就是我一辈子不嫁人，你也大了，也是要娶亲的……”

沙驼：“姐姐，你听我说……”

阿侬：“有话就说，直瞪瞪地看着我做啥子！不许看！”她用手绢蒙上半边脸，“说吧！听你说句大人话！”

沙驼嗫嚅地：“姐姐，要是你不嫁人，我也不娶亲，等全国解放了，我伺候你一辈子……养你的老……”

阿依将手绢扯下来，认真地："傻弟弟，就算我一辈子不嫁人，你呢？你不娶亲，咱们江、沙两家不都绝了后了吗？怎么对得起死去的爹妈？"

阿依说着说着伤心起来，将手绢扔到床上，提起地上的洗衣篮子，扭身就出门，被沙驼抓住篮子。

沙驼："那……你说怎么办？"

阿依："不能想个两全的办法吗？你这个棒槌脑壳书呆子！"阿依甩开沙驼就快步走了出去。

三十

沙驼痴呆呆地站在那里思索着。

画外音（江溪汉）："沙沙不是你一个人的沙沙，沙沙是四万万同胞的沙沙！""现在不是弹琴作诗的时候……现在不是弹琴作诗的时候！"

他眼中闪亮，兴奋地追出去，朝江边跑去。

棒槌重重地一下一下捶到衣裳上，溅起高高的水花。

江水中摇曳不定的阿依的倒影。

沙驼喘着气，来到阿依身后，兴奋地轻轻说："阿依姐，两全的办法有了。"

棒槌重重地捶了两下。停住了。

阿依望着江面："说吧，我听着。"

沙驼："等我们再长大些，咱俩就……"

"嗯？"阿依回嗔作喜，回头望了望沙驼，脸上发烧，低下头，"就怎么？"

沙驼吞吞吐吐地说："……就领一个没有爹妈的孤儿来抚养。"

如同当头一棒，阿依大失所望，半晌："那……孩子怎么称呼你？"

"当然叫爸爸！"沙驼干脆地回答。

"怎么称呼我呢？"

"叫你妈妈呗！"沙驼脱口而出。

阿依啼笑皆非地："你是孩子爸爸，我呢，是孩子妈妈，我又不是你的老婆，我……我成了你什么人了！？"她又抄起棒槌重重地击在衣服上，水花溅得更高。

沙驼自知语失，羞愧难当，低着头，诚恳地："原谅我，阿依姐，我，我是无心的。"

"无心的？"阿依说，"可你人长到这么高，为什么还没长个心眼儿呢？你呀！实心的棒槌！"她又把棒槌击在衣裳上。

沙驼腼腆地："阿依姐，别难过，我不是棒槌，我……"

三十一

海上的黄昏，景色朦胧。

海滨公园的亭子里。

文静："你真是一窍不通的棒槌！可是我喜欢她那个火辣辣的性格，敢爱，敢恨，大胆，泼辣，可是你，在战场倒是很勇敢的，在阿依面前……"

沙驼："我不能，我正在战斗……我有任务啊！"

文静："故事挺动人，后来呢？"

沙驼："后来……"

文静：“明天再讲吧，你不嫌烦吗？”

沙驼：“不！讲出来心里痛快些。”

三十二

海滨夜色。

卧牛石上，沙驼、文静和刘芳坐在那里，沙驼继续讲他的故事。

沙驼：“我和合川地下党外围组织的小张联系上了，他们已经弄到了一批救急的药，主要是盘尼西林，就是没办法运出城去，华蓥山游击队的伤病员同志急等着用呢！”

三十三

沙驼和小张默默地走在合川街头。

遭到轰炸后的废墟上搭起了简易的铺面。到处是“胜利大减价”“八折优待顾客”之类的广告，断壁残垣上涂写着“戡乱建国”等标语。

测字、算命的摊子、担担面挑子、茶馆、坐地哀告的乞丐、垃圾堆上倒毙的童尸、抢骨头的野狗。

一个又瞎又瘫的乞丐坐在地上，胸前挂着讨饭篮子，屁股上捆着个草蒲团，双手着地，用手和屁股在地上行走。长满癞痢的头上不知用什么方法插了一根点燃了的蜡烛。他一面向前挪动，一面哀叫：“我瞎子造孽啊！”并且不时用右手握拳捶着自己的胸脯。

酒肆里传出猜拳之声。

一乘滑竿上坐着县自卫队长上尉雷震江，他悠然自得地叼着象牙烟嘴。朱副官紧跟在后面，有一两个穿长袍马褂的行人向他作揖、打招呼。

沙驼和小张在人群中悄悄跟踪。

滑竿经过瞎子乞丐，朱副官一脚将乞丐踢倒。

乞丐哀叫着，路人侧目。

“朱副官！”滑竿上的雷震江招呼。

“什么事？二少爷！”朱副官走近滑竿。

雷震江：“双十节要大闹花灯，你知道吗？”

朱副官：“知道！”

雷震江：“街面上这么乱怎么行？”

朱副官：“您放心，到时候自卫队同警察局把街道清理好，包管龙灯、狮子灯、高跷、扯扯灯都要得开！”

雷震江：“城门要加岗，保证粮食、药品、枪械，一点也漏不出去。”

牛副官：“双十节，您就放心看幺妹吧！”

雷震江：“幺妹？这几年在重庆，小姐们我看够了，现在回到合川这个鬼地方，幺妹？哼！”

滑竿到衙门口停下。

衙门口挂着“合川县政府”“合川县党部”“合川县国民自卫队”的牌子，门头上画着青天白日国民党党徽。一边墙上写着：“礼义廉耻”，另一边写着：“忠孝仁爱”。

门岗敬礼，雷震江大摇大摆径直进去，朱副官随入。

沙驼向小张示意，朝塔耳门方向走去。

三十四

塔耳门木栅栏前。

国民党自卫队的大兵对出城的人，特别是背背篓的、挑柴火的、运口袋的，十分注意搜查。

沙驼离开木栅栏，忧心忡忡。

他走到靠城墙的一条胡同里，小张在那里等着他。

小张：“怎么样？”

沙驼：“盘查很紧，这些药怎么运出去？”

小张：“是呀，只要能运出城，我负责送到山脚下接头地点，可是……”

“哎！”沙驼想起一个主意，“扯扯灯！”

他与小张耳语。

小张：“好是好，不过这个幺妹必须可靠，又要胆子大。”

三十五

灯下。

沙驼帮着阿依在绕毛线团。

阿依：“你喜欢穿套头的，还是……”

沙驼心不在焉，手忘了动，毛线断了。

阿依：“你怎么啦？你有心事！”

沙驼：“没，没什么。”他整理毛线。

阿依放下线团：“有什么为难的事，你还不告诉我？”

沙驼："我？"

阿依："我见不得这号人，吞吞吐吐的。你是干什么的……我早看出来了……你忘了，我爸爸虽不是共产党，也是赞成共产党的，革命的大道理，我懂，上刀山，下火海，姐姐敢！可你！……你不相信我！"

沙驼望着阿依："姐姐别生气，我告诉你。"

三十六

江面上空，满天星斗。

茅屋窗口，阿依和沙驼交谈的影子。

大老郭坐在小船船头，望着茅屋的窗口，笑了。

三十七

茅屋里。

阿依展开一张她画的图，指点着："就这样，把盘尼西林这些药分散了，藏在扯扯灯花船的架子里，外面包上布，双十节上街，趁着热闹，就扭出城去！"

沙驼："就是你太危险！"

阿依："你就不危险了吗？你呀！拿不起，放不下。小时候我们第一次见面就扭扯扯灯，那叫有缘！再扭一次怕啥？未必叫老虎吞了！嘿呀，你是鹰，我难道是光会唱歌的画眉？就是出了危险，我们也死在一起。"

一阵风，吹灭了桐油灯。阿依去关门，看见满天星斗。她靠在门口问："怎么样？想通了吗？"

沙驼靠在她身边，激动地："我的好姐姐，我的好同志！"

阿依倒在沙沙胸口："沙沙，你不是说，要做一个更大、更美的梦吗？"她抬头望着沙驼，"跟你在一起，我什么都不怕，等全国解放了，我们……啊，你看这满天的星星，好像无数闪光的花朵。那天夜里，我做了一个梦，到处都是花，我们……"

沙驼："别说了，姐姐！你的感情我还不知道吗！可是我们面临着一场残酷的斗争。这次完成了任务，前面还有更艰巨的任务，以后我也随时可能牺牲，像你我的爸爸那样……如果我们都能看到祖国的解放，我会把心中所有的话统统告诉你……"

阿依："谢谢你，这就够了，可是为什么想到死？你死了，我怎么办？"

沙驼："当然要顽强地活下去！"

阿依："我孤零零一个人，我不能没有你。我是一个女人……"

沙驼："即使世界上没有了沙沙，你也会得到幸福……"

阿依："不，像你这样好的人，再也没有了……"

沙驼："我算什么？有的人心中埋藏着金矿，要善于去发现它，认识它……"

阿依："……你的话也许有道理，可是这太可怕了……梦里的落花……"她哭了。

沙驼："你爸爸说过，我是属于四万万同胞的，你也说过，你也是属于四万万同胞的……"

阿依："是的，我说过……哦，我们这是干什么？……你看这满天星斗，一切都会是很好的……"她抬起了晶莹的眼睛。

满天星星眨着眼睛，竹叶瑟瑟作响。

三十八

“双十节”的合川街头。

到处张灯结彩，斗大的“V”字灯和一公尺长的“双十”灯特别突出。

人群拥挤在街头，鞭炮声，锣鼓声，唢呐声……

火星四溅，火龙正在表演。

花筒中冒出火花，耍龙的人赤着膊，用光脊梁来承受喷射的火花，脚底下原地跳动着。

观众高兴地叫嚷着，躲着火星。

三十九

“扯扯灯来了，扯扯灯来了！”

街上人群闪开一条路。

沙驼身穿长袍，头戴礼帽，手执破折扇在前，小张等四人抬着花旱船，阿侬扮成幺妹，手扶船舷，走过来了。花船两侧是茶碗粗的竹子构成的。由两根横着的竹子连接，四个节点附近连着四根圆竹做柱子，上面有个花顶，像顶轿子。阿侬化装成幺妹在轿子里面。前后有四个人在侧面抬着这个花船。这些竹架子都包着彩色的布。

一阵鞭炮。

“扭一个，扭一个！”

扯扯灯扭起来了。

沙驼用破扇子逗着花船前后跑动。

沙驼唱：

花呀扯灯，扭哇起来。
今夜晚庆祝双十节。
幺妹幺妹你抬头看！
你看街头舍茉莉花儿香。

阿侬和抬花船的众人和：

好热闹啊，四季花儿红啊！
好热闹啊，四季花儿红啊！

鼓掌声，口哨声，喝彩声……
观众快活的脸……

四十

面街的楼房走廊，一张茶几上放着几吊钱和几段红绸，朱副官手执望远镜站在楼栏杆前看灯。

客厅里，雷震江躺在一张藤椅上吞云吐雾。身旁的老式收音机里传出一支浪声浪气的流行歌曲。

朱副官走进来，兴奋地："二少爷，幺妹好水色……"

雷震江："哦？"他懒洋洋地站起来，从朱副官手里接过望远镜步出走廊。

四十一

望远镜里头，阿侬美丽的扮相，动人的表情，她正在边扭边唱：

看灯的，很舍得，
花粉钱，拿几百。
拿给幺妹舍茉莉花儿香，

众和：

吃冷热啊，四季花儿红啊！
吃冷热啊，四季花儿红啊！

雷震江看着脑子里浮现出小阿侬在纯阳山上头戴花环扭扯灯的情景。

“赏！”雷震江兴奋地高叫，顺手扔下一吊钱，沙驼接住，朝上看见雷震江，一愣。

朱副官扔下两段红绸，红绸飘下来，群众接住，分别披在沙驼和阿侬的身上。

沙驼把礼帽往下一拉，唱起来：

多谢财，承谢财，
再把幺妹舍茉莉花儿香，

众和：

往前抬啊，四季花儿红啊！
往前抬啊，四季花儿红啊！

花扯灯在欢呼声中被拥向塔耳门的方向。

四十二

楼房走廊上，雷震江神魂颠倒。

朱副官询问地："二少爷，合川的幺妹……"

雷震江悄声地："把她弄到南岸去，我在船上等着，不要让太太知道。"

朱副官心领神会，谄笑着。

四十三

花扯灯来到城门口，一拥而过。

朱副官追过来，一把抓住船舷："慢着！"

大家一惊。沙驼忙赔笑："有什么吩咐？"

朱副官："雷府二少奶奶请幺妹去打牌，走吧！"

沙驼："实在对不起，她不会打牌。"

朱副官："不会！哼！我看是有鬼。那也好，全班人马抬着花船到自卫队部去接受审查！"气氛更加紧张了。

阿依："这位老总，到底是请我去打牌，还是想讹我们一下？"

朱副官："你不是不会打牌吗？"

阿依莞尔一笑："可以学嘛！不过你们要客气点！"

朱副官："好，还是这位小姐痛快。"

阿依对沙驼："这位兄弟，你照顾弟兄们去吃宵夜，把花船送回去，我打几圈就回来，得了彩，回来分给诸位！"

朱副官一挥手，两个兵抬着空滑竿过来。

朱副官："请上滑竿。"

沙驼一把抓住阿依："你又不会打牌，别去了！"

朱副官推开沙驼："快走开，趁老子没发脾气！"

阿依对沙驼："放心吧，你照顾弟兄们要紧！"她向沙驼以目示意，沙驼无可奈何。

阿依上了滑竿，两个兵抬起就走，阿依回头挥手说："走吧！分赏钱可别忘了我，想着我点！"

朱副官领着滑竿沿城外小胡同走去，一拐弯就看不见了。

沙驼急得头上冒汗，对小张轻轻说："我想跟去看看，我看不大对头。"

小张："东西交给我，你放心，保证完成任务，可你……要小心。"

沙驼脱下长衫、礼帽，连扇子一并交给小张，低声地："你们走吧，别回来了！一定安全地把药送上山！代我向伤病员同志们问好！"他握握小张的手，反身沿着城外小胡同追去。

小张心情激动，指挥几个人抬着空花船，往另一边走去。

围观者摇着头，散开。

四十四

江边，黑夜，城里方向的上空一片红光，传来鞭炮声。

“等一等！”阿依叫停滑竿。回头质问朱副官：“你们把我抬到哪里去？”她立即往滑竿下跳。

朱副官指挥两个抬滑竿的兵，一起把阿依捉住。

阿依挣扎着：“强盗！”

可嘴被堵上了。

阿依双手被绑在身后抬上滑竿，并用绳子将她又捆在滑竿上。

“走！”朱副官指挥两个兵抬起滑竿就跑。

四十五

沙驼在江边跑着，头流着汗。

远远地，看见阿依被朱副官强行押着上了跳板，走向江边停泊的一只挂着灯笼的小船。

沙驼向小船跑去。

四十六

小船已经离岸驶向江心。

船上，朱副官解开绳子，取出塞在阿依嘴里的毛巾。阿依欲跳水，被拦住。

阿依："你们想干什么？一群土匪！"

"哈哈。"一直背着阿依的雷震江转过脸来，上前欠身说，"果然是阿依小姐，在下雷震江恭候多时了。"雷震江对朱副官说："叫你们去请，谁叫你们无礼！江月依小姐，请别生气，都是老同学了，请到南岸别墅叙谈叙谈。"

"流氓！"阿依一拳打在雷震江脸上。朱副官抓住阿依。雷震江捂着脸笑嘻嘻地："你跑不了啦，识相点！"

就在此时，有人在背后一拳打倒了雷震江，原来是沙驼从水里爬上船来了。他顺手抄起一只桨，扫倒朱副官，立即把桨扔进水里，一面高叫："阿依！跳！"

二人几乎同时跳入水中。

朱副官对两个兵："你们是死人哪？"他拔出手枪：

"砰！砰！"

雷震江爬起来高呼："不要把幺妹打死了，我要活人！"

四十七

"砰！砰！"

小船的篷舱里，大老郭被枪声惊醒，猛地爬起来。

四十八

江心波涛中。

阿依抱着桨，沙驼一只手扶桨，另一只手朝对岸奋力游去。

“砰！砰！”又是几枪射来，二人同时下沉。

沙驼在激流中挣扎着露出头来，阿依不见了。

“阿——依——！”他叫着。

阿依紧紧抱着桨浮了出来。她在江面搜寻着：“沙——沙——！”她看见了沙驼的影子，自己又沉下去。

“砰！砰！”又一阵枪响，沙驼沉入水中。

这时，雷震江的小船忽然颠簸起来，船上的人惊恐地号叫着，纷纷落水。

船翻了。一个黑大汉从水中钻出来，紧紧掐住雷震江的脖子，呛水，二人同时沉没。朱副官等人在水中绝望地挣扎……

大老郭从江中冒出来，高叫着：

“沙沙……！阿依——！”

他奋臂向下游游去。

江水呜咽着，一个漩涡接着一个漩涡。

四十九

回到1950年北戴河。

海滨月夜。

卧牛石上，文静和刘芳被沙驼的叙述深深感动。

刘芳：“后来呢？阿依没牺牲吧？”

沙驼：“我亲眼看见她沉下去，沉下去。我的水性比她好，也不知在江上漂流了多久，到底挣扎着爬上了岸，再也找不到阿依了……我吃尽千辛万苦，找到了革命部队，现在全国解放了，我们的理想实现了，可阿依姐还躺在冰冷的江里，再也……可怜的阿依姐……”他再也抑制不住自己的悲伤。

刘芳倒在文静的身上，哭了。

文静：“沙驼同志，不要悲伤，革命的胜利是无数先烈的鲜血换来的。不过，你应该回合川去看一看。”

沙驼激动地：“文静同志，你是说……”

文静：“世界上什么事情都可能发生。沙驼同志，我明天请假回去看看我的嫂子，过几天等我回来，再给你全面检查一次，如果可以出院，你就请假回去看看，万一……”

沙驼：“谢谢你！”

五十

一只海鸥在海空翱翔、翱翔，消失在天边。

文静提着提包走进海滨疗养院。

碰到的同志们和他打招呼。

“文大姐！你回来啦！”刘芳从二楼凉台上热情地叫她。她抬头高兴地回答：“小刘，你好！沙驼同志怎么样？”

刘芳：“他请假走啦，刚走。”

“什么？”文静感到突然，快步朝楼里走去。

五十一

文静快步沿着楼梯往上跑。

五十二

文静推开病房的门，空空的。刘芳迎过来。

刘芳："他是今天下午一点的火车，不要我送，这是他留的条子。"

画外音（沙驼）："文静大姐，感谢您对我的精心治疗和无微不至的关心，我完全好了，再也不能待下去了，上级批准我回家探亲，一切等我回来再向您汇报。"

文静环视病房，冷清清的，海风吹来，窗帘飞起，突然有一种寂寞感。

文静："车站去！"她看看手表，喃喃地说。

刘芳惊诧地望着文静，眼睛滴溜溜地转着。

五十三

文静和刘芳匆匆走进火车站，急速地朝入站口跑去。文静手里提着个盒子。

五十四

火车鸣笛，沙驼站在车厢门口，向同志们挥手致意，同时用眼在月台上寻觅着。

刘芳气喘吁吁地手提纸盒排开众人跑到沙驼面前。

"沙驼同志！给，文军医送给你的，祝你一路平安！"

沙驼接过纸盒，和刘芳握手，急着问："文静同志回来啦？她怎么没来？她生气啦？"

"她……难道你真的是实心的棒槌？"刘芳缓缓地说。

汽笛又一声长鸣，火车缓缓开动，他们告别。

沙驼走进车厢，又从车窗露出半个身子，一面向战友挥手，一面仍在用迷茫的目光搜寻着。

列车开出站，渐渐向远方驶去。

五十五

月台上，大水泥柱子后面，文静默默地望着列车远去。

刘芳走到她身边："你怎么不见他？"

文静不语。

刘芳："你怎么啦？"

文静轻声地："但愿他的阿依活着，他的心早飞了……走吧！"她挽着刘芳转身走向出站口。

列车在原野上奔驰。

硬卧车厢里，沙驼坐在窗前打开纸盒，里面躺着一只玩具骆驼。他怀着复杂的心情取出来，上紧发条，那骆驼在小茶几上移动着，同时点着头。

对面的一位旅伴——胖胖的中年妇女友好地笑着问："同志，是给谁捎去的骆驼？"

"不知道……"沙驼忧郁地说。

那妇女见沙驼不愿讲话，善意地笑了笑就闭目养神去了。沙驼收起小骆驼，发现盒中有一张字条，他读着：

画外音（文静）："医治生理的创伤不妨利用旧日的歌声，医治心灵的创伤还需要时代的强音。沙驼同志，不论阿依发生了什么事情，都不能在个人的悲伤中沉沦，我们这些革命战争的幸存者，肩负着伟大的使命。勇敢些，你将和人民一起得到幸福的未来……我祝福你，我不仅是你的战友，也是你的姐姐！"

五十六

车外的原野隐隐约约地在车窗上掠过，一弯月亮老是挂在车窗的左上方一角，而沙驼脱帽的侧影贴在右下方的一角，构成了一幅静中有动的画面。

画面上淡淡地叠印着往日和阿依在一起时的几个难忘的短暂镜头。

沙驼的睫毛抖动着。

五十七

嘉陵江的月夜。

夜航的小火轮逆江而上。

沙驼站在船舷，仿佛凝固了。

画外音（文静）："不论阿依发生了什么事情，都不能在个人的悲伤中沉沦……勇敢些……"

五十八

江面上波光闪闪。

彩霞横空。

小火轮临近了合川。

雄壮的《解放军进行曲》军乐声。

沙驼心情激动，奔到船头，站在旅客丛中看见了阔别多年的第二故乡，热泪夺眶而出。

五十九

沙驼提着旅行袋，在人流中穿过码头，走到岸上。

他环视四周，故乡在阳光照耀下显得欣欣向荣，生气勃勃，人们的脸上都带着幸福的笑容。

沙滩上，少先队员们正在过队日，红旗招展，女孩子们头上戴着花环，载歌载舞。

沙驼擦着热泪，振奋精神，大步走去。

六十

江边故居的小茅屋变成了瓦屋，门上贴了金色的“囍”字，落了一把大锁。门框上贴着大红对联：

挽手并行革命路
同声高唱幸福歌

门头上的横批是：

天作之合

沙驼站在门前，心潮起伏。

画外音（沙驼）：“这屋子换了主人，阿依姐果然牺牲了……”

他转身走向那一片竹林，竹子长得很高了。他来到江溪汉的坟前，含着泪采集地上的野花，扎成一束，献在坟前，默哀。

他走回平地上，坐在石桌旁坠入了沉思。回忆起小时候和江伯伯一起过中秋节的情景……阿依坐在这里弹着琵琶唱着歌：

我家一拢竹，
正对小茅屋。
风吹竹叶响，
月映夜光珠。

“江老师！”突然一声呼唤把他从回忆中惊醒。

一位五十上下的妇女快步走了过来。沙驼站了起来。

那妇女发现了沙驼：“对不起，我认错人了。同志，你是？……”

她愣住了，和沙驼面对面彼此打量着。

沙驼认出来了：“张大婶！”

“我的妈耶！”张大婶惊叫一声，回身拔腿就跑。可是跑不动，差点跌倒，被沙驼扶住了。

沙驼激动地："张大婶，您老不认识我啦，我就是沙沙，沙沙……"

"沙沙！？"张大婶端详着沙驼，沙驼脱下军帽。

张大婶咬咬自己的手指头，很疼，相信这是真的了，这才流着泪说："孩子，你活着？瞧吓我这一跳……"

沙驼："大婶，刚才你在叫谁？阿依她？……"

张大婶神秘地望了望四周，拉着沙驼一边迈步一边说："别着急，孩子，到我家去，慢慢告诉你……"

沙驼被拉出画面。

竹林。

石桌。

门口的对联和囍字。

六十一

张大婶家，桌上摆着沙驼的旅行袋和刚沏的茶。

张大婶："……阿依没有死，大老郭救了她。两个人躲在山里……屋里东西都是我照管的……老郭对阿依很好，解放后才回到城里。阿依一直盼着你活着回来，到处打听你，眼看没指望了。还是我劝她：沙沙肯定牺牲了，人死不能复生，你也对得起沙沙了，活着的还要活着，又这么年轻……她这才答应和大老郭结婚，喜事刚办了一个月……早知道你……我……唉！……"

沙驼："他们生活得好吗？"

张大婶："解放了，托毛主席共产党的福，还能不好？大老郭工作积极，入了党，当了渔业生产合作社的副主任，是省劳动模范……阿依就在小学教书，是先进教师，白天忙工作，晚上还教老郭学文化，两口子过得挺美的。可就是他们一想起你，心里就不好受，常常躲着流眼泪……”

沙驼：“哦……可我不是活着回来了吗？”

张大婶：“是啊！可……太晚了！你要是早一个月回来多好，老郭是个忠厚讲理的人，不会跟你争的……可现在，你打算怎么办？”

沙驼：“……我是弟弟，我这次回来看看姐姐和姐夫就走……”

张大婶：“你知道，我是有名的快嘴，依我说，你有心成全他们，就不要露面，要不然，老郭这个人你还不知道他的脾气？他会跑掉让位给你的，可阿依怎么办？刚办喜事……不行啊！”

沙驼：“咱们娘儿俩想到一块儿去了，我不露面，我只是悄悄地……看一眼……您老放心吧……”

“委屈你了……”张大婶不禁悲从中来，抹着眼泪。

六十二

街头，熙熙攘攘。

高音喇叭里播送着《歌唱祖国》的歌声：

> 五星红旗迎风飘扬，
> 胜利歌声多么响亮。
> ……

沙驼在街上漫步，百感交集。

幸福的老人，一手提着冒烟的长烟袋，一手提着一串活鱼，笑呵呵地走着……

沙驼回忆起当年那个坐在地上，头插蜡烛，沿街乞讨的瞎子……秧歌队和腰鼓队载歌载舞从街上走过……

沙驼回忆起当年他和阿依在街头跳扯扯灯的场面……

六十三

沙驼走在纯阳山小学里的山坡路上。

音乐教室里传来女教师弹着琵琶教唱的声音：

女教师唱：

叮当叮当当，
叮当叮当当。

孩子们唱：

叮当叮当当，
叮当叮当当。

女教师唱：

骆驼头发卷，
骆驼脖颈长。

孩子们唱：

骆驼头发卷，
骆驼脖颈长。

沙驼竭力控制着自己，走向音乐教室的窗口，悲喜交集。

音乐教师阿依容光焕发地正在教唱。

沙驼赶紧把帽檐拉下来，躲在窗外瞧着。

阿依指着桌上的小布骆驼问孩子们：

“小朋友们，你们说小骆驼好吗？”

孩子们：“好！”

阿依：“小骆驼有什么优点？”

大家都举起了手，这是一年级新生班，一个个面孔红喷喷，天真可爱。

阿依指着一个胖乎乎的小男孩：“小解放，你说！”

小男孩站起来：“小骆驼在沙漠里走路吃苦耐劳，不怕渴，不怕饿，不怕狂风暴雨，不怕沙子……”

阿依：“说得很好，坐下！还有谁补充？”

孩子们又举起了十几只手。

阿依指着一个小女孩：“小花！你说……”

活泼伶俐的小花站起来说：“小骆驼任劳任怨，有坚强的意志，不怕困难，不怕牺牲，又勇往，又直前……”

孩子们“哈哈”笑了。

阿依：“大家不要笑，她说得对，勇往直前！”

小花不服输地：“还有，我们是新中国的小主人，共产主义的接班人，要学习小骆驼的这种精神。”

阿依高兴地笑了，多么美丽的笑！

“对！共产主义的接班人，要学习骆驼这种坚韧不拔的奋斗精神。踏着烈士的鲜血前进，将革命进行到底！现在我们大家一起来唱好吗？”

孩子们：“好！”

阿依偶一转头，看见窗外有个人影吃了一惊，沙驼急忙走开。

六十四

沙驼走到槐树林里，拾起地上槐枝编着花环。

耳畔传来阿依和孩子们的歌声：

叮当叮当当，
叮当叮当当，
骆驼头发卷，
骆驼脖颈长。

他手持花环，悄然离开槐树林，脸上露出了微笑。

六十五

月华如水的夜晚，沙驼在江边沙滩上停住，忍不住回头遥望故居迎江的窗口。

窗纸上，阿依伏案工作的身影。

沙驼情不自禁地朝窗口缓缓走去……

阿依正在灯下批改图画作业本。桌上摆着小骆驼，她一边工作，一边哼着：

叮当叮当当

……

一本作业上画着一个小男孩的头像，头发乱蓬蓬的。

阿依受到了强烈的刺激，愣了一下，突然飞速地翻抽屉，找出了那张珍藏的沙沙素描像。

她痴呆呆地凝视着那素描像。

画中的小沙沙调皮地笑着。

她环视四周，墙上挂着老郭的劳模奖状，自己的先进工作者奖状，琵琶。窗上贴着剪纸鸳鸯。

她的目光停留在她和大老郭的结婚照片上，老郭身穿干部服，显得魁梧，有气派，幸福地笑着。旁边的她，表情严肃……

最后，她端详着沙沙童年的素描像。

“沙沙！”她伏在纸上抽泣。

六十六

沙驼缓缓地朝坡上走去。

窗口传来了轻轻的，凄婉的琵琶声和阿依的歌声：

苦难的童年留给我一个梦，

梦里的花儿含苞待放。

月儿照着梦儿闪光，

梦儿随着歌儿荡漾……

那是一个未完成的梦，

我把它遗留在故乡的江上……

歌声中，沙驼走近窗口。歌声停了，他感情冲动，不自主地流着泪伸出了手欲敲窗户。

突然一个洪亮的大嗓门温柔地叫着："阿依！"

沙驼清醒了过来，缩回手，从窗口流着泪慢慢淡去。进屋的是阿依的丈夫，他的老同学大老郭。大老郭留着寸头，胡子刮得光光的，穿一身干部服。他变样子了，变得精神抖擞，是个高大、英武的男子汉。

大老郭走近阿依，看见了素描像，转身拍着阿依的肩膀，劝慰着："阿依！沙沙是为人民利益而死的，是重于泰山的。我们要化悲痛为力量，完成他的遗志……你，挺起胸膛来，别再唱这首伤心的歌儿了，要从过去的噩梦里解脱出来……"

阿依："那……你说唱什么歌？"

大老郭不好意思地："我也写了一首歌词，你听听行不行……"他接过琵琶开始调弦子，弹了个小过门，很像一个行家。

阿依惊奇："你什么时候学的琵琶？"

大老郭："很早以前，我爸爸去世以后，我很孤单，我就做了一张土琵琶……"

阿依："谁教你的？"

大老郭深情地："你！"

阿依："我？"

大老郭："我从小一个人生活在小船上，每天晚上听你弹琵琶，好多谱子我都记熟了。后来，我们常在一起，你弹的时候，我在一边用心地看着，我又……看了点书……你不在家的时候，我躲着偷偷地、偷偷地弹……阿侬，你不但教我语文算术，你还是我的音乐老师哩……”

“老郭！”阿侬扑到老郭的怀里，感激地，“原谅我，你是这么好，可我也忘不了沙沙……”

大老郭：“这有什么，我也忘不了他……”

阿侬：“我忘不了，可是我再也不唱这首《落花梦》了，过去的梦已经过去了……”

大老郭流着泪：“阿侬，我又黑，又粗，又没有文化……沙沙在世的时候，我是真心诚意地希望你们……”

阿侬：“我知道，我全知道……可沙沙不在了。你黑，是太阳晒的，你粗，是劳动磨炼的，没有文化……不！你已经学了不少文化，而且会弹琵琶……沙沙临死前说过，有的人心里埋藏着金矿，要善于发现它，认识它……”

“阿侬！”老郭一把将阿侬紧紧搂在怀里。

阿侬闭着眼：“老郭，你弹吧，唱吧！沙沙在天上看着我们，听着你弹琵琶，他也会高兴的。”

六十七

沙驼离开窗口向江边走去。

传来大老郭的弹唱声：

童年的苦难带给我无穷力量，

幸福的花儿已遍地开放。
理想能医治旧日的创伤，
爱情也张开了金色的翅膀。
生活的航程上洒满了阳光，
让我们把时代的战歌高唱。

歌声中沙驼带着幸福的微笑在江边大石头上坐下来。他俯身洗脸，又脱下鞋袜，把脚泡在水里。

江面上月亮的倒影在波涛中晃动着，散了又聚，聚了又散……

六十八

清晨，朝霞映红了半边天。

张大婶提着个包包蹑手蹑脚地在阿侬住房的墙脚出现。

阿侬推门出来，手里拿着梳子，长发披在头上，她嘴里哼着歌儿：

……爱情张开了金色的翅膀……

石桌上蹲着一只花猫，她挥手一弹，花猫叫了一声往竹林逃去。

阿侬笑着追上前，猫跑远了。她看见父亲坟头的那束野花。

她拿起野花，惊奇，陷入沉思。

她审视野花，突然惊叫：

“沙沙！是沙沙，天哪！”

她四周查看，没有人，高叫着：

“沙沙，你在哪里？”

张大婶憋不住，走了出来。

阿依：“大婶，沙沙回来了。这是他扎的花，我认得，你看见他了吗？”

张大婶：“唉！我还是说了吧。他昨天来的，他不愿意打扰你们，今早悄悄走了。昨晚就住在我家，临走，给你留了一包东西……”从包包里取出纸盒子。

阿依急着打开纸盒子一看：“啊！”她取出玩具骆驼，上两下发条，放到石桌上，骆驼摆动着，点着头。

“呜……”远处轮船汽笛声。

“沙——沙……”阿依披散着头发转身跑去。

跑到屋角发现了熟悉的脚印。

她沿着脚印往下跑，跌倒在地上。她循着脚印爬向前，爬的过程中，音乐重复出现《送给沙沙的歌》的主旋律。

她站起来，望见开往重庆的小火轮已经走远了。

她沿着江边追着，力竭声嘶地喊着：“沙沙，你回来，让姐姐看看你……”

张大婶冲入画面，扶住阿依。江风吹得阿依的长发飞舞。

小火轮已经在航道上拐了弯，渐渐被山挡住了。

阿依绝望地：“他不会回来了，我知道，他不会回来了……”

张大婶：“不，他会回来的，他一定还会回来的！”

她忽然想起：“对了，他还留了一张条子。瞧我心里一慌就忘了……”

阿依接过条子，含泪朗读：

“亲爱的姐姐，姐夫：我们都活着，一切比我想象中好很多。我衷心为你们祝福，你们也为我祝福吧！过些日子，我会来看你们的，姐夫的歌儿唱得多好啊……”

大老郭冲入画面，惊讶地：“发生了什么事情，你怎么这么激动？什么人走了？”

阿依喃喃地：“没什么，一切都很好。那是我最亲的一个学生，一名坚强的战士，我们的战友和兄弟……”

六十九

小火轮上，沙驼站在船头望着远方。红日冉冉从群山之巅升起。江水奔腾，闪着耀眼的光芒。

歌声：

苦难的童年留给我一个梦，
梦里的花儿含苞待放。
月儿照着梦儿闪光，
梦儿随着歌儿荡漾。
那是一个成为过去的梦，
纷飞的落花在激流中汇入海洋。

歌声中，阿依和大老郭、张大婶站在一起，凝视着江水奔腾，落花翻滚随波涛急流而去……

——剧终——

再见

新月姑娘

A 城的南半部是回民集居的地方，城南的清真古寺是全国有名的清真寺，那屋顶上高高耸立的一弯新月更是 A 城穆斯林的骄傲。据说那是 A 城全城的穆民们节衣缩食集资创建的——啊！那是清光绪年间的事了，那月牙儿足有五尺长，是金属铸就的，外面刷上了银粉。它高高耸立在上空，闪闪发光。穆民们每天到寺里去礼拜，老远老远地就看见那闪光的月牙儿，不由得心中充满着一种神秘的敬畏之感，默默念诵着“清真言”[①]。

时光像无情的流水，在历史的长河里不停地激起浪花，冲击着 A 城穆民的生活。一阵浪花远逝了，新的浪花又飞溅起来。那神圣的月牙儿也被岁月冲刷着，银粉逐渐剥落了，顽强的穆民们又将它重新装点一新，然后又剥落了，又被装点一新。从那月牙儿的外观便可看出人们的命运——在八年抗战时期，那月牙儿无人精心保养，银色的外衣被风雨侵蚀，遍体鳞伤，显露出整个中华民族的苦难生活。新中国成立后，那月牙儿容光焕发，人民政府为她披上了崭新的银衫，反射出幸福的光芒。十年动乱中，她的银衫不见了，像一个浑身泥水的孤女，令人举目辛酸。现在——1985 年的春天，那月

① 清真言——在伊斯兰教中“清真言”是根本，它的译文是：“万物非主，唯有真主，穆罕穆德，主的钦差。”

牙儿又被人民政府修葺一新。浑身银光闪闪，她高耸在上空，俯视着欢乐的人们。每当人们经过她时，都要抬头仰望。老年人怀着喜悦的心情默默祷念着："感谢真主，感谢党，多大的知感！"而年轻人却含着微笑凝视着她，心中激起对生活的热爱，对前途的向往，对爱情的憧憬……那新月似乎不再令人敬畏，而具有一种亲切、温馨的魅力……

然而，那一天这弯新月不知为什么又引起了人的畏惧和怵目惊心的震动—— 一个身穿西服，头发斑白，风度翩翩的华侨突然出现在她的身旁。那位老先生呆呆地伫立在那里，抬着头，两眼像被看不见的细丝牵着一样，痴痴地凝视着那银光闪闪的月牙儿，豆大的泪珠从眼眶里不断涌了出来。"新月……新月……"他轻轻念叨着，嘴唇不住地颤抖。突然，"扑通！"一声，他栽倒在地上，昏了过去……

这位归国华侨的遭遇，引起笔者浓厚的好奇心和同情心，我决定去医院采访他。

正当我和医院院长的女秘书缠磨的时候，办公室套间的门被打开了，一位中年妇女站在门口，用一双炯炯发光的眼打量着我。

糟了！我认得她，她便是这里的院长白晶。过去她是我们A城少有的美人，现在虽然已经六十岁了，仍然头发乌黑，皮肤白润，腰不弯，背不驼……看上去只四十几岁，哦！不！她简直还是漂亮得像庙里的观音菩萨。那清澈明亮的眼睛，那高高的鼻梁，那从小嘴唇里微微露出的整齐的白牙，还有那总是微微上挑的又黑又细的眉毛，匀称而修长的身材，那张几乎永远没有笑容的白得可怕的脸上只有浅浅的少许皱纹……她是位老独身女，性情怪癖，人们背地里叫她"白玉观音"。她只知道工作、工作，而不懂人情，虽然她日以继夜地为救死扶伤忘我地劳动着，可是她没有自己的私生活，而且办起事来毫不讲情面——文化大革命中，我作为红卫兵曾经“勒令”她交代自己的历史，可是她一言不发，就那么冷冷地看着我……后来，她平反了，当了院长，成为省劳动模范，还是这么热情地工作，还是这么冰冷冷的面孔，还是这么漂亮……她一出来，我这次采访肯定要吹灯了！

“色兰！”我不知哪根神经起作用，忽然向她致以穆斯林的问候。

“色兰！”她出人意料地回答我，接着冷冰冰地说，“我都听见了，我同意了，跟我来吧！”说完她头也不回地慢慢走出了办公室。

我随她进了这间特为贵宾安排的单人病房，我看见那老华侨衣冠楚楚、神志清醒地从沙发上站了起来。

“白院长，您还没有休息？多亏您整夜地守护在我身边，我已经完全好了，太感谢您了……”

白院长没有正面回答他，只是说：“杨先生，我给您介绍一下……”

“哦，记者同志！”他从我背的“武器”看出了我的身份，“色列毛尔来空！”

“勿尔列空色列姆！”我回答着，和他握手。

“两位请坐！”老华侨热情地招呼着。我坐在和他并排的沙发上。白院长坐在床边的凳子上，保持着一定距离，不再说话。

“对不起，太打扰您了，我是省报的记者，听说……”我正要开门见山发动进攻时，这位老华侨却直截了当打断我的话说道：

“不必客气，我在新月下面昏倒了这件事引起了新闻界的关注，实际上，我这次昏倒不是没有原因的，我很乐意讲出来，也希望大家协助我，帮助我寻求失去的……梦……”老华侨显然是位感情丰富的人，他眼睛已经湿润了。

那“白玉观音”毫无表情地点了点头，可是身子却坐在那里一动不动。

“那好，”老华侨说，“您不必多提问题，我会把一切都告诉您的，我对于党的现行政策绝对信任。”

没想到事情会进行得如此顺利，我觉得我再饶舌便是多余的了。我打开了录音机。

这时我才仔细打量了这位老华侨，他约莫五十七八岁，五官端正，甚至还有英俊之气，年轻的时候一定是个挺漂亮的小伙子呢，据说他是位教授，是研究伊斯兰文学的。他的眼睛富有感情，说话时鼻孔微微扇动着，他额上的几条深深的皱纹记载着他前半生不平常的遭遇。他讲话时很激动，坐在对面毫无表情的白院长目不转睛地注视着他。这位院长肯定是在观察他的病人是否有什么不利于健康的变化，以便随时中断这次采访；有时候，她的睫毛略微有些颤动——她在为病人担心呢。人们说医生不能感情用事，医生把对病人的爱寄托在起死回生的医术上，而不能感情用事，否则医生的眼泪很快就会流干的。他们把病人看作出了故障的机器，他们的任务是千方百计把这机器修复，恢复运转。所以最高明的外科医生也不给自己的亲人做手术，否则那拿手术刀的手会发抖的……“真是一座没有感情的白玉观音菩萨！”——我想着。

然而，很快地我便忘了这白玉观音的存在，因为我整个的心灵都沉浸入老华侨的感情的海洋了。

* * *

下面便是这位老华侨的自述，是我事后从录音带一字不漏地整理出来的——

记者先生，我要叙说的是一场漫长、辛酸而又离奇的梦，我这大半生都在这场梦里度过。

我是一个结过婚的老处男，一个穆斯林，我没有接触过我的妻子，我结婚最初是出于一种自我牺牲的冲动，可是我终于爱上了我的妻子，我们在新婚之夜就失散了，以后她永远在我心中活着……我不知她在哪里？是死是活？然而我感到她的存在，我爱着她，这爱情与日俱增不可代替，我等待着出现奇迹……等待了几十年，我头发都白了，安老乎主啊！

还是让我从头说起吧——如果细细讲来，恐怕三天三夜也说不完，我只能简略地叙述。

我是A城人，原姓马，叫马玉麟，父亲和母亲都是教师……

哦，1945年，抗日战争胜利了，我从大后方回到故乡A城——我是作为一个战争孤儿回来的，我的父母和弟弟妹妹都死在重庆……一次残酷的轰炸中，日本鬼子夺去了他们的生命……我成了一个流浪儿，后来在重庆街头遇到了我的一位表舅舅，把我领回了家。表舅舅姓杨，把我认作儿子，改名杨林。

表舅舅是一名工程师，在重庆一家兵工厂工作，他膝下无儿无女，非常喜欢我，可是表舅妈并不喜欢我。抗战胜利了，表舅舅调到南京去接收工厂，便把我顺便带到A城来，和表舅爷爷一起生活，在A城上高中，把我安顿好以后，表舅舅就走了。

表舅爷爷是位阿訇，家境不错，在地方上颇有威信。见面的第一天老阿訇就考问我：

“小杨林，你是穆民吗？”

“知感真主恩，我是诚实的穆民。”我答。

“你凭什么成了穆民？”

“我凭‘依玛尼’成了穆民。”我答。

“‘依玛尼’是什么？”

“是心里诚信，口里承认，穆圣从真主上传来的一切教律。”我答。

"嗯，好，好！"老阿訇摸着银白色的胡须赞许着。（一路上表舅舅教我的"答教"产生了效果。）"哦，很好，有出息！孩子，你到楼上书房去住，那里有一面窗户面临大江，光线好，安静，适合念书。可是有一条，你那隔壁房里住了国军黄师长的副官，你可别去招惹他们。这年头，秀才遇到兵是有理说不清的……还有，对面沙家的侄女是个妖精，大概比你还大两岁吧，长得像朵花，可妖精是会迷人的。上次黄师长来看见了她，想讨去做小老婆，还没谈好呢，那小妖精嫌师长太老，不愿意，自己从家里逃出去，想到医院去学看护，被她婶子抓了回来，关在家里。也可怜，这丫头的父母都被日本人杀了，她叔叔养大了她，叔叔死了以后婶婶就想拿她当一棵摇钱树……咳！你加点小心——圣人说：'如果有什么忌讳，那就忌讳三件东西：马、女人、庭院。'[①]你要小心啊！"

我不懂为什么要忌讳这三件东西，A 城的穆斯林哪家没有女人和庭院呢？而且，姓马的人这么多……不过我不敢顶嘴，我是一个寄人篱下的孤儿啊！

我住进了楼上临江的那间书房，那里有书桌、单人床、藤椅、书柜——柜里一排排的书，大多是古典文学的作品……老阿訇又托人给我买了中学课本、参考书，我整天在里面复习功课，只有上厕所和吃饭才下楼，以便争取通过考试插班进入省立高中学习。我年纪虽小却有自知之明，我毕竟不是杨家的亲骨肉，我必须爱惜这优越的生存条件，将来做个有出息的人，来报答老舅舅老舅爷对我的收养之恩，我要做一番事业，为振兴中华民族贡献一份力量，具体地说，我想成为一位回族的文学家，一位爱国的回族文学家。八年

① 这是"圣训"中的话，在有伊斯兰教之前，阿拉伯人忌讳马、女人、庭院这三件事物。伊斯兰教形成以后并不强调这一条。在当时，是顺应民情而说的这个训示。

抗战中日本帝国主义给我带来的创伤太惨重了，我立志要为中国人争一口气，用我的作品去鼓舞民众，让国家强盛起来，再不受帝国主义的欺侮。我的想法很天真，但我那时才十七岁啊！

我在那书房里用功，一连一个月都没出家门。老阿訇对我十分满意，对我十分信任，不再监督我。

有一天，我为一道数学题弄得筋疲力尽，就在书架上找了一本《红楼梦》来翻着看，正好翻着那《红豆词》：

> 滴不尽相思血泪抛红豆，
> 开不完春柳春花满画楼，
> 睡不稳……

我正自凝神体味这词中的含意，忽然有人轻轻敲我的窗户。

“孙少爷！孙少爷！”

我放下书，走到窗前，看见走廊里站着隔壁董副官的勤务兵小吴，手里还提着一把二胡。他隔着窗玻璃向我眨眨眼睛笑着说：

“孙少爷！你放心，董副官到武汉给师长办货做买卖去了，老阿訇做礼拜去了，别人不会管我们的，让我进屋来坐一会儿，一个人闷得慌……”

我说：“不行，老阿訇不在，我也不敢跟你说话，我要抓紧时间准备考省立高中，插班上学……”

“怕什么的？我又不会害你……”说着说着，他嬉皮笑脸地就推门进来了。没办法，我只好请他坐下，“说话小声点，可别拉胡琴！”

“瞧你这个胆子，咳！孙少爷嘛，还胆子小！”小吴顺手就拿起了桌上的《红楼梦》，“哈哈，假正经，明看是做代数题，暗地里看《红楼梦》——你别以为我当勤务兵的不识字，我也是好人家的儿子，抗战嘛，我全家都死了，我是在保育院里念的书，后来在保育院里受不了军事教官的气，就逃跑出来，偏偏又被抓了壮丁，黄师长见我长得机灵，年纪小，又识字，就让我当了勤务兵，现在又成了董副官的勤务兵，一混二十岁了，唉！……喃！你在读《红豆词》？你可知道这《红豆词》有个曲谱儿吗？你听着，我给你唱唱！”他得意地调开了二胡弦子。

“轻点，把胡琴用腿夹起来！”我连忙嘱咐他。

“好，夹起来——你知道夹起，大概你也会玩儿的喽？”他把胡琴筒子夹在两腿之间，拉开了过门，用一条细嗓子唱开了《红豆词》：

滴不尽相思血泪抛红豆……

突然，他不拉也不唱了，深深叹了一口气道：“唉！孙少爷，你知道什么叫相思病吗？”

“不知道！”我不耐烦地说。

“要是不知道，你就到对面沙家门口去瞧瞧那位沙小姐沙小薇吧！只要你看上一眼，你就会得相思病的——太美啦！怎么说呢？身段苗条，浑身像白玉一样，那眉眼，那小嘴，那口牙齿，那鼻子，真像戏文里说的那样：‘眼含秋水，面如桃花’，‘一笑倾城，再笑倾国’，她不但长得是千里挑一，而且心眼儿好，谁要是讨她做了老婆，活在世上够本喽！”

“这么说，你想她做老婆喽？”我成心逗他，谁知小吴却认起真来了：

“唉！谁不想啊！连我们黄师长老头儿上次一见了她都掉了魂。这不，派董副官去沙家做媒，谁知沙家大妈还真动了心，提出要一千块钱白洋的财礼，我们师长也答应了，可是沙小姐死活不同意，宁可上吊也不给黄老头当小老婆，是个好姑娘啊！可惜，我不配，要是我长得像你这样俊，又是孙少爷，我就娶了她，也免得她给师长当第七房姨太太……唉！滴不尽的相思血泪抛红豆啊！……”

“不许你胡说！”我急了，“老阿訇说，那是个小妖精，你害相思病可别把我也说在里头，我还要上大学哩！你给我出去！”

小吴倒不生气，反而高兴起来：“好，好，你不想打她的主意，我这就放心了。我早就看上她了，等我弄到一笔钱，我就去私下跟她说，带她远走高飞，免得她受师长的玩弄。我寻思她会同意的。自从你来了，街坊邻居都在议论：杨家孙少爷的模样儿和沙小薇真是天生一对，地生一双，要是小薇嫁了杨林，那真是她的造化，比嫁给师长老头儿强多啦！我一听，还真有道理，看来我这个勤务兵是癞蛤蟆想吃天鹅肉喽！今天听你一说，我倒放了心。孙少爷，你就是年纪太小点，不过也不要紧的，你真的不想娶她？”

“你住口！”我沉不住气啦，“你怎么想，我不管，我可从来没想过这个小妖精！”

“你才给我住口哩！”小吴扔下胡琴一把抓住我的衣领，吼叫着，“你敢又骂她是小妖精？你再骂一声老子掐死你！”

我毕竟还是少年气盛，用力一掌把他推开，叫道：“小妖精！小妖精！我偏要骂，你敢怎么样？她是你什么人？”

我准备他猛扑过来狠狠地揍我，可是小吴却没有报复我，他站在那里，眼里流着泪，出其不意地跪在我面前，哭着说：“孙少爷，你别生气，我是真心实意地喜欢她，我这是单相思，我刚才说的话，你可千万别告诉任何人，要是董副官知道了，我就没命了。”

我的心软了，伸手把他扶了起来。

“你放心，我不告诉任何人！”

“你发誓！”

“好，我向真主起誓，决不告诉别人。”

“谢谢你了，孙少爷！”小吴提起胡琴，泪眼涔涔地望着我。“你是个好人！可是，你千万别信老阿訇的话，沙小姐不是小妖精，不是！不是！”说完这句话，他慢慢地从我这书房里走了出去。

我的心被搅乱了。一个人一旦爱上了，竟是这样丧魂失魄的，那沙小薇竟有这么大的魅力！啊，有机会我倒要看看这个小妖精是个什么样子？……

我再也没心思做题也没心思看小说了。我从临江的窗口眺望着滚滚的长江，江面上轮船往来，帆影点点，那江心的激流翻着白浪……我忽然想起了五六岁时爸爸妈妈领着我在这江边散步的情景，现在我虽然有吃、有穿，但毕竟是一个没有亲生父母的孤儿，我忍不住低声地哭了。

我哭了好半天，忽然觉得有一双慈祥的手在摸我的脑袋，我回转身来，吓了一跳，原来是老舅爷爷杨老阿訇。

“孩子，你怎么啦？想亲爹娘啦？”老阿訇眼中含泪亲切地问。

“爷爷！”我倒在老人怀里索性大哭起来。

“别难过，孩子！”老阿訇用他那宽大的袍袖为我拭去眼泪，安慰我道，“你的生身父母没有被消灭，他们进入了后世，进入了天堂，他们的口唤到了，他们在天堂里享受仙果、美酒，而那些杀害他们的恶人将堕入火狱，你不必悲伤了。”他用手指着远方说道：“你看，你看见了吗？看见礼拜寺顶上的星月了吗？孩子！你光知道念书，不知道上教门，所以心思乱，缺少寄托。一旦有了寄托，就把生死看得淡了。”于是他用苍劲的声音为我吟了一首诗：

为了信仰的真谛，
不论死于何刑我全不介意。

为了安拉，我笑离人间，
愿安拉为我肢解的身躯施以恩典。[①]

吟完了诗，他对我郑重其事地说："明天是礼拜五——主麻日，你跟我去寺里礼拜吧，你要是常礼拜，心里就清净了。"接着，老人家又教导我如何做"大净""小净"，怎样不致坏了"拜"等等。

第二天，我带着干净衣裳，礼拜帽子，跟着老阿訇走进了清真寺。

成了拜，我跟众穆民跪聚在大殿上听老阿訇说勿尔斯[②]，老阿訇讲的是亚当圣人和海娃太太的爱情故事。讲完了以后，他老人家高声念道："使者曾说：'青年人哪！你们当中谁有能力结婚就当结婚。因为结婚能使眼睛和身体保持贞洁'——这是什么意思呢？这就是说，青年人应该娶妻，要娶美丽的、自己喜悦的女子为妻，然后你的心就不会胡思乱想，不会做出淫邪的举动来，你们记住了，有了满意的配偶，你的眼睛就不会乱看了，你的心就不会被别的女人诱惑了，你就可以虔诚地按主的意志保持依玛尼了。"

当我们走出大殿后，老阿訇招呼我："孩子，爷爷还要到一户人家去开经，晚上不回家吃饭了，你自己回家去吧！"我唯唯答应了。出了清真寺我感到了轻松和自由，我终于一个人自由自在地在街上行走了。我就慢慢地溜达着回家。这里停停，那里看看，竟磨蹭到暮色苍茫了。我回过头去仰望，那高出大殿屋顶的月牙儿在天空的衬托下成了一弯褐色的影子，颇有一种悲壮神秘的气氛，竟停下脚

① 这是候拜甫临刑前所吟诗中的几句。圣人派十人出去侦察敌情，候拜甫等三人被多神教徒抓住，候拜甫坚贞不屈，吟诗一首，视死如归。

② 勿尔斯——伊斯兰教阿訇传教的内容，其中充满着神话故事，总的目的是劝人行善，虔诚信奉伊斯兰教。

步凝神玩味起来。

突然，一阵急促奔跑的脚步声越来越近，我刚回过头来，一个披头散发的女子便撞到我的身上，差点把我撞跌倒了。我一把拉住她，问道："你这是怎么啦？"

那女子站定了，反而一把拉住我，反身就往身后小胡同里钻，一边跑一边哀求我："求求你，小兄弟，你挡着我，别让我婶子看见，我要去投井，她不准，她要我去卖身，逼我嫁人，我不想活了！"我来不及细问她，就听见街上一个妇人叫骂着："杀千刀的小妖精，你往哪里跑？老娘养你这么大，你想寻死？你给我回家去，回家去！……"我连忙站在胡同口，像一堵屏风一样。

那女人跑了过来，急促地问我："看见我家小薇了吗？"

"小薇？"我说，"我不认识，没看见有人来……"

"你是哪家的少爷，怎么这么眼熟？"那女人仔细打量着我，我也打量着她。这是位四十开外的妇女，白白净净的，头发梳得溜光，脑后打了个髻，嘴里镶了两颗金牙。

"哦！"那女人笑了，"你不是杨家的孙少爷吗？那天你舅舅，哦，我是说你爸爸领着你回家的时候，满街的人都看见你的，都夸你是个好孩子，又长得俏，又文静，怎么回家个把月都不出门！小心用功过度把身体搞垮了，唉，多好的小伙子，我家小薇要是嫁了你这么个男人多好，又有长相，又有学问，杨家又有钱，咳，多好！"

她越说越离谱了，我真不爱听，把话岔开道："您是？"

"我是你家对面胡同里的沙大婶儿呀！寡妇失业的，就这么个侄女儿还不听话，唉！难啦，你们有钱人不知道我们命苦人……"她刚要挤出几滴眼泪来，忽然叫道，"谁？在你身子后面的是谁？"

"是我！"那小薇竟自己站了出来，豁出去了，"反正也是一死，你打吧！打吧！今天打不死我，我明天还要跳井！"

我连忙保护她："沙大婶，你老人家可别打小薇姐姐，您就这么一个孩子……"

沙大婶眼珠一转："要我不打她可以，孙少爷你得答应我一个小小的条件。"

"什么条件？"我心里想，要钱我可是一文也没有。

"这条件嘛……"沙大婶笑得比蜜甜，"不费事，只要你现在肯赏光到我家去坐坐，我就不打她了。"

"好吧！"我咬咬牙，"我跟您去。"

"主上慈悯，今天我遇着贵人了，丫头，还不在前面带路！"沙大婶显得满心欢喜。

小薇在前面走，大婶拉着我跟在后边，一边走一边说："杨林啊！我晓得你原来的名字叫马玉麟，可怜，现在你家老人没了，你姓了杨了，我认得你，你可记得抗战前在小学的时候，你有个女同学——就是你表姐海新月吗？"

"新月？"我激动起来，"记得的，她比我大两三岁，长得漂亮，聪明，老是护着我，不让别的孩子欺负我。有一次下雨，她把雨伞给我打，自己淋着回家，还有一回开同乐会，我们一起跳舞，她扮我的妈妈，化妆可漂亮呢，她现在在哪儿？"

"努！"沙大婶一努嘴，"就是这个披头散发的小妖精，她亲爸爸妈妈都被日本人杀了，是我把她拉扯大的，现在可好，长大了，漂亮得像一朵花，可就是忘恩负义，不听话……唉！不说这些，瞧，到家了。"

沙大婶取出钥匙开了门锁，先进去把堂屋里的煤油灯点亮了，然后招呼我们进去。

"孙少爷，你先坐一会儿，我给这丫头换一身衣裳……死丫头，你还不跟我到里屋来！"

她们进去了，里屋的灯也亮了，我坐在那里等着，心里打着鼓，老阿訇要是知道我到这里来了，那还了得？可是我没有动，我想和新月姐姐聊聊，她真可怜……

一会儿，沙大婶走了出来：“大侄子，进去吧！姐弟俩说会儿话。”轻轻把我推了进去。那新月姐姐已经擦了脸，梳了一条大辫子，换了一件半新的花上衣。脸上白里透红，的确美极了，比小时候更美，尤其那身材，高挑个儿，她完全是个成年女儿家了。我把她看成大姐姐，我赞美她的形象，心中半点邪念也没有。

“说话呀，傻丫头，叫表弟——这是咱们自家亲人，有什么不好意思的？”沙大婶见我们都不说话便来引导。忽然她仿佛恍然大悟似的说：“瞧我这大神，怎能让贵客寡坐着？你们先叙叙，我去胡同口冲一壶茶来，顺便买点点心，你们都饿了吧？”说完，她一脚跨了出去，然后“砰”的一声把门关上了。又“哗啦！”一响，在外面说：“我去去就回，不到一个钟点就回来，你们自由自在地说话儿！嘻嘻……”

我轻轻推了推门，坏了！门在外面被上了锁。我急了：“新月姐姐！婶子为什么把我们俩锁在屋里？”

“哼！”新月骂道，“老不要脸！她这是想你和我睡一觉……”

“睡觉？”我不明白，“我干吗要在这里睡？我爷爷会急坏了的，再说，只有一张床，三个人……”

“哈哈……”新月冷笑着，“傻小子，你纯粹是个孩子，干妈她就是要你和我搂着在一张床上睡，你没听见她说：一个钟头以后再回来吗？一个钟头，哼！”

我有点明白了：“不！我得回家，这不行，这算什么？我要回家！”

“门锁了，窗户也反扣上了，你出不去了。”新月说，“她年轻的时候，死了男人，没饭吃，她就是这么干的，晚上带一个男人来，叫我在外面把门锁上，过一个钟头再开门……起初我不懂，后来我大了点，懂了，我不帮她的忙了，她就打我，哭着咬我……现在可好，她把我和你锁在这里，她老了，没人要了，她这是让我接着卖……你说，我还能活着吗？要不是怕连累你，我现在就一头撞死……我怎么这么命苦哇！”她哭得像个泪人儿一样。

“别，你别哭！你太难了，我们想想办法，商量商量，这样下去你怎么活？”我的心碎了。

“办法？有什么办法！只有一个办法：嫁人！嫁给谁？我干妈名声不好，哪个正经人家要我！比方说你——杨家孙少爷，人家都说咱俩长得俊，一个金童，一个玉女，可是你，你肯要我吗？”

“你，新月姐，你说到哪里去了！”我连忙辩解着，“我还不懂事，是个孩子，我要是起了坏心眼，真主惩罚我！我是说，有什么办法，帮助你脱离苦海……”

“可不是，”新月说，“我就是美若天仙，你也不会要我这个老妖精的干女儿——小妖精的，再说，我也不忍心坑害你这个好男儿，可是，我是清白的，人们造了我许多谣言，害得我抬不起头来……现在，干妈又逼着我去嫁什么黄师长，当第七房姨太太，主啊！我要寻死，她也不让！我的生身亲妈妈哟，又这么早把我撇下？我恨不得烧一锅滚油，把我这张妖精脸烫烂了！我为什么要被卖给一个依不里斯[①]当第七房姨太太？……今天可好，她又打你的主意，只要你上了钩，生米煮成了熟饭，她就会逼着老阿訇娶我做孙媳妇，然后她就搬进杨府当亲家老太太享福了——我只不过是一棵摇钱树罢咧！呜……呜……”

---

① 依不里斯——犹一般说的“魔鬼”。

"别难过，新月表姐，总有办法的。"我真心实意地安慰她，"嫁人不是办法，嫁给一个有钱的老头子也罢，一个公子哥儿小开也罢，左右只是讨碗饭吃，给人家当花瓶，活着有什么意思？你这么年轻，又这么漂亮，又有骨气，应该为自己的前途着想，千万别糟践了自己……"

这时，新月感动得不得了，一把抱住我，像抱住自己的亲弟弟一样，痛哭起来，她柔和的胸脯紧贴着我的前胸，她的热泪流到我的脖子上，她呼出的气一口一口直喷在我的腮边。

"好弟弟，亲弟弟，自从爹妈被鬼子杀了以后，我是第一次听见这样贴心的话，玉麟，你是好人，心眼儿好，要不，你就真的娶了我，救我出这个火坑，我伺候你上学，帮助你成名，我一辈子给你铺床叠被，生儿育女，洗衣做饭，你不要嫌我比你大两岁，圣人穆罕穆德二十五岁结婚，他的妻子海的彻已经四十岁了，我只不过才十九岁半啊……"

我心慌意乱，我还是个不懂事的孩子，难道这就是小说里所谓的爱情吗？不！我不能，我不能啊……我鼓足了勇气，用力从她的怀抱里挣了出来，小声严肃地说："新月姐姐，别这样，这不正好上了你干妈的圈套吗？你我的名誉就完了，你我都是青年，除了成家，还要干一些事业的，你这么聪明，能干，你只要奋斗，一定会成为一个回族的人才，我们不要毁了自己！"

新月头发散乱，泪眼惺忪，痴呆呆地站在那里，煤油灯照在她的脸上、身上，她美若天仙，可是心里比黄连还苦……我残酷吗？不！即使是个未成年的孩子，我也有情欲，也知道美和丑，我读过不少爱情故事，特别喜欢读屠格涅夫的《初恋》，眼前的新月姑娘比蕊娜伊达还要美丽，至于新月姑娘的纯洁、善良，是谁也比不上的，我仅仅初次和这位少女见面，我只有赞美，那不是爱，没有这么快的爱，如果爱情来得这么快，那就是情欲，不是纯洁的爱情。如果我是个玩世不恭的青年，那么眼前就是美女，就是床，她不会拒绝的……可是我不能，我要挽救她，像挽救自己的亲姐姐……

“原谅我，姐姐……”我害羞地低下了头。

“你嫌我丑吗？”新月从牙缝里一个字一个字地咬着说。

“不！你是我有生以来见过的，最美的新月姑娘……”

“那么你怀疑我不贞洁？”她像发疯一样冲到我面前说，“将来你会知道的。到现在为止，我是个处女……”

“不，不，我相信你的贞洁……”我后退了几步，“你不要冲动，姐姐，不要冲动，我既然要救你，就不能害你……想想看，找一个根本的出路……哦，对了，我听说你想学当看护，你应该去考护士学校，要不，去考医士学校，你会成为一个出色的医生的……”

“医生？”她苦笑着，竭力使自己冷静下来。然后转身走到镜子面前，慢慢地梳理自己的头发和衣裳：“医生？是的，我梦想过，我曾经私自从家里逃出去，报考医士学校，国文、数学、生物……都考了优等，可是英文……英文得了鸭蛋！我没学过英文，自己看书又看不懂……我落榜了。干妈把我从学校抓了回来，说我不正经，街坊们也说我想跟野男人跑掉，没有的事！我是想上学呀，我是不想走干妈这条肮脏的路啊！可我为什么不懂英文？要是我懂英文，考取了，学校免费供应伙食，还有零用钱，就是打死我，我也不回家的呀！”

“英文？”我心里一亮，“我的英文程度是很不错的，我能看小说，能写日记，我教你，不出两个月，我保证教会了你，让你通过今年夏天的入学考试！”

“真的呀？”她回过身来，第一次露出了笑容，“那你还不教我？还不赶快教我？我还有课本呢！”她擦干眼泪，一个箭步跑到床边，伸手从褥子底下摸出一本旧英文书递给我："这是我给别人纳鞋底挣钱买的，你看行不？"

我惊讶地翻了翻她像宝贝般藏起来的英文书，不觉对这位姐姐油然起敬。她是不甘堕落的！我原谅了她刚才的一时冲动，高兴得流出了眼泪。"行！这本书够了，两个月，包你学会。就这样吧！从明天起，每天下午我偷偷来教你，一天两个小时，包你学会，好，你别再胡思乱想了，我也该回家了……"我向门口走去。

"慢着！"她一把拉住我，"门上了锁，你怎么出得去？"

"这……"

"你饶恕我吧，好表弟！刚才我是走投无路了，我不是那种下贱女人。你忘了刚才的事吧！你是有学问的人，你帮姐姐考上了医士学校，姐姐将来成了真正的医生，姐姐一辈子忘不了你，真主会慈悯你的，那时候姐姐我给你找一个好妻子，比我还美，比我有学问，我用这个来报答你，我凭着安老乎主的名义起誓……现在，你就开始教我吧，老师！让我干妈回来吓一跳……"她向我深深鞠了一个躬。

我不知所措，急忙中也回了她一个躬。她笑了。

我们坐在桌边，翻了书。

新月的眼中闪出光来，就像那清真寺屋顶上的新月……

我想起事变前，在小学一年级，我和新月同坐在一个位子上学习的情景，一晃眼，我们都长大了，而且都成了孤儿……命运又把我们牵到一起，在这盏油灯下，肩并着肩，学习……我意识到，我们是一根藤上的两个苦瓜，我们不互相爱惜，谁又能真正爱惜我们？

就这样，在被锁上了的屋子里，在这昏黄而又神秘的煤油灯光下，传奇式地，开始了第一课。

"A……"我念。

“A……”跟着念，十分认真，她的声音清脆如银铃，宛若勿尔斯里讲的天堂的仙乐。

……

时间不知不觉地逝去，二十六个字母都学会了，她快活地背诵给我听：

“A、B、C、D、E、F……”

“嗵！”门被突然推开了，沙大婶满脸不自在地推门进来，我竟不知道她是什么时候开的锁。

“大婶！”我本能地站起来。

“哟！你们这是在念洋文啦？”沙大婶变了一副笑脸，“对不起，让你久等了，我是怕别人说闲话才把门锁上的，本想冲了水就回家，可是茶炉子的火灭了，等啊，等啊，等到现在，点心铺也关门了，孙少爷你饿了吧？我去厨房给你炒饭……”显然她根本没去冲水，也没去买点心。

我连忙说：“不用费心了，大婶，我该回家了，从明天起，我每天下午来教她英文，包她能考上医士学校，你老人家等着享福吧！新月姐，我走了，明儿见！”

新月用哀怨的眼睛望着我，没有回答。我低下头，三步两步逃了出来。

我走到胡同里，很是放心不下，见胡同里静悄悄的没别人，我像小偷一样，贴到窗户根下窃听着……

“好哇！黄师长你不嫁，嫌人家老，今天妈给你找了个好主儿，你为什么不抓住机会？只要你把他往床上一推，你这孙少奶奶就当成了，你还有什么不知足的？人品，模样儿，心眼儿，年纪，杨家的家产，哪点不称你的心？你到底安的什么心？你学你妈的什么洋文？你是不是迷上了那个穷小子勤务兵了？”沙大婶把桌子拍得震天响。

新月姐也发作了，她那银铃般的嗓子愤怒地骂着，压抑在胸中的仇恨像火山一般爆发了：“你听着，沙寡妇！你自卖自身八九年了，你个老不要脸的，你自己卖不出去了，就逼着我卖淫，告诉你，我海家的女儿不是自轻自贱的。他杨林就是要娶我也要明媒正娶，还要看我乐意不乐意！我是清白的穆斯林，我不能跟你一起下朵子黑[①]，不错，你养了我，我是吃你的卖身钱买的饭长大的，将来我还你，报答你，我可不是你这样的下贱货！”

“啪！啪！”两个响亮的耳光打在新月的脸上。沙大婶咆哮着：“好哇！你把你吃我这些年的脏饭都吐出来！老娘今天不活了，我跟你拼了！”

这时，新月姐杀气腾腾地说：“拼就拼！”接着两声响亮的耳光，那是新月姐打她干妈，沙大婶像宰羊般地哀叫着。随后又是“啪！啪！啪！……”一连串的耳光声，那是大婶自己打自己，一边打，一边哭：

“我不要脸！我不是人！我下贱！你骂我，还敢打我！我还活着做什么？要不是为了你，我早寻死了，何必忍辱偷生糟践自己！我年轻的时候也是一朵花，我也念过小学，认得字，会写信，我哪点不如别人？这是命，这是我的命苦，落得这步田地！我挣钱养活你容易吗？我心甘情愿跟那些骚男人睡觉吗？我还不是为了养活你？还不是为了你……人家都骂我是暗娼，半开门，脏货！我认了。可是你怎么也这样骂我？你还打我？你打吧！打吧！打死我吧！我活着人不人鬼不鬼的，我活够了！真主啊！真主啊！我冤哪！我冤哪！我让你嫁人还不是为了不让你走我这条路吗？这年头，穷人家的漂

① 朵子黑——译为“火狱”或“地狱”。

亮女儿要是不嫁人，还会有什么好下场！呜……呜……”

我听见新月占了上风，心稍稍宽了一些，又怕有人看见我——夜晚钻这条胡同的人，总是洗不清的风流罪啊！于是我蹑手蹑脚地从胡同里窜出来，好在没有人注意，家里也没关门，算是平安地回了家。老阿訇还没回来。老阿訇填房的夫人——我的舅奶奶正在厨房里收拾，我找她要了点饭菜胡乱填饱了肚子。舅奶奶是个可怜人，今年刚四十岁，嫁给七十岁的老阿訇。在家里不言不语操持家务，吃饭不上桌，总是在厨房里吃，从来不过问男人的事，她也叫我“孙少爷”，我请她不要告诉老阿訇我回来晚了，她点了头，所以老阿訇深夜回家后也没查问我。

我上楼去睡觉，在楼栏杆旁边遇见小吴，他迎上来压低声音敌意地问我：“你到哪儿去了？去看沙小姐了？”我说：“别瞎扯，我看戏去了！”他眼露凶光说：“看戏去就好！告诉你，你敢骂她是小妖精，以后你要是再去勾引她，老子宰了你！”说着说着，从怀里摸出一把明晃晃的匕首来，在我眼前亮了亮。见我害怕，他笑了：“胆小鬼！谅你也没勇气去找她，别害怕，睡觉去吧——孙少爷！”

上了床，我翻来覆去怎么也睡不着，似梦非梦，许多幻象在眼前浮现：爹爹、妈妈，满身血污在腥风血雨中奔跑呼号，鬼子飞机的炸弹排山倒海地倾泻下来，许多日本鬼子挥舞着带血的长刀向我逼过来……无数的乞丐蓬头垢面向我伸手乞讨……新月姐姐身上披着白纱从天空冉冉而降，向我伸出了双臂，沙大婶带着一群国军军官恶狼似的扑上来把她抓住，朝一团黑雾中钻去……我不要命地去追赶，我哭喊，喊不出声音来，忽然周围都是烈火狂焰，无数缺胳膊少腿的屈死鬼对我狞笑：“哈哈哈哈……”忽然又不笑了，一起大声念着英文字母：“A，B，C，D……”

半夜里，我从噩梦中醒来，再也无法入睡了。我爬起来，推开临江的窗户，天上的月亮在云层中穿过，像是飞得很快，却也永远没有移动位置，江面上波光粼粼，被笼罩在一层薄雾里，远处传来犬吠声，悲痛欲绝的哭声，打麻将的声音，淫荡的笑声……天哪！这哪是人间？这简直是地狱，是朵子黑！

我再也无法入眠了，索性打开了电灯做起代数题来……后来因疲劳过度，就伏在桌面上睡着了。

一阵喧闹声把我惊醒，阳光已经照在我的身上，我连忙关上灯，伸头从临江的窗户往下瞧，只见人群都向对面胡同拥去……出了什么事情？

我感到不妙，快步跑下楼去。舅奶奶正站在那里朝门口张望，见我要出去便说："孙少爷，别出去，对面胡同里死了人了。"我浑身冒冷汗。"谁？谁死了？是沙……沙小薇？""不！是小薇她干妈，沙寡妇，可怜，活着不规矩，死也没得着好死，是上了吊啦，唉！"我一听见，浑身的汗毛都竖起来了，不顾舅奶奶的劝阻，便抖抖索索地冲了出去。

我从人群中拼命挤进胡同去，也许我是"孙少爷"的缘故，大家都给我让路。我挤到沙大婶门前，见沙大婶躺在堂屋里一块门板上，身上盖着一块白布单子，露出了头，她睁一只眼，闭一只眼，面色灰白，嘴角挂着苦笑，嘴唇微微张开，露出半截金牙和稍稍伸长了的舌头。新月姐姐跪在她身边一面哭，一面呼号，已是力绝声嘶了。

"干妈呀……你是生活逼……逼死的……你是不得已啊！女儿我不能体谅你……瞧不起你……我不能报……报答你啦！……"

我听见那声音，看见姐姐那副花容惨淡的样子。我的心如同扎上了万把钢刀，昨晚沙大婶还是好好的，怎么今天就死了？我记起昨晚在窗户根下听到的那些话，啊！沙大婶！你是不得已才走上毁灭的道路啊！你是这万恶的社会杀死的，你是没有罪的……啊，新月姐姐！以后你怎么过？怎么生存下去？……我真想上前去和姐姐抱头痛哭一场，我真想去劝慰她，可是，我不敢，我怕把事情弄得复杂了。

围观的穆斯林群众叹息着，啜泣着，几位大婶、奶奶上前去解劝新月……这时我才发现老阿訇早已站在那里。他双手发抖，轻轻地拉起白布单子把亡人的脸盖上了。然后用颤动的声音对大家说：

“穆民们，这是主的口唤到了，亡人已经进入后世，一切的功过自有公道的主来评判。亡人在等阳[①]上受尽了苦，她走了……让我们来发送她，给她念经，减轻她的罪过……她临死以前留下了遗书，我们尽量照办，让她安心……”老阿訇从桌上拿起一块纸片，用眼巡视四周，看见了我，把纸片递给我道：“你来了，也好，你眼神好，你念念，大声念给大伙儿听听……”

我接过纸片，那手如同千斤重。我觉得沙大婶的死与我多少有点关系，我是有罪的。我不能违抗老阿訇的命令，于是展开那遗书——那上面用铅笔歪歪扭扭写着几行字：

我有罪，我知道上吊是有罪的，但是我活不下去了，我要吃反（饭），我没钱养活自己，我不能再作业（孽）了，我要到地岳（狱）去受法（罚），可是我求求杨大阿红（訇），把小薇手（收）留下来，小薇是清白的，我凭真主起是（誓），他（她）是真节（贞洁）的，托付老阿红（訇）了。我不是坏女人，是鬼子害的，生活必（逼）的，我有委去（屈），我要对真主去诉，我得罪了乡亲，大家火

① 等阳——即“今世”。

十（即原谅）我吧！

海菊花

——我流着泪念完了遗书，大家都哭了，新月姐姐更是悲恸欲绝。

老阿訇也流下了泪，当众宣布："让我们大家都忘记亡人过去的行为吧！我答应你了，海菊花，我的好侄女，你安心地去吧！我把小薇收养在身边，我供她吃、穿，供她上学，像我自己的孙女一样。你们都听见了，小薇是贞洁的，你们不要再咒她，她是我家的人了，她是我的学友海阿訇的后代，今后，她要恢复本来的姓名——海新月。"

……

发送了沙大婶，新月姐姐搬到杨家大屋来了。老阿訇让她住在楼下自己隔壁的一间小屋里。她帮着舅奶奶料理家务，我们每天见面，可是却很少讲话，心上都像压着铅一样。

有一天我到厨房去，看见新月一个人在那里洗碗。我走过去说："我帮你洗。"她说："你是男人，是孙少爷，怎能让你洗碗呢？"我很委屈："姐姐！我们都是可怜人，你又何必……"新月抬起头来瞪着我说："难道我就这么洗一辈子碗？医士学校还考不考了？"我说："当然考！从明天起，我给你补习英文。"她这才笑了："真的呀？我还以为你忘了哩！可是老阿訇同意吗？他老人家不怕我把你勾引坏了？不怕影响你自己复习功课？"我说："我去求求爷爷。"她点了点头，感激地深情对我一笑。

晚饭时，我婉转地向爷爷提出了给新月补习英文的要求。老阿訇捻着白胡须，望了我老半天，叹了口气说："好吧！我答应你，不过，我不能让你本人天天教她英文，你自己还要复习功课，要分心的，她又这么漂亮，你会分心的，你还小呢，高中都没毕业……这么办，我去请一位英文女教师来，定期到家里来教她，比你的学问大，你满意了吧？”

我当然满意喽。吃晚饭，我到厨房去把这消息告诉了新月，她快活得跳了起来。

自从那英文女教师隔一天晚上来给新月上一次课以来，新月逐渐变了。她变得活泼，愉快，而且更聪明了。

一天，我照例到厨房去帮她洗碗——这是我们一天中最快活的时刻——她忽然问我：“玉麟，你说，我们受苦受难，根子是什么？”

“根子？”我愕然，“爷爷说是我们的命？……”

“哈哈……”新月笑得前仰后合，“你真傻，那是迷信，亏你是个高中生，受苦的根子是什么都不知道。”

“那你说是什么？”

“是什么？”新月忽然严肃起来，“是阶级压迫，是不民主的制度——这是赵老师对我讲的，你懂吗？”

“阶级压迫？”我有点懂，但不完全懂，“什么叫阶级压迫？”

“种田的讨饭吃，地主不种田坐在家里收租，外国资本家到中国来榨取中国人的血汗，当官的欺侮老百姓，日本鬼子杀了我们的父母，这些都是阶级压迫，你懂了吗？”

“我懂了，”我过去也接触过这一类的文章，“劳苦大众受压迫，地主官僚资本家军阀吃人肉喝人血，养肥了自己，不劳而获……”

“嘿！你真行啊！”新月说，“要想大家都幸福，就要大家团结起来：把现在的统治阶级打倒，建立一个劳苦大众当家作主的社会——”

“别说了，”我制止她，“这不是共产党的话吗？”

“共产党又怎样？”新月说，“我还想当共产党哩！”

她变了，她完全变了，变得真快，她好像有了主心骨。

晚上，我正在书房里看书。小吴喝得醉醺醺地冲了进来。

“好小子，你骗人，你说你不会爱上沙小姐，你现在反把她抓到手了。”他两眼发直，跌跌撞撞地向我走来。突然拔出匕首，猛地往写字台上一扎：“你抢走了我心爱的人，老子宰了你！”

我被吓出一身冷汗来，一种自卫的本能使我一把拔出了匕首，压低嗓门喝道：“你说她是你心爱的人，你跟她谈了吗？她答应了吗？你说我把她抓到手了，我跟她是定了亲还是结了亲？你胡说什么？你喝醉了，你瞎说八道！”

“没有，都没有……”他往床上一坐，叹了气，“我是没希望啦，可你……”

“我怎么？”

小吴站了起来，抓住我的衣裳，狠狠地说：“你应该娶她，你为什么不娶她？黄师长马上就要来了，黄师长诬赖沙大婶得了他的钱，小薇应该归他，他马上就要派董副官带着兵来把沙小姐抓走。只有你能救她，你应该马上娶她！你一娶了她黄师长就没办法了，你得赶快娶她，越快越好！你要了她，一不许打她，二不许骂她，要不然，我饶不了你！啊，我是完了，完了，我把沙小姐托付给你了。”他忽然趴在地上给我磕了一个头，然后抢过匕首，跌跌撞撞地哭着走了出去。

我知道小吴是不会骗我的，问题很严重。顾不得许多了，我急急忙忙跑下楼，一下冲到老阿訇的房间里，迫不及待地，一五一十把刚才小吴的话全告诉了他。

老爷爷把桌上的《古兰经》合起来，对舅奶奶说：“把新月叫来！”舅奶奶出去了。老爷爷在屋里踱着方步，嘴里念着清真言。

新月来了，吓了一跳：“老爷爷，是弟弟惹你老人家生气啦？”

老阿訇一摆手："你们都坐下，听我讲。新月，你干妈海菊花死了，可是给你留下了祸害，她答应黄师长用一千块钱买你当小老婆，虽然还没给钱，菊花就死了。那黄师长是不甘心的。现在他马上要派人来接你走了，这可怎么办？真主啊，这一群害人精什么都做得出来！"

我以为新月一定会哭的，谁知她格外镇静，不紧不慢地问："什么时候来接我？"

老阿訇："小吴说很快就来了，前几天，我已经听到风声，以为是不可信的，现在小吴的话证明这是真的，总之要打算董副官在三天以后就到达，时间不多了，怎么办？"

我鼓足勇气说："新月姐，我们成亲吧，成亲吧，我们成了亲，黄师长就不能接你走了，新月姐，我喜欢你，你也喜欢我，我们求求老爷爷，成全了我们吧！"

新月流着泪，痴呆呆地望着我道："玉麟，你是个好人，我是真心实意地喜欢你，当着爷爷的面，我起誓，我喜欢你。可是，你还小，你还要念书，你成了亲还有心思念书吗？"

老阿訇点点头："是啊！你成了亲，守着这么如花似玉的妻子，你还有心思念书吗？"

我感到了爱情的力量，我反驳道："爷爷，你老人家亲自教导过，使者说：'年轻人哪！你们当中谁有能力结婚就当结婚。因为结婚能使眼睛和身体保持贞洁。'我和新月姐姐结了婚，我的妻是穆斯林中最美丽最聪慧的姑娘，我的心就踏实了，再也不会受诱惑了，我就更可以专心求学了，你老人家说是不是？"

爷爷点了点头，问我道："新月比你大两岁半呢……"

我接茬回道："穆圣二十五岁时和四十岁的海的彻结了婚，圣人比妻子小十五岁，可我，只小两岁半啦，爷爷！不是我贪恋姐姐，现在是火烧眉毛，事出无奈啊！你老人家难道愿意姐姐往火坑里跳？”

老阿訇感动了，他站了起来，祈祷着：“最慈悯的真主啊！您答应吧！万赞归于调养普慈世界的主，求主慈悯庆贺穆圣和他的眷属。”然后对我们说，“孩子们，明天就办喜事，不要怕，真主会慈悯你们的。”

我和新月姐姐都跪下了。

第二天清早，我和新月姐姐分别在家里沐浴，净身，舅奶奶打开箱子，取出现成的新衣服给我们换上。老阿訇领着我们到清真寺请以玛目[①]主持，行了宗教仪式，为我们念经，祝福，以玛目在祝福的时候教导我：“圣人说：‘女人同弯曲的肋骨一样，你若想矫正它，则会弄断它，你若享用其天生的弯曲则会得益于它。’这就是说，男人对女人要温存，对女人不足之处要容忍。”我虔诚地答应着，并向安拉起誓：“我要永远爱她，永远不变心，对她温存，体贴。”

当我们走出清真寺的时候，我们已是合法的夫妻了。我感到由衷的幸福。当我们回到家时，已经是张灯结彩，贺客盈门了。老阿訇以其崇高的威信和财力，在一个早晨就组织起一班人把一切都办好了。新房就在新月住的房里。

这一天我是昏昏沉沉过去的，客人来了不少，其中也有英文教师赵老师——她是一个中年人，胖胖的，戴一副黑边眼镜。她曾经抓了个机会拉着新月躲在新房里说了好一会儿话，然后就推说有事告辞先走了。我忙着前后应酬，脑子里乱哄哄的。可是打心眼里快活出来，忘记了我是在怎样紧急的形势下结婚的。

好不容易盼到闹新房的人全走了。老爷爷说：“孩子们休息吧！明天早晨你们就是大人了。”舅奶奶说：“祝你们明年抱一个胖重孙

---

① 以玛目——教长。

儿！”老两口回房去了，屋里就剩下我们两个人。我关上了房门。

新月姐姐坐在床沿上，低着头。桌上一对大喜烛的光焰跳动着，红光一闪一闪地映在她的脸上，她穿了一件大红缎子带花边的旗袍，头发梳了髻，绞过[①]的脸更白了，她比任何时候都更美，我宛如进入了仙境。

我走向前去，张开双臂，柔声地说：“好姐姐，我们休息吧！”

“你等等！”新月抬起了头，如醉如痴地望着我，“我有要紧的话对你说，你先坐下。”

我乖乖地坐在她身边，羞怯地伸出右臂，拥着她。

新月柔情地把头埋在我的胸前，对我说：“玉麟，我已是你的人了，日子长着呢，你不要性急，听我说，我们处境危险，说不定今夜就有祸事，我们不能休息，我们得马上离开此地……”

“离开？到哪里去？”

新月抬起头来，示意我小声点：“好弟弟，听我的话，到解放区去，投奔共军，这才是我们的出路……”

“投奔共军？”我觉得新月完全变成另一个人了，“你怎么认得共军？怎么去？抓住了要杀头的！”

“不去参加共军，我们也会被黄师长抓走，他们杀你头，我当姨太太，活着不如死去。你以为我们结了婚他们就会放过我们吗？这帮强盗，随便安一个罪名就会叫我们家破人亡的，只有共产党才是我们的救星。”新月胸有成竹地说。

我明白了：“这些，都是赵老师教导你的吗？”

“是的。”新月说，“赵老师是我真正的老师，她这些日子没教会

---

① 绞脸——南方的习俗，大姑娘出嫁以前要绞脸（即开脸），另一位女人用棉线，用牙齿衔着，双手操作，在新人脸上绞去汗毛，皮肤便显得很白。婚后妇女为了白也常常绞脸。

我多少英文，却教给我不少革命的道理。赵老师今天告诉我，今天下半夜，叫我们到西门一个小杂货铺去，她在那里等着我们，她带我们由后门绕道出城，有共产党的游击队化了装接应我们，一切都安排好了，你看，现在已经十一点半了，我们赶快换衣服，十二点钟从后门出去，道路我都看好了。我们快些准备吧！”

说完，她立刻起身脱下新衣裳……

我毫无思想准备，一边慌乱地换装，一边说：“我们会不会遇到危险？要是走散了怎么办？”

“要是走散了……”新月流着泪说，“我们就各奔前程，你等着我，我等着你，永远等着，记住，你只爱我一个，我也只爱你一个，只有我死了，你才能娶亲，要是你死了，我就一辈子不嫁人，你我是经过以玛目作证的夫妻，虽然没有同房，我这辈子永远不会和别人在一起过。你呢？”

“我也一样，我起誓。”我已经泣不成声了。

我们匆匆换了装，收拾了一个小包袱。朝着老阿訇住房的方向双双跪下。“老阿訇，我们走了，我们对不起你老人家，过几年全国解放了，我们再来孝顺你老人家……”

这时，忽然街门被“嗵！嗵！嗵”砸得震天响，不好！董副官带着人回来提前行动了。新月一把拖着我就走。我们走到后院，打开后门，飞快地跑了出去。

我们跑了有二百多米远，就听见背后有脚步声，坏了，坏蛋们追来了，我们要是再跑，准会被发现。于是我们在墙角藏了起来。

“砰！”坏蛋们朝天开了一枪，狂叫着，“你们跑不了！还不快出来！”

事情急了。我对新月说：“我们不能站在一起等死，好姐姐，我要是逃脱了，就到西门去找你，要是到了约定时不到，你们就别等我了。别忘了我，不管多少年，只要我活着，我一直等你！”说完，我突然朝相反方向的一个胡同狂奔。

敌人见到我的影子，拼命在后面追。新月脱险了，我终于被抓住了。

他们把我押回家里。董副官正在拷问老阿訇。我一被带进堂屋就高呼：“不准折磨老爷爷，这一切都是我的主意！”

董副官放开老爷爷，用皮鞭狠狠地抽打我，一边打一边骂：“好哇！你敢诱骗师长的未婚妻！”

我大叫着：“我没有犯法，我是明媒正娶，以玛目就是大媒人！”

“明媒正娶为什么还逃跑？我问你，那小妖精你给藏到哪里去了？”

我紧闭着嘴，任他抽打，流了很多血，我再也不说话。后来我失去了知觉。

等我醒来时，我发现自己被四马攒蹄地捆得结结实实的，胸前还绑了一块大石头，四周漆黑，地面又硬又湿，一阵冷风吹来，我意识到，这是要把我沉到大江里去，我开始为老爷爷和新月姐姐祈祷……

这时我听见小吴的声音：“副官！这点活儿交给我了，我一个人满能对付。”

董副官在远处的声音：“那好，我们在城门口等着你，干麻利点，拖到东边去，不要在这里，不要让他漂起来！”

吉普车的声音，那车开走了。

我把眼一闭，我的最后时刻到了……

可是我没有被沉进江里，而是被松了绑。

小吴把我扶起来，对我说：

“小兄弟！够朋友的！你保护了沙小姐，我要报你的恩。这里有一个包袱，里面有一套军装，几圈绷带，还有糕点，几十块钱，一张军用船票。你把衣裳换了，打扮成一个伤兵，把脸遮起来。然后把你脱下来的衣裳，连这地上的绳子都捆在这块石头上，沉到江里去。早晨四点钟，你拿着军人乘船证到第二号码头上船去，一路上少抛头露面，到了南京，你去找你的舅舅去吧！一切保重，我要走了。”

“那你以后怎么办？”我问。

“我？”小吴苦笑着，“我要求上前线去，到那里开小差，要不就当俘虏，总之我要投奔共军，我在这里看透了，受够了，以后咱俩，不论谁遇到了沙小姐，都要好好照顾她。再见！”

小吴头也不回地消失在黑暗里，以后我再也不知道他的下落……

我按照小吴的办法，终于逃到了南京，找到了表舅舅。表舅舅花钱托人讲情，老爷爷没有遭毒手。我受了重伤，行动不便，后来表舅舅就被派到台湾去办工厂，把我也带走了。我到了台湾，治好了伤。上了学校，大学毕业后，我设法到美国去教学，几十年来一直没结婚，天天盼着回祖国来寻找亲人。

我经常来到海滨，向天边瞭望，那白云深处，我的祖国，我的故乡，我的亲人，我的妻子，你们好吗？

几十年来我饱尝了相思的滋味，真是流不尽的相思血泪，开不完的春柳春花，那思念啊，恰似遮不住的青山隐隐，流不断的绿水悠悠——我终于理解了《红豆词》的感情。今天，我回来了，我的新月姐姐如果还活着，也有六十岁了，我还能看见她吗？所以我一看见那清真寺屋顶上的月牙儿，我就……啊！新月姐姐，我的妻，你在哪儿？

老华侨讲到这里已经涕泪俱下了。我也一切都明白了。

我马上激动地指着白晶院长说：“杨教授，不，马玉麟先生！您的夫人就在那儿，她也一直等了你几十年……”我看见白院长和杨教授同时站了起来，互相用闪着泪光的眼对视着，我觉得自己再在这里待下去就是多余的了，于是我迅速关了录音机，带着我的全部“武器”退出了病房，顺手关上了房门。

我听见病房里两位老人悲喜交集的啜泣声。

我想象他们正在拥抱着，倾诉这四十年来的相思之苦，他们终于团圆了。可是那忠实于单相思恋情的小吴现在还活着吗？他的命运又如何呢？海峡两岸还有多少对这样白头相思的夫妻，恋人啊！他们也会团圆吗？

我留着欢乐的热泪，跨上摩托车向报馆驶去，当我经过清真寺那条街时，我仰望着那古屋顶上闪闪发光的新月。我对这个时代更加热爱了。我默默地自言自语：

“啊！新月！你是历史的见证！……”

1945 年第一稿于安庆大南门宣家坡

1985 年重写于北京苇子坑

1986 年 7 月刊载于宁夏《新月》杂志

2016 年再次校稿于北京航空航天大学

第 100 只耳朵

一　耳朵……天哪！

夜深了。

刚从美国回北京探亲的芦小苇躺在厅里的两用沙发上，瞪大着眼睛久久不能入睡。卧室里的灯光从门缝里漏出来，显然她的养母还没有休息；这使得她更加心潮起伏、焦躁不安。

才三十二岁的小苇已经是纽约小有名气的整形外科医生了。她和丈夫在纽约开了一家小小的美容院，并在郊区买了一幢二层小洋楼，拥有三辆汽车和门前绿草如茵、绿荫如伞的小院落。事业蒸蒸日上，小日子过得红红火火……可是养母芦苇教授对这些发达社会的物质条件并不稀罕，老是不愿意到异国他乡去享受天伦之乐。

小苇实在难以理解，已经七十出头的人了，一辈子不曾嫁人，奉献得还不够吗？为什么还留恋这简陋的一室一厅（还是特殊照顾）、过着寂寞孤单的单身生活呢？人们说，老处女就是这种怪脾气！人们又说，中国老知识分子的故土情结就是这么执着、固执！

芦苇教授是鼎鼎大名的整形外科专家。为了她心爱的事业忙得连恋爱、结婚都顾不上了。年轻时，不少优秀的男士热烈地追求过她，都被她拒绝了。人家说：你老大不小了，照这样挑来挑去，人老珠黄，变成了老处女，身边没有老伴，膝下没有子女，晚年怎么生活呢？她对此不置可否，只是报以莫测高深的一笑。

1976年唐山大地震后，她就领养了一个八岁的孤女，取名芦小苇，给女儿留了长长的一根大辫子盘在头上，和她一模一样。以后母女相依为命，再不考虑自己的终身大事。女儿在医学院毕业后，去美深造，继承养母的事业，专攻整形外科，毕业后就留在大洋彼岸。妈妈不能干涉女儿的选择，女儿也改变不了妈妈的意志，于是芦教授还是过着孤独的日子。

自从女儿出国后，芦教授就把研究的重点放到耳朵整形手术上。二十多年来，在她的主持指导下成功地进行了数百例的手术，由她亲自主刀的手术已达99例的成功纪录，形成了著名的“芦氏耳廓再造术”。她可以在缺少耳廓的部位，利用从患者自身取下的软骨和皮肤组织，神奇地再造出耳朵来，保证能够成活，形状和对侧耳廓完全对称，与常人无异。有的青年患者修复了残耳，恢复了青春，便组成了美满的小家庭，患者的幸福不断给芦教授带来欢乐，这使她对自己从事的事业更加爱得入迷。

小苇这次苦苦动员老妈妈到美国去总算有了突破性的进展，芦教授终于有了承诺：只要她亲自主刀完成了第100例耳廓再造术之后，她就拿着现成的出国护照去办签证。

“100”是一个吉利的数字，在20世纪和21世纪交替之际，圆满地完成整整100例耳廓手术，便可以给芦教授的行医生涯画上一个完美的句号。找到这第100例手术对象也是轻而易举的，要求芦教授亲自主刀的患者正排着长队哩！

然而，事情并没有那么简单。芦小苇觉得自己像是迷失在一条找不着尽头的隧道里，看不到光明。

自从芦教授亲自主刀完成了第99例耳廓手术之后，就把手术刀完全交给了已经成熟起来的助手，让其独立操作。她是属于“离休返聘”的专家顾问，经常参加国际国内的会议，被邀请到国内各地去讲学、会诊。她便利用这些机会以及旅游之时，在全国各地留意寻访她心目中那第100号缺了一只耳朵的患者，可惜，一直都没有中意的。现在她虽然对女儿作了千金一诺，可是那第100位缺耳的患者却在哪里？如果总是选不中对象，那么小苇接养母到美国去养老、报恩，再给老妈添个孙子（或孙女），一家三代享受天伦之乐的计划便会落空。

难道这个承诺仅仅是一种借口？一种变相拒绝的托词？老妈妈的闷葫芦里究竟装的是什么药呢？

小苇越想越搞不通……唉！别想了，睡吧，睡吧！她强迫自己合上了眼睛。

……

“天哪！”突然从卧室传来妈妈一边拍桌子一边惊叫的声音，像一声爆炸，在这夜深人静之际格外地令她毛骨悚然，吓出来一身冷汗，一骨碌爬起来，叫着：“妈，您怎么啦？”推开房门冲了进去。

二　那就是你，你在哪里？

芦教授还坐在写字台边，一双湿润的眼睛正痴呆呆地凝视着台灯下的几张纸。

“妈，您这到底怎么啦？”小苇伏到妈妈肩上，看见桌上摊开了几张信笺，上面用秀丽的硬笔书法写着一首诗，“妈，你夜里不睡觉，在写诗？写诗为什么激动得拍桌子？吓死人了！”

“小苇！”教授抚摸着女儿的手说，“对不起，我每天晚上要拆看各地病友的来信，这已成为习惯。刚刚拆开的这封信很特殊，信封上没有地址，信笺上没有落款，只是写了一首诗，很有感染力，你读读看。”

于是女儿好奇地轻轻读下去：

千古炎黄子孙的步伐，
汇成中华历史的长河。
似五彩巨龙不停地奔腾呼啸，
淹没了每个人生命的轨迹。
回眸凝视，
尚能分清自己殷红的脚印。
侧耳谛听，
依稀辨认出自己悲壮的脚步声。
世上还有一个人记得
我那血的图画、
火的旋律。
你必然还记得，
五星红旗上也有我们两家的鲜血，
我这一生浸泡在一个残缺的梦里，
只有仰望着城楼上飘荡的红光，
迎接这从天而降的神奇。
那就是你，你在哪里？
你可曾追寻
那鳄鱼背上的歌声？
你能否承受，

这半个多世纪灵魂的颤震？
如果不是为了你，
红旗上也会有我血染的风采。
正是由于为了你，
使我一生浸泡在这残缺的梦里……

“小苇，”妈妈问，“你不是喜欢诗歌吗？这首诗写得怎么样？能打多少分？”

“打多少分？”小苇坐下来思考着，“诗倒是很有激情，又是‘巨龙’又是‘鳄鱼背’，只有他自己和那个‘你’能懂……作者不是专业诗人，写诗也不是为了发表。但作者可能是一位具有高尚情操的爱国知识分子，诗里隐藏着一个遥远的、悲壮的辛酸的故事……至于能打多少分？我想评分还是不低的吧……”

“说得好极了！”芦教授显然很满意女儿的评论。拿起红圆珠笔在信笺角上写出了：“100”。

“100分？”小苇不以为然，“太过分了，只有100分的数学答卷，哪有100分的诗歌？何况这首诗里还有语病……”

“什么语病？”

“毛病出在‘侧耳谛听’这几个字，使我隐隐觉得诗人有一边耳朵聋了，不得不侧过身来用唯一的那只好耳朵来听——于是就破坏了诗人的形象……”

“假如，”妈妈问，“假如诗人并不是半拉聋子，实际上只有一只耳朵呢？”

“您是说，先天性的一只耳廓缺损，或者后天性的……对！肯定是后天性的缺损！”小苇兴奋起来。

“为什么？”教授追问。

“诗人似乎是曾经为了祖国和人民在战斗中负过伤，流过血，很可能有一只耳朵在战场上被炸掉了……”

“如果这是事实，那么……”芦教授凝视着女儿说，“作为整形外科医生的神圣职责不正是还给他一只完整的耳朵吗？”

“对呀！”小苇高兴得跳了起来，“原来您不是打100分，您是选中了第100只耳朵！这么说，您的诺言可以兑现啦？真是太奇妙了！”

“是的，太奇妙了！”妈妈也高兴得眼中溢出了泪花。

“可是，咱们别兴奋得太早了，究竟这位诗人是否真的缺一只耳朵，还有待证实哩。”

“怎么证实？”妈妈追问。

“首先要找到这位诗人！”

“那当然，找不到人，给谁做手术？可是信封上没有地址，信上没有署名，到哪儿去找？”

“是啊，到哪儿去找呢？”小苇刚刚发过热的头上像被浇了一桶冰水。

母女二人无奈地相对，心中同时想着诗中的句子：

那就是你，你在哪里？

三　我深海捞针，你稳如泰山！

要找到这位寄诗人！一定要找到！

第二天晚上小苇把妈妈的几位助手和学生邀请到宿舍来，共同商量找人的行动方案。大家七嘴八舌、不得要领，而芦教授却坐在一旁不动声色地听着。

“这位诗人的灵魂颤震了半个多世纪，那就肯定是六七十岁的老头子，有相当的文化和素养，气度不凡……”

“你怎么能断定是老头子，不是老太太？”

“他说红旗上也有他血染的风采，可以肯定他当过兵，打过仗，负过伤，那当然是男人！”

“这也不一定，古时候有花木兰替父从军，解放战争中有郭俊卿杀敌立功，她们都是女扮男装……”

“你这不是在抬杠吗！？我担心的是这位老先生现在是不是还在北京……”

“这信是前几天在北京投寄的，这就说明寄信人如果户口不在北京，就是外地来首都观光的。他既然给芦教授写信寄诗，也许是投石问路，也许过几天他还会写信来……总之他暂时不离开北京，当然要到大街上去逛逛商场的……”

“逛商场？男人可不像女人爱逛商场，何况一位具有诗人气质的老先生怎么可能连续几天在商场进进出出呢？”

“是呀，我看他出现在名胜景点的可能性更大。”

“这可麻烦了。假定他是这样的，咱们又该上哪儿去找？中山公园？北海？天坛？还是颐和园、圆明园、香山？新辟的景点还多着哩！”

“即使咱们在香山鬼见愁碰见了他，咱们也不认识他呀？他可能戴了一顶帽子，压住了耳朵，难道咱们对每一个可疑的老先生都进行检查，问：老先生，请问您有几只耳朵？然后把他的帽子一把揪下来吗？”

“是呀，要是这位诗人压根儿就好好地长着两只耳朵呢？两只耳朵的正常人就不兴‘侧耳谛听’了吗？”

“得，这不是捣乱吗？如果诗人两只耳朵好好的，咱们还找他来做的什么手术？还找个什么劲儿呢？”

“这么说，不用找啦？”

“北京这么大，人山人海，这么多街道和商场，这么多的名胜古迹，咱们就是啥事不干，找它一年也未必能走得完，这不是大海里捞针吗？”

“唉！”……

讨论来，讨论去，越讨论越没有信心。一个个愁眉苦脸的，唯有芦教授一个人表情平淡，默默坐在那里，像一尊石膏像。

芦小苇受不了啦：“妈，您怎么一言不发？在这里，您最有发言权，您好像无动于衷，好像根本就不想做这第100例手术，您倒是帮着出出主意呀！”

“一定能找到的！”芦苇不紧不慢地说，“不能到大海里去捞针，起码得找到一点线索，才能顺藤摸瓜呀。”

“咦，有了！”小苇受到了启发，“咱们看看信封上的邮戳，弄清楚是从哪个地区寄的，不是可以缩小范围了吗？”

于是大家找到信封，研究那邮戳，上面没有标明是什么街道的邮局，但印有支局的代号，这就是唯一的线索了。明天是周六，大家决定，凡是不值班的一早聚齐了出去，先到附近一个邮局去查出这个盖邮戳的支局在哪个地区，然后再去那里，到各家旅馆去询问。

“妈，你说呢？”

“好吧，麻烦你们找着试试。”芦苇还是这么沉着，“这事我还要好好想一想，我觉得总会找到的。”

也只有这样了，反正是“尽人事，听天命吧！”于是大家便告辞回家。

小苇望着沉得住气的妈妈，心气儿不顺：“妈，这事儿您怎么不积极？您闷葫芦里到底装的什么药？”

“什么药？”芦苇凄然地笑了，“能有什么药呢？甜药？酸药？辣药？苦药？女儿，你的孝心，大家的关心，我难道不明白吗？我需要静静地再想一想，我一定要把这个不留名的人找到。现在不讨论了，好好睡一觉，明天还要到处跑哩。”

“我睡得着吗？”小苇委屈地走出卧室，在摊开两用沙发的时候手很重，弄得直响……

第二天一早，小苇就和几位年轻大夫出去了，芦苇年纪大了，大家叫她留在家里等消息。她把自己关在屋里一整天，连饭也没吃，只是一个劲地喝浓茶。

黄昏时分，大家回来时，一个个气喘吁吁，没精打采。

通过信封上邮戳的支局代号，查出支局在前门地区，大家便到那里转了一天。在饭店、小旅馆、招待所，见到就问，毫无所获。

人家挺客气：这位旅客姓什么？叫什么？从哪儿来？到北京干什么来了？

回答不出来，只知道是位老人，多半是男的，有文化……

老人多着呢，要不您自己查查旅客登记簿吧！

查什么呢？查出几个老知识分子又如何？登记簿上没有一栏是专门登记每个人长着几只耳朵的。

这人可能一只耳朵有毛病……

那我们可没有观察那么细，你们如果是公安局办案的，请出示证件。

唉！一天的奔跑，茫无头绪，简直是乱七八糟一锅粥！

芦苇听了这些情况。说道：“我今天想了一整天，我觉得像这种找法恐怕不行。大家都很忙，我看明天不用出去找了。今天大家非常辛苦劳累，现在我请大家去吃麦当劳好吗？”

“麦当劳！亏她还有心思去吃麦当劳！”不过大家跑了这一天，在外面没吃饭，的确感到又累又饿，于是小苇说：“对，去吃麦当劳，我妈虽不是回民，可是不爱吃大肉，所以陪大家去吃麦当劳，请吧！”

四　泪水击穿闷葫芦

昨夜没睡好，白天又累过了头，芦小苇一钻进沙发床的被窝里就睡着了。

然而——肚子里没有消化的麦当劳碎片争先恐后地从食道涌上来，冲过喉咙，冲开牙关和双唇，在枕边聚在一起，复原成完整的汉堡包；然后膨胀起来。一变十、十变百，变成高高矮矮的楼群环绕着她，而那些炸薯条则变成电线杆子，矗立在道路两旁……

猛然，一阵阵惨烈得难以描述的巨响，山呼海啸、天崩地裂……楼群纷纷倒塌下来，压在她的身上，眼前一片火光和血光，尘土和碎砖块飞扬……她看见自己的亲妈浑身是血，在火光和砖雨中绝望地伸出了双臂，哀叫着：“女儿！我的女儿……”接着，在又一阵炸响中淹没在迷漫的烟雾里……

“妈呀！”她疯狂地哭叫着。

……

“孩子，你怎么啦？”

慈爱的声音在耳畔升起，一只温柔的手抚摸着她的面颊，她缓缓睁开眼。屋里的灯已经亮了，养母正噙着热泪坐在她身边。

“妈呀！”小苇挺身坐起来，倒在养母怀里痛哭不止，芦苇紧紧搂着她，泪雨纷纷落下。

“孩子，你是不是做噩梦啦？妈妈在这里，妈妈再也不和你分开了。别难过，妈妈知道你的一片孝心，妈妈求你，给我一点时间，让我把这团乱麻理顺，妈妈活到这把年纪也不容易呀……”

“妈！”小苇哭着说，“小苇生来命苦，八岁就成了孤儿。刚才我梦见唐山大地震的情景，我那死去的亲娘在倒塌的废墟里张开双臂叫我，叫我……”

“可怜的孩子，”芦苇给她擦着眼泪，“我知道你心里苦，你八岁就失去了亲生父母，很多年来，你我相依为命，彼此带来多少安慰和欢乐，现在你长大了，很有出息，在海外成家立业，接我去度过幸福的晚年，可是我……又偏偏这么固执，让你不顺心……妈对不起你呀！”

“别这么说，妈，您就是我的亲妈，我唯一的骨肉亲人！您为我牺牲了一切，付出了一生，甚至连自己的婚姻都耽误了，我不明白，您固然身体健康，毕竟是古稀之年了，您苦了一辈子，为什么不给女儿一个机会，让我为您创造一个幸福的晚年？为什么不让我报答您的养育之恩？”

“既然我就是你的亲妈，什么报恩的话就都不必说了。天下父母对子女的爱都是无私的，是不望报的。”

“可是，没有您，就没有我今天的一切啊！”

“这话也不完全对。”芦苇说，“没有我，你也会得到祖国和人民的照顾的。要说到报恩，我也需要报恩，我欠下的……太多了……”

小苇奇怪：“您也是孤儿？也有一位养母？您从来也不肯对我叙说您的身世……”

“我比你更惨……”芦苇再次落泪，“我先失去了父亲，他死得很壮烈……后来又在一次天崩地裂的大屠杀中失去了母亲……我有一位伟大的养父，是他把我培养大，可是他也牺牲了……他是我的大恩人……”

“您……已经无法报恩了……”

“也不尽然，他并不是我唯一的恩人，如果我说他是我唯一的恩人，他会生气的，我抚养了你，以及我所做的一切，从某种意义上讲，也是为了报恩，是对社会应尽的责任，我欠祖国人民的，是永远也报答不完的。”

“所以您这一辈子，无论怎么艰难，怎么委屈，都默默地承受，痴心不改地奉献到底，毫不考虑个人的得失恩怨……”

“不完全如此，”芦苇说：“我有个人的原因，恩和怨，爱和恨……啊，先别扯远了。我告诉你一个好消息……那第100只耳朵的患者我差不多已经找到了，如果没有意外的话，过几天你就能看见……”

“妈，您把我弄糊涂了！”

“我是在心里找到的。”妈妈说，“过几天就是1998年国庆节了，那一天的凌晨，你陪我到天安门广场去，去参加升旗仪式。我相信这个缺一只耳朵的家伙就在那里。”

“国庆节，升旗仪式……”小苇有点明白，又不太相信，“妈，也许有可能，这位老先生说红旗上也有他血染的风采，那么他在国庆节前夕来到北京，是不会放过建国49周年升旗仪式的，所以他就住在前门，离天安门很近，可是，即使他到场了，咱们也不认得呀，广场上那么多人……”

“妈认得他！”妈妈语出惊人，“他应该是高高的个头，直直的鼻梁，双目炯炯有神，一定留着很长很长的头发，偏向左边头发上带着自来卷儿，有一口整齐的白牙，挟着一个速写的画夹……记住这些特征！”

“妈，你不是在说梦话？”

"人生本来就是一场梦，我们都是在梦里说话呀。老实告诉你，我读完这首诗就知道怎么能找到他，可是这个缺一只耳朵的老家伙，跟我开了一个'世纪大玩笑'，太残酷了！我又恨他！又想见他……！"

"不，不，"聪明的小苇说，"你一定要见他，他的一生都浸泡在一个残缺的梦里——这里面一定有一个令人灵魂震颤的故事。妈，如果你是这么爱我，把我当作知心朋友，跟我讲一讲这个故事好吗？我心里憋得慌……妈，咱们靠在床上，您给我讲，一定要讲……"

妈妈顺从地脱下外衣，被女儿拉着，并靠在床上，女儿扯上被子盖在二人身上。

"讲吧！"女儿在妈妈耳边悄悄地说，流着真诚的热泪。

"唉！好吧，我讲，这故事太长了，可以写厚厚的一本书，我只能简单地、重点地讲。其实，妈憋了五十多年，憋得满头的黑发都变白了……"

闷葫芦终于被女儿的泪水击穿了，迸流出来的液体是血水还是泪水？是酸？是甜？是苦？还是辣？啊，真是百味俱全，亦真亦幻，无法评说……

五 "鳄鱼背"上的梦

我十岁那一年，在日本鬼子完全侵占上海的前夕，我父亲被国民党反动派匆匆杀害在龙华监狱里，党组织派马伯伯把我和母亲保护下来，带着我们辗转到了重庆。

那些伤心的过程我就不说了。

马伯伯是回族人，很有学问。他在重庆一所大学里当上了教授，教授阿拉伯文学。马伯母在校医院里当医生。我妈妈也被安排在校医院当护士。马伯伯有一个儿子叫马野，马野比我小两个月，个子长得很高，像他爸爸。直鼻梁，大眼睛，卷头发留得很长，蓬在头上。皮肤很白，笑起来很好看，露出一口整齐的白牙。他很调皮，爱开玩笑，他脾气很犟，像匹名副其实的野马，可是在我面前却像一头小绵羊。他和他爸爸都是典型的回族男人形象。

学校里大家都知道马伯伯是一位极其虔诚的穆斯林，为人和善，乐于助人。他把斋、礼拜，每顿饭前都要念“台丝米”，连打一个呵欠都会念一声：“安拉乎主啊！”在重庆，回民是不多的，他“信主独一”是出了名的，这就成了他绝妙的保护色，没有人会想到他是重庆地下党的一名重要成员。

我本跟父亲姓张，到了重庆就改了姓，跟妈妈姓芦，取名芦苇。我和马野如同亲姐弟一般，他叫我“姐”，而我却叫他的经名“赛立姆”（回族人除了有一个汉语的学名，还有一个阿拉伯语的经名。）。我觉得叫赛立姆比叫马野要好听得多，不过在学校我还是叫他汉名。而同学们平时老叫他“大野马”。

我和赛立姆是同班又同桌的同学，都是好学生，我老考第一，他老考第二。不是他比我笨，是他比我粗心。初中一年级时从大学生中传来了一首洋泾浜的英文歌：“Oh my darling, I love you！”（啊，亲爱的，我爱你！）这首歌他也学会了，有时他就唱，他一唱我就瞪眼，他就不唱了，伸出舌头做鬼脸——他不敢不听我的话！

我们两家住在隔壁，我们在一起吃饭，我和我妈从那时起就再也吃不惯大油、大肉，和回民差不多，我和赛立姆一同上学，一同回家，形影不离，重庆是丘陵地带，走路总是上山下坡，郊区校园里更是如此。我们去学校的路上要经过一座小山，那里挖了一个大防空洞，山脚有好几个洞口。山腰上有一株高大的黄桷树，那树根有一部分暴露在地面，横着趴在那里，像是画报上鳄鱼的脊背，我们叫它“鳄鱼背”。我俩路过时常常到上面坐一会儿，小鸟在树梢上唱歌，我们在树下也唱歌。有时也钻进防空洞去捉迷藏，那防空洞里有几个岔道，曲里拐弯，又冷又湿，不开电灯时，黑咕隆咚，阴森森的，非常可怕，我们只在洞口玩，不敢钻到里面去。

初中一年级下半年，又一次放学回家，我俩又坐到“鳄鱼背”上去，周围很安静，只有树上的小鸟在啁啾着，和风吹得树叶沙沙地柔声作响。我俩背靠着背坐在那里，情不自禁地一面有节奏地同时轻微晃动着身子，一面唱起了当时很流行的一首校园抒情歌曲《本事》：

记得当时年纪小，
我爱谈天你爱笑。
有一回并肩坐在桃树下，
风在林梢鸟在叫。
我们不知怎么睡着了，
梦里花儿落多少……

我们唱了一遍又一遍，心里十分快乐，不知不觉，苍茫的暮色降临了。我闭上了眼睛，像真的坐在“鳄鱼背”上，在湖水的微波中荡漾，这是一个轻柔的梦，我愿永远摇荡在这梦中，让纷飞的落花不断地飘过来，覆盖在我俩和这“鳄鱼背”上……

忽然，我感到脖子上一阵奇痒，用手一摸，原来是赛立姆故意调皮地把他卷曲的头发在我颈后蹭来蹭去，我说：“你老实点！这野马毛弄痒我了。”赛立姆说：“瞎说，是你自己的毛！”我说：“你才瞎说！我的头发梳成了辫子盘在头上哩！”他说：“sorry，我起来了。”他头轻轻一摆，故意又蹭了我一下。我当然不能饶他，一转身就胳肢他的腋窝，痒得他吃吃地笑。

“嘻嘻……饶了我吧，姐……”他躲闪着。

“没那么便宜！”我得寸进尺，“哈哈……”

两人扭作一团，往后一仰，从“鳄鱼背”上滑下来，他压在了我的身上，他的脸正对着我的脸，他的嘴唇恰巧印在我的嘴唇上，滚烫滚烫的……

那一瞬间，仿佛地球突然停止了转动。

我很惊慌，又很快活，没有立即推开他。可他虽小，毕竟是十几岁的男孩子了……我心里扑通扑通乱跳，终于把他推开，装作很生气的样子斥责道：“你怎么这么坏？”

他慌忙辩解道：“不是故意的，不是……”

“不是故意的你为什么……那么长时间？”

“这……”赛立姆说，“起初不是故意，后来……”

“为什么？”

“I love you！”赛立姆唱了一句。

如果他不这么唱，我会饶了他的，他这么一唱，我脸上发烧，眼泪就流出来了：“刚学会三句半英文歌就到我面前使坏，你欺侮我！我告诉马伯伯去！”

我爬起来就跑，他追在后面苦苦哀求：“饶了我，我没有坏心眼儿，你是我姐，我能不爱你吗？这又怎么啦？”

我终于没有向马伯伯告状，只是连续三天都不理他，上学放学独来独往。这下可把赛立姆整惨了，他只好愁眉苦脸地远远跟在我背后。三天后，我于心不忍才给他一点好脸色。可是每每经过那“鳄鱼背”，谁也不提出来到那里去坐一坐，至于背靠背唱着那动人心弦的《本事》，再也不曾有过，我非常留恋那些天真无邪的日子，那是多么快乐！由于赛立姆一个无心的初吻，就把这童年的美梦惊破了。自那以后，我和他在一起时，脸上有些发热，嘴唇也有些发干，心跳加速，同行的步伐也加快了。我似乎提前迈过了生命的一个门槛，又极愿和他在一起，又故意绷着脸，似乎有某种东西，像是发热的软体动物，在胸口蠕动着。赛立姆虽然莫名其妙地吻过我，其实他真的浑浑噩噩，还是个娃娃，而我这个一本正经的姐姐，早熟的青春开始萌动了。

啊！那些日子啊！像诗歌，像梦幻，像彩虹……多么美好！多么开心！可以说是我一生中最奇妙的一段回忆，可惜它是那么短暂……

六 暂别成永诀，恨火逐腥风

自从1939年侵华日军开始对重庆狂轰滥炸之后，这座山城就被笼罩在空袭的阴影之中。

那一天，我们两家人一起吃早点——是醪糟小汤圆和糍粑块，真甜！吃完以后，我妈妈和马伯母就进城为校医院买药去。我那天心里特别不安宁："妈，今天是大晴天，别去了，等哪天下大雾再进城，好吗？我怕……"妈妈说："校医院没有药了，空袭警报几乎天天有，等到哪一天是个头呢？"马伯母说："不要紧的，城里修了大隧道，药房附近就有洞口，那隧道在地下，能躲几万人，什么炸弹也炸不透，比学校里的防空洞还结实得多。城里人也要过日子，要上街做生意，买东西。反正鬼子飞机一来，就钻隧道。炸完了就钻出来，中国老百姓才吓不倒呢，炸不死的接着抗日，怕什么？"马伯伯说："对！怕死就只能举手投降，当亡国奴！去吧！只是要多加小心，有空袭就进隧道，不要有侥幸心理。”

于是姐弟俩把两位妈妈送到了汽车站。她们上了车，汽车呻吟着：“呜……呜……”吃力地沿着公路向坡上爬去。她俩从车窗里伸出手来挥动着，终于消失在拐弯的山道上。

两小时以后就拉起了空袭警报。

马伯伯领着我们姐弟俩走在人流的前面，进入了那“鳄鱼背”底下的防空洞口。

洞里的电灯亮了，昏黄昏黄的，阴惨惨的。我们被身后的人推涌着，一直走进防空洞的深处。那里在拐弯后有一个岔洞，像一段盲肠，到了尽头就走不通了。马伯伯直把我们带到这尽头的洞壁。因为这里阴湿，地面有许多碎石和泥土没有清除干净，后面的人都没有进来，他们在主巷道里，看不见我们，也听不清楚我们说话。

马伯伯把我们的头拢过来，对着耳朵悄悄说：“听着，娃娃们，告诉你们一个秘密。可是你们要发誓，刀架在脖子上也不能泄露这个秘密。”赛立姆严肃地说：“我发誓！”我也接着说：“就是死了我也不告诉任何人！”

马伯伯用手电筒往洞堵头墙根下照去，碎石和泥土堆成了45度的斜埂，他说：“看见了吗？把这左边的土扒开来，再用手挖下去，就会看见一条很窄的地道，只容得一个人趴在洞里爬出去，爬几丈路，就从一个隐蔽的洞口出来，到了后山，再沿着一条羊肠小道走下去，就到了山脚下的小河边，那里拴着一只小船，解开缆绳就可以划到对岸去，再翻一个山坡就到了公路上，记住了吗？”

“记住了。”我点着头，“可是……”

“别问了，以后你们会明白，重要的，是第一，记住，第二，绝对保密！”

“明白！”赛立姆轻轻地说。

紧急警报！

防空洞里哄哄的人声没有了，变得特别安静，静得令人恐怖。偶尔有婴儿的哭声，很快就听不见了——我知道，那是当妈的用乳头堵住了娃娃的嘴。

过了一会儿，隐隐听见“嗡——嗡——”沉闷的声音由远而近，那是轰炸机群的轰鸣——这种声音我们已经听习惯了，声音渐渐大起来，说明敌机已经到了上空，而且很多……轰鸣越来越响，真如山呼海啸一般恐怖得震耳，马伯伯把我俩紧紧搂住。

“轰隆隆……轰隆隆……”地动山摇，电灯熄灭了，黑暗中，我们被震得东倒西歪，惨烈的轰炸声中伴随着隐隐约约的小孩哭叫声，洞顶上的碎石和泥土不住地往下落。鼻子、嘴巴和耳朵里都被尘土堵了，呛得喘不过气来……我和赛立姆都小声地哭着：“妈妈，妈妈……”马伯伯镇静地安慰我：“别担心，大隧道比这儿还安全，这又不是第一次，下午你们的妈妈就回来了。”

终于熬到解除警报，人群哭叫着扶老携幼走出防空洞……可不得了！城里的上空多处在冒大火，火苗蹿到半空中，硝烟弥漫，四下里传来撕心裂肺的哭号之声……

“妈妈呀……！”我和赛立姆忍不住大声哭起来。

马伯伯领着我俩回家，一路安慰我们。他把我俩拜托邻居照看，连口水都没喝就进城去了。

这次大轰炸后，接连几天没有空袭警报，马伯伯进城去了两天才灰头土脸地回来，一回家就紧紧搂着我俩，热泪如雨——我们的妈妈死了，再也回不来了，再也看不见了！我们三个人抱头痛哭……

按说大隧道里是怎么也炸不垮的，可是由于炸弹密集，大隧道多处洞口都挨了炸弹，浓烟从洞口窜进隧道，本来隧道通风就不完善，于是人们就呛得透不过气来，因此纷纷涌向洞口，谁知守洞口的国民党军人端着冲锋枪大叫："警报没解除，不准出去！"反而把大铁门关上了，洞口的人群大声哀求着，愤怒地吼叫着、绝望地咒骂着——拼命去撞那铁门……就在此时，长官的命令传来，不但不打开铁门，反而给结结实实地锁上了，其实当时敌机已经投完炸弹，如果放大家出来，是可以逃过一场浩劫的。由于被锁在隧道里，铁门紧闭，里面空气稀薄了，绝大多数人都被活活闷在里面……

许多尸体胸口的衣裳被撕得稀烂，露出了血肉模糊、裂开了的胸膛，心肺都撕碎了，流了出来——那是死者临死前由于窒息而自己拼命用手抓的，自己抓破了自己的胸膛！

开来了许多大卡车，在有组织的指挥下昼夜不停地拉无人认领的尸体，同时对每一具尸体进行了最后的毫无人性的洗劫——把死者身上的钱财、手镯、戒指、耳环、怀表、手表、胸针、发卡……一点不留地搜干刮净，甚至连嘴里的金牙也敲下来，连同留在洞里的包袱、提包、箱子……装了一麻袋又一麻袋，不知道运哪儿去了，本来地面上已经遍地血腥，损失惨重，国民党反动派又帮助日本鬼子闷死了上万的中国同胞，然后又抢劫死者，大发国难财！

我永远不能忘记这笔血债！日本帝国主义欠下中国人民的血债真是罄竹难书啊！（直到今天，日本国内还有一些头面人物不承认当年日本法西斯对中国人民和亚洲人民所犯下的滔天罪行！）我也永远忘不了国民党反动派当年所欠的这笔血债！

重庆大隧道惨案震惊了世界，愤怒的抗议如火山爆发，使国民党最高当局坐立不安，于是假惺惺地"主持公道，严肃法纪"，下令把"玩忽职守，草菅人命"的"长官"枪毙了。但人们心里清楚，伏法者固然死有余辜，但也只不过做了替罪羊！

幸亏马伯伯去得早，才找到了我们的妈妈们，没有被收尸车拉走。她俩拥抱在一起，靠坐在离隧道洞口不太远的角落里，胸口没有开裂，连衣裳也没有撕破，她们走得很安详。马伯伯雇车把她们送到清真寺，排队举行了宗教仪式再送到一处墓地，含着热泪按回民的规矩掩埋了，那片墓地上遍地新坟，埋的不是地面上被炸死的就是由家人认领回来的隧道遇难者，至于那些卡车拉走的遗体不知运到哪里去了，许多活着的人去寻找，找不到亲人的遗体，对天号哭，痛不欲生……

马伯伯带着我们去到坟地，啊！到处是新坟堆，回民的坟头上干干净净，而汉族人的坟头悬挂着白纸条儿，一堆堆燃烧的纸钱……风一吹，白的纸条儿、黄的纸钱、灰白的纸灰……卷入青烟和惊天动地的哭声，四处飞扬……披麻戴孝的人们，一堆一堆，伏在各自亲人的坟前，捶胸顿首，泣血号啕……

这些有人凭吊的遇难者还算是比较幸运的，那次惨案之后，重庆有的地区整条街上没有一个活人回来，许多家庭全家一个不剩地消失了……整个重庆被浸泡在血和泪的海洋中，燃烧在仇恨的烈火里！

我爸爸和妈妈原本都是上海的工人，他们前赴后继，义无反顾地做着神圣的事业，原谅我现在不能详细叙述我爸爸妈妈生前的情况，我只说，我深深地爱着他们……然而我先后失去了他们……马伯母也是我所敬爱的长辈。她俩进城肯定不仅仅为了买药，而是与国家大事有关，她们死前心里是很踏实的，她们是抱着不怕死的决心去的，她们为了更值得的事情而永远走了，撇下了我成为失去亲生父母的孤儿……

我在两位妈妈的坟前哭昏了过去……

等我醒来，已经躺在家里的床上。马伯伯和赛立姆正在床边呼唤我。

赛立姆亲切地说：“姐，你好了吗？可吓死我了，姐，别哭了……”

"我不哭了。"我说，"再也不哭了……"

实际上我们的眼泪几乎都流干了，和所有的人一样，流干了！再哭就要滴出血了。

马伯伯说："好孩子，你知道你妈妈和你伯母是什么样的人吗？"

"我知道。"我说，"伯母，我妈，还有伯伯您，都是和我爸爸一样的人。"

赛立姆接着说："她们不是为了买药进城，她们是去……"

马伯伯打断他的话："别说了，藏在心里吧！"

赛立姆说："妈妈牺牲了，不要紧，还有我呢，我大了，都是中学生了。"

"还有我呢！"我说，"我妈妈做的事，我也能做！"

马伯伯紧紧握着我俩的手："好孩子，好孩子，真是好孩子！"

七　撕吧……给你

以后马伯伯就成了我的养父，不过我叫他伯伯习惯了，还叫他马伯伯，我们三口人相依为命。我和赛立姆都觉得自己一下子变成大人了。我学会了做饭、炒菜，赛立姆包揽了生炉子、做煤球、打扫卫生。马伯伯很忙，要上课，要经常出门。有时有人来找他，我俩就在楼下门口做游戏，给他们放哨……

在我们上高中的时候，日本鬼子投降了。山城在连续很多天的狂欢之后，人们又开始陷入了焦急不安——过不多久，蒋介石发动了内战。重庆陷入了白色恐怖之中。马伯伯更忙了，我和赛立姆也长大了。于是马伯伯便启动了我们两个"秘密武器"，主要任务是送、取情报。我们执行任务次数不多，但每次任务都完成得很好，马伯伯这几年给我们讲了很多革命道理，我们知道，烈士们的愿望一定会实现的，血染的红旗一定要插遍全中国，重庆的地下斗争也就更残酷了。然而我们是烈士的后代，我们不怕。

我们真正长大了。赛立姆身高一米八，长得非常帅气。他喜欢美术，故意把卷头发留得长长的，过了耳根，像个艺术家，非常浪漫。而我呢，也有一米六四的身材，留一根大辫子，又黑又粗，在头上盘着，人家说像我妈妈，比我妈还出色。男孩子们给我编了顺口溜：

眼睛亮又大，眉毛不用画，
一笑两酒窝，脸蛋像朵花，
身材细又长，辫子黑又滑，
就是不理人，架子实在大。
走路昂着头，牵匹大野马。

大野马是赛立姆（马野）的外号，我们同进同出，好像正在热恋中。我们到校外去送情报，人们认为是去找隐蔽地方谈恋爱，没人怀疑其他，一些男孩子嫉妒赛立姆，而一些女孩子却嫉妒我。尤其男生们把赛立姆视为情敌，是他们不可逾越的障碍。其实我们在一起从来没有真正地谈情说爱，但我们之间早已心有灵犀，只剩一层窗户纸，是一点就通的。

1947年，我们已经是这所大学的同学了，不过不在一个系。他学美术，我学医。上课当然就不可能在同一教室里了。

一天下了课，我们按事先的约定到那黄桷树下的“鳄鱼背”碰头，赛立姆夹着速写夹子，早到了。一见我来了就说：“姐，坐下来！”我说：“都这么大个子了，还唱《本事》吗！”他说：“你坐在

‘鳄鱼背’上，我给你画张速写像。”

自从小时候他意外吻过我以后，他在我面前就十分小心谨慎。唯恐惹我生气。他常给别人画像，就是不敢给我画像。我生性高傲，自然不会去求他。今天他主动提出来要画我，我心里特别高兴，就坐下来，说：“还没学三天半的画就要卖弄，画得不像小心我撕了你的耳朵！”

“好！”赛立姆诡秘地笑着，“要是画得好呢？那我就撕了你的耳朵！”

他敢跟我调皮了，我很开心。“咱们看谁撕谁的耳朵吧！”我坐到“鳄鱼背”上，他坐在对面坡上，摊开夹子，抽出炭笔，飞速地画起来，他不时抬头看我一下，露出狡黠的笑容。不一会儿就宣布：“画好了，妙极了！”

“先别吹牛，给我看！”我跑过去，赛立姆用手捂住了部分画面，“只许看，不许碰！”

的确画得传神，真像我，我真的有这么美？！

“怎么样？”他斜眼问我。

“还可以。”我可不捧他，“80分！”

赛立姆快活极了，得意洋洋地道：“现在，我该撕你的耳朵了！”

“撕吧！”我把左边耳朵伸过去，闭上双眼，“给你！”

我脸上火辣辣的，其实我是给他一个机会，自从那幼年的初吻之后，他再也不敢放肆，而我，几年来，心里一直隐隐盼着得到他一个热烈的吻。

不料他仅仅用手指弹了一下我左耳的耳垂，得意地说：“好啦！耳朵撕掉啦！”

我非常非常失望。睁开眼来，看见赛立姆把速写像展示在我面前——原来这张画根本没有完成，他故意少画了一只左耳。那个部位一片空白，好难看！

这下我可恼羞成怒了：“就知道你憋着一肚子坏水，小时候欺侮我，长大了还欺侮我！”于是我噙着泪水，扭头就走。

赛立姆急了，扯住我的衣角恳求：“姐，对不起，别生气，我给你赔礼道歉还不行吗？我给你把耳朵画上还不行吗？”

“不行！”从黄桷树背后闪出一个人来，怪里怪气地大叫。这人个子不高，黑黑的，一对小眼睛，体格粗壮。原来是有名的“留级专家”，外号“熊瞎子”。他纯粹是个流氓，二十七八岁了，总也毕不了业。到处拈花惹草，大家怀疑他是国民党特务，一般都躲开他。

熊瞎子涎着脸对我说：“亲爱的，别恼火，你熊大哥给你出气！”

我受了侮辱，指着他鼻子指责：“好哇，熊瞎子，你敢盯我的梢！”

“不是盯梢，是暗中保护，我怕这大野马占你的便宜！谁叫你熊大哥心疼你呢？哈哈……”

“流氓！”赛立姆怒不可遏，扬手重重打了熊瞎子一个耳光，熊瞎子身上没带家伙，赤手空拳面对人高马大的马野，一对一绝对要一败涂地。好汉不吃眼前亏，捂着左耳根咬牙切齿地说：“大野马，你小子听着，你打我这一耳光，我不会罢休，我发誓，不把你这边耳朵割掉，老子誓不为人！你等着！”说完撒腿就跑。

“老子揍扁了你！”赛立姆挥拳就追，却被我使劲抓住了，“冷静点赛立姆，这种哈巴狗是不能惹的，回家吧！”

马伯伯见我俩回来晚了，着急地问：“怎么这时候才回来！发生了什么事情？”

我说：“熊瞎子那个流氓盯我们的梢。”

“你们暴露什么了吗？”

“没有，熊瞎子以为我们在谈恋爱，说些流氓话，我把他撵跑了。”赛立姆说。

“伯伯，我去做饭，您饿了吧！”我要下厨房，却被伯伯拉住。

八　冲破生死劫，杀出鬼门关

“不好！”马伯伯神情紧张，小声地说，“形势很危险，出了叛徒，别的区已经有同志被捕了，特务盯你们的梢，说明对咱们已经有怀疑，必须趁敌人还没有下决心的时候立即转移，一刻都不能耽误，你们先走，我处理完了文件也马上走……”从内衣里取出一个手指头粗的蜡丸来，严肃地说：“这是一份十分重要的情报，你们带着它立即送到农村三号联络点秦大伯那里，然后由秦大伯安排你们的转移地点。你们马上行动！挎着膀子，如果校门出不去，就设法走防空洞里的秘密通道，过了小河，翻过山头，离秦大伯就不远了，记住，勇敢机智，只许成功，不许失败！这蜡丸比生命还重要，不能落到敌人手中——这是组织的命令！”

我接过蜡丸，心情紧张：“伯伯，我们走了，您可得赶紧脱身……什么时候才能见到您？”

马伯伯没有回答，而是说：“现在不谈这些，时间很紧迫。赶快把蜡丸藏好！”

赛立姆流着泪把他爸爸抱在怀里，我情不自禁地扑上去，三个人拥抱在了一起。

马伯伯柔声说：“好了，好了，快走吧！以后可能很长时间见不到你们，你们要依靠组织，好自为之。”我说：“您放心……”赛立姆终于憋出一句话来：“爸，您也快走，要保重……”

生活中的生离死别比电影里要简单多了，就这样，我们和马伯伯就分别了。

我俩什么东西都没带，挎着膀子，卿卿我我，迎着同学们羡慕或嫉妒的眼光走在林荫道上，天渐渐地昏暗了，路灯亮了，我们远远看见校门口开进一辆棺材似的闷罐子汽车……不好！这是宪兵抓人的车啊！我们闪到墙角，看见家里窗户上的灯光，那棺材车向咱家楼前驶去。

我心如刀绞，不知所措。赛立姆毕竟是男子汉，拉着我迅速走开，选择隐蔽的路线，领着我溜进了防空洞，然后摸索着尽可能快地往里走。我们的脚步声和它的回声声声敲在我们的心坎上，我觉得声音不对头，好像后边有人往里跑……我们到了那"盲肠"的入口处。

"哪里跑！"一声吼叫，强烈的手电筒光从身后突然对着我们照来。赛立姆立刻把我搂住，靠在洞口。

打手电的正是那挨了赛立姆一耳光的熊瞎子，他左手持手电筒，右手持一支左轮手枪，敞着外衣，腰间别着匕首、绳子，完全是一副刽子手的凶相。

"你们在干什么？"熊瞎子恶狠狠地问。

"你都看见了，我们有谈恋爱的自由！你管得着吗？"赛立姆镇静地回答。

"谈恋爱？哈哈……"熊瞎子得意洋洋，"你倒会替自己开脱，'有伤风化'的罪名你不觉得太轻了吗？你知道老子是干什么的？"

"你是干什么的？"赛立姆问。

"我是干什么的？"熊瞎子阴森森地说，"等老子先割了你的耳朵，然后带你去一个地方，你就知道了！"

"不准你割他的耳朵！"我急得叫起来。

"心疼啦？"熊瞎子把手电筒放到脚边，左手取出绳串，熟练地一抖，那绳子就散开了。他把绳子一端向我扔过来，落在地上。然后拔出匕首："小美人儿，要我不割他的耳朵容易，你用这绳子把他捆起来，把他的双手、双脚在背后四马攒蹄地结结实实捆在一起，然后，你把衣裳脱了，老子要当着他的面……嘿嘿嘿嘿……哈哈……"

"流氓！"我大骂，"猪狗不如的畜生！"

"住口！"熊瞎子对我举起枪，"别以为老子舍不得打死你，你要是不捆他也行，你把手电筒拾起来，对着他，你要是关了手电我立刻毙了你！"

"姐，没事，把手电拾起来！"赛立姆的声音平静得出奇，"照他的话做！"

我别无选择，便俯身拾起那特大的手电筒，颤抖的光束射向赛立姆。

"往上翘一点，对着他的耳朵！"熊瞎子说，"听着，赛立姆，咱们先把私仇了结，然后有人跟你算大账——你打了我一个耳光，我发誓要割掉你一只耳朵，你要是不老实，老子先开枪打死你的美人儿，然后收拾你！"

"不行……"

我话音未落赛立姆就叫着："让他割，让他割，姐，你不许动！"

说时迟，那时快，熊瞎子像是一个职业的屠夫，左手锋利的匕首对准赛立姆左耳根迅速划过去……趁他一分神，我不知哪来的那么大的勇气，毫不犹豫地用那大电筒"乒！"的一声把熊瞎子手里的枪打落，赛立姆立即把熊瞎子一拳打倒在地，压在他身上，搏斗着。我拾起地上的枪，把枪口抵在熊瞎子的头上："不许动！"

熊瞎子这下真成狗熊了："别开枪，饶了我，我放你们走。要是外面的人听见枪声，你们也完了……啊……"

他惨叫一声，鲜血直冒，挣扎了几下，竟不动了！

原来是赛立姆夺过匕首，狠狠插进了这个刽子手的胸膛。

赛立姆试了试熊瞎子的鼻息，确实呜呼哀哉了，这是我们有生以来第一次进行生死搏斗，我们胜利了，可是我却吓坏了："赛立姆，怎么办？我们……怎么办？"

赛立姆说："快，扒开洞口，出去！"他把枪上了保险，别在腰里，电筒放在地上照明，用那带血的匕首去挖盲洞的堵头左侧下面的墙根，我紧跟着用手扒土。幸亏有这匕首，他挖出一块我就扒开一块，我们的头上、身上又是血、又是汗、又是土，奋力挖了一阵，地道口露出来了。赛立姆此时像个大哥哥，又像个司令员，命令我："你先钻！在外边等我！我把这死狗处理一下，快，钻哪！"

我生平第一次那么乖乖地听他的话，我趴在地上，钻进地道——啊！那简直是地狱！我在地道里往前爬，四周全是潮湿的泥土，连背都躬不起来，我只能蚯蚓一般地蠕动前进，地道里一片漆黑。我都怀疑自己不是活人，是鬼……好不容易见到了亮光，爬出了山后一个很隐蔽的洞口，吸到了新鲜空气，我当时的感觉就像是老百姓常说的，从阴间又回到了阳间，杀出了鬼门关，我守在洞口的草丛中，喘着气，好久好久，赛立姆还没出来，我可慌了神了，不知怎么办才是……

终于洞口冒出一团泥块。

我上前一摸，是个大活人，"赛立姆！"我把他往外拉，帮他爬了出来，他身后拖着那根绳子。可是他不说话，我找着头部，把泥土扒开来，露出了他的脸，他粗喘着气，吃力地问："姐，你没事吧？"我说："我挺好的，你怎么这么半天才出来？"

赛立姆说："姐，你真伟大，真勇敢！哦，我把地上的血迹给刮掉了，用绳子拴着狗特务的脖子，拖着他爬进地道里。在我的肚子底下挖了一个浅坑，把熊瞎子拉到坑里，又挖些土落在他身上，把他埋在地道里，免得被人发现，可是这绳子忘了割断……”他把匕首递给我，我割断了绳子，把绳子扔进地道里，然后不用他命令就挖土堵这洞口。

赛立姆喘过气来，连抖带扒，全身从湿土中解放出来，立即和我一起堵洞口。他一动手，很快就堵好了，我们又拔些草，堆在那里。

“快走！”赛立姆拉着我沿着羊肠小道往山下走，我腿发软，他就背我起来，他不知哪来那么大的力气，一口气把我背到河边。放下我就看见了那条小船，那船已很旧了，但没有漏，我们都坐在地上，喘着气……

九　……你的耳朵呢？

“哎呀，赛立姆，你成泥猴儿啦！”

“你也是泥猴！”赛立姆说，“赶快洗洗，全身泥走不动路，还惹人怀疑。”

于是他走进小河，把全身的泥洗掉了。我不敢下水，只是洗了头、脸、手。

我们解开缆绳，上了小船，上面有桨，赛立姆操着桨，向对岸划去……

星光下，我看到他左侧脸上在流血。“呀！你这边腮帮子流血呢……哟！”我惊叫起来，“赛立姆，你的耳朵呢？耳朵！”

“耳朵？”赛立姆用手一摸右边，“好好的呢！”再摸左边：“咦！没啦，我左边的耳朵没啦，是耳根流血……奇怪，我当时没有感觉呀……哟，这会儿痛起来了……”

“赛立姆，别难过……”我哭着说，“将来我当了外科医生，给你补上一只耳朵——你被割掉的耳朵呢？”

“我不知道啊……”

“可惜，要是捡回来，能找个医生给接上去多好……”

“姐，这话没用了……”

“你受了伤，我来划。”

“快到了，我行，不疼……”

谢天谢地，我们终于在天亮前找到了秦大伯。一接上头，赛立姆就倒下来，不省人事了。他流血过多，身体消耗太大，又在浑身大汗的时候在河水里受了凉，伤口又沾了水，发高烧……

十　侠骨柔肠，壮别有约……

那以后，便是我们生命的一个转折点。简单地说：情报很及时送到，对于地下组织立了大功。可是马伯伯却不幸被捕，组织上表扬了我和赛立姆的勇敢精神，决定送我们到解放区。由于赛立姆伤口感染发炎又受凉发烧，不能行动，只得先找副滑竿抬着，转移山区治疗，而我，则立即由一位交通员护送，分几站到解放区去。这时，我们因马伯伯的安危而万分焦急，又由于即将分手而感到依依惆怅。但，组织的决定是不能讲价钱的。

当晚，我喂赛立姆服了秦大伯弄来的汤药，又给他的耳部敷上草药，重新包扎好。秦大伯让我们单独在一起话别……在昏黄的桐油灯下，我们泪眼对视，心如刀绞，千言万语，不知从何说起。

我好容易憋出一句话来：“赛立姆，咱们的爸爸还能回来吗？”

赛立姆望着我，无法回答，轻轻摇了摇头，泪水溢出来……

我俯身下来，小心翼翼地把我的脸贴在他的右边的脸上，在他干裂的唇上热烈地吻着——我这一生，曾经和他有两次接吻。第一次是小时候，在那“鳄鱼背”上唱歌跌下去的时候，这是第二次，也是赛立姆多年所盼望的……这一次吻是浸泡在泪水中的……

长时间的亲吻中，我回忆了过去几年生活的每一个细节，两位妈妈的牺牲，马伯伯对我无微不至的关心……赛立姆对我的友爱和宽容，我对赛立姆的高傲、专横……

“赛立姆！”我说，“这次分手，不知何年何月再见。我们青梅竹马，同生死，共患难……赛立姆，我过去对你不好，让你伤心，原谅我！以后我们一定会再见面，我发誓永远不离开你，万一见不到你了，我一辈子也不……嫁人……”

捅开了这层窗户纸，赛立姆特别地激动。他笑了：“姐，谢谢你，我太高兴了！全国解放后，即使我们都牺牲了，我们也会彼此找到的——到处飘扬的红旗上也有我们的鲜血，还有我们爸爸妈妈的鲜血；和所有为祖国人民自由解放献身的同志们的鲜血凝聚在一起，我们是永远不会分开的……”

我抬起头来，凝视着他，他实在太值得我爱了。我说：“听着，我们如果都见到了胜利的那一天，我一定要给你做一个外科手术，还你一只活生生的耳朵！”

“我也一样。”赛立姆认真地说，“我也欠你一只耳朵，那时我一定给你重新再画一张速写像，还你一只耳朵！”

“啊，赛立姆……赛立姆……”

“姐，我的好……姐姐……”

我们再也不知道说什么话好。夜，静悄悄地。原野里，草虫唧唧，风儿在树叶上弹奏着。夜，在唱着我们的《本事》，桐油灯里的光点跳耀着，我们彼此能听见心房激烈的跳动……所有这一切，一转眼间都变成往事，不知不觉过去了五十多年，像一个没做完的梦……

芦苇一口气讲到这里，再也讲不下去了。小苇倒在她怀里啜泣……“妈，我的好妈妈，别难过，您一定会找到他，我们马上就会找到他了……”

十一　旗如血，发如银。一声呼唤，半世纪离情

1998年10月1日凌晨三点芦苇教授就起床了。

她先洗了个澡，接着回房去穿衣裳，她穿上了一件胸前绣着牡丹花、闪闪发亮的黑丝绒旗袍，对着穿衣镜或走或停，摆出不同的姿态端详着……然后坐到梳妆台前，用吹风机吹干了她银白的长发，精心结了一个大辫子盘在头上。研究着镜子里的面容……

皮肤还是那么白，只是有了皱纹。眼睛也还明亮，只是眼角微微下垂，眼下出现了眼袋。眉毛还是弯弯的，只是不那么黑了。睫毛也变短了。嘴唇还是那么俏，只是不那么丰润。牙齿还算洁白整齐，怎奈齿间有了缝隙。原来恰到好处的鼻梁上也有了横沟，耳朵依然秀气，只是耳毛隐约可见。脸型倒也好看，无奈脸颊和下巴之间外形轮廓交接处不那么光顺连续……酒窝依然可爱，但周围细细的皱纹一衬，有点像浅浅的漩涡……芦苇啊芦苇，你毕竟是年过古稀了！虽然你没有弯腰驼背，却再也不能找回那风华正茂的少女风采了。然而你仍然是玉洁冰清的胴体，怀着处女的芳心。你蹉跎在一个梦里，春天竟姗姗来迟了五十多年，命运对你开了一个多大的玩笑啊！你今天居然想把自己打扮出往昔飘逸的神韵吗？

她亦喜亦悲地欣赏着自己，也嘲笑着自己——她打开新购置的一个高级化妆盒，想起现在热衷于购买新式服装和化妆品的中老年妇女们的口头禅："谁不爱美呀？女人就是女人！"她一直觉得这话太俗气，可是现在感到自己也有了爱美的冲动，也有女人的共性，她服了！

她化好妆时女儿小苇推门进来。"妈，您这么早就起来了，闹得我也睡不着了……"当她看见妈妈容光焕发的新形象，简直惊呆了，"妈呀！您还是这么又年轻、又漂亮，连我都嫉妒您了！"

"妈本来就又年轻又漂亮嘛！"一向不苟言笑的老教授居然笑得像一朵花，说开了俏皮话，涂的鲜红的嘴唇向上微翘，洁白的牙齿闪亮，一边笑一边戴上了金光灿灿的耳环……

母女俩在建国49周年升旗仪式之前站到了天安门广场的旗杆下。

小苇在人丛中对妈妈说："这么多人，可怎么找呀？他准能来吗？"

芦苇笑了笑："他已经来了，我已经看到他了。"

小苇难以置信，五十多年"踏破铁鞋无觅处"，今朝"得来全不费工夫"！人生真的是这样的戏剧性吗？"妈，别逗了，还没找就能看见？"

雄壮的国歌今天格外激动人心，五星红旗也格外的鲜艳，小苇从红领巾时代开始，在国内参加过多次天安门前的升旗仪式，也从来没有像今天这样热血澎湃。

升旗仪式一结束，妈妈一反常态，突然用她甜美的女高音唱歌般地高呼：

"赛——立——姆！"

她举起女儿送给她的鳄鱼皮包挥舞着："赛——立——姆！到这儿来！"

人们奇怪地望着这位雍容华贵的漂亮老太太，以为她在呼唤她的小孙子呢，不料，人丛中一个男低音大声回答：

“哎……赛立姆在这里，我是赛立姆，姐呀！我……来……啦……”

人丛的头顶上一团白绒花飘了过来，人群让开了一条道。原来是位西装革履、风度翩翩的老先生——他比周围人高出一个头，一头银白色的长发披到肩上，倒向左边，遮住了三分之一的脸，他左手拿着一个画夹，如同船桅上的白帆被风鼓着，劈波斩浪而来……围观者感到这是一桩不寻常的人间喜剧，兴奋地鼓起掌来。

老先生激动地叫着：“姐呀，真的是你呀！我真不敢相信哪……”

芦苇说：“赛立姆呀，你还活着！？”

赛立姆把她的右手一把抓起来，贴在自己的胸前：“活着呢，这不，心怦怦地跳，在喘大气呢！”

芦苇此时百感丛生，爱恨交织，笑了笑，却流出了热泪，出人意料地说：“是啊，你还有口气？有口气跟我走——大野马！”

说完她扭头就走，一边走一边掏出手绢揩泪，赛立姆听话地跟在身后，芦小苇又跟在赛立姆身后。

走出广场到了历史博物馆北门，芦苇停下来，对小苇说：“小苇，你先回家好吗？我要和这位大叔单独谈一谈。”于是抬手叫停一辆出租车。“天坛公园……哦，”她对赛立姆说：“上车吧！”

老头乖乖地钻进后排座，差点碰了头，芦苇却把后车门关上了。自己坐到了司机身边。

出租车缓缓开走。小苇此时却不想回家，也叫了一辆出租车，紧紧跟在后面……

十二　还了耳朵，赚了女儿，悲壮的代价是辉煌

天坛公园一处游人少至的角落里，在许多粗大的古柏层层屏障之中，树下有一张长凳子，是半块大树十搭在木桩上，树皮朝上，很像“鳄鱼背”。芦苇默默地领着赛立姆走到这里，她先坐下，赛立姆也随之坐下，中间放下鳄鱼皮挎包。这里很僻静，芦苇掏出手绢蒙住眼睛，她宁愿默默流泪，却说不出话来。

为了使气氛不这么沉闷，赛立姆说：“这地方选得好极了，有点像……像小时候那个，那个‘鳄鱼背’……你好像常到这里来……”

一听到“鳄鱼背”三个字，芦苇便哭出了声：“亏你还……还记得……”

赛立姆的泪也留下来：“怎么能忘记呢？姐，解放前后，我到处打听你的下落，你到哪里去了？”

“我？应该我问你才是！我到了解放区，坚决要求参加了野战部队，在一个师部卫生队当见习医生，不久开赴前线，参加了淮海战役……”

“哎呀！我在分别后一个月伤口就完全好了，我也被送到解放区，找不到你，就坚决要求参军，后来也加入了淮海大会战，我是步兵，在团里当参谋……”

“当时我也想过……”芦苇把手绢揭下来，摆弄着，“也许会碰见你，可是又不想碰见你……我接触的都是重伤员……”

“我只负过一点轻伤，没下过战场，还立过二等功，又参加了渡江战役，全国解放后我托人到处打听你的下落，可是找不到你，秦大伯也牺牲了……你到哪里去了？”

“怪事，我也参加了渡江战役，解放后，也到处找你，一直找到

五一年……”

“五一年你找不到我了，我参加志愿军抗美援朝了。”

“怪不得……后来组织上送我到莫斯科学医去了。还不断写信托人在国内找你，还是找不到，五八年我回国后又找你，你好像从地球上消失了，又是怎么回事？”

“我……转业后，改了名字，自愿到新疆一个边远小县玛纳斯当中学美术教员去了……”

“为什么走得那么远？”

“玛纳斯是回族自治州的一个县，我是回族人。”

“你不说实话，你是有意躲着我！你好像讨了老婆，怕见我？其实这又怕什么？婚姻要两厢情愿，你改了主意，我还是你姐姐呀！”

“不，你冤枉我，我一直打光棍……”

“既是单身，又躲着我，怎么解释？”

“我……我在朝鲜战场负了重伤，我原来只缺一只耳朵，后来恰巧又是这半边脸被炸得烂了，愈合以后，就像电影《夜半歌声》里的宋丹平。人不人鬼不鬼的，怎么来见你？”

“那有什么关系？要是专找漂亮脸蛋，我还能等到今天？”

“那时候我怕……我要在你心中保持一个完美的形象。”

芦苇用颤抖的手把赛立姆左边的长发撩起来……老天爷！耳朵没有耳廓，只有耳朵眼儿，耳朵眼儿下边一片乱七八糟的皮肉，比鳄鱼皮还可怕，大大小小的肉疙瘩和肉沟，就像一个山丘和河流密集的地形沙盘。

“你！”芦苇痛心地抚摸着他的伤口，“赛立姆呀，赛立姆，你知不知道姐姐还活着哩？”

“知道哇——我到重庆扫墓，看见我们妈妈的墓都修得很好，立了碑，旁边还修了我爸爸的衣冠冢……那当然只有你……”

“你知道你爸爸解放前夕在集中营牺牲了吗？”

“知道，我到纪念馆去查询过……”

“你哭了吗？”

“差点哭死了，要不然我还是个人吗？”

“亏你还是个‘人’！我五八年在好几家报纸上登的寻人启事，把我的工作单位、通讯地址、单位电话……都登出来了，你没看见？”

“看见了，可是我不能联系，五七年……六六年……直到七八年，我遇到了不小的麻烦……”

芦苇沉默了一会儿：“唉！原来是这样……你怕连累我……那么平反以后呢？”

“七八年国庆节我就到过天安门广场看升旗，没碰见你，我到医院找你去了，打听到了你的住处……我年纪大了，想通了……”

“撒谎！”芦苇发火了，“知道我的住处还不去？”

“我去过！”赛立姆说，“我在宿舍前面看见你从楼门里出来，还是那么漂亮，满面笑容，手里领着一个这么高的女孩子——总有十一、十二岁了吧？我躲了起来，听见那孩子亲亲热热地叫你：妈妈！妈妈……我就伤心地悄悄走了。难道我可以破坏你的家庭幸福吗？”

“天哪！你这不长脑子的大野马！难道我没有丈夫就不能有女儿吗？”

“不会！不会！”赛立姆急了，“以你的品质，绝对不会……”

“你混蛋！”芦苇终于骂人了，“唐山大地震后我在孤儿中领养了一个女孩子，我的养女不叫我妈妈叫我什么？”

“哎呀！我真是混蛋，混蛋！”赛立姆后悔不迭直打自己的头，“我对不起你，我真是没脑子……”

“你的脑袋比野马还不如！五七年到七八年是一个二十年，从七八年到九八年，又是一个二十年，人生有几个二十年？咱们的头发都白了，前二十年是历史的原因，不好怪你，这后二十年，你真是自作自受，也害苦了我！”

“姐呀！”赛立姆像个孩子般伏在芦苇肩上痛哭，芦苇把他扶起来，为他拭泪。

“哭什么？让女儿看见多不好？”

“女儿？在广场上跟你在一起的那个年轻姑娘是你女儿？”

“应该说是咱们俩的女儿……”芦苇脸红了，“我让她回家去，但我知道她会跟在后面，就在附近，我把她叫过来认认你这个爸爸！于是她叫着：“小苇！出来吧！别藏猫猫了！”

小苇只好尴尬地从附近古柏粗大树干的后面走了出来，赛立姆这才看清楚了，那盘在头上的大黑辫子，那身材，那神态，简直就是一个小芦苇！不过面容虽则很美，却不太像养母。

小苇走近前来，出人意料地叫了一声：

“爸爸！”

赛立姆不相信自己的耳朵——他居然当了爸爸了！然而这是真实的。

芦苇提醒：“女儿叫你呢！”

“啊！”赛立姆像做梦，“女……女儿……”

小苇过来坐在他们中间，扬起双手，一边一个把两位老人搂上，说道：

“对不起，我听了你们两位刚才的对话。现在你们得听我的安排……”

“你说，怎么安排？”芦苇问。

小苇说：“第一，明天爸爸就到医院去挂妈妈的专家号，办手续住院，一切都按规定办事，然后确定手术方案，由妈妈亲自主刀做手术，修复耳朵，还有面部整容，这得做好几次手术，前后要经过三个月到半年的时间，那时候爸爸就恢复了原来的面目，用不着把头发遮着半边脸了，然后，你们就办结婚登记，进行旅游结婚，到上海去凭吊爷爷，再到重庆马爷爷、马奶奶和奶奶的坟前扫墓，然后去新疆玛纳斯访问爸爸长期任过教的学校……”

“好，好……”赛立姆感动得直点头。

“好什么？”芦苇说，“这些地方都应该去，要告慰亲人在天之灵，可是这辈子我们流的泪太多了，也需要轻松一下的，所以，西湖、九寨沟、天池……这一路的风景一定要去领略一下的，也应该快活快活，美一美，对不对？另外，我还想协助你办一个个人画展——你有画吗？”

“对，对……有，有画，不少……”

“爸！”小苇调皮地说，“你知道你住院后是个什么身份吗？”

“身份？”赛立姆毕竟是老实人，“我们结婚登记之前，我是未婚夫……”

“我不是说这个，”小苇说，“我是从芦苇教授的‘芦氏耳廓再造术’来讲，您是教授亲自主刀的再造的第 100 只耳朵！”

“哈哈……”赛立姆笑了，“女儿，你这话有语病，我不是第 100 只耳朵，我的耳朵才是第 100 只耳朵，我是第 100 例手术的接受者，你妈妈说过，她欠我一只耳朵，现在要亲自把这第 100 只耳朵还给我，哈哈……”

“亏你好意思说！”芦苇假装生气，“你忘了，你还欠我一只耳朵呢！”

“哟！我差点忘了——耳朵我都带来了，好多呢……”

于是他打开画夹，里面有几十张速写，都是芦苇的青春头像，正面的，侧面的，都如盛开的芙蓉般那么美丽，张张带着笑容，双双耳朵画得十分细致传神，每张都突出了左耳。

“这是我照着记忆里的形象画的，这么多耳朵都给你，够还债了吧？”

“哈哈……”芦苇甜蜜地笑着，“傻瓜！你真正欠我的，是你这匹缺一只耳朵的大野马！”

于是三个人“哈哈……”前仰后合笑做了一团，小苇现在父亲、母亲、丈夫都有了，她和父母一样感受到从未有过的开心，她这次不能把妈妈接走了，但她决定明年把丈夫带回国来。一家两代四口人大团圆！1999 年 10 月 1 日，他们将一同参加建国五十周年纪念日的天安门前升旗盛典，并为父母祝贺新婚。她坚信 21 世纪是龙的世纪，她以作为跨世纪的中国青年而自豪，在 20 世纪中，人们的故事充满着悲欢交织的传奇色彩，在 21 世纪中也会有许多精彩的人生故事，也会有新的困惑和矛盾斗争，但再也不会有人用整整五十年的光阴，去寻找自己苦恋终生的那匹“缺一只耳朵的大野马”了吧！

原载于《民族文学》1999 年第 9 期（建国五十周年征文）

先不要告诉她

维吾尔族导演西拉伦丁，独自坐在招待所房间里发愣。桌上摆着他写的电视剧脚本《先不要告诉她》。他在这个剧本中倾注了多少心血啊！可是还没有找到一位理想的女演员，来扮演剧中的主角。

他的儿子尤努斯，是回族自治州文工团的乐师，给他写了一封热情洋溢的信：

……亲爱的爸爸，您想物色一位绝顶聪明、美丽又善良，感情丰富而勇于自我牺牲的回族姑娘吗？请到我们这里来吧，您不会失望的……

于是他从乌鲁木齐来到自治州。儿子把他从车站接到招待所，安顿下来后就走了；临走时信心十足地笑着说："放心吧，您会找到的！"

会找到吗？……只有玛尔嫣年轻的时候才配演这个角色……她还在这个城市里吗？……如果还能见到她，哪怕只是远远地瞧她一眼……就瞧上一眼，也不虚此行了。

西拉伦丁今年四十五岁，中等身材，卷曲的头发中已过早地出现了一绺银丝。双颊深陷的长方脸庞，浓重的双眉几乎连成一片，深邃的眼睛，薄嘴皮儿。络腮胡子像普希金一样漂亮。高鼻梁上有条半寸长的疤痕——过去的坎坷在他脸上留下了印记。

啊！玛尔嫣，玛尔嫣！像你这样可爱的姑娘不会再有了，不会……

"砰！砰！"

胆怯的敲门声，把西拉伦丁从遥远的梦境拉回现实中来。

"请进！"

那姑娘小心翼翼地推开房门，像一朵彩云飘了进来。

玛尔嫣！——西拉伦丁差点叫了出来。

"色兰！"姑娘鞠了一个躬。

"色兰！"导演站起来，竭力控制住内心的激动，问道，"姑娘，你是……？"

"您是西拉伦丁导演吗？"姑娘柔声问。

"是我。"导演答道，"我是西拉伦丁，没错儿，请坐吧！"

姑娘没有坐下，红着脸，鼓足勇气说："听说您需要一个演员……您看我……成吗？"她心里却想着：我是这里有名的第二代雪莲花，如果连我都不中您的意，那么您只有到天堂去找了……

这姑娘来得好快啊！然而西拉伦丁来不及思考她是怎样得到消息的。因为他惊愕地望着这姑娘，整个身心被她的美所吸引：身段是这样的窈窕，皮肤是这样的白润，眉毛像带钩的新月，眼睛像是晶莹的明珠，在长长的睫毛覆盖下闪光哩！高而直的鼻子底下小小的红嘴唇里，整齐的牙齿像白玉一般迷人，瓜子脸蛋上飞着红霞，腮边一对小巧可爱的酒窝儿……天堂里的仙姑也比不上她的美丽，梦里的洛神也没有她这样轻盈……呀！当年的玛尔嫣又来到了眼前……

"我叫艾绮莎，回族。我的汉名叫白小莲，今年……十九岁……"

姑娘主动地自我介绍，充满了信心。

“艾绮莎，啊，白小莲——美好的名字！……请问，你母亲叫什么名字？”西拉伦丁感到浑身的血都涌到头顶上来了。

“我母亲的汉名叫白雪莲，经名叫玛尔嫣……”艾绮莎矜持而有礼貌地回答，“不过，我不明白，这和我当演员有什么关系……”

“这个嘛……请坐……请坐！”导演浑身如触了电一般，努力掩饰着内心的不平静，他只得摆出导演的身份说了假话，“对不起，挑女演员有时候是需要了解她的母亲的……因为……母亲的形象就是女儿的未来……譬如说……如果你母亲的体形——请原谅，我这是比方——如果母亲到了中年还没有发胖，那么女儿也……一般地说……也会保持美好的体形的，那就不仅可以临时演一出戏，而且可以成为一个艺术生命经久不衰的职业演员……你愿意吗？”

“那正是我连做梦都在想的事！”姑娘差点跳了起来，毫不迟疑地从怀里掏出一个小本本，取出一张照片递过去，天真地说，“请看吧，导演老师，这就是我的母亲。已经四十多岁了，还是这样美，比我美多了，一点也不显老……”

“的确很美，不过……还是老了……”西拉伦丁情不自禁地说。

“不！导演，她一点也不老，不信您到我家看看去……”艾绮莎争辩着，“而且，一点也不胖……这么说，我可以当职业演员喽？……唉！西拉伦丁老师，您……您怎么啦？您听见我的话了吗？”

西拉伦丁尴尬地把目光从照片上转过来：“对不起，我正在……正在从照片上想象你的未来呢……艾绮莎姑娘，你母亲……好吗？你……父亲呢？”他的声音是颤抖的。

艾绮莎接过照片仔细收好，叹息着说：“我父亲过世已经十几年了。妈妈是中学汉语教师，先进工作者，除了工作，跑图书馆查资料，就是在家读书，改作业，干家务，编写一部字典……她非常想念我父亲，决心守一辈子寡……”

“哦……”西拉伦丁倒抽了一口气，“她都读些什么书？”

“她最爱读《茵梦湖》。”艾绮莎摇摇头说，“您知道，这是一本迷人的小说，可是很伤感……

“是的，这小说很美……”西拉伦丁低声说，“从小和自己在一起到林子里采莓子的姑娘、青梅竹马的恋人和别人结婚了，那男子回来看她的时候陷入了深深的惆怅，夜里投湖朝湖心美丽的睡莲游去……一切都过去了，他默默地走了，只有往事的回忆和忧伤深深埋在心底……”

“导演老师！”艾绮莎把谈话拉回正题，“关于文学，以后再听您的教导吧，我去年高中毕业后生了病，错过了考电影学院的机会，如果能够到电视台去当演员，那也是我莫大的幸福……您能不能现在就考我？”

“好的。”西拉伦丁导演缓缓点着头，他心里想：你的妈妈正是那时我梦魂萦绕的白莲花！他差点叫出来了。可是理智使他恢复了镇静。不能急，先不要告诉她！

西拉伦丁指着桌面上打印的稿子说：“这就是想让你饰演的剧本。”

“什么？”艾绮莎感到新鲜，“《先不要告诉她》，奇怪的题目！”

“有什么奇怪呢？”西拉伦丁说，“那《茵梦湖》里的故事，你不是也相信它的真实性吗？生活中什么事都可能发生的。你听我说，这剧本是根据一个真实的故事加上虚构写成的——一个维吾尔族青年和一位回族姑娘是自幼的老同学，他们有共同的兴趣和爱好，童年纯真的友谊，随着年龄的增长，发展成火一般的爱情……然而，天空出现了乌云，那青年跟着爸爸被押送到遥远的戈壁滩去……后来爸爸死了。当满天乌云散去，那青年本想回来找到他心爱的姑娘，可是听人家说，那姑娘已经在不得已的情况下和别人结了婚，生了个女儿……于是他自己也结婚了，生了一个儿子，过了将近二十年，孩子长大了。命运使这个女孩子和这个男孩子走到了一起，又相爱了。这时恰巧男孩子的母亲和女孩子的父亲都不幸去世。男孩子的父亲和女孩子的母亲，又在一次偶然的机会里重逢，于是……”

“于是，他们重温旧梦，决定结婚，正当他们沉浸在幸福中的时候，发现了彼此的儿女又在热恋中，就只好牺牲自己的幸福，来成全孩子们的幸福，对不对？”聪明的艾绮莎接过去，把剧情的后半部描述出来。

“不是这样。”导演说，“是姑娘最先发现了母亲的秘密。姑娘的心灵和她的外貌同样美丽，她中止了自己的爱情……”

“我明白了。”艾绮莎说，“那姑娘暗地对她的恋人说：‘我们将是兄妹而不是爱人，我们还年轻，不要毁掉父母的幸福，关于我们曾经相爱的事，不要告诉他们，不要告诉我妈妈，不要告诉她’……对吗？”

“好聪明的姑娘！”导演点头夸奖道。

“这故事太巧了，生活中没有这么巧的事，西拉伦丁老师，您不觉得有点勉强吗？”姑娘婉转地提出了意见。

“巧吗？”导演掂量着说，“这是人生，是艺术……关于剧本本身以后再谈吧，任何人的意见我都是欢迎的。不过现在，请你试着表演两段台词给我听听好吗？”

“当然好喽。”姑娘激动地说。

导演挑了一段青年男女正在热恋中的台词，让她朗诵。

“赛里姆！”艾绮莎朗诵时眼中闪出奇异的火花，“赛里姆，我要把我们今天的决定尽快地告诉我妈妈。告诉她你是多么好，告诉她我是多么爱你，告诉她不要为自己的过去而忧伤，告诉她，妈妈青春时代的不幸，在女儿身上已经得到补偿。告诉她：妈妈，朝前看！八十年代的晴空是多么明朗，生活的道路上充满着爱情和阳光，美丽的雪莲花，将在每一个人的心头开放……”

“亚克西！”导演高兴得心花怒放，“妙极啦！非常真实，非常感人。我这半拉老头子的心都被陶醉了……小艾绮莎啊，请恕我冒昧，如果你不是正在热恋之中，你绝不会有这样真实的激情，那小伙子真叫人羡慕啊！告诉我，西拉伦丁导演猜对了吧？”

艾绮莎含羞地低下了头，胸口急促地跳动着，两朵红云顿时泛在两个酒窝上方。她显然默认了，掩饰不住内心的喜悦。

“这一段朗诵是成功的。”导演说，“再表演下一段吧，这是女儿决定作出自我牺牲前对赛里姆说的话，要表现出失去爱情的痛苦，热爱母亲、舍己为人的高尚情操，和对赛里姆深深的歉意……在这里我采用了一首插曲来表现……小艾绮莎，你一定很擅长唱歌吧？这里有一位乐师为我谱的曲子，试着唱唱好吗？”说着说着，就伸手取下墙上挂的热瓦甫琴。

艾绮莎满怀信心地点了点头，她的歌声曾经使不少人为之倾倒。

她轻轻地对着歌谱哼了一遍，音乐是迷人的，歌词似乎有点别致……西拉伦丁以娴熟的技法弹起歌曲的前奏，那是多么扣人心弦的旋律啊！

艾绮莎展示她的美妙的歌喉，唱起来：

不要告诉她！
不要告诉她！
不要告诉我们的爱情
好让妈妈愉快地嫁给你爸爸……

唱到这里，她“扑哧”一声笑出来了，接着“咯咯咯”笑得弯下了腰。

“你！”导演生气地放下热瓦甫琴，严肃地斥责道，“你笑什么？那女儿的心都快撕成一片片的了，你还笑！你有没有心肝！？”

“我？”艾绮莎鼓足勇气，委屈地辩解着，“这个词儿就是滑稽可笑嘛！女儿对赛里姆说：‘让我妈妈愉快地嫁给你爸爸’——让我妈妈嫁给爱人的爸爸，就是可笑嘛！瞧您编的这个词儿……没法不叫人笑，可您却说我没有心肝！”眼圈儿立刻红了。

“是啊！”导演深深叹了一口气，抑制住感情的冲动，开导他的演员，“你缺乏这种切身的体验——对赛里姆的爱和对母亲的爱，在心头进行着激烈的搏斗……你爱赛里姆，全身心地爱他，你怎能舍得离开他呢？可是你又全身心地爱你的妈妈。妈妈年轻时就遭到不幸，被环境所迫和自己心爱的人分开，她不痛苦吗？后来她在没有爱情的情况下结了婚，生了你，又成了寡妇，她不孤独吗？她在风风雨雨中把你拉扯大，熬到四十出头不嫁人，为的是什么？为的是你呀！她尝尽了人世的辛酸，头发都花白了。现在，时代变了，人们都过着幸福美满的生活，你妈妈就不该享受应得的幸福吗？她最初的恋人回到了她身边，做女儿的难道可以去毁坏这爱情吗？……所以你对赛里姆说‘不要告诉我妈妈，不要告诉我们的爱情，否则妈妈怎么能和自己未来女婿的父亲结婚呢？岂不是在她破碎的心上再扎上一刀吗？’女儿宁可牺牲自己的幸福，这是一种极为高尚的情操，怎么能说是滑稽可笑呢？”

艾绮莎的心被深深打动了，她小声请求着：“原谅我的幼稚无知吧，导演老师，让我们重新来一遍吧。”

“很好，我们接着唱第二段。”导演又弹起热瓦甫。这次可大不一样了。艾绮莎刚听到音乐，眼泪顿时如珍珠般成串地流下来，她一边呜咽，一边唱：

不要告诉她！

不要告诉她！

不要告诉我亲爱的妈妈。

不要告诉我今天的眼泪，

好让妈妈愉快地嫁给你爸爸。

……

唱到这里姑娘已是泣不成声，再也唱不下去了。

西拉伦丁把热瓦甫琴扔到床上，站起来，闷声不响地在屋里踱来踱去。他听着艾绮莎的哭声，捕捉这哭声中的含意。艾绮莎见导演不理睬自己，感到受了侮辱，干脆伏在椅子上放声痛哭起来。

西拉伦丁缓缓走到她的身后，慈父般抚摸着她头上漆黑的云朵，亲切地说："艾绮莎，亲爱的孩子，请原谅我刚才不近人情的态度吧！那是出于一个导演对青年演员的爱。孩子，你有凤凰般的美丽，有夜莺般的嗓子，有大海般的深情，有雪莲般的高洁，可是你对人世的坎坷缺乏体验。你太顺利了！当你还是小学生的时候，绚烂的阳光冲破满天乌云，炽热地照到了你身上，你在鲜花丛中长大了，接着，爱情又飞到了你的胸膛，现在，命运还给了你当影视演员的机会，你的理想可能变成现实，你太幸福了！所以你体会不到剧中人的那种感情……"

"不！导演！"温驯的艾绮莎再也不能不大声抗议了，"我有那种感情！您看见的，我流了这么多的眼泪，我哭得多么伤心！难道这些都是假的？您反正是不想用我，请您照直说吧，也许另一个姑娘——您上级的女儿，要不然就是儿子的未婚妻——已经通过走后门被您录用了，您就故意刁难我，把我撵走……您可以拒绝我，可是不能贬低我。您去打听打听吧，我和我的母亲是自治州有名的两代雪莲花，州文工团动员我去当演员，我还不肯去哩，请您不要蔑视我，侮辱我……呜……呜。”

“孩子，”西拉伦丁柔声说，“不要难过，第二代雪莲花！我的确有一个儿子，他也有一位未婚妻，可是我没见过她，也不知道她的名字。儿子脾气很怪，他不肯告诉我。后门是不存在的，你是第一个！不错，你哭了，很伤心，你的眼泪我也看见了，像珍珠串子一样挂在脸上……可是我需要的是一种幸福和辛酸合成的泪珠儿，一种高尚的情操和内在的美……你的哭声太过分了，缺少内在的美，缺少那种自我牺牲的美，而且，恕我直言，还稍稍夹杂着对导演的怨恨……可是无论是对母亲或是对恋人的爱，都不能掺入一点点杂质的，你明白吗？想想吧，想想你的妈妈……如果你真的遇到了剧中人那样的命运，你将会有怎样一种感情？想想吧，你妈妈是怎样地爱你，她曾经为你默默地忍受了多少痛苦……你必须在母亲和自己的幸福之间作出选择，是牺牲自己还是牺牲母亲？想想吧，为母亲的幸福作出自我牺牲时的那种高尚的责任感……明天，请你再来一次，我相信你一定能够进入角色……”

“不！”艾绮莎骄傲地说，“我也许不会再来了，您这个剧本不真实——八十年代的生活是这样暗淡吗？您的剧本对青年人太残酷了。您太偏爱中年人了，你们这些五十年代的青年，总是忘不了自己过去的生活……再见！”她鞠了一躬，含着泪走出去，然后头也不回地跑得无影无踪……

西拉伦丁站在那里陷入了深思，鼻梁上的伤疤痉挛着，突然，他狂叫起来：“艾绮莎！你的地址？你的地址……”顾不上关房门快步追出去……

即使在这样的小城市里，一个中年人想追赶一位年轻矫健的少女，也是不容易的，他失去了目标，喘着气，放慢步伐，颓丧地在街道上踝躞……

他惊诧地发觉，这阔别二十年的小城，既熟悉又陌生。新建的街道和楼房旁边，依然留着往日的痕迹，那市中心小小的公园，已经扩建得焕然一新……路上的行人都是这么愉快，年轻的男女穿上了时髦的服装，欢笑声不绝……他信步在人群中走着。逐渐，行人稀少了，清真寺小楼上传来阿訇洪亮的诵经声……啊！不早了，他向哪里去呢？也许应该去找自己的儿子……可是他的双腿，不由自主地带着他走向一条熟悉的小街……

这时，天边已悄悄升起一弯新月——那新月用阿拉伯语讲就是“西拉伦丁”——天上的西拉伦丁，用它温柔的眼光俯视着大地，给人间蒙上了一层柔媚的轻纱，给地上的西拉伦丁带来了梦一般的回忆。他情不自禁地走向那小街深处。她还住在那里吗？她不会住在那里了……不会了……一种‘人去楼空’的预感，赋予西拉伦丁无边的惆怅……然而微微发抖的双腿，像是识途的老马，带着它的主人，一步一步走近了那曾经留下他少年时期多少幸福和欢笑的庭院……

此刻，玛尔嫣正坐在灯下读着那本《茵梦湖》，小圆桌上摆着大块的炖羊肉和土豆沙拉，还有烤得香香的馕……女儿去找西拉伦丁导演，怎么还不回家吃饭？这个西位伦丁——叫西拉伦丁的人真不少啊！可是我的西拉伦丁他现在在哪儿？……啊！他在月光下，跳入湖水，发疯似的朝那湖心的睡莲游去……啊！诗一般的茵梦湖……西拉伦丁啊，西拉伦丁！如果你现在仍然是独身，你终于归来了，那等待你的绝不是冷冰冰的湖水和湖心的睡莲……天哪，我在胡想些什么？西拉伦丁早已儿女成群了……不知不觉，有一首熟悉的歌曲涌上心头，她低声唱着：

我难忘，你哀怨的眼睛，
我知道，你沉默的情意。
你牵引我到一个梦中，
我却在别个梦中忘记了你……

可是，那是怎样的一场噩梦啊！而且我也永远不会忘记你，我恨你，西拉伦丁！你不该写给我那封绝情绝义的绝交信……你说你已经另有所爱，你说你将永远摒弃了我。你将走得远远的……你要我忘了你……可是我忘不了你啊，当我被父亲顽固的手牵着走向结婚的喜宴时忘不了你，当我生了女儿时忘不了你，当我成了寡妇时忘不了你……我永远也忘不了你……我恨你，西拉伦丁！你为什么不回来看看我？你好吗？你还活着？天哪，我怎么能这样想？原谅我吧，西拉伦丁，我无心咒你，我爱你，永远爱你……如果你是自由的，我的胸怀将永远为你敞开，哪怕头发全部变白，嘴中的牙脱落得不剩一颗……

玛尔嫣情不自禁地走向梳妆台，凝视着镜子里的那个人，她不得不赞美这个女人的形象，回族的雪莲花！你确实美丽无比！然而你开始老了，往昔额上乌黑的云朵中出现了白色的丝绒，玉润的皮肤已经减少了光泽，睫毛变短了，眼中蕴藏着淡淡的哀愁，整齐的白牙渐渐露出了齿缝，脸上的红霞不见了，两个酒窝儿陷得更深，鱼尾纹已经毫不客气地爬到了眼角……啊！今天的雪莲花不是玛尔嫣，而是艾绮莎！她将成为一名出色的回族女演员！而玛尔嫣并没有消沉，并没有丧失信心！西拉伦丁啊西拉伦丁！你看，写字台上那一叠一叠的纸张和资料——一部阿汉字典已经完成了。这二十年的光阴没有虚度，谁说我没有爱情？我把我的爱倾注在这部字典的编写工作中，这本字典对于伊斯兰民族和汉族文化的沟通、发展，对于祖国和伊斯兰国家的友好往来，将起到多么大的作用啊！这字典里的每一个字，都是爱情和友谊的种子。西拉伦丁啊西拉伦丁！将来有一天你也会用到这部字典的，这部字典对于你来说，不仅可以查到汉字，而且也可以查到人生……字典中每一页、每一个词，都仿佛是玛尔嫣的眼睛在默默注视着你……

镜子里的雪莲花开放了，玛尔嫣笑了。两朵红云重又浮现在酒窝上面。她感到了快乐，她战胜了自己，找到了爱的寄托和生命的意义。

然而生活有时是不以人的意志为转移的。庭院里响起了脚步声。一定是女儿回来了！玛尔嫣不好意思地迅速离开梳妆台，打开房门，愉快地用她仍然甜润的嗓子叫着："艾绮莎，你回来啦？成功啦？那导演……"

安拉主啊！庭院里痴呆呆地站着一个中年男子汉，他中等身材，浓重的眉毛，卷曲的头发和普希金式的络腮胡子，鼻梁上有一条过去没有的半寸长的疤痕在痉挛着，一双炯炯如电的眼睛，把火一般的热流射了过来……

"玛尔嫣！"那男子汉伸出双臂，用颤抖的声音轻声呼唤着。

"西拉伦丁！你到底回来啦？"玛尔嫣涌出热泪，扑到西拉伦丁怀里。

这时候，天空有一颗星星对月牙儿眨着眼睛，仿佛在说：让我们不要打扰他们俩吧！不论他俩是互相责备，还是互相倾诉，有多少离愁别恨，多少人生的嗟叹，多少幸福的向往……都不要去打扰他俩吧！于是天上的西拉伦丁，微笑着知趣地和星星一起，悄悄钻进了一朵白云……

让我们大家都不要去窥探和惊扰幸福的玛尔嫣和西拉伦丁好吗？他们已经有二十年没见面了……

我们还是去跟踪那年轻的小艾绮莎吧！她满腹委屈，一口气跑到州文工团，终于在花园里找到了他。尤努斯正独自在那里专心练琴哩！

“尤努斯……”她声音呜咽，急匆匆地向小伙子跑过来。

“艾绮莎！”尤努斯迎上去扶住她，“你……怎么啦？不要激动，成功啦？”他把她扶到长椅上并排坐下。

艾绮莎把头伏到尤努斯肩上，伤心地倾诉着自己的委屈……最后她说：“尤努斯，我再也不想见到这位导演了。这位西拉伦丁，简直是个以不礼斯……”

“艾绮莎！”小伙子粗暴地推开她，高声嚷着，“不许你咒骂西拉伦丁导演！他是世界上最好的人……”

“什么？”艾绮莎惊呆了，那么温柔的尤努斯，今天怎么变得这样凶狠？天哪，世界上的事情竟是如此令人莫测……然而艾绮莎是倔强的，骄傲的，她站起来也高声嚷道，“你凶什么？我还没有嫁给你，你就摆开男子汉的威风了！你们男人都是互相包庇的！可我是不好欺侮的……以不礼斯！你和导演都是以不礼斯！……”她满腔哀怨，扭过头去拔腿就跑，现在，只有妈妈才是世界上唯一能给自己安慰的人了……

然而，尤努斯有力的大手抓住了她。

“原谅我，艾绮莎……”尤努斯激动地说，“怪我没有告诉你，西拉伦丁导演就是我的父亲……我能不爱自己的父亲吗？……”

“那你为什么不早说？”艾绮莎惊愕地问。

“因为……”尤努斯解释着，“因为我一直希望你能成为一个出色的影视演员，我不希望导演过早地知道你是他儿子的未婚妻。我要他按照一个角色所要求的素质和条件来挑选演员，我相信你一定会战胜所有的竞争对手的，我希望你自己去努力争取理想的实现，而不存在任何依赖和幻想，所以我没告诉你。”

“是这样！”艾绮莎又问，“那你又为什么不让把我们的事告诉我妈？”

“那是因为……”尤努斯低下头，“我太平凡了，我不愿意这样去见你妈，我正在准备考音乐学院进修班，等我考取了，再……”

艾绮莎破涕为笑了，她伸出手指在尤努斯脸上刮了一下，“没羞，这么大的个儿，虚荣心还怪重呢！……不过……这怎么可能呢？你一点也不像西拉伦丁爸爸，你身材高高的，长得这么清秀，而你爸爸，比你矮多了，粗眉大眼……比你粗犷多了……”

“你不知道，我爸爸半辈子吃的那些苦……”尤努斯动了感情。他真想告诉艾绮莎：西拉伦丁到现在还是一个单身汉，尤努斯不是西拉伦丁的亲儿子，他是一个孤儿，西拉伦丁用自己全部的爱把他抚养大，他不能宣布：“我是西拉伦丁的养子。”不，他就是西拉伦丁的亲儿子！人们都这么认为的，他不能伤爸爸的心……尤努斯含糊地解释着：“我像我妈，可我妈很早就离开了我们……”

看见尤努斯眼睛里的痛苦，艾绮莎心软了，尤努斯的妈大概是抛弃了他们父子俩……啊，这不能问！过去她一直没敢问，现在更不敢问，不能增加尤努斯的痛苦。

“那……我怎么办呢？”小艾绮莎为难地说，“关于我考演员的事……”

“听导演的话……”他安慰她，“回去好好想想，深入到角色里去，你会成功的……对，你妈妈是汉语教师，年轻时是有名的歌手，她的前半生经历过许多坎坷，守了这么多年的寡才把你抚养成人，你去请教她吧，她会告诉你怎样来理解这个角色的。”

这下提醒了小艾绮莎："哎呀，都这么晚了，陪我回家去吧，妈妈等我吃晚饭一定等得心焦了，陪我回去吧，不要爱面子，我要向妈妈介绍：这就是我爱的小伙子，名字叫尤努斯，他爸爸叫西拉伦丁。尤努斯是个上进心很强的维族青年，他是很有出息的……"说到这里，艾绮莎看见周围没有别人，闪电般地踮起脚跟，在尤努斯脸上轻轻吻了一下。

尤努斯被征服了，他被艾绮莎拉着往外走，连热瓦甫琴也来不及送回宿舍，就挎在身上，随她走了出去。

他俩走在静悄悄的林荫道上，天空的新月和它的星星伴侣，已经又从云朵中钻了出来，用温柔的眼睛注视着大地上幸福的人们……艾绮莎和尤努斯手拉着手，默默地走着。一股热流从尤努斯手上传到她身上，注入她心房……爱情的力量使她鼓起勇气……对！明天我再去试一次，我会成功的！我要让西拉伦丁爸爸吓一跳——这位理想的演员原来就是儿子的未婚妻！以后，那还用说……妈妈会为女儿的成功骄傲，她会笑得像盛开的雪莲花……我一定会成为一个广大观众交口赞誉的少数民族优秀影视演员……这时她差点高声朗诵了出来："妈妈！您青春时代的不幸，在女儿身上已经得到补偿……妈妈！八十年代的晴空是多么明朗，生活的道路上充满着爱情和阳光，美丽的雪莲花将在每一个人的心头开放……"

尤努斯注意到她的激情，心里想：可爱的艾绮莎！你演这剧前半部的激情是绰绰有余的，可后半部……你还没抓到那灵感！不容易啊！你毕竟没有遇到过什么艰难，哪像我们父子，一个光棍，一个孤儿，那些年在荒凉的戈壁滩上，所经受的风风雨雨……

当他们来到那小街深处的家门口时，门是半开着的。尤努斯停下了，可是艾绮莎硬把他拉了进去。他们轻轻地走进庭院，调皮的小艾绮莎，想让她妈妈大吃一惊……

窗口亮着灯，怎么回事？窗帘上映出两个人的影子，一个是妈妈，另一个……天哪！那普西金式的大胡子——西拉伦丁导演！导演是来进行家庭访问的吗？妈妈听说我对导演甩了小孩子脾气，一定会生气的……

艾绮莎瞧见尤努斯情绪激动的脸，拉着他隐匿在窗户外面，听着里面的谈话。

屋里，那最最激动人心的一幕，在星星和月牙儿躲进云朵中去的时刻已经演完了。暴风雨也已过去，然而雨过天晴之后，更为深沉的激情，正在继续表演着人生的喜剧……

“西拉伦丁，你必须解释清楚，为什么你突然给我写了那封绝交信？你差点用这把刀子把我杀死了。你说你另有所爱了，我那故去的父亲——那个老顽固！（真主饶恕他吧！）念了这封信就把我出嫁了，你也许责备我为什么不斗争？其实，如果没有你那封信，即使斗争到死，我也不会出嫁的。可是你的信宣布了爱的破灭，反正都是一样了，在无爱的人间，为了父母的欢心，我就牺牲自己吧……你必须说明白！”

“玛尔嫣，这是我一生中最大的错误，我欺骗了你，因为我和我的父亲在当时是受人唾骂的，何况，戈壁滩上的风沙是无情的，我以为狠狠刺痛你一下，就可以彻底解除你永恒的痛苦，我错了……”

“你的错不仅在于不了解一个少女的爱情有多么深，你的错还在于当乌云弥漫的时候看不见光明即将到来……当然，我也有错……”

“不，主要是我的错，你比我坚强，你没有倒下，你培养了一个好女儿，你培养了许多人才，你还十几年如一日地埋头工作，编写了这本阿汉字典，玛尔嫣！你仍然是回族的雪莲，中国穆斯林的骄傲……你付出了多少心血啊……”

“你也没有倒下，这很好……要知道，我编这部字典是多么艰难，你的阿拉伯文比我好得多，要是有你在我身边，很多问题都是比较容易解决的，比方说：‘舍尔邦’这个词儿，为了给它下个注解，可难为我了……”

“‘舍尔邦’是伊斯兰教历八月的名称。它的原意是‘分支’或‘分散’。‘分支’是植物枝叶茂盛分枝的季节；‘分散’是指人们分散到各地寻找水源、森林……”

“是啊，春天到了，我们的儿女都长大了，他们会恋爱，成家的，不久就要‘分支’的。可是我们，还在‘分散’状态，我们俩分散着寻找水源是困难的，既然你长期独自一个人，为什么不来找我？……”

“因为我打听到你已经成了家，生了孩子……我不能去扰乱你的平静……”

“傻瓜！你为什么只打听一次？我那丈夫早就无常了，父母也不在了。我是自由的……等你你也不来，等你你也不来……可怜的西拉伦丁，可怜的大胡子！你就这么孤零零的一个人，和我一样守寡？……”

“不，我不是一个人，我有一个男孩子，他叫尤努斯，和我相依为命……啊，玛尔嫣，各族文字之间有多么奇妙的巧合。‘舍尔邦’是‘八月’，那个汉字的‘八’字正是一对默默相对的鸳鸯，彼此近在咫尺，却永远连不到一起，分散着……让我们抛开这个‘舍尔邦’吧！我们是‘人’，不是‘八’，让我们连在一起吧……”

“我们是人，可我们的孩子都大了，现在是孩子们谈情说爱的时候，我们……”

“孩子都爱我们，他们会赞成的！”

“可是，第一代雪莲花已经凋谢了！”

“不，玛尔嫣！你这朵雪莲花没有凋谢，它比以前更茁壮，更美了……”

“啊，西拉伦丁，我可怜的西拉伦丁！我亲爱的西拉伦丁！……我是多么地想你，我是多么地盼望这一天啊……”

“玛尔嫣，小玛尔嫣，别难过！”

窗帘上，两个影子紧紧地重叠到一起。

……

艾绮莎站在窗外，似乎一切都明白了，人生即戏剧，戏剧即人生……她在生活中和在电视剧中扮演的是同一个角色。突然间，她觉得自己开始成熟起来，是她本身需要做出自我牺牲的时刻到来了，她终于找到了电视剧后半部所需要的灵感。

尤努斯看见艾绮莎面容苍白，把嘴唇咬出了血，他心疼得不得了，再也不爱面子了。他紧紧抚着艾绮莎的肩膀轻轻说：“我们进去吧，把我们的事告诉爸爸妈妈……”

“不！”艾绮莎以几乎听不见的声音说道，“不要告诉她，不要告诉我妈妈，我求你，千万不要破坏她的幸福……现在我们只能是兄妹了……”

尤努斯意识到，小艾绮莎终于找到了那可贵的灵感。为了使她多体验一会儿这种感情，他狠下心来，对，先不要告诉她，不要告诉她我不是西拉伦丁的亲生儿子……于是他轻轻地敲着房门上的玻璃……

重叠的黑影骤然分开了。玛尔嫣打开了房门。

“妈妈！”艾绮莎投入玛尔嫣怀里。

“爸爸！”尤努斯投入西拉伦丁怀抱。

“妈妈！”艾绮莎流着真诚的热泪说，“我都听见了，都听见了，我祝贺您！也祝贺您，亲爱的爸爸西拉伦丁导演！我祝爸爸妈妈幸福！”她转过身来抓住西拉伦丁的手。

尤努斯尴尬地向玛尔嫣鞠了一躬："玛尔嫣大婶，不，玛尔嫣妈妈！"

玛尔嫣望着眼前这个英俊的小伙子，竟忘了回礼，她此刻的心情是复杂的。

西拉伦丁摸着艾绮莎的头说："谢谢你，我的小雪莲花，可是尤努斯告诉爸爸，这是怎么回事？你和艾绮莎早就认识？"

"不，不！"艾绮莎抢着说，"我们是刚刚认识的，我到州文工团去找一位熟悉的艺术指导，请他帮助我准确地找到扮演这个角色的灵感，指导不在，这位尤努斯大哥接待了我，很成功地帮助了我……"

"这么说，你已经找到了灵感？"西拉伦丁高兴地问，"那你明天再试一次吧！"

"干吗明天？现在我就唱给您听……"艾绮莎抖抖索索地说，她妈妈感到情况不对，捧起女儿的脸，看见了她的眼泪，心疼地问道："孩子，你这是怎么啦？相信妈妈，把一切都讲出来……"

"我这是一个艺术工作者的冲动啊，妈妈……"艾绮莎狠狠瞪了尤努斯一眼，那眼神就是命令：不要告诉她，不要告诉我妈妈，不要告诉我们的爱情……我们今后只能是兄妹……也许我们本来就是兄妹……"尤努斯哥哥！把热瓦甫琴给爸爸，快给，我马上就要唱，我的热血已经在全身燃烧了……"

尤努斯没有把琴交给爸爸，他自己早就熟悉爸爸写的这首歌，因为那曲子正是爸爸委托他写的，他在艾绮莎乞求的目光下，用全部艺术家的热情，弹起了那曲子的前奏，年轻的音乐生涯中从来没有弹得这么的动情。

她开始唱了，白天那种滑稽可笑的感情再也没有了，那种夸张的悲痛也没有了，她的歌声和导演的要求一致了——那是一种幸福和辛酸混合在一起的心声，一种高尚的情操和内在的美，一种自我牺牲的美……那歌声婉转低回……像幽咽的清泉一般淅淅沥沥，她的泪珠儿不是成串地挂在脸上，而是一滴一滴地，缓缓地滴下来……这是心灵的呐喊，是生命的诗篇，令人心弦颤动、神魂荡漾……

不要告诉她！
不要告诉她！
不要告诉我亲爱的妈妈
不要告诉我们的爱情。
好让妈妈愉快地嫁给……

西拉伦丁终于找到了理想的演员。然而他的热泪淋湿了普希金式的胡须，他感到这部作品过于伤感，对这个幸福的时代不甚相宜，对青年人未免残酷，他感到内疚，他决定重新写一部无愧于这个时代的作品，一部充满乐观精神的电视剧……他接受了，小艾绮莎的批评，觉得自己突然站得高了，可是小艾绮莎已经进入了角色，让她多体验几分钟吧，这对她不无好处，啊！先不要告诉她，先不要告诉她……

然而玛尔嫣听得柔肠寸断，用责备的泪眼望着西拉伦丁……尤努斯的心儿也完全破碎了。他忘记了一切，唯一的念头就是立即解除小艾绮莎和她妈妈的痛苦。不等艾绮莎唱完，立即噙着泪花接着唱下去：

立刻告诉她！
立刻告诉她！

立刻告诉我亲爱的艾绮莎。
我是西拉伦丁亲如骨肉的养子，
两代雪莲将同时开出美丽的鲜花！

“亲人们，来吧！”西拉伦丁张开了双臂，一家四口幸福的人儿紧紧地、紧紧地拥抱到一起了……

那以后的情景还用得着描述吗？

幸福而急促的呼吸声构成了一首交响乐，随着轻风袅袅飘上云端，直听得多情的新月会心地微笑，调皮的星星把快乐的眼睛眨个不停……然后她们依依不舍地又把注意力转向别处……的确，中国太大了，人太多了，在这美妙的夜晚，有多少幸福的歌儿值得倾听，有多少美好的爱情值得祝贺，有多少高尚的情操值得赞扬，有多少创造性的诗篇值得传诵啊！……真有些使她俩应接不暇了……

让她们尽情地领略吧！等到明天清晨，星星和月亮就转到地球另一面去……而绚烂的朝霞，将接替她们来映红这开遍鲜花的神州大地……

原载于《民族文学》1984年第9期

嘉陵遗梦

一

一九四三年的中秋之夜，嘉陵江水呜咽地擦着小城流过，像泪泉拧成的绳子般在月光下颤抖；它是在唱一支歌，它是在织一个梦。

小城北郊有一所国立中学。一群由沦陷区逃亡来的孩子们在这里学习。抗日战争时期四川的初中生人人都是“童子军”，有专职教师教大家野炊、露营、结绳……活跃课外活动。那一晚，男女分部的童子军正聚合在操场上开篝火晚会。篝火熊熊映红了天，银铃般的女高音悲壮地在上空回荡。

那一天，敌人打到了我的村庄，我已失去了我的田舍、家人和牛羊。

而今，我徘徊在嘉陵江上，我仿佛闻到故乡泥土的芳香。

一曲《嘉陵江上》唱得大家热血沸腾。国恨家仇激出了泪泉滚滚，最后全体一起高歌：

那一天，敌人打到了我的村庄，
我已失去了我的田舍、家人和牛羊。
而今，我徘徊在嘉陵江上，
我仿佛闻到故乡泥土的芳香。
一样的流水，一样的月亮，
我已失去了一切的欢笑和梦想。
……
……

大家为演唱者鼓掌，她叫白玲，十五岁，身材苗条，五官秀丽，水灵灵的大眼睛特别迷人。她的演唱获得一件奖品—— 一支童子军专用的圆柱形铜哨。

接下来是十四岁的男生林可表演。他眉清目秀，细高挑个儿，十分灵巧。他先打了一套新学的猴拳，接下来表演结绳——打一个“双套结”套在圆木上，只用了两秒钟。掌声过后发奖，他得到两件奖品：一把童军多用途小刀和一根绕成手电筒形状的童军绳子。他极为兴奋。由于篝火烤得身上冒汗，他悄悄走出会场，走到遥远的僻静处，在月光下欣赏奖品，凉快一下，不料身后却有人轻轻地跟着……“嘟嘟！嘟嘟嘟！”童军哨在他耳畔响起。他吃了一惊，回头看去，却是白玲。

林可和白玲都是知名的学习尖子、文娱积极分子，在一起演过话剧，所以彼此熟悉。白玲大方开朗，是已经在发育的少女。她非常喜欢林可这个小弟弟，而林可还是一个天真的孩子。白玲老找机会接近他，他却没有那种感觉。

“讨厌！”林可往地上啐了一口。

“为啥子讨厌我？”白玲委屈地说，“我和你一样都是战争孤儿，可怜的孩子……”

“你我的爹妈都是被日本鬼子飞机炸死的，这不假。可你舅舅是师管区司令，勾结保长抓壮丁，卖壮丁，坑害百姓……”

“我也痛恨他们抓壮丁，打内战，靠卖炮灰发黑心财呀！我急着找你就是为了去救一个壮丁，我信得过你……”

“可是我信不过你！”

“不信跟我来，一看就知道。你可别做胆小鬼！”白玲扭头就朝山后浓荫处走去。林可被她镇住了，他不愿做胆小鬼，莫名其妙地紧跟着她，一直走进了树林里。白玲回身凑着他耳朵悄悄说：“这堆树枝下面是一口枯井，有一个逃出来的壮丁躲在里面，他的手是反绑着，你敢不敢拿着小刀下去救他上来？”

林可有些害怕，却不愿当孬种，和白玲一起搬开树枝，看见了黑洞洞的井口。他将绳子抖开，一端拴在树上，一端扔进井里，揣着小刀，抓着绳子，下去了。井不深，过了一会儿，绳子动了，上来一个人，是个十六七岁的小伙子。四川人打井在内壁都用砖砌成交错的台阶。那壮丁手上的绳子被割断，吊着童军绳，脚下找台阶，很容易就上来了，反身摇绳子，很快地，林可也爬上来了。

那小壮丁双膝跪地，涕泪俱下，说道：“我原也是初中学生，我爹去年遭抓了壮丁，音信全无。我娘急病了，我停学回家照顾。昨黑夜我娘病重，我半夜去请郎中，又遭抓了壮丁。十几口人被关在小防空洞里，每个人都反绑着双手。拉屎、撒尿都在那地上。有的人三天水米不粘牙。中午死了一个，趁看守往外拉死尸，我豁出命跑出来。后面有人追，我钻进树林子。碰见这位女同学，她叫我跳进这口井里，把井口遮起来了……二位救命之恩我是永世难忘……”接着就磕头不止。

白玲掏出几张钞票塞到他手里说：“这里不能久留，趁月光快回家救你老妈！”林可将小刀也塞给他：“我没钱，这把小刀也许防身能用得着，带着吧！”

那人说：“好人哪！我收下了。我叫丁长生，请问二位……”

白玲说：“我叫白玲，他叫林可，快走吧！”

“我记住了，再会！”小壮丁转身跑步消失在月光下。

林可感动地抓起白玲的手：“你是好人，我再也不讨厌你了！”

白玲泪光闪闪：“小林可，你太小，你还不懂。我是真的爱你爱得要死啊！我对你有个要求，答应吗？”

“当然！”林可说，“你能帮助别人，我也应该帮助你！”

“傻孩子！”白玲说，“我舅舅要调走，我马上就转学到重庆去了。以后我们长大了，我一定找到你，我要嫁给你，明白吗？”

她突然紧紧抱住他，在他的脸上狂吻。林可毫无准备，心慌意乱。还没明白，白玲就松开手，哭着跑走了……

二

白玲真的离开了这个学校。几年后当林可成为南京大学的学生时，仍一直没有她的消息。但高大英俊的林可的脸上常常发烧，并在梦中去寻找那火辣辣的瞬间。

一九四九年春天，南京居民已经听得见江边战场上的炮声，林可送一个同学到火车站回杭州，用他那童军绳拴两个旅行袋扛着，从挤不动的人群中闯出一条路，把那同学由火车的窗子里推进去，然后解开绳子，把旅行袋又塞进去。

猛地，在嘈杂的人声中他听到“嘟！嘟！嘟嘟嘟”的童军哨在响。心里一惊，回头望去，身后去上海的那列火车连窗玻璃都没了，脑袋、胳膊、脚丫子从窗口出来，周围还有密密的人群不要命地往上挤，大都是三四流达官贵人的亲属，急着由上海逃往台湾去的。这时已毫无秩序、不分尊卑，谁有力气谁靠前，弱肉强食地逃亡求生……

哨声继续响着，他抬起头看，连车顶上都爬着人。天哪！有一个女孩在吹童军哨，对他挥手，身边有个勤务兵。他奋力挤到车边，那女孩伏在车顶上，把头伸在外边哭叫着："林可！你是林可吗？"林可一看大吃一惊。"你是白玲、白玲？"他激动地挤到了她的头底下，伸出手去，"白玲，我在南京大学，你躲哪里去了？我好找你……"

白玲说："我从武汉大学来，舅舅在上海等着我上船到台湾，公路上汽车开不动，只好……"

"别走了，留下来，跟我在一起！"

"不行啦，我舅舅是什么人？我留下来有好儿吗？还会连累你……过一两年，和谈成功，太平了，我到南京大学来找你，你可别忘了我……这只铜哨留给你，做个纪念吧！"

"你在车顶上很危险啊！"林可急中生智，掏出绳子，将一端牢牢系在没有玻璃的车窗框上，另一端扔上去。那勤务兵会意地接过去把白玲拉过去坐到箱子上，把绳子压在她腿上。再把绳子一端从另一侧垂下去，求底下的人拉紧了，捆在那边车窗上。白玲双手抓住绳子，车一晃动就不致滚下去。安全问题算是解决了，可是久别重逢，说话的时间也耽误了，刚刚绑好，火车就缓缓启动了。

"林可，你听着，我永远爱你！别忘了我，等着我！"白玲哭叫着，火车已经走了一段距离。

"我等你，白玲，相信我！一路保重！"他还没来得及说"我也爱你"，那车已远去了，只见车顶上的人摇摇晃晃，满眼都是挥动的手，满耳都是哭叫声。想不到重逢却是这般光景！多少话，来不及讲，聚也匆匆，散也匆匆……

三

一九七〇年，正值文化大革命。林可作为北方某大学的讲师，被下放农场劳动，接受“再教育”。他在运圆木过程中，在圆木上打一个绳结只需两三秒钟，而别人则要好几分钟。造反派头叫他介绍经验，他老老实实地说：“我解放前在童子军受过结绳训练，这叫‘双套结’！”

第二天，他就受到隔离审查，被勒令交代和“特务组童子军”的关系及所犯的罪行。林可大呼冤枉，无从交代，被认作“反动透顶，死不悔改”。材料上报刚刚进校主持革命运动的解放军宣传队。第一把手丁政委极为重视，命令将林可立即带回本校，他要亲自审查。

林可被带到政委办公室，屋里只有他和政委两个人。政委看了他一眼，指指椅子，“坐！”林可豁出去了，坐就坐。他坐下了，昂着头。

政委问：“你叫林可？你参加过童子军？”

“对，我叫林可，四十年代参加过童子军，会打双套结，请问政委，这就是特务吗？”

出乎意料地，政委说：“别激动嘛！我又没说你是特务！我也参加过童子军嘛！”

“你想叫我说什么？”林可以为政委在耍他。不料政委却问：“童子军有三件宝，你听说吗？”

“知道。”林可回答，“童军随身三件宝，哨子、绳子和小刀。”

政委掏出一把小刀往桌子上轻轻一拍："林可同志，你认得这把小刀吗？"

林可拿起小刀一看，吓了一跳："政委，这把小刀很像我一九四三年得的奖品。"

"你那把刀呢？"

"得到的那天就送人了。"

"送给谁了？叫什么名字？"

"那人名叫丁长生，是个被抓壮丁逃出来的，是我的同学白玲和我把他从枯井里救了出来……"

"林可同志！"政委激动地扑过来，"我就是丁长生哪！"将林可紧紧搂在怀里，热泪盈眶……

"那天我逃回家里，我妈妈早已断气了。把她老人家埋了以后，我就离开了家乡……这把小刀我一直带在身边。没想到，几十年后还能碰见你，太高兴了。哎，白玲她好吗？"

"不知道，"林可说，"已经几十年不知音讯了。"丁政委听了叹口气。"她心眼真好，可惜……"便不再问了。

林可的特嫌专案被撤销了。八十年代中期，他以交流教授的名义，到美国任教。

四

光阴随着嘉陵江水无情地流逝，不觉到了一九九八年春天。

江畔小城的北郊公园里耸立着一座大理石纪念碑。碑前环绕着二百多老头子、老太太，用发颤的老嗓子高唱着半个多世纪前的抗日歌曲《嘉陵江上》：

一样的流水，一样的月亮，

我已失去了一切的欢笑和梦想……

他们是抗日战争时期开办在此地的那所国立中学的老校友，到这里来纪念建校六十周年大庆的。其实母校早在五十多年前搬迁合并到江南去了，只剩下这片遗址。可是他们的青春足迹留在这里，他们最美好的回忆刻在这里。终于他们来了——从祖国各地，从香港，从台湾，从美国……来到了这纪念碑前。

江水每夜呜咽地流过，都仿佛流在我的心上。

一位白发如银，身材颀长，风韵不凡，戴着墨镜的老太太在一位妙龄女郎的搀扶下，缓缓走向纪念碑，双手抚摸着正面的碑文，同时和大家一起唱着：

我必须回到我的家乡，

为了那没有收割的菜花，

和那饿瘦了的羔羊……

她的嗓音清脆、嘹亮，充满着忧伤。大滴的泪珠从墨镜下溢了出来，在两颊形成了溪流——原来她的眼睛已经瞎了。她是刚刚下轮船就直接雇“滑竿”抬到这里来的，大家一时弄不清她是谁。等唱完了，她那仍如银铃般的嗓子大声问道：“学长们，你们还记得我吗？我是刚从台湾来的……怎么，你们连我都不认识了吗？哦……我的眼睛瞎了，你们看不到我的大眼睛，认不出来了……”她感到很悲伤。

“嘟！嘟！嘟嘟嘟！（一！一！一二一！）”人群中忽然响起了当

年熟悉的哨声。

“童军哨！”瞎老太太惊喜地叫来，“林可！小林可！是你在吹我的哨子吗？”

“白玲！我是林可……天哪，快六十年了，终于找到了你，你的眼睛怎么……？”

大家震惊，大叫：“白玲！”

白玲取出那珍藏多年的童军绳，抖开来，挥向前。白发苍苍的林可接住绳子。白玲一把一把地向怀里收绳子，将林可牵过来，终于到了一起，抱头痛哭，半晌说不出话来。

终于，还是林可先说：“几十年来我登报，托人，到台湾找你几十年，一点不知道吗？”

“知道的，我知道的。我眼睛三十年前就瞎了，哭瞎的！我的亲戚不断地告诉我说有个林可登报找白玲，我说那不是我……”

“为什么？”

“我不忍心你面对一个有严重心脏病的瞎子，我希望你有一个能照顾你的健康的妻子。我想你现在应该儿孙满堂了吧？”

“的确，有一个儿子，两个孙子。可是那是收养的——我没有结婚……”

“为什么？”现在轮到她问了。

“我等着你，我答应过的，今天我终于等到了。我想你现在单身，姐姐，小弟是向你求婚哩！”他当着二百多位围在身边的学长，激动地大声说。

“真的？你叫我怎么说？我干儿女的女儿都这么大了……”白玲狂喜得发抖。

“答应吧！答应吧！”二百多张嘴同声说，“就请老市长证婚，现在就……”

老市长从人群中走上前。林可吃了一惊："原来市长就是你——丁长生同志！""对，我后来到这个故乡的小城市当了市长，已经离休很多年了。"老市长抓住白玲的手："白玲同志，我就是当年被你藏在井里的丁长生啊！没有你，我还不知道怎么样哩！我祝你们苦恋了六十年，终于圆了这个梦——林可同志，你快吻吻她，吻吻她吧！"

林可在她脸上热烈地狂吻，她报以同样的热烈。老同学们流着热泪鼓掌祝贺。

她突然手一松，头一歪，靠在林可身上，不动了。绳子掉在地上。

林可惊呼："你怎么啦？"双手将她托起来。她的墨镜掉了下来，大而无神的眼睛圆睁着，仰望天空。脸上留着美丽的笑容，仿佛在说："原谅我，我太累了……"

她的梦没有完成，她的梦留在了嘉陵江上……

原载于 2007 年 6 月 15 日及 22 日美国新洲《新象周刊》

图书在版编目（CIP）数据

老磨 / 马自天著. -- 北京：作家出版社，2017. 8（2023.2重印）
（中国少数民族文学发展工程·出版扶持专项丛书）
ISBN 978-7-5063-9651-6

Ⅰ. ①老… Ⅱ. ①马… Ⅲ. ①短篇小说－小说集－中国－当代 Ⅳ. ① I247.7

中国版本图书馆CIP数据核字（2017）第213273号

老　磨

作　　者： 马自天
责任编辑： 史佳丽　李亚梓
特约编辑： 张绍锋　郑　函
装帧设计： 孙惟静
出版发行： 作家出版社
社　　址： 北京农展馆南里10号　　**邮　　编：** 100125
电话传真： 86-10-65930756（出版发行部）
86-10-65004079（总编室）
86-10-65015116（邮购部）
E-mail:zuojia@zuojia.net.cn
http://www.haozuojia.com（作家在线）
印　　刷： 固安兰星球彩色印刷有限公司
成品尺寸： 170×240
字　　数： 251千
印　　张： 21
版　　次： 2017年12月第1版
印　　次： 2023年2月第2次印刷
ISBN 978-7-5063-9651-6
定　　价： 38.00元